BASTEI
LÜBBE

Von Amy J. Fetzer sind außerdem folgende Taschenbücher lieferbar:

18 273 Die irische Prinzessin
18 280 In der Glut der Leidenschaft
18 288 Wenn Zärtlichkeit dein Herz berührt
18 294 Die Geliebte des Piraten
18 630 Ein Pirat zum Verlieben
18 636 Verzaubert für die Ewigkeit
18 651 Der Fremde aus dem Meer
18 656 Heiße Sonne der Verführung
18 669 Magie der Leidenschaft

Über die Autorin:

Amy J. Fetzer lebt in Beaufort, South Carolina. Sie ist verheiratet und hat zwei Söhne. Bevor sie vor über 13 Jahren mit dem Schreiben begann, hat sie in zahlreichen Berufen gearbeitet, u. a. als Sekretärin, Leiterin einer Tankstelle und Modell. Ihr Zeitsprungroman *Ein Pirat zum Verlieben* war einer der Finalisten bei »Golden Heart Contest« der Vereinigung Romance Writers of America. Auf Amy J. Fetzers Homepage, www.amyjfetzer.com, können Sie weitere Informationen über die

Autorin erhalten.

AMY J. FETZER

In der Glut der Leidenschaft

Die Geliebte des Piraten

Ins Deutsche übertragen von
M. R. Heinze und Susanne Kregeloh

Roman

BASTEI LÜBBE

BASTEI LÜBBE TASCHENBUCH
Band 18 684

1. Auflage: Oktober 2004

Vollständige Taschenbuchausgabe

Bastei Lübbe Taschenbücher ist ein Imprint der Verlagsgruppe Lübbe

Titel der amerikanischen Originalausgaben:
Rebel Heart und *Renegade Heart*

Dieses Werk wurde vermittelt durch die
Literarische Agentur Thomas Schlück GmbH, 30827 Garbsen.

Titelillustration: Ennis/Agentur Thomas Schlück GmbH
Einbandgestaltung: Nele Schütz Design
Satz: Fanslau Communication/EDV, Düsseldorf
Druck und Verarbeitung: AIT Trondheim, Norwegen
Printed in Norway
ISBN 3-404-18684-2

AMY J. FETZER

In der Glut der Leidenschaft

Ins Deutsche übertragen von
M. R. Heinze

Roman

Kapitel 1

England, 1778

Donnernder Hufschlag zerriss die Stille und ließ die Erde erbeben.

Die Entenküken drängten sich an Michaela heran, während sie sich forschend umsah. Ein Schwarm Wachteln stieg aus den Baumwipfeln hoch und floh in den grauen Himmel hinauf.

Im nächsten Moment brach ein Reiter wie ein Dämon aus dem Wald hervor. Alles an ihm war schwarz – das Haar, der Dreispitz, das Cape, das wie Adlerflügel im Wind flatterte, und das herrliche Pferd, das er zu halsbrecherischem Tempo antrieb.

Er kam so schnell auf Michaela zu, dass die Hufe des Rosses Erdklumpen aus der Weide rissen.

Michaela bückte sich hastig, scheuchte die Entlein in ihre Schürze und drückte sie an sich, bevor sie von der Straße floh.

Doch der Reiter hielt weiter wie ein Furcht erregender Drache auf der Suche nach Beute auf sie zu.

Die Luft brannte in ihren Lungen, und ihre Beine zitterten vor Anstrengung. Sie konnte ihn nicht abhängen. Ruckartig blieb sie stehen und drehte sich um. Mit der einen Hand sicherte sie die Entenküken, mit der anderen griff sie unter den Umhang nach der alten Pistole und legte den Finger an den Abzug.

Rein sah sich nach den Straßenräubern um, die bei der wilden Verfolgung die Waldtiere aufscheuchten und aufs offene Gelände trieben. Donner und Blitz! Er hatte gehofft, sie hätten endlich aufgegeben! Er trieb Naraka, den Hengst, noch mehr an.

Und dann sah er sie, eine einsame Gestalt in einem Umhang. Die Briganten würden sie über den Haufen reiten oder über sie herfallen. Eine zusätzliche Last auf dem Pferd konnte er sicher nicht gebrauchen, aber er durfte die Frau auch nicht schutzlos den Räubern überlassen, die hinter ihm her waren.

Als er auf sie zuritt und sie zu sich in den Sattel ziehen wollte, hob sie den Arm. Zu spät sah Rein die Waffe in ihrer Hand und die Entschlossenheit in ihren Augen. Sie schoss, und der Rückstoß riss ihr die Kapuze vom Kopf. Die Kugel schlug in seine Schulter und warf ihn fast aus dem Sattel.

Die perfekte Krönung eines erbärmlichen Tages, dachte Rein, während der Schmerz durch seinen Körper raste. Er klammerte sich am Sattelhorn fest. Die Wunde blutete heftig, doch er hatte keine andere Wahl. Er musste die Frau mitnehmen. Den unverletzten Arm ausgestreckt, beugte er sich hinunter. Sie riss die Augen weit auf und wollte hastig nachladen, doch Rein schlang ihr den Arm um die Taille und zog sie zu sich hoch.

Durch ihre heftige Gegenwehr öffnete sich ihre Schürze. Der Inhalt fiel auf die Erde. »Die Babys!«

Babys?

Er riss so hart an den Zügeln, dass Naraka sich aufbäumte und mit den Hufen durch die Luft schlug.

»O nein, sie werden zertrampelt!«, rief die Frau und wehrte sich verzweifelt gegen ihn.

Rein parierte das Pferd und suchte vergeblich ein Kind. »Wir verlieren Zeit wegen Enten?« Er presste die Frau zornig an sich, doch Blut floss schon über seine Brust. Die Fremde entwand sich seinem Griff, glitt zu Boden und versuchte, die Entenküken einzufangen und gleichzeitig den gefährlichen Hufen auszuweichen.

»Lasst sie, Frau! Wir bekommen Gesellschaft!«

Michaela richtete sich auf, strich sich das rote Haar aus dem Gesicht und sah sich um. Vier Reiter jagten auf sie zu. Beschwörend blickte sie zu dem Mann hoch, den sie angeschossen hatte.

Ihr Blick berührte Rein tief. Zum Teufel mit diesen großen, flehenden Augen! »Rasch, Ihr Mörderin!« Er streckte ihr die Hand entgegen. »Diese Kerle zielen viel besser als Ihr.«

»Ich kann nicht«, wehrte sie ab. Unter dem Dreispitz sah sie von seinem Gesicht nur die zornig aufeinander gepressten Lippen. »Ich kann sie nicht sterben lassen.« Michaela deutete hilflos auf die Küken, bückte sich und griff nach einem.

Diese unmögliche Frau! Er hatte keine Zeit, mit ihr zu streiten, drehte sich im Sattel um und schätzte die Entfernung zu den Reitern ab. Als er absaß, zuckte er unter dem heftigen Schmerz in der Schulter zusammen. Ich bin ein weichherziger Narr, dachte er, während er sich bückte, ein Küken packte, in ihre Schürze setzte und nach dem nächsten griff.

»Sie haben Angst.«

»Das reicht! Beeilt Euch.« Blut floss an seinem Arm hinunter und in den Handschuh. Rein verwünschte das Zusammentreffen mit dieser kleinen Wildkatze. Er fing das letzte Entlein ein und reichte es ihr, bevor er wieder aufsaß und sich zu der Frau beugte.

Michaela warf einen Blick auf die näher kommenden Räuber und dann auf ihn.

Sie überlegt, welches das kleinere Übel ist, dachte er leicht amüsiert.

»Mich kriegen die nicht, aber Euch ...?« Seine Stimme klang tief.

Michaela kam sich wie ein in die Enge getriebenes Tier vor. Sie stellte den Fuß in den Steigbügel und ergriff die Hand des Mannes. Er zog sie hoch und setzte sie vor sich in den Sattel. Als das Pferd vorne hochstieg, fiel sie gegen seine breite Brust und entlockte ihm ein schmerzliches Stöhnen.

Während des Ritts quakten die Küken laut und flatterten in der Schürze, und die Verfolger näherten sich rasch.

Michaela wollte zurückblicken, doch Rein drückte sie nach vorne.

»Ihr bringt uns aus dem Gleichgewicht, und ich bin nicht in der Lage, das Pferd zu kontrollieren.«

Er sprach leise, doch Michaela hörte die Schärfe in seiner Stimme und schloss die Augen, weil sie das Loch in seinem Umhang nicht sehen wollte. Sie roch das Blut und bekam ein flaues Gefühl im Magen. Was hatte sie bloß getan? Wieso hatte der Mann sie nicht ihrem Schicksal überlassen?

Er ritt den Hang hinunter, zügelte das überlastete Pferd und fluchte, während er eine Pistole hervorzog und sich umdrehte.

Er feuerte.

Michaela erhaschte einen Blick auf sein blutgetränktes Hemd und die zahlreichen Messer und Pistolen im Gürtel.

»Wieso habt Ihr nicht schon längst geschossen? Lieber Himmel, Ihr seid wie ein ganzes Arsenal bewaffnet.«

Er steckte die leere Pistole in den Gürtel, zog eine andere heraus und warf Michaela einen Blick zu.

»Die beste Taktik, am Leben zu bleiben, ist immer noch die Flucht.« Erneut drehte er sich um und feuerte. Einer der Reiter stürzte aus dem Sattel. Die anderen ritten über ihn hinweg und kamen unaufhaltsam näher. »Erbärmliche Teufel«, murmelte Rein und trieb das Pferd an. Schüsse krachten hinter ihnen, als sie die Hügelkuppe erreichten, Vor ihnen stand ein Landhaus. Hilfe war nahe. Wenn die Räuber das sahen, hatten er und seine verhinderte kleine Mörderin eine Chance.

Er hielt auf das Hauptgebäude zu.

Michaela verkrampfte sich. »Dahin können wir nicht!«, erklärte sie ängstlich. »Da wohnt der Earl.«

»Tatsächlich? Dann sind wir dort am sichersten.«

»Aber der Earl …« Michaela presste die Lippen aufeinander. Wenn sie dem Earl unter die Augen kam, wurde sie erkannt, und dann wurde ihr Onkel informiert. Das durfte nicht geschehen.

»Seine Lordschaft wird nichts erfahren«, versicherte Rein. Sein Griff um ihre Taille lockerte sich, und er lehnte sich gegen ihren Rücken. Sie ahnte, wie schwer es ihm fiel, sich im Sattel zu halten. Schuldbewusst drückte sie seine Hand.

Rein fühlte die sanfte Berührung kaum. Er rang nach Atem. Vor seinen Augen tanzten Sterne. Die Schulter schmerzte höllisch. Die Kugel steckte noch im Körper. Er verwünschte dieses Frauenzimmer. Auf Hindi versprach er Naraka Futter und eine lange Rast, wenn das Pferd sie beide zur Rückseite des mächtigen Hauses brachte.

Naraka lief gehorsam weiter, und Rein lenkte ihn in weitem Bogen links herum hinter die Ställe und Bäume. Neben einer Mauer hielt er das Pferd an. Am liebsten hätte er sich an die Mauer gelehnt und dem Schmerz nachgegeben. Stattdessen stieg er ab, achtete darauf, dass man Naraka nicht mehr sehen konnte, und spähte um die Ecke.

Drei Männer tauchten auf der Hügelkuppe auf. Ihre Pferde tänzelten, und sogar auf diese Entfernung hin fühlte Rein die Unentschlossenheit der Reiter. Kommt nur näher, dachte er, damit ich euch erledigen kann. Es machte ihn misstrauisch, dass sie ihn so hartnäckig verfolgt hatten. Dabei war es ihnen bestimmt nicht in erster Linie darum gegangen, ihm Geld abzunehmen. Er hatte zahlreiche Feinde, allerdings keinen, der ihm zurzeit nach dem Leben trachtete oder feige genug war, gleich fünf Männer auf ihn anzusetzen.

Er zog ein Taschentuch hervor, biss die Zähne zusammen und presste es auf die Wunde. Lange hielt er nicht mehr durch. Dafür verlor er zu viel Blut. Wenn er nichts dagegen unternahm, würden sie beide sterben. Er hielt ganz still, konzentrierte sich und verdrängte den Schmerz. Alle geistigen Kräfte auf die Wunde gerichtet, dämmte er den Blutfluss ein, doch das würde nicht lange anhalten, wenn er wieder abgelenkt wurde.

Rein warf einen flüchtigen Blick auf die Frau, deren Schönheit ihn tief beeindruckte, eine Schönheit, die von dem wild gelockten Haar und dem schäbigen Umhang nicht verborgen wurde. Die Entenküken bewegten sich in ihrer Schürze. Sie fasste hinein und hob eines der flaumigen gelben Tierchen an die Wange. Mit sanften Tönen beruhigte sie das Küken, und der Anblick durchbrach einen Schutzschild, den Rein nicht vermissen wollte. Mütterliche Gefühle, dachte er und wurde so traurig, dass er rasch wegblickte und sich wieder auf die Umgebung konzentrierte. Diese Frau war schuld, dass er Zeit verloren hatte.

Michaela betrachtete den breiten Rücken und die muskulösen Schultern des Fremden. Die teure Kleidung wies auf einen hohen gesellschaftlichen Rang hin, ebenso der spanische Sattel und das herrliche Pferd. Ein Gentleman, womöglich sogar mit einem Titel. Sie sah sich schon für den Rest ihrer Tage in einem Kerker schmachten. War dieser Mann groß und maskulin! Michaela musste zu ihm hochblicken. Nicht nur äußerlich unterschied er sich von den Engländern, die sie kannte. Trotz der Verletzung ließ er ihre Umgebung keinen Moment aus den Augen.

»Gehören die Enten Euch?«

Sie warf einen Blick in die Schürze. »Nein.«

»Was hattet Ihr dann mit ihnen vor? Wolltet ihr sie bemuttern und ihnen vielleicht das Schwimmen beibringen?«

Warum die Reichen sich stets auch für geistreich hielten! »Macht Euch nicht über mich lustig«, wehrte sie gereizt ab. Bisher hatte er sie nicht richtig angesehen, und sie hatte sein Gesicht noch nicht aus der Nähe betrachtet. »Aber wenn Ihr Euch unbedingt in meine Angelegenheiten einmischen müsst, Sir …«

»Ihr seid meine Angelegenheit, Mädchen.«

Michaela hielt den Atem an. Es klang fast, als würde er diese Worte nicht oft aussprechen, und Michaela verspürte eine unerklärliche Freude. »Ich wollte sie nach Hause bringen«, erklärte sie. »Die Ärmsten haben ihre Mutter verloren.«

Er drehte sich um, und aus seinen Augen traf sie ein scharfer, harter Blick. Michaela konnte kaum noch atmen, so sehr hielt dieser Blick sie in seinem Bann. Der Mann hatte hellblaue Augen, die sie gefangen nahmen. Michaela wollte in ihnen versinken und die Geheimnisse ergründen, die dieser Macht und Kraft ausstrahlende Mann verbarg.

Er sah sie unverwandt an.

Das Sattelleder knarrte.

Michaela nahm nur noch ihn wahr, wurde unwiderstehlich angezogen von Dingen, von denen sie nicht einmal zu träumen wagte.

In der Ferne klirrte das Zaumzeug eines Gespanns. Räder ratterten über Stein. Wind strich den Hügel herunter, ließ das hohe Gras rascheln und trieb den Duft von Kräutern und Blumen herüber.

Das Pferd bewegte sich unter Michaela.

Der Wind strich auch durch das schwarze Haar des Mannes, und Michaela erblickte einen silbernen Ohrring. Der Anblick berührte sie unerklärlich tief, und ein einziges Wort schoss ihr durch den Kopf.

Exotisch.

Unvermutet wurde ihr warm, und sie fuhlte sich unter seinem durchdringenden Blick entblößt, der heiß wie ein glühender Docht und doch sanft wie gesponnener Zucker über ihr Gesicht strich.

Der Wind zerrte an seinem Umhang.

Der Fremde wandte die Augen nicht von ihr ab.

Michaela konnte sich nicht bewegen und wartete auf den Widerwillen, den sie stets empfand, wenn ein Mann sie so eingehend betrachtete, doch er stellte sich nicht ein, und das machte ihr Angst. Hastig wollte sie absteigen.

Der Fremde hielt sie jedoch im Sattel fest und saß unsicher hinter ihr wieder auf.

»Was macht Ihr da?«, fragte sie.

Er schloss für einen Moment die Augen und versuchte, seinen Körper und die abschweifenden Gedanken unter Kontrolle zu bekommen. »Ich nehme Euch mit mir.«

»Nein, das könnt Ihr nicht!« Ihr Onkel würde sie verprügeln, wenn sie zu spät nach Hause kam. Er legte die Hand an ihr Kinn und zwang sie, ihn anzusehen. »Diese Bleikugel muss entfernt werden. Da Ihr sie mir verpasst habt, ist es nur angemessen, wenn Ihr Euch darum kümmert«, erklärte er unbeugsam und trieb das Pferd zu den Bäumen hinter einem Teich.

»Wartet!«

»Frau, ich kann nicht warten!« Irgendwo in den Hügeln lauerten noch immer die Räuber.

Michaela ließ sich trotzdem vom Pferd gleiten, stolperte und fing sich wieder. Dann lief sie zu dem kleinen Teich und öffnete die Schürze, kniete sich hin und setzte die Entenküken auf die Erde. Die Kleinen watschelten zu den erwachsenen Enten auf dem Teich. Danach stand Michaela rasch wieder auf und drehte sich um. Rein blickte auf sie hinunter. Der Wind zerrte an ihrem langen, kupferroten Haar und dem Umhang. Eine wundervolle Frau, dachte er. Wieso hielt sie sich hier draußen ohne Begleitung auf?

Allerdings konnte das Mädchen mit Waffen umgehen und sich schützen. Das hatte er am eigenen Leib erfahren.

Ungeduldig gab er ihr einen Wink, wieder aufzusteigen. Als sie zögerte, richtete er herausfordernd den Blick auf sie.

Dieser harte Blick wirkte bedrohlicher als eine geladene Waffe. Michaela gehorchte wortlos, prallte gegen den Mann und entlockte ihm ein schmerzliches Stöhnen. Sie nahm die Schürze ab, rollte sie zusammen und drückte sie auf seine Wunde. Er zuckte nicht einmal mit der Wimper, obwohl es ihn entsetzlich schmerzte. Das Pferd setzte sich in Bewegung, und Michaela hatte Mühe, den Blutstrom einzudämmen und sich gleichzeitig im Sattel zu halten.

Die dunkle Haut ihres Retters war blasser geworden. Ansonsten war ihm nichts anzusehen.

Sie ritten in den Wald, der sich an den Dörfern entlangzog.

»Habt Ihr einen Namen, Mörderin?«

Sie duckte sich unter einem Zweig und schob ihn zur Seite, damit er den Fremden nicht berührte. »Ja.« Hastig überlegte sie, ob sie ihren Namen verschweigen sollte, doch über ihre Kreise wusste dieser Mann bestimmt nicht Bescheid.

Um seine Lippen spielte ein Lächeln, als sie zögerte. »Und wie lautet er?«

»Michaela.«

Er wiederholte ihren Namen mit einem erregend fremdartigen Akzent, den sie nicht einordnen konnte. Sie wollte mehr über ihn erfahren, doch das gehörte sich nicht, wenn sie sich einander nicht vorstellten.

»Ich bin Rein.«

»Wohin bringt ihr mich?« Womöglich zum Gericht, dachte sie ängstlich.

»Auf mein Schiff.«

»O nein!« Sie griff nach den Zügeln. »Ich muss zurück!« So lange durfte sie nicht wegbleiben. Unmöglich konnte sie zum Hafen reiten!

»Das ist mir gleichgültig, Michaela.« Seine Miene wurde hart, als er ihr die Zügel aus der Hand nahm und sie in seine hellen Augen blickte. »Vor Sonnenuntergang schaffe ich es nicht zu meinem Schiff, und ich brauche Euch leider.«

Er machte nicht den Eindruck, als würde er von irgendjemandem Hilfe brauchen, am allerwenigsten von ihr.

»Sind wir uns einig?«

Sie erreichten die Stadt und nahmen Nebenstraßen und

dunkle Passagen, und Michaela fragte sich, wem Rein auswich. Die Leute achteten nur wenig auf sie. Die meisten machten einen großen Bogen um das Pferd. Hinter sich fühlte sie eine Bewegung. Wahrscheinlich lud er die Pistolen nach. Deutlich erinnerte sie sich an die Messer mit den juwelenbesetzten Griffen und an die Klingen verschiedener Größe. Ein eleganter Barbar, dachte sie. Woher er wohl kam?

Sie näherten sich dem Hafen. Hier roch es nach Meer und Fässern mit Fisch. Michaela hielt sich den Umhang vor die Nase, aber der roch nach Reins Blut. Sie wandte sich gerade noch rechtzeitig um, als Rein die Augen verdrehte und schwankte. Blitzartig hielt sie ihn fest, doch sein Gewicht riss sie fast aus dem Sattel. Nur mit Mühe konnte sie ihn aufrichten.

»Bitte, Ihr dürft nicht sterben«, flüsterte sie an seinem weichen Haar.

»Ich werde mich bemühen ... Euch nicht ... zu enttäuschen.« Schwang tatsächlich ein Lächeln in seiner Stimme mit?

»Bemüht euch«, ermutigte sie ihn. »Ich mag es gar nicht, wenn mir meine Opfer unter den Händen wegsterben.«

»Das hinterlässt eine Lücke auf Eurer Tanzkarte, nicht wahr?«

»Sofern ich eine hätte«, murmelte sie, schwang ein Bein über den Hals des Pferdes, um einen besseren Halt zu haben, und nahm Rein die Zügel aus der Hand. Als sie sich seine Arme um ihre Taille legte, lehnte er sich schwer gegen ihren Rücken.

Nach einer Weile flüsterte er: »Halt, dort in diese dunkle Passage.«

»Kommt nicht infrage«, wehrte sie ab, und trotz seines geschwächten Zustandes hörte Rein die Angst in ihrer Stimme.

»Madame«, murmelte er ungeduldig, »ich bin kaum in der Verfassung, um über Euch herzufallen.«

Michaela warf einen Blick auf den Kopf, den er an ihre

Schulter gelehnt hatte. Mit einem einzigen Schlag konnte sie den Mann vermutlich endgültig zu Boden werfen – wobei sie nicht die Absicht hatte, ihm noch mehr anzutun. Sie hoffte, er würde sich anständig benehmen, und lenkte das Pferd zwischen zwei Gebäuden zur Rückseite einer Herberge. Kaum hatten sie den Schatten hinter dem Gebäude erreicht, als Rein aus dem Sattel rutschte und sich gegen das Pferd lehnte, das sich zum Glück nicht bewegte. Michaela folgte ihm und knickte fast ein, weil er sich auf sie stützte.

»Lieber Himmel, Ihr seht gar nicht so schwer aus«, stieß sie hervor. Er lachte leise und deutete auf einige Fässer. Sie ging ganz langsam hin, ließ ihn zu Boden gleiten und zuckte zusammen, als sein Kopf gegen ein Fass stieß.

»Meine Satteltaschen …« Er musste Luft holen. »Ein schwarzer Beutel und ein Wasserschlauch.«

»Ja, ich hole beides.« Sie warf einen Blick auf die Wunde unter der Schürze und riss die Augen auf. Blut spritzte aus dem Loch. Rasch drückte sie seine Hand auf die Wunde und eilte zu dem Pferd, das stampfte und ihr auswich. »Bleib stehen, du Ochse!«, zischte sie und stemmte die Hände in die Hüften. »Dein Herr braucht Hilfe.« Das Pferd blieb tatsächlich stehen und schirmte sie gegen neugierige Blicke ab. Michaela durchwühlte die Satteltaschen, fand das Gewünschte und kehrte zu Rein zurück. Als sie niederkniete, rührte er sich nicht, als wäre er tot. Erschrocken tastete sie über seinen Hals und atmete auf, als sie seinen Puls fühlte.

»Rein?« Der Name kam ihr nur zögernd über die Lippen.

»Macht den Beutel auf«, sagte er, ohne die Augen zu öffnen. »Eine Phiole … blaues Pulver …« Er strich sich mit der Zungenspitze über die Lippen. »Auf die Wunde …«

Sie löste die Verschnürung, fasste in den Beutel und fand fünf Fläschchen, konnte in der Dunkelheit jedoch nicht erkennen, welches davon blau war. Als sie sich dem Licht zuwandte, entdeckte sie auf dem Glas eine silberne Schrift. So etwas hatte sie noch nie gesehen. Sie stand auf und wollte weiter ins Licht gehen.

»Michaela!«, rief er heftig.

Sie eilte mit dem blauen Fläschchen in der Hand zu ihm zurück. »Lieber Himmel, ich hätte Euch schon nicht verlassen. Wofür haltet Ihr mich?«

Er öffnete mühsam die Augen. »Für eine verdammt gute Schützin«, murmelte er und verzog die Lippen vor Schmerz und auch Belustigung, weil sie so empört vor ihm stand. »Kann ich Euch vertrauen?«

»Ihr habt wohl keine andere Wahl, oder?« Sie kniete sich hin und hielt seinem Blick stand. »Außerdem habe ich auf Euer Herz gezielt.« Er lachte unterdrückt, als sie seinen Mantel, sein Hemd und ihre Schürze beiseite zog und sich zwang, seinen Wunsch zu erfüllen. Sie schüttete das Pulver auf die Wunde und zuckte zurück, als es wie Zunder rauchte.

»Lieber Himmel!« Sie hatte ihn in Brand gesteckt!

Er warf einen Blick auf die Wunde. »Ausgezeichnet.«

Sie sah ihn mit weit aufgerissenen Augen an.

»Das stillt vorerst die Blutung.«

»Dem Himmel sei Dank«, flüsterte sie.

Irgendwo splitterte Glas. Aus einem Fenster über ihnen hörte man eine Frau lachen. Es roch nach Bier und Schweiß.

»Schuldgefühle, Michaela?«

Es gefiel ihr, wie er ihren Namen aussprach, und sie wollte schon antworten, als durch die Wände der Herberge das rhythmische Quietschen eines Bettes drang. Michaelas Magen verkrampfte sich. »Könnt ihr wieder weiter?«, fragte sie ungeduldig. Sie brachte mehr als ihren armseligen Ruf in Gefahr, wenn sie noch länger mit ihm hier blieb.

Rein runzelte die Stirn und betrachtete ihr verkniffenes Gesicht. Sie war blass geworden. »Gleich.«

»Muss ich Euch an mir festbinden?«

Er sah sie an, als würde er ihre Gedanken lesen. Trotzdem

konnte sie ihn nicht zurücklassen. Die Schuldgefühle hätten sie bis ans Ende ihrer Tage verfolgt. »Das wird nicht nötig sein. Ich bringe Euch auf Euer Schiff – sofern Ihr mir verratet, warum diese Männer hinter Euch her waren.«

»Ihr seid wohl kaum in der Lage, Bedingungen zu stellen.«

Sie verschränkte die Arme. »Ihr aber auch nicht.«

Jetzt lächelte er. »Erpresserin.«

Sie ließ ihren Blick über ihn wandern. »Ihr seht nicht wie ein Räuber aus.«

»Ich war ja auch das Opfer. So etwas passiert in der heutigen Zeit leider sehr oft.«

Schuldbewusst streckte sie die Hand nach ihm aus, als er sich bewegte und zusammenzuckte. Doch er winkte ab und presste die Lippen aufeinander.

»Haben Euch die Räuber den Geldbeutel abgenommen?«

»Sie haben es versucht«, erwiderte er und blickte zum Eingang der Herberge. »Aber ich habe einen getroffen.«

»Zwei«, erinnerte sie ihn.

»Das ist einer mehr, als Ihr getroffen habt. Ist es vielleicht üblich, dass die Mädchen auf dem Land ahnungslose Reiter anschießen?«

Sie verzog das Gesicht, öffnete den Wasserschlauch und bot ihn Rein an. Er ließ Wasser in seinen offenen Mund fließen. »Ihr wart bestimmt nicht ahnungslos.«

Sein Lächeln löste in ihr Empfindungen aus, über die sie nicht weiter nachdenken wollte.

Mit dem Handrücken wischte er einen Tropfen vom Kinn. »Ich kam Euch wohl wie Euer schlimmster Albtraum vor, nicht wahr?«

Nein, dachte sie, nicht wie mein schlimmster. »Ihr hättet mich warnen sollen«, verteidigte sie sich und verschloss den Wasserschlauch wieder.

»Mag sein.« Er zuckte die Schultern und fasste sich an die Wunde. »So, das wäre erledigt. Wollen wir aufbrechen?«

Sie beugte sich so schnell hinunter, um ihm zu helfen, dass sie mit dem Kopf gegen sein Kinn stieß. Er stöhnte nur, als sie sich entschuldigte, und ließ sich auf die Beine helfen. Ihr Haar wurde unter seinem Arm eingeklemmt, ihr Kopf nach hinten gezogen. Er hielt sie fest, als sie verzweifelt daran zerrte, löste sich von ihr, befreite ihr Haar und stützte sich wieder auf sie.

Sie fühlt sich viel zu weich an, dachte Rein, während er unsicher zum Pferd ging. Zweimal trat sie ihm auf den Fuß. Die warme Hand legte sie auf seinen Bauch und löste tief in ihm ein süßes Gefühl aus. Rein hielt sich am Zaumzeug fest, drückte die Stirn an den Hals des Tieres und flüsterte dem Pferd etwas zu.

Michaela wich zurück, als der schwarze Hengst vorne in die Knie ging und den Kopf tief senkte.

»Euer Ross, Madame.« Er deutete lässig auf das Pferd und amüsierte sich über ihr verblüfftes Gesicht.

Michaela kam langsam wieder näher und ließ den Blick zwischen Herr und Pferd hin und her wandern. Erst als sie überzeugt war, dass das Tier sich nicht bewegte, schwang sie sich schrecklich unelegant in den Sattel, zog hastig die Röcke über die Waden hinunter und warf Rein einen scharfen Blick zu.

Sie macht ein Gesicht, als würde ich sie gleich ins Bein beißen, dachte er, während er sich auf das Pferd zog. Naraka richtete sich auf.

»Verdammt, das ist unglaublich«, flüsterte Michaela und schüttelte den Kopf.

Ihre rötlichen Locken kitzelten ihn in der Nase. »Gratuliere, alter Junge. Du hast sie so beeindruckt, dass sie sogar flucht.«

Sie wandte den Kopf und wollte ihm vorhalten, dass ein Gentleman über die Fehler einer Dame mit Schweigen hinwegging, doch dann sah sie, wie grau er im Gesicht war.

Rein konnte kaum klar sehen. Die Kräuter taten ihre Wirkung. Trotzdem fing er Michaelas fragenden Blick auf. »Rasch, Mädchen.«

Sie schnalzte mit der Zunge und lenkte das Pferd aus dem Durchgang hinaus auf die Straße.

»Wie heißt Euer Schiff?«, fragte sie, während ihnen die Blicke von Bürgern und Dienern, Straßenverkäufern und Matrosen zuflogen, die sich auf den Straßen drängten. Ein Trupp Soldaten kam nahe einer Taverne um die Ecke, vom Schnaps aus dem Tritt gebracht, und Michaela schirmte das Gesicht mit der Kapuze ab.

»*Empress* ...«

Michaela trieb das Pferd an. Sie mussten sich beeilen. Der Wind zerrte an ihrer Kleidung. Die feuchte Meeresluft strich über ihr Gesicht. Männer starrten sie an. Ihre lüsternen Blicke ließen Michaela frösteln. Sie senkte den Kopf. Die hinter Wolken verborgene Sonne sank bereits tiefer. Bald schon würde man daheim ihre Abwesenheit merken. Millie oder Argyle würden eine glaubhafte Ausrede für ihr Fehlen vorbringen, doch lange hielt das ihren Onkel nicht zurück. Hoffentlich machte er sich nicht auf die Suche nach ihr oder schickte gar Truppen aus.

Nervös hielt sie einen Jungen an, der am Pier Kastanien verkaufte. Sein Gesicht war schmutzig, und die Finger ragten aus Handschuhen, denen die Spitzen fehlten.

»Kennst du ein Schiff namens *Empress*?«

Der Junge kniff die Augen zusammen und wich einen Schritt zurück. »Ihr seid doch nicht so dumm und wagt euch dorthin, wie?«

Michaela bekam eine Gänsehaut, doch sie hatte keine andere Wahl, sie musste dorthin, sonst verblutete Rein.

Sie holte einen Penny aus der Tasche und warf ihn dem Jungen zu. »Wo liegt es?«

Er zeigte ihr die Richtung, und Michaela atmete scharf ein. Das Schiff war gewaltig und strahlend weiß gestrichen, abgesehen von dem hölzernen Mast und der Reling, die im Licht schimmerte. Mit der Flut kam Nebel herein und umhüllte das Schiff mit den Verzierungen und Laternen aus Messing. Es war ein weißgoldenes Geisterschiff, scheinbar völlig verlassen, und es weckte neben Angst auch Michaelas Neugierde. Bestimmt gab es kein zweites Schiff wie dieses.

Rein stöhnte und murmelte etwas Unverständliches. Michaela trieb das Pferd weiter und war froh, wenigstens Reins Atem am Hals zu fühlen. Trotzdem spürte sie, wie das Leben aus seinem Körper wich. Am Pier angekommen, rief sie, erhielt jedoch keine Antwort. Sie hörte nur, wie die Wellen gegen die Schiffswand schlugen. Unbewacht? Unmöglich. Dann hätte das Gelichter des Hafens schon längst diesen schwimmenden Palast ausgeräumt.

Ungeduldig rief sie noch einmal und trieb das Pferd näher an den Landungssteg heran. Der Hengst betrat den schmalen hölzernen Steg. »Nein, nein! Rein!«, rief sie. »Haltet das Pferd zurück!« Als er es nicht tat, zog sie an den Zügeln, doch das Pferd ging einfach weiter.

Michaela warf einen Blick in das schwarze Wasser hinunter und sah schon voraus, wie sie beide im Hafenbecken landeten und vom Hengst zerquetscht wurden.

Sie wagte nicht, noch einmal zu rufen, weil sie das Pferd nicht erschrecken wollte.

»Aye, aye«, erklang plötzlich eine Stimme, und ein Mann erschien auf dem Achterdeck. »Judas!« Er rief noch mehrere Namen, und Männer tauchten in den Wanten und an Deck auf und drängten sich an den Landungssteg heran.

Der mächtige schwarze Hengst kümmerte sich nicht um die Menschen, sondern ging behutsam weiter über die Planken, die sich unter dem Gewicht bogen.

»Was macht Ihr mit dem Pferd des Captains?«, fragte der Mann von der Reling aus.

Ausgerechnet der Captain! Was für ein Pech, dachte Michaela bitter. Er konnte kein einfacher Matrose oder Maat sein. Nein, ihr Opfer war der Herr dieses Schiffes. »Er wurde angeschossen.«

Die Männer fluchten. Als das Pferd das Deck erreichte, musste Michaela um ihr Gleichgewicht kämpfen, weil der Hengst wieder niederkniete. Wie ein gehorsames Hündchen, dachte sie, glitt vom Tier und sah zu, wie Rein von einem Matrosen aufgefangen wurde.

»Lieber Himmel, Captain, was habt Ihr denn diesmal angerichtet?« Zu zweit führten sie Rein zu den Aufbauten. Michaela wollte sich zurückziehen, aber ein riesiger dunkelhäutiger Mann mit massigen Armen und einem Turban auf dem Kopf hielt sie an der Hand fest.

Sie wehrte sich vergeblich. »Ich muss weg!« Es würde Stunden dauern, um zu Fuß nach Hause zu kommen.

Der Mann schüttelte den Kopf und führte sie zu der offenen Tür. Michaela stemmte sich voller Panik gegen ihn.

Sie konnte nicht da hineingehen! Nicht zu all diesen Männern!

Der Dunkelhäutige schob sie einfach weiter. Sie taumelte in die Kapitänskajüte und sah den Wächter zornig an, als er sie endlich losließ.

»Versucht das nicht noch einmal, Sir! Ich bin bewaffnet«, log sie und hüllte sich fester in den Umhang.

Er musterte sie grinsend, und sie ließ den Blick über seine Pumphose und die Schuhe mit den gebogenen Spitzen zu seiner nackten Brust wandern. Nur eine ärmellose Lederweste schützte ihn vor Kälte. Der Mann verschränkte die Arme. Goldketten spannten sich um die Oberarme, und an den Fingern funkelte ein Vermögen in Edelsteinen. Was für ein interessanter Mann, dachte sie. Im selben Moment gellte ein Schmerzensschrei.

Michaela stolperte über die Teppichkante, drängte sich zwischen den Männern durch und blieb neben dem Bett stehen. Sie sah nichts von der reichhaltigen Ausstattung, sondern hatte nur Augen für den Mann, den sie angeschossen hatte. Ohne den dunklen Dreispitz und den Umhang wirkte er verletzlich, wie er da auf der Decke lag. Das Hemd hatten sie an der Schulter aufgerissen. Michaelas Schürze war rot von Blut. Einer der Männer zog ihm die Stiefel aus und ließ sie zu Boden fallen, während ein anderer nach heißem Wasser, Seife, Verbandszeug und einem ganz bestimmten Behälter verlangte.

Rein stöhnte und flüsterte dem Mann etwas zu.

»Aye, sie ist hier.« Der Mann warf Michaela einen Blick zu. »Ich bin Leelan Baynes, Steuermann und Erster Maat.«

Michaela nickte dem massig gebauten Mann zu und sah auf Rein hinunter. »Er hat viel Blut verloren.«

»Und er wird noch mehr verlieren, wenn wir die verdammte Kugel nicht herausholen.«

Rein murmelte wieder etwas, und Baynes beugte sich über ihn, zog plötzlich die Augenbrauen hoch und wandte sich an Michaela. »Er sagt, dass Ihr sie entfernen sollt.«

Rein sah sie an und lächelte schwach. Dieser schreckliche Mann! Er lächelte, weil er genau wusste, wie bemitleidenswert er aussah! Und sie wusste, dass er nur einen Befehl zu flüstern brauchte, damit seine Leute sie in Ketten legten. Am besten brachte sie es so schnell wie möglich hinter sich, damit sie endlich gehen konnte. Entschieden schob sie das Haar über die Schulter zurück, trat näher, setzte sich auf den Hocker, den Baynes ihr brachte, und warf den Umhang ab. Ihre Pistole legte sie zu ihren Füßen, bevor sie Reins Hemd noch weiter aufriss.

»Der Preis für Euer Verbrechen, Mörderin«, sagte er so leise, dass nur sie es hörte.

Sie stieß geringschätzig den Atem aus. »Meint Ihr vielleicht, ich werde in Ohnmacht fallen?«

»Ihr seht ein klein wenig blass aus.«

Sie bedachte ihn mit einem herablassenden Blick. »Schlimmer als Eure Gesichtsfarbe, die an Erbsensuppe erinnert?«

Sein Lächeln verstärkte sich, und Michaela wünschte sich, es würde nicht so heftig auf sie wirken.

»Seid still«, verlangte sie, obwohl er ohnehin nichts sagte.

Rein kniff die Augen zu schmalen Schlitzen zusammen und sah zu, wie sie die Wunde abtastete. Er konzentrierte sich auf die Frau und nicht auf den Schmerz, während Leelan die Teakholz-Schatulle brachte und das Schloss öffnete. Der Steuermann hob den Deckel an, holte eine Pinzette heraus, legte sie in eine Schale und goss kochendes Wasser darüber.

»Wascht Euch die Hände, bevor Ihr ihn wieder anfasst«, befahl er vorwurfsvoll. Offenbar hielt er sie für unvorsichtig. Rein warf Leelan über ihren Kopf hinweg einen missbilligenden Blick zu.

Michaela gehorchte, deckte die Wunde ab, stand auf, rollte die Ärmel hoch und wusch sich die Hände, während Mr Baynes Fläschchen und Beutel öffnete und Pulver sowie Kräuter in eine Schale mit heißem Wasser schüttete. Das Gemisch ließ er seinen Captain trinken. Rein leerte die hölzerne Schale, ohne den Blick seiner hellen Augen von Michaela zu wenden. Er hält mich gefangen, dachte sie. Nur mit einem Blick raubt er mir den Atem!

Rein erkannte die Unsicherheit in ihren schönen Augen. Aus Gründen, über die er jetzt nicht nachdenken konnte und wollte, wünschte er ihre Nähe, selbst wenn das bedeutete, dass sie in der Wunde nach der Kugel suchte. Das Mädchen konnte nicht wissen, dass dies harmlos war im Vergleich zu den Verletzungen, die er im Lauf der Jahre erlitten hatte. Und er dachte gar nicht daran, sie darüber aufzuklären. Sollte die Kleine ruhig ein wenig leiden.

Sie kam zu ihm und hielt das Instrument mit einem sauberen Tuch.

»Ich weiß nicht, was ich …«

Rein rutschte auf dem Kissen höher und war plötzlich hellwach. Sie runzelte die Stirn und warf einen Blick auf die leere Schale auf dem Schränkchen neben dem Bett. Besser keine Fragen stellen, dachte sie.

»Ihr sucht die Kugel und entfernt sie.«

Michaela stützte eine Hand in die Hüfte. »Was für eine großartige Idee«, spottete sie und klimperte mit den Wimpern. »Wieso habe ich nicht gleich daran gedacht?«

Er lächelte.

Sie achtete nicht darauf, sondern setzte sich auf den Hocker und zog das Tuch zur Seite. Das blaue Pulver war verschwunden, vermutlich von der Haut aufgenommen. Die Blutung hatte aufgehört. Es war ein sauberes Loch, doch Michaela fürchtete, dass sie es erweitern musste, um an das Geschoss heranzukommen. Das hatte sie schon mehrmals für ihren Vater gemacht, doch jene Wunden hatte sie ihm nicht selbst beigebracht. Und ihr Vater war jedes Mal stark betäubt gewesen und hatte sie nicht so angestarrt.

»Das Herausholen der Kugel wird weh tun.«

»Nicht mehr als beim Eindringen«, wehrte er ab.

»Wärt Ihr nicht lieber bewusstlos?«, fragte sie, während sie die Umgebung der Öffnung säuberte.

Er betrachtete sie. »Und wie wolltet Ihr das herbeiführen?«

»Ein Schlag mit meiner Pistole wäre doch eine ausgezeichnete Idee.«

Er lachte leise und sinnlich. Dieses Lachen verursachte ihr ein leichtes Flattern im Magen.

»Jetzt tut es weh«, warnte sie, bevor sie den Finger in die Wunde schob und nach der Kugel tastete. Er gab keinen Ton von sich. Sobald sie das Geschoss fand, griff sie nach der Pinzette. Rein beobachtete sie, ohne sich zu rühren, und atmete langsam und gleichmäßig. Michaela bewunderte seine Stärke. Mr Baynes stand neben ihr und reichte ihr Tücher, um das frische Blut aufzusaugen.

Sie bekam die Kugel zu fassen, verlor sie jedoch wieder. Noch zweimal versuchte sie es, und Rein blutete so heftig, dass er es nicht mehr lange überleben konnte. Der Himmel stehe mir bei, dachte sie, sonst bringe ich ihn doch noch um.

Seufzend senkte sie den Kopf. »Zwingt mich nicht, das zu tun.«

Rein beugte sich zu ihr. »Ihr habt die Kugel in meinen Körper befördert, und Ihr befördert sie auch wieder heraus«, flüsterte er herausfordernd. Baynes runzelte die Stirn, als Rein ihre bebende Hand ergriff. In Gedanken sagte Rein uralte überlieferte Sprüche auf, um ihr die Angst zu nehmen.

Wärme und Heiterkeit umhüllten Michaela plötzlich, als wäre sie in ein warmes, beruhigendes Bad eingetaucht. Die Verkrampfung der Gliedmaßen und Schultern löste sich, und sie betrachtete seine dunkle Hand, die ihre blassen Finger berührte. Seine Finger waren lang und erinnerten an Bronze. Wie gerösteter Zwieback. Der Gedanke brachte sie zum Lächeln.

Er war ein schöner Mann mit dunklen Brauen über den hellen Augen und wunderbar geschnittenen Gesichtszügen, die durch den warmen Ton seiner Haut sanfter wirkten. Er sah wie eine Katze aus, die träge auf der weichen blauen Decke lag. Doch Michaela fühlte, dass er zwar entspannt, doch auch bereit war, bei Bedarf sofort zu reagieren.

Noch mehr fiel ihr an ihm auf – eine Narbe an der Stirn, eine Halskette, die unbehaarte Brust. Das Licht der Lampen fiel auf sein Haar, das tiefschwarz mit einem bläulichen Schimmer war. Die weichen Locken waren nicht wie bei den meisten Engländern zu einem Zopf geflochten, sondern waren oben kurz geschnitten und fielen in Wellen auf die Schultern. Das war ein Mann, der sich nicht dem Diktat der Mode unterwarf. Er unterwirft sich niemandem, dachte sie flüchtig, ließ den Blick über sein Gesicht wandern und …

»Tut es«, flüsterte er rau. In ihren Augen erkannte er, in welche Richtung ihre Gedanken liefen, Gedanken, die eine heftige Reaktion bei ihm auslösten.

Sie zuckte bei seinem schroffen Ton zusammen, nickte und versuchte es erneut. Diesmal bekam sie die Kugel mit der Pinzette beim ersten Versuch zu fassen und holte sie heraus. Sofort bedeckte sie die Wunde mit einem frischen Tuch und drückte fest.

»Nadel und Faden«, verlangte sie von Mr Baynes.

Leelan schüttelte den Kopf und reichte ihr nur die Nadel. »Nehmt seine Haare.«

Sie runzelte die Stirn, doch als Rein nickte, stand sie auf, wusch sich erneut die Hände und beugte sich über ihn.

Verdammt, ich hätte das Baynes überlassen sollen, dachte er, als ihr Duft ihn umhüllte. Zitronen. Er atmete tief ein und hätte sie am liebsten auf seinen Schoß gezogen. Dabei hatte er keine Zeit für Frauen, schon gar nicht für solche, die zuerst schossen und hinterher Fragen stellten. Doch sie bezauberte ihn mit ihrer Offenheit und diesem energischen Blick. Aber er verlor nicht den Verstand, sondern grub die Finger in die Bettdecke, um nicht nach der Brust zu tasten, die beinahe sein Gesicht berührte. Er fühlte es kaum, als sie ihm einige Haare ausriss.

Michaela setzte sich wieder, ohne etwas von seinem inneren Aufruhr zu ahnen, und Rein ließ sich zurücksinken. Lust ist etwas Gefährliches, dachte er und beobachtete ihren Mund, während sie konzentriert einfädelte. Er fand es reizend, wie sie dabei mit der Zungenspitze über die Lippen strich. Sie verknotete das Ende und begann zu nähen.

»Einen hübschen Grätenstich, wenn ich bitten darf«, sagte er mit einem Blick auf die Wunde.

Sie sah ihm in die Augen und fing einen amüsierten Blick auf.

Michaela schüttelte reuig den Kopf. »Wie könnt Ihr das so leicht nehmen?«

»Wäre es Euch lieber, ich würde Euch verwünschen?«

»Das wäre für Euch vermutlich befriedigender.«

Er sagte leise etwas, das sie für Gälisch hielt. Sie warf ihm einen finsteren Blick zu.

Rein lachte, weil sie ihn so böse ansah, und zuckte schmerzlich zusammen.

»Was habt Ihr gesagt?«

»Ich habe Euch behaarte Arme und Warzen gewünscht.«

»Ach?« Sie warf ihm einen trockenen Blick zu, während sie sehr behutsam nähte. »Es hätte genügt, mich eine unüberlegt handelnde Frau zu nennen.«

»Ich hätte auf einen ordentlichen Fluch verzichten sollen?«

Als sie ihm einen prüfenden Blick zuwarf, als wollte sie seine übersinnlichen Kräfte einschätzen, fragte er: »Soll ich den Fluch zurücknehmen?«

Sie zuckte die Schultern und arbeitete ungerührt weiter. »Ich glaube nicht an Flüche.«

Um seinen schön geformten Mund spielte ein Lächeln. »Sagt das noch einmal, wenn Euer hübsches Gesicht ruiniert ist.«

Ich bin ohnehin ruiniert, dachte sie, wenn ich nicht bald von hier verschwinden kann. Sie beugte sich vor, um den Faden abzubeißen.

Er hielt ihr Kinn mit Zeigefinger und Daumen fest. »Lasst das.« Ohne zu überlegen, berührte er mit dem Daumen ihre Lippen.

Ihr Atem strich über seine Hand, und plötzlich knisterte es zwischen ihnen. Sein Blick wanderte über ihre zarten Züge. Ihr Haar fiel in langen gedrehten Locken auf seinen unverletzten Arm. Er hielt eine Locke fest und befühlte sie.

»Göttin des Lichts, Ihr seid zauberhaft, Michaela.« Ihre Wangen röteten sich, doch aus ihren schönen Augen traf ihn ein reuiger Blick. »Es tut mir Leid, Rein.«

»Ich weiß, kleine Mörderin, ich weiß.« Er kam näher, sehnte sich nach ihr, nach ihrer Berührung, ihrem Duft ... nach diesem süßen Duft, der wie eine Droge war. Und als sie sich nicht zurückzog, sondern wartete, wuchs sein Verlangen unbeschreiblich schnell an.

Michaela fuhr sich mit der Zungenspitze über die Lippen, als ihr Begehren heftig erwachte. Sein Blick erhitzte sich, und er beugte sich zu ihr. Michaela schloss langsam die Augen. Sehnsucht erfüllte sie wie einen Kelch, der schließlich überfloss.

Sie vergaß die Zuschauer hinter ihnen, vergaß, dass sie an Bord eines mit lüsternen Männern angefüllten Schiffes war, das sie jederzeit auf die Reise mitnehmen konnte.

Reins Daumen glitt über ihre feuchten Lippen.

Sein Atem berührte ihren Mund, und sie fing den Geruch von Wind, Erde und Feuer auf. In diesem Moment riskierte sie mehr als nur die Berührung seiner Lippen.

Sie riskierte ihre Freiheit.

Sofort zuckte sie zurück und sprang so schnell auf, dass der Hocker umkippte. Vorwurfsvoll blickte sie auf Rein hinunter. Die Angst schmeckte bitter in ihrem Mund.

Das war Rein eine Warnung. Sie mochte verwegen sein, aber sie war unschuldig.

Vor Michaelas Augen verschloss sich sein Gesicht und verriet gar kein Gefühl mehr. Ein kalter Schauer lief ihr über den Rücken. Verwirrt sah sie Rein an, doch bevor sie etwas sagen konnte, verdeckte Baynes ihr die Sicht und verband seinen Captain. Rein rief schroff nach ihr und verlangte von Leelan, zur Seite zu gehen. Der Steuermann achtete nicht auf den Befehl.

Michaela schob sich zur Tür der prächtig eingerichteten Kabine, in der sich die um ihren Captain besorgten Matrosen drängten.

»Wer hat Euch das angetan, Sir?«, fragte Baynes. »Den Kerl schnappen wir uns.«

Michaela ergriff die Flucht, raffte die Röcke und lief auf das Deck hinaus. Das Schiff schwankte auf den Wellen, während sie über den Landungssteg eilte.

Kaum berührten ihre Füße den Pier, als ein Schrei erklang, bei dem die Menschen zum Schiff blickten. Rein rief nach ihr. Sie blieb mit heftig klopfendem Herzen stehen. Sollte sie an seine Seite zurückkehren und dafür sorgen, dass die Wunde heilte, die sie verursacht hatte? Oder sollte sie nach Hause gehen, bevor sie vermisst wurde? Sie drängte sich durch die Menschenmenge, und die Leute sahen ihr nach, als sie sich einen Weg zwischen Matrosen und Fischhändlern bahnte.

Den Umhang hatte sie genau wie ihre Pistole zurückgelassen.

Und wie den hinreißenden Captain mit den sagenhaften blauen Augen.

Kapitel 2

Cabai! Sende vier Männer aus«, befahl Rein, während die Matrosen hinter Michaela herliefen. »Du bleibst hier.« Der hoch gewachsene Araber blieb stehen. Er zog zu viel Aufmerksamkeit auf sich. »Die Männer sollen sich zurückhalten und nur dafür sorgen, dass sie sicher nach Hause kommt, mehr nicht.« Rein wollte nicht, dass das Mädchen für dieses Vergehen bestraft wurde. Und niemand sollte ihre Spur zur *Empress* zurückverfolgen können. Cabai benannte vier Männer, die sofort aufbrachen.

»Sie wird nicht einmal lebend den Hafen verlassen«, stieß Rein mit zusammengebissenen Zähnen hervor, setzte sich auf und griff nach seinen Stiefeln.

»Ihr könnt ihr doch nicht auch folgen!«

Rein warf seinem Steuermann nur einen Blick zu. Leelan hob abwehrend die Hände. »Na schön, reißt die Naht wieder auf, aber wenn Eure Mutter mich verhext, weil ich Euch nicht zurückgehalten habe, überreiche ich ihr Eure Haut.«

Rein achtete nicht auf seine Drohungen. »Wollt Ihr Euer Gewissen mit ihrem Tod belasten? Donner und Blitz, Mann, sie ist eine Frau, noch dazu eine sehr kleine Frau!« Und unbewaffnet, stellte er fest, als er ihren Umhang und die Pistole aufhob. Sie würde in dieser Nacht frieren.

»Sie war groß genug, um Euch eine Kugel in die Schulter zu jagen.«

Rein zog die Augenbrauen hoch.

»Warum sonst hättet Ihr von der Kleinen die Kugel herausholen lassen? Euer Bruder musste auch den Pfeil entfernen, den er Euch verpasst hatte.« Leelan hob lachend die schmutzigen Tücher auf.

»Danach hat er wenigstens nicht mehr auf ahnungslose Spaziergänger geschossen, oder?« Rein stand auf, wankte, ließ die Stiefel fallen und hielt sich am Bettpfosten fest. Verwünschte Frau, die so gut zielte! Leelan reichte ihm ein frisches Hemd, als wäre er nicht Steuermann, sondern Kammerzofe. Rein ärgerte sich über sein wissendes Lächeln.

Erleichtert verließ Leelan die Kabine und rief nach dem Koch.

Rein zog das Hemd an. Von dem Blutverlust schwindelte ihm, doch er fühlte kaum Schmerz. Er legte Pistole und Umhang auf seinen Schreibtisch, setzte sich vorsichtig und lehnte den schmerzenden Kopf zurück.

Michaela glaubte, er würde sie wegen des Schusses den Behörden melden, und durch die Entführung hatte er ihre Vermutung bestärkt. Allerdings gefiel es ihm nicht, dass sie jetzt vermutlich um ihr Leben lief.

Sein Blick fiel auf die schwach zu erkennende Gravur ihrer Pistole.

R.A.D., Captain H.M.L.D.

His Majesty's Light Dragoons?

Die Pistole war ungefähr zehn Jahre alt. Wie kam Michaela an eine solche Waffe? Vermutlich gestohlen. Kein ehrenhafter Soldat gab freiwillig seine Waffe her. Es wäre besser gewesen, nicht mehr an diese Frau zu denken, doch das konnte er nicht.

Er sah sie deutlich vor sich, die zierliche Gestalt, das zarte blasse Gesicht, die feinen Brauen und die grünbraunen Augen ... und diesen üppigen Mund. Dabei hatte er noch nie eine Frau küssen wollen. Sie nehmen, ja, das schon. Er strich sich übers Gesicht und stellte sich vor, wie diese Frau ihn berührte. Sein Körper reagierte sofort auf diese Fantasien.

»Verdammt«, murmelte Rein und massierte die Schläfen, doch das Bild ließ sich nicht vertreiben. Stattdessen dachte er sogar noch intensiver an sie, an ihre spöttischen Blicke und ihre

Unverschämtheit. Lächelnd dachte er an die kupferroten Locken und den sanften Ausdruck in ihren Augen, als sie sich bei ihm entschuldigt hatte. Doch sie war unschuldig und daher für ihn verboten. Das durfte er nicht vergessen. Und er hatte ohnehin keine Zeit, sich um sie zu kümmern.

Er zuckte zusammen, als etwas Feuchtes seine Hand berührte. Das Fantasiebild verschwand, und er betrachtete finster den Störenfried.

»Bei der Göttin des Lichts, Rahjin, habe ich dir denn gar keine Manieren beigebracht?«

Die Pfoten auf den Schreibtisch gestellt, leckte ihm die schwarze Pantherin noch einmal über die Hand. Als Rein sie zornig abwehrte, fletschte die Wildkatze die spitzen Zähne, trottete zum Bett, sprang darauf und knurrte, als sie das Blut roch.

»Mir geht es gut«, versicherte Rein und hielt dem Blick aus den grüngoldenen Augen stand. »Schlaf!«

Rahjin ließ sich in die Kissen sinken.

»Nicht in meinem Bett.« Rein beschränkte sich auf einen fragenden Blick, als ihn die Pantherin mit unerschütterlicher Ruhe ansah. »Hast du heute schon einige Ratten gefangen?«

Wie ein getadeltes Kind glitt Rahjin vom Bett und kroch auf ihren Platz unter der Fensterbank, unter der sie völlig in der Dunkelheit verschwand. Nur der lange Schwanz schlug auf dem Teppich hin und her.

Rein lehnte sich zurück und griff nach dem Medaillon, das heute wieder seine dunklen Kräfte gezeigt hatte. Die Augen geschlossen, strich er mit dem Daumen über die Gravur. Innerhalb der letzten drei Jahre hatte er das so oft getan, dass die Oberfläche fast schon glatt war. Er brauchte das Bild allerdings nicht zu sehen, um zu wissen, was es darstellte – ein Schiff, das es schon seit etwa dreißig Jahren nicht mehr gab. Der Name spielte keine Rolle. Das Medaillon diente nur einem einzigen Zweck. Es stellte eine Verbindung zu seiner Vergangenheit dar, und gemessen am heutigen Tag, handelte es sich um ein tödliches Band.

»Das passiert, wenn du meine Einladung nicht annimmst«, sagte eine Männerstimme.

»Erinnere mich das nächste Mal daran.« Rein öffnete ein Auge, als Temple Matthews eintrat. Rahjin schnarchte leise unter der Bank. »Du bist vielleicht eine feine Beschützerin«, sagte er zu ihr.

Temple betrachtete Reins verbundene Schulter und das Medaillon. »Sie hat einmal auf dich geschossen?«

»Ja. Hätte sie mehr Waffen bei sich gehabt, hätte sie ... lieber Himmel!«, unterbrach er sich zornig. »Ich ziehe Leelan die Haut für seine Geschwätzigkeit ab!«

»Ich habe es aus ihm herausgeprügelt.« Temple setzte sich lachend auf das Sofa neben dem Schreibtisch und streckte die langen, in Stiefeln steckenden Beine aus.

»Du riechst nach Parfum, Mann, und nicht nur nach einem.« Rein fächelte sich Luft zu.

»Nicht zu vergessen die Ritte zwischen sehr willigen und duftenden Schenkeln.« Temple grinste verwegen. »Es war ein großes fleischliches Vergnügen, hinterher so auszusehen«, bemerkte er und deutete auf seine elegante, aber verknitterte Kleidung.

»Hast du keine Angst, dir eine Krankheit einzufangen?«, fragte Rein.

»Ich bespringe nur die feinsten Damen, Captain«, beteuerte Temple, nahm sich aus der Obstschale auf dem Schreibtisch einen Apfel und biss hinein.

»Feine Damen lassen sich nicht ... bespringen.«

»Nein.« Temple lächelte lüstern. »Aber sie verwandeln sich im richtigen Moment in kleine Dirnen und schreien dementsprechend.« Träge fügte er hinzu: »Lady Katherine lässt dich übrigens grüßen.«

Rein richtete nur die Augen auf ihn.

Es überraschte Temple nicht, dass der Captain ihn nicht um das Erlebnis mit der Witwe beneidete. Rein hatte nur eine Nacht mit der jungen Frau verbracht, und danach hatte sie ihn schon als ihren festen Geliebten betrachtet. Sie hatte sogar gewagt, mit einer Kutsche auf dem Pier aufzutauchen, war jedoch wieder weggeschickt worden. Temple hatte allerdings schon gerüchteweise gehört, dass es ihren Ruf hob, eine Nacht mit Rein überstanden zu haben. Doch er und der Captain kannten das Spiel dieser Dame. Sie suchte einen neuen Beschützer und genug Geld, um den Lebensstil beibehalten zu können, an den sie sich während der Ehe mit einem Herzog gewöhnt hatte. Die Gegenleistung erbrachte sie auf dem Rücken liegend.

»Kannst du dir diese Frau überhaupt leisten?«

»Natürlich nicht.« Temple gab sein Geld lieber beim Spiel aus. »Ich wollte nur eine Kostprobe der Dame, die du so einfach hast fallen lassen. Wirklich schade, Rein.« Katherine besaß Leidenschaft. Leider verlangte sie mehr, als sie gab, und ihre Sucht nach Lust war geradezu krankhaft.

»Vorsicht, mein Lieber, die Dame ...«

»Ist eine Hure, ich weiß«, fiel Temple dem Captain ins Wort. »Aber was kann ein minderwertiger Südafrikaner wie ich schon für sich erhoffen?«

»Selbstachtung wäre ein ausgezeichneter Anfang. Wenn du nicht vorsichtig bist, lässt du dein Leben in einem Duell.«

Temple winkte ab. »Ich bin diskret. Siehst du, ich ging unter dem Deckmantel der Nacht.« Er deutete zu den Fenstern, vor denen gerade erst die Morgendämmerung zu schimmern begann. »Und ich respektiere mich selbst, Rein, meine Vergangenheit und die Menschen in meiner Umgebung. Deshalb jage ich ja auch hinter leichten Frauenzimmern her und überlasse die tugendhaften Damen den wahren feinen Herren.« Er nickte seinem Freund zu. »Genau wie du.«

»Du wüsstest mit einer wirklichen Dame gar nichts anzufangen, Temp, solltest du jemals eine finden – was ich bezweifle.«

Schärfer fügte Rein hinzu: »Übrigens jage ich hinter keiner Frau her.« Prompt fiel ihm Michaela wieder ein.

»Genau das ist das Problem«, meinte Temple nachdenklich. »Du wärst nicht dermaßen übel gelaunt, würdest du dir ab und zu ein Mädchen gönnen.« Er störte sich nicht an der finsteren Miene des Captains. »Was ist denn mit der Schützin?«, erkundigte er sich und zeigte auf den Verband.

Reins Miene warnte ihn davor, das Thema weiter zu verfolgen.

Wie üblich störte Temple sich nicht daran. »Leelan sagt, sie wäre eine Schönheit. Dieses Mädchen könnte doch ...«

»Nein!«

»Ganz sicher nicht?«

»Nein!«, rief Rein. »Es reicht, Matthews! Rahjin, verdiene dir dein Futter!«, befahl er.

Die schwarze Pantherin erhob sich, schlich quer durch die Kabine, betrachtete Temples Hand mit dem Apfel und stupste ihn gegen den Arm.

»Liebst du mich?«, fragte Temple strahlend.

Rahjin rieb den Kopf an seinem Ärmel und knurrte, als sie eine Frau an ihm roch.

»Sie hat mir nichts bedeutet, wirklich nicht«, beteuerte er einschmeichelnd, und Rein schüttelte den Kopf.

Es war immer das gleiche Spiel zwischen Temple und Rahjin. Rahjins Eifersucht war ähnlich gefährlich wie ihre scharfen Krallen. Temple Matthews wich jedoch keiner Gefahr aus, und Rahjin stellte in dieser Hinsicht noch das geringste Risiko dar.

»Kätzchen, du bist Besitz ergreifend.« Temple bot die ungeschützte Wange der Pantherin dar, die ihn und den Apfel in seiner Hand beschnüffelte. »Die Dame war wie alle anderen bloß ein Vergnügen. Liebst du mich aufrichtig?« Er beugte sich noch näher zu der Raubkatze, und Rein hielt den Atem an, weil Rahjin lauter knurrte. Doch als Rein schon dachte, sie würde zuschlagen, leckte sie Temple das Gesicht. Temple lachte, streichelte Rahjin und gab ihr den Apfel, den sie blitzartig verschlang. »An die Arbeit, mein Schatz.« Er kraulte sie noch einmal, ehe sie aus der Kabine trottete.

»Bei der Göttin des Lichts, nicht einmal ich würde sie dermaßen herausfordern, und ich habe sie großgezogen!«

Temple zuckte die Schultern und wischte sich mit dem Ärmel übers Gesicht. »Es passt dir bloß nicht, dass sie mich lieber mag. Also, erzähle mir, wieso dieses Mädchen dich angeschossen hat.«

»Nein.«

»Nein?«

»Du bist starrsinnig, aber nicht taub.«

Temple lächelte amüsiert. »Ich finde es heraus, genau wie bei Katherine.«

»Das hast du nur geschafft, weil ich es zugelassen habe.« Rein lehnte sich zurück. Michaela wollte er für sich behalten als eine Erinnerung, die nicht von seiner niedrigen Abstammung und seiner schlimmen Vergangenheit beschmutzt wurde. Wenn er mit niemandem über sie sprach, wurden die zarten Bilder auch nicht zerstört.

Michaela sprang vom Wagen des Hausierers und lief Argyle entgegen, der sein Pferd vor ihr zügelte.

»Dem Himmel sei Dank, Mädchen! Ich dachte schon, du wärst tot!« Er hob sie vor sich in den Sattel und zog das Pferd um die Hand.

»Hat er nach mir gefragt?«, erkundigte sie sich fröstelnd.

»Ja. Millie sagte, du würdest dich nicht gut fühlen, aber das ist schon länger her. Der Major ist bereits den ganzen Nachmittag bei ihm im Arbeitszimmer.«

»Dann bleibt er auch zum Abendessen. Verdammt!« Es hatte ihr gerade noch gefehlt, dass der Schoßhund ihres Onkels hinter ihr herschnüffelte.

Argyle lächelte über ihren Fluch und zügelte das Pferd auf dem Rasen, um sich nicht durch das laute Klappern der Hufe zu verraten.

Michaela ließ sich aus dem Sattel gleiten, lief zur Tür und stieß sie auf. Die Dienstboten unterbrachen betroffen die Arbeit. Mrs Stockard kam zu ihr. »Ach, um Himmels willen, wie seht Ihr denn aus!«

»Das ist nicht meines«, wehrte Michaela ab, als die Frau auf das Blut an ihrer Schulter und den Manschetten der Bluse starrte. Eine Erklärung gab sie nicht, und sie wollte auch nicht an Rein denken. Sie war den Matrosen entkommen, die er hinter ihr hergeschickt hatte. Bestimmt wollte er sie für den Schuss auf ihn bezahlen lassen – und noch mehr. Und sie ertrug den Gedanken nicht, ein Mann könnte sie berühren.

Von ihm hatte sie sich jedoch berühren lassen. Er war ihr nahe genug gekommen, um …

»Ich lasse Wasser warm machen«, sagte Mrs Stockard und eilte mit ihr zur Dienstbotentreppe. »Geht in Eure Gemächer hinauf.«

Michaela hielt die Köchin am Arm fest und drückte ihr einen Kuss auf die Wange. »Danke, Agnes. Danke, Millie«, sagte sie zu dem Hausmädchen.

In ihren Räumen angekommen, atmete Michaela auf, zog sich aus und stopfte die Sachen in einen Korb. Das Messer, das sie aus der Kapitänskajüte mitgenommen hatte und das ihr einziger Schutz gewesen war, besaß einen aus einem Knochen geschnitzten Griff. Es war nicht sonderlich wertvoll. Trotzdem fühlte sie sich als Diebin, als sie es im Korb ganz unten versteckte und nackt in die Wanne stieg.

Energisch wusch sie Blut und Schmutz ab und verbannte die Gedanken an den Captain und das Verlangen in seinen schönen blauen Augen. Alle Männer waren gleich. Sie gaben sich reizend und sanft, bis man sich gegen sie stellte. Dann setzten sie sich notfalls mit brutaler Gewalt durch.

Ausgenommen Papa, dachte sie und schrubbte ihre Haut, bis sie sich rötete. Papa hat mir nie weh getan ... Der Tod ihres Vaters hatte ihr nicht nur einen geliebten Menschen, sondern die ganze Zukunft entrissen. Sie trauerte um die Kinder, die sie nie haben, das Heim, das sie nie versorgen, und den liebevollen Ehemann, den sie nie kennen lernen würde.

Plötzlich fielen Tränen ins Badewasser, und als sie an gebräunte Haut und ein herausforderndes Lächeln dachte, schluchzte sie. Der Captain hatte sie kalt zurückgewiesen, als sie sich nicht küssen ließ. Hätte er Bescheid gewusst, hätte er nicht einmal einen Kuss gewollt.

Kein Mann!

Sie ließ sich ins warme Wasser sinken, um das Haar zu waschen. Nein, sie wollte diesen Kerl nie wieder sehen.

Millie klopfte, kam herein und half ihr, das Haar zu spülen. Schließlich stieg Michaela aus der Wanne, trocknete sich ab und zog sich hastig an. »Beeile dich, Millie«, drängte sie, als das Mädchen das Kleid schloss. »Ich höre ihn schon.«

»Tut mir leid, aber das Ding ist alt und ausgefranst. Ihr solltet so etwas nicht tragen müssen«, wechselte Millie das Thema.

»Das ist das Beste, was ich habe.« Michaela versuchte, das Haar zum Zopf zu flechten.

»Haltet still, Miss, bitte«, flehte das Hausmädchen.

Michaela verzichtete auf den Zopf und strich das Haar zurück, während Millie rasch nach dem Bad aufräumte.

Es klopfte an der Tür. Michaela schob eine Nadel ins Haar. »Geh nur, ich komme zurecht«, sagte sie zu Millie und öffnete die Tür.

Ihr Onkel richtete die grünen Augen hart auf sie. »Du bist also endlich auf.«

»Ja, und ich fühle mich viel besser, Onkel, vielen Dank.«

Er trat nicht ein und achtete auch nicht auf Millie, die sich an ihm vorbeidrängte. Seine Glatze schimmerte, als er das schlichte Kleid betrachtete. »Komm endlich herunter. Wir haben Hunger.«

»Wir?«, erkundigte sie sich scheinbar ahnungslos.

»Der Major speist natürlich mit uns.«

»Wie schön.« Noch schöner wäre es gewesen, wäre er innerhalb der letzten Stunde tot umgefallen. Sie hakte ihren Onkel unter, und er machte ein Gesicht, als würde sie seine Jacke beschmutzen. Trotzdem wich Michaela nicht zurück.

Ihr Vater hatte ihr beigebracht, im Angesicht des Feindes stets auf der Hut zu sein.

Kapitel 3

Temple betrachtete stirnrunzelnd Rein, der auf dem Bett lag. »Man sollte meinen, dass er um sich schlägt oder vor sich hin murmelt. Aber er ist ganz still.«

»Dann wisst Ihr nicht so viel über ihn, wie Ihr denkt«, erwiderte Leelan.

»Er hat Fieber. Was gibt es da schon zu wissen?«

»Er heilt sich selbst«, erklärte Leelan.

Temple kannte Rein nun seit einigen Jahren und fand ihn etwas sonderbar, auch wenn ihre Pfade sich selten kreuzten, da er für Rein ein anderes Schiff führte. »Erklärt es mir«, verlangte er. »Rein spricht nie darüber.«

Leelan sah den jungen Mann unentschlossen an. »Er wird es Euch erklären, wenn er es für richtig hält.«

Temple betrachtete seinen Arbeitgeber. Bei einer Flasche Madeira hatte Rein ihm einiges aus seiner Vergangenheit erzählt, jedoch diese Facette seines Lebens nicht angesprochen.

»Lasst ihn in Ruhe.« Baynes trat zur Tür. Rahjin lag wie ein Kätzchen zusammengerollt am Fußende des Betts und hielt Wache. »Hier hilft nur warten.«

Temple ging hinaus, und nach einem letzten Blick zurück schloss Leelan die Tür hinter sich.

Rein, eingehüllt in einen Lichtmantel, hörte nichts, während Worte aus alter Zeit seine Gedanken erfüllten und das Blut erwärmten, das gegen die Wunde pulsierte.

Eine Straße erschien vor seinem geistigen Auge. Mehrere

Straßen zweigten wie die Speichen eines Rades davon ab. Drei davon waren dunkel, doch er bewegte sich dem Licht entgegen. Plötzlich tauchte ein Bild aus seiner Kindheit auf – ein Kind, das auf der Erde lag und die Hand seiner Mutter hielt. Das Bild war verschwommen, und er konnte die Worte nicht hören, kannte sie jedoch.

»Fühlst du es? Das ist die Energie der Erde. Fange sie auf, Dahrein, und bewahre sie, denn sie ist wertvoll.«

Diese Kraft beschwor er jetzt, und sie zog ihn tiefer in den heilenden Schlaf. Energie durchströmte ihn wie erhitzter Wein, drang in die Wunde ein und vertrieb alle Unreinheiten.

A null e. A null e. Slaintè …

Aurora?

Ja, mein Sohn, ich bin hier.

Rein lächelte.

Brigadier General Atwell Denton betrachtete seine Nichte, während er ein Stück gekochtes Rindfleisch aufspießte. »Hast du die Gästeliste gesehen?«

»Ja.«

»Wurden meine Einladungen zugestellt?«

»Die Hälfte. Argyle kümmert sich im Lauf der Woche um den Rest«, erwiderte Michaela. Wegen Major Winters war ihr der Appetit vergangen. Der hoch gewachsene blonde Mann saß ihr gegenüber und zwang sie seit Tagen, sein attraktives Gesicht mindestens einmal am Tag zu sehen. »Das Essen wurde bestellt, und Mrs Stockard bereitet es schon zu.« Nur der Brigadier kam auf die Idee, für sich selbst ein Fest zu geben, um seine letzte Beförderung zu feiern.

»Ich habe um ein Kleid für dich geschickt. Das hier …«, er deutete auf das hoch geschlossene graue Kleid, »… das reicht nicht.«

Hätte sie von ihm ihr Erbe zurückerhalten, hätte sie sich selbst entsprechend ausstatten können. Seit ihr Onkel sich nach dem Tod ihres Vaters in ihr Leben gedrängt hatte, war ihr die Kontrolle über ihre Mittel entglitten. Nichts war ihr geblieben. Und ihr Onkel gab ihr Geld für seinen elenden Ball aus.

»Danke, aber nein danke«, sagte sie möglichst herzlich. »Es ist schon zu spät für Änderungen.«

»Dann ziehst du es eben an, wie es ist. Es müsste eigentlich passen.«

Michaela biss die Zähne zusammen und nickte, obwohl sie ihn am liebsten angeschrieen hätte. Was wusste ein Mann, der nur für das Militär lebte, von den Änderungen, die ein Ballkleid benötigte?

»Ich danke, Onkel Atwell«, erwiderte sie und kostete den gekochten Fisch.

»Brauchst du mehr Angestellte?«

»Nein«, wehrte sie erschöpft ab. »Ich kümmere mich seit Jahren darum, dass der Haushalt reibungslos läuft. Und der war doppelt so groß, als mein Vater dem Radscha zugeteilt war. Papa war berühmt für seine großartigen Feste. Das fand auch der spanische König.«

Es freute sie, dass das ihren Onkel sichtlich ärgerte, weil er nicht gern an die Leistungen seines Bruders erinnert wurde. »Ein Ball bereitet mir nicht die geringsten Probleme.«

»Es muss alles reibungslos laufen.«

»Habe ich dich bisher enttäuscht?«

Wie gern hätte sie die Worte ungesagt gemacht, als ihr Onkel zu Major Winters blickte. Es fiel ihr unendlich schwer, sich nichts anmerken zu lassen, wenn ihr Fehler ihr direkt gegenüber saß. Wieso musste er sie aber auch an seinen üblen Sieg erinnern?

»Nein, nicht in jüngster Zeit«, räumte ihr Onkel ein und war so mit dem Essen beschäftigt, dass er nicht mitbekam, wie verlangend der Major Michaela betrachtete.

Der Magen drehte sich ihr unter diesem Blick beinahe um. Sie griff nach dem Weinkelch und stieß ihn um. Rotwein ergoss sich über das irische Leinen.

»Sieh nur, was du angerichtet hast«, schimpfte ihr Onkel und versuchte vergeblich, den Wein wegzutupfen. »Ungeschicktes Frauenzimmer!«

Major Anthony Winters lachte leise. Das war zu viel. Unterdrückt schluchzend sprang sie auf und verließ den Raum, obwohl ihr Onkel verlangte, sie solle zurückkommen.

Vor dem Speisezimmer blieb sie stehen und befahl sich, in Gegenwart dieser Männer die Beherrschung zu behalten. Es war einfach gewesen, die beiden davon zu überzeugen, dass sie auf ihr herumtrampeln konnten. Nun musste sie dabei auch bleiben.

Sie blickte zurück. Die zwei waren bereits wieder in ein Gespräch versunken und hatten sie völlig vergessen. Das war vorhersehbar gewesen. Michaela ging in die Küche, um Mrs Stockard zu gestehen, dass sie schon wieder ein Tischtuch ruiniert hatte.

Auf Strümpfen schlich Michaela durch den dunklen Korridor und wartete vor den ehemaligen Gemächern ihres Vaters, bis ihr die Geräusche verrieten, dass ihr Onkel zu Bett gegangen war. Sobald das Licht erlosch, kehrte sie in ihre Kammer zurück, schloss ab, entledigte sich der Kleider und öffnete einen großen Korb. Unter den darin aufbewahrten Sachen holte sie Hosen, ein Hemd und eine dicke Wolljacke heraus, zog die Sachen zusammen mit Stiefeln an, versteckte das Haar unter ihrer Mütze und tastete nach dem Messer mit dem Griff aus Knochen.

Es schien Ewigkeiten her zu sein, dass sie den Captain getroffen hatte, nicht erst zwei Tage. Bei der Erinnerung an sein Lächeln stockte ihr der Atem, und ihr Herz schlug schneller.

Dieser Mann weckte Gefühle, die sie sorgfältig in sich verschlossen hatte. Trotzdem hoffte sie, dass er überlebt hatte. Michaela bückte sich und schob das Messer in den Stiefel.

Dunkelheit hatte sich über den Pier gesenkt. Es roch nach Fisch und Meer, und der Mond stand hoch am schwarzen Himmel. Temple lehnte mit verschränkten Armen an der Reling und sah zu, wie sein Arbeitgeber das Pferd aus dem Verschlag holte, die Hufe auskratzte, das Fell striegelte und ihm einen Futtersack umhängte, bevor er ihm den spanischen Sattel auf den Rücken legte.

»Du verwöhnst ihn wie ein Kind.«

»Er ist auch erst drei«, antwortete Rein und streichelte Naraka wie eine Katze.

Temple hätte schwören können, dass der Hengst schnurrte. »Du kannst nicht reiten. Du bist verletzt.«

»Cabai hat mich zwei Tage bemuttert. Das reicht. Ich brauche Bewegung.«

Auf einen Berg zu steigen oder in einem Gewässer zu schwimmen, in dem sich Haie tummelten, entsprach Reins Vorstellung von Vergnügen. Temple wollte sich gar nicht ausmalen, was der Captain jetzt plante. »Wenn du zu Madame Goulier möchtest, schließe ich mich an.«

Rein sah ihn über den Rücken des Pferdes hinweg an. »Kommt nicht infrage.«

»Madame oder ein Begleiter kommt nicht in Frage?«

»Beides.« Rein saß auf und enthüllte dabei das Waffenarsenal im Hosenbund. »Halte dich da heraus, Matthews, ist das klar?«

Captain Rein Montegomery wartete auf keine Antwort, sondern trieb Naraka den Landungssteg hinunter und gab ihm die Sporen. Die Leute wichen blitzartig zur Seite. Temple sah ihm nach, ehe er sich von der Reling abstieß und zum Landungssteg ging.

»Folgt ihm nicht, Kamerad.«

Temple drehte sich zu Leelan um.

Der alte Mann biss in einen Apfel und deutete in die Richtung, in der Rein verschwunden war. »Er braucht keinen Aufpasser.«

Temple lächelte trocken. »Aber vielleicht einen Freund.«

»Kaum. Außerdem wird er von Dämonen getrieben, die Ihr Euch nicht einmal vorstellen könnt.«

»O doch, das kann ich«, erwiderte Temple hart.

Argyle saß auf seinem Pferd zwischen den Bäumen und sah zu, wie Michaela vorsichtig ihr Reittier aus dem Stall führte. Das musste er dem Mädchen lassen, sie war so leise und geschickt, dass der Junge, der im Stall schlief, nicht einmal wach wurde.

Argyle wartete, bis sie sich ein Stück entfernt hatte, ehe er losritt. Er hatte keine Ahnung, was sie vorhatte, und es spielte auch keine Rolle. Lächelnd duckte er sich unter einem tief hängenden Ast und erinnerte sich daran, wie das kleine Mädchen mit Zöpfen auf einem Kamel ausgeritten war. Damals hatte ihr Verschwinden eine ganze Brigade alarmiert, weil man dachte, sie wäre von Beduinen entführt worden. Er hatte sie zurückgeholt, und das arme Kind hatte nach der Bestrafung eine Woche lang nicht sitzen können.

Doch noch während ihr Vater mit ihr schimpfte, hatte sie erklärt, Kamele könnten lächeln, und das wäre seltsam, hätten sie doch angesichts ihrer Hässlichkeit gar keinen Grund dazu. Daraufhin war der Zorn ihres Vaters verflogen, und er hatte sie amüsiert weggeschickt. Die kleine Michaela hatte sich die wunde Rückseite gerieben und an der Tür erklärt, ihr Vater hätte sich keine Sorgen machen müssen. Die Leute in der Wüste hätten sie sicher nicht angefasst, weil sie seine Tochter war.

Was ist sie doch vertrauensvoll und unschuldig gewesen, dachte Argyle, während er sein Pferd antrieb. Zu Lebzeiten ihres Vaters hatte nichts sie treffen können, doch jetzt war er tot, und sie hatte nur noch ihn, Argyle. Michaela wusste es nicht, aber er würde sie niemals im Stich lassen. Das hatte er ihrem Vater auf dem Totenbett geschworen.

Einmal hatte er allerdings schon versagt, und der Preis, den Michaela dafür bezahlte, würde ihn bis zu seinem letzten Atemzug verfolgen.

Kapitel 4

In einer dunklen Ecke der Boar's End Tavern nippte Rein an einem Getränk, das er gar nicht wollte, und beobachtete die Soldaten, die Rum und Frauen genossen. Er bezahlte schon seit Stunden für sie, um Informationen zu erhalten. Als ein stämmiger Mann, der älter als die anderen war, zu ihm kam, stand Rein auf.

»Einen Toast auf die Soldaten Seiner Majestät«, sagte Rein, und der Sergeant Major betrachtete ihn verhalten.

»Einverstanden, wenn Ihr bezahlt.«

»Mache ich. Rein Montegomery«, stellte er sich vor.

Der Mann schien den Namen zu kennen und setzte sich zu ihm. Rein gab der breithüftigen Serviererin einen Wink, die daraufhin an die Theke eilte und mit einem Krug Ale zurückkehrte, den sie lächelnd dem Soldaten vorsetzte.

Der Sergeant Major sah der Frau nach. »Ihr habt die Aufmerksamkeit des Mädchens erregt, Sir.«

»Kaum«, wehrte Rein ab. »Das wart Ihr mit all Euren Orden.«

Der Soldat blickte auf seine Brust. »Damit kann ich nicht bezahlen, und essen kann ich sie auch nicht. Sie machen nur meinen Rock schwerer.«

Ein praktisch veranlagter Mann, dachte Rein und beugte sich vor. »Wo habt Ihr gedient?«

»Kolonien, Marokko, Indien, Kapstadt.« Er zuckte mit den Schultern. »Und an einigen anderen Orten.«

»Wollt Ihr mir davon erzählen?« Rein sprach nie über seine eigene Vergangenheit, und während er nach Informationen über seinen Vater suchte, horchte er niemanden aus, der über die hässlichen Seiten des Krieges nicht sprechen wollte. Dieser altgediente Sergeant Major sah jedoch so aus, als suchte er ein offenes Ohr.

»Wollt Ihr es wirklich hören?«

»Wenn es Euch nichts ausmacht, Sir«, meinte Rein beiläufig. »Ich habe genug vom Krieg gesehen, um nicht noch einmal an einem teilnehmen zu wollen.« Schlimme Erinnerungen an das Gefängnis des Sultans und Kämpfe gegen Sklavenhändler tauchten vor seinem inneren Auge auf. Von alledem hatte er genug. Schon lange wollte er nicht mehr zu den Waffen greifen und Blut auf den Decksplanken sehen. »Fangt am Anfang an, wenn Ihr wollt, Sergeant Major ...«

»Edward Townsend.« Er schüttelte Rein die Hand. »Die meisten nennen mich Rusty.« Er schob die weiße Perücke zurück, unter der feuerrotes Haar zum Vorschein kam. Rein lächelte und bestellte bei der Serviererin für sie beide Abendessen.

Weit nach Mitternacht half Rein endlich Townsend die Treppe zu dem Zimmer hinauf, das er für den tüchtigen Soldaten gemietet hatte.

»Müsst ihr bestimmt nicht in die Kaserne zurück, Sir?«

»Hört auf, mich ›Sir‹ zu nennen, Rein«, erwiderte Rusty. »Ihr seid vielleicht ein verschlossener Kerl.«

»Natürlich bin ich das«, bestätigte Rein lächelnd. »Und auch merkwürdig.«

Rein ließ den massigen Mann auf das Bett gleiten und wandte sich an die Serviererin, die sich den ganzen Abend um sie beide gekümmert hatte. »Er soll alles bekommen, was er braucht. Ein gutes Frühstück.« Rein hielt den Mann fest, damit der nicht vom Bett rutschte. »Falls er eines verträgt.« Rein zog ihm die Stiefel aus und stellte sie neben das Bett. »Das Zimmer ist für zwei Tage bezahlt, falls er den Rausch einfach ausschlafen will.«

»Ich bin nicht taub, Rein.«

»Nein, aber bis unter die Halskrause abgefüllt.«

Rusty lächelte müde. »Ich habe Euch unter den Tisch getrunken.«

Rein wandte sich noch einmal an die Angestellte der Taverne. »Sag es ihm wortwörtlich«, verlangte er und drückte ihr Münzen in die raue Hand, »sollte er etwas von mir brauchen, muss er nur darum bitten.« Als sie nickte, gab Rein ihr einen Kuss auf die Wange und flüsterte: »Es würde ihm gut tun, beim Essen ein hübsches Gesicht zu sehen, falls er es morgen nach unten schafft, Miss.« Sie errötete wie ein junges Mädchen.

Der Sergeant Major war ein einsamer Mann, der nie geheiratet hatte, um keiner Frau das unstete Leben beim Militär zuzumuten. Jetzt stand er vor dem Ende seiner Laufbahn, und Rein fühlte mit ihm.

Er ließ Rusty zurück und ging nach unten und zu Naraka, der draußen an einem Pfosten angebunden war, saß auf und jagte ziellos in die Nacht hinaus.

Später wollte er über Rustys Schilderungen nachdenken und ergründen, welche Beziehung sie zu seiner Vergangenheit hatten. Im Moment wünschte er sich nichts als Freiheit, und er ritt erst langsamer, als er sich dem Pier näherte.

Geräusche erregten seine Aufmerksamkeit – ein Handgemenge, ein Schmerzensschrei, dann ein Schlag. Rein zügelte Naraka, lauschte, zog die Pistole und drängte den Hengst zu einem dunklen Durchgang. Ein Mann stürmte auf die Straße, hielt sich die Seite und stockte, als er Rein sah. Naraka bäumte sich auf, als der Mann schrie, als wäre Luzifer aufgetaucht, um ihm die Seele zu rauben, und wegrannte. Rein beruhigte den Hengst und hielt ihn vor dem Durchgang an. »Komm heraus!«

»Himmel, ich lege mich nicht mit Euresgleichen an, Herr«, erwiderte eine helle Stimme.

»Ich tue dir schon nichts, Kleiner. Komm!«

»Kann ich Euch denn vertrauen?«

Rein zeigte sich unter einer flackernden Straßenlaterne. »Ich könnte auch zu dir kommen und dich holen.«

Es dauerte eine Weile, ehe sich Schritte näherten. Dann trat ein kleiner Junge ins Licht.

»Soll ich dich nach Hause bringen, mein Sohn?«

Der Junge verkrampfte sich, die Schultern hochgezogen. Er schüttelte den Kopf und wollte weitergehen, doch Naraka stieß ihn mit dem Maul an und schob ihn zurück. Der Bursche murmelte etwas Unverständliches, zeigte aber keine Angst vor dem mächtigen Tier und drückte den Kopf des Hengstes beiseite. Das Pferd hielt die Mütze des Jungen fest, und als sie vom Kopf glitt, fiel langes dunkles Haar über die schmalen Schultern.

»Verdammtes Biest!«, rief das Mädchen und fasste nach der Mütze, doch das Pferd hielt es für ein Spiel und hob den Schädel an. In diesem Moment fing Rein den Duft von Zitronen auf und beugte sich herunter, um das Gesicht zu sehen.

»Bei der Göttin des Feuers«, stöhnte er. »Sagt bitte, dass nicht Ihr es seid!«

»Gut. Ich bin es nicht. Der Hengst soll mir die Mütze zurückgeben. Dann ist die Sache erledigt.«

»Seht mich an, Frau!«

Michaela stemmte die Hände in die Hüften und schleuderte die Locken zurück. Vergeblich versuchte sie, sich gegen Reins schimmernde Augen und die Empfindungen abzuschirmen, die er in ihr weckte. Wie konnte er mit einem einzigen Blick ihr Innerstes entflammen? Und wieso sah er so gut aus?

Allerdings freute sie sich, dass er die Verletzung überstanden hatte. Rasch unterdrückte sie das schlechte Gewissen. Sie musste ihm entkommen, doch er schien ihre Gedanken zu erraten und trieb den Hengst vorwärts, bis sie gegen die Wand gedrückt wurde.

»Hättet Ihr nach meiner Gesellschaft verlangt, Rein, hättet Ihr mich nur einzuladen brauchen.« Es ärgerte sie, wie er sie vom Pferd aus betrachtete, wie sein Blick zu sagen schien: »Ha, jetzt habe ich dich!« Schon dreimal war sie an diesem Abend von Männern in die Enge getrieben worden, und der letzte Mann hatte erst mit einem Loch in der Seite von ihr abgelassen. Was Rein jetzt wohl vorhatte? Wollte er sie zum Gericht schleppen oder sie selbst erschießen, sie eine Mörderin oder Diebin nennen?

»Was treibt Ihr hier so spät, Michaela?«

Lieber Himmel, wenn man sie entdeckte ... Sie wollte ausweichen, doch Naraka tänzelte und presste sie gegen die Wand. Eine Hand legte Michaela an Reins Schenkel, die andere an den Hals des Hengstes. »Ihr zerquetscht mich.«

Rein biss die Zähne zusammen, als sein Körper heftig auf die Berührung reagierte. Beim Donner, er wollte nichts für diese Frau empfinden.

»Antwortet mir!«

»Wie denn, wenn ich keine Luft bekomme, Ihr neugieriger Grobian!«

Er zog den Hengst ein Stück zurück, doch sie ließ die Hand auf Reins Schenkel liegen und sah ihm unverwandt in die Augen. Die Geräusche um sie herum erstarben, das dumpfe Lallen der Betrunkenen, die aus den Tavernen kamen, das Schaben eines Gegenstands, der über den Pier gezogen wurde, die gedämpften Stimmen der Matrosen auf den nahen Schiffen.

Unter den Fingern spürte sie harte Muskeln. Ruckartig zog sie die Hand zurück und rieb sie an der Jacke.

»Was macht Ihr um diese Uhrzeit im Hafen und noch dazu allein? Und dann auch noch als Junge verkleidet?«

»Angeln.« Sie ärgerte sich unbeschreiblich über sein unverschämtes Lächeln. Typisch Mann!

Naraka sah sie an, und sie zog erneut an ihrer Mütze, gab jedoch auf, als der Stoff riss.

»Hier draußen ist es viel zu gefährlich für einen Mann, geschweige denn für eine Frau.«

Seine Fürsorge wärmte sie. »Offensichtlich«, meinte sie und deutete auf ihn.

»Kommt.« Er reichte ihr die Hand. »Ich bringe Euch heim.«

Er durfte nicht wissen, wo sie lebte, und ihr Pferd war hinter dem nächsten Gebäude festgebunden. »Ich habe es hierhin geschafft, ich schaffe es auch zurück.« Dieses alberne Biest schwenkte die Mütze vor ihr hin und her. »Er soll mir meine Mütze geben, Rein, sonst schreie ich.«

»Wie es Euch beliebt.« Er deutete um sich, als hätten sie eine Schar von Zuhörern.

»Eure Aufmerksamkeit reicht mir völlig, vielen Dank«, murmelte sie und sah sich nach einem Fluchtweg um.

Rein lächelte bloß nachsichtig. Er war eindeutig nicht gewillt, sie gehen zu lassen, bevor er Antworten auf seine Fragen bekommen hatte.

»Gut, dann behaltet die Mütze.« Sie duckte sich unter dem Bauch des Pferdes hindurch und lief auf die Straße hinaus. Dabei lächelte sie vor sich hin und wünschte sich fast, er würde sie jagen.

Rein drehte sich überrascht um. »Gib mir das verdammte Ding!« Naraka schwenkte den Kopf herum, und Rein nahm ihm die Mütze ab und folgte Michaela, die in einem Durchgang verschwand.

Eine Katze miaute. Rein galoppierte hinter Michaela her. Ihre Haare flatterten. Sie stieß gegen Kisten und rutschte auf herumliegendem Müll aus. Rein rief ihr zu, stehen zu bleiben.

Eine Frau hinter einem Fenster verlangte lautstark nach Ruhe.

Rein holte Michaela ein und trieb sie gegen einen Zaun. »Ich bringe Euch zu Eurem Vater, Mädchen.«

Michaelas Figur wurde vom Licht einer Straßenlaterne beschienen. »Ich habe keinen, und ich lasse mich von Euch zu niemandem bringen.« Insgeheim wollte sie sich zu ihm auf den Hengst schwingen und mit ihm in die Nacht reiten.

»Einen Ehemann?« Hoffentlich war die Kleine wenigstens verheiratet, doch sie gab nur einen verächtlichen Laut von sich. »Ihr sitzt in der Falle.«

»Ach ja?« Holz knarrte, Scherben klirrten, und sie kletterte über den Zaun. Von oben salutierte sie spöttisch, bevor sie auf der anderen Seite hinunterfiel. Holz splitterte, und Michaela stöhnte.

Er lachte leise. »Ihr habt gesiegt, Mädchen.«

»Sieht so aus«, kam ihre Antwort von der anderen Seite des Zauns.

»Gute Nacht, kleine Mörderin.«

Michaela fing die Mütze auf, die über den Zaun flog, und lächelte. »Gute Nacht, Rein.«

Argyle hielt sich mit seinem Pferd in der Dunkelheit und beobachtete, wie unkompliziert Michaela mit Rein Montegomery umging. Nie zuvor hatte er sie so offen oder so scharf mit einem so gefährlichen Mann sprechen hören, und er bedauerte, dass er nur Fetzen der Unterhaltung auffing.

Als Michaela über den Zaun sprang und hart landete, verzog Argyle das Gesicht. Irgendwann brachte sie sich durch ihren Wagemut noch selbst um. Auf der nassen Straße ritt er an Rein vorbei, der ihn nicht beachtete.

Argyle war neugierig, woher die beiden einander kannten, doch er würde niemals fragen. Von Michaela hätte er ohnedies nichts erfahren. Jedenfalls war er froh, dass sie wieder unbeschadet davongekommen war. Er selbst war zu alt, um sich mit jemandem wie Rein Montegomery zu schlagen. Zumindest hätte er hinterher nicht mehr darüber sprechen können.

Kapitel 5

Michaela zupfte an dem dunkelblauen steifen Kleid und den eng anliegenden Ärmeln mit Spitzen und Rüschen, betrachtete sich im Spiegel und seufzte. Das Kleid saß einfach nicht. Sie hatte gehofft, die Näherin würde noch Änderungen durchführen, doch ihr Onkel hatte die Bitte abgeschlagen. Zweimal, dachte sie und berührte die wunde Stelle an der Wange. Sie konnte sich glücklich schätzen, überhaupt ein neues Kleid zu besitzen, das wenigstens die aufgeschrammten Ellbogen verdeckte.

Nachdem sie in die Schuhe geschlüpft war, raffte sie die Röcke und eilte zur Tür, verlor prompt einen der schlecht sitzenden Schuhe und lief zurück. Gerade als sie ihn wieder anziehen wollte, flog die Kammertür auf. Michaela blickte hoch, verlor das Gleichgewicht und landete auf dem Teppich.

Ihr Onkel blickte so eisig auf sie hinab, dass sie sich wie ein Käfer vorkam, der gleich zertreten werden würde. Er half ihr nicht auf, sondern ballte die Hände zu Fäusten, als könnte er sich an ihr beschmutzen.

So würdevoll wie nur möglich erhob sie sich.

»Vermeide das vor unseren Gästen!«

Sie nickte. Glaubte er, dass sie sich absichtlich ungeschickt anstellte?

Er richtete den Blick auf ihre Wange, um festzustellen, ob sie die Spuren mit Puder abgedeckt hatte. Dass er überhaupt keine Reue zeigte, schmerzte fast noch mehr als die Schläge.

»Die meisten Gäste sind bereits eingetroffen«, sagte er vorwurfsvoll, weil sie nicht zur Begrüßung erschienen war. »Geh nach unten, Kind!«

Ich bin kein Kind, dachte sie gereizt, eilte zur Treppe, verfing sich nicht mit dem Rock im Geländer und verfehlte auch nicht die erste Stufe. Dabei lächelte sie so bemüht, dass die Wangen schmerzten. Während Gäste ins Haus strömten und die Musiker sanfte Weisen spielten, wünschte Michaela sich sehr weit fort.

Tu deine Pflicht, ermahnte sie sich, als der Drang zu fliehen übermächtig wurde.

Gäste begrüßten einander – Parlamentsmitglieder, reiche Kaufleute, hoch dekorierte Generäle und der Kriegsminister, der wichtigste Mann der englischen Regierung. Michaela wäre beeindruckt gewesen, wäre die Anwesenheit solcher Leute in diesem Haus ungewöhnlich gewesen. Im Lauf der Jahre hatte sie all diese Männer in verschiedenen Situationen erlebt, von denen die meisten nicht gerade schmeichelhaft gewesen waren.

Ihre Gedanken wurden unterbrochen. »Guten Abend, Mistress Denton.«

Den Rücken kerzengerade durchgedrückt, drehte sie sich um und neigte leicht den Kopf. »Major«, sagte sie höflich, ohne die Lippen zu bewegen.

Er ließ den Blick über sie gleiten, typisch für Männer und vor allem für diesen Mann. Der Magen krampfte sich ihr zusammen, und sie hielt den Fächer so fest, dass das dünne Sandelholz brach.

»Ihr seht bezaubernd aus, meine Liebe.«

Sie sah wie ein Kind im Kleid der Mutter aus, und sie wusste das. »Meinen Dank, Sir«, erwiderte sie und nickte anmutig. »Mein Onkel erwartet Euch. Soll ich Euch anmelden?«

»Das überlässt man der Dienerschaft, Michaela.«

Bei seinem sanften und zugleich herablassenden Ton holte sie tief Atem. »Ich habe Euch gewarnt, dass Ihr mich nicht so nennen sollt.«

»Ich denke, ich habe dazu ein Recht.«

»Ihr denkt?«, fragte sie voll Verachtung. »Bitte, Major, sprecht doch weiter. Damit entlarvt Ihr Euch als kompletter Narr.«

Für einen Moment weiteten sich seine Augen, doch dann zeigte er wieder eine überlegene Miene. »Beruhigt Euch.«

»Ersäuft Euch selbst in der Themse«, murmelte sie und wich seiner ausgestreckten Hand aus. Er war klug genug, ihr nicht zu folgen, doch sie fühlte den missbilligenden Blick ihres Onkels im Rücken, als sie durch den Ballsaal zu einem Tisch ging, auf dem Schalen mit Konfekt und süßem Punsch standen.

Als sie nach der Schöpfkelle griff, zitterte ihre Hand so sehr, dass sie sich an der Tischkante festhalten musste, um gegen Zorn und Schmerz anzukämpfen. Bei Gott, sie hatte mehr als ihre Ideale verloren. Es gab kein Vertrauen mehr. Auf Familie, Blutsverwandtschaft und Gerechtigkeit war kein Verlass. Das alles war innerhalb der letzten drei Jahre zerstört worden.

Auf ihre Weise begehrte sie dagegen auf und versuchte, ihre Ideale am Leben zu erhalten. Sie suchte nach schlichter Freundschaft und riskierte ihr Leben für Gerechtigkeit.

Ihr Blick wanderte über die Versammelten. Die Gefahr lag darin, dass sie ihre Feinde nicht erkannte. Vertraue keinem, damit du überlebst! Michaela füllte eine Tasse mit Punsch, leerte sie und ließ den illegalen Champagner in dem Getränk auf ihre Nerven wirken, bevor sie die Tasse auf das Tablett eines vorbeieilenden Dieners stellte.

Möge dieser Abend ohne Zwischenfall vergehen, betete sie, während sie lächelnd durch den Ballsaal schritt.

Rein betrat Christian Chandlers Haus, entledigte sich des Capes und des Dreispitzes und achtete kaum darauf, wie die Diener vor ihm zurückwichen. Er warf die Kleidungsstücke dem Butler zu und steuerte Christians Arbeitszimmer an, ohne sich daran zu stören, dass ihn wie üblich kaum jemand anzusehen wagte. Erneut dachte er an Michaela und daran, wie sie trotz aller Furcht seinem Blick standgehalten hatte.

»Lieber Himmel, Mann! Mach keine so feindselige Miene. Meine Diener haben schon genug Angst vor dir.«

Christian Chandler, sechzehnter Earl von ... Rein erinnerte sich nicht genau, wovon, stand in der offenen Tür seines Arbeitszimmers, das blonde Haar zerzaust, Hemd und Wams offen. Er ist mit einer Frau zusammen gewesen, dachte Rein, als er eine verräterische Spur an Christians Hals entdeckte.

Unbehaglich zog Christian das Hemd zu und ließ braune Flüssigkeit in einem Schwenker kreisen. »Musst du dich stets so dunkel kleiden?« Trotz der teuren Stoffe wirkte Rein wie der Teufel in Menschengestalt.

Rein warf einen Blick auf das Glas. »Schmuggelware?« Echter französischer Weinbrand war selten, da England mit den Kolonisten Krieg führte und Frankreich deren Verbündeter war.

Christian lächelte amüsiert. »Nicht schlecht, wie? Dadurch fühle ich mich fast so verwegen wie du.«

»Könntest du nie sein, Christian«, wehrte Rein trocken ab. »Bei deiner makellosen Herkunft.«

Christian ließ Rein eintreten. »Halte mir die nicht zugute.« Er deutete auf die Anrichte, damit Rein sich selbst bediente. »Ich bemühe mich sehr, das Ansehen meiner puritanischen Vorfahren zu zerstören.«

»Nur schade, dass du das nicht ausreichend genießt«, bemerkte Rein, schenkte sich ein, roch am Glas und verscheuchte die Erinnerungen an Michaela, bevor er trank. Ich habe keine Zeit für Frauen, schon gar nicht für diese, dachte er, während alter Bourbon seinen Magen erwärmte. »Sollte dein Diener dich nicht ankleiden und dein Haar pudern?«

Christian prostete ihm zu und ließ sich auf das Sofa sinken »Bist du auf diese Gala vorbereitet?«

Rein zuckte sorglos die Schultern. »Es wird wie immer laufen. Mein Auftauchen wird für Aufsehen sorgen, und du wirst mit Vergnügen die respektablen englischen Rosen vor meiner heidnischen Seele bewahren und hinterher noch viel besser duften als jetzt.«

»Warum nimmst du überhaupt daran teil und setzt dich all diesen Unverschämtheiten aus?«

Der Zweck heiligt die Mittel, dachte Rein. »Das fragst du viel zu oft, Christian.«

Chandler achtete nicht auf die Warnung. »Und du antwortest nie. Weißt du, das ist höchst ärgerlich.«

Rein amüsierte sich, weil Seine Gnaden wie ein schmollendes Kind dreinsah. »Wie gut von dir, dass du mich erträgst«, sagte er und trat näher ans Feuer. Es war verdammt kalt in diesem Land. Rein vermisste die Wärme von Sanctuary.

»Du bist mein Freund.«

Rein drehte sich um. »Ich verlorene Seele danke dir für deine Freundlichkeit, Sahib.« Er machte eine tiefe Verbeugung und legte die Hand elegant an die Stirn.

Es verblüffte Christian, hatte er doch beinahe Reins ungewöhnliche Herkunft vergessen. »Du machst dich über mich lustig.« Er beneidete Reins Gleichgültigkeit Gerüchten und Anspielungen gegenüber. Während sämtliche Mitglieder der englischen Gesellschaft bemüht waren, ihren Ruf makellos zu halten, glitt von Reins breitem Rücken alles wie das Wasser vom Bug eines seiner verdammten Schiffe ab. Er wusste, was er wollte – die White *Empress* Company mit ihrer unbesiegbaren Flotte. Und Tee.

Die Krone wollte ihn beherrschen, da seine Schiffe Ladung an all jene Orte brachten, die England noch nicht erreicht hatte. Doch er entzog sich jeglicher Macht, und die englische Gesellschaft duldete ihn. Schließlich führte das Land Krieg in den Kolonien, und Rein Montegomery konnte gegen die Sanktionen des britischen Empires verstoßen, wenn er wollte.

Die Krone sollte sich glücklich schätzen, dass dieser Mann

sich keinen Deut darum scherte, ob Briten und Amerikaner sich gegenseitig in Stücke schossen.

Lord Stanhope, Christian Chandler, konnte es kaum erwarten zu sehen, wie sich die Spitzen der Britischen Marine und des Parlaments vor einem Mann verneigten, der in ihren Augen ein Paria war. Ein vergnüglicher Abend steht uns bevor, dachte er und stand vom Sofa auf.

Rein warf ihm einen fragenden Blick zu.

»Betrachte mein Haus als deines, Rein.« Christian lächelte. »Lass nur die Dienerinnen in Frieden.«

»Kleide dich geziemend, Mylord. Wir kommen bereits zu spät.« Rein merkte, wie sehr sein Freund sich amüsierte. »Freut mich, dass ich dir so viel Vergnügen bereite«, bemerkte er.

Christian lächelte. »So machen diese reichlich langweiligen Pflichtübungen doch gleich viel mehr Spaß«, erwiderte er und ließ Rein mit seinen Alkoholvorräten allein.

Spaß, dachte Rein verdrossen, leerte sein Glas und stellte es weg. Er erwartete von diesem Abend nichts weiter als üppige Speisen, sanfte Musik und eisige Verachtung sowie pure Neugierde unter dem dünnen Schleier der Höflichkeit. Doch er hatte bei der Suche nach der ganzen Wahrheit schon zahlreiche solcher Abende überstanden. Er stützte sich auf den Kaminsims, starrte in die knisternden Flammen und schob ein Glutstück zurück, bevor es den teuren Teppich versengte. Ein einziger Besuch in England reichte, um ihm zu zeigen, wie wenig er zu dieser Gesellschaft gehörte. Schon jetzt sehnte er sich wieder nach den schwankenden Planken seines Schiffes, den warmen Winden und dem sorglosen Leben auf seiner Insel.

Rein sank in einen Sessel, streckte die langen Beine aus und öffnete das schwarze samtene Wams. Flüchtig strich er über das Medaillon, das unter dem Hemd an einer Kette hing.

Es drückte kühl auf seine Haut.

Rein fühlte die Schwere seiner Taten. Angewidert setzte er sich auf und strich sich durchs Haar. Dieser Abend war mehr als ein opulenter Ball für einen dekorierten britischen Kommandanten. Er war der nächste Schritt zur Zerstörung des Vertrauens der beiden Menschen, die ihn liebten und sich um ihn sorgten, wenn er einsam und allein war. Ransom und Aurora erhellten sein Leben seit zwanzig Jahren.

Er schuldete ihnen Loyalität, doch genau die würde er heute Abend opfern.

Das werden sie mir niemals verzeihen …

Rein wusste nicht, ob er sich selbst jemals den Betrug an den einzigen ihm nahe stehenden Menschen verzeihen würde.

Es blieb ihm jedoch keine andere Wahl.

Er musste es tun, um nicht den Verstand zu verlieren.

Michaela wanderte von einer Gästegruppe zur anderen. Stimmengewirr, das Klingen von Gläsern und Klappern von Porzellan mischten sich, während sie die Diener dirigierte, darauf achtete, dass das Büfett ständig gefüllt wurde, und sich von den Offizieren fern hielt, die mit ihr tanzen wollten.

»Der Wein wird schon knapp, Ma'am«, raunte ihr ein Diener zu.

»Schick James in den Keller, befahl sie. »Er soll noch zwei Dutzend Flaschen hochholen. Notfalls greifen wir auf die Vorräte im Arbeitszimmer des Brigadiers zurück.«

Der Diener sah sie entsetzt an, doch Michaela lächelte bloß mutwillig und scheuchte ihn weg. Ihr Onkel würde das Opfer billigen, wenn es ihn vor einer Blamage rettete. Er und Major Winters steckten die Köpfe unter den Perücken zusammen und redeten vermutlich über sie, wie die verstohlenen Blicke des Majors andeuteten. Michaelas Miene ließ keinen Zweifel daran, dass sie ihn zur Hölle wünschte, doch er lächelte höchst liebenswürdig zurück. Vermutlich drang in diesen Dickschädel nur eine Kanonenkugel ein!

Jemand berührte sie am Arm, und sie drehte sich hastig um.

»Duncan!«, stieß sie hervor und lächelte, als sie das vertraute Gesicht des früheren Adjutanten ihres Vaters vor sich sah.

Duncan McBain betrachtete sie finster. »Geht es dir gut, Mädchen?« War das ein blauer Fleck auf ihrer Wange?

»Natürlich. Schön, Euch zu sehen. Unterhaltet Euch gut, Captain.« Sie wollte weitergehen, stockte jedoch.

»Michaela?«, fragte Duncan, als ihr Lächeln erstarb. Sie antwortete nicht, und er sah in die Richtung, in die sie starrte. »Dein Onkel lädt interessante Gäste ein, nicht wahr?«

Michaela hörte nicht zu. Das Blut gefror ihr in den Adern, und ihr Herz raste vor Angst.

Schwarz wie die Nacht hob der Mann sich von allen anderen ab, während sein scharfer Blick herausfordernd über die Gästeschar glitt. Einen Moment dachte Michaela noch, fliehen zu können, ohne von ihm bemerkt zu werden. Doch dann richteten sich die hellblauen Augen auf sie und nahmen sie gefangen.

Jetzt brauchte sie Hilfe. »Tanzt mit mir, Duncan«, flehte sie und zerrte an seinem Arm. »Auf der Stelle! Ich bitte Euch!«

Kapitel 6

Bei der Göttin des Lichts, wie hatte er sie jemals für eine Dienerin halten können?

Wer ist der Mann, fragte sich Rein besorgt und betrachtete ihre Hand auf der Uniformjacke eines britischen Offiziers. Stammte dieser von Puder kaum verdeckte blaue Fleck an ihrer Wange von ihm? Dafür schlage ich ihn zusammen, dachte Rein und ballte die Hände, während der Mann mit Michaela tanzte.

Rein sah zu und wollte sich nicht über das Wiedersehen freuen, doch sie vollführte eine Drehung, sah ihn an, und quer durch den ganzen Saal knisterte zwischen ihnen Spannung.

Sie spürte es ebenfalls. Ihre Augen weiteten sich, ihre Schritte wurden unsicher.

Sie war verdammt schön. In Mitternachtsblau gekleidet, schimmerte sie wie ein Saphir zwischen farblosen Steinen. Ihr kupferrotes Haar hob sich rebellisch von den gepuderten Häuptern der anderen Frauen ab. Immer wieder ließ Rein den Blick über ihre Züge gleiten, als könnte sie sich jeden Moment auflösen und er nicht mehr ihre katzenhaften Augen und diesen üppigen Mund sehen. Doch er kannte auch eine andere Michaela, eine starke Frau, deren Kraft ihn wie ein Feuer wärmte.

Sie schien ihn herauszufordern, zu ihr zu kommen, aber er wusste aus Erfahrung, dass schon ein Tanz mit ihm ihren Ruf zerstören würde. Darum verzichtete er darauf, sie jetzt in den Armen zu halten. Doch er achtete nur auf sie, bis er ihren Atem fühlte und den Duft und die Wärme ihrer Haut auffing.

Ihre Augen leuchteten, als fühlte sie die Funken zwischen

ihnen, und er erkannte ihre Angst, noch ehe sie den Blick abwandte. Unerträglicher Druck lastete auf seiner Brust. Er atmete schwer und verwünschte seine Mutter dafür, dass sie ihm beigebracht hatte, seine Sinne dermaßen zu schärfen. Und er verfluchte die hässliche Vergangenheit, weil sie alle sanfte Schönheit für ihn unerreichbar machte.

Michaela war eine Lady und daher für ihn verboten. Zwar hatte er das vom ersten Moment an vermutet, doch jetzt konnte er nicht einmal mehr von ihr träumen. Er wandte sich an Brigadier Denton und fing von Christian einen forschenden Blick auf.

»Brigadier.«

Sir Atwell hielt die Hände auf dem Rücken, wodurch seine Brust noch massiger wirkte. »Freut mich, dass Ihr kommen konntet, Montegomery.«

»Braucht Ihr Stoff für Gerüchte, Denton?«, fragte Rein.

Denton lief rot an, und Christian hustete, um ein Lachen zu überspielen.

»Es gäbe keine, würdet Ihr loyal zur Krone stehen.«

»Ich stehe loyal zu mir, meinen Angestellten und meiner Familie, wenn auch nicht unbedingt in dieser Reihenfolge«, sagte Rein. »Habe ich etwas getan, um die Krone zu beleidigen?«

»Ihr besitzt bewaffnete Schiffe und genug Matrosen, um sie zu bemannen. Jeder tüchtige Engländer stellt seine Dienste für den Krieg zur Verfügung.«

»Darin liegt Euer Irrtum«, meinte Rein, nahm vom Tablett eines Dieners einen Weinkelch und leerte ihn zur Hälfte. »Ich bin kein britischer Untertan, und Euer Krieg interessiert mich nicht. Meine Schiffe befördern Tee, Kaffee und Zucker, aber keine Truppen.« Er hielt Dentons Blick über das Glas hinweg fest. »Niemals.«

»Das war von einem Montegomery zu erwarten«, sagte jemand hinter ihm.

Rein drehte sich um und sah einem schlanken Offizier fragend entgegen. »Kennen wir uns?«

»Major Winters, mein Adjutant«, stellte Denton vor. »Mein Vertrauter.«

Rein verneigte sich leicht.

Winters achtete gar nicht darauf. »Titelträger wollen sich nur die eigenen Taschen füllen.«

»Ihr wagt viel, Major«, erklärte Christian.

Winters warf ihm einen trockenen Blick zu. »Tatsächlich? Wann werdet Ihr ein Offizierspatent erwerben und dienen, Euer Gnaden?«

»Wenn es einen Erben gibt, der der nächste Earl werden kann«, fauchte Christian ihn an.

Rein trat vor. »Ihr seid offenbar falsch unterrichtet, Major Winters«, sagte er höflich, wenn auch scharf. »Ich bin weder Erbe noch einziger Sohn. Ransom Montegomery hat mehrere Kinder.«

»Dann ist der Bastard-Lord in die Fußstapfen seines Vaters Granville getreten«, sagte Winters rüde.

Das leere Kristallglas splitterte in Reins Hand, Scherben flogen nach allen Seiten.

Die Umstehenden rangen nach Luft und wichen zurück.

Rein betrachtete Winters kühl, während er die restlichen Splitter von seiner unverletzten Hand schüttelte. Beschimpfungen seiner Person duldete er, aber keine gegen Ran oder Aurora gerichtete. Niemals. Er würde die beiden jedoch nicht hier in der Öffentlichkeit verteidigen. Dass Winters so etwas wagte, bewies, dass er sich sicher fühlte. Die Abrechnung würde bald kommen, und dann half ihm nichts und niemand mehr.

»Ransom Montegomery ist mit einer slawischen Kaiserin verheiratet, nicht wahr, Rein?«, bemerkte Christian in der eingetretenen Stille.

»Ja«, bestätigte er und ließ den Major nicht aus den Augen.

»Ich hörte, sie wäre eine Hexe«, sagte Winters. »Sie praktiziert die Schwarzen Künste.«

Rein lächelte gefährlich. »Glaubt nicht alles, was Ihr hört, Major. Es heißt, dass ich bei Vollmond Jungfrauen opfere und die Herzen meiner Feinde esse sowie denen die Kehle durchschneide, die schlecht über meine Familie sprechen.« Er wich einen Schritt zurück. »Ich versichere Euch, dass Ersteres nicht zutrifft.« Mit einer Verbeugung entfernte er sich.

Christian fiel auf, dass Winters' Adamsapfel heftig auf und ab hüpfte, als er Rein nachblickte. »Noch so ein Auftritt, Major, und Ihr habt kein Offizierspatent mehr.«

Winters straffte sich. Seine goldenen Orden und Bänder schimmerten im Kerzenlicht. »Er wagt allein schon viel, indem er hier auftaucht. Dem Mann fehlt jeglicher Anstand und ...«

»Ich habe ihn persönlich eingeladen, Major«, fiel Denton ihm ins Wort.

»Und wir brauchen ihn als Verbündeten«, sagte Christian Chandler. »Er muss sich zumindest neutral verhalten. Der Mann könnte jegliche Fracht durch die britische Blockade in die Kolonien schaffen, wenn er will, und nichts könnte ihn aufhalten.« Der Offizier sah ihn überrascht an. »Ja, Major, um der Krone willen solltet Ihr Rein Montegomery liebenswürdig behandeln. Wir brauchen ihn.« Christian wandte sich an Sir Atwell Denton. »Zügelt Eure Untergebenen, Brigadier«, sagte er in einem Ton, den er seinem Vater abgelauscht hatte.

»Er ist der Bastard eines Bastards«, antwortete Denton geringschätzig. »Ein unzuverlässiger Kerl, der nur auf sein Vergnügen und seinen Gewinn aus ist.«

»Und was ist mit denen?« Chandler deutete auf die Gäste. »Wollt ihr, dass jedermann in England Teelöffel zu Kugeln einschmilzt und Uniformen aus Vorhängen schneidert? Oder wäre es Euch lieber, wir würden uns alle in einem Krieg erschießen lassen, der Englands Schatzkammer ausbluten lässt?«

»Ihr nähert euch der Grenze der Volksverhetzung, Euer Gnaden.«

»Ich spreche nur aus, was Ihr nicht hören wollt, was Euch aber doch ins Auge springt. Ein Mann, der sein Heim verteidigt, ist viel stärker als tausend Männer, die die Deklaration eines Königs verteidigen.«

Denton lief vor Empörung rot an. »Die Kolonisten werden sich ergeben!«

Christian zuckte lässig die Schultern. »Ich möchte, dass dieses Land überlebt, Sir. Und wie sollen die Kolonisten sich ergeben, wenn Howe kommandiert? Wie viele britische Soldaten werden noch umkommen?«

»Keine, gäbe es nicht den Schutzengel der Kolonisten«, sagte Denton und gab Christian einen Wink, ihm an eine Stelle zu folgen, an der man sie nicht belauschen konnte. »Der verdammte Spion arbeitet so gut, dass er einen Angriff zum Scheitern brachte, der wochenlang geplant worden war.« Denton scheuchte Winters, der ihnen folgen wollte, wie ein Kind weg. »Ich erfror fast in diesem gottverlassenen Land, während dieser verdammte Tabakpflanzer aus Virginia neuntausend Mann versammelte ...«

Unglaublich! Rein war mit dem Earl gekommen, und Michaela begriff, dass er von Anfang an gewusst hatte, dass er nicht vom Land seiner Lordschaft verjagt werden würde. Dieser Schuft! Woher kennt ein Schiffskapitän ausgerechnet Lord Stanhope, fragte sie sich und trat Duncan erneut auf den Fuß.

»Michaela«, sagte Duncan lächelnd. »Bisher hast du mir noch nie beim Tanzen meine Stiefel schmutzig gemacht. Was bringt dich denn jetzt so durcheinander?«

»Ich bin müde.«

»Du konntest noch nie gut lügen.«

»Mein Onkel sieht zu mir herüber.«

»Wahrscheinlich überlegt er sich, welche Pflicht er dir noch übertragen kann.«

Bei seinem bitteren Ton sah sie ihn an und fing den zornigen Blick auf, den er auf ihre (lädierte) Wange warf. »Schwört mir, dass Ihr nicht für mich eintreten werdet.«

»Wäre mein Rang hoch genug, würde ich es tun«, grollte er.

»Und würdet Ihr Euch noch steifer halten, würdet ihr in der Mitte auseinander brechen«, sagte eine junge Frau hinter Duncan.

»Cassandra!« Michaela freute sich über eine Verbündete zwischen all den Männern.

»Hallo, Michaela«, erwiderte Cassandra, umarmte sie, lud sie für die nächste Woche zum Mittagessen ein und lächelte Duncan McBain mutwillig an.

»Wo sind Eure Brüder?«, fragte er. »Sollte Euch nicht jemand an der Leine führen?«

»Duncan!«, rief Michaela.

Cassandra winkte ab. »Captain Steif sähe mich am liebsten in einem Turmverlies, nicht wahr?«

»Ja, allerdings, und ohne Aussicht auf Begnadigung.«

Cassandra lächelte bloß. »Meine Brüder passen gut auf.« Sie winkte den drei Männern zu, die wie Schildwachen vor einer Reihe hoher Topfpflanzen standen. »Ihr seid keine Bedrohung. Ihr seid zu scheinheilig, um mir lästig zu werden.«

Michaela musste über Duncans Gesicht lachen. »Und Ihr seid mir lästig«, sagte er, als sie aneinander vorbeitanzten.

»Duncan, seid bitte höflich«, mahnte Michaela und merkte, dass Rein sie beobachtete.

Die Partner wechselten, und Duncan blickte plötzlich in Cassandras herausfordernde blaue Augen. »Zu ihr? Das Mädchen weiß nicht einmal, was das Wort bedeutet.«

Cassandra legte den Kopf zurück, sodass ihre schwarzen Locken die nackten Schultern berührten. »Ihr seid unglaublich attraktiv, wenn Ihr zornig seid, Duncan.«

»Benehmt Euch, Kind.«

»Seht Ihr denn nicht, dass ich kein Kind mehr bin?« Ihr Ton verwirrte ihn, während sie sich trennten und wieder aufeinander zutraten. »Es macht außerdem kein Vergnügen, sich gut zu benehmen. Ihr solltet es ausprobieren.« Ihr Blick berührte ihn tiefer, als ihm lieb war. »Das Vergnügen, meine ich. Risiken eingehen, Chancen ergreifen.«

»Lieber Himmel, jemand sollte Euch zähmen«, grollte Duncan.

»Ihr ganz sicher nicht«, wehrte sie geringschätzig ab.

»Das möchte ich auch gar nicht.« Er schob sie härter als nötig ihrem Partner zu. »Seid vorsichtig, Lieutenant. Die Kleine hier hat ein viel zu scharfes Mundwerk für eine höfliche Gesellschaft.«

Cassandras Lachen ärgerte ihn noch, als er sich erneut Michaela zuwandte und mit ihr tanzte, ohne sich an ihrem belustigten Lächeln zu stören.

»Randi ist reizend, findet Ihr nicht auch?«

»Randi?«, wiederholte er Cassandras Spitznamen verächtlich. »Das Mädchen ist locker.«

Michaela amüsierte sich und fand, dass er in diesem Moment wie ein zorniger kleiner Junge wirkte. Über seine Schulter hinweg fiel ihr Blick auf Rein. »Dieser Mann, der mit Seiner Gnaden eintraf, der dunkle Typ – wer ist das?«

Duncan wandte sich kurz um. »Montegomery?«

Montegomery …

Großartig. Sie wagte nicht zu fragen, ob er sich seiner Sache sicher war, um nicht zu viel Interesse zu zeigen. Sie wusste bereits Bescheid. Jeder kannte diesen Mann dem Namen und seinem Ruf nach, aber kaum jemand hatte ihn persönlich zu Gesicht bekommen. Er war bestimmt nicht zum Vergnügen, sondern mit einem ganz bestimmten Ziel hier, und Michaela fürchtete, dieses Ziel zu sein.

»Ich glaube, er ist Seefahrer«, sagte Duncan, »und handelt

mit Tee und Kaffee.« Dabei verzichtete er darauf, unbestätigte Gerüchte über den Mann zu wiederholen.

Beinahe hätte Michaela sich verraten. Sie war froh, als die Musik endete. Am liebsten hätte sie Duncan erklärt, dass es nicht nur um Tee und Kaffee ging, sondern vor allem um Schiffe. Schwer bewaffnete und schnelle Schiffe. Über ein Dutzend, wenn sie sich recht erinnerte. Doch das war es nicht, was sie bedrückte. Für sie zählte, dass sie einen solch mächtigen Mann angeschossen hatte.

»Michaela, vielleicht solltest du dich ausruhen«, meinte Duncan stirnrunzelnd. »Du siehst blass aus.«

Vielleicht sollte ich in ein spanisches Kloster flüchten, dachte sie, während Duncan sie von der Tanzfläche führte. Wenn Rein Montegomery sie beschuldigte, ihn verletzt und bestohlen zu haben, war sie erledigt. Dann warf ihr Onkel sie aus dem Haus, und sie hatte die letzten Jahre vergeblich gearbeitet. Rein Montegomery konnte das durchaus erreichen. Er besaß die nötigen Beziehungen. Ihr Onkel und seine Freunde hatten schon oft über seinen Einfluss geflucht. Er war mit dem König von Spanien und Portugal, dem Emir, dem Schah und etlichen Herrschern des Osmanischen Reichs verbündet. Über seine Kontakte wurde nur geflüstert. Michaela fürchtete, auf seinen Wunsch hin noch an diesem Abend an einem Strick zu baumeln.

Bitte, Rein, sprecht nicht darüber, wenigstens nicht hier, dachte sie und ließ sich auf den Sitz sinken. Vielleicht tat er es nicht. Es schien ihm wieder gut zu gehen, und schließlich hatte er bisher nichts verraten.

»Michaela?«

Duncan reichte ihr eine Schale Punsch. Einige Soldaten knieten vor ihr, und einer bot ihr Essen auf einem Teller an, als wäre sie eine Göttin. Auch das noch! Dadurch wurde nur mehr Aufmerksamkeit auf sie gelenkt.

»Lasst diesen Unfug.« Sie lehnte den Punsch ab und versuchte aufzustehen. »Ich fühle mich gut.«

Er drückte sie behutsam zurück. »Du siehst aber nicht so aus.«

»Hört auf, mich in Watte zu packen, Captain«, verlangte sie.

Lächelnd reichte er ihr erneut die Schale. »Dann bleib sitzen und unterhalte mich.«

Sie betrachtete die jungen Dragoner, fühlte sich viel älter als sie und fing den scharfen Blick ihres Onkels auf. Prompt blieb sie sitzen und nahm das Essen an. Duncan trat hinter den Stuhl, und Michaela widmete sich den Soldaten. Für gewöhnlich ging es den jungen Männern nur um ein gutes Essen, das sie nichts kostete. Bei den vielen hübschen Mädchen im Saal begriff sie nicht, wieso diese Männer ausgerechnet mit ihr flirteten.

Ungewollt blickte sie zu Rein, der auf der anderen Seite des Saals stand. Worte wie »heidnisch« und »unzivilisiert« schwirrten durch den Raum. Michaela bemerkte, dass es Rein ein geradezu sadistisches Vergnügen bereitete, Frauen einen Blick zuzuwerfen, bei dem sie auf den nächsten Stuhl oder in die Arme ihres Begleiters sanken.

Er hält alle zum Narren, dachte sie. Einige Frauen waren sicher mutig genug, um sich ihm ohne Beschützer zu nähern. Katherine Hawley, Lady Buckland, war noch mutiger als die anderen. Mylady wurde von drei Männern verfolgt, die Michaela nicht kannte. Lass dir nicht anmerken, liebste Katherine, wie sehr du nach ihm gierst, dachte Michaela.

Rein beobachtete Michaela mit gemischten Gefühlen. Er wollte sich über sie erkundigen, um zu erfahren, wer sie war und warum sie sich hier aufhielt. Dann wiederum sagte er sich, dass das gar keine Rolle spielte. Sie kam für ihn nicht infrage. Trotzdem biss er die Zähne zusammen, weil sie von etlichen jungen Männern umringt war.

»Madame.« Er verneigte sich. Lady Buckland nickte ihm zu. »Ihr seht heute Abend unbeschreiblich aus.« Noch nie hatte er ein verlebtes Gesicht gesehen, das so kunstvoll mit Schminke übertüncht war. Im Näherkommen ließ sie den Blick mit unverhülltem Verlangen über ihn gleiten. Zu jedem anderen Zeitpunkt hätte er die Einladung gern angenommen, doch heute Abend musste er ablehnen.

»Wie Ihr, Mr Montegomery.«

»Mister? So förmlich, Mylady?«

»Ihr seid keck, Sir.« Sie klopfte ihm mit dem geschlossenen Fächer auf den Arm.

»Was sollte ich in Eurer Gesellschaft sonst sein?« Er nahm von einem Diener ein Glas Wein entgegen. »Sind das Eure Beschützer, Katherine?« Er nickte zu ihren Begleitern. »Oder bieten sie Euch, was Ihr begehrt?«

»Woher wollt Ihr wissen, was ich begehre?«

»Das weiß ich eben, Lady Buckland«, behauptete er und hob das Glas an die Lippen. »Eine volle Börse ist kostbarer als Euer Körper«, fügte er hinzu und nahm einen Schluck.

Sie wurde rot und schnappte nach Luft. »Ihr wagt es, mich zu beleidigen!«, zischte sie und sah sich um, ob jemand mitgehört hatte.

Er zuckte nur mit den Schultern. »Ich war schon immer für Offenheit, Mylady.«

Lady Katherine hatte nicht vergessen, was er zum Abschied gesagt hatte, nämlich dass sie nie mehr als diese eine Nacht mit ihm erwarten sollte. Noch jetzt ärgerte sie sich über die Zurückweisung, und schon die bloße Vorstellung, seine Berührung erneut zu fühlen, ließ Hitze in ihr hochsteigen. Rein Montegomery war einzigartig, geheimnisvoll, zärtlich und gleichzeitig zurückhaltend wie ein wildes Tier in Ketten. Sie hätte gern die Enden dieser Ketten in Händen gehalten.

»Dein Blick verrät dich«, raunte er ihr zu. »Sei vorsichtig.«

Noch einmal blickte sie sich verunsichert um, ehe sie schmollend sagte: »Ihr seid grausam, mich dermaßen von Euch zu weisen, Rein.«

»Ich hatte dich nie wirklich, Katherine«, flüsterte er und verzichtete auf jegliche Höflichkeit. »Und das wissen wir beide.«

Die Frau besaß keinen Stolz und war darüber hinaus selbstsüchtig. Die Erinnerung an die Nacht mit ihr war ihm unangenehm. Er warf ihr einen abweisenden Blick zu, als sie ihn ihren Begleitern vorstellen wollte. Rein ließ sich nicht täuschen. Weder sie noch ein anderer Gast wollte sich mit ihm anfreunden, und das Gleiche galt umgekehrt auch für ihn. Er suchte sich seine Freunde sehr sorgfältig aus und blickte sich über die Köpfe der Anwesenden hinweg nach Michaela um.

Christian näherte sich ihm. »Suchst du jemanden, Rein?«

Sofort achtete Katherine scharf darauf, für wen er sich interessierte.

»Nein«, erwiderte Rein seinem Freund. Konnte er denn nichts unbeobachtet machen?

»Stell mich vor«, verlangte Christian und wandte sich an Lady Katherine. Rein betrachtete die beiden. Wenn Christian dumm genug war, sich auf eine Beziehung mit dieser Frau einzulassen, verdiente er nichts Besseres. Rein übernahm die Vorstellung, ließ die beiden allein und entdeckte Michaela in der Menge. Am liebsten wäre er zu ihr geeilt und hätte die lüsternen Rotröcke aus ihrer Nähe vertrieben.

Der Teufel soll mich holen, dachte er und trank einen Schluck. Wieso entlockte ihm diese Frau eine so heftige Reaktion, wenn Katherine ihn bloß für einige Stunden erregte, mehr aber nicht?

Michaela lächelte bemüht und war sichtlich gelangweilt, obwohl ihr so viel Aufmerksamkeit zuteil wurde. Sie fühlte sich unbehaglich. Das Kleid saß schlecht, eine Haarsträhne hatte sich gelöst, und Rein hätte das Haar am liebsten um seinen Finger geschlungen und die seidig glatte Haut berührt.

Plötzlich richtete sie den Blick auf ihn, errötete, runzelte jedoch die Stirn und tastete über die lose Haarsträhne. Fürchte dich nicht vor mir, dachte er eindringlich. Ihre Augen weiteten sich, und sie blickte sich um, als hätte jemand zu ihr gesprochen. Danach sah sie ihn erneut an und betrachtete ihn noch eingehender.

In diesem Moment kam Rein sich unerklärlich verwundbar vor.

Einer ihrer Bewunderer drehte sich um und wollte feststellen, wer ihr Interesse geweckt hatte. Rein wandte sich hastig ab, um ihren Ruf nicht zu gefährden. Was war er doch für ein Narr! Er war ein Halbblut, ein mutterloser Bastard, auf den sich bloß Frauen wie Katherine einließen. Er hatte kein Recht auf einen einzigen Gedanken an Michaela.

Rein seufzte tief und war dankbar, als ihn zwei wohlhabende Kaufleute, mit denen er gelegentlich Geschäfte machte, in eine Unterhaltung verwickelten.

»Ihr wollt, dass ein Gerichtshof der Admiralität über das Schicksal von Kaufleuten entscheidet?«, bemerkte er. »Was verstehen denn diese Leute von Handelsschifffahrt und Ladelisten?«

»Vertretet Ihr die Interessen der Engländer, Mr Montegomery? Es hört sich ganz so an.«

Rein betrachtete Burgess, einen kleinen, schlanken Mann. »Weshalb fragt Ihr, wenn Ihr ohnehin wisst, dass es nicht auf mich zutrifft?«

»Weshalb sprecht Ihr Eure Meinung zu einer Angelegenheit aus, die Euch nichts bedeutet?«

»Weil ich mit Freude etliche Pfund Sterling einstreiche, Sir, die Ihr verliert.« Rein lächelte amüsiert, als Burgess rot anlief. »Und behauptet nicht, Ihr würdet anders handeln. Könnte England die Welt regieren, würde es das auch tun.«

»Wir versuchen es, Sir.« Die Antwort löste gedämpfte Heiterkeit aus, und Rein wurde dem Kriegsminister Lord Germain, Viscount Sackville, vorgestellt.

Rein erstarrte innerlich und betrachtete aufmerksam das Gesicht des Mannes. Während sich das Gespräch um den Verlauf des Krieges drehte, entging Rein nicht die Verachtung dieses Mannes und seine unglaubliche Arroganz. Er war der typische englische Aristokrat, der seine hohen moralischen Werte vor sich hertrug, als besäße er die uneingeschränkte Macht des Königs.

In diesem Moment besaß er zumindest Reins uneingeschränkte Aufmerksamkeit.

Der Viscount war nämlich einer der Männer, die als sein leiblicher Vater infrage kamen.

Kapitel 7

Rein krampfte sich der Magen zusammen, während er in Germains Gesicht nach Ähnlichkeiten suchte. Zwar fand er keine, doch das Aussehen hing schließlich auch davon ab, wie jemand aufwuchs. Je länger sich das Gespräch hinzog, desto heftiger betete Rein darum, das Blut dieses Mannes möge bloß nicht in seinen Adern fließen. Diese Hochnäsigkeit des Viscounts, die aus der viele Jahrhunderte alten Überzeugung stammte, nur aufgrund seiner Herkunft etwas Besseres zu sein als andere, widerstrebte ihm.

Rein wusste nicht, was er tun sollte, wenn er endlich den Schleier von seiner Vergangenheit zog. Wie sollte er sich verhalten, falls Germain der Mann war, der seiner Mutter Treue versprochen, sie genommen und dann verlassen hatte? Er holte Atem und verschloss seine Empfindungen tief in sich, wo sie ihn nicht schmerzten. Das hatte er schon als Straßenkind gelernt. Behutsam steuerte er das Gespräch auf Eroberungen in der Vergangenheit. Germain trank viel und nannte bereitwillig Daten, Orte und sogar Namen.

Als der eingebildete Mann die weniger ruhmreichen Erfolge im Haushalt des Maharadschas aufzählte, biss Rein die Zähne hart zusammen.

Seine Mutter, eines von einem Dutzend Geschwistern, war Zofe einer der Prinzessinnen gewesen.

Mit Sergeant Major Townsends Hilfe ließen sich die Angaben über die britischen Schiffe und Brigaden in der damaligen Zeit einengen.

»Da war dieses süße Ding, zierlich und mit dunklen Augen, schimmerndem Haar und brauner Haut«, erzählte Germain, und Rein musste sich zurückhalten, um sich nicht auf ihn zu stürzen. »Sie wurde meinem Kommandeur geschenkt, doch er war bei einer Safari verwundet worden und konnte mit dem Mädchen nichts anfangen. Daher …« Er vollendete den Satz nicht.

»Sie war wohl kaum eine Tochter des Maharadschas«, bemerkte Rein ungeduldig. »Das hätte unabsehbare Folgen gehabt.«

Germain warf Rein einen herablassenden Blick zu. »Folgen für wen, Mr Montegomery? Es handelte sich um ein Hausmädchen. Also keinerlei Folgen.«

»Könntet Ihr auch so zu dem Vater des Mädchens sprechen?«, fragte Rein bitter.

»Ihr Vater schenkte sie meinem Kommandeur«, erwiderte Germain.

Rein beschränkte sich darauf zuzuhören, während die anderen die Arbeit für ihn erledigten und dem Viscount Geheimnisse entlockten. Ein Name, dachte Rein. Ich brauche einen Namen. Und dann fiel er. Varuna.

Seine Mutter hieß Sakari.

Erleichterung packte ihn. Er starrte in sein Glas. Rauch sowie der Geruch von Schweiß und Essen hingen in der Luft. Es schnürte ihm den Hals zu, als Erinnerungen hochkamen. Plötzlich war er wieder ein einsames, hungriges Kind, das die Frauen anstarrte, die in den Minen Essen verteilten. Könnte eine von ihnen meine Mutter sein, hatte er sich immer wieder gefragt.

Rasch entschuldigte er sich und ging zu den offenen Terrassentüren. Hundert Augenpaare waren auf ihn gerichtet, als er in den Park hinaustrat, doch er achtete nicht darauf. Er sah sich nur nach Michaela um und sehnte sich nach einem einzigen Blick. Als er sie endlich fand, wurde er von unglaublicher Wärme erfüllt.

Neugierde und Abwehr spiegelten sich in ihrem Gesicht. Sie

schluckte heftig, und bevor jemandem etwas auffallen konnte, verließ er den Saal. Im Freien lehnte er sich gegen die Steinmauer und atmete tief die kühle Luft ein. Beim Gott des Donners, was sollte diese Quälerei denn bringen? Was hoffte er denn zu erreichen?

Erleichterung, dachte er.

Aurora hätte ihn gewarnt, dass dies nicht gut für seinen Geist war.

Karma zu Karma, dachte er. Was ich in diesem Leben nicht löse, werde ich im nächsten lösen.

Auf seine Haut drückte das Geschenk, das sein Vater seiner Mutter achtlos zugeworfen hatte, eine Erinnerung an den Verlust, den sie für eine Nacht mit ihm erduldet hatte. Rein litt mit der Frau, die er nie gekannt hatte, und glaubte tief in seinem Herzen, dass Aurora ihren Geist in sich trug. Kein Junge hätte sich mehr geliebt fühlen können als in Auroras Fürsorge und unter Ransoms Anleitung.

Er zwang sich dazu, an schöne Dinge zu denken – an die See mit ihrem ewigen Herzschlag. Lange verharrte er so, an die Mauer gelehnt und von wildem Wein verdeckt. Sein Blick fiel in den Ballsaal. Rauch hing in der Luft, und das Kerzenlicht flackerte in den kristallenen Verzierungen der Lüster. Diese Welt schien für ihn unerreichbar zu sein. Flüchtig beobachtete er Christian, wie Katherine ihn verstohlen berührte und streichelte, um ihre Falle vorzubereiten. Armer Narr, dachte er und hielt gegen seinen Willen Ausschau nach Michaela. Der Brigadier winkte ihr soeben heftig.

Wieso trug sie bloß ein Tablett zu dem alten Mann? Rein schob sich bis an die Mauerkante vor und ließ Michaela nicht aus den Augen. Sie tat ihm leid, weil das Kleid wirklich entsetzlich schlecht saß. Das war einfach nicht zu übersehen, während sie den Saal durchquerte und die Gläser auf dem silbernen Tablett gefährlich wackelten.

Der Saum behinderte Michaela bei jedem Schritt. Sie konnte nicht schneller gehen, mochte ihr Onkel sich auch noch so ungeduldig anstellen und ihr zuwinken, als wäre er in der Wüste am Verdursten. Um einen Gast vorbeizulassen, wich sie einen Schritt zurück und verlor zum dritten Mal an diesem Abend einen Schuh. Onkel Atwell machte ein finsteres Gesicht, als sie alles andere als elegant wieder in den Schuh schlüpfte. Prompt verfing sich ein Absatz im Saum. Michaela stolperte und versuchte, das Gleichgewicht zu halten, und die Gläser fielen vom Tablett und zerbarsten klirrend auf dem Fußboden.

Duncan McBain packte sie am Arm, sonst wäre sie gestürzt. »Alles in Ordnung?«, fragte er betroffen.

»Ja, Duncan, vielen Dank.« Sie blies eine Haarsträhne aus dem Gesicht, lächelte schwach und blickte zu ihrem Onkel. »Ach, du lieber Himmel«, murmelte sie. Der Portwein hatte Major Winters getroffen. Die dunkelrote Flüssigkeit tropfte von seiner Nase, während er sich zornig mit einem Tuch abtrocknete.

Ihr Onkel stürmte auf sie zu, und Michaela musste sich zusammennehmen, um nicht zurückzuweichen.

»Du dummes Ding!«, zischte er. Duncan trat schützend an ihre Seite, doch Denton achtete nicht auf ihn, sondern nur auf seine Nichte. »Kannst du denn gar nichts richtig machen, Mädchen?« Sein Atem roch nach Alkohol, sein Gesicht war vor Wut verzerrt.

»Entschuldige, Onkel, aber das Kleid ist zu lang. Hättest du erlaubt ...«

»Schweig! Du bist eine Schande!« Als die Gespräche in ihrer Nähe verstummten, dämpfte er sofort seine Stimme. »Deine völlige Unfähigkeit ist beschämend. Dass ein dermaßen hilfloses und ungeschicktes Frauenzimmer mein Blut in den Adern hat, ist eine ... Schmach!« Leise Ausrufe erklangen. Leute wichen zurück, steckten die Köpfe zusammen und flüsterten miteinander. »Sieh dir nur den Major an!« Er zeigte auf seinen Adjutanten. »Seine Uniform ist ruiniert.«

Nur eine Pistolenkugel könnte sie ruinieren, dachte Michaela beißend, bezweifelte jedoch, dass ihr Onkel im Moment an ihrer Meinung interessiert war.

Glas knirschte unter Onkel Atwells Schuhen, als er näher kam und sie drohend ansah. »Das hast du absichtlich getan.«

Erschrocken ließ sie den Blick zwischen den beiden Männern hin und her wandern. »Nein!« Hoffentlich schlug er sie nicht hier vor aller Augen!

»Widersprich mir nicht«, brüllte er und ballte die Hand zur Faust. Am liebsten hätte er dem Mädchen auf diese Weise Verstand beigebracht. »Hol jemanden, der aufräumt!« Sein Blick kündigte an, dass er sich später mit ihr beschäftigen würde. »Und geh mir aus den Augen!«

Michaela starrte ihn an, biss sich auf die Unterlippe, um ihm keine heftige Antwort zu geben, und wagte nicht, jemanden anzublicken, um kein Mitleid zu sehen. Sie drückte ihm das Tablett in die Hände und raffte die Röcke.

»Wenn du mich entschuldigst«, sagte sie leise und eilte mit der Würde einer Königin zu den Terrassentüren.

Der Mondschein tauchte sie in silbriges Licht. Rein wäre am liebsten zu ihr gegangen, um sie zu trösten, etwas, das ihm völlig fremd war und ihn schwach machte. Denton hatte sich abscheulich aufgeführt. Michaela war mit Sicherheit keine Dienerin. Wie rechtfertigte dieser Kerl seine Drohungen? War er ihr Vormund? Der Brigadier war nie verheiratet gewesen.

Rein sah ihr nach, als sie tiefer in den Park hineinwanderte. Sie weinte nicht wegen der Demütigung. Wahrscheinlich litt sie bereits ihr Leben lang. Schon wollte er sich bemerkbar machen, als sie einen Blick zurück in den Ballsaal warf.

Worauf war das Mädchen denn aus? Rein zog sich tiefer in die Dunkelheit zurück und beobachtete.

Michaela überzeugte sich davon, dass ihr Onkel das Haus

nicht verlassen hatte. Nur allmählich kam wieder Stimmung auf. Sehr gut. Die Leute hatten etwas zu reden. Man würde sie erst vermissen, wenn ihr Onkel etwas brauchte.

Argyle kam zu ihr, und sie ging ihm lächelnd entgegen.

»Ich habe einige Gläser zerbrochen.«

»Das habe ich gehört.«

»Kennst du jemanden, der es noch nicht gehört hat?«, fragte sie. »Dann beeilen wir uns, damit sie es von uns und nicht aus zweiter Hand hören.«

Er hatte für ihren Humor nichts übrig, sondern hielt ihr das Umhängetuch hin, das sie gehorsam über die nackten Schultern legte. »Es ist grausam, wie er mit dir umspringt, Mädchen«, sagte er leise. »Noch dazu in der Öffentlichkeit.«

Schon vor langer Zeit hatte sie herausgefunden, dass sie keinen Platz im Herzen ihres Onkels besaß, und sie hatte auch aufgehört, sich einen erobern zu wollen. »Damit beschämt er nur sich selbst, Argyle«, entgegnete sie lächelnd. »Er ist bloß zu aufgeblasen, um das zu erkennen.«

Lachend bot er ihr den Arm, und sie hakte sich bei ihm unter und lehnte den Kopf an seine breite Schulter.

»Allerdings hat er Recht«, fuhr sie seufzend fort. »Ich bin tatsächlich ungeschickt und unelegant.« Sie hasste sich für das Selbstmitleid, das in diesen Worten mitschwang.

»Das Kleid ist zu lang, kleines Fräulein.«

»Eine andere Frau wäre trotzdem nicht gestolpert.«

»Eine andere Frau müsste kein zu großes Kleid tragen.«

»Vielleicht sollte ich so viel essen, dass ich hineinpasse.« Michaela zupfte an der Korsage, die sie nicht einmal annähernd ausfüllte.

Er lachte kurz. »Ich hole jemanden, der den Major säubert, Mädchen.«

»Wie wäre es, wenn Ihr ihn in die Pferdetränke taucht?«

»Ich würde sagen, der Portwein steht ihm so gut, dass er ruhig noch eine Weile damit herumlaufen kann.« Argyle wandte sich ab. »Und vorher verpasse ich dem Großmaul noch einen Faustschlag«, murmelte er vor sich hin und ließ sie allein.

Michaela zog die schwere Uhr ihres Vaters aus der Tasche des Kleides und las die Zeit ab. Dann sah sie sich um, ging die Stufen zum Pavillon hinunter und um den Brunnen herum zu einer Reihe von Bäumen. Unterwegs pflückte sie eine Blüte, roch daran und überzeugte sich davon, dass sie allein war. Lässig schlenderte sie weiter und blieb vor einer Granitstatue der Persephone stehen. Erneut sah sie auf die Uhr, und Sekunden später kam ihr auf dem Weg ein Mann in zerlumpter Kleidung entgegen. Gemeinsam zogen sie sich in die Dunkelheit zurück.

»Das ist sehr unklug, Mädchen.«

Sie zog ihn am Ärmel seiner Wolljacke tiefer ins Gebüsch. »Es war die einzige Möglichkeit, den Ball zu verlassen, ohne dass es auffiel.« Jetzt hielt Michaela es für einen Glücksfall, dass sie den Portwein verschüttet hatte.

»Beobachtet er dich?«, fragte der Mann besorgt.

»Nein.«

Er sah sie zweifelnd an.

»Würde ich meinem Onkel nicht den Haushalt führen, wäre es ihm am liebsten, ich würde mich in Luft auflösen.«

»Unterschätze ihn nicht, Mädchen. Er würde dich glatt den Hunden vorwerfen, nur um seine Haut zu retten.«

»Das hat er bereits getan«, erwiderte sie schmerzlich.

Rein bewegte sich lautlos zwischen den Bäumen und Steinsäulen des Parks und fand ein Versteck unter einigen Bäumen. Obwohl er angestrengt lauschte, bekam er nichts mehr von dem Gespräch mit, weil der Mann schon wieder verschwunden war. Michaela ging direkt auf ihn zu, ohne zu ahnen, wie nahe er ihr war. Rein hätte gern gewusst, weshalb diese Frau in der Dunkelheit einen Mann traf. Er lächelte. In dem alten Mann hatte er einen Diener erkannt, den er bei der Ankunft gesehen hatte. Den anderen hatte er nicht richtig zu Gesicht bekommen.

Seit mehr als zwei Wochen redete er sich nun ein, dass seine Gefühle bloß auf Einbildungskraft zurückgingen und sein Körper bei dem Gedanken an Michaela nur aus unbefriedigter Lust reagierte. Er hatte bei anderen Männern gesehen, wie sie von heftigen Empfindungen zerrissen wurden. Ihm selbst war es bisher nie so ergangen, doch nun hatte es auch ihn getroffen.

Michaelas Bild war in sein Gedächtnis eingebrannt – der Sitz ihres Kleides, die Locken, die auf die Schultern hingen, der Duft nach Zitronen. Jetzt bewegte sie sich ziellos durch den Park, pflückte gelegentlich eine Blüte und zerriss sie.

Schließlich duckte sie sich unter dicht belaubten Zweigen und setzte sich auf die Bank in seiner Nähe.

Er ballte die Hände zu Fäusten und fühlte sich einsam und von ihr besessen. Er begriff nicht, wieso er ihr gegenüber verletzlich war. Hätte er sie berührt, hätte er in der Falle gesessen. Wie sie da auf der Steinbank saß, war sie eine Frau, die ihn zerstören konnte.

Sie ahnte nichts von seinem Verlangen. Und er verspürte das Verlangen, von ihr berührt zu werden. Sie sollte ihn ansehen, allerdings nicht wieder so misstrauisch wie bisher. Nur eine Armeslänge von ihr entfernt verschmolz er mit der Dunkelheit. Als sie angestrengt Ausschau hielt, war er sicher, dass sie den Brigadier suchte, mit dem sie höchstwahrscheinlich verwandt war.

Entspannt lehnte sie sich zurück, verschränkte die Hände im Schoß und atmete auf.

Den Blick auf sie fixiert, fühlte er ihren Herzschlag wie seinen eigenen. Unzählige Gedanken schossen ihm durch den Kopf. War sie verlobt? Was hatte sie an jenem Tag auf der Straße gemacht? Was letzte Nacht in einem besonders gefährlichen Teil der Stadt?

Und schmeckten ihre Küsse so wundervoll, wie ihre Lippen es versprachen?

Er bewegte sich noch immer nicht, sondern knüpfte mit allen Sinnen ein Band zwischen ihnen. Michaela straffte sich, als ein seltsames Prickeln über ihre Haut lief »Wer ist da?« Sie fühlte die Nähe eines Menschen so deutlich, als würde ein warmer Lufthauch durch die kühle Nacht streichen. »Wer ist da?«

»Guten Abend, kleine Mörderin.«

Sie sprang auf. »Rein!«

Sein Name klang süß aus ihrem Mund. Rein trat zwischen den Bäumen hervor.

Michaela starrte ihn fassungslos an und genoss seine Nähe, bis ihre mädchenhaften Fantasien verschwanden und das Misstrauen erneut die Oberhand gewann. »Wie lange seid Ihr schon hier?« Hoffentlich hatte er den Mann nicht gesehen.

»Lange genug, um zu wissen, dass Ihr mit dem Brigadier verwandt seid.«

»Ich bin seine Nichte«, räumte sie verdrossen ein.

»Dann war Richard Euer Vater.«

»Ihr kanntet ihn?«

»Nein«, entgegnete er voll Mitgefühl, als sie sich ermattet setzte. »Mein Vater erwähnte ihn bei Gelegenheit.«

Sie nickte und ließ den Blick über ihn wandern. Abgesehen von seinem Gesicht und dem weißen Hemd ähnelte er einem Geist in der Dunkelheit. Wie drinnen im Ballsaal empfand sie Angst und war gleichzeitig fasziniert. Es kam ihr so vor, als könnte er ohne Worte mit ihr sprechen.

»Ihr habt mich zuvor nicht gefürchtet, Michaela.«

Sie liebte es, wie er ihren Namen aussprach. Es klang melodisch. »Das tue ich jetzt auch nicht.«

»Ihr bebt.«

Sie zuckte zusammen. »Was sind wir doch heute Abend von uns eingenommen«, bemerkte sie hoheitsvoll. »Ich friere.«

Sofort zog er die Jacke aus, legte sie ihr um die Schultern und sah ihr in die Augen. »Trotzdem finde ich da Angst.« Beim Gott des Donners, er wollte nicht, dass diese Frau in seiner Nähe zitterte.

»Euer Ruf eilt Euch voraus.«

»Ist er wirklich so schlimm?«, erkundigte er sich.

»Ja, ganz entsetzlich«, erwiderte sie lächelnd.

»So schlimm bin ich gar nicht, kleine Mörderin.«

Und ob, dachte sie. »Lady Buckland denkt da anders. Sie schwenkt Euren Namen wie ein Turnierbanner.«

Er zog die Hände von ihren Schultern. »Katherine sollte ihre Zunge hüten«, sagte er leise, aber scharf. Es gefiel Michaela nicht, wie leicht ihm der Name dieser Frau über die Lippen kam. Das deutete auf eine Intimität hin, von der sie nichts wissen wollte. »Ich bin lediglich ein schlichter Pflanzer.«

Sie warf ihm einen tadelnden Blick zu. »Erwartet Ihr von mir, dass ich einen solchen Unsinn glaube?«

Sein leises Lachen klang verführerisch. »Glaubt, was Ihr wollt, Michaela, aber ich weiß jetzt schon, dass Ihr mir vertrauen werdet.«

»Ihr wisst gar nichts über mich, Rein Montegomery.«

»Ihr schleicht, als Junge verkleidet, in der Dunkelheit herum und schlitzt Banditen auf. Mit meinem Messer, nehme ich an.«

Sie erstarrte, und er sah fasziniert zu, wie sie etwas zwischen den Brüsten hervorzog.

»Was habt ihr denn da drinnen, Mädchen?«, fragte er und beugte sich vor.

»Rein!«, zischte sie und wurde rot. »Habt Ihr kein Schamgefühl?«

»Schamgefühl bedeutet, dass man sein Handeln bedauert.«

Michaela musste lächeln.

»Und ich könnte es niemals bedauern, Euch angesehen zu haben.«

»Habt Ihr tatsächlich noch mehr von diesem Unsinn auf Lager?«

Lächelnd ließ er den Blick weich wie Samt über sie gleiten. Unbehagliche Stille senkte sich über sie beide, bis Michaela den Arm ausstreckte. In der offenen Hand lag die rasiermesserscharfe Klinge.

Rein starrte wie gebannt auf das Messer. Eine Erinnerung tauchte blitzartig auf – eine blutige Hand, eine Klinge, schlaffe Finger. Der Schmerz traf ihn unerwartet. Michaela sah ihn eindringlich an. Eine Frau, die ihm in der Dunkelheit ein Messer reichte, als wollte sie sich ihm opfern, wusste nichts über ihn und die hässlichen Dinge, die er nicht loswurde.

Rein beugte sich zu ihr und schloss ihre Finger um den Griff.

»Behaltet es.« Wenn sie es nötig fand, sogar jetzt ein Messer bei sich zu tragen, bedeutete es, dass mehr als diese schmale Klinge nötig war, um sie zu beschützen.

»Ihr werdet mich nicht als Diebin entlarven?«

»Natürlich nicht«, wehrte er betroffen ab.

Sie strich sich über die Stirn. »Rein ... ich muss Euch fragen ... obwohl ich kein Recht habe, auch nur anzunehmen, Ihr würdet ...«

»Ich werde Euch nicht an den Haaren zum Gericht zerren, weil Ihr auf mich geschossen habt«, fiel er ihr ins Wort. »Michaela, seht mich an«, verlangte er.

Sie gehorchte, und die Schönheit ihrer Augen faszinierte ihn.

»Wollte ich Euch für die Wunde bezahlen lassen, wärt Ihr bereits im Kerker gelandet.«

Vor Erleichterung traten ihr Tränen in die Augen. Sie lehnte sich gegen die raue Baumrinde. »Ich wusste es.«

»Vertraut Ihr mir?«

»Wohl kaum«, wehrte sie ab.

»Ich habe nicht verraten, dass Ihr durch die Stadt gestreift seid«, führte er zu seiner Verteidigung an. »Darüber müssen wir uns übrigens noch unterhalten.«

Sie sah zu ihm hoch. »Werdet Ihr es weitererzählen?«

»Ich glaube, jetzt bin ich im Vorteil.«

»Und Ihr werdet das ausnutzen. Männer machen das immer.«

»Euer Geheimnis ist bei mir sicher«, beteuerte er. »Wer hat Euch geschlagen, Michaela?«

Sie holte tief Atem und fasste sich an die Wange. »Mein Onkel.«

Er blickte durch die Glastüren zum Brigadier, der sich mit Seinesgleichen unterhielt und schallend lachte, als hätte er nicht seine Nichte vor den Spitzen der Londoner Gesellschaft bloßgestellt. Am liebsten hätte Rein den Mann niedergeschlagen.

Lieber Himmel, allein schon sein zorniger Blick genügte, um Michaela frösteln zu lassen. Sie wickelte sich fester in seine Jacke und fühlte den weichen Stoff an der Wange.

»Warum?«

»Spielt das eine Rolle?«

»Nein. Wollt Ihr weg von hier?«

Es dauerte lange, ehe sie antwortete. »Nein.« Sie konnte nicht weg. Dass sie allein und mittellos war, spielte dabei die geringste Rolle.

»Ihr unterwerft Euch lieber ...«

Sie ließ das Messer wieder im Mieder verschwinden. »Ich tue nur, was nötig ist.«

»Wieso wart Ihr um Mitternacht am Hafen?«

Jetzt zeigte sie ihm das gleiche herausfordernde Lächeln wie am Abend zuvor und seufzte. Typisch Frau. Er griff zu einem Mittel, von dem er wusste, dass es ihr Unbehagen bereitete. Er sah sie unverwandt an.

Michaela wurde unruhig, weil sie nicht daran gewöhnt war, von einem Mann so eingehend gemustert zu werden. Sie musste sich räuspern, ehe sie sprechen konnte. »Genießt Ihr den Ball?«

»Jetzt schon. Allerdings gebührt normalerweise mir die Ehre, für ein Spektakel zu sorgen.«

Sie gab einen sehr undamenhaften Laut von sich. »Ich werde mich bemühen, mich nicht wieder zu blamieren. Der nächste Auftritt gehört allein Euch.«

»Das habt Ihr nicht verdient, Michaela.«

Sie zuckte die Schultern und wich seinem Blick aus. »Kein Mitleid, Rein, bitte.« Es traf sie schon schwer genug, dass er mit angesehen hatte, wie sehr sie beschämt worden war.

Erneut schwiegen sie eine Weile. Plötzlich setzte er sich zu ihr.

Sie sah sich hastig um, ob jemand sie in dieser skandalträchtigen Lage beobachtete. »Rein?«

»Ja?«

»Wollt Ihr meinen Ruf restlos zerstören?«

Seine Augen funkelten, und sie bereute schon die Wahl ihrer Worte.

»Ich verspreche, Euch nicht in einem Stück zu fressen.«

Lächelnd betrachtete sie seine fein geschnittene Kleidung und die breiten Schultern. Wild wirkte er im silbernen Schein des Mondes, wie ein schwarzer Drache, der aus seiner Höhle spähte. »Nur in kleinen Häppchen?«

»Sagt ein Wort, und ich lasse Euch allein.«

»Und welches Wort ist das?«

Dieses freche Mädchen! »Verschwindet.«

Sie sprach es nicht aus, sondern lächelte nur gepresst. Rein ließ den Blick über ihr Gesicht und die katzenhaften Augen wandern. »Ich wusste, dass Ihr ein tapferes Mädchen seid.«

»Ich bin kein Mädchen, Rein«, erwiderte sie spöttisch und zog die Augen zu schmalen Schlitzen zusammen.

»O nein«, bestätigte er und betrachtete ihren Körper. »Ihr seid eine schöne Mörderin, die hübscheste, die mir jemals untergekommen ist.«

»O nein!«, rief sie gedämpft. »Schon wieder ein Schwall

Unsinn! Rette sich, wer kann!« Er lächelte, sie nicht. Michaela betrachtete ihn erneut misstrauisch. »Ich habe Euch heute Abend in Gesellschaft schöner Frauen gesehen. Das zeigt mir, dass Ihr zwar schwer von Begriff, aber nicht blind seid.«

Sein Blick ließ ihre Haut prickeln. »Mit meinen Augen ist alles in Ordnung, Michaela Denton«, versicherte er rau.

Michaela fühlte sich von seinen hellen Augen gefangen, und als sie endlich begriff, dass er es ehrlich meinte, wurde sie rot.

Sie lächelte so aufrichtig und hinreißend, dass es Rein wie ein Pfeil ins Herz traf. Er hob die Hand, und Michaela wich nicht aus, als er eine Locke berührte und sachte über ihre Wange strich.

»Rein?«

Er wickelte eine Strähne des kupferroten Haars, dessen Enden ihre Brust streifte, um den Finger.

Sie konnte kaum sprechen. »Sagt, dass Ihr mich nicht küssen werdet.«

Ihre Panik kam unerwartet und war völlig übertrieben. »Und weshalb sagt Ihr das?«

»Weil Ihr diesen Blick habt, der verrät, was Ihr denkt. Ihr denkt, ich schmelze dahin, wenn Ihr mich küsst. Ich versichere Euch aber, dass ich nicht schmelze.«

Er schüttelte den Kopf, ohne den Blick von ihr zu lösen. »Mein Blick verrät nur, dass ich mich frage, ob Ihr Euch von mir küssen lasst. Das frage ich mich, seit Ihr Euch auf die Unterlippe gebissen habt, als Ihr die Kugel aus meinem Körper entfernt habt. Und es hat mich nicht mehr losgelassen.«

Das Herz schlug ihr bis zum Hals. »Tatsächlich?«, fragte sie atemlos. »So lange schon?«

»Ja.« Sein Blick wurde sanfter, als er sich zu ihr beugte.

»Was ist denn? Müsst Ihr keinen Tee pflanzen, Schiffe führen …« Ihr Blick wanderte zwischen seinen Augen und dem schönen Mund hin und her. »Rein …« Es war halb Ablehnung, halb Flehen. Sie schluckte und strich sich mit der Zungenspitze über die Lippen.

Er atmete schneller und stockte kurz vor ihren Lippen, als sie in Erwartung des Kusses einen ängstlichen Laut von sich gab. Er konnte sie nicht weiter bedrängen und begriff gleichzeitig nicht, weshalb er sich dermaßen nach einer Kostprobe sehnte.

Ihr Blick glitt gehetzt über sein Gesicht, und als sie ihm ein winziges Stück entgegenkam, drückte er die Lippen auf ihren Mund.

Michaela stöhnte leise und schloss die Augen, und ihre Lippen bebten, während Rein sie behutsam und geduldig erforschte. Diese Frau wäre vor ihm geflohen, hätte sie das wahre Ausmaß seines Begehrens auch nur erahnt. Bei der Göttin des Lichts, es war so süß, und er hatte noch nie etwas so Machtvolles erfahren, so hinreißend, dass er es nicht einmal beschreiben konnte. Seine jahrelang geübte Zurückhaltung begann zu bröckeln.

Michaela wusste nicht, ob sie noch auf der Bank saß oder schwebte.

Sie hatte gelogen.

Sie schmolz doch dahin.

Kapitel 8

Der Kuss schmeckte verboten nach exotischen Genüssen und ließ unglaubliche Hitze und Leidenschaft erahnen. Doch gleichzeitig regten sich schmerzliche und hässliche Erinnerungen und vertrieben die schönen Empfindungen. Michaela kämpfte gegen Tränen an. Es war albern, dass ein einziger Kuss sie dermaßen aufwühlte, doch die Berührung seiner feuchten Lippen war so unbeschreiblich zärtlich, dass Michaela sich aufrichtig begehrt und verehrt fühlte.

Das steigerte die Wirkung noch weiter, weil sie nie mehr als diesen Kuss haben konnte. Das galt für Rein wie für jeden anderen Mann. Und diese Erkenntnis war ein schwerer Schlag. Sie hätte schreien können, weil es so ungerecht und grausam war, doch sie genoss nur das Prickeln und die Wärme, die tief in ihr einsetzte. Rein verwöhnte sie sanft, raubte ihr den Atem und löste in ihrem Körper eine Empfindung nach der anderen aus. Nur seine Lippen berührten sie. Er achtete auf Abstand zwischen ihnen, obwohl die Spannung knisterte und Michaela sich danach sehnte, dass er die starken Arme um sie legte. Dabei jagte es ihr Angst ein, sich vorzustellen, was diese Berührung auslösen könnte.

Seine feuchten Lippen küssten die ihren, seine Zunge glitt immer wieder langsam über ihren Mund, bis sie nach Luft rang und ihr eigener Herzschlag in ihren Ohren dröhnte. In diesem Moment wusste sie, dass Rein all ihre Sperren überwinden konnte, wenn er sie nur einfach unaufhörlich küsste und den Rest der Welt vertrieb.

»Michaela«, flüsterte er an ihren Lippen. »Wage es!« Und sie kam ihm entgegen, öffnete die Lippen und presste sie auf seinen Mund. Als seine Zunge in ihren Mund drang, fühlte Michaela einen lustvollen Schock durch ihren ganzen Körper jagen. Ihre Haut erhitzte sich, die Brüste spannten sich unter dem Mieder, und die aufgerichteten Brustspitzen rieben sich an dem locker fallenden Stoff, während seine Zunge mit ihrer spielte.

Ihr Stöhnen mischte sich mit seinem Seufzen.

Sie verkrampfte die Finger in ihrem Kleid und presste die Beine fest zusammen, um das unkontrollierbare Pochen zwischen den Schenkeln zu unterdrücken. Als hätte er ihr Sehnen gespürt, legte er seine warme Hand auf ihre und streichelte sie in langsamen kreisförmigen Bewegungen mit dem Daumen. Als sie die Faust öffnete, zog er ihre Hand an seine Brust. Unter den Fingerspitzen fühlte sie seinen Herzschlag. Es raubte ihr die letzte Abwehrkraft, und ohne zu überlegen, schob sie die Hand über seine Brust höher, legte sie ihm in den Nacken und presste ihn noch fester an sich.

Rein genoss stöhnend ihr Entgegenkommen und nahm, was sie ihm bot. Vielleicht war dies die einzige Gelegenheit, ihre Unschuld zu berühren. Er wollte mehr, wollte ihren weichen Körper an sich drücken, sie nackt unter sich fühlen. Auch wenn er schon jetzt wusste, dass ihn dieses Erlebnis in dunkler Nacht verfolgen würde, legte er ihr die Arme um die Taille, richtete sich auf und zog sie mit sich hoch. Seine Jacke fiel zusammen mit ihrem Umhang auf die Bank, doch Rein unterbrach den Kuss nicht, aus Angst, Michaela könnte sich dann in Nichts auflösen. Seine Gedanken verschwammen, und sein Körper erbebte unter Michaelas Reaktion. Doch als er sie enger an sich drückte, fühlte er, wie sie sich ängstlich verkrampfte und zurückzog. Sofort lockerte er den Griff wieder, vertiefte jedoch den Kuss und ließ der Leidenschaft freien Lauf. Und Michaela klammerte sich an ihn, strich durch das Haar in seinem Nacken und beruhigte und erregte ihn zur selben Zeit.

Gier packte ihn, und er zwang sich, Michaela freizugeben,

weil er fürchtete, seine ungezügelte Lust könnte sie verschrecken. Doch ganz konnte er sich nicht von ihr lösen. Er streichelte ihr Gesicht, küsste sie hingebungsvoll auf die Wange und das Kinn und auf die Spuren, die von der Faust ihres Onkels zurückgeblieben waren. Sein Atem strich über ihre Haut, während er zärtliche Küsse auf ihre Lider und die Stirn drückte.

»Michaela«, sagte er leise, »bei der Göttin des Feuers, du bist so süß.«

Michaela neigte den Kopf zurück und sah ihm in die Augen. Sie erfüllte nicht im Geringsten seine Erwartungen, und die Trauer darüber erstickte alles Verlangen in ihr. Sie war befleckt, und die unerfüllbaren Träume verletzten sie.

Rein runzelte die Stirn, als er Tränen in ihren Augen sah, und berührte ihre Wange. »Habe ich dir weh getan?«

Sie schüttelte den Kopf, doch bevor sie etwas sagen konnte, drangen Stimmen zu ihr. Jemand rief ihren Namen. Ängstlich rang sie nach Luft.

»Niemand hat uns gesehen.« Rein drückte sie an sich, als sie ihn verlassen wollte, und es schmerzte ihn, dass sie beschämt den Blick abwandte. »Und auch jetzt kann uns niemand sehen«, versicherte er.

»Er schickt nach mir.« Sie stemmte sich gegen ihn.

»Er soll warten«, wehrte er rau ab und wollte sie beschützen und nicht gehen lassen.

Sie sah ihm in die Augen. Verlangen lag noch in ihrem Blick. »Ich kann nicht.« Ließ er sich denn niemals abweisen? »Wenn ich hier mit Euch gefunden werde, bin ich ruiniert.« Bei einer Entdeckung durch ihren Onkel war ihr eigenes Schicksal jedoch nicht ihre größte Sorge. Sie wäre zwar auf der Straße gelandet, noch bevor der letzte Gast das Haus verlassen hatte. Es ging jedoch um viel wichtigere Dinge, um derentwillen sie in diesem Haus bleiben musste. So gern sie sich bei Rein zwischen den Büschen versteckt hätte, sie durfte es nicht riskieren. »Bitte, lasst mich gehen.«

Er erfüllte ihre vehement vorgetragene Bitte, und sie trat aus der Deckung hinaus ins helle Mondlicht.

Ein letzter Blick ging zwischen ihnen hin und her, als Rein zwischen den Bäumen zurückblieb,

Der Wind raschelte in den Blättern.

Eine Träne rollte über Michaelas Wange.

Der Anblick war zu viel für Rein.

»Michaela.«

Musste er sie ansehen, als hätte er etwas Unrechtes getan und als wäre sie unschuldig und kostbar? Sie ertrug es nicht, zu hoffen und im selben Moment diese Hoffnung zu zerstören. »Ich hätte das nie zulassen dürfen.« Sie wischte die Träne weg. »Ihr hättet mich nicht berühren sollen.« Er konnte sie nicht begehren. Das war ausgeschlossen.

Rein biss die Zähne zusammen. »Ihr habt es genau wie ich genossen, oder?«

»Müsst Ihr das jetzt noch fragen?«, erwiderte sie mit bebender Stimme. »Natürlich habe ich es genossen.« Was wollte er denn? Sollte sie sagen, dass ihr Blut noch immer in Wallung war und ihr Körper sich danach sehnte, ihn auf sich zu fühlen? Dass sie sich zum ersten Mal seit Jahren nicht angewidert oder beschämt gefühlt hatte, als er und nur er sie berührt hatte? Dass es ihr Angst eingejagt hatte? Nichts davon konnte sie preisgeben, ohne ihr schrecklichstes Geheimnis zu enthüllen. Sie hatte ohnehin kaum noch Stolz. Darum konnte sie sich nicht vor einem Mann, den sie kaum kannte, entblößen. »Wie sollte es auch anders sein? Offenbar seid Ihr Meister darin, wenn es darum geht, Küsse in der Dunkelheit zu rauben.« Seine Zärtlichkeiten waren schön gewesen, doch dass er sie so einfach verführen konnte, bestätigte nur, wie leicht es Männern fiel, Frauen zu manipulieren – und wie schwach sie selbst war.

Er lachte leise über ihre Naivität. Schließlich hatte sie nur die Oberfläche seines Verlangens berührt und ahnte nichts von deren Tiefe. »Ich würde noch viel mehr rauben, Michaela, täuscht Euch nicht.«

Sofort entstand bei seinen leisen Worten tief in ihr eine kaum zu ertragende Sehnsucht. Doch sie durfte sich nicht noch mehr wünschen, schon gar nicht mit einem solchen Mann, mochte er nun ein Ausgestoßener sein oder nicht. Es war ihr ganz persönliches Gift, das alles zerstörte und Reue und Zorn auslöste.

»Ich brauche keinen Mann wie Euch in meinem Leben, Rein Montegomery.« Ihre Zukunft war vor langer Zeit zerstört worden, und ein dermaßen bekannter Mann hätte alle ihre sorgfältigen Pläne zerstört. So versuchte sie zumindest, sich vor sich selbst zu rechtfertigen. Dennoch traf sie der Schmerz in seinen Augen.

Rein hasste es, dass ihn Worte noch immer verletzen konnten. Er bemühte sich um eine undurchdringliche Miene und schwor sich, sich vor Michaela nie wieder dermaßen bloßzustellen. »Ihr glaubt, ich hätte mehr als nur ein flüchtiges Interesse an Euch?« Er ließ den Blick über sie gleiten, und seine nächsten Worte kamen hart und scharf. »Glaubt es nicht.« Er nahm seine Jacke von der Bank. »Alles Gute, kleine Mörderin.« Er verschwand in der Dunkelheit, und Michaela konnte sich nicht von der Stelle rühren. Er wollte nicht mehr als all die anderen. Es hätte sie nicht dermaßen schmerzen dürfen. Sie hätte sich gewünscht, er würde sich von den übrigen Männern unterscheiden. Doch wollte sie nicht ohnedies allein und unbeachtet sein, um die vor ihr liegenden Aufgaben bewältigen zu können? Weshalb wünschte sie sich trotzdem, er möge ihr gegenüber nicht so gleichgültig und abweisend sein? Am liebsten wäre sie Rein nachgeeilt, doch die Rufe nach ihr wurden lauter. Es blieb ihr nichts anderes übrig, als nach dem Umhang zu greifen und zu dem wartenden Diener zu gehen.

Rein sah ihr nach, und ein gefährliches Verlangen erfüllte ihn. Er presste die Lippen aufeinander. Jede andere Frau hätte er auf die kalte Steinbank gedrückt und verführt, bis sie die eigene Leidenschaft nicht mehr ertragen hätte. Doch Michaela war eine tugendhafte Lady. Sie hatte Recht. Er hätte sie nicht berühren dürfen. Er sollte froh sein, dass sie seine Fehler nicht kannte, sonst hätte sie ihm keinen einzigen Blick mehr zugeworfen. Ungeduldig zog er seine Jacke an und stöhnte, als er Michaelas Duft auffing. Er strich sich durch die Haare. Auf den Lippen glaubte er noch ihren Kuss zu spüren, und er dachte daran, wie ihr Körper sich an ihn gedrückt hatte.

Das Verlangen peinigte ihn. Er war so erregt, dass er in diesem Zustand nicht in den Ballsaal zurückkehren konnte. Er lehnte sich gegen einen Baumstamm, holte eine Zigarre hervor, biss das Ende ab und zündete sie an. Rauchringe stiegen in der kühlen Nachtluft hoch, die sein Begehren nicht dämpfte. Nichts konnte das, und dabei hatte er sich und seinem Ziel bereits Schaden zugefügt. Michaela übte Macht über ihn aus, und das war so schlimm, dass er nicht weiter darüber nachdenken wollte. Nur einen letzten Blick warf er noch zum Haus. Michaela verschwand soeben um die Ecke.

Lauf, kleine Mörderin, und verstecke dich, dachte er. Denn wenn ich dir noch einmal in der Dunkelheit begegne, könnte ich der Leidenschaft nachgeben und dich nicht mehr gehen lassen.

Michaela flüchtete sich zu einem Nebeneingang und warf einen Blick zurück, doch Rein war nirgendwo zu sehen. So einsam hatte sie sich noch nie gefühlt. Sie schloss die Augen, betastete ihre Lippen, auf denen sie seinen Kuss fühlte, und versuchte, die Gefühle zu verdrängen, die er in ihr ausgelöst hatte. Hinter James ging sie in die Küche.

Alle Gedanken an Rein schwanden, als sie die Dienerschaft in heller Aufregung vorfand. Die Leute liefen hektisch von einem Tisch zum anderen. Geschirr klirrte, und in der Eile stellten sie sich ungeschickt an. Eine Schüssel zerschellte auf dem Fußboden, Sahne spritzte gegen die Wände. Schreie und Flüche erklangen.

Michaela hielt eines der Mädchen an. »Millie, beruhige dich.«

»Aber die Gäste essen alles so schnell auf, wie wir es zubereiten, Ma'am.«

Lächelnd rückte Michaela das Häubchen des Mädchens zurecht. »Die Gäste halten sich an die Getränke, bis ihr Nachschub bringt.« Millie sah sie zweifelnd an. »Niemand wird behaupten, es gäbe zu wenig zu essen, wenn sich die Tische förmlich unter der Last biegen. Damit würde er sich als Vielfraß hinstellen.« Michaela bemühte sich, den nasalen Tonfall ihres Onkels nachzuahmen. »Vor allem, wenn wir uns im Krieg befinden und Opfer bringen sollten.«

Millie kicherte, wurde jedoch gleich wieder ernst. »Diese vornehmen Leute stören sich nicht im Geringsten daran«, bemerkte sie verdrossen.

Michaela nahm ein Törtchen von dem Teller des Mädchens und hielt es Millie an die Lippen.

»Dann sollten wir uns ein oder zwei Bissen gönnen, damit wir auch dicker werden, nicht wahr?«, sagte sie und schob dem Mädchen das Törtchen in den Mund. Agnes blickte lächelnd zu ihr herüber, und Michaela überzeugte sich davon, dass ihr Onkel nicht in der Küche aufgetaucht war, ehe sie durch den Raum ging und allen etwas von dem Essen anbot, an dem sie seit der Morgendämmerung arbeiteten. Es gelang ihr, die allgemeine Spannung zu verringern. Die Leute gingen ruhiger wieder an die Arbeit.

Agnes bildete eine Ausnahme. Sie tippte Michaela auf den Arm und winkte sie zur Seite. »Wo seid Ihr gewesen?«

»Im Park. Wieso?« Sie drückte die Hand der Köchin. »War er hier und hat mich gesucht?«

»Nein, aber es ist offensichtlich, dass Ihr … beschäftigt wart.« Sie hielt eine silberne Servierplatte hoch, und Michaela betrachtete ihr Spiegelbild. Die Frisur war in Ordnung, doch ihre Lippen waren leicht geschwollen, und Reins Bart hatte eine leichte Rötung auf der Haut zurückgelassen.

»Hat es Euch gefallen?«

»Agnes!«, wehrte Michaela verlegen ab.

Die Köchin betrachtete sie genauer. »Ja, es hat Euch gefallen.«

»Sei still!«

»Mistress Denton!«, rief James und blickte den Korridor entlang. »Kommt!«

Michaela erkannte, was los war. Ihr Onkel hatte bemerkt, dass sie noch nicht in den Ballsaal zurückgekehrt war. Sie verwünschte Rein und seine Küsse. Jetzt hatte sie keine Zeit mehr, in ihr Zimmer zu laufen und Puder aufzutragen. Stattdessen drängte sie sich an Agnes vorbei, griff in den Mehltopf, verteilte etwas im Gesicht und wischte das überschüssige Mehl wieder weg. Agnes lachte leise. Das musste reichen. Schon wollte Michaela die Silberplatte aus der Hand legen, als sie darin einen vertrauten dunklen Schatten entdeckte. Betroffen fuhr sie herum, doch niemand stand in der offenen Küchentür. Dennnoch prickelte ihre Haut. Rein war bestimmt nicht hier. Allerdings brachte ein Windhauch den Geruch von Rauch mit sich. Schon wollte sie nachsehen, doch James rief erneut nach ihr. Sie reichte der Köchin das Tablett und eilte aus der Küche und zum Ballsaal.

Auf dem Korridor im Erdgeschoss hörte sie Stimmen aus dem Arbeitszimmer ihres Onkels und ging langsamer.

»Wir segeln in zwei Wochen mit der Abendflut los.«

Da die Tür einen Spalt offen stand, wagte Michaela nicht, hinzusehen und herauszufinden, zu wem die Stimmen gehörten. Sie blickte sich nur heimlich um und lauschte. Lord George Germain, der Kriegsminister!

»Bei seiner Ankunft bei den Kolonisten werden ihn nahezu siebentausend Soldaten erwarten.«

»Lieber Himmel, diese Kosten! Gibt es wirklich keine andere Möglichkeit?«

»Nein, keine. Stört Euch nicht an den Kosten. Der König ist längst nicht mehr zögerlich, dessen seid versichert. Und diesmal sind wir gut vorbereitet.«

Jemand lachte verächtlich, und Michaela bemühte sich, der Stimme ein Gesicht zuzuordnen. »Wie in Tighcondaroga?«

»Da irrten wir in den Zahlen.«

»Die Spanier mischen sich jetzt ein.«

Wieder ertönte ein abfälliges Lachen. »Die Spanier verstehen es nicht, in der Wildnis zu kämpfen.«

»Aber die Kolonisten. Es ist ihr Land.«

»Es ist das Land des Königs!«, behauptete Germain großspurig.

»Bewaffnung?«

»Was eine ganze Garnison hergibt und zusätzlich vier Schiffe mit Nachschub.«

Michaela prägte sich die Worte ein. Zwei Wochen, vier Schiffe, siebentausend. Als das Gespräch zu vergangenen Siegen umschwenkte, eilte sie weiter zum Ballsaal und sah sich noch einmal um, ob sie entdeckt worden war.

Ihr Onkel sprach gerade mit Rein, als sie den Saal betrat, und ihr stockte der Atem. Rein hielt Dreispitz und Cape in den Händen, schüttelte den Kopf und ging zur Tür, obwohl ihr Onkel hinter ihm herrief.

»Guten Abend, Mistress Denton«, sagte er knapp, als er an ihr vorbeiging, ohne sie auch nur anzusehen. Michaela blieb von ihm nichts weiter als ein letzter Blick auf seinen Rücken – und die Gasse, die von den Gästen für diesen finsteren Einzelgänger gebildet worden war.

Kapitel 9

Rein verzichtete auf ein Glas, setzte die Rumflasche an die Lippen und nahm einen ordentlichen Schluck. Der Alkohol brannte im Hals und im Magen und ging ihm sofort ins Blut. Der Rum steigerte jedoch nur den Zorn, der in ihm siedete. Er lächelte geringschätzig und trank noch einen Schluck. Wie stolz war er doch immer auf seine Selbstbeherrschung, die Leute in seiner Nähe, seine Schiffe und vor allem auf sich selbst gewesen. Doch heute Abend hatte sich seine Fähigkeit, seine Gefühle im Griff zu halten, verabschiedet.

Ich brauche keinen Mann wie Euch in meinem Leben, Rein Montegomery …

Er lachte verächtlich. Sie brauchte ihn nicht. Kein Bedürfnis. Das Mädchen hatte wahrscheinlich gar keine Bedürfnisse.

Es milderte seinen Zorn nicht, dass Michaela gut daran tat, ihn abzulehnen. Aber wollte er sie für einige schöne Stunden, einen verstohlenen Kuss oder eine heimliche Unterhaltung ruinieren?

Vielleicht fand sie in diesem Winter einen standesgemäßen Partner. Doch allein schon bei dem Gedanken daran kam ihm die Galle hoch. Nur selten näherte er sich so tugendhaften Frauen. Für gewöhnlich befriedigte er seine Lust bei Huren. Bei ihnen gab es keine Verpflichtungen, und sie stellten auch keine Ansprüche an Hautfarbe oder Herkunft. Ließ er sich mit ihnen ein, blieb nichts zurück.

Lange starrte er auf die Flasche, ehe er sie gegen die Kabinenwand schleuderte. Die Scherben fielen klirrend zu Boden. Rein strich sich durchs Haar, rieb sich den Nacken und wankte zum Schreibtisch.

Es klopfte.

»Verschwindet!«

Die Tür öffnete sich. Temple warf einen Blick in die Kabine und runzelte die Stirn über Reins Aussehen. Er trug keinen Mantel, das Wams war geöffnet, und das Hemd hing aus der Hose.

Rein warf ihm einen finsteren Blick zu. Der Mann war offenbar zu dumm, um zu erkennen, dass er ungelegen kam.

»Wolltest du nicht den Abend beim Earl verbringen?«

Rein ließ sich auf den Stuhl hinter dem Schreibtisch fallen und legte die Füße auf die Tischplatte.

Er öffnete eine zweite Flasche, trank einen Schluck und wischte sich mit dem Handrücken über den Mund. »Ein Abend in einem Haus, in dem die letzte Hure neben einer der Damen verblasst … ich weiß nicht …« Er zuckte mit den Schultern. »Das war nicht das Wahre.« Schließlich besaß er trotz allem Stolz, der ihm jedoch nichts nützte. Auch Geld und Macht halfen ihm nichts. Er war noch immer allein.

Temple kam näher.

»Verschwinde!«

»Was denn, Freund, ich soll dich allein leiden lassen? Nicht im Traum.« Als er einen abweisenden Blick von Rein auffing, lenkte er ein. »Allerdings hat es auch seine Vorteile, wenn man allein leidet«, meinte er, verließ die Kabine und schloss die Tür.

Rein stellte die Flasche auf seinen Bauch. Das Glas klickte gegen das Medaillon unter dem Hemd. Seine Miene verdüsterte sich noch weiter. Der Abend hatte nur einen einzigen Lichtblick gebracht. Germain, dieser hochnäsige Bastard, war nicht sein Vater. Das sollte ihn eigentlich freuen, aber Rein ärgerte sich darüber, dass er unbedingt den Mann finden wollte, dessen Blut in seinen Adern floss. Nach der Begegnung mit Michaela war er noch entschlossener als vorher, diese Qualen zu beenden.

Ich finde dich, Vater, dachte er betrunken, und vielleicht zermalme ich dich.

Sein Blick fiel auf die Jacke, die er achtlos auf den Tisch geworfen hatte. Er zog die Augen zu schmalen Schlitzen zusammen, als er sich daran erinnerte, wie Michaela das Kleidungsstück um ihre zarte Gestalt gezogen hatte. Es wäre besser gewesen, er hätte darauf verzichtet, doch er griff nach der Jacke und drückte sie an sein Gesicht. Michaelas Duft hing noch im Stoff. Die Sehnsucht nach ihr war überwältigend. Trotzdem wollte er nie wieder in ihre Nähe kommen. Er verstand besser als jeder andere, was Vermutungen, Spekulationen und Gerüchte anrichten konnten.

Nein, er ließ nicht zu, dass noch eine Frau starb, weil sie befleckt worden war.

Lieber hätte er sein Leben hingegeben.

Lady Katherine stieg aus ihrer Kutsche, blieb am Landungssteg stehen und biss sich auf die Unterlippe, während sie die Männer betrachtete, die an der Mole Segel flickten und Gin tranken. Bewundernde Blicke flogen ihr zu. Obwohl sich ihr der Magen schon bei der Vorstellung zusammenzog, diese Männer könnten sie berühren, antwortete sie mit einem höflichen Kopfnicken, ehe sie den Steg betrat. Die *White Empress* war sicher vertäut, die Segel waren eingerollt, und an Deck hielt sich nur das Pferd auf. Es ärgerte sie, dass dieser Kerl sein Pferd verwöhnte, sie jedoch abwies. Heute war sie hier, um das zu ändern, und Rein erschien prompt, als sie den Fuß an Deck setzte. Sein Haar war zerzaust, die Kleidung verknittert. Wehrlos, dachte sie lächelnd.

»Rein, Ärmster!«

Er blickte ruckartig hoch und kniff die Augen gegen das Sonnenlicht zusammen. »Allmächtiger«, sagte er grimmig. »Verschwinde hier, Kat. Ich bin nicht in der Stimmung für Besuch.«

Sie zögerte nur einen Moment, ehe sie auf ihn zuging. »Nun sieh dich doch an«, murmelte sie sanft und wollte ihm die Haare aus der Stirn streichen, doch er hielt sie fest.

»Nein!«, befahl er gereizt. »Verschwinde von meinem Schiff!«

»Ich bin hier, weil ich dich unbedingt sehen muss.«

»Ich wünsche aber Euren Besuch nicht, Lady Buckland. Offenbar habe ich mich bei unserem letzten Zusammentreffen nicht klar genug ausgedrückt.«

Er führte sie am Arm zur Reling, doch sie drehte sich um und drückte sich an ihn. Rein erstarrte, weil sein Körper auf die weiblichen Formen reagierte, doch sein Verlangen galt einem rothaarigen Mädchen mit scharfer Zunge und unschuldigen Augen. Gern hätte er dieses hemmungslose Miststück hier in seine Kabine mitgenommen und sich an ihr abreagiert, um alles andere zu vergessen. Doch das konnte er nicht tun. Katherine wollte ihn an die Leine legen.

»Du hast mir gefehlt, Rein. Erkennst du nicht, wie sehr ich dich liebe?«

Er lachte beleidigend. Sie liebte Geld und Macht, sonst nichts. »Habt Ihr bereits nach einer Nacht die Unterstützung durch den Earl verloren?«

Sie wirkte nicht reizvoller, wenn sie schmollte. »Er war dumpf und langweilig, gar nicht wie du.«

Mit der freien Hand berührte sie ihn im Schritt. Er stieß sie von sich. »Männer jagen lieber, Katherine, und nur, wer kein Gentleman ist, lässt sich vor anderen anfassen.« Erneut schob er sie zum Landungssteg.

»Ich werde nicht betteln«, warnte Katherine.

»Dann schlage ich vor, Ihr lernt, Eure Begierden selbst zu stillen. Damit werdet Ihr bestimmt mehr Erfolg haben.«

Sie holte tief Atem und versetzte ihm eine Ohrfeige.

Er zog lediglich eine Augenbraue hoch. »Fahrt nach Hause, Lady Buckland, und achtet genauer darauf, welche Männer Ihr in Euer Bett lasst. Es könnte sonst Euren Untergang bedeuten.«

Katherine sah alle ihre Hoffnungen schwinden. »Habt Ihr das auch zu ihr gesagt, Rein?« Als sich seine Miene verfinsterte und seine hellen Augen wild aufleuchteten, erschrak sie. Er sah drein, als würde er ihr am liebsten mit bloßen Händen das Genick brechen.

»Achtet auf Eure Worte, Mylady«, warnte er heiser.

Sie richtete sich hoch auf. »Ist das eine Drohung?«

»Ich habe keine Zeit für Drohungen.«

Sie presste die Lippen aufeinander und warf ihm einen wütenden Blick zu. »Das werdet Ihr bereuen, Rein. Ich sorge dafür, dass Ihr in der Hölle landet.«

»Wo ich auf Eure Ankunft warten werde, Mylady.« Seine Geduld war erschöpft. Er stieß sie von seinem Schiff.

Katherine taumelte, raffte die Röcke und sah noch einmal zornig zurück. »Dafür werdet Ihr bezahlen«, kündigte sie an und schritt den Landungssteg hinunter.

Die Matrosen lachten, und einer rief ihr zu, er würde sich gern zur Verfügung stellen, falls sie einen Lachs in ihrem Eimer haben wollte. Sie warf den Männern einen geringschätzigen Blick zu. Als einige näher kamen, geriet sie in Panik und wandte sich zu Rein um, doch er stand mit verschränkten Armen und gespreizten Beinen regungslos an Deck. Eisige Kälte strömte von ihm aus. Bei seinem Anblick klopfte ihr Herz schneller, und sie wollte zu ihm zurückkehren.

»Lieber Himmel, was muss ich denn noch machen, Frau?«

»Mich lieben … oder mich töten!«

Rein fluchte wild, während sie endlich in ihre Kutsche stieg, und wartete, bis das Gefährt den Pier verlassen hatte.

Lord Heyward runzelte die Stirn, als Montegomery die Münzen einstrich, in seine Tasche schob und aufstand.

»Können wir Euch nicht dazu überreden, bei uns am Spieltisch zu bleiben, damit wir etwas zurückgewinnen?«, fragte er und handelte sich einen kühlen Blick ein.

»Ihr habt bereits bei mir Spielschulden, Mylord. Das wollt Ihr doch nicht noch verschlimmern, oder?«

Nein, dachte Heyward und seufzte. Montegomery konnte mit Karten viel zu gut umgehen. Wahrscheinlich lag es daran, dass er so viel Zeit auf hoher See verbrachte, wo er mit Kartenspielen die Zeit totschlug.

»Verdammt, Montegomery«, sagte Sir Sheppard am Spieltisch. »Meine Frau reißt mir den Kopf ab.«

»Ihr habt vermutlich ein Versprechen gebrochen.«

Sheppard wurde verlegen und sah sich um, ob es ungebetene Lauscher gab, während Montegomery lässig das Wams schloss und das Halstuch zurechtzog. Dabei fand Sheppard, dass Montegomery nicht so zufrieden dreinsah, wie man das von einem Gewinner erwarten konnte.

»Gebt Frauen nie ein Versprechen, Randal. Ihr zahlt sonst einen zu hohen Preis, wenn Ihr es brecht.« Ein Diener mit Reins Mantel und Dreispitz näherte sich. Rein nahm beides entgegen, und Sheppard beobachtete überrascht, wie er dem alten Mann zahlreiche Münzen in die Hand drückte.

»Ich habe gehört«, warf Heyward ein, »dass Katherine anders darüber denkt.«

»Genau das meine ich«, sagte Rein verächtlich.

»Das haben wir davon, wenn wir einen Mann seiner Sorte in zivilisierte Kreise einführen«, bemerkte der Vierte im Bund, Lieutenant Ridgely, und warf seine wertlosen Karten auf den Tisch. Die anderen wandten sich ihm zu.

»Bei Gott, Ridgely«, murmelte Heyward. »Hütet Eure Zunge.«

Ridgely zog die Uniformjacke zurecht. Seiner Meinung nach hatte Montegomery, dieser Heide, nichts in einem angesehenen Spielsalon zu suchen.

»Und was für eine Sorte ist das, Sir?«

Heyward staunte, dass Montegomery völlig unberührt wirkte, während er die Handschuhe anzog und auf den unreifen Lieutenant hinunterblickte. Heyward wusste es jedoch besser. Dies war nur die Ruhe vor dem Sturm.

»Ein betrügerischer Bastard und noch dazu ein Halbblut.«

Ringsherum stießen die Leute gedämpfte Rufe aus. Sheppard warf dem jungen Mann einen scharfen Blick zu. Heyward murmelte eine Verwünschung und fasste sich an den Kopf.

Rein warf dem Soldaten einen gelangweilten Blick zu. »Ihr könnt Eure Anschuldigung vermutlich beweisen, stimmt das?«

»Wie sonst hättet Ihr von uns so viel Geld gewonnen?«, fragte dieser und deutete auf den jetzt leeren Tisch.

Rein zuckte die Schultern und bereitete sich auf einen Kampf vor, den er nicht wünschte. »Ich bin eben der bessere Spieler, aber vielleicht sollte ich mein Geld in Zukunft an andere Orte tragen.« Er wandte sich an Lord Heyward. »Die Engländer scheinen es nicht zu brauchen.«

Heyward sah zu einem anderen Mann im Raum. Lord North machte zwar auch ein finsteres Gesicht, doch Heyward verstand die stumme Warnung. Falls Montegomery beschloss, seine Waren über den Pazifik zu verschiffen, wurde England noch mehr geschwächt, und das alles wäre dann einem unverschämten Offizier zu verdanken gewesen.

»Überstürzt nichts, Rein«, meinte Heyward beschwichtigend.

Ridgely lachte abfällig und stand auf.

»Setzt Euch, mein Sohn, bevor er Euch bei lebendigem Leib häutet«, murmelte Sheppard.

»Ridgely!« Alle wandten sich um, als ein hoch gewachsener, dunkelhaariger Mann zwischen den Tischen hindurch auf den jungen Captain zuging. Der Mann verbeugte sich steif vor den Anwesenden und blieb vor Montegomery stehen. »Captain McBain.«

Rein nickte grüßend. Er kannte den Mann vom Fest des Brigadiers her.

»Vergebt dem Jungen, Sir. Er kommt direkt vom Schlachtfeld zurück und ist voll …«

»Niemand braucht für mich zu sprechen, Captain. Er hat betrogen.«

»Das hat er nicht, und Ihr wisst das, Ridgely. Tragt Eure Verluste wie ein Mann.« McBain war überzeugt, dass Montegomery ein Mann von unantastbarer Ehre war.

»Er hat eine schwere Beschuldigung erhoben, Captain.« Rein betrachtete den hasserfüllten Lieutenant. Ridgely musste ungefähr so alt sein wie sein Vater damals, als er sich seine Mutter genommen hatte – gewaltsam. »Möchtet Ihr Euch mit mir duellieren?«

Ridgely kniff die Augen zusammen. Der Alkohol mochte seinen Verstand benebelt haben, aber er hatte nicht vergessen, welchen Ruf Montegomery genoss, was Waffen anging.

»Ich versichere Euch, dass ich ein Bastard sein mag, aber mit Pistolen oder Schwertern umgehen kann«, sagte Rein. »Ihr habt die Wahl.«

»Entschuldigt Euch, Lieutenant«, drängte McBain.

Heyward sah in Reins Augen eine Drohung, die trotz der gleichgültigen Miene warnte. »Lieutenant!«

»Bitte verzeiht …«, stieß Ridgely hervor und verstummte, als Montegomery sich zu ihm beugte und ihn der scharfe Blick aus diesen wilden Augen bis auf den Grund des Herzens traf.

»Ihr bleibt am Leben, mein Junge. Vergeudet es nicht.« Rein wandte sich an die anderen. »Guten Abend, Gentlemen.« Er verbeugte sich, winkte und ging zur Tür.

Vor dem White's rief Rein nach seinem Pferd und schritt auf und ab, während er darauf wartete, dass der Knecht Naraka brachte. Zivilisierte Kreise! Rein kannte Hafenarbeiter mit besseren Manieren. Eigentlich sollte er sich über den Vorfall nur amüsieren, dachte er, während er dem Jungen eine Münze zuwarf und sich auf Naraka schwang.

Es war nicht immer angenehm, Informationen zu sammeln. Es störte ihn eigentlich nicht, Zielscheibe von Scherzen zu sein, und er sollte den jungen Offizier verschonen, der ein Produkt seiner Erziehung war. Oder den Mangel daran. Rein ließ Naraka sich selbst den Weg suchen und dachte darüber nach, was er herausgefunden hatte. Nachdem er Germain von seiner Liste gestrichen hatte, blieben ihm noch drei Kandidaten, die sein Vater sein konnten. Sein Erzeuger war offenbar sogar nach so langer Zeit sehr einflussreich, denn Rein wurden sofort sämtliche Türen vor der Nase zugeschlagen, stellte er auch nur eine einzige Frage in dieser Richtung.

Naraka blieb plötzlich stehen, und Rein entdeckte drei Männer, die ihm den Weg versperrten. Aha, wenn man vom Teufel sprach! Er beugte sich im Sattel vor, stützte sich aufs Sattelhorn und hielt die Zügel locker in den Händen. »Gentlemen?«

»Rückt es raus!«

Im ersten Moment dachte Rein, Ridgely hätte seinen Mut wieder gefunden, doch dessen Vorgesetzter war wohl kein Mann, der ihn so schnell aus den Augen ließ.

Rein löste den Geldbeutel vom Wams und hielt ihn dem Mann hin.

»Nicht das«, sagte der ungeduldig.

Rein versuchte, die Herkunft des starken Akzents einzuordnen. »Was dann, Gentleman? Mein Hemd? Meine Stiefel?«

»Das Medaillon.«

»Welches Medaillon?«

»Stellt Euch nicht so dumm.« Es knackte laut auf der stillen Straße, als eine Pistole gespannt wurde. »Das kostet Euch sonst das Leben.«

»Und das wollen wir doch nicht, oder?«

Der Mann in der Mitte machte eine Handbewegung, und sein Begleiter richtete die Pistole mit dem langen Lauf auf

Reins Herz. Rein zuckte nicht einmal mit der Wimper, sondern sah nur zu.

»Öffnet das Hemd!«

Rein richtete sich auf, und der Mann wich einen Schritt zurück, während Rein unter dem Wams zwei Duellpistolen hervorzog.

Rein ließ den Blick von einem zum anderen wandern. »Ich kann mindestens zwei von euch mitnehmen.«

»Aber Ihr seid dann auch tot.«

»Sicher?«, fragte Rein.

Der dunkel gekleidete Mann kam näher, und Rein richtete die Mündung auf seinen Kopf. »Habt Ihr unser erstes Zusammentreffen vielleicht schon völlig vergessen?«

Alle bis auf einen wichen zurück. Ein Schuss krachte, ein Lichtblitz zuckte durch die Dunkelheit, und die Kugel pfiff an Reins Ohr vorbei. Er erwiderte das Feuer und tötete den Mann auf der Stelle. Der zweite Mann feuerte, und Rein schoss ihm gezielt ins Bein. Der Mann stürzte schreiend zu Boden und fasste sich an die Wunde. Rein schob die leere Waffe in den Gürtel und holte ein Messer hervor, stellte es auf die Spitze und ließ es im Mondschein auf der Spitze tanzen.

Der Anblick hielt den Mann gefangen. Rein beugte sich zu ihm hinunter, packte ihn am Mantel und hob ihn zornig von der Erde hoch. »Sagt eurem Auftraggeber, dass er selbst zu mir kommen soll, weil ich nie aufgeben werde!« Der Mann riss beim harten Klang von Reins Stimme die Augen weit auf. »Niemals!«

Rein öffnete die Faust, ließ den Mann fallen und trieb Naraka an dem Verletzten vorbei an.

Nein, Vater, dachte er, diesmal werde *ich* gewinnen!

Kapitel 10

Händler riefen ihre letzten Angebote, bevor sie ihre Waren einpackten. Menschen drängelten, Männer, Frauen und Hafenarbeiter, und einige Soldaten tranken Gin, bevor für sie die einsame Nacht begann.

Michaela kämpfte sich durch das East End voran. Sie hielt den Kopf gesenkt, drückte einen Sack an sich und hatte einen Wollschal nicht nur zur Tarnung vors Gesicht gezogen. Abwässer flossen auf den Straßen offen zum Hafen. Nicht einmal Regen hätte den Schmutz wegwaschen können.

Sie drängte sich zwischen Leuten durch, die nach Hause eilten. Schmale, hohe Gebäude reihten sich aneinander, stützten sich gegenseitig. Die Hauswände waren von vorbeifahrenden Kutschen und altem Waschwasser bespritzt. Der Inhalt von Nachttöpfen, die aus den Fenstern geleert worden waren, klebte an ihnen. Schmutzige Kinder suchten in den Müllhaufen nach Essbarem, und hätte Michaela Geld bei sich gehabt, hätte sie es verteilt, um Derartiges nicht mit ansehen zu müssen. Doch sie durfte sich nicht aufhalten, sondern lief durch die Straßen, rutschte auf dem glitschigen Pflaster aus und hielt sich am Arm eines Matrosen fest. Er schrie sie an und schob sie von sich, und gleichzeitig tauchte seine Hand auf der Suche nach Geld in ihre Taschen. Sie wehrte sich, schlug nach ihm und wandte sich von seiner fauligen Alkoholfahne ab.

Nach einem Schlag mit dem Sack gegen seinen Kopf kam sie frei und hetzte weiter, während er hinter ihr lachte. Atemlos blieb sie stehen, versteckte sich eine Weile, ging weiter und zog ihr Messer aus dem Stiefel, als ein anderer Mann versuchte, sie zu berauben. Hier, mitten im East End, hielt sie sich dicht an den Hauswänden, zählte die Gebäude und verschwand schließlich zwischen Zweien in einem schmalen Durchgang. Michaela blickte sich immer wieder um, ob sie verfolgt wurde. Durch einen Spalt in einem Holzzaun betrat sie einen Hinterhof, ging zum Kutschenhaus und blieb hinter Büschen, Wagen und Pferden in Deckung. Im dunklen Stall lehnte sie sich an die Wand, warf einen Blick ins Freie und umklammerte fest das Messer. Das Herz schlug ihr bis zum Hals. Erst jetzt wurde ihr klar, wie gefährlich ihr Vorhaben war.

Angst brachte gar nichts, und schließlich machte sie so etwas nicht zum ersten Mal. Sie wartete, bis ihr Herz wieder ruhiger schlug, holte tief Atem und löste sich von der Holzwand. Der Mantel blieb an einem Nagel hängen und riss ein Stück auf. Mit dem Rücken stieß sie gegen die verfallene Wand. Heu fiel von oben herunter, und Michaela wartete nur darauf, dass ihr das Dach auf den Kopf krachte. Ein passendes Ende, dachte sie.

Eine Hand presste sich auf ihren Mund. Sie wurde gegen eine harte Brust gedrückt. Blitzartig wehrte sie sich, glitt zu Boden, wirbelte herum und hielt dem Mann das Messer an die Kehle.

»Sehr gut, Schätzchen«, sagte er leise.

Sie seufzte gereizt. Damit hätte sie rechnen sollen. Der Kerl schlich sich gern an sie heran.

»Hast du hier irgendwo mein Herz gesehen, alter Mann?« Sie drückte ihm die Messerspitze gegen das Kinn. »Ich habe es vermutlich verloren.«

Lächelnd drückte er ihr die Pistole in die Seite, »Wen nennst du alt?«

Sie hob das Knie an seinen Schritt. »Dich mit deinem grauen Haar«, erwiderte sie und betrachtete seinen silbergrauen Kopf.

Er richtete den Pistolenlauf zur Decke und wich zurück. »Wo ist deine Pistole, Mädchen?«, fragte er besorgt. Er hatte schon zu viel in seinem Leben gesehen.

»Die habe ich auch verloren.«

»Ich habe noch eine, falls du sie brauchst.«

Sie schüttelte den Kopf. Er benötigte die Waffe dringender. Schließlich war er als Rebellenführer im Feindesland.

»Komm, du siehst hungrig aus.«

»Wie sieht man hungrig aus?«

Er wandte sich kopfschüttelnd ab. »Blass.«

Trotz seiner fast sechzig Jahre hielt er sich kerzengerade und hatte breite Schultern. Er sah hinreißend aus, und Michaela fragte sich, wie viele Herzen er wohl in seiner Jugend gebrochen hatte. Sie wartete neben ihm, während er sich bückte und im Heu nach dem eisernen Ring einer Falltür suchte und sie öffnete. Er stieg in die Dunkelheit hinunter, Michaela folgte ihm, und sobald sie den Lehmboden erreichte, stieg er noch einmal nach oben und schloss die Tür.

Sie sah sich in der vertrauten Umgebung um. Die Liege war für seine Größe nicht lang genug. Außerdem gab es einen Tisch und zwei Stühle. »Wir müssen etwas für deine Bequemlichkeit tun, Nickolas.«

»Ich habe schon schlimmer gehaust«, wehrte er lächelnd ab.

Trotz der Bitterkeit in seiner Stimme stellte sie keine Fragen. »Du kommst nur her, wenn dir jemand auf den Fersen ist. Wirst du verfolgt?«

Er setzte sich an den Tisch, auf dem eine Kerze flackerte. Michaela ließ sich auf den zweiten Stuhl sinken.

»Nein, aber man weiß nie. Wie bist du weggekommen?« Er wusste, dass sie zur Tarnung tagsüber in einer Suppenküche arbeitete, was ihrem Onkel wenig gefiel.

»Ich habe Laudanum in den Weinbrand getan.«

»Lieber Himmel, Mädchen!«

»Tadele mich nicht, Nickolas«, erwiderte sie. »Ich weiß schon, was ich mache. Es war nicht so viel, dass es jemandem schaden würde, aber für einen guten Schlaf ausreichend. Wolltest du nicht an deinem Akzent arbeiten?« Er kam aus Carolina, was man ihm anhörte.

»Das habe ich, Mädchen«, versicherte er und sah zu, als sie den Sack auf den Tisch legte und öffnete.

»Agnes hat gebacken, und ich habe ihr etwas gemaust«, erklärte sie lächelnd und legte Fleischpasteten, einen Laib Brot und einen Zimtkuchen auf den Tisch.

Wenn Nick lächelte, wirkte er um Jahre jünger. »Meine Frau hat mein Herz mit solchem Backwerk erobert«, sagte er, achtete nicht auf das Fleisch und das Brot und packte den Kuchen aus, als wäre er aus purem Gold. In seinem Gesicht malte sich Sehnsucht ab, als er kostete. Michaela wusste, dass er seine Familie vermisste, und fühlte mit ihm. Die Seinen waren in Amerika zum Glück alle am Leben, wussten jedoch nicht einmal, ob er noch lebte oder tot war.

Er schluckte den Bissen und packte den Kuchen wieder ein. »Vielen Dank, Michaela.«

Lächelnd schob sie ihm eine Fleischpastete zu. »Iss erst einmal.« Er gehorchte und aß mit so viel Anstand, dass Michaela an die Bemerkungen der Ballgäste denken musste. Sie hatten die Kolonisten als ungeschliffene Barbaren bezeichnet. Michaela fand jedoch, dass sie eine Stärke und Würde besaßen, die kaum ein Engländer vorweisen konnte. Bei jedem Zusammentreffen mit Nickolas wuchs ihre Bewunderung für ihn. Die britische Obrigkeit hatte ihn schrecklich behandelt, ins Gefängnis gesteckt und zum Dienst in der Marine gezwungen. Auf seinem Rücken konnte man die Meinung der Engländer über den Kommandanten der Kolonisten ablesen. Seit zwanzig Jahren kämpfte er für die Freiheit der Kolonien von britischer Herrschaft. Nach allem, was Michaela wusste, hatten sich seine Leute von keiner einzigen Sanktion der Krone von ihrem Ziel abbringen lassen.

Solches Durchhaltevermögen musste man einfach bewundern. Das Mindeste, was sie als Hilfe anbieten konnte, waren Spionagedienste. Michaela wünschte sich ebenfalls Freiheit, was sich bei ihr weniger auf die Zwänge der britischen Gesellschaft bezog, sondern eher die Hoffnung auf einen Neuanfang war. Sie hatte mit angesehen, wie grausam sich ihre Landsleute in Marokko, Schwarzafrika und Indien aufgeführt hatten. Sie hatte Tyrannei und Grauen erlebt und das Verlangen, jeden Winkel dieser Erde zu beherrschen. Sogar ihre eigenen Landsleute wurden wie Aussätzige behandelt, wenn sie kein Geld besaßen und sich auch keines verschaffen konnten. Michaela war nicht viel besser dran als die Straßenkinder. Sie hatte zwar ein Bett und Essen, das schon, doch sie besaß keine Familie und hatte auch kein Geld. Sie war wie alle anderen gefangen.

Wir machen die ganze Welt zu England, hatte Germain gesagt.

War für ein Unsinn!

Michaela betrachtete die Spionage für die amerikanischen Rebellen als ihre ganz persönliche Rache an den Männern, die sie entehrt hatten. Und diesmal hatte sie sich geschworen, siegreich aus dem Kampf hervorzugehen. Dafür würde sie freudig sterben – oder töten.

»Hast du auch Wein mitgebracht, Mädchen?«

Sie holte eine Flasche aus dem Sack und sah sich nach Bechern um, fand keine und zog den Korken aus dem Hals. »Wir trinken wie die Wikinger«, sagte sie und setzte die Flasche an die Lippen.

Nickolas lächelte, lehnte sich zurück und wischte sich über den Mund. »Du würdest gut zu meinen Töchtern passen«, sagte er voll Zuneigung.

»Das schmeichelt mir«, erwiderte sie, stellte die Flasche auf den Tisch und schob sie ihm zu.

Nickolas runzelte die Stirn. Michaela war manchmal sehr verschlossen und entrückt. Dabei war es für einen jungen Menschen nicht gut, seine Gefühle dermaßen zu verbergen, vor allem nicht für eine Frau. »Michaela, wie soll ich dir helfen, wenn du mir nicht erzählst, was dich so bedrückt?«

»Es ist unwichtig.« Seit Jahren lebte sie mit der Schande, die sie nicht durch eine Erzählung wiedererwecken wollte. »Außerdem bin ich hier, um dir zu helfen.« Sie griff über den Tisch und drückte herzlich seine Hand. »Diesmal habe ich wichtige Informationen.«

»Du hast immer wichtige Informationen. Habe ich dir schon einmal gesagt, wie dankbar wir dir sind?«

»Ja, zu meinem größten Ärger«, wehrte sie ab und verdrehte die Augen. »Also, du musst dich mit deinem Mann in Verbindung setzen und ihn mit dem nächsten Schiff losschicken, das nach Westen segelt. Wenn ich mich nicht irre ...«

»Das tust du nie.«

»In vierzehn Tagen stechen Schiffe zu den Kolonien in See und bringen siebentausend Soldaten ...«

Nickolas hörte aufmerksam zu und merkte sich jedes Detail. Andere mochten in Michaela eine zurückhaltende Frau sehen, die sich etwas ungeschickt anstellte. Er kannte sie jedoch besser.

Michaela Denton war die wichtigste Waffe der Kolonisten, allgemein als »Schutzengel« bekannt. Es war geradezu unheimlich, wie scharf sie auf alle Kleinigkeiten achtete und aus scheinbar zusammenhanglosen Wortfetzen Informationen heraushörte. Ihre Warnungen, die manchmal nur auf Gerüchten basierten, hatten schon unzähligen Menschen das Leben gerettet und sie der Freiheit ein Stück näher gebracht. Er verdankte ihr sein Leben, und sein Land konnte sie gar nicht angemessen entschädigen. Michaela befand sich in einer Position, in der sie viel genauere Informationen als andere beschaffen konnte. Betrachtete er Michaela mit ihrem rötlichen Haar und den grünen Augen, sah er seine eigenen Töchter vor sich. Ständig fürchtete Nickolas um ihre Sicherheit. Aus diesem Grund hatte er die Hilfe eines alten Freundes erbeten.

Sie lehnte sich sichtlich besorgt zurück.

»Was ist denn?«

»Gar nichts«, wehrte sie ab.

»Michaela«, warnte er, »geh kein unnötiges Risiko ein. Das Treffen beim Ball war schon gefährlich genug.«

Sie wehrte sich gegen die Erinnerung an jene Nacht, weil sie nicht an Rein und seine Küsse denken wollte, stand seufzend auf und rückte Mütze und Schal zurecht. Wenn sie noch eine Nacht nicht schlafen konnte, weil sie zusätzlich zu den seit drei Jahren quälenden Albträumen auch noch an Rein dachte, war sie nutzlos für die Menschen, die sich auf sie verließen. Dann konnte sie auch der Sache nicht weiter dienen.

»Ich werde das Gefühl nicht los, dass in meinem Haus irgendetwas unter der Oberfläche läuft. Onkel Atwell tut oft sehr geheimnisvoll. Normalerweise unterhält er sich weitgehend ungezwungen mit seinen Freunden, doch in der letzten Zeit ...« Sie zuckte mit den Schultern. »Ich bin mir nicht sicher, weil ich sie nur zweimal dabei ertappt habe, dass sie miteinander flüsterten.« Sie trat an die Leiter, stellte den Fuß auf die unterste Sprosse und warf einen Blick zurück. »Nächstes Mal in der Wohnung? Ich habe nichts dagegen, mich als Junge zu verkleiden.« Sie sah sich im Raum um. »Ich mag es nur nicht, dass du dich wie ein Dieb versteckst.«

»Ich bin ein Dieb«, erwiderte er lächelnd. »Oder stehlen wir die Informationen vielleicht nicht?«

»Wir begehen Hochverrat, Nickolas.«

Ihr ernster Ton erinnerte ihn daran, dass sie in viel größerer Gefahr schwebte als er. »Michaela.« Er räusperte sich und wich ihrem Blick aus.

»Was gibt es?«, fragte sie.

»Die Informationen anderer Kontaktpersonen haben sich als falsch herausgestellt.«

Sie überlegte angestrengt. Die Agenten kannten einander nicht. Das war eine Vorsichtsmaßnahme, damit keiner im Fall seiner Ergreifung einen anderen verraten konnte. »Glaubst du, dass jemand bewusst falsche Informationen liefert?«

»Das, oder er arbeitet für beide Seiten.«

Ein Doppelagent! In ihren Augen blitzte es auf. »Hast du mich im Verdacht?«

»Nein«, erwiderte er geradezu beleidigt. »Du bist die Einzige, die ich ausnehme, aber ich stehe mit dieser Meinung allein da.«

Er hatte Vorgesetzte, und Michaela wusste, dass bei den Amerikanern die Mehrheit zählte. Falls es zu einer ernsten Vertrauenskrise kam, würde Nickolas gezwungen sein, alles in Betracht zu ziehen und eine Entscheidung zu treffen. Und sie würde verlieren – und für die Freiheit sterben. »Warne die anderen, Nickolas. Ich bin dir und nur dir verantwortlich.«

Er wusste sehr genau, dass das stimmte, weil sie sich mehr als einmal geweigert hatte, mit seinem Boten zu sprechen. »Ich werde dich verständigen.«

Hatte Nickolas eine Nachricht für sie, oder wollte er etwas von ihr wissen, befestigte er Tücher verschiedener Farbe an der Brücke oder schickte sie ihr zu. Auf diese Weise wusste sie, wo sie sich trafen. Sie ahnte nicht, wie er das schaffte. Von ihren Gemächern aus konnte sie den bunten Schal stets mit Hilfe des Fernrohrs ihres Vaters sehen. Und wenn sie Nickolas sprechen musste, ging sie genauso vor, obwohl es für sie schwierig war, unbemerkt auf den Dachboden und das Dach zu gelangen.

Michaela überlegte einen Moment, ob sie ihm von Rein erzählen und erwähnen sollte, dass er sie auf der Straße entdeckt hatte, als sie sich auf dem Heimweg befunden hatte, doch Nickolas hatte größere Sorgen. Sie war überzeugt, selbst mit allem fertig zu werden. Michaela sah zur Falltür hinauf und hoffte, noch vor der Dunkelheit ohne Zwischenfall nach Hause zu gelangen.

»Sei vorsichtig, Mädchen.«

»Ich werde mich auf jeden Fall bemühen.« Sie kletterte nach oben, hob die Falltür ein Stück an, warf einen Blick in den Stall und stieg endlich aus dem Versteck. Wortlos schloss sie die

Klappe wieder und fand, dass dies ein schlimmer Ort war, um dort eine Nacht zu verbringen. Aber wenigstens wechselte Nickolas von einem Haus zum anderen, von einer Wirtschaft zur nächsten. Daher wusste sie nie, ob und wo sie ihn finden würde. Lautlos durchquerte sie den Stall, presste sich gegen die Wand und zog das Messer, bevor sie sich wieder auf die stinkenden Straßen des East Ends wagte.

Narakas Hufschläge klangen so unregelmäßig, dass Rein sich aus dem Sattel gleiten ließ und die Hufe nach Steinen untersuchte. Er fand einen, löste ihn und ging neben Naraka her. Er war zornig, weil er einen Mann hatte erschießen müssen, und es nagte an ihm, dass er so wenig erfahren hatte. Zorn packte ihn, weil er nichts dagegen machen konnte. Kehrte er jetzt auf sein Schiff zurück, konnte er bestimmt nicht schlafen, weil er dermaßen aufgewühlt war. Als er an einem Bordell vorbeikam, überlegte er kurz, ob er die Dienste einer Hure in Anspruch nehmen sollte, um diese unerträgliche Anspannung abzubauen. Er verzichtete jedoch und ging weiter. Es kam auch nicht infrage, sich zu betrinken. Noch jetzt warnten ihn die späten Nachwirkungen des Alkohols, dem er vor fast einer Woche zu stark zugesprochen hatte.

Verdammt, Michaela! Er dachte an ihre Tränen und an ihren harten Blick, als sie ihn aus ihrem Leben verbannt hatte. Er kannte sie zu wenig, um sie zu verstehen. Er wusste nur, dass er nicht das Recht hatte, in ihren Kreisen zu verkehren. Allerdings konnte sie nicht lügen, wenn sie küsste. Sie war süß und tugendhaft, doch in ihr schlummerte verdrängte Leidenschaft.

Sie schwächte ihn, und gleichzeitig weckte sie seine Lebensgeister.

Jemand stieß ihn an und warf ihn gegen das Pferd. Rein packte zu, aber der Kerl wehrte sich und trat ihm hart gegen das Schienbein.

Rein fluchte und hielt den jungen Mann an den Schultern fest. »Vorsicht, Junge, sonst ... Beim Gott des Donners, verfolgt Ihr mich?«

Michaela starrte in sein gut geschnittenes Gesicht. Ihr Herz hämmerte noch, weil sie auf der Flucht war. Diese Verzögerung konnte sie beide das Leben kosten! »Ihr bildet Euch viel zu viel ein, Rein.« Sie warf einen Blick zurück und horchte auf Hufschlag und Schritte. »Lasst mich los!« Die Soldaten kommen!

»Erst verratet Ihr mir, was Ihr schon wieder um diese Uhrzeit im East End zu suchen habt.« Dann hörte auch er die Reiter und die Rufe. Rein drehte sich um und entdeckte die Männer, die ihn bedroht hatten. Diesmal hatten sie Verstärkung dabei. Schüsse krachten, Kugeln prallten in ihrer Nähe von der Steinwand ab. Er zog Michaela in den nächsten Durchgang, presste sich gegen die Mauer und hielt dem Mädchen den Mund zu. Kugeln rissen Verputz von den Wänden, während er einen Blick ins Freie warf.

»Kein Wort«, flüsterte er. »Naraka, leg dich.« Der mächtige Hengst legte sich auf den Boden und drückte sich gegen die Mauer.

Michaela schob Reins Hand weg, wich jedoch nicht von seiner Seite. Durch Zufall war sie den Soldaten begegnet und hoffte jetzt, Nickolas nicht ungewollt verraten zu haben. Hätte auch nur einer der Soldaten sie erkannt, hätte man sie zu ihrem Onkel geschleppt, der glaubte, sie würde in ihrem Gemach schlafen. Und dann hätte sie Prügel bezogen wie nie zuvor, oder man hätte sie nach Newgate gebracht.

Rein zog die Pistole hervor und überprüfte sie. Als er sich vorbeugte und zielen wollte, hielt Michaela ihn am Arm fest und schüttelte den Kopf. Diesem Blick konnte er nicht widerstehen.

»Wollt Ihr am Leben bleiben?«, fragte er. Sie nickte.

»Dann tut, was ich sage, und ich bringe Euch nach Hause.«

Sie schüttelte heftig den Kopf, doch als sie etwas sagen wollte, hielt er ihr erneut den Mund zu und drückte sie mit seinem Körper gegen die Mauer.

»Michaela, ich versichere Euch, dass Ihr keine Ahnung habt, in was Ihr da hineingeraten seid. Es ist mir gleichgültig, warum Ihr Euch um diese Zeit in diesem Pestloch aufhaltet. Ich will auch nicht, dass Ihr mein Leben noch komplizierter macht. Doch diese Männer da draußen sind auf der Suche, und eine als Junge verkleidete Frau in meiner Gesellschaft wird mehr als ihren kostbaren Ruf verlieren. Ist das klar?«

Sie nickte, obwohl ihr sein schroffer Ton und der harte Ausdruck in seinen Augen nicht gefielen. Er zog die Hand weg, beugte sich wieder vor und wich hastig zurück, als Reiter an ihrem Versteck vorbeigaloppierten. Rein lauschte auf den Hufschlag und befahl Michaela dann, auf sein Pferd zu steigen. Sobald sie es getan hatte, flüsterte er einen Befehl. Naraka erhob sich, und Rein schwang sich hinter Michaela in den Sattel und drückte sie an sich.

»Der Ritt wird hart und schnell, Mädchen. Haltet Euch fest.«

Er zog Naraka herum und jagte in halsbrecherischem Galopp durch die schmale Gasse. Michaela riss die Augen weit auf und klammerte sich am Sattelhorn fest, als das Pferd über leere Kisten sprang. Der Ritt führte sie durch eine zweite Gasse, über eine breite Straße hinweg und erneut in eine enge Passage hinein. Michaela stockte der Atem, während Rein den Hengst immer weiter von den Soldaten weglenkte und der Rappe keinen Moment langsamer wurde.

Rein kannte sich in diesen Straßen offenbar besser aus als sie und zögerte während der Flucht keinen Moment. Und sie fragte sich, wie oft Rein Montegomery schon um sein Leben geritten war.

Lady Buckland trat an die Kutsche heran und blickte zu ihrem Kutscher hoch. Der kleine Mann schwankte auf seinem Sitz.

»Kannst du mich wenigstens lebend nach Hause bringen, Clancey?«

Er nickte, vergaß die Ginflasche in seiner Hand und winkte damit, ehe er sie schnell versteckte.

Katherine warf ihm noch einen zornigen Blick zu, griff nach dem Halteriemen und zwängte sich mit dem lästigen Kleid in die Kutsche. Sie vermisste ihren Pagen, doch diese Ausgabe sparte sie sich. Nachdem sie an die Decke geklopft hatte, schaffte es Clancey, nach den Zügeln zu greifen und das Gespann in Bewegung zu setzen. Der alte Kerl hatte sich nicht die Mühe gemacht, die Lampe anzuzünden, doch Katherine kümmerte sich nicht darum, sondern schloss die Augen und genoss das gleichmäßige Schwanken der Kutsche. Ihr Körper war von dem Liebeserlebnis erhitzt, und sie sehnte ihren Liebhaber herbei, damit er sie in der dunklen Kutsche verwöhnte. Wie herrlich verrucht, dachte sie noch, ehe sie einen Schmerz am Hals spürte. Sie begriff gar nicht, was geschah, als der Schmerz schon von einem Ohr zum anderen quer über ihre Kehle raste. Der Atem stockte ihr, als die Lungen sich mit Blut füllten. Sie zuckte krampfhaft, während sie versuchte, Luft zu bekommen, und presste die Hand auf die offene Wunde. Entsetzt starrte sie auf ihre blutigen Hände.

O Gott, o Gott, dachte sie. Hilf mir! Hilf mir!

Doch es gab keine Hilfe. Und während die Kutsche unter einer Straßenlaterne hindurchfuhr, erblickte sie ihren Mörder, der entspannt die Arme verschränkt hielt und zusah, wie sie starb.

Sekunden später schoss der Mörder durch die Decke der Kutsche, und als der Kutscher auf die Straße fiel und von den Rädern zermalmt wurde, warf der Mörder das Messer in den blutgetränkten Schoß seines Opfers.

Kapitel 11

Rein presste Michaela an sich. Die Verfolger waren unermüdlich, ein Anzeichen dafür, dass sie seinen Tod und nicht bloß sein Medaillon wünschten. Und Michaela war in die Schusslinie geraten. Die Soldaten waren ihnen dicht auf den Fersen, als Rein sein Pferd einen steilen Abhang hinunterlenkte und sich unter einer Brücke versteckte. Er lauschte, während die Männer oben weiterritten. Die Brücke erbebte unter dem Donnern des Hufschlags.

Erst jetzt betrachtete er Michaela. Unter der Mütze hervor liefen trotz der Kälte Schweißtropfen über ihre Schläfe. Sie hatte den Kopf zurückgeneigt und blickte nach oben, ohne darauf zu achten, dass schmutziges Wasser auf ihr Gesicht tropfte. In ihren Augen sah er keine Angst, nur Entschlossenheit, und er bewunderte sie dafür. Die meisten Frauen hätten entsetzliche Angst ausgestanden. Vielleicht begriff sie gar nicht, wie gefährlich ihre Ausflüge in der Dunkelheit waren.

»Warum treibt Ihr Euch zu dieser späten Stunde im East End herum, Michaela?«

Sie sah ihn einen Moment an, ehe sie antwortete. »Vermutlich habt Ihr schon erraten, dass niemand weiß, dass ich nicht wie ein braves kleines Mädchen daheim im Bett liege.«

Seine finstere Miene hellte sich nicht auf. »Allerdings.«

»Zur größten Enttäuschung meines Onkels arbeite ich in einer Suppenküche.«

Er spürte, dass sie log. »Ihr kamt nicht aus einer Küche für Obdachlose, Mädchen.« In dieser Gegend gab es gar keine.

Sie warf ihm einen beleidigten Blick zu. »Nennt Ihr mich eine Lügnerin?«

»Ja, noch dazu eine unverschämte.«

»Ich werde keine Zeit damit verschwenden, Euch zu überzeugen.« Sie deutete auf die Flecken auf ihrem Mantel und zeigte ihm die fettigen Handschuhe.

Rein glaubte ihr noch immer nicht, doch vielleicht sagte sie tatsächlich die Wahrheit. Fest stand, dass mehr als eine Strafpredigt ihres Onkels auf sie wartete, sollte sie jetzt ergriffen werden, und Rein wollte keinesfalls, dass sie noch einmal geschlagen wurde.

»Ich bringe Euch nach Hause und in Eure Gemächer, aber ...«

»Ich brauche Eure Hilfe nicht«, fiel sie ihm ins Wort. »Und hättet Ihr mich nicht festgehalten ...«

Er nahm sie so an den Schultern, dass sie ihn ansehen musste. »Macht Euch nichts vor, Michaela. Ihr wäret getötet worden. Blutgierige Männer bringen auch bedenkenlos ein schmutziges kleines Mädchen um, wenn es um ihre eigentliche Beute geht.«

»Soll das heißen, dass diese Männer hinter Euch her waren?«

Je weniger sie mit seinen Angelegenheiten zu tun hatte, desto besser war es.

»Darum geht es hier nicht. Ich bin bewaffnet, Ihr seid es nicht.«

»Und Ihr seid ein Mann, ich bin keiner, nicht wahr? Ich bin eine hilflose –«

»Es reicht!«

Sie zuckte bei seinem eisigen Ton zusammen.

Rasch sah er sich um und hoffte, dass niemand auf sie beide aufmerksam wurde. »Ihr seid ein schwieriges Frauenzimmer. Ich weiß, dass Ihr nicht hilflos seid. Schließlich trage ich Narben als Beweis mit mir herum. Aber Ihr dürft Euer Leben nicht so sorglos aufs Spiel setzen.« Er wollte es nicht aussprechen und tat es doch. »Schon gar nicht für einen Liebhaber, der Euch nicht beschützt.«

»Eine Lügnerin, ein Dummkopf und jetzt auch noch eine Hure? Als was schimpft Ihr mich denn noch?«

»Ihr wisst, dass ich das nicht so gemeint habe«, fauchte er sie an.

»Ach ja?«

»Michaela …« Nur mühsam beherrschte er sich. Hatte sie einen heimlichen Liebhaber?

»Ich tue, was ich tun muss. Das versteht Ihr bestimmt.«

Für eine Suppenküche? »Lasst Euch nicht wieder von mir auf der Straße aufgreifen, sonst gehe ich nicht mehr so sanft mit Euch um.«

Dann würde er sie eigenhändig ihrem Onkel ausliefern. Das war ihr klar. Gut, wich sie ihm eben aus. »Und was habt Ihr so weit vom Pier entfernt gemacht, wenn ich fragen darf?«

Einen Mann erschossen, dachte er. »Offenbar war es nicht weit genug.« Er drückte sie wieder an sich, griff zu den Zügeln und trieb Naraka unter der Brücke hervor und den Hang hinauf. Eine Kutsche rollte so schnell an ihnen vorbei, dass er zwischen die Bäume zurückweichen musste und wild fluchte.

»Es saß kein Kutscher auf dem Bock. Sollten wir nicht etwas unternehmen?« Sein Blick warnte Michaela davor, ihn zu bedrängen. Plötzlich öffneten sich die Schleusen des Himmels, und innerhalb von Sekunden waren sie bis auf die Haut durchnässt.

»Was für eine Nacht«, murmelte Rein und ritt weiter.

Bei dem Galopp des Hengstes drückte ihr Po immer wieder gegen Reins Schritt. Er achtete nicht darauf, auch nicht darauf, wie tapfer und bezaubernd Michaela war und wie verlockend es war, sie zu fühlen. Stattdessen konzentrierte er sich auf seinen Zorn über ihre Unvorsichtigkeit. Nur wegen des unglücklichen Zusammentreffens mit ihm war sie in Lebensgefahr geraten.

Michaela versuchte, Abstand zu Rein zu halten. »Bewegt Euch nicht!«

»Euer Medaillon drückt gegen mich.«

Er erstarrte zu Stein. »Was?«, fragte er scharf und ließ das Pferd langsamer laufen.

»Euer Medaillon. Ich habe es gesehen, als ich die Kugel entfernte.«

Er packte sie an der Schulter und drehte sie zu sich herum. »Was wisst Ihr darüber?«

Sie blickte in sein vom Regen nasses Gesicht. »Mein Onkel hat ein ähnliches.«

Lieber Himmel! Sein erster Gedanke war, dass ihr Onkel womöglich sein Vater sein könnte und sie beide somit verwandt waren. Der Magen krampfte sich ihm zusammen. Sein zweiter Gedanke war, dass ein einziges Wort von ihr ausreichte, dass seine Verfolger auch sie töten würden.

»Schwört mir, dass Ihr mit niemandem über dieses Medaillon sprechen werdet!«

»Aber …«

Er schüttelte sie. »Schwört!«

»Schwört Ihr dann, mein nächtliches Abenteuer für Euch zu behalten?«

Sein Lächeln jagte ihr einen kalten Schauer über den Rücken. »Ja, abgemacht.« Er schob das Medaillon auf seinen Rücken und trieb Naraka erneut durch die Dunkelheit voran.

Schweigend ritten sie bis zu dem Besitz. Michaela erklärte ihm, wie er zur Seite des Hauses gelangte. Schließlich hielt er das Pferd an und blickte durch den Regen zum Fenster hoch.

»Auf diesem Weg könnt Ihr nicht hinein.«

»Aber sicher kann ich das.«

»Ich möchte mir diese Nacht nicht restlos verderben, indem ich Eure sterblichen Überreste von der Erde aufsammeln muss.«

»Ihr wollt wohl Eure schöne Kleidung nicht schmutzig machen, nicht wahr, Rein?«

Er lachte leise und saß ab. Sie presste die Lippen zusammen, achtete nicht auf die entgegengestreckte Hand und ließ sich zu Boden gleiten, rutschte auf dem Schlamm aus und hielt sich am Sattel fest.

Es ärgerte sie, dass Reins Gesicht auch jetzt nicht die geringste Gefühlsregung verriet.

»Erreicht Ihr Eure Gemächer durch die Küche?«

»Ja, aber die Türen sind verschlossen.«

Er zog sie an der Hand zur Hausecke und zwischen Bäumen und Büschen hindurch. Sie riss sich los und folgte ihm freiwillig. Im Haus war alles dunkel, und ihre Schritte auf dem nassen Boden klangen überlaut. Rein duckte sich, als er sich der Hintertür näherte. Trotz der zwischen ihnen herrschenden Spannung drückte Michaela sich an seinen Rücken und blickte ihm über die Schulter, als er einen Metallstab aus dem Stiefel holte und ins Schloss schob.

»Wie wollt ihr damit die Tür ...«

Die Tür schwang auf.

»... öffnen?«

Er zuckte lässig die Schultern. »Es war wohl nicht richtig abgeschlossen.«

Sie selbst hatte den Schlüssel herumgedreht. »Ihr seid also auch ein Meisterdieb?«

»Kein besserer als Ihr«, erwiderte er amüsiert.

»Das bezweifle ich.«

Er drückte die Tür weiter auf. »Geht hinein, bevor jemandem der Luftzug auffällt.« Sie nickte, rührte sich jedoch nicht von der Stelle. »Bitte, Michaela, geht!«, zischte er. »Ich kann sonst nicht länger widerstehen.«

Ihr Gesicht wurde sofort sanfter. Mochte er auch noch so viel mit ihr schimpfen, so war er doch ein Gentleman. Er hatte ihr erneut das Leben gerettet.

»Unsere Abmachung gilt?«

Er stach sich mit dem Metallstab in den Daumen und zeigte

ihr den Blutstropfen. Mit einem zärtlichen Lächeln drückte sie ihren Finger gegen die scharfe Spitze. Daumen an Daumen gepresst, sahen sie einander in die Augen, während der Regen auf sie niedertrommelte.

»Schweigen um Schweigen.«

»Ja«, bestätigte sie. »Erklärt Ihr mir eines Tages die Gründe?«

»Nein«, erwiderte er hart und wich einen Schritt zurück.

Verwirrt zog Michaela sich ins Haus zurück und blickte ins Freie, während Rein sich entfernte, stehen blieb, ihr den Rücken zuwandte und den Kopf senkte. Regen prasselte auf seinen Mantel, und Wasser lief von seinem Dreispitz. Trotzdem bewegte er sich nicht, sondern ballte die Hände zu Fäusten. Michaela hielt den Atem an und wartete.

Er wusste, dass er gehen musste, sonst gefährdete er seine Pläne. Blieb er, verlor er womöglich die Kontrolle über seine Gefühle, eine Kontrolle, die er im Lauf der Jahre entwickelt hatte. Es war eine hoffnungslose Lage. Und das alles wegen einer Frau, die so erfrischend widerspenstig war, dass er sie berühren wollte und sich nach ihrer Berührung sehnte.

Plötzlich drehte er sich um, war mit drei Schritten bei ihr, legte die Arme um sie und presste sie an sich. Sie rang nach Luft, stöhnte leise und legte den Kopf in den Nacken. Er verlor keine Zeit, schob die Finger unter ihre Mütze, zog sie ihr vom Kopf und befreite ihr Haar, während sein Blick über ihr Gesicht wanderte, als wollte er sich ihre Züge einprägen. Verlangen ergriff sie, Sehnsucht, wild und wagemutig – doch sie durfte nicht nachgeben. Niemals.

»Ich sehe mehr in deinen Augen, als dir lieb ist«, flüsterte er.

»Ihr seht nichts, sondern bildet Euch alles nur ein«, wehrte sie ab.

Er lächelte. »Ach ja? Ist das so?« Erneut sprach er ohne Worte mit ihr. Seine Empfindungen strömten auf sie über, erwärmten ihre kalte Haut, als hätte er sie gestreichelt, und ihre Leidenschaft wurde angeheizt. »Wir haben heute Nacht eine Abmachung getroffen, kleine Mörderin, und mit Blut beschworen. Dein Geheimnis stirbt mit mir.«

»Und mit mir«, hauchte sie.

Er sah sie zweifelnd an, als hätte sie keine Ahnung, was es bedeutete, sein Leben für die Ehre zu opfern. Der alberne Mann!

Seine Hand glitt in ihren Nacken, und sie wusste, dass er sie küssen würde. Endlich! Sein Mund senkte sich auf ihren und eroberte sie, und sie gab sich ohne Zögern und Angst hin.

Rein wusste, dass dies vielleicht die letzte, die einzige Gelegenheit für ihn war, ihre Küsse zu kosten und sie in sein Gedächtnis aufzunehmen. Einen Moment lang gab er seine Selbstkontrolle auf. Und sie kam ihm entgegen, ließ die Zunge in seinen Mund eindringen und schob die Hand unter sein Cape und sein Wams. Stöhnend drückte er sie an sich. Er wollte mehr von ihr.

Michaela sah die Bilder, ohne zu wissen, woher sie kamen, Bilder leidenschaftlicher Szenen. Sie wehrte sich dagegen, doch sie erblickte nackte Körper, die sich aneinander rieben, Lippen, die über nackte Haut glitten, Zungen, die Stellen berührten, von denen sie nicht einmal geträumt hätte. Und sie wusste noch immer nicht, wieso dieser und nur dieser Mann dermaßen auf sie wirkte.

Seine Lippen verwöhnten die ihren, doch sie wollte keinen Mann in ihrem Leben, konnte sich keine Bindungen leisten. Diesen einen Moment gönnte sie sich jedoch, weil er nicht mit Scham verbunden war und sie nicht anwiderte. Er war rein und frei von Schuld, und Michaela drückte sich fester an Rein, schob die Hände auf seinen starken Rücken und berührte das Medaillon.

Und diesmal erreichte er ihre Seele.

Seine Lippen strichen über ihren Mund, während er sie anhob und gegen den Türstock drückte. Verwegen winkelte sie das Bein an, um ihn besser fühlen zu können. Durch ihre dünne Hose spürte sie seine Erregung, und Hitze stieg in ihr auf. Doch plötzlich zog er sich aufstöhnend zurück, legte ihr die Hände an die Wangen und sah ihr tief in die Augen.

»Geh ins Haus und in deine sicheren Gemächer, kleine Mörderin. Und falls du mich brauchst, komme ich zu dir.«

»Woher willst du wissen, wann ich dich brauche?« Er lächelte wehmütig. »Ich werde es wissen.«

In ihren Augen fand Rein noch immer Leidenschaft und wusste nicht, wie er sich von ihr zurückziehen sollte, wollte er sie doch wieder an sich drücken und mit ihr fortreiten. Doch er ließ sie los, schob sie ins Haus und schloss die Tür.

Abwartend stand er da und flüsterte: »Geh, Michaela, bevor man dich mit mir findet.«

Michaela eilte in ihr Gemach, blieb stehen, zog die nassen Stiefel aus und holte tief Atem.

Ich bin lüstern, wie mein Onkel behauptet, dachte sie. Ich bin es nicht wert, geliebt zu werden. Sie schloss die Tür ab, ging ans Fenster, zog den Vorhang zurück und entdeckte das Pferd in der Dunkelheit. Und dann sah sie Rein, wie er unter dem Blätterdach eines Baums stand und zu ihr heraufblickte. Die ganze Nacht hätte sie hier stehen können, doch sie wusste, dass er warten würde, bis bei ihr kein Licht mehr brannte.

Michaela griff nach einer Kerze und bewegte die Hand einmal, zweimal vor der Flamme. Erst dann ging Rein zu seinem herrlichen Hengst. Dabei hinkte er. Sie blies die Flamme aus, und als sich seine Gestalt allmählich entfernte und in der Dunkelheit verschwand, sank sie gegen das Fensterbrett. Zu ihren Füßen hatte sich eine Regenpfütze gebildet. Ihr schauderte, und doch war ihr warm. Tief in ihrem geheimsten Inneren fühlte sie sich lebendig und empfand eine ungestillte Sehnsucht.

Michaela schloss die Augen. Dieser Mann hatte ihr in einem einzigen Moment einer regnerischen Nacht gezeigt, wie es war, sich wieder als Frau zu fühlen, als Frau, die verehrt und begehrt wurde.

Argyle machte ein finsteres Gesicht, als er Montegomery wegreiten sah. Warum hatte sich das Mädchen von dem Mann erwischen lassen! Er gab sich selbst die Schuld daran. Argyle lenkte den Blick zu ihrem Fenster hinauf und dann wieder auf die dunkle Gestalt, die im Regen verschwand. Die beiden waren also Freunde, oder? Ob Michaela wusste, dass ihre Flucht durch das East End bei weitem nicht so gefährlich gewesen war wie dieser Teehändler? Argyle nahm sich vor, schärfer auf sie zu achten. Sie war tüchtig und schwer festzuhalten, und während er sein Pferd in den Stall führte, staunte er darüber, dass Montegomery es geschafft hatte, sie für kurze Zeit zu zähmen – und sie sogar zu küssen.

Der Bote wartete gelassen an der Hintertür der Küche und wollte nur mit Michaela sprechen. Mrs Stockard rang die Hände und blickte den Korridor entlang zum Arbeitszimmer des Brigadiers und dann zur Dienstbotentreppe in der Küche, über die Millie zu Michaela geeilt war, um sie zu wecken. Erleichtert atmete sie auf, als Michaela in Nachthemd und Hausmantel herunterkam und wie Aschenputtel auf der Treppe einen Schuh verlor. Beinahe hätte Agnes ihr zugerufen, sie solle sich beeilen, bevor der Bote entdeckt wurde.

»Agnes?« Michaela trat gähnend in die Küche. »Lieber Himmel, die Sonne ist gerade erst aufgegangen. Millie sagte, ein Päckchen wäre für mich gekommen.« Michaela stockte, als sie den jungen Mann in einem schwarzen Mantel und mit Dreispitz, verbrämt mit Silber und Weiß, entdeckte.

»Mistress Denton?«

Ein Hindu, dachte sie. »Ja«, erwiderte sie vorsichtig und zog den Hausmantel am Kinn zusammen. Der attraktive, schlanke junge Mann kam näher. Er wirkte vertraut auf sie, und als sie den Grund erkannte, stockte ihr der Atem. Er schien es nicht zu merken, sondern überreichte ihr mit ausgestreckten Armen und gesenktem Kopf ein Päckchen, als würde es die Juwelen des Maharadschas enthalten.

Sie griff danach, stellte das hölzerne Kästchen vorsichtig auf den Tisch und löste das silberne Band. Als sie den Deckel hob, holte sie tief Atem. In der Mitte ruhte eine herrliche Orchidee, schwarz wie die Nacht, umrahmt von weißen Gardenien.

Ein Stück Pergament lag obenauf. Ihre Hand bebte leicht, als sie danach griff. Es trug ein wächsernes Siegel, das mit schlichten Strichen das Profil einer Frau mit langem Haar zeigte. *White Empress*, dachte sie, die weiße Herrscherin, und strich über das schwarze Wachs. Dann zerbrach sie das Siegel und las.

Weil ich weiß, dass du nicht brav sein wirst.
R.M.

Sie wandte sich fragend an den jungen Mann, der jedoch keine Miene verzog. Seltsam. Sie fasste noch einmal in die Schatulle und ertastete Metall und Holz. Michaela brauchte nicht unter den duftenden Blüten nachzusehen, um zu wissen, dass dort die Pistole ihres Vaters lag, gereinigt und geölt.

Und höchstwahrscheinlich auch geladen.

Leise lachend schüttelte sie den Kopf.

»Darf ich meinem Auftraggeber ausrichten, dass *Mem Sahib* zufrieden ist?«, fragte er.

»Ja, das bin ich.«

Der junge Mann verbeugte sich und legte grüßend die Hand

an die Stirn, und im selben Moment bimmelte die Glocke. Michaela warf einen Blick auf das Anzeigebrett. Onkel Atwells Arbeitszimmer. Sie nickte Agnes zu, damit sie dem Ruf nachkam, und als sie sich wieder zu dem jungen Mann umdrehte, war er verschwunden.

Kapitel 12

Rahjin lag auf dem Boden neben dem Bett und gab leise, besorgte Laute von sich, als ihr Herr sich aufbäumte und um sich schlug. Die Kerzen und Lampen zischten und knisterten. Bilder tauchten auf, beruhigten ihn in dem einen Moment und quälten ihn im nächsten.

Michaela lag warm und anschmiegsam unter ihm. Ihre Körper waren miteinander vereinigt, und er hatte sich tief mit ihr verbunden. Sie rang nach Luft, rief seinen Namen, berührte sein Gesicht und seine Brust und legte die Hände an seine Hüften, um ihn noch tiefer in sich zu ziehen. Sie war köstlich, aber als er sich zu ihr beugte und sie küsste, hustete sie plötzlich, und Blut floss aus ihrem Mund und über seine Hände. Auf die Knie aufgerichtet, drückte er sie an sich. Ihr Kopf sank zur Seite, und er starrte in leblose haselnussbraune Augen und dann auf die Klinge in seiner Hand. Nein, nein, nicht sie, nicht sie! Wie ein verwundetes Tier warf er den Kopf in den Nacken und schrie.

Rein wurde ruckartig wach und begriff auf der Stelle, dass ihn seine eigene Stimme geweckt hatte. Schweiß lief ihm über die Brust, als er sich aufsetzte. Rahjin kauerte auf der Bettkante. Rein achtete nicht auf sie. Er erschauerte und trieb die schrecklichen Bilder zurück in die Welt der Träume. Trotzdem kannte er ihre Bedeutung. Er schlug die Laken zurück und schwang die Beine über die Bettkante. Noch jetzt hatte er vor Angst Herzklopfen.

Seit er Michaela wieder geküsst hatte, versuchte er, sie zu vergessen. Vielleicht wollte ihm der Traum nur sagen, dass er kein Recht auf sie hatte und dass sie zugrunde gehen würde und nicht er.

Zu viele Menschen hingen von ihm ab, als dass er sich jetzt der Lust hingeben durfte. Er dachte an seinen Handel, an die Menschen auf den Feldern, an die schlichten Häuser rings um die Plantagen. Daran hielt er sich, während er aufstand, sich wusch und hastig ankleidete und schließlich nach den Verträgen griff.

Bedrückende Träume oder nicht, er musste Verabredungen einhalten und seine Waren verkaufen.

Und er musste seinen Vater finden.

Christian Chandler betrachtete lächelnd den hoch gewachsenen Araber, der ihn in Reins Kabine führte. »Dein Leibdiener?«, fragte er mit einem Blick auf Cabai, und der Eunuch lächelte, als er sich zurückzog.

Rein stand hinter dem Schreibtisch. Die Hemdsärmel hatte er aufgekrempelt, und in der Hand hielt er einen Winkelmesser. »Allerdings.«

»Verdammt, Rein«, sagte Christian und sah sich um. »Das ist ja ein richtiger Palast.«

»Es ist ganz bequem.«

Christian ließ den Blick schweifen. Die Kapitänskajüte war stets die schönste Kabine auf einem Schiff, doch eine solche hatte er noch nie gesehen. Der Schreibtisch aus Teakholz legte Zeugnis von der Kunstfertigkeit japanischer Handwerker ab. Der ursprünglich dunkelrote Ledersessel war schon ganz hell geworden. Vermutlich hatte das Stück Ransom, Reins Vater, gehört. Links neben der Tür stand ein langer Tisch mit mehreren Stühlen. Schränke und Vitrinen bedeckten die Kabinenwand bis zur Bettkante. Ein Sofa, ein Kleiderschrank und eine Kupferwanne in der Ecke vervollständigten die Einrichtung. Die schwersten Gegenstände waren am Boden und an den Wänden befestigt.

Das war zwar alles höchst komfortabel, doch Christian fragte sich, weshalb Rein hier wohnte, obwohl er ein Haus und Wohnungen in der feinsten Gegend Londons besaß.

»Lieber Himmel!« Christian wich einen Schritt zurück, als die schwarze Pantherin unter der Fensterbank hervorkam und durch den Raum schlich.

Rein lächelte nur, während die riesige Katze um seine Beine strich. »Rahjin, du erschrickst unseren Besucher«, sagte er und streichelte das Tier.

Christian war sichtlich beeindruckt.

»Geh an die Arbeit.« Die Pantherin fauchte Christian an, ehe sie hoheitsvoll wie eine Prinzessin die Kabine verließ.

Rein öffnete einen Schrank und wählte einen Weinbrand aus, füllte zwei Gläser und deutete auf das Sofa. Christian starrte noch auf die offene Tür.

»Wo hast du dieses Biest gefunden?«

»Sie hat mich gefunden.« Rein bot seinem Freund ein Glas an. »Was führt Euer Gnaden zu den Docks?«

Er kommt immer gleich zur Sache, dachte Christian und nahm einen kleinen Schluck. »Der Brigadier hat nicht auf der *Camden* gedient. Er war der *Ogelthorpe* zugeteilt, obwohl es fraglich ist, ob er jemals einen Fuß an Bord gesetzt hat. Der junge Denton scheint mit dem Meer nicht viel im Sinn gehabt zu haben.«

Rein setzte sich hinter den Schreibtisch und legte ein Bein über die Seitenlehne. Die Information erleichterte ihn. Darauf gönnte er sich einen ordentlichen Schluck. Es hatte ihn fast verrückt gemacht, möglicherweise mit Michaela verwandt zu sein. Da er nun wusste, dass sie nicht Cousin und Cousine waren, musste er erneut etwas gegen seine Fantasien unternehmen.

Christian saß ihm gegenüber auf dem Sofa und hielt den Cognacschwenker auf dem Knie. »Hinterher blieb er eindeutig an Land. Meiner Meinung nach hätte er besser zur See fahren sollen. Richard übertraf ihn so sehr, dass er keine bemerkenswerte Karriere schaffte.«

Rein interessierte sich nicht für des Brigadiers Karriere oder seine Unsicherheit, die er schon beim ersten Zusammentreffen erkannt hatte. Der Mann setzte andere unter Druck, um sich selbst stark zu fühlen. Michaela hatte die Spuren davon an der Wange getragen.

»Also, wieso hast du dich nach ihm erkundigt?«

Rein hatte sich zwei Tage lang gut überlegt, ob er Christian in seine Angelegenheiten hineinziehen sollte. Je weniger andere wussten, desto besser war es. Diese Information hatte Christian jedoch dank seiner Stellung beschaffen können, ohne Aufmerksamkeit auf sich zu ziehen. Rein hingegen hätte erklären müssen, wieso er sich für bestimmte Dinge interessierte.

»Kurz bevor ich den Ball verließ, wollte er eines meiner Schiffe mieten.« Das stimmte, und der Zeitpunkt war bewusst so gewählt worden, dass alle diesen Wunsch hörten. »Er sagte allerdings nicht, worum es ging.«

Christian sah ihn fragend an. »Du hast ihn vermutlich abgewiesen.«

»Allerdings.« Rein war nicht in der Stimmung gewesen, irgendeine Bitte zu erfüllen. »Auf meinen Schiffen geschieht nichts ohne mein Wissen.« Denton hatte hinzugefügt, dass er selbst das Kommando übernehmen wollte. Das kam gar nicht infrage. Rein hatte nicht die Absicht, ein Schiff einfach einem anderen zu überlassen, nur damit der Brigadier seine nicht gerade kometenhafte Karriere zur See fortführen konnte. Kein Geld der Welt würde ihn dazu bringen.

»Es überrascht mich, Chris, dass du allein unterwegs bist.« Er sah seinen Freund über das Glas hinweg an, während er das Thema wechselte und von sich ablenkte. »Wo ist Lady Buckland? Ich hatte erwartet, sie würde wie eine Klette an dir hängen.«

»Das ist merkwürdig«, erwiderte Christian. »Ich habe sie seit Tagen nicht gesehen, obwohl ich ihr zwei Nachrichten geschickt habe. Aber es kam auch keine Antwort. Schade, sie war sehr unterhaltsam.«

Rein zuckte achtlos die Schultern. »Vielleicht hat sie einen anderen Beschützer gefunden.«

»Sie wollte nur dich.«

»Eine Laune, mehr nicht«, wehrte Rein ab. »Mein Ruf, was Frauen angeht, entspricht in keiner Weise den Tatsachen.«

Christian lächelte amüsiert. »Ich weiß, ich weiß, aber es zerstört den Stolz eines Mannes, im Bett mit einer Frau zu liegen, die einen anderen begehrt.«

»Meinetwegen kannst du das glauben, wenn du dich dann besser fühlst.«

Christian leerte das Glas und stand auf. »Besser das, als zu glauben, ich könnte sie nicht befriedigen.«

Rein stemmte sich vom Stuhl hoch. »Ich fürchte, das schafft kein Mann.« Er folgte seinem Freund an Deck. Die Sonne versank bereits zwischen den im Hafen ankernden Schiffen und tauchte die Piers in goldenen Schein.

»Ziemlich viele Soldaten hier in der Gegend«, bemerkte Christian, als sie sich der Reling näherten.

Seit der letzten Nacht hoben sich die Rotröcke deutlich von den dumpfen Grau- und Brauntönen des Hafens ab. »Bestimmt suchen sie nach Verstecken der Rebellen.« Ein Gerücht reichte aus, um das gesamte Königreich in Panik zu versetzen. Rein achtete zwar selten darauf, was geredet wurde, hatte jedoch gehört, dass Nickolas Ryder, ein Freund seines Vaters, in der Stadt war.

Temple rief schon nach ihm, während er auf die *Empress* zueilte.

Rein staunte über die ungewohnte Hast des Mannes. »Kommst du zu spät zu einem Rendezvous, Temp?«

Temple winkte ab. »Sie ist tot!«

Rein verschränkte die Arme und wartete ab. Einen Moment dachte er, es ginge um Michaela, und sein Herz krampfte sich zusammen.

»Katherine! Lady Buckland! Ermordet!«

Rein fluchte, und Christian wurde blass und fasste sich an die Stirn.

»Bist du sicher?«

»Ja, dass sie tot ist, nein, was den Grund angeht. Ich habe gehört, dass es schon vor zwei Tagen passiert ist.«

»Gibt es einen Verdächtigen?«, fragte Christian Chandler.

»Offenbar mehrere.« Temple machte eine kreisförmige Handbewegung. »Und wir drei gehören dazu.«

Kapitel 13

Die Polizisten holten Rein mitten in der Nacht. Er fand diesen dramatischen Auftritt eher amüsant, hatte schon damit gerechnet und seine Mannschaft vor unüberlegten Handlungen gewarnt. Die ganze Stadt verlangte nach Gerechtigkeit, und er war nun einmal einer der Verdächtigen.

Rein saß ungefesselt im Büro der Polizeiwache, streckte die Beine von sich und sah zu, wie der Chef der Truppe auf und ab ging.

»Ihr wart der Letzte, der Lady Buckland lebend sah«, erklärte Sir Henry, »und Ihr habt diese Gegend in großer Eile verlassen.«

»Das kann wohl so kaum stimmen, Mylord. Eure Polizisten und Soldaten waren zu jenem Zeitpunkt in der ganzen Stadt verteilt, und Katherines Mörder war eindeutig der Letzte, der sie lebend sah.«

Zwei Männer in schäbiger dunkler Kleidung traten auf ihn zu. Rein warf ihnen nur einen lässigen Blick zu, musterte sie und wandte sich erneut an ihren Vorgesetzten.

»Unsere Quellen berichten, dass Sie mit dem Opfer vor einigen Tagen einen Streit hatten.«

»Das stimmt.«

»Darf ich fragen, worum es ging?«

»Nein, dürft Ihr nicht.« Rein wollte nicht schlecht über Katherine sprechen, um ihren Ruf nicht gänzlich zu zerstören.

»Lauteten ihre letzten Worte ›Liebt oder tötet mich‹?«

»Richtig.«

»Habt Ihr sie getötet?«, fragte ein Polizist.

Rein wandte sich ihm zu. »Nein.«

Ein zweiter Polizist, der neben ihm stand und mit dem Schlagstock in seine Handfläche klopfte, sagte: »Ihr wart der Einzige, der in jener Nacht auffallend unterwegs war.«

Rein stand langsam auf. »Ich glaube, Gentlemen, das haben wir alles schon besprochen.«

»Beantwortet die Frage!« Der Schlagstock sauste auf seinen Kopf zu. Lord Henry bellte einen scharfen Befehl, während Rein dem Mann den Stock entriss, ihn einmal hochwarf und dem Polizisten mit einem eisigen Lächeln zurückgab. Danach wandte er sich an Henry.

»Wir haben da draußen einen Mann, der behauptet, Ihr hättet auf ihn geschossen.«

»Möglich. Man schoss auf mich, und ich erwiderte das Feuer. So einfach ist das.«

»Warum sollte er Euch berauben wollen?«

Rein richtete den Blick auf den Polizisten. »Von einem Raub habe ich nichts gesagt.«

»Warum sonst sollte auf Euch geschossen worden sein, Mr Montegomery?«, fragte Henry.

Das hat alles gar nichts mit Katherine zu tun, dachte Rein und stand auf. »Vielleicht, weil sich herumgesprochen hatte, dass ich kurz zuvor beim Kartenspiel gewonnen hatte. Ihr habt Euch doch darüber informiert, was ich den ganzen Abend über getan habe, nicht wahr? Aber ja, natürlich habt Ihr das. Ihr würdet mich nicht zu einer dermaßen unchristlichen Stunde hierher schleppen, ohne zuvor mit den anderen Spielern gesprochen zu haben.«

Der Polizist schlug ihm mit dem Stock auf den Rücken, und Rein zuckte unter dem Schmerz zusammen. Langsam richtete er sich auf, wirbelte herum und riss das Bein in einem Bogen hoch. Der Absatz des Stiefels traf den Mann im Gesicht und riss ihm den Kopf zur Seite. Blut spritzte gegen die Wand, bevor der Polizist zusammenbrach. Ein zweiter Mann stürzte sich auf

Rein. Rein versetzte ihm einen harten Schlag gegen den Hals, der ihn auf die Knie brachte, und rammte ihm den Ellbogen zwischen die Schulterblätter. Mit dem Gesicht voran krachte der Polizist auf den Fußboden.

»Also«, sagte Rein, griff nach seinem Mantel und zog ihn an, »wenn Ihr keine Anklage erhebt, Sir …«

In diesem Moment flog die Tür auf. Christian Chandler stürmte nur nachlässig gekleidet herein, das Gesicht gerötet. Er stockte, als er die beiden Polizisten auf dem Fußboden sah.

»Lieber Himmel, Rein, man hat mich offenbar völlig unnötig aus dem Bett geholt.«

Rein runzelte die Stirn und schloss den Mantel. Woher wusste sein Freund Bescheid?

Chandler wandte sich zornig an Sir Henry. »Sofern Ihr noch Fragen habt, stellt Ihr sie in meiner Gegenwart, ist das klar?«

Henry verneigte sich. »Natürlich, Euer Gnaden.«

»Und tut es zu einer anständigen Zeit, Mann!«

»Sicherlich, Euer Gnaden.«

Rein ging zur Tür und murmelte: »Euer Gnaden haben das Wams verkehrt herum angezogen.«

Chandler blickte an sich hinunter, stöhnte leise und ließ Rein den Vortritt.

»Mr Montegomery!«

Rein drehte sich um. Der Polizeichef blickte auf die regungslos daliegenden Männer hinunter.

»Habt Ihr ein Alibi für den ganzen Abend?«

Rein dachte an Michaela. »Nein. Habt Ihr eines?«

Sir Henry lief rot an und presste die Lippen aufeinander. »Guten Abend, Sir.« Er nickte Christian Chandler zu. »Euer Gnaden.«

Als die beiden Freunde auf die Straße traten, sagte Rein: »Ich brauchte deine Hilfe nicht.«

»Ich weiß, aber er wollte mir nicht glauben.« Christian deutete auf einen Mann, der sich auf einem Pferd aus der Dunkelheit löste. »Und er begriff offenbar nicht, was es bedeutet, dass der Earl um diese Zeit bereits schläft.«

Rein lächelte Rusty Townsend zu. »Offenbar.«

»Stellt Euch nicht so an, Mylord. Ihr hattet mit dem Mädchen ohnehin nichts mehr im Sinn.«

Rein wandte sich fragend an Christian.

»Er kam direkt in meine Privatgemächer. Das Mädchen hat die Störung ganz gut aufgenommen«, meinte der.

Rein lächelte, als er sich die Situation vorstellte, und blickte wieder zu Rusty.

»Polizisten sind nicht gerade für ihre zarte Seele bekannt, Rein.« Er zuckte mit den massigen Schultern. »Wollte nicht, dass Euer hübsches Gesicht ruiniert wird.«

Rein neigte dankend den Kopf. »Ich glaube nicht, dass sie es auf mein Gesicht abgesehen hatten.«

Rusty Townsend nickte. Sein Lächeln erreichte nicht die Augen, als er das Pferd herumzog.

»Ich wurde auch befragt«, bemerkte Chandler.

Ja, dachte Rein, das war zu erwarten. Aber zu ihm waren die Polizisten vermutlich mit dem Hut in der Hand und äußerst höflich gekommen, und ihn hatten sie sicher nicht mitten in der Nacht aus dem Bett geholt, um ihn zu verprügeln.

Hier ging es um mehr als einen unchristlichen Zeitpunkt und um Gerüchte. Hier sprach sein Vater zu ihm, ohne ein einziges Wort zu sagen.

Livrierte Diener öffneten die Türen des Theaters, stockten jedoch, als sie den Wolkenbruch und die langsam durch die Drury Lane rollenden Kutschen sahen. Rein drängte sich an den Dienern vorbei, warf sich den Mantel um die Schultern und setzte den Dreispitz auf. Sobald er die Menschenmenge und die neugierigen Blicke hinter sich gelassen hatte, holte er eine Zigarre hervor, zündete sie an, zog und blies den Rauch in die feuchte Luft.

Das hat sich nicht gelohnt, dachte er, lehnte sich an eine Säule und blickte auf die Straße mit den Kutschen hinaus. Er war bei der Suche nach seinem Vater so vorsichtig wie möglich vorgegangen, doch die englische Admiralität schützte ihre Geheimnisse, und jetzt konnte er genauso gut eine Stecknadel im Heuhaufen suchen. Dabei störte es ihn gar nicht, dass sein Leben bedroht wurde. Aber wenn andere hineingezogen wurden, Michaela zum Beispiel ... Daran wollte er nicht denken. Ihre Treffen mussten geheim bleiben.

Er hielt die Zigarre mit den Zähnen fest und zog die Handschuhe an.

»Das war verdammt langweilig«, sagte Temple und kam näher.

»Du hättest nicht bis zum Ende der Vorstellung bleiben müssen.«

»Dann hätte ich den Aufruhr versäumt, den du verursacht hast.«

»Du redest wie ein Kind.«

»Es war köstlich, Mann, gib es doch zu. Hätten dich die Leute noch eingehender beschnüffelt, wärst du jetzt klatschnass. Wer hätte sich jemals träumen lassen, dass das Teegeschäft so aufregend sein könnte.« Temple sah zu, wie drei Mitglieder des Parlaments das Theater verließen und unhöflich genug waren, auf seinen Arbeitgeber zu zeigen.

»Es ist erst aufregend, seit die Kolonisten den englischen Tee in den Hafen von Boston schütteten.« Rein nickte den Männern zu. Sie nickten zurück und lächelten eine Spur zu freundlich. Die Theaterbesucher drängten sich unter dem Baldachin, bis sie die Kutschen bestiegen, von denen sie sicher nach Hause gebracht wurden. Er hatte es nicht eilig. Der Abend war nicht zum erhofften Erfolg geworden, und bei der Enttäuschung darüber war er kein angenehmer Begleiter.

»Ich ... ich fahre nicht mit dir zurück.«

Rein blickte zu Temple und dann zu der Frau in Rot, die den Fächer vors Gesicht hielt. Ihre Augen waren auf Temple gerichtet. Obwohl sie elegant gekleidet war, erkannte Rein den Ausdruck in ihren Augen. Gier. Sie wird Temple bei lebendigem Leib auffressen, dachte er. »Denk daran, was ich dir über deinen Geschmack bei Frauen gesagt habe.«

Temple grinste. »Sie hatte während des ganzen zweiten Aktes ihre Hand in meiner Hose.«

»Und ich dachte schon, du hättest mich im Stich gelassen, weil ich mich nicht ausreichend gewaschen habe.« Da seine Warnung unbeachtet blieb, fügte Rein hinzu: »Achte auf deinen Geldbeutel, Mann, und nimm die Kutsche.«

Das Gefährt mit dem weißen Emblem der White *Empress* Company auf der schimmernden schwarzen Tür hielt vor ihnen.

»Wirklich?«, fragte Temple.

»Dann seid ihr wenigstens ungestört.« Wie diese Frau Matthews ansah, lag er bestimmt schon zwischen ihren Beinen, bevor sie die nächste Ecke erreichten. »Ich miete eine Kutsche.«

Temple bedankte sich, sprang zur offenen Tür und machte eine galante Handbewegung. Die Frau eilte die Stufen hinunter und blieb vor Rein stehen. Viel zu süßliches Parfum wehte ihm entgegen. Er dachte an Zitronenduft. Sie stellte sich auf die Zehenspitzen, drückte ihm einen Kuss auf die Wange und lenkte damit die allgemeine Aufmerksamkeit auf ihn.

Die Leute tuschelten, als sie zur Kutsche eilte, aufreizend mit der Hand über Temples Brust strich und einstieg. Das Gefährt reihte sich in den allgemeinen Verkehrsstrom ein.

»Abscheulicher Abend, Rein. Soll ich dich mitnehmen?«, fragte Lord Christian Chandler und deutete auf die sich entfernende Kutsche. Eine junge Frau in opulentem goldenem Gewand hing an seinem Arm.

Rein ließ den Blick zwischen den beiden hin und her wandern. »Ich komme schon zurecht«, sagte er, bot dem Earl eine Zigarre an und lehnte sich wieder an die Säule. Christian stellte seine Begleiterin vor, Lady Brandice Coldsworth, griff nach der Zigarre und wollte sie anzünden. Die Lady flüsterte ihm jedoch etwas zu und betrachtete Rein dabei unbehaglich. Christian machte ein gereiztes Gesicht, als die Frau sich von ihm löste und zu einer Gruppe von Leuten ging.

»Tut mir Leid, Rein.«

»Ich bin daran gewöhnt, dass ich junge Damen vertreibe.« Er lächelte flüchtig. »Sie ist sehr jung, Christian, sogar für dich.«

Christian sah ihn entgeistert an. »Mann, setz bloß keine Gerüchte in die Welt. Sie ist mein Mündel!« Er sog an der Zigarre. »Sie ist allerdings sehr schüchtern. Ein Sturz vom Pferd hat sie vor kurzer Zeit sehr verstört, und nach dem ganzen Wirbel um Katherine und die Vermutung, dass ein Rebell sie umgebracht hat, verstehe ich sie. Man hat übrigens Katherines Kutscher gefunden. Erschossen und überfahren.«

Rein hatte schon Schlimmeres gesehen, verzog aber trotzdem das Gesicht.

»Ein Jammer«, fügte Christian hinzu.

»Es ist immer schlimm, wenn ein Mensch stirbt, Christian.«

»Hast du irgendwelche Vermutungen?«

»Man muss mit dem Motiv beginnen. Das führt dann zu einem Verdächtigen.«

Rein verspürte ein Prickeln auf der Haut und war sofort alarmiert. Diskret blickte er an Christian vorbei, und sein Herz schlug schneller. Michaela sah zwischen den Leuten zu ihm herüber. Niemals hätte er sich träumen lassen, dass ihm der bloße Anblick einer Frau solche Freude bereiten könnte.

Er nickte ihr herzlich zu. Sie erwiderte verhalten den Gruß und fasste an das grüne Seidenkleid. Ihre Finger berührten den

Ausschnitt. Rein lächelte in sich hinein. Zwischen den Brüsten trug sie das Messer bei sich. Sie wurde rot, und Rein dachte an die Leidenschaft in dunkler, regnerischer Nacht. Die Erinnerungen verfolgten ihn ständig. Um sich abzulenken und nicht zu einer Hure zu gehen, hatte er heute Abend auf Arbeit verzichtet und war ins Theater gegangen.

Jetzt stand das Objekt seiner unerfüllten Lust nur wenige Meter von ihm entfernt. Ob sie mit ihrem schrecklichen Onkel oder einem der britischen Offiziere hier war, die sich in ihrer Nähe aufhielten? Er warf einen flüchtigen Blick auf die Gruppe und erkannte Cassandra Whitfield und ihre Brüder, die sich schützend um ihre dunkelhaarige Schwester drängten. Lady Coldsworth trat zu den anderen Frauen. Michaela hielt sich etwas abseits und fühlte sich unter so vielen Menschen sichtlich unwohl.

»Rein?«, fragte Christian Chandler.

Er wandte sich ihm zu und hoffte, dass seine Miene nichts verriet.

»Wer erregt deine Aufmerksamkeit? Cassandra?«

»Kümmere dich um deine eigenen Angelegenheiten, Euer Gnaden«, warnte Rein. »Sonst setze ich doch ein Gerücht über dich in die Welt.«

Als Adam Whitfield ihnen Champagner anbot, achtete Rein nur auf Michaela. Er schickte Christian allein zu der Gruppe und blieb stehen, wo er war, weil er befürchtete, sich nicht ausreichend beherrschen zu können. Nicht, wenn er sich sehnlichst wünschte, zu Michaela zu gehen und sie zu küssen.

Rein lehnte mit einer Handbewegung den Champagner ab, rauchte und verschluckte sich beinahe, als Major Winters hinter Michaela trat. Er hätte gern gehört, was die beiden miteinander sprachen, und biss die Zähne zusammen, als der Mann ihr vertraulich die Hand an die Taille legte. Dann lächelte er allerdings, als Michaela von ihm fortwich und sich etwas näher zu Lady Whitfield stellte.

Michaela fühlte den Blick des Majors im Rücken, als sie ein Glas Champagner entgegennahm. Sie hatte ein schlechtes Gewissen, dieses sündhaft teure Zeug zu trinken, während Menschen im East End verhungerten. Rasch leerte sie das Glas.

»Danke, Randi.«

»Ich habe genau gesehen, wie er dich berührt hat. Er ist unerträglich«, sagte Cassandra mit einem Blick auf den Major. »Sieh nur, wie er sich an Lady Coldsworth heranmacht.«

Wie ein gieriger Ziegenbock, dachte Michaela. »Vielleicht sollten wir sie warnen.«

»Ach nein. Sie wirkt heute Abend schrecklich ernst, findest du nicht auch? Lieutenant Ridgely könnte sie ablenken. Er ist Brandice so nahe, dass er in ihrem Kleid ersticken könnte.«

Michaela musste lachen. »Der Major hätte keine Bedenken, ihn zu vertreiben.«

»Unmöglicher Kerl. Es ist mir unbegreiflich, wie dein Onkel diesen Mann erträgt.«

»Mir auch.« Michaela versuchte, nicht zu Rein zu sehen, doch es gelang ihr nicht. Unter gesenkten Wimpern hervor ließ sie ihren Blick über seine hohe Gestalt gleiten und erinnerte sich daran, wie er sie geküsst hatte. Er sah in der schwarzen Abendkleidung hinreißend aus, und die hohen Stiefel betonten die langen Beine. Keiner der anwesenden Männer konnte sich mit ihm messen. Er wirkte exotisch wie eine Wildkatze, die jederzeit zuschlagen konnte.

»Und ich dachte schon, der Abend würde nichts weiter bieten als schlechte Schauspieler, pausenloses Gerede darüber, wie der Schutzengel erneut einen Plan durchkreuzt hat, und zu wenig Essen.« Cassandra stieß sie an. »Er ist faszinierend, nicht wahr?«

Michaela sah Cassandra fragend an.

»Montegomery«, flüsterte ihre Freundin. »So dunkel und geheimnisvoll. Und er beobachtet dich.«

»Das bezweifle ich.«

»Ist doch traurig, dass er immer abseits steht.«

»Ich glaube, Randi, er will das so.« Rein war stets dort, wo er sein wollte. Auch in deinen Armen, sagte eine innere Stimme und löste damit ein Verlangen aus, das sie bis in ihr tiefstes Inneres verspürte.

»Ich glaube das nicht.«

Michaela hoffte, niemand würde bemerken, dass sie rot wurde.

»Er ist ein Rätsel, ein Menschenfeind, obwohl er das Recht dazu hat.«

Michaela runzelte die Stirn. »Du solltest dich deutlicher ausdrücken, Randi. Offenbar kenne ich nicht alle Gerüchte.«

»Es geht nicht um ein Gerücht, sondern um die Wahrheit.«

»Randi!«, drängte Michaela.

Cassandra hakte sich bei ihr unter. »Es ist wirklich traurig, diese schlimme Sache mit seiner Ehefrau.«

»Ehefrau?«, stieß Michaela hervor. Sie hatte einen verheirateten Mann geküsst! Es war ihr schrecklich peinlich, und es machte sie zornig auf Rein, weil er nichts erwähnt hatte.

»Er war noch sehr jung, so viel ich weiß. Man fand sie in ihrem Bett, und überall war Blut. Ihre Kehle ...«

»Ich möchte keine Einzelheiten hören.« Michaela wurde blass und bekam weiche Knie.

»Er wurde dafür eingesperrt.«

»Du willst doch nicht sagen, dass er ... dass er sie getötet hat?«

»Wer weiß das schon?« Cassandra zuckte die Schultern. »Er saß einige Zeit in Newgate, bis ein neuer Zeuge auftauchte. Die meisten Leute glaubten, er hätte den Mann bezahlt. Meine Brüder haben mir erzählt, dass er rehabilitiert wurde, aber der Schaden war bereits angerichtet.« Cassandra betrachtete mitfühlend den Mann, der alle anderen mit seiner hohen, dunklen Gestalt überragte. »Der arme Mann.«

Michaela schluckte. Mord. Das konnte sie sich nicht vorstellen. Cassandra war dafür bekannt, dass sie stets übertrieb.

Cassandras Bruder näherte sich ihnen. »Ich sehe, dass du wieder Unfug im Sinn hast, Cassandra.«

Sie lächelte ihm zu. »Hättest du eine Ehefrau, würdest du dich nicht mehr so viel um mich kümmern, Adam.«

»Wie soll ich eine Braut finden, wenn du meine ganze Zeit in Anspruch nimmst?« Er tippte ihr lächelnd auf die Nase, und Michaela fragte sich, wie es sein mochte, von so vielen Menschen geliebt zu werden.

»Du hast mit Montegomery Geschäfte gemacht, nicht wahr?«

»Ja«, bestätigte er.

»Erzähl mir etwas über ihn«, bat Cassandra.

»Wohlerzogene Damen sprechen in der Öffentlichkeit nicht über Gentlemen«, wehrte er ab und sah Michaela und seine Schwester an.

»Sie hat gefragt, nicht ich«, verteidigte sich Michaela.

»Ich bin zwar schuldig, aber heute Abend sind wir nicht wohlerzogen.« Cassandra wollte Adam in die Seite kneifen, erwischte jedoch nur Stoff. »Verdammt.«

»Cassandra!«, zischte er.

»Stimmt es, dass er irgendwo auf einer Insel lebt und Plantagen auf Madagaskar und in Mozambique besitzt?«

»Ja, und er verspeist Kinder zum Frühstück.«

Sie trat ihm auf die Zehen, und er ächzte und schob sie von sich.

»Wenn du dich anständig benimmst, lernst du ihn vielleicht kennen.«

Ihre Augen funkelten vor Aufregung.

»Nein.« Die beiden sahen Michaela an. »Nein«, wiederholte sie. »Ich will ihn nicht begrüßen.« Das schaffte sie nicht, ohne wie ein Schulmädchen zu erröten und sich daran zu erinnern, wie er sie geküsst und sie sich an ihn geschmiegt hatte.

»Er ist ein recht umgänglicher Mann, Miss Denton«, meinte Adam und blickte zu Montegomery. »Nun ja, jetzt beschäftigt er sich mit Eurem Onkel.«

Michaela drehte sich hastig um. Rein war in ein Gespräch mit ihrem Onkel vertieft. Ängstlich presste sie den Fächer fester an sich. Sie fühlte sich gefangen, doch als Rein ihr an Onkel Atwell vorbei einen Blick zuwarf und sich mit dem Daumen über die Lippen strich, wusste sie, dass er sich an den Schwur halten würde. Aber welches Versprechen sollte man einem Mann glauben, der des Mordes angeklagt gewesen war?

»Michaela, du machst ein Gesicht, als hättest du einen Geist gesehen.«

Sie blickte zu Boden.

»Du hast doch keine Angst vor ihm, oder?«, fragte Cassandra, und Adam murmelte etwas über den Hang seiner Schwester zu unsinnigen Geschichten.

»Also gut, gehen wir«, sagte Michaela, weil sonst alle gemerkt hätten, dass etwas nicht stimmte. Adam führte sie und seine Schwester zu Rein, der Adam Whitfield mit einem offenen Lächeln und einem herzlichen Händedruck begrüßte.

Onkel Atwell sah Michaela finster an. »Meine Nichte, Sir, Richards Tochter.«

Michaela nickte und streckte die Hand aus. Rein ergriff sie leicht und beugte sich darüber, um einen Kuss auf den Handschuh zu hauchen. Sie hielt den Atem an.

»Rein Montegomery, zu Euren Diensten, Mistress.« Seine Stimme klang leise und sanft und jagte ihr einen wohligen Schauer über den Rücken. Randi hatte sich diese Geschichten wahrscheinlich nur ausgedacht. Es war unmöglich, dass Rein solche Gefühle bei ihr auslöste, wenn er ein derartiges Verbrechen begangen hatte.

»Es ist mir ein Vergnügen, Sir.« Sie knickste, und er lächelte amüsiert.

»Fein, fein.« Atwell zog ihre Hand rüde von Montegomery weg. »Lass uns jetzt allein, Kind. Das Gespräch ist vertraulich.«

»Ich würde mich anders ausdrücken«, sagte Rein ärgerlich. »Das Gespräch ist beendet.«

»Gut. Dann besucht mich doch morgen Mittag.«

Rein löste den Blick von Michaela und sah den britischen Offizier an. »Ich bin schon verabredet.«

»Ich verlange ...«

Rein zog die Augen zu schmalen Schlitzen zusammen und brachte ihn damit zum Schweigen. »Wir haben dieses Thema schon früher erörtert, Denton. Meine Beziehungen zu England beschränken sich auf die Märkte und erstrecken sich nicht auf das Militär.«

»Ach, kommen Sie, Montegomery«, drängte Denton.

Chandler mischte sich ein. »Genug vom Geschäft.« Er hob die Champagnerflasche und füllte die Gläser. »Trinkt, damit wir Adams Keller leeren.« Die anderen lachten.

Regen prasselte auf den Bürgersteig.

Leute stiegen in Kutschen, die gleich darauf anrollten. Rein achtete nicht auf den zornigen Blick des Brigadiers und zog sich zurück, ließ sich die Gelegenheit jedoch nicht entgehen. Er beobachtete Michaela, wie sie trank. Sie wirkte auch heute auf ihn wie beim ersten Zusammentreffen, und als sie ihn heimlich ansah, reagierte sein Körper sofort darauf.

Plötzlich zuckte sie zusammen, verschüttete Champagner auf ihre Handschuhe und wandte sich verlegen ab. Major Winters lächelte ihr zu. Sie erwiderte das Lächeln nicht und wich seiner Berührung aus.

Rein unterdrückte das ungewohnte Besitz ergreifende Gefühl, das ihn bei Michaela packte. Sie war für ihn unerreichbar, und Major Winters würde höchstwahrscheinlich in ihrer Hochzeitsnacht neben ihr liegen. Der Gedanke brachte ihn fast um.

Er trat auf die Straße und versuchte, eine Mietkutsche anzuhalten. Dabei bekam er nur Bruchstücke der Unterhaltung mit.

»Die verdammten Rebellen sollte man erschießen, wenn man sie findet.«

»Das macht man für gewöhnlich auch.«

»Ich hörte, sie wäre erdrosselt worden.«

»Nein, erschossen.«

»Müssen wir darüber sprechen?«, fragte Lady Coldsworth. Sie schien einer Ohnmacht nahe zu sein und lehnte sich an Lieutenant Ridgely.

»Ich habe gehört, dass man ihre Habe durchsucht und mit ihren Dienern gesprochen hat. Ihre Kutsche raste ohne Kutscher über die nördliche Straße.«

Michaelas und Reins Blicke trafen aufeinander. Jetzt wussten sie beide, dass sie in jener Nacht diese Kutsche gesehen hatten.

»Mehrere Personen wurden befragt. Lady Buckland wurde zuletzt am Pier gesehen.« Lieutenant Ridgely wandte sich an Rein. »In Eurer Gesellschaft, Mr Montegomery.«

»Habt Ihr noch etwas zu sagen, Ridgely?« Die Frage klang mehr wie eine Drohung.

»Sagt es lieber nicht, mein Sohn«, murmelte Christian Chandler sehr leise.

Ridgely ärgerte sich über den Tadel. »Ich hörte heute Morgen, man hätte ihr die Kehle durchgeschnitten. Von einem Ohr zum anderen.«

Alle um ihn herum stießen betroffene Rufe aus. »Wie bei Eurer Ehefrau.«

Rein spannte sich an. Aus dem Augenwinkel heraus sah er, wie Michaela blass wurde und zurückwich. Für einen Moment schloss er die Augen und wünschte, dieses unselige Zusammentreffen rückgängig machen zu können. Dann sah er Michaela direkt an und fand blankes Entsetzen in ihren Augen.

Sie hatte jegliches Vertrauen zu ihm verloren.

Als er in die Kutsche stieg, dachte er niedergeschlagen, dass ihn seine Vergangenheit nun endgültig eingeholt hatte.

Kapitel 14

An den Besanmast gelehnt, legte Rein den Kopf in den Nacken. Die Sonne zeigte sich zum ersten Mal seit Tagen, und er genoss die Wärme. Vielleicht vertrieben die Strahlen die Krankheit, die sich in seinem Körper festgesetzt hatte. Zehn Jahre tauchten mit einer Stärke wieder auf, die ihm alle sanfteren Empfindungen raubte. Dieses hässliche Wiedererwachen von Albträumen und Anschuldigungen hatte er vermeiden wollen, doch er vergaß nicht die Angst und das Misstrauen in Michaelas Gesicht. Es schmerzte ihn, und er erinnerte sich wieder daran, wie die Menschen damals vor ihm zurückgewichen waren, wenn er sie nur angesehen hatte.

Es wäre einfacher gewesen, hätten die Anschuldigungen keinerlei Wahrheit enthalten. Jene Nacht wollte aus seiner Erinnerung aufsteigen, doch Rein wehrte sich dagegen. Es hatte lange genug gedauert, bis er sogar für seine Freunde und Angestellten wieder erträglich geworden war. So weit durfte es nicht mehr kommen.

Räder ratterten auf der Mole, und eine Kutsche hielt. Der Lakai sah zerzaust und verärgert aus, als er herunterstieg und die Tür öffnete. Temple schob sich aus der Kutsche und stolperte auf der Stufe. Rein trat an die Reling und sah zu, wie er unsicher den Landungssteg heraufkam. Einen Moment sah es so aus, als würde er ins Wasser fallen.

»Guten Tag, Captain.« Temple nahm den Dreispitz ab, verbeugte sich tief und schwankte wie ein Baum im Wind.

Rein verschränkte die Arme vor der Brust und betrachtete ihn vom Scheitel bis zur Sohle. Temple grinste.

Rein lächelte nicht einmal. Der Mann roch nach Wein, Sex und Parfum. Schon wieder.

»Hast du die Pferde und meinen Kutscher den ganzen Abend herumgejagt, oder habt ihr ein Zimmer …?« Rein verstummte, als Temple den Kopf schüttelte.

»Tut mir leid. Ich entschuldige mich später bei Fergus.«

»Beim Donner, Temp, es ist ungesund, dermaßen besessen und unvorsichtig …«

»Du bist nur eifersüchtig.«

»Und du bist nicht besser als eine billige Hure«, erwiderte Rein geringschätzig.

Temple richtete sich gerade auf. »Ja, das bin ich.«

»Das muss aber nicht sein.«

»Hebe deine Rechtschaffenheit für jemanden auf, der sie haben will«, fauchte Temple. »Denn wir beide, Captain, sind aus demselben Holz geschnitzt.«

Reins Gesicht verschloss sich.

Michaela trug das schwere Tablett mit der Teekanne und dem Gebäck vorsichtig zum Arbeitszimmer. Seit Stunden servierte sie nun schon. Die fünf Männer saßen bereits beinahe den ganzen Vormittag beisammen. Sie betrachtete die Teekanne, verlor sich für einen Moment in Gedanken an einen hoch gewachsenen und sagenhaft aussehenden Mann, vom Regen durchnässt und allein, und dachte daran, wie sie die Daumen in einem geheimen Schwur aneinander pressten. In jenem Moment war ein zerbrechliches Vertrauen entstanden.

Gestern Abend war es zerstört worden.

Sie holte tief Luft und schritt weiter durch den langen Korridor.

Seine Ehefrau. Er hatte seine Frau umgebracht. Es gab keinen Beweis und keinen Gegenbeweis. Nur er kannte die Wahrheit. Michaela wusste zwar nicht mehr genau, was Cassandra ihr erzählt hatte, doch sie wollte glauben, dass die Anschuldigungen unbegründet waren. Aber er war geflohen ... Andererseits wusste sie nicht genug von Rein, um über ihn zu urteilen, und sie hatte eine Ahnung, was für ein Mann er in den zehn Jahren seit dem Vorfall geworden war. Sie ahnte nicht einmal, ob er jetzt zu einer solchen Tat fähig gewesen wäre.

Wenn Lady Buckland auf die gleiche Art gestorben war, dann ... nun, dann musste es noch weitere Beweise geben.

Sie blieb vor der Tür stehen und wollte mit dem Fuß dagegen klopfen, tat es jedoch nicht, als Reins Name fiel. Michaela beugte sich näher zur Tür. Sprecht doch lauter, dachte sie gereizt. »Er weigerte sich«, sagte Onkel Atwell.

»Nun, es war dumm von Euch, ihn zu fragen.«

»Wie bitte?«

»Er ist ein Verbrecher.«

Michaela hätte gern gewusst, was sie von Rein verlangt hatten. Es freute sie allerdings, dass er abgelehnt hatte.

»Und wie sollen wir eines bekommen? Stehlen?«

»Als ob das möglich wäre«, sagte eine vertraute Stimme. Winters, der elende Kerl.

»Habt Ihr eines? Irgendeiner von uns? Bei ihm würde es kein Misstrauen erregen. Er segelt ständig in gefährlichen Gewässern.«

»Das machen seine Männer. Er ist selten in London, aber zweimal im Jahr.«

»Dann müssen wir zugreifen, bevor sie lossegelt.« Wer? Ein Schiff oder eine Frau?

»Unmoglich. Es wurde nicht einmal das offene Meer erreichen.«

Also ein Schiff.

Eine Weile herrschte Stille, dann hörte Michaela etwas, das sie wie ein Schlag traf.

»Sobald wir uns die Ladung Gold angeeignet haben, ist der Krieg für uns vorüber.«

Das Tablett fiel ihr aus der Hand und krachte auf den Fußboden. Heißer Tee, Marmelade und Butter spritzten nach allen Seiten. Brötchen und Kuchenstücke rollten davon. Michaela sank auf die Knie, als die Tür aufgerissen wurde.

»Verzeih, Onkel«, schluchzte sie. »Ich bin ausgerutscht. Ich wollte klopfen, konnte aber das schwere Tablett nicht halten. Alles kaputt«, jammerte sie. »Einfach alles!« Hastig sammelte sie die Scherben ein.

Agnes erschien am Ende des Korridors. Michaela sah sie flehend an.

Onkel Atwell packte sie am Arm und zerrte sie vom Boden hoch. »Wie lange bist du schon hier?«

Sie sah ihn ängstlich und verwirrt an. »Ich verstehe dich nicht.« Hoffentlich wirkte sie dumm genug.

»Wie lange?«, schrie er und schüttelte sie.

»Hier im Haus? Nun, den ganzen Vormittag.«

Er versetzte ihr eine harte Ohrfeige. »Antworte!«

Tränen liefen ihr über die schmerzende Wange. »Ich verstehe dich nicht, Onkel. Ich habe nur getan, was du verlangt hast ... das Tablett ... und ich wollte klopfen ...« Sie rang nach Atem. »Es ist mir aus der Hand gefallen. Was willst du denn noch wissen?«, rief sie weinend. Aus dem Augenwinkel sah sie, wie Major Winters aus seinem Sessel aufstand und näher kam, während ihr die anderen Männer den Rücken zuwandten. Sie erkannte allerdings Rathgoode an seinem Spitzbart und Colonel Prather.

»Wenn du lügst ...« Ihr Onkel stieß sie so heftig von sich, dass sie zu Boden sank und schon dachte, er würde sie treten. »Räum das hier weg und bring dann ein anderes Tablett. Und beeil dich!« Er wich zurück und schloss die Tür.

Es folgte ein erhitztes, leises Gespräch, und während Michaela eilig aufräumte, hörte sie »eine Plage« und »so ein völlig ungeschicktes Wesen«. Ihr Onkel wurde bemitleidet, weil er eine solche Frau im Haus hatte. Sie wischte die Tränen von den Wangen und sammelte die Scherben ein.

»Ach, Miss«, sagte Agnes voll Mitgefühl.

»Es ist schon gut, Agnes. Tut mir nur Leid um das Geschirr.«

»Macht Euch deshalb keine Gedanken, meine Liebe. Geht nach oben und säubert Euch. Ich erledige das hier.«

Michaela schniefte und nickte, legte einen gesprungenen Deckel auf das Tablett und ging zur Treppe. Ihr Gesicht brannte von dem Schlag, und während sie nach oben eilte, hoffte sie nur, dass man keine Spuren sah.

Argyle bekommt einen Tobsuchtsanfall, dachte sie. Wenn er auch nur ein Wort gegen ihren Onkel sagte, wurde er gefeuert, aber sie brauchte ihre wenigen Freunde. In ihrem Gemach angekommen, verschloss sie die Tür. Das Feuer im Erdgeschoss wärmte über Röhren auch ihr Zimmer. Sie kniete neben dem kleinen Ofen und lauschte auf die Stimmen, die durch die Röhren zu ihr drangen. Sie brauchte noch mehr Informationen, und dies war die einzige Möglichkeit, weil sie nicht wieder vor dem Arbeitszimmer lauschen konnte.

»Die *Victoria*«, hörte sie. »... Tausende Pfund ... für den Zugriff.«

Pfunde wovon? Schießpulver? Munition? Nein. Die *Victoria* brachte Nachschub und Bezahlung für die Männer, die bereits in Amerika kämpften. Lieber Himmel, dachte sie, mit »Pfund« waren Pfund Sterling gemeint.

Michaela schnappte nur zusammenhanglose Wortfetzen auf und hätte den Männern am liebsten zugeschrien, sie sollten nicht durch den Raum gehen, sondern in den Ofen sprechen. Plötzlich erfüllte ihr einer den Wunsch.

»Wir müssen uns ihren Forderungen ohnehin beugen. Es wird bald vorüber sein.«

Wollte England die Rechte der Amerikaner anerkennen? Oder nur diese Männer? Aber was war das für eine schwache Rechtfertigung für einen Diebstahl!

»... in drei Monaten segeln, und ... keiner von uns der Kapitän ist, müssen wir Gewalt anwenden.«

Michaela holte scharf Atem. Sie wollten das Geld rauben, mit dem ihre eigenen Truppen mit Nahrung und Kleidung versorgt werden sollten? Die Soldaten gehorchten nur den Befehlen und dienten König und Vaterland.

Einen Moment wog sie gegeneinander ab, was es bedeutete, den Feind mit Informationen zu versorgen oder die eigenen Truppen zu bestehlen, die bereits seit Monaten keine richtigen Rationen mehr erhalten hat ten. Diese fünf britischen Offiziere wollten ihre eigenen Landsleute hungern und deren Familien in den Schuldturm wandern lassen. Sie handelten aus bloßer Gier, obwohl sie sowieso schon mehr als die meisten Menschen besaßen.

Und wenn sie das Schiff überfielen, mussten sie alle an Bord töten, um keine Spuren zu hinterlassen. Vor Zorn ballte sie die Hände zu Fäusten. Dafür sollten diese Männer erschossen werden, doch es handelte sich nur um einen Plan. Ein Gespräch war kein Beweis.

Solange der Angriff auf das Schiff nicht erfolgte, hatte sie nichts gegen sie in der Hand.

Nickolas dagegen konnte vielleicht etwas unternehmen.

Er war der Einzige, der diese Information den richtigen Leuten zuspielen konnte, Leuten, die sich auf diesen Angriff vorbereiten würden.

Die Unterhaltung lief gedämpft weiter, und Michaela beugte sich weiter vor, um noch etwas zu hören. Das Feuer im Ofen knisterte, und sie sog prüfend die Luft ein und blickte an sich hinunter. Ihr Kleid war in Brand geraten.

»Lieber Himmel!«

Sie schlug auf den glosenden Stoff, doch die Glut breitete sich aus. Wunderbar, dachte sie, sprang auf und lief zum Wasserkrug auf der Kommode, griff danach und leerte ihn über dem Kleid aus. Der Stoff rauchte. Seufzend fasste Michaela sich an die Stirn und hinterließ einen Rußfleck. Es war wirklich sehr ärgerlich, wie sie das Pech anzog. Wie sollte sie bloß diese Revolution überleben?

Schließlich kehrte sie zum Ofen zurück, achtete auf den nötigen Abstand und lauschte, bis die Männer sich trennten. Dann stieg sie die Hintertreppe mit einem bunten Schal in der Hand zum Dachboden hinauf.

Kapitel 15

Michaela beugte sich weit über den brodelnden Kessel, tauchte die Schöpfkelle tief ein und füllte eine hölzerne Schale, die sie dem nächsten Kind reichen wollte. Es war ein Junge mit brauner Haut und langem schwarzem Haar. Ihr Blick tauchte in seine braunen Augen, doch sie sah helle Augen vor sich. Es versetzte ihr einen Stich ins Herz. Sie konnte sich nicht vorstellen, dass der Mann, der sie so sanft geküsst hatte, seiner Ehefrau die Kehle durchgeschnitten hatte.

»Wir sollen ihnen zu essen geben«, sagte neben ihr eine Stimme, und sie erhielt einen Stoß in die Seite. »Sie sollen hier keine Wurzeln schlagen.«

Michaela sah zuerst Cassandra und dann die Schlange armer Iren, Inder und Juden an. Rasch entschuldigte sie sich und verteilte weiter das Essen.

»Ich komme mir wie ein Hündchen an der Leine vor.« Cassandra deutete zur Tür, an der einer ihrer Brüder stand und jeden Mann beäugte, als wollte er seine Schwester ermorden.

»Sei froh, dass sich jemand um dich kümmert, Randi.«

»Kümmern und erdrücken ist nicht dasselbe. Und wie nennst du deinen Wachhund?«

Michaela stöhnte leise, als sie Major Winters in der Tür entdeckte. Er sah sich angewidert um. »Den nenne ich einen Speichellecker«, sagte sie leise. »Ich habe ihn jedenfalls nicht eingeladen.«

»Ich habe selbst mehrmals gesehen, wie du ihn abgewiesen hast. Entweder ist er verliebt, oder er hat wenig Verstand.«

»Er hat gar keinen.« Ob ihr Onkel ihn geschickt hatte? Nachdem sie beim Lauschen ertappt worden war, hatte er vielleicht Angst vor Verrat.

In diesem Moment kam Pater Pete zu ihnen und meinte, die Schlange wäre schon kürzer geworden, und er und die Schwestern könnten jetzt übernehmen. Michaela wischte sich die Hände an der Schürze ab, und die beiden Frauen traten ans Waschbecken.

Michaela sah auf die Uhr ihres Vaters. Nickolas würde zwar am Treffpunkt auf sie warten, doch es war für ihn sehr riskant, sich lange an einem Ort aufzuhalten. Der Doppelagent bedrohte sie alle. Ihr eigenes Leben war für die Rebellion unwichtig, doch Nickolas war unentbehrlich. »Ich muss kurz weg«, flüsterte sie.

Cassandra sah sie erstaunt an. »Ohne Begleitung?«

»Es muss sein, Randi.«

Cassandra nickte. »Ich kümmere mich darum. Hol deinen Mantel und schleich dich weg. Ich lenke ihn ab. Mein Bruder lässt ihn ohnehin nicht zu uns«, fügte sie hinzu. »Und achte darauf, dass ich es nicht bereue.«

»Ich bin bewaffnet«, flüsterte Michaela, nahm die schmutzige Schürze ab und warf sie zu den anderen.

»Du bist sehr tapfer«, flüsterte Cassandra neidisch.

»Oder nur unbeschreiblich dumm.« Es war höchst riskant, ohne Verkleidung durch die Straßen zu laufen.

»Soll Argyle dich abholen?«

Sie nickte. »Sag dem Major, ich müsste einkaufen.«

Cassandra sah sich um. Winters unterhielt sich mit Adam. »Eines Tages wirst du mir verraten, wieso du nicht einfach heiratest, um von allem wegzukommen. Und ich werde dir zuhören, ohne über dich zu urteilen.«

Michaela war gerührt. Ihre Freundin sprach aus Zuneigung und Sorge und nicht aus Neugierde. »Danke, Randi.«

»Sei vorsichtig. Und ich hoffe, dass er attraktiv ist.«

Michaela schüttelte verblüfft den Kopf. »Der Mann, den du triffst.«

Michaela ließ ihre Freundin in dem Glauben und holte ihren Mantel, während Randi zu ihrem Bruder ging. Dabei tat sie, als würde sie stolpern, und fiel gegen Winters. Er legte ihr sofort die Hände an die schmale Taille. Michaela wartete nicht ab, wie es weiterging, sondern schlüpfte zur Tür hinaus und lief auf die Straße. Entschlossen eilte sie zur Kirche, in der sie sich auf Nickolas' Weisung dem Priester anvertrauen sollte. Obwohl sie lieber vorsichtig gewesen wäre, hielt sie sich an seine Entscheidung. Sie hatte Pater Joseph schon bei Kleidersammlungen kennen gelernt. Er hatte auch mehrmals Lebensmittel an Briten geschickt, die von den Amerikanern gefangen gehalten wurden. Die Briten ließen diese Lieferungen durch ihre Blockade, und die Amerikaner waren großzügig genug, um sie ihren Gefangenen auszuhändigen. Michaela bezweifelte, dass dies auch umgekehrt funktioniert hätte. Es war jedenfalls die einzige Möglichkeit, um Versorgung ins Land zu schicken. Engländer, die mit den Rebellen sympathisierten, traten einen Teil der Lieferungen an die bunt zusammengewürfelte Armee ab.

Sie erreichte die Kirche ohne Zwischenfall und ging durch die Sakristei hinein. Kerzen brannten in einigen Ecken. Michaela hatte zwar schon lange keine Kirche mehr aufgesucht, doch es erschien ihr frevlerisch, das geheiligte Gebäude für ein Treffen zu missbrauchen.

Der alte Priester tauchte langsam aus der Dunkelheit auf und kam vorsichtig auf sie zu. Michaela bekreuzigte sich und betrat den Mittelgang. Pater Joseph blieb stehen und stützte sich auf eine Kirchenbank.

»Guten Tag, Pater.«

»Geht, Kind.«

»Das kann ich nicht. Ich muss ihn hier treffen.« Sie sah sich nach Nickolas um.

Der Geistliche verzog das Gesicht und presste die Lippen so fest zusammen, dass sie nur einen weißen Strich bildeten. Dann beugte er sich vor, als wollte er ihr etwas ins Ohr flüstern. Sie neigte den Kopf. Plötzlich fiel er gegen sie. Michaela wankte und stützte ihn an den Schultern und sah den Messergriff aus seinem Rücken ragen.

»Um Himmels willen.« Sie versuchte, in der Dunkelheit den Mörder auszumachen, wurde jedoch durch den schweren Körper zu Boden gedrückt. »Pater! Pater!« Sie hielt ihn in den Armen und wagte nicht, das Messer herauszuziehen, um ihn nicht noch schwerer zu verletzen.

»Lauf, Kind«, stieß er hervor, krallte sich an ihrem Arm fest und holte ein letztes Mal Luft. »Lauft.«

Er sackte schlaff gegen sie. Michaela befreite sich von dem Toten und lief zum Altar. Dabei zog sie die Pistole. Schnelle Schritte folgten ihr. Sie raffte die Röcke und rannte zur Tür. Der Riegel klemmte. Sie zerrte und zog daran. Die Schritte kamen näher. Noch ein harter Ruck am Riegel. Sie schickte ein Stoßgebet zum Himmel, und die Tür flog auf. Michaela rannte durch einen schmalen Durchgang zur Straße, ohne sich umzudrehen. An der Ecke rutschte sie auf dem Schmutz aus, hielt sich an der Wand fest und hielt Ausschau nach vertrauten Gesichtern, Soldaten oder Polizisten. Dann erst mischte sie sich mit gesenktem Kopf unter die Passanten. An der nächsten Seitenstraße packte jemand sie an den Schultern. Sofort richtete sie die Waffe auf seine Magengrube und hob den Kopf.

»Nickolas!«

»Joseph wird sich aufregen, wenn du abdrückst.«

Sie zog sich in einen leeren Hauseingang zurück. »Er ist tot«, sagte sie tonlos und steckte die Pistole weg. »Pater Joseph ist tot.«

Er fluchte und zog sie mit sich von der Kirche weg. »Hat dich jemand gesehen?«

Sie überlegte.

»Es war zu dunkel.«

»Das wollen wir hoffen.« Er drückte sie fest an sich und

machte so lange Schritte, dass sie neben ihm laufen musste. »Der Mörder war hinter dem Schutzengel her.«

Sie verzog keine Miene, weil sie das Risiko kannte. »Ich passe schon auf mich auf. Wusste jemand, dass wir uns dort treffen würden?«

»Nein, aber es ist ein Treffpunkt für die anderen. Das ändert nun vieles, Michaela. Der Pater half mir bei der Suche nach dem Verräter. Ich muss dich von hier wegschaffen. Erwarte mich oder den ›Händler‹. Keinen anderen, ist das klar?«

»Ja, natürlich«, erwiderte sie betroffen. »Das Schlimmste hast du aber noch gar nicht gehört.«

Ein Schrei gellte. Dann riefen Leute durcheinander. Der Aufruhr fand ganz in der Nähe statt. Soldaten liefen in Scharen zur Kirche.

»Geh, geh!«, drängte Nickolas, als sie ihm etwas sagen wollte. »Triff mich in vier Tagen im Red Badger.«

Sie flohen in entgegengesetzte Richtungen, rannten zwischen Leuten durch, duckten sich hinter Kutschen und Verkaufsstände und tauchten erneut ins Gewühl ein. Michaela sah sich um, ging langsamer und hielt sich die schmerzende Seite.

Soldaten schwärmten durch die Straßen, hielten unschuldige Menschen an und überprüften ihre Gesichter. Michaela beeilte sich, lief, ging ein Stück und lief wieder. Schließlich sprang sie hinten auf eine fahrende Kutsche auf und verstauchte sich beinahe den Fuß, als sie wieder absprang. Erleichtert überquerte sie die Straße zur Suppenküche. Als sie um die Ecke bog, wischte sie sich mit dem Saum des Mantels über das verschwitzte Gesicht und sah sich nach Argyle um. Er war nicht hier. Danach warf sie einen Blick in das heruntergekommene Lagerhaus und betrachtete die Leute, die eine warme Schlafstelle suchten. Cassandra war nicht mehr da, aber vielleicht hielt sich der Major noch in der Nähe auf, um sie zu belästigen.

»Einkaufen gewesen?«

Sie stieß einen Schrei aus und wirbelte mit der Pistole im Anschlag herum. »Mach das nie wieder!«, rief sie und versetzte Argyle einen Stoß. »Niemals wieder!«

Er zog sie lächelnd an den Schultern zu sich heran. »Ich weiß nicht, was du im Schilde führst, Mädchen«, sagte er leise, als er sie beben fühlte. »Aber ich bringe dich nach Hause.«

Sie nickte, wich zurück, steckte die Pistole weg und stieg neben ihm auf den Karren. Argyle sah sie besorgt an und ruckte an den Zügeln. Der Karren setzte sich in Bewegung, und sie lehnte sich erschöpft auf dem harten Sitz zurück. Tränen brannten in ihren Augen. Sie sah den alten Priester mit dem Messer im Rücken vor sich. Es war doch sinnlos, ihn zu töten, dachte sie. Dafür werden die Schuldigen bezahlen.

Vielleicht bekam sie keine Chance mehr, für Gerechtigkeit zu sorgen. Wenn der Mörder sie gesehen hatte, würde sie noch heute verhaftet werden. Der Gedanke beunruhigte sie weniger als erwartet. Sie zweifelte nicht daran, dass der Doppelagent der Mörder war. Der Priester hatte vermutlich herausgefunden, von wem die falschen Informationen stammten. Nickolas befand sich in größerer Gefahr als sie. Vielleicht hatte er diesen Agenten sogar persönlich getroffen, und Nick war nicht nur der Anführer der Rebellen in England. Er hatte zwar nie darüber gesprochen, aber die Söhne der Freiheit mischten sich auch unter die Spitzen der englischen Gesellschaft. Ihr Leben war bedroht, doch für Nickolas war es viel schlimmer. Er hatte mehr zu verlieren.

Er hatte eine Familie, die ihn vermissen würde.

Wie sollte sie das Haus verlassen und zum Red Badger gelangen, ohne dass Onkel Atwell Verdacht schöpfte? Vor allem, wenn sie keine Ausrede parat hatte?

Niemand bemerkte das Blut an seinen Händen. Trotzdem holte er ein weißes Taschentuch hervor und wischte damit über die

Flecken. Soldaten stießen ihn an, während er die Straße entlangging, und liefen zum Schauplatz des Verbrechens. Er ging langsamer und schluckte heftig. Es war schon einige Zeit her, dass er töten musste. Das Gefühl war nicht so abstoßend, wie er in Erinnerung hatte. Er ließ das befleckte Taschentuch fallen und ging weiter. Er musste noch andere Pflichten erledigen. Dazu gehörte, den Schutzengel zu entlarven.

Nickolas ging in dem gemieteten Zimmer auf und ab und strich sich durchs Haar. Er befand sich in Aufruhr. Schon früher hatten Frauen für ihn gearbeitet. Sie hielten gewaltigem Druck besser stand als Männer. Seine eigene Frau war dafür ein hervorragendes Beispiel. Doch Michaela war für ihn wie eine Tochter, auch wenn es unklug war, sie angesichts der ihr drohenden Gefahren so zu sehen.

Er gewann nur Abstand, wenn er um Hilfe bat. Da sich ein Doppelagent eingeschlichen hatte, konnte er Michaela nur durch übergroße Vorsicht und ein Mindestmaß an Vertrauen am Leben erhalten. Seine besten Leute, Amerikas treueste Söhne, achteten auf sie und sollten jede Veränderung in Atwells Haushalt melden. Auch verdächtiges Verhalten konnte ihn zu dem Doppelagenten führen, der Michaela nach dem Mord an dem Priester gesehen hatte. Doch Nickolas wartete noch auf Nachricht.

Er trat ans Fenster, zog den Vorhang zurück und blickte auf die Straße hinunter. Die Herberge war weit genug von der Innenstadt mit ihrem Schmutz entfernt. Er riskierte viel, indem er sich hier so lange aufhielt. Trotzdem wollte er warten, auch wenn Michaela erst in zwei Tagen eintreffen sollte. Falls seine Gebete nicht erhört wurden, musste er sie selbst suchen.

Es klopfte an der Tür. Nickolas holte die Pistole unter dem Wams hervor und löschte die Kerzen.

»Ja?«

»Verdammt, Mann, öffne!«

Seufzend zog Nickolas die Tür einen Spalt auf und hielt die Pistole schussbereit.

Rein blickte ungeduldig auf die Waffe.

Nick ließ ihn eintreten, und Rein schloss die Tür. »Schön, dich zu sehen, Nick«, sagte Rein lächelnd und reichte ihm die Hand.

»Dabei will ich gar nicht gesehen werden.« Nick ergriff seine Hand.

Rein runzelte die Stirn. »Du bist in Schwierigkeiten.«

»Ein wenig.« Nick deutete auf den kleinen Tisch und die Stühle neben dem Feuer, und Rein nahm den Umhang von den Schultern und warf ihn aufs Bett. Nickolas zündete die Kerzen wieder an und füllte Gläser aus der Karaffe auf dem Tisch.

»Ich brauche deine Hilfe.«

»Ich soll in drei Tagen in See stechen, Nick.« Rein wählte den Stuhl neben dem Feuer.

»Ich würde dich nicht bitten, ginge es nicht um Leben und Tod.«

Rein lehnte sich zurück. Nickolas Ryder war einer der besten Freunde seines Vaters. Ihm eine Bitte abzuschlagen, wäre einem Verrat an Ransom gleichgekommen. Er schloss kurz die Augen. Obwohl er von Michaela weit weg wollte, würde er um des Mannes willen, der ihn aufgezogen hatte, bleiben.

Als er die Augen öffnete, sah Nick ihn an und wartete auf seine Antwort. »Ich kann an meiner Stelle einen anderen auf See schicken«, sagte Rein.

Nickolas nickte. »Danke.«

»Euer Kampf kostet dich viel mehr als mich, Nick.« Nick hatte eine Familie, die ihn brauchte, und eine Frau, die ihn anbetete. Hätte Rein so viel besessen, hätte ihn kein Krieg von daheim fern gehalten.

»Es ginge schneller, würdest du zu uns stoßen«, meinte Nickolas.

Rein lächelte und schüttelte den Kopf. »Ich bin mit Kämpfen gegen Piraten und britische Sklavenhändler aufgewachsen und will nichts mehr von dem Gemetzel wissen.«

»Ich habe auch zu viel vom Krieg gesehen. Doch jetzt treiben mich wie damals Ransom die Grausamkeiten und die Unterdrückung an.«

»Lügner«, wehrte Rein ab. »Dich treiben bittere Erinnerungen und Vergeltung an.«

Nickolas zuckte zurück. »Unverschämter Kerl!«

»Ja, und ein Bastard, aber ich habe mehr Grund als du, mein Freund, die Briten zu verachten. Dein Kampf für Freiheit wird nichts in meinem Leben ändern. Ich kann lediglich meine Zeit hier ertragen, bis ich wieder nach Hause zurückkehre.«

Nick zog die grauen Augenbrauen zusammen. »Ich sehe nicht den Mann vor mir, den Ransom aufgezogen hat. Dieser Mann würde sich nicht von denen abwenden, die ihn brauchen.«

»Öffne deine Augen, Nickolas!«, zischte Rein. »Dieser Junge wurde schon vor Jahren selbstständig. Ich wende mich von niemandem ab, der mich braucht. Wenn ihr euren Kampf nicht gewinnt, werden Tausende verlieren, die an eure Ideale glauben. Und wie wird England sie dann bestrafen? Falls ich zu euch stoße, würden Hunderte darunter leiden. Ich bin für zu viele unschuldige Menschen verantwortlich, die nichts von den Kolonien und der verdammten Rebellion wissen. Sie überleben nur durch mich. Wer will entscheiden, welches Menschenleben mehr wert ist? Und wer bin ich, dass ich anderen meine Ansichten aufzwinge und sie dafür mit allem bezahlen lasse, wofür sie gearbeitet haben?«

Nick lächelte stolz. »Jetzt sprichst du wie Aurora.«

»Ein Kompliment? Beim Gott des Donners!«

»Wir werden siegen«, versicherte Nick.

»Das ist mir gleichgültig.« Rein zuckte mit den Schultern. »Ich habe dir meine Hilfe zugesagt, Nick. Für Ran werde ich dich aus dem Land schaffen und ...«

»Es geht nicht um mich, sondern um einen meiner Helfer.«

»Ich bin kein Kindermädchen für die Spione der Rebellen.«

»Es ist der Schutzengel.«

Rein starrte ins Feuer und nahm einen Schluck.

»Ich soll diesen Unruhestifter für dich verstecken?«

»Nein, du sollst ihn beschützen.«

Rein fluchte.

»Der Schutzengel war sehr lange Zeit völlig sicher. Doch er wurde Zeuge eines Mordes, und ich habe keine Ahnung, ob der Mörder ihn erkannt hat.«

»Du bist sicher, dass nicht der Schutzengel der Mörder ist?«

»Ganz sicher.«

»Wenn er unschuldig ist, was macht er jetzt? Versteckt er sich?«

»Er lebt und hat vermutlich Todesangst.«

»Er könnte jederzeit verhaftet werden.«

»Es gibt keine Beweise. Nur ich weiß, wer der Schutzengel ist und was er für unsere Sache getan hat.«

Rein war entschlossen zu helfen. »Was brauchst du von mir?«

»Halte dich bereit. Sollte der Schutzengel entlarvt werden, musst du ihn in Sicherheit bringen.«

»Und es macht dir nichts aus, dass du dabei meine Schiffe und meine Leute in Gefahr bringst.«

Nick störte sich nicht an dem bitteren Ton. »Du bist geschickt, Rein. Niemand wird eine Spur finden, die zu dir führt.«

»Ich fühle mich geehrt, Nick, aber ich wurde wegen Lady Bucklands Tod verhört. Seither beschatten mich einige Polizisten.«

»Sie werden dich nicht anrühren. Lord North würde das

nicht zulassen. Es ist viel zu wichtig, dass du weiterhin neutral bleibst.«

»Hoffentlich bereue ich meine Entscheidung nicht.« Rein leerte sein Glas und stand auf. »Lass dich warnen. Wenn ich mich zwischen dir und diesem Spion entscheiden muss, fällt meine Wahl auf dich.«

»Nein!« Nick sprang auf. »Schwöre mir auf der Stelle, Rein, dass du den Schutzengel retten wirst!«

Rein staunte über diese Heftigkeit. »Und wenn ich das nicht tue?«

»Dann«, antwortete Nick leise, »muss ich den Schutzengel eigenhändig töten.«

»Das ist nicht dein Ernst.«

»Wolltest du vielleicht sehen, wie ein ... ein Landsmann gefoltert wird? Und wir beide wissen, dass das geschehen würde. Es ist bereits grundlos vorgekommen. Das wünsche ich keinem meiner Helfer, Rein, und diesem schon gar nicht.«

Nach kurzem Zögern leistete Rein den gewünschten Schwur, und Nick war grenzenlos erleichtert. Er ließ sich wieder auf den Stuhl fallen.

»Du bist äußerst loyal, Nick.«

»Solltest du den Schutzengel jemals kennen lernen, wirst du mich verstehen.«

Nach dieser rätselhaften Bemerkung erklärte Nickolas den Plan zur Kontaktaufnahme und zur Befreiung des Schutzengels aus den Klauen der Machthaber, sollte das jemals nötig sein.

»Ich muss wissen, um wen es sich handelt.«

»Nur, wenn es absolut nötig ist. Vielleicht handelt es sich um falschen Alarm.«

»Aha, du vertraust nicht einmal mir.«

»Das ist Unsinn! Aber wenn du den Namen nicht kennst, kannst du ihn nicht enthüllen. Wärst du nicht auch lieber gestorben, als zu verraten, dass Ran der Red Lion war?«

»Ich würde jederzeit für ihn sterben, das weißt du.« Rein

lehnte sich zurück. »Aber was ist, wenn dir etwas zustößt? Was dann? Was wird in diesem Fall aus deinem kostbaren Schutzengel?«

»Ich bin nicht in Gefahr. Niemand weiß, dass ich überhaupt in England bin.«

»*Ich* wusste es. Ich konnte dich nur nicht finden.«

»Du bist kein durchschnittlicher Londoner«, wehrte Nick ab.

Rein lachte bitter. »Wenn du wie die anderen denkst, ich hätte eine Ahnung, was in dieser Stadt vor sich geht, irrst du dich gewaltig. Für mich bleiben die Türen verschlossen.« Er stand auf, ging zur Tür und wandte sich noch einmal an den ältesten Freund seines Vaters. »Ich warte auf eine Nachricht, aber sie muss direkt von dir kommen.«

Die Tür schloss sich hinter Rein. Nickolas lauschte auf den Hufschlag, der sich von der Herberge entfernte. Und er fragte sich, ob Ransom ihm verzeihen würde, dass er seinen ältesten Sohn in diese Sache hineingezogen hatte.

Kapitel 16

Vom Achterdeck der *Empress* aus beobachtete Rein, wie ihr Schwesterschiff, die *Sentinel*, in den Hafen segelte. Das Boot der Hafenbehörde fuhr ihr bereits entgegen, um die Ladung zu überprüfen. Offenbar bedeutete Mordverdacht, dass er auch als Händler nicht mehr vertrauenswürdig war.

Rein hob das Fernglas ans Auge. Er erkannte zwei der Männer, aber nicht die begleitenden Offiziere. Benson ist anständig und gerecht, dachte Rein, obwohl die Zeiten in England unsicher waren. Er wollte nicht, dass seine Schiffe und Leute in den Aufruhr verwickelt wurden.

Er war kein englischer Untertan, und seine Geschäfte wurden auch nicht unter der Herrschaft der Krone abgewickelt. Rein wollte aber auch nicht seine britischen Kontakte zerstören, indem er die Autoritäten wegen des Krieges verärgerte.

England würde immer wieder irgendein armes, ahnungsloses Land erobern.

Jetzt musste er jemanden finden, auf den er sich verlassen konnte. Sein Stellvertreter musste in Afrika wegen der Ernte verhandeln, damit er, Rein, das Nickolas gegebene Versprechen halten konnte. Verdammt, dachte er und wünschte sich, die Welt mit ihrem Chaos würde sich wenigstens für zwei Wochen in Nichts auflösen.

»Captain?«

»Ja?«

»Er ist wach.«

Rein schob das Fernglas zusammen und wandte sich zu Leelan.

Mr Baynes deutete nach unten, und Rein beugte sich vor und

sah Temple an Deck wanken. Rein fühlte förmlich die Leiden des Mannes. Matthews zog den Dreispitz in die Stirn und schirmte die Augen gegen die Sonne ab.

Wenigstens hat er gebadet und trägt saubere Kleidung, dachte Rein und trat an die Reling. »Mr Matthews!«, rief er lauter und fröhlicher als nötig nach unten.

Temple zuckte zusammen. »Aye, Captain.«

»Bereite dich darauf vor, an Bord der *Sentinel* zu gehen.«

Temple warf einen Blick über das Wasser und wandte sich dann wieder Rein zu.

Vorsichtig näherte er sich der Leiter zum Achterdeck, als würde die kleinste Bewegung seinen Körper erschüttern. Leelan lachte leise.

»Sir?« Temple kletterte herauf, klammerte sich dabei an die Leiter und schwor sich, nie wieder zu trinken.

»Suche deine Sachen zusammen und geh an Bord der *Sentinel*. Sie hat nur einen Ersten Maat. Du verdrängst also niemanden, wenn du Captain wirst. Lass die Ladung löschen, und nimm Vorräte für eine einmonatige Reise an Bord. Auf Madagaskar lässt du sie beladen. Danach geht es nach Kapstadt. Ich möchte, dass du den Preis für die Darjeeling-Ernte aushandelst.« Rein verstand Temples Erstaunen. Er ließ selten einen anderen den Preis für den kostbaren Tee vereinbaren, weil davon die Gehälter seiner Angestellten abhingen. »Ich nehme an, du wirst eine anständige Summe erzielen.« Rein wusste, dass Temple ein ehrlicher Mann war. Temple nickte. »Ausgezeichnet. Du stichst mit der Abendflut in See.«

Temple warf noch einen Blick auf das Schiff und wandte sich wieder an Rein. Kapstadt war der letzte Ort der Welt, an den er sich wünschte, und Rein wusste das.

»Willst du noch etwas sagen?«

»Nein, Sir.« Temple verzog das Gesicht wegen des Lärms auf dem Pier. »Wohin geht es nach Kapstadt … Sir?«

»Hierher zurück. Bericht nur an mich.«

Temple nickte und stöhnte, weil sein Kopf schmerzte.

»Versuche es mit Kaffee. Die Wirkung ist erstaunlich.«

Temple lächelte schwach und kletterte vorsichtig die Leiter wieder hinunter.

Rein wandte sich von der Reling ab. »Sagt kein Wort«, warnte er Leelan, der ihn kritisch betrachtete.

Baynes nickte. »Ihr glaubt, die Reise kann einen gebrochenen Mann heilen?«

Rein seufzte schwer. »Wer weiß? Aber ich bin sicher, dass es mit ihm nicht noch weiter abwärts gehen kann. Es ist eine Sache, seinen Platz und seine Aussichten im Leben zu kennen und sie zu akzeptieren. Es ist eine andere Sache, sogar das zu missachten und noch tiefer zu sinken.«

»Haltet Ihr Euch an Euren eigenen Rat?« Rein sah ihn scharf an.

»Ich habe seit Jahren nicht gesehen, dass Ihr einer Frau den Hof macht.«

»Das hat wenig mit Frauen zu tun, Leelan.«

Der Steuermann deutete zur *Sentinel*. »Ihr schickt ihn weg, weil er sich nicht zügeln kann.«

»Doch, er kann es. Er will es nur nicht.« Rein brauchte Temple und wusste, dass er ihm vertrauen konnte. »Auch wenn er mit jeder Frau auf dieser Welt schläft, wird er nicht die vergessen, die er tötete, Leelan. Er muss damit fertig werden, sonst verliert er seine Arbeit. Ich kann in meiner Company solche Unordnung nicht dulden. Ein wenig Enthaltsamkeit wird ihm gut tun«, sagte er, als Temple sein Zeug an Deck brachte und den Rest holen ging.

»Ihr richtet über ihn.«

»Ich achte auf meine Company und auf meinen Freund.«

»Und warum nicht auch auf Euch selbst?« Leelan deutete auf Temples Sachen. »Er schläft mit jeder, und Ihr fasst keine an, die einem im Gedächtnis bleibt.«

Rein runzelte die Stirn. »Das stimmt zwar nicht, aber ohne

Heirat berühre ich keine Dame. Auf diese Weise wird nicht wieder eine Frau verletzt, Leelan.«

Der Steuermann schüttelte den Kopf. »Nur Ihr selbst. Temple leugnet einen Todesfall, und Ihr leugnet ein Leben für Euch selbst. Verdammt, Ihr seid reicher als Euer Vater und sein Vater. Wollt ihr das Geld mit ins Grab nehmen? Ihr seid ein guter Mensch, Rein. Ransom und Aurora sind sehr stolz auf Euch. Aber sie wollen bestimmt nicht, dass Ihr allein bleibt, nur weil Ihr Blut nicht so rein ist wie blaues englisches Blut.«

Rein verschränkte die Arme vor der Brust. »Ihr seid heute Morgen höchst philosophisch gestimmt. Mir ist es gleichgültig, ob mein Blut weiß, rot oder grün ist.«

»Das ist der größte Unsinn, den ich jemals gehört habe.«

Rein zog die Augenbrauen hoch.

»Ransom hat gemischtes Blut, und seht Euch nur an, wie glücklich er ist.«

»Dank Aurora.«

»Ihr glaubt, dass es nur eine wie sie gibt?«

»Ja.«

Leelan lächelte. »Stimmt, sie ist eine ganz besondere Frau, doch das heißt nicht, dass es nicht noch eine zweite von dieser Art gibt.«

»Es reicht!«, wehrte Rein ab. »Aurora hat mir beigebracht, dass wir alle gleich sind, ungeachtet des Bluts in unseren Adern und unserer Vergangenheit. Das habe ich akzeptiert. Ich gönne jedem Menschen das Leben, zu dem er sich entschließt. Das ändert aber nichts daran, wie andere das sehen. Und Ihr wisst, dass das stimmt.«

Leelan seufzte und polierte das Messing am Steuerrad. »Allerdings.«

Rein stieg die Leiter hinunter. Als er die Kante erreichte, hörte er Leelan sagen: »Dickköpfiges Halbblut.«

Rein stieg wieder eine Sprosse höher. »Hässlicher Engländer«, erwiderte er, und Leelan lächelte.

Rein ging an Temple und dessen Gepäck vorbei in seine Kabine und schloss die Tür hinter sich. Er mochte Leelan wie einen Onkel, aber der Steuermann wagte sich auf ein Gebiet vor, von dem er sich besser fern halten sollte.

An seinem Schreibtisch arbeitete Rein an Ladelisten und Verträgen und sorgte dafür, dass zwei seiner Londoner Wohnsitze hergerichtet wurden. Es mochte nötig werden, dass sie bewohnbar waren, weil es wohl am leichtesten war, diesen Spion als Diener oder Matrosen auszugeben – sofern es sich nicht um eine bekannte Persönlichkeit handelte, was Rein allerdings stark vermutete. Andernfalls hätte Nickolas wohl nicht so eisern auf Schutz bestanden.

Es klopfte. Cabai erschien und ließ einen Gast eintreten.

»Rusty!« Rein stand lächelnd auf.

»Nett habt Ihr es hier«, erwiderte er und sah sich in der Kapitänskajüte um. »Soll ich Euch mit Sir ansprechen?«

»Bloß nicht«, wehrte er ab und bot seinem Besucher etwas zu trinken an, was abgelehnt wurde. Eine Zigarre nahm Rusty dagegen an. Rein lehnte sich an den Schreibtisch und deutete auf das Sofa.

Rusty ließ sich in die Kissen sinken. »Ich habe Neuigkeiten. Die drei sollen in zwei Monaten nach Marokko reisen.«

»Alle drei?«

»Ja. Seltsam. Kein Grund vorhanden, außer dass sie Truppen inspizieren, die nichts weiter machen, als die Pritschen in den Kasernen zu belegen.«

Zwei Monate, dachte Rein. Ob diese Sache mit dem Schutzengel vorher beendet sein würde? Scheiterte sein Unternehmen wegen des Versprechens, das er Nickolas gegeben hatte?

»Werdet Ihr ihn umbringen?«

Rein hob ruckartig den Kopf.

Rusty zuckte die Schultern. »Ich nehme an, Ihr habt mit einem von ihnen ein Hühnchen zu rupfen, auch wenn ich nicht weiß, um wen und worum es geht.«

»Das braucht Ihr auch nicht zu wissen.«

Rusty stieß den Rauch aus und nickte nachdenklich.

»Ja, Ihr habt Recht. Ich will es auch gar nicht wissen.«

»Ihr bin Euch dankbar, dass Ihr Euch für mich umgehört habt.«

»Ihr erregt Misstrauen, nicht wahr?«, fragte Rusty seinen neuesten Freund. Es lag nicht an Reins Aussehen, sondern an seiner würdevollen Haltung, als könnte ihn nichts auf der Welt berühren.

Rein holte einen Beutel aus der obersten Schublade des Schreibtisches und warf ihn Rusty zu.

»Das ist zu viel«, stellte der fest, nachdem er den Beutel betastet hatte, und wollte ihn zurückgeben, doch Rein winkte ab.

Seit Katherines Tod erfuhr er gar nichts mehr, und er galt als Verdächtiger. Wegen des Versprechens, das er Nick gegeben hatte, konnte er nach seinem Vater erst wieder suchen, wenn dieser Spion in Sicherheit oder außer Landes war. »Ihr habt es Euch verdient, glaubt mir.«

»Schön, ich kann es gebrauchen.« Der Soldat steckte den Beutel lächelnd in sein Wams. »Ich möchte mir ein Haus kaufen.«

»Und vermutlich wollt Ihr dort nicht allein leben.«

Rusty grinste. »Mabel aus der Taverne.«

Rein erinnerte sich. »Ihr habt sie umworben?«

»Mann, ich habe sie überredet, einen alten Kerl wie mich zu heiraten.«

Heirat, dachte Rein, und prompt tauchte Michaelas Bild vor ihm auf. Seit dem Abend im Theater hatte er nichts mehr von ihr gehört. Bei seinen vorsichtigen Erkundigungen hatte er wenig Schmeichelhaftes über eine ungeschickte und langweilige Frau gehört. Das war jedoch nicht die Frau, die er kannte. Vielleicht lief sie jetzt schon wieder durch Londons Straßen.

»Seht zu, was Ihr noch herausfinden könnt, Sergeant Major.«

In Straßenkleidung sah Rusty nicht mehr wie der Sergeant Major aus, den er in der Taverne kennen gelernt hatte. Für einen Mann, der in der Schlacht vielfachen Tod gesehen hatte, wirkte er außerdem sehr gut gelaunt. Rein erkundigte sich nach dem Grund.

»Ich werde in Zukunft in Frieden leben.«

Rein deutete auf die Jacke, in der das Geld steckte. »Den Frieden bringt Euch ein eigenes Haus?«

»Nein, eine Frau.«

»Gesellschaft für eine oder zwei Nächte könntet Ihr überall für wenige Pennys finden.« Rein hasste seine zynischen Worte, doch einige Stunden mit bezahlten Frauen waren alles, was er in den letzten zehn Jahren erlebt hatte. Erst durch Michaela wusste er wieder, wie ein schlichter Kuss war.

»Nein, nein. Für einen großzügigen Mann seid Ihr manchmal schrecklich kalt. Hat Euch das jemals jemand gesagt? Eine Frau will mich mit allen meinen Fehlern. Mabel glaubt nicht, sie wäre besser als ich oder umgekehrt. Wir sind gleichwertig.«

Rein freute sich, dass Rusty jemanden gefunden hatte, mit dem er sein Leben teilen konnte. Vor Jahren war er selbst mit einer solchen Verbindung zufrieden gewesen. Doch die Beziehung mit der Tochter eines einfachen Inselbewohners war nur kurzlebig gewesen. Noch heute bereute er, seine unschuldige junge Frau nicht davor gewarnt zu haben, wie grausam die Welt außerhalb von Sanctuary sein konnte.

»Ich freue mich für Euch«, sagte er schließlich, als er merkte, dass Rusty ihn merkwürdig betrachtete, und stand auf.

Rusty erhob sich ebenfalls und steckte noch einige Zigarren aus der geschnitzten Schatulle auf dem Tisch ein. »Wollt Ihr darüber reden?«

»Nicht dieses Mal.«

»Ihr könnt gut zuhören, gebt aber selbst nichts preis.«

»Offenbar nicht.« Rein schrieb etwas auf ein Blatt Papier und reichte es ihm. »Wenn Ihr mich hier nicht findet, seht dort nach.«

Rusty steckte das Blatt ein, ohne auf die Adresse zu achten. »Habt Ihr Schwierigkeiten, Rein? Wenn euch vielleicht die Polizisten stören ...«

»Nein, die haben sich zurückgezogen. Ich glaube nicht, dass ich ihr Hauptverdächtiger bin.«

Rusty zog an der Zigarre. »Ich bin keiner, der über eine Frau redet, noch dazu, wo Lady Buckland zum Adel gehörte. Aber die Frau war vertraut mit ... gewissen Leuten.«

»Genau das hat mir die Schwierigkeiten verschafft.«

Rusty lachte leise. »Wahrscheinlich hat es auch Spaß gemacht. Aber wenn man sich genauer umsieht, findet man jede Menge Verdächtiger.«

Katherine hatte die Gesellschaft von mächtigen Männern genossen, die in die Geheimnisse ihres Landes eingeweiht waren.

Männer wie sein Vater.

»Germain, North, Rathgoode, Kipler.« Rusty ging zur Tür. »Sucht es Euch aus. Die Liste ist lang.«

Rein fragte sich, was diese Männer erzählt hatten, wenn sie in Katherines Armen gelegen hatten. Jedenfalls genug, dass ihr die Kehle durchgeschnitten wurde.

Michaela sah unsicher Lord Whitfield und dann ihren Onkel an, dem es sichtlich missfiel, dass sie einige Tage bei Cassandra verbringen sollte.

»Ihr könnt sicher auf sie verzichten«, sagte Adam. »Sie ist schließlich keine Dienstbotin.« Michaela blickte hastig zu Boden. Gut gemacht, Adam, dachte sie. »Schließlich gehört ihr das Haus.« O ja, ausgezeichnet.

»Ich bin ihr Vormund.«

»Vergebt mir, aber sie ist alt genug, um ihre Interessen selbst zu vertreten, Brigadier.« Er blickte kurz zu Michaela. »Das sollte keine Beleidigung sein.«

»So habe ich es auch nicht verstanden, Euer Gnaden.«

»Und wenn sie noch etwas erledigen soll, kann sie das gern jetzt tun.« Adam zog die Handschuhe aus.

»Nein, im Moment nicht, aber ...«

Nein, dachte Michaela, die Geldeintreiber sind noch nicht hier.

Cassandra, die bisher klugerweise geschwiegen hatte, trat nun vor den Brigadier. »Die Wahrheit ist, Sir Denton, dass mein Bruder meint, ich würde ein Kindermädchen brauchen.« Sie warf Adam einen verdrossenen Blick zu. »Ich hätte lieber keines, und wenn Michaela auch eine etwas steife Matrone ist ...« – Michaela verschluckte sich beinahe und überspielte es mit einem leichten Husten – »... so ist sie doch die meiste Zeit eine angenehme Gesellschafterin.«

Cassandra trat zu Michaelas Onkel und schob die Hand auf seinen Arm. Dabei schenkte sie ihm einen unwiderstehlichen Blick.

»Ich hoffe, dass Michaela Cassandras ... unvorsichtige Natur während meiner Abwesenheit dämpft.«

»Bitte, Sir Denton«, sagte Cassandra. »Zwei Tage.«

»Wir brauchen sie für mindestens vier.« Adam sah Michaela freundlich an. »Und wir würden sie auch gern länger bei uns behalten.«

»Also vier Tage.« Denton wandte sich an Michaela. »Ich muss dich wohl nicht daran erinnern, dass du dich angemessen benehmen sollst.«

»Das hast du soeben getan.« Du aufgeblasene Kröte!

»Ich danke Euch, Sir Denton.« Cassandra hauchte ihm einen Kuss auf die Wange, und Michaela ärgerte sich, als Onkel Atwell Cassandra herzlich anlächelte und ihre Hand tätschelte. Ihr gegenüber verhielt er sich nie so.

Sie brachen hastig auf. Lord Whitfield behauptete, unbedingt sicherstellen zu müssen, dass die beiden Damen in Cravenwood Hall sicher untergebracht waren, bevor er abreiste.

»Er ist ein selbstgefälliger, dünkelhafter Kerl.«

»Cassandra!«, tadelte Adam gereizt und zog die Handschuhe an, während die Kutsche sich in Bewegung setzte.

Michaela unterdrückte ein Lächeln, während Cassandra die Röcke glatt strich und ein Fell über ihre Beine legte.

»Das ist er, Adam, und du bist nur zu freundlich, um es auszusprechen.«

»Das nennt man Manieren. Du solltest es auch einmal damit versuchen.«

»Er hat Michaela erlaubt, mit uns zu fahren, oder?«

Adam murmelte etwas von den Launen der Frauen und der Gefahr, ihre Fähigkeit zu unterschätzen. »Ja, meine Liebste. Ich verlasse mich darauf, dass du dich benimmst, während ich den Kontinent bereise.«

»Was sollte ich sonst machen? Du nimmst mich ja nicht mit.«

»Wenn du nicht vorsichtig bist, bitte ich Captain McBain, auf dich aufzupassen.«

»Das würdest du doch nicht tun!«

»Cassandra, Vorsicht!« Michaela stieß sie an. »Du gräbst dir eine noch größere Grube, in die du fällst.«

»Hör auf sie, meine Liebe. Würdest du dich deiner Stellung gemäß verhalten, müssten Jace, Markus und ich nicht ständig unsere Pläne ändern, damit dich einer von uns bewacht.«

Cassandra gab sich sofort reuig. »Ich weiß, dass ich eine Last bin.«

»Und ich bete dich an«, versicherte ihr Bruder »Allerdings musst du Zurückhaltung lernen. Wie Michaela.«

»Ich bin nur zurückhaltend, weil ich keine Freiheit habe«, entgegnete Michaela.

»Bitte, Michaela, ich kenne Euch nun seit über zehn Jahren. Nennt mich Adam. Ich höre meinen Namen so selten, dass ich ihn fast vergesse. In ein oder zwei Tagen werde ich Eurem Onkel eine Nachricht schicken, dass ich aufgehalten werde und Ihr Cassandra unbedingt noch Gesellschaft leisten müsst.«

Sie lächelte. »Lügt nicht für mich, Adam.«

Cassandra drückte ihre Hand. »Er lügt für mich.«

Michaela blickte aus dem Fenster, hatte jedoch keinen Blick für die Landschaft übrig. Sie selbst log und benutzte die beiden. In zwei Tagen sollte sie sich mit Nickolas treffen, und sie hoffte, dass Cassandra ihr helfen würde, wollte die Freundin jedoch nicht in ihre Probleme verstricken. Sie sollte nur für Ablenkung sorgen.

Michaela lehnte sich gegen das Fenster. Sie ahnte, dass sie nicht mehr lange als Spionin nützlich sein würde. Es war durchaus möglich, dass ihre wahre Identität aufflog. Und dann würde man sie ganz unauffällig eliminieren.

Kapitel 17

Michaela spürte, dass jemand sie beobachtete. Verstohlen sah sie sich um und achtete nicht auf Cassandras Plaudern, während sie an den eleganten Geschäften entlanggingen. Adam Whitfields Page und der bewaffnete Kutscher begleiteten sie, doch noch jemand achtete auf jede ihrer Bewegungen.

»Du bist sehr still«, sagte Cassandra.

Michaela lächelte ihr zu. »Du lässt mich ja kaum zu Wort kommen.«

»Ich freue mich einfach darüber, dass ich mit dir unterwegs bin.«

»Ich freue mich auch.« Michaela seufzte und betrachtete die Kleider im Schaufenster. »Es ist schon lange her, dass ich einkaufen war.«

»Dann wollen wir.« Bevor Michaela sie zurückhalten konnte, betrat Cassandra ein Geschäft. »Vielleicht französische Dessous?« Sie hob ein hauchdünnes Unterhemd mit Satinbesatz hoch und hielt es an ihre schlanke Gestalt.

»Wozu denn das?«, wehrte Michaela ab, obwohl sie sich insgeheim nach einem dermaßen frivolen Kleidungsstück sehnte.

»Es ist so herrlich sündig«, flüsterte Cassandra ihr mutwillig zu.

»Du wirst zum Stadtgespräch, wenn du das nicht aus der Hand legst.« Michaela deutete zum Schaufenster. Captain McBain stand davor und ließ sie beide nicht aus den Augen.

Cassandra schwenkte das durchsichtige Kleidungsstück, und McBain wurde rot und wandte sich missbilligend ab.

»Du bist schamlos, Randi«, zischte Michaela und nahm ihr

das Unterhemd aus der Hand. »Du willst den armen Mann nur reizen.«

»Vermutlich hat er so etwas noch nie gesehen.« Sie wandte sich zum Schaufenster. »Ich wette, er zieht sich nur in der Dunkelheit aus und war noch nie mit einer Frau zusammen, sonst wäre er nicht so verklemmt.«

»Er ist ein wahrer Gentleman, und du solltest dich anständig benehmen.«

»Fang du nicht auch noch damit an«, stöhnte Cassandra und verließ das Geschäft. »Ich hatte gehofft, in dir eine Verbündete zu finden!«

»Vergiss es. Du brauchst keine Hilfe, um dich selbst in Schwierigkeiten zu bringen.« Schon zweimal an diesem Vormittag hatte sie Cassandra an ihrer Seite gewähnt und entdeckt, dass sie verschwunden war. Und sie hatte ihre Freundin in ziemlich anrüchigen Gegenden suchen müssen.

Sie näherten sich dem Laden einer Modistin. »Siehst du, wie die Männer dich anstarren?«

Michaela warf ihrer Freundin einen Blick zu. »Ich bin zu alt für solche Fantasien.« Sie war beinahe schon eine alte Jungfer und machte sich über ihr Aussehen keine Illusionen.

»Du müsstest einmal ordentlich geküsst werden«, behauptete Cassandra.

»Wie bitte?«

»Geküsst. Du weißt schon – wenn man Lippen auf Lippen drückt«, sagte sie amüsiert. »Vor allem mit jemandem vom anderen Geschlecht.«

Michaela dachte an Rein und die Lust, die sein Mund schenkte, und ihr wurde trotz der Kälte warm.

»Vielleicht mit ihm«, sagte Cassandra.

Michaela blickte an ihr vorbei. Rein! Er saß auf seinem Rappen und blickte über die Straße herüber. Imposant hob er sich auf dem Pferd vor der weißen Mauer ab. Sein Blick glitt über ihre Kleidung, und er lächelte andeutungsweise, als wollte er sagen, dass er sie so lieber sah als in der Kleidung eines Jungen. Der Wind spielte mit einer Strähne ihres Haars. Michaela schob sie zurück, und Rein verfolgte die Bewegung. Ihr Herz schlug schneller. Sie wollte nicht daran denken, dass er etwas mit ihrem Onkel zu tun hatte und noch immer unter Mordverdacht stand.

»Vielleicht hat er dich schon geküsst.«

»Nein!«, log Michaela. »Wieso sollte er?«

»Offenbar erkennst du nicht das Verlangen in den Augen eines Mannes, vor allem dieses Mannes.«

Rein war wieder verschwunden. Michaela wandte sich an Randi. »Und wen hast du geküsst, dass du Verlangen erkennst, wenn ich fragen darf?«

»Du darfst nicht.« Cassandra blieb vor einem Schaufenster stehen.

»Randi, ich möchte nicht, dass du einen Mann reizt«, warnte sie. »Das ist gefährlich.«

»Es war eigentlich nur ein Junge«, gestand Cassandra befangen. »Ich war vierzehn. Es war nett. Der Kuss eines Mannes ist bestimmt noch viel schöner.«

Michaela packte sie am Arm und drehte sie zu sich herum. »Schwöre mir, dass du das nicht ausprobierst!«

»Was ist denn mit dir?«, fragte Cassandra erstaunt.

Ein Schuss krachte. Jemand schrie. Die Schaufensterscheibe platzte. Scherben ergossen sich über die beiden Frauen und das Pflaster. Leute flohen, während Michaela ihre Freundin zum Eingang zog und zu Boden drückte. Erst jetzt sah sie Blut auf Randis Ärmel.

»Um Himmels willen!«, stieß sie hervor, fasste unter die Röcke und riss einen Streifen ihres Unterrocks ab.

Pfiffe gellten. Polizisten und Soldaten liefen auf sie zu.

Cassandra starrte auf den Blutfleck, der sich ständig vergrößerte. »Ach, du liebe Zeit! Meine Brüder werden sehr böse auf mich sein.«

»Das ist doch nicht deine Schuld.« Michaela band den Arm ab, sah sich um und wünschte sich, ihre Waffe nicht in Cravenwood zurückgelassen zu haben, weil sie kein passendes Versteck dafür gefunden hatte.

Captain McBain tauchte vor ihnen auf und schützte sie beide mit seinem Körper. »Mein Gott, Cassandra!«

Sie lächelte ihn schwach an. »Ach, Captain Steif, schön, dass Ihr hier seid.«

Michaela streckte die Hand aus und wollte hastig die Tür des Geschäfts öffnen, als auch schon ein zweiter Schuss krachte. Die Kugel schlug über ihrem Kopf ins Holz. Offenbar war sie das Ziel! Captain McBain hielt seine Waffe in der Hand und musterte scharf die umliegenden Gebäude. Leute starrten zu ihnen herüber, als warteten sie auf noch mehr Blut. Michaela musste weg von hier, weg von Menschen, die versehentlich von einer Kugel getroffen werden konnten, Sie erhob sich.

Duncan zog sie wieder herunter. »Bist du verrückt? Die erschießen dich!«

Sie packte ihn an der Jacke und schüttelte ihn rau. »Hört zu, Duncan.« Sie deutete auf Randis Wunde. »Das ist nur ein kleiner Vorgeschmack dessen, was noch geschieht, wenn ich nicht sofort fliehe!«

»Du bist verstört«, sagte er beruhigend.

Sie schüttelte den Kopf. »Versteckt sie, versorgt ihre Wunde und schützt sie, aber schickt niemanden hinter mir her. Schwört es mir beim Grab meines Vaters!«

Er sah ihr forschend in die Augen. »Worauf hast du dich eingelassen, Michaela?«

»Schwört!«

»Ja, ich schwöre!«

Sie beugte sich zu Cassandra und flüsterte: »Du hast dich nach Aufregung gesehnt, Randi. Bist du jetzt glücklich?«

Cassandra stöhnte, und Duncan wurde blass. Michaela nutzte die Gelegenheit und floh mitten in die Menschenmenge hinein. Duncan fluchte hinter ihr her und gab einigen Soldaten ein Zeichen, die ihr daraufhin folgten.

»Erinnert mich daran, nie Euren Schwüren zu glauben«, sagte Cassandra schleppend.

»Schweigt, Lady Whitfield«, fauchte er sie zornig an. »Ihr seid zu einem klaren Urteil nicht in der Lage.«

Die Kutsche der Whitfields hielt neben ihnen. Der Kutscher lief zu ihnen, der Page sprang vom Bock, um die Tür zu öffnen. Duncan steckte seine Waffe weg, hob Cassandra hoch und trug sie in die Kutsche. Während das Gefährt anrollte, hielt er sie auf dem Schoß und musterte die Straße. Bestimmt bereute er seinen Schwur.

»Sie wird es überleben«, flüsterte Cassandra. Duncans Hand zitterte, als er ihr die Haare aus dem Gesicht strich. »Sie ist viel stärker als wir alle.«

Duncan hielt sie fest an sich gedrückt und betete, dass Michaela Denton nicht nur mutig, sondern auch klug war.

Michaela hörte Rufe und laute Schritte hinter sich. Verdammt, Duncan, dachte sie, blickte zurück und entdeckte mehrere Soldaten, die sie suchten. Sie war in dem Kleid und mit dem von Cassandra geliehenen Mantel viel zu auffällig, wirkte zu reich und lockte Diebe geradezu an. Ein Mann griff nach ihr, und sie trat nach ihm und riss sich los. Die Kapuze tief ins Gesicht gezogen, hastete sie weiter. Ihre einzige Hoffnung war, Nickolas zu erreichen. Wahrscheinlich wartete er im Red Badger auf sie. Sie hatte gar keine andere Wahl, obwohl eine Frau, die schon auf der West Side auffiel, im East End noch viel mehr Aufmerksamkeit erregte.

Michaela tastete nach ihrem Messer und hielt die Hände und die Tasche unter dem Mantel verborgen. Die Sonne sank, und es wurde kühler. Bestimmt schaffte sie es nicht vor Einbruch der Dunkelheit zur Herberge. Als die Schritte hinter ihr lauter wurden, tauchte sie in eine schmale Gasse. Ein Mann folgte ihr, doch ein Stich nach seinem Arm jagte ihn zurück auf die Straße. Sie presste sich an die Mauer und überlegte angestrengt. Vermutlich war es am besten, sie verbrachte die Nacht in dem alten Stall. Soldaten marschierten an der schmalen Gasse vorbei. Michaela wartete. Die Absätze ihrer zierlichen Schuhe versanken im Schlamm.

Ratten raschelten. Eine Katze fauchte laut und nahm die Verfolgung über Kisten hinweg auf. Mäuse liefen Michaela über die Füße. Sie unterdrückte einen Aufschrei und presste sich fester an die Mauer. Zur Zeit des Abendessens waren die Straßen weitgehend leer. Sie holte die Taschenuhr ihres Vaters hervor und hielt sie ins Licht. Zwei Stunden, dachte sie. Wenn sie sich bloß zwei Stunden lang verstecken konnte. Schon gingen durch die Straße Laternenanzünder auf Stelzen, um an die hohen Lampen heranzureichen. Das Geräusch der Kutschenräder war jetzt immer seltener zu hören.

Michaela hatte sich oft genug in den Straßen aufgehalten, um zu wissen, wann es dort am sichersten war.

Doch bisher war sie stets gut bewaffnet gewesen. Ungeduldig holte sie einen Taschenspiegel hervor und spähte um die Mauerkante. Schließlich wagte sie sich ins Freie und eilte zum Stall.

Duncan ging in der Bibliothek auf und ab. »Vielleicht sollten wir noch mehr Soldaten ins East End schicken.«

»Dorthin wagt sie sich nicht«, erwiderte Michaelas Onkel. »Dafür ist das Mädchen zu ängstlich, sage ich Euch. Sie kann kaum einen Korridor entlanggehen, ohne über ihre eigenen Füße zu stolpern, und Ihr denkt, sie würde auch nur eine Stunde in den Eingeweiden Londons überleben?«

Duncan blieb stehen. Der Brigadier wählte Süßigkeiten von einem Teller und steckte sie sich in den Mund, ohne auch nur aufzublicken. »Wo versteckt sie sich dann Eurer Meinung nach seit zwei Tagen?«, wollte er wissen.

»Vielleicht in einer Kirche oder in dieser wohltätigen Einrichtung.« Der Brigadier winkte ab und schlürfte Tee.

Duncan hatte schon alle Kirchen und auch die Suppenküche überprüft. Er hatte unzählige Fragen gestellt und zusammen mit Cassandras Brüdern viel Geld in London verteilt, um irgendwelche Informationen zu erhalten.

Es gab keine. Michaela war verschwunden.

Er erreichte nichts, wenn er hier blieb.

»Sucht weiter nach meiner lieben Nichte, Captain«, sagte der Brigadier, doch in seiner Stimme schwang keine Zuneigung mit. »Ich erwarte Euren Bericht.«

»Ja, Sir, guten Tag, Sir.« Duncan salutierte und verließ die Bibliothek, zog an der Haustür die Handschuhe an und fragte sich, ob es überhaupt richtig war, Michaela in dieses Haus zurückzubringen.

Nickolas saß verzweifelt auf dem Bett. Michaela war schon einen Tag überfällig, und seine Kontaktleute in der ganzen Stadt fanden nicht die geringste Spur von ihr. Stundenlang hatte er selbst nach ihr an allen üblichen Treffpunkten gesucht. Die Schüsse auf Michaela und Lady Whitfield bestätigten, dass der Mörder des Priesters annahm, Michaela hätte ihn gesehen. Das bedeutete allerdings noch nicht, dass der Mörder in ihr auch den Schutzengel erkannt hatte. Trotzdem durften sie nicht mehr das geringste Risiko eingehen.

Nickolas stand auf und ging unruhig auf und ab. Bilder von Michaela – zerschlagen, blutig, hilflos – quälten ihn.

Wenn diese Unsicherheit noch lange andauerte, verlor er bestimmt den Verstand.

Kapitel 18

»Ich versichere dir, dass ich alle Verstecke des Schutzengels überprüft habe.«

Rein lehnte am Kaminsims und starrte ins Feuer. Nickolas wich seinen Fragen aus. Rein verlor allmählich die Geduld. »Soll ich diese Person nun finden oder nicht?«

»Ich bin dir für deine Bemühungen dankbar, aber ...«

»Ich habe mich noch gar nicht bemüht«, wehrte Rein ab. »Und wenn du nicht mit dieser ewigen Heimlichtuerei aufhörst und mir endlich den Schutzengel beschreibst, kehre ich auf mein Schiff zurück.«

Nickolas hielt den Blick in sein Glas gerichtet. »Rotes Haar, grünbraune Augen.« Er trank den letzten Schluck. »Zuletzt wurde der Schutzengel gesehen in ... in einem grünen Kleid.«

Rein warf ihm einen erstaunten Blick zu. »Soll das heißen, dass dein Spitzenagent eine Frau ist?«

»Ja.«

»Ihren Namen!« Eine böse Vorahnung stieg in ihm hoch.

»Michaela ...« Rein fluchte, noch ehe Nickolas »Denton« hinzugefügt hatte.

»Verdammt, wie konntest du sie dermaßen in Gefahr bringen?« Rein nahm Dreispitz und Umhang vom Bett. Er sah Michaela schon verletzt und hilflos irgendwo in der Stadt, und die Bilder trafen ihn wie Messerstiche.

»Sie bot sich freiwillig an, Rein. Und sie weiß sich zu helfen.«

Rein überprüfte seine Pistolen. »Was hast du mir noch verschwiegen, Nickolas?«

»Sie kann sich an niemanden wenden. Sie vertraut keinen

Sympathisanten der Rebellen, und sie wird auch dir nicht vertrauen. Es wird dir schwer fallen, sie davon zu überzeugen, dass ich dich zu ihr geschickt habe, selbst wenn du ihr sagst, dass du der ›Händler‹ bist.«

»Ich schaffe das.« Und ich drehe ihr den Hals um, weil sie ihr Leben riskiert hat.

»Und …«

Rein richtete die hellblauen Augen eisig auf Nickolas.

»Jemand hat auf sie geschossen. Lady Whitfield wurde getroffen. Es war nur ein Kratzer.«

Rein schob die Pistolen in den Hosenbund. »Du weißt, dass Michaela bereits tot sein könnte. Wie gefällt dir denn das?«

Nickolas krampfte sich der Magen zusammen. »Meinst du nicht, dass ich darunter leide?«

Rein empfand nur wenig Mitgefühl mit ihm. »Wo könnte sie sich versteckt haben?« Er sollte zuerst in ihrem Haus nachsehen, würde damit aber Verdacht erregen. Was für eine komplizierte Lage!

»Ich sagte doch, dass ich schon …«

»Die Verstecke!«, fauchte Rein und hätte sich am liebsten auf Nickolas gestürzt, doch das hätte Michaela nicht geholfen.

Nickolas rang mit sich, ob er alles preisgeben sollte, resignierte und nannte sämtliche Orte, ausgenommen einen mitten im East End und einen im Westen der Stadt.

»Da ist noch etwas.«

Rein warf ihm einen scharfen Blick zu. »Du lieber Himmel, Nick!«

»Lady Buckland …« Nickolas schluckte schwer. »Katherine war eine von uns.«

Rein erstarrte. »Weiß Michaela das?«

»Nein, nur du und ich.«

»Und der Mörder.«

»Möglicherweise«, lenkte Nickolas ein. »Katherine hatte viele einflussreiche … Bekannte.«

Niemand brauchte Rein an Katherines Lebensweise zu erinnern. Er verließ das Zimmer der Herberge und schloss die Tür hinter sich.

Nickolas ließ sich auf einen Stuhl sinken und starrte ins Feuer. Er kannte Rein von Kindheit an und hatte ihn noch nie so aufgeregt gesehen wie jetzt. Ob Michaela bei ihm tatsächlich in Sicherheit war? Oder musste er sich erneut Sorgen machen?

Rein verließ die Herberge, ohne sich noch einmal umzudrehen, scheuchte den Lakaien weg und ging in den Stall zu Naraka. Schon griff er nach dem Sattelknauf und wollte aufsitzen, zögerte jedoch und senkte den Kopf, um nachzudenken.

Beim Gott des Donners! Der Schutzengel! Er hätte es ahnen müssen und kam sich wie ein Narr vor.

Jede englische Behörde suchte nach ihr. Niemand würde sich das Geld und den Ruhm als Belohnung für ihre Ergreifung entgehen lassen. Der Preis auf ihren Kopf war auf annähernd zweitausend Pfund gestiegen! Das stellte für sie eine unbeschreibliche Gefahr dar. Und Lady Buckland ... diese Frau hätte nicht im Untergrund arbeiten dürfen. Sie war zu seicht gewesen und hatte zu viel geredet. Für Geld hätte sie die Rebellion und Michaela verraten. Nur die Tatsache, dass kein Spion einen anderen kannte, konnte Michaela noch retten. Hoffentlich kannte Nick seine Leute auch wirklich. Rein musste allerdings in Betracht ziehen, dass man Michaela schon verhaftet hatte und sie in Newgate unter der Folter schmachtete.

Oder bereits tot war.

Entschlossen saß er auf und trieb Naraka in die Nacht hinaus. Er wollte zum Pier reiten und einige Leute daran erinnern, dass sie ihm noch einen Gefallen schuldeten. Und er wollte nicht ruhen, bis er Michaela gefunden hatte. Danach würde er sie nicht mehr aus den Augen lassen, bis dieser Krieg vorüber war.

Rein betrachtete das Dutzend Männer, die an dem Tisch saßen. Er hatte erfolglos bis zum Morgengrauen gesucht und den halben Vormittag gebraucht, um eine Entscheidung zu treffen. Jetzt gab es keine Umkehr mehr. Diese Männer hatten ihm Treue geschworen, als er sie angeheuert hatte. Jetzt schworen sie Verschwiegenheit. Keiner kannte den Grund, doch sie verließen sich blindlings auf sein Wort, und er wusste, dass jeder von ihnen eher sterben würde, als wortbrüchig zu werden.

»Meine Herren, wir müssen eine Dame finden. Äußerste Diskretion. Wir müssen dafür sorgen, dass sic am Leben bleibt.«

»Wer ist es, Sir?«

»Die Frau, die auf mich geschossen hat.«

Die Hälfte der Männer machte ein finsteres Gesicht, die anderen schmunzelten. »Wollt Ihr es ihr heimzahlen?«

»Nein, Mr Ashburn, ich werde sie beschützen.«

Ashburn sah ihn überrascht an. »Wenn Ihr es sagt, Captain.«

»Ich sage es.« Das Schiff schaukelte leicht. Die Bewegung wirkte beruhigend. Rein hatte die ganze Nacht über Geld an die richtigen Leute verteilt und wartete auf Informationen. Die Straßenkinder, Diebe und Witwen würden der Polizei gegenüber kein einziges Wort verlauten lassen. Jetzt zahlte es sich aus, dass er die Straßen von Ceylon überlebt hatte.

»Was machen wir zuerst, Sir?«

Rein beschrieb den Männern Michaela, behielt jedoch ihren Namen für sich. »Wir suchen nur nach Informationen, nach einer Spur, einer Örtlichkeit. Ihr nähert euch der Frau nicht.« Keiner seiner Männer sollte zu Schaden kommen. Er wollte das Risiko ganz allein tragen. »Mr Baynes bleibt an Bord. Ihr berichtet nur ihm oder mir persönlich.«

Leelan betrachtete ihn amüsiert.

»Mr Popewell, Mr Bushmara, Ihr beginnt mit den Kneipen.« Der schwarzhaarige junge Engländer lächelte den Bootsmaat an, der missmutig dreinsah. Fadi Bushmara war ein Maure und durfte nichts trinken. »Ihr werdet doch kein Bier trinken und alles verraten?«

»Sicher nicht, Sir.« Bushmara neigte den Kopf und warf seinem Partner einen scharfen Blick zu.

»Mr Veslic, Mr Basilia und Mr Bigby, Ihr übernehmt die Docks. Mr O'Toole geht ins Viertel der Iren.« Der Rothaarige nickte. Rein warf ihm einen warnenden Blick zu, damit er nicht bis zum Morgengrauen mit seinen Landsleuten trank. »Mr Quimby, Mr Needham und Mr Beswick sehen sich auf den Straßen um.« Sie waren Engländer und stammten aus dem East End, sodass sie dort nicht weiter auffielen. Rein wandte sich an den Mann zu seiner Rechten. »Mr Gilbert, Ihr habt das Privileg, Euch um die gefallenen Mädchen dieser Stadt zu kümmern.«

Prompt beschwerten sich die anderen.

Unter Reins Blick verstummten sie. »Wäre Mr Matthews hier, würde er diese Aufgabe übernehmen, aber er ist es nicht. Mr Gilberts gewandte Zunge wirkt stets bei den Damen.«

»Oui«, erwiderte der. »Das bereitet ihnen höchstes Vergnügen, nicht wahr?« Mit der Anspielung löste er allgemeine Heiterkeit aus. »Ich schätze die Mesdemoiselles«, fuhr er mit seinem starken belgischen Akzent fort. »Ihr anderen steigt bloß auf und reitet.«

»Ich habe nichts davon gesagt, dass Ihr Euch vergnügen sollt, Sir.«

Gilbert wandte sich flehend an den Kapitän. »Aber, Capitaine, eine liebevoll verwöhnte Frau erzählt bestimmt mehr als …«

»Als eine, die man unbeschreiblich erregt hat?« Rein richtete den Blick auf Cabai. Der Araber nickte ihm zu. Er wusste, dass sein Aussehen zu auffällig war.

»Darf ich fragen, was Ihr machen werdet, Sir?«

Rein wandte sich an Leelan. »Nein.« Es war allein seine Angelegenheit, dass er sich in den besseren Teilen der Stadt

Zutritt zu Clubs und Restaurants verschaffen wollte. Es wäre so grausam wie das Vorurteil selbst gewesen, Lokale zu erwähnen, in die seine Männer nicht eingelassen wurden. »Ihr könnt gehen.« Sie standen auf und drängten zum Ausgang.

»Warum sucht Ihr jetzt dieses Mädchen?«, fragte Leelan.

»Sie wird vermisst.«

So einfach ist das bestimmt nicht, dachte Leelan. »Vielleicht will sie nicht nach Hause gebracht werden.«

»Darüber hat sie nicht zu entscheiden«, erwiderte Rein scharf.

Leelan lächelte vor sich hin, als er Rein verließ.

Als sich die Tür schloss, ließ Rein erschöpft die Schultern hängen. Er hatte die Verstecke zweimal überprüft, auch den Keller eines Jagdhauses am Stadtrand. Bei Dunkelheit wollte er es noch einmal versuchen, aber was war, wenn Michaela nicht gefunden werden wollte? Und was geschah, falls er sie entdeckte? Würde sie fliehen?

Er kannte die Antwort. Sie vertraute ihm nicht.

Adam Whitfield betrachtete seine Brüder und Captain McBain und wandte sich wieder zu Cassandra. Sie saß auf der Fensterbank, die Stirn gegen die Scheibe gedrückt, und blickte gedankenverloren aus dem Fenster. Sie hatte sich geweigert, im Bett zu bleiben. Die Wunde am Arm heilte bereits, aber Adam machte sich trotzdem Sorgen. Seit Captain McBain sie vor Tagen nach Hause gebracht hatte, sprach sie nicht.

»Cassandra, du solltest dich wirklich etwas ausruhen.«

»Ich stimme dem zu, Lady Whitfield.«

Sie drehte sich kurz zu Duncan McBain um. »Vergesst es«, sagte sie verächtlich.

Sie störte sich nicht an den tadelnden Mienen der Männer, sondern sah erneut auf den vom Regen aufgeweichten Rasen hinaus. Der Arm schmerzte. Es handelte sich tatsächlich bloß um einen Kratzer, doch der Vorfall hatte ihr die Augen geöffnet. Sie hatte erkannt, dass sie aus den falschen Gründen rebellierte und sich gegen die falschen Leute wehrte. Ihre Brüder liebten und verwöhnten sie, doch Cassandra sehnte sich nach Freiheit und beneidete Michaela um die Chance, ihr eigenes Leben zu führen. Sie seufzte. Dies war eine Welt der Männer.

»Wir werden sie finden«, sagte Adam.

»Nein, das werdet ihr nicht.«

»Verlier nicht die Hoffnung, Randi«, bat Markus.

Sie wandte sich wieder an Duncan. »Ihr hättet nicht die Männer hinter ihr herschicken sollen.«

»Sie hatte Angst. Jedem wäre das so ergangen.« Nur dir nicht, dachte Duncan. Cassandra Whitfield war völlig ruhig geblieben.

»Das ist beschissen«, sagte sie und stand auf.

»Cassandra!«

»Was ist?«, fragte sie ihre Brüder. »Gefällt euch meine Ausdrucksweise nicht? Mein Benehmen? Ein Jammer! So bin ich eben, und ich werde mich nicht länger verstellen, nur um euch dreien zu gefallen.« Sie blickte zu Duncan. »Euch vieren«, fügte sie hinzu und ging zur Tür.

»Mylady.« Duncan streckte die Hand nach ihr aus, doch sie wich ihm aus und betrachtete ihn voll Verachtung.

Sie sah ihm in die grauen Augen und sehnte sich nach innerem Frieden.

Und dann versetzte sie ihm eine harte Ohrfeige. Ihre Brüder sprangen auf. »Cassandra, entschuldige dich auf der Stelle!«

Duncan sah sie nur weiterhin eisig an.

»Ihr habt das Versprechen gebrochen, Captain, das Ihr Michaela gegeben habt.«

Die Spuren ihrer Finger auf seiner Wange zeichneten sich deutlich ab.

»Ihr habt einen Eid geschworen und ihn bedenkenlos gebrochen. Und sie weiß das. Man darf Euch nicht vertrauen.«

»Sie war verstört, Lady Whitfield«, erwiderte er bedauernd. »Sie gab sich die Schuld an Eurer Verletzung.«

»Sie hatte Angst um uns!«

»Ich hätte sie beschützt.«

»Ihr wolltet ihre Ehre beschützen«, erwiderte sie zornig. »Manchmal ist es aber nicht die beste Lösung, wenn man sich richtig und geziemend verhält. Wir sind ihre Freunde, doch jetzt fühlt sie sich von uns betrogen. Sie denkt, ich hätte sie betrogen.«

»Michaela weiß, dass es meine Verpflichtung war …«

»Verpflichtung?«, fiel sie ihm ins Wort. »Und was ist mit der Verpflichtung, die ihr Onkel ihr gegenüber hat? Sein Bruder vertraute darauf, dass er sich um sein einziges Kind kümmern würde, und seht nur, wie er es nach seinem Gutdünken gedreht hat.«

»Was willst du damit sagen, Randi?«, fragte Jace, als er den Kummer in den Augen seiner Schwester erkannte.

»Ist euch nicht in den Sinn gekommen, dass sie nicht gefunden werden möchte?«, fragte sie Duncan und wandte sich an ihre Brüder. »Habt ihr eine Ahnung, was sie in diesem Haus erleiden musste? Wie oft sie für das kleinste Vergehen geschlagen wurde?«

»Wieso hast du nichts gesagt?«, fragte Jace entsetzt.

»Weil ich Stillschweigen geschworen habe. Jeder hätte es sehen können. Sie lehnte allerdings Hilfe ab, weil sie den Brigadier selbst bezwingen wollte.« Cassandra liebte ihre Brüder, doch sie waren viel zu oft engstirnig. »Sie floh in die Freiheit, und ihr habt fünfzig Soldaten losgeschickt, die in der Stadt nach ihr suchen. Bestimmt fürchtet sie die Strafe, die auf sie wartet, wenn sie wieder in dieses Haus geschleppt wird.«

»Der Brigadier hat die Soldaten losgeschickt, Randi.«

Cassandra schüttelte zornig den Kopf. »Und ich bin sicher, dass der Kerl vor Sorge fast stirbt. Lieber Himmel, seid ihr wirklich alle so blind? Denton kontrolliert ihr Haus und ihre

Apanage, und er will ihr Erbe. Himmel, Adam!« Sie trat zu ihrem ältesten Bruder und sank in einer Wolke von Musselin zu seinen Füßen. Mit Tränen in den schönen Augen blickte sie zu ihm hoch. »Hast du nicht daran gedacht, dass der Brigadier einen Mörder auf sie ansetzen könnte, um alles zu bekommen?«

»Das ist doch lächerlich!«, meinte er.

»Ach ja, ist es das? Er kann nicht an ihr Geld heran, wenn sie unter seiner Fürsorge steht. Als sein Mündel konnte sie ihn nicht hinauswerfen. Sollte sie aber heiraten, bliebe er ohne Geld zurück, weil ihre Mitgift beträchtlich wäre und das Haus ihr gehören würde. Das weißt du.«

»Und warum hat sie dann nicht einfach geheiratet, um von ihm loszukommen?«

»Er hat etwas unternommen, um das zu verhindern. Leider hat sie mir nie anvertraut, was das war.« Cassandra hegte allerdings einen schlimmen Verdacht.

Adam wandte sich an seine Brüder und den Captain. »Ist er dazu fähig, Captain?«

Duncan hielt den Kopf gesenkt. »Ich bin mir da nicht sicher.«

Cassandra sprang auf. »Ihr lügt, Duncan!« Er hob ruckartig den Kopf.

»Cassandra!«, riefen ihre Brüder wie aus einem Mund, doch sie achtete nur auf den Mann, den sie bisher für ehrenhaft und stark gehalten hatte.

»Wann werdet Ihr aufhören, in Sicherheit und Anstand zu leben und zu dem würdigen Anführer des Clans werden, der Ihr seid?«

Duncan ballte die Hände zu Fäusten. »Zum Teufel mit Euch, Lady Whitfield!«, fauchte er sie an.

»Ja, und zum Teufel mit Euch, Laird Duncan McBain, weil Ihr so schwach seid und den Weg des geringsten Widerstandes und nicht den des Kampfes geht!« Sie eilte an ihm vorbei zur

Tür, wandte sich an der Schwelle noch einmal um und stellte zufrieden fest, dass er endlich seinem Hass freien Lauf ließ und ihn zeigte. »Befolgt Eure Befehle, Captain. Um Euretwillen bete ich darum, dass Michaela sichere Zuflucht findet und kein Soldat des Brigadiers sie zufällig erschießt. Sie hat wahre Freiheit kennen gelernt und wird nie zurückkehren.«

Nachdem sie den Raum verlassen hatte, stand Duncan noch sekundenlang heftig atmend da, ehe er grußlos ging.

Leelan blieb mit einem Tablett in der Hand auf der Schwelle der Kapitänskajüte stehen. »Ihr müsst etwas essen, mein Sohn.«

»Geht weg, Leelan.« Rein saß zusammengesunken da. Keine einzige Information, kein einziger Hinweis. Er befürchtete das Schlimmste. Sie war tot, und nur der Verwesungsgeruch würde ihn zu ihr führen. Er hatte seine eigenen Kundschafter in der Stadt losgeschickt und unzählige Hände geschmiert, aber gar nichts erreicht. Er hatte jede Herberge und jede Kneipe aufgesucht. Verdammt!, dachte er. Sogar in etliche zugenagelte Gebäude war er eingedrungen, weil er gehofft hatte, Michaela würde sich dort verstecken.

Sie war verschwunden.

»Eine Nachricht?«, fragte Rein überflüssigerweise.

»Das hätte ich sofort gesagt.«

»Ich weiß.« Rein stand vom Sofa auf und ging durch die Kabine. Von ihrem Platz unter dem Fenster beobachtete Rahjin ihn, den Kopf auf die dicken Pfoten gelegt.

Leelan schloss die Tür und stellte das Tablett auf den Tisch. So verkrampft und angespannt hatte er den Kapitän noch nie gesehen. Fettlampen flackerten und zischten bei seinen unruhigen Bewegungen. Wasser dampfte in einer Schüssel auf der Kommode. Leelan schenkte eine Tasse Tee mit Zimt ein.

»Warum habt Ihr es nicht getan?«

Rein kniff die Augen zu schmalen Schlitzen zusammen.

Leelan deutete auf den Dampf und die Lampen. »Ihr besitzt die Macht, Rein. Wieso benutzt Ihr sie nicht?«

»Dann würde ich sie zu meinem Nutzen einsetzen.«

»Was ist mit der Frau?«

Rein starrte zu Boden. Es war schon lange her, seit er sich an die Elemente gewandt hatte. Die meiste Zeit unterdrückte er die Energie, die ihn wie eine zweite Haut umgab.

»Eure Mutter hat Euch gelehrt, damit Ihr anderen helfen könnt – und damit Ihr Eure Gefühle kontrolliert. Was würde passieren, wenn Ihr sie freisetzt?«

»Ich weiß es nicht. Verdammt, Leelan, ich könnte uns alle umbringen.«

»Ihr könnt die Energie dieser Frau kontrollieren?«

»Nein«, wehrte Rein ab. »Sie kontrolliert die meine.«

Leelan lächelte überrascht. »An Eurer Stelle würde ich mich fragen, ob das Mädchen das Risiko nicht doch wert ist.«

Rahjin stand langsam auf und ging geschmeidig zu Rein, der sie nachdenklich streichelte. Es konnte das Schiff mit allen an Bord zerstören, wenn er die Energie freisetzte, doch es war die letzte Möglichkeit.

»Warnt die Männer«, verlangte er von Leelan, der nur nickte, und Rein trat an die Schüssel und schloss die Augen. Einmal, zweimal bewegte er die Hände über der kupfernen Wanne hin und her. Das Wasser begann zu brodeln.

Er blickte in die trübe Flüssigkeit. Beim Donner, er musste mehr Kontrolle gewinnen! Er zog sich aus, goss kaltes Wasser nach und stieg in die Wanne.

Eine Stunde später kniete Rein auf Kissen, die auf dem Boden verstreut lagen, und legte die Hände auf die Schenkel. Langsam neigte er den Kopf zurück und bewegte die Lippen in einem leisen Singsang. Im Raum wurde es wärmer und wärmer, bis ihm der Schweiß ausbrach und über seine Brust floss. Vor ihm auf dem Boden standen drei irdene Krüge mit silbernen

Rändern. An den Wänden sah man alte Runen und keltische Zeichen aus dem Heimatland seiner Mutter, Symbole für Orte der Macht. In den Krügen befanden sich Erde von der Isle of Skye, Schlehdornzweige von einem Druiden-Ritus, Tropfen frisch gefallenen Regens und der Wind der Moore.

Rahjin hatte sich unter der Bank klein zusammengerollt und schnüffelte. Gerüche mischten sich, Myrre, Ingwer, Sandelholz und Minze. Rein betete darum, zu beherrschen und erobern, zu leiten und zu wirken. Luft strich über die Papiere auf dem Schreibtisch und warf Kerzen um, die vorsichtshalber nicht angezündet worden waren. Die Laken auf dem Bett hoben sich und sanken zurück, als Rein die Kontrolle übernahm.

Die Elemente antworteten ihm, ließen seine Energie durch die Straßen der Stadt wandern, durch Passagen und Fenster und über Menschen, die nur einen warmen Lufthauch fühlten. In seinen Gedanken sah er Farben und Licht wechseln, ließ sie auf sich einstürmen. Und dann sah er Michaela – vage und verschwommen. Beinahe verlor er den Halt. Er unterdrückte seine Gefühle und schärfte seinen Blick.

Plötzlich entflammten die Zweige, das Wasser kochte über, und ein Windstoß verstreute die Erde auf dem Boden.

Rahjin fauchte und sträubte das Fell, als Rein den Kopf zurückwarf. Sein Schmerzensschrei ließ die Luft erzittern – und steckte die Wände in Brand.

Kapitel 19

Der Stock traf Michaela noch einmal auf den Rücken und schleuderte sie in das dunkle Kellerloch zurück.

»Mademoiselle«, sagte eine kultivierte Stimme, »versucht das nicht noch einmal.«

»Dann lasst mich hinaus, verdammt noch mal!«, stieß Michaela hervor und presste die Augen gegen den Schmerz zusammen. Sie wankte und sah den Mann durch ihr zerzaustes Haar hindurch zornig an.

Er klopfte mit dem Stock gegen seinen Stiefel. »Wahre Damen befleißigen sich nicht einer solchen Sprache.«

Michaela straffte sich und spuckte ihm ins Gesicht. Langsam wischte er den Speichel weg und hob die Hand erneut zum Schlag. Michaela starrte ihn nieder, und er lächelte und senkte den Arm.

»Zwingt mich nicht, *chérie*. Verletzt seid Ihr mir nicht von Nutzen.« Sein charmantes Lächeln wurde böse. »Dann brauche ich Euch auch nicht lebend.« Ein Messer glitt aus seinem Ärmel in seine Hand, und blitzartig hob er die silberne Klinge und strich ihr damit über die Wange.

Michaela wich zurück und stieß dabei gegen die Pritsche in der Ecke. Elegant in dunkles Grau gekleidet, stand ihr Peiniger nur einen Schritt von ihr entfernt.

Lächelnd steckte er das Messer weg. »Ihr könnt mir nicht entkommen.«

Zweimal war es ihr bereits gelungen, doch sie hatte es nur bis ins Erdgeschoss geschafft und jedes Mal ein halbes Dutzend wohl gezielter Hiebe erhalten.

»Versucht Ihr es noch einmal, stirbt sie.« Er richtete den

Blick auf das zerlumpte Mädchen, das in der Ecke kauerte, und das Kind drückte sich wimmernd gegen die Wand.

Michaela zweifelte nicht daran, dass er die Drohung wahr machen würde. Diana, nicht älter als dreizehn, war hager. Das kurz geschnittene gelockte Haar klebte ihr am Kopf. Seit Michaelas Ankunft hatte sie nicht gesprochen. Michaela wusste gar nicht mehr, wie lange es her war, dass sie auf der Straße aufgegriffen worden war. Dianas dünne Beine waren zerschrammt, ihr schmutziger Körper unter einem dünnen Kleidchen war mit bauen Flecken übersät.

Michaela richtete den Blick auf Jean-Pierre und nickte.

»Ausgezeichnet. Benehmt Euch, und Ihr dürft nach oben kommen.«

»Ich ertrage kaum die Vorfreude«, sagte Jean-Pierre und grinste gemein.

Michaela schluckte. Beinahe wäre ihr die Brotkruste, die sie am Morgen gegessen hatte, wieder hochgekommen.

Er drehte sich um, putzte nicht vorhandenen Staub vom Wams und klopfte mit dem Stock, während er zur Treppe ging. Das Geräusch würde sie bis an ihr Lebensende verfolgen. Sie ließ sich auf die Pritsche sinken und wirbelte Staub auf. Ungeziefer wurde aufgescheucht. Michaela sprang wieder hoch, doch es hatte wenig Sinn, die schmerzenden Beine zu belasten. Langsam ließ sie sich auf das Stroh sinken.

Diesmal sitze ich in der Klemme, dachte sie und erinnerte sich an ihre Flucht vor den Soldaten und daran, wie sie einem Gentleman in die Arme gelaufen war.

Von wegen! Einen Moment hatte sie gedacht, in Sicherheit zu sein; in der Kutsche konnte sie den Männern entkommen, die seit Tagen hinter ihr her waren. Doch während sie noch unentschlossen dastand, hatte Jean-Pierre DuMere sie in das Gefährt gestoßen und ihr ein nach Mandeln riechendes Taschentuch auf den Mund gedrückt. Danach war alles verschwommen.

Hier war sie wieder aufgewacht.

»Diana, alles in Ordnung?«, fragte Michaela.

Das Mädchen nickte, kaute auf dem Daumen und sah sich nervös im Keller um. Die Drohung, Diana zu töten, war eine neue Form der Folter. Michaela durfte sich nicht länger widersetzen. Allerdings wusste sie noch immer nicht, welche Pläne dieser Mann mit ihr hatte.

Ein dumpfer Schmerz im Kopf holte sie aus einem Reich, in dem es keinen Schmerz gab. Es duftete süßlich nach Parfüm. Sie versuchte, sich zu erinnern. Ihr Mund war trocken, und als sie sich die Augen reiben wollte, konnte sie den Arm nicht bewegen. Ihre Hände waren am Kopfende eines Bettes festgebunden.

Michaela wurde schlagartig wach und sah sich im schwachen Lichtschein um. Sie lag auf einer weichen Matratze, und als sie nach oben sah, erblickte sie rosafarbene golddurchwirkte Seidenbahnen.

Das war ganz sicher nicht mehr der Keller. Michaela drehte den Kopf. Sie befand sich im Boudoir einer Dame. Panik ergriff sie, als ihr bewusst wurde, um was für eine Dame es sich dabei handelte. Sie sah einen Paravent, zwei Schränke, eine Kommode, Sessel und ein Sofa am Kamin. Sie selbst lag auf einem breiten Bett mit samtenen Decken und Satinkissen.

Schlagartig wurde ihr klar, weshalb sie entführt worden war.

Sie wollte nicht einmal darüber nachdenken, was diese Lederriemen und ledernen Halsbänder neben dem Bett zu bedeuten hatten.

Sie versuchte, sich aufzusetzen, doch die seidenen Bande fesselten sie an den Bettpfosten. Das Bett bebte, als sie sinnlos zog und zerrte. Sie durfte nicht weiter denken, sonst hätte sie den Verstand verloren. Vorsichtig versuchte sie, höher zu rutschen, doch jede Stelle ihres Körpers schmerzte. Und sie roch noch nach dem Keller.

Die Tür flog auf. Eine Frau, in silbernen Taft gekleidet, kam herein. »Na also, höchste Zeit, dass du wach bist.«

»Wie komme ich hierher?«, krächzte Michaela.

Die junge Frau lächelte bitter. »Wie die meisten von uns. Von der Straße weggeschnappt. Ist kein schlechtes Leben. Ich schlafe auf Satin und Seide und habe genug zu essen.«

Als ob das eine Entführung gerechtfertigt hätte!

»Bindet mich sofort los!«, verlangte Michaela.

Die dunkelhaarige Frau schüttelte den Kopf. »Wenn du Forderungen stellst, Süße, gibt es Prügel. Du bist nicht in der Lage, etwas zu verlangen.« Sie stützte die Hand in die Hüfte. »Was hast du denn getan, dass Jean-Pierre so sauer war?«

»Ich habe wohl nicht nach Wunsch gehandelt.«

Die Frau sah sie warnend an. »Gehorche ihm, sonst stirbst du.« Sie trat an eine Kommode, füllte Wasser in eine Schüssel und holte ein Handtuch aus dem Schrank. »Sie bringen heißes Wasser für dich herauf.«

Michaela stöhnte beinahe auf. Endlich konnte sie sich waschen. Am ganzen Körper verspürte sie ein Kribbeln und wagte nicht einmal, sich vorzustellen, woher es stammte.

»Ich bin Guinevere. Er ändert unsere Namen. Du brauchst mir also den deinen gar nicht zu sagen.« Sie trat ans Bett. »Die meisten nennen mich Gwen.« Es klopfte, doch sie achtete nicht darauf, sondern griff nach den Fesseln und löste sie. Michaela setzte sich ruckartig auf, und Gwen wich hastig zurück.

»Ich tue dir nichts«, versicherte Michaela und bewegte die Arme, als sie frei war.

»Das sagen alle.« Gwen deutete zur Tür. »Komm mit.«

Michaela rührte sich nicht von der Stelle. »Wohin?«

»Baden. Du bist hübsch, aber du stinkst.«

Lächelnd kratzte sich Michaela am Arm. »Was plant er für mich?«

Gwen sah sie mitfühlend an. »Ein Bad und ein Essen. Mehr weiß ich nicht.«

Michaela wollte keinesfalls auf baden und essen verzichten. Sie brauchte Kraft, um sich zu wehren. Darum folgte sie Gwen aus dem Zimmer, obwohl ihr schwindelig wurde und sie sich am Türrahmen abstützen musste.

»Komm, Mädchen, es gibt Brötchen und Marmelade und Tee.« Gwen zog sie am Arm weiter.

An jedem Ende des langen Korridors stand ein bewaffneter Mann. Alle Türen waren geschlossen. Die Wächter versperrten die Fluchtwege. Unter den Mänteln sichtbar trugen sie Pistolen. Also musste sie auf eine günstige Gelegenheit warten, doch ohne Diana konnte sie nicht fliehen. Sie konnte sich nicht vorstellen, wie ein Mann sich an einem so jungen Wesen vergreifen konnte.

Hinter einer Tür knarrte ein Bett. Michaela stolperte. Eine Frau schrie auf, ein Mann stöhnte.

Sie schluckte und ging hastig weiter. Man wollte sie zur Hure machen.

Onkel Atwell hätte sich sicher darüber gefreut.

Michaela hörte Stimmen hinter dem Vorhang und stockte. Sie konnte das nicht machen. Ausgeschlossen. Es war unvorstellbar, wie ein Pferd verkauft zu werden. Die anderen Frauen hielten es für eine Ehre, dass sie versteigert wurde, und meinten, sie würde vielleicht die Geliebte eines wohlhabenden Adeligen oder die Kurtisane eines Prinzen. Michaela konnte jedoch nur daran denken, dass es für sie kein Entkommen gab. Zweimal war sie seit dem Bad geschlagen worden. Die Rückseiten ihrer Beine brannten jetzt noch von Madame Gouliers Weidenrute. Wurde sie noch öfter geschlagen, konnte sie nicht mehr sitzen und schon gar nicht auf dem Rücken liegen.

»Soll ich dich eigenhändig mit mir ziehen?«, flüsterte Jean-Pierre ihr zu.

»Ist es Euch nicht vertraut, Monsieur, Frauen zu etwas zu zwingen?«, schleuderte sie ihm entgegen.

»Hüte deine Zunge, *chérie*.« Er deutete zu einer Nische.

»Diana!«, stieß Michaela hervor. Das Kind stand zwischen zwei kräftigen Männern, die es an den Händen festhielten. Michaela sah die Angst der Kleinen und gehorchte. Jean-Pierre konnte das Mädchen trotzdem töten, doch Michaela durfte kein Risiko eingehen. Sie raffte die Röcke und stieg auf das Podest.

Sie verschränkte die Hände ineinander und straffte die Schultern. Dadurch wurden die Brüste gegen den anstößig tiefen Rand des Ausschnitts des schwarzen Samtkleides gepresst.

»Sehr hübsch«, sagte er, zog den Saum zurecht und umrundete sie bewundernd, als wäre sie seine Schöpfung. In gewisser Weise war sie das wohl auch. Sie sah absolut nicht mehr wie sie selbst aus. Ihr Haar war so frisiert, dass die Aufmerksamkeit auf ihre nackten Schultern gelenkt wurde. Ihr Gesicht war geschminkt und gepudert, und ihr Körper war in das Kleid gezwängt worden.

Wie sehnte sie sich doch jetzt nach dem schlichten alten Kleid, das sie vor Tagen verbrannt hatte. »Lächle!«

»Fahrt in die Hölle«, sagte sie mit zusammengebissenen Zähnen.

Er lachte und warf einen Blick zu Diana. Er spielte mit ihrer Angst und wurde davon erregt.

»Dafür lasse ich euch bezahlen, Sir.«

Er lachte leise und betrat neben ihr das Podest. »*Mais non*. Ihr und Euer hübscher Körper, *ma petite*, werden mich bezahlen.« Er legte eine Hand auf ihre Brüste, seine Finger schoben sich unter den Stoff.

Michaela biss die Zähne zusammen. Bitterer Geschmack breitete sich in ihrem Mund aus.

Amüsiert verließ er das Podest wieder.

Hinter dem Vorhang kündigte eine Frauenstimme ihr Erscheinen an. Ihr Narren, dachte Michaela. Ich töte euch lieber bei der ersten Gelegenheit, als dass ich mich von einem Mann anfassen lasse.

Der Vorhang wurde zurückgezogen. Männer machten anerkennende Bemerkungen, doch Michaela sah ihre Gesichter nicht, sondern starrte auf die gegenüberliegende Wand.

Madame Goulier, schlank, hoch gewachsen, das schwarze Haar auf dem Kopf aufgetürmt, so wenig Französin, wie Michaela Irin war, kam näher und wandte sich an die Männer. Michaela kämpfte gegen den Wunsch an, ihr in den Rücken zu treten und zur Tür zu laufen.

»Habe ich nicht eine wilde irische Schönheit versprochen, Gentlemen? Ist sie nicht reizend?« Verschiedene Stimmen mit fremdartigen Akzenten antworteten. Michaela hatte erfahren, dass in diesem Haus vorwiegend Fremde verkehrten. »Die Versteigerung beginnt bei hundert Pfund.«

Einhundert! Sollte Michaela sich geschmeichelt fühlen?

Zu ihrem Entsetzen stieg das Gebot, und die Männer machten anzügliche Bemerkungen über ihren Körper und was allein ihre Brüste wert seien. Sie hielt sich steif, als Madame ihre Röcke anhob, damit die Käufer die Beine sehen konnten, und ballte die Hände, um ihr nicht die Augen auszukratzen. Madame blickte hoch, lächelte und wandte sich wieder den Männern zu.

Zweihundert Pfund, zweihundertfünfzig, dreihundert, vierhundert. Ein Vermögen. Dann herrschte Schweigen, und Madame sagte: »Ah, fünfhundert Pfund für diese irische Schönheit, Gentlemen. Zum Ersten, zum Zweiten, zum Dritten ...«

Michaela wartete atemlos auf das Wort *verkauft*.

»Ihr könnt nicht verkaufen, was Euch nicht gehört, Madame«, sagte eine tiefe Stimme.

Michaela verkrampfte die Finger im Kleid. Dem Himmel sei

Dank! Sie wagte nicht hinzusehen, betete darum, dass es die Polizei war, und hoffte, sie wäre es nicht. Die Schande, dass jemand sie so sah, war fast unerträglich. Die Männer protestierten, und Michaela hielt Ausschau nach dem Eindringling. Ganz hinten am Vorhang zum Foyer stand jemand.

Zwei Männer traten ein, Mauren in langen wehenden Gewändern und mit weißen *kaffiyehs* auf den Köpfen. Sollte sie in einen Harem geschafft werden?

Dann schob ein dritter Mann den Vorhang beiseite, sah sich verächtlich um und kam mit langen Schritten, die an die einer Raubkatze erinnerten, näher. Ein weißes Gewand umspielte seine Beine in schwarzen Stiefeln und einer ledernen Hose. Michaelas Blick wanderte höher zu den Pistolen und einem riesigen, mit Juwelen besetzten Säbel in einer Scheide und weiter zu dem schlichten schwarzen Hemd. Ein schwarzes Tuch wurde auf dem Kopf von Goldkordeln festgehalten und verhüllte den unteren Teil des Gesichts.

Und dann blickte sie in vertraute hellblaue Augen.

Ihr stockte der Atem.

Lieber Himmel, wieso ausgerechnet er? Ihr Gesicht wurde rot vor Scham.

Sie konnte ihn nicht länger ansehen und senkte den Blick zu Boden.

»Diese Versteigerung findet nur für geladene Gäste statt, Monsieur«, sagte Madame und gab den Helfern ein Zeichen, damit sie eingriffen.

»Jetzt nicht mehr.«

Madame runzelte die Stirn. »Wer seid Ihr, und wieso dringt Ihr hier ein?«

»Ich bin Scheich Kaseem Ibn Abduli, Sohn des Rahman.« Er zog das Tuch vom Gesicht. »Ihr versteigert eine meiner Frauen.«

Michaela stockte bei dieser unglaublichen Behauptung der Atem.

Rein wandte sich an die anwesenden Männer. »Wollt Ihr nehmen, was bereits mir gehört?«

»Sie sagte kein Wort davon.« Madame warf Michaela einen harten Blick zu.

»Weil ich nicht …«

Rein brachte sie mit einem warnenden Blick zum Schweigen.

Michaela presste die Lippen aufeinander und wartete ab.

»Sie möchte die erste *kadine* sein, aber …« Er seufzte. »Sie hat nicht begriffen, wo ihr Platz ist, wie Ihr seht.«

Madame stimmte ihm zu und überlegte, ob sie von dem Scheich vielleicht noch mehr Geld bekommen konnte. »Ich habe bereits viel für sie ausgegeben.«

»Ich auch.«

»Ich erwartete einen Gewinn.«

»Ihr werdet für Eure Mühe entschädigt«, lenkte Rein ein.

»Ihr Preis ist fünfhundert Pfund.«

Er betrachtete Michaela, als wäre sie eine Kuh auf dem Mark. Am liebsten hätte sie nach ihm getreten. Jean-Pierre flüsterte Madame etwas zu.

»Sie steht nicht mehr zum Verkauf«, sagte die Frau.

Rein verschränkte die Arme. »Ich bekomme, was mir gehört.«

»Wirklich?« Madame winkte, und etliche Männer traten hinter dem Vorhang hervor. Doch als sie näher kamen, wurden zahlreiche Pistolen gespannt. Das Klicken der Hämmer durchbrach die Stille. Madame sah sich hastig um, als vermummte Männer durch Fenster und Türen eindrangen und die Waffen auf sie richteten. Die Käufer wollten aufspringen und fliehen, doch die Männer drückten sie auf ihre Sitze zurück.

Madame wandte sich nervös an den Scheich.

»Ich werde dieses Haus vernichten, seid dessen versichert, Frau. Ich mache die Öffentlichkeit auf euer heimliches Treiben aufmerksam.«

Sie riss ängstlich die Augen auf. Die Identität ihrer Kunden war ein Geheimnis. Sollte es gelüftet werden, würde sie alles verlieren. Rein zählte darauf, löste einen Beutel vom Gürtel und warf ihn ihr zu. Sie fing ihn auf und betrachtete das Vermögen an wertvollen Steinen, das in ihre Handfläche glitt. Rein schnippte mit den Fingern, und der Größte seiner Begleiter drängte sich durch die Menge zu ihm.

Rein ließ sich nichts anmerken, als er Michaela ansah und den Schmerz in ihren Augen erkannte. Sie war noch schöner als je zuvor. »Komm!«, sagte er schroff und streckte ihr die Hand entgegen.

Sie zögerte. »Ich kann nicht«, erwiderte sie und blickte zu Diana.

Sein Gesicht verdüsterte sich. »Unverschämte Frau.« Er griff nach ihrer Hand, schob einen Arm unter ihre Beine und warf sie sich über die Schulter. Sie schrie auf, doch Rein musste das Spiel zu Ende führen. Während er zur Tür ging, zogen seine Männer sich langsam zurück. Cabai deckte seinen Rücken.

»Lasst mich herunter.«

»Schweig, Frau«, zischte er und näherte sich im Freien rasch einer wartenden Kutsche. Er hielt Michaela jetzt auf den Armen und sah nicht die Spuren ihrer Gefangenschaft, sonst hätte er das Haus in Schutt und Asche gelegt. Cabai öffnete die Tür, und Rein ließ Michaela behutsam auf die Sitzbank gleiten.

Michaela konnte trotzdem ein Stöhnen nicht unterdrücken. Rein legte ihr mitfühlend den Umhang um die Schultern.

»Ich kann nicht weg«, stieß sie schmerzgepeinigt hervor.

Er klopfte gegen das Dach, und die Kutsche setzte sich in Bewegung. »Wollt Ihr als Hure verkauft werden?«

»Natürlich nicht, aber er wird sie jetzt umbringen. Diana ist noch ein Kind.«

Rein warf einen Blick zum Haus zurück. »Diana? Hager, blonde Löckchen?«

»Ja.«

Rein lehnte sich zurück. »Michaela, sie ist im Haus, um durch sie Frauen gefügig machen zu können. Diana ist eine Komplizin von Madame.«

Michaela starrte betroffen aus dem Fenster.

Rein zog sie zurück und schloss den Vorhang.

»Soll die ganze Welt sehen, wie Ihr dieses Haus verlasst?«

Sie schüttelte seine Hand ab, obwohl ihre Schulter schmerzte. Hätte sie doch bloß einen Monat lang schlafen können. »Mein Ruf ist ohnehin schon ruiniert«, sagte sie atemlos. »Ich werde seit Tagen vermisst.«

»Seit fast zwei Wochen«, sagte er leise. Es waren zwölf entsetzliche Tage gewesen.

Sie warf ihm einen harten Blick zu. »Warum unternimmt niemand etwas gegen dieses Haus?«

Er zog die *kaffiyeh* vom Kopf und warf sie auf den Sitz. »Weil die besten Kunden genau diejenigen sind, die es eigentlich schließen sollten.«

»Ihr wisst das aus Erfahrung?«

Der weiße Sklavenmarkt war ein lukratives und auch weit verbreitetes Geschäft, doch dass sie ihm zutraute, eine Frau zu kaufen, ärgerte ihn. »Wieso interessiert Euch das?«

»Es interessiert mich nicht«, log sie. »Bringt mich bitte nach Hause.«

»Ihr könnt nicht nach Hause, Michaela, oder habt Ihr vergessen, dass Euch jemand töten will?«

»Nein, ich …« Sie stockte. »Woher wisst Ihr das? Und woher wusstet Ihr, wo ich war? Wieso habt Ihr dieses …« Sie deutete auf seinen Umhang. »… dieses Schauspiel …«

»Die Befreiung? Die Rettung?«

»Ich musste nicht gerettet werden.«

»Aber nein, natürlich nicht«, spottete er. »Wäre es Euch lieber gewesen, die Leute hätten erfahren, wer Euch mitnahm?«

»Nein. Es ist schlimm genug, als Schlampe gebrandmarkt zu sein.«

Sein Gesicht verschloss sich. In der Vision hatte er gesehen, wo sie versteckt war. Danach hatte es noch einen Tag gedauert, um das finstere Verlies diesem eleganten Haus zuzuordnen. Er verdankte Mr Gilbert die Information. Jetzt war Michaela bei ihm, und er ließ sie nicht mehr fort, mochte sie von ihm denken, was sie wollte.

»Nickolas hat mich gebeten, Euch zu finden.«

»Wer?«

Rein bewunderte ihre Stärke. Sie musste am ganzen Körper schreckliche Schmerzen leiden. »Ryder. Ein hoch gewachsener, grauhaariger Mann aus Carolina, ungefähr sechzig.«

Sie runzelte nachdenklich die Stirn. »Ich glaube nicht, dass ich ihn kenne.«

Sie ist gut, dachte er. »Ich weiß, dass Ihr der Schutzengel seid.«

»Soll das ein Scherz sein?«, fragte sie spöttisch. »Ich? Eine amerikanische Spionin? Ihr habt eindeutig den Verstand verloren, Scheich Abduli.« Michaela lachte. »Haltet die Kutsche an.« Sie durfte niemanden mehr in Gefahr bringen und musste Nickolas beruhigen. »Ich möchte aussteigen.«

»Nein.« Er verschränkte die Arme und streckte die Beine aus, obwohl er Michaela am liebsten an sich gezogen hätte.

»Ihr habt kein Recht, mich festzuhalten.«

Dieses undankbare Mädchen! »Ich habe soeben ein kleines Vermögen für Eure Freiheit verloren, Michaela. Was meint ihr, soll ich jetzt machen?«

»Ich werde es Euch zurückzahlen.«

»Und wenn ich sofort eine Entschädigung verlange?«

Sie hatte kein Geld und saß in der Falle. »Was habt Ihr mit mir vor? Wollt Ihr mich zu Eurer Sklavin, Eurer Hure machen?«

Ein Muskel zuckte an seiner Wange, und Michaela wurde von seinem Blick gefangen gehalten.

»Nein, meine kleine *rasha*.« Er beugte sich zu ihr. »Zu meiner Ehefrau.«

Kapitel 20

Nur eine Sekunde lang erlaubte Michaela sich, an Heirat, Familie und ein Zuhause zu glauben und darauf zu hoffen. Doch im nächsten Moment wusste sie, dass das völlig unmöglich war. Ihr Misstrauen gegenüber Rein war nicht verschwunden, sondern wuchs sogar noch.

»Nein«, sagte sie leise. »Nein.« Er war mit ihrem Onkel verbündet und hatte seine Frau und vielleicht auch seine Geliebte getötet. Allerdings hatte er sie gerettet ...

Die Zurückweisung schmerzte Rein. Damit hätte er jedoch rechnen müssen. »Hört gut zu, Michaela. Leugnet, so viel Ihr wollt. Eure verdammte Rebellion ist mir gleichgültig. Ich habe Nickolas allerdings geschworen, Euch um jeden Preis zu beschützen. Und wenn eine Heirat die beste Möglichkeit ist, werde ich sie ergreifen.«

»Aber ich kenne keinen Ryder.«

»Genug!«, rief er, als die Kutsche langsamer wurde. Er schlug den Vorhang zurück. »Setzt die Kapuze auf, beeilt Euch, und haltet den Kopf gesenkt.«

Die Tür wurde geöffnet, und Michaela erkannte einen von Reins Matrosen. Sie wollte Rein schon sagen, dass sie allein nach Hause fand, doch er ließ sie nicht zu Wort kommen.

»Nein, keine Erklärungen und kein Widerspruch«, sagte er ungeduldig. »Bewahrt Eure Geheimnisse, aber ich habe viel aufs Spiel gesetzt – meine Männer, mein Geschäft, meine Beziehungen in diesem Land und sogar meine Schiffe, um Euch zu befreien. Ich bin der ›Händler‹.« In ihren Augen blitzte es auf. »Es interessiert mich nicht, ob Ihr eine Verräterin seid oder nicht, aber ich werde nicht das Wort brechen, das ich Nickolas gegeben habe, auch nicht wegen Eurer Sturheit.«

»Ich vertraue Euch nicht«, sagte sie, als sie seine Hand ergriff.

»Das ist auch nicht nötig. Tut bloß, was ich sage, und Ihr seid in Sicherheit.«

»Ihr seid gar nicht von Euch überzeugt, nicht wahr?«, murmelte sie und stieg aus. Eine andere Kutsche stand gefährlich nahe. Aus der offenen Tür stieg eine Frau in einem Umhang. Eine rothaarige Frau von ihrer Statur. Michaela empfand Eifersucht, zu der sie kein Recht hatte, als die Frau Rein auf die Wange küsste und dann in ihre Kutsche stieg.

Rein schob Michaela in das andere Gefährt, und beide Kutschen fuhren an, die eine nach Osten zum Pier, die andere nach Westen.

»Ein Ablenkungsmanöver«, sagte Michaela.

Er blickte aus dem Fenster. Zwei wie Beduinen gekleidete Reiter folgten der anderen Kutsche. »Ja.«

Sie lehnte sich zurück. Rein stand auf, hob das Sitzkissen hoch und holte aus dem Versteck einen Mantel, einen Dreispitz und ein Wams, legte den Säbel in die Vertiefung und verschloss sie.

»Wohin fahren wir?«, fragte sie, nachdem er sich angezogen hatte.

Rein schwieg. Sie würde es früh genug erfahren, und er wollte nicht, dass sie aus der fahrenden Kutsche sprang.

Na schön, dachte sie. »Ihr seid gut im Rauben von Frauen, Rein.«

»Fügt ihr jetzt die Entführung unschuldiger Mädchen in der Dunkelheit der Nacht zu meinen unzähligen Fehlern hinzu?«, neckte er sie.

»Gehört Mord dazu?«, fragte sie und bereute die Worte auf der Stelle.

Er warf ihr einen so wilden Blick zu, dass Michaela den Atem anhielt. In seinen Augen sah sie puren Schmerz.

»Ich könnte Euch das Gleiche fragen, kleine Mörderin.«

»Ich habe Euch nicht getötet.«

Rein schwieg, und die Anschuldigung stand zwischen ihnen.

»Leugnet Ihr?«

Er stieß den Atem aus. »Würdet Ihr mir denn vertrauen?«

Sie zögerte. »Ja.«

Er lehnte sich mit einem verächtlichen Lachen zurück. »Euer Leben bestand in den letzten drei Jahren nur aus Geheimnissen und Misstrauen, Michaela. Ihr könnt gar nicht vertrauen.«

Woher wusste er das alles? Nickolas hatte es ihm bestimmt nicht erzählt. Sie starrte auf ihre Hände, während die Kutsche die besseren Stadtviertel erreichte. Weshalb sollte Nickolas einem solchen Mann vertrauen? Welche Beziehung bestand zwischen den beiden? Rein mochte sogar der Doppelagent sein, doch er hatte den Decknamen genannt. Eine solche Information gab Nickolas nicht leichtfertig weiter. Eine Frage quälte sie allerdings.

»Warum wollt Ihr mich heiraten? Was soll das bringen?«

»Den Namen meiner Familie und meinen Ruf, den Ihr so sehr fürchtet«, erwiderte er schneidend. »Beides wird Euch jetzt beschützen, sollte Euch jemand entdecken.«

»Aber Ihr wollt dafür sorgen, dass es nicht dazu kommt?«

»Nicht, bevor Nickolas den Abtrünnigen entlarvt hat.«

»Und dann?«

Er zuckte mit den Schultern. »Dann habt Ihr die Wahl.«

Also bot er ihr die Ehe als Schutz und aus Pflichtgefühl an, weil er Nickolas einen Eid geschworen hatte, aus keinem anderen Grund. Sie gestand sich ein, dass sie in Gefahr war, bis Nickolas den Verschwörer entlarvte. Trotzdem hatte sie gehofft, Rein hätte auch noch andere Gründe für eine Heirat. Doch was sollte er schon von einer ungeschickten Frau wollen, die über ihre eigenen Füße stolperte? Oder von einer entehrten Frau, von der er sich abgewandt hätte, wenn er die Wahrheit erfahren hätte?

»Ich muss Nickolas sehen.« Sie musste ihn über die Goldladung und die Pläne ihres Onkels und seiner Komplizen informieren.

»Ihr gebt also zu, ihn zu kennen?«

Sie schwieg. Jetzt konnte sie nicht mehr leugnen.

»Ausgeschlossen.«

»Es muss sein!«

»Stellt keine Forderungen, Michaela«, warnte er kalt.

»Ich kann notfalls ein unerträglicher Bastard sein.«

»Ach ja, wer hätte das gedacht?«, fragte sie spöttisch.

»Wie lange werde ich bei Euch bleiben?«

Er zuckte die Schultern.

»Ich werde Euch nicht heiraten.«

Er sah sie nur stumm an.

»Ihr könnt mich nicht dazu zwingen.«

Er schwieg noch immer.

»Ich will nicht den Namen eines Mannes nur als Schutz.« Ich will ihn aus Liebe, dachte sie.

»Dann wollt Ihr Euch also wieder auf Londons Straßen wagen, obwohl jemand nur darauf wartet, Euch eine Kugel in den Kopf zu jagen?«

»Nein.«

»Wollt Ihr vielleicht in den Schoß Eurer liebenden Familie zurückkehren?«

Michaela verzog das Gesicht und fühlte sich in die Ecke getrieben. »Nein.«

»Sieht so aus, als hättet ihr keine Wahl.«

»Eine Heirat kommt jedenfalls nicht infrage.«

Die Kutsche rumpelte durch eine Bodenrille und schwankte. Michaela wurde gegen die Wand geschleudert und schrie auf. Rein stützte sie, als die Stäbe des Korsetts über ihre Haut kratzten, und schob die Hand in ihren Mantel.

»Was macht Ihr?« Sie wollte ihn von sich stoßen, als er über ihr Kleid tastete. »Au! Hört auf, ich bitte Euch!«

»Pst«, flüsterte er und zog an den Verschnürungen.

Endlich gab das Kleidungsstück nach, und Michaela stöhnte vor Erleichterung. »Danke. Woher wusstet Ihr Bescheid?«

Seine Stimme klang rau. »Sagte ich Euch nicht, ich würde da sein, wenn Ihr mich braucht?«

Das stimmte. »Aber wie habt Ihr das angestellt?«

»Wenn Ihr mir eines Tages vertraut, Michaela Denton, und wenn Ihr meinen Worten glaubt, werde ich Euch alles erzählen.«

Sie blickte forschend in sein gut geschnittenes Gesicht und merkte erst jetzt, wie erschöpft er aussah. »Ihr seid ein seltsamer Mann, Rein Montegomery.«

»Das hat man mir schon gesagt.« Er sah ihr in die Augen, fing ihren Duft auf, lauschte auf ihren Atem und sehnte sich danach, sie zu küssen. Sein Blick wanderte zu ihren üppigen Lippen und zurück zu ihren Augen. Als sie ihn betroffen ansah, rutschte er auf seinen Sitz zurück.

Sie schniefte und nahm das Taschentuch entgegen, das er ihr reichte. »Nur wenige Junggesellen würden so leicht ihre Freiheit aufgeben.«

Es spielte keine Rolle, ob er Junggeselle blieb oder nicht. Wenn er sie heiratete, geschah das nur zu ihrer Sicherheit. Vorher aber musste sie die Folgen einer solchen Verbindung kennen. Es würde ihm schwer fallen, ihr seine Vergangenheit zu enthüllen, und er bildete sich nicht ein, sie würde ihm eine echte Ehefrau sein. Doch zum ersten Mal würde ihm sein Ruf helfen. Niemand forderte ihn heraus. Die Engländer wollten seinen Tee und wünschten vor allem, dass er den Amerikanern nichts lieferte.

Die Kutsche wurde langsamer. Rein griff nach der Pistole, die neben ihm auf dem Sitz lag.

»Was ist?«, fragte Michaela ängstlich.

»Wir sind in Sicherheit.« Die Kutsche hielt, die Tür wurde geöffnet. »Rasch, bevor es zu regnen beginnt.« Er stieg aus. Michaela folgte ihm und betrachtete das riesige dunkle Haus. Nur im Eingang brannte ein Licht. Rein führte sie eilig nach drinnen.

Michaela schob die Kapuze zurück, während hinter ihr drei Männer hereinkamen. Rein stellte sie vor.

»Mr Bushmara.« Er verbeugte sich lächelnd.

»Mr Popewell.« Der dunkelhaarige junge Mann nahm lächelnd die *kaffiyeh* ab.

»Und Cabai.«

Michaela blickte hoch, lächelte, als er sich tief verbeugte, und machte einen Knicks. »Es ist mir eine Freude, Gentlemen.«

Rein schloss die Tür und verriegelte sie.

Er sah ihr an, dass sie sich wieder als Gefangene fühlte. Die Hände hielt sie unter dem Mantel verborgen, während er seinen Leuten Anweisungen erteilte, sie dann wegschickte und Cabai Mantel und Dreispitz überreichte. Rein deutete zur Treppe, und Michaela ging ihm voraus, weil ihr nichts anderes übrig blieb. Er stieg hinter ihr die Stufen hinauf und beobachtete das verführerische Schwingen ihrer Hüften. Dennoch ahnte er ihre Sorge, die er ihr irgendwie nehmen wollte. Ihr Misstrauen störte ihn mehr, als es eigentlich sollte. Er deutete in den linken Korridor, öffnete eine Tür und überlegte, wie er Michaela die Angst nehmen konnte. Sie sollte Stolz und Würde nicht verlieren. Ihm war das zu oft passiert, und daher wusste er genau, worum es ging.

Michaela betrat den Raum. »Sehr hübsch.« Ein flackerndes Feuer tauchte die Wände und die hellgrünen Vorhänge und Bezüge in warmes Licht.

»Ein Bad ist für Euch vorbereitet.« Er zeigte ihr einen Raum auf der rechten Seite, in dem ebenfalls ein Feuer brannte. »Bestimmt seid Ihr müde. Ich lasse Euch Essen heraufschicken.« Rein öffnete einen Schrank, begutachtete die darin hängenden Frauenkleider und fing einen fragenden Blick von Michaela auf. »Nein, sie haben nicht ihr gehört.« Dass sie ihn für so herzlos hielt, ihr die Kleider einer Toten zu geben, ärgerte ihn. »Was ihr gehörte, wurde verbrannt.«

Michaela versuchte, seinen Gesichtsausdruck zu deuten, während er ihr den Klingelzug zeigte. Sie nickte, trat zu dem weichen Sofa am Kamin und wärmte sich. Als sie den Mantel ablegte, enthüllte das geöffnete schwarze Kleid einen großen Teil ihres Busens. Rein sehnte sich danach, ihr das Kleidungsstück von den Schultern zu ziehen und ihre Haut zu küssen. Ihr Anblick stellte seine Willenskraft auf eine harte Probe.

»Ich fürchte, dass ich Euch kein Mädchen bieten kann«, sagte er. »Es wäre zu gefährlich, noch jemanden ins Vertrauen zu ziehen.«

»Ich bin auch bisher ohne eines ausgekommen. Wissen Eure Männer Bescheid?«

»Sie wissen nur, dass wir Euch beschützen müssen, Michaela, mehr nicht. Und dabei wird es auch bleiben.«

Sie nickte. Ihr war klar, welch eine Bürde sie für ihn darstellte und wie viel er für sie wagte. Dafür sollte sie ihn zumindest höflich behandeln.

»Cabai könnte Euch beim Bad zur Hand gehen.«

»Das ist nicht Euer Ernst«, entgegnete sie betroffen.

»Er ist ein Eunuch, Michaela«, erklärte er lächelnd.

»Das ist mir egal«, wehrte sie ab. »Kein Mann braucht mir bei einem einfachen Bad zu helfen.«

»Gut. Dann kümmere ich mich um Euch, falls Ihr Unterstützung braucht.«

»Das kommt nicht infrage! Es schickt sich nicht.«

»Legt Eure Scheu ab, Michaela. Wir werden für einige Zeit im selben Haus leben. Wie sehr schickt sich denn das?« Er trat an die Tür des Baderaums. »Meine Räume liegen hier.« Er durchquerte den Raum und fühlte, dass sie ihm folgte, als er seine Tür öffnete. Nach dieser Frau sehnte er sich wie nach keiner anderen. Während sie sein Bett betrachtete, dachte er daran, sie zu sich auf dieses Lager zu ziehen und alle ihre Geheimnisse zu erforschen.

Er begehrte diese Frau ohne Angst und Reue, doch er würde sie nie bekommen. Dafür war sein Ruf zu schlecht, und Gerüchte hatten Michaelas Urteil über ihn bereits gefärbt.

Er betrat das Zimmer und ging an einen hohen Eichenschrank, öffnete die Türen, holte eine polierte hölzerne Kassette heraus und reichte sie Michaela.

»Ihr seid hier sicher«, sagte er leise. »Niemand weiß, dass mir dieses Haus gehört, und es liegt weit genug von der Stadt entfernt. Innerhalb dieser Mauern könnt Ihr tun, was immer Euch beliebt, und wenn Ihr etwas wollt, verlangt es. Das Grundstück ist von Mauern umgeben und wird von zwölf Männern bewacht.«

Lauter Männer, dachte sie. »Ich bin eine Gefangene.«

»Wenn Ihr es so sehen wollt. Ihr fürchtet mich, was mir nicht gefällt. Das hier ...« Er hob den Deckel an und zeigte ihr zwei Pistolen und zwei Messer. »Das hier sollte Euch ein Gefühl der Sicherheit geben. Setzt diese Waffen gegen mich ein, wenn es Euch nötig erscheint«, fügte er mit einem angedeuteten Lächeln hinzu.

Michaela betrachtete die Pistolen und die in die Griffe eingeritzten Initialen. »Mithilfe dieser Waffen könnte ich fliehen.« Sie schloss den Deckel.

»Ja.«

»Trotzdem vertraut Ihr mir?«

»Sobald Ihr Euch die Zeit nehmt, über die möglichen Folgen nachzudenken, werdet Ihr mir Recht geben.«

»Ich hasse es, dass Ihr stets so selbstsicher seid, Rein Montegomery«, erklärte sie. »Wisst Ihr das?«

»Ich weiß es.« Obwohl er lächelte, verdüsterten sich seine Augen, während sein Blick über ihr Haar, ihr sorgfältig geschminktes Gesicht, ihre nackten Schultern und den Busen glitt. Beim Gott des Donners, sie war schön. Selbst als Verführerin gekleidet, erkannte er ihre Reinheit, sehnte sich danach und wollte in einem Kuss das Feuer fühlen, das er bereits früher freigesetzt hatte.

»Wäre ich mir in allem so sicher, meine *rasha*«, sagte er kopfschüttelnd, »würde ich die Versuchung nicht in mein Haus einladen.« Er hob die Hand an ihre Wange, ohne sie zu berühren.

Michaela sah ihn unverwandt an, drückte die Schatulle an sich und hätte sich gern sicher und geliebt gefühlt. Sie wollte annehmen, was er ihr mit seinem Blick anbot, und sie verfluchte die Männer, die ihre Träume zerstört hatten. »Ladet sie nicht ein, Rein. Ihr würdet nicht mögen, was ihr findet.«

Er zog seufzend die Hand zurück und schloss die Tür zu seinen Räumen.

Michaela stieß den Atem aus. Sie war völlig erschöpft. Dieser starke Mann beherrschte alle Empfindungen, die ihren Körper erfüllten, und sie sehnte sich fast unerträglich nach ihm. Voll Bedauern stellte sie die Schatulle weg, zog sich das Kleid aus und stieg in die Wanne.

Während sie sich ins Wasser sinken ließ, fragte sie sich, ob sie nicht eher zur Dirne als zur Spionin taugte.

Rein hörte sie stöhnen, als das Wasser plätscherte, und lehnte sich an die Wand. Ich bin verrückt, dass ich mich darauf eingelassen habe, dachte er und löste sich wieder von der Wand. Wenn er Michaela noch einmal stöhnen hörte, würde er zu ihr vordringen und ihre Schmerzen lindern. Er verließ seine Gemächer und ging nach unten, um für sie Essen zubereiten zu lassen. Vielleicht bekam er so sein Verlangen in den Griff. Am Fuß der Treppe blieb er stehen, blickte nach oben und stellte sich ihren Körper vor, nackt, nass und schaumbedeckt. Wie gern hätte er diesen Schaum von ihrer Haut geleckt und …

Er biss die Zähne zusammen und ging in die Küche.

Er hatte keine Zeit für solche Fantasien.

Er musste einen Mörder entlarven, einen Vater finden und ein Gerücht in die Welt setzen.

Argyle Campbell saß im Schutz der Dunkelheit auf seinem Pferd. Schon seit einer Stunde beobachtete er durch die Gittertore des Hauses die Gestalten, die sich hinter den Vorhängen bewegten. Im ersten Stock brannte Licht. Er wusste, dass Michaela da drinnen war, obwohl er sie nicht genau gesehen hatte, als sie das Haus mit Montegomery betreten hatte. Er hatte jedoch ihren Gang erkannt. Sie war freiwillig hier. Das hatte er daran gemerkt, dass sie den Wächtern zugelächelt hatte. Trotzdem ärgerte er sich, weil sie wieder weggelaufen war und sich in Gefahr gebracht hatte. Ihr Ruf wurde außerdem noch stärker beschädigt, wenn jemand erfuhr, dass sie hier war. Ihr Onkel hatte sich schon bei allen Leuten über ihr Verhalten beschwert, als könnte man von Richards Tochter nichts anderes erwarten, als wie ein ängstliches Kaninchen fortzulaufen. Oder zusammen mit einem Nichtsnutz, wie der Brigadier seit Neuestem behauptete.

Die Bezeichnung passte nicht auf Rein Montegomery. Argyle wusste nur, dass Michaela lebte und Montegomery sie sicher versteckte. Sie befand sich in einer Festung, und darüber war er so erleichtert, dass seine Augen feucht wurden. Wenigstens konnte er Agnes beruhigen. Sonst würde er niemandem von seiner Entdeckung erzählen. Allerdings wollte er Montegomery weiterhin im Auge behalten.

Argyle hatte allerdings in jener regnerischen Nacht gesehen, wie Montegomery sie küsste. Und Michaela war Rein bereitwillig entgegengekommen. Zwischen den beiden braute sich etwas zusammen. Davon war Argyle überzeugt. Wenn er klug war, kam er Montegomery nicht in die Quere.

Michaela brauchte diesen Mann, weil sie sich an niemanden mehr wenden konnte, der solche Macht besaß.

Kapitel 21

Rein stand neben dem Bett und blickte auf Michaela hinunter. Sie lag, in Decken gehüllt, auf der Seite. In ihrem Gesicht zeichnete sich Schmerz ab, und er sah vor seinem geistigen Auge, wie DuMere sie schlug und Madame ihre Schenkel peitschte. Das Bild hatte ihn bis zu dem Moment verfolgt, in dem er sie auf dem Podium erblickt hatte.

»Wollt ihr mich ewig anstarren?«, zischte sie. »Oder ist es für euch normal, das Gemach einer Dame zu betreten und den Voyeur zu spielen?«

Er kniete sich vor das Bett und strich ihr das Haar von der Wange. »Müsst Ihr immer so tapfer sein?«

»Ja, mein Vater bestand darauf. Das war der Fluch, nicht als Junge auf die Welt gekommen zu sein.«

»Ihr braucht nicht zu leiden«, sagte er lächelnd.

»Wollt Ihr vielleicht behaupten, ein Heiler zu sein?« Immerhin hatte er sich von der Schusswunde erstaunlich schnell erholt, fiel ihr ein.

»Ich behaupte nur etwas, das ich weiß.«

»Könnt Ihr mir keine klare Antwort geben?« Sie versuchte sich aufzusetzen, und zuckte zusammen.

»Müsst Ihr stets so geheimnisvoll sein?«

»Zieht das Nachthemd aus. Ist das klar genug?«

»Das mache ich nicht.«

Er seufzte ungeduldig. »Ihr könnt mich damit in Schach halten«, erwiderte er und holte die Pistole unter dem Kopfkissen hervor.

Sie wurde vor Verlegenheit rot, verriet jedoch keinerlei Gefühle, als er eine Kerze anzündete. Der Lichtschein fiel auf zahlreiche Fläschchen und eine Schüssel auf der Kommode.

Er stand auf und wandte ihr den Rücken zu. »Gehorcht, Michaela. Ich ertrage Euer schmerzliches Stöhnen nicht mehr.«

»Habe ich Euren Schlaf gestört?«

Er schüttelte den Kopf und hörte das Rascheln von Stoff, sagte jedoch nichts. Sie wollte nichts von ihm hören, und vielleicht würde sie nie dazu bereit sein. Er warf verstohlen einen Blick über die Schulter, und als er sah, wie sie sich abmühte, drehte er sich um.

»Kniet Euch auf das Bett.« Er half ihr, sich aufzusetzen. »Ihr braucht das Nachthemd nur herunterzuziehen, damit ich den Schaden sehe.«

Sie schwankte zwischen Schamgefühl und Schmerz, gehorchte schließlich und sah ihn besorgt an, als sie die dünnen Bänder des Nachthemds am Hals löste. Dann wandte sie ihm zögernd den Rücken zu und zog das Nachthemd über die Schultern.

Rein fluchte. »Der Bastard war schonungslos.« Offenbar hatte sie sich aus Kräften gewehrt.

»Ist es so schlimm?« Sie hielt eine Decke vor die Brust und wirkte zart und zerbrechlich. »Bleiben Narben zurück?«

»Nein, es wird heilen.« Er stützte ein Knie auf das Bett.

Michaela verkrampfte sich auf der Stelle.

Er drückte ihr die Pistole in die Hand. »Ich tue Euch nichts, das verspreche ich.«

Sie suchte in seinen hellen Augen die Wahrheit, nickte und starrte gegen die Wand, während hinter ihr Fläschchen klirrten und Wasser in eine Schale floss. Als sie sich umdrehen wollte, hinderte Rein sie daran. »Blickt zur Wand und denkt an etwas Angenehmes.«

»Was werdet Ihr machen?«

»Euch heilen.«

Sie seufzte zweifelnd.

Rein lächelte und forderte sie auf, weiter in die Mitte des Bettes zu rutschen. Dann kniete er sich hinter sie, trug aber kein Heilmittel auf die Wunden auf, wie Michaela erwartete. Verwirrt blickte sie über die Schulter. Er hatte den Kopf gesenkt und die Hände auf seine Schenkel gelegt.

»Was macht Ihr da?«

»Seht zur Wand, konzentriert Euch auf das Gemälde. Denkt nur an die Farben und die Pinselstriche.«

Ich soll mich ablenken, dachte sie und erwartete, dass die Heilung schmerzhafter sein würde als die Wunden.

Rein konzentrierte seine Gedanken und zog Energie in sich – aus dem Feuer im Kamin, dem Wasser in der Schale, der Luft im Raum. Sein Körper begann unter der Hitze zu prickeln, die er in seine Hände schickte, bevor er sie zu Michaelas Rücken hob. Dunkelblaue Striemen und rote Male verliefen kreuz und quer über die zarte Haut. Er ließ seine Hände darüber gleiten, ohne sie zu berühren, und sog behutsam Michaelas Energie und ihren Schmerz in sich auf. Während er an den Fingerspitzen und den Handflächen ein Brennen verspürte, schwand die Verfärbung ihrer Haut, und die Striemen verblassten.

Michaela stöhnte nicht bewusst, sondern aus Erleichterung über das Verschwinden der Schmerzen. Sie richtete sich hoch auf und ließ das Nachthemd fallen. Dabei enthüllte sie den Po und die Schenkel – und die blutverkrusteten Spuren der Peitsche. Rein verdrängte seinen Zorn und den Wunsch nach Rache und ließ seine Hände über ihre Haut gleiten. Hitze zog sich von seinen Handflächen durch die Arme bis in seine Brust hoch, und er biss die Zähne zusammen und warf den Kopf in den Nacken.

Pure Energie vibrierte in seinem Blut.

Das Feuer flackerte im Kamin auf.

Eisblumen schmolzen an den Fensterscheiben. Michaela seufzte vor Erleichterung. Rein glitt vom Bett und legte sie behutsam auf die Matratze.

»Ihr habt mich nicht berührt«, flüsterte sie schläfrig.

»Das war nicht nötig.« Und dafür war er dankbar, denn hätte er sie berührt, hätte es seine Willenskraft zerstört. Es fiel ihm ohnehin schwer, sich zu beherrschen.

Nachdem er ein Schlafmittel gemischt hatte, hielt er ihr die Tasse an die Lippen und ließ sie trinken.

»Das schmeckt scheußlich. Was ist in dem Getränk?«

»Das sage ich Euch lieber nicht«, erwiderte er, zog ihr das Nachthemd über die Schultern hoch und verknotete das Band. Eine Träne lief ihr aus den geschlossenen Augen und versickerte im Kopfkissen. Als er bei dem Anblick stöhnte, hob sie die Hand und strich ihm über die Wange und die Lippen.

»Danke«, hauchte sie. »Danke.«

»Nicht weinen, bitte.« Ihre Tränen machten ihn schwach und hilflos. Er nahm ihre Hand in seine, beugte sich zu ihr, weil er nicht länger widerstehen konnte, und hauchte ihr einen Kuss auf die Lippen.

»Das ist noch besser als Eure Kuren«, flüsterte sie und versank bereits in ihren Träumen.

Er konnte sich nicht bewegen. Verlangen packte ihn, und er wollte Michaela die ganze Nacht in den Armen halten. Wegen des Energieverlustes würde sie jedoch mindestens einen Tag schlafen, und bis dahin konnte er sein Verlangen hoffentlich bezähmen.

Nachdem er ihr die Decke über die Schultern hochgezogen hatte, stand er auf und sammelte seine Kräuter ein. Rasch ging er in seine Gemächer hinüber und warf keinen Blick zurück. Wie lange konnte er ihr etwas vormachen – und sich selbst?

Was sein Leben anging, war Rein sich nur in einem Punkt absolut sicher. Er hatte Katherine Hawley nicht getötet. Die Frage war, wer es getan hatte und warum. Die Sache war Stadtgespräch, ebenso Michaelas Verschwinden. Rein nutzte die Gelegenheit und goss Öl ins Feuer, um von Michaela abzulenken. Er brauchte nur die Gerüchte anzuheizen. Die Behauptung, Michaela wäre bereits tot, gab ihm eine gute Gelegenheit.

»Ihr nehmt doch nicht an, dass er sie auch getötet hat?«

Rein hob den Blick von den Karten und richtete ihn auf Mr Burgess, Lord Heyward, Lord Sheppard und Chandler. Er hatte schon herausgefunden, dass Christian schlimmer als ein Marktweib war, wenn es um Gerüchte ging.

»Was macht Euch so sicher, dass ein Mann Lady Buckland ermordet hat? Es hätte durchaus auch eine rachsüchtige Frau sein können.« Rein legte eine Karte ab, und Sheppard gab ihm eine neue.

Heyward und Chandler wechselten einen Blick.

»Das ist nicht dein Ernst«, sagte Christian.

»O doch.« Rein verschwieg, dass Katherine eine Spionin gewesen war und ihr Mörder das wahrscheinlich wusste.

»Verschweigt Ihr etwas, Rein?«, fragte Heyward. »Kommt schon, redet!«

Rein betrachtete sein Blatt. »Katherine ging mit vielen verheirateten Männern ins Bett. Welche betrogene Ehefrau nimmt das schon hin?«

»Es ist doch kein Verbrechen, sich eine Geliebte zu halten«, bemerkte Burgess. »Ich hatte jedenfalls keine Beziehung mit Katherine.«

»Ich schon.«

»Das wissen wir.«

Rein lächelte und legte seine Karten ab. »Ich meine, es war kein Geheimnis, dass Katherine meine Geliebte sein wollte. Das wisst Ihr und die halbe Stadt.«

»Worauf willst du hinaus, Rein?«, fragte Christian.

»Angesichts der Umstände, unter denen meine Frau starb, bin ich ein perfekter Verdächtiger für jede Gräueltat«, erwiderte Rein. »Ich behauptete stets, Shaarai hätte sich selbst das Leben genommen, aber was ist, wenn das nicht stimmt? Lady

Bucklands Ermordung war eine Möglichkeit, wieder mit dem Finger auf mich zu zeigen und vom wirklichen Täter abzulenken.«

»Ihr habt es nicht getan?«, platzte Sheppard heraus.

»Nein.« Rein lächelte amüsiert. »Und ich danke Euch, dass Ihr Euch jahrelang mit einem Verdächtigen abgegeben habt, Mylord. Das zeigt große Stärke.« Er wünschte sich, Michaela ließe sich auch so leicht überzeugen.

»Ich dachte nie, dass Ihr der Mörder gewesen sein könntet, Rein«, ereiferte sich Sheppard. »Es ist nur ... nun ja, Ihr seid stets so still und finster.« Er wurde verlegen. »Und Ihr habt es nie geleugnet.«

»O doch, und ich habe dafür sieben Monate in Newgate hinter Gittern verbracht. Nur dank Christians Eingreifen bin ich jetzt nicht dort.«

Christian Chandler betrachtete seine Karten. »Ich habe nicht als Einziger für dich gesprochen. Auch Brigadier Denton.«

Rein blickte überrascht zu dem Mann, der am Büfett stand. »Interessant«, murmelte er. Der Brigadier wollte offenbar noch immer das Schiff haben. Aber wenn er dachte, für seinen Gefallen eine Fregatte zu erhalten, täuschte er sich. Trotzdem nickte Rein ihm zu. Der Brigadier hob grüßend sein Glas. »Der Verlust seiner Nichte scheint ihn nicht sonderlich zu treffen«, stellte Rein fest.

»Er behauptet, sie würde sich aus Scham und Verlegenheit irgendwo verstecken. Aber sie ist nun schon so lange fort, dass sie vielleicht mit einem Liebhaber geflohen ist.«

Rein wandte sich an Christian. »Nachdem auf sie geschossen wurde?«

»Die Kugel galt Lady Whitfield.«

»Bist du sicher? Nun ja, vielleicht stimmt es«, räumte Rein hastig ein. »Sie ist die Schwachstelle ihrer Brüder. Gibt es eine bessere Möglichkeit, ihnen zu drohen?«

»Allerdings besaß Mistress Denton das Vermögen«, sagte Heyward gedämpft. »Der Brigadier hingegen hat nichts weiter als die Pension, die auf ihn wartet. Vielleicht wurde Mistress Denton entführt.«

»Entführt?«, sagte Sheppard und überlegte angestrengt. »Meint Ihr?«

Treffer, dachte Rein und unterdrückte ein Lächeln.

»Wurde Lösegeld gefordert?«

»Ich habe nichts davon gehört«, murmelte Chandler und machte eine verdrießliche Miene, weil er schlechte Karten hatte. »Captain McBain hat zusammen mit Major Winters Tag für Tag nach ihr gesucht.«

Das erregte Reins Aufmerksamkeit. »Der Adjutant?«

»Richtig«, bestätigte Christian. »Der Brigadier hoffte, aus seiner Nichte und dem Adjutanten könnte ein Paar werden, aber die beiden überwarfen sich offenbar.«

»Weshalb sollte sie sich von ihm zurückziehen?«, sagte Burgess. »Diese Frau kann nicht wählerisch sein, diese unscheinbare Person. Mal abgesehen von ihrem Haar. Ein Mann wünscht sich eine Frau mit etwas Feuer.«

Hättet ihr eine Ahnung, dachte Rein bei sich. »Ich fand sie bezaubernd«, bemerkte er und zog die Blicke auf sich. »Sie ist klug, geistreich und hübsch anzusehen. Ich entdeckte keine Fehler, die sie zur alten Jungfer verdammen.«

»Nun, sie muss aber welche haben, weil sie schon über das heiratsfähige Alter hinaus ist.«

»Vielleicht bleibt sie mangels passender Kandidaten lieber unverheiratet.« Rein lächelte seinen Partnern zu. »Wenn man Euch als Maßstab nimmt, ist es kein Wunder, dass diese Frau lieber allein ist.«

Die Männer lachten.

»Nehmt Ihr an, sie hätte Euch erhört?«, fragte Burgess.

Rein legte eine Karte ab. »Ich, Sir, bin der allerletzte Mann, den eine Frau wie Michaela Denton zum Ehemann nehmen würde.« Er wandte sich an Sheppard. »Wie Ihr sagtet, Mylord, bin ich nachdenklich und schweigsam, und meine schreckliche Vergangenheit würde eine Frau für den Rest ihrer Tage verfolgen und sie nachts nicht schlafen lassen. Keine Frau könnte mir vertrauen.« Schon gar nicht Michaela. »Das Thema ist also vom Tisch.«

»Du hörst dich an, Rein, als würdest du das bedauern«, sagte Chandler leise.

»Möglich. Manchmal kann man nichts gegen die Umstände unternehmen, die zu einem Wendepunkt im Leben führen. Könnten wir das, würden wir alle rechtzeitig eingreifen und unser Schicksal verändern.«

»Dann glaubt Ihr nicht, dass das Leben vorherbestimmt ist.«

Rein warf Heyward einen Blick zu und legte seinen Einsatz auf den Tisch. »Ich glaube, dass ich in einem späteren Leben nachholen werde, was ich in diesem Leben nicht schaffe. Wenn es mein Karma ist, allein zu sein, dann sei es so. Das heißt aber nicht, dass ich mich nicht bemühen werde, das zu ändern.«

»Wollt Ihr damit sagen, dass es eine Frau in Eurem Leben gibt?«

Rein winkte ab. »Ich bin zu beschäftigt für die Spielchen der Frauen. Das heißt, dass es mein Schicksal ist, Eure Taschen zu leeren.« Er legte seine Karten fächerartig auf den Tisch.

Alle blickten auf die Asse, seufzten und warfen missmutig ihre Karten auf den Tisch.

Das Gespräch drehte sich wieder um Katherine, und die Männer versuchten, deren Liebhaber aufzuzählen. Rein stand an der Spitze der Liste, doch er wies ausdrücklich darauf hin, dass er mit der Viper aus dem West End nur eine einzige Nacht verbracht hatte, noch dazu schon vor über neun Monaten.

»Ich dachte eigentlich, ich wäre ihr Letzter gewesen«, sagte Christian.

»Wolltest du unsterblich werden, Chris?«

Lord Chandler wurde rot. »Nein, es gab noch einen anderen.«

»Und noch einen anderen und noch einen«, scherzte Sheppard, aber Rein achtete nicht auf ihn, sondern nur auf Christian.

»Warum hast du das der Polizei verschwiegen?«

Der Earl fand sämtliche Blicke auf sich gerichtet. »Ich ... ich ... nun ja, da gibt es nichts zu sagen. Wir hatten einen Streit, eigentlich nur eine kleine Auseinandersetzung. Ich werde nicht verraten, worum es ging. Sie lief weg, und danach sah ich sie nicht wieder.«

Rein überlegte, ob Katherine zu Nickolas gegangen war, möglicherweise um ihm eine Information zu überbringen. War sie dabei ertappt worden? Von wem? Christian? Rathgoode? Germain? Winters?

»Ich nehme allerdings an, dass der Mann jung war.«

Rein teilte die Karten aus. »Wieso?« Er selbst war zwei Jahre älter als Christian. Das bedeutete, dass Katherine zu einem Mann gegangen war, der jünger als dreißig war.

»Sie meinte, Jugend hätte ihre Vorteile«, murmelte Christian. »Energie. Das war das Wort, das sie benützte.«

»Energie«, wiederholte Rein. »Katherine konnte einen Mann mit ihrer überschäumenden Energie töten.«

»Bei Gott, Ihr zwei seid ein interessantes Paar«, bemerkte Heyward breit lächelnd.

»Einmal hatte sie ein helles Haar auf dem Kleid.«

»Kat war blond«, bemerkte Rein.

»Ja, aber dieses gelockte Haar stammte nicht von ihr.«

Die Männer schwiegen. Rein überlegte, weshalb Christian bisher nicht darüber gesprochen hatte. In Gedanken ging er die Liste der Verdächtigen und Liebhaber durch.

Temple Matthews hatte gelocktes Haar, allerdings passte die Farbe nicht. Auch das Alter stimmte nicht.

Christian hatte helles Haar, allerdings einen ziemlich dunklen Teint.

Major Winters, dachte Rein, blickte zu dem Mann und fühlte dessen Hass. Aufgeblasen und rüde war er ganz sicher, doch das traf auf viele Engländer zu. Winters interessierte ihn im Moment nicht. Stattdessen sah er sich um.

Lieutenant Ridgely war blond, hatte gelocktes Haar und war jung. Er war dafür bekannt, dass er die Damen mit seinem jungenhaften Gesicht und dem roten Rock für sich gewann. Rein hatte gehört, dass Ridgely es zurzeit bei Christians Mündel Brandice Coldsworth versuchte.

Rein schloss nicht aus, dass Christian eifersüchtig gewesen war, weil er eines anderen Liebhabers wegen verschmäht worden war. Katherine war auf der Suche nach körperlicher Befriedigung von einem Bett ins andere gewandert. Mindestens ein halbes Dutzend der mächtigen Männer, die bei ihr gewesen waren, hatten helles Haar. Zwei dieser Männer waren blond – und beide kamen als Reins leiblicher Vater infrage.

Kapitel 22

Michaela hörte Hufschlag und das Klirren von Zaumzeug. Sie lief ans Fenster, zog die Vorhänge zurück und sah Rein in den Hof reiten. Ihr Herz schlug schneller, als er sich aus dem Sattel schwang und die Zügel einem Mann zuwarf.

Sie schlüpfte in die Hausschuhe und eilte den Korridor entlang. Als sie den oberen Treppenabsatz erreichte, flog die Haustür auf. Zögernd blieb sie stehen, als sie seine tiefe Stimme hörte, und wartete.

Er spürte ihre Nähe und hob den Kopf.

Ihre Blicke trafen sich.

Michaelas Haut erwärmte sich, und unter dem durchdrin genden Blick kam ihr das Nachthemd viel zu dünn vor. Bei der Musterung wartete sie auf die üblichen Schamgefühle, empfand jedoch nur Sehnsucht.

Erst dann merkte sie, dass er blutete.

Rein erstarrte, als sie die Treppe herunterkam. Weicher Batist umspielte ihren Körper. Der dicke rötliche Zopf berührte ihre Hüften. Von einem solchen Moment hatte er geträumt – jemand wartete auf seine Rückkehr. Sie kam ohne Angst auf ihn zu.

»Ihr seid verletzt«, sagte sie und hob die Hand zu seinem Gesicht.

Behutsam strich sie über die Schramme an seiner Wange, und er spürte die Berührung bis in sein tiefstes Inneres. Wie konnte man sie bloß für schlicht und langweilig halten? »Und Ihr solltet im Bett liegen.«

»Mir geht es gut. Darüber möchte ich mit Euch bei Gelegenheit sprechen.«

»Wie Ihr wünscht.« Ohne den Blick von ihr zu wenden, zog er die Handschuhe aus, nahm den Dreispitz ab und reichte ihn zusammen mit dem Umhang an Cabai weiter. Dann deutete er zu einem Zimmer auf der rechten Seite. Bevor er Michaela jedoch hineinführte, flüsterte er Cabai etwas zu.

Die Hände in die schmalen Hüften gestützt, stand Rein vor ihr. Das helle Hemd schmiegte sich so eng wie die braune Lederhose um seinen Körper. Nichts blieb der Fantasie überlassen. Wie gern hätte sie ihm das dichte schwarze Haar aus dem Gesicht gestrichen, um seine Miene besser deuten zu können! Sie wusste, dass er sie betrachtete. Sie fühlte es am ganzen Körper. Die Spannung knisterte zwischen ihnen. Seit albtraumhaften drei Jahren kam es gar nicht infrage, dass ein Mann sie berührte, doch nach Rein sehnte sie sich, auch wenn sie wusste, dass er eine bessere Frau als sie verdiente.

»Friert Ihr?«, fragte er und riss sie damit aus ihren Gedanken.

»Mir ist warm, danke«, erwiderte sie. Ob er wusste, dass sie das seiner Wirkung verdankte?

Er wusste es sehr genau, weil sein Körper ebenso auf ihre Nähe reagierte. Er trat an den Kamin. »Setzt Euch«, forderte er sie auf, schürte das Feuer und legte ein Scheit nach. Sie machte es sich auf dem Sofa bequem, und als er sich umdrehte, standen die Hausschuhe auf dem Boden, und sie hatte die Füße unter den weiten Falten des Hausmantels verborgen. Fürsorglich legte er ihr eine Decke über den Schoß.

»Ihr braucht mich nicht zu verwöhnen. Ich sorge schon seit einiger Zeit für mich selbst.«

Seiner Meinung nach sollte sie sich endlich mehr um sich als um die Revolution kümmern. »Habt Ihr Hunger?«

»Nein.«

»Durst?«

Sie strich sich eine Locke aus dem Gesicht. »Habt Ihr Weinbrand?«

Er sah sie erstaunt an.

»So sind wir Spione eben.«

Amüsiert trat er an den Servierwagen und füllte ein Glas. Ihre Hand bebte leicht, als sie den Schwenker entgegennahm und einen Schluck trank.

Er kniete sich zu ihr. »Was ist?«

Sie zuckte die Schultern. »Als ich erwachte, wurde mir klar, welches Glück ich hatte, einem Schicksal entkommen zu sein, das schlimmer als der Tod ist. Und dann hörte ich, dass Ihr nicht hier seid ...« Sie trank noch einen Schluck. »Ich fühlte ...«

Er hielt ihre Hand fest, als sie erneut trinken wollte. »Seht mich an, Michaela.«

Sie richtete den Blick auf eine hellen Augen. »Ihr seid in Sicherheit.«

Sie seufzte tief. »Ich komme mir albern vor, aber es ist neu für mich, beschützt zu werden.«

Er schenkte ihr dieses zärtliche Lächeln, bei dem sie nicht mehr denken konnte. Ihr Blick wanderte zu seinen Mund.

»Niemand kann Euch etwas tun, so lange Ihr Euch an meine Regeln haltet, das schwöre ich.« Er wartete einen Moment. »Michaela?«

Sie richtete die Augen auf ihn. »Ja, ich habe es gehört.«

»Es ist gefährlich, wie Ihr mich anseht.«

Erneut schlug sie den Blick nieder. »Ich weiß«, erwiderte sie leise.

Traurigkeit erfasste Michaela. Diese seltsame Beziehung, die vor einigen Wochen begonnen hatte, war kompliziert. Jahrelang hatte sie ihre Gefühle unterdrückt, doch in seiner Nähe erwachten sie alle wieder.

Sie vertraute ihm nicht und liebte ihn auch nicht. Selbst wenn sein Angebot nur für eine gewisse Zeit galt, gab es keinen Grund, sich in eine Ehe zu stürzen. Trotz seiner düsteren Vergangenheit und der Verpflichtung Nickolas gegenüber verdiente er eine bessere Ehefrau.

Sie war eine Verräterin.

Sie war befleckt.

Es war undenkbar, ihn dermaßen zu entehren. Trotzdem wünschte sie sich, ihre verbrannten Träume könnten aus der Asche auferstehen.

»Rein?« Sie versuchte, ihm den Schwenker zu entziehen.

»Ja.«

»Holt euch selbst etwas zu trinken. Das ist mein Glas.«

Er lächelte.

»Wollt Ihr mir erzählen, was geschehen ist?« Sie stellte ihr Glas auf den Tisch, ergriff seine Hand und strich über die Kratzer.

Er zog sich zurück, stand auf und stützte sich auf den Kaminsims.

Michaela reckte sich, um sein Gesicht zu sehen. Er wirkte höchst besorgt.

Als es an der Tür klopfte, rief er einen so scharfen Befehl, dass Michaela zusammenzuckte.

»Rein, das ist ein Haus, kein Schiff«, mahnte sie, während Cabai ein Tablett mit einer Schüssel und Kleidung hereinbrachte. Michaela nahm es entgegen. Cabai verbeugte sich und verließ den Raum. Sie setzte sich wieder auf das Sofa und klopfte auf das Kissen neben sich. »Eure Wunden werden sich entzünden, wenn Ihr sie nicht säubert.«

Rein setzte sich zu ihr.

Mit der Schüssel auf dem Schoß tauchte sie ein Tuch ins Wasser. »Himmel, das ist ja eiskalt.« Rein beugte sich vor, sah ihr in die Augen und strich mit der Hand über das Wasser. Sofort fühlte sie die Wärme durch das Porzellan. »Wie habt Ihr das gemacht?«

»Energie«, erwiderte er.

»Das erklärt natürlich alles«, sagte sie spöttisch. »Wie dumm von mir.«

»Ich beherrsche die Wärme in mir und übertrage sie auf das Wasser.«

»Habt Ihr das auch mit mir gemacht?«, fragte sie nachdenklich und säuberte seine Wange und sein Kinn von Schmutz und Blut.

»Ja.« Es erfüllte ihn mit Frieden, dass sie sich um ihn kümmerte.

»Wie ist das passiert?« Behutsam drückte sie das feuchte Tuch auf seine Knöchel, die nicht einmal geschwollen waren.

Rein betrachtete ihren gesenkten Kopf, überlegte sich eine Lüge und entschied sich für die Wahrheit. »Jean-Pierre hat dafür bezahlt, was er Euch angetan hat.«

Hastig hob sie den Kopf. Nie zuvor war sie von jemandem gerächt worden. »Habt Ihr ihn umgebracht?«, fragte sie betroffen.

Ruckartig stand er auf. »Ihr seid wirklich überzeugt, ich könnte so einfach ein Menschenleben auslöschen?«

»Ich weiß nicht, was ich glauben soll, Rein. Gestern Abend hatte ich noch Schmerzen und ...«

»Vorgestern Abend, Michaela.«

Sie sah ihn verwirrt an. »Was soll ich glauben?«, wiederholte sie und stellte die Schüssel beiseite.

»Was Euch Euer Herz sagt.«

»Gebe ich meinem Herzen nach, sitze ich vielleicht in der Falle«, entgegnete sie scharf und verdrängte erneut alle ihre Gefühle.

»Und misstraut Ihr mir jetzt, lebt Ihr nicht mehr lange.«

Sie sprang auf. »Ihr taucht immer wieder in meinem Leben auf und haltet mich von meiner Pflicht ab.«

»Glaubt Ihr, ich sei auch ein Spion?«, fuhr er sie an. »Vielleicht der Doppelagent?«

»Das wäre eine Möglichkeit.«

»Über die Ihr bestimmt lange nachgedacht habt, kleine Betrügerin.«

»Ihr habt Verpflichtungen auf beiden Seiten, gegenüber Nickolas und gegenüber Euren englischen Handelspartnern.«

Er verschränkte die Arme. »Sprecht nur weiter. Vor Spannung verschlägt es mir den Atem.«

»Mein Onkel hat sich an Euch herangemacht.«

»Er wollte eines meiner Schiffe, nannte aber keinen Grund. Er hat es nicht erhalten. Zufrieden?«

Sie dachte an die Goldladung und nickte. Ihr Onkel brauchte ein bewaffnetes Schiff, um die *Victoria* anzugreifen. Wie dumm von ihm, Rein darauf anzusprechen.

Sie weiß etwas, dachte Rein.

»Ihr habt auf Eure Rettung verzichtet, um das mir gegebene Versprechen zu halten«, fuhr sie fort.

Seine Miene wurde sanfter, als er an den Blutschwur dachte.

»Ihr hättet der Polizei sagen können, dass Ihr in der Nacht von Lady Bucklands Ermordung mit mir zusammen wart. Dadurch hättet Ihr Euch das Verhör erspart.«

»Trotzdem haltet ihr mich für fähig, ihr kaltblütig die Kehle durchzuschneiden?«

»Ihr wart in jener Nacht auch auf der Flucht, Rein.«

»Ich habe Feinde.« Keinesfalls wollte er sie in die Suche nach seinem Vater hineinziehen.

»Würde ich Euch heiraten, wären sie auch meine Feinde, nicht wahr?«

»Wie die Euren jetzt die meinen sind.«

»Damit habt Ihr halb England gegen Euch. Ihr könntet wegen Hochverrats verhaftet werden.«

»Ich besitze die Mittel zum Kampf, Michaela, Ihr nicht«, entgegnete er heftig.

»Ich komme seit drei Jahren sehr gut ohne fremde Hilfe aus«, wehrte sie ab.

»Ihr erkennt nicht einmal das Ausmaß der Gefahr. Ist das alles nur ein Spiel für Euch?«

»Natürlich nicht!«

»Wäret Ihr nicht so sorglos, wäre Lady Whitfield nicht angeschossen worden.« Er störte sich nicht daran, dass sie erbleichte. »Der Mörder des Priesters suchte Euch. Und ihr wusstet das. Trotzdem habt Ihr Eure Freundin bedenkenlos in die Sache hineingezogen.«

»Ich hatte keine andere Wahl. Hätte ich Adam Whitfield ohne Erklärung abweisen sollen?«

»Ihr unterschätzt Eure Talente, liebste Michaela. Ich habe genau beobachtet, wie Ihr Euch vor anderen als geistlosen und gehorsamen Fußabstreifer tarnt. Ihr hättet behaupten können, krank zu sein oder Euch den Fuß verstaucht zu haben. Und Ihr hättet im Untergrund bleiben sollen!«

»Ich hatte höchst wichtige Informationen für Nickolas.«

»Gebt sie mir, und ich übermittle sie ihm.«

»Nein, das ist jetzt sinnlos geworden«, behauptete sie.

Bestimmt log sie. Rein wandte sich ab, schenkte sich ein und trank einen Schluck. »Der Mörder des Priesters könnte wissen, dass Ihr der Schutzengel seid. Das spielt allerdings keine Rolle mehr. Er hält euch für eine Zeugin, die ihn wiedererkennen kann. Captain McBain ist hinter Euch her, höchstwahrscheinlich auch Euer Mann Argyle Campbell. Was würden die Rebellen wohl machen, käme er ihnen zu nahe?«

»Ihn töten«, flüsterte sie betroffen.

Er wandte sich ihr wieder zu. »Allmählich beginnt Ihr zu begreifen.«

»Sieht so aus«, sagte sie und ließ sich auf das Sofa sinken.

»Euer Onkel lässt McBain mit einer ganzen Brigade die Straßen Londons nach Euch absuchen. Und Winters führt sie persönlich an.«

Würde sie hier gefunden, würde ihr Onkel sie zwingen, den Adjutanten zu heiraten. War sie mit Winters verheiratet, konnte sie ihre Stimme nicht mehr gegen ihn erheben. Sie musste im Verborgenen bleiben, aber wie lange?

»Sollte Jean-Pierre von jemandem Eure Beschreibung hören ...« Er schwieg und hoffte, sie würde endlich die Gefahr erkennen, in der sie schwebte. Allerdings hatte er dem Bastard

Allahs Zorn angedroht, sollte er auch nur ein Wort über Scheich Abdulis Frau verlauten lassen. »Dieser Doppelagent stellt für Euch jetzt kaum eine Bedrohung dar, aber sollte er den Priester ermordet haben, seid Ihr das nächste Opfer.«

Sie sprang auf.

»Er oder sie wird weiterhin Euer kostbares Agentennetz zerstören.« Man hörte ihm an, wie wenig er von ihrem Anliegen hielt. »Der Himmel allein weiß, was Euer Onkel oder Winters machen werden. Übrigens«, fügte er lässig hinzu, »gehörte Lady Buckland zu Nickolas' Leuten.«

Sie erstarrte und sah ihn aus weit aufgerissenen Augen an.

»Vielleicht wurde sie wegen ihrer Spionagetätigkeit ermordet«, fügte er hinzu.

»Sofern ihr Geheimnis enthüllt wurde«, sagte Michaela mit einer Ruhe, die ihn in Erstaunen versetzte. »Vielleicht gab es für ihren Tod aber auch einen anderen Grund. Sie war nicht diskret. Bestimmt wünschten ihr viele verheiratete Frauen den Tod und konnten leicht jemanden finden, der dafür sorgte.«

Das dachte auch er, doch das verschwieg er zusammen mit seinem Plan. »Die Heirat mit mir ist Eure einzige Rettung, Michaela.«

»Ich weiß.«

»Warum streitet Ihr Euch dann mit mir?«, fragte er erstaunt.

»Ich streite nicht, sondern diskutiere!«

»Ihr seid eine schrecklich widerspenstige Frau!«

Sie stand auf und stellte sich vor ihn. »Trotzdem habt Ihr Euer Leben und das Eurer Männer eingesetzt, um mich von Jean-Pierre wegzuholen. Ihr gebt mir Kleidung, Essen und Schutz. Und Ihr habt mich geheilt, als ich Schmerzen litt.« Sie wartete auf eine Antwort, und als er nur weiterhin in sein leeres Glas blickte, gestand sie leise: »Ich bin schrecklich verwirrt. Oft könnte ich schwören, dass Eiswasser in Euren Adern fließt, doch dann riskiert Ihr wieder alles, um Euer Versprechen zu halten, das Ihr einem Verräter gegeben habt. Ihr könntet den Earl hierher einladen und mich zu einer Heirat zwingen, doch Ihr tut es nicht. Und ich habe noch nie gehört, dass jemand mit seinen Händen das Gleiche erreicht wie Ihr. Manchmal, Rein, glaube ich, dass Ihr gar nicht wirklich seid.«

Er hob den Kopf so schnell, dass sie erschrak, stellte das Glas weg und zog sie in die Arme. Sie sank gegen ihn, und sein Körper reagierte so heftig, dass es keinen Zweifel an seinen Empfindungen gab. »Ich bin wirklich«, sagte er leise und voll Verlangen. »Ich blute und fühle Schmerz, und ich ... sehne mich.« Seine Lippen berührten die ihren zuerst sanft, dann heftiger, und sie öffnete sich für ihn, legte ihm die Hände in den Nacken und erlaubte seiner Zunge den Zutritt zu ihrem Mund.

Als sie leise stöhnte, presste er sie fester an sich, streichelte und küsste sie unablässig, bis er sie endlich zum Sofa trug, sich darauf sinken ließ und sie auf seinen Schoß zog.

Michaela drehte sich, um sich an seine Brust drücken zu können. Jetzt empfand sie keine Angst, dachte auch nicht länger nach. Sie wollte bloß mehr von Reins unbeschreiblicher Hitze fühlen.

Sie beugte sich zurück und schob die Finger in sein Haar, während sie den Kuss genoss. Nie würde er vergessen, wie sie sich ihm hingab, ihn berührte und streichelte.

Rein bebte. Ihre Hände streichelten über sein Gesicht und hielten ihn fest, als wollte er sie verlassen. Niemals, dachte er. Jetzt lag sie in seinen Armen, nachdem er sich nächtelang nach ihr verzehrt hatte.

Unter dem dünnen Stoff fühlte er die schmale Taille, die wohl gerundete Hüfte, und er wollte spüren, wie ihre Haut vor Verlangen feucht wurde. Michaela zog das Bein an, um ihm noch näher zu sein, und das Nachthemd entblößte die Wade.

Rein strich über ihr Bein und merkte, wie sie zusammenzuckte. Sie atmete heftig, als er den Kopf hob und ihr in die

Augen sah, in denen er Unsicherheit und Verwirrung entdeckte.

»Was machst du mit mir?«, hauchte sie und schob die Finger noch tiefer in sein Haar. »Wieso du?«

»Kismet?«

»Unfug!«

Lächelnd beugte er sich herunter und gab ihr einen zärtlichen Kuss, ehe er sich aufsetzte und sie mit sich auf die Beine zog. Enttäuscht blickte sie zu ihm hoch.

»Trotz allem vertraust du mir nicht, Michaela. Und ohne Heirat wirst du nichts weiter erforschen. Ich bin das Ergebnis von solcher Sorglosigkeit, und ich werde niemals zulassen, dass meine Familie leidet.«

»Du weißt nicht, was du verlangst, Rein.«

»Ich glaube schon.«

Sie schüttelte den Kopf. »Wenn du mich heiratest, musst du mir versprechen, nie zu mir ... in unser Bett ... mit Gewalt zu kommen. Oder mich zu schlagen.«

Es traf ihn, dass sie so oft misshandelt worden war, dass sie diese Bedingung stellen musste. »Das ist absurd.«

»Das Versprechen oder die Misshandlung?«

»Habe ich dir einen Grund gegeben, mir solche Brutalität zuzutrauen?«

»Sieh deine Hände an.« Michaela deutete auf seine geballten Hände. »Du bist jetzt zornig. Was könnten diese Fäuste wohl mit mir machen?«

Er öffnete die Fäuste. »Dich halten und streicheln. Und dich beschützen. Und wenn du es verlangst, werden sie dich nie berühren.«

»Das würdest du tun?« Tränen stiegen ihr in die Augen.

»Der letzte Kuss hat bewiesen, dass du dich nicht vor meiner Berührung scheust.«

»Ich habe mich nicht beklagt.«

»Wenn du mehr willst, musst du zu mir kommen.«

Das Verlangen nach seinen Küssen brachte sie fast um den Verstand, doch es war etwas ganz anderes, ihm zu erlauben, auf ihr zu liegen und sich mit ihr zu vereinigen. Natürlich würde sie ihn nicht zwingen, an der Ehe aus bloßem Pflichtgefühl festzuhalten.

»Lässt du dich von mir scheiden, wenn alles vorüber ist?«

Seine Miene erstarrte. Er senkte die Hand und wich zurück.

»Wie ich schon sagte – das ist deine Entscheidung.«

Damit verließ er den Raum.

Kurz vor Morgengrauen wurde Rein von Schluchzen geweckt. Hastig stand er auf, griff nach seinem Hausmantel und zog ihn an, während er durch den Baderaum Michaelas Gemach betrat. Sie hatte einen Albtraum, krümmte sich und hielt die Arme über den Kopf, als wollte sie einen Schlag abfangen.

Im Schlaf schluchzte sie herzzerreißend. Rein kniete sich auf das Bett und legte ihr die Hände auf die Schultern. Sie schlug um sich und wehrte sich gegen ihn,

»Es ist nur ein Traum, ein Traum. Dir kann nichts geschehen. Du bist stärker als alle Träume.«

Doch sie wehrte sich noch heftiger, trat nach ihm und zog die Arme nicht vom Kopf. Ohne sie zu berühren, setzte er sich zu ihr und versuchte, sie mit seiner Willenskraft zu berühren, aber es gelang ihm nicht.

Immer wieder stöhnte sie die gleichen Worte. »Papa, hilf mir. Papa, hilf mir!«

Rein litt mit ihr. Michaela war stets stark, doch die Folter überfiel sie gerade dann, wenn sie sich sicher fühlte. Behutsam streichelte er ihren Rücken, aber es dauerte fast zehn Minuten, bis sie Frieden fand und nicht länger wie ein verstörtes Kind um Hilfe flehte.

Auch danach blieb er bei ihr und schwor, sie vor weiterem

Leid zu schützen. Hoffentlich vertraute sie ihm eines Tages ihre Geheimnisse an, damit er gemeinsam mit ihr gegen ihre Dämonen ankämpfen konnte. Auf diesem Gebiet besaß er schließlich reiche Erfahrung.

Rein verlor keine Zeit. Am Morgen hämmerte er gegen Michaelas Tür und befahl sie »an Deck«. Kaum war sie in ihr Kleid geschlüpft und hatte es geschlossen, als er auch schon eintrat.

»Der Geistliche wartet.« Obwohl sie müde aussah, schien sie sich nicht an die Albträume der letzten Nacht zu erinnern, auch nicht daran, dass er bei ihr gewesen war.

»Jetzt?«

Er band sein Halstuch und schob eine Nadel mit einem Smaragd hinein.

Ein Aufschub bringt nichts, dachte sie und ging auf ihn zu. Er hielt sie fest und drehte sie mit dem Rücken zu sich.

»Du hättest Hilfe anfordern sollen«, raunte er ihr ins Ohr, sodass sie einen wohligen Schauer verspürte, und befestigte die Haken richtig. Sie hatte auf das Korsett verzichtet und trug unter dem grauen Kleid so wenig, dass es sein Verlangen weckte.

Michaela drehte sich um und betrachtete sein attraktives Gesicht.

»Sehr schön«, stellte er fest und ließ den Blick über sie gleiten.

Bei dem ungewohnten Kompliment wurde sie rot. »Nachdem du letzte Nacht gegangen warst ... ich hatte ... ich meine, mir wurde klar ...«

»Was willst du mir denn sagen?«

»Ich möchte mich entschuldigen.«

Seine Miene wurde undurchdringlich.

»Mir wurde klar, dass du Katherine nicht getötet hast. Ich war ungerecht zu dir. Du hast mir keinen Anlass gegeben, dir eine solche Tat zuzutrauen. Und es tut mir leid, dass ich auf die Gerüchte gehört habe.«

»Und wie bist du zu diesem Schluss gelangt?«

»Ihr Tod ist dem deiner Frau viel zu ähnlich, sodass alles auf dich hindeutet.« Sie zog die Anstecknadel heraus und band sein Halstuch neu. »Das war eine Falle für dich.«

»Aha, eine kluge Frau und noch dazu eine berüchtigte Spionin! Welch eine Entdeckung!«

»Was sind wir heute Morgen doch geistreich«, erwiderte sie und zog sein Halstuch fest zu.

Er zupfte daran. »So wirkt es eben auf einen Mann, wenn er von seiner Verlobten für unschuldig erklärt wird.«

Michaela zuckte zusammen, als hätte ihr jemand eine Ohrfeige versetzt. Gleich würden sie heiraten. Und das bedeutete, dass sie heute Nacht das Bett teilen würden. Ihr wurde schwindelig.

»Michaela?« Sie war weiß wie Schnee.

»Du musst mich nicht heiraten, Rein.« Sie steckte die Nadel wieder ins Halstuch. »Ich brauche deinen Schutz, das stimmt, und ich bin dir dafür auch dankbar. Ich tue, was du willst, aber für mich musst du deine Freiheit nicht aufgeben.«

Offenbar hatte sie Angst. Sie konnte nicht überspielen, dass ihre Hände zitterten, indem sie an seinem Halstuch zupfte.

Als er ihre Hände festhielt, hob sie den Blick.

»Ich bin bereits kompromittiert.« Sag ihm alles, befahl eine innere Stimme. Sag es ihm!

»Nein, das bist du nicht«, widersprach er. »Das Gerede der feinen Gesellschaft hat schon einmal getötet, Michaela. Ich würde lieber sterben, als das erneut zuzulassen.« Damit legte er ihre Hand auf seinen Arm.

»Du wirst dich doch nicht duellieren? Das würde ich nicht ertragen.«

Die Sorge in ihrer Stimme tat ihm gut. »Zweifelst du an meinen Fähigkeiten als Schütze?«

»Rein!«, zischte sie und blieb stehen, weil er ihr auswich. Damit zog sie die Aufmerksamkeit seiner Männer auf sich, die sich im Foyer versammelt hatten. Ein älterer Geistlicher stand inmitten der Gruppe und blickte zu ihnen hoch. Der hagere kahlköpfige Mann mit einer Brille auf der Nase blinzelte und drückte eine Bibel an sich.

»Erkläre mir, wie du es gemeint hast«, verlangte sie.

Er seufzte. »Alle glauben, du wärst entführt worden.«

»Das trifft weitgehend die Wahrheit, Scheich Abduli.«

»Wegen Lösegeld entführt.«

»Niemand würde etwas für mich bezahlen.«

Es schmerzte ihn, wie überzeugt sie klang. »Ich würde.«

Während er sie die Treppe hinuntergeleitete, sah sie ihn forschend an und versuchte, seine Gedanken zu erraten. Plötzlich blieb er stehen und küsste sie tief und innig, und sie erwiderte den Kuss, ohne an die Männer zu denken, die alles sahen, Bemerkungen machten und leise lachten. Rein fand kein Ende und drückte sie an sich, und sie hielt sich an ihm fest und verlangte mehr und mehr.

Verzweifelt sehnte er sich danach, nicht nur ihr Ehemann und Beschützer zu sein. »Heirate mich, Rebellin!«

Sie senkte den Blick tief in seine Augen.

»Nicht nur für eine begrenzte Zeit.« Seine Stimme wurde rau. »Für immer.«

Für immer. Das wollte sie, auch wenn sie ihn belog und ihm ihre Geheimnisse und ihr Vertrauen vorenthielt. Sie wollte diesen zarten Faden festhalten und zusammen mit ihren Träumen in sich aufbewahren.

»Ja, ich will.«

Zehn Minuten später wurden Rein und Michaela zu Mann und Frau erklärt. Reins Männer gaben ihr jeder einen verhaltenen Kuss auf die Wange und klopften Rein auf den Rücken. Leelan

Baynes, der Steuermann, lächelte pausenlos, was ihren Ehemann offenbar ärgerte.

Rein bezahlte den Geistlichen und gab Michaela unter den Jubelrufen seiner Männer einen leidenschaftlichen Kuss. Ein Bote traf ein, ein junger Mann in der Uniform der *White Empress*. Nachdem Rein die Nachricht gelesen hatte, küsste er Michaela noch einmal, erklärte nur, er werde bald zurückkommen, und ging.

Stunden vergingen, doch er zeigte sich nicht. Cabai brachte Michaela cin üppiges Abendessen. Sie kostete nur davon, machte sich zu viel Sorgen, um zu essen, und blickte immer wieder aus dem Fenster. Als es dunkel wurde, zwang sie sich, nach oben zu gehen und sich auf die Hochzeitsnacht vorzubereiten – eine Nacht, die Reins Glauben an sie zerstören würde. Die Uhr schlug die Stunde, und mit jedem Glockenschlag verkrampfte Michaela sich mehr.

Rein kam nicht zurück.

Als die Sonne aufging, war er noch immer nicht bei seiner Braut aufgetaucht.

Kapitel 23

Brigadier Atwell Denton warf einen Blick auf den Boten und öffnete die Nachricht, holte eine rötliche Haarlocke aus dem Umschlag und warf sie auf den Tisch.

»Wer hat Euch das gegeben?«, fragte er.

»Eine Frau.«

Denton blickte hoch.

»Und sie sagte, dass ein Mann ihr das gegeben hat, und dem hat es wieder ein anderer zugesteckt.« Der heruntergekommene Matrose zog die Nase hoch und wischte mit dem Ärmel darüber, ehe er sich im Raum umsah und den mit Essen beladenen Tisch und die Seeoffiziere betrachtete. »Der Brief ist bestimmt durch einige Hände gegangen.«

Winters trat vor, und Denton überreichte ihm das Schreiben. »Ohne Unterschrift. Wisst Ihr, was hier steht?«

»Nein, Commodore.«

»Major«, fauchte er. »Ihr könntet ein Komplize sein.«

»Und wie, Major? Ich weiß nicht, was drinnen steht, weil ich nicht lesen kann, und der Brief war außerdem versiegelt.«

Denton entspannte sich, trat zu dem Matrosen, gab ihm eine Münze, schob ihn zur Tür und rief nach Campbell. Keine Antwort. Dieser unfähige Kerl ließ sich noch weniger blicken als früher! Denton musste den Boten selbst hinausbegleiten, damit er unterwegs nichts stahl. Danach ging er sofort zurück.

»Entführt. Wer hat sie bloß entführt?«

Die drei anderen sahen ihn und dann Winters an. »Haltet ihr etwa mich für den Schuldigen?«, fragte dieser betroffen.

»Ihr wolltet sie zur Frau«, hielt Atwell ihm vor.

»Nicht mehr, seit sie so lange vermisst wird. Sie ist jetzt in aller Öffentlichkeit kompromittiert.«

Denton murmelte, dass dieses Mädchen nur auf der Welt sei, um ihn zu quälen.

»Gebt Ihr die Suche schon auf?«

Winters schoss Prather einen Blick zu. »Nein, wir müssen sie finden, um zu erfahren, was sie gehört hat.«

»Seid kein Narr, Tony. Das hier ...« Prather deutete auf die Nachricht, die Denton in der Hand hielt. »Das beweist eindeutig, dass sie gar nichts gehört hat. Sie wäre sonst gleich zur Polizei gegangen oder hätte Whitfield alles erzählt.«

»Das hier ist eigentlich keine Überraschung mehr. Es hieß bereits, sie wäre entführt worden.« Rathgoode lehnte sich auf dem Stuhl zurück und strich über seinen Spitzbart.

Denton stimmte ihm zu. »Die Summe ist unverschämt. Wer soll ein solches Lösegeld bezahlen?«

»Offenbar erwartet man das von Euch«, sagte Rathgoode gelassen.

»Tausend Pfund?«, fragte Denton empört. »Unmöglich. So viel Geld habe ich nicht.«

»Aber Michaela.« Winters verschränkte die Arme. »Vielleicht solltet Ihr die Nachricht von diesem Brief verbreiten und betonen, dass Ihr nicht zahlen könnt. Michaela hat etliche einflussreiche Freunde.«

»Drückt Euch deutlicher aus, Mann«, verlangte Denton ungeduldig.

»Whitfield und McBain haben wegen der Sache ein sehr schlechtes Gewissen.«

Atwell kniff die Augen zusammen, ehe er sich an die anderen wandte.

»Der Earl würde auf seine eigenen Mittel zurückgreifen.«

»Es ist schwierig, so viel Geld aufzutreiben«, warf Prather ein.

»Wieso ausgerechnet sie?«, wollte Denton wissen.

»Das Vermögen ihrer Mutter ist kein Geheimnis, auch nicht, dass ihr Vater es für ihre Mitgift zusammengehalten hat.«

»Verdammt, Rath, erzählt mir etwas, das ich noch nicht weiß.«

»Wer immer dahinter steckt, weiß nicht, dass Ihr pleite seid«, sagte Rathgoode lachend.

Denton warf ihm einen harten Blick zu. »Ich möchte sinnvolle Vorschläge hören, Colonel.«

Sie wandten sich an den fünften Mann, der die langen Beine ausgestreckt hielt und ins Feuer blickte. Die Kopfstützen des Sessels verdeckten sein Gesicht, doch als er sprach, regte sich niemand im Raum. »Unternehmt gar nichts.«

»Das kann ich nicht. Ich bin bereits mittellos.«

»Vielleicht hättet Ihr mit dem Geld Eurer Nichte vorsichtiger umgehen sollen.«

Denton wurde zornig, unterdrückte jedoch eine heftige Antwort.

»Es wäre gefährlich, Whitfield in die Sache zu verwickeln. Er würde Fragen stellen und über die Übergabe des Lösegeldes informiert sein. McBain ist so aufrecht, dass es einen anwidert. Er würde darauf bestehen, zuvor einen Rettungsversuch zu unternehmen.«

Die Übrigen sahen einander an.

»Stellt den Antrag, dass Michaelas Treuhandfonds für das Lösegeld freigegeben wird.« Der Mann schwieg, doch die anderen merkten, dass er noch nicht geendet hatte. »Falls der Antrag abgelehnt wird, überlasst sie den Banditen. In etwas mehr als zwei Monaten werden wir alle sehr reich sein.«

Lächelnd steckte Denton den Brief ein und setzte sich. Während er sich Tee einschenkte, schwenkte das Gespräch rasch auf andere Themen um.

Argyle Campbell hatte genug gehört und entfernte sich von der Tür. Er glaubte keinen Moment, dass Rein Montegomery für Michaela Lösegeld forderte. Er war bereits um ein Vielfaches reicher als Seinesgleichen, und er ging mit seinem Vermögen sehr großzügig um. Wie der Plan auch aussehen mochte, Argyle würde ihn unterstützen. Wenn Rein Montegomery wollte, dass alle an Michaelas Entführung glaubten, sollte es so sein. Argyle hatte die Ankunft und den baldigen Aufbruch des Geistlichen in Reins Haus beobachtet. Das bedeutete, dass Michaela entweder tot oder mit Montegomery verheiratet war. Argyle tippte auf Letzteres, weil es gegen Ende laut hergegangen war und der Geistliche gelächelt hatte, als er das Haus verlassen hatte.

Argyle eilte durch die Küche zum Stall. Was hätte der Brigadier wohl getan, hätte er gewusst, dass seine Nichte mit einem dermaßen beeindruckenden Mann verheiratet war, der sie seinem Einfluss entzog? Sie war jetzt bei einem Mann, der Denton zerstören konnte – oder sogar töten.

»Du siehst schon zum dritten Mal auf die Uhr.«

Rein blickte zu Christian hoch. »Ich habe noch einige Verabredungen.«

»Lügner. Es geht um eine Frau.«

»Wie kommst du darauf?«, fragte Rein, obwohl er sich viel zu sehr nach seiner Braut sehnte. Die letzte Nacht auf seinem Schiff zu verbringen, hatte seine Willenskraft auf eine harte Probe gestellt. Er hatte die Zeit genutzt, um die Lösegeldforderung zu schreiben und eine Menschenkette zu schaffen, die man nicht zurückverfolgen konnte. Schließlich wusste er, dass Michaela das Bett nicht mit ihm teilen wollte. Sie hatte sogar Angst davor. Es war am klügsten, ihr eine Nacht zuzugestehen, in der sie sich an den Gedanken gewöhnen konnte, mit ihm verheiratet zu sein. Ihm fiel es schließlich auch schwer, sich darauf einzustellen.

»Ich weiß nicht, wie ich darauf komme, aber du hast dich verändert.«

Lord Heyward beugte sich vor. »Ja, da stimme ich Euch zu, Sir. Ihr seid … entspannt, könnte man sagen.«

»Nein, das ist es nicht«, behauptete Sheppard. »Er ist immer viel zu entspannt. Das ärgert ja alle so an ihm. Nein, er ist zufrieden.«

Rein lächelte, weil man ihn für gewöhnlich mit wesentlich schlimmeren Eigenschaften in Verbindung brachte.

»Seht Euch dieses Lächeln an«, bemerkte Sheppard.

Christian wischte sich mit der Leinenserviette über den Mund und betrachtete seinen Freund. »Du hast Interesse für Michaela Denton gezeigt. Ich hörte heute Vormittag, dass der Brigadier eine Lösegeldforderung für sie erhielt. Darüber lächelst du also nicht.«

»Lösegeld?« Rein hoffte, betroffen genug zu klingen. »Du lieber Himmel!«

Die Männer beugten sich vor. »Wollt Ihr vielleicht für das Mädchen zahlen?«

Rein hielt die Hand vors Gesicht, um seine Miene zu verbergen. Der Brief mit der Lösegeldforderung hatte nur den Sinn, den Verdacht von Michaela abzulenken. Die Leute sollten spekulieren, wer sie gefangen hielt. Außerdem musste Rein persönliches Interesse an ihr zeigen für den Fall, dass sie sich irgendwann als Ehepaar zeigen würden. Die letzte Nacht und den heutigen Tag hatte er benutzt, um dafür den Grundstein zu legen. Die Lösegeldforderung und die Tatsache, dass er sich nach Michaela erkundigt hatte, waren ein Samenkorn, das bald aufgehen würde. Nur ungern setzte er seine Freunde zu diesem Zweck ein, doch er hatte keine andere Wahl. Es ging um Michaelas Leben. Der Doppelagent sollte sich sicher wähnen und Michaela nicht länger als Bedrohung betrachten. Das gab Nickolas dann die Gelegenheit, ihn zu entlarven. Falls der Mörder des Priesters und der Doppelagent nicht ein und dieselbe Person waren, sollte der Mörder zur Unvorsichtigkeit verführt werden. Katherines Ermordung hatte mit alledem zu tun. Davon war Rein überzeugt, und er hatte es eilig, nach Hause zurückzukehren und selbst dafür zu sorgen, dass niemand sich an Michaela vergriff.

»Wenn Ihr mich entschuldigt.« Er stand auf.

Sie sahen ihm nach, während er die Rechnung beglich und den Club verließ.

Heyward wandte sich an seine Tischgefährten. »Ich hätte nie gedacht, dass ihn die Sache mit dem Mädchen so trifft.«

»Ich auch nicht.« Chandler blickte noch lange zur Tür, nachdem Rein fort war.

»Er will sie«, stellte Sheppard fest.

»Obwohl sie kompromittiert ist?« Heyward empfand Mitgefühl mit dem Mädchen und konnte sich die Kleine nicht mit einem so rätselhaften Mann wie Montegomery vorstellen.

»Sein Ruf ist nicht makellos.« Sheppard ließ sich das Essen schmecken. »Was glaubt ihr, wer sie entführt hat? Und wie viel wird für ihre Freilassung verlangt?«

»Tausend Pfund Sterling, habe ich gehört«, erwiderte Heyward.

Christian stieß einen leisen Pfiff aus. »Glaubt Ihr, dass er so viel für sie zahlen wird?«

Die anderen nickten. Heyward lachte gedämpft. »Falls wir bisher daran zweifelten, ob er ein Herz besitzt, sollten wir das fortan nicht mehr tun.«

Christian sah durch das Fenster, wie Rein aufsaß und wegritt. Rein und Mistress Denton. Interessant.

Sergeant Major Townsend nickte diskret, als Rein ihn in der Taverne in einer Ecke bei mehreren jungen Soldaten sitzen sah. Rein wollte gern höflich sein, hatte es jedoch eilig, nach Hause zu kommen, und ging direkt an den Tisch. Zwei Soldaten machten ihm Platz. Rein gab einem Diener einen Wink und bestellte eine Runde für die Soldaten.

»Was kann ich für Euch tun, Sir?«, fragte der Colonel.

Rein war froh, dass er sich hatte umziehen können. Jetzt wirkte er wie ein Bauer und nicht wie ein Gentleman. Er setzte sich. »Ich bin Dahrein, Sohn von Sakari Vasin.«

Der Mann verzog keine Miene.

»Ihr wart vor mehr als dreißig Jahren auf der *Camden*, die damals vor der nördlichen Küste von Indien ankerte.«

Der Mann überlegte einen Moment. »Ja.«

Die Getränke wurden gebracht, und Rein griff nach seinem Glas Ale. »Sakari hat von Euch gesprochen.« Colonel Braetwell scheuchte die Soldaten weg. »Ich kenne diese Frau nicht.«

»Hattet Ihr keinen Zutritt zum Palast?«

»Doch.«

»Sie war ein Mädchen der ältesten Prinzessin.«

»Aha.« Der Colonel strich mit dem Daumen den buschigen Schnurrbart glatt. Er sah wie ein altes Walross aus. Das blonde Haar war dicht von silbergrauen Strähnen durchzogen, und seine blauen Augen waren scharf. »Ich erinnere mich. Sie war größer als die anderen.« Er ließ den Blick über Rein gleiten. »Wieso erkundigt Ihr Euch nach ihr?«

»Weil sie eine Verwandte ist.«

Braetwell beugte sich vor und stützte sich auf den Tisch. »Ich bin nicht derjenige, den Ihr sucht, mein Sohn«, sagte er leise und wissend. »Ich bin seit fünfunddreißig Jahren verheiratet und liebe meine Sally heute noch wie am Tag unserer Hochzeit. Ich habe nie eines dieser kleinen Hindu-Mädchen angefasst. Die sind nichts für mich.«

»Verstehe.«

»Nein, tut Ihr nicht«, behauptete der Colonel düster. »Die Frauen des Maharadschas waren von höchstem Adel. Das wäre gewesen, als wollte man mit der Königin ins Bett gehen, Mann. Die Strafen waren hart.« Er fuhr sich mit dem Zeigefinger über die Kehle.

»Die meisten entgingen der Bestrafung, Colonel.« Sehr oft sahen es die Vorgesetzten durch den Krieg für gerechtfertigt an, wenn die Männer vergewaltigten.

»Ich weiß, ich weiß, aber damals hatte ich England zum ersten Mal verlassen. Ich mochte die Hitze so wenig wie das Ungeziefer und die Gebräuche. Ich konnte es kaum erwarten, wieder nach Hause zurückzukehren. Nur um an Bord oder in der Kaserne bleiben zu können, meldete ich mich so oft wie möglich zum Wachdienst.«

Rein blickte dem Mann in die Augen, um herauszufinden, ob er die Wahrheit sprach.

»Ich habe nicht viel gesehen, und ich freue mich auch jetzt nicht auf Marokko.«

Dann war das also kein Geheimnis. Reins Vermutung, die hochrangigen Offiziere würden sich dort aus einem anderen Grund treffen, löste sich in Nichts auf.

»Wir ließen zwei Offiziere und eine Schwadron zurück, müsst ihr wissen.«

Rein wusste es, brauchte jedoch die Bestätigung, dass er sich noch immer auf dem richtigen Weg befand. »Und wer blieb da?«

Colonel Braetwell betrachtete sein Gegenüber genauer und stellte eine gewisse Ähnlichkeit fest, aber die zerlumpte Kleidung irritierte ihn. Ein niedriger Mann war das aber sicher nicht. Dafür hielt er sich viel zu straff und gleichzeitig zu anmutig. Das war allerdings nicht der Grund, aus dem der Colonel vorsichtig war. Er sah Rachedurst im Blick dieses Mannes und war froh, dass er seiner Frau treu geblieben war. Andernfalls könnte er jetzt in die Augen seines Sohnes blicken.

»Wer?«

»Ihr wisst es bereits, nicht wahr?«

Rein schwieg, hob den Steinkrug an die Lippen und trank.

»Ich kann es nicht mit Sicherheit sagen, Sir, weil ich vorausgeschickt und dann zu den Royal Guards abkommandiert wurde. Aber ich finde, ein Mann hat das Recht darauf zu wissen, woher er stammt.«

Rein fluchte in sich hinein. Er musste vorsichtiger sein, doch es machte ihn zornig, dass sein Vater ihn kannte, während er hinter der Wahrheit herjagte.

Der Colonel zog seine Uhr hervor. Sally wartete bestimmt schon mit dem Abendessen auf ihn. Er stand auf, ohne seinen Krug zu leeren. »Was werdet Ihr machen, wenn Ihr ihn findet?«

Rein erhob sich ebenfalls, trank das restliche Ale und stellte den Krug behutsam auf den Tisch. Dabei hielt er den Blick auf seine Finger gerichtet.

Braetwell beugte sich zu ihm. »Es gab schon genug Tote, Sir. Macht nicht weiter.«

»Ich will nur etwas beenden«, erwiderte Rein.

Eine Gestalt hielt sich in der Dunkelheit versteckt und sah zu, wie Montegomery auf seinen Rappen stieg und wegritt. Der Beobachter schwang sich auf ein gewöhnliches Pferd, nahm Seitengassen und Passagen und folgte Montegomery, der bestimmt wusste, wo sich diese unbeholfene alte Jungfer versteckte.

Rein stieß die Haustür auf, reichte Cabai Dreispitz und Umhang und lief die Treppe hinauf. Er eilte den Korridor entlang und blieb vor Michaelas Tür stehen.

Um sich zu beruhigen, holte er tief Atem. Himmel, hatte er sie vermisst!

Er klopfte.

Sie forderte ihn zum Eintreten auf, und er griff nach der Klinke und öffnete die Tür. Doch er kam nicht weit. Die Pistole, die auf seine Brust zielte, hielt ihn auf.

Kapitel 24

»Du selbst hast gesagt, dass ich sie gegen dich richten darf.«

»Zum zweiten Mal deinem Mann ein Loch in den Körper zu schießen, ist wohl nicht die richtige Art, eine Ehe zu beginnen.«

»Auch nicht, mich an unserem Hochzeitstag ohne Nachricht allein zu lassen.«

»Ich sagte, dass ich zurückkommen würde«, entgegnete Rein sanfter.

»Vor zwei Tagen.«

Er trat auf sie zu.

Sie spannte die Pistole. Ihre Hände zitterten, und Tränen stiegen ihr in die Augen.

Wäre er ihr gleichgültig gewesen, hätte sie sich bestimmt nicht so aufgeregt.

»Du bist zornig. Das verstehe ich.«

»Komm mir nicht so herablassend, Rein Montegomery! Ich bin wütend! Und du verstehst gar nichts!« Wie sollte er auch? Er konnte nicht ahnen, dass sie sich seit zwei Tagen den Moment vorstellte, in dem er die Wahrheit herausfand – dass sie befleckt war. Und sie hatte überlegt, ob er es vielleicht schon entdeckt und sie deshalb verlassen hatte. Das hatte jegliches Selbstvertrauen zerstört.

»Erkläre es mir, damit ich es verstehe.«

»Nein. Zuerst sagst du mir, wo und bei wem du warst, Gemahl.«

War sie eifersüchtig? »Legst du die Pistole weg?«

»Wenn mir deine Entschuldigung nicht gefällt, drücke ich ab.«

Er trat auf sie zu, bis sich der Lauf gegen seine Brust presste, und sah ihr in die Augen. »Du hast dir Sorgen gemacht.«

»Das stimmt nicht.«

»Du dachtest, ich hätte dich für immer verlassen.«

»Ich dachte, irgendein Kerl hätte dir ein Loch in deinen hohlen Schädel geschossen!«

Er lächelte. »Wie du das jetzt gern machen würdest?«

Sie ärgerte sich über seine Heiterkeit. »O ja, Rein, ja!« Sie nickte heftig. »Sprich, und führe mich nicht in Versuchung!«

»Ich habe deinem Onkel eine Lösegeldforderung geschickt.«

Michaela runzelte die Stirn. »Wie bitte?«

»Dann habe ich mich in der Stadt nach dir erkundigt. Ich hatte bereits das Gerücht ausgestreut, dass du entführt wurdest. Jetzt musste ich herausfinden, wie weit sich dieses Gerücht verbreitet hat.«

»Du wolltest meinen Namen in den Schmutz ziehen?«

»Nein«, wehrte er mitfühlend ab. »Ich wollte, dass die Leute und die Verschwörer glauben, ich würde dich suchen, weil ich eine Schwäche für dich habe.« Sie sah ihn so zweifelnd an, dass ihm nur sehr viel Geduld und absolute Offenheit helfen konnten. »Es wäre doch unsinnig, wenn alle glauben, ich hätte nichts mit dir zu tun, und du irgendwann als meine Ehefrau auftauchst.«

»Oh.« Eine Träne lief ihr über die Wange. »Das klingt einleuchtend.« Nach einem Moment fragte sie: »Und was hast du herausgefunden?«

»Dein Onkel hat sich nicht an die Polizei gewandt.«

Das entlockte ihr ein bitteres Lachen. »Hast du das von ihm erwartet? Ich hätte dich für klüger gehalten.«

»Du bist seine einzige Angehörige.«

»Ich bin seine einzige Geldquelle, Rein. Er bezahlt nicht einmal seine Rechnungen. Das mache ich.«

Das hatte er nicht gewusst. »Wieso?«

»Er lebte über seine Verhältnisse und griff deshalb meinen

Treuhandfonds an. Wenn ich nichts mehr unterschreibe, ist er völlig mittellos.«

»Er ist ein Mann, ein General, bei Vishnu! Er ist nicht arm und kann selbst für seinen Unterhalt aufkommen.« Bisher hatte Rein angenommen, Michaela wäre gut versorgt. Nie hätte er angenommen, Denton würde auf ihre Kosten leben. »Warum hast du ihn nicht fortgejagt?«

»Durch das Testament meines Vaters ist er mein gesetzlicher Vormund. Mir blieb keine andere Wahl.«

Offenbar war sie erpresst worden. Rein hob sich seinen Zorn für einen besseren Zeitpunkt auf. Mit einer Heirat hätte sie ihre Probleme lösen können. Er fragte sich, weshalb sie nicht schon längst zu diesem Mittel gegriffen hatte. Jedenfalls wollte er sich mit dem Brigadier befassen, und er konnte es kaum erwarten.

»Also, wie viel bin ich denn wert, Rein?«, fragte sie schmerzlich.

»Mehr, als ich verlangt habe.«

Sie sah ihn unverwandt an.

»Tausend Pfund Sterling.«

Michaela riss die Augen auf. »Das ist gut! Warum nicht gleich die Kronjuwelen?«

»Was habe ich doch für ein kluges Mädchen geheiratet«, erwiderte Rein lächelnd. »Ich will die Aufmerksamkeit von dir ablenken und auf mich ziehen, Michaela. Alle sollen denken, ein schrecklicher Kerl würde dich wegen deines Vermögens gefangen halten. Es wird keine Forderungen mehr geben, solange es nicht nötig ist. Deine Entführung entkräftet jeglichen Verdacht, du könntest eine Verräterin sein, und wird auch den Doppelagenten beruhigen.«

»Verstehe.« Er hatte sich wirklich um jede Kleinigkeit gekümmert. »Was ist, wenn mein Onkel sich das Geld von anderen beschafft?« Sie glaubte nicht daran. Dafür war er zu begierig, das Gold der englischen Truppen zu rauben, und diese Ladung übertraf ihren Treuhandfonds bei weitem. »Nein«, antwortete sie sich selbst. »Entweder kümmert er sich nicht weiter um mich und überlässt mich den Wölfen, oder er sorgt dafür, dass mein Treuhandfonds für die Bezahlung des Lösegelds freigegeben wird.«

»Wenn du wieder auftauchst, muss er dir das Geld zurückgeben.«

»Er wird es einfach behalten«, erklärte sie kühl. »Ich bilde mir nicht ein, dass dieser Mann sich für mich interessiert. Es geht ihm nur um mein Geld.«

»Das tut mir leid.« Rein dachte an Aurora und Ransom und die Liebe, die sie ihm geschenkt hatten.

Michaela zuckte mit den Schultern. »Ich bin überzeugt, dass mein Vater deshalb keine Ruhe in seinem Grab findet. Wann werde ich wieder auftauchen?«

»Erst, wenn Nickolas seine Aufgabe erfüllt hat. Er wird den Verräter finden. Wenn du dich vorher ins Freie wagst, würde der Mörder zuschlagen. Wir müssen abwarten, bis die Gerüchte verstummen und der Mörder glaubt, dass ich an seiner Stelle nach dir suche.«

Und der Mörder würde ihm folgen. Wieso übernahm er diese Bürde von ihr? »Bist du sicher, dass du so diskret wie möglich warst? In dieser Stadt fällst du immer auf, egal, wie du dich kleidest.« Ihr Blick wanderte über seine schlichte Hose und das raue Hemd, doch an ihrem Ehemann war nichts schlicht.

»Ich kann mich nur nach Kräften bemühen.«

Seufzend suchte sie nach Löchern in seinem Plan.

»Willst du noch immer abdrücken?«, fragte Rein.

»Ich habe mich noch nicht entschieden.«

»Das musst du aber, Michaela.« Er beugte sich über die Pistole. »Soll ich dein Ehemann sein oder nicht? Sind wir Partner oder Gegner?« Seine leise Stimme klang beruhigend, und der Blick aus seinen hellen Augen hielt sie gefangen, während er behutsam die Hand um die Waffe legte. »Was willst du, Gemahlin? Ein Duell oder eine Spur von Vertrauen?«

Es klang sehr einfach. Eine Spur von Vertrauen. Wie gern hätte sie ihm ihre Geheimnisse mitgeteilt. Er hatte ihre Anschuldigungen ertragen und öffentliche Beleidigungen mit Würde hingenommen. Bestimmt würde er verstehen, dass … Ihre Lippen bebten, während sie seine Hände und sein Gesicht betrachtete. Langsam ließ sie die Waffe los, und er nahm sie ihr weg. Michaela legte ihm die Hände an die Brust, als er sie an sich zog.

Hinter ihrem Rücken entspannte er vorsichtig die Pistole und warf sie aufs Bett. »Danke«, flüsterte er ihr ins Ohr.

»Du hättest einen großartigen Spion abgegeben, Rein«, wisperte sie. »Aber dass ich dich nicht erschossen habe, heißt nicht, dass ich dir verziehen habe.« Um Abstand von seinen faszinierenden Augen zu gewinnen, wich sie ein Stück zurück. »Es gefällt mir nicht, wie du ohne meine Zustimmung über mein Leben verfügst.«

»Ich bitte um Verzeihung. Von jetzt an werde ich alles mit dir besprechen«, versicherte er lächelnd. »Jetzt gleich. Bitte.«

»Beim Essen. Ich habe Hunger.« Er ging zur Tür.

Michaela folgte ihm nicht.

»Kommst du?«

Zögernd trat sie zu ihm. »Nur, weil ich schon lange nichts mehr gegessen habe.«

Er ließ ihr den Vortritt. »Hat Cabai dich nicht gefüttert?«

Gereizt blickte sie über die Schulter zurück. »Ich bin kein Haustier, Rein. Doch, er hat für mich gesorgt. Das Hochzeitsmahl war sehr gut.«

»Michaela«, beteuerte er, »ich wäre geblieben, wäre es möglich gewesen.« Am Fuß der Treppe hielt er sie am Arm fest. »Du hast dir Sorgen gemacht. Gib es zu.«

»Wir sind verheiratet, Rein. Natürlich mache ich mir Sorgen um dich.«

Starrsinnige Frau, dachte er und lächelte. »Nur, weil wir denselben Namen tragen?«

Seine Stimme klang unwiderstehlich intim. Es machte sie nervös. Wie sollte sie ihm etwas erklären, das sie selbst nicht verstand? Rein hatte Nickolas versprochen, sie um jeden Preis zu beschützen. Und das hatte er getan. Was sollte aus ihr werden, wenn er sich von ihr scheiden ließ, weil er erfuhr, dass sie befleckt war? Die Ehe bestand nur auf dem Papier, und dabei musste es auch bleiben, bis sie annulliert wurde.

Er verdiente eine richtige Ehefrau.

Doch als sie ihm in die Augen blickte, wusste sie, dass es nicht nur um den gemeinsamen Namen ging. Sie empfand viel für ihn, weil er ihr Hoffnung auf eine gemeinsame Zukunft gab, obwohl sie überzeugt gewesen war, an Einsamkeit zu sterben. Sie wollte die Frau sein, für die er sie hielt und für die er jedes Risiko auf sich nahm. Doch sie war diese Frau nicht und würde es auch nie sein.

Als sie beharrlich schwieg und ihn nur rätselhaft ansah, beugte er sich zu ihr, bis seine Lippen beinahe ihren Mund berührten. »Ich habe mir Sorgen gemacht«, flüsterte er. »Und ich habe dich vermisst.«

In diesem Moment gab sie alle Zurückhaltung auf, schlang ihm die Arme um den Nacken und küsste ihn voll Verlangen, raubte ihm den Atem und nahm sich jenen Genuss und jene Zuneigung, die ihr so lange vorenthalten worden waren.

Leise stöhnend drückte er sie an sich, und sie gewährte seiner Zunge Einlass und kam ihm entgegen. Er begehrte sie – jetzt gleich. Doch er hatte ihr Ehrlichkeit versprochen und wollte nicht wieder dieselben Fehler begehen.

Rein beendete den Kuss. »Wir müssen miteinander reden. Es gibt einiges, das du von mir wissen musst.«

»Jetzt?«, flüsterte sie.

»Zwischen uns darf es keine Geheimnisse geben, Michaela«, raunte er ihr ins Ohr. »Ich habe schon einmal versagt und werde diese Ehe nicht durch Halbwahrheiten gefährden.«

Sie schloss die Augen und sehnte sich nach seiner Nähe,

doch sie konnte seine Worte nicht vergessen. Keine Geheimnisse! Wenn er über seine Vergangenheit sprechen wollte, würde sie ihm zuhören. Doch wenn er sie in seinem Bett begehrte, würde er hinter ihre Lügen kommen.

Noch war sie nicht bereit, wieder allein zu sein.

Langsam gab er sie frei. Tief in ihr pochte das Verlangen nach ihm, und als ihr Blick über seine schlanke Gestalt glitt, wurde ihr heiß bei dem erregenden Gedanken, nackt in seinen Armen zu liegen.

Rein hatte jedoch bemerkt, dass sich ihre Wangen gerötet hatten, als ihr Blick über seinen Körper geglitten war, bevor sie ihn beschämt gesenkt hatte. Das war für eine Jungfrau eine normale Reaktion, und doch glaubte er, dass hinter ihrer Furcht mehr als die Scheu vor der Hochzeitsnacht steckte. Er konnte außerdem kaum glauben, dass die tüchtigste Spionin der Kolonisten so gar nichts von Männern und Frauen wusste.

»Abendessen?«, fragte er, reichte ihr die Hand und betete um Geduld.

Sie ließ sich von ihm zur Küche führen.

Mr Bushmara tauchte aus dem Schatten auf und nickte Michaela grüßend zu.

»Guten Abend«, sagte sie auf Farsi.

Rein runzelte erstaunt die Stirn.

»Wie ich sehe, habt Ihr ihm doch kein Loch in seinen Wanst geschossen«, erwiderte Bushmara in seiner Muttersprache.

»Dann hätte ich ja die Kugel selbst herausholen müssen. Habt Ihr heute Abend schon gegessen?«

Er nickte. »Könnt Ihr kochen?«

»Die Meinungen über das Ergebnis gehen auseinander, aber ich kann kochen.«

»Nun, Gemahlin …«

Sie wandte den Blick von Bushmara zu Rein. »Welche Geheimnisse werde ich noch bei dir entdecken?«

Das traf zu genau zu. Hastig blickte sie weg und sagte in fehlerfreiem Hindi: »Es gibt einige Dinge, die eine Frau für sich behalten muss.«

Hinter diesen Worten lagen so viel Resignation und Kummer, dass er sanft auf Hindi sagte: »Ich werde sie wohl hüten, meine Taube. Wann wirst du das einsehen?«

Meine Taube … Es schnürte ihr die Kehle zu. »Es ist nicht klug, alles ans Licht zu ziehen, Gemahl.«

Er schenkte ihr sein zärtlichstes Lächeln und folgte ihr zur Küche. Und er sah zu, wie sie Teewasser aufsetzte, eine Schale mit Obst auf den Arbeitstisch stellte und nach einem Messer griff. Er spürte ihr Unbehagen. Sie hielt sich verkrampft, als wollte sie jeden Moment fliehen. In der Speisekammer inspizierte sie die Regale, und sein Blick wanderte über ihren schlanken Hals zu ihren Brüsten. Das dunkelbraune Kleid betonte ihre helle, makellose Haut und die Farbe des lose geflochtenen Haars und der Augen. Wie sie da regungslos stand, wirkte sie wie einem Gemälde entstiegen. Wusste sie, dass er sie beobachtete? Empfand sie die gleichen Gefühle wie er, wenn ihre Blicke sich trafen?

»Du hast in Indien gelebt?«

»Einige Jahre«, erwiderte sie und wählte die nötigen Zutaten aus.

»Hat es dir gefallen?«

»Sehr.« Michaela brachte alles zum Tisch.

»Ich habe es gehasst.«

»Wirklich?«

»Ja.« Er setzte sich auf einen Hocker, während sie ein Stück Schweinefleisch auspackte. »Du isst doch Schwein?«

»Ja, aber kein Rindfleisch«, erwiderte er lächelnd.

Sie nickte, griff nach einem Messer und schnitt das Fleisch auf. Cabai kam herein und sah sich empört um, weil sie seine saubere Küche in Unordnung brachte.

Rein scheuchte ihn hinaus. »Ich wurde im Palast des Maharadschas geboren und dann meiner Mutter gestohlen. Sie war Zofe einer Prinzessin.«

»Wie schrecklich«, sagte Michaela voll Mitgefühl.

Er nahm eine Scheibe Brot. »Das hat man mir nur erzählt. Ich erinnere mich an nichts.«

»Du glaubst es nicht?« Sie schob ihm den Teller hin, damit er sich bediente.

»Ich muss es glauben. Meine erste Erinnerung ist, dass ich zusammen mit etlichen anderen verwaisten Jungen in einer Diamantenmine arbeiten musste. Wir waren nicht einmal fünf Jahre alt. Nachdem ich fliehen konnte, lebte ich auf der Straße als Taschendieb.«

Sie litt mit dem kleinen Jungen, diesem Halbblut. Es war schrecklich, so lange nicht zu wissen, woher man kam und ob eine Mutter nach einem suchte. »Wie hast du schließlich alles erfahren?«

»Ich machte mich auf die Suche und fand eine Tante meiner Mutter. Obwohl sie schon im Sterben lag, erkannte sie meine Ähnlichkeit mit ihrer Nichte und gab mir das hier.« Er holte das Medaillon unter dem Hemd hervor. Auf der Vorderseite war die *Camden* eingraviert, auf der Rückseite der Rang seines Vaters und das Jahr, jedoch kein Name. »Es gehörte meinem Vater.«

Michaela erinnerte sich, dass Offiziere solche Medaillons erhielten. Es kam nicht oft vor, sondern nur nach einer großen Schlacht oder einer erfolgreichen Belagerung. Ihrer Meinung nach hatte ihr Onkel sein Medaillon ungerechtfertigt erhalten, hatte jedoch nie darüber gesprochen.

»Du bist halb Engländer«, stellte sie fest. »Mehr hast du nicht von ihm?«

»Das und meine Augen.«

»Es sind schöne Augen, Rein.«

Er lächelte schwach und verbarg das Medaillon wieder. »Ich suche seither nach ihm.«

Sie goss das Wasser in die Teekanne und stellte Tassen auf ein Tablett. »Hattest du Erfolg?«

»Teilweise.« Er stand auf und fand eine Flasche Wein und Kelche. »Ich habe die Möglichkeiten eingeengt. Aber das war es nicht, worüber ich mit dir sprechen wollte.«

»Ich muss nicht alles wissen, Rein.«

»O doch. Meine erste Frau Shaarai wusste nicht alles, und das hat sie umgebracht.«

Michaela hatte ihre Zweifel. »Wenn du meinst.«

»Sie war die Tochter eines Stammesanführers auf einer Insel, die meinem Adoptivvater gehört.« Er reichte ihr ein Glas Wein. »Ich wollte mein Glück suchen und mit ihr fortlaufen, war aber klug genug, allein aufzubrechen. Ihr Stamm hält Frauen streng von den Männern getrennt, um ihre Reinheit zu garantieren. Als ich zurückkehrte, heiratete ich sie entgegen den Wünschen aller und brachte sie nach England. Ich war noch keine zwanzig Jahre alt, hielt mich jedoch für einen Mann«, sagte er bitter. »Ich hatte damals ein einträgliches Geschäft, und Shaarai wollte England unbedingt sehen. Und sie wollte dazugehören.« Er schwieg und dachte an das knapp siebzehnjährige Mädchen, das ihm ständig Fragen gestellt hatte. »Sie lernte Französisch und Latein, die Wahl der richtigen Kleider und das perfekte Decken eines Tisches. Sie ging ins Theater. Und sie veränderte sich.«

Michaela legte Fleisch auf eine Scheibe Brot. »Inwiefern?«, fragte sie und biss ab.

»Ihr kam es nur darauf an, den Damen der Gesellschaft zu gefallen. Sie dachte nicht mehr an sich. Bis dahin hatte sie nie mehr als ein schlichtes Kleid am Leib getragen. Jetzt zwängte sie sich in Korsetts und Schuhe und ließ sich die Haare aufdrehen. Und sie achtete sorgfältig darauf, dass kein Schatten auf unser Haus fiel. Nach zwei Jahren erkannte ich das Inselmädchen kaum wieder.«

»Sie wusste nicht, dass du der Sohn einer Zofe und eines Engländers warst?«, fragte Michaela leise.

Er trank einen Schluck Wein. »Ich hätte es ihr sagen sollen, aber ich war mir über die möglichen Folgen nicht im Klaren. Aurora erzog mich in dem Glauben, dass es nicht auf das Blut ankommt.«

»Aurora?«

»Die Frau, die mich adoptierte. Sie warnte mich davor, Shaarai von ihren Leuten wegzubringen, weil sie nicht auf die Welt außerhalb der Insel vorbereitet war. Du ahnst nicht, wie oft ich mir seither gewünscht habe, auf Aurora gehört zu haben. Beim Tee eröffnete eine Frau Shaarai ziemlich schroff, was für einen Mann sie geheiratet hatte. Alle im Raum hörten es. Shaarai stritt das ab, doch als sie mich direkt darauf ansprach und die Wahrheit erfuhr, verlor ich ihre Liebe. Ich hatte sie hintergangen. Es gab keine Einladungen mehr und keine Besucher. Ihre Freunde wandten sich auf der Straße von ihr ab.«

Er spielte mit einem Messer und drehte es immer schneller auf dem Tisch.

»In ihren Augen hatte sie alles verloren, die Stellung in der Gesellschaft und das Ansehen. Sie zog sich zurück, sprach nicht mehr mit mir und verbannte mich aus ihrem Bett. Monatelang ließ ich sie gewähren und hoffte, sie würde sich besinnen, doch sie zog sich noch mehr zurück. Das machte mich zornig.« Er schlug mit der Hand auf die Messerklinge. »Am Abend ihres Todes hatten wir einen Streit.«

»Das will ich nicht hören.« Michaela sprang auf. »Sag nichts mehr.«

Rein versperrte ihr den Weg. »Du musst es hören.«

»Ich will aber nicht, nein.« Sie ertrug nichts, das ihn womöglich belastete.

Er hielt sie an den Armen fest. »Sieh mich an«, verlangte er leise. »Sieh mich an. Ich hielt sie wie jetzt dich, und ich schüttelte sie. Ich verlangte, sie sollte sich für ein Fest anziehen, das für meine Geschäftsbeziehungen wichtig war. Sie weigerte sich, und ich ließ sie so plötzlich los, dass sie zu Boden stürzte. Ich ging, ohne ihren Schmerz zu sehen. Ich sah nur den meinen.« Er streichelte Michaelas Arme und führte sie zum Tisch zurück. Auch als sie nebeneinander saßen, ließ er ihre Hand nicht los. »Ich stand im Ballsaal und verhandelte über einen neuen Vertrag, als mir klar wurde, dass ich mit Shaarai zu schroff umgegangen war. Sie war von ihrer Insel direkt nach England gekommen, und sie war noch so unschuldig.«

Er strich sich über das Gesicht. Michaela hatte noch nie bei einem Menschen solche Reue gesehen.

»Ich kam heim und fand sie. Ihre Kehle war durchgeschnitten.«

»Du brauchst nicht …«, setzte Michaela an.

»Doch.« Er drückte ihre Hand fester. »Ich nahm meine Frau in die Arme und klagte wie ein Kind. Ich weinte wegen meiner Lügen und wegen meiner Gier nach Geld, das ich haben wollte, damit niemand mehr meine Herkunft infrage stellen würde. Ich brachte Shaarai ohne Vorwarnung in diese Welt.«

»Dich trifft keine Schuld an ihrem Selbstmord«, versicherte Michaela mit Tränen in den Augen.

»Begreifst du nicht? Sie führte einen zehn Zentimeter tiefen Schnitt aus. Das war keine Frau, die sterben wollte. Das war eine Frau, die sich selbst bestrafen wollte. Ich habe sie dazu getrieben.«

»Nein!« Sie sah ihm beschwörend in die gequälten Augen. »Das konntest du nicht vorhersehen. Sie allein legte solchen Wert auf ihre gesellschaftliche Position, und sie griff nach dem Messer. Du hast sie gebeten zu überleben, aber sie war nicht stark genug. Woher solltest du das wissen? Rein«, drängte sie sanft, »du kannst nicht die Last ihrer Entscheidung tragen.«

Ihr Verständnis überwältigte ihn. »Ich übernehme meinen Anteil an der Verantwortung, Michaela. Die Monate im Gefängnis waren nichts im Vergleich dazu, ihrem Vater ins Auge zu sehen und ihm zu sagen, dass seine einzige Tochter tot und warum sie gestorben war.« Er ließ ihre Hand los und strich sich durchs Haar. »Die Dienerschaft war aus Angst geflohen, aber Ransom fand einen, der meine Unschuld bestätigte, bevor ich gehängt werden konnte.« Er goss Wein in ein Glas. »Der Öffentlichkeit genügte das nicht.«

Darum kümmert er sich nicht, dachte Michaela, während sie zusah, wie er trank. Er hatte seine Frau an ungeschriebene Regeln für richtiges Verhalten verloren und störte sich nicht mehr im Geringsten daran, was die feine Gesellschaft dachte oder sagte. Er war gebrandmarkt und hielt sich von respektablen Frauen fern, damit sie nicht unter den Spekulationen über den Tod seiner Frau litten. Das war äußerst ehrenhaft. Trotzdem machte es sie zornig, dass er deshalb einsam leben musste und sie selbst zu jener Öffentlichkeit gehörte, die ihn dazu zwang.

Heute Abend hatte er ihr seine Seele geöffnet. »Es tut mir leid«, sagte sie leise.

»Wieso?«, fragte er erschöpft.

»Weil ich wie alle anderen war und dachte, du hättest deiner Frau und Katherine das Leben genommen.«

»Und ich könnte vielleicht auch dich töten?«

»Nein«, wehrte sie ab. »Das habe ich nie befürchtet.«

»Lügnerin«, erwiderte er mit einem bitteren Lächeln.

»Ich mag mich vor dir gefürchtet haben, Rein, und deine finstere Haltung hat die Gerüchte unterstützt, aber ich habe dich anders kennen gelernt.«

Das schien er ihr nicht zu glauben.

»Nur ein Mann von höchster Ehre würde für ein Versprechen, das er einem Freund gegeben hat, so viel opfern.«

»Du glaubst, ich hätte dich geheiratet, weil ich Nickolas einen Schwur geleistet habe?«

»Ich bin fünfundzwanzig Jahre alt und habe keinen einzigen Verehrer.« Michaela spielte mit dem Ende des Zopfes. »Ich weiß, was ich bin. Ich habe mich drei Jahre im Hintergrund gehalten und bin nicht mehr aufgefallen als ein Dienstmädchen.«

»Du hast die unbeholfene alte Jungfer gespielt.«

»Das war nicht gespielt.«

Am Zopf zog er sie näher zu sich heran. »Jeder Mensch mit gesunden Augen muss sehen, dass du etwas verbirgst, Michaela. Sind dir meine Matrosen nicht aufgefallen?«

»Ich habe ihre Blicke bemerkt, und wenn man bedenkt, wo sie mich gefunden haben …«

Rein schüttelte den Kopf. »Sie beneiden mich.«

»Du redest schon wieder Unsinn«, hielt sie ihm vor.

Sein Blick wanderte über sie. »Offenbar muss ich dich erst überzeugen.« Im nächsten Moment zog er sie vom Hocker und in seine Arme und küsste sie, doch sie drückte die Hände gegen seine Brust, als wollte sie ihn abwehren. Er küsste sie trotzdem weiter, und ihre Zunge drang in seinen Mund ein.

Ihr wohliges Stöhnen weckte sein Verlangen. Er küsste ihre Wangen und ihren Hals, und als sie sich an ihn klammerte, drückte Rein das Gesicht gegen ihre Brüste.

Als er eine der weichen Rundungen umfasste und die Spitze durch den Stoff hindurch streichelte, erwachten Begehren und Angst in ihr. Rein lockte sie weiter, drückte zarte Küsse auf ihre Brüste und sah ihr in die Augen, während er die Korsage herunterzog.

»Ich will dich kosten«, sagte er heiser, umschloss die rosige Spitze mit den Lippen und entlockte Michaela ein lustvolles Seufzen.

In einem innigen Kuss miteinander verschmolzen, setzte er sie auf den Tisch und drängte sich zwischen ihre Beine. Während er ihre von seinen Küssen feuchten Brüste streichelte und mit den Spitzen spielte, ließ sie die Hände über ihn gleiten, als müsste sie sein Aussehen wie eine Blinde ertasten. Ihre Hand glitt über seinen Hals unter sein Hemd und tiefer, um mehr von seiner warmen Haut zu fühlen. Michaela sehnte sich nach seiner nackten Haut und bekam nicht genug, zuckte jedoch zusammen, als er die Hand unter ihren Röcken auf ihren

Schenkel legte. Rein hielt still und wartete, bis sie sich daran gewöhnt hatte. Dann erst glitt seine Hand langsam höher. Er zögerte einen Moment, als er entdeckte, dass sie unter dem Kleid nackt war. Sein Lächeln machte sie verlegen, doch er lenkte sie ab, verwöhnte die Brustspitzen und legte eine Spur aus Küssen über ihren Hals bis zu ihrem Mund. Sie stöhnte an seinen Lippen und drückte sich ihm entgegen.

Rein legte die Hände auf ihren nackten Po und presste sie an sich, und dann tauchte seine Hand zwischen ihre Schenkel.

Sie verkrampfte sich und grub die Finger in seine Schultern. Ein verunsicherter Blick traf ihn.

»Ich werde dir nicht weh tun, Michaela«, beteuerte er und streichelte sie. »Ich werde dir nie wehtun.«

Forschend ließ er einen Finger eindringen und entlockte ihr ein Stöhnen, zog sich zurück und drang erneut vor, während sie die Schenkel gegen ihn presste und die Hüften unter seiner Bewegung wand.

»Öffne dich für mich, *rasha*, nimm es an«, flüsterte er an ihren Lippen und küsste sie.

»Ich kann nicht«, stöhnte sie.

Seine Finger glitten tiefer. »Du bist schon zu nahe … nimm sie an.«

»Was?«, stieß sie hervor.

»Die Lust«, hauchte er leidenschaftlich, streichelte und erregte sie pausenlos. Ihr Körper bewegte sich wie von selbst, und sie spannte sich an, als Rein fest an einer Brustspitze sog. Ihre Fingernägel gruben sich in seine Haut.

»Lass dich gehen.«

»Ich … ich habe Angst.«

»Lege deine Hand auf meine.«

»Nein«, hauchte sie, und ihr stieg das Blut in die Wangen.

»Doch«, lockte er.

Sie gehorchte zögernd, und er erfüllte sie mit einem zweiten Finger. Michaela rang nach Luft und kam ihm weiter entgegen.

»Zeige mir, wie ich dich verwöhnen kann, Michaela.«

Die Hände an seinen Kopf gelegt, drückte sie seinen Mund an ihre Brüste, und er küsste sie, während er ihre Leidenschaft steigerte.

»Lass dich gehen, *rasha*, für mich. Komm schon ... ja, ich fühle deine Lust«, flüsterte er ihr ins Ohr, küsste sie auf den Hals, auf die Lippen, drückte seine Stirn gegen die ihre und sah ihr tief in die Augen, während ihr Körper erschauerte und sich anspannte. Sein Name kam über ihre Lippen, während sich unbeschreibliche Hitze tief in ihr ausbreitete und sie von heftigen Wellen gepackt wurde, die niemals enden sollten. Schluchzend presste sie ihren Mund auf seine Lippen, stöhnte und rang nach Luft. Lange hielt er sie auf dem Gipfel und trieb sie zur Ekstase. Endlich erlebte sie den befreienden Moment des Höhepunkts und sank gegen Rein.

Er streichelte sie, bis sie allmählich wieder zu sich kam.

Der Beweis seiner Erregung drückte gegen sie. »Ich könnte dich immer nur ansehen.«

Sie senkte den Blick und errötete. Er bedeckte ihren Hals und ihre Brüste mit Küssen und zog das Kleid ein Stück höher.

Michaela betrachtete ihn unsicher und verängstigt, als warte sie auf etwas. So sehr er sich auch nach ihr sehnte, hielt er sich doch zurück.

»Müde?«

»Ich könnte eine ganze Woche schlafen«, murmelte sie und schloss die Augen.

Mit einer fließenden Bewegung hob er sie hoch und trug sie aus der Küche. Die Arme um seinen Nacken gelegt, schmiegte sie den Kopf an seine Schulter. Auf jeder Stufe verkrampfte sie sich mehr, und er küsste sie auf die Stirn, betrat ihr Gemach und legte sie auf das Bett. Nach einem letzten zarten Kuss wich er zurück.

»Ich bin ein geduldiger Mann, Michaela Montegomery.«

In ihrem Blick sah er Überraschung, als hätte sie erst jetzt begriffen, wer sie nun war.

»Du besitzt die Macht über mich. Wenn du mir erzählen willst, was dich ängstigt und von mir fern hält, werde ich dir zuhören.« Damit drehte er sich um, und Michaela sah ihm schweigend nach, als er durch den Baderaum in sein Schlafzimmer ging und hinter sich die Tür schloss.

Kapitel 25

Atwell Denton ballte die Fäuste. »Wenn er glaubt, dass ich ihm meine Nichte zur Frau gebe, wenn er sie findet, irrt er sich.«

»Das ist aber wohl seine Absicht.«

»Ich wünsche nicht, dass mein Name mit jemandem aus dieser Familie in Verbindung gebracht wird«, erregte sich der Brigadier.

»Eine Brut halbblütiger Bastarde«, bestätigte Anthony und war erfreut, dass der Brigadier sich nicht von Montegomerys Angebot beeinflussen ließ.

»Hat er denn etwas erfahren?«

»Er vertraut sich mir nicht an, Sir.«

»Ja, schon gut, natürlich nicht. Ihr reizt ihn.«

Anthony richtete sich starr auf. Denton setzte ihn wie sein eigener Vater ständig herab. Irgendwann verlor er bestimmt die Geduld und ließ den Brigadier seine Faust kosten.

»Ich möchte, dass es über die ganze Stadt verbreitet wird. Er ist inakzeptabel, selbst wenn er das Mädchen finden sollte.«

»Dann hört er vielleicht auf, nach ihr zu suchen.«

»Der nicht. Der ist wie ein Hund, der hinter einem Knochen her ist. Er gibt nicht auf.« Denton hielt die Hände auf dem Rücken verschränkt und blickte zwischen den Samtvorhängen hindurch aus dem Fenster. »Er ist nicht gut genug für ein richtiges englisches Mädchen.«

»Weiß sie das auch?«

Denton runzelte die Stirn. »Nach dieser Schande wird sie den Ehemann nehmen, den ich ihr gebe!«

Anthony lächelte hinter dem Rücken des Brigadiers.

»Beobachtet ihn, Anthony. Findet heraus, mit wem er spricht und wohin er geht.« Der Brigadier warf einen Blick über die Schulter. »Wir finden sie noch vor ihm.«

Michaela genoss das duftende Bad, das sie erregte und Erinnerungen an die letzte Nacht weckte. Lustvolles Prickeln setzte ein, und sie schloss die Augen, legte die Hände auf ihre Brüste und sah Reins Mund, wie er mit ihr spielte. Das Verlangen nach Erfüllung stieg in ihr hoch, doch diese Erfüllung fand sie ohne ihn nicht.

Er schenkte ihr Lust und verlangte nichts dafür.

Du besitzt die Macht über mich ...

Michaela lächelte. Wie sehr sie das genoss!

Als sie leises Knarren hörte, öffnete sie ein Auge und setzte sich auf, als sich die Tür zu Reins Zimmer langsam öffnete. Rasch bedeckte sie die Brüste mit einem Waschlappen, sah zu ihrem Bademantel und überlegte, ob sie ihn erreichte, ohne gesehen zu werden.

Als sie sich ein Stück aus der Wanne erhob und vorbeugte, schwang die Tür ganz auf. Rein stand nackt über ein Becken gebeugt und rasierte sich. Michaela sank in die Wanne zurück, Wasser spritzte heraus, und bei dem Geräusch blickte Rein hoch und sah sie im Spiegel.

Während er sich fertig rasierte, hielt er den Blick auf sie gerichtet. Zuletzt wischte er den verbliebenen Schaum mit einem Tuch weg.

»Guten Morgen, Gemahlin.«

Gemahlin. Er sagte das Wort sinnlich und voller Verlangen.

»Guten Morgen, Rein.« Sie ließ sich bis zum Hals in den Schaum sinken. »Könntest du die Tür schließen?«

Er legte das Handtuch weg und griff nach der Hose, und Michaela beobachtete, wie die Muskeln an seinem Rücken und seinem Po spielten, während er sich anzog. Er war ihr Ehemann. Also durfte sie ihn betrachten. Und er war schön. Es gab kein anderes Wort dafür. Lächelnd kam er an die Tür.

Es erregte Rein allein schon, sich vorzustellen, was sich unter diesem Schaum verbarg. »Hast du gut geschlafen?«

Nein. Sie hatte sich ausgemalt, wie er sie berührte, bis sie beinahe seine Tür aufgebrochen hätte. Doch das brauchte er nicht zu hören. Sein Blick verriet, dass er es ahnte.

»Ganz gut«, erwiderte sie lässig und hielt den Blick auf seine muskulöse Brust gerichtet. Wie gern sie ihn gestreichelt hätte! »Die Tür, wenn ich bitten darf.«

»Mein Hemd«, erwiderte er und trat zu dem Haken neben der Wanne.

Als Michaela scharf Luft holte, drehte er sich um. »Lieber Himmel, Rein, was ist da passiert?«, rief sie und starrte auf seine Wade.

Er schenkte der alten Verletzung nicht einmal einen Blick. »Ein Hai hielt mich für ein delikates Mahl.«

Sie beugte sich über den Wannenrand und achtete nur auf sein Bein.

Sein Blick wanderte über sie, während sie die Narbe berührte.

»Ein Wunder, dass du das Bein nicht verloren hast.« Bis zum Knie hinauf waren noch die Spuren von Nähten zu erkennen.

»Als ich am nächsten Morgen erwachte, wünschte ich, es verloren zu haben.«

»O Rein! Was für Schmerzen! Wieso bist du zwischen Haien geschwommen?«

»Ein Mann, der Aurora töten wollte, legte innerhalb des Riffs blutiges Fleisch als Köder aus, und ein Hai überwand die Felsen. Aurora schwamm dort, und ich war ihr Wächter. Sie rief mir zu, nicht ins Wasser zu kommen. Sie würde allein mit dem Hai fertig werden. Aber ich hatte zu viel Angst um sie.«

»Verständlich.« Michaela beugte sich noch weiter zu seinem

Bein und bot ihm einen köstlichen Anblick ihrer nackten Brüste. »Der Hai hat nicht sie, sondern dich angegriffen.«

»Aurora hat mir das Bein gerettet.« Sie hatte mit dem Schiffsarzt gestritten, damit er es nicht amputierte, und dafür war er ihr ewig dankbar.

»Aber du hinkst gar nicht. Wenn du dich bewegst, merkt man nichts.«

»Das Bein wird bei Regenwetter steif. Ich habe das stets vor allen verborgen.« Unzählige Male war er auf Berge geklettert, um die geschwächten Muskeln wieder zu stärken.

»Warum?«

Er hielt ihrem Blick stand. »Weil ich mich dadurch noch mehr von anderen unterschieden hätte.«

»Du bist nicht wie die anderen«, beteuerte sie. »Und darauf kannst du stolz sein. Du hast den Angriff eines Hais überlebt, Rein. Anderen wäre das nicht gelungen. Du bist zu bewundern. Solche Stärke findet man selten.«

Bestimmt ahnte sie nicht, wie viel ihm ihre Worte bedeuteten. Sie betrachtete ihn nicht angewidert. Sogar Katherine hatte darauf bestanden, dass er das Bein verdeckte.

Lächelnd streichelte er ihre Wange, beugte sich hinunter und küsste sie sanft. Und in diesem zärtlichen Kuss spürte sie seine Dankbarkeit.

Für einen Moment wurde der Kuss leidenschaftlicher. Dann murmelte Rein: »Ich habe die ganze letzte Nacht mit deinem Bild geschlafen.«

»Wirklich?«

»Immer wieder erlebte ich, wie meine Hand dir Lust verschafft hat.« Als sie sich abwandte, legte er ihr die Finger unters Kinn, damit sie ihn wieder ansah. »Du weißt gar nichts über dich.«

Verwirrung zeichnete sich auf ihrem Gesicht ab.

»Die Liebe mit mir jagt dir Angst ein, Michaela. Nein, streite es nicht ab. Das wäre unsinnig. Du brauchst einen Mann, um Lust zu finden.«

Darüber wollte sie nicht sprechen. Er sah es in ihren Augen.

»Soll ich es dir beweisen?«

»Das ist nicht nötig«, wehrte sie hastig ab. »Das Wasser wird kalt.«

»Dann musst du heraussteigen.« Er griff nach ihrem Bademantel und hielt ihn ihr hin.

»Das kann ich allein.«

»Ich bin dein Ehemann, Michaela, und irgendwann wirst du nichts mehr vor mir verbergen.«

Irgendwann würde er sie aus dem Haus werfen. Er hielt ihrem Blick herausfordernd stand, und Michaela drehte sich um und stand auf. Erst nachdem er ihren anmutigen Rücken und den schönen Po ausgiebig betrachtet hatte, legte er ihr das Kleidungsstück um die Schultern.

Sie hüllte sich darin ein und hielt den Saum über Wasser, während sie aus der Wanne stieg.

Den Rücken Rein zugewandt, band sie mit bebenden Händen den Gürtel. Es erregte sie, wie maskulin Rein aussah, und als er ihr die Hände auf die Schultern legte und ihr die Lippen auf den Hals drückte, berührte sein Körper den ihren – Brust an Rücken, Schenkel an Schenkel. Seine Haut verströmte solche Wärme, dass Michaela sich nach ihm sehnte und sich ihre Brustspitzen aufrichteten.

Plötzlich wich seine Wärme, und als sie sich umdrehte, schloss sich bereits die Tür hinter ihm.

Wasser tropfte auf ihre nackten Füße und floss auf den Boden.

Michaela stieß gegen den Tisch mit den Fläschchen voll Badesalz und Seifenpulver. Die Behälter klirrten, und ihr Körper erschauerte. Rein hielt sich an sein Wort. Er nahm sie nicht, sondern wartete darauf, dass sie zu ihm kam.

Seufzend sank sie auf den Hocker und presste die Beine fest zusammen, doch die harte Oberfläche erregte sie nur noch mehr. Den Kopf in die Hände gestützt, rang sie nach Atem, um sich wieder zu beruhigen. Es war nicht vernünftig, Rein dermaßen zu begehren und sich gleichzeitig vor den unvermeidlichen Folgen zu fürchten. Wie lange konnte er sich überhaupt noch zurückhalten?

Auf der anderen Seite der Tür kämpfte Rein um Beherrschung. Die Hose wurde ihm so eng, dass die Knöpfe abzuplatzen drohten. Michaela war seine größte Schwäche. Die Hände gegen die Tür gepresst, senkte er den Kopf. Sie begehrte ihn und wäre schon nach kurzer Verführung in sein Bett gekommen. Doch sie sollte nichts bedauern. Er hatte bereits darüber nachgedacht, weshalb sie ihn fürchtete und sich dermaßen heftig gegen ihr eigenes Verlangen wehrte. Und er war zu einem schmerzhaft brutalen Schluss gelangt.

Michaela saß am Schminktisch, bürstete ihr feuchtes Haar und versuchte, die Locken zu zähmen. Wie die Stäbe eines alten Weidenkorbes sprangen sie immer wieder hoch. Am liebsten hätte sie zur Schere gegriffen. Das offene Kleid rutschte von ihren Schultern. Sie warf die Bürste aus der Hand und verbarg das Gesicht in den Händen. Auch jetzt noch prickelte ihr Körper von den Empfindungen, die Rein gestern Abend und heute Morgen in ihr ausgelöst hatte. Ihre Haut erwärmte sich, und tief in ihr setzte ein lustvolles Gefühl ein.

Als sich die Tür öffnete, verkrampfte sie sich, weil sie Rein jetzt nicht sehen wollte. Noch nicht. Doch als sie den Kopf drehte, kam Cabal auf sie zu. Sie zog das Kleid hoch und hielt es vor die Brüste.

»Was macht Ihr hier drinnen?«

Er sagte nichts, sondern blieb hinter ihr stehen und schloss das Kleid.

Sie betrachtete ihn im Spiegel. »Ich brauche keine Hilfe.«

Sein Blick sagte, dass sie doch welche brauchte und nur zu starrsinnig war, um darum zu bitten. Dann griff er nach der

Bürste und widmete sich ihrem Haar. Er wollte sie frisieren? Cabai war wohl kaum eine Kammerzofe. Ähnlich wie Rein gestern Abend, trug er ein schlichtes Hemd, Kniehosen und Stiefel. Sein Kopf war kahl geschoren.

Als sie sich nach hinten neigte, um ihn anzusehen, drückte er sie wieder nach vorne und flocht ihr Haar. »Ist Rein im Haus?«

Er schüttelte den Kopf und steckte den Zopf fest. »Auf dem Schiff?«

Erneut schüttelte er den Kopf, lächelte und imitierte die Bewegungen eines Reiters.

»Aha, verstehe.« Sie suchte nach einem Gesprächsthema. »Hat Rein Euch aus dem Harem geholt?« Er runzelte die Stirn.

»Ihr seid geflohen?«

Cabai nickte.

»War es schlimm, ständig von Frauen umgeben zu sein?«

Er hielt kurz inne, ehe er die letzte Nadel ins Haar schob, nach einer vergoldeten Schatulle griff und eine Perlenkette herausholte. Rein hatte ihr ein Vermögen an Juwelen zur Verfügung gestellt, doch bisher hatte sie kein einziges Stück angerührt. Cabai legte ihr die Kette um und schloss sie.

»Ihr habt mir nicht geantwortet, Cabai.«

Er reichte ihr die passenden Ohrringe. »Die Frauen redeten zu viel. Es war verboten, sie zu berühren, und ich hatte auch kein Verlangen danach.«

Michaela wirbelte auf dem Sitz herum. »Ihr kleiner Satan!«

Er lächelte breit und zeigte dabei perfekte Zähne. »Weiß jemand, dass Ihr sprechen könnt?«, erkundigte sie sich und befestigte die Ohrringe.

»Nur mein Herr.«

Langsam ließ sie die Hände sinken. »Rein ist nicht Euer Herr, und ich bin nicht Eure Herrin.«

»Ich lebe, um zu dienen.« Er verbeugte sich, hob die Hand grüßend an die Stirn und zog sich zurück.

Michaela begriff, dass es Menschen gab, die zum Dienen geboren waren. Sie stand auf und folgte ihm. »Ich werde Euer Geheimnis wahren, wenn Ihr das wünscht.«

»Deshalb habe ich es Euch enthüllt, Herrin. Ich stehe zu Euren Diensten.«

Michaela blickte zu ihm hoch und wusste, dass sie in diesem riesenhaften Mann einen Freund gefunden hatte. »Ich müsste eine Nachricht …«, setzte sie an, doch er schüttelte schon den Kopf.

»Bitte! Es gibt Leute, die sich Sorgen machen.« Trotz der Gefahr musste sie Nickolas verständigen, doch Cabai schüttelte den Kopf und verschränkte die mächtigen Arme vor der Brust.

»Nun gut«, meinte sie lächelnd, »dann sorgt für Essen. Ich habe Hunger.«

»Das kommt von der Liebe«, sagte er grinsend.

Ob er letzte Nacht etwas gehört hatte? Wohl kaum. Sie blickte weg. »Es ist unziemlich, über diese Dinge zu sprechen.«

»Ihr seid seine Ehefrau.« Cabai zuckte mit den breiten Schultern. »Es ist Eure Pflicht.«

»Vielleicht war das im Haus des Sultans …«

»Mein Herr wird Euch nichts antun, sondern stets nur auf Euch warten.«

Seit heute wusste sie das.

»Ich habe Euer Gesicht gesehen, wenn Ihr mit ihm zusammen seid.« Plötzlich machte er eine finstere Miene und wirkte gefährlich. »Ihr belügt Euer eigenes Herz.«

»Erhalte ich von jetzt an mit meiner täglichen Toilette einen solchen Rat? Warnt mich, Cabai, damit ich mich darauf einstellen kann.«

»Falls es nötig ist.«

Großartig. Ein Eunuch, der sich in das Liebesleben der Herrschaft einmischte.

»Ich werde über alles sehr genau nachdenken.«

»Tut das, Mistress, und beeilt Euch. Er ist ein Mann.«

Mit starkem Verlangen. Würde er anderswo Befriedigung suchen, wenn er sie nicht bei seiner Frau fand? Die Eifersucht traf sie wie ein Speer. Rein war ihr Ehemann, und es machte sie zornig, als sie ihn sich in den Armen einer anderen Frau vorstellte.

»Aha«, sagte Cabai und lächelte wissend.

»Ihr haltet Euch ja für sehr klug.« Michaela eilte an ihm vorbei, achtete nicht auf sein leises Lachen und ging energisch nach unten.

Zwei Stunden später wurde Michaela aus der Küche geschickt, als sie ihren Wächtern Essen machen wollte. Niemand erfüllte ihre Bitte, Nick eine Nachricht zuzustellen. Aus Enttäuschung griff sie nach einem Tuch, um sich beim Putzen abzureagieren, kam jedoch nicht dazu. Cabai nahm ihr das Tuch wieder weg, schob sie zum Arbeitszimmer und ermahnte sie, sich an die Regeln des Herrn zu halten, sonst würde sie ihr Leben aufs Spiel setzen. Der Herr! Ja, Rein herrschte tatsächlich. Er ließ sie auf sich warten. Sie war allein und langweilte sich.

Ihr dunkelbraunes Kleid raschelte leise, als sie im Arbeitszimmer auf und ab ging. Der Raum war warm erleuchtet. Aus Sicherheitsgründen waren die Vorhänge zugezogen. Michaela widerstand der Versuchung, einen Blick ins Freie zu werfen. Sie trat an die Bücherregale und lächelte, als sie einen Band fand, den sie daheim nicht zu Ende gelesen hatte. Daheim. Dies war jetzt ihr Heim. Sie blätterte, bis sie die richtige Stelle fand, stand vor dem Regal und las, bis sie müde wurde und sich setzen wollte. Doch sie verfehlte die Kante des Sofas und landete auf dem Fußboden. Ach, du lieber Himmel, dachte sie und wollte wieder aufstehen, doch das weite Kleid behinderte sie.

Stiefel tauchten vor ihr auf. Als sie hochblickte, sah Rein amüsiert auf sie hinunter.

Wundervoll, dachte sie und hätte ihn am liebsten gekniffen.

»Das muss ein faszinierendes Werk sein.« Er beugte sich zu ihr, um den Titel zu lesen. »*Der Widerspenstigen Zähmung*. Ein Ratgeber für Ehemänner?«

Sie lächelte gekünstelt, während ihr vor Verlegenheit heiß wurde. »Nein, es ist für Frauen mit begriffsstutzigen Männern gedacht.« Sie versuchte aufzustehen, doch das Kleid hinderte sie noch immer daran. »Rein!«

»Was ist?«

Sie schlug ihm mit dem Buch auf die Schulter.

»Soll ich dich retten, Gemahlin?«, fragte er lachend. Sein Blick glitt über ihre Schultern und ihre Brüste, und Michaela erinnerte sich an ihr letztes Beisammensein. Und er auch ...

Behutsam ergriff er sie an der Taille und zog sie hoch. Das Buch fiel auf den Fußboden, während Rein sie an sich drückte, als wäre sie federleicht, und ihre Füße den Teppich nicht berührten. Sie legte ihm die Hände auf die Schultern. Ihr Schuh fiel zu Boden.

Rein unterdrückte ein Lachen. »Du bist eine Gefahr für dich selbst, Michaela.«

Verspürten auf einmal alle Männer in diesem Haus den unwiderstehlichen Drang, sie zu necken? »Bist du fertig?«

Er ließ sie an seinem Körper heruntergleiten, bis sie wieder auf eigenen Füßen stand. Ihre weichen Brüste drückten gegen seine Brust. »Ich konnte nicht widerstehen. Verzeih mir.«

Sie musste lächeln, weil er so verwegen und jungenhaft dreinsah. »Mir fehlt die Kniehose.«

Er betrachtete ihr schönes Gesicht und ihr Haar. »Du siehst auch so hinreißend aus.«

Ihr Lächeln traf ihn wie ein Pfeil in die Brust.

»Wieso entledigst du dich nicht dieser lästigen Unterwäsche? Wir sind nicht in der Öffentlichkeit.«

»So etwas solltest du nicht sagen.«

»Ich würde noch viel mehr sagen, nur um dich erröten zu sehen.« Er beugte sich zu ihr und hauchte ihr einen Kuss auf die Wange. »Ich würde dir zum Beispiel sagen, dass mich der Duft deines Verlangens verfolgt und ich es gern kosten würde.«

Der Atem stockte ihr, während ihr Körper von Begierde erfüllt wurde. Ihre Blicke trafen sich, ihre Lippen waren nur einen Hauch voneinander entfernt.

Sein Mund verschmolz mit ihrem und er zog ihren Kopf zurück, doch sie wand sich sofort und wehrte sich. Stirnrunzelnd ließ er sie los. Sie wich schwankend zurück und sah ihn vorwurfsvoll an.

»Michaela?« Ihre Angst war fast greifbar.

»Nein, nein«, murmelte sie, schüttelte den Kopf und wandte sich ab. »Entschuldige.«

»Sprich mit mir, *rasha*.«

»Ich muss Nick eine Nachricht schicken.«

Er spürte, dass sie log und sich ihm nicht anvertraute. »Nein«, wehrte er ab.

»Dann bring ihn zu mir.«

»Damit ich sein und dein Leben riskiere? Niemals.«

»Rein, ich muss …«

Er verschränkte die Arme. »Du musst aufhören, meine Leute überreden zu wollen, meine Befehle zu ignorieren.«

»Für einen stummen Mann hat Cabai einen sehr großen Mund. Cassandra und Argyle werden sich Sorgen machen.«

Er zuckte die Schultern. »Das ist der Preis für dein Spionieren.«

Wie immer hatte er Recht, doch es gefiel ihr trotzdem nicht. An seinem Schreibtisch blieb sie stehen und betrachtete die darauf liegenden Papiere mit seiner flüssigen Schrift.

»Lass das«, verlangte er, doch sie griff bereits nach einem Blatt.

»Himmel, Rein!« Sie warf einen Blick auf die Worte. »Gegen welche Mächte stellst du dich jetzt?« Obwohl er sich bemüht hatte, seine Handschrift zu verstellen, war sie zu erkennen.

Auf dem Blatt stand eine einzige Zeile.

Ich weiß, dass Ihr Katherine getötet habt.

Ein Stempel zum Siegeln lag daneben. Schwarze Wachstropfen klebten daran.

»Ich sagte, dass du es lassen sollst, Michaela.«

»Hast du schon etwas losgeschickt?«, fragte sie heftig.

Er kam wortlos näher.

»Was soll das sein?«

»Köder.«

Sie packte ihn an den Armen. »Tu das nicht!«

»Machst du dir Sorgen?«, fragte er lächelnd.

»Ja, ich mache mir Sorgen, dass du den Verstand völlig verloren hast.«

»Michaela«, setzte er ihr geduldig auseinander. »Ich stehe noch immer unter Verdacht, und das bedeutet, dass alle meine Bewegungen überwacht werden. Ich kann dich nicht schützen, wenn ich um meine Freiheit fürchten muss.«

Sie bemühte sich wenigstens um etwas Verständnis. »Deine Handschrift kann man erkennen. Willst du, dass dieser Kerl dich umbringt?«

»Ich kann mich wehren.«

»Dieser Mörder ist ein Feigling und wird sich nicht offen zeigen. Hast du daran gedacht? Er könnte dir eine Falle stellen.«

Er zog sie näher zu sich heran. »Ich habe mich mehrfach abgesichert. Vertrau mir«, bat er sanfter.

»Du hast mir versprochen, dich vorher mit mir abzusprechen«, klagte sie.

»In Dingen, die dich betreffen. Das hier hat nichts mit dir zu tun.«

»Natürlich hat es das«, wehrte sie ab und stieß ihn von sich. »Wenn es sich nun um dieselbe Person handelt, die den Priester ermordet hat? Wir wissen das nicht.«

»Du hast nie erwähnt, dass du beim Tod des Priesters noch jemanden bemerkt hast.«

»Doch.«

»Daran würde ich mich erinnern.«

»Ich habe nichts gesehen, womit man etwas anfangen kann, nur einen Schatten.«

Wortlos löschte er die Lampen im Zimmer und führt Michaela an der Hand zum Sofa. »Lehn dich zurück und mach es dir bequem.«

Sie zögerte einen Moment, ehe sie gehorchte, den Rock zurechtzog und den Kopf auf ein Kissen legte. »Was machst du jetzt?«

»Schließ die Augen.«

Auch das tat sie, und er zog ihr die Schuhe aus und deckte sie mit einer Decke zu. Dann setzte er sich auf den Fußboden. »Achte auf den Klang meiner Stimme, auf sonst nichts. Hol tief Atem und konzentriere dich auf die Luft, die deine Lungen füllt. Stell dir einen klaren Teich vor, in den ein Stein fällt. Wellen breiten sich ringförmig auf der Oberfläche aus, laufen weiter und immer weiter. Nein, nicht sprechen«, warnte er, als sie dazu ansetzte. »Du wanderst zu jenem Tag zurück, ohne die Ablenkungen und ohne jenem Risiko.« Rein zählte rückwärts und achtete darauf, ob Michaela auch diesen Traumzustand annahm und sich seinen geistigen Kräften überließ.

Ihre verkrampften Finger entspannten, ihre Lippen öffneten sich, und ihr Körper sank tiefer in die Kissen.

Durch den Klang seiner Stimme versetzte er sie zurück in die Kirche, zurück zu jenem Moment, in dem der Priester auftauchte. Er führte sie durch Korridore und Torbögen, machte sie wieder mit der Umgebung vertraut, ließ sie die Kerzen sehen und den Boden unter den Füßen spüren. Und als der Priester vor ihr erschien, leitete er sie zu der Gestalt, die hinter dem Geistlichen in der Dunkelheit lauerte.

»Ein Mann, ja, es ist ein Mann. Seine Hände sind groß.«

»Sag mir genau, was du siehst. Er kann dir nichts tun. Du beobachtest das alles nur.«

»Er trägt einen Umhang mit einer Kapuze. Es ist nichts zu erkennen.«

»Bleib ruhig, meine Süße, atme.« Als sie gehorchte, fuhr er fort: »Sieh ihn dir genau an.«

»Er trägt Stiefel«, flüsterte sie. »Da ist etwas am Absatz.«

»Schmutz? Lehm? Sporen?«

»Nein.« Sie runzelte die Stirn. »Es sieht nach Ziffern oder Buchstaben aus, doch sie sind zu klein, als dass ich sie erkennen könnte.«

Er hörte die Enttäuschung in ihrer Stimme und beruhigte sic wieder. »Noch etwas, Michaela?«

Sie schüttelte den Kopf, und Rein beschloss, sie wieder zurückzuholen, bevor es zu dem Mord kam. Langsam zählte er vorwärts und versicherte ihr, dass sie in Sicherheit war, dass er bei ihr war und ihr keine Gefahr drohte.

Michaela blinzelte, während sie sich orientierte, und sah ihn an. »Du bist ein erstaunlicher Mann, Rein Montegomery«, flüsterte sie und drehte sich auf die Seite.

Lächelnd nahm er das Lob entgegen. »Freust du dich darüber, dass du mit mir verheiratet bist?«

In seinen Augen fand Michaela eine Verletzlichkeit, die ihr sagte, dass sein Abwehrpanzer einen Sprung bekommen hatte. Seine Frage ging viel tiefer, als es auf den ersten Blick schien. »Ja, ich freue mich, mit dir verheiratet zu sein«, versicherte sie und streichelte seine Wange.

Als er sich zu ihr beugte, blickte sie auf seinen Mund.

»Verheiratet? Mit wem?«, rief eine Stimme hinter ihnen plötzlich.

Rein hob ruckartig den Kopf.

Michaela setzte sich auf. »Onkel Rusty!«, rief sie, sprang vom Sofa und warf sich dem massigen Mann in die Arme. Er hob sie vom Boden hoch und drückte sie fest an sich.

»Himmel, Mädchen, ich dachte, du wärst tot!«

»Ach, Rusty, ist das schön, dich zu sehen!«

Rein räusperte sich, doch die beiden achteten nicht auf ihn.

Townsend stellte sie wieder auf die Beine und betrachtete sie prüfend. »Geht es dir gut?«

»Ja«, versicherte sie und umarmte ihn noch einmal.

»Michaela«, sagte Rein und wünschte sich, er könnte ihr ein so strahlendes Lächeln entlocken.

»Rusty und mein Vater stammten aus demselben Dorf und wuchsen zusammen auf. Ich habe ihn seit dem Tod meines Vaters nicht mehr gesehen.«

»Ich war sehr traurig, als ich es erfuhr.« Er tätschelte ihr befangen den Rücken, und sie drückte sich noch einmal an ihn, ehe sie zurückwich.

Townsend wandte sich an Rein. »Stimmt es, dass Ihr meine Micky geheiratet habt?«

»Micky?«, fragte Rein lächelnd.

Michaela errötete und stieß Rusty an.

»Dann stimmt es also?« Sie drehten sich zu Temple Matthews um, der in der Tür stand.

»Einer meiner Kapitäne«, erklärte Rein. »Du bist ja zeitig zurück«, sagte er zu Temple.

»Du bist verheiratet!« Er blickte zwischen Rein und Michaela hin und her.

»Allerdings.«

»Lieber Himmel …« Er nahm sich zusammen. »Verzeiht, Madame«, bat er und verbeugte sich. »Das ist für mich ein ziemlicher Schock, da Rein geschworen hatte, nie wieder zu heiraten.«

»Tatsächlich?«

»Ich will alles erfahren«, verlangte Rusty. »Sofort.«

»Ich glaube nicht, dass Euch das etwas angeht.«

»Wäre Michaelas Vater hier, würdet Ihr ihm an meiner Stelle antworten«, erwiderte Rusty starrsinnig.

»Da er nicht hier ist, stehe ich ihr so nahe wie nur möglich.«

Michaela lächelte in sich hinein.

Rein sah Sergeant Major Townsend finster an. Temple wusste gar nicht, auf wen er am meisten achten sollte.

»Vielleicht später«, wehrte Rein ab. »Jetzt müssen wir über wichtige Dinge sprechen.«

Michaela stemmte die Hände in die Hüften. »Rein, was hast du mit Rusty zu tun?«

»Das betrifft dich nicht«, versicherte Rein, um sie zu beruhigen. Auch wenn sie wusste, dass er seinen Vater suchte, brauchte sie die Einzelheiten nicht zu erfahren.

Sie stampfte ungeduldig mit dem Fuß auf und sah ihn durchdringend an. »Brichst du stets deine Versprechen, wie es dir beliebt, Gemahl?«

Zwar hatte er ihr versprochen, sie über alles zu informieren, aber ... »Michaela, meine Liebste, das ist eine andere Sache.«

»Sie kann unmöglich gefährlicher sein als alles, was ich bereits erlebt habe.«

Seine Stimme klang rau, als er ihre Wange streichelte. »Ich möchte dich vor jeglichem Leid bewahren.«

»Dann sag mir alles, Rein«, bat sie sanfter. »Ich will nicht mehr überrascht werden.« Dabei warf sie einen bedeutungsvollen Blick auf das Blatt auf seinem Schreibtisch.

Temple schnippte mit den Fingern. »Jetzt weiß ich, wer Ihr seid!«

Alle wandten sich ihm zu.

Temple lächelte Reins Ehefrau an. »Ihr habt auf ihn geschossen!«

Rein strich sich seufzend durchs Haar.

Rusty lachte schallend los. »Du hast dich wohl gar nicht geändert, Mädchen, nicht wahr?«

Michaela verschränkte die Arme. »Was macht denn die alte Verletzung, Rusty? Ich habe mich damals dafür entschuldigt, oder etwa nicht?«

Kapitel 26

Beißend kalter Wind pfiff durch Risse in der Hütte, die an einem verfallenen Gebäude lehnte. Rusty hielt sich angewidert die Nase zu, als ihm der Geruch von ungewaschenen Körpern und Müll entgegenschlug. Er klopfte gegen die Tür.

»Kümmerte sich denn niemand um sie?«, fragte Rein.

»Nein. Er hat sein Geld nie gespart, sondern alles für Gin ausgegeben.«

Schlurfende Schritte näherten sich der Tür. Rein blickte sich um und erschauerte. Ratten liefen über die Müllhaufen.

»Habt Ihr Angst vor Ratten?«, fragte Rusty überrascht.

Die Schritte waren sehr langsam und wurden von leisem Stöhnen begleitet.

»Nein.« Rein zuckte mit den Schultern. »Aber ich bekomme Gänsehaut.«

Townsend grinste. »Darum haltet Ihr Euch auch den größten Mäusefänger, den ich je gesehen habe.«

»Rahjin verdient sich redlich ihren Unterhalt. In den Minen musste ich mit Ratten leben und mit ihnen um jeden Bissen Nahrung kämpfen. Damals schwor ich, nie wieder eine Ratte im Umkreis von einer Meile zu dulden.«

Rusty nickte. »Jeder von uns hat seine Ängste.«

Der Riegel schabte, die Tür öffnete sich einen Spalt, und blasse braune Augen und graues Haar erschienen dahinter.

»Mrs Eagen?«

»Wer fragt das?«

»Ich bin Sergeant Major Townsend, Madame, und dieser Gentleman ist Rein Montegomery.«

Die braunen Augen weiteten sich, der Blick wanderte zwischen den beiden Männern hin und her. »Könnten wir ein Wort mit Euch sprechen?«

»Nein, geht.«

»Madame, es ist sehr wichtig.«

»Ich will nichts von Euch hören. Das habe ich auch schon dem anderen Mann gesagt.«

»Was für einem Mann?«, fragte Rein leise. Die braunen Augen richteten sich auf ihn.

»Jung mit hellem Haar.«

Christian hatte blondes Haar erwähnt. »Gelockt?«

»Nein.«

Wind zerrte an Reins Mantel. »Madame, dürfen wir bitte hereinkommen? Wir möchten nur mit Euch sprechen und tun Euch nichts.«

Die Augen verschwanden. An ihrer Stelle erschien der Lauf einer Waffe.

Rein und Rusty wichen aus der Schusslinie. Die Tür öffnete sich und hing schief in den Angeln.

Die Frau winkte mit der Pistole. Die beiden Männer traten ein und mussten sich wegen der niedrigen Decke bücken. Rein hatte Mühe, das Gesicht nicht zu verziehen. Der Gestank war entsetzlich. Der Lehmboden war noch vom letzten Regenguss schlammig. In der Ecke lag ein Strohsack, aufgeweicht von der Feuchtigkeit des Bodens. Neben dem Feuer stand in der Mitte des Raums ein Tisch mit zwei Stühlen. Ein Schrank lehnte an der Wand. Die Regalbretter waren leer, abgesehen von einer Schale und einer gesprungenen Tasse. Auf dem Tisch stand jedoch eine Vase mit frischen Blumen, wodurch die Schäbigkeit der Behausung der alten Frau nur noch stärker auffiel. Wind drang zwischen den Brettern und durch die nicht dicht schließenden Fenster herein.

Die Frau schlurfte zum Feuer und ließ sich langsam in einen Schaukelstuhl sinken. Die Pistole legte sie in den Schoß. Licht fiel auf ihr faltiges Gesicht. Rein dachte, dass sie vielleicht gar nicht so alt war, wie er auf den ersten Blick angenommen hatte. In ihren Augen sah er Hoffnungslosigkeit. Sie fand keinen Sinn mehr im Leben.

»Clancey war kein schlechter Mann«, sagte sie heiser. »Er hat sich immer um mich gekümmert und nur ein wenig für seinen Gin ausgegeben.«

»Was ist passiert, Mrs Eagen? Sie und Ihr Mann haben doch sicher nicht hier gelebt, als er noch Lady Buckland diente?«

Sie lachte schroff. »Nein, wir hatten eine kleine Wohnung im Kutschenhaus.« Rein griff nach ihrer Tasse und schöpfte Wasser aus einem Eimer hinein. »Aber die Gläubiger übernahmen das Haus und warfen mich hinaus.« Er reichte ihr die Tasse, und sie trank begierig.

»Nannte der Mann, der hier war, einen Namen?«

Sie schüttelte den Kopf.

Er legte Holz ins Feuer und merkte erst hinterher, dass es zerkleinerte Teile von alten Möbelstücken waren. »Könnt Ihr ihn beschreiben?«

»Nicht groß, aber größer als ich.«

Das passt auch auf ein Kind, dachte Rein.

»Sehr von sich eingenommen, das war er. Und er sagte, dass ich den Mund halten soll.« Sie zuckte die Schultern. »Ich habe sowieso niemanden, bei dem ich den Mund aufmachen kann. Also spielt es keine Rolle.«

»Worüber sollt Ihr den Mund halten, Madame?«

»Was ich gesehen habe und was Clancey mir von der Lady erzählt hat.«

Rein wandte sich an Rusty und zeigte auf den kleinen Holzstapel, und der Mann ging hinaus, um mehr zu sammeln. Die Frau zitterte unter einem Windstoß. Rein zog seine Handschuhe aus, nahm ihr die Tasse ab und zog ihr die Handschuhe über die knochigen Finger. Sie lächelte flüchtig.

»Ich bin keine, die tratscht.«

Jetzt lächelte Rein, weil er das Gegenteil hoffte. »Aber die

Lady war eine Schlampe, und mein Clancey war oft die ganze Nacht unterwegs.«

»Wisst Ihr, wen sie traf oder besuchte, bevor sie starb?«

»Nein, aber eine Kutsche brachte den Besucher zum Haus. Sie ist für den Mann nicht weggefahren.«

Rein runzelte die Stirn. »Habt Ihr diese Person erkannt?«

»Er war in einen Umhang gehüllt. Nicht sehr groß, soweit ich das vom Kutschenhaus aus erkennen konnte.«

»Habt Ihr das Gesicht gesehen?«

»Habe ich nicht gerade gesagt, dass er einen Umhang getragen hat?«, erwiderte sie, als wäre er schwer von Begriff. »Sie hat sich auch mit diesem Chandler-Jungen getroffen.«

Es ging Rein um die Zeit zwischen Chandler und Katherines Tod. »Erinnert Ihr Euch an irgendetwas in der Nacht, in der Euer Mann getötet wurde?«

Sie dachte angestrengt nach. »Es war das einzige Mal, dass sie zu diesem Liebhaber fuhr und er nicht zu ihr kam.«

»Wusste Clancey, wohin diese Fahrt ging?«

Rusty kam herein und trug auf den starken Armen eine Ladung dicker Holzscheite.

Mrs Eagen winkte ihm zu. »Macht Euch nützlich, junger Mann.« Sie zeigte auf das Feuer, und Rusty legte lächelnd ein Scheit in die Glut. Die Zehen ragten aus den alten Lederschuhen, als die Frau die Füße zum Feuer hielt.

»Madame?«

»Als er heimkam, nachdem er sie weggebracht hatte, sagte er, sie wäre sehr vorsichtig gewesen. Niemand sollte wissen, wohin sie wollte. Daher ließ sie sich nur zu einer Straße, nicht zu dem Haus bringen. Sie sagte, sie wollte ein Stück gehen. Das war ungewöhnlich.«

»Welches Haus war es?«, fragte Rein.

»Das Wildhüterhaus auf dem Grundstück des Chandler-Jungen.«

Rein hob ruckartig den Kopf. »Seid Ihr sicher?«

Christian hatte keinen Grund gehabt, seine Affäre mit Katherine geheim zu halten. Weshalb hätten sich die beiden im Wald verstecken sollen? Andererseits stand das Wildhüterhaus tief im Wald und war weit vom Herrenhaus entfernt. Jemand hätte es ohne Christians Wissen benutzen können.

»Natürlich bin ich sicher. Mein Clancey hat sich beschwert, weil sie ihn weggeschickt hat. Er sollte durch die ganze Stadt fahren und immer wieder halten.« Sie beugte sich vor und schlug einen verschwörerischen Ton all an. »Das hat er aber nicht gemacht. Er ist heimgekommen, und er hat gesagt, dass sie ihn schon seit einer Woche nicht mehr bezahlt hatte. Er sollte sie später abholen. Es hat ihn geärgert, weil er nicht viel trinken konnte, wenn er in der Stadt herumfuhr. Dabei hat er ganz gern getrunken, wenn er stundenlang nur dasitzen und warten musste. Er hat dann in der Kutsche geschlafen, und ich habe ihm was zu essen eingepackt.« Ihre Stimme brach. »Dann ist er losgefahren, um sie zu holen ... und ist nicht mehr zurückgekommen.«

Sie verstummte und ließ sich im Schaukelstuhl zurücksinken.

Katherine hatte also den Anschein erwecken wollen, sie hätte sich in jener Nacht anderswo aufgehalten. Wahrscheinlich hatte sie gehofft, dass ihr niemand zu dem Wildhüterhaus gefolgt war. Wen hatte sie dort heimlich getroffen? Vielleicht Nickolas? Das musste Rein noch heute Abend herausfinden, bevor er weitermachte. Er holte seine Geldtasche hervor und drückte der alten Frau einige Münzen in die Hand. Sie betrachtete ausdruckslos das Geld und schob es dann in die Tasche der löchrigen Schürze.

»Ich danke Euch, Madame.« Rein erhob sich. »Darf ich Euch eine Kutsche schicken, die Euch in ein Hotel bringt?«

»Wozu?«

»Ich werde veranlassen, dass Ihr versorgt werdet.«

Die Frau sah mit verletztem Stolz zu ihm hoch. »Ich bin noch nicht tot. Verschwindet aus meinem Haus.« Sie winkte, und

Rein verbeugte sich tief, ging und schloss die Tür hinter sich. Fest in den Mantel gehüllt, stemmte er sich gegen den Wind und näherte sich Naraka.

Rusty warf einen Blick zur Hütte zurück, sammelte dann noch mehr Holz ein und legte es neben die Tür, bevor er aufsaß. »Stolz ist manchmal eine sehr schlechte Sache«, bemerkte er nur, bevor sie losritten.

»Nein, ich habe mich in jener Nacht nicht mit Katherine getroffen. Ich war hier mit Michaela.« Nick spießte ein Stück Fleisch auf. »Und Katherine arbeitete nie direkt mit mir. Sie hatte einen anderen einflussreicheren Kontaktmann, einen Sohn der Freiheit.«

»Wen?«

»Das kann ich dir nicht sagen.«

»Verdammt, Nick!«

»Nein.« Er warf die Gabel auf den Tisch. »Ein einzelner Spion kann dieses Flechtwerk nicht zerstören, Rein. Ich kann dir keine Liste aushändigen. Denk doch an die Menschenleben, die auf dem Spiel stehen.«

»Ich denke nur an ein einziges.« Rein setzte den Dreispitz auf und trat an die Tür. »Michaela gehört nicht mehr zu deinem Verräterring«, sagte er angewidert. »Ich werde nicht zulassen, dass sie weitermacht.«

»Hast du sie geheiratet, um sie zurückzuhalten?«

Nein, dachte Rein, das war nicht der Grund. Doch er schluckte Nickolas' Köder nicht. Er brauchte in den nächsten Stunden einen klaren Kopf.

»Ich habe sie geheiratet, um sie zu beschützen, wie ich dir versprochen habe.«

»Das macht sie nicht mit. Du wirst sie verlieren, wenn du sie zwingst aufzuhören. Es liegt ihr im Blut, uns zum Sieg zu verhelfen.«

Rein war fest entschlossen, Michaela das Spionieren zu verbieten, damit sie nicht eines Tages gevierteilt wurde. »Wenn sie tot ist, sieht sie euren kostbaren Sieg nicht mehr, nicht wahr?«

Nickolas seufzte schwer. »Ich kann dir nur sagen, dass Katherine sich in jener Nacht nicht mit ihrer Kontaktperson getroffen hat.«

Rein hatte das schon vermutet. Wenn er Katherines Verhalten in jener Nacht richtig beurteilte, hatte sie in der Waldhütte eine Affäre gesucht. Kurz darauf hatte jemand sie ermordet und versucht, ihm die Schuld in die Schuhe zu schieben. Wenn es Rein gelang herauszufinden, wer bei Katherine in der Waldhütte gewesen war, hatte er sich dem Mörder ein beträchtliches Stück genähert. Die Botschaften, die er in der Stadt verteilte, würden diesen Bastard zwingen, sich ihm zu stellen. Rein rechnete von jetzt an jederzeit mit einer Kugel im Rücken.

»Ich bringe das noch heute Nacht zu Ende.« Er sah Nick warnend an. »Finde deinen Doppelagenten, Nickolas. Denn eines schwöre ich dir – um die Sicherheit meiner Frau zu garantieren, lasse ich notfalls eure ganze Rebellion platzen!«

Michaela wurde allmählich wahnsinnig. Schon seit dem Morgen waren Rein und Rusty fort, nachdem sie ihr einen ihrer Meinung nach sehr schwachen Plan vorgelegt hatten. Danach hatten sie Mr Matthews mit einem Auftrag losgeschickt. Rein hatte sie Cabai und seinen treuen Männern überlassen, nachdem er ihr einen so machtvollen und hinreißenden Kuss gegeben hatte, dass sie schwach zurückgeblieben war … schwach und verängstigt. Es war ein Kuss gewesen, als würde Rein damit rechnen, sie niemals wieder zu sehen.

Bei der Vorstellung krampfte sich ihr der Magen zusammen. Michaela wurde bewusst, dass sie lieber sterben als ohne Rein leben würde. Sie schluckte heftig.

Er hätte ihr doch wenigstens eine Nachricht zukommen lassen können! Aufgeregt ging sie den Korridor entlang. Cabai setzte ihr ein leichtes Essen vor, das sie jedoch nicht anrührte. Sie trug das Tablett aus dem Speisezimmer zurück in die Küche und stellte es hart auf den Tisch.

»Gebt mir etwas zu tun«, bat sie den Araber.

Er blickte sich in der makellos sauberen Küche um und zuckte hilflos die Schultern.

»Wäsche waschen?« Er starrte sie an, als hätte sie den Verstand verloren. »Staub wischen?«

Er schüttelte den Kopf. Sein freundliches Lächeln machte sie noch wütender, und sie wirbelte herum und eilte aufgeregt ins Arbeitszimmer. Dort fühlte sie sich Rein näher. Mit zitternden Händen griff sie nach dem bereits kalt gewordenen Tee und nahm einen Schluck. Danach ließ sie sich in einen Sessel fallen und schlug die Hände vors Gesicht.

Es gab zu viele mächtige Verdächtige. Männer, die einen Menschen auslöschen konnten, ohne dass jemand Fragen zu stellen wagte.

Und Rein provozierte sie mit einer gefährlichen Anklage.

Ihre Augen brannten. Achte auf dich, mein Gemahl, dachte sie. In diesem Moment zerbarst das Fenster hinter ihr.

Ich weiß, dass Ihr Katherine getötet habt.

Um Mitternacht im Wildhüterhaus.

Christian zerknüllte den Brief und verfluchte Katherine für ihre Schönheit und ihre unersättliche Gier, die er nicht hatte stillen können. Er warf das Pergament in den Kamin und sah zu, wie es von den Flammen verzehrt wurde. Danach trat er an den Waffenschrank. Er hatte nicht weiter darauf geachtet, als der Stallbursche von einem Licht im Wald gesprochen hatte, doch jetzt sollte ihn der Teufel holen, wenn er zuließ, dass ein anderer auf seinem Land einen Mörder jagte.

Er lud eine Pistole, schob sie in den Hosenbund und griff nach einer Flinte mit langem Lauf. Er verließ das Haus, wartete nicht auf den Stallburschen, sondern sattelte selbst sein Pferd. Die Flinte steckte er in das Halfter und ritt in den Wald zur Hütte des Wildhüters. Seit Jahren lebte dort niemand mehr, weil der Mann eine zu große Familie für das kleine Haus mit zwei Räumen hatte.

Die Bäume standen hier enger zusammen. Christian musste sich bücken und Zweige zur Seite schieben, während das Pferd sich einen Weg über Baumstämme und durch Dornengebüsch hindurch suchte. Als die Hütte vor ihm auftauchte, schlug sein Herz schneller. Licht schimmerte hinter den Fenstern.

Der Bastard! Christian zog das Gewehr aus der Halterung und trieb das Pferd weiter. Äste versperrten die Sicht durch die Fenster, doch die Tür stand offen. Ein Schatten glitt über den Fußboden. Christian saß ab, legte die Flinte an und näherte sich. Als er merkte, dass sich drinnen mehr als eine Person aufhielt, blieb er stehen.

»Wenn du den Mund hältst, läuft alles glatt.«

Christian runzelte die Stirn, weil ihm die Stimme bekannt vorkam, trat nach rechts und erkannte Lieutenant Ridgely neben dem Kamin. Er sprach mit jemandem, der im Lehnstuhl saß. Christian sah jetzt nicht den arroganten Soldaten vor sich, der Rein im White's und vor dem Theater beleidigt hatte. Ihm fielen die dunklen Ringe unter den Augen des Lieutenants auf. Seine Kleidung war verschmutzt. Eine Pistole lag auf dem Tisch, auf dem eine brennende Kerze in einer Flasche steckte. Ganz links stand die Tür zum zweiten leeren Zimmer offen.

»Offenbar läuft nicht alles glatt, sonst würden diese Briefe nicht in ganz London auftauchen.«

So ist das also, dachte Christian. Eine Gänsehaut lief ihm beim Klang der zweiten Stimme über den Rücken.

»Das bedeutet, dass er nicht die geringste Ahnung hat.«

»Sei nicht albern. Hättest du Montegomery in Ruhe gelassen und wärst in die Kaserne gegangen …«

Aus Ridgelys Augen schoss ein harter Blick. »Du sprichst über mein Verhalten? Wenn du mich jetzt betrügen willst …«

»Wie könnte ich? Schließlich habe ich mehr zu verlieren als du.«

Christian krampfte sich bei dieser heiseren Frauenstimme der Magen zusammen.

Ridgely lächelte hart, trat auf den Sessel zu und öffnete seinen schlichten Mantel und die Hose. »Nun, wir möchten nicht, dass er etwas herausfindet, nicht wahr?«

»Du bist grausam.«

Er lachte verächtlich.

»Ich hasse dich.«

Ridgely blickte auf die Frau im Sessel hinunter und verschwand aus Christians Blickfeld, als er sich hinkniete. Christian hörte heftiges Atmen, das Reißen von Stoff und dann Stöhnen, als die Körper gegen die Rückenlehne stießen. Ein schlankes Bein zeigte zur Decke, und Ridgely krallte sich an der hohen Sessellehne fest, während er den Höhepunkt erreichte.

Eine Weile herrschte Stille. »Sie war besser.«

Ridgely stand auf, brachte seine Kleidung in Ordnung und blickte mit einer Mischung aus Hass und Reue nach unten.

Christian trat in die Tür. Ridgely wurde blass und sah zu seiner Waffe. Die Frau stand auf und drehte sich um. Christian ließ die Flinte sinken.

»Brandice!«

Sie trug Männerkleidung und zielte mit zwei Pistolen. »Ich warnte dich doch davor, es wäre gefährlich, hier herzukommen«, sagte sie zu Ridgely.

»Früher oder später mussten sie die Wahrheit entdecken.«

»Über dich, aber nicht über mich!«, rief sie, und Ridgely verkrampfte sich und starrte auf die Pistole auf dem Tisch.

Christian hob die Flinte. »Ich treffe zuerst«, warnte er den Lieutenant und sagte zu Brandice: »Leg diese Pistolen weg, um Himmels willen.«

»Ich kann sehr gut damit umgehen, versichere ich dir«, erwiderte sie.

Der Schock traf Christian. In ihren Augen erkannte er die schreckliche Wahrheit und eine Härte, die auch von den blonden Locken nicht gemildert wurde. »Brandice, was hast du getan, Kind?«

»Ich bin kein Kind!«, fauchte sie ihn an. »Himmel, du bist so blind! Du hast mich verschmäht und stattdessen eine Hure geliebt.« Lady Coldsworth lachte böse. »Du hast sie besser als eine Königin behandelt. Ihr alle habt das getan.« Ihre Geste umfasste sämtliche Männer. »Du hast ihr vertraut, als würde sie dich lieben.« Mit einem verschlagenen Lächeln fügte sie hinzu: »Sie entwendete deine Briefe und spionierte dich aus, bis du keinen Wert mehr für sie hattest.«

Christian rang entsetzt nach Atem. »Brandice, Schatz, was ist geschehen?«

»Mach dich nicht weiterhin zum Narren«, zischte sie ihn an. »Du hast Kat angebetet, doch sie wollte Montegomery.«

»Aber sie war *ihre* Geliebte«, sagte Ridgely.

Brandice zielte mit der Pistole auf ihn. »Du Bastard!«

Christian wurde übel. »Hast du kein Schamgefühl, Frau?«

»Ich? Du warst doch wie ein gieriger Hund hinter ihr her und hast an ihren Röcken geschnüffelt, obwohl sie für halb London die Beine breit gemacht hat. Es war erbärmlich.«

»Ich habe sie nicht geliebt.«

Ihr Gesicht verzerrte sich vor Wut. »Ich habe dich belauscht! Du hast es immer wieder geschrien, als du sie auf dem Fußboden der Bibliothek genommen hast!«

»Das geschah in Leidenschaft. Ich habe sie nie geliebt.«

Mitgefühl zeichnete sich plötzlich in Brandices' Gesicht ab. »Sie hatte für niemanden ein Herz, Christian, für niemanden.

Nicht einmal für mich. Sie erpresste mich sogar schon, bevor die Leidenschaft starb.« Ihre Stimme wurde leiser. »Sie drohte, dir und anderen alles zu verraten. Das hätte ich nicht ertragen. Und als ich herausfand, dass uns jemand hierher gefolgt war und es einen Zeugen gab ...« Ihr Blick fiel auf den Soldaten. »Ich fand eine Möglichkeit, den Schaden rückgängig zu machen.«

»Brandi«, warnte Ridgely, »wir müssen ihn töten.«

Die beiden beachteten ihn nicht weiter. »Sie wurde in ihrer Kutsche getötet.« Christian schüttelte den Kopf. Er wollte einfach nicht an Brandices' Schuld glauben. »Du konntest ihr von hier aus nicht zur Kutsche zuvorkommen.«

Brandice lächelte kalt. »Sie trug ein Kleid, ich war so wie jetzt angezogen. Natürlich konnte ich.«

»Aber dein Bein?«

»Das habe ich mir erst verstaucht, als ich von der Kutsche absprang.«

Und Ridgely brachte sie in jener Nacht nach Hause, dachte Christian. Angeblich ein Reitunfall. Das Blut stammte nicht von Brandice, sondern von Katherine. Christian wandte sich an den Soldaten. »Ihr habt sie beschützt und die Gerüchte über Rein in die Welt gesetzt? Und das alles nur, weil er sich gegen Eure Anschuldigung gewehrt hatte?«

Ridgely zuckte mit den Schultern und trat zu seinen Pistolen. »Ich liebte sie.«

Brandice atmete tief durch. »Du lügst. Du wolltest ihn dafür zahlen lassen, dass er dich gedemütigt hatte! Aber du warst nicht Manns genug, um dich mit ihm zu duellieren, nicht wahr?« Sie wich an den Kamin zurück. »Darum wolltest du ihm Katherine wegnehmen.« Ihr Lachen klang hysterisch. »Doch sie wies dich ab, du elender Feigling, und wenn du Montegomery schon nicht die Geliebte nehmen konntest, wolltest du ihn wenigstens seiner Freiheit berauben!«

»Sag mir, dass du sie nicht getötet hast, Brandice«, flehte Christian.

Ihr Blick wanderte fiebrig zwischen Christian und Ridgely hin und her. »Der Kutscher war betrunken. Es war nicht schwer, ihn abzulenken.«

»O Gott«, murmelte Christian.

»Sei doch endlich still, Frau!«

Rein trat aus dem zweiten Zimmer. »Sie hat Katherine nicht getötet. *Er* hat das getan.«

Ridgely wollte zur Tür hinauslaufen, doch bevor ihm jemand folgen konnte, wankte er zurück, eine Pistole auf seine Stirn gerichtet.

»Nehmt die Hände hoch, Lieutenant!« Rusty nickte Rein zu. »Ihr hattet Recht. Sie hatte nicht die Kraft, Katherine die Kehle so tief durchzuschneiden.«

Rein wandte den Blick nicht von Brandice. Sie war nicht bei klarem Verstand und hielt noch immer zwei geladene Waffen in den Händen. »Ihr seid zusammen geritten, und Ihr habt den Kutscher abgelenkt, bis Ridgely in der Kutsche war?«

Brandice nickte wie ein gehorsames Kind.

»Sag kein Wort mehr, Brandi!«, rief Ridgely.

Rusty rammte ihm den Lauf in den Nacken.

»Es ist aus«, sagte Brandice zu ihm.

»Brandi, Schatz, gib mir die Pistolen«, bat Christian.

Ihr Blick wurde sanfter, und sie senkte die Waffen ein kleines Stück.

»Dränge sie nicht«, zischte Rein.

Ridgely ballte die Hände zu Fäusten. »Brandice, die Waffen, Liebes. Lege sie weg.«

Als sie sich bückte, um zu gehorchen, warf Ridgely sich auf sie. Brandice schoss. Er fiel auf die Knie, und auf seinem Gesicht malte sich ungläubiges Erstaunen ab, während er nach vorn kippte und starb.

Brandice hob langsam den Kopf. »Ihr wisst jetzt Bescheid.«

Rein erkannte die Resignation, die Scham und die Niederlage in ihren Augen. Er stürzte sich auf die zweite Waffe, doch Brandice kam ihm zuvor. Sie jagte sich die Kugel in die Schläfe. Ihr Kopf wurde herumgerissen. Blut spritzte, bevor sie zu Boden sank.

Christian wandte sich stöhnend ab.

Rein starrte auf das Mädchen hinunter und schloss die Augen. »Gentlemen!«

Der Polizeichef und Lord Henry traten ein, gefolgt von Temple Matthews.

Lord Henry vermied es, die Tote anzusehen, und schluckte heftig. »Meine aufrichtigste Entschuldigung, Mr Montegomery. Ich versichere Euch, dass volle Rehabilitierung …«

Unter Reins Blick wich Henry einen Schritt zurück. »Ich brauche nichts von Euch oder England. Lasst mich einfach in Ruhe.« Er wandte sich zu Christian Chandler und legte ihm die Hand auf die Schulter.

Christian sah Rein verwirrt an. »Mein Gott, sie war so scheu und liebenswert.«

»Sie wurde von den beiden betrogen, Christian«, sagte Rein, während Rusty sie mit einer alten Decke verhüllte. Sein Blick fiel auf Brandices und dann auf Ridgelys Füße. Er fröstelte. Ridgelys Stiefel trugen Initialen, doch die Buchstaben waren schon zu verblasst, um sie zu lesen. Er bückte sich und strich mit dem Finger über das Leder.

»Wem gehören diese Stiefel?

Christian blickte von seinem Mündel zu Rein. »Mir.«

Rein sah betroffen hoch.

»Ich warf sie weg.« Christian zuckte die Schultern. »Ich überließ sie den Stallburschen.«

»Wann?«

»Ungefähr vor einem Monat, vielleicht auch schon früher. Möglicherweise gab sie ihm die Stiefel.«

»Möglicherweise.« Rein richtete sich auf und ging zu seinem Pferd. Er schwang sich in den Sattel, und ohne auf Rusty oder Temple zu warten, ritt er nach Hause – zu seiner Frau.

Kapitel 27

Der Horizont glühte rot. Gewaltiger weißer Rauch stieg in den schwarzen Nachthimmel. Rein blieb das Herz stehen. Flammen vernichteten sein Haus und schlugen an den Mauern hoch. Er sprang aus dem Sattel, noch ehe Naraka zum Stillstand kam. Der Hengst floh vor dem Feuer, während Rein zu den Stufen rannte. Die Haustür war geschlossen.

Niemand befand sich im Freien.

Er warf sich mit der Schulter gegen die Tür und kniff die Augen gegen den Rauch zusammen, der unter dem Holz hervorquoll. Rusty war hinter ihm. Gemeinsam prallten sie gegen die schwere Eichentür. Sie sprang auf und schlug innen an die Wand.

Eine Stichflamme raste ins Freie. Rein schrie nach Michaela.

»Ihr hier entlang!« Rein zeigte auf den Korridor. Rusty lief mit gesenktem Kopf durch das Haus, den Arm zum Schutz gegen den Rauch vor den Mund gedrückt. Rein fand Fadi mit einer Kugel in der Seite am Fuß der Treppe. Temple stürmte hinter Rein in den Korridor. »Schaff ihn hinaus! Geh um das Haus herum! Vielleicht kannst du von hinten in die Küche eindringen!«

Temple hob Fadi auf die Schulter und trug ihn durch den brennenden Eingang ins Freie.

Rein kämpfte sich zum Arbeitszimmer vor und betete, dass Michaela nicht dort war. Es stand in hellen Flammen. Er schrie nach ihr. Rauch brannte mit jedem Atemzug in seinen Lungen. Die Bücherregale stürzten um und rissen Tische mit. Funken und Asche schossen in die Luft. Rein kauerte sich hin, suchte den Boden ab, stieß brennende Sessel beiseite und fürchtete, Michaelas verkohlten Leichnam zu entdecken.

Holz brannte prasselnd. Glas zerplatzte.

»Michaela!«, schrie Rein, bis er heiser wurde. Er fand sie unter dem Schreibtisch. Sie bewegte sich nicht. Rein kniff die Augen gegen den Rauch zusammen, zog sie in seine Arme und floh mit ihr durch die Flammen. Das Feuer versengte seinen Rücken. Er stolperte über Trümmer, stürzte, rollte sich ab und presste Michaela schützend an sich.

Keuchend und hustend legte er sie auf den Rücken und strich ihr das Haar aus dem Gesicht. Sie atmete nicht.

»Michaela! Beim Gott des Donners, Michaela, bitte nicht! Bitte, Liebste, bitte!« Er schüttelte sie, doch ihr Kopf rollte haltlos hin und her. »Michaela! Verdammt, es würde dir ähnlich sehen, mich jetzt zu verlassen!«

Er verharrte hilflos über sie gebeugt, während ihm das Herz brach. Entschlossen hielt er ihren Kopf fest, presste den Mund auf ihre Lippen und hauchte ihr Luft und seine Energie ein.

Komm zurück, meine rasha, kommt zurück zu mir! Atme!

Ihr Brustkorb hob sich, und dann bäumte sie sich auf und rollte hustend auf die Seite. Er schlang die Arme um sie, drückte sie an seine Brust und wiegte sie.

»Bei der Göttin des Lichts, ich dachte, du wärst tot!«

»Das werde ich auch bald sein«, keuchte sie, »wenn du mich erstickst.«

Er gab ihr Gesicht frei, damit sie tief atmen konnte. Sie hielt die Augen geschlossen. Seine Hand zitterte, als er ihre Wange streichelte. »Du hast mich zu Tode erschreckt.«

Michaela öffnete die Augen. Sein Gesicht war rußgeschwärzt, Asche hing in seinem Haar, doch aus seinen vom Rauch geröteten Augen traf sie ein durchdringender Blick.

Sie berührte seine Wange und den Pfad, den Tränen vom Ruß reingewaschen hatten. Er drückte das Gesicht in ihre Hand und schloss die Augen.

Holz krachte, und sie blickten hoch, als der Westflügel einstürzte.

»Cabai! Wo ist Cabai?« Michaela richtete sich auf und sah zum Garten. »Und Andy!« Sie packte Rein am Arm und kämpfte gegen die Übelkeit an. »Andy fehlt!«

Acht der zwölf Männer waren auf dem Rasen zu sehen. »Ich sehe sie nicht.«

»Er ist noch drinnen.« Sie wollte aufstehen, doch Rein hielt sie zurück.

»Bist du verrückt?« Flammen schossen aus dem ersten Stock in den Himmel.

»Cabai ging vor dem Brand nach oben, um die Pistolen zu holen. Rein, er ist noch drinnen!«

Rein lief zum Eingang, als Balken brachen und das Haus in sich zusammenstürzte. Michaela stemmte sich hoch und wankte auf ihn zu. Das Fenster des Speisezimmers barst, und Rein zog Michaela zurück und schützte sie gegen die Scherben, während eine Gestalt durch die Öffnung taumelte und zu Boden stürzte.

Rein packte den Mann am versengten Arm und zog ihn in Sicherheit. Michaela sank neben ihnen auf die Knie, als Rein ihn umdrehte.

»Cabai!« Michaela bettete seinen Kopf in ihren Schoß. »Cabai, wieso seid Ihr nicht ins Freie gelaufen?«

Er reichte ihr die Holzschatulle, die er gegen die Brust gedrückt hatte. »Ich lebe, um zu dienen, meine Herrin.«

»Wir müssen ernsthaft darüber sprechen, wie weit das gehen darf.« Mit dem Saum ihres Kleides wischte sie Schweiß und Asche von seiner Stirn. »Ich bin eigentlich ziemlich anspruchslos.«

Rein lachte spöttisch und ließ sich auf den Rücken sinken. »Seit wann?«

Michaela betrachtete ihren Ehemann. »Wie nett von dir, unversehrt und in einem Stück nach Hause zu kommen.« Ihr

Blick drohte an, dass sie demnächst noch viel mehr dazu sagen würde.

»Du hättest dafür sorgen können, dass bei meiner Rückkehr auch das Haus unversehrt und in einem Stück ist.«

Sie blickte zu dem brennenden Gebäude. »Alle diese schönen Dinge!«

Rein stützte sich auf den Ellbogen und zuckte zusammen. »Die kann man ersetzen, dich nicht.« Er strich mit dem Daumen über ihre Lippen und küsste sie.

Cabai räusperte sich, schob die beiden auseinander und stand auf. Danach nickte er ihnen zu, damit sie weitermachten.

Sie sah Cabai genauer an. Die Hose war am Schenkel verbrannt, und sein Hemd war geschwärzt und zerrissen. »Ihr seid nicht verletzt?«

Er achtete nicht auf den schmerzenden Arm. »Ich werde es überleben«, sagte er leise und ließ sie beide allein.

»Ich muss mich um die anderen kümmern.« Rein öffnete die Schatulle und überprüfte die Ladung der Pistolen, ehe er Michaela eine reichte. »Die Schuldigen könnten noch in der Nähe sein.«

Michaela nickte, stand auf und schmiegte sich an ihn, während sie sich zwischen die Bäume zurückzogen.

Rusty kam zu ihr und umarmte sie. »Dem Himmel sei Dank, Kleines.«

Rein hustete vom Rauch und musterte seine Männer. Zu seiner Erleichterung war Leelan unverletzt.

»Euer Mr Bushmara ist tot. Eine Kugel.«

Michaela stieß einen Schrei aus, lief zu dem Mauren und sank auf die Knie. Tränen flossen aus ihren Augen, als sie ihm das schwarze Haar aus dem dunklen Gesicht strich. »Nein, o nein«, schluchzte sie und blickte zu Rein hoch. »Wurde noch jemand verletzt?«

Rusty blickte zu Boden, während Rein zu ihr trat und sie auf die Beine zog.

Sie stützte sich auf seine Arme. »Ich will es wissen!«

»Andy lebt, aber René Gilbert ist tot.«

»Nein!«, schrie sie und brach zusammen. »O nein, das ist meine Schuld, nur meine Schuld!«

Rein fing sie auf und trug sie weg. Weinend klammerte sie sich an ihn.

»Niemand konnte das vorhersehen«, redete Rein auf sie ein.

Sie nickte, konnte jedoch nicht aufhören zu weinen. »Niemand wusste, dass ich hier bin ... dass wir hier sind. Wer hat das getan?«

Temple räusperte sich. Er hielt eine Waffe in der Hand und beobachtete ihre Umgebung. »Ich fürchte, es ist mein Fehler. Ich wusste nicht, dass du sie hier versteckst«, sagte er zu Rein. »Jeder hätte mir vom Schiff hierher folgen können.«

»Das musste früher oder später geschehen.« Rein lächelte seiner Frau matt zu. »Ich konnte dich nicht so lange nur für mich allein behalten.«

Seine Wärme tröstete sie. »Das war kein Befreiungsversuch, Rein. Falls jemand dachte, du hättest mich entführt, hätte er nicht das Haus mit mir darin niedergebrannt, um mich zu meiner Familie zurückzubringen.«

»Du meinst, das war gegen dich gerichtet?«

»Es wurden vorher mehrere Schüsse auf das Fenster abgegeben«, erklärte sie. »Auf mich.« Sie zeigte ihm eine Platzwunde von zerbrochenem Glas, und Rein entfernte einen Splitter, riss ein Stück von seinem Ärmel ab und drückte es auf die Verletzung. »Mir geht es gut, um Himmels willen.« Sie schob seine Hände weg. »Das Feuer begann am Fenster, vermutlich ein brennender Lappen, der um einen Stein gewickelt war. Es geschah sehr schnell. Und es wurde auch noch geschossen, als es schon brannte. Ich konnte nicht fliehen.«

Rein befahl seinen Männern, so viele Pferde wie möglich aufzutreiben. Wenigstens war der Stall unversehrt.

Michaela raffte das zerrissene Kleid. »Ich bin durch mein Verschwinden kompromittiert worden.«

»Ich habe mich bemüht«, versicherte Rein, um sie aufzuheitern.

»Ich glaube, die Söhne der Freiheit nehmen an, ich hätte ihre Geheimnisse verraten.«

»Du meinst«, sagte er erstaunt, »die Leute, denen du drei Jahre geholfen hast, wollten dich töten?«

»Ich kannte die Gefahren, Rein, als ich mich auf dieses Leben einließ«, versicherte sie kampflustig. »Mir waren auch die Folgen klar, sollte ich gefangen werden. Ich stelle eine Bedrohung dar.«

Rein wollte Nickolas eine Botschaft zukommen lassen, um Klarheit zu erhalten. Seine Entscheidung, Michaela nie mehr spionieren zu lassen, war soeben unwiderruflich geworden. Er musste sie außer Landes schaffen. Noch heute Nacht. Und er kannte keinen Ort, der sicherer war als Sanctuary.

Michaela betrat die Kabine und bemerkte, dass die Wände in der Nähe des Fußbodens von Flammen geschwärzt waren. Fragend wandte sie sich an Rein.

Er räusperte sich. »Etwas zu viel … unkontrollierte Energie.«

»Könnte ich mich daran verbrennen?«

»Nur, wenn du das willst«, raunte er ihr ins Ohr und führte sie weiter in die Kabine hinein.

Nach drei Schritten blieb Michaela stehen und starrte auf die Pantherin, die unter der Fensterbank hervorkam. »Rein …« Sie wich zurück. »Rein!«

Die Pantherin knurrte leise und beschnüffelte Michaelas versengtes Kleid.

»Ganz ruhig«, flüsterte er.

»Das ist vielleicht ein niedliches Haustier«, zischte sie.

»Ja, allerdings. Rahjin, das ist meine Frau.«

Rahjin blickte hoch und setzte sich.

Michaela hielt die Hand vor das Gesicht des schönen Tieres. Rahjin schnüffelte daran, fing wohl Reins Geruch auf ihrer Haut auf und drückte ihr den Kopf in die Handfläche. Lächelnd streichelte Michaela die Raubkatze, und als Rahjin leise schnurrte, ging sie in die Hocke.

»Wir werden uns verbünden, wir Mädchen«, flüsterte sie, und Rein lächelte. Dann stand sie wieder auf, streichelte die Pantherin weiter und sah sich dabei um. Als sie das letzte Mal hier gewesen war, hatte sie kaum etwas anderes als Rein gesehen und das Loch, das von ihrer Kugel stammte. Doch jetzt betrachtete sie die Umgebung, in der sie die nächsten Tage verbringen sollte.

Ihr Blick fiel auf das Bett mit einem Moskitonetz. Es erinnerte sie an Indien. Dicke Samtdecken lagen darauf. Sie hielt den Atem an. In wenigen Stunden würden sie beide diese Liegestatt teilen.

»Ein Bad ist für dich bereit.«

Sie zuckte beim Klang seiner Stimme zusammen. Rein fühlte ihren inneren Aufruhr, und er fragte sich, wann sie endlich den Mut finden würde, ihm ihre Geheimnisse zu gestehen.

Michaela sah zu, wie er an die Wanne trat und mit den Händen über das Wasser strich. Dampf stieg hoch. Neugierig betrachtete sie den Mann, den sie geheiratet hatte. Er faszinierte sie immer wieder aufs Neue. Selbst wenn er so schmutzig und müde war wie jetzt, strömte sein hoch gewachsener, schlanker Körper eine unbeschreibliche Kraft aus. Ihm lag viel an anderen Menschen, nur nicht an sich selbst. Sie bewunderte ihn für seine Stärke. Er ließ sich von nichts einschüchtern, verschwendete keine Zeit und tat stets, was nötig war. Immer war er allen anderen einen Schritt voraus, besonders ihr. Und als er für sie ein Handtuch und Seife bereit legte, wurde ihr klar, wie glücklich sie sich schätzen konnte, ihn zum Ehemann zu haben.

Wann würde sie ihm endlich die Ehrlichkeit schenken, die er verdiente? Hastig blickte sie weg und kraulte Rahjins Fell. Rein wartete geduldig, bis Michaela zu ihm trat und ihm den Rücken zuwandte.

Wortlos schob er ihr Haar beiseite und öffnete das Kleid.

»Ich habe leider nur einen Bademantel für dich.«

Sie nickte, hielt das Kleidungsstück vor die Brüste und drehte sich um. Er lächelte nicht, während sein Blick über sie wanderte.

Rein dachte an den Moment, in dem ihre Seele fast ihren Körper verlassen hatte. Am liebsten hätte er sie jetzt mit Küssen überschüttet und sie an sich gepresst, doch sie zitterte. Sie brauchte Ruhe und vor allem Schlaf, aber er sehnte sich so nach ihr, dass er sie behutsam an sich zog. Sie lehnte den Kopf an seine Brust und seufzte, als er ihren Rücken streichelte. Sie schlang die Arme um seine Taille.

Er küsste sie auf die Stirn. »Bade und leg dich dann ins Bett.«

»Ist das ein Befehl, Captain?«

»Ja.« Er gab sie frei. »Rahjin, bewache sie!« Die Pantherin schlich lässig zum Bett. »O nein, nicht dort.« Rein blinzelte Michaela zu. Rahjin trottete zur Tür und legte sich auf den Boden. Nach einem letzten sanften Kuss wich er zurück. »Ich muss mich um das Schiff kümmern.«

Michaela nickte, und Rein zwang sich, sie allein zu lassen. Leise schloss er die Tür. An Deck befahl er, die Vorräte und die Taue zu überprüfen.

Hoffentlich erledigte Nickolas seine Aufgabe.

Vorher kam es gar nicht infrage, dass Michaela auch nur in die Nähe von England zurückkehrte. Er warf einen Blick zurück. Wie würde sie darauf reagieren, wenn er sie bei seiner Familie zurückließ und die Suche nach seinem leiblichen Vater fortsetzte? Verunsichert stieg er zum Achterdeck. Er musste zu einem Ende kommen. Der letzte Kandidat würde in vierzehn Tagen in Marokko sein.

Eine Stunde später traf Rein mit Cabai zusammen, der soeben Michaelas versengte Kleider aus der Kabine brachte. Rein blickte an Cabai vorbei in den Raum. Er sah Michaela nicht, hörte jedoch Wasser plätschern.

»Noch immer im Bad?« Das Wasser musste längst kalt sein.

Cabai zuckte die Schultern, und Rein betrat an ihm vorbei die Kabine und schloss die Tür. Rahjin gab einen sanften Laut von sich und sah ihn und ihre neue Herrin an. Das Haar hatte Michaela schon gewaschen und hochgesteckt, doch sie schrubbte wie wild die Arme, den Hals und die Finger. Er sprach sie an, aber sie ließ sich nicht stören. Rein kniete sich neben die Wanne, erwärmte das Wasser und griff nach Michaelas Händen.

»Ich bin noch schmutzig«, flüsterte sie, ohne ihn anzusehen.

»Nein, du bist …«

»Doch!« Sie riss sich los und wusch sich weiter. »Michaela, du wirst noch die Haut vom Körper schrubben, wenn du nicht aufhörst.«

Sie erstarrte. »Er lässt sich nicht abwaschen«, sagte sie tonlos.

»Was denn?«

»Der Fleck.«

»Ich sehe keinen.«

Sie sah ihm unverwandt in die Augen. »Er ist da.«

Rein litt mit ihr, verstand sie jedoch nicht. »Was wäre, wenn dieser Fleck verschwindet?«

Erschöpft und niedergeschlagen ließ sie die Schultern hängen. »Dann könnte ich dir eine wahre Ehefrau sein.«

Die Bedeutung ihrer Worte traf ihn wie ein Schlag. »Das bist du bereits, Michaela, und daran kann sich nichts mehr ändern.«

»Du verdienst eine andere, Rein.«

»Ich verdiene dich.« Er stand auf und zog sie mit sich. Wasser und Schaum flossen an ihrem Körper herunter, doch Rein sah ihr nur in die Augen, als er sie in ein weiches Badetuch wickelte und aus der Wanne hob. Widerstandslos ließ sie sich zur Fensterbank tragen und drückte sich fröstelnd in die Ecke. Geduldig rieb Rein ihre Arme und Schultern und wartete darauf, dass sie sich beruhigte und endlich sprach.

»Wir können alles gemeinsam lösen, was immer dich belastet, Michaela.«

Unsicher tastete sie über sein feuchtes Hemd und fand endlich Trost in seinem festen Blick. »Es war albern zu versuchen, die Vergangenheit abzuwaschen, nicht wahr? Wir können das nicht. Keiner von uns kann das.«

»Es ist unser Schicksal, sich unseren Fehlern zu stellen.«

Sie runzelte die Stirn.

»Lerne in diesem Leben, damit das nächste frei von Bürden ist.«

»Karma. Reinkarnation.« Sie lächelte, weil er sichtlich überrascht war. »Ich habe in Indien auch so einiges gelernt.«

»Lade deine Last ab, Michaela«, bat er und hauchte ihr einen Kuss auf die Lippen. »Ich sehe, wie sie dich bedrückt.«

Sie holte tief Atem, löste sich aus seinen Armen und hielt das Badetuch vor die Brüste. Als er auf den Bademantel deutete, schlüpfte sie rasch in das Kleidungsstück aus schwerem Samt. Es war warm und duftete nach Rein. Allmählich sammelte sie all ihren Mut, setzte sich, zog die Knie an und schlang die Arme um die Beine.

Der Schmerz, der mit dem Betreten dieser Kabine eingesetzt hatte, schwoll an und zerrte an ihrer Beherrschung. Seit sie Rein geheiratet hatte, wusste sie, dass sie alles wieder verlieren konnte. Doch sie konnte nicht so weitermachen. Das wäre ihm gegenüber unehrlich gewesen. Er hatte ihr seine Vergangenheit offenbart, und darum musste sie ihre Zukunft mit ihm riskieren. Es brach ihr das Herz, wie besorgt er sie jetzt betrachtete.

»Major Winters und ich sollten heiraten«, stieß sie endlich hervor.

»Ich weiß.«

Sie sah ihn überrascht an.

»Seit deinem Verschwinden wird darüber geredet.«

Ihr Blick fiel durch das Fenster auf das Wasser. »Es gab eine Zeit, in der ich dachte, ihn unbeschreiblich zu lieben. Er war galant und wirkte in seiner Uniform attraktiv. Wir küssten uns ein paar Mal im Garten. Dann kam er zu mir in mein Gemach. Ich war schockiert. Er wollte mit mir das Bett teilen, ohnc das Ehegelöbnis abgelegt zu haben.«

Rein ballte die Hände zu Fäusten.

»Ich weigerte mich, doch er lockte und reizte mich und behauptete, meine Küsse würden zeigen, dass ich ihn will.« Sie sah Rein direkt in die Augen, und er fühlte ihren Schmerz und die Demütigung. »Ich wollte ihn nicht. Ich fühlte mich allein und wollte geliebt werden. Ich wünschte mir ein Zuhause und Kinder, doch nicht, bevor ich dazu das Recht hatte. Als ich ihn bat, mein Gemach zu verlassen, schlug er mich. Ich war wie betäubt. Er dachte, ich würde nachgeben, und als ich mich wehrte, drückte er mich auf das Bett und ...« Sie schluckte und hielt die Tränen zurück. »Und dann nahm er sich das Recht eines Ehemannes.«

Sorgfältig achtete Rein darauf, den in ihm tobenden Aufruhr zu verbergen. So etwas hatte er schon geahnt, doch er hatte nicht wirklich glauben wollen, dass sie sich vergeblich gegen einen Mann gewehrt hatte, der nur seine Lust befriedigen wollto, ohnc an den Preis zu denken.

»Was unternahm dein Onkcl?«

Ihre Hände zitterten. »Major Winters sprach noch vor mir mit meinem Onkel. Er behauptete, ich hätte ihn in mein Gemach gelockt und ihn dann abgewiesen, als er bereits zu erregt war, um aufzuhören. Aber ein Nein ist und bleibt ein Nein. Was ist daran so schwer zu verstehen?« Tränen liefen ihr über die Wangen.

»Jeder Narr hätte das verstanden, Michaela.« Doch Reins Worte fielen auf taube Ohren. Sie hörte ihm gar nicht zu.

»Mein Onkel glaubte ihm tatsächlich. Er meinte, ich wäre immer schon ein wildes Mädchen gewesen, und jetzt wäre ich haltlos und würde zur Hure werden, gäbe es ihn nicht. Nicht einmal die Spuren der Schläge überzeugten ihn. Dafür hasse ich ihn!«, stieß sie hervor. »Ich bin seine Verwandte, doch er glaubte seinem Adjutanten mehr als mir. Ich sollte froh sein, dass Winters mich noch immer will, meinte er. Und er bestand darauf, dass ich den Mann heirate. Als ich mich weigerte, drohte er zu enthüllen, dass ich Winters verführt hätte. Danach wollte er mich auf die Straße werfen. Ich hatte Angst. Nie zuvor war ich so schrecklich behandelt worden. Ich wusste nicht, was ich tun sollte. Ich konnte Winters nicht heiraten, aber ohne Ehemann würde ich den letzten Penny meines Erbes an meinen Onkel verlieren. Also stimmte ich zu, für ihn und das Haus zu sorgen, wenn er mir dafür ein Dach über dem Kopf bot.«

Sie lehnte den Kopf an die Fensterscheibe.

»Er hielt Wort und erzählte niemandem, was geschehen war. Doch er erinnerte mich ständig daran, dass ich eine ehrlose Frau war und mich dafür entschieden hatte, bis ans Ende meiner Tage nach seinen Regeln zu leben oder mein neu erworbenes Wissen auf den Straßen auszuprobieren.« Angewidert verzog sie das Gesicht. »Winters bedrängte mich ständig, bis ich mit einem Messer nach ihm stach.«

»Er soll froh sein, dass du keine Pistole hattest.«

Matt lächelnd wischte sie sich über die Wangen. »Fast täglich sah ich den Urheber meiner Schande vor mir. Dann traf ich Nickolas in der Suppenküche. Er hörte, welche Meinung ich über die Rebellion vertrat.« Sie fühlte sich sehr allein. »Eine Woche später begann ich, Onkel Atwell auszuspionieren.«

Schweigen trat ein. Michaela blickte aus dem Fenster, und Rein betrachtete sie.

Schließlich holte Rein tief Atem. »Er verdient den Tod.«

Sie wandte sich ihm zu, und der Zorn in seinen Augen wärmte sie und jagte ihr gleichzeitig Angst ein. »Er soll bezahlen, das schon, aber ich bin nicht tot und blute auch nicht.«

Seine Haltung entspannte sich, als sie seine Hände drückte. »Du hast drei Jahre lang geblutet, Michaela. Jetzt ist er an der Reihe.«

»Es ist nicht deine Aufgabe, meine Tugend zu rächen.« Sie senkte den Kopf. »Es wäre dein Recht gewesen, sie mir zu nehmen.«

Beruhigend zog Rein sie in die Arme und drückte die Lippen auf ihr Haar. »Glaubst du, ich will dich jetzt nicht mehr wie vorher?« Als sie nickte, hielt er sie noch fester. »Ich verrate dir ein Geheimnis«, flüsterte er ihr ins Ohr. »Ich bin keine Jungfrau.«

Ihre Schultern bebten, als sie lautlos lachte.

»Du hast nichts Unrechtes getan«, fuhr er fort.

»Vielleicht habe ich ihn irregeleitet. Ich wollte, dass er mich küsst und im Arm hält.«

»Darauf hattest du ein Recht, Michaela, genau wie jeder Mann.«

»Mein Onkel sagte oft, ich wäre nicht besser als eine Hure und …«

Er brachte sie zum Schweigen. Am liebsten hätte er den Brigadier umgebracht, weil er ihre Gefühle zertreten hatte. »Das war falsch, Michaela, völlig falsch. Außerdem war es albern von ihm, so zu sprechen. Du weißt nicht einmal, wie verführerisch du wirklich bist.« Als sie ungläubig den Kopf schüttelte, sah er ihr beschwörend in die Augen. »Du machst mich schwach, meine *rasha*. Du besitzt eine Macht über meine Seele, gegen die ich mich nicht wehren kann. Du beherrschst mich, weißt du das denn nicht?«

Doch, das wusste sie. Er hätte fordern und nehmen können, beugte sich jedoch ihrem Willen und hielt sich zurück, selbst wenn sie mit ihm zusammen sein wollte. Zärtlich strich sie über sein Gesicht und durch sein Haar, berührte den Ring an seinem Ohr und staunte, wie mühelos er alles akzeptierte. »Danke.«

Er küsste sie sanft auf die bebenden Lippen, und sie schmiegte sich in seine Arme und klammerte sich an ihn. Das Schiff schaukelte auf den Wellen, als Rein Michaela in den Armen hielt und spürte, wie sie sich allmählich entspannte.

Rein lehnte den Kopf an den Fensterrahmen. Der Mond beschien sein Gesicht, während er sich fragte, ob sie sich in seinen Armen auch noch wohl fühlen würde, wenn er ihr verbot, jemals wieder zu spionieren.

Kapitel 28

Rein erwachte plötzlich, starrte in die Dunkelheit und blickte auf Michaela hinunter, die sich unruhig bewegte. Er wollte sie fester an sich drücken und beruhigend auf sie einreden, doch sie riss sich von ihm los und schlug seine Hände beiseite.

»Rühr mich nicht an!«, fauchte sie und presste sich gegen die Wand.

»Michaela, ich bin es, Rein.« Doch sie sah ihn nicht, sondern starrte an ihm vorbei. Ein Albtraum hielt sie gefangen. Als Rein die Hand nach ihr ausstreckte, sprang sie hoch und sah ihn empört an.

»Meine Taube, ich bin es!«

Sie floh vor ihm, prallte gegen den kalten Ofen und warf eine Tasse zu Boden. Rein folgte ihr und hielt sie am Arm und an einer Haarsträhne fest.

»Nein!«, schrie sie stöhnend und taumelte gegen die Kommode, griff nach dem Rasiermesser, das darauf lag, und wollte damit die Haare abschneiden, die Rein um die Finger geschlungen hatte. Er packte ihr Handgelenk. Ein hasserfüllter Blick traf ihn aus ihren Augen. Er drückte zu, und mit einem zornigen Aufschrei öffnete sie die Finger. Das Messer fiel zu Boden. Rein ließ ihr Haar los, und sie hielt es verschämt und verängstigt wie eine Decke vor sich.

»Ich bin es, Rein«, wiederholte er immer wieder, während sie reglos dastand, die Augen weit aufgerissen.

Allmählich klärte sich ihr Blick. Sie betrachtete die Haare in ihren Händen und dann Rein.

Es dauerte noch einige Sekunden, bis sie verzweifelt aufstöhnte, die Hände vors Gesicht schlug und zu Boden sank. Rein eilte zu ihr und bot ihr den Schutz seiner starken Arme.

Verzweifelt weinte sie sich den Schmerz von der Seele. Rein wiegte sie behutsam und flüsterte ihr zu, dass sie in Sicherheit war und niemand sie berühren würde, wenn sie das nicht wollte.

»O Gott«, flüsterte sie. »Es tut mir so leid.«

»Nein, nein, *rasha*, es ist nicht deine Schuld.«

»Ich schäme mich so.«

»Er hat dich an den Haaren festgehalten, nicht wahr?«

Sie nickte.

Rein strich ihr die Locken aus dem Gesicht. »Du hast so schönes Haar, Michaela.« Er setzte sich auf den Boden und zog sie zwischen seine Beine. »Und ich bin nicht er.«

»Ich weiß, ich weiß, aber ...« Die hässlichen Erinnerungen ließen sie nicht los. »Ich will, dass das aufhört.«

»Es wird mit der Zeit besser, das schwöre ich dir.«

»Du bist dir immer in allem so sicher«, sagte sie und betrachtete seinen Mund.

Er lächelte leicht. »Ärgerlich, nicht wahr?«

»Küss mich.«

Er sah sie fragend an.

»Küss mich«, wiederholte sie. »Bring es zum Verschwinden.«

»Michaela«, warnte er, »das ist keine Lösung.«

»Halt mein Haar fest.«

Er runzelte die Stirn.

»Ich will es abschneiden, Rein, wirklich. Ich will, dass es wie diese Träume verschwindet. Bring sie zum Verschwinden.« Ihre Stimme klang brüchig. »Küss mich. Hol mich aus diesen schlimmen Träumen!«

Ihr Flehen raubte ihm den letzten Rest an Verstand. Behutsam näherte er seine Lippen ihrem Mund und wartete, bis sie den Kuss erwiderte, nach seinen Händen griff und seine Finger in ihr Haar schob.

Als sie stöhnte, zuckte er zurück und forschte in ihrem Gesicht, doch sie kam ihm erneut entgegen und marterte ihn mit ihren weichen Lippen. In seinen Armen kämpfte sie gegen ihre Dämonen an und hasste, dass ein anderer Mann genommen hatte, was eigentlich Rein gehören sollte.

Rein würde ihr nie wehtun. Niemals.

In seinen Armen fand sie sich selbst wieder, überschritt ihre eigenen Grenzen, erlebte Freiheit und nahm seine Energie an. Und als er die Finger in ihrem Haar anspannte, fühlte sie nichts weiter als die Macht, die er zurückhielt, und die Verlockung der exotischen Lust, die nur er ihr schenken konnte. Seine Wangen streichelnd, genoss sie seinen tiefen Kuss. Sein Stöhnen war ihr bereits vertraut. Es steigerte ihr Verlangen und wärmte ihr Herz.

Michaela raubte ihm durch diesen heißblütigen Kuss die Energie, und als sie sich auf seinen Schoß schob, wich ganz allmählich seine Beherrschung. Die Hände auf ihren Po gelegt, drückte er sie an den Beweis seiner Erregung, zwang sich jedoch dazu, sich nicht auf sie zu werfen und das Verlangen zu befriedigen, das sie beide gepackt hielt. Noch war sie zu verletzlich und versuchte, ihre Qualen zu beenden. Wenn sie sich nach Kontrolle sehnte, wollte er sie ihr gern überlassen, weil damit Vertrauen verbunden war. Als sie sich zurückzog, fand er in ihren klaren Augen tiefe Gefühle.

Ihr Atem strich über seine Lippen, und sie schloss die Augen, als er ihr das Haar aus dem Gesicht strich.

»Gemahl«, flüsterte sie und drückte das Gesicht an seinen Hals.

»Ich bin bei dir, *rasha*, für immer.«

»Ich weiß.« Eng schmiegte sie sich an ihn und seufzte. Er streichelte ihren Rücken und sah ihr ins Gesicht. Michaela war lächelnd eingeschlafen. Rein war glücklich.

Michaela genoss die Wärme unter der Decke und verbarg das Gesicht im Kopfkissen. Etwas drückte schwer auf ihre Hüfte, und Reins Hand lag zwischen ihren Brüsten. Seine Berührung löste keine Angst mehr aus, sondern eine Ruhe, die sie bisher nie empfunden hatte. Mit geschlossenen Augen genoss sie die schönen Empfindungen.

Wann hatte er sie in sein Bett getragen? Ihr gemeinsames Bett. Rein hatte sie akzeptiert, ohne zu zögern. Ein schläfriges Lächeln umspielte ihre Lippen. Eigentlich hatte sie von Anfang an gewusst, dass er nicht wie andere Männer war. Das hatte er ihr auch oft genug bewiesen, nur hatte sie nicht den nötigen Mut aufgebracht. Allerdings hatte sie auch nicht damit gerechnet, sich so sehr in ihn zu verlieben. Glücklich öffnete sie die Augen und rollte sich auf den Rücken, um Rein anzusehen.

Er war nackt, vollständig nackt. Wie er da auf dem Bauch lag, einen Arm über ihre Taille gelegt, ein Bein angezogen, erinnerte er sie an Rahjin. Kraftvoll, schlank, muskulös. Ihr Blick wanderte von seinem pechschwarzen Haar, das auf seine Schultern fiel, über seinen Rücken. Am liebsten hätte sie ihm über die bronzefarbene Haut gestreichelt. Erneut wurde sie von Verlangen erfüllt. Rein schlief tief, und die Wärme seines Körpers drang durch die Decke in ihren Körper ein.

Ich liebe diesen Mann, dachte sie. Ich liebe ihn.

»Es ist unhöflich, jemanden so anzustarren«, murmelte er und zog sie an sich.

»Oh, du bist wach«, sagte sie überflüssigerweise.

Er lächelte, ohne die Augen zu öffnen. »Es ist schwer zu schlafen, wenn du mir so nahe bist.«

Sekundenlang betrachtete sie schweigend sein attraktives Gesicht und schob dann eine Locke von seiner Wange. »Dein Haar ist ziemlich stark versengt.«

»Meine Gemahlin wird es mir schneiden«, sagte er schläfrig lächelnd.

»Schläfst du immer, ohne einen Faden am Leib zu tragen?«

»Ja.« Seine Finger berührten ihre Brüste. »Was willst du noch über meine Gewohnheiten wissen?« Die Fingerspitzen beschrieben langsam Kreise auf dem Nachthemd, das sich über ihren Brüsten spannte, und Michaela atmete heftiger. »Ich rasiere mich auch, ohne einen Faden am Leib zu tragen. Ich schwimme, ohne einen Faden am Leib zu tragen.« Er öffnete ein Auge. »Und ich liebe, ohne einen Faden am Leib zu tragen.«

Das Luftholen fiel ihr plötzlich schwer. »Wirklich?«, fragte sie nervös und erregt.

»Wirklich.«

Rein hätte es ihr am liebsten sofort gezeigt, doch der letzte Mann, der mit ihr zusammen gewesen war, hatte sie so gedemütigt, dass sie sich gegen ihre eigenen Wünsche wehrte und sie für schmutzig hielt. Wie gern hätte er diese Bastarde getötet, weil sie Michaela so erniedrigt hatten.

Rein war fest entschlossen, Michaelas Leidenschaft wieder zu wecken, bis sie all die Sinnlichkeit kennen lernte, die sie jetzt noch tief in sich verschloss. Von dieser Freiheit hatte sie letzte Nacht erst eine Kostprobe erhalten.

Die Decken stellten das einzige Hindernis zwischen ihnen dar, als er Michaela an sich drückte, die Hand auf ihre nackte Schulter legte und sich zu ihr beugte.

»Du hast jetzt wieder diesen Gesichtsausdruck«, flüsterte sie.

Unter schwarzen Wimpern hervor sah er sie durchdringend an.

»Und was ist das für ein Gesichtsausdruck?«

»Er sagt, dass du mich verschlingen willst, bis nichts mehr von mir übrig ist.«

»Nein«, flüsterte er an ihren Lippen. »Du, *rasha*, bist das Feuer, das mich verzehrt.« Sanft drückte er die Lippen auf ihren Mund, bis Michaela den Arm um seinen Nacken schlang. Stöhnend öffnete er ihr Nachthemd, schob die Hände darunter und berührte ihre warme Haut. Voller Verlangen bog sie sich ihm entgegen.

Ihr Kuss wurde leidenschaftlicher. Rein rollte sich auf den Rücken, als ihre Zunge zwischen seine Lippen vordrang, und zog Michaela mit sich. Sie legte die Hände auf seine Brust und hob den Kopf, um ihn zu betrachten. Er lächelte mutwillig, packte ihre Beine in den Kniekehlen und schob ihre Knie neben seine Hüften, während er sich aufsetzte. Es verschlug ihr den Atem, so intim drückte er sich an sie, und tief in ihr wuchs die Sehnsucht nach ihm.

Das Nachthemd glitt von ihren Schultern. Reins Blick wanderte ungehindert über ihre vollen Brüste, seine Hände berührten die Spitzen und entlockten Michaela ein kaum hörbares Stöhnen, ehe er ihre Hand ergriff und jeden Finger einzeln küsste.

»Fühle mich«, flüsterte er und legte ihre Hand auf seine nackte Brust. »Überzeuge dich davon, dass ich nichts an mir habe, das dich verletzen wird.«

Ein Schatten zog über ihr Gesicht, doch Rein hauchte ihr einen Kuss auf die Lippen und hielt sich auch weiterhin zurück. Lächelnd wartete er ab, bis ihre Finger seine unbehaarte Brust erforschten.

Ihre Berührung war so zärtlich, dass Rein befürchtete, die Beherrschung zu verlieren. Ihr Blick war jedoch starr auf sein Gesicht gerichtet.

»Betrachte mich, Michaela.«

Sie strich sich mit der Zungenspitze über die Lippen.

»Lass deine Blicke deiner Hand folgen.«

Erst jetzt gehorchte sie, und ihr Blick wanderte über seinen flachen Bauch zu dem dichten schwarzen Haar zwischen den kraftvollen Schenkeln.

Beruhigend streichelte er ihre Hände, als sie noch tiefer

blickte. »Das ist ein Teil von mir, Michaela, wie eine Hand oder ein Arm. Keine Waffe.« Er führte sie näher heran.

»Ich weiß«, hauchte sie und berührte ihn.

Rein stöhnte. »Ich begehre dich, nicht mein Körper. Das gehört zu mir wie ...« Er streichelte ihre Brüste. »Wie das zu dir.«

Michaela beugte sich ihm entgegen, als seine Finger zwischen ihre Beine tauchten und er die Lippen um ihre Brustspitze schloss. Sie bot sich ihm an und warf den Kopf in den Nacken, während Rein ihren Körper verwöhnte. Sanft drückte er sie auf den Rücken, küsste ihren Bauch, ihre Hüften und die Schenkel. Als er ihre Beine öffnete, erschien eine Falte auf ihrer Stirn, doch sie sah wie gebannt zu, wie seine Zunge über ihre Haut strich.

Ein gedämpfter Aufschrei entrang sich ihr bei Reins intimem Kuss, und ihre Finger gruben sich in sein Haar. Er lachte leise und unterzog sie einer süßen Folter, unter der sie sich wand, ächzte und ihn anflehte.

Ihre Haut wurde feucht, ihre Finger verkrallten sich in den Decken, doch er hörte nicht auf. Den Blick auf seinen Kopf zwischen ihren Beinen gerichtet, drückte sie sich ihm entgegen – und plötzlich brach ein Damm. Sie verkrampfte sich und wurde von einer unbeschreiblichen Lust mitgerissen.

Erschöpft sank sie auf das Bett zurück.

Er richtete sich auf die Knie auf und streichelte ihre Beine. »Michaela. Sieh mich an.«

»Muss ich?«, keuchte sie und errötete.

Langsam öffnete sie die Augen und errötete noch stärker, als er lächelnd auf sie herunterblickte.

»Ich könnte unaufhörlich zusehen, wie du Lust empfindest.«

Ihre Miene entspannte sich, so sehr liebte und brauchte sie ihn. »Wie könnte ich widerstehen?«

»Das sollst du auch nicht«, versicherte er leise lachend.

»Und wann darf ich sie dir schenken?«

Sein Blick erhitzte sich allein bei dem Gedanken.

Mutig berührte sie ihn erneut, und er streckte sich neben ihr aus und drehte sie zu sich herum. »Ah, meine *rasha*, du quälst mich«, hauchte er.

»Nicht mehr als du mich. Danach habe ich mich schon seit dem Erwachen gesehnt«, gestand sie und senkte den Kopf.

»Was wünschst du dir noch?«

»Ich will dich erforschen.«

Es klopfte. Rein ließ sich fluchend zurücksinken und hielt Michaelas Hände fest.

»Was gibt es?«, rief er.

»Eine Brigg, Sir. Steuerbord voraus.«

»Komme gleich.«

Er lächelte Michaela enttäuscht und entschuldigend an und stand auf.

Michaela setzte sich auf, hüllte sich in die Decke und sah zu, wie er sich wusch, kaltes Wasser über seine Erregung goss und ihr dabei einen vorwurfsvollen Blick zuwarf.

»Schmerzt es?«

»Es schmerzt, dir Lust zu bereiten«, erwiderte er und versuchte, die Hose anzuziehen.

»Oh«, flüsterte sie und lächelte verführerisch. »Und du bist ganz sicher, dass ich Lust finden werde?«

Er knöpfte das Hemd zu und trat zu ihr. »Du wirst schreien.« Er legte den Arm um ihre Mitte. »Hast du vom Kamasutra gehört?«

»Ja.« Es war ein Buch, in dem sehr deutlich die Lust des Fleisches beschrieben wurde. Es war sinnlich und verboten. »Ja«, wiederholte sie atemlos.

»Ich habe viel daraus gelernt.«

»Und angewendet?«

Das eifersüchtige Glitzern in ihren Augen gefiel ihm. »Das fängt heute Abend an.«

Es wäre ihr am liebsten gewesen, er hätte sofort damit begonnen. Ihre Hand glitt über seinen Leib. Er klopfte ihr warnend auf die Finger.

Ihr Lächeln verriet, dass sie ihre weibliche Stärke begriffen hatte. »Ich habe eine Verführerin erschaffen«, stellte er fest. Wie sollte er an Deck gehen, wenn sie wie eine Sirene in seinem Bett lag?

Ein letzter Kuss, und Michaela stieg aus dem Bett, presste sich an ihn und strich ihm durchs Haar. Es klopfte erneut an der Tür. »Gleich!«, rief er und küsste Michaela noch einmal.

Sie schob ihn zur Tür, an der er sich ein letztes Mal umdrehte. »Du bist herrlich, meine *rasha*.«

»Ich warte auf dich«, sagte sie leise, als er durch die Tür trat. Er stockte und schloss die Augen, ehe er weiterging.

Danach sehnte er sich – nach dem Vertrauen seiner Frau und nach ihrem Verlangen. Am liebsten hätte er die Brigg in die Luft gesprengt, um sofort zu Michaela zurückkehren zu können.

Nickolas überflog die Botschaft. Sein Herz klopfte schneller, als er Reins Informationen über Katherines Ermordung und die Schilderung des Überfalls und der Brandstiftung las. Es schmerzte ihn, dass Menschenleben zu beklagen waren. Dass die Söhne der Freiheit einen Mörder auf einen der Ihren hetzten, erfüllte ihn mit Bitterkeit. Sie mochten es getan haben, um sein Leben zu schützen, doch Michaela hätte ihn niemals verraten.

Er zerknüllte das Pergament und warf es ins Feuer, ehe er sich an den kleinen Schreibtisch setzte. Da Michaela nun in Sicherheit war, konnte er seine Mitverschwörer unter Druck setzen. Nickolas tauchte den Federkiel in die Tinte und begann zu schreiben. Er wollte alle Hebel in Bewegung setzen, damit der Verräter sich selbst entlarvte.

Rein blickte durch das Fernglas und befahl, leewärts an das Schiff heranzusegeln und dann Signalflaggen zu setzen. Die Brigg war unkenntlich. Auf diese Entfernung konnte er ihre Farben nicht ausmachen. Allerdings wollte er das Schiff auch nicht angreifen. Die *White Empress* war ein Handelsschiff und zur Verteidigung gegen Seeräuber ausgestattet, aber nicht für eine Schlacht geeignet. Wie gern hätte er jetzt auf den Planken der *Red Lion* gestanden. Plötzlich sehnte er sich nach einem Kampf.

Stirnrunzelnd ließ er das Fernglas sinken.

Lust verwirrt den Verstand.

Rein war klar, dass er sich zusammennehmen musste, um Michaela nicht zu verletzen. Er hatte sie schon vor Stunden bereit und willig zurückgelassen. Und er erinnerte sich an ihre letzten Worte. Wusste sie eigentlich, wie leicht sie ihn bezwang?

»Rein.«

Er warf Leelan einen Blick zu. Der Steuermann gab ihm ein Zeichen, und Rein wandte sich um. »Beim Donner.« Michaela stieg die Leiter zum Achterdeck herauf, in eine dunkle Wildlederhose und ein dünnes Musselinhemd gekleidet. Der Wind spielte mit ihren Haaren.

»Was für ein schöner Anblick.«

Rein warf dem Steuermann einen tadelnden Blick zu, trat an die Leiter und sah, wie seine Matrosen die Arbeit unterbrachen und nur auf Michaela achteten. Rein ballte die Hände. Sie war seine Ehefrau! Nur er dufte sie sehen und erforschen, und er warnte seine Männer mit einem eisigen Blick.

»Erlaubnis erteilt, nach oben zu kommen?«, fragte Michaela.

Er verschränkte die Arme. »Woher hast du diese Sachen?«

»Cabai hat sie für mich geändert. Hast du ihn nicht darum gebeten?«

»Er sollte dein Kleid flicken, bis er dir ein anderes näht.«

»Und du hast erwartet, dass ich allein in der Kabine bleibe, bis du dich wieder bei mir zeigst?«, fragte sie. »Nein, nicht ich.« Sie erreichte das Deck und zwang ihn zurückzuweichen, sonst wäre sie nach unten gestürzt.

Er half ihr nicht und hielt sich von ihr fern. »Ich hätte erwartet, dass du dich vor meiner Mannschaft nur angemessen gekleidet zeigst.«

»Ich bin angemessen bekleidet.«

»Das Hemd ist verdammt durchscheinend!«, zischte er ihr zu. Er sah sogar die Rundungen ihrer Brüste und die dunklen Spitzen. Und das konnte auch jeder andere Mann an Bord sehen. Die verdammte Hose wirkte eher wie nackte Haut und nicht wie Wildleder, und Rein zog hastig das Lederwams aus und reichte es ihr. »Zieh das an und flechte dein Haar, bevor du entdeckt wirst.«

Michaela betrachtete das Wams und dann Reins abweisendes Gesicht. Offenbar wollte er sie nicht hier oben haben. Sie drehte sich um und kletterte hastig die Leiter hinunter.

Rein sah ihr verwirrt nach. Sie hatte diese Hose schon früher getragen, und es hatte ihn nicht gestört. Wieso jetzt?

»Na, das war ja so taktvoll wie ein Stier, der eine Kuh beschnüffelt.«

Er warf Leelan einen scharfen Blick zu, stöhnte und rieb sich den Nacken.

Michaela widerstand dem kindischen Verlangen, die Tür hinter sich zuzuknallen. Rahjin sah ihr entgegen, als sie sich auf die Fensterbank setzte. Zum Teufel mit ihm, dachte Michaela und sprang wieder auf.

Wie konnte er so mit ihr sprechen! Seit Stunden wartete sie schon hier und langweilte sich, und als Cabai ihr die Kleidung gebracht hatte, war sie überzeugt gewesen, Rein würde sich über ihre Gesellschaft freuen. Ha! Offenbar hatte sie keine Ahnung, wie es auf einem Schiff zuging.

Sie zuckte zusammen, als die Tür geöffnet wurde, wandte

Rein den Rücken zu und beobachtete die Brigg. Er trat hinter sie.

»Du darfst nicht ohne Erlaubnis an Deck.«

Sie verkrampfte sich. »Ich verstehe.«

»Nein, du verstehst nicht. Eine Frau an Bord bietet Grund genug für Aufruhr und Übergriffe, Michaela. Dein Haar sieht man auf Meilen, von deiner Figur ganz zu schweigen.«

»Verzeiht meine Unwissenheit, Captain.« Das alles mochte stimmen, entschuldigte aber nicht, wie er mit ihr gesprochen hatte. »Ich wusste nicht, dass ich nur Euer Bett, aber nicht Euer Leben mit Euch teilen darf.«

Er ließ die Schultern hängen. »Das ist nicht wahr.«

»Ach?«, fragte sie geringschätzig. »Offenbar muss ich auf eine Einladung warten, bevor ich zu dir kommen darf.«

»Michaela.«

Sie warf ihm über die Schulter einen zornigen Blick zu. »Du hast mich beschämt, Rein. Du hast mich wie ein dummes Kind behandelt, das seinen Platz nicht kennt.« Ihre Stimme brach. »Wie mein Onkel.«

Er stöhnte verzweifelt. »Ich habe nicht nachgedacht ... ich hatte Sorge, dass ... dass dich jeder Mann an Bord anstarren kann, obwohl du nur mir gehörst!«

Jetzt erst drehte sie sich zu ihm um. »Dann hättest du mir erklären sollen, was von mir erwartet wird, aber nicht vor deiner Mannschaft!« Rahjin kam unter der Bank hervor und verkroch sich unter dem Schreibtisch. »So lasse ich nicht mit mir sprechen.« Mit dem Zeigefinger stieß sie ihm gegen die Brust und zwang ihn dazu zurückzuweichen. »Das war unhöflich und respektlos. Glaube nicht, dass du so mit mir umspringen kannst. Haben wir uns verstanden?«

Rein nickte bloß. Ihr Zorn erregte ihn. Beim Gott des Feuers, sie war wundervoll!

»Ich lasse mich nicht unter Deck einsperren, nur weil du Besitz ergreifend bist. Und wenn dir nicht gefällt, was ich anziehe, solltest du bei mir bleiben oder mir passende Kleidung besorgen. Ich bin es leid, ständig ausgeschlossen zu werden.« Als sein Blick zu ihrer Brust wanderte, richteten sich die Spitzen unter dem Hemd auf. »Ich wurde drei Jahre lang ignoriert. Ich will mich nicht länger verstecken und wie eine eingesperrte Geliebte gehalten werden.« Sie holte tief Atem. »Und sollte es nötig sein, komme ich auch splitternackt auf dein verdammtes Deck!«

Er beugte sich zu ihr. »Du willst, dass ich dich liebe –jetzt. Du bist so erregt, dass du es nicht erträgst.«

Sie sah ihn betroffen an, allerdings nur für einen Moment. »Versuch nicht, mich mit Leidenschaft nachgiebig zu machen, Rein Montegomery.« Mit beiden Händen versetzte sie ihm einen Stoß. »Dafür bin ich nicht in Stimmung.«

Er riss sie an sich und küsste sie verzehrend, während er sie mit seinen starken Händen an seinen Körper presste.

Als ihre Beine den Dienst versagten, unterbrach er den Kuss und sah ihr heftig atmend in die Augen. »Sag mir, dass du nicht in Stimmung bist.«

Sie rang nach Luft, lächelte mutwillig, grub die Finger in seine Haare und küsste ihn mit einer Leidenschaft, die ihn hilflos machte. Ihre Hände wanderten über seine Brust und seine Hüften. Ja, sie begehrte ihn so heftig, dass sie es nicht ertrug. Hektisch riss sie an den Knöpfen seiner Hose und schob die Hand hinein.

»Liebe mich! Jetzt!«, verlangte sie und streichelte ihn erregt.

Er küsste sie, öffnete die Knöpfe des Hemdes, schob es ihr zusammen mit dem Unterhemd zur Taille hinunter, bog sie nach hinten und schloss die Lippen um eine Brustspitze.

Sie klammerte sich an seinen Schultern fest. Er zog die zarte Spitze tiefer in den Mund.

»O Rein, ja.«

Ungeduldig riss er am Verschluss ihrer Hose und schob die

Hand hinein, spielte mit ihr und drang weiter vor, während er ihr zuflüsterte, wie sehr er sich danach sehnte, sich mit ihr zu vereinigen, dass er schon sein Leben lang auf diesen Moment gewartet hatte und es ihn allein schon erregte, daran zu denken.

»O Rein, ja, schenke mir Lust«, hauchte sie.

Er verwöhnte ihre Brüste mit Zunge und Zähnen, bis sie sich ungeduldig wand. Erst dann richtete er sich auf, zog die Stiefel aus und schob sie zum Bett, während sie seine Lippen und seinen Hals küsste und ihm das Hemd auszog.

»Du gehörst mir«, flüsterte sie. »Ich will es dir zeigen.«

Sie übernahm die Kontrolle und forderte, und Rein ließ es zu, doch als sie seine Hose herunterschob und sich über ihn beugte, zog er sie wieder hoch und drängte die Knie zwischen ihre Beine.

»Aber ich will dich erforschen!«

Die Worte genügten, um ihn vor Erregung erschauern zu lassen.

»Das könnte ich nicht mehr ertragen, und ich möchte in dir sein, wenn es soweit ist«, murmelte er an ihren Lippen.

Schaudernd schloss sie die Augen. »Ich will dich fühlen …«

Sie stöhnte und rieb sich an ihm.

Er schob die Kleidungsstücke an ihren Hüften hinunter.

»Ich will fühlen, wie du mich aufnimmst«, hauchte er und legte die Hände auf ihren nackten Po.

Während er sie weiter entkleidete, küsste er die Spitzen ihrer Brüste und sank mit ihr aufs Bett. Sie löste sich aus seiner Umarmung, zog ihm die Hose aus und stand wieder auf. Mutwillig lächelnd blickte sie auf ihn hinunter, entledigte sich der restlichen Kleidung und betrachtete ihn verführerisch.

»Du bist eine Hexe«, sagte er leise.

»Und du ein Hexenmeister.«

Michaela packte seine Füße, schob seine Beine auseinander

und kniete sich dazwischen. Rein hatte noch nie etwas so Herrliches gesehen wie Michaela, die ihre Sinnlichkeit genoss. Ihr Haar fiel in Locken über ihren üppigen Körper bis zu ihren Hüften hinunter, ihre helle Haut war vor Erregung gerötet, und ihre Augen schimmerten.

Er ließ den Blick immer wieder über sie wandern, als sie sich herunterbeugte und die Narben an seiner Wade küsste. Sinnlich fuhr sie mit der Zunge über seine Haut und schob seine Hände weg, als er nach ihr griff. Stöhnend schloss Rein die Augen und öffnete sie wieder, als er Michaelas Brüste an seinen Schenkeln fühlte.

»Du gehörst mir«, flüsterte sie und streichelte ihn.

»Michaela, du willst doch nicht …« Sie senkte den Mund tiefer.

»Beim Donner«, stöhnte er und wand sich, und sie entdeckte ein nie gekanntes Verlangen. Es war wunderbar, ihm höchste Lust zu schenken und zu sehen, wie sie seine Erregung immer weiter steigerte.

»Michaela, süße Göttin, Frau, komm her, komm zu mir, Liebste.«

Sie weigerte sich, marterte ihn und wich seinen Händen aus, und er erbebte unter ihr.

Seine Finger verkrampften sich in den Laken, Schweiß stand auf seiner Brust. Rein fluchte, rief ihren Namen und zog sie endlich über sich.

»Madame, Ihr seid gefährlich«, murmelte er, drehte sie auf den Rücken, küsste ihre Brüste, ließ die Zungenspitze über ihren Leib hinabgleiten und küsste sie intim. Und sie öffnete sich für ihn und wollte ihn festhalten, doch er drehte sie auf den Bauch, und seine Zunge glitt über ihren Rücken.

Michaela biss ins Kopfkissen.

»Nein, schrei! Lass es mich hören!«

Sie gehorchte, damit er wusste, wie schön seine Berührung war und dass er ihre empfindsamste Stelle getroffen hatte. Sie ächzte und flehte ihn an, während er sie immer wieder berührte, und ließ sich von ihm erneut auf den Rücken drehen.

Ihre Hände wanderten über jede Stelle seines Körpers, bis er sich überraschend auf den Rücken rollte und sie über sich zog. Michaela setzte sich lächelnd auf und warf ihr langes Haar nach hinten.

Jetzt sah sie wie eine heidnische Göttin aus, und Rein genoss es, dass sie ihre Dämonen vertrieben hatte und von Sinnlichkeit erfüllt war.

»Du bist schön!«

Sie fühlte sich wild und frei, mächtig und geliebt.

Verlockend rieb sie sich auf ihm, bis er die Finger in ihre Hüften grub und um mehr flehte. Und sie gab es ihm, hob sich an und führte ihn.

Erschauernd ließ sie sich auf ihn sinken.

Er setzte sich auf, sah ihr in die leuchtenden Augen, fühlte die Bewegungen ihrer Hüften. Ihr Atem wehte über sein Gesicht, ihre Finger drückten in seine Schultern, und er streichelte ihre Brüste, ohne den Blick von ihren Augen abzuwenden.

»Rein, o Rein.« Sie stöhnte bei jeder Bewegung, sog die Energie auf, die er ihr schenkte, und gab ihrerseits. Sie hatte nicht gewusst, dass die Liebe eines Mannes so schön sein konnte. Seine Haut erhitzte sich, und Michaela flüsterte ihm zu, dass sie alles von ihm wollte und ihn zu sehen begehrte, wenn er sich in ihr verlor.

»Beim Himmel, Frau, du schaffst mich«, ächzte er und drehte sie auf den Rücken, zog sich zurück und senkte sich wieder tief in sie. Wieder und wieder.

Es war faszinierend.

Exotisch kupferfarbene Haut schimmerte an porzellanweißer Haut.

Verlangen und Hitze.

Michaela bewegte sich schneller, trieb ihn an. Suchte, suchte und …

Und fand.

Ihr Körper bog sich ihm entgegen, als sie sich gehen ließ. Sie warf den Kopf zurück, und Rein ließ sich mitreißen. Sie rief seinen Namen, und ihr Höhepunkt zerstörte seine Willenskraft.

Einen Moment nur hielt er still, ehe er den Gipfel der Lust erlebte. Um Michaelas schönen Mund spielte ein Lächeln, während er ihren Atem in sich aufnahm und sie in sein Herz und seine Seele schloss.

Kapitel 29

Rein drehte sich mit Michaela auf die Seite und bedeckte ihr Gesicht und ihren Hals mit Küssen. Lachend legte sie ihr Bein über seine Schenkel und drückte ihn fest an sich. Mit den Zähnen zog sie an dem silbernen Ring an seinem Ohr und lächelte, als Rein aufstöhnte.

»Du bist unglaublich, beim Donner«, murmelte er und rang nach Atem, während er noch immer mit ihr vereinigt war. Ihre Leidenschaft war unbeschreiblich.

»Ja, beim Donner«, sagte sie leise.

»Habe ich dir wehgetan?«

Michaela schüttelte den Kopf und lächelte zärtlich. Ich liebe dich, Rein Montegomery, dachte sie. Nicht einmal im Traum hätte sie gedacht, dass ein Mann geduldig genug sein könnte, die Frau wiederzubeleben, die ihr Onkel und Winters zerstören wollten.

Eine Träne lief ihr über die Wange.

»Sprich mit mir.«

»Ich … ich weiß nicht … ich könnte … das … ich habe so viel gefühlt …« Sie errötete, doch als sie das Gesicht abwenden wollte, hielt er sie fest.

»Sei nicht befangen bei mir, *rasha*, niemals. Es war schön, deine Freiheit zu sehen und zu fühlen. Du bist sehr leidenschaftlich«, fügte er lächelnd hinzu.

»Offenbar.« Sie schlang die Arme um seinen Nacken, als das Geräusch von Schritten durch die Wände drang. »Wird man dich nicht an Deck vermissen?«

»Aha, so ist das also. Du nimmst dir Lust und scheuchst mich dann weg. Willst du mich loswerden?«

»Nicht, nachdem du dich so nützlich gemacht hast.« Sie erschrak über ihre Bemerkung, doch Rein lachte. »Vielleicht solltest du doch nach oben gehen. Wenn du bei mir bleibst, werden alle wissen, was wir machen.«

»Daran wird nach deinen Schreien ohnedies niemand mehr zweifeln.« Rein lachte, als sie das Gesicht an seinem Hals verbarg. Es würde noch einige Zeit dauern, bis sie sich an ihre Leidenschaft gewöhnte. Er betete sie an, sehnte sich nach ihr und glaubte nicht, dass in seinem Körper noch eine Spur von Verlangen übrig geblieben war, bis sie die Hand unter die Bettdecke schob.

»Ich liebe es, dich zu berühren«, wisperte sie. »Deine Haut reizt mich.« Ihre Hand kreiste über seine Brust, und sie fühlte, wie er sich in ihr bewegte. »Oh …«

»Du bist wie eine Sucht.«

Sachte wiegte sie die Hüften. »Zeig mir noch mehr.«

»Sehr gern.« Er rollte sie unter sich.

»Das will ich auch hoffen.«

Als er sich zurückzog und sich erneut in ihr versenkte, schlang sie die Beine um ihn, und Rein beobachtete, wie ihr Verlangen anstieg, während er sie liebte.

»Ich will alles fühlen, Rein«, stieß sie hervor. Gemeinsam erreichten sie den Gipfel und hielten einander dabei fest umschlungen.

»Frau, du bist unersättlich.«

»Nein, danke, Sir, im Moment bin ich sogar völlig gesättigt.«

»Stets zu Euren Diensten«, murmelte er, löste sich von ihr und ließ sich rücklings auf das Bett fallen. Jemand räusperte sich laut vor der Tür und klopfte. »Ja?«

»Die Brigg nähert sich, Sir.«

»Was ist mit ihren Kanonenluken?«

»Sind geschlossen, Sir, aber sie ist schwer bewaffnet.«

»Laden und bereithalten, Mr Basilia.«

»Aye, aye, Captain.« Die Schritte entfernten sich. Rein stand vom Bett auf und trat an die Kommode, wusch sich und kleidete sich an.

Michaela drückte sich in die Kissen und zuckte bloß die Schultern, als er das Hemd hochhielt, das keine Knöpfe mehr hatte. Er setzte sich auf das Fußende des Bettes und zog den zweiten Stiefel an.

»Vermutlich soll ich hier bleiben.«

Er sah sie über die Schulter hinweg an. »Ich weiß nicht, ob diese Brigg Freund oder Feind ist. Seit Stunden lag sie still und kommt jetzt auf uns zu. Wir sind nicht für eine Schlacht ausgerüstet.«

»Schlacht? Es kommt doch sicher zu keiner Schlacht!«

»Man muss immer mit allem rechnen.« Er warf ihr einen viel sagenden Blick zu. »Es war mein Plan, dich so schnell wie möglich nach Sanctuary zu bringen.«

Sie runzelte die Stirn.

»Die Insel meines Vat ... Ransoms Insel.«

»Er besitzt eine ganze Insel?«

»Ja.«

»Allein?«

»Nein, meine Süße«, erwiderte er lachend. »Sie ist dicht besiedelt. Im letzten Jahr hat er sogar einige Straßen pflastern lassen, wie ich gehört habe.«

»Wann hast du deine Familie zuletzt gesehen?«

Er wirkte nachdenklich, während er ein frisches Hemd anzog. »Vor vier Jahren. Nein, dazwischen auch einmal.« Aus einem Schrank holte er Pistolen und ein Schwert, dessen Griff mit Juwelen verziert war.

»Herrlich«, sagte sie, stand auf, zog die Bettdecke mit sich, strich über Rubine, Saphire und Topase. Rein drückte ihr den breiten Griff in die Finger. »Es liegt auch gut in der Hand«, stellte sie fachkundig fest.

Es faszinierte ihn, wie sie da stand, in die Bettdecke gehüllt, und sein Schwert begutachtete.

»Waffen scheinen dich zu faszinieren. Muss ich mir Sorgen machen?«

Lächelnd hielt sie ihm die Schwerspitze unter das Kinn. »Mein Vater verlangte, dass ich mit Schusswaffen umgehen lerne, aber er hat mir nur ein Florett erlaubt, kein Schwert.« Sie gab es ihm zurück. Er schob es in die Scheide und schnallte es um.

»Es gehörte Ransom und davor meinem Großvater.« Er seufzte, bekümmert über die Untaten, die er gegen den Mann begangen hatte, der ihm ein Heim geboten hatte. »Und wer weiß, wie vielen Montegomerys davor.«

»Erzähl mir, was dich bedrückt«, verlangte sie.

»Aurora und Ran wissen nicht, dass ich meinen leiblichen Vater suche.«

Sie holte tief Atem.

»Als ich sie das letzte Mal sah, haben wir ... es fielen unschöne Worte.«

Sie konnte nur ahnen, was das bedeutete. »Du musst es ihm sagen. Das schuldest du ihm.«

»Ich weiß«, erwiderte er betrübt. »Aber glaubst du ... ich meine, wirst du ... wirst du mir dann beistehen?«

Sie hätte nie gedacht, dass er irgendetwas auf der Welt fürchten könnte. »Ja«, versicherte sie und legte ihm die Hand auf die Brust. »Natürlich. Und wie du mir Aurora beschrieben hast, wird sie dich verstehen.«

Er hielt ihre Hand fest. »Ich mache mir nicht ihretwegen Sorgen«, sagte er zweifelnd.

»Du glaubst, dass Ransom zornig sein wird?«

»Er hat eine feste Meinung über Männer, die Bastarde in die Welt setzen, weil er selbst einer ist.«

Sie hatte von den Taten Granville Montegomerys und seiner Nachkommen gehört und kannte sogar Einzelheiten. Trotzdem versicherte sie: »Man kann ein Kind nicht für die Taten eines Elternteils verantwortlich machen. Das ist dir doch sicher klar.«

Er liebte sie für diese Worte. »Trotzdem belastet es ihn, aber das erzähle ich dir später.« Er küsste sie auf die Stirn, drückte sie plötzlich an sich und verschloss ihren Mund mit seinen Lippen, bis sie sich nicht mehr auf den Beinen halten konnte. Es gefiel ihm, dass sie hinterher die Augen nur mit Mühe öffnete. »Falls es zum Schlimmsten kommt«, sagte er besorgt, »unterwirf dich.«

»Nein! Himmel, verlange das nicht von mir!« Sie wollte sich von ihm befreien.

»Doch!« Er schüttelte sie. »Unterwirf dich, damit du am Leben bleibst. Du hast gegen solche Männer keine Chance, und das weißt du. Wenn du am Leben bleibst, werde ich dich finden. Schwöre es mir, Michaela. Ich würde dich eher selbst töten, als dich ihnen zu überlassen. Schwöre!«

»Ja, ich schwöre!«

Er raubte ihr noch einen Kuss, ehe er sie freigab. »Schließ hinter mir ab, Michaela«, verlangte er und zeigte auf den Schrank. »Deine Pistolen liegen da drinnen.«

Es kann nichts geschehen, dachte sie. Niemand wird wagen, ihn oder sein Schiff anzugreifen.

»Rein? Du hast ein Recht, deinen leiblichen Vater zu kennen. Ransom wird das verstehen.«

Aber würde Michaela verstehen, dass er seinen Vater nur suchte, um ihn zu töten?

Nickolas presste sich mit den Schultern unter einer Veranda gegen die Mauer. Regen und Dunkelheit verbargen ihn. Wasser tropfte durch einen Spalt im Dach der Veranda und fiel in seinen Nacken. Ich bin zu alt für so etwas, dachte er fröstelnd und beobachtete den spärlichen Verkehr im East End. Zerlumpte Kinder liefen von Hauseingang zu Hauseingang, suchten Schutz und stahlen Lebensmittel, während die Verkäufer die Stände schlossen.

Hoffentlich war das endlich die entscheidende Nacht. Nickolas war es leid, sich im übelsten Teil Londons zu verstecken, um den Verräter zu fassen. Hoffentlich brachten die falschen Informationen, die er hatte durchsickern lassen, den gewünschten Erfolg. Einige Mitglieder seines Agentennetzes waren bereits eingesperrt worden, bis alles gelöst war. Michaela hatte Glück, dass Rein sich um sie kümmerte und sie vor den Söhnen der Freiheit bewahrte, sonst würde sie jetzt bereits in einem Kellerloch stecken.

Es hatte Stunden gedauert, seine Vorgesetzten zu überzeugen, dass sie nicht die Verräterin war. Nicht einmal ihre hervorragende Arbeit in den letzten drei Jahren hatte allzu viel gezählt. Nun hatte er eine Woche Zeit bekommen, um den Verräter zu entlarven. Nickolas hatte das Gerücht ausgestreut, dass eine Ladung Musketen, die von den Amerikanern benötigt wurden, heute Nacht auf die Docks gebracht wurde. Damit es überzeugend wirkte, hatte Nickolas sogar ein Schiff zur Verfügung, auf das die leeren Kisten geschafft werden sollten. Der Kapitän versteckte sich ihm gegenüber auf der anderen Straßenseite.

Es war verdammt großzügig von Rein, ihm dieses Schiff zu leihen, auch wenn Montegomery seine eigenen Gründe dafür hatte. Nick unterbrach seine Gedanken und fasste eine hoch gewachsene Gestalt, die sich verdächtig von jeglicher Lichtquelle fern hielt, scharf ins Auge. Er löste sich von der Wand und blickte zu Reins Mann. Temple Matthews nickte. Auch er hatte den Mann entdeckt und folgte ihm. Rein hatte versichert, dass Captain Matthews vertrauenswürdig war, doch Nick war vorsichtig, auch wenn Rein ein guter Menschenkenner war.

Hufe klapperten, Rädern ratterten, Leute redeten miteinander, während sie sichere und warme Wohnungen aufsuchten. Nick betrachtete den Reiter auf dem herrlichen Pferd, der sich verstohlen dem Pier näherte. Trotz der gewöhnlichen Kleidung erkannte Nick an der Haltung, dass er es mit einem Adeligen zu tun hatte. Nickolas gab zwei anderen Männern, die sich in Einfahrten versteckten, einen Wink und trat in den Regen hinaus, die Hände unter dem Ölzeug an seinen Waffen. Heute Nacht wollte er einen Verräter entlarven.

Und einen Mörder.

Die *White Empress* glitt vor der Brigg über das Wasser. Rein ging kein Risiko ein, wenn er seine Frau an Bord hatte. Er beobachtete durch das Fernglas das sich nähernde Schiff. Nur wenige Besatzungsmitglieder hielten sich an Deck auf, doch die Segel waren zur Verfolgung gesetzt. Das Schiff lag gefährlich tief im Wasser. Rein ließ das Fernglas sinken.

»Befehle, Sir?«, fragte Basilia.

»Öffnet die Luken. Wenn sie uns noch eine halbe Seemeile folgen, feuert einen Schuss vor den Bug.« Das sollte die Brigg aufhalten, dachte Rein.

Basilia lächelte zufrieden. Der Grieche entfernte sich und gab die Befehle weiter. Geschwindigkeit war der größte Vorteil der *Empress*.

Die Brigg ließ nicht ab, und die Kanonenluken öffneten sich. Rein versuchte, die Galionsfigur auszumachen. Gleich darauf schob er das Fernglas zusammen und trat an die Reling.

»Feuert, sobald wir bereit sind. Das ist die *Galley Raider*!«, rief Rein und befahl einen Warnschuss. Unter seinen Füßen rollte die Kanone in Position, doch bevor sie schoss, eröffnete die *Raider* das Feuer. Noch war die Entfernung zu groß, als dass wesentlicher Schaden auf der *Empress* entstanden wäre.

»Steuerbord Feuer!« Die *Empress* spuckte Rauch und Metall aus dem schlanken Rumpf. Wasser spritzte hoch über die Brigg.

Rein war auf dem Achterdeck deutlich zu sehen und bot ein

leichtes Ziel. Er hatte keine Zeit, sich mit den Piraten auseinander zu setzen, die offenbar ihre Beute schützen wollten, und suchte ein schnelles Ende des Scharmützels.

»Kommt, Mr Baynes. Wir bringen das hinter uns.«

Leelan grinste und beobachtete das Wasser, während er das Steuerrad drehte. Die *Empress* neigte sich gefährlich zur Seite, und Rein dachte an seine Frau, die jetzt wahrscheinlich quer durch die Kabine torkelte. Hoffentlich kam sie mit blauen Flecken davon.

Die *Raider* erwiderte das Feuer noch nicht, und Rein dachte, dass sie entweder Mangel an Munition hatten und daher auf eine möglichst geringe Distanz warteten, oder nur wenig zerstören wollten, weil sie das Schiff zu kapern planten.

Leelan wandte sich an Rein. »Wir rammen sie?«

»Nein. Weiter!«

»Captain …«

»Weiter.«

»Wir stoßen zusammen.«

»Weiter, Leelan!«

Baynes presste die Lippen aufeinander. »Volle Segel! Fallleinen bereit!«

Männer kletterten in die Wanten wie Affen in die Bäume. Taue wurden entrollt, und die Flaschenzüge quietschten, während die weißen Segel im Wind flatterten. Die *Empress* jagte über die Wellen.

»Backbord, Leelan«, sagte Rein. »Kurz bevor wir …«

»Bevor wir zusammenstoßen?«

Rein lächelte. »Aye.«

Leelan grinste, und die *Empress* segelte neben die Brigg. Bewaffnete standen an der Reling. Die Kanonenluken des Piratenschiffs waren geöffnet.

»Feuer, Gentlemen«, rief Rein gedämpft in die atemlose Stille hinein, und die Kanonen donnerten und spuckten Sechzehnpfünder in die Brigg. Der Hauptmast stürzte wie ein gefällter

Baum und erschlug Männer auf dem Deck, während die Kanonen der *Empress* zurückrollten, um neu geladen zu werden. Reins Gesicht erstarrte bei den Schreien und dem Blut auf dem Deck der Brigg.

Er nahm Töten nicht auf die leichte Schulter. »Kanonen bereit!«, meldete Leelan. Rein nickte nur.

Unter Deck blickte Michaela aus dem Fenster. Die Kabine war verwüstet. Michaela klammerte sich an Wandhaken fest, während sie an der Brigg vorbeizogen, und fragte sich, was Rein plante. Kartätschen trafen den Rumpf und durchbohrten das Holz vor ihrem Gesicht. Sie zuckte zurück, krallte sich an den Tisch und betete ums nackte Überleben. Die *Empress* erbebte unter Kanonenfeuer. Dabei hatte Rein behauptet, sie wären nicht für eine Schlacht ausgerüstet.

Plötzlich trat Stille ein. Michaela hob Bücher vom Boden auf. Rufe erklangen. In Reins Stimme schwang Wut mit. Die *Empress* jagte so hart über das Wasser, dass Michaela stürzte. Sie raffte sich wieder auf und trat ans Fenster. Die Brigg brannte, der Hauptmast war gebrochen, und in der Seite hatte sie oberhalb der Wasserlinie ein Loch. Während Matrosen versuchten, das Feuer zu löschen, kletterte ein Mann durch den Rauch auf die Ankerwinde. Er war groß und hielt die massigen sonnengebräunten Arme vor der Brust über dem schwarzen Hemd verschränkt. Sein Haar war ungewöhnlich lang und flatterte im Wind. Um die Mitte spannte sich ein breiter Gurt, in dem Waffen steckten. Wie bei Rein.

Die Tür flog auf. Rein stürmte herein, löste das Schwert vom Gürtel und warf es beiseite. Es fiel auf den Schreibtisch und rutschte zu Boden, während Rein die Pistolen fluchend auf den Tisch legte.

Immer wieder ballte er die Hände zu Fäusten und öffnete sie. Das Wasser im Becken dampfte. Michaela sah sich um. In der Kabine wurde es unerträglich heiß. Eine Flasche zerplatzte, Weinbrand ergoss sich auf den Teppich. Rahjin wollte unter dem Schreibtisch hervorkommen, doch Michaela scheuchte die Pantherin weg. Sie zog sich vorsichtig wieder zurück.

»Rein?«

Er hob ruckartig den Kopf, und Michaela stockte angesichts seiner Wut der Atem. Sie wich gegen die Wand und stützte sich ab.

»Himmel, Rein!« Er sah aus, als wollte er sie bei lebendigem Leib verschlingen.

Rein blinzelte, ließ die Schultern hängen und legte den Kopf zurück.

»Was ist passiert?« Sie trat einen Schritt näher.

»Bleib stehen!«

Sie erstarrte.

Rein fürchtete, sie mit seiner Energie zu töten, wenn sie ihm zu nahe kam. »Verdammt, warum hat die Brigg nicht Farbe gezeigt«, murmelte er.

»Wer war das?«

»Die *Galley Raider.*«

»Um Himmels willen.« Sie sank auf die Bank. Piraten. Der Kapitän der *Raider* stand noch immer auf der Ankerwinde und sah zu ihnen herüber. Und wenn sie sich nicht irrte, lächelte er. »Ich verstehe das nicht. Du bist ein großartiger Kapitän, und du hast ihn hereingelegt. Ich will sicher nicht, dass der Kampf weitergeht, aber die Brigg ist schwer bewaffnet und hat mehr Kanonen als wir. Warum verfolgt sie uns nicht?«

Rein zeigte durch das Fenster auf das brennende Schiff. »Weil dieser räuberische Narr mein kleiner Bruder ist!«

Kapitel 30

Rein zog sich von ihr zurück. Michaela spürte das. Es lag an seiner Enttäuschung über seinen Bruder. Stunden waren vergangen, und die Sonne sank, aber Rein verlangte nur nach Essen und einem Bad. Sie saß auf dem Sofa und hatte eine Decke um die Schultern gelegt, während sie zusah, wie er die geschwärzte Kleidung auszog und in die Wanne stieg.

Vermutlich war jetzt nicht der richtige Zeitpunkt, um ihm von der Goldladung zu erzählen. Während der Schlacht hatte sie beschlossen, ihn sofort nach seiner Rückkehr zu informieren. Doch jetzt wartete sie darauf, dass er mit ihr sprach.

Endlich stand sie auf und trat zu ihm. Er blickte nicht hoch.

»Komm mir nicht zu nahe, Frau. Ich habe dich gewarnt.«

Tränen flossen aus ihren Augen. Trotz seines Zorns erkannte sie, wie sehr das Handeln seines Bruders Colin ihn verletzte. Sein Bruder musste gewusst haben, dass er die *Empress* angriff. Dafür gab es keine Entschuldigung. In dem Moment hätte Michaela diesen Colin am liebsten verprügelt, weil er Rein dermaßen verletzt hatte. Leelan hatte sie schon darüber informiert, dass das Piratentum offenbar in der Familie Montegomery lag.

»Rein, bitte, sieh mich an.«

Sie wich zurück, als sie in seinen Augen eindeutig Begierde sah. Fleischliche, primitive Lust. Sein Blick richtete sich auf ihre Brüste, die von dem dünnen Hemd kaum verborgen wurden. Hastig verschränkte sie die Arme.

Rein schloss die Augen und ließ sich ins Wasser sinken. Und Michaela eilte zum Bett, glitt unter die Decke und fragte sich, ob sie ihren Ehemann überhaupt kannte.

Aber wenigstens hatte er sie gewarnt.

Temple Matthews duckte sich hinter Fässer vor dem Lagerhaus. Der Magen drehte sich ihm um bei dem Gestank von verdorbenem Fisch. Er wartete darauf, dass etwas geschah, als er hinter sich etwas hörte.

»Ich bin es, Großvater.«

Temple lächelte. Er fand die Sache mit den Decknamen ziemlich amüsant. Für ihn war es ein Schock gewesen zu erfahren, dass Reins Frau der Schutzengel war. Jetzt beneidete er seinen Arbeitgeber um eine so aufregende Frau. Und verdammt sanfte Augen hatte sie auch. Kein Wunder, dass Rein sie für sich behalten hatte.

Großvater stieß ihn an.

»Geht nach links«, flüsterte Nick. »Rechts sind drei unserer Männer.« Er deutete auf die Gestalt vor dem breiten Tor des Lagerhauses. In einiger Entfernung schwankten Schiffe rhythmisch am Pier. »Er wird sich mit unserem Mann treffen, wenn der Wagen eintrifft.«

»Und wenn er es nicht tut?«

»Dann habe ich der falschen Person vertraut, und mein Mann behält die Gewehre für sich.« Nickolas hob das Fernglas ans Auge und richtete es auf die Stiefel des Mannes.

»Wie gut sind Eure Augen, alter Mann?«

»So gut wie meine Fäuste, unverschämter Jüngling.«

Temple klopfte gegen die Brille, die aus Nicks Manteltasche ragte.

Der Verräter löste sich von der Wand und trat auf die dunkle Straße, als der Wagen heranrollte. Er schlug die Plane zurück, während der Kutscher abstieg, und setzte eine Brechstange an einer Kiste an. Holz knackte. Gedämpfte Stimmen waren zu hören. Nick stieß Temple an, und sie liefen geduckt los. Hoffentlich tauchten nicht ausgerechnet jetzt Polizisten auf. Dann wären sie alle in Zellen in Newgate gelandet. Als der Mann, der sein Gesicht nicht zeigte, ein Gewehr hochhob, trat Nick einen Schritt vor, doch Temple hielt ihn auf.

»Er würde Euch erkennen.« Temple zog den Dreispitz tief in die Stirn, legte den Schal um das Gesicht und ging weiter.

Der Verdächtige drehte sich um und zog eine Pistole.

»Nervös?«, fragte Temple.

Der Mann sagte nichts.

»Ich bin der Kapitän.« Temple deutete auf das Schiff und hoffte, dass man in der Dunkelheit die *Sentinel* nicht erkannte.

Der Mann nickte. »Vierzig Pfund pro Kiste«, sagte er leise.

»Einverstanden.« Temple nahm ihm das Gewehr aus der Hand und legte es wieder in die Kiste.

»Ihr handelt nicht.«

»Dazu haben wir keine Zeit.« Temple zog die Plane über die Kisten und warf einen Blick auf die Waffe, die auf seinen Bauch gerichtet war. »Das Schiff sticht heute Nacht in See.«

»Nein«, erwiderte der Mann. »Es soll erst in sieben Tagen segeln.«

In diesem Moment trat Nickolas vor. »Das wusste nur eine einzige Person.«

Der Mann richtete den Blick auf Nick. »Großvater.«

»Der Teufel soll Euch holen!«, rief Nick geschockt und enttäuscht.

»Das wird er wohl tun.«

Nick trat einen Schritt näher, um die Tarnung zu entfernen, doch der Mann schwenkte die Pistole herum. Temple versetzte Nick einen Stoß, als die Waffe Feuer und Rauch spuckte. Im nächsten Moment schlug der Kutscher den Mann mit der Brechstange nieder.

Leute drängten aus Kneipen und Häusern. Matrosen näherten sich ihnen. Nickolas raffte sich auf und betrachtete den Mann, der auf dem Pflaster lag. Temple hielt sich die Seite, bückte sich und drehte die Stiefel des Mannes herum. »Der hat Nerven!« Er sah zu Nick hoch. »Das sind die gleichen.«

Nick kauerte sich hin und nahm dem Mann den Dreispitz und den Schal ab.

Temple erstarrte. »Das ist der Mann, der Michaela töten wollte?«

»Ja«, sagte Nick betrübt.

»Das wird Rein nicht gefallen«, stellte Temple fest, während er den Mörder betrachtete.

Den Earl of Stanhope, Christian Chandler.

Rein sprach drei Tage nicht, hielt sich an Deck auf und überwachte die Reparaturarbeiten. Von Cabai erfuhr Michaela einiges über die Schlacht, doch sie hatte keine Ahnung, was in Reins Kopf vor sich ging. Beim Essen schwiegen sie, ihr Bett blieb leer, Rein schlief an Deck. Sie versuchte, sich damit zu trösten, dass er das für sie tat, doch sie war es leid, wie scharf er sie ansah, wenn sie etwas sagte, und wie er seine Leute anfauchte.

Sie zupfte an ihrem Samtkleid, das Cabai hervorragend ausgebessert hatte. Die verbrannten Ärmel hatte er bis zu den Ellbogen abgeschnitten. Ohne das zerstörte Krinolinen-Gestell war das Kleid zu lang gewesen. Cabai hatte den überschüssigen Stoff weggeschnitten und den neuen Saum mit einem Goldband gefasst. So kann ich mich wieder zeigen, dachte sie. Ruhelos erhob sie sich von der Bank und trat an das Regal, um ein Buch zu suchen, das sie in den letzten Tagen noch nicht gelesen hatte. Schon hob sie die Hand, ließ sie jedoch wieder sinken und gab Rahjin einen Wink. Die Raubkatze kam zu ihr geschlichen, als fürchtete sie einen Tadel.

»Ach, mein Schatz, es ist schlimm, nicht wahr?«, flüsterte Michaela, ging in die Hocke und streichelte ihre neue Freundin. Die Pantherin legte sich auf den Rücken, und Michaela drückte die Wange gegen ihren Kopf. Sie seufzte zusammen mit Rahjin.

Die Tür öffnete sich. Michaela blickte zu Cabai hoch.

Der Araber lächelte und schloss mit der einen Hand die Tür. In der anderen hielt er ein Tablett. »Ich bin nicht hungrig.«

»Meine Herrin muss essen.«

»Deiner Herrin ist nicht danach.«

»Herrin«, warnte er leise.

»Leistet Rein mir Gesellschaft?«

Er schüttelte den Kopf.

Michaela sah Rahjin aus nächster Nähe in die Augen. »Das hört jetzt auf«, flüsterte sie. »Am besten gehst du in Deckung.«

Michaela erhob sich und schritt zur Tür. Dabei ignorierte sie Cabais inständige Bitten, nichts zu unternehmen. Als sie ins Freie trat, atmete sie die frische Seeluft ein. Es war bereits tropisch warm, doch Rein hatte ihr nicht einmal verraten, ob sie der Insel nahe waren oder nicht.

Er hatte ihr auch keinen guten Morgen gewünscht! Michaela trat in den Sonnenschein hinaus und atmete tief ein.

Warmer Wind zerrte an den Segeln. An Deck herrschte rege Aktivität. Sie entdeckte ihren Mann auf dem Achterdeck, den Fuß auf das Geländer gestellt, den Blick in die Ferne gerichtet. Er wartet auf Colin, dachte sie und lächelte den Matrosen zu, die ihr auswichen oder ihr über Taurollen hinweghalfen. Am Fuß der Leiter raffte sie die Röcke und kletterte nach oben.

Als ihr Kopf über der Kante auftauchte, warf Leelan ihr einen warnenden Blick zu. Danach wandte der Steuermann sich wieder dem Kapitän zu. Michaela stieg weiter hinauf. Sofort eilten ihr zwei Maate zu Hilfe.

»Guten Morgen, Mr Basilia, Mr Quimby.« Während der Engländer errötete, lächelte der Grieche. »Guten Morgen, Mylady.«

»Wie weit sind wir noch von der Insel entfernt?«

Basilia und Quimby warfen einen Blick auf Reins Rücken und dann auf den Steuermann.

Leelan deutete mit einem Kopfnicken nach vorne. Michaela wurde zornig. Sanctuary war keine Stunde mehr von ihnen entfernt. Bald sollte sie Reins Familie kennen lernen – seine Mutter und seinen Vater sowie seine Freunde. Doch er hatte sie nicht darauf vorbereitet. Wieder fühlte sie sich ausgeschlossen. In den nächsten Tagen würden seine Angehörigen sie scharf im Auge behalten, und sie wollte ein Bild perfekter Harmonie bieten. Doch Rein beachtete sie nicht.

Sie trat an seine Seite. »Ich will mit dir sprechen.«

»Jetzt nicht.« Er sah sie nicht einmal an.

»Doch, jetzt.«

»Michaela.«

Sie beugte sich zu ihm. »Er ist weg und kommt nicht zurück. Er hatte seine Gründe für den Angriff, und du kannst jetzt nichts mehr machen. Du musst auf das nächste Zusammentreffen warten.«

»Das betrifft dich nicht.«

Sein abweisender Ton verletzte sie. »Wenn du mich noch einmal von dir stößt, Rein Montegomery, helfe dir Gott«, zischte sie. »Dann durchbohre ich dich mit dem Schwert deines Großvaters!«

Er verkrampfte sich. »Das war nicht mein Großvater.«

»Doch, und Ransom ist dein Vater. Aurora ist deine Mutter. Und deine finstere Miene ... deine Angehörigen werden es erfahren, sobald wir von Bord gehen. Wirst du erzählen, dass Colin Seeräuber ist?«

»Nein.«

»Dann wird also zwischen uns beiden eisiges Schweigen herrschen?« Michaelas Mitgefühl schwand und machte großem Zorn Platz. »Ich will mit meinem Mann und nicht mit einer verdammten Mauer reden! Ich will ihn nachts in meinen Armen halten und ihn besänftigen, selbst wenn er ...« Ihre Stimme brach. »Selbst wenn er mich nicht will.«

Er hielt den Blick weiterhin auf das schäumende Kielwasser der *Empress* gerichtet, ballte jedoch die Faust.

»Komm in die Kabine und sprich mit mir.«

»Es gibt nichts zu besprechen.«

»Verstehe. Offenbar bedeutet dir unsere Ehe sehr wenig, wenn du in der entsprechenden Stimmung bist.«

Seine Augen flackerten wild. »Ich will dein Mitgefühl nicht, Frau. Diese Angelegenheit geht dich nichts an und wird dich auch nie betreffen. Geh in die Kabine, und lass mich in Ruhe!«

Um sie herum rissen die Matrosen die Augen auf, doch Michaela hielt Rein stand. »Jetzt verstehe ich, wieso er auf dich geschossen hat«, fauchte sie. »Du bist in die Fußstapfen des Bastards getreten, dem du nicht ähnlich werden wolltest!«

Reins Augen blitzten auf, als er ihr nachblickte, wie sie zur Leiter eilte. Sie stieg nicht hinunter, sondern sprang. Rein stürzte zur Reling und sah Michaela in Cabais Armen. Rasch trug der riesenhafte Mann sie weg. Rein wollte ihr schon folgen, drehte sich dann jedoch um und bezog wieder Posten auf dem Achterdeck. Und er blickte erneut auf die See hinaus und wartete auf Colin, um den unverschämten Kerl dafür zu verprügeln, dass er ihn zum Kampf herausgefordert hatte.

Michaela stand im Bug. Nachdem sie sich ausgeweint hatte, war sie wieder ruhig. Wie konnte Rein so liebenswürdig und offen sein und sie dann nach Wochen so herzlos von sich stoßen? Jetzt verstand sie, woher sein Ruf stammte. Sie war verletzt und versuchte, alles von Reins Standpunkt aus zu sehen und zu verstehen, weshalb Colins Angriff ihn dermaßen getroffen hatte. Vielleicht wandte er sich ihr wieder zu, wenn sie ihn in Ruhe ließ. Sie konnte ihm wenigstens Frieden schenken, nachdem er ihr so viel gegeben hatte. Ihr blieb auch keine andere Wahl. Selbst wenn er neben ihr stand, war er weit von ihr entfernt.

Die *Empress* näherte sich dem Land, umsegelte Untiefen und Klippen und erreichte eine Durchfahrt, die für kein Schiff geeignet war, das größer als die *Empress* war. Und auch sie konnte nur bei Flut passieren. Leelan hatte ihr alles erklärt.

Michaela hielt den Atem an, als sie die Lücke im Riff und die gezackten Felsen unter der Oberfläche entdeckte. Die Klippen links und rechts waren so nahe, dass sie die Felsen fast berühren konnte. Doch die *Empress* glitt mühelos hindurch und erreichte ruhiges Gewässer. Die Matrosen holten die Segel ein und banden sie fest. Jetzt verstand Michaela, wieso Reins Vater diese Insel ausgewählt hatte. Man sah von außen nicht, dass sie bewohnt war, und wer es nicht verstand, durch die Lücke im Riff zu navigieren, erlitt unweigerlich Schiffbruch.

Ihr Blick schweifte über die Matrosen, die sich schon auf den Landgang freuten, zu ihrem Mann. Er erteilte ungeduldig die Befehle und sah zu ihr. Nur einen Moment stockte er. Rahjin stupste ihre Hand an, und sie streichelte das weiche Fell.

»Bist du noch meine Freundin?« Die Pantherin lehnte sich schnurrend gegen sie. Michaela hielt sich an der Reling fest und betrachtete die Insel.

Sie sah eine Stadt vor sich. Üppige Vegetation bedeckte das Land, Wolken hingen über den Bergen, die sich vor dem Himmel abhoben. Hinter der sandigen Küstenlinie leuchteten unzählige Blumen. Menschen hielten sich auf den Straßen und vor Häusern mit großen Gärten auf. Die Hauptstraße zog sich an der Küste entlang, an der es weiter entfernt einen Ausguck gab. An den Berghängen wuchsen Kaffee und Zuckerrohr. Michaela entdeckte Geschäfte, sah spielende Kinder, hörte Lachen und fing den köstlichen Geruch gerösteter Schweine und frisch gebackenen Brotes auf.

Ein Paradies, dachte sie, beschirmte die Augen und hob den Blick zum größten Haus oberhalb der Siedlung. Einstöckig, breit und mit einer von der Sonne weiß gebleichten Fassade, schmiegte es sich an den Berg. Veranden und Balkone passten sich mit Stelzen dem unebenen Boden an. Eine gepflasterte

Straße führte von der Siedlung zum Haus hinauf, gesäumt von Büschen und blühenden Bäumen. Der Duft der Blüten hing in der Luft. Michaela atmete ihn tief ein und wünschte sich, hier aufgewachsen zu sein.

Das Geräusch von Schritten und Hufschlag lenkte ihre Aufmerksamkeit zur Siedlung. Ein Mann ritt auf den Kai zu, eine Frau saß vor ihm. Mehrere Leute folgten und winkten den Männern an Bord aufgeregt zu. Michaela warf einen Blick zu Rein. Er starrte noch immer aufs Meer hinaus.

Männer sprangen über die Reling und warteten nicht auf den Landungssteg, um ihre Freunde und Angehörigen zu begrüßen. Michaela krampfte sich das Herz zusammen, als ein Kind freudig in die Arme seines Vaters eilte. Leelan stand auf dem Kai. Ob er eine Familie hatte? Gleich darauf erkannte sie, dass die meisten Kinder zu ihm rannten.

Ihr Blick kehrte zu dem Paar zurück. Mühelos erkannte sie die Ähnlichkeit zwischen Colin und diesem Mann.

Ransom. *Amar Asad*. Der Rote Löwe.

Gleich würde sie eine Legende kennen lernen.

Ihr Blick wanderte zu der Frau. Aurora. Sie war zierlich. Das schwarze Haar, von silbernen Strähnen durchzogen, fiel über ihre Schultern bis auf den Bauch des Pferdes hinunter. Ein schlichtes blaues Kleid umhüllte ihre Gestalt.

Mit Rahjin an ihrer Seite trat Michaela an die Reling. Der Landungssteg lag bereits an seinem Platz. Sie wandte sich zu Rein. Sein Gesicht war angespannt.

Ein Ruf erklang in der Menge. Ransom und Aurora saßen soeben ab. Ransom ging voraus, blieb jedoch mit verschränkten Armen am Fuß des Landungsstegs stehen.

Aurora schob ihn beiseite. Er sah lächelnd auf sie hinunter und betrachtete sie, während sie an Bord eilte und sich Michaela zuwandte.

»Ihr müsst Aurora sein«, sagte Michaela.

»Die bin ich. Und wer seid Ihr?«

Michaela warf einen Blick auf Reins Rücken. »Ich bin Reins Ehefrau Michaela.«

»Wie schön!« Aurora ergriff Michaelas Hände und rief Ransom zu: »Ich hatte Recht!«

Ransom warf Rein einen finsteren Blick zu. »Sage deinem Sohn, dass er sofort dieses Schiff verlassen und uns angemessen begrüßen soll.«

Aurora lachte und deutete auf Rein. »Er ist wohl im Moment ein klein wenig biestig, nicht wahr?«

Michaela tat es leid, dass ihr erstes Zusammentreffen mit seiner Familie so verlief. »Ein klein wenig.«

Aurora drehte sich um und rief energischer, als man ihr zugetraut hätte: »Dahrein Vasin Montegomery!«

Rein richtete sich hoch auf, drehte sich um und trat zur Leiter.

»Dahrein?«, fragte Michaela und sah ihrem Mann entgegen.

»Aha«, sagte Aurora. »Dann hat er dich also auch belogen?«

Kapitel 31

Rein blickte auf Aurora hinunter. Zwischen ihnen herrschte Schweigen. Dann hob sie die Hand und strich ihm die Haare aus der Stirn, wie sie das schon tausende Male getan hatte. Er dachte daran, wie er bei ihr aufgewachsen war und was er von ihr gelernt hatte. Und er erinnerte sich an die letzten Worte, die er zu ihr gesagt hatte. Sie waren hart gewesen und hatten sie verletzt. Und noch vor dem Ende dieses Besuchs würde er sie erneut verletzen.

Rein schluckte heftig, hielt ihre Hand fest und zog sie an seine Lippen. »Verzeih mir, Mutter.«

Michaela beobachtete die beiden und beneidete sie um die Bindung, die eindeutig zwischen ihnen bestand. Sie sprachen ohne Worte miteinander. In Auroras Augen standen Tränen.

»Ich habe dir schon an dem Tag verziehen, an dem du uns verlassen hast, mein Sohn«, sagte sie und streichelte seine Wange. Er lächelte zum ersten Mal seit Tagen zärtlich, umarmte sie und hob sie von den Planken hoch. Und sie erwiderte die Umarmung.

Rein stellte Aurora wieder auf die Beine und betrachtete ihr schönes Gesicht. Etwas in ihm brach. Sie legte die Hand an seine Schulter auf die Stelle, an der ihn Michaelas Kugel getroffen hatte.

»Das ist gut verheilt«, sagte sie.

Michaela rang nach Luft.

»Das weißt du doch«, bestätigte er lächelnd.

»Ich habe deine Frau schon kennen gelernt.« Es war ein Tadel, weil er Michaela nicht vorgestellt hatte. Er blickte zu Michaela, die verloren an der Reling stand und mühsam lächelte. Und er kam sich wie der letzte Schuft vor. Er hatte sie beschämt, hatte sie angeschrien, und dabei hatte sie doch nur ihn. Er kam zu ihr und legte ihr den Arm um die Taille. Obwohl sie sich verkrampfte, drückte er einen Kuss auf ihr Haar. Erst als sie sich von ihm löste, erkannte er den Schaden, den er mit seinem unbeherrschten Zorn angerichtet hatte.

Aurora beobachtete sie beide. Es war klar, dass sie Rein die Schuld zuschob. »Kommt, Ransom wird schon ungeduldig.«

Rein betrat mit seiner Mutter und seiner Frau den Landungssteg und blieb vor seinem Vater stehen. Rein zog sich das Herz zusammen. Ransom war etwas grauer und fülliger geworden, hatte sich sonst jedoch nicht verändert. Endlich lächelte Ransom und umarmte ihn.

»Wir haben dich vermisst.« Er drückte Rein fester an sich. »Und wenn du deine Mutter noch einmal warten lässt und auf die See hinausstarrst«, flüsterte er ihm ins Ohr, »versohle ich dir den Hintern, dass du nicht mehr sitzen kannst.«

Rein lächelte. »Aye, Sir.« Er zog Michaela näher zu sich heran. Sie betrachtete Ransom voll Ehrfurcht. »Meine Frau, Michaela Denton.«

Sie streckte die Hand aus. »Montegomery«, sagte sie leise und knickste. »Es ist mir eine große Freude, Mylord.«

Ransom küsste ihr lächelnd die Hand. »Seht mich nicht so ängstlich an, Mädchen. Ich beiße nicht.«

»Doch, Liebster, das tust du sogar sehr oft«, bemerkte seine Frau. »Und genau an den richtigen Stellen.«

»Freches Frauenzimmer«, murmelte er lächelnd.

»Stimmt«, erwiderte sie und wandte sich an Michaela. »Kommt ins Haus. Ihr müsst hungrig und müde sein.«

»Hungrig schon, müde nicht. Ich habe während der Überfahrt nichts getan, als mich in der Kabine auszuruhen.«

Aurora warf Rein einen tadelnden Blick zu. »Offenbar kein guter Ehemann«, stellte sie fest, legte den Arm um Michaela und zog sie von ihm weg.

Die beiden Frauen schritten nebeneinander und unterhielten sich leise. Rahjin folgte Michaela auf dem Fuße. Rein und Ransom gingen hinter ihnen, wobei Ransom das Pferd am Halfter führte.

»Sie ist schön«, stellte Ransom fest. »General Richard Dentons Tochter?«

Es überraschte Rein, dass Ransom informiert war.

»Ja.«

»Was stimmt zwischen euch nicht?«

Rein blickte starr geradeaus. »Nichts.«

»Belüge mich nicht, Dahrein.« Ran beugte sich zu seinem Ohr. »Das sieht jeder. Bring in Ordnung, was du verpatzt hast, und zwar schnell.«

»Du gibst mir die Schuld?«, fragte Rein abwehrend.

»Ich gebe niemandem die Schuld, weil ich nicht weiß, wieso du deine Frau so unhöflich behandelst, aber ich kenne dich, mein Sohn.«

Rein zuckte zusammen.

»Dein verdammtes Temperament ist zusammen mit dir gewachsen. Muss ich dich daran erinnern«, fuhr Ransom schärfer fort, »dass du das letzte Mal deine Mutter gekränkt hast?«

Rein schämte sich, weil er Aurora angeschrien hatte, sie solle aufhören, ihn mit ihrer Fürsorge zu ersticken. Sie solle doch daran denken, was geschehen war, als er Shaarai geheiratet hatte, und er wäre gern allein und wollte es auch bleiben. Und er hatte ihr auch gesagt, sie sollte sich aus seinem Leben heraushalten. Danach hatte Ran ihn verprügelt.

»Ich habe eure Wünsche erfüllt und geheiratet.«

»Sie wollte dich glücklich sehen, das ist alles«, erwiderte Ransom müde und folgte den anderen. »Solche Gefühle findet man selten«, sagte er mit einem Blick auf seine Frau. »Beachtet man sie nicht, bezahlt man mit seiner Seele.«

Rein betrachtete ihn zweifelnd.

»Wenn man mit deiner Mutter unter demselben Dach lebt, lernt man so einiges«, sagte Ransom trocken.

Begeisterte Rufe ertönten. Kinder liefen auf Rein zu. Ransom wich lächelnd zurück, während die Kinder Rein umarmten und an ihm hochhüpften, bis er sich herunterbeugte und sie ihn auf die Wangen küssen konnten. Lächelnd hob er einen zehnjährigen Jungen auf den Rücken und nahm ein jüngeres Mädchen auf die Arme, während ein braunhaariger Junge sich an sein Bein klammerte. Das Kind mit sich ziehend, trat er zu Michaela.

»Diese Affen sind meine Geschwister«, erklärte er und stellte sie einzeln vor, doch bevor Michaela etwas sagen konnte, blickte er an ihr vorbei. Sie drehte sich um und sah eine junge Frau, die nicht älter als siebzehn sein konnte, ein atemberaubendes Ebenbild ihrer Mutter. Rötliche Strähnen durchzogen das schwarze Haar, das seitlich bis über die Hüften herunterhing.

Rein blinzelte ihr zu.

Die Hände in die schmalen Hüften gestützt, streckte sie ihm die Zunge heraus, und die Kinder ließen sich wie Eichhörnchen von einem Baum fallen, bevor Rein hinter ihr herlief. Sie floh, aber er fing sie, warf sie sich über die Schulter und ließ sie dann auf seine Arme gleiten.

Nach einigen Schritten stellte er sie wieder auf den Boden. »Michaela, das ist Viva, meine kleine Schwester.«

»Wenn ich wie eine kleine Schwester auf dich wirke, brauchst du eine Brille, weil du schon so alt bist.«

»Frecher Rabenbraten.«

»Strolch.« Sie hauchte ihm einen Kuss auf die Wange und flüsterte: »Willkommen zu Hause, Bruder.« Danach wandte sie sich an Michaela. »Geneviève«, sagte sie und rammte ihm den Ellbogen in die Seite.

»Freut mich«, erwiderte Michaela. Rein lächelte strahlend, und sie wünschte sich, es würde ihr gelten.

»Geneviève? Wie erwachsen«, spottete er und zerzauste ihr das Haar.

Sie schrie auf und strich es wieder glatt. »Offenbar benehme ich mich erwachsener als du.« Damit nahm sie das kleinste Kind auf den Arm und scheuchte die anderen vor ihren Eltern her.

»Sie ist schön«, stellte Michaela fest.

»Und wild.« Sein Lächeln erlosch, als er den Schmerz in ihren Augen sah.

»Eine große, liebevolle Familie – was für eine Überraschung«, sagte sie scharf, und Rein begriff, dass er sie nicht darauf vorbereitet hatte. »Was geschieht mit uns, Rein?«, fragte sie leise.

Sofort verschloss sich seine Miene. Er wehrte sich gegen die bittere Enttäuschung über Colin und seinen eigenen Anteil an Colins Entscheidung für das Piratenleben. »Nichts. Wir sind noch dieselben.«

»Ich schon, aber du zeigst mir, wie kaltherzig du sein kannst. Aber wieso nur mir gegenüber?« Sie wandte sich ab und ging steif weiter.

Rein sah ihr finster nach und nahm alle Schuld auf sich. Das Wiedersehen mit Colin hatte ihn härter getroffen, als er für möglich gehalten hätte. Er brauchte Zeit, um seinen Zorn in den Griff zu bekommen. Während er Michaela folgte, überlegte er, dass sie vielleicht nicht mehr mit ihm sprechen wollte, wenn er Frieden gefunden hatte. Doch er konnte sie nicht anrühren. Er hatte ihr versprochen, das niemals im Zorn zu tun. Hoffentlich verstand sie das.

Die Kinder liefen nach allen Richtungen auseinander. Aurora wartete an der Haustür und führte Michaela sofort durch das Haus in den ersten Stock und in ein Zimmer. Rahjin kam hinter ihr her, suchte sich eine Stelle und streckte sich auf dem Fußboden aus. Rein stand in der Tür und sah zu, wie seine Mutter sich in seinem alten Schlafzimmer zu schaffen machte. Sie bestand darauf, dass seine Frau Kräutertee trank, ob sie nun krank war oder nicht. Aurora bemühte sich, damit Michaela sich wie zu Hause fühlte. Er sah Michaela jedoch an, dass ihr so viel Aufmerksamkeit unangenehm war.

»Wenn Euer Gepäck gebracht wird …«

»Ich habe kein Gepäck.«

Aurora sah Rein tadelnd an.

Er winkte ab, bevor sie mit ihm schimpfen konnte. »Wir haben London in größter Eile verlassen.«

Aurora betrachtete Michaelas Gestalt. »Ich habe einiges, das Ihr anziehen könnt, und Viva auch.«

»Viva ist ein Kind«, wandte Rein ein. »Ihre Kleider sind am Busen zu eng.«

Michaela wurde rot, und Aurora lächelte. »Bist du denn mit ihrem Busen vertraut genug, um das zu wissen?«

»Beim Donner«, grollte er.

Cabai trat ein und verbeugte sich tief vor Aurora. Sie erwiderte den Gruß. »Cabai gehört zur Familie«, erklärte sie Michaela. »Ich überlasse Euch seiner Fürsorge.« An der Tür drehte sie sich noch einmal um. »Ich rufe Euch zum Essen.«

Rein wollte sich an Aurora vorbeizwängen, doch sie verwehrte ihm den Eintritt und schob ihn energisch wieder aus dem Zimmer. »Ich muss dir etwas sagen, Dahrein. Komm!«

Michaela lächelte über seine hilflose Miene, als ihn seine zierliche Mutter auf den Korridor beförderte und die Tür schloss. Allerdings bezweifelte sie, dass ihre Schwiegermutter Reins Stimmung ändern konnte.

Sie ließ sich auf das Bett sinken. Cabai kniete sich hin und zog ihr die Schuhe aus. Danach drückte er sie auf das Bett. Obwohl sie behauptete, nicht müde zu sein, schlief sie sofort ein.

Aurora ging den Korridor entlang und die geschwungene Treppe hinunter, ohne sich umzusehen, ob Rein ihr folgte. Sie wusste es, genau wie sie wusste, dass er sich seiner Frau gegenüber unmöglich verhalten hatte. Sie hatte alles in ihrem *keek stane* gesehen, die rötlichen Locken und noch viel mehr. Aber als sie das letzte Mal mit ihm darüber gesprochen hatte, war er für Jahre weggegangen. Daher behielt sie ihr Wissen für sich.

Sie ließ Rein in Ransoms Arbeitszimmer eintreten und schloss hinter ihm die Tür.

Ransom stand am Fenster und hielt die Hände auf dem Rücken verschränkt. »Soll ich das Porzellan wegräumen?«, fragte er.

Sie lächelte und betrachtete Rein voller Stolz. Er war zu einem kraftvollen und attraktiven Mann herangewachsen. »Du hast den Pfad deines Bruders gekreuzt.«

Reins Gesicht erstarrte.

»Ich habe es letzte Nacht geträumt, aber ich kenne den Grund nicht.«

»Er führt eine Brigg mit vierzig Kanonen, und er hat auf die *Empress* gefeuert.«

Ransom fluchte.

»Er betreibt Piraterie.«

Ransom sah drein, als wollte er explodieren.

»Ich hätte beinahe seine Brigg versenkt. Und er lachte auch noch. Es ist, als wollte er getötet werden!« Rein rieb sich den Nacken. »Er hegt Groll gegen mich.« Bis jetzt hatte er jedoch nicht gewusst, wie groß dieser Groll war.

»Er ist schon eine Weile fort, und es ist nicht deine Schuld, dass du vor ihm in unser Leben getreten bist.«

»Er glaubt, ich habe euch ihm weggenommen. Er ist euer Erstgeborener.«

»Das bist du«, versicherte Aurora und hielt ihn an den Armen fest. »Wir haben ihm das Gleiche gegeben wie dir.«

Sie alle wussten, dass Colin mehr hatte. Er hatte Ransom und Aurora sein ganzes Leben lang gehabt. Rein verwünschte ihn dafür, dass er nicht begriff, wie glücklich er sein sollte. »Lieber hätte ich die *Empress* geopfert, als ihm etwas anzutun, und er weiß das. Er hat meine Loyalität ausgenutzt, verdammt. Ich würde ihn am liebsten verprügeln!«

Aurora blickte ihn mahnend an. Als er sich etwas beruhigt hatte, drückte sie seine Arme.

»Es ist nicht deine Schuld. Nur Colin weiß, was in seinem Herzen vor sich geht. Er will du sein. Er neidet dir das Leben, das du hattest – dass du mit Ransom gesegelt bist und die ganze Welt herausgefordert hast. Doch es war seine Entscheidung, Pirat zu werden.« Sie zuckte die Schultern. »Du kannst bei ihm nicht länger den klugen älteren Bruder spielen. Er ist ein erwachsener Mann.«

Es sah seiner Mutter ähnlich, alles im richtigen Zusammenhang zu betrachten. »Weshalb hat er seine Bildung nicht genutzt, sondern fährt zur See und tritt in die Fußstapfen seines Vaters?«

Ransom lachte leise. »Das tut er nicht, wenn er sich mit Räuberei durchs Leben schlägt.«

»Er wusste, dass es mein Schiff war«, erklärte Rein. »Er wusste auch, dass ich ihn nicht versenken würde. Und er überließ es mir, euch zu unterrichten.«

»Colin muss erst noch reifer werden, Rein«, sagte sein Vater bedauernd. »Und dafür müssen wir ihn in Ruhe lassen.«

»Und wenn er sich dafür einen Strick um den Hals einhandelt?«

Aurora zuckte zurück. »Ich werde über ihn wachen.«

»Was ist, wenn du zu weit von ihm weg bist und wir alle ihm nicht helfen können?«

»Deine Mutter hat Recht«, meinte Ransom.

Aurora wandte sich an ihren Mann. »Mit Komplimenten erreichst du nichts bei mir, Ransom Montegomery.«

»Bisher habe ich damit immerhin über ein halbes Dutzend Kinder erreicht, Liebste«, antwortete er lächelnd und küsste sie auf die Nasenspitze. »Und die zahlreichen Versuche zwischen den einzelnen Kindern.« Er sah Rein an, während er seine Frau an sich drückte. »Wenn Colin Manns genug ist, ein Schiff zu führen, ist er auch Manns genug, dafür den Preis zu bezahlen.«

Rein war nicht überzeugt.

»Vertraue auf die Methoden deiner Mutter, Rein.«

»Das tue ich«, erwiderte Rein.

Nun war Aurora nicht überzeugt.

»Was habe ich jetzt wieder getan?«, fragte Rein seine Eltern.

»Beherrsche deinen Zorn und richte ihn niemals gegen diejenigen, die ihn nicht verdienen«, mahnte Aurora. »Sonst verlierst du mehr, als du ahnst. Ich habe dir beigebracht, wie du den Aufruhr in dir beschwichtigen kannst, Rein. Aber es gibt auch noch andere Methoden. Geh zu deiner Frau und lass dir von ihr helfen.«

»Das kann ich nicht. Ich fürchte, dass ich sie verletzen könnte. Ich habe ihr versprochen, nicht im Zorn zu ihr zu kommen, und kann diesen Schwur nicht brechen. Nicht nachdem ... Ich kann es einfach nicht.«

Aurora nickte und zog Ransom mit sich. »Komm, Schatz. Ich muss mich um das Essen kümmern und die Kinder suchen.«

Ransom zog sie an sich und strich ihr die Haare aus dem Gesicht. »Nein, ich muss meine Frau lieben. Rein, lass uns allein.«

Rein gehorchte und schloss rasch die Tür, als Ransom Aurora küsste. Er blickte die Treppe hinauf und lief nach oben. Sein Zimmer war jedoch leer. Nur die Vertiefung im Kopfkissen bewies, dass Michaela hier gewesen war. Cabai verstaute soeben geliehene Kleidung in Schubladen und im Schrank, zuckte auf Reins Fragen jedoch mit den Schultern und war sichtlich verärgert.

Rein lief nach unten und durch die Küche, fand dort aber nur Diener, die er begrüßte, bevor er ins Freie eilte. Nach einer Stunde machte er sich bereits Sorgen, bis er Lachen hörte.

Zwischen Zweigen hindurch blickte Rein in den Garten neben dem Haus. Viva und Michaela saßen nebeneinander, hatten die Röcke hochgezogen und ließen die nackten Füße in einen Brunnen hängen. Rein lehnte sich gegen einen Baumstamm und sah ihnen zu. Der Kontrast zwischen den beiden war atemberaubend. Viva war ein schönes, wildes Wesen, doch noch ein Kind. Ihr schlanker Körper war bei weitem nicht der einer Frau. Michaela dagegen war wohl gerundet, üppig und ... reif. Wie Viva trug sie das Haar offen. Die rötlichen Locken flatterten im Wind. Er sehnte sich nach ihr, wusste jedoch, dass sie nicht mit ihm sprechen würde. Genau wie er wusste, dass Aurora mittels ihres verdammten *keek stane* über Colin wachen würde. Flüchtig fragte er sich, ob es ihn vielleicht nur ärgerte, dass er im Gegensatz zu ihr nichts in dem schwarzen Glas der Seherin erkannte.

Dann fing er seinen Namen auf. Viva beugte sich zu seiner Frau und flüsterte mit ihr. Michaela reagierte betroffen. Das sah Viva ähnlich. Schließlich stand seine Schwester auf, griff nach ihren Sandalen und winkte Michaela, ihr zu folgen. Michaela bot Rein einen reizvollen Anblick, als sie sich bückte. Und er erinnerte sich daran, wie er sie das letzte Mal geliebt hatte.

Er fühlte noch, wie sie ihn in sich aufgenommen hatte.

Als das Verlangen unerträglich wurde, stieß er sich von dem Baum ab und ging zu dem Berg.

»Dort ist er«, sagte Viva und zeigte auf den Berg.

Michaela blickte in die angegebene Richtung. »Ach, du liebe Güte«, hauchte sie. Ohne Hemd und Stiefel, das Haar offen, bewegte Rein sich wie ein Tier, das im Dschungel aufgewachsen war. Die Muskeln in seinem Rücken und an seinen langen Armen spannten sich, während er höher kletterte. Michaela reckte sich, als er zwischen Bäumen verschwand, und rang nach

Luft, als er vor einer Felswand wieder auftauchte. »Das ist zu gefährlich«, flüsterte sie. Ihr Herz hämmerte, während er sich höher zog und sich nur mit den Fingern und den nackten Zehen an der Wand festhielt.

»Für ihn ist das, als würde er eine Treppe hinaufsteigen«, erwiderte Viva gelassen und zog Michaela mit sich. Doch Michaela wehrte sich. Der Anblick seines geschmeidigen muskulösen Körpers faszinierte sie. Er kletterte wie eine Katze höher und immer höher. Dies war eine seiner Seiten, die weit von dem Gentleman entfernt war, der im White's gespielt hatte und sich stets so würdevoll gab. Dieser Mann war exotisch und ursprünglich, und hier befand er sich in seinem Element.

Michaela sehnte sich danach, bei ihm zu sein.

Viva hatte jedoch andere Vorstellungen. Michaela stolperte, weil Viva an ihrer Hand zerrte, und folgte ihr endlich. Als sie noch einmal zurückblickte, war Rein verschwunden. Zusammen mit Viva besuchte sie ein kleines Geschäft, angefüllt mit Kräutern und Tinkturen, dann einen Laden für Gewürze. Aurora stieß mit einem dunkelhaarigen Baby zu ihnen, und als sie endlich wieder das Haus erreichten, dachte Michaela nur noch an das Wiedersehen mit ihrem Mann.

Sie fand ihn. Er war soeben schmutzbedeckt und verschwitzt vom Berg zurückgekehrt und wirkte unwiderstehlich anziehend.

Die Stiefel hielt er in der Hand, das Hemd hatte er sich über die Schulter gehängt. Rein blieb in der Diele stehen, achtete nicht auf seine Mutter und seine Geschwister, sondern sah nur seine Frau an.

Ihre Blicke hielten einander umfangen.

Er war außer Atem und sah wild aus.

Sie war erhitzt und barfuß.

»Michaela, ich ...«

Er kam einen Schritt näher. Sie wich zurück, und in ihren

Augen entdeckte er Angst. Es brachte ihn fast um. Sein Vater rief nach ihm und erschien in der Diele.

Rein und Michaela achteten nicht auf ihn.

»Wasch dich und reite mit mir auf die Felder, Dahrein. Vielleicht solltest du dir ansehen, was du verkaufst.«

»Michaela, könnt Ihr mir mit diesen beiden hier helfen?«, fragte Aurora, und ein Kind prallte gegen Michaelas Bein und hielt sich fest. Sie verlor das Gleichgewicht. Rein sprang auf sie zu und stützte sie.

»Ich muss mit dir sprechen.«

Ihre Augen verdüsterten sich. »Ich glaube, du hast heute schon genug gesagt.«

Er stöhnte leise. »Michaela ...«

Innerer Widerstand strömte von ihr aus, als sie sich ihm entzog.

Rein wusste nicht, ob er lächeln sollte oder nicht. Ransom rief erneut nach ihm, und die Kinder zogen Michaela zur Küche. Seufzend wandte Rein sich ab.

Rein versuchte noch zweimal, mit Michaela zu sprechen, doch in diesem verdammten Haus gab ihm niemand dazu die Gelegenheit. Wenn seine Mutter nicht gerade Michaela zeigte, wie man Tinkturen herstellte, oder Viva über Leelan Baynes' ältesten Jungen sprach, der sehr attraktiv geworden war, wich sie ihm aus und sorgte dafür, dass er sie nicht berührte. Das verdiente er, weil er sie so schlecht behandelt hatte, doch es hätte ihm genügt, sie einen Moment für sich zu haben.

Der Riss zwischen ihnen ging tief, und Rein wollte nicht, dass sich die Kluft wegen seines albernen Verhaltens noch erweiterte. Endlich fand er sie im kleinsten Zimmer des Hauses. Sie hielt Max, seinen jüngsten Bruder, in den Armen. Der Anblick traf ihn wie ein Schlag. Er stützte sich an den Türrahmen und sah zu, wie sie die Wange des Babys streichelte und einen Kuss auf die weichen Haare drückte. Er runzelte die Stirn, als sie das Baby an ihre Brust drückte, als hätte sie sonst niemanden, an den sie sich halten konnte. Und dann hörte er sie leise weinen.

Er wich zurück und lehnte sich neben der Tür an die Wand. Er hatte Angst, sie zu verlieren, und zerbrach sich den Kopf, wie er sich ihr nähern konnte. Mit gesenktem Kopf blickte er zur offenen Tür.

Seine Mutter eilte mit frisch gewaschener Wäsche auf den Armen an ihm vorbei. »Du machst wieder dieses viel sagende Gesicht«, raunte sie ihm zu.

Rein lächelte, weil er von Michaela schon oft etwas Ähnliches gehört hatte. »Ich weiß«, erwiderte er und zog ganz bewusst eine lüsterne Miene.

Sie schüttelte den Kopf, eilte weiter und verbarg ihr Lächeln hinter der sonnengebleichten Wäsche.

Kapitel 32

Er kam lautlos zu ihr.

Nur Wärme auf ihrer Haut.

»Verzeih mir, Liebste«, hauchte Rein in der Dunkelheit. »Bitte, verzeih mir.«

»Wo warst du?«, fragte Michaela mit brüchiger Stimme.

»Weg, Liebste, damit ich dir nicht weh tun kann. Ich habe dir versprochen, dich nie im Zorn zu berühren. Ich habe es fest versprochen.«

Die Decke glitt von ihrem warmen Körper und enthüllte die fraulichen Rundungen.

Michaela öffnete die Augen. Rein war nichts weiter als ein Schatten vor dem silbrigen Mondlicht, das in ihr Zimmer fiel.

»Verzeih mir«, flüsterte er heiser. »Ich wollte nicht so grausam sein.«

Sie strich sein Haar zurück und legte ihm die Hände an die Wangen. »Colin hat dich verletzt, ich weiß. Hättest du bloß mit mir geredet, Rein, hätten wir …«

Er legte ihr den Zeigefinger an die Lippen. »Ich hatte Angst, dich zu berühren. Womöglich hätte ich dich so begehrt und versucht, meinen Schmerz auf dir abzuladen, dass ich dich mehr als mit Worten verwundet hätte.«

»Ach, Rein!«, rief sie voll Mitgefühl, zog ihn zu sich herunter und stöhnte, als sie seine Lippen und seinen warmen, nackten Körper fühlte. Er drückte sie auf die Matratze, hielt sie an sein Herz gepresst und erwiderte ihren Kuss. Mit den Fingern in seinem Haar entlockte sie ihm ein tiefes Stöhnen. Rein ließ sich auf den Rücken sinken und zog sie mit sich.

Seine Hände marterten sie mit langsamen und gezielten Zärtlichkeiten, sein Mund suchte die weiche Haut an ihrem Hals. Michaela bog sich ihm entgegen. Sein Mund fand ihre Brustspitze, und Michaela überließ sich ihm, gab sich seinen erregenden Berührungen hin.

Rein drehte sie auf den Bauch und ertastete ihre Weiblichkeit. Während er sie streichelte, raunte er ihr zu, wie sehr er ihren Körper liebte, wie verführerisch sie war und wie er sich danach sehnte, sich mit ihr zu vereinigen. Er beschrieb ihr, wie ihn ihr Stöhnen entflammte. Und er ermutigte sie, selbst Lust zu suchen, schob die Hände auf ihre Brüste und versprach ihr, sie bis zum Sonnenaufgang zu lieben. Und während er jeden Zentimeter ihres Körpers genoss, drückte Michaela sich ein Kissen auf den Mund, um ihr Stöhnen zu dämpfen. Mehr und immer mehr schenkte Rein ihr, ließ sich jedoch nicht von ihr berühren. Er wollte den Höhepunkt in ihr und mit ihr erleben.

Michaela fühlte sich unter seinen Blicken begehrt und verwöhnt, verführerisch und verlockend. Ihr Haar fiel auf die weißen Laken. Den Kopf in den Nacken gelegt, bot sie ihm ihre Brüste dar und tastete nach ihm, doch er wehrte sie ab und brachte sie nur in die Nähe des Gipfels, bis sie ihn anflehte, sie zu erfüllen, und sogar drohte, zu schreien und das ganze Haus zu wecken. Mit einem rauen Lachen drückte er ihre Hände gegen das geschnitzte Kopfteil des Betts und flüsterte ihr zu, dies wäre eine Nacht fleischlicher Genüsse, und sie wäre dabei das köstlichste Hauptgericht.

»Genug, Rein, bitte. Komm zu mir«, keuchte sie und verschlang den Anblick seiner breiten Schultern und des muskulösen Körpers, schwang sich über ihn und führte ihn. Er warf den Kopf in den Nacken, vereinigte sich mit ihr und strich ihr Haar beiseite, um ihren Hals und ihre Schulter zu küssen. Sie zog sich zurück, und Rein stieß zischend die Luft aus.

Ihre Körper bewegten sich rhythmisch.

Haut schimmerte feucht.

Nur heftiges Atmen war zu hören.

Rein liebte seine Frau in der Abgeschiedenheit seines ehemaligen Kinderzimmers, klammerte sich an sie, flüsterte ihren Namen und ergriff von ihrer Schönheit Besitz. Nur sie konnte sein Verlangen stillen. Und sie gab sich hin und beherrschte seine Seele mit jedem Atemzug und jeder Berührung. Gemeinsam erreichten sie den Höhepunkt, und Rein fand auch jetzt wieder die Bestätigung dessen, was er von Anfang an gewusst hatte. Sein Leben begann mit ihr.

Rein erwachte von einem Prickeln im Bein. Er öffnete die Augen, drehte sich auf den Rücken und versuchte, in der Dunkelheit etwas zu erkennen. Ein Schatten beugte sich über seine Füße und küsste die vernarbte Wade und das Knie. Lächelnd genoss er die Aufmerksamkeit.

»Du stellst erstaunliche Dinge mit deinem Mund an.«

»Danke, Liebster. Lass dir zeigen, was ich alles kann.«

Ihre Lippen umschlossen ihn und lösten eine Lust aus, die fast schon an Schmerz grenzte. Als er Michaela über sich ziehen wollte, verstärkte sie nur ihre Anstrengungen, und er konnte bloß hilflos zusehen.

»Beim Donner!« Er grub die Finger ins Bettlaken. »Michaela!«, zischte er.

»Soll ich aufhören?«

»Nein! Ja!«

Leise und zufrieden lachend widmete sie sich ihm, brachte ihn zum Erbeben und stützte sich auf seine Schenkel. Als er es nicht länger aushielt, packte er sie, drehte sie auf den Rücken und senkte sich in sie. Michaela lachte über seine Hast und genoss ihre Macht, die ihm den Verstand raubte. Gemeinsam erlebten sie eng umschlungen den schönsten Moment.

»Michaela, meine *rasha*«, flüsterte er und küsste sie. »Ich ... verzeih mir. Ich wollte nicht so grob sein.«

Ihr Lachen kam für ihn völlig überraschend.

»Ich fand es wunderbar.«

Er hob ruckartig den Kopf.

»Habe ich dich schockiert?«, erkundigte sie sich, nicht im Geringsten reuig.

»Eigentlich schon«, räumte er ein.

»Ich wollte dich eben ein wenig quälen«, erklärte sie lächelnd und strich sein Haar zurück, um sein Gesicht in der Dunkelheit besser erkennen zu können. »Mein Hindi ist zwar nicht sonderlich gut, aber ich habe einige interessante Stellen gelesen.«

Das Kamasutra, dachte er. »Kluge kleine Wildkatze.«

Stolz beugte sie sich über ihn, drückte die Brüste an seine Brust und flüsterte: »Da war eine Stelle, die ich nicht ganz verstand: Die Freuden zweier Münder gleichzeitig ...«

Mit einem lustvollen Stöhnen ließ er sich zurücksinken und zeigte ihr, was gemeint war. Bis weit in die Nacht hinein genoss er die Leidenschaft einer Frau, die nichts mehr zurückhielt.

Und dabei war er Michaela und ihren Wünschen schutzlos ausgeliefert.

Licht fiel durch eine halb offene Tür, als Michaela leise den Korridor entlang zur Treppe ging, und zog ihre Aufmerksamkeit an. Aurora hielt das Baby in den Armen. Vor Müdigkeit sank ihr bereits der Kopf auf die Brust, doch sie richtete sich wieder auf. Max spielte auf ihrem Schoß mit einem Holzpferd, strampelte mit den Beinchen und kaute auf dem Kopf des Tieres herum. Voll Neid betrat Michaela den Raum und freute sich, als Max sie erkannte und auf dem Schoß seiner Mutter auf und ab hüpfte.

»Bei der Göttin des Lichts, geh schlafen, Kind«, sagte Aurora leise und drückte einen Kuss auf den Kopf des Babys. Müde hob sie den Blick und lächelte. »Er ist ein typischer Mann. Weckt mitten in der Nacht ein Mädchen auf, um seine Bedürfnisse zu stillen.« Ihr Blick streifte den offenen Bademantel und die Brust, die sie dem Kind gereicht hatte.

Michaela lächelte über die unverblümten Worte, trat näher und streckte die Hände nach dem Kind aus. »Geht zu Bett, Aurora. Ich kümmere mich um ihn.«

Aurora schloss den Bademantel. »Eigentlich müsste ich dich zu Rein schicken, aber nach dem Lärm, den man durch die Wände gehört hat, solltest du ihn vermutlich eine Weile ruhen lassen.«

»O nein«, flüsterte Michaela und wurde rot. »Es tut mir leid.«

Aurora winkte ab. »Liebe ist keine Schande.« Lächelnd erhob sie sich aus dem Schaukelstuhl. »Der Himmel weiß, dass ich das in ausreichendem Maß bewiesen habe.« Sie gab Max noch einen Kuss und lächelte mutwillig. »Es hat großen Spaß gemacht, so viele Kinder zu bekommen.«

Michaela mochte die Direktheit dieser Frau.

»Rein himmelt dich an, das weißt du.«

»Ich liebe ihn, Aurora.« Bisher hatte Michaela sich davor gescheut, diese Worte zu ihm zu sagen. Sie hatte gefürchtet, er könnte sie abweisen.

»Das weiß ich«, erwiderte Aurora zufrieden. »Und er braucht dich.«

»Oft glaube ich, dass er niemanden braucht.«

»Wir alle tun das, meine Liebe.« Sie sah Michaela tief in die Augen. »Ich kenne meinen Dahrein, aber nicht immer den Mann, den du geheiratet hast. Trotz all meines Zuredens und all meiner Ratschläge verschließt er noch immer viel zu viel in sich.« Sie schüttelte betrübt den Kopf. »Es wird nicht leicht sein, etwas zu ändern, fürchte ich.«

Michaela dachte daran, dass ihr Mann seinen Eltern noch eröffnen musste, dass er seinen leiblichen Vater suchte.

»Er wird schon noch lernen.«

Michaela schüttelte den Kopf. »Ihr sprecht so selbstsicher und voll Überzeugung wie er.«

»Bei Männern kann man seiner Sache nie sicher sein, nicht wahr?«, erwiderte Aurora lachend. »Schon gar nicht bei einem Montegomery.«

»Das habe ich bereits erfahren. Colin ist ein Beweis dafür.«

Auroras Gesicht verdüsterte sich. »Colin muss noch den Mann in sich entdecken, doch er wird es schaffen.«

Schon wieder diese Überzeugung.

Als Aurora gähnte, nahm Michaela ihr das Baby ab. »Geht zu Bett«, drängte sie. »Ich komme mit Max zurecht. Er wird mir beim Zubereiten eines leichten Mahls helfen, nicht wahr, mein Kleiner?«, fragte sie den Jungen.

Max lächelte strahlend und strampelte in ihren Armen, und Aurora lächelte zärtlich. »Er hatte schon sein leichtes Mahl«, sagte sie belustigt, ging mit Michaela den Korridor entlang und blieb vor ihrer Tür stehen. »Mein Sohn ist ein harter Mann, Michaela. Hart zu sich selbst. Und er möchte, dass sich die Welt seinem Willen beugt.«

»In dieser Hinsicht ist er ziemlich erfolgreich.«

»Ja, aber gib für ihn nicht deine eigenen Überzeugungen auf. Er ist herrisch wie Ransom, doch Liebe bedeutet auch, etwas hinzunehmen. Später würdest du bereuen, auf deine Überzeugungen verzichtet zu haben.«

Michaela runzelte die Stirn. Wusste Aurora, dass sie eine Spionin war und Nickolas über die Goldlieferung informieren musste, ob es Rein nun gefiel oder nicht?

»Dein Glück ist ebenfalls wichtig.«

»Ja«, bestätigte Michaela, und Aurora verschwand zufrieden in ihrem Zimmer. Leise ging Michaela weiter zur Treppe. Unten angekommen, entzündete sie eine Kerze, obwohl durch die vielen Fenster Mondlicht ins Haus fiel. In der Küche hielt sie Max auf dem Arm, redete leise mit dem dunkelhaarigen

Jungen mit den grünen Augen und suchte nach etwas Essbarem.

Eine Stunde später warf Rein einen Blick in die Küche und seufzte erleichtert, als er Michaela sah. Er war erschrocken, als er beim Erwachen das Bett neben sich leer vorgefunden hatte. Die ganze Nacht hatten sie einander in den Armen gehalten, und er hatte nicht gewollt, dass es Morgen wurde. Nichts sollte die zarten Stunden mit Michaela beenden. Er blieb in der Dunkelheit stehen. Wieder dachte er an die sinnlichen Stunden mit ihr. Sie mit Max zu sehen, brachte ihn auf einen anderen Gedanken. Ob in ihr bereits sein Kind entstand? In diesem Moment wünschte er sich das sehnlich. Michaela sollte durch Fleisch und Blut an ihn gebunden sein wie er an sie.

Über ein Jahrzehnt hatte er solche Gedanken verbannt, da Shaarai nicht empfangen hatte und er gedacht hatte, die Schuld läge bei ihm. Über diese Möglichkeit hatte er mit Michaela nicht gesprochen, und er wollte auch jetzt ihre Träume nicht verdüstern. Bei Max zeigte sie nun die gleichen mütterlich fürsorglichen Eigenschaften wie damals auf der Landstraße bei den Entenküken. Es war klar, dass sie sich Kinder wünschte.

Rein lächelte sanft, als er sie mit Max sprechen hörte. Der Kleine saß mitten auf dem Tisch und schob sich ein Stück Brot in den Mund. Michaela schnitt Brot, Käse und Fleisch auf und legte alles auf eine Platte.

»Habe ich Euch schon für den Rundgang durch das Haus gedankt, Sir?«, fragte sie das Baby lächelnd.

Max lächelte und brabbelte vor sich hin. Krümel klebten an seinen Wangen.

»Ja, es ist eine zauberhafte Nacht. Ist es hier stets so warm?«

Max wackelte mit dem Kopf. Michaela arbeitete ungestört

weiter. »Ihr solltet Euren älteren Bruder genauer kennen lernen. Er ist ein wunderbarer Mann.« Sie warf dem Baby einen Blick zu. »Genau wie Ihr eines Tages einer sein werdet.«

Er legte den Kopf schief, und Michaela hätte schwören können, dass er jedes Wort verstand. »Also, Maxwell Montegomery.« Sie verteilte das Fleisch auf der Platte. »Was wirst du denn später werden?«

Max sah sie unverwandt an.

»Ja, sicher, es ist noch etwas früh, um schon über die Zukunft nachzudenken. Das ist richtig. Aber es macht Spaß, sich etwas auszumalen. Vielleicht Rechtsanwalt.« Er stieß einen fröhlichen Schrei aus. »Schiffsbauer? O nein, mein Kleiner«, sagte sie und hinderte ihn daran, nach der Butter zu greifen, stellte den Tiegel beiseite und setzte Max auf die Tischkante. »Mal sehen.« Sie betrachtete ihn genauer. »Kaufmann wie Rein?« Sie schüttelte den Kopf, und er ahmte sie nach. »Etwa Pirat wie Colin? Lieber nicht«, flüsterte sie, als er munter quietschte. Max streckte ihr das feuchte Stück Brot hin, und sie tat so, als bisse sie davon ab.

Er bot es ihr erneut an, und sie biss nun doch ab, um ihn zufrieden zu stellen, verzog jedoch das Gesicht.

»Äußerst köstlich.«

»Ich bin auch hungrig«, sagte Rein in diesem Moment.

Michaela wirbelte herum. Wie kann man nur dermaßen gut aussehen, dachte sie. Rein hatte nur die Kniehose angezogen. Das Haar war zerzaust. »Es ist unhöflich zu lauschen. Wir haben eine ganz private Unterhaltung geführt. Sag es ihm«, forderte sie Max auf.

Max sah Rein an, und Rein wurde vom Blick aus den grünen Augen des Kindes getroffen. Eine alte Seele ist in diesem Körper eingeschlossen, dachte er, ehe Max unverständlich zu plappern begann.

»Kluges Kerlchen«, sagte Michaela zu dem Jungen, hob ihn vom Tisch und drückte ihm einen Kuss auf das Bäuchlein. Er lachte und strampelte. So hatte Rein seine Frau noch nie lächeln gesehen. Es kommt aus tiefstem Herzen, dachte er und trat näher.

»Sollte ich eifersüchtig werden?«, fragte er und streichelte Max.

»Ja, unbedingt. Ich bin rettungslos in ihn verliebt.«

»Wirklich?«

»Es ist soeben geschehen.« Sie küsste den Jungen auf die Wange, und Max versuchte erneut, nach der Butter zu greifen.

»Ich würde ihn deinetwegen sofort zum Duell herausfordern, aber ich fürchte, das wäre ein sehr ungleicher Kampf.« Noch während Rein sprach, legte er ihr die Hand an die Taille und zog sie an sich, küsste sie und ließ die Zungenspitze über ihre Lippen gleiten. Michaela seufzte lustvoll und drückte sich an ihn. Max beschwerte sich.

Rein spürte, wie sich mehr als die üppigen Formen seiner Frau an ihn drückten. Max hatte die Butterschale gepackt und gegen ihn gestoßen! Rein öffnete ein Auge und fing blitzartig den Tiegel auf, küsste Michaela noch einmal und warf dem Kind einen warnenden Blick zu. Dann stellte er die Butterschale wieder auf den Tisch. Seine Mutter würde mit dem Kleinen noch viel Arbeit haben. Als ob Viva nicht schon für ausreichend Wirbel gesorgt hätte. Er nahm Michaela den Jungen ab und drückte ihr noch einen Kuss auf den Hals.

»Ich habe dich in unserem Bett vermisst.«

»Du hast geschnarcht und mich gar nicht vermisst.«

»Ich schnarche nicht!«, behauptete er beleidigt.

»Na schön, dann waren eben Bienen in unserem Schlafzimmer.«

Er presste sie fester an sich, als sie sanft seine nackte Brust streichelte und mit den Nägeln über seine Haut kratzte.

Er stieß den Atem aus. »Bring das Tablett nach oben, und wenn wir gegessen haben …« Noch ein Kuss auf ihre feuchten Lippen. »Dann werde ich dich verspeisen.«

Seufzend kam sie seinem Kuss entgegen. »Ich stehe dir liebend gern zur Verfügung«, sagte sie leise.

Sie ging mit dem Tablett voraus durch das Haus. Rein drückte seinen schläfrigen Bruder an seine Brust und legte ihn mitten auf das Bett. Mit untergeschlagenen Beinen saßen sie neben dem Kind, ließen es sich schmecken und tauschten Küsse und warme Blicke. Max drehte sich schließlich auf die Seite und schlief ein.

Michaela blickte auf ihn hinunter und strich ihm die dunklen Locken aus der Stirn. »Er ist schön«, sagte sie gerührt und bewunderte die winzigen Hände und Finger. Im Traum zog er das Näschen kraus.

»Du kannst sehr gut mit ihm umgehen.«

»Er ist ein liebenswertes Kerlchen. Es ist doch unmöglich, ein so hilfloses und unschuldiges Wesen nicht zu lieben.«

Reins Miene verschloss sich. Das hatte er auch gedacht, als er Colin das erste Mal gesehen hatte. Doch Rein war von seinem leiblichen Vater wie ein alter Stiefel weggeworfen worden. Das war der Beweis, dass manche Menschen einem Kind den Rücken kehren und ihr eigenes Leben führen konnten.

Er holte tief Atem und sagte leise: »Du könntest jetzt schon schwanger sein.«

Sie lächelte. »Ich weiß. Stört dich das?«

»Würde es mich stören, Michaela, hätte ich es verhindert.«

Sie sah ihn fragend an.

»Meine Mutter versteht sich auf Tinkturen, auch wenn sie nicht absolut sicher wirken.«

»Offenbar«, meinte sie leise lachend. Das ganze Haus war von Kindern erfüllt.

Da er kein Blutsverwandter war, erwähnte er nicht, dass die Montegomerys für ihre Potenz bekannt waren. »Willst du ein Kind?«

»Nein«, erwiderte sie. Als er die Stirn runzelte, fügte sie hinzu: »Ich will *viele* Kinder.« Eine Weile betrachtete sie Max. »Wieso jagst du deinen leiblichen Vater, Rein, wenn du das alles hier hast?«

»Michaela«, warnte er leise.

»Er ist nichts weiter als ein selbstsüchtiger Narr. Er verdient deine Aufmerksamkeit gar nicht.« Sie strich ihr Haar zurück und sah ihn direkt an. »Gib doch endlich auf.«

»Das kann ich nicht. Ich muss es hinter mich bringen, damit ich neu beginnen kann.«

»Ich dachte, das hätten wir bereits getan«, sagte sie enttäuscht.

Rein sah ihr forschend in die Augen. »Kannst du das Gleiche von deiner Revolution sagen?«

Wie jedes Mal, wenn er über ihre Herzensangelegenheit sprach, funkelten ihre Augen. »Das ist nicht das Gleiche, und du weißt das. Bei mir geht es um viele Menschen und nicht um eine Einzelperson. Deshalb wird die Rebellion auch siegreich sein. Wenn es soweit ist, werden viele gewinnen.«

»Du würdest auch weiterhin spionieren?«

»Ich muss es zu Ende bringen.«

Er zog die Hand zurück. »Wie ich die Suche nach meinem Erzeuger.«

Sie setzte schon zum Sprechen an, verzichtete jedoch darauf, um diese Nacht nicht durch einen Streit zu verderben. Diese Sache konnte noch eine Weile warten. Sie wischte die Krümel von Max' Gesicht, hob ihn hoch und stieg vom Bett.

Rein folgte ihr. »Überlass ihn mir.« Max regte sich, als Rein ihn übernahm, und schmiegte sich dann zufrieden seufzend in die Arme seines großen Bruders. »Wir müssen unter vier Augen ein Wort miteinander wechseln.«

»Aha«, sagte sie und lächelte wissend. »Offenbar typische Männerangelegenheiten.«

Rein tätschelte den Rücken des Kindes und verließ den Raum. Sie hörte durch die Wand, wie Rein leise mit Max sprach. Sie stellte das Tablett weg, zog den Hausmantel aus und legte sich ins Bett. Rein kehrte zurück und zögerte an der Bettkante, bis Michaela ihm die Hand entgegenstreckte. Erst jetzt zog er die Hose aus und kam in ihre Arme.

Voll Hingabe und Verzweiflung liebte er ihren Körper und ihre Seele, drückte sie fest an sich und hoffte, sie würde ihm verzeihen, wenn er ihr das Herz brach.

Kapitel 33

Rein erwachte und sah sich im Raum nach seiner Frau um. Sie saß frisch gebadet und angezogen am Fenster. Cabai stand hinter ihr und bürstete ihr Haar. Rein stützte sich auf einen Ellbogen und sah zu. Sie runzelte einen Moment die Stirn, ehe sie lächelte.

»Denkst du gerade an mich?«, fragte Rein.

Michaela wandte den Kopf und sah ihn voll Wärme an. »Ja, allerdings«, gestand sie, während Cabai die letzte Nadel ins Haar schob und ihr etwas zuflüsterte. Als Cabai den Raum verließ, stand Michaela auf und kam, in grünen Musselin gehüllt, zu Rein. »Ich dachte gerade, dass deine Angehörigen glauben werden, ich hätte dich ans Bett gefesselt, wenn du dich heute gar nicht im Erdgeschoss zeigst.«

Lächelnd streckte er die Hand nach ihr aus und zog sie aufs Bett. »Interessanter Gedanke«, murmelte er und küsste sie.

Michaela fühlte, wie ihr Körper unter dem Kuss zu neuem Leben erwachte. Sie liebte diesen Mann und wollte es ihm sagen, doch er sollte nicht glauben, sie würde nur wegen der Intimitäten der letzten Nacht so sprechen. Sie war alles andere als ein junges träumerisches Mädchen. Ihre Gefühle waren echt und stark und erfüllten sie mit tiefem, unerwartetem Glück. Rein hatte sie die ganze Nacht geliebt. Mit jeder seiner Berührungen wurde ein Teil des Schadens behoben, den Winters angerichtet hatte. Und es bereitete ihr unbeschreibliche Freude, immer neue Seiten an sich selbst zu entdecken.

Rein stöhnte, als sie die Zungenspitze über seine Lippen

gleiten ließ. Ihr warmer Körper entzündete erneut seine Leidenschaft. Ein Kuss genügte, und er bekam nicht mehr genug von ihr. Vor allem freute es ihn, dass sie sich ihm so bereitwillig gab.

Er rang ihr noch einen Kuss ab, als sie sich aufrichten wollte, ließ sie los und betrachtete ihr Kleid. »Das könnte ich dir blitzartig ausziehen.«

»Dann würde deine Mutter uns hier finden. Sie wartet schon auf mich.«

Er neigte fragend den Kopf.

»Ich habe mich nach ihren Kuren erkundigt, und sie will mir einiges beibringen.«

»Dann wirst du den ganzen Tag mit ihr verbringen«, beklagte er sich.

»Kannst du dich denn nicht eine Weile mit etwas anderem beschäftigen?«

»Eigentlich wollte ich mich mit dir beschäftigen«, erwiderte er.

Michaela küsste ihn zärtlich und genoss sein heftiges Atmen. »Ach, dann bin ich also nichts weiter als ein Spielzeug?«

»Ich spiele nicht«, wehrte er heftig ab, zog sie über sich und küsste sie hingebungsvoll, schob die Hände unter ihren Rock und streichelte ihre Schenkel. Stöhnend eroberte sie seinen Mund und raubte ihm den Verstand.

Jemand rief ihren Namen durch das Haus. Michaela stand auf. Rein schleuderte die Decke beiseite, um ihr zu zeigen, wie bereit er war. »Du wirst mich doch nicht so hier zurücklassen, oder?«

Michaela lächelte, weil er sich wie ein kleiner Junge anhörte, dem man eine Süßigkeit vorenthielt.

»O doch, das werde ich.« Hastig zog sie sich aus seiner Reichweite zurück. »Dafür wird es später umso schöner.«

»Wie viel später?«

Sie überlegte einen Moment. »Später«, sagte sie, eilte zur

Tür, blieb mit der Hand auf der Klinke stehen und blickte noch einmal zurück.

Rein entdeckte in ihren Augen einen Hauch von Traurigkeit. »Alle werden dich necken.«

»Ich schäme mich nicht für das, was ich getan habe, auch wenn es nur uns beide etwas angeht, mein Gemahl.«

»Wie ich sehe, hast du dir die offene Art meiner Mutter angewöhnt«, stellte er lächelnd fest.

»Hier bleibt mir nichts anderes übrig«, erwiderte sie, und als wieder nach ihr gerufen wurde, warf sie ihm einen letzten, viel versprechenden Blick zu und schloss die Tür. Rein strich sich durch das Haar, sah sich im Raum um, stand dann auf und stieg in die Badewanne. Und dabei dachte er, dass dieses »später« viel früher sein würde, als Michaela glaubte.

Rein rollte die Hemdsärmel hoch und betrachtete seine Frau, als er das Erdgeschoss erreichte. Sie saß im Esszimmer zwischen seiner Mutter und Max, fütterte den Kleinen und unterhielt sich mit ihm. Nachdem Michaela aus dem Schlafzimmer gegangen war, hatte Rein seine Kleidung frisch gebürstet und ordentlich bereitgelegt vorgefunden. Seine Stiefel waren vom Schlamm befreit und blank geputzt gewesen. Cabai wehrte seinen Dank ab. Michaela hatte sich um alles gekümmert. Diese Aufmerksamkeit machte sie für Rein noch liebenswerter und erinnerte ihn daran, dass er so lange allein gelebt hatte, dass er schon vergessen hatte, wie es war, wenn sich jemand die Zeit und Mühe nahm, für einen zu sorgen.

Während er in der Tür stand, griff Michaela nach einem süßen Brötchen. Er trat ein und begrüßte seine Familie, hatte jedoch nur Augen für seine Frau. Mit Max' Löffelchen in der Hand blickte sie hoch. Er beugte sich hinunter.

Michaela gab ihm bereitwillig einen Kuss. Rasch setzte Rein

sich neben Max, um die Wirkung zu verbergen. »Ist es jetzt später?«, raunte er ihr zu, und sie wurde rot.

»Noch nicht«, sagte sie und fütterte Max, der ihr den Löffel wegnahm und selbst essen wollte.

»Höchste Zeit, dass du aufstehst«, sagte Ransom, der am Kopfende des Tisches saß.

»Ransom«, tadelte Aurora, »lass die beiden doch. Hast du gut geschlafen?«, fragte sie ihren Sohn.

»Ich wette, er hat gar nicht geschlafen«, bemerkte Ransom amüsiert.

Michaela errötete. »Also, es war …« Rein brachte sie mit einem Kuss zum Schweigen, und alle am Tisch lachten.

»Falls du dich von den Rockschößen deiner Frau lösen kannst, mein Sohn, würde ich deine Hilfe brauchen.«

Rein warf Ransom einen warnenden Blick zu, dass er nicht weiter geneckt werden wollte. »Ich muss mich vorher um die Reparaturen auf der *Empress* kümmern«, sagte Rein und trank Kaffee. Michaela griff nach seiner Hand. Er drückte ihre Finger und stand auf. »Entschuldigt mich.«

Michaela blickte ihm nach, erhob sich, warf die Serviette auf den Tisch und sah seine Eltern bittend an. Als sie später auf die Veranda trat, ritt Rein soeben auf Naraka weg.

Ransom kam zu ihr. »Was bedrückt ihn?«, fragte er besorgt.

»Das wird er dir sagen, wenn er bereit ist, Ransom. Mehr kann ich nicht verraten.«

Ransom nickte und ging weg. Michaela bewunderte ihren Mann, der auf dem schwarzen Hengst einen herrlichen Anblick bot, wie er die Straße entlangritt. Und sie verwünschte seinen Drang, sein Gewissen zu reinigen. Dabei verstand sie den Aufruhr, der in ihm tobte, weil es ihr wie ihm erging. Sie kehrte ins Haus zurück. Es kam ihr so vor, als könnte ihre Zufriedenheit jeden Moment von Kanonendonner zerstört werden. Heute Morgen hatte sie mit Rein über die Goldladung reden wollen, doch dann hatte sie erkannt, wie sehr es ihn bedrückte, dass er mit Ransom und Aurora über seine Suche sprechen musste. Darum hatte sie ihr Geständnis verschoben. Im Moment sollte Rein nicht noch eine weitere Bürde tragen. Er brauchte ihre Unterstützung. Doch lange konnte sie nicht mehr warten. Bestimmt hatte ihr Onkel bereits ein Schiff gefunden und stach womöglich bald in See, um die *Victoria* zu kapern.

Sie musste sich mit Nickolas in Verbindung setzen, und das bedeutete, dass sie Rein begleiten würde, wenn er die Suche nach seinem leiblichen Vater fortsetzte. Nichts konnte sie von dem Mann trennen, den sie liebte. Daran musste sie glauben, denn eines stand fest. Wenn er von der Goldladung hörte, reagierte er bestimmt nicht erfreut.

»Michaela, du konzentrierst dich nicht.«

Michaela lächelte entschuldigend und wischte die verschüttete Tinktur weg. »Ich mache mir nur Sorgen, weil Rein schon so lange fort ist.«

»Bis vor ungefähr einer Stunde war er auf dem Schiff«, erwiderte Aurora.

Wieso kam er dann nicht zu ihr? Plötzlich wusste sie es und zog an den Schürzenbändern. Er schloss sie wieder aus, wie er das schon in seinem Zorn über Colin getan hatte. Doch sie konnte diese Trennung nicht mehr riskieren, weil die Kluft zu schwer zu überbrücken war. Sie entschuldigte sich, ging rasch zum Stall und trat ein.

Über den Rücken einer Fuchsstute hinweg sah ihr ein junger Mann fragend entgegen. »Ich brauche ein Pferd.«

Er antwortete nicht, sondern blickte an ihr vorbei. Als sie sich umdrehte, kam Ransom auf sie zu. »Ich muss zu ihm.«

Er gab dem Jungen einen Wink, ein Pferd für sie zu satteln. »Wie kann ich dir helfen?«

Michaela lächelte betrübt und legte Ransom die Hand auf den Arm. »Liebe ihn.«

»Der Himmel weiß, dass ich das tue. Er mag ein erwachsener und selbstständiger Mann geworden sein, doch meine Gefühle für ihn haben sich nicht verändert.« Ransom zeigte besorgt zu einer Lichtung. »Dort oben gibt es eine Höhle. Vielleicht ist er da. Er meint, das wäre sein großes Geheimnis, aber wir alle wissen Bescheid.«

Sie beugte sich zu ihm und küsste ihn auf die Wange, als er sanft lächelte. »Mein Mann kann sich glücklich schätzen, einen Vater wie dich zu haben, Ransom.«

Er drückte ihren Arm. »Dein Vater war auch ein guter Mann, Michaela.«

Sie holte tief Atem.

»Ich ging mit ihm zur Schule, und ich habe noch Briefe von ihm, falls du sie lesen möchtest.« Michaela nickte. »Es tut mir leid, dass du ihn verloren hast. Hoffentlich wirst du uns alle eines Tages als deine Familie akzeptieren.«

»Das tue ich, Ransom«, versicherte sie mit Tränen in den Augen.

Bei diesem Anblick zog er sie in die Arme und klopfte ihr hilflos auf den Rücken. »Geh, Mädchen.«

Der Helfer brachte das Pferd und verschränkte die Hände ineinander, damit sie aufsteigen konnte. Michaela schwang sich in den Sattel und zog den Rock zurecht.

Ransom betrachtete sie skeptisch. »Ich habe auf Elefanten reiten gelernt«, sagte sie beruhigend.

»Dein Vater hasste die Biester.«

»Auch Kamele«, erwiderte sie und lächelte bei der Erinnerung. »Zu seiner größten Enttäuschung habe ich diese hässlichen Tiere beherrscht. Ich glaube, er wollte mich entmutigen, weil er sich einen Sohn wünschte.«

Ransom lächelte. »Er hat wohl genau bekommen, was er sich wünschte.«

Er erklärte ihr den Weg und sah ihr nach, als sie die alte Straße zu Shoikais Höhle nahm. Und er war etwas eifersüchtig, weil nun diese Frau das Vertrauen seines Sohnes genoss, das ihm so viele Jahre lang gehört hatte.

Michaela fand die Höhle, deren Eingang hinter Ranken verborgen war. Die Öffnung war groß genug für sie, doch die Höhle war leer. Sie entdeckte nur einen alten Topf mit einem Sprung und die Reste eines Feuers. Michaela kehrte zu ihrem Pferd zurück, als sie Naraka wiehern hörte, und folgte dem Geräusch. Die Büsche und Bäume wuchsen hier so dicht, dass es immer dunkler wurde, doch sie erkannte noch den Pfad, den sich der Hengst durchs Unterholz gebahnt hatte. Allmählich lichtete sich der Dschungel. Michaela blieb am Rand einer kleinen Lichtung stehen. Dahinter rauschte Wasser in einem Tal.

Sie sah sich um und entdeckte Rein rechts von ihr. Er stand unter einem mächtigen Baum. Blühende Ranken hingen von den Zweigen. Michaela seufzte erleichtert. Er wirkte entspannt, doch sie spürte seine Besorgnis. Wie ein Tier, das zum Sprung ansetzt, hielt er sich straff aufrecht, die Hände auf dem Rücken verborgen. Sie versuchte zu verstehen, wieso er einen Mann suchen musste, der seine Kindheit zerstört hatte. Eines stand für sie allerdings fest. Er musste ehrlich zu Ransom und Aurora sein.

»Rein!«, rief sie, doch er hörte sie erst beim dritten Mal und warf ihr einen gehetzten Blick zu. »Liebster!« Sie eilte zu ihm. Bei seinem kühlen Blick blieb sie einen Schritt von ihm entfernt stehen. Wortlos sah er sie an und prägte sich ihre Züge ein.

Rein berührte sie nicht. Er konnte es nicht, weil seine Selbstverachtung so groß war, dass er fürchtete, Michaela zu verletzen.

»Sprich mit mir, bitte! Ich ertrage dieses Schweigen nicht. Lass dir von mir helfen.« Mit zitternden Fingern strich sie ihm eine Haarlocke aus der Stirn.

Unter ihrer Berührung schmolz er dahin, hielt ihre Hand fest und drückte einen Kuss darauf. »Ach, meine *rasha*. Verzeih mir, ich habe mich selbst in diese Lage gebracht.«

»Was wäre ich denn für eine Ehefrau, würde ich deinen Schmerz nicht mit dir teilen und versuchen, ihn zu lindern?«, flüsterte sie.

»Ich könnte dich verletzen.«

»Nur, wenn du alles in dir verschließt.« Sie kam näher, bis ihr Rock seine Beine berührte.

Er konnte ihr nicht die Wahrheit sagen, wollte nicht die Verachtung in ihrem Blick sehen, wenn sie seine wahren Absichten entdeckte. Darum wandte er sich ab.

Michaela kam es so vor, als hätte er ihr eine Tür vor der Nase zugeschlagen. »Bist du sicher, dass du das alles nicht nur machst, um dich selbst von einer Last zu befreien? Ich sehe nämlich nichts Gutes dabei herauskommen, wenn du mit deinen Eltern darüber sprichst.«

»Ich habe sie nie belogen, Michaela. Ich kann es nicht länger für mich behalten.« Rein fluchte. »Dabei wünsche ich mir sogar manchmal, nie mit dieser Suche begonnen zu haben.«

»Weshalb machst du dann weiter?«

»Ich ... ich brauche Antworten auf einige Fragen. Und ich muss wissen, wieso dieser Mann meinen Tod wünscht.« Als sie scharf Atem holte, sah er sie schmerzlich an. »Ja, in der Nacht, in der Katherine ermordet wurde, schickte er Männer los. Sie wollten mir das Medaillon, das Beweisstück, abnehmen. Und sie sollten mich dafür sogar töten.«

»Du willst ihn bloßstellen und beschämen?«

Unruhig ging er auf und ab und zertrat zarte Blumen unter den Stiefeln.

»Rein!«

Er sah sie zornig an.

»Nein!«, stieß sie hervor, als sie begriff. »Du willst ihn töten!«

Sie wich betroffen zurück. Der weiche Boden gab unter ihren Füßen nach.

Erschrocken sprang er auf sie zu, streckte die Hände nach ihr aus und verfehlte sie. Die Erde gab nach, Michaela schlug entsetzt um sich. Rein packte sie im letzten Moment um die Taille und zog sie von der gefährlichen Kante weg.

Heftig atmend presste er sie an sich und blickte auf die in der Tiefe liegenden Felsen hinunter. Er zitterte am ganzen Körper, und mit einem Fluch zog er sie weiter vom Abgrund weg. Michaela krallte sich an ihn und spürte seinen hämmernden Herzschlag.

Bebend sank er auf die Knie. »O Michaela, Liebste! Um Himmels willen«, stöhnte er und strich immer wieder über ihren Rücken und ihre Schultern. Beinahe hätte er sie verloren, und ohne sie wäre er leer gewesen. Ihm wurde aber auch bewusst, dass es nur durch seinen Zorn so weit gekommen war.

Allmählich atmete er ruhiger, lockerte den Griff und küsste Michaela verzehrend.

Sie nahm alles an – seinen Zorn und seine Angst –, verwandelte beides in Leidenschaft und drängte ihn, sich gehen zu lassen. Ihr Kuss ließ ihm gar keine andere Wahl. Ihre Hände glitten wild über ihn, heizten sein Verlangen an und brannten seinen Zorn auf einen unbekannten Mann weg.

»Ich hätte dich verlieren können«, flüsterte er an ihrem Ohr und ließ die Lippen über ihren Hals und ihre Brüste gleiten, ehe er ihren Mund eroberte.

»Das hast du aber nicht. Du hast mich festgehalten, Rein, und ich bin noch immer bei dir«, redete sie beruhigend auf ihn ein und zwang ihn, sie anzusehen. »Ich werde immer bei dir sein.«

»Verzeih mir.«

»Da ist nichts zu verzeihen, Lieber, aber wenn du das tun musst – wenn du deinen Vater finden musst …«

Seine hellen Augen flammten. »Ich muss.«

»Dann werde ich für dich da sein.«

Seine Miene entspannte sich.

»Du weißt, was du brauchst, um glücklich zu sein. Wenn du diesen Mann findest, werde ich … zu deiner Entscheidung stehen.«

»Und wenn ich diesen Mann töte?«, fragte er ungläubig.

Ihre Unterlippe bebte. »Du bist stark und ehrenhaft, Rein. Jetzt sagst du, dass du ihm das Leben nehmen willst. Aber ich kenne dich. Aus einem solchen Grund kannst du kein Menschenleben auslöschen. Stelle ihn zur Rede, ja. Sage ihm deine Meinung, ja. Das kannst du. Aber Mord …« Sie schüttelte den Kopf. »Dazu bist du nicht fähig.«

Er drückte ihre Hände an seine Brust. »Du bist dir da sicher, ich nicht.«

»Ich glaube an dich«, versicherte sie, obwohl sich seine Miene verschloss. »Ich glaube an den Mann, der mit mir flirtete, während ich eine Kugel aus seinem Körper holte. Der meinen Ruf dadurch wahren wollte, dass er in der Öffentlichkeit nicht zeigte, dass wir uns kennen. Ich glaube an den Gentleman, der sein Leben riskierte, um das einem Freund gegebene Versprechen zu halten. Und an den Mann, der sich verkleidete, um mich davor zu bewahren, an den Meistbietenden verkauft zu werden.« Ihre Stimme wurde sanfter. »Ich akzeptiere den Mann, der seinen Zorn verbarg aus Angst, mich zu verletzen, und ich bewundere die zarte Seele, die mir behutsam über meinen Schmerz hinweggeholfen hat und mir zeigte, wie leicht es ist zu lieben.«

Er schluckte schwer. »Michaela«, flüsterte er, und seine Stimme brach.

Sie legte die Hände an seine Wangen und sah ihm tief in die

Augen. »Nicht einmal dein Hass ändert etwas daran. Du beugst dich niemandem, mein Liebster. Du lässt dich von niemandem ändern.«

Seine Augen brannten.

»Ich liebe dich, Rein Montegomery. Ich liebe den Mann, der du bist. Ich will mit dir alles teilen, dir Söhne und Töchter und Frieden schenken. Und das alles nicht für das vaterlose Kind, das du warst, sondern für den Mann, den ich letzte Nacht in meinen Armen hielt.«

Sie beugte sich zu ihm, bis ihre Lippen einander fast berührten.

»Ich liebe dich, Rein«, hauchte sie an seinem Mund, und er stöhnte leise und küsste sie. Sein Herz schmerzte, so sehr liebte er sie, und er drückte das Gesicht in ihre rötlichen Locken und atmete tief ihren Duft ein.

Lange Zeit hielt er sie schlicht fest und genoss ihre Liebe und Nähe.

Michaela schloss die Augen und redete sich ein, nicht hören zu müssen, dass auch er sie liebte. Es reichte zu wissen, dass er viel für sie empfand. Und vielleicht sprach er ja eines Tages die Worte aus.

Ganz langsam hob er den Kopf und drückte ihr die Lippen ans Ohr.

»Ich liebe dich, meine *rasha*.«

Sie hielt ihn fest und schloss die Augen.

»Du hast mein Herz an dem Tag erobert, an dem du dein Leben aus Albernheit für einige Küken riskiert hast.«

Sie wich zurück, Tränen in den Augen. »Das war nicht albern. Sie waren noch so klein. Und du hast bis jetzt gewartet, um mir das zu sagen?«

»Ich fürchtete, du könntest jemanden wie mich nie lieben.«

Betroffen schob sie ihn von sich, stand auf und ging rasch zu dem Pferd.

»Michaela!« Was hatte er denn jetzt wieder getan?

»Ich hätte nie das Bett mit dir geteilt, Rein, ohne dich zu lieben. Das musste dir doch klar sein.«

»Das wusste ich nicht.«

»Nennst du mich vielleicht ein lockeres Frauenzimmer?«

Mit drei Schritten war er bei ihr und hielt sie am Arm fest, bevor sie aufsitzen konnte, und drehte sie herum.

Sie lächelte strahlend.

»Michaela!«, rief er frustriert und verwirrt.

»Jetzt ist es später, Rein.«

Rein saß auf Naraka und führte die Stute neben sich her. Dabei zeigte er Michaela die Stadt und die Stelle, an der er von dem Hai angegriffen worden war. Er ritt mit ihr über die Wiesen und machte sie unterwegs mit den Leuten bekannt. Sie gab sich offen und freundlich, und als ihr ein Mann, der seine Hand verloren hatte, den Armstumpf hinhielt, ergriff sie ihn, ohne zu zögern, und Rein war sehr stolz auf sie. In diesem Moment liebte er sie noch mehr.

Rein drückte sie fester an sich und senkte sein Gesicht in die Locken, mit denen der Wind spielte.

»Ist es nicht unbequem für dich, mit mir auf dem Pferd zu sitzen?«, fragte er.

Sie lachte und legte den Kopf zurück, um ihn ansehen zu können. »Ziemlich später Zeitpunkt für diese Frage. Oder willst du wissen, ob ich von dir genug habe?«

»Nein«, erwiderte er lächelnd. »Aber da du es erwähnst ...« Seine Hand glitt tiefer.

Sie lehnte sich an ihn, legte die Hand um seinen Nacken und kam seinem Kuss entgegen. »Von dir habe ich nie genug, mein Liebster«, flüsterte sie.

Sie liebte ihn. Rein staunte auch jetzt noch darüber, während sie zum Haus zurückritten. Doch dann sah er Aurora, und alles

Wohlbehagen löste sich auf. Er saß ab, half Michaela von Naraka herunter und hielt sie noch einen Moment in den Armen.

»Bring es hinter dich, Rein.«

Er band das Pferd an einem Pfosten fest, griff nach Michaelas Hand und ging zu den Verandastufen, auf denen Ran und Aurora nebeneinander standen.

»Ich muss mit euch sprechen – ungestört«, sagte Rein, und die Worte brachten ihn fast um. Aurora betrachtete die beiden und deutete zu Ransoms Arbeitszimmer, öffnete die Tür und ließ sie eintreten. Sie warf Ransom einen Blick zu und zog einen Grashalm aus Michaelas Haar. Ransom lächelte und zuckte mit den Schultern.

Rein wandte sich zu seinen Eltern. Sein Vater setzte sich an den Schreibtisch, seine Mutter lehnte sich an die Tischkante.

Beide warteten.

Michaela drückte Reins Hand und ließ sie wieder los.

»Vor ungefähr drei Jahren fand ich eine Frau, eine Blutsverwandte ... meine Großtante ...«

Aurora holte tief Atem und blickte zu Ransom, doch seine Miene war undurchdringlich. Er sah unverwandt seinen Sohn an, während Rein die Geschichte seiner Suche erzählte und genau schilderte, wie er einen Mann nach dem anderen als leiblichen Vater ausgeschlossen hatte.

»Ich werde nicht fragen, warum du das machst, weil ich es erkenne«, sagte Aurora.

»Ich nicht«, sagte Ransom leise und schmerzlich.

Rein wunschte sich weit weg.

Aurora ging zu ihrem Mann und legte ihm sanft die Hand auf die Schulter. »Rein, dieser Zorn ist in dir gewachsen, seit du ein kleiner Junge warst. Wenn du diesen Mann finden musst, um damit Schluss zu machen, tu es.«

Rein hob den Blick zu Ransom. »Ich mache das nicht, um euch zu kränken. Könnt ihr verstehen, dass ich ihm gegenübertreten muss?«

Ransom stand auf und kam hinter dem Schreibtisch hervor. »Dieser Schuft, der sich nicht um dich gekümmert hat, ist ein größerer Bastard als wir beide zusammen.«

»Das weiß ich.«

»Warum willst du ihn dann finden?«

»Ran«, flehte Aurora.

»Er verdient es nicht, dass du ihn beachtest, Dahrein. Würde ich auf ihn treffen, ich schwöre, ich würde ihn töten, weil er ein Kind auf der Straße ausgesetzt hat, damit es stirbt.«

Die beiden Männer starrten einander an, bis Aurora sich zwischen sie stellte.

»Du willst ihn töten«, erkannte Ransom.

Aurora stöhnte leise. »Nein, Dahrein, daraus würde nur noch größerer Schaden entstehen.«

Rein sah das ermutigende Lächeln seiner Frau. »Noch gestern hätte ich gedacht, dass ich ihn auf der Stelle töten werde, aber jetzt …«

Michaela trat zu ihm, schlang ihm die Arme um die Taille und hielt ihn einfach fest.

Aurora zog Ransom zur Tür. »Geh zu diesem Mann, Dahrein. Bring es hinter dich, aber vergiss nie, was du riskierst.«

Rein drückte seine Frau an sich und sah die Menschen an, die ihn großgezogen hatten.

»Wen du eigentlich suchst«, sagte Aurora sehr leise, »ist der Mann, der du bereits geworden bist, Rein Montegomery. Dieser gesichtslose Erzeuger wird dir diese Freiheit nicht geben.«

Ransom dagegen sah Rein nur stumm an. In seinem Gesicht zeichnete sich Schmerz ab, und in diesem Moment wirkte er älter. Er ließ die breiten Schultern hängen, wandte sich ab und stützte sich auf Aurora.

Rein schämte sich plötzlich und hoffte, die beiden könnten ihm eines Tages verzeihen.

»Ich liebe dich«, flüsterte Michaela, und er schloss die Augen. In der hereinbrechenden Dunkelheit rollte eine Träne über seine Wange.

Kapitel 34

Zwei Kanonenschüsse weckten Michaela. Rein eilte bereits durch den Raum auf den Balkon. In der Hand ein Fernrohr, blieb er am Geländer stehen und suchte den Horizont ab. Erleichtert schob er das Rohr zusammen und drehte sich wieder um.

»Was ist?«, fragte Michaela und hielt sich die Decke vor die nackten Brüste.

»Ein Schiff.«

»Sollten wir uns nicht auf einen Kampf vorbereiten?« Sie deutete auf die Wände, hinter denen Lärm zu hören war.

»Nein.« Er zog die Hose aus und kam zu ihr ins Bett.

»Nein?«

Lächelnd zog er die Decke herunter und entblößte ihre Brüste. »Es ist die *Sentinel*.«

»Temple?«

»Ja«, murmelte er und senkte die Lippen auf ihre Brust.

»Rein! Das bedeutet, dass der Doppelagent entlarvt wurde.«

»Ich weiß.« Mit seinen erregenden Zärtlichkeiten entlockte er ihr ein Stöhnen.

»Bist du denn gar nicht neugierig?«, hauchte sie.

»Nein.« Er widmete sich ihrer anderen Brust und genoss es, dass Michaela schneller atmete. »Wenn ich seinen Namen erfahre, werde ich mir nur noch wünschen, ihm eine Kugel in den Kopf zu jagen, weil er dir wehgetan hat.«

Sie schob ihn von sich und sah ihm in die Augen. »Bist du immer so rachsüchtig?«

»Erst, seit ich mich in dich verliebt habe.«

Lächelnd sank sie auf das Bett zurück. »Diese Ritterlichkeit müssen wir beide noch in die richtigen Bahnen lenken.«

»Lenke lieber mich in die richtigen Bahnen«, verlangte er verwegen und schob sich zwischen ihre Schenkel.

»Wie soll ich bloß mit dir reden, wenn du nur an ein wenig Lust denkst?«

»Ich hatte auf mehr als ein wenig gehofft.«

»Große Erwartungen!«

»Allerdings.« Er schob die Hand zwischen ihre Körper und streichelte Michaela. Sie drückte sich seinen Fingern entgegen und schob rasch die Decke beiseite, um Rein zu führen. Lächelnd vereinigte er sich mit ihr.

»Er schafft es nicht durch die Passage. Wir haben noch genug Zeit, bis er ans Ufer rudert.«

»Wie viel Zeit?«

»Mindestens zwei Stunden.«

»Dann erwartet uns wirklich mehr als nur ein klein wenig Lust.«

Rein zog sich zurück, drang erneut ein und beobachtete die Leidenschaft in ihrem Gesicht. Sein ganzes Leben würde er nicht müde werden, sie anzusehen. »Nichts an meiner Liebe zu dir ist klein, Michaela.«

»Rein«, hauchte sie und schlang die Arme um seinen Nacken. »Ich liebe dich so.«

»Das hoffe ich«, sagte er an ihren Lippen. »Weil ich ohne dich nicht leben kann.«

»Und ich nicht ohne dich.« Sie nahm ihn tiefer auf, und er stützte sich auf die Ellbogen, vergaß die Welt und dachte nicht mehr an den Mann, den er gestern Abend verletzt hatte, sondern verlor sich in dieser Frau und ihrer Lust. Er liebte ihren Körper und schenkte ihr seine Seele. Und als sie aufstöhnte und sich unter ihm verkrampfte, warf er den Kopf in den Nacken und rief ihren Namen.

»Du bist wunderbar«, flüsterte Rein, als Michaela aus dem Bad stieg und den türkischen Umhang um sich schlang.

»Danke, Liebster«, erwiderte sie, während er sie auf den Hals küsste. Das war nicht der ernste Mann, den sie letzte Nacht in den Armen gehalten hatte. Jetzt war er nicht mehr von Bedauern und Reue erfüllt, sondern lächelte so verwegen, dass ihr Herz schneller klopfte.

Soeben hatte sie den Hausmantel angezogen, als Ransom in den Raum stürmte.

»Was habe ich gehört? Jemand wollte deine Frau umbringen?«

»Ransom!« Aurora folgte ihm und packte ihn am Arm. »Du musst endlich lernen anzuklopfen. Die beiden hätten im Bett sein können.«

»Das waren wir auch«, entgegnete Rein lächelnd.

Ransom verschränkte die Arme und kümmerte sich nicht im Geringsten darum, ob er störte. »Nun?«

Michaela wartete nicht, bis Rein etwas erklärte. »Ich bin eine amerikanische Spionin.«

»Nickolas' Schutzengel?«, fragte Ransom gepresst.

»Genau der.«

Ran fasste sich an die Stirn, und Aurora trat zu ihm und legte beruhigend den Arm um ihn.

»Ich wurde gejagt und entführt«, erklärte Michaela, »und euer Sohn hat mich gerettet. Er heiratete mich, um mich zu schützen und meinen Ruf zu retten.«

»Ich habe dich geheiratet«, warf Rein sanft ein, »weil ich ohne dich nicht leben kann.«

Sie lächelte.

»Woher wisst ihr das mit Nickolas' Schutzengel?«, fragte Michaela und sah Ransom forschend an.

»Von Temple«, sagte Ransom. »Diesmal hat er das Schiff ohne einen Kratzer durch die Durchfahrt geführt.«

»Ich bin gleich fertig«, sagte Michaela zu Rein. »Warte auf

mich. Ransom, hinaus!«, verlangte sie, und Aurora schob ihn zur Tür.

»Bekomme ich denn wenigstens Antworten auf meine Fragen?«, erkundigte sich Ransom.

»Ja, Ransom, wenn Michaela angemessen gekleidet ist.«

»Ich bin ihr Schwiegervater. Sie ist schon angemessen genug gekleidet!«, protestierte Ransom, ließ sich aber von Aurora aus dem Zimmer ziehen.

Michaela lachte, zog den Bademantel aus und ging quer durch den Raum zu ihrem Kleid.

Rein pfiff leise und betrachtete ihre schwingenden Hüften.

Sie kleidete sich an und schob Rein weg, als er ihr helfen wollte. Wenn er sich weiterhin um sie kümmerte und sie reizte, würde sie mit ihrer Toilette nie fertig.

Minuten später stiegen sie zusammen die Treppe hinunter. Ran ging unruhig auf und ab, Aurora ließ ihn nicht aus den Augen, und Temple saß neben Viva und sprach leise mit ihr.

Rein erstarrte. »Verschwinde von meiner Schwester!«

Temple sah überrascht hoch.

»Rein«, sagte Michaela und wollte ihn festhalten, doch er löste sich von ihr und ging zu Temple.

»Matthews, ich schwöre, es passiert ein Unglück, wenn du sie auch nur ansiehst.«

»Rein!«, tadelte Aurora.

Er warf ihr einen Blick zu. »Ich würde ihm mein Leben, aber nie meine kleine Schwester anvertrauen.«

»Sie hat nur seinen Verband kontrolliert.«

Erst jetzt bemerkte Rein das Blut an Temples Seite. »Ich bin kaum in der Lage, Schaden anzurichten, Kamerad.«

Rein war nicht ganz überzeugt.

Michaela zog ihn weg. »Sieh mich an«, verlangte sie, als er Temple weiterhin finster anstarrte.

»Dieser Mann führt sich bei Frauen auf wie ein Hai bei blutigem Fisch.«

»Ich weiß. Ich habe ihn im Theater gesehen. Warne ihn später, und erkläre jetzt deinem Vater alles Nötige.« Sie lächelte ermutigend. »Bestimmt wird er Temple ausreichend einschüchtern. Aber Temple ist verletzt. Erlaube wenigstens, dass Viva ihn versorgt.«

Rein nickte und entspannte sich etwas, drückte ihr einen Kuss auf die Stirn und wandte sich an Temple.

»Woher?« Er deutete auf die Wunde.

»Euer Doppelagent«, sagte Temple zu Michaela. »Tut mir Leid, Rein. Es war Christian.«

»Lord Stanhope!« Michaela sank in einen Sessel und schlug die Hände vors Gesicht. Ihr Nachbar, der Freund ihres Vaters! Er hatte Informationen an beide Seiten verkauft! Es war etwas ganz anderes, ob man für eine Sache kämpfte oder beide Seiten gegeneinander ausspielte und damit den Krieg verlängerte.

Rein starrte zu Boden, die Hände in die Hüften gestützt. Michaela litt mit ihm, stand auf und ging zu ihm. Er nahm sie in die Arme und hielt sie fest.

Rein fühlte sich verraten. Vor allem würde er Christian niemals verzeihen, dass er versucht hatte, Michaela zu töten.

»Nickolas' Falle ...«

»Hat er den Mord an dem Priester gestanden?«, unterbrach Rein.

»Nach einem Verhör«, erwiderte Temple.

»Weiß er, dass ich in der Kirche war?«, fragte Michaela.

Temple überlegte. »Er gab nur wenig zu, Michaela, aber er trug die gleichen Stiefel.«

Das reichte als Beweis. Michaela las es in Reins Augen. »Es tut mir Leid, Rein.«

»Ridgely trug die Stiefel, als wir ihn entlarvten. Christian gab zu, dass er sie einem Stallburschen gegeben hatte.«

Rein schüttelte den Kopf. »Und ich vertraute ihm.«

»Nickolas gab mir das für euch, Michaela.« Temple holte ein zusammengefaltetes Pergament aus der Tasche.

»Ihr braucht Ruhe«, sagte Viva und warf ihrem Bruder einen tadelnden Blick zu. Ransom wollte Temple beim Aufstehen helfen, doch er schaffte es aus eigener Kraft und trat zu Rein.

»Ich würde ihr niemals wehtun, Rein.« Er sah zu Viva. »Nie.« Dann wandte er sich an Michaela. »Ich freue mich, dass Ihr mit ihm glücklich seid.« Er beugte sich zu ihr und flüsterte so laut, dass Rein es hörte: »Obwohl ich nicht begreife, was Ihr an ihm findet.«

»Um das zu verstehen, müsstet Ihr eine Frau sein.«

Temple lachte noch, als er von Aurora und Ran hinausgeführt wurde.

»Wenn ich die Kerle auf dieser Insel abwehren kann, Bruder«, sagte Viva zu Rein, »dann auch einen wilden Seemann.«

Rein lächelte. Er hätte es wissen müssen.

Sobald Michaela allein war, betrachtete sie die Nachricht. Das rote Wachssiegel war noch nicht erbrochen. Steif ging sie zu einem Sessel und ließ sich in die Kissen sinken. Ihre Hand bebte leicht, als sie die Locken über die Schulter strich und den Brief hin und her drehte. Plötzlich hatte sie Angst davor, was darin stehen mochte. Ihr Glück wurde bestimmt gestört, wenn Rein ihr auf die Schliche kam.

»Machst du den Brief nicht auf?«, fragte er.

Sie nickte, tat es jedoch nicht. Einerseits wollte sie ihre alte Tätigkeit wieder aufnehmen, doch andererseits wollte sie bleiben, wo sie war. Sie wollte mit ihrem Ehemann zusammen sein, ihn lieben und sich von ihm lieben lassen. Sie wollte für mehr gebraucht werden, als Tee und Brötchen zu servieren. Jetzt war sie verheiratet. Wie konnte sie Nickolas da noch nützen? Rein lebte nicht in England, sondern kam nur zu Besuch hin. Von nun an hatte sie keinen Zugang mehr zu wertvollen Informationen. Doch ihre Rolle war noch nicht beendet, und das konnte sie nicht ignorieren. Wenn sie sich Frieden wünschte, musste sie ihre letzte Mission ausführen. Ein Erfolg ihres Onkels wäre für sie wie ein Scheitern der Revolution gewesen, weil Onkel Atwell ihr schlimmster Feind war.

Sie schob den Daumen unter das Siegel.

Besorgt wartete Rein, während sie das Siegel brach, den Brief entfaltete, ihn überflog und tief einatmete.

»Ich muss nach England, um mit Nickolas zu sprechen.«

»Warum?«

Als sie zögerte, war ihm klar, dass ihm ihre nächsten Worte nicht gefallen würden.

»Die *Victoria* wird mit einer Ladung Gold in See stechen. Sold für die britischen Truppen und neue Waffen. Nickolas weiß nichts davon.«

Er fluchte. Sie hatte Nick eine Nachricht schicken wollen. Bei der Befreiung aus dem Bordell hatte sie verlangt, er solle sie zu Nickolas bringen. »Du behauptest, dass du mir vertraust, Michaela, aber seit wann verschweigst du schon das alles vor mir?«

»Seit dem Abend nach dem Theater.«

»Meinst du nicht, wir hätten mit dieser Information leichter den Mann finden können, der dich töten wollte?«, fragte er scharf.

»Das hatte nichts mit dem Doppelagenten zu tun«, wehrte sie ab. »Und diese Information konnte ich keinem anderen als Nick anvertrauen.«

»Nicht einmal mir?«

Er wollte weggehen. Sie sprang auf und hielt ihn am Arm fest. »Nein, nicht einmal dir. Hör mich an! Rein, die Männer, die in diese Sache verwickelt sind, besitzen mehr Macht als wir alle zusammen. Fünf hochrangige britische Offiziere bereiten einen Angriff auf die *Victoria* vor, um das Gold zu rauben. Sie werden alle an Bord töten, damit es keine Zeugen gibt. Mein Onkel gehört zu ihnen. Deshalb wollte er von dir ein Schiff.«

Er sah sie zornig und enttäuscht an.

»Ich konnte dir nicht vertrauen, solange die Möglichkeit bestand, dass du etwas mit der Sache zu tun hast«, erklärte sie.

»Du wusstest, dass mir die Revolution gleichgültig ist.«

»Du hattest Verbindungen zu beiden Seiten, Rein«, hielt sie ihm vor, »und du besitzt die unglaubliche Fähigkeit, deine Gefühle zu verbergen.« Bis jetzt, dachte sie und erkannte die Wunde, die sie aufgerissen hatte. »Als ich es dir sagen wollte, war es schon zu spät. Wir waren bereits in See gestochen.«

»Wer sind die anderen?«

»Prather, Rathgoode, Winters und noch ein Mann, den ich nicht erkennen konnte. Er ist sehr groß.«

»Und was schlägst du jetzt vor?«, fragte er kühl.

»Man muss sie aufhalten.«

»Warum? Sollen sie doch das Gold nehmen. Dann ist England bankrott und der Krieg ist bald zu Ende.«

»Das Geld ist für die Soldaten bestimmt, für ihre Familien und Kinder. Ich lasse nicht zu, dass Babys das Essen weggenommen wird. Ich möchte auch nicht die Familien im Armenhaus sehen, nur weil mein Onkel mehr als mein Geld haben will.«

Er blickte aus dem Fenster. »Ich informiere Nick an deiner Stelle.«

»Nein. Das ist meine Aufgabe.«

»Jetzt nicht mehr.«

Sie richtete sich hoch auf. »Ich bin Soldat, Rein, ein Teil der Armee. Ich werde mich nicht vor meiner Pflicht drücken. Daher solltest du entweder deinen Vorschlag noch einmal überdenken, oder ... oder ...«

Er warf ihr einen flüchtigen Blick zu. »Oder?«

»Oder ich segle mit dem nächsten Schiff nach Hause.«

»Du bist zu Hause.«

»Nein, das bin ich nicht.«

»Dann empfehle ich dir, dich daran zu gewöhnen. Du wirst nicht nach England zurückkehren, Michaela.« Seine Augen waren so kalt wie die See im Winter. »Niemals.«

Sie forschte in seinem Gesicht. »Was soll das heißen?«

»Deine Tage als Schutzengel sind vorbei. Ich bin dein Ehemann, und wir beide werden auf meiner Plantage auf Madagaskar leben. Die Revolution muss von jetzt an auf dich verzichten.«

Sie verkrampfte die Hände ineinander. »Du triffst eine solche Entscheidung ohne mich?«

»Es geht nur um dein Wohl.«

»Unsinn!«, herrschte sie ihn an. »Es geht um deines!«

Er richtete sich zornig auf.

»Als mein Onkel mich mit Füßen trat, schloss ich mich der Revolution an. Es tat mir gut, den Amerikanern zu helfen, ihre Freiheit zu erringen. Als ich dich heiratete, gab ich das nicht auf. Als ich sagte, dass ich dich liebe, hieß das nicht, dass ich nicht mehr die bin, die ich immer war. Ich kann nicht meine Pflicht verleugnen. Ich muss das zu Ende führen. Ich bin ... wir sind schon zu nahe am Ziel.«

»Du kannst nicht mehr helfen.«

»Du weißt, dass das nicht stimmt.«

»Ich werde dafür sorgen.«

Sie wich zurück. Wollte er sie entlarven? »Ich könnte gevierteilt werden!«

»Dann bleibe da, wo ich es sage.«

»Versuche nicht, mich zu erpressen, Rein Montegomery!«, schäumte sie.

»Du lässt mir keine andere Wahl, Frau. Du wirst gesucht! Denkst du nicht daran, dass du möglicherweise ein Kind in diesen Krieg mitnimmst?«

Entsetzen packte sie, als sie sich an die Gespräche an diesem Morgen und am Vorabend erinnerte. »Ging es letzte Nacht darum? Wolltest du mich schwängern, um mich aufzuhalten?«

Er sah sie wortlos an.

»Tatsächlich?« Sein Schweigen schmerzte sie. »Ich hätte gedacht, wir würden ein Kind aus Liebe in die Welt setzen und nicht als Waffe.«

Er verzog keine Miene, doch in seinem Blick fand sie Bedauern. »Ich liebe dich, und jedes unserer Kinder wird aus Liebe entstehen.«

Sie legte die Hände an seine Arme, Tränen schwangen in ihrer Stimme mit. »Ich liebe dich so sehr, dass sogar der Gedanke an einen Moment ohne dich schmerzt. Aber ich habe zu dir gehalten, Rein. Als du Ran und Aurora deine Pläne gestanden hast, war ich für dich da. Ich verstehe deinen Wunsch, diesen Kerl zu finden, den du Erzeuger nennst. Selbst wenn du ihn töten solltest, würde ich dich lieben.«

»Michaela«, flehte er, »es ist gefährlich, umso mehr, nachdem Christian aufgeflogen ist. Denkst du nicht daran, dass vielleicht noch jemand mit ihm gearbeitet hat?«

»Chandler stellt für mich keine Bedrohung dar.«

»Wie kannst du so sicher sein?«, hielt er ihr vor. »Du könntest erschossen werden, sobald du auch nur einen Fuß auf englischen Boden setzt.«

»Dann bring du mich hin.«

»Nein, ich segle nach Marokko.«

Sie erstarrte. »Wann?«

»Mit der Morgenflut.«

Sie stieß ihn von sich. »Selbst wenn Temple nicht hergekommen wäre, wärst du ohne mich in See gestochen?«

»Ja. Es wäre nicht nötig gewesen, dass du mich begleitest.«

»Ich bin deine Frau! Wohin gehöre ich denn, wenn nicht zu dir?«

»Hierher, wo du in Sicherheit bist.«

»Du begreifst noch immer nicht! So wie du deinen leiblichen Vater finden musst, muss ich diese Angelegenheit beenden.« Sie hob den Brief hoch. »Dazu bin ich verpflichtet!«

»Du bist *mir* verpflichtet!«

»Und wem bist du verpflichtet, Rein? Nur dir selbst? Deinen Wünschen und Zielen?« Die Wahrheit in ihren Vorwürfen traf ihn wie eine Klinge.

»Du wirst diese Insel nicht verlassen«, erklärte er eisern beherrscht.

»Ich muss.«

»Niemand auf Sanctuary wird gegen meinen Willen verstoßen.«

Sie lachte geringschätzig. »Du bildest dir große Stücke auf deinen Ruf ein, Rein.«

Er sah ihr an, dass sie eine Möglichkeit finden würde. »Du verlässt diese Insel nur um den Preis unserer Ehe.«

Sie hielt den Atem an. Konnte er sie tatsächlich so einfach gehen lassen?

»Du hast die Wahl.«

»Du oder die Rebellion? Das ist unfair, Rein. Was würdest du denn sagen, wenn ich dich vor die gleiche Wahl stellte? Dein leiblicher Vater oder ich?«

»Die Revolution wird ohne dich überleben.«

Zornig und verletzt flüsterte sie: »Und du wirst ohne mich überleben?« Sein Gesicht wirkte wie aus Stein gemeißelt, als ihr Tränen über die Wangen liefen. »Bete darum, dass ich nicht dein Kind in mir trage, Rein. Es würde zwar einmal deinen Namen führen, aber du hast dir heute nicht das Recht verdient, sein Vater zu sein!«

Er trat voll Bedauern auf sie zu, doch sie wich ihm aus und floh aus dem Raum. Sie fühlte sich betrogen, weil ihr Mann, der sie liebte und ihren Körper verwöhnte, sie von der Revolution fern halten wollte. Sie ließ sich nicht umstimmen. Jetzt waren sie dem Sieg schon zu nahe. Zwar waren die Nachrichten nur spärlich eingegangen, doch sie war überzeugt, dass sich die Kolonien endgültig von England trennen würden. Deshalb beugte sie sich Reins Willen nicht. Sie raffte die Röcke und lief die Treppe hinauf. Mit jedem Schritt brach ihr Herz mehr. Sie hatte in einer Fantasie gelebt. Rein konnte sie nicht lieben, wenn er auf alles Gemeinsame zwischen ihnen verzichtete und ihr ein Ultimatum stellte. Wenn sie sich seinem Befehl beugte, verriet sie ihre tiefsten Überzeugungen. Und dann hätte sie nicht mit sich selbst und nicht mit ihm leben können, so schmerzlich das für sie auch war.

Sie musste die Angelegenheit zu Ende führen, zurückkehren und mit Nickolas sprechen, selbst wenn sie zu ihm schwimmen musste!

Rein ließ sich in einen Sessel sinken und verbarg das Gesicht in den Händen. Bei der Göttin des Lichts, was hatte er getan? Er rieb sich die Augen. Würde Michaela ihm jemals verzeihen?

Er liebte sie mehr als alles andere. Sie war seine Frau, verdammt! Es war seine Pflicht, sie zu beschützen – sogar vor sich selbst. Die Vorstellung, dass sie nach England zurückkehrte und wieder durch die Straßen streifte, womöglich mit ihrem Onkel oder Winters zusammentraf, ließ ihm vor Angst das Blut in den Adern gefrieren. Sie bezahlte die Rückkehr nach England mit dem Leben, dessen war er sicher. Wenn Chandler wusste, dass sie in jener Kirche gewesen war, würde er sein Wissen für einen Handel zu seinem Vorteil einsetzen. Und dann wurde Michaela auf der Stelle erschossen. Das durfte er nicht riskieren. Und er konnte sie nicht begleiten. Er musste seinen Vater finden und diese Angelegenheit hinter sich bringen, damit er mit Michaela ein neues Leben beginnen konnte.

Sofern es für ihn noch ein Leben gab, wenn er zurückkam.

Das Herz krampfte sich ihm zusammen, und er bekam kaum

noch Luft. Er konnte den tiefen Schmerz in Michaelas Gesicht nicht vergessen. Doch mochte sie jetzt auch verletzt und zornig sein, blieb sie wenigstens am Leben. War sie tot, konnte er sie nicht mehr zurückgewinnen.

Er blickte auf den Brief, der auf dem Fußboden lag, und las:

Die Freiheit ruft. Komm nach Hause.
Großvater

Kapitel 35

In Kniehosen und einem dunklen Hemd kam Michaela die Treppe herunter und zog Handschuhe an, ohne Rein auch nur eines Blickes zu würdigen. Nichts hätte ihn mehr verletzen können, als dass Michaela ihren Schmerz verbarg.

Er streckte die Hand nach ihr aus. Sie wandte ruckartig den Kopf, und nur für einen Moment erkannte er trotz ihres harten Blicks ihre Liebe.

»Wohin willst du?«

Sie riss sich los. »Das geht dich nichts mehr an, Rein.« Damit verließ sie das Haus seines Vaters und sein Leben. Er wollte ihr folgen, stockte jedoch, als sie pfiff. Naraka trabte zu ihr. Das verräterische Tier ließ sich sogar vorne zu Boden sinken, damit sie aufsteigen konnte. Als Rein wieder klar denken konnte, trieb sie das Pferd schon an, dass die Hufe Grasbüschel aus dem Rasen rissen. Seine Kehle war wie zugeschnürt, und er betete, dass er Michaela jetzt nicht zum letzten Mal gesehen hatte.

Aurora hielt ihn fest, als er zum Stall wollte. »Lass sie.«

»Ich kann nicht.«

Sie gab ihn nicht frei, als er sich von ihr lösen wollte. »Warum hast du ihr Herz verletzt, Rein?«

»Sie will in den Krieg ziehen, Mutter«, erklärte er verzweifelt. »Sie riskiert ihr Leben für diese Revolution, ohne an sich zu denken oder an mich oder das Kind, das sie vielleicht schon unter dem Herzen trägt.«

»Und darum willst du sie verstecken, damit du dir um sie keine Sorgen machen musst.« Aurora schüttelte den Kopf. »Du bist ein Narr«, behauptete sie und schlug ihm gegen die Stirn. »Ich habe dir mehr Verstand beigebracht. Denkst du denn,

Frauen hätten keine Ziele und keine starken Gefühle? Hast du vergessen, dass ich neun Jahre lang nach meinem Vater suchte? Dass eine Frau in England herrschte?« Sie sah ihm fragend in die Augen. »Bei den Göttinnen des Windes, der Erde, des Feuers und des Wassers, Rein, hast du das alles vergessen?«

»Natürlich nicht«, murmelte er.

»Wieso begreifst du dann nicht, dass du ihre Überzeugungen erstickst, wie man das mit mir in Schottland tat? Du unterdrückst sie wie England die Kolonien. Wie kannst du erwarten, dass sie nicht ihrem Herzen folgt?«

Sein Gesicht verschloss sich bei der bloßen Erwähnung der Revolution, die ihm seine Frau entriss.

Aurora streichelte mitfühlend seine Wange. »Michaela liebt dich, wie Shaarai das niemals konnte. Sie liebt deine Seele. Doch die Ehe gibt dir kein Recht, über Michaelas Überzeugungen zu bestimmen, und du weißt das. Jetzt hast du sie gezwungen, eine Wahl zu treffen. Du hast verlangt, dass sie aufgibt, was sie drei Jahre lang am Leben gehalten hat. Vor dir hatte sie nichts.« Unendlich traurig fügte sie hinzu: »Und jetzt ist das alles, was ihr geblieben ist.«

»Sie hat mich! Unser Leben und unsere Zukunft.«

»Nicht nach allem, was ich von dir gehört habe.«

Rein stürmte aus dem Haus und lief zum Stall. Minuten später hatte er ein Pferd gesattelt, doch er verfolgte nicht seine Frau, sondern ritt stattdessen zu seinem Schiff. Je schneller er in See stach, desto früher konnte er zurückkommen und versuchen, den Schaden zu beheben.

Michaela glitt aus dem Sattel, sank auf die Knie und schluchzte verzweifelt. Ihr Weinen hallte durch das Tal, in dem sie ihrem Schmerz ungestört freien Lauf lassen konnte. Sie weinte, bis sie keine Tränen mehr hatte. Sie liebte Rein. Was immer er auch gesagt hatte, sie liebte ihn. Die Sonne sank tiefer, doch Michaela rührte sich nicht von der Stelle, an der er sie geliebt und behauptet hatte, seine Seele würde ihr gehören. Das schien Monate und nicht erst Stunden her zu sein.

Es waren die glücklichsten Momente ihres Lebens gewesen, doch nun war alles zerstört. Nie wieder würde sie in Reins Armen liegen und seine Küsse genießen. Sie legte sich ins Gras und strich über die Vertiefung, die ihre Körper hinterlassen hatten, als sie sich dort geliebt hatten.

Durch Reins Liebe war sie wiedergeboren worden.

Doch jetzt starb ihr Herz.

Stunden später betrat Rein das Schlafzimmer und blieb stehen. Michaela war nicht hier. Seine Koffer standen neben der Tür auf dem Boden. Seine Waffen lagen gereinigt und geladen obenauf, und trotz seines Kummers musste er lächeln. Bis er das Medaillon entdeckte. Er nahm es zögernd und legte es um.

Sein Blick wanderte durch den schwach erleuchteten Raum zu Michaelas Kleidern, die auf einem Sessel lagen, und dem Bett, in dem er sie noch an diesem Morgen geliebt hatte. Alles war durch einige harte Worte, Stolz und Überzeugungen zerstört worden. Rein hasste es, dass er Michaela ein Ultimatum gestellt hatte, um sie am Leben zu erhalten. Am liebsten hätte er sämtliche Kolonisten erschossen, um die Rebellion auf der Stelle zu beenden und das Risiko und den Schmerz auszulöschen.

Zwischen den Laken leuchtete etwas Farbiges. Er trat näher heran und zog ein Band hervor, hielt es an die Nase, atmete Michaelas Duft ein und schlang es um sein Handgelenk. Sein Vater kam aus dem Arbeitszimmer, als Rein mit den Koffern die Diele erreichte.

»Ist sie zurück?«, fragte Rein.

Ran blickte nach rechts. Rein drehte sich um. Das Herz stand ihm still. Michaelas Haar fiel offen auf den Rücken. Ihre Augen waren leicht geschwollen.

Er stellte die Koffer auf den Fußboden. »Ich segle mit der Morgendämmerung.«

»Gute Reise.«

Er trat einen Schritt näher.

Sie hob die Hand.

»Michaela«, flüsterte er schmerzlich.

Ein flammender Blick traf ihn. »Geh!«, sagte sie. »Geh, finde deinen Erzeuger und töte ihn, Rein. Er hat mir so viel Kummer bereitet, dass ich mir seinen Tod wünsche!«

Er fing sie ab, als sie zur Treppe lief. Sie wehrte sich so heftig, dass ihr das Haar vors Gesicht fiel, und ihr Seufzen trieb einen Stachel tief in sein Herz. Auch als er sie an sich drückte, kämpfte sie und verwünschte ihn. Er schob die Hand in ihr Haar und zog ihren Kopf zurück. In ihrem Blick fand er Zorn, Schmerz und Liebe.

»Ich will, dass du lebst!«

»Ich muss zu Ende …« Noch bevor sie den Satz ausgesprochen hatte, schüttelte er den Kopf.

»Ich liebe dich, meine *rasha*.«

Sie gab einen erstickten Laut von sich.

»Ich liebe dich!«, wiederholte er heftig. »Und ich komme zurück.«

Er küsste sie und hielt sie fest, als sie sich befreien wollte, küsste sie mit der ganzen Verzweiflung, die ihn gepackt hielt, und mit all der Liebe, die er für sie empfand. Und sie erwiderte stürmisch den Kuss, ehe sie sich losriss und Rein von sich stieß.

Einen Herzschlag lang standen sie sich heftig atmend gegenüber und starrten einander an. Dann lief Michaela die Treppe hinauf, vorbei an Aurora, die soeben herunterkam, und an Viva, die sich an die Wand pressen musste.

Noch lange, nachdem die Tür zugefallen war, blickte Rein den leeren Korridor entlang und hörte Michaela leise weinen. Dann bückte er sich und griff nach den Koffern. Ohne sich noch einmal umzudrehen, verließ er das Haus. Und er fürchtete, dass er bei seiner Rückkehr nichts mehr vorfinden würde.

In der Morgendämmerung stand Michaela auf dem Balkon, während die *Empress* durch den Kanal segelte. Sie sah Rein auf dem Achterdeck. Seine schwarze Kleidung hob sich deutlich von dem weißen Schiff ab. Für sie war es, als würde dort unten ihr Leben entschwinden. Sie hatte überlegt, sich an Bord zu schleichen, doch Rein hätte vielleicht ihre Nähe gespürt, oder er hätte mit ihr gerechnet und das Schiff durchsuchen lassen.

Trotzdem war sie fest entschlossen, diese Insel zu verlassen.

Sie wandte sich ab, kehrte ins Zimmer zurück, sammelte die geliehenen Kleider ein und verstaute sie in einem alten Lederkoffer. Ihre Augen brannten. Nichts war ihr geblieben außer ihrem Kampf für die Freiheit.

So sollte es wohl sein.

Der Mann schüttelte den Kopf, wandte sich ab und achtete nicht weiter auf Michaelas Bitten. Seufzend setzte sie sich auf einen Pflock, um den zahlreiche Taue geschlungen waren. Rein hatte nicht übertrieben. Er hatte jedem Kapitän verboten, sie von der Insel wegzubringen.

Ransom kam zu ihr. Michaela hielt ohne schlechtes Gewissen seinem Blick stand.

»Was machst du hier?«

»Ich versuche, von dieser Insel zu verschwinden.«

»Rein will, dass du bleibst!«

Sie sprang auf. »Rein kann zur Hölle fahren!«

Er verschränkte die Arme. »Er tut das nur zu deinem Besten.«

»Nein, Ransom, er tut das für sich. Es beruhigt ihn zu wissen, dass ich hier festsitze. Er glaubt, ich werde ihm verzeihen, wenn ich nichts weiter zu tun habe, als zu warten. Ich soll mich freuen, wenn er zurückkommt.«

»Soll das heißen, dass du dich nicht freuen wirst?«

Sie blickte auf die See hinaus. Die *Empress* war nur noch ein weißer Fleck am Horizont. »Ich werde mich nicht seinen Wünschen beugen, nur weil er mich wie eine Gefangene halten will.«

»Er liebt dich.«

Das wusste sie, und es drückte schwer auf ihr Herz. »Er hat eine sehr seltsame Art, das zu zeigen«, murmelte sie und legte Ransom die Hand auf den Arm. »Bring mich von der Insel weg, Ransom. Bring mich nach England, damit ich meine Aufgabe beenden und meine Ehe retten kann.«

Ransom wog die Wünsche seines Sohnes gegen ihre Bitten ab. »Nein.«

Sie zog die Hand zurück. »Bringt mich denn niemand nach England?«

»Ich schon.«

Sie wirbelte herum.

Temple ging langsam und lächelnd auf sie zu.

»Ich glaube nicht«, sagte Ransom, »dass Rein seine Frau in Eurer Begleitung sehen will, Matthews.«

»Keine Sorge, Ransom, verheiratete Frauen sind für mich tabu.« Er neigte den Kopf. »Außerdem kann Michaela viel zu gut mit einer Pistole umgehen. Mir hat Rein nichts verboten. Er erwartet sogar, dass die *Sentinel* Euren Zucker nach London schafft.« Er sah auf seine Taschenuhr und sagte zu Michaela: »Wir stechen mit der Flut in See.«

Sie wartete darauf, dass Ransom ihr die Reise verbot.

»Ich bin hier nicht König, Mädchen. Aber wenn du diese Freiheit suchst, denk an die Gefahren.« Damit wandte er sich ab.

»Meinen Dank«, sagte sie zu Temple, freute sich aber bei weitem nicht so, wie sie erwartet hätte.

Er lachte nur. »Sagt mir das, wenn Rein mir dafür das Fell über die Ohren zieht.«

»Ich kann nicht die Kapitänskajüte nehmen.«

Temple stand mit Michaela auf dem Pier. »Es ist für mich kein großes Opfer, Michaela. Sie kann sich nicht mit der auf der *Empress* messen.«

»Trotzdem ist ...«

Er winkte ab.

»Ihr tut, was ich sage, damit sich Euch an Bord niemand nähert, und verlasst nie die Kabine ohne ihn.« Er deutete auf Cabai.

Michaela nickte. »Ich fürchte, dass Rein mir dafür sein Schwert in die Brust jagen und es auch noch genießen wird.«

»Es liegt ihm nichts an mir.«

»O doch, vielleicht sogar viel zu viel.« Temple seufzte. Was hätte er nicht dafür gegeben, eine Frau so zu lieben, dass er für sie sterben wollte. »Ihr habt noch zehn Minuten Zeit. Dann müssen wir in See stechen. Geht an Bord.«

Sie tat einen Schritt und drehte sich um, als sie ihren Namen hörte.

Auroras weißes Kleid leuchtete im Sonnenschein. Viva folgte ihr. Michaela wappnete sich gegen eine Strafpredigt, doch Aurora betrachtete sie voller Mitgefühl.

»Ich beiße dir schon nicht den Kopf ab, Michaela.« Sie lächelte.

»Dein Mann hätte es am liebsten getan.«

Aurora seufzte. »Ransom glaubt, Rein gegen dich verteidigen zu müssen.«

»Du nicht?«

»Ich weiß, was für ein sturer Esel Rein sein kann.«

Michaela lächelte zwar, doch bei der Erwähnung seines Namens traten ihr Tränen in die Augen.

»Ach, Schatz.« Aurora nahm sie fest in die Arme.

»Ich liebe ihn so sehr, Aurora«, flüsterte sie. »Wie konnte er mir das antun?«

»Er ist ein Mann, und Männer können ihre Ängste oft nur zeigen, indem sie uns unterdrücken.«

Michaela nickte, versuchte zu verstehen und wischte die Tränen von den Wangen. Aurora war so weise!

»Nimm das.« Sie drückte Michaela einen schweren Lederbeutel in die Hände. »Darin findest du eine schwarze Phiole. Wenn du kein Kind willst, musst du bald den ganzen Inhalt trinken.«

Rein hatte von einem solchen Elixier gesprochen. »Nein, das kann ich nicht.«

Aurora nickte bloß. »Genuss sollte keinen so hohen Preis haben. Und kein Kind sollte einen Mann an eine Frau binden.« Erst jetzt zeigte sie, dass sie sich über ihren Sohn ärgerte, und Michaela vermutete, dass alle im Haus den Streit belauscht hatten. Oder war Aurora nur unglaublich einfühlsam?

»Wenn du wissen willst, ob du schwanger bist, kann ich dir das sagen«, warf Viva ein.

»Wie bitte?«

Aurora lachte über ihr Erstaunen. »Viva fühlt neues Leben, Michaela. So war das bei allen ihren Geschwistern, die nach ihr kamen.«

Unbewusst legte Michaela die Hand auf den Leib. »Ich möchte es lieber nicht wissen.«

Viva zuckte unbekümmert die Schultern. »Das hier ist mein Hochzeitsgeschenk für dich.« Sie legte ein Stoffbündel auf den Ledersack. »Ein neues Kleid, das ich geändert habe.«

»Danke«, sagte Michaela gerührt.

»Vergiss deine Begleiterin nicht.« Viva drehte sich um. Rahjin jagte den Hang herunter, dass die Leute nach allen Seiten auswichen.

Michaela lächelte.

»Sie wird dich beschützen.« Viva streichelte die Pantherin. »Nicht wahr, mein Mädchen?« Die Wildkatze leckte ihr über die Wange und stellte sich neben Michaela.

Sie sahen einander an.

Temple rief nach Michaela.

»In dem Sack ist auch etwas Geld.« Als Michaela das Geschenk zurückgeben wollte, schüttelte Aurora den Kopf. »Nein, du wirst es für Kutschen und Ähnliches brauchen. Es ist nicht viel.«

Temple rief noch einmal, und Viva umarmte Michaela und flüsterte ihr zu, dass alles gut werden würde, wenn sie nur genug Kraft für die bevorstehenden Prüfungen fand. Aurora strich ihr die Haare aus der Stirn.

»Wir sind froh, dass du zu unserer Familie gehörst, Michaela, was immer auch geschehen mag.«

Gerührt umarmte Michaela ihre Schwiegermutter, wandte sich ab und ging mit Rahjin im Gefolge den Landungssteg hinauf. Männer holten den Steg ein, und Michaela stand an Deck, während das Schiff ablegte.

Aurora winkte. »Ist sie schwanger?«

Viva lächelte. »Ja.«

Kapitel 36

Er suchte nach einem Halt wie der halb nackte Junge, der durch die Straßen lief und nach seiner Mutter suchte. Er zupfte an der Kleidung von Fremden, ließ einige Geldtaschen mitgehen und griff … und griff … und konnte nichts festhalten. Alles glitt ihm wie Sand durch die Finger, während ihn der Schmerz tiefer in den dunklen Abgrund zog.

Freiheit … Er bewegte sich und fühlte Pein, krümmte sich und schrie, ohne zu begreifen, dass er seine eigene Stimme hörte. Der Sog trug ihn mit sich, weg von dem Schmerz und weg von ihr …

Frieden fand er nur darin, dass sie in Sicherheit war, weit weg von dem allen hier, und ihn nicht so erniedrigt sah. Für eine letzte Berührung und ein letztes Lächeln von ihr hätte er sein Leben hingegeben. Er hätte sogar auf seinen Stolz verzichtet, hätte er wiederfinden können, was er mit schroffen Worten und harten Forderungen zerstört hatte. Was bin ich doch zu einem abscheulichen Wesen geworden, dachte er und ließ sich in den Abgrund sinken. Viel zu spät hatte er erkannt, dass er ohne sie gar nichts war.

Michaela schwankte zwischen Entschlossenheit, Zorn und Schmerz. Wenn sie sich auf einen Plan konzentrierte, wie sie unbemerkt nach England zurückkehren und zu Nickolas gelangen konnte, wanderten ihre Gedanken stets zu Rein. Sein Bild brachte Liebe und Kummer mit sich, und erneut setzten Bedauern und Schmerz ein. Was ist bloß aus mir geworden?, dachte sie.

Es klopfte. Michaela wischte sich über die Wangen und antwortete. Sie rechnete mit Cabai und sah zu ihrer Überraschung Temple. Er kam herein und nahm den Dreispitz vom Kopf. Seit Tagen hatte sie ihn nicht gesehen, weil sie niemandem ihre Stimmung zumuten wollte.

»Wir nähern uns Marokko.«

Sie holte tief Atem, stand vom Bett auf und blickte aus dem Fenster. Rein war dort auf seiner Suche unterwegs. »Ihr braucht meinetwegen die Fahrt nicht zu unterbrechen. Wünschte mein Gemahl meine Gesellschaft, hätte er danach verlangt.«

Temple hörte den Schmerz in ihrer Stimme und überbrachte ihr nur ungern eine schlechte Nachricht. »Die *Empress* liegt im Hafen. Unter Bewachung.«

Leichenblass sank sie auf die Bank. »Was ist geschehen?«

Man sah ihm an, dass er keine Ahnung hatte. »Die Mannschaft hält sich an Bord auf, und auf dem Pier lagern Soldaten.«

»Also dürfen sie nicht an Land. Habt Ihr Rein gesehen?«

»Nein, und ich war zweimal im Ausguck.« Er streichelte Rahjin, die schnurrend um seine Beine strich.

Michaela erhob sich. »Wie lange würden wir bis in den Hafen brauchen?«

»Vielleicht vier Stunden.«

»Ihr hattet ohnedies vor einzulaufen.« Sie wären sonst der Küste nicht so nahe gewesen.

»Ich dachte, wenn Ihr vielleicht ... wenn ihr miteinander ...« Er wich ihrem Blick aus.

»Temple, in Eurer Brust schlägt das Herz eines Romantikers!«

Er lächelte verwegen. »Verratet es nicht. Ich würde alles abstreiten. Schließlich muss ich meinen Ruf wahren.«

»Nach allem, was ich gehört habe, könnt Ihr auf Euren Ruf nicht stolz sein.«

»Was meint Ihr, was wir machen sollen?«

»Ihr fragt *mich*?«, erkundigte sie sich erstaunt. »Ihr habt hier einst gelebt.«

»Als Kind, aber ...«

Er verschränkte die Arme. »Sind dem Schutzengel die Ideen ausgegangen?«

Die herausfordernden Worte trafen ihr Ziel. »Legt am östlichen Ende des Hafens an, weit weg von der *Empress*. Niemand soll das Schwesterschiff erkennen.« Sie trat zu Vivas Bündel und öffnete es. »Haben wir Marokkaner an Bord?«

»Zwei, glaube ich.«

»Gut. Sagt ihnen, was wir wissen, und schickt sie an Land, damit sie sich umhören.«

Temple lächelte. Während sie in der Kabine die Pistolen bereitlegte und ihre Sachen zusammensuchte, sah er förmlich, wie hinter ihrer Stirn ein Plan entstand.

Michaela fasste in den Sack, den Aurora ihr gegeben hatte. Schon vor Tagen hatte sie die schwarze Phiole aus dem Fenster geworfen, Kamm, Bürste und Toilettenartikel benützt, die Beutel mit Kräutern und das Geld jedoch nicht angefasst. Bis jetzt. Vielleicht war da genug ... Sie hielt den Atem an, als in ihre Handfläche schimmernde Goldsovereigns und funkelnde Edelsteine glitten. »Ach, und das soll nicht viel sein«, murmelte sic. Was hielt diese Frau denn für ein Vermögen? »Gebt das den Marokkanern.« Sie warf Temple eine Münze zu. Er fing sie in der Luft auf. »Mietet eine Kutsche, eine feine«, fuhr sie fort und holte das Kleid aus dem Sack. Ach, Viva, dachte sie. Nie zuvor hatte sie etwas so Kostbares gesehen, schwarze Moiréseide, bestickt mit Silberfäden und Zierperlen.

»Was plant Ihr?«

»Man darf die britischen Wachen nicht unterschätzen. Sie führen ihre Befehle aus. Wir müssen herausfinden, wer diese Befehle erteilt hat. Dass der Zugang zum Schiff bewacht wird, bedeutet, dass man Rein fassen will, wenn er an Bord geht. Oder sie haben ihn schon und wollen nicht, dass ihm jemand zu Hilfe kommt.«

»Warum ist er hier?«

Das war kein Geheimnis mehr. Temple hatte bestimmt den Streit gehört. Daher erklärte sie es ihm.

»Glaubt Ihr, sein leiblicher Vater könnte dahinterstecken?«

»Das halte ich für sicher.« Der Mann hatte bereits versucht, Rein zu schaden. Das war einer der Gründe, warum sie diesen Kerl entlarvt und bestraft sehen wollte.

»Und wenn wir herausgefunden haben, was vor sich geht?«

»Dann werde ich mein Gewicht in die Waagschale werfen.«

Er ließ den Blick über sie wandern. »Viel ist da nicht zu werfen.«

»Ich bin die letzte lebende Verwandte von Brigadier General Denton«, erwiderte sie verschlagen lächelnd. Er wollte sich lachend abwenden. »Ach, Temple.«

Als er sich noch einmal umdrehte, strich sie das schwarze Kleid glatt. »Ma'am?«

»Wie gut seid Ihr in Fälschungen?«

»Was soll ich fälschen?«

»Das Siegel des Earl of Stanhope.«

Die elegante schwarze Kutsche entfernte sich vom Kai. Die Straße verlief zum Glück entlang der Mole, an der die Schiffe lagen. Daher brauchte Michaela sich nicht auf dem Pier zu zeigen. Sie klopfte gegen das Dach, sah Temple und Cabai an, und als die Kutsche hielt, wartete sie ungeduldig darauf, dass der Lakai die Tür öffnete.

»Seid vorsichtig.« Temple veränderte seine Haltung, um aus dem Fenster zielen zu können.

Michaela nickte, verließ das Gefährt, drehte sich noch einmal um und winkte. Rahjin glitt aus der Kutsche und drückte sich an sie. Die Pantherin trug ein Halsband und ging brav an der Leine. »Benimm dich«, raunte Michaela ihr zu, »und ich gebe dir vielleicht einen englischen Fuß zum Knabbern.«

Aus der Kutsche drang leises Lachen. Michaela ging auf den kurzen Landungssteg zu. Sofort kreuzten zwei Wachen die Gewehre, um sie am Zutritt zu hindern.

»Was bedeutet das?«

»Niemand darf an Bord.«

»Das sehe ich. Wieso?«

»Befehl von Colonel Kipler.«

Kipler, dachte Michaela. Sie kannte ihn. Als Kind hatte sie ihn ein paar Mal gesehen. War er Reins leiblicher Vater?

»Ich möchte mit dem Kapitän des Schiffes sprechen.«

»Nein, Miss.«

Rahjin knurrte. Der Soldat riss die Augen auf und wich zurück. »Soll ich mich an Eure Vorgesetzten wenden? Wo ist Euer Sergeant Major? Euer Lieutenant?«

Die jungen Männer nahmen Haltung an. Rahjin stellte die Haare auf und fletschte die Zähne. Die Männer wichen weiter zurück. Ein Wächter stieß den anderen an und deutete mit einem Kopfnicken zum Schiff. Michaela wartete scheinbar endlos darauf, ein vertrautes Gesicht zu sehen. Als Leelan auftauchte, verlor sie beinahe das Gleichgewicht und wäre um ein Haar ins Hafenbecken gefallen.

Er kam den Landungssteg herunter und blieb vor ihr stehen. »Madame.«

Sie gab ihm einen Wink, sich mit ihr zu entfernen. »Wo ist er?«

»Weiß nicht.«

Er war alles andere als freundlich.

»Ich bin hier, um zu helfen«, raunte Michaela.

»Ihr habt schon genug getan. Solltet Ihr nicht in Sanctuary sein?«

Sie packte ihn am Arm und zischte ihm in der Dunkelheit zu: »Er ist mein Ehemann, und was sich zwischen uns abspielt, geht nur uns etwas an, ist das klar? Er sitzt offenbar in dieser hübschen Stadt fest, und ich werde ihn von hier wegbringen. Ihr führt die *Empress* nach England.«

»Wie bitte?«, fragte Leelan ungläubig.

»Versucht, in See zu stechen. Ich möchte, dass wenigstens eines seiner Schiffe heil davonkommt.«

Leelan verschränkte die Arme. »Ich lasse ihn nicht zurück.«

»Ich auch nicht.« Rahjin strich um Michaela herum und fauchte abwechselnd die Wachen und Leelan an. »Und macht Euch auf einige Kugeln gefasst. Es wird bestimmt kein Kinderspiel sein, ihn da herauszuholen, wo er jetzt ist.«

Sie wirbelte herum und ging zwischen den Wachen hindurch, wobei sie die Waffen achtlos beiseite schob. Rahjin folgte ihr, als sie in die Kutsche stieg und die Tür schloss. Ein Wachsoldat schickte Leelan wieder aufs Schiff zurück, doch Leelan blickte der eleganten Kutsche nach. Mit dem schwarzen Dreispitz und dem schönen Kleid hatte Michaela völlig verändert ausgesehen. Er erkannte die von Viva gestickten keltischen Symbole an Hals und Ärmeln. Leelan lächelte. Sie war ein Hausdrache, aber sie hatte Recht. Was sich zwischen Rein und ihr abspielte, ging ihn nichts an.

Er würde die *Empress* vorbereiten.

Viel konnten die zwölf Soldaten nicht unternehmen, bis das Schiff offenes Gewässer erreichte. Und da es keine Nachricht von Rein gab und niemand wusste, wo er war und was geschehen war, hing Leelan hier nur fest. Das Schiff war entwaffnet worden, abgesehen von den Kanonen, aber ohne Zündschnüre waren sie wertlos.

Der Wächter stieß ihm mit dem Lauf in den Rücken. Leelan

wirbelte herum und packte das Gewehr. »Lass das, Kleiner!« Dann ließ er die Waffe los und kehrte an Bord zurück.

Jetzt kam alles auf Michaela an.

Die Kutsche hielt, doch Michaela blickte nur aus dem Fenster. »Das sind unsere Männer. Öffnet die Tür.« Temple gehorchte und winkte, und zwei dunkelhäutige Matrosen stiegen ein und warfen einen ängstlichen Blick auf die Pantherin.

»Wir haben nur sehr wenig Zeit, Gentlemen«, sagte Michaela energisch. »Habt Ihr mit dem Geld etwas erreicht?«

»Die Informationen sind ungenau. Die Diener haben Angst. Aber einer, der die Soldaten mit Essen versorgt, sagte, dass er ein kärgliches Essen in den Keller des Hauptquartiers bringen musste.«

»Nicht in die Zellen bei der Kaserne?«

Der Mann schüttelte den Kopf. Michaela biss sich auf die Unterlippe. Verdammt, mit Lügen hätte sie sich Zutritt zur Kaserne verschaffen und sogar einen Blick in die Zellen werfen können, aber das Hauptquartier! Das Haus des Kommandanten. Als sie Kipler, damals noch ein junger Captain, in ihrer Jugend kennen gelernt hatte, war er ein ziemlich gewissenhafter Mann gewesen, der sich peinlich genau an alle Vorschriften gehalten hatte. Hoffentlich war er nach so vielen Jahren weniger streng. Warum war Rein im Hauptquartier und nicht im Gefängnis?

Vielleicht sollte niemand wissen, dass es einen Gefangenen gab …

Michaela richtete den Blick auf den Marokkaner. »Habt Ihr herausgefunden, warum der Mann gefangen gehalten wird?«

Der Matrose schüttelte den Kopf und nahm die schwarze Mütze ab. »Madame, man kommt nicht ins Haus des Kommandanten hinein. Es wird schwer bewacht.«

Sie sah die vier Männer der Reihe nach an. »Bezieht Posten

auf dem Kutschkasten. Seid Ihr bewaffnet?« Sie nickten. »Ausgezeichnet. Wir fahren zum Haus des Kommandanten.«

»Michaela!«, protestierte Temple.

»Nein, widersprecht mir nicht, Temple. Mir sind britische Offiziere so vertraut wie Euch die See und gefallene Mädchen.«

Darüber musst er zwar lächeln, wurde jedoch auch verlegen.

»Ich komme hinein, weiß im Moment allerdings noch nicht, wie ich wieder herauskomme.«

»Gütiger Himmel, Ihr wollt Euch in die Höhle des Löwen wagen, ohne einen Fluchtplan zu haben?«

»Er wird mich nicht anrühren, Temple. Vertraut mir. Er ist ein Stiefellecker«, schwindelte sie, weil sie zu Rein gelangen musste. Und sie wurde das Gefühl nicht los, dass höchste Eile angebracht war.

»Wie wollt Ihr erklären, woher Ihr wisst, dass er überhaupt dort ist?«

Sie winkte ab. »Mir fällt schon etwas ein. Falls er nicht gefangen ist, brauchen wir uns nicht zu sorgen. Eine einfache Nachfrage kann nicht schaden. Schließlich weiß niemand, dass Rein und ich verheiratet sind.« Sollte Kipler tatsächlich Reins Vater sein, war dies eine unfreundliche Art, seine Zuneigung zu dem erst jetzt aufgetauchten Erben zu zeigen.

Auf ihren Wink verließen die beiden Marokkaner die Kutsche, die schwankte, als sie hinten aufstiegen. Michaela nickte Temple zu. Er klopfte gegen das Dach.

Rahjin knurrte, weil sie die Aufregung spürte, und Michaela klopfte neben sich auf die Bank. Die Katze sprang hoch, legte sich, drückte die Schnauze an Michaelas Arm und ließ sich streicheln.

Temple beugte sich dicht zu der schwarzen Pantherin. »Ich bin eifersüchtig, meine Süße. Ich dachte nämlich, dass du mich am liebsten hast.« Er bot ihr die Wange an.

Rahjin rollte sich wie ein Hund herum und ließ sich von ihrer Herrin den Bauch kraulen.

»Wankelmütige Frauen«, murmelte Temple.

Michaela hörte nicht hin, sondern blickte in die Nacht hinaus und überlegte sich einen Plan.

»Kipler ist ein Bastard ersten Ranges, Michaela«, sagte Temple. »Man weiß, dass er seine eigenen Leute aus disziplinären Gründen auspeitschen lässt.«

Michaela zog sich der Magen zusammen, doch sie half Rein nicht, wenn sie Angst bekam. »Wir müssen Rein finden.«

Die Kutsche hielt. Michaela warf einen Blick auf das Haus des Kommandanten, eine von Mauern umgebene Villa mit zahlreichen Wachen.

»Erforscht mit einem Eurer Männer das Grundstück. Vielleicht findet Ihr einen Hintereingang. Irgendwo muss es ein Tor für Kutschen geben«, sagte sie zu Temple, überprüfte ihre Pistole und schob sie in die Tasche, holte ein Messer aus der Handtasche und verbarg sie zwischen den Brüsten im Mieder. Temple lächelte, und sie warf ihm einen tadelnden Blick zu, ehe sie Cabai die zweite Pistole reichte. Er steckte sie neben seinem Säbel in den Hosenbund.

Michaela rückte das Kleid über dem Busen zurecht, ohne sich an Temples leisem Lachen zu stören, zog den feinen Schleier vors Gesicht und stieg aus. Rahjin und Cabai folgten ihr.

Jetzt betete sie darum, dass es ihr gelang, das genaue Gegenteil der unscheinbaren Frau darzustellen, die sie drei Jahre lang gespielt hatte.

Ein schlanker junger Mann mit Turban eilte in den Raum.

»Ich sagte dir doch, dass ich nicht gestört werden will, Halim«, sagte Kipler scharf und unterbrach seine Mahlzeit.

»Ihr habt Besuch, Sir.« Der Boy blickte immer wieder hinter sich.

Nervöser Kerl, dachte Kipler. »Wer ist es?«

»Eine Frau. Eine Engländerin, Sir.«

Katherine, dachte Kipler, stand auf und griff nach seinem Rock. »Lass mir einen Moment Zeit. Dann führst du sie herein.«

Er zog die Uniformjacke zurecht, strich sich über das grau werdende Haar und überprüfte den langen Schnurrbart. Er drehte sich um, als Halim wieder eintrat und die Doppeltüren aufstieß.

Francis Kipler war verblüfft, als eine Frau in schwarzer Seide elegant in den Raum schwebte. Beim Anblick der schwarzen Pantherin, die ihr auf den Fersen folgte, wich er zurück, und er riss die Augen auf, als sich ein riesenhafter Araber hinter der Frau aufstellte.

Sie knickste. Ihr Gesicht blieb hinter einem Spitzenschleier verborgen, der über ihren schwarzen Dreispitz gelegt war. Die Enden waren unter ihrem Kinn verknotet und fielen über die nackten Schultern nach hinten. Das Kleid gab einen Blick auf ihren Busen frei. Zarte Haut und üppig. Eindeutig nicht Katherine, dachte Kipler. Sie sagte nichts, sondern deutete mit einem Kopfnicken auf Halim. Kipler schickte den Boy weg. Erst als sich die Türen schlossen, wandte die Frau sich ihm zu und hob die Hand.

»Madame«, sagte er, trat näher, ergriff die Hand und hauchte einen Kuss auf den Handschuh. Ihr Schweigen war faszinierend. Er konnte es kaum erwarten, ihre Stimme zu hören. »Light Regiment Commander Francis Kipler, zu Euren Diensten.«

»Das freut mich«, erwiderte sie, und der heisere Klang ihrer Stimme streichelte ihn förmlich. »Ich entschuldige mich dafür, Eure Mahlzeit zu stören.« Sie zog die Hand zurück und deutete auf den Tisch.

»Verschwendet daran keinen Gedanken. Möchtet Ihr mir beim Essen Gesellschaft leisten?« Als sie den Kopf schüttelte, fing er den Duft ihres Parfüms auf. Würzig, exotisch. Noch nie war er von einer Frau so bezaubert gewesen. »Wie kann ich Euch dienen, Mistress?«

»Ich bin Miss, Sir, und ich werde Euch nicht lange aufhalten, Kommandant. Ich komme wegen meines Onkels zu Euch«, sagte sie und zog langsam den Schleier weg. Kipler sah so interessiert zu, wie die Spitze über ihre Haut glitt, dass er kaum die schwarze Pantherin bemerkte, die sich zwischen sie beide schob. Er blickte nach unten und zuckte zurück. Die Frau beugte sich zu dem Tier und flüsterte etwas auf Hindi. Daraufhin legte sich die Raubkatze neben ihr auf den Boden und richtete die grünen Augen auf ihn. Das Biest machte ihn nervös.

»Wegen Eures Onkels?«

»Ja, und wegen meines Vaters.« Sorgfältig schlug sie den Schleier zurück.

»Sind wir uns schon einmal begegnet?«

»Vor Jahren«, sagte sie so leise, dass er sich zu ihr beugen musste, um sie verstehen zu können, und schenkte ihm einen Augenaufschlag. Er holte tief Atem. Diese grünbraunen Augen fand er unschuldig wie die eines Kindes.

Doch nichts an dieser Frau war kindlich.

»Ich bin Brigadier Atwell Dentons Nichte und Right General Dentons Tochter. Und die einzige Erbin, Sir.«

Er war sichtlich beeindruckt und straffte sich.

»Und ich wünsche Euren Gefangenen zu sehen.«

Sein Gesicht wurde völlig ausdruckslos. »Ich habe keinen Gefangenen.«

Sie ging um die Pantherin herum und trat nahe zu ihm, legte den Kopf zurück und bot ihm den schlanken Hals und den Ansatz ihres Busens dar. »Ich wurde geschickt, um ihn zur Verhandlung nach England zu bringen. Er steht im Verdacht, Verbrechen gegen die Krone begangen zu haben, wie Ihr wisst.«

»Nein, das weiß ich nicht.«

Sie legte ihm die Hand auf den Arm, und als ihr Kleid seine Stiefel streifte, wuchs seine Erregung. »Es hat mit diesem Schutzengel zu tun, soweit ich informiert bin«, raunte sie ihm zu und strich über seinen Arm.

»Weshalb sollte man ausgerechnet Euch schicken?«

»Diskretion. Er ist ein mächtiger Mann, müsst Ihr wissen, mit vielen Freunden an sehr hohen Stellen.«

»Das Halbblut verdient es, da unten zu verrotten.«

»Was hat der Kerl denn getan? Nicht, dass es weiter von Bedeutung wäre.«

Kipler räusperte sich. »Das ist eine private Angelegenheit.«

»Verzeiht meine Aufdringlichkeit, Mylord.«

»Brigadier Denton schickt Euch?«

»Nun, nicht direkt.«

Er runzelte die Stirn.

»Mein Auftraggeber wünscht, ungenannt zu bleiben«, fuhr sie fort, »aber wenn Ihr an mir zweifelt ...« Sie griff in ihr Handtäschchen und holte ein zusammengefaltetes Pergament mit dem Stanhope-Siegel heraus.

In Kiplers Augen blitzte es auf.

»Man hat mich in höchster Eile zu Euch geschickt, Kommandant. Ich besitze die Autorität, ihn mitzunehmen. Mir steht ein Schiff zur Verfügung, das sofort nach London segeln wird. In dieser chaotischen Zeit legt Seine Majestät größten Wert darauf, dass die Gerechtigkeit so schnell wie möglich siegt. Die Amerikaner denken schließlich, sie könnten ihr eigenes Land haben«, sagte sie bitter, und er stimmte ihr zu. »Er soll gehängt werden, aber andererseits ...« Sie senkte die Stimme und beugte sich zu ihm, bis ihre Brüste seinen Arm berührten. »Sogar der König muss in der heutigen Zeit auf eine Gerichtsverhandlung Wert legen.«

»Ich kann das absolut nicht zulassen.«

»Francis ... darf ich Euch so nennen?«, fragte sie in einem Ton, der ihn zum Wahnsinn trieb.

Kipler nickte.

»Vielleicht ist er ja gar nicht transportfähig. Lasst mich wenigstens einen Blick auf ihn werfen, damit wir das gemeinsam entscheiden können. Seid Ihr damit einverstanden?«

Er war unentschlossen und ließ den Blick über ihr Gesicht wandern.

»Vielleicht ist ohnedies alles überflüssig. Sollte er dem Tod schon nahe sein, brauche ich meine Pläne nicht weiter zu verfolgen. Dann könnte ich bleiben und mir von Euch die Stadt zeigen lassen.«

Er lächelte unter dem Schnurrbart.

Sie reichte ihm das versiegelte Dokument. »Man möchte doch den Monarchen nicht verärgern, Sir. Glaubt mir, Georgie ... äh, Seine Majestät ist ziemlich ungehalten, weil der Schutzengel noch immer frei ist. Zu viel Aufregung wäre für England das Schlimmste.«

Er betrachtete das Siegel und dann sie. Diesen Brief konnte er nicht ignorieren. Kipler warf ihn auf den Tisch. »Hier entlang, Miss Denton.«

»Michaela, bitte.« Sie verdeckte ihr Gesicht mit dem Schleier und folgte ihm aus dem Raum und durch mehrere Korridore. Die Wachen nahmen Haltung an, wenn er vorbeiging. Vor einer kurzen, schmalen Treppe, die nach unten führte, blieb er stehen.

»Der Bastard ist da drinnen.« Er deutete auf die Tür.

»Ihr begleitet mich nicht?«

Angewidert blickte er an ihr vorbei zur Tür. »Nein. Schützt die Tochter des Generals«, befahl er seinen Männern und wandte sich noch einmal an Michaela. »Nachdem Ihr ...« Er deutete zum Keller. »Leistet mir am Morgen Gesellschaft beim Frühstück.«

Sie lächelte verführerisch. »Auf diese Einladung habe ich gewartet, Francis.«

Er errötete wie ein Schuljunge und wandte sich ab.

Michaela sah ihm nach, ehe sie die Treppe hinunterstieg und vor der Tür stehen blieb.

»Das ist ein wilder Kerl, Missy«, warnte der Wächter, als sie ihm ein Zeichen gab, die Tür aufzuschließen. »Bleibt lieber zurück.«

»Ich versichere Euch, Corporal, dass ich auf mich aufpassen kann.« Sie streichelte Rahjin, und der Mann riss die Augen auf.

Er öffnete die Tür.

Gestank schlug ihr entgegen. Michaela schluckte und zwang sich, den Lagerraum zu betreten. Allmächtiger!

Rein war wie ein Tier angekettet. Ihre Augen brannten, ihre Knie zitterten. Getrocknetes Blut bedeckte seine Kleidung, und sein Gesicht war unkenntlich. Michaela trat einen Schritt näher. Sie hörte keinen Atem.

»Nehmt ihm die Ketten ab!« Die Wachen folgten rasch ihrem Befehl, und Michaela dankte dem Himmel, dass niemand ihr Gesicht sah, als sie Cabai einen Wink gab. »Sei vorsichtig«, hauchte sie. Cabai hob Rein wie ein Kind hoch. Sein Kopf rollte hin und her. Michaela stöhnte leise und widerstand dem Wunsch, sein Haar und sein geschwollenes Gesicht zu streicheln. Vorsichtig hob Cabai ihn höher, und Michaela wankte. Reins Rücken blutete.

Rahjin umkreiste fauchend ihre Beine und die Soldaten.

»Rasch.« Sie mussten von hier verschwinden, bevor Kipler das Siegel zerbrach. Michaela ging voraus. Rahjin bildete den Schluss und schnappte fauchend nach den Männern, die besorgt zurückwichen und die Waffen anlegten.

»Nein!«, wehrte Michaela ab. »Rahjin!« Die Pantherin kam zu ihr und knurrte so wild, dass sogar Michaela eine Gänsehaut bekam. »Öffnet die Tür.«

Die Männer sahen sie stumm an.

»Öffnet die Tür!« Mit einer raschen Bewegung zog sie ihre Pistole hervor und hielt sie einem Soldaten gegen den Kopf.

»Ich bin die Tochter eines Generals. Glaubt Ihr, ich kann nicht damit umgehen?«

»Mach es, Benny. Kipler hat es gesagt.«

Der Soldat eilte zur Tür, holte einen Schlüsselring hervor und schloss auf. Frische trockene Luft wehte ihnen entgegen. Rein stöhnte. Michaela ging rasch, aber nicht zu auffällig an den Männern vorbei. Sie konnte niemanden zu Hilfe rufen, solange sie sich auf dem Grundstück befanden. Nur mit Mühe hielt sie sich zurück, während die beiden Wächter am Tor nur langsam öffneten. Als sie auf die staubige Straße hinaustrat, hörte sie Rufe. Das Siegel!

Michaela stieß einen scharfen Pfiff aus und ging schneller. Cabai bemühte sich, Rein möglichst ruhig zu tragen. Michaela betete, dass er noch lebte.

Sie raffte die Röcke und lief. Die Kutsche bog um die Ecke und hielt. Die Tür flog auf. Temple sprang auf die Straße und gab ihnen Deckung.

»Rasch, er hat die Nachricht gelesen!«

Temple warf einen Blick auf Rein. »Um Himmels willen!«

Cabai brachte sich mit Rein in der Kutsche in Sicherheit, als die Soldaten das Feuer eröffneten. Michaela und Temple schossen zurück und warfen sich in die Kutsche. Die vier Pferde des Gespanns zogen an und jagten die Straße zum Meer entlang.

»Warum haben sie ihm das angetan?«

»Ich weiß es nicht. O Gott«, stöhnte Michaela, wagte nicht, Reins blutiges Gesicht zu berühren, und ballte die Hand zur Faust. »Ich bringe den Feigling eigenhändig um, das schwöre ich.« Schüsse krachten durch die Nacht. Eine Kugel traf die Tür der Kutsche.

Rein bewegte sich matt, öffnete die Augen und blickte glasig zu Michaela hoch.

»Du bist in Sicherheit, Liebster, in Sicherheit.«

Sie zog den Schleier weg und nahm den Dreispitz ab.

»Micha …«, flüsterte er, als er sie erkannte.

»Ja, Rein, ich bin hier. Keine Angst«, schluchzte sie und hinderte ihn am Sprechen. »Nein, sag nichts. Schone deine Kräfte.«

Ein Ruck lief durch die Kutsche. Rein schrie vor Schmerz auf, und Michaela glaubte zu sterben. »Sie sollen schneller laufen, Temple! Sie sollen laufen!«

»Das tun sie, Michaela!« Temple lud die Waffen nach. »Die *Empress* ist in See gestochen.«

»Dem Himmel sei Dank!« Die Mannschaft wärc sonst verhaftet und das Schiff verbrannt worden. Das stand für sie fest.

Weiter führte die wilde Fahrt durch die Stadt. Mehr als einmal drohte die Kutsche zu kippen. Und als Michaela schon dachte, die Pferde würden es nicht schaffen, erreichten sie die Docks.

Die *Sentinel* lag vor der Küste. Hastig verließen sie die Kutsche. Cabai bewegte sich vorsichtig. Seine Muskeln spannten sich an, als er sich Rein über die Schulter legte, und Michaela fiel beim Anblick seines Rückens fast in Ohnmacht. Das Hemd war zerfetzt und die Haut aufgerissen.

Temple stützte sie, während Cabai in das Beiboot stieg. »Er wird es schaffen. Er hat auch Euren Schuss überlebt.«

»Das war nur ein Kratzer im Vergleich zu dem hier.« Was sollte sie bloß machen? »Rasch! Rasch!«

Sie sprang ins Boot, half beim Rudern und weinte, während sie die Riemen in die Wellen tauchte. Sie konnte keinen Blick mehr auf ihren Mann werfen, ihren starken und schönen Mann, der wie ein Tier geschlagen worden war. Rahjin kam zu Michaela und legte ihr den Kopf in den Schoß. Sie ruderte weiter. Temple rief etwas zum Schiff hoch, die Strickleiter fiel herunter, und Michaela stürzte fast ins Wasser, als sie danach griff. Sie raffte die Röcke und kletterte hinauf. Die Männer folgten ihr. Temple befahl, die Segel zu setzen.

Cabai schaffte es an Deck. Michaela eilte in die Kabine und zerrte die Decke vom Bett. Cabai legte seinen Herrn darauf. Hastig zog Michaela die Handschuhe aus, füllte die Schüssel mit Wasser und zerriss ein Laken. Cabai stellte einen Stuhl neben das Bett. Ihre Hände zitterten, als sie das Tuch ins Wasser tauchte und behutsam Reins Gesicht abtupfte. Er stöhnte und versuchte, sie von sich zu schieben.

»Cabai, den Beutel. Auroras Beutel! Beeil dich.« Sie leerte ihn auf dem Bett aus, las die Etiketten und versuchte, sich daran zu erinnern, was Aurora ihr beigebracht hatte. »Eine Tasse Wasser.« Cabai reichte ihr eine. Mit den Zähnen entkorkte sie das Fläschchen und schüttete einige Tropfen ins Wasser. Dann hielt sie Reins Kopf und ließ ihn trinken. Wasser träufelte in seinen Mund. »Rein, Liebster, bitte, trink!«

Er legte die Lippen an die Tasse und trank. Wenigstens würde er jetzt nicht mehr so große Schmerzen leiden.

»Cabai, ich brauche warmes Wasser und Tücher. Bring einen kleinen Tisch her. Den dort«, sagte sie und zeigte hin. Dann holte sie das Messer aus dem Mieder und schnitt sich beinahe ins Kleid, als sie zornig das Laken zerteilte.

»Micha ...«

Sie ließ das Messer fallen, sank neben dem Bett auf die Knie und strich mit zitternden Fingern eine schmutzige Locke aus seiner Stirn. »Ja, Liebster, ich bin hier.«

»Du hast ... hast mir nicht gehorcht.«

»Zu deinem Glück«, erwiderte sie und rang sich ein Lächeln ab.

Seine Lippen zeigten nur den Hauch eines Lächelns. »Verzeihst ... du mir?«

Ihre Tränen flossen. »Natürlich, mein Liebster.«

Doch er war schon wieder bewusstlos geworden. Sie fühlte seinen Puls, legte dann den Kopf auf den Strohsack, hielt Reins blutige Hand fest und weinte.

Kapitel 37

Rein ging allein die leere Straße entlang. Seine Schritte hallten, Nebel zog sich um seine Beine. Er blickte zurück zu der offenen Tür, aus der Licht fiel.

Kämpfe für mich, kämpfe ...

Er drehte sich um und verschwand in der Dunkelheit. Ein schmutziger, halb nackter Junge lief auf ihn zu und blieb stehen. Er streckte die Hand aus – Gesicht und Augen so vertraut. Bevor seine Finger ihn berührten, verschwand der Junge wie Rauch.

Licht schimmerte am Ende der Straße. Eine Frau, ein großer Mann und ein noch sehr junger Mann hielten einander fest. Der junge Mann sah Rein an und winkte. Dann drehten sich alle drei um und verschwanden in der Dunkelheit. Rein tat einen Schritt, fand jedoch den Weg versperrt.

Shaarai. Ihr Gesicht war im Nebel nur in Umrissen zu erkennen.

Er versuchte, sie zu berühren. »Vergib mir«, flüsterte er.

Ihre Finger an seiner Wange fühlten sich eisig an. Ihr Blick sagte: »*Vergib dir selbst.*« Sie stieß ihn zurück. »Du gehörst nicht hierher.«

Kälte drang in sein Herz.

»Wohin gehöre ich dann?«

Sie versetzte ihm noch einen Stoß und zeigte zur offenen Tür.

Rein drehte den Kopf. In der Tür erschien eine Frau.

»Komm zu mir, Rein, ich liebe dich.«

Ihre Energie zog ihn an, wurde stärker und stärker.

»Ich liebe dich.«

Michaela! Er lief auf die Tür zu, blieb kurz davor stehen und blickte zurück.

Aurora lächelte, Ransom stand hinter ihr. *Du suchst nach dem, der du bereits bist.*

Rein nickte und trat durch die Tür.

Rein regte sich. Sein Körper fühlte sich taub an. Er zwang sich, still zu halten. Wenn er sich bewegte, löschte der Schmerz womöglich wieder sein Bewusstsein aus. Wilde Entschlossenheit packte ihn. Er nahm seine Umgebung wahr, ohne sie deutlich zu sehen. Die Gerüche waren süß und frisch. Kühle Luft strich über seine Haut. Er lag auf der Seite. Kissen waren überall um ihn herum angeordnet. Ein dünnes Laken bedeckte ihn, und er fühlte, wie das Schiff über das Wasser glitt. Dann erinnerte er sich.

Michaela in Schwarz. Michaela, wie sie um ihn weinte, ihn rief, ihm verzieh.

Er atmete tief ein. Seine Augen brannten, als er die Lider zu heben versuchte.

Rein blinzelte ins Sonnenlicht, das durch das Bullauge hereinfiel.

Er sah sich in der Kabine um. Das war die *Sentinel*. Auf dem Tisch standen Fläschchen und lagen Lappen. Kleidungsstücke waren verstreut. Und dann fiel sein Blick auf Michaela. Sie saß auf dem Boden und hatte den Kopf auf die Matratze gelegt. Sie wirkte friedlich. Er musste sie berühren und die salzige Spur ihrer Tränen wegwischen.

Behutsam streichelte er über ihr Haar.

Ruckartig wurde sie wach und fing seinen Blick auf. »Dem Himmel sei Dank!«

»Nein, Liebste, dir sei Dank«, flüsterte er rau.

Ihre Tränen schmerzten ihn, weil er sie dermaßen verletzt hatte.

»Liebste, nicht weinen.«

»Ich kann weinen, wann ich will.«

Er lächelte.

»Rein, ich glaubte schon, ich hätte dich verloren.«

»Niemals«, erwiderte er heftig.

»Wie fühlst du dich?«

»Lebendig.«

Ihr liebevoller Blick glitt über ihn. »Du siehst besser aus.«

»Als was?«

»Als tot«, murmelte sie, und die Tränen flossen erneut.

»Es tut mir Leid ...«

»Bitte, sprich nicht darüber.« Sie reichte ihm Wasser und ließ ihn trinken. »Kannst du mir erzählen, was geschah?«

Er dachte angestrengt nach. »Ich zog nur eine einzige Erkundigung ein und wurde schon in Eisen gelegt.«

»Kipler?«

»Ja, aber ich erinnere mich nur noch daran, dass ich in einem Raum festgekettet wurde.«

»Wieso haben sie dich dermaßen geschlagen, Rein?«

Er berührte ihre Stirn und ließ die Fingerspitzen über ihre Züge gleiten. »Er will meinen Tod, Michaela, konnte mich aber nicht selbst töten.«

»Ist Kipler der Gesuchte?«

»Ich glaube, dass Kipler nur Befehle ausführt. Er wusste nicht, wovon ich spreche, als ich Sakari erwähnte.«

Michaela nickte und genoss seine Berührung.

»Ich muss dich in den Armen halten, meine *rasha*.«

»Das geht nicht wegen deiner Verletzungen.«

»Meine Sehnsucht nach dir ist größer als meine Schmerzen.«

Zögernd stand sie auf und ließ sich vorsichtig neben ihm auf das Bett sinken. Er drückte das Gesicht in ihr Haar, genoss ihren Duft und ihre Wärme, strich mit der Hand über ihren Leib und drückte sie an sich. Sein Rücken schmerzte, doch er konzentrierte sich auf Michaela.

»Ich werde eine Weile sehr tief schlafen. Lass dich davon nicht ängstigen.«

»Heile dich selbst, mein Gemahl.« Ihr Blick wanderte über sein Gesicht, die dunkel verfärbte Stelle an seinem Kiefer und die Platzwunde oberhalb der Augenbraue. Als er sprechen wollte, hinderte sie ihn daran. »Ich verlasse dich nicht.«

»Niemals, Liebste«, verlangte er lächelnd. »Und wenn ich dich an mich fesseln und mich deiner Sache anschließen muss … wir werden nie wieder getrennt sein.«

»Rein?«

Er drückte sie an sich, ohne auf die Schmerzen zu achten, und flüsterte: »Du hast gewonnen, Michaela. Ich kann nicht gegen dein Rebellenherz kämpfen. Meine Freiheit liegt in dir.«

Michaela schloss die Augen, sank auf die Matratze, fühlte ihren Ehemann neben sich und schlief zum ersten Mal seit vier Tagen.

Auf Kissen gestützt, legte Rein einen Finger an die Lippen, als Cabai die Kabine betrat. Michaela schlief weiter. Ihr Gesicht wirkte entspannt. In den letzten Tagen war sie ihm ständig nahe gewesen. Das hatte er gefühlt und daraus die Kraft gezogen, sich selbst zu heilen, während sie seine Wunden mit Tinkturen gebadet hatte.

Beim Geruch von Essen zog sich ihm der Magen zusammen. Er stemmte sich vorsichtig vom Bett hoch. Cabai reichte ihm eine Hose. Michaela schlief noch immer. Gegen seinen Willen war sie Richtung England gesegelt, doch letztlich hatte er gewusst, dass sie eine Möglichkeit finden würde, von Sanctuary fortzukommen.

Allerdings hatte sie riskiert, England nicht rechtzeitig zu erreichen, um Nick zu warnen. Stattdessen war sie nach Marokko gekommen, um ihn zu retten. Und das zeigte ihm, dass die

Kluft zwischen ihnen, für die er verantwortlich war, ihre Liebe nicht zerstört hatte. Wie tapfer sie doch ist, dachte er, setzte sich langsam auf einen Stuhl und schonte den wunden Rücken. Die Abschürfungen an Handgelenken und Knöcheln waren gerötet, aber nicht infiziert. Rein warf einen Blick in den Spiegel. Was hatte erst Michaela gesehen, als sie ihn gefunden hatte, wenn er jetzt noch so schlimm aussah? Die Haut über dem Auge und am Kinn war verfärbt. Er erinnerte sich daran, dass er noch einige Hiebe ausgeteilt hatte, bevor er mit dem Kolben einer Muskete niedergeschlagen worden war.

Cabai stieß ihn an und deutete auf die Suppe und die Brötchen. Rein aß langsam, ohne den Blick von seiner Frau zu wenden.

»Wir sind in offenem Gewässer nahe London?«, fragte er.

Cabai nickte. »Ihr wart fast eine Woche bewusstlos.«

Deutlich erkannte Rein, was das seine Frau gekostet hatte. Sie hatte abgenommen, und die Wangenknochen waren deutlicher zu sehen.

Als Rein mit dem Essen fertig war, räkelte und streckte sie sich und bot ihre Rundungen unter dem schlichten Rock und der Bluse seinen Blicken dar.

»Was machst du? Wieso bist du nicht im Bett?«, fragte sie, setzte sich auf und stieß sich beinahe den Kopf.

»Ich beobachte dich.«

»Du solltest ruhen.«

»Und du solltest etwas essen, Michaela. Du bist zu dünn.«

Beim Gedanken an Essen wurde ihr flau im Magen. Sie setzte sich auf. »Dann brauche ich wenigstens kein Korsett zu tragen.«

»Von mir aus kannst du nackt herumstolzieren.«

»Ich stolziere nicht.«

Er beugte sich vor und ergriff ihre Hand. »Aber du weichst einem Thema aus, über das wir sprechen müssen.«

»Es gibt nichts …«

»Michaela.«

»Nein, Rein, ich kann nicht.« Sie hatte ihn beinahe verloren und würde das nicht mehr riskieren.

»Wir sind dicht vor London.«

Sie ließ die Schultern hängen. »Ich weiß.«

»Ich habe ernst gemeint, was ich gesagt habe, Michaela.«

Ihre Augen blitzten auf »Wann? Als du mir das Spionieren verboten und zugegeben hast, deshalb versucht zu haben, ein Kind mit mir zu zeugen? Oder als du mich gezwungen hast, mich zwischen dir und der Rebellion zu entscheiden?«

»Ich habe dir verboten zu spionieren, damit du nicht erschossen wirst, sobald du England betrittst. Und du hast dich für die Rebellion und gegen mich entschieden.«

»Das war alles, was ich hatte«, sagte sie und trat vor ihn. »Du hast mich verlassen.«

»Ich wäre zurückgekehrt.«

»Und wann, wenn ich dich nicht gefunden hätte? Außerdem hättest du in einem Sarg zurückkehren können. Sprich also nicht von Risiko und Sicherheit, Rein.«

»Du hast Recht«, räumte er schuldbewusst ein.

»Und wie war das mit dem Kind? Wieso warst du in diesem Punkt so hinterhältig?«

»Das war nicht hinterhältig! Ich habe kein Geheimnis daraus gemacht, dass ich mit dir Kinder haben will. Und du hast kein einziges Mal widersprochen, als wir uns liebten, Michaela. Ich gebe zu, dass ich dachte, es würde deinen höllischen Drang dämpfen, für die Amerikaner zu spionieren, wenn du Mutter wirst, aber …«

»Was aber?«

»Ich hatte Angst«, flüsterte er.

Michaela sank vor ihm auf die Knie.

Er beugte sich zu ihr und ergriff ihre Hände. »Ich hatte Angst, dich durch deine Pflicht zu verlieren. Oder durch die meine. Ich wollte dich an mich binden und wünschte mir eine Gelegenheit, mit dir neu zu beginnen. Doch als ich in See stach, erkannte ich, dass ich bereits hatte, was ich am meisten begehre – eine Frau, die ich liebe, die mich akzeptiert und die zu mir steht. Ich habe dich im Stich gelassen.« Er drückte die Lippen gegen ihre Stirn. »Ich wollte meinen Vater für den Schmerz in meinem Leben und dafür, dass er dir Schmerz verursacht hat, töten. Dabei war ich derjenige, der anderen Menschen Schmerz zufügte – dir.«

»Und jetzt?«

»Ich verschwende keine Energie mehr an ihn.« Er streichelte ihr Haar und ihre Wangen. Wie sehr sie das vermisst hatte! »Ich will sie dafür einsetzen, dich zu lieben. Ich liebe dich, meine *rasha*«, flüsterte er.

»Ich liebe dich«, hauchte sie an seinen Lippen.

»Du verzeihst mir?«, fragte er.

»Ja, und du verzeihst mir, dass ich ...«

»Dass du starrsinnig bist? Streitsüchtig?«

»Ja«, sagte sie lächelnd und legte die Hände auf seine Schenkel. »Kuss mich, Rein, bevor ich vor Sehnsucht sterbe.«

»Das wollen wir doch nicht riskieren«, murmelte er und küsste sie tief und hingebungsvoll.

»Berühre mich, Liebster, bitte. Das hat mir so gefehlt.«

Er öffnete ihre Bluse, streifte sie ihr von den Schultern und legte die Hände auf ihre Brüste. Stöhnend bog sie sich ihm entgegen und schob die Hände an seinen Schenkeln höher.

»Ich will dich«, sagte er.

»Aber dein Rücken.« Sie küsste ihn, und ihre Hände glitten noch höher. »Oh! Hier bist du offenbar nicht verletzt.«

Leise lachend zog er sie auf seinen Schoß, fasste unter den Rock und streichelte ihre Schenkel. Während seine Lippen ihre Brust verwöhnten, betrachtete er ihr Gesicht. Heftig atmend öffnete sie seine Hose und streichelte ihn erregend, bevor sie sich auf ihn senkte. »Ich hätte nie gedacht, dich noch einmal zu fühlen. Du hast mir gefehlt, und ich liebe dich, Michaela«, stöhnte er.

Lächelnd stützte sie sich auf die Rückenlehne, hob und senkte sich und ließ sich von seinen Händen erregen, die pausenlos über ihren Körper glitten.

Sie konnten sich nicht zurückhalten und überließen sich der Leidenschaft. Rein achtete nicht auf die Schmerzen im Rücken, sondern hielt Michaelas Blick umschlungen und folgte ihr auf dem Weg zum Gipfel. Ihr gehörte seine Seele, in diesem und im nächsten Leben. Er würde sie für immer lieben. Ohne sie war er verloren. Mit ihr lebte er. Und als sie ihm immer wieder ihre Liebe versicherte und ihn ohne jede Zurückhaltung küsste, wusste er, dass er nach Hause gekommen war.

Und diesmal würde er sich nicht mehr von ihr trennen.

Auf dem Stuhl sitzend, sah Rein seiner Frau beim Bad zu. »Dir ist die Zeit weggelaufen, nicht wahr? Die *Victoria* könnte schon in See gestochen sein.«

»Möglich. Wenn mein Onkel kein Schiff gefunden hat, brauchen sich die Rebellen keine Sorgen zu machen.«

»Er hat eines gefunden, darauf könnte ich wetten.«

Michaela seifte ihre Brüste ein. »Ich weiß nicht, ob Nickolas noch genug Zeit hat, um ihn aufzuhalten.«

»Dann müssen wir ihn aufhalten.«

»Wie bitte?«, rief sie.

»Ich habe zwei Schiffe hier, Michaela. Das ergibt so viel Kampfkraft, wie die *Victoria* besitzt.«

»Ist das dein Ernst?«

»Sicher, sonst würde ich es dir nicht anbieten.«

Sie strahlte über das ganze Gesicht, packte ihn am Hemd und zog ihn zu sich. »Danke, Liebster.«

»Ich erwarte aber eine Belohnung«, erwiderte er und strich über eine Brustspitze.

»O ja, viele Belohnungen sogar. Sehr viele.« Nach einem Kuss widmete sie sich wieder ihrem Bad.

»Du willst Nickolas sehen, nicht wahr?«

Sie schüttelte den Kopf. »Nein. Ich wollte einen Boten schicken und nach Sanctuary zurückkehren.«

»Und was machen?«

»Auf dich warten.«

»Du wolltest aufgeben, obwohl du schon so nahe an deinem Ziel warst?«

»Natürlich nicht, aber nach dem Unternehmen in Marokko werde ich in England sicher nicht nur wegen Hochverrats gesucht, und ich werde nicht wieder riskieren, dich zu verlieren, Rein.«

»Dann ist es Zeit, dass wir als Mann und Frau auftreten.« Er lächelte. »Cabai kann jeden Moment mit meiner Kleidung kommen, und die Kutsche trifft in einer Stunde ein. Wenn du nicht nackt an meinem Arm durch London stolzieren willst …«

Er lachte, als sie ihn mit Wasser vollspritzte und aus der Wanne stieg. Er ließ den Blick über ihren nassen Körper gleiten und entschied, dass London noch eine Weile warten konnte.

Kapitel 38

Gerüchte schwirrten durch die Stadt.

Michaela Denton war aus den Händen ihrer Entführer befreit worden und wurde ständig in Begleitung von Rein Montegomery gesehen. Hatte er sie gesucht? Hatte er Lösegeld für sie bezahlt und ihr Herz gewonnen? Waren sie verheiratet? Ein Liebespaar? Wer hatte sie entführt und warum? Wieso tat denn der Onkel nichts für dieses bemitleidenswerte Mädchen? War es nicht schamlos, wie das Paar sich in den elegantesten Restaurants und Geschäften zeigte und in Rein Montegomerys Stadthaus verschwand? Die Leute waren schockiert, wie offen die zwei ihre gegenseitige Zuneigung zeigten, wie er sie sinnlich berührte und sie nur Augen für ihn hatte. Er scheute keine Kosten für Kutschen und Lakaien, auch nicht für einen Ring, den er selbst entworfen hatte. Und er bezahlte einen horrenden Preis dafür, dass der Ring in allerkürzester Zeit fertig gestellt wurde. Es war atemberaubend, und sie hatte tatsächlich geweint, als er ihr den Ring angesteckt hatte. Lady Heyward konnte das beschwören.

Rein Montegomery wich der Kleinen keinen Moment von der Seite und duldete nicht die geringste Störung ihrer Privatsphäre. War er nicht ein guter Begleiter, dass er mit ihr einkaufen ging und ihre Pakete trug? Und sah sie abends nicht hübsch aus?

Rein kannte das Gerede und wurde mit neugierigen Fragen überschüttet. Jetzt saß er entspannt in einem Sessel und sah zu, wie Näherinnen sich um seine Frau kümmerten, als wäre sie eine Königin. Michaela erhielt nur einen Teil jener Aufmerksamkeit, die Denton ihr in den vergangenen drei Jahren vorenthalten hatte. Rein wollte ihr alles zurückgeben, was die Bastarde ihr gestohlen hatten. Und er freute sich schon auf den Kampf, sobald der Brigadier und Winters von der Heirat erfuhren.

Die Goldladung war nun Nickolas' Problem. Rein runzelte die Stirn. Noch wussten sie nicht, ob Denton ein Schiff gefunden hatte. Die *Victoria* verspätete sich aus unbekannten Gründen.

»Rein.« Michaela sah ihn flehend an, während die Näherinnen Nadeln in den Stoff schoben und sie mehr als einmal stachen.

»Genug.«

Die Frauen erstarrten und sahen ihn aus großen Augen an.

Michaela unterdrückte das Lächeln. Die Mädchen wirkten wie verängstigte Rehe, die einen hungrigen Wolf entdeckt hatten. Rein stand auf und kam zu ihr.

»Es gefällt mir auf dem Podest«, sagte sie. »Zum ersten Mal muss ich nicht zu dir emporblicken.«

Er zog ihre Hand an seine Lippen. »Von jetzt an werde ich mich zu dir herunterbeugen, Liebste.«

Die Mädchen seufzten träumerisch.

»Das wirst du nicht tun«, wehrte Michaela ab.

»Was immer du willst, Liebste.«

Um sie herum lagen vier fertige Kleider, und ein weiteres Dutzend war zusammen mit passender Unterwäsche und Schuhen bestellt. »Wann soll ich das alles anziehen?«

Er zog sie von dem Podest in seine Arme. »In den kommenden Jahrhunderten, meine *rasha*«, sagte er und küsste sie sanft. Michaela streichelte über sein verheiltes Gesicht und erwiderte seinen Kuss. Die Mädchen räumten Stoff und Maßbänder weg und zogen sich kichernd zurück.

Rein murmelte eine Verwünschung. »Zieh dich bitte um, ich habe Hunger.« Er ließ die Kleider in das Stadthaus zustellen und ging im Laden auf und ab, bis Michaela endlich erschien. »Ich dachte schon, ich müsste nach dir suchen.« Er deutete zu dem Umkleideraum und dem übrigen Bereich, zu dem Männer keinen Zutritt hatten.

»Es war dein Vorschlag, Rein, dass ich den ganzen Vormittag Kleider anprobiere.«

Er legte ihr den Mantel um die Schultern und flüsterte ihr ins Ohr: »Ich möchte, dass du dieses sofort ausziehst.«

»Nun denn«, erwiderte sie lächelnd, »dann sollten wir uns beeilen, bevor die Schneiderin dich überredet, das ganze Gebäude zu kaufen.« Sie stiegen in die wartende Kutsche, und Rein zog Michaela sofort in die Arme und küsste sie, und sie schmiegte sich an ihn, während die Kutsche anfuhr. Eine Weile hielt er Michaela im Arm, ohne auf die Blicke und die auf sie beide gerichteten Finger zu achten.

»Es tut mir für Cassandra leid, dass sie fortgeschickt wurde.« Michaela gähnte.

»Ich hörte, dass Captain McBain sie begleitet.«

»Das müsste für sie interessant sein. Sie verabscheut ihn.« An Rein gelehnt, schlief sie ein, und er trug sie von der Kutsche ins Haus und direkt ins Schlafzimmer. Als er sie auszog, wurde sie kurz wach und behauptete, ihr ginge es gut, doch er legte sie ins Bett, und sie schlief gleich wieder ein. Er berührte ihre Stirn, fühlte ihren Puls und sagte sich, dass ihre Verfassung nur durch die Aufregung zu erklären war.

Stunden später erwachte Michaela ruckartig, sprang aus dem Bett und musste sich übergeben. Sie kannte den Grund für ihre Erschöpfung. Dafür war sie lange genug bei Agnes gewesen, als diese ihr letztes Kind bekommen hatte. Sie schöpfte sich Wasser ins Gesicht, spülte sich den Mund aus und ließ sich von Cabai ins Kleid helfen. Der heutige Abend wird ganz besonders, dachte sie.

In der Eingangshalle des Royal Theater an der Drury Lane wurde es plötzlich still.

Alle Blicke flogen in eine Richtung.

»Du lieber Himmel, ist das merkwürdig«, flüsterte Michaela.

»Nicht für mich.«

Sie sah Rein mitfühlend an. »Es war sicher nur schwer zu ertragen, dass alle auf dich zeigten und flüsterten.«

Er zuckte mit den Schultern. »Man gewöhnt sich daran.«

»Ich habe dich nur angestarrt, weil du so gut aussiehst.«

Er wurde tatsächlich so rot, dass sie lachte.

»Und du hast mich angesehen, als wünschtest du dir, dass ich keinen Faden am Leib trage.«

Rein beugte sich zu ihr und drückte ihr einen Kuss auf die Schläfe. »Genau das wünschte ich.«

»Da ist schon wieder dieser Gesichtsausdruck.«

Er konnte ein Lächeln nicht unterdrücken. Sie war die schönste Frau weit und breit. Die Männer starrten sie an, doch das merkte sie gar nicht. Rein sah, wie Sheppard auf der anderen Seite des Foyers Heyward anstieß, der seinerseits wiederum Burgess aufmerksam machte.

»Wappne dich. Lord Heyward kommt mit dem halben Parlament auf uns zu.«

»Ich mag ihn. Er ist reizend und pummelig. Er erinnert mich immer an aufgehenden Hefeteig.«

Rein musste lachen, als Michaela Lord Heyward freundlich begrüßte.

»Ihr habt sie also gesucht und gefunden«, sagte Lord Heyward zu Rein.

»Natürlich.«

»Ich hatte keinen Zweifel daran«, sagte Sheppard.

»Wirklich nicht, Mylord?«, fragte Michaela.

»Er wollte Euch unbedingt finden. Wo war das, sagtet Ihr?«

»Ich sagte nichts.«

Sheppards Frau stieß ihn an, und er wurde verlegen. »Ah, ich verstehe. Sagt, hat der Brigadier …?«

»Er hat kein Lösegeld gezahlt«, erwiderte Rein knapp. »Ich war das, folgte den Männern und befreite Michaela. Für ihre Sicherheit hätte ich alles getan.«

Lady Heyward und Lady Sheppard seufzten. »Dürften wir den Ring sehen? Ich habe gehört, er soll herrlich sein.«

Michaela hob lächelnd die Hand. Die beiden Frauen waren begeistert, doch Michaela hätte am liebsten ihre Hand wieder weggezogen. Der Ring war nur ihre Sache, ein Symbol für Reins Liebe, zwei miteinander verschlungene Goldreifen, der eine mit seltenen hellblauen Diamanten, der andere mit Smaragden besetzt. Es war jedoch die Inschrift, die sie so tief berührte: *Du bist meine Freiheit und Liebe.*

»Seht Euch bloß die beiden an. Sie merken gar nicht, dass wir auch noch hier sind.«

Rein wandte lächelnd den Blick von Michaela ab. »Nein, und das macht mir nichts aus.«

»Rein!« Michaela errötete, die anderen lachten, und als die Glocke erklang, folgten sie den übrigen Besuchern ins Theater.

»Du wirst doch nicht wieder einschlafen?«, fragte Rein, als sie in seiner privaten Loge Platz genommen hatten.

»Nein, ich habe mich gut erholt. Ich bin nur hungrig.«

»Nach diesem gewaltigen Mahl?«

Das Orchester begann zu spielen.

»Nun ja, das stimmt schon, aber …« Sie beugte sich zu ihm. Die Musik schwoll zum Crescendo an und wurde dann wieder leiser, als Rein rief: »Was?«

Köpfe drehten sich, als er Michaela in die Arme zog und mit aller Liebe küsste, die sein Herz erfüllte. Er störte sich nicht an dem Skandal. Es war ihm gleichgültig, wer sie beide sah. Er wollte jubeln, und doch sollte die Neuigkeit ihr Geheimnis bleiben. Immer wieder küsste er seine Frau.

Adam Whitfield saß in der nächsten Loge und applaudierte. »Gute Vorstellung, Rein. Verdammt, ich brauche eine Ehefrau.«

Rein und Michaela lehnten die Einladung zum mitternächtlichen Mahl ab und liefen fast zur Kutsche.

»Vermutlich war es schlimm von mir, es dir ausgerechnet in der Öffentlichkeit zu sagen.«

»Absolut nicht«, versicherte er und lächelte strahlend wie schon den ganzen Abend. »Beim Gott des Donners, ich liebe dich«, flüsterte er heiser, und sie blieb auf der Stufe der Kutsche stehen und küsste ihn.

»Ich weiß«, flüsterte sie und stieg ein. Er folgte ihr.

»Wie fühlst du dich?«, fragt er besorgt.

»Fang bloß nicht an, mich zu bemuttern.«

Sie spricht schon wie Aurora, dachte er. »Lass mich doch.«

Er klopfte gegen das Dach und rutschte zu Michaela. Sie lehnte sich an ihn, während er eine Decke über ihre Beine breitete.

»Glaubst du, mein Onkel weiß schon, dass ich hier bin?«

»Wir haben ihn beschämt, indem wir allgemein bekannt gaben, dass er nicht für dich gezahlt hat. Er hat Antrag auf Verfügungsrecht über dein Erbe gestellt. Noch weiß es niemand, aber das Geld ist weg. Es tut mir Leid, Liebste.«

»Es stammte von meiner Mutter. Derjenige, der ihm dabei geholfen hat, es in die Finger zu bekommen, ist mächtiger, als wir dachten.«

Sergeant Major Edward Townsend glitt vom Pferd und eilte die Stufen zum Theater hinauf. Atemlos blieb er stehen, ließ den Blick über die Menge gleiten und verneigte sich kurz vor Lord Sheppard. »Habt Ihr die Montegomerys gesehen?«

»Sie gingen, als der Vorhang fiel«, erwiderte Lady Sheppard. »Und sie waren unzertrennlich. Es war ganz reizend zu sehen …«

»Wie lange ist das her?«, fiel Townsend ihr ins Wort.

»Mindestens eine halbe Stunde, meinst du nicht, Liebster?«, fragte Lady Sheppard ihren Mann.

Er nickte besorgt und trat an den Sergeant Major heran. »Stimmt etwas nicht?«

»Das befürchte ich, Mylord. Waren die Wächter bei ihnen?«

»Nein, sie folgten erst vor wenigen Minuten.«

Rusty verbeugte sich, stieg auf das Pferd und ritt weg. Hätte er nicht vor Mabels Taverne die bewaffnete Kutsche gesehen, hätte er nichts geahnt. Jetzt hatten die anderen einen solchen Vorsprung, dass er befürchtete, ihnen nicht mehr zuvorkommen zu können.

Die Schüsse fielen völlig unerwartet. »Auf den Boden!«, befahl Rein, zog die Pistolen und griff nach zwei anderen. Michaela gehorchte. Rein blickte aus dem Fenster, als weitere Schüsse fielen. Entlang der Baumreihe blitzte es. Rauch stieg auf. Der Kutscher und der Lakai stürzten auf die Straße. Die Kutsche kippte nach vorne.

»Sie haben die Pferde erschossen«, sagte Rein. Wo waren seine berittenen Wächter? Sie hätten die Schüsse hören müssen. Rein saß in der Falle, der Feind war in der Überzahl. »Bleib unten.« Er stieß die Tür auf, schoss und traf einen Soldaten. Er wusste, wem er den Angriff zu verdanken hatte. Michaela reichte ihm eine Pistole. Sie kauerte auf dem Boden und lud die Waffe, als sich die andere Tür öffnete.

Rein hob die Hände. »Nicht schießen!« Er durfte nicht riskieren, dass seine Frau getroffen wurde. Rauch stieg rings um die Kutsche auf, als er ausstieg und sich zu Michaela umdrehte. Er bewunderte den Mut in ihrem Blick. Rein entdeckte den

Brigadier und Winters sowie die Soldaten, die hinter den Bäumen hervorgekommen waren. Seine Wächter waren entweder tot oder verhaftet.

Michaela verließ die Kutsche. »Du glaubst doch nicht, dass du damit durchkommst?«, rief sie zornig.

Ihr Onkel lächelte hart. »Bisher habe ich es geschafft.«

»Dafür hattest du keinen Grund!«

»Du weißt, dass ich einen habe, Michaela, nicht wahr?« Er trat auf sie zu. Sie hielt seinem Blick stand.

»Du hast uns an der Nase herumgeführt. Ich sehe jetzt nichts mehr von dem ungeschickten Mädchen vor mir, das in meinem Haus diente.«

»Es war *mein* Haus!«, zischte sie. »Wissen diese Männer, dass du es mir gestohlen hast und keinen Penny besitzt?«

»Das hat sich geändert«, sagte er und lächelte so grausam, dass Michaela ihn nicht wiedererkannte. »Aber das weißt du auch, nicht wahr?«

Er gab einen Wink mit der Pistole, und die Soldaten umringten die beiden. Michaela sah vier Musketen auf Reins Kopf gerichtet. Er verzog keine Miene, doch in seinen Augen funkelte solcher Zorn, dass Michaela fürchtete, er könnte sich zur Wehr setzen und getötet werden.

Denton packte sie am Arm und zog sie von Rein weg.

»Lasst sie los, Denton!«

»Ihr seid nicht gesetzlich verheiratet. Es gab kein Aufgebot. Ich bin ihr Vormund. Ich bestimme, wen sie heiratet, und das wird kein halbblütiger Bastard sein.« Als Michaela sich wehrte, senkte er die Waffe.

Rein trat einen Schritt näher. »Lasst sofort meine Frau los!«, schrie er.

»Sie gehört unter mein Dach.«

»Ihr meint Eure Fäuste.«

Dentons Augen flammten auf. »Wie könnt Ihr es wagen!«

»Wenn es um meine Frau geht, wage ich viel mehr als einige

Beleidigungen. Ihr habt nichts weiter getan, als sie zu schlagen und zu bestehlen – und das drei Jahre lang.«

»Das sind harte Worte, Montegomery.« Winters trat zwischen sie beide und richtete seinen Degen auf Reins Brust.

Rein sah ihn hasserfüllt an. »Ihr verdient für Eure Tat den Tod.«

Winters warf Michaela einen Blick zu. »Habt Ihr Geschichten erfunden, meine Liebe?«

»Rein, nicht.« Sie spürte die Energie in ihm brodeln.

Rein entriss Winters den Degen, und Michaela hielt den Atem an. Winters starrte auf Reins Hand. Pistolen wurden gespannt.

»Nicht schießen«, sagte Winters böse lächelnd. Rein fasste den Degen am Griff. »Gebt ihm eine Waffe«, sagte er zu einem der Soldaten.

»Tu das nicht für mich, Rein. Er hat keine Macht über uns.«

»Er bezahlt heute Abend, Liebste.«

Michaelas Blick wanderte zu Winters und zurück zu Rein, und sie erkannte, dass er sich nicht umstimmen ließ.

Winters streckte die Hand aus und winkte, und ein Soldat reichte ihm eiligst einen Degen, den er in der Hand wog. Unvermittelt schlug er zu. Rein parierte, die Degen verhakten sich an den Griffen ineinander, und er stand Auge in Auge dem Mann gegenüber, der seine Frau missbraucht hatte.

»Ich werde es genießen«, zischte Rein.

»So sehr, wie ich Eure Frau genossen habe?«

Aus Reins Augen traf ihn ein flammender Blick.

»Sie war eine süße Jungfrau, Montegomery, eng und heiß. Und sie fand es sehr angenehm.«

Rein ging nicht auf den Spott ein. Er sammelte seine Energie und schickte sie in seine Klinge. Winters taumelte zurück, als Rein ihm einen Stoß versetzte, und griff an. Rein zog ihm die Klinge über die Brust, zerschnitt seine Jacke und ließ ihn das erste Mal bluten. Winters war ein hervorragender Fechter, doch Rein wurde von Zorn getrieben. Metall klirrte auf Metall.

Funken sprühten, während Rein stach und schlug, parierte und wieder zuschlug.

Zornig und unermüdlich.

Seine Schläge vibrierten durch Winters Arm, bis sich dessen Griff lockerte. Rein teilte einen Schlag nach dem anderen aus und ließ seinem Zorn freien Lauf. Der Major war bereits erschöpft. Rein dagegen wirkte ruhig und gefasst, abgesehen von dem Hass in seiner Miene. Er traf Winters' Degen am Griff, riss den Arm herum, schleuderte die Waffe des Majors beiseite und jagte dem Mann die Klinge ins Herz.

Winters starrte auf die Klinge, hob den Blick, fiel auf die Knie und danach aufs Gesicht.

Denton betrachtete die Degenspitze, die aus Winters' Rücken ragte. »Arroganter Narr«, murmelte er und deutete auf Montegomery. »Ergreift ihn!«

Soldaten stürzten sich auf ihn. Rein wehrte sich und traf einige der Männer. Starke Hände hielten ihn an den Armen, drei Mann versuchten, ihn zu bändigen. Sein Hemd riss auf, und das Medaillon schimmerte im Mondlicht. Lord Germain trat aus der Dunkelheit und blieb vor Rein stehen, griff nach dem Medaillon und sah ihm in die Augen.

Rein ließ den Blick über sein Gesicht wandern und begriff.

»Hallo, Vater.«

Germain zerriss zornig die Kette und steckte das Medaillon ein. »Bringt ihn weg«, befahl er.

»Nein! Rein!«

Denton zerrte Michaela zu seiner Kutsche. »Michaela!«, schrie Rein und wehrte sich.

Sie riss sich los und lief zu ihm, doch bevor sie ihn berühren konnte, rissen Soldaten sie zurück.

Ein Schlag traf Rein am Hinterkopf. Er brach zusammen und wurde von den Soldaten weggeschleppt.

Michaela wand sich, wollte sich befreien und zu ihm laufen. »Rein, wach auf!«, rief sie.

Denton nickte den Soldaten zu. Sie fesselten und knebelten Michaela und hoben sie in die Kutsche. Denton fuhr mit seiner Nichte weg, während Germain auf Montegomery hinunterblickte, die Finger in sein schwarzes Haar schob und seinen Kopf zurückbog. Sein Blick wanderte über Reins Züge. Angewidert ließ Germain ihn wieder los.

»Bringt ihn nach Newgate.«

Kapitel 39

Rein warf den Kopf in den Nacken und schrie. Der schmerzliche Laut hallte durch die umliegenden leeren Zellen. Er rüttelte an den Gitterstäben. Mörtel rieselte auf seine Haare herunter. Er rechnete mit keiner Antwort. Niemand wusste, dass er hier war, und der Wärter achtete schon seit zwei Tagen nicht auf seine Rufe. Schwer atmend schloss er die Augen und betete darum, dass seine Frau in Sicherheit war.

Ruhelos ging er in der kleinen feuchten Zelle hin und her. Wo war sie? Was war mit ihr geschehen? War sie verletzt? Hatte Denton sie getötet und ihre Leiche in die Themse geworfen? Er strich sich durchs Haar und zuckte zusammen, als er verkrustetes Blut berührte.

Sei am Leben, flehte er.

Er blieb stehen, blickte zur Decke und schloss die Augen.

Michaela …

Er konzentrierte sich, um sie zu fühlen, doch es klappte nicht. Er befand sich an einem toten Ort, und die Angst hatte ihn der Kontrolle beraubt.

Jetzt wusste Rein, wie es war, langsam wahnsinnig zu werden.

Rein hörte Schritte. Er lehnte an der Wand und wartete, ob sie näher kamen. Ein Schatten tauchte an der gegenüberliegenden Wand auf. Rein verkrampfte sich, als Lord Germain vor die Zellentür trat.

Rein starrte in die Augen seines Vaters. Es widerte ihn an, dass er ein Teil dieses Mannes war.

»Hallo, Vater.«

Germain straffte sich. »Nenne mich nicht so.«

»Es stimmt doch, oder?« Rein trat näher. »Wenn nicht, lass mich frei.«

»Damit du überall herumerzählst, du wärst mein Sohn?« Er schüttelte den Kopf. »Du bist nichts weiter als ein Fehler, Montegomery. Das Ergebnis eines Moments sorgloser Lust mit einer Hindu-Schlampe, der mich seit Jahren verfolgt. Wieso konntest du nicht in der Mine sterben?«

Rein ballte die Hände zu Fäusten, während er in die Augen blickte, die den seinen so ähnlich waren. Das war allerdings die einzige Ähnlichkeit. Er spürte, dass Germains Worte nicht den gewünschten Schmerz auslösten. »Dort habe ich gelernt zu überleben. Dafür sollte ich dir danken.« Rein trat ans Gitter. »Ich bin noch hier, und das macht dir Angst.«

Germain verzog das Gesicht.

»Du konntest mich nicht mit deinen eigenen Händen töten.«

Germain verschränkte die Arme auf dem Rücken. »Was willst du von mir?«

Rein kniff die Augen zu schmalen Schlitzen zusammen. »Ich will dich töten.«

Germain schüttelte verächtlich den Kopf. »Niemand kann das.«

Arroganter Narr, dachte Rein. »Du bist die Mühe auch gar nicht wert.«

Es stimmte, was Rein schon geahnt hatte, als er Sanctuary verlassen und die Menschen zurückgelassen hatte, die ihn liebten. Blut war nicht dicker als Wasser. Bindungen entstanden durch Liebe und Fürsorge und nicht durch Zeugung.

»Wo ist meine Frau?«

Germain lächelte dünn. »Du wirst hier sterben, Montegomery.« Er wandte sich ab, blieb jedoch stehen, als Rein ihn noch einmal ansprach.

»Sei nicht so sicher. Das Gleiche hast du schon vor drei Jahrzehnten erwartet.«

Germain warf einen Blick zurück.

»Und wenn meiner Frau etwas geschieht, wirst du sterben.«

Germain ließ den Blick vom Scheitel bis zur Sohle über Rein wandern und sah ihm in die Augen. »Sie ist tot. Der Schutzengel wurde heute Morgen wegen Hochverrats gehängt.«

Rein umklammerte die Gitterstäbe. Es war nicht wahr, weil er es gefühlt hätte.

Ganz sicher.

Göttin, flehte er und presste die Stirn gegen die Stäbe, hilf mir!

Brigadier Atwell Denton stand an Deck. Schweiß lief ihm über die Stirn, der Magen drehte sich ihm um. Er zerrte am Kragen und war froh über die Dunkelheit. Niemand sah, wie er sich fühlte. Es verletzte seinen Stolz, dass er dieses Leiden nie losgeworden war. Richard hatte sich viel besser gehalten. Doch Richard hatte ihn schon als Kind übertroffen.

Lächelnd setzte er sich auf die Bank hinter dem Steuerrad. Was würde sein lieber Bruder davon halten, dass seine wunderbare Tochter die Krone verraten hatte? Oder dass er dieses ganze Unternehmen finanzierte?

Er betrachtete Germain. Was für ein steifer Kerl. Was er wohl mit Montegomery gemacht hatte? Er verriet es nicht. Auch gut, dachte Denton. Er wollte nicht mehr mit Rein zusammentreffen, schon gar nicht auf See.

Ransom Montegomery händigte den Geldbeutel aus und zog seine Pistole. Die Augen des Beschließers weiteten sich. Rans Blick wanderte zwischen dem Gefängniswärter und dem Beschließer hin und her. Er gab den beiden einen Wink mit dem Lauf und folgte ihnen nach unten, immer tiefer in die Eingeweide des Gefängnisses. Hände streckten sich ihm zwischen Gitterstäben entgegen. Er streifte sie ab. In den Gemeinschaftszellen tranken die Gefangenen geschmuggelten Gin und würdigten ihn kaum eines Blickes. Angeekelt sah er sich um.

Der Beschließer blieb vor einer schmalen Zelle stehen. Ransom blickte hinein. Rein kauerte mit angezogenen Knien an der Wand. Ransom stockte das Herz. Er ahnte die Qual, nicht zu wissen, wo Michaela war und ob sie noch lebte.

»Rein!«, rief er, und sein Sohn hob den Kopf. »Wie ich sehe, hast du ein kleines Problem.«

Rein lächelte schwach und stand auf. »Ja, ein kleines.«

Der Beschließer öffnete die Tür.

»Hast du gefunden, was du brauchst?«

»Nein.«

Ransom runzelte die Stirn.

»Ich hatte es die ganze Zeit.«

Ransoms Augen wurden feucht, als Rein auf ihn zutrat.

»Kannst du mir verzeihen, Vater?«

Ransom schlang die Arme um ihn und tätschelte seinen Rücken, wie er das in Reins Kindheit bei einem Albtraum getan hatte. »Ja, mein Sohn, ja. Komm, wir wollen zu deiner Frau.«

»Geht es ihr gut?«, fragte er ängstlich. »Germain sagte, sie wäre tot. Gehängt.«

Ran ahnte die Qualen, die sein Sohn erlitten hatte. »Seit einer Woche wurde niemand gehängt, Rein. Nickolas hätte das erfahren. Germain mag mächtig sein, aber er wird Michaela nichts antun. Blut an seinen Händen, das er nicht mehr wegwischen kann, ist etwas anderes als der Angriff auf ein Schiff mit einer Goldladung. Wir finden Michaela, mein Sohn.«

Die Worte seines Vaters trösteten Rein, während sie dem Ausgang zueilten. »Woher wusstest du, wo ich bin?«

»Wieso fragst du überhaupt? Du kennst doch deine Mutter.«

Zum ersten Mal seit Tagen konnte Rein wieder schwach lächeln.

»Ist dein Rücken übrigens schon verheilt?«

Rein ging schneller und lief der Freiheit entgegen, die sein Vater für ihn mit Säcken voll Gold und viel Gin erkauft hatte.

Mit gefälschten Befehlen wurde Sergeant Major Townsend ein letztes Mal für die Krone tätig. Seine zukünftige Frau befand sich schon bei den Montegomerys in Sicherheit, als er den Pier betrat und die Hälfte der Soldaten, die die Schiffe bewachten, in die Kaserne schickte. Die anderen Männer sandte er zu etlichen ausgewählten Mitgliedern des Parlaments. Sie sollten Nachrichten überbringen, in denen Germain, Denton, Winters – möge er in der Hölle schmoren – Prather und Rathgoode mit dem Angriff auf die *Victoria* in Verbindung gebracht wurden. Zu diesem Zeitpunkt befanden sich die Genannten bereits auf See.

Er folgte den Truppen nur ein Stück, ehe er zu den Docks zurückkehrte. Die Hufe klapperten. Er glitt vom Pferd und rannte den Landungssteg zu dem bereits ablegenden Schiff hinauf.

Rusty ließ sich atemlos auf eine Kiste sinken. »Mann, dafür bin ich zu alt.«

»Sagt das nie zu Eurer Verlobten«, warnte Rein seinen Freund im Vorbeigehen. Rusty entdeckte Mabel, die mit frischer Kleidung auf den Armen zu ihm kam. Er stand auf, zog den Uniformrock aus, warf ihn über Bord, nahm dann Mabel in die Arme und küsste sie.

Rein kletterte zum Achterdeck hinauf, schob das Fernrohr aus und beobachtete, wie sein Vater aus dem Beiboot an Bord der *Islander* ging. Alle Segel waren gesetzt, und es würde schwierig sein, ohne Schrammen aus dem Hafen zu kommen. Nickolas befand sich auf der *Sentinel* bei Temple, doch sie hatten nur vierzehn Kanonen. Die *Islander* war komfortabel ausgestattet, jedoch nur mit acht leichten Kanonen bestückt. Die *Empress* hatte zwanzig. Zweiundvierzig gegen die vierundzwanzig der *Cavalier* ergab eine gute Ausgangslage. Doch Rein hegte keinen Zweifel, dass sich der Kapitän der *Victoria* mit Denton verbünden und Germains Befehle befolgen würde. Also hatten sie noch einmal fünfzehn Kanonen gegen sich. Rein verließ sich auf sein Geschick.

Es sei denn, die *Victoria* wurde zusätzlich von einem Schiff mit unbekannter Feuerkraft begleitet.

Rein vermutete, dass Michaela sich an Bord der *Cavalier* aufhielt.

Sie war verschwunden. Rein schob das Fernrohr zusammen.

Ich werde dich finden, Liebste! Halte durch!

Kapitel 40

Schiff ahoi!«, rief die Mannschaft, und Germain warf den Offizieren einen Blick zu. »Geht nach unten, wenn Ihr nicht von Nutzen seid, Denton.«

»Mir geht es gut.«

»Ihr seid fahl im Gesicht.«

»Ich weiß. Verdammt, Mann, habt doch etwas Mitgefühl.«

Germains helle Augen richteten sich hart auf ihn, und Denton fand in diesem Blick etwas Vertrautes, das er jedoch nicht einordnen konnte. »Nicht im Krieg.«

Denton runzelte die Stirn. Rathgoode strich sich über den Schnurrbart. Prather rieb sich die Arme. Alle drei sahen Germain unverwandt an. »Dies ist kein Krieg, Eure Lordschaft. Wir kapern ein Schiff.«

»Ich beabsichtige, Kriegsminister zu bleiben, General«, sagte Germain.

Denton sah die anderen an und betrachtete Germains Rücken. Er schluckte schwer.

Germain würde alle Zeugen töten. Denton fröstelte. Auch seine Komplizen?

»Rein?«, flüsterte Leelan, der nur ungern störte. Rein saß mit untergeschlagenen Beinen auf dem Boden. Vor ihm standen Töpfe und Tiegel. Eine Kerze brannte. Rahjin lag unter der Sitzbank. Die Hitze im Raum war erdrückend. Leelan fürchtete schon, die Wände könnten wieder Feuer fangen. Der Inhalt der Töpfe quoll über, Wasser kochte, warme Luft wirbelte durch den Raum.

Rein hob die Arme und ließ sich von der Energie packen.

Göttinnen des Feuers, der Erde, des Windes und des Wassers, helft mir! Zeigt sie mir …

Sekundenlang hielt er still. Schweiß floss über seinen nackten Rücken. Dann … ein Raum … Bewegung …

Er senkte die Arme und lächelte, und als der Luftstrom versiegte, sah er Leelan an.

»Sie lebt und ist auf der *Cavalier.*«

Leelan grinste breit, und seine Augen schimmerten verdächtig feucht. »Ah, Rein, großartig. Toll. Zwei Schiffe Steuerbord voraus.«

Rein sprang auf und griff nach Hemd und Säbel. An Deck erblickte er die *Cavalier* und dahinter die *Victoria*. Rein drehte sich um. Die *Sentinel* und die *Islander* waren bloß eine Seemeile hinter ihm. Sein Vater stand an Deck.

Rein hob das Fernrohr.

Germain entdeckte die Schiffe, fluchte und befahl alle Mann auf Gefechtsstation. »Denton, holt Eure Nichte!«

»Was!«

»Montegomery will sie wiederhaben.«

Denton wirbelte herum. »Der Himmel stehe uns bei! Ich dachte, Ihr hättet Euch um ihn gekümmert.«

»Offenbar nicht ausreichend.«

»Was wollt ihr von Michaela?«

»Er wird nicht auf uns schießen, wenn sie dadurch in Gefahr gerät.«

»Verlasst Euch nicht darauf, Sir.«

Prather räusperte sich. »Dann kennt Ihr Montegomery nicht, Sir. Er muss nicht schießen. Er ist wie sein Vater.«

Germain wirbelte herum. »Was wisst Ihr?«

»Er hat sein Leben auf See verbracht«, erwiderte Prather. »Segelte mit dem *Red Lion*.«

»Das heißt nicht viel.«

»Nun, die Geschichten, die ich hörte …«

»Vielleicht sollten wir den Kapitän der *Victoria* dazu bringen, uns zu verteidigen.«

»Das machen wir.« Drei gegen drei, dachte Germain. Das wird interessant. »Informiert Lackland, signalisiert der *Victoria* und ihrer Eskorte. Sagt, wer sich an Bord dieses Schiffes aufhält und dass wir angegriffen werden. Wir brauchen Hilfe.« Leise fügte er hinzu: »Während des ganzen Aufruhrs übernehmen wir die *Victoria* und wechseln das Schiff. Dann gehört sie uns.«

Denton unterdrückte die aufkommende Übelkeit. Er stieg die Treppe hinunter und ging auf die Luke zu.

»Aufstehen!«

»Geh zum Teufel!«, fauchte Michaela.

Denton packte sie, drehte sie um und durchschnitt ihre Fesseln.

»Warum hast du das getan?«, fragte sie leise.

»Wegen des Vermögens. Bewege dich!«

»Warum hast du mich so schrecklich behandelt, Onkel? Was habe ich dir denn getan?«

»Werde bloß nicht rührselig.« Er schob sie zur Luke.

Sie hielt ihn am Arm fest. »Du musst es mir sagen!«

Er riss sich los. »Du wurdest geboren.«

»Was?«

Er betrachtete ihr Gesicht. Einen so sanften, geradezu liebevollen Blick hatte Michaela noch nie bei ihm gesehen.

»Verdammt, du siehst genau wie sie aus.«

»Wie Mutter?« Auch ihr Vater hatte gesagt, die Ähnlichkeit würde dafür sorgen, dass seine Frau weiterlebte.

»Elizabeth war eine schöne, anmutige Frau. Sie war viel zu gut für Richard.«

Michaela forschte in seinem Gesicht. »Du hast sie geliebt.«

Dentons Gesicht verdüsterte sich. »Ich ... nein.« Er wandte sich ab, doch sie hielt ihn am Rock fest.

»Hasst du mich deshalb? Hast du mir deshalb mein Vermögen genommen?«

»Es gehörte mir!«, rief er. »Sie hätte mich heiraten sollen, und das wollte sie auch, bis Richard von der Ausbildung wieder zurückkam. Er stahl sie mir, während ich meinen Dienst versah.«

»Hätte sie dich wirklich geliebt, hätte sie sich nicht für ihn entschieden.«

»Was weißt du denn! Du hast sie getötet!«

Michaela begriff. »Meine Mutter ist nicht bei meiner Geburt gestorben, Onkel. Sie starb an Malaria, als ich sieben war.«

Er starrte sie betroffen an.

»Dein Hass entspringt einem Irrtum.«

»Das spielt keine Rolle mehr«, wehrte er ab und zog sie weiter.

»Was würde Mutter denken, wüsste sie, wie du mich behandelt hast? Du hast zugelassen, dass Winters mich in meinem eigenen Schlafzimmer vergewaltigt hat. O ja, sie weiß es.«

Er wurde blass.

»Sie blickt auf uns herunter, Onkel, und sie weiß alles. Was bist du doch für ein erbärmlicher Mann.«

»Was würde sie dazu sagen, dass du einen halbblütigen Bastard geheiratet hast?«, erwiderte er böse.

»Sie würde nicht nach seiner Hautfarbe oder seiner Herkunft urteilen, Atwell. Sie würde sich freuen, dass ich ihn liebe, wie sie meinen Vater geliebt hat.«

Denton hob die Hand, um sie zu schlagen, doch Michaela hielt seinem Blick furchtlos stand. Er ließ den Arm wieder sinken.

»Mein Mann wird mich holen.«

»Er ist bereits hier.«

Erleichterung malte sich in ihrem Gesicht ab.

»Er wird nicht gewinnen, Mädchen.« Sein Blick flackerte.

Wenig später begriff Michaela, was er meinte. Vom Hauptmast aus sah sie der *Empress* entgegen. Die Schiffe gingen in Position für die Schlacht, und Michaela fragte sich, ob sie jetzt zusehen musste, wie Rein starb.

Die *Sentinel*, die *Islander* und die *Empress* bildeten eine Abwehrkette. Sie waren leichter als die *Victoria* und die *Cavalier*, die mehr Ladung und schwerere Bewaffnung hatten. Das Begleitschiff war jedoch nur spärlich waffnet. Und Rein beschloss, dieses Schiff als Erstes außer Gefecht zu setzen. Danach die *Cavalier*. Ran, er und Nick waren sich einig, dass sie die *Victoria* samt Mannschaft verschonen und nur die Waffen für die Revolution nehmen würden.

Die *Victoria* und die Eskorte befanden sich in Schussweite. Rein gab der *Sentinel* ein Zeichen. Nickolas brannte darauf, die Waffen an sich zu bringen, die seine Landsleute töten sollten. Die *Sentinel* griff an.

Rein achtete auf die *Cavalier*, hob das Fernglas ans Auge und betrachtete das Deck. Er sah nur wenige Männer.

Dann stockte sein Herz.

Michaela war an den Hauptmast gebunden und deutlich zu sehen. Das werdet ihr bezahlen, dachte er und bemühte sich verzweifelt herauszufinden, ob sie verletzt war. Germain lächelte zufrieden und sah zu ihm herüber.

Rein wandte sich zur *Islander*. Sein Vater hatte ebenfalls die Lage erkannt. Ransom kümmerte sich um das Begleitschiff, weil die *Islander* so schwach bewaffnet war.

Rein klopfte mit dem Fernrohr gegen seine Lippen

»Feuer auf das Achterdeck«, befahl er. »Kein einziger Schuss auf das Hauptdeck. Wir zielen unter die Wasserlinie. Und keine Kartätschen. Sie treffen zu ungenau.«

Popewell gab die Befehle weiter.

»Mr Veslic, signalisiert den Befehl an die *Islander.*«

Rein reichte Leelan das Fernrohr.

Der Steuermann seufzte. »Himmel, was ist das nur für ein Feigling.«

»Er ist gerissen. Und er verlässt sich darauf, dass ich nicht angreife. Leelan, bringt uns nahe genug heran.« Rein wollte keine Munition verschwenden.

Leelan befolgte den Befehl.

»Feuer frei!«, befahl Rein, und die *Empress* schwankte, als Rauch aus ihrem Rumpf schoss. Kanonen donnerten unter Deck. Rein beobachtete durch das Fernrohr und bemühte sich, Michaelas ängstlichem Gesicht auszuweichen, als die *Cavalier* erbebte, Holz splitterte und Körper durch die Luft gewirbelt wurden. Rein dachte, dass die britischen Matrosen nicht den Tod wegen der Gier anderer verdient hatten. Er befahl Leelan, die *Empress* längsseits zu bringen.

»Das ist nicht Euer Ernst!«, schrie Leelan. »Sie werden feuern.«

»Volle Segel! Die da drüben haben schwer geladen, Leelan. Kommt, Kampfgeist! Seht nur.«

Die *Victoria* kam der *Cavalier* nicht zu Hilfe, sondern floh.

Rein sah, wie die Kanoniere die Kanonen in Stellung brachten. »Feuer auf die Kanoniere!« Die Salve erschütterte die *Cavalier.* Sie kippte leewärts, Kanonen stürzten ins Meer. Und die *Empress* kam immer näher. Die *Cavalier* feuerte zehn Kanonen gleichzeitig ab. Vier Schüsse trafen, brachen den Bugmast und schleuderten ihn ins Meer. Doch die *Empress* kam noch näher auf Rammkurs und wendete scharf. Rein verließ das Achterdeck und kletterte über Trümmer und Männer.

»Näher, Leelan!«

»Verdammter Narr«, murmelte der Steuermann und gehorchte. Rein kletterte in die Takelage und ergriff zwei Taue.

Sein Blick traf über das rauchende Deck hinweg auf Germain. Der Mann stand starr da und brüllte Befehle. Rein befahl Feuer auf das Achterdeck. Germain rührte sich noch immer nicht, als um ihn herum die Kugeln pfiffen. Er lächelte Rein zu und verneigte sich, während Prather und Rathgoode starben.

Rein achtete nur auf Michaela.

Sie lächelte ihm durch den Rauch ängstlich zu. Und dann sah er, wie Denton mit einem Säbel auf sie zuging.

Ransom und Nickolas griffen gemeinsam das Begleitschiff an. Die *Victoria* segelte schnell, um dem Entern zu entgehen. Nick befahl Dauerfeuer und setzte die *Sentinel* vor den Bug des Begleitschiffes. Es feuerte und zerstörte den Besanmast der *Islander*. Männer schrien. Einige sprangen ins Meer, um nicht zu verbrennen. Die kleinere *Islander* schoss zurück, und Nickolas schloss sich an. Minuten später neigte sich das Begleitschiff. Nickolas wendete die *Sentinel* sofort, um die *Victoria* zu jagen.

Ransom stand im Bug und wandte sich an den Kapitän des Begleitschiffes. »Ergebt Ihr Euch?«

Der Kapitän schlug mit seinem Degen durch die Luft. Kanonen donnerten, trafen die *Islander* breitseits und rissen sie fast entzwei.

»Entert!«

Die *Cavalier* feuerte und riss ein Loch ins Deck der *Empress*. Der Vordermast versank im Schiffsrumpf. Rein schwang sich über das Wasser, verlor die Pistolen und landete nahe dem Besanmast. Mit dem Schwert in der Hand eilte er zum Achterdeck, zu Germain.

Michaela schrie ihm eine Warnung zu.

Durch den dichten Rauch sah Rein, wie Germain eine Pistole hob und sorgfältig zielte.

Rein wollte nach seinen Pistolen greifen, doch sie waren verschwunden. Germain lächelte dünn, doch bevor er schießen konnte, wurde er zur Seite geschleudert. Blut spritzte aus seiner Brust. Er schoss weit daneben. Rein sah sich nach seinem Retter um.

Nur hundert Meter entfernt sah er die *Galley Raider* und seinen Bruder Colin mit einem Gewehr.

Colin salutierte, rief und zeigte hinter ihn. Rein wirbelte herum. Ein Degen sauste an seinem Gesicht vorbei. Rein parierte, trieb dem Mann die Klinge in die Brust und kämpfte sich zum Hauptmast, zu seiner Frau, vor.

Doch Denton war näher bei ihr.

Ransom ließ die Beiboote aussetzen. Die *Islander* sank rasch. Jemand stieß einen Schrei aus. Ransom drehte sich um. Ein Schiff kam auf sie zu. Dann erkannte er seinen Sohn in der Takelage und lächelte. Der kleine Pirat!

Michaela hustete und wandte das Gesicht von dem beißenden Rauch ab. Sie flehte Männer an, sie zu befreien, doch niemand achtete auf sie. Ihr Onkel wankte auf sie zu, kletterte über seine toten Kameraden. Er kam, um sie zu töten.

Dann sah sie Rein hinter ihm. Ihr Herz schlug heftiger.

Mann um Mann schaltete er aus, kletterte über Trümmer, wütend und entschlossen. Bei seinem Anblick stemmte sie sich gegen die Fesseln. Er konnte sie nicht vor ihrem Onkel erreichen. Mit ausgestrecktem Bein versuchte sie, den Degen eines Gefallenen zu sich heranzuziehen, während die Männer der *Empress* Planken von Schiff zu Schiff legten und die *Cavalier* enterten. Kugeln schlugen rings um Michaela ein. Sie duckte sich. Ihr Onkel erreichte sie. Entsetzt starrte sie auf den Degen, den er hoch über den Kopf hob.

»Onkel, ich flehe dich an!«

»Michaela!«, schrie Rein entsetzt, als Denton zuschlug und ihre Fesseln durchtrennte. Michaela fiel nach vorne und hielt sich fest.

Denton wirbelte zu Rein herum und hob abwehrend die Waffe.

»Nehmt sie.«

Michaela kroch bereits zu ihrem Mann.

»Schafft sie weg«, keuchte Denton und presste die Hand auf den Magen. Blut sickerte durch seine Finger. »Ich möchte, dass etwas von … Elizabeth überlebt. Verzeiht mir«, keuchte er und fiel sterbend auf die Knie.

Michaela drückte sich an Rein, als Denton auf das blutige Deck rollte. Es war so gut, wieder bei Rein zu sein und seinen Herzschlag zu spüren.

»Hallo, Gemahl«, murmelte sie bebend. »Du bist rechtzeitig gekommen.«

Lächelnd streichelte er ihr Gesicht. »Beim Gott des Donners, ich dachte, ich hätte dich verloren.«

»Niemals«, flüsterte sie.

Er gab ihr rasch einen Kuss, schob sie zur Besantakelage und drängte sie hinaufzuklettern. »Hat er dir weh getan?«

»Nein, ich bin nur hungrig!«

Er stieg neben ihr hoch, machte mit einem Seil eine Schlinge und stellte ihren Fuß hinein. »Wir müssen auf die *Empress*. Dieses Schiff sinkt.«

»Nein.« Sie schüttelte den Kopf. »Können wir nicht die Planken benützen?« Im selben Moment neigte sich das Schiff, und die Planken stürzten ins Wasser.

Er packte die Seile und schlang die Arme um Michaela. »Vertraust du mir?«

»Natürlich.«

Er stieß sich ab, und sie schrie und klammerte sich an ihn, während sie über das Wasser schwangen. Hände griffen nach ihnen und zogen sie aufs Achterdeck. Rusty lächelte Michaela zu, doch Rein nahm sie sofort in die Arme und küsste sie, presste sie an sich und strich ihr durchs Haar.

»Ich liebe dich, ich liebe dich«, murmelte sie an seinen Lippen.

»Michaela, ich dachte ... nie wieder ... beim Donner ...« Seine Stimme brach, während er sie festhielt und erschauerte.

Kanonendonner zwang die beiden, sich umzudrehen.

Sofort erteilte Rein Befehle. Die *Victoria* und die *Sentinel* waren noch immer mitten in der Schlacht. Die *Galley Raider* barg die Männer der *Islander* aus dem Wasser und gab Feuerschutz gegen das weiterhin angreifende Begleitschiff. Rein hielt Michaela an seiner Seite. Hinter ihnen sank die *Cavalier*. Die Beiboote wurden zu Wasser gelassen, und er nahm die Überlebenden auf.

Nickolas hob den Arm und wollte den Feuerbefehl geben.

Michaela riss sich von Rein los und stürzte zur Reling. »Nickolas, nein! Das Gold!«

»Bist du verrückt?«, schrie Nickolas zu ihr herüber.

»Dieses Gold ist für Waffen, Kleidung und Lebensmittel bestimmt!«

Sie nahm Leelan die Pistole ab und zielte auf Nickolas. »Nur die Waffen und sonst nichts.« Sie deutete mit dem Lauf auf die zerstörten Schiffe. »Die Männer führten nur Befehle aus. Vielleicht schaffen sie es nicht, aber wir geben ihnen die Chance.« Langsam wurde es still. Alle achteten auf sie. »Zeig der Welt, dass wir toleranter sind und dass wir mit unserem Kampf etwas Gutes anstreben und nicht wie diese Leute sind. Wir nehmen Frauen und Kindern kein Essen weg. Grausamkeit bringt keine Freiheit. Das ist Englands Art, Germains Art. Wir werden siegen, weil wir für Gerechtigkeit kämpfen.«

Nickolas senkte den Arm und nickte.

Michaela seufzte erleichtert.

In diesem Moment begriff Rein endlich ihre Sehnsucht nach Freiheit und war unendlich stolz auf sie und ihren Mut. Sie zeigte Mitgefühl, obwohl sie Grund zur Rache hatte.

»Bravo!«, rief jemand in die Stille, und die anderen fielen mit ein. Michaela sah sich errötend um.

»Sehr gut«, murmelte sie und löste sich von der Reling. »Das überstehe ich nicht.«

Rein lachte leise über ihre Verlegenheit und küsste sie auf die Stirn. »Eine wundervolle Ansprache, Liebste. Ich würde dir sofort folgen.«

»Ich will nicht, dass mir jemand folgt.«

Er sah sie fragend und besorgt an.

»Ich habe abgeschlossen.« Sie reichte ihm die Pistole und betrachtete die rauchenden Schiffe. »Ich stelle für die Rebellion eher eine Bedrohung als eine Hilfe dar. Ich kann nicht nach England zurück, und in den Kolonien …« Sie schüttelte den Kopf. »England hält Amerika noch immer besetzt, Rein. Wir beide könnten auch dort wegen Hochverrats verhaftet werden. Wir könnten nicht neu anfangen, ohne unsere Freunde zu gefährden.« Sie zeigte auf Nickolas. »Bis England Amerikas Unabhängigkeit anerkennt.«

»Wir haben ein Zuhause auf Sanctuary und auch eines auf Madagaskar, Michaela. Es geschieht, was du willst.«

Ihre Traurigkeit wich purer Freude. »Liebe mich, Rein. Denn ich kann nur noch dich lieben.«

»Dem Himmel sei Dank«, stöhnte er und küsste sie. »Ich liebe dich.«

Über seine Schulter hinweg sah sie Colin bei Ransom stehen. »Da ist allerdings noch etwas, das ich in Ordnung bringen muss.«

Rein drehte sich um. Seine Frau griff nach der Pistole und zielte auf Colin.

Colins Augen weiteten sich.

Ransom starrte zu ihnen herüber. »Rein! Bändige diese Frau!«

Rein trat neben sie, während sie genau zielte. »Was willst du tun?«

Colin verschränkte die Arme.

»Ich erwidere das Feuer. Du tust es nicht, weil du ihn liebst. Nun, ich liebe ihn nicht.« Sie drückte den Abzug, und die Kugel schlug links von Colins Fuß ein. Er zuckte zurück und hob die Arme.

Colin fluchte. Nickolas lachte. Die Matrosen grinsten.

Rein unterdrückte sein Lachen. »Du hast ihn verfehlt.«

Sie warf ihm einen Blick zu. »Sagte ich denn, dass ich ihn treffen will?«

Colin ließ langsam die Hände sinken.

Michaela sah ihn provozierend an.

»Willst du eine andere Pistole, Liebste?«, fragte Rein.

Sie blickte zu Colin, lächelte jedoch. »Ein Schuss genügt, danke.«

Colin lachte schallend auf. »Verdammt, Rein, ich mag sie!«, rief er über das Wasser.

Michaela gab einen verächtlichen Laut von sich. Es reichte ihr, dass der dumme Pirat wusste, dass er vor Wochen die Grenze überschritten hatte, indem er Rein angegriffen hatte.

»Du hast schon wieder diesen Gesichtsausdruck«, sagte Rein.

Sie lächelte. »Was denn für einen?«

Er deutete zu Colin. »Einen, der sagt, dass du noch einen Montegomery gefunden hast, den du quälen kannst.«

»Nein, du bist der einzige Mann, den ich quälen will«, versicherte sie leise.

Rein nahm ihr die Pistole weg. »Könnten wir gleich damit anfangen?«, fragte er, reichte Leelan die leere Pistole und führte Michaela zur Leiter, um sich mit ihr in die Kabine zurückzuziehen.

Lachend blieb sie stehen und küsste ihn, bis seine Knie weich wurden.

»Weißt du, kleine Rebellin«, sagte er atemlos, »du bedrohst die Montegomery-Männer viel zu oft.«

Ihr Lächeln zeugte von Liebe. »Aber nur einmal, Rein, habe ich auf das Herz gezielt.«

Epilog

1783

Michaela stieg aus dem Bett und ging barfuß ins Kinderzimmer, öffnete die Tür und lehnte sich lächelnd an den Türrahmen. Rein saß am Fenster im Schaukelstuhl. Die warme Luft von Carolina bewegte die Vorhänge. Leise sprach er mit Jackson, während sie näher kam.

»Hast du deine Mama heute Abend gesehen? Sie war die schönste Frau im Raum. Und die Einzige, die für Tapferkeit im Kampf um die Freiheit unseres Landes geehrt wurde. Sie war Spionin, musst du wissen.«

Jackson brabbelte leise und sah ihn groß mit blaugrünen Augen an. »Ach, das wusstest du nicht? Ich hätte schwören können, dass ich es schon erwähnt habe«, sagte Rein.

Er wiegte das Baby, berührte die winzigen Fingerchen und knabberte an den Zehen.

»Du wirst in Freiheit leben, mein Sohn, und das verdankst du Menschen wie deiner Mutter und Onkel Nickolas.«

»Und dir, Liebster«, flüsterte Michaela.

Überrascht drehte er sich um.

»Ich vergesse nicht, wie du dich uns angeschlossen hast, ohne den Grund zu verstehen.«

»Ich habe ihn verstanden«, behauptete er beleidigt.

Sie lächelte. »Lügner.« Sie nahm Jackson und setzte sich auf die Fensterbank, öffnete den Hausmantel und gab dem Baby die Brust.

Rein legte die Beine neben ihr auf den Sitz und seufzte zufrieden.

Nebenan schliefen zwei dunkelhaarige Jungen unter der Decke der Freiheit. Sie waren jetzt Amerikaner, doch zweimal im Jahr segelten sie nach Madagaskar und Mozambique und danach nach Sanctuary. Michaela wollte dorthin, weil sie dort von dem Wichtigsten umgeben war – von ihrer Familie. Wenn sie wollte, würde er mit ihr dorthin gehen. Bis ans Ende der Welt wollte er ihr folgen, und er wäre auch für sie gestorben. Zum Glück war der Krieg zu Ende, sodass er kein so großes Opfer mehr bringen musste.

Sie küsste ihren Sohn und strich sich das Haar von der nackten Schulter zurück. Beim Gott des Donners, sie war eine ungezähmte Schönheit und brachte sein Blut zum Sieden. Er liebte sie mit jedem Blick mehr, mit jeder Berührung. Sie schenkte ihm so großzügig ihr Herz. Und er brauchte seine Gefühle nicht mehr zu kontrollieren, weil er bei ihr jede Zurückhaltung aufgeben durfte. Rein lächelte. Sie verlangte sogar danach.

Er stand aus dem Schaukelstuhl auf, setzte sich neben Michaela und lehnte sich an den Fensterrahmen. Der Mond schien auf sie beide, als Michaela sich seufzend an Rein schmiegte. Jackson nuckelte geräuschvoll.

»Ich liebe dich«, flüsterte Michaela. »Habe ich das heute schon gesagt?«

Lächelnd spielte er mit ihren Locken, die ihre Brust verhüllten. Ihr leises Stöhnen weckte sein Verlangen. »Du brauchst es nicht auszusprechen, kleine Rebellin.« In ihrem Kuss fand er Liebe, und er war dankbar für den Tag, an dem sie ihm eine Kugel in den Körper gejagt und sein totes Herz wiederbelebt hatte. In ihr hatte er mehr als Liebe gefunden, mehr als eine Partnerin für dieses und das nächste Leben. In der Liebe zu ihr hatte er seine eigene Freiheit gefunden.

Und das wollte er für das nächste Jahrhundert genießen.

AMY J. FETZER

Die Geliebte des Piraten

Ins Deutsche übertragen von
Susanne Kregeloh

Roman

In Liebe und Freundschaft
für Maureen Child
alias Kathleen Kane

Für Primadonnentum und schöne Glücksspiele
nur zum Spaß.
Für ergötzliches »Ratschen« und das Wahren meiner
Geheimnisse – vor allem der völlig verrückten.
Für Daniel Boone und Hogless One
und hundert Arten, Wildbret zuzubereiten.
Für die Geduld, immer wieder einen letzten Versuch
mit mir zu wagen.
Für den Glauben an meine brillanten Augenblicke,
auch wenn es diese gar nicht gibt.
Dafür, eine verwandte Seele zu sein, die mich stützt und
sich nicht scheut, mir auf unserem gemeinsamen Weg
»einen Tritt zu geben« und die Dinge beim Namen zu nennen.
Mädchen, du bist die Beste,
und ich hoffe, du wirst es nie leid werden, die Frage zu hören:
»Sag mir – ist das miserabel?«
Denn sollte das geschehen,
wäre ich verloren.

Piraten-Statut

I. Jeder Mann hat mit seiner Stimme teil an der Entscheidung in Angelegenheiten von Tragweite. Er hat Anspruch auf seinen Teil an Vorräten und Branntwein, wann immer diese zur Verfügung stehen, und verfügt nach Belieben darüber, es sei denn, das Gemeinwohl erfordert Einschränkungen.

II. Jeder Mann wird bei der Verteilung der Beute entsprechend seinem Status an Bord bedacht. Über seinen festgelegten Anteil hinaus stehen jedem Kleider zum Wechseln und notwendige Ausrüstung zu. Betrügt jemand seine Kameraden auch nur um den Wert eines Schillings in Silber, Juwelen, Gold oder Münze, wird er ohne Gnade auf einer unbewohnten Insel ausgesetzt. Wer etwas geheim hält oder einen anderen beraubt, der sich in seiner Gesellschaft befindet, dem werden die Nase aufgeschlitzt und die Ohren abgeschnitten und er wird unter den Bedingungen strengster Härte an Land gesetzt.

III. Niemand darf an Bord um Geld spielen, auch nicht mit Würfeln oder Karten.

IV. Jeder Mann muss seine Flinte, seinen Säbel und seine Pistolen stets in Ordnung und bereithalten.

V. Keinem Kind und keiner Frau ist es erlaubt, sich an Bord aufzuhalten, es sei denn zu besonderen Gelegenheiten wie einem geselligen Beisammensein. Wird ein Mann überführt, eine Angehörige des letztgenannten Geschlechts zum Zweck selbstsüchtiger Lustbefriedigung und Verführung in Verkleidung an Bord gebracht zu haben, wird er mit der Abtrennung seines Organs bestraft.

VI. Wer das Schiff oder seinen Posten verlässt oder während des Kampfes Feigheit zeigt, wird mit dem Tode bestraft.

VII. Niemand darf an Bord einen anderen angreifen; der Streit wird an Land ausgetragen und zwar mit dem Schwert oder mit Pistolen nach der üblichen Art eines Duells zwischen Gentlemen.

VIII. Jeder Mann, der durch seinen Dienst zum Krüppel wird oder eines seiner Gliedmaße verliert, erhält 800 Pesos aus der Beutekasse; für geringere Verwundungen erhält er einen entsprechenden Betrag.

IX. Der Kapitän und der Quartiermeister erhalten je zwei Anteile einer Prise, der Oberkanonier und der Bootsmann je eineinhalb Anteile und der gewöhnliche Matrose sowie Glücksritter und Abenteurer je einen Anteil.

Kapitel 1

1757 – Kalkutta, Indien

Hellrotes Blut färbte seine Klinge.

»Entscheide dich jetzt, Mann.« Raiden zog die Augenbraue hoch und setzte seinem Widersacher das Schwert an die Kehle. »Ich biete dir das nur einmal an.« Als der Soldat der *East India Company* unentschlossen zögerte, drückte Raiden ihm die scharfe Spitze der Waffe gerade so tief in die Haut, dass Blut hervortrat. »Bist du bereit, Yama gegenüberzutreten? Oder ist es Allah, der dich willkommen heißen wird?«

Der Mann schluckte mühsam und sein Blick glitt kurz über die beiden Soldaten, die tot zu seinen Füßen lagen. Dann warf er sein Schwert zu Boden und wich zurück, wobei er die Hände hob, um sich zu ergeben. Raiden nickte kurz, und der Mann ergriff die Flucht. Er rannte die schmale Straße hinunter und verschwand in der Menschenmenge, die sich auf dem Marktplatz drängte. Raiden war kaum einen Schritt weit gekommen, als aus den dämmrigen Gassen und Türbögen plötzlich drei weitere Soldaten auftauchten. Für ihren fliehenden Kameraden hatten sie nur einen verächtlichen Blick übrig, ehe sie auf Raiden zustürzten und ihn attackierten. Englische Stutzsäbel und Furcht erregende Krummsäbel durchschnitten vor seinem Gesicht die Luft.

Stahl klirrte und die beiden Kontrahenten bekamen Tuchfühlung, als Raidens Schwert sich mit dem seines Kontrahenten kreuzte. Raiden empfand Mitleid für den Mann, der nur halb so groß war wie er. Er packte ihn mit einer Hand am Revers und hob ihn hoch. »Lass die Waffe fallen.«

Das Schwert fiel in den von der Sonne ausgedörrten Straßenstaub. Mit einem kräftigen Schwung schleuderte Raiden den Mann in den Verkaufskarren eines Händlers, der lautstark fluchte. Blau uniformierte Soldaten stürmten jetzt von allen Seiten auf Raiden ein. Ein kurzer Schlagabtausch und er hatte zwei von ihnen abgewehrt. *Lästige kleine Kreaturen*, dachte er und trat gegen ein wackliges Gerüst aus Stangen und Tuchbahnen, das wie ein Kartenhaus über seinen Angreifern zusammenfiel. Es begrub die Männer unter einem Berg blau und rot gefärbter Stoffe, die noch feucht vom Färben waren.

Raiden nutzte diesen Augenblick zum Rückzug. Doch die flinken, dunkelhäutigen Männer hatten seine Verfolgung rasch wieder aufgenommen, angespornt von dem Ziel, ihn zu töten. *Nein, heute noch nicht*, dachte er und stellte sich den Männern kurz entschlossen entgegen. Er wünschte nur, dass er mehr Zeit hätte, seine Pistolen neu zu laden. Metall blinkte auf. Einer der Soldaten kam dicht genug heran, um Raiden am Arm zu verletzen, doch zahlte es ihm der auf gleiche Weise heim. Noch während sie kämpften, sah Raiden, dass der Blick des Mannes an ihm vorbeiglitt und sich auf das Geschehen hinter ihm richtete.

Er fuhr blitzschnell herum. Eine wunderschöne Frau, die trotz der herrschenden Hitze elegant und kühl wirkte, schlug einem Mann gerade einen Terrakotta-Krug über den Schädel. Der Mann fiel zu Boden, und die Klinge, die für Raidens Rücken gedacht gewesen war, entglitt seiner Hand.

Die Frau klopfte sich den Staub von den Händen und zuckte mit den Schultern. »Die Chancen schienen schrecklich unfair verteilt«, erklärte sie und wies dann hinter ihn. »Passt auf Euch auf, Sir.«

Raiden drehte sich um. Weitere Soldaten der *East India Company* kamen um die Gassenecken gelaufen, schlüpften unter den Karren und Tischen hervor, die auf dem Marktplatz aufgebaut standen. Raiden wusste, wann er hoffnungslos in der Minderzahl und die Zeit reif zum Ankerlichten war. Er packte die Frau an der Hand und ignorierte ihren Protest, als er sie – nicht gerade sanft – mit sich zog und die Straße hinunterrannte. Offensichtlich war er verraten worden. Die Soldaten hatten ihn erwartet. Es war nicht das erste Mal während der vergangenen acht Tage, dass er um sein Leben laufen musste. Aber heute hatte er so etwas wie ein weibliches Gepäckstück im Schlepptau, das gut und gerne zwanzig Pfund an Unterröcken mit sich herumschleppte, was seine Flucht gefährlich verzögerte.

Willa wehrte sich dagegen, über die holprige Straße gezerrt zu werden. »Spart Euch das«, keuchte sie und raffte mit einer Hand ihr Kleid, während sie versuchte, mit diesem Rohling Schritt zu halten. »Sie sind hinter *Euch* her.«

»In dieser Schlacht machen sie keinen Unterschied, M'lady.«

Sie zerrte an seiner Hand. »Das Risiko gehe ich ein.«

»Ich aber nicht.« Er zog sie in eine Nebengasse und stellte sich vor sie, ehe er um die Mauerecke spähte.

»Das entscheidet nicht Ihr.« Sie versuchte, an ihm vorbeizuschlüpfen, doch ohne sie eines Blickes zu würdigen, streckte er den Arm aus und hinderte sie daran.

»Ihr aber auch nicht.«

Willas Blick fiel auf das blutbefleckte Schwert, das er fest in der Hand hielt, und sie schluckte. Hatte sie etwa dem falschen Mann geholfen? Sie musterte die beiden Steinschlosspistolen und die Messer, die in seinem breiten Gürtel steckten, und begriff, dass sie mit ihrer Befürchtung Recht hatte.

»Ich habe Euch nicht aufgefordert, Euch in meine Angelegenheiten zu mischen, Frau.« Er zog sich hastig von der Hausecke zurück und ging weiter in die Gasse hinein, wobei er Willa mit sich zog. »Und Ihr habt einen ihrer Kameraden verletzt.«

Sie blieb stehen und sah ihn an, die Hand in die Hüfte

gestemmt. »Haltet mir nicht einen leichten Schlag auf den Kopf vor, wenn Ihr sie für Euren Teil in Stücke zerhackt habt.« Sie gestikulierte jetzt heftig, und ihr perlenbestickter Ridikül schwang am Handgelenk hin und her.

Sieh an, dachte er, sie hat mehr Feuer im Leib als gut für sie ist. Und ausgerechnet ihm widerfuhr das Glück, von einem rothaarigen Frauenzimmer gerettet zu werden, das, Gott bewahre, voller Widerspruchsgeist steckte. »Ich habe zweien den Garaus gemacht – sie mittendurch gehauen«, gestattete er sich das Vergnügen, den Ablauf genauer auszuführen. Er sah, dass sich ihr Gesicht vor Entsetzen verzerrte. Seine Gefühllosigkeit lag ihm wie ein Stück verdorbenes Fleisch im Magen und er ärgerte sich über sich selbst. Mit zwei Schritten war er bei ihr. »Erwartet Ihr jetzt von mir ewige Dankbarkeit dafür, weil Ihr diesem Soldaten eins über den Schädel gegeben habt?«, fragte er vorwurfsvoll, während er sie umdrehte und vor sich herschob.

»Ein einfaches Dankeschön würde genügen.« Über die Schulter warf sie ihm einen geringschätzigen Blick zu. »Aber offensichtlich sind gute Manieren unter blutdürstigen Barbaren Eures Kalibers nicht üblich.« Er streckte die Hand nach ihr aus. Sie wich ihm aus, doch er griff nach ihrem Handgelenk und packte nach einem kurzen Handgemenge schmerzhaft zu.

»Legt Euch nicht mit mir an, Frau. Sie würden Euch allein für das da töten«, stieß er hervor und wies mit einer Kopfbewegung auf die Juwelen, die ihren Hals und ihre Ohren schmückten. »Und ich könnte das auch.«

Sie reckte das Kinn, ihre Augen funkelten herausfordernd. »Ehe ich mein Leben dafür lasse, gebe ich sie freiwillig her.« Sie legte die Hand unter die Halskette und bewegte diese leicht, als wollte sie ihn verhöhnen. »Würde es Euch nicht gefallen, sie Euch zu nehmen?«

Er gab einen Ton von sich, der wie ein Knurren klang, und

Willa erwartete fast, dass ihm jetzt Raubtierzähne wachsen würden.

»Ich beraube keine wehrlosen Frauen«, stieß er zwischen zusammengebissenen Zähnen hervor – obwohl sie durchaus über Waffen verfügte, denen kein Mann etwas entgegenzusetzen hätte.

»Ach, Ihr bestehlt nur jemanden, der bewaffnet ist?«

»Allerdings. Ich erwarte mindestens eine Pistole oder ein Messer.« Er zog sie mit sich. »Das macht das Ganze noch ein wenig spannender.«

O dieser Schuft, dachte sie und verzog hilflos den Mund. Er sah sie aus zusammengekniffenen Augen an, als sie sich weigerte, ihm zu folgen und einfach stehen blieb.

»Es ist wirklich nicht nötig, so grob zu sein.«

»Dann bewegt Euren verwöhnten Hintern endlich vorwärts.«

Sie keuchte schockiert auf und entwand sich seinem Griff, gleichzeitig trat sie ihm mit ihrem zierlichen Fuß vor das Schienbein. Aufstöhnend gab er sie frei, und die abrupt wiedererlangte Freiheit ließ Willa rückwärts taumeln. Ehe sie gegen die Wand prallen konnte, legte Raiden die Arme um ihre Taille und zog sie an sich.

Ihr Blick verlor sich in Augen, die so dunkel waren wie die Mitternacht, faszinierend und unergründlich, und die sie atemlos machten. Was sie sah und fühlte, stürmte auf Willa ein – Haare so schwarz wie Zobel, Gesichtszüge, die wie gemeißelt wirkten und von Erfahrungen geprägt worden waren, die sie nur erahnen konnte, die unnachgiebige Härte seines Körpers, die stählerne Kraft seiner Arme, die ihren Leib umschlungen hielten und ihr jede Flucht verweigerten … und die berauschende Hitze, die von ihr Besitz ergriff und ihre Fassung bedrohte.

Für den Bruchteil einer Sekunde spürte Raiden, wie sie in seinen Armen nachgab, sich warm und weich an ihn schmiegte, und die Befürchtung, niemals mehr davon zu erleben, quälte ihn. »Vorsichtig, Mädchen.« Er schob sie gegen die Steinmauer, bis sie mit dem Rücken dagegen stieß. »Ihr schwimmt in einem Wasser, das für eine wie Euch viel zu tief ist.«

Sie kämpfte darum freizukommen, ihre gespielte Tapferkeit verflog so schnell wie ihr die Angst den Rücken hinaufschoss. »Ich weiß nur, dass ich nicht hier sein will.«

Er lehnte sich gegen sie, die Schwere seines Körpers trieb ihr die Luft aus den Lungen. »Dann hättet Ihr sie mich töten lassen sollen.«

Sein unheilvoller Gesichtsausdruck schien ihr die Kehle zuzuschnüren, sie in seinen Bann zu schlagen.

Er setzte diese Miene auf, um sie einzuschüchtern, um ihr deutlich zu machen, dass sie sich in etwas eingemischt hatte, das weitaus gefährlicher war als irgendeine belanglose Straßenrauferei ... Doch sie sah die Wahrheit in seinen Augen, sein Blick verriet sein Innerstes und enthüllte ein seltsames Flehen. Er buhlte um den Tod. Vielleicht nicht in dieser Nacht, nicht in diesem Augenblick, aber da war nichts in seiner dunklen Seele. Keine Hoffnung. Keine Zärtlichkeit. Eine Mischung aus Furcht und Mitleid überschwemmte Willa, selbst als sein Blick sie warnte, ihm nicht zu nahe zu kommen.

»Das konnte ich nicht zulassen. Nicht einmal bei einem Mann wie Euch.« Sie sprach leise, die Herausforderung, die sie in seinen Augen las, faszinierte sie.

»Ihr verschwendet Euren Mut, kleiner Rotfuchs«, sagte er rau, sein Gesicht ganz nah an ihrem. »Ich könnte kurzen Prozess mit Euch machen und Euren hübschen weißen Hals durchschneiden.«

»Wenn dem so wäre«, sie reckte ihr Kinn hoch, als wollte sie ihm ihren schlanken Hals darbieten, »dann hättet Ihr mich ebenso gut den Soldaten überlassen können.«

Raiden zog die Stirn kraus. Er wollte weder ihr Vertrauen noch ihre Naivität. Er verdiente wenig von beidem. »Das könnte ich immer noch tun.« Er zog ein gefährlich aussehendes, langes Messer aus seinem Gürtel und sah, wie ihre Augen sich weiteten. »Und ich könnte mehr als nur die Juwelen von Euch verlangen.« Er beugte sich zu ihr herunter, sein Mund näherte sich ihr wie eine Drohung.

Willa stockte der Atem. Ihr Blick glitt zwischen seinen unergründlichen Augen und seinem Mund hin und her, allein schon der Gedanke ihn zu küssen schnürte ihr die Kehle zu.

Die lauten Rufe der Soldaten hallten plötzlich in der Gasse wider.

Willa zog die fein geschwungenen Augenbrauen hoch, und ihre Lippen verzogen sich triumphierend.

Er grinste. »Ihr habt Euch für dasselbe Übel entschieden«, sagte er und griff unter ihre Röcke. Warm und schwer glitt seine Hand ihren nackten Oberschenkel hinauf.

Willa unterdrückte ihre Angst und sah ihm fest in die Augen. »Ich habe Euch das Leben gerettet«, stieß sie hervor und stemmte die Hände gegen seine Brust. »Erweist mir die Höflichkeit, Eure Hand wegzunehmen!«

Der Abscheu in ihrer Stimme traf Raiden wie ein Schlag und sein Gesichtsausdruck verfinsterte sich. »Still, Frau! Ihr seid zu langsam in all diesem Plunder.« Er hob die Röcke bis über ihre Taille hoch und durchtrennte mit zwei raschen Streichen seines Messers die Bänder und Schnüre des Reifrockes und der zahlreichen Unterröcke.

Willa fühlte sich zutiefst gedemütigt. Zornig und aufgebracht schlug sie ihm auf die Hände.

Davon unbeeindruckt zog Raiden sie aus dem Kleiderberg heraus und zog sie mit sich. Willa stolperte einige Male über die jetzt überlangen Röcke, bis sie einen Arm voll der grünen Seide zusammenraffte. Sie schaute voll Bedauern auf die kostbaren Spitzen und den Reifrock zurück, als die Männer in die Gasse gelaufen kamen.

Dieses Mal waren sie mit langläufigen Gewehren bewaffnet.

»Allmächtiger!«

Raiden schaute sich nicht um. »Lauft!« Die Soldaten schossen auf sie, und die Kugeln schlugen genau in dem Augenblick in die Mauern ein, als Willa und Raiden um die Ecke flüchteten.

Mehr Bein zeigend als es schicklich war, rannte Willa bis zur Westseite des Marktplatzes hinter ihm her. Sie hatte keine Ahnung, wo sie eigentlich waren, und im Zwielicht der untergehenden Sonne konnte sie die Umgebung nur schwer erkennen. Sie war gezwungen, ihm zu vertrauen, auch wenn er sie keine Sekunde losließ und sie in seinem Spiel wie eine Gefangene behandelte. Die Händler waren dabei, ihre Läden zu schließen und ihre Karren zu packen, als Willa und Raiden an ihnen vorbeiliefen. Sie prallte gegen einen mit Schüsseln und Krügen schwer beladenen Tisch, der umstürzte. Als sie stehen blieb, um die verstreut liegenden Teile aufzusammeln, rief er ihr sofort zu, sie solle weiterlaufen und riss sie mit sich. Eine Frau, die wie eine Hexe vor ihrem Hexenkessel inmitten schwarzer Kessel und Töpfe hockte, zeterte laute und verriet den Verfolgern dadurch, wo sich die Flüchtenden gerade befanden. Raiden zischte der Frau etwas auf Hindi zu, als sie vorbeiliefen, und die Frau verstummte und kauerte sich zusammen.

Der Duft von Curry, Zimt und Ingwer mischte sich mit dem Geruch nach Fisch, als sie sich den Kais näherten. Seine Schritte klangen hart auf der trockenen Straße, dann hohl, als er über die hölzernen Planken des Piers lief. Willas Absatz verfing sich darin, doch ohne innezuhalten, hob Raiden sie hoch und setzte sie hinter einem Holzstapel ab.

Er schirmte sie mit seinem Körper ab und ging sofort daran, seine Pistole neu zu laden.

Willa lehnte sich mit dem Rücken gegen den Holzstapel und versuchte, wieder zu Atem zu kommen. »Eingedenk Eures Benehmens könnte ich vermutlich stundenlang spekulieren –

also sagt mir bitte gleich, was um Himmels willen Ihr angestellt habt, dass man Euch diese Aufmerksamkeit erweist.«

»Ich habe Fragen gestellt«, erwiderte er.

Nun, das war sicherlich etwas, das sie verstehen konnte. Sie hatte Fragen auf Fragen über Mason gestellt und war auf eine Mauer des Schweigens gestoßen oder bestenfalls ein herablassendes Schulterklopfen. »Wer *seid* Ihr, dass diese Männer so ... beharrlich sind?«, fragte sie und spähte an seiner hohen Gestalt vorbei auf den Pier.

»Niemand von Bedeutung.«

»Im Schwindeln solltet Ihr Euch noch üben, Sir. Eure Lügen lassen eine Spur von Überzeugungskraft vermissen«, spottete sie.

Raiden schüttelte den Kopf, als er auf sie herunterschaute und ihre grünen Katzenaugen ihn wieder gefangen nahmen. In diesen Augen kann sich die Seele eines Mannes verstricken, dachte er. Diese Frau ist wirklich wunderschön und faszinierend sinnlich. Und sie trug höchst aufreizende französische Unterwäsche. »Mein Name ist Raiden.« Er warf einen prüfenden Blick auf die Straße. »Und wer seid Ihr?«

»Willa.« Wohlweislich verschwieg auch sie ihren Familiennamen. Es machte keinen Sinn, irgendwie ... *vertrauter* miteinander zu werden. *O denk nicht einmal daran*, schalt sie sich, als sie daran dachte, wie warm sich der Druck seiner Hand auf ihrem Bein angefühlt hatte.

Dass sie es unterließ, ihren vollen Namen zu nennen, entging Raiden keineswegs. Damit zog sie eine Grenze, die er nach ihrem Dafürhalten brauchte. Über die Schulter warf er ihr einen Blick zu, den er gerade so lange auf ihr ruhen ließ, dass er unverschämt wirkte. »Kommt, wir werden diesem Spiel jetzt ein Ende machen.« Die Pistole im Anschlag und den Säbel gezogen, machte er einen Schritt aus dem Versteck heraus.

Willa packte ihn am Arm. Sie spürte, wie sich seine harten

Muskeln bewegten, dann bemerkte sie, dass ihre Handfläche feucht von Blut wurde. »Hoffnungslos in der Minderzahl und dazu auch noch verletzt« – sie hielt die Hand hoch – »und Ihr sucht noch immer den Kampf? Ich hätte Euch für gescheiter gehalten, Barbar.« Sie fasste nach ihrem Kleidersaum, um einen Stoffstreifen von ihrem Unterrock abzureißen, und stieß einen missmutigen Laut aus, als ihr wieder bewusst wurde, dass sie keine Unterröcke mehr trug. Kurzentschlossen zerriss sie den Futterstoff ihres Kleides. »Vielleicht mag Euch Euer Leben nichts wert sein« – sie richtete sich auf und verband seinen Oberarm – »aber ich habe vor, alt und grau zu werden, unpassende Dinge zu sagen und meine Enkel zu verwöhnen.«

Raiden schaute auf ihren gebeugten Kopf hinunter, und beim Anblick ihrer sanften Hände auf seinem Arm rührte sich ein seltsames Gefühl in seiner Brust. »Und kein Aufstampfen mit Eurem Krückstock? Kein Zermusen Eures Essens zu Brei?«

Sie schürzte die Lippen. »Wie aufmerksam von Euch, das noch hinzuzufügen.« Sie verknotete den Verband. »Aber ich habe die Absicht, meine Zähne zu behalten.«

Ein Lächeln wollte sich auf sein Gesicht stehlen, auch wenn das Bild, das sie malte, fremd für ihn war, wenn es eine Zukunft beschrieb, die er für sich niemals Realität werden lassen würde. Denn es führte ihm vor Augen, welchen Wert sein Leben hatte. Es brachte ihn dazu, sich dafür zu verabscheuen, sie in dieses Durcheinander verwickelt zu haben. Aber sie hatte Recht. Es gab vieles, um das er sich noch kümmern musste, und er hatte nicht die Absicht, wie ein räudiger Hund in den Straßen Kalkuttas zu verrecken. »Ihr seid jetzt gebrandmarkt, weil Ihr mir geholfen habt.«

Ohne aufzusehen, säuberte sie sich die blutbeschmierten Hände mit ihrem Taschentuch. »Zu meinem ewigen Bedauern.«

Ja, dachte er, und jede Sekunde länger in seiner Gesellschaft könnte sie das Leben kosten. »Falls die Soldaten uns aufspüren und es wieder zum Kampf zu kommen droht, dann lauft laut schreiend auf sie zu.«

Willa sah ihn ungläubig an. »Wie bitte? Aber man wird Euch beschuldigen, mich –«

»... Euch alles geraubt zu haben, was zu rauben war«, ergänzte er gelassen. Obwohl er kaum lächelte, zeigte sich in seinen Augen ein amüsiertes Funkeln, als er sich dieses vorstellte. »Kommt jetzt.« Er trat hinter dem Holzstapel vor, und Willa folgte ihm wie ein Lamm zur Schlachtbank.

Er führte sie durch enge Gassen, vorbei an den Hinterausgängen von Schänken und Läden, er ging rasch und zielstrebig und war immer auf der Hut. Die Leute liefen erschreckt vor ihm davon, wenn sie ihn kommen sahen, Mütter stellten sich schützend vor ihre Kinder und scheuchten sie ins Haus zurück. Mit dem gezückten Schwert in der Hand, die Einheimischen um mehrere Haupteslängen überragend, wirkte Raiden finster und drohend – von den langen dunklen Haaren bis hin zu den schwarzen Stulpenstiefeln. Willa gestand sich ein, dass seine Nähe ihr Herz schneller schlagen ließ. Von Zeit zu Zeit streifte sein Blick sie, und immer spiegelte sich darin die Verwirrung darüber wider, auf welch unerwartete Weise Willa sich in seine Angelegenheiten eingemischt hatte. Und jeder Blick löste in Willa Gedanken aus, die sie als so närrisch empfand, dass sie sie niemals hegen sollte. Doch sie tat es nichtsdestotrotz, und als sie unter einem niedrigen Torbogen hindurchschlüpften, wusste sie, dass Raiden trotz seiner rüden Sprache und seiner Drohungen sein Leben dafür lassen würde, sie zu beschützen. Denn er hatte seine Freiheit bereits für ihre angeboten.

Es war eine verwirrende Feststellung, zumal sie ihm nicht vertrauen konnte. Ihr Blick glitt über sein Gesicht, doch sie konnte nur das Funkeln des Mondlichts in seinen Augen erkennen. Die Augen eines raubgierigen Mannes. Wortlos packte Raiden ihre Hand und trat wieder hinaus auf die Straße, wobei er sie dicht hinter sich hielt. Die Wärme seines Körpers durchdrang ihr Kleid und ließ sie seinen Geruch erahnen – faszinierend männlich und geheimnisvoll. Willa rügte sich insgeheim dafür, es bemerkt zu haben.

Raiden steckte sein Schwert in die Scheide zurück und hielt nun die geladene Pistole im Anschlag. Aufmerksam musterte er seine Umgebung. Seinen mitternachtsschwarzen Augen entging kein Schatten, keine dunkle Nische. Als ein Trupp Soldaten am entgegengesetzten Ende der Gasse, in der Nähe des Piers, auftauchte, zog Raiden Willa in einen baufälligen Stall und führte sie in den in tiefem Schatten liegenden hinteren Teil. Dabei ließ er ihre Hand nur los, als er sich duckte und unter dem tief hängenden Dachboden hindurchschlüpfte. An einer Maueröffnung, die offensichtlich als Fenster diente, blieb er stehen. Er bedeutete Willa, sich hinter ihn zu stellen. Doch sie zögerte. Allzu sehr war sie sich der Gefahr bewusst, die darin lag, auch nur einen Augenblick länger in seiner Nähe zu bleiben. Nicht nur ihr guter Ruf stand auf dem Spiel.

Er zog die Augenbraue hoch, die sich als dunkler Strich von seiner bronzefarbenen Haut abhob. »Noch immer Angst vor mir?«

»Kaum«, erwiderte Willa, obwohl es ihr widerstrebte, ihm noch weiter in das Dunkel zu folgen. »Ich traue Euch nur nicht.«

»Ihr werdet mit jedem Augenblick klüger, kleiner Rotfuchs«, murmelte er, verschränkte die Arme vor der Brust und lehnte sich gegen die Wand. Durch das Fenster sah er auf die Gasse hinaus. Die Soldaten der *East India Company* waren ihnen bislang noch nicht gefolgt. Raiden wandte sich an Willa. »Entschuldigt die mehr als dürftige Umgebung, Mylady.« Er deutete eine leichte Verbeugung an, die jedoch jeglichen Respekt vermissen ließ. »Aber es ist das Beste, was ich zu bieten habe.«

Sein sarkastischer Ton verletzte Willa, und sie rümpfte die Nase. »Gott sei Dank ist dieser Zustand ja ein vorübergehender.« Sie ließ sich nicht darüber aus, dass sie die letzten Monate an Orten verbracht hatte, die ebenso heruntergekommen gewesen waren wie dieser Stall. Als sie einen Schritt zurücktrat, stolperte sie über ihre Röcke. Sie unterdrückte einen Fluch. Ohne den Reifrock und die Unterröcke hing ihr Kleid einfach schrecklich an ihr herunter, und sie raffte einen Arm voll Stoff zusammen und bedachte Raiden mit einem vorwurfsvollen Blick, den er in der Dunkelheit jedoch nicht sehen konnte.

Aber er fühlte ihn. Raiden schaute auf und erhaschte einen Blick auf Willas wohl geformte, in feine Strümpfe gehüllte Waden und die zierlichen Schleifen der Strumpfbänder. Bei diesem Anblick so ausgesprochener Weiblichkeit zog sich etwas in seinem Innern zusammen und er musste den Blick fast gewaltsam davon losreißen. Er wollte nicht daran denken, wann er das letzte Mal mit einer Frau von Willas Format zusammen gewesen war, und zwang die Erinnerung daran in die Dunkelheit seines Unterbewusstseins zurück. Es war eine Zeit, die er nicht noch einmal erleben wollte.

Verdammt noch mal, aber er hätte sie nicht mitnehmen sollen. Die Soldaten hätten sie unbehelligt gehen lassen, allein schon deshalb, weil sie eine Dame der Gesellschaft und von vermutlich beträchtlichem Einfluss war. Er lächelte spöttisch. Die Soldaten der *East India* verfolgten kein anderes Ziel als den Schutz der Interessen der Gesellschaft und der Vernichtung all dessen, was ihnen dabei im Weg war. Das hatte ihn seine Erfahrung gelehrt. Ungewollt tauchten Erinnerungen in ihm auf, und mit einem wütenden Schnauben schob er die Pistole in den Gürtel zurück und zog stattdessen die andere hervor, um sie neu zu laden. Mit einem versteckten Seitenblick schaute er zu Willa.

Sie hatte sich auf eine große Weidenkiste gesetzt, die ein

gutes Stück entfernt von Raiden stand. Die Schatten hüllten sie fast ganz ein und klugerweise saß sie so weit vom Fenster weg, dass man sie nicht sehen konnte. Sittsam thronte sie inmitten einer Wolke grüner Seide und zupfte die Stofffalten zurecht, ehe sie begann, ihr geflochtenes Haar wieder in die Ordnung zu bringen, die es noch vor kurzem gehabt hatte. Und doch konnten ihre Bemühungen nichts an dem bezaubernd zersausten, verführerischen Anblick ändern, den sie bot. Raiden verspürte den Wunsch, diese Unordnung noch größer zu machen. Er hatte keinen Zweifel daran, dass diese Frau zum ersten Mal im Leben ins Schwitzen geraten war.

Mit dem Rücken an der Wand lehnend, lud er den Ladepfropf und schob ihn in den Lauf, dann füllte er etwas Pulver auf die Zündpfanne und drückte es fest.

Die Frau war von exquisiter Schönheit und spottete jeder Beschreibung, ihr Akzent war anders als jeder, den er bislang gehört hatte, er klang kultiviert und angenehm. Aber nur, wenn sie ihren Schnabel nicht gerade an mir wetzt, dachte er, während ihm ein Dutzend Fragen durch den Sinn gingen. Warum war sie ohne Begleitung auf dem Markt gewesen? Welcher Mann ließ eine Frau ohne Eskorte oder Zofe allein herumspazieren? Und wessen Frau war sie? Sie musste verheiratet sein, ihr Alter ließ das vermuten. Sein Blick glitt zu ihrer Hand. Obwohl sie keinen Ring trug, blieb Raiden bei seiner Vermutung. Nach seinen Erfahrungen machten die Frauen das Einhalten ihres Ehegelübdes ohnehin vom jeweiligen Augenblick und dem jeweiligen Mann abhängig.

Die Sonne wurde durch den Mond vom indischen Himmel verdrängt, die rote Hitze des Tages von der blauen Kühle der Nacht. Die Farben tanzten über Willas Gesicht und ihre nackten Schultern und ließen die Smaragde und Brillanten auffunkeln, die ihren Hals und ihre Ohren schmückten. Selbst die ehrenhafteste aller Seelen hätte jetzt in Versuchung geraten können, Willa um dieses Reichtums willen die Kehle durchzuschneiden oder sie in die Sklaverei zu verkaufen – an irgendeinen Sultan, der eine Vorliebe für helle, elfenbeinfarbene Haut hegte. Raidens Blick glitt über ihr grünes Kleid, das im Zwielicht eine dunklere Nuance angenommen zu haben schien; moirierte, schimmernde Seide, kostspielig und mit Perlen bestickt. Ein gelangweiltes Mädchen, das auf der Suche nach Abwechslung allein umherzog? Sie kramte ihr Taschentuch aus dem Ridikül heraus und tupfte sich damit Gesicht und Hals ab. Raidens Blick blieb auf das Tuch geheftet, als Willa es über ihr Dekolleté gleiten ließ, über die sanft gerundeten Ansätze ihrer Brüste. Sie war wirklich ein ausgesprochen hübsches, appetitliches Ding. Und würde ihm einen Haufen Probleme einbringen, wenn er sie nicht irgendwie loswurde.

Und er würde sie loswerden. Und das schnell.

Er steckte die Pistole zurück hinter den Gürtel. »Habt Ihr ein Haus oder eine Wohnung hier?«

Sie sah ihn an. »Das geht Euch nichts an.«

»Ihr steht unter meinem Schutz.«

Eine sanft geschwungene Augenbraue wurde hochgezogen. »Ich bin ein *Opfer* Eures Schutzes. Wie lange müssen wir noch hier bleiben?«

Er antwortete nicht, starrte sie nur an, und Willa spürte, wie eine Welle der Verlegenheit sie durchströmte. Seine Augen mochten so unergründlich und schwarz sein wie die Flüsse Carolinas um Mitternacht, doch sie bargen eine unbekannte, aufrührerische Kraft in sich, die wie ein Blitz aufzuckte. Jedes Mal, wenn er sie ansah, zuckte ihr Innerstes zusammen und ihr Herz machte einen Sprung. Beim Allmächtigen, er war ein gut aussehender Teufel. Ein Teufel. Welch treffende Beschreibung. Er hatte etwas Ungezähmtes an sich, wie es ihr noch nie bei einem Mann begegnet war – bei keinem Mann aus *ihren* Kreisen. Macht, das war es. Er erlangte Aufmerksamkeit allein durch seine beeindruckende Erscheinung, seine undurchdringliche Miene, seinen großen muskulösen Körper. Lässig mit einer Schulter gegen die Mauer gelehnt, wirkte er auf Willa wie eine große Sphinx, unbeeindruckt von der Situation, von ihr und von seiner Umgebung. Er starrte Willa einfach nur an. Als er mit einer raschen Bewegung des Kopfes das Haar zurückwarf, wurde eine lange sichelförmige Narbe an seinem Hals sichtbar. Und der goldene Ohrring, den er trug. Wie exotisch.

Womit verdient er sich wohl sein Brot, fragte Willa sich unvermittelt, gelangte jedoch schnell zu dem Schluss, dass es am besten wäre, es nicht zu wissen. In Anbetracht der Umstände ihrer Begegnung musste es eine risikoreiche Beschäftigung sein. Sie seufzte, wandte den Blick ab und starrte aus dem Fenster. Eine schöne Suppe hatte sie sich da eingebrockt. Genau das passende Ende für einen höchst unerfreulichen Tag, den sie bei zahllosen Schiffsausrüstern mit dem Versuch verbracht hatte, eine Überfahrt zu den Banda-Inseln zu bekommen. Doch kein Seemann, der seinen achtbaren Ruf zu verlieren hatte, wollte sie dorthin mitnehmen. Die meisten derjenigen, die sie gefragt hatte, hatten sich rundweg geweigert, überhaupt über dieses Ansinnen zu reden. Der letzte Ausrüster, bei dem sie vorstellig geworden war, hatte sogar die Frechheit besessen, ihr ins Gesicht zu lachen. Dieser verdammte Schuft! Sie hatte allein sein wollen und ihren Leibwächter Manav deswegen gegen seinen Protest zum Hotel zurückgeschickt. Sie war über den Markt geschlendert, als sie gesehen hatten, wie dieser schmierige kleine Mann Raiden hinterhergeschlichen war.

Manav wird sich schon Sorgen machen, dachte Willa und erhob sich ungeduldig. Sie wollte endlich von hier fort und machte ein paar Schritte auf die Tür zu. Draußen auf der Gasse begann die Stadt allmählich, sich auf die Nacht vorzubereiten. Ein kleiner Junge war damit beschäftigt, die Vielzahl von Lichtern anzuzünden, die in den schmalen Mauernischen aufgestellt waren. Sehnsüchtig folgte ihr Blick dem Kind, und ihr

Herz zog sich schmerzvoll zusammen, als sie zusah, wie er von Fackel zu Fackel lief, um sie anzuzünden, damit ihr Licht die dunklen Straßen erhellte. Ob Mason ein Licht hatte, das ihn gegen die Dunkelheit beschützte? Ob Maura, seine Amme, wohl bei ihm war? Litt er Hunger oder fror er in dieser Nacht? Rief er laut nach ihr? Oh, diese Ungewissheit war es, was sie am stärksten quälte: dass er denken könnte, sie hätte ihn verlassen.

»Bleibt zurück.«

Sie wandte sich um, begegnete seinem Blick.

Raiden runzelte die Stirn und richtete sich auf, als er die Tränen in ihren Augen schimmern sah. »Mylady?«

»Nennt mich nicht so«, erwiderte sie gereizt und raffte ihren Rock, um zur Tür zu gehen. »Bei allen Heiligen, aber ich hasse es, das zu hören.«

Ehe sie noch zwei Schritte hatte machen können, war er bei ihr, packte sie am Arm und zwang sie, sich zu ihm umzudrehen.

»Wohin wollt Ihr?«

»Nach Hause. Für mich ist diese kleine Eskapade zu Ende, Sir.« Sie bog seine Finger zurück und riss sich von ihm los. »Gute Nacht.« Sie hatte sich kaum abgewandt, als eine schemenhafte Gestalt in der Tür auftauchte. Sie holte heftig Luft und wich erschreckt gegen Raiden zurück.

»Sahib?«

Es brauchte nur die Zeit eines Herzschlags, bis Raiden sich schützend vor Willa gestellt und sein Schwert gezogen hatte. Er hielt es dem Eindringling an die Kehle.

»Sahib Raiden, ich bin es.« Die Stimme des Mannes bebte.

Raidens Anspannung ließ nach. »Sanjeev?«

Ein junger Mann, kaum älter als achtzehn, betrat den Stall und blieb dann stehen. Er war wie ein Soldat gekleidet, doch seine staubbedeckte Uniform befand sich in einem erbärmlichen Zustand. Er trug zu viele Waffen, als dass Willa sich in seiner Gegenwart hätte wohlfühlen können, und so verharrte sie hinter Raiden, bis der den Burschen weiter hineinzog.

»Ein höchst tapferer Kampf, Sir.«

Raiden sah ihn finster an, während er die Waffe wegsteckte. »Und du hast es vorgezogen zuzusehen, statt Hilfe zu leisten?«

Sanjeev grinste. »Ihr hattet doch schon Hilfe.« Sein Blick glitt an Raiden vorbei zu der Frau, die sich hinter dessen Rücken versteckte.

Raiden wandte sich um und bedachte Willa mit einem eindringlichen Blick. Sie errötete vor Verlegenheit, und wenn es für Raiden noch eines Beweises bedurft hatte, dass Welten zwischen ihnen lagen, so hatte er ihn jetzt bekommen.

Willa holte tief Luft. Dieser Mann ist ganz entschieden zu frech, dachte sie, wenn er mich so ansieht, fühle ich mich ihm so ... ausgeliefert. Er war grob und abschätzend und er ... nein, sie wollte sich nicht vorstellen, was darüber hinaus er noch war. Sie strich ihr Kleid glatt und richtete ihr Haar, als immer weitere Männer an der Tür auftauchten. Ich habe noch nie so verwegen aussehende Männer gesehen, dachte Willa und ließ langsam den Arm sinken. Waren das Raidens Freunde oder seine Spießgesellen? Einmal mehr fragte sie sich, was er wohl schon alles getan hatte, um zu überleben – außer auf Soldaten einzuschlagen.

»Captain?« Tristan Dysart war vorgetreten und wies hinter Raiden.

Raiden wandte sich gerade in dem Augenblick um, als Willas Rockzipfel durch eine Tür auf der anderen Seite des Stalles verschwand. Er ging mit großen Schritten zur Tür und spähte die leere Gasse entlang, dann stieß er einen langen müden Seufzer aus und schüttelte den Kopf. Entweder ist diese Frau dumm oder völlig furchtlos, dachte er. Er deutete zur Gasse hinaus.

»Dysart, Vazeen, ihr kommt mit mir.« Die Männer sahen ihn überrascht an, fragten sich, welchen Beweggrund er haben könnte. »Euer Captain verdankt dieser kleinen Wildkatze sein Leben.« In ihren Blicken spiegelte sich Zweifel wider, aber Raiden konnte nicht fortgehen, ohne sich um ihr Wohlergehen zu kümmern. »Ihr anderen bringt euch für heute Nacht in Sicherheit. Die Briten sind damit beschäftigt, jeden Mann in den Kriegsdienst zu pressen, der noch seine zwei Beine hat. Falls Siraj-uddullah angreift, wird diese Stadt fallen. Und wir kämpfen für kein Land.«

Kapitel 2

Willa war noch ein gutes Stück weit von ihrem Hotel entfernt, als sie seine Stimme hinter sich hörte: »Bei allen Göttern, seid Ihr immer so ungehorsam?«

Sie holte tief Luft und wirbelte herum, in ihrer Hand blitzte ein Messer auf. Himmel, aber ein Mann seiner Größe sollte nicht das Recht haben, auf so leisen Sohlen daherzukommen. »Ja, ständig«, erwiderte sie gereizt, wobei ihr das Herz bis zum Hals klopfte. »Und mein größter Traum ist es, Euch so lange zu ärgern, bis Ihr aus meinem Leben verschwindet.« Sie machte eine rasche Bewegung mit dem Messer. »Geht jetzt.«

Raiden zog beim Anblick des kleinen Klappmessers spöttisch die Augenbraue hoch und gab sich völlig unbeeindruckt.

Willa reckte ihr Kinn noch höher. »Hättet Ihr Euch nicht so ausschließlich um meine ... Kleidung gekümmert, dann ...« Die Worte erstarben ihr auf den Lippen, als Raiden nahe an sie herantrat. Viel zu nah ragte seine hohe Gestalt vor ihr auf, hörte sie seine tiefe, raue Stimme.

»Soll das eine Einladung sein?« Blitzschnell wand er ihr das Messer aus der Hand und betrachtete es kritisch. Mit einer gewandten Handbewegung ließ er es zuschnappen.

»Gebt es mir zurück«, sagte Willa und zwang sich, nicht die Hand danach auszustrecken.

»Fordernd *und* ungehorsam? Ihr müsst der Nagel zu Eures Vaters Sarg sein.« Und unglaublich mutig, dachte er.

»Und ich werde auch der Eure sein, wenn Ihr mir mein Messer nicht zurückgebt.« Sie besaß es schon zu lange, um es jetzt herzugeben.

Sein Gesichtsausdruck verfinsterte sich. »Jetzt auch noch Drohungen, Willa?«

In ihren Augen flammte Zorn auf, und unfähig, der Herausforderung zu widerstehen, drückte Raiden ihr die blanke Klinge gegen die Brust. Sie stand stockstill und starrte ihm in die Augen, als er die Messerspitze langsam in das Tal zwischen ihren üppigen Brüsten gleiten ließ. In Raidens Kopf tauchte ein völlig anderes Bild auf, das sich vorzustellen er kein Recht hatte.

»Raiden«, stieß sie atemlos hervor, und ihm war, als verlöre er den Boden unter den Füßen, als er seinen Namen aus ihrem Munde hörte.

»Ihr braucht das jetzt nicht, Mylady.« Er drückte die Klinge leicht gegen ihre Haut und seine Fingerspitzen berührten sie dabei.

Seine Berührung schien wie ein geheimnisvolles Versprechen auf mehr zu sein. Willa griff nach seinem Handgelenk. »Ich bin durchaus in der Lage, auf mich aufzupassen.«

Wenn sie das glaubte, war sie eine Närrin. »Ich werde Euch sicher nach Hause bringen.« Er löste sich aus ihrem Griff und zog sich einen Schritt zurück. »Tut nichts Unüberlegtes.«

Willa sah ihn stumm an, gehorchte aber seiner Aufforderung, ihm voranzugehen. Sie spürte eher, dass er ihr folgte, als dass sie ihn sah oder hörte. Sie musste vermeiden, mit ihm gesehen zu werden. Als sie die Eingangstür ihres Hotels und die davor stehenden uniformierten Hoteldiener sehen konnte, fragte sie: »Warum besteht Ihr darauf, Eure Begleitung fortzusetzen? Ihr schuldet mir nichts.«

»Tue ich das nicht?«

Sein Tonfall klang seltsam, und Willa runzelte die Stirn, als sie sich nach ihm umschaute. Abrupt blieb sie stehen. Er war fort. Suchend glitt ihr Blick die schmale Gasse entlang. Kein Schatten, keine Bewegung. Nichts. Auf unerklärliche Weise fühlte sie sich plötzlich enttäuscht und schutzlos. Die wenigen Schritte bis zum Hotel legte sie fast im Laufschritt zurück.

Die Gefährlichkeit ihres Handelns wurde ihr erst richtig bewusst, als sie den Korridor erreichte, der zu ihren Zimmern führte. Sie atmete tief durch und lehnte sich Halt suchend gegen die Wand neben ihrer Zimmertür. Ihre Hand zitterte, als sie sie auf ihren Magen presste. Resigniert schloss sie die Augen. *Ich habe es geschafft, mich in eine üble Lage zu bringen*, dachte sie. Mindestens zehnmal hatte sie inzwischen ihren Spaziergang zum Markt bedauert. Und jetzt musste sie Manav und der schamhaften Rajani auch noch das Fehlen eines Reifrockes und eines halben Dutzends Unterröcke erklären! Ganz zu schweigen davon, welchen Skandal es geben könnte, wenn jemand erfuhr, wie sie die Sachen verloren hatte. Unbewusst öffnete sich ihr Mund, als Raidens Bild vor ihr auftauchte und sie die Hand auf die Brust legte, dort, wo sie noch seine Berührung zu spüren glaubte. Einen Augenblick lang wünschte Willa sich fast, er hätte …

Ein leises Stöhnen war aus ihrem Zimmer zu hören. Willa runzelte besorgt die Stirn, während sie sich zur Tür wandte und nach der Klinke griff. Erst jetzt bemerkte sie, dass die Tür unverschlossen war.

Sie stieß sie auf und hielt den Atem an.

Ein unbeschreibliches Durcheinander erwartete sie: die Schubladen waren durchwühlt, ihre Reisetaschen ausgeleert und zerfetzt worden, ihre Kleider lagen verstreut auf dem Teppich.

»Manav? Rajani?«

Zögernd und vorsichtig ging Willa auf den geschnitzten Paravent neben der Tür zu. Sie erstarrte, als sie dahinter schaute. Ihr Leibwächter lag reglos am Boden.

»Manav!« Sie lief zu ihm und ließ sich auf die Knie. »O Manav!« Behutsam bettete sie seinen Kopf auf ihren Schoß und benutzte den Saum ihres Rockes, um ihm das Blut von der

Schläfe zu tupfen. Er hatte eine tiefe Wunde, die von einem Haken oder etwas Ähnlichem herrühren musste. Willa rief Manav immer wieder beim Namen und tätschelte seine Wangen. Endlich bewegten sich seine Lider, und er schlug mühsam die Augen auf.

»Memsahib!« Sein Blick flog durch den Raum, ehe er Willa wieder ansah. »Ich fürchtete, Ihr ... wäret tot.« Er kämpfte um jedes Wort, und sein Atmen klang wie gurgelndes Keuchen.

»Mir ist nichts geschehen, Manav. Nein, beweg dich nicht«, sagte sie, als er sich aufrichten wollte. »Wer war das? Wo steckte Rajani?« Willa schaute sich suchend um, dann rief sie laut um Hilfe.

Vor der Tür hörte sie Schritte und schaute auf, als Mr Romhi eintrat. Gleich hinter ihm tauchte Rajani auf.

»O Rajani, Gott sei Dank«, sagte Willa und hob abwehrend die Hand, als das Mädchen näher kommen wollte. »Nein, geh in dein Zimmer, bis es hier wieder sicher ist.« Es war besser, wenn das noch sehr kindliche Mädchen nicht zu sehen bekam, was geschehen war.

Rajani gehorchte, während der Hotelbesitzer in die Halle zurückkehrte, um seine Diener zu beauftragen, die britischen Behörden zu informieren. Jedes Mal, wenn er einen Befehl erteilte, klatschte er in die Hände. Nachdem er in das Zimmer zurückgekehrt war, goss er Wasser in eine Schale und suchte in dem herrschenden Durcheinander nach einem geeigneten Tuch.

Beim Anblick von Mr Romhi hob Manav seine zitternde Hand, legte sie um Willas Hinterkopf und zog sie näher. Trotz seiner Verletzung war sein Griff fest und entschlossen, doch seine Stimme klang schwach vor Verzweiflung. »Ihr ... wart es ... die sie gesucht haben, Memsahib.« Sein Atem streifte ihr Ohr. »Vertraut ... niemandem!«

Wie ein schützender Schild über ihn gebeugt, flüsterte sie: »Warum ich?«

Ehe er antworten konnte, wurde seine Hand schlaff und glitt zu Boden. Willa richtete sich auf und starrte erschrocken in sein dunkles, von der Sonne gebräuntes Gesicht. »Manav! Tu mir das nicht an! Manav!«

Der Hotelbesitzer kam zu ihr und kniete sich neben sie. In den Händen hielt er eine Schüssel und ein Tuch. Sie nahm es und säuberte damit Manavs Gesicht und Hals. Leise sagte sie dabei immer wieder seinen Namen.

»Memsahib?«

Sie schaute auf. Mr Romhi deutete auf Manav, und als Willa seinem Blick folgte, weiteten sich ihre Augen entsetzt. Unter Manavs Körper breitete sich langsam aber unaufhaltsam eine Blutlache auf dem Holzboden aus. *Gott stehe ihm bei*, dachte sie und tastete suchend nach seinem Puls. Als sie keinen fand, schlang sie die Arme um den schmächtigen Mann. Mit einem langen Atemzug strömte das Leben aus ihm heraus. Sie wiegte Manav sanft in ihren Armen und nahm ihm den Turban ab, um ihm über das tiefschwarze Haar zu streichen. *Manav, du mein treuester und liebster Freund.* Er verdiente es nicht zu sterben, und schon gar nicht auf diese schreckliche Weise.

Mr Romhi streckte die Hand nach ihr aus. »Kommt weg von hier. Dies ist kein Ort für Euch.«

Sie zuckte unter seiner Berührung zusammen, ehe sie ihn ansah. »Manav hatte keine Familie, keinen, der um ihn trauert. Ich bleibe hier bei ihm. Lasst uns allein ... bitte.«

Romhi nickte und erhob sich. Er schickte das Dienstpersonal hinaus und schloss die Tür hinter sich. Willa bemerkte nicht, dass er einen Wachposten vor ihrer Tür aufstellte.

Von der Straße klang der Widerhall marschierender Soldaten zu ihr hinauf, als Willa ihrem Schmerz mit heißen Tränen und lautlosem Schluchzen freien Lauf ließ. Manav hatte an *Puner Janam* geglaubt, daran, dass der Tod seiner Seele den Neubeginn eines anderen Lebens brachte, und sie betete, dass er, sollte er wiedergeboren sein, an einem friedlicheren Ort als diesem

Schauplatz des Entsetzens leben würde. Plötzlich wurde die Tür aufgestoßen. Willa schaute auf, als ein britischer Offizier hereinkam und mitten im Zimmer stehen blieb.

Er nahm Haltung an. »Captain Atcheson, Mylady.«

Das Abzeichen der *East India Company* prangte auf seiner Schulter, und sie fragte sich, wie er so rasch hatte hier sein können. »Hat Eure Mutter Euch nicht beigebracht, anzuklopfen, Captain?«

Er wurde rot und hielt den Blick starr geradeaus gerichtet. »Ich bitte um Entschuldigung, Mylady. Unter den gegebenen Umständen hielt ich es für das Beste, keine Zeit zu verschwenden.«

»Mein Leibwächter ist tot, Captain. Wie viel Zeit braucht Ihr, Eure Schlüsse daraus zu ziehen?« Willa wusste, dass sie ihren Kummer an dem Offizier ausließ, aber sie konnte nichts dagegen tun. Dass dies geschehen konnte, war allein ihre Schuld, und sie spürte, wie ihr Leben außer Kontrolle geriet.

»Ich versichere Euch, dass ich diese Sache aufklären werde.« Abschätzend ließ er den Blick durch das Zimmer gleiten, registrierte die Unordnung, ehe er zu dem Toten hinüberschaute. Seine Augen flackerten unmerklich, doch er zeigte weder Mitleid noch Mitgefühl für den Hindu. Willa hätte ihn dafür ohrfeigen mögen.

Mr Romhi betrat das Zimmer und verneigte sich leicht vor dem englischen Offizier. Willa hasste es mit anzusehen, wie eingeschüchtert der Mann jetzt wirkte, der sonst immer so würdevoll auftrat. Verdammte englische Armee, dachte sie. Warum war ihnen das eigene Land nicht genug, warum mussten sie überall, wo sie hinkamen, die Menschen unterjochen?

Atcheson gab dreien seiner Männer ein Zeichen, und sie traten vor und stellten eine Bahre neben dem Leichnam ab. Willa setzte Manav den Turban wieder auf, strich ihm das Haar darunter und küsste ihn auf die Stirn, ehe sie sich aufrichtete und seinen Kopf sanft auf den Boden bettete. Als sie aufstand und zurücktrat, hinterließ ihr blutgetränktes Kleid eine Schleifspur auf dem Boden. Sie sah die Soldaten an, ihre Stimme klang kühl, als sie sagte: »Gehen Sie sanft mit ihm um.«

Die Männer nickten und folgten ihrer Bitte. Unverwandt hing Willas Blick an ihrem toten Leibwächter, bis die Soldaten ihn aus dem Zimmer getragen hatten. Die Hotelbediensteten waren damit beschäftigt, Willas Sachen aufzusammeln und Ordnung in ihren Räumen zu schaffen. Sie wandte sich ab und trat ans Fenster.

»Lady Eastwick?«

Willa zuckte bei dieser Anrede zusammen, ehe sie die Schultern straffte und sich die Tränen von den Wangen wischte. Willa Delaney Peachwood – Lady Eastwick. Welch eine Farce. Sie gehörte ebenso wenig zur englischen Aristokratie wie das Dienstmädchen, das ihr das Zimmer putzte. Willa war in Carolina geboren worden und dort aufgewachsen. Im Laufe der vergangenen Jahre hatte sie nach und nach gelernt, alles am Mutterland dieser amerikanischen Kolonie zu verabscheuen, ganz besonders jedoch die hochnäsige Gesellschaft, die solche Männer hervorbrachte wie zum Beispiel ihren Ehemann Alistar. Sie hatte aufgehört sich zu fragen, wie sie einen solchen Mann hatte heiraten können. Einen Mann, der allem und jedem mit Ignoranz begegnete, und den nichts weiter interessierte als der Profit, den er aus seinem Besitz ziehen konnte, und in welchem Ansehen er bei seinesgleichen stand. Denn sie wusste, warum sie seine Frau geworden war. Alistar war ein Peer und hatte Geld. So einfach war das. Und ihr Vater hatte Kapital gebraucht, um seine Schifffahrtsgesellschaft durch die harten Zeiten zu bringen, die in Carolina herrschten. Ihr Vater hatte sich geweigert – gesegnet sei seine aufrechte Seele –, mit Sklaven zu handeln, und hatte überdies wegen des bestehenden Monopols der *East India Company* im Gewürz- und Kaffeehandel große finanzielle Verluste erlitten. Ihre Heirat war nichts als ein profitabler Handel gewesen. Willa musste zugeben, dass Alistar ein kultivierter Mann war, attraktiv, gut gekleidet und mit tadellosen Manieren. Und dennoch trug er einen Charakterzug in sich, den sie niemals an ihm vermutet hatte. Bis zu dem Zeitpunkt, als ihr gemeinsamer Sohn fast drei Jahre alt gewesen war, hatte sie nicht geahnt, wie unbarmherzig Alistar sein konnte.

»Mylady?«

Sie wandte den Kopf und erwiderte den Blick des Captains. Falls er ihre Tränen bemerkte, war er höflich genug, kein Wort darüber zu verlieren.

»Ich möchte Euch bitten, mich in die Kaserne zu begleiten. Wir werden Euch dort angemessen unterbringen und Euch wirksam beschützen können.«

»Unter den Stadtbewohnern herrscht Unruhe, Captain, und sollte Siraj-ud-dulah die Stadt angreifen, wird die Niederlassung der *East India Company* sein erstes Ziel sein – deren Soldaten werden als Erste fallen.«

Der Offizier richtete sich beleidigt auf. »Wir werden diese Revolte niederschlagen, Mylady. Das versichere ich Euch.«

Sie winkte ab. Es war sinnlos, ihn oder einen der anderen Offiziellen davon überzeugen zu wollen, dass dieses Land die Heimat der Inder war, und dass Menschen, die ihre Heimat verteidigten, dies weitaus erfolgreicher taten als jene, die in Englands Auftrag handelten. »Habt Ihr gar keine Fragen zu dem, was geschehen ist? Oder an das Personal? An Mr Romhi?«

»Wir werden unser Möglichstes tun, um die Banditen zu finden, Eure Ladyschaft. Nichtsdestotrotz gilt unser erstes Bestreben Eurer Sicherheit.«

»Dann gebt mir eine Pistole.«

Er sah Willa an, als seien ihr Hörner und Flügel gewachsen, ehe er ein herablassendes Lächeln aufsetzte. »Meine liebe Dame, es ist ganz gewiss nicht Eure Aufgabe, Euch selbst zu verteidigen. Dazu sind wir doch hier, und seine Lordschaft würde es mir nie vergeben, wenn ich nicht persönlich Sorge dafür trüge.«

Sollte seine Lordschaft in dieser Angelegenheit etwas zu sagen haben, dann sähe er es am liebsten, dass sie von der Bildfläche verschwände, vermutete Willa.

»Ich stimme da voll und ganz mit dem Captain überein, Mylady.«

Willa schaute auf. Mr Barkmon, der Direktor der *East India Company*, hatte das Zimmer betreten. Wie immer war er in makelloses Weiß gekleidet und trug eine gepuderte Perücke. Willa musste bei seinem Anblick immer an eine Stange Lauch denken – blass, mit einem Hauch Hellgrün –, die den dringenden Wunsch in ihr auslöste, sie zu schälen und zu kochen. Vor drei Tagen, beim Abendessen in seiner Residenz, war Barkmon ihr gegenüber freundlich, fast unterwürfig aufgetreten, und hatte sie an seiner Tafel zwischen einen Admiral und einen charmanten General gesetzt. Jetzt hingegen musterte er sie unverfroren dreist von Kopf bis Fuß. Sie kehrte ihm den Rücken zu.

»Habt Ihr Verbindung mit Lord Eastwick?«, fragte sie kühl. Sie streifte ihn mit einem Blick, den sie einer Herzogin abgeschaut hatte, die jeden, der nicht standesgemäß gewesen war, damit in seine Schranken gewiesen hatte. Willa hatte schnell gelernt, dass es einem Vorteilsverlust gleichkam, in einer kritischen Lage Freundlichkeit und Verletzbarkeit zu zeigen, ganz besonders gegenüber den Herren der *East India Company*. Und sie wollte nicht, dass man an ihre Loyalität für ihren Mann anzweifelte. Zurzeit war das ihr einziger Vorteil.

Die Männer tauschten einen Blick. »Nein, das habe ich nicht.« Der Direktor räusperte sich. »Aber ich habe gehört, dass er im Lande ist.«

Das war eine Lüge. Sie erkannte es an seinem gezwungenen Lächeln, seinem unsicheren Blick. Also standen auch sie unter Alistars Kontrolle.

»Wo seid Ihr gewesen, als sich dieser Vorfall ereignet hat?«

Raidens Bild tauchte in ihrem Bewusstsein auf, erfüllte es wie ein überfließendes Glas berauschenden Weines. Stark. Mächtig.

»Ich war auf dem Markt.«

»Ohne Begleitung? Um diese Zeit?« Sein aufmerksamer Blick glitt über ihren Rock, registrierte, dass er nicht den Fall hatte, den ein Reifrockgestell ihm üblicherweise verlieh.

Hocherhobenen Hauptes erwiderte Willa seinen Blick, und ihre Haltung warnte ihn davor, ein Wort darüber zu verlieren. »Ich hatte mich verlaufen.«

Einen Augenblick lang schien er über ihre Antwort nachzudenken. »Wer würde Eurem Leibwächter etwas antun wollen, Eure Ladyschaft?«

Eine beunruhigende Besorgnis beschlich Willa. Rückte sie mit der Wahrheit heraus, dass vermutlich Alistars Männer nach ihr suchten, könnten sie sie zwingen, sich in die Obhut der Engländer zu begeben, was jede Möglichkeit ausschließen würde, Mason zu finden. Log sie, würde sie sich nur in Widersprüche verwickeln. Im Lügen war sie noch nie besonders geschickt gewesen. Willa entschloss sich, sich an der Wahrheit entlang zu lavieren. »Fragt Euch lieber, wer *mir* etwas antun wollte, Sir. Denn es gab keinen Grund, Manav zu töten, außer eben dem, dadurch an mich heranzukommen.« Sie sah den Captain und den Direktor an, in ihrem Blick lagen Arglosigkeit und reine Unschuld. »Ich bin nur Lord Eastwicks Frau.«

Der Captain wirkte nachdenklich, dann ging er auf Willa zu, ergriff ihre Hand und tätschelte sie beruhigend. »Mylady, schon allein aus diesem Grund bitte ich Euch noch einmal zu erwägen, mit uns zu kommen. Oder vielleicht sogar nach Hause zurückzukehren?«

Willa entzog ihm ihre Hand. Sie würde nicht in das große, leere Haus zurückkehren, das die Krone ihr in Bengal zur Verfügung gestellt hatte. Nicht ohne ihren Sohn. »Ich brauche ein wenig Ruhe, wenigstens einen Tag lang«, erwiderte sie in gleichmütigem Tonfall. »Ich werde hier bleiben.«

Dass keiner der beiden Männer widersprach, bestärkte Willa in ihrer Vermutung.

»Der Captain wird Wachen vor Euren Zimmern aufstellen und eine Eskorte für Euch bereithalten. Wir können nur hoffen, dass Euch nicht das gleiche Schicksal ereilen wird wie Euren Diener.«

Ein Frösteln lief Willa den Rücken herunter, als sie sich fragte, ob diese Worte als Drohung gemeint gewesen waren. »Ich akzeptiere die Wachen während der Nacht, Captain. Und ich wünsche über alles informiert zu werden, was Eure Nachforschungen nach Manavs Mörder ergeben werden.«

»Es geht hier um einen simplen Einbruch«, erklärte Barkmon.

Sein Mangel an Betroffenheit ärgerte Willa. Mit großen Schritten ging sie zu dem kleinen Koffer, den sie unter den Frisiertisch geschoben hatte, und kniete sich vor ihn. Sie schlug den Deckel zurück, öffnete den doppelten Boden und nahm einen Samtbeutel heraus, dessen Inhalt sie in ihre Hand leerte. »Das hier ist wohl kaum simpel zu nennen.«

Juwelen funkelten in ihrer Hand, Halsketten, Ohrringe und Armbänder aus Brillanten, Saphiren und blutroten Rubinen. Es machte Willa krank, wenn sie sich daran erinnerte, dass Alistar ihr den Schmuck immer dann gegeben hatte, nachdem er in ihrem Bett gewesen war. Als hätte er dafür bezahlen müssen, mit ihr zu schlafen. Wie mit einer Hure. Sie hatte es getan, weil es ihre Pflicht gewesen war, und aus Einsamkeit und dem überwältigenden Wunsch nach einem Kind. Es war eine Schande, dass Alistar sein Kind nicht ebenso sehr liebte wie diesen Zierrat, mit dem er sie so großzügig bedacht hatte. Sie stopfte den Schmuck in den Beutel zurück und ließ ihn in eine Schublade des Frisiertisches fallen.

Sie sah nicht, dass Atcheson und Barkmon einen Blick wechselten.

Vertraut niemandem. Außer ihrem Vater war Manav der einzige Mensch gewesen, dem sie in den vergangenen Monaten vertraut hatte. Und ohne den Hindu fühlte sie sich jetzt allein und gejagt.

Konnte wirklich Alistar dahinter stecken? Nein, dachte sie, Alistar hätte jemanden geschickt, der ihren Leibwächter durch Schläge dazu gebracht hätte, zu enthüllen, was sie wusste, und ihren Aufenthaltsort zu verraten, denn ihr Mann verabscheute es, seine Kleidung zu beschmutzen, ganz zu schweigen davon, seine Hände mit dem Blut eines anderen Menschen zu beflecken. Plötzlich war sie froh darüber, Raiden begegnet zu sein, denn sonst hätte Manavs Mörder sie ohne jeden Zweifel entführt oder angegriffen. Dass Manav nichts von ihrer Anwesenheit verraten hatte, davon war Willa zutiefst überzeugt. Doch sein gewaltsamer Tod ließ darauf schließen, dass Alistar entweder in der Nähe und über jeden ihrer Schritte informiert war, oder dass er zumindest den Befehl für diese Tat gegeben hatte. Sollte er jedoch nichts damit zu tun haben, dann würde sie ein weiteres Fadengewirr entwirren müssen.

Willa schob die Lade des Frisiertisches zu und musterte Barkmon verstohlen. Klein von Wuchs und um die Leibesmitte gut gerundet, hatte er das Aussehen eines wohl genährten Provinzstatthalters, der keine Notiz von den Menschen nahm, deren Leben er beeinflusste. Sie hatte sich bereits seit einer Woche in der Stadt aufgehalten, als er ihr einen Besuch abgestattet und sie mit sanftem Vorwurf dafür getadelt hatte, ihm nicht ihre Aufwartung gemacht zu haben. Sie, als Frau eines Peers. Ha! Der Mann suchte nach einem Weg, Vorteile aus ihrer Bekanntschaft zu schlagen, und da Alistar von der Krone ausgeschickt worden war, die Schiffe, die Besitzungen und die Geschäfte der East India Company zu überprüfen, würde Barkmon Willa – wenn er es für erforderlich hielt – als gemästete, gebratene Taube auf einem Tablett servieren.

Sie konnte nicht enthüllen, warum sie hier war, und sie vermutete, dass diese Männer nur wenig darüber wussten – wenn überhaupt. Alistar hatte seine privaten Angelegenheiten keiner Menschenseele anvertraut, andererseits wollte er über jeden Schritt Willas informiert sein. Er war ihr Ehemann. Es war sein Recht. Er musste nah genug sein, um eine Nachricht entweder zu erhalten oder eine zu senden. Ob Mason bei ihm ist?, fragte sie sich und ihr Herz klopfte schneller. Ob sie noch in der Stadt waren? Sie musste nachdenken und Pläne machen.

»Bitte lasst mich allein. Mr Romhi wird sich um alles kümmern, was ich brauche. Er hat das bisher mit großer Umsicht getan.«

Mr Romhi, der hinter den beiden Engländern stand, lächelte Willa an.

Atcheson warf ihnen einen überheblichen Blick zu. »Tatsächlich? Mit solcher Umsicht, dass jemand in Eure Räume eindringen konnte?«

Willa trat an das Fenster und zog das Seil hoch, dessen Ende an einem Greifhaken befestigt war. Doch als sie den Eisenhaken genauer in Augenschein nahm, sah sie, dass er blutbefleckt war. Sie ließ ihn sofort los, als sie begriff, dass Manav damit getötet worden sein könnte.

Captain Atcheson runzelte die Stirn und schnippte mit den Fingern. Die Soldaten, die auf dem Korridor gewartet hatten, traten ein. »Bezieht Posten an den Hinterausgängen und unter Lady Eastwicks Fenstern.«

Willa stimmte dem Befehl mit einem Kopfnicken zu, doch bevor die Soldaten gingen, rief sie ihnen nach: »Aber nicht vor meinen Zimmern. Ich möchte nicht, dass die anderen Gäste sich beunruhigen.« Sie ging mit energischen Schritten auf die offene Tür zu. Dienstmädchen gingen mit Willas Sachen ein und aus, eines trug einen Eimer und Tücher herbei, um das Blut aufzuwischen. Willa konnte sich nicht überwinden, auf die Stelle zu schauen, an der Manav seinen letzten Atemzug getan hatte. Sie konnte es nicht, bewahrte aber Fassung. »Nun, Gentlemen, wenn das alles ist?«

Die Männer nahmen Haltung an und wünschten ihr einen guten Abend, ehe sie das Zimmer verließen. Mr Romhi blieb. »Euer Gepäck wird in ein anderes Zimmer gebracht, Memsahib. Es hat den Blick auf die Straße und einen separaten Eingang.«

Sie tauschten ein Lächeln, und Willa bedankte sich mit leiser Stimme bei ihm. »Ich werde für alle Kosten aufkommen, die für Manavs Bestattung nötig sein werden. Würdet Ihr Euch um die Vorbereitungen kümmern?«

Er verneigte sich zustimmend und bot Willa dann an, ihr seine Wäscherin zu schicken, damit diese ihr das Kleid säubern könnte. Willa schaute auf ihren blutbefleckten Rock herunter, und ihr Herz zog sich zusammen. Sie schüttelte stumm den Kopf und Mr Romhi ließ sie mit Rajani allein. Willa ging durch ihre Zimmer, um selbst auch wieder Ordnung zu schaffen.

Wenn Alistar in diese Sache verwickelt war und es fertig brachte, einen unschuldigen Mann zu erschlagen, was würde er dann ihr antun ... oder ihrem Sohn? Wusste er nicht, dass sie seinen Freunden, seinem Vater berichten würde, was er getan hatte? Sie seufzte leise. Man würde ihr nicht glauben. Fünf Jahre lang hatte sie alles getan, um von der Gesellschaft akzeptiert zu werden, doch ihr fehlte der richtige Hintergrund, der Stammbaum, der in Büchern niedergeschrieben war und der Könige aufwies. Für diese Leute war Willa irgendeine Frau nicht standesgemäßer Herkunft und zudem noch aus den Kolonien. Man tuschelte hinter vorgehaltener Hand darüber, dass Alistar ein Narr gewesen war, sie zu heiraten. Willa selbst war recht stolz auf ihre Heimat Carolina, doch betrachtete man im Mutterland die Kolonisten noch immer als Englands Bastarde. Es hieß, die Krone beabsichtige, einen offensiven Schlag gegen die Kolonien zu führen oder sie dafür zu bestrafen, dass sie aus der Beziehung zum Mutterland Profit zogen.

Niedergeschlagen verstaute Willa die letzten Habseligkeiten in ihren Koffern, und zwei Stunden später hatte sie sich in ihren neuen Räumen eingerichtet, hatte gebadet und fühlte sich schläfrig nach dem Essen. In ihrem Nachtmantel saß sie auf dem Fenstersims und hielt die Papiere in der Hand, die zu bekommen sie ihr Leben riskiert hatte. Ihr Mann würde es verhindern, dass irgendjemand seine Untaten entdeckte, und er würde dafür sorgen, dass sie niemals nach England zurückkehren würde, das begriff Willa jetzt. Was würde Masons Leben dann noch wert sein? Sie bekreuzigte sich und senkte den Kopf, um für das Leben ihres Sohnes zu beten. Sie betete zu jedem Gott, der sie hörte und dafür Sorge tragen würde, dass ihrem Sohn nichts geschah.

Verborgen im tiefen Schatten stand Raiden auf der dem Hotel gegenüberliegenden Straßenseite und starrte zu dem Fenster hinauf, an dem Willa saß und ihre nutzlosen Gebete sprach. Der Mord an ihrem Leibwächter hatte eine Flut lebhafter Spekulationen ausgelöst, und er wollte nicht weiter darüber nachdenken, wie er sich gefühlt hatte, als er, bei einem Krug *sarai* sitzend, davon gehört hatte. Obwohl er gewartet hatte, bis sie im Hotel verschwunden war, hatte er, als die Neuigkeit die Runde gemacht hatte, einen Augenblick lang gedacht, dass sie dem Tod begegnet war, nachdem sie ihm das Leben gerettet hatte.

Und zum ersten Mal seit mehr als zehn Jahren hatte ihm das Herz wehgetan.

Gott im Himmel, wenn er auch sie im Stich gelassen hatte, und sie deswegen … Raiden schluckte mühsam und sah zu ihr hinauf. Er spürte die Traurigkeit, die von ihr ausging, als trüge er sie unter seiner Haut. Er wollte es nicht, er wollte keine Verbundenheit mit ihr empfinden, doch als sie den Kopf in den Nacken legte und sich der Wind in ihrem Haar fing, das ihr über die Schulter floss, empfand er fast so etwas wie Ehrfurcht vor ihrem Bild. Im Gegenlicht des Zimmers war sie kaum mehr als eine Silhouette, deren Körperumriss sich unter dem dünnen weißen Batist abzeichnete, deren Haut dort in sanftem Perlmutt schimmerte, wo ihr der Nachtmantel von der Schulter geglitten war und der weiche Stoff sich um ihren Busen schmiegte. In seinem Bewusstsein brannte der Ausdruck in ihren grünen Augen, das Schimmern des smaragdenen Feuers darin, als er ihr das Messer zwischen die Brüste gehalten hatte. Raiden schluckte hart, verdrängte die Bilder, die er nicht sehen wollte – Bilder von ihr, nackt und schamlos, ihn lockend, wenn er doch wusste, dass sie niemals nach einem Mann wie ihm verlangen würde.

Plötzlich wandte sie ihm den Kopf zu, und obwohl er ihr Gesicht kaum erkennen konnte, spürte er, dass sie die Stirn runzelte, wie sich ihr Blick auf ihn richtete und dann suchend über die menschenleere Straße hinwegglitt.

Er ballte die Hände, um dem Verlangen zu widerstehen, in das Licht zu treten.

Musste sie denn so verdammt schön sein? Musste sie ihn mit jeder Geste peinigen, ein Feuer in ihm entfachen wie keine andere vor ihr? Sie war unerreichbar für ihn, jenseits der schmutzigen Welt, in der er lebte, weiter entfernt als nur die paar Schritte, die sie jetzt voneinander trennten.

Als sie sich erhob und ihren Platz verließ, wandte Raiden sich ab und gab Dysart und Vazeen ein Zeichen. Die beiden Männer tauchten aus dunklen Hauseingängen auf, und ihre Gestalten verschmolzen mit den nachtschwarzen Straßen Kalkuttas.

»Das ist aber eine ganz besondere Wildkatze dort auf der Fensterbank gewesen.« Dysart sah ihn an.

Raiden hörte das Lächeln in Tristans Stimme. »Sie ist auch nur eine Frau.«

»Aber eine sehr hübsche, Sahib«, warf Vazeen ein.

Raiden bedachte ihn mit einem gequälten Blick. »Vorsicht, Bürschchen, du bist mir etwas zu begeistert.«

Vazeen grinste, seine strahlend weißen Zähne hoben sich hell von seinem dunklen Gesicht ab. »Wenn es mir eine Einladung in ihr Bett einbringen würde, dann würde ich für sie auf den Händen laufen.«

Raidens Finger krampften sich um den Griff seines Säbels, bis er daran dachte, dass Vazeen in einem Alter war, in dem jede Frau, auf die sein Auge fiel, die Hoffnung auf ein Liebesabenteuer bedeutete.

»Barkmon war bei ihr«, sagte Tristan.

Raiden sah den Freund an, dessen gewählte Ausdrucksweise und kultiviertes Auftreten seine abgerissene Erscheinung Lügen straften.

»Sie könnte uns nützlich sein –«

»Nein«, schnitt Raiden ihm das Wort ab.

»Aber wenn sie ihren Tee mit Barkmon trinkt, kann sie vielleicht an Informationen herankommen.«

»Frauen werden außen vor gelassen. Und ganz besonders diese. Außerdem sind die Engländer bereits hinter ihr her.« Raiden ging die Frage durch den Kopf, wer diese Frau war, dass sie die Aufmerksamkeit des Direktors der *East India Company* verdiente und was sie, verdammt noch mal, mutterseelenallein in Indien wollte? Er dachte darüber nach, es herauszufinden, beschloss dann aber, dass es das Beste wäre, ihre Verbindung dort zu belassen, wo sie hingehörte: vor eine Türschwelle, die er nicht überschreiten konnte.

Kapitel 3

Willa wandte sich um und warf den englischen Soldaten, die ein Stück von ihr entfernt beisammen standen und sich ungeniert unterhielten, einen wütenden Blick zu. Erst jetzt unterbrachen die Männer ihr Gespräch. Die vier rot uniformierten Soldaten hatten sich seit der vergangenen Nacht in Willas Nähe aufgehalten, um sie zu beschützen, und ihre Anwesenheit hatte Willas Geduld auf eine harte Probe gestellt. Sie musste sich dringend einen Plan einfallen lassen, um ihre Bewacher loszuwerden.

Willas Blick streifte Rajani, die links von ihr stand und unter ihrem Gesichtsschleier leise vor sich hin weinte, ehe sie ihre Aufmerksamkeit wieder auf den Scheiterhaufen aus ölgetränktem Holz richtete. Auf diesem Scheiterhaufen lag der Leichnam Manavs. Man hatte Manav seine besten Gewänder angelegt, sein dunkles Haar war unter einem goldenen Turban verborgen. Eine Träne lief Willa über die Wange, als sie ihrem treuen Diener ein letztes Lebewohl zuflüsterte. Sie atmete tief durch, als ein Verwandter Manavs – ein entfernter Cousin, wie Willa erfahren hatte – vortrat und das Leichentuch über Manav deckte. Dann hielt er eine brennende Fackel an den Scheiterhaufen.

Das Feuer griff rasch um sich und verschlang Manavs irdischen Körper. Willa stellte sich vor, dass sein Geist mit dem aufsteigenden Rauch des Sandelholzes davonflog und bis zum Himmel hinaufstieg. Sie verharrte schweigend und zollte ihm so ihren Dank für seinen Mut und die Rettung ihres Lebens. Denn ohne sein Opfer würde sie jetzt nicht mehr die Chance haben, ihren Sohn zu finden.

Als hinter ihr lauter Hufschlag erklang, versteifte sich Willa, doch sie schaute sich nicht um. Sie hob die Arme vor die Brust und legte die Handflächen aneinander, ehe sie sich leicht verneigte, um dem toten Freund den Respekt zu erweisen, den er verdiente. Erst dann wandte sie sich vom Scheiterhaufen ab, um zu ihrer Kutsche zu gehen. Captain Atcheson kam herangeritten und sprang aus dem Sattel. Rajani ging rasch an ihm vorbei.

»Ein unerwarteter Besuch, Captain.« Willa blieb nicht stehen, um ihn zu begrüßen. Ihr missfiel der lüsterne Blick, mit dem er dem jungen Mädchen nachsah. »Habt Ihr keine Unruhen niederzuschlagen? Oder Männer zum Marinedienst zu pressen?«

Atcheson sah sie amüsiert an. »Der Direktor wünscht, dass Ihr ihm beim Mittagessen Gesellschaft leistet.«

Willa fasste nach dem Griff der Kutschentür und sah den Captain über die Schulter an. Sie hatte ihrer Pflicht bereits vor vier Tagen Genüge getan, als sie mit Barkmon zu Abend gegessen hatte. Das reichte völlig. »Bestellt Mr Barkmon, dass ich nicht werde kommen können.«

»Der Direktor besteht darauf.«

Ihre Miene spannte sich an. »Tut er das?« Willa stieg in die Kutsche, und der Lakai schloss die Tür.

Atcheson schaute durch das Fenster. »Mylady, ich soll Euch zu ihm bringen und –.«

»Ihr habt mir seinen Wunsch unmissverständlich übermittelt, Captain.« Willa hatte neben Rajani Platz genommen und wandte den Kopf, um Atcheson anzusehen. »Richtet Mr Barkmon aus, dass es ihm nicht ansteht, mich wie eine Leibeigene zu sich zu befehlen. Seine dürftigen Manieren mögen vielleicht denen entsprechen, die bei der *Company* üblich sind, aber meiner Aufmerksamkeit sind sie jedenfalls nicht wert.« Sie klopfte an das Dach, damit der Kutscher losfuhr. »Übrigens ebenso wenig wie die Euren.«

Die Kutsche machte einen Satz nach vorn und die vier Soldaten beeilten sich, ihr zu folgen. Sie ließen Captain Atcheson neben dem Scheiterhaufen zurück, auf dem Manavs Leiche zu Asche verbrannte.

»Mich herumzukommandieren – der traut sich was«, stieß Willa hervor, während sie sich wütend die Handschuhe auszog.

Rajani spähte aus dem Fenster. »Er sieht sehr unglücklich aus, Memsahib.«

»Der Captain geht mich nichts an, und du solltest es ebenso halten.« Willa massierte sich die Stirn, hinter der ein dumpfer Kopfschmerz brütete. »Und ich hätte nicht übel Lust, diesem Barkmon in sein feistes blasses Gesicht zu schlagen.«

Rajani keuchte entsetzt. »Dafür würde er Euch bestrafen.«

Willa ließ die Hand sinken und schaute das junge, unerfahrene Mädchen an. »Das würde er nicht wagen.« Sie war die Frau eines Peers und ungeachtet seiner Macht würde Barkmon das respektieren müssen. Doch Rajanis Bemerkung erinnerte Willa daran, dass sie für den Schutz des Mädchens Sorge tragen musste. Sie würde veranlassen, dass Rajani zu ihrer Familie zurückkehrte, damit sie in Sicherheit war, sollte es Barkmon einfallen, seine Befugnisse zu überschreiten.

Es war schon lästig genug, dass ihr die vier Soldaten auf Schritt und Tritt folgten und Willa allein durch ihre Anwesenheit immer wieder an ihre missliche Lage erinnerten. Wie sollte sie an Informationen über Alistars Aufenthaltsort herankommen, wenn die Männer sie keine Minute aus den Augen ließen? Und dann diese Kutsche – um Himmels willen! Sie fiel überall auf und wirkte in den engen Gassen geradezu lächerlich. Barkmon hatte sie ihr zur Verfügung gestellt, und natürlich prangte das Wappen der *British East India Company* unübersehbar auf der schwarzen, auf Hochglanz polierten Tür. Die Kutsche abzulehnen hätte zu viele Fragen verursachen können, auf die Willa keine Antwort hätte geben wollen. Doch es war nicht von der Hand zu weisen, dass niemand mit ihr sprechen würde, solange sie in diesem monströsen Gefährt durch die Gegend kutschiert wurde. Schon zweimal war die Kutsche mit faulem Obst beworfen worden. Willa sehnte sich nach der Bewegungsfreiheit, die ein Pferd ihr geben würde. Ach, Unsinn, sie würde sich sogar mit einem Elefanten oder einem Kamel zufrieden geben, um zu vermeiden, in diesen rollenden Sarg eingesperrt zu sein.

Dieses Bild löste eine Welle von Schuldbewusstsein in Willa aus, und sie schloss die Augen. *Ihr wart es, die sie gesucht haben, Memsahib,* hatte Manav gesagt. Um sie zu entführen? Sie zu verletzen? Aber zu welchem Zweck? Denn niemand außer Manav und der furchtsamen englischen Zofe, die sie nach Hause zurückgeschickt hatte, wusste, dass Willa nach Mason suchte. Nicht einmal Rajani hatte sie eingeweiht. Und sollte wirklich sie das Ziel sein, so gab es unzählige Möglichkeiten, ihrer habhaft zu werden. Manav könnte noch leben, wenn sie nicht ihr Haus in Bengalen verlassen hätte und nach Kalkutta gekommen wäre; wenn sie nicht darauf bestanden hätte, auf eigene Faust nach Mason zu suchen; wenn ihr Mann ihr nicht den Sohn weggenommen hätte … Zur Hölle mit diesem Kerl, dachte Willa und trat wütend gegen den gegenüberliegenden Sitz. Der Ton, der zu hören war, klang hohl. Willa sah Rajani mutwillig an, ehe sie sich auf die Knie gleiten ließ und das Polster des Sitzes zur Seite schob.

»Nun schau einer an. Sehr klug von den Engländern, auf alles vorbereitet zu sein.« Ohne zu zögern nahm Willa die Pistole und das Pulverhorn heraus und kramte zwischen den Decken, Fächern, Schirmen herum. Du guter Gott, sogar ein Teeservice fand sich. Eine kleine silberne Flasche fiel ihr ins Auge. Sie nahm sie, öffnete deren Verschluss und schlug den Schleier ihres Hutes zurück.

Rajanis Blick ging zwischen der Pistole und der kleinen Flasche hin und her.

»Manav, vergib mir.« Willa hob zuprostend das Fläschchen,

als sie einen Schluck daraus trank. Wie flüssiges Feuer lief ihr der Schluck durch die Kehle und vertrieb die Kälte, die sie in sich gespürt hatte.

»Memsahib!«, flüsterte Rajani schockiert.

Willa leckte sich die Lippen und bot dem Mädchen die Flasche an. »Möchtest du auch etwas trinken?«

Rajani schüttelte den Kopf, ein verschämtes Lächeln lag auf ihrem Gesicht.

»Französischer Brandy, und dazu noch ein sehr guter, wie ich hinzufügen möchte«, sagte Willa und stärkte sich mit einem weiteren großen Schluck, ehe sie sich wieder hinsetzte. Sie drückte Rajani die Flasche in die Hand, um die Pistole in Augenschein zu nehmen, auf deren Griff das Wappen der *East India Company* eingelassen war. Sie stieß einen angewiderten Laut aus, legte die Waffe zur Seite, und ließ sich von Rajani die Flasche zurückgeben.

Als die Kutsche die Stadt erreichte, verlangsamte sie ihre Fahrt. In den Straßen herrschte lebhaftes Treiben. Die Leute gingen ihren Geschäften nach, kauften ein. Über allem lag eine bedrückende Hitze. Willa ließ den Blick über die Menge schweifen, bis er an einer hochgewachsenen Gestalt hängen blieb, die vor einem der Geschäfte stand.

Willa zog die Brauen zusammen und rutschte eilig näher an das Fenster. Die Größe des Mannes und seine auffallend breiten Schultern fesselten ihre Aufmerksamkeit. Indische Männer waren selten von so imposanter Statur. Sein Haar wurde von einem sandfarbenen Turban verdeckt, dessen Ende er sich als Schutz gegen den Staub vor den Mund gelegt hatte. Er trug eine schlammbraune Tunika mit einer Knopfleiste von der Taille bis hoch zum Hals und Seitenschlitzen, darunter eine eng sitzende braune Hose. Er stand im Schatten der aufgespannten Markise und unterhielt sich mit dem Ladeninhaber. Hin und wieder funkelten im Sonnenlicht die Goldketten auf, die seinen Hals und seine Brust schmückten, als er Münzen in die ausgestreckte Hand des Händlers zählte. Am Straßenrand beluden einige Männer einen Karren mit Körben und Kisten. Als einer der Männer laut etwas auf Hindi rief, hielt der hochgewachsene Mann in seiner Bewegung inne und schaute auf. Willa spürte seinen prüfenden Blick fast körperlich, als die Kutsche im Schritttempo an ihm vorüberfuhr. Auch einer der Männer sah in ihre Richtung. Sie zog sich rasch zurück und runzelte die Stirn. Nein. Es musste ein Trugschluss sein.

»Was ist denn da draußen?« Rajani wollte hinausschauen, aber Willa hinderte sie daran.

Die Kutsche hielt an, um Fußgänger über die Straße zu lassen, und Willa wagte einen Blick zurück. Der Mann bahnte sich seinen Weg um Körbe und Fässer herum und kam durch das grelle Sonnenlicht auf die Kutsche zu. Die Kutsche fuhr wieder an, und der Ruck warf Willa unsanft auf ihren Sitz zurück.

Es kann nicht Raiden gewesen sein, dachte sie und lehnte Rajanis Hilfe ab, als sie sich in ihren schweren Röcken abmühte, sich wieder aufzurichten. Willa drehte sich um und versuchte, durch das kleine Fenster hinter sich zu schauen, doch die berittenen Soldaten, die ihr folgten, versperrten die Sicht. Sie ließ sich in das Lederpolster sinken und fächelte sich Luft zu. Warum, so fragte sie sich, schlägt mein Herz schneller, wenn ich nur an ihn denke?

Sie öffnete die kleine Silberflasche und trank hastig daraus. Denn sie wusste genau, warum. Sie wusste es mit schmerzlicher Klarheit.

»Du hast sie angestarrt, wie du einst als Junge ein Tablett mit Essen angesehen hast.«

Raiden sah der Kutsche nach, als Tristan hinter ihn trat. »Diesen Jungen gibt es nicht mehr, und der Mann hat kein Verlangen mehr danach.« Und doch war es so, wie es in seiner

Jugend gewesen war und wie es immer für ihn sein würde: Die verführerischsten Leckerbissen blieben unerreichbar für ihn.

»Vergiss die Lady. Sie wird zu gut bewacht; außerdem hast du es bereits abgelehnt, sie für unsere Zwecke einzuspannen.«

Raiden sah den Freund an. »Sie kennt meinen Namen.« Tristan unterdrückte einen derben Fluch, und Raiden zog in gespieltem Entsetzen die Augenbrauen hoch. »Ihr flucht, Master Dysart? Ich bin schockiert.«

»Bei allem was heilig ist – aber welcher Teufel hat dich geritten, ihr deinen Namen ... ach, vergiss es. Ich habe die Lady ja auch gesehen.« Tristans Miene wurde säuerlich. »Ich kann mir schon denken, welcher Teil deiner Anatomie dich dazu getrieben hat.«

Raiden runzelte die Stirn und schaute noch einmal zur Kutsche hinüber, als diese um die Ecke verschwand. Offensichtlich war Willa auf dem Weg zum Hotel, dem besten weit und breit, und dennoch hatte diese teure Festung ihren Diener nicht beschützen können. Wie konnte *sie* dann dort sicher sein? In was für Geschäfte war sie verwickelt, um einen solch schlimmen Überfall heraufzubeschwören? Hatte dieser Anschlag überhaupt ihr gegolten oder war es die Vergeltung für etwas gewesen, was sie oder jemand anderer getan hatte? Sie in der Kutsche der *Company* sitzen zu sehen, löste eine Flut von Mutmaßungen in Raiden aus, denn der Wagen gehörte Barkmon höchstpersönlich. War sie seine Geliebte? Raiden wusste, wie Barkmons Frau aussah, die ebenso rundlich war wie ihr Ehemann. Sie war keine Konkurrenz für Willa.

»Kennst du ihren Familiennamen?«

Raiden schüttelte den Kopf.

»Ich könnte es leicht in Erfahrung bringen.«

»Vazeen hat es bereits versucht«, sagte Raiden. »Offensichtlich halten die Diener im Hotel große Stücke auf sie, denn sie haben nichts über sie verraten, was zu gebrauchen wäre.«

»Was haben sie gesagt?«

»Dass sie allein angekommen ist – bis auf ihre Diener. Eine englische Zofe hat sie gleich fortgeschickt und sie durch ein indisches Mädchen ersetzt. Und der Diener ist, wie wir wissen, tot.«

Tristan kniff die blauen Augen zusammen. »Könnte dieser Überfall ihr gegolten haben?«

»In Anbetracht ihrer scharfen Zunge wäre das keine Überraschung.« Raiden hatte sich kaum wieder dem Ladenbesitzer zugewandt, als ein Reiter die Straße heruntergaloppiert kam. Die Menschen stoben vor ihm zur Seite, hinter ihm wirbelte eine Staubwolke auf. Raiden sprang zurück, als der Mann vorbeipreschte. »Das ist Atcheson«, sagte er und schaute dem Captain nach, dessen Ziel ganz offensichtlich das Hauptquartier der *East India Company* war.

Ein Glas zersprang klirrend hinter Raiden an der Wand, und Inhalt und Scherben verteilten sich über seine Schultern. Gleichmütig klopfte er sich die Glassplitter von den Kleidern, während er seine Männer aufforderte, sich aus der Schlägerei herauszuhalten, die jeden Augenblick im *Red Raven Inn* zu entbrennen drohte.

»Das geht uns nichts an«, ermahnte er sie und lehnte sich entspannt auf seinem Stuhl zurück, das eine Bein lässig über dessen Armlehne gelegt, während er an seinem *kallu* nippte und sich wünschte, es wäre Madeira. Er steckte sich eine Dattel in den Mund, während sein Blick zu Vazeen glitt, auf dessen Schoß ein Mädchen von höchstens sechzehn Jahren saß. Er vermutete, dass sie Engländerin war, denn in dieser Taverne verkehrten – bis auf die Bessergestellten – Männer jeder Nationalität und jeden Standes: portugiesische Kaufleute, Mongolen, englische und spanische Seeleute. Einige wenige Holländer. Doch ebenso wie die Einheimischen setzten die Soldaten der *East India Company* keinen Fuß in dieses Etablissement. Man begab sich nicht wissentlich in die Höhle des Löwen und forderte es heraus, von räuberischen Lebewesen auseinander genommen zu werden.

Die Spelunke war gut besucht. Überwiegend waren es Raidens Männer, die eifrig dem Alkohol zusprachen und mit den Dirnen schäkerten, die bei ihnen herumlungerten und ihnen für einen Penny ihre Dienste anboten. Raiden hatte erwogen, sich die Zeit mit einer üppigen Rothaarigen zu vertreiben, die sich gerade mit einem Mongolen unterhielt. Doch er hatte diese Absicht wieder fallen lassen und fortgeschaut, wohlwissend, warum er auf dieses Vergnügen verzichtete.

Er leerte seinen Becher und rief nach mehr *kallu*.

Das Mädchen saß jetzt rittlings auf Vazeens Schoß und hatte ihre Hand in dessen Hose geschoben.

Raiden warf eine Münze auf den Tisch, und Vazeen drehte sich zu ihm um. Sein Blick war verhangen. »Treibt es anderswo«, knurrte Raiden, und sein Blick aus schmalen Augen machte Vazeen klar, dass es Dinge gab, die nicht einmal er tolerieren würde. »Und trag das da nicht so offen herum.« Raiden wies auf die gestohlenen britischen Waffen, die der junge Mann stolz zur Schau trug. »Oder willst du aller Welt verkünden, wer wir sind?«

Der Bursche sah Raiden begriffsstutzig an, doch dann nahm er die Münze vom Tisch, schob das Mädchen von seinem Schoß herunter und zog es mit sich zu einem der Hinterzimmer. Die beiden hatten den Raum kaum erreicht, als Vazeen das Mädchen auch schon hochhob, gegen die Wand drängte und es in heftigen rhythmischen Stößen nahm. Mit einem Fluch wandte Raiden den Blick ab und richtete sich auf, als er Tristan auf sich zukommen sah, der einen kleinen dicken Mann an seinen Tisch führte.

»Dieser ehrenwerte Gentleman ist bereit, sich uns anzuschließen.«

Raidens Blick streifte die Pistole, die sein Quartermeister

dem kleinen Mann in den Rücken presste. Mit dem Fuß schob er dem Gast einen Stuhl zu und nickte. Wie ein gereizter Bär ließ sich Winston Pendergast darauf niederfallen, wobei er sich argwöhnisch umschaute. Tristan nahm den beiden gegenüber Platz. Unter dem Tisch hielt er die Waffe weiterhin auf den Mann gerichtet.

»Was sucht Ihr hier, Pendergast?«

Falls es den Mann überraschte, dass Raiden seinen Namen kannte, so ließ er es sich nicht anmerken. Er zuckte nur die Schultern und starrte verdrossen auf Raidens Becher. Als Raiden noch einen Krug *kallu* verlangte, hellte sich die Miene des Mannes etwas auf. Der Schankgehilfe schenkte erst ein, nachdem er sein Geld bekommen hatte, und Raiden warf Tristan einen unwilligen Blick zu, als dieser ein Taschentuch hervorholte und den Rand des Bechers damit abwischte, ehe er daraus trank.

Pendergast trank hastig den Dattelpalmenwein, bevor er sich mit dem Handrücken über den Mund fuhr und Raiden ansah. »Ich bin gekommen, um Euch zu sehen.«

Raiden zog fragend die Augenbraue hoch. »Und deshalb versteckt Ihr Euch wie ein geprügeltes Tier in der dunkelsten Ecke?«

Pendergast wirkte gekränkt. »Ich verstecke mich nicht, ich warte. Auch Ihr müsstet wissen, dass das eine etwas ganz anderes ist als das andere.«

Raidens Lächeln war dünn und eisig. »Und dennoch habt Ihr Euch hier hereingetraut?« Mit ausholender Geste wies er auf die berüchtigsten Kreaturen Kalkuttas, von denen die Taverne voll war. »Wo es doch Dutzende bessere gibt.« Sein Blick glitt über die elegante Kleidung des Mannes. Von den anderen stach er ab wie eine weiße Seepocke auf einem schwarzen Schiffsrumpf, und falls er dachte, dass er niemandem auffiel, irrte er sich. Es war einfach so, dass die Leute sich nicht um ihn kümmerten.

»Aber dort würde ich keinen Montegomery finden.«

Raidens Gesichtsausdruck blieb bei dieser Beleidigung unverändert, nur der Blick, mit dem er Pendergast musterte, verhärtete sich.

»Mir scheint, Eure Frau Mutter hat es versäumt, Euch Manieren beizubringen.« Tristan sprach gleichmütig, ohne sichtbares Zeichen von Ärger. »Wenn Ihr es wünscht, Captain, werde ich ihn für Euch töten.« Tristan, der bequem zurückgelehnt auf seinem Stuhl saß, sah keinen der beiden Männer direkt an, doch Raiden wusste, dass der Lauf seiner Pistole direkt auf Winstons Bauch gerichtet war.

»Das wird nicht nötig sein, Mr Dysart.«

»Seid Ihr sicher? Es würde mir keine besonderen Umstände machen.«

Raiden stellte mit Freuden fest, dass Pendergast erblasste und sein Gesicht die Farbe einer unreifen weißen Rübe annahm. Er hob die Hand und lehnte das Angebot Tristans ab. Dysart wandte seine Aufmerksamkeit daraufhin wieder dem Treiben in der Taverne zu und deckte Raidens Rücken.

»Also, ich höre«, ergriff Raiden das Wort, und Pendergast straffte seine Schultern, wobei er einen angsterfüllten Blick auf die Pistole warf, die unter dem Tisch noch immer auf ihn gerichtet war.

»Man hat mir gesagt, dass Ihr anständig zahlt.«

Raiden konnte nur raten, wer wohl dumm genug gewesen sein könnte, ihm das zu erzählen. Er würde für noch weniger getötet werden.

»Ich arbeite für die *East* –«

»Ich weiß, wer Euer Arbeitgeber ist. Seid Ihr bereit, die Folgen Eures Verrats auf Euch zu nehmen?« Wenn die Direktoren keinen Einspruch erhoben, könnte ihm das eine lebenslange Kerkerhaft einbringen.

Pendergast beugte sich vor – und beging den Verrat.

»In einer Woche segelt ein Schiff ab.«

»*Ein* Schiff?«

»Ja. Die *Persephone*.«

Tristan und Raiden tauschten einen Blick. Das war eine Lüge. Die englischen Schiffe segelten aus Sicherheitsgründen immer im Zweierverband. »Wohin segelt sie?«, fragte Tristan.

»Nach Ceram. Zu den Banda-Inseln.«

Raiden schnaufte. »Selbst die englische Marine ist nicht so leichtsinnig, dort Anker zu werfen.« Eine einzige Besatzung und eine Hand voll Kanonen? Auf den Gewürzinseln? Hatten die Erfahrungen der letzten Unternehmung, als eine Vielzahl von Seeleuten den Einheimischen als Abendbrot gedient hatten, den Briten nicht gereicht? Aber schließlich taten die Engländer alles für den wohlriechenden Lohn, für die Gewürze. Und wenn sie dafür jede Seele von hier bis Guinea abschlachten mussten. Sie hatten bis jetzt nicht begriffen, dass sie bei den Stammeshäuptlingen und Sultanen mit Geduld viel eher als mit Gewalt zum Ziel kommen würden. Und genau das würde eines Tages ihr Verderben sein.

Raiden sah den Mann scharf an. »Wer besitzt Eure Zunge, dass Ihr so leicht lügt?«

»Niemand besitzt mich!«

Raiden stieß einen verächtlichen Ton aus. »Die *Company* besitzt Eure Seele, Pendergast. Ihr denkt nur einfach nicht daran, wie schnell man sie verlieren kann.«

Pendergast wurde rot. Nervös rollte er das Glas zwischen seinen Händen. »Der Admiral wird wieder in See stechen.«

Raiden schwieg, zeigte Desinteresse und wartete darauf, dass die Falle ausgelegt wurde.

Pendergast räusperte sich und schaute sich um, ehe er sich näher beugte. Auf seinem Gesicht spiegelte sich Triumph wider, sodass Raiden ihm sofort misstraute. »In einem Monat wird die *Queen's Regard* unter seinem Kommando nach Malakka –«

Ein lauter Schrei übertönte das Stimmengewirr in der Taverne. Raiden griff reflexartig zu seiner Pistole und runzelte die Stirn. Zeitgleich mit ihm spannte auch Tristan den Hahn seiner Waffe. Pendergast erhob sich sofort und machte, dass er aus der Schusslinie kam.

Raiden sah sich nach der Ursache des Schreis um. Sein Blick blieb an Bidda hängen, der Wirtin der Taverne. Hager und abgezehrt, mit langem schwarzem, verfilztem Haar, stand sie vor einer kleineren Frau und schrie sie an. Die verschleierte, in einen Sari gehüllte Frau sagte etwas, doch ihre Stimme war zu leise, als dass man ihre Worte im Lärm der Taverne verstehen konnte. Aber es war zu erkennen, dass sie Bidda Geld anbot. Eine Dame. Darauf würde Raiden sein Leben verwetten. Als er seinen Blick weiterschweifen ließ, bemerkte er, dass er nicht der Einzige war, der so dachte. Ein paar Männer hatten sich um das seltsame Paar geschart. Sie waren an einer Prügelei der beiden Kontrahentinnen weitaus mehr interessiert als an den Frauen selbst. Jetzt ließ Bidda die Frau einfach stehen und ging davon.

Doch die Fremde gab sich damit nicht zufrieden und packte die Wirtin am Arm. Das ist nicht sehr klug von ihr, dachte Raiden und zuckte zusammen, als Biddas geballte Faust die Frau an der Wange traf. Die Geschlagene taumelte zurück und fiel rücklings gegen einen der zuschauenden Männer. Der portugiesische Seemann stieß sie wieder nach vorn, versäumte es aber nicht, ihr vorher noch an die Brust zu fassen. Die Frau fuhr herum und ohrfeigte ihn, doch der Seemann grinste nur.

Die Fremde wandte sich wieder zu Bidda um und trat dieser gegen das Schienbein.

Raiden stöhnte und verdrehte die Augen. *Gott bewahre mich vor impulsiven Frauen*, dachte er und stand auf.

»Raiden«, sagte Tristan. »Ist das nicht –?«

»Ja.« Er warf Pendergast einige Münzen zu und blieb gerade lange genug vor diesem stehen, um ihn warnend anzusehen und seine Pistole auf ihn zu richten. »Wenn sich herausstellt, dass Ihr gelogen habt, wird es für Euch keinen sicheren Ort mehr geben, an dem Ihr Euch vor mir verstecken könnt.«

Pendergasts Adamsapfel hüpfte nervös auf und ab. Raiden schob die Tische und Stühle zur Seite, als er auf Willa zuging. Gott im Himmel, sie trug einen grünen Sari. Und ihr Haar war schwarz gefärbt.

»Ihr lügt!«, schrie sie und griff sich eine Hand voll von Biddas schmutzigen Haaren. Dabei zog sie eine Pistole von Gott weiß woher hervor.

Raiden trat rasch hinter sie, schlang den Arm um ihre Taille und zerrte sie von Bidda weg. »Bei der Liebe Tritons, Ihr habt wohl den Verstand verloren!« Er entwand ihr die geladene Waffe.

»Ja. Ganz und gar. Obwohl Euch das überhaupt nichts angeht.« Sie versuchte, sich die Pistole zurückzuholen, aber wie ein Vater, der seinem Kind die Süßigkeiten verweigerte, streckte er den Arm aus und hinderte sie daran.

»Großer Gott, Frau, habt Ihr nicht daran gedacht, dass Eure grünen Augen Euch verraten würden?«

Willa hatte keine andere Wahl gehabt. Diese Taverne war der letzte Ort, an dem man Alistar gesehen hatte. Wahrscheinlich hatte er hier die Schurken angeheuert, die Manav erschlagen hatten. »Lasst mich los!«

Sein Griff um ihre Taille wurde noch fester, als er Willa ins Ohr brummte: »Die Männer hier mögen Bidda lieber als Euch. Oder legt Ihr es darauf an, das am eigenen Leib zu erfahren?«

Sie schüttelte hilflos den Kopf, sie verabscheute das alles hier.

Plötzlich wurden die Türen so heftig aufgestoßen, dass sie aus den Angeln brachen. Britische Soldaten besetzten jeden Ausgang. Einen Augenblick lang bewegte sich niemand, dann bahnte sich ein Offizier seinen Weg durch die Menge, das Zeichen seines Ranges, eine Goldkordel, hob sich funkelnd von seiner roten Uniform ab.

»Ihr seid hier nicht willkommen«, erklärte Bidda ihm mit schnarrender Stimme und stellte sich ihm in den Weg.

Er schob sie so heftig zur Seite, dass sie gegen eines der Fässer prallte, die die Theke stützten. »Die Krone braucht Soldaten und Seeleute«, wandte er sich laut an die Männer.

»Sie braucht Kanonenfutter, das meint er wohl damit«, bemerkte Tristan.

Die Frauen kreischten los, als über ein Dutzend der Männer ihre Säbel und Pistolen zogen.

Und Raiden stand inmitten der Menge und hielt eine um sich schlagende Willa fest – ein Fehdehandschuh, der ihnen ungewollt vor die Füße geworfen wurde.

Der Offizier feuerte in die Decke, und der trockene Putz besprenkelte sie mit rotem Staub. »Keine Bewegung!«, rief er und richtete eine zweite Waffe auf Raiden.

Raiden lächelte dünn. Wenn der Mann glaubte, er würde sich in den Dienst pressen lassen, dann befand er sich leider im Irrtum. »Schießt, Captain, oder sterbt.« Der Blick des Soldaten glitt zu der Pistole, und Raiden betete darum, dass sie geladen war.

Es dauerte nur den Bruchteil einer Sekunde, bis Raiden begriff, dass der Offizier gar nicht auf ihn zielte.

Er zielte auf Willa.

Kapitel 4

Der Offizier zielte.

Raiden stellte sich wie ein Schild vor Willa und schoss auf den Mann.

Willa starrte auf den Soldaten, der wie ein Lumpenpuppe zu ihren Füßen zusammensackte; zwischen seinen Augen saß das kleine runde Loch, das die Kugel hinterlassen hatte. Wie benommen sah sie Raiden an, aber noch ehe sie etwas sagen konnte, zerrte er ihr den Stoff des Saris weit in das Gesicht und warf sie sich wie einen Sack über die Schulter. In der Schenke brach jetzt ein Tumult aus. Sofort bahnte Raiden sich seinen Weg durch die Menge und hielt auf das Fenster zu, während Vazeen einen Stuhl packte und ihn gegen die Scheibe schleuderte. Mit dem Fuß entfernte Raiden die scharfkantigen Glasreste, die noch im Rahmen steckten, dann kletterte er hinaus und lief los, ohne noch einmal stehen zu bleiben.

»Ihr habt ihn umgebracht!«

»Erstaunt Euch meine Treffsicherheit oder dass ich noch lebe, während er tot ist?«

»Er hat nur seine Befehle befolgt – oh, es war entsetzlich! Ihr seid ein abscheuliches mörderisches Ungeheuer!« Bei jedem ihrer Worte schlug sie mit den Fäusten auf seinen Rücken ein.

Unbeeindruckt davon lief er weiter.

»Lasst mich herunter! *Raiden*!«

»Jetzt ist nicht die Zeit für wehleidiges Gejammere, Willa.«

»Gejammere?! Ich werde Euch zeigen, was –!«

Er versetzte ihr einen Hieb aufs Hinterteil. Sie keuchte vor Wut und trat ziellos um sich, erreichte aber nichts damit. »Bis jetzt habt Ihr mir nur gezeigt, dass Ihr immer dort anzutreffen seid, wo Ihr nichts zu suchen habt, und das bin ich jetzt leid.« Er legte die Hand auf ihren Po. Willa verstand die Warnung und schenkte ihr klugerweise sofort Beachtung.

Lautes Rufen war hinter ihnen zu hören, während er mit weit ausholenden Schritten weiterlief, als wäre ihm Luzifer höchstpersönlich auf den Fersen. Die Umgebung huschte an Willa vorbei, und sie schloss die Augen. Jeder seiner Schritte trieb ihr den Atem aus den Lungen. Ihr Kopf fühlte sich an, als wollte er explodieren, und als sie den süßen Duft von Gras und Bäumen roch, dachte sie, sie wären in Sicherheit. Er stellte sie unsanft auf die Füße, schwang sich auf ein Pferd und beugte sich herunter, um Willa um die Taille zu fassen und zu sich hochzuziehen.

»Ihr könnt auch mit dem Gesicht nach unten reiten«, sagte er, als sie sich wehrte, »oder es mit Euren Verfolgern aufnehmen. Ganz wie Ihr wollt!«

Als sie sich umwandte, sah sie ein gutes Dutzend Soldaten zu ihren Pferden laufen, drei von ihnen hatten die Verfolgung bereits aufgenommen, mit gezogener Waffe. »Grundgütiger Himmel, mit Euch hat man nichts als Ärger«, murrte Willa. Kurzentschlossen ließ sie sich von ihm aufs Pferd ziehen, setzte sich rittlings auf das Tier und zog die Röcke über die Beine, während Raiden dem Pferd die Hacken in die Flanken drückte.

Tief über den Hals des Tieres gebeugt, ritten sie in gestrecktem Galopp in den Dschungel. Raiden zog seinen Säbel und schlug ihnen einen Weg durch die dichte Vegetation, ehe die Zweige und Äste Willa ins Gesicht schlugen.

Sie tastete nach ihrem Messer, das in ihrem eng sitzenden Mieder verborgen war, doch sofort legte er seine Hand auf ihre und schob sie fort. Er ließ die Hand in ihren Ausschnitt gleiten und spürte, wie Willa sich bei dieser Berührung anspannte. Ganz leicht strich er mit den Fingerspitzen über ihre zarte

Haut, ehe er das zusammengeklappte Messer aus dem Mieder hervorzog. »Verbergt Ihr noch mehr, was ich für Euch suchen soll?«

»Nein.«

»Ihr seid gefährlich, Frau.« Er steckte das Messer in seine Weste.

Willa war noch zu verwirrt vom Eindruck seiner Berührung, um schlagfertig antworten zu können.

»Euren Namen, Willa.«

Sie zögerte. Sein Arm umfasste ihre Taille fester, nahm ihr den Atem. »Delaney.« Sie nannte ihren Mädchennamen ohne zu zögern und versetzte ihm einen Stoß mit dem Ellenbogen. »*Mrs* Delaney.« Sie spürte, dass er sich anspannte. Sie wollte ihn ebenfalls nach seinem Namen fragen, vermutete jedoch, dass er ihn ihr nicht sagen würde.

»Welcher Ehemann erlaubt es seiner Frau, ohne Begleitung eine Kaschemme aufzusuchen und während der Dämmerung auf dem Marktplatz herumzuspazieren?« In seiner Frage klang Wut mit.

»Ein toter.«

Raiden schwieg für einen Augenblick. Sein Säbel verharrte sekundenlang in der Luft, ehe er ihn niedersausen ließ, um eine Bresche in das Dickicht zu schlagen.

Eine Welle der Scham überflutete Willa. Diese beiden Worte waren der Beginn einer neuerlichen Lüge. Ihr Familienstand ging ihn nichts an, hatte keine Bedeutung für diesen Wettkampf, den sie sich lieferten. Schließlich ging es nicht darum, den Grundstein für eine dauerhafte Beziehung zu legen … zwischen ihr und diesem Barbaren. Ab der Sekunde, in der die Gefahr vorüber war, würde sie nichts mehr mit ihm zu tun haben. Wobei sie argwöhnte, dass er einer verheirateten Frau gegenüber wenig Ehrgefühl an den Tag legen würde, sollte er sie mit in sein Bett nehmen wollen. Überdies wollte sie vermeiden, dass er erfuhr, dass ihr Mann ein Peer war. Nicht, um Alistar zu schützen, sondern aus zwei Gründen, die ihr dies ratsam erschienen ließen. Sollte Raiden sie entführen und gegen ein Lösegeld freilassen wollen, wäre es unerträglich demütigend, wenn Alistar sich weigern würde, für sie zu zahlen. Vorausgesetzt, Raiden würde überhaupt Alistars Aufenthaltsort ausfindig machen können. Zum anderen befürchtete Willa, dass er sie als Druckmittel gegen andere Adlige ausspielen könnte, denn es war offensichtlich, dass Raiden den Adel verachtete. Nicht, dass ich etwa ein geachtetes Mitglied dieses Standes bin, dachte sie bitter.

Dicht hinter ihnen war Hufschlag zu hören. Raiden machte keine Anstalten, sein Pferd anzutreiben, sodass Willa daraus schloss, dass die Reiter, die näher kamen, seine Freunde sein mussten. Freunde? Ha! Welcher Mann, der ohne zu zaudern tötete, hatte schon Freunde? Der Ritt schüttelte sie hart durch, und es war ihr unmöglich, ihn danach zu fragen. Das dichte Gewirr der Schlingpflanzen, das sich an den Baumstämmen hochzog, ließ keinen Sonnenstrahl zu ihnen durchdringen, und es verging mehr als eine Stunde, ehe der Dschungel sich ein wenig lichtete. Raiden ritt jetzt über einen schmalen abgelegenen Weg. Willa roch die See, und Augenblicke später hatten sie das Dickicht des Dschungels hinter sich gelassen und folgten dessen Saum bis fast zur Uferlinie. Raidens Männer ritten dicht hinter ihnen.

»Wohin bringt Ihr mich?«

»In Sicherheit.« Als das Dickicht sich lichtete, zügelte er das Pferd und sprang aus dem Sattel, dann zog er Willa unsanft zu sich herunter.

»Was glaubt Ihr, wovor Ihr mich dieses Mal habt retten müssen?«, spottete sie. »Etwa vor dieser übel riechenden Schankwirtin?«

Mit zwei, drei Säbelhieben zerschlug Raiden ein dichtes Geflecht von Kletterpflanzen, unter dem zwei Boote gelegen hatten. »Nein, aber vor diesem Captain, der auf Euer Herz gezielt hat.« Er warf die Satteltaschen und einige Beutel in eines der Boote und löste dann den Sattelgurt.

Willa runzelte die Stirn, folgte jedem seiner Schritte. »Er hat versucht, Euch ...« Sie verstummte, als er herumfuhr, und sie eindringlich ansah.

»Seid versichert, dass ich bis jetzt nur aufgrund meiner Besonnenheit und meiner Erfahrung überlebt habe, Willa. Und dass ich nicht leichtfertig töte. Glaubt mir also, wenn ich sage, dass er die Absicht hatte, *Euch* zu töten.« Er ging an ihr vorbei.

Sie fuhr herum. »Mich? Aber warum sollte ...?« Willa wandte den Blick ab, als die Erkenntnis sie wie ein Blitz traf. *Natürlich* war es so gewesen, wie er sagte, und obwohl er die Wahrheit nicht kannte, kam er ihr doch sehr nahe. Sie war ein Risiko, denn sie könnte reden, könnte von Alistars Missetaten berichten. Manav war für all die Geheimnisse gestorben, die sie entdeckt hatte. Vielleicht verhielt es sich aber auch so, dass irgendjemand Alistar tot sehen oder ihm Schaden zufügen wollte und sie dazu benutzte, sein Ziel zu erreichen, versuchte Willa sich einzureden. Noch immer hoffte sie, dass es nicht ihr eigener Mann war, der sich gegen sie gewandt hatte. War dies Barkmons Absicht gewesen, als er sie in sein Büro bestellt hatte? Aber würde er die Soldaten der *East India Company* dazu missbrauchen, so etwas zu tun? Und genau das war der Grund, warum sie Raiden nicht sagen würde, wer ihr Ehemann war; Alistars Einfluss war weitreichender als sie vermutet hatte. Und vor allem anderen blieb die Tatsache bestehen, dass Raiden ihr das Leben gerettet hatte.

»Ja, Mädchen«, sagte er, als er das ungläubige Begreifen in ihren Augen sah. »Die Frage ist nur, warum er das tun wollte?«

Sie erwiderte seinen Blick, und wusste, dass sie ihm glaubte. »Ich habe nichts getan, um den Tod zu verdienen, und ich habe keinen Bedarf an Eurem Schutz.«

Sie färbt sich die Wahrheit schön, dachte Raiden und es überraschte ihn, dass er sich dessen so sicher war. Er gab dem Pferd einen Klaps und Willa sah zu, wie ihre einzige Fluchtmöglichkeit im Dschungel verschwand.

»Das war unüberlegt. Ich brauche ein Pferd um ...«

Raiden nahm ihre Hand und zog sie zum Boot.

Willa wehrte sich. »Mit Euch werde ich nirgends hingehen!«

»Ich habe Euch nicht um Eure Erlaubnis gebeten.« Raiden hob sie hoch und ließ sie unsanft in das Boot fallen. Als Willa versuchte, wieder hinauszuklettern, hielt er ihr eine Pistole an die Schläfe. »Im Augenblick steht mehr als nur Euer Leben auf dem Spiel, kleiner Rotfuchs. Lasst Euch das gesagt sein.«

Sie wandte den Kopf, bis der Lauf der Pistole gegen ihre Stirn drückte. »Wie hart Ihr seid, Raiden, und doch so widersprüchlich.« Sie sah ihm in die Augen, ehe sie die Pistole zur Seite schob und erneut versuchte, das Boot zu verlassen. Er drückte sie auf den Boden zurück und fesselte rasch ihre Hände. Sie kämpfte dagegen an, bis er heftig an den Fesseln zerrte.

Ihre Blicke trafen sich, taxierten einander.

»Kämpft nicht gegen mich, Frau.«

»Sonst geschieht was? Werdet Ihr mich schlagen? Oder mich ersäufen?« Ihre Gesichter waren sich so nah, dass sie sich fast berührten. »O nein, wie dumm von mir! Ich vergaß, dass Ihr ja keine *wehrlosen Frauen* angreift!« Sie gestikulierte mit ihren gefesselten Händen und setzte sich in das Boot, wobei sie ihm den Rücken zukehrte.

Raiden biss die Zähne zusammen und steckte die Pistole in seinen Gürtel zurück, ehe er das Boot vom Strand abstieß. Er war gerade dabei, hineinzuklettern, als seine Männer auftauchten, von ihren Pferden sprangen und in das Wasser liefen. Einige von ihnen zogen das zweite Boot aus seinem Versteck hervor und ließen es zu Wasser. Die Männer legten sich mit aller Kraft in die Riemen, während Raiden am Ruder saß. Die Männer musterten Willa abschätzend, und hin und wieder traf einer dieser Blicke auch Raiden.

Offensichtlich war sie nicht willkommen. Gut. Sie wollte auch nicht hier sein. Willa wusste zwar nicht, wo sie sich eigentlich befand, aber sie war sicher, den Weg zurück in die Stadt zu finden. Das hieß – vielleicht. Wie soll ich jetzt Mason finden?, fragte sie sich mit einem sehnsüchtigen Blick auf die Küste, während die Männer das Boot jetzt um eine Mole herum ruderten.

Und nun sah sie es.

Ein massiv gebautes dreimastiges Schiff dümpelte in der Lagune. Ein schwarzes Schiff. Die Segel, der Rumpf, die Geschützpforten – alles war schwarz. Selbst die Beschläge auf dem glänzenden nachtdunklen Holz waren tintenschwarz gestrichen. Willa wurde blass, und während ihr Boot sich dem Segler rasch näherte, drohte ihr das Herz beim Anblick der Galionsfigur vor Schreck stehen zu bleiben. Ein Racheengel, der Schwert und Schild in den Händen hielt. Zu schimmerndem schwarzen Glanz poliert, nur sein Gewand leuchtete silbern.

Und nur eine Sorte Mann segelte ein Schiff wie dieses. Langsam wandte Willa den Kopf und starrte Raiden an. Sein Gesichtsausdruck war undurchdringlich, seine Haltung abweisend.

Der Schwarze Engel. Allmächtiger Gott.

»Piraten?« Willa sah die Männer einen nach dem anderen an. »Ihr seid Piraten!«

Die Männer grinsten sie an.

»Oh, ihr braucht gar nicht so stolz dreinzuschauen.« Sie versetzte dem neben ihr sitzenden Mann einen Stoß mit dem Ellenbogen. »Was würden eure Mütter dazu sagen?«

»Gar nichts, Lady, weil die Hälfte von uns keine gehabt hat.«

»Willst du meine Mom sein, Liebchen?«

Der junge Mann sah sie an, als würde man sie ihm mit einem Apfel im Mund und mit Pfefferminzsoße übergossen auf einem

Silbertablett servieren. Sie schnitt ihm eine Grimasse und schaute zu Raiden. »Ich war mir sicher, dass Ihr irgendetwas Anrüchiges getan haben müsst – aber das?«

Raiden schwieg. Die Enttäuschung, die in ihren Worten mitklang, wand sich wie eine Fessel um sein Herz und erstickte jede Gegenrede. Sie hatte bereits etwas Schlimmes vermutet, aber jetzt hatte sie das ganze Ausmaß begriffen.

Als sie das Schiff erreichten, wurde eine Strickleiter heruntergelassen. Die Besatzung machte das Schiff fest, während Raiden die Hand nach Willa ausstreckte, um ihr die Fesseln durchzuschneiden. Sie schlug seine Hand zur Seite, aber er war größer und kräftiger als sie. Mit einem starken Ruck an ihrem Arm hob er Willa hoch, warf sie sich wie einen Getreidesack über die Schulter und kletterte die Leiter hoch.

Die Männer aus den Booten folgten ihnen. Sie schenkten dem Geschehen keine Beachtung. »Tut das nicht«, zischte Willa und krallte sich in seinem Hemd fest.

Raiden musste es tun. Noch immer sah er vor sich, wie der Offizier auf Willas Herz gezielt hatte, und dieses Bild trieb ihn dazu, sie so rasch wie möglich von hier fortzubringen. Er schwang sich mit einem Bein über die Reling und sprang auf das Deck. Während er den Weg zu seiner Kabine einschlug, gab er Befehl zum Ankerlichten. Er duckte sich durch die niedrige Tür, hinter der der Gang zum Zwischendeck lag, und trug Willa zu seiner Kabine, stieß mit der Schulter die Tür auf und ging zum Bett. Mit einem Schwung ließ er Willa darauf fallen. Sie landete auf den weichen Polstern, strich sich das Haar aus dem Gesicht und rappelte sich auf die Knie hoch. Raiden war bereits auf dem Weg zur Tür.

»Bringt mich sofort an Land!«

Ihr herrischer Ton veranlasste ihn, stehen zu bleiben und sich zu ihr umzudrehen. Die Hände in die Hüften gestemmt, stand er vor ihr und musterte sie mit einem anmaßenden Blick. »Stellt mir keine Forderungen, Frau.«

»Wenn Ihr mich hier behaltet, wird es mein größtes Vergnügen sein, Euch das Leben schwer zu machen.«

»Jetzt auch noch Drohungen? Oder hat die Lady Angst, ohne ihre Diener und den gewohnten Pomp auskommen zu müssen?«

Sie streckte das Kinn vor, und ihre grünen Augen blitzten verächtlich. »Ihr solltet ein wenig mehr nachdenken, Pirat. Wenn es sich nicht um eine wichtige Sache gehandelt hätte, wäre ich dann allein in diese Kaschemme gegangen?«

»Ich verstehe«, erwiderte er nachdenklich. »Dann ist es also lediglich Eure Dummheit gewesen, dass Ihr erst Euer Leben und jetzt auch noch das meine aufs Spiel gesetzt habt?«

Willa schäumte vor Zorn. »Ich kann mich nicht erinnern, um Euren Beistand gebeten zu haben – außerdem war ich bewaffnet.«

»Könnt Ihr überhaupt mit einer Waffe umgehen?«

»Gebt mir die Pistole, Barbar, und ich werde es Euch beweisen!«

Sie wollte noch etwas sagen, doch Raiden ließ ihr keine Gelegenheit, ihre scharfe Zunge noch weiter an ihm zu wetzen. »Genug jetzt! Betrachtet Euch als meine Gefangene, Lady.« Zumindest hatte er vor, sie am Leben lassen.

»Ihr werdet keinen Nutzen daraus ziehen können, mich entführt zu haben, Pirat, das schwöre ich Euch!«

Sein Blick sprach Bände, als er ihn langsam über ihren Körper gleiten ließ. Willa empfand ihn wie eine Berührung, wie seine Hand, die sie streichelte. Es verwirrte sie, wie atemlos es sie machte. »Das werden wir sehen.« Raiden wandte sich ab. Als ihr Schuh ihn im Rücken traf, blieb er an der Türschwelle stehen und wandte sich um. Aus schmalen Augen musterte er sie finster. »Soll ich Euch an mein Bett fesseln?«

Willa ließ sich auf ihr Hinterteil fallen und hieb mit den Fäusten auf die Kissen. »Das ist Menschenraub!«

»Ja, das ist es.« Er schloss die Tür hinter sich. Das Schnappen des Schlosses ließ Willa zusammenzucken.

Sie schleuderte den zweiten Schuh gegen die verriegelte Tür, ehe sie schicksalsergeben seufzte. Arroganter Schweinehund. Ihre Schultern sackten vornüber. Sie presste die Hand auf den Magen, der ihr vom Getragenwerden noch wehtat, und ließ sich auf das Bett sinken.

Piraten. Famos, Willa. *Ganz famos*.

Sie starrte auf das weiße Moskitonetz, das in anmutigen Bögen um die Bettpfosten drapiert war, und neigte den Kopf zurück. Über ihr drehte sich, an einer Kette befestigt, ein Stück Sandelholz, das seinen aromatischen Duft verströmte. Willa stützte sich auf die Ellbogen und schaute sich in der Kabine um.

Du meine Güte!

Der Anblick nahm sie wie ein betörender Duft gefangen, erregte ihr Interesse und erweckte den Wunsch in ihr, ihre Gefühle in Worte kleiden zu können. Macht und eine gefährliche Sinnlichkeit spiegelten sich in der Einrichtung wider, die in tiefem Schwarz und dunklem Blau gehalten war, ganz so, als verbargen sich in den üppigen Stoffen und kostbaren Möbel unergründliche Geheimnisse. Diese Dinge einfach nur anzusehen, zu wissen, dass er hier lebte, in diesem Bett schlief, löste ein Prickeln auf Willas Haut aus. Die Kabine war nahezu verschwenderisch eingerichtet – persische Teppiche bedeckten den Boden; ein kunstvoll gearbeiteter Schreibtisch aus blutrot glänzendem Rosenholz stand in einer Ecke. Darüber waren, über die ganze Heckbreite des Schiffes, die Fenster mit ihren gefärbten Glasscheiben und den Vorhängen aus blauem Damast. Darunter befand sich eine gepolsterte Sitzbank. Zum Aussehen des Schreibtischstuhls fiel Willa der Vergleich mit dem Thron eines Sultan ein, so überreich war er aus geschnitztem Holz, Leder und Gold gefertigt. Sie konnte sich Raiden fast bildlich darin vorstellen, wie er Überfälle plante, über Schicksale entschied und über Ostindien herrschte, als sei es sein privater Tummelplatz für Raub und Plünderung.

Willa stieß einen verächtlichen Ton aus und ließ den Blick

nach rechts gleiten, zu den vielen Schwertern, die aufgereiht an der Wand hingen – wie schwarze Nägel, die sich jeden Augenblick in den Boden bohren könnten. Die Platte des großen Tisches, der hier stand, war zerkratzt, aber dennoch auf Hochglanz poliert, eine Vielzahl Stühle standen um ihn herum. Willa registrierte den kupfernen Badezuber, der hinter einem Wandschirm stand, die sechs großen Fässer, die vermutlich Wasser enthielten, und den Teewagen, der sich fast unter seiner Last von chinesischem Porzellan bog. Es gab Schränke mit Büchern und mehrere große Truhen. Eine davon befand sich am Fußende des Bettes, zwei weitere standen ihr gegenüber in der Nähe des Schreibtisches. Willa drehte sich, um das Bett in Augenschein zu nehmen, dessen hölzernes Kopfteil, das die Form einer Ananas nachbildete, die blaue Decke, die Seidenlaken. Wie auf dem Diwan eines Sultans türmten sich Kissen auf dem Bett, samtweich und mit Quasten geschmückt, deren Stoff mit Gold- und Silberfäden durchwirkt war. Auch auf der Bank und auf dem Boden vor dem Schreibtisch lagen sie verstreut, und ohne es zu wollen, tauchten erregende Bilder vor Willa auf – ineinander verschlungene Körper, seine großen Hände, die sie streichelten …

»Um Himmels willen.« Sie richtete sich abrupt auf, um diese sinnverwirrenden Gedanken zu verdrängen, und schwang die Beine über die Bettkante.

Nun gut. Ganz offensichtlich war er ein erfolgreicher Pirat. Ein Räuber erster Güte. Und für Willa trug die Legende sein Gesicht. Der Schwarze Engel. Allein schon der Name beschwor Tod und Zerstörung herauf, und ein Anflug von Furcht kroch ihr den Rücken hinauf. Und doch fiel es ihr schwer zu glauben, was ihr über diesen Mann zu Ohren gekommen war, besonders, nachdem er ihr das Leben gerettet hatte. Sie sah wieder das Gesicht des toten Offiziers vor sich und zugleich damit kamen ihr die schrecklichen Geschichten und Gerüchte in den Sinn, die man sich über den Schwarzen Engel erzählte. Nächtliche Überfälle, bei denen zahllose Seeleute hingemordet oder ausgesetzt wurden. Man sagte, er ließe als Erstes stets die Aufbauten des in sein Visier geratenen Schiffes zerstören, damit es dem Feuer seiner Kanonen nicht mehr entkommen konnte. Bislang hatte niemand diesen berüchtigten Piraten dingfest machen können. Und es waren Gerüchte im Umlauf, dass es mehr als nur dieses eine schwarze Schiff gab.

Jeder Kapitän der *East India Company* war auf der Jagd nach diesem Piraten, und die hohe Belohnung, die von der Krone auf seinen Kopf ausgesetzt worden war, lockte Hunderte von Jägern auf die Meere, die sich diesen Preis holen wollten. Der Gedanke an Raidens Kopf, aufgespießt auf einer Lanze, drehte Willa den Magen um. Er war ein Gesetzloser, ein skrupelloser Räuber, dem der Tod auf den Fersen war. Wenn er seinen Lebensunterhalt durch Verbrechen bestritt, würde er dann auch käuflich sein und sich dazu bringen lassen, sie an Land zurückzubringen? Unwillkürlich stellte Willa sich diese Frage. Sie musste von hier fort und ihren Sohn suchen. Sie *musste* es. Und kein noch so gut aussehender Pirat der Welt würde sie davon abhalten. Viele Worte und keine Aussicht auf Gelingen, dachte sie. Sie war Raidens Gefangene. Geraubtes Beutegut und nichts anderes. Sie wollte nicht darüber nachdenken, was er jetzt, da niemand da war, um ihn aufzuhalten, mit ihr tun würde. Und die Angst, dass er sie seinen Männern überlassen würde, war geradezu niederdrückend.

Willa verließ das Bett und suchte ihre Schuhe zusammen. Resigniert setzte sie sich auf die kleine gepolsterte Bank. Das Schiff segelte mit einer unglaublichen Geschwindigkeit dahin, entfernte sich mit jeder Sekunde weiter von der Küste und raubte Willa damit jede Chance auf ihre Freiheit. Wenigstens hatte sie die Voraussicht gehabt, für Rajanis Wohlergehen zu sorgen, obwohl sie vermutete, dass das Mädchen sich noch immer beunruhigen würde. Seufzend griff sie nach einem der Kissen und barg das Gesicht in dessen kostbarem Stoff. Sofort hatte sie das Gesicht ihres kleinen Sohnes vor Augen, seine dunkelroten Locken, seine pausbäckigen Wangen. Dann wieder sah sie ihn schwach und schmutzig und hungrig vor sich, laut nach ihr weinend, die Hände nach ihr ausgestreckt, und die hilflose Verzweiflung, die sie spürte, ließ Willa in heiße Tränen ausbrechen.

Mommy kommt dich holen, mein Liebling. Ich schwöre es dir. Ich werde dich holen.

Tristan stand mit dem Rücken gegen die Reling des Achterdecks gelehnt und sah seinen Kapitän eindringlich an. Der Wind zerrte an Raidens Hemdsärmeln und zersauste ihm das Haar. Tristan fragte sich, warum dieser Mann es sich nie zurückband. Beschämenswert nachlässig, stellte er im Stillen fest und dachte, dass er Raiden eigentlich Besseres gelehrt hatte. »Sie haben das Recht zu erfahren, was du mit ihr vorhast.«

Raiden schaute zu den Männern, die sich auf dem unteren Deck versammelt hatten. »Ich bin mir der Regeln bewusst, Quartermeister Dysart.«

Tristan lächelte, als er die Anspannung in Raidens Gesicht und in dessen Stimme bemerkte, denn der Mann gestattete es seinen Emotionen höchst selten, sich zu zeigen.

»Wir mussten ihretwegen fliehen!«, rief einer der Matrosen. Jetzt meldeten sich auch seine Kameraden zu Wort.

»Aye, und ich sage deshalb, wir setzen sie an Land. Sie hat bis jetzt nur Unglück gebracht!«

»Setzt die Frau aus oder gebt sie uns!«

Raiden verschränkte die Arme vor der Brust und bedachte jeden der Männer mit einem einschüchternden Blick. »Die Soldaten wären auch in den *Red Raven* gekommen, wenn die Frau nicht dort gewesen wäre. Und wenn ihr betrunkenen Hohlköpfe aufgepasst hättet, statt eure Hände unter Weiberröcke zu stecken, wären wir auf sie vorbereitet gewesen.«

Einige der Männer lachten; ein paar von ihnen wandten schuldbewusst den Kopf ab.

»Was soll mit ihr werden, Captain?«

Raiden überschaute die Menge der gut hundert Männer und machte seinen Anspruch auf Willa geltend. »Sie gehört mir.«

Rufe wurden laut, die Männer machten ihrer Überraschung und ihrem Widerwillen Luft.

»Ich verzichte dafür auf meinen Anteil an der nächsten Prise.«

Die Männer grinsten anzüglich. »Die hat Euch ganz schön bei den Eiern gepackt, was, Capt'n?«

Raiden grinste zurück und schenkte sich eine Antwort. Willa hatte ihn bei *irgendetwas* gepackt. Bei was genau, vermochte er nicht zu sagen. Ja, sie war ein hübsches Ding und so widerspenstig wie ein Köter, aber sie hütete zu viele Geheimnisse, um sie jetzt schon freizulassen.

»Ist das dann so beschlossen?«, fragte Tristan, und Raiden nickte.

Die Männer waren damit einverstanden; die meisten von ihnen wollten zwar keine Frau an Bord haben, hatten andererseits jedoch auch kein Interesse daran, es mit dem Zorn des Kapitäns zu tun zu bekommen.

»Ich habe bis jetzt keine Verwendung für Kleider gehabt. Deshalb zahle ich jedem Mann einen angemessenen Preis, der was Passendes unter seiner Beute hat«, wandte sich Raiden an die Männer.

»Zieht ihr doch einen Sari an, Captain. Den füllt sie bestimmt gut aus.«

In Raiden regte sich Besitzanspruch, und er warf Mr Cheston einen strengen Blick zu. »Was Mrs Delaney trägt, geht Euch nichts an.«

»Mrs?«, fragte Tristan und richtete sich auf.

Raiden sah ihn an. »Ja. Verwitwet, behauptet sie.«

»Und du glaubst ihr das nicht?«

»Ich frage mich sogar in diesem Augenblick, ob die Frau jemals verheiratet gewesen ist.«

Tristan lachte leise. »Du bemitleidest wohl ihren Ehemann, was?«

Nein, ich beneide ihn, dachte Raiden, verdrängte diesen Gedanken aber rasch wieder. Er hatte weder die Zeit noch die Geduld für abirrende Gedanken und Fantasien voller Wünsche.

»Ich bemitleide mich, alter Freund, denn ich befürchte, dass sie inzwischen in meiner Kabine gewütet hat wie eine Katze, die in einem Raum voller Mäuse losgelassen wird.«

Tristan lächelte über Raidens resignierten Tonfall. »Warum hast du sie mitgenommen? Weil sie in der Kutsche der *East India Company* gesessen hat und dick mit den Engländern befreundet ist oder weil sie in Gefahr war?«

Raiden erwiderte seinen Blick. »Willst du damit sagen, du hättest sie dort gelassen, um getötet zu werden?«

Tristan zupfte an seinem Mantelsaum. »Trotz meiner Profession bin ich ein Mann von Ehre, Montegomery.«

Raiden zog finster die Stirn kraus. »Warum zweifelst du dann an meiner?«

»Mir ist nicht entgangen, wie du sie angesehen hast.«

Raiden schnaubte missmutig. »Sie ist wunderschön, ja, aber vergiss nicht, dass ihretwegen jetzt zwei Männer tot sind. Sie hat irgendetwas mit der Company zu tun, daran gibt es keinen Zweifel. Um was genau es dabei geht, werde ich bald herausgefunden haben.« Raiden vermutete, dass sie Barkmons Geliebte war, denn eine Witwe brauchte Geld. Es sei denn, sie hatte reich geheiratet. Aber wie auch immer, jedenfalls war sie auf irgendeine Weise mit der *East India Company* verbunden, und das allein machte jeden ihrer Schritte suspekt.

»Und während du das herausfindest, kommt dein Spaß nicht zu kurz, vermute ich.«

Aus zusammengekniffenen Augen sah Raiden den Freund

an. »Entdecke ich da eine Schwäche für das Mädchen, Quartermeister?«

»Ich kann mir meine Frauen selbst beschaffen, Raiden. Ich muss sie nicht entführen.«

Raiden warf ihm einen vernichtenden Blick zu, dann ging er mit großen Schritten auf die Leiter zu. Er wandte sich noch einmal um, ehe er sie hinunterstieg. »Du hast die Wache«, sagte er, ehe er aus Tristans Sicht verschwand.

Kapitel 5

Raidens Blick erhellte sich sofort, als er seine Kabine betrat und Willa auf der Bank sitzen sah. Es versetzte ihm einen Stich, sie so niedergeschlagen zu sehen, da er sie bislang nur entschlossen und impulsiv erlebt hatte. Immer wieder sah Raiden das Bild jenes Offiziers vor sich, der die Waffe auf Willa gerichtet gehalten hatte. Raiden zuckte zusammen, wenn er daran dachte, wie nah sie daran gewesen war, in seinen Armen zu sterben. Er war entschlossen herauszufinden, warum der Offizier den Befehl bekommen hatte, Willa zu töten. Und *wer* es befohlen hatte. Was konnte sie getan haben, dass ein Mordanschlag auf sie verübt worden war? Während ihm immer mehr Fragen durch den Kopf gingen, wurde Raiden klar, dass sie auf sein Herumschnüffeln nicht freundlich reagieren würde. Sie hasste ihn, hielt ihn für einen dahergelaufenen Straßenräuber, was er genau genommen ja auch war, so schmerzlich dieses Eingeständnis auch sein mochte. Doch hätte er sie nicht mitgenommen, wäre sie geradewegs dem Mann in die Arme gelaufen, dem befohlen worden war, ihrem Leben ein Ende zu setzen. Er würde Willa nicht gehen lassen, bevor er den Grund dafür herausgefunden hatte und davon überzeugt war, dass sie ohne weitere Gefährdung weiterreisen konnte. Auch wenn das bedeutete, dass sie seine Gefangene bleiben musste. Auch wenn sie die Versuchung seines Lebens war, die ihn wie ein köstlicher Leckerbissen zum Zugreifen verlockte.

Willa schaute auf, als er die Tür schloss und zu seinem Sekretär ging, um seine Messer und Pistolen und den Schwertgürtel darauf abzulegen.

Sie hatte sich in die äußerste Ecke der Bank gekauert und starrte Raiden an. »Ihr müsst mich an Land bringen.«

Er nahm seine Pistole in die Hand und schwieg.

Willas Nerven waren zum Zerreißen gespannt, wenn sie an den Offizier und das Einschussloch zwischen seinen blauen Augen dachte. »Könnt Ihr es nicht wenigstens in Erwägung ziehen?«

»Nein.« Er lud die Pistole nach.

»Ich bitte Euch.«

»So reizvoll das auch klingt, kleiner Rotfuchs, die Antwort ist trotzdem nein.«

Willa stand auf. Wütend warf sie das Kissen auf die Bank. »Ich *muss* an Land, Raiden. Ein Menschenleben hängt davon ab.«

»Ja, meines, und das meiner Männer ... und Eures.«

»Nein. Das meines Sohnes.«

Raiden runzelte die Stirn. Langsam hob er den Blick und sah Willa an.

»Er ist verschwunden, und ich muss ihn finden.«

»Wie kann eine Mutter ihr Kind verlieren?«

Sie reckte das Kinn, und Schmerz spiegelte sich auf ihrem Gesicht wider. »Das ist jetzt nicht von Belang. Er ist verschwunden.«

Er kniff die Augen zusammen. Die Wahrheit kommt ans Licht, dachte er. »Und wo wollt Ihr Euer Kind suchen?«

Raidens herablassender Ton entging ihr nicht. »Auf den Banda-Inseln.«

Sein raues Lachen sagte ihr, dass er sie für eine Närrin hielt und es ihn nicht weiter kümmerte. »Nur wenige Männer haben den Dschungel überlebt, Willa.«

»Und Ihr gehört dazu?«

Er zögerte, ehe er es zugab. »Ja.« Sie ging einen Schritt auf ihn zu. Die Bewegung drückte ein stummes Flehen aus, gegen das er sich wappnen musste.

»Dann wäre das doch die perfekte Lösung. Helft mir, ihn zu finden.«

Hatte sie den Verstand verloren? »Nein.«

»Bitte.«

Er zog die Augenbrauen hoch und schärfte seinen Dolch an einem Wetzstein.

Willa eilte an den Schreibtisch und umklammerte dessen Kante. »Aber Ihr seid dort gewesen! Ihr würdet wissen, wo wir suchen müssen!«

Raiden widmete sich wieder seinen Waffen und ignorierte den flehenden Ausdruck in ihren Augen. »Ich habe meine eigenen Pläne.«

Sie stieß einen empörten Laut aus. »Ihr tötet und raubt nach Plan?«

Sein Blick drückte Nachsicht aus.

»Habt Ihr denn kein Herz? Er ist doch noch ein Kind. Ein Baby. Er braucht mich! Wir sind schon so lange voneinander getrennt, und er hat Angst und …« Sie schluckte mühsam. Sie wollte nicht vor ihm weinen. »Bringt mich zu den Inseln – bitte.«

»Willa«, begann er und legte sein Messer aus der Hand. Ein Hauch von Mitleid schwang in seiner Stimme mit. »Auf diesen Inseln sind schon erwachsene *Männer* an einem Moskitostich zugrunde gegangen, sind *Männer* umgekommen, die Schiffe und Gewehre hatten. Begreift Ihr denn nicht, dass ein Kind …«

Im Bruchteil eines Atemzuges stand sie vor ihm und legte ihm die Hand auf den Mund.

»Nein! Sprecht es nicht aus, Pirat. Bitte. Er ist nicht tot. Ich würde es wissen!« Ihre Augen füllten sich mit Tränen, und Raiden spürte seine Knie weich werden. »Ich würde es wissen.«

Diese Frau wird noch mein Tod sein, dachte er und ließ sich gegen den Schreibtisch sinken. Ihr Körper berührte seinen wie weicher Samt und rief Raidens dunkelste Begierden wach. Auch wenn ihm klar war, was sie wollte. Und er wünschte, vor Jahren hätte irgendjemand mit solch einer Entschlossenheit nach ihm gesucht. Wie waren die beiden getrennt worden? Und wenn ihr Sohn sich auf den Banda-Inseln befand, wie war er an diesen Verderben bringenden Ort gekommen? Sie war so unerschütterlich in ihrem Glauben, dass das Kind lebte, während Raiden davon überzeugt war, dass es tot war. Er wusste, dass es das Beste war, ihr noch mehr Leid zu ersparen. Er selbst hatte sein erstes Zusammentreffen mit den Eingeborenen Indiens nur knapp überlebt. Er widerstand dem Wunsch, seinen Arm um sie zu legen, als er langsam ihre Hand von seinem Mund zog. »Die Gefahr ist gewaltig, Willa. Ihr wisst nicht, um was Ihr bittet.«

»Ich bin seine Mutter«, flüsterte sie und fasste ihn an der Schulter. »Ich würde alles dafür geben, ihn wieder in den Armen zu halten. Ich würde mein Leben für ihn geben.«

Raiden schloss die Augen. Schmerzvolle Erinnerungen drohten seine Entschlossenheit ins Wanken zu bringen. Doch bevor die Erinnerungen ihn überwältigten, gewann seine Vernunft die Oberhand und er wandte sich von Willa ab. Seine Vergangenheit hatte hiermit nichts zu tun.

Willa zögerte einen Augenblick, dann griff sie in ihren Sari und zog einen kleinen Samtbeutel hervor. »Ich kann Euch bezahlen.« Sie öffnete ihn und leerte den Inhalt auf Raidens Schreibtisch aus. Es waren ihre Juwelen, die letzten Kostbarkeiten, die sie noch besaß.

Er warf einen flüchtigen Blick auf die Steine. Wortlos hob er eine kleine Truhe vom Boden auf, stellte sie auf den Tisch, schob den Riegel zurück und schlug den Deckel auf. Beim Anblick der darin schimmernden Pracht keuchte Willa leise. Edelsteine in allen erdenklichen Farben, seidig glänzende Perlenketten, goldene Münzen und silberne Medaillons funkelten ihr entgegen.

»Wie Ihr sehen könnt, habe ich keinen Bedarf an Eurem Schmuck.«

Willa schaute zwischen ihren Kostbarkeiten und seinen hin und her und ließ die Schultern sinken. Sie legte die Juwelen in den Beutel zurück und wandte sich resigniert ab.

Raiden fühlte Mitleid mit ihr. Nachdenklich rieb er sich den Nasenrücken und seufzte. Er hasste es, ihre Hoffnungen zu zerstören. Aber das Kind war tot, davon war er überzeugt, und er täte nichts lieber, als sie im nächsten Hafen von Bord gehen zu lassen und davonzusegeln, ohne einen Gedanken an sie und ihre betörende Nähe zu verschwenden. Er musste sich um seine eigenen Angelegenheiten kümmern, musste seinen Männern Rede und Antwort stehen – er konnte nicht einfach auf dem Indischen Ozean herumsegeln, um ein Kind zu suchen.

Doch es war die Frau selbst, die ihn lockte; es waren ihre Schönheit und ihr Temperament, die blasse Erinnerung an ihre Berührung, die ihm auch jetzt die Beherrschung zu rauben drohte, und er wollte nichts anderes als sie in den Armen zu halten und zu trösten – und von ihrem Reichtum zu kosten. Sein Körper spannte sich bei diesem Gedanken an, in seinem Kopf tauchten Bilder auf, von denen er wollte, dass sie einen raschen Tod starben. Er hatte Frauen wie Willa gekannt – kultivierte, vornehme Frauen, und man hatte ihn in viele Schlafzimmer eingeladen. Wenn auch immer nur aus dem einen Grund, dass er von niederer Herkunft war und diese Frauen Abwechslung suchten, ein gefährliches Abenteuer mit einem Liebhaber, der sie vor Lust laut aufschreien ließ, mit dem sie spielen, an dem sie herumerziehen konnten. Im Dunkeln war er durch den Hintereingang in ihr Haus geschlichen, des Nachts, wenn keiner ihn gesehen hatte, und am Morgen hatten sie ihn kaum eines Blickes gewürdigt. Er war ein Bastard, ein Räuber, ein Gesetzloser. Sein Leben war gefährlich, durch sein eigenes Zutun, und sein Ende war absehbar, durch das Kopfgeld, das man auf ihn ausgesetzt hatte.

Und deswegen war er diese Frau nicht wert. War er die Gedanken nicht wert, die ihm durch den Kopf schwirrten, nicht dieses unstillbare Verlangen zu wissen wie es wäre, wenn sie ihn berührte, ihn küsste. Ihre Verbindung konnte Willa den Tod bringen. Von seiner Ehre war im Laufe der Jahre nicht viel übrig geblieben, und doch brachte Willa ihn dazu, an den Bruchstücken, die er sich tief im Innern bewahrt hatte, festzuhalten. Witwe oder nicht, er hatte kein Recht, sie anzufassen. Auch wenn Barkmon dieses Privileg besaß. Sie machte ihn schwach, hatte ihn schon dazu gebracht, seine Pläne zu ändern, um sie in Sicherheit zu wissen. Sie so zu besitzen wie er es sich wünschte, würde ihn zu einem Hanswurst ohne auch nur einen Rest von Verstand machen, darüber war Raiden sich im Klaren.

»Ihr habt mein Leben gerettet und dafür bin ich dankbar. Wir sind quitt, Ihr und ich, und ich sehe keinen Grund, warum Ihr mich als Gefangene behalten solltet. Dies hier« – sie deutete auf den Schmuckbeutel – »ist alles, was ich noch habe – außer meinem Sohn.«

»Ihr wisst zu viel über mich und meine Männer.«

Sie wirkte gekränkt. »Ich werde Euch nicht verraten.«

»Darauf kann ich nicht vertrauen. Und meine Männer würden das auch nicht tun.« Sie setzte zum Sprechen an, doch er wehrte ab: »Nein, sagt nichts mehr, denn was Ihr verlangt ist unmöglich. Ich würde das Leben aller meiner Männer aufs Spiel setzen, und ich habe nicht vor, Euretwegen eine Meuterei zu provozieren. Ich habe das Leben der Männer schon in Gefahr gebracht, um Euch unverletzt hierher zu bringen.«

»Und was habt Ihr vor? Wollt Ihr mich bis zu Eurem Tod auf diesem Schiff gefangen halten?«

»Gebt die Hoffnung nicht auf, Mädchen, unser Beisammensein könnte eine ziemlich kurze Angelegenheit werden.«

Ihre Gesichtszüge erschlafften. »Ihr sprecht so leichtfertig vom Tod, und doch habt Ihr Euer Leben für mich aufs Spiel gesetzt. Warum?«

Es verging ein langer Augenblick, ehe er antwortete: »Ihr habt dieses Schicksal nicht verdient.«

»Wie könnt Ihr das wissen? Ich könnte eine mordende Diebin sein wie …«

Sein Blick wurde drohend. »Hütet Eure Zunge, Willa.«

»Ich glaube nicht, dass der Anschein höflicher Konversation hier gewahrt werden muss. Allein schon deshalb nicht, weil Ihr meinen Sohn zu einem Schicksal verdammt, das *er* nicht verdient hat.«

Ihre Worte trafen ihn bis ins Mark. Aber das Schicksal, von dem sie sprach, gab es nicht mehr. Das Kind war tot. Aber ihr Glaube ließ auch vor seinen Augen das Bild eines kleinen Jungen entstehen, der sich verloren wähnte und der von Angst gequält wurde, von seiner Einsamkeit. Raidens Entschluss geriet ins Wanken. Denn dieses Mal trug der Junge, den er vor sich sah, *sein* Gesicht – und *seine* Unschuld war ganz gewiss getötet worden.

Raiden lehnte sich gegen den Schreibtisch und verbannte die Erinnerungen aus seinem Bewusstsein. Er starrte Willa so lange an, dass sie nervös wurde. »Was habt Ihr mit der *East India Company* zu tun?«, fragte er schließlich und zeigte auf die Pistole, die er ihr abgenommen hatte und die das Wappen der *Company* trug.

»Ah, jetzt kommen wir also zum Kern des Ganzen«, erwiderte Willa bitter. »Also wart Ihr es doch, den ich auf dem Markt gesehen habe.«

Dass sie ihn trotz seiner Verkleidung ohne Mühe erkannt hatte, bestärkte Raiden in seinem Entschluss, sie auf dem Schiff zu behalten. »Warum habt Ihr nicht Euren Liebhaber gebeten, Euren Sohn zu suchen?«

Willa biss die Zähne zusammen. »Ich bitte *Euch*, mir zu helfen.«

»Und ich habe Euch meine Antwort gegeben«, stellte er gleichmütig fest. Er hatte eine ganze Mannschaft, der er

Rechenschaft ablegen musste, und allein schon der Vorschlag, das Kind zu suchen und während dieser Suche auf reiche Beute zu verzichten, würde eine Meuterei heraufbeschwören. »Wieso seid Ihr in Barkmons Kutsche umhergefahren? War es seine Gegenleistung für Eure Gunst?«

Seine Beleidigung tat weh; in dem Blick, mit dem er sie ansah, lagen Verachtung und irgendetwas anderes, für das sie keinen Namen hatte und das sie veranlasste, sich abzuwenden. *O Raiden*, dachte sie entmutigt, *all die Lügen, die ich erzählt habe, all die Dinge, die ich gesehen habe.*

»Willa«, warnte er sie.

»Meine Affären dürften Euch nichts angehen.«

Die Worte brannten sich ihm ein, und er sprang auf und ging zu ihr, zwang sie, sich zu ihm umzudrehen. »Was bedeutet er Euch?«

Ihr Gesicht blieb ausdruckslos, nichts sagend. Und Raidens Fantasie lief Amok. Die Vorstellung, dass die ringgeschmückten, manikürten Hände dieses Mannes Willa berührten, ließ Raiden vor Wut schäumen. Er spürte einen üblen Geschmack im Mund und das brennende Verlangen, diesem feisten Kerl den kurzen Hals umzudrehen. »Ich hätte gedacht, Ihr hättet, was Männer angeht, einen besseren Geschmack, Willa.«

»Wie es scheint, greife ich bei der Wahl meiner Bekanntschaften in letzter Zeit des Öfteren daneben«, erwiderte sie mit einem bedeutungsvollen Blick, der Raiden einschloss.

»Ich warne Euch, ich reagiere auf Beleidigungen von Barkmons Mätresse nicht gerade höflich.«

»Beleidigungen? Ihr habt mir vorgeworfen, Barkmons Hure zu sein, und habt mir jede Hoffnung darauf zerstört, meinen Sohn zu finden.« Laut der letzten Information, die sie bekommen hatte, war vor kurzem ein Schiff nach Süden gesegelt, das ein Kind an Bord gehabt haben sollte. Sie hatte bislang nicht herausfinden können, welches Schiff das gewesen war, und jetzt waren ihre alle Chancen genommen worden. »Das ist alles, was Ihr von mir bekommen werdet.«

Er machte einen Schritt auf sie zu und stellte sie damit vor die Wahl, zurückzuweichen oder von ihm berührt zu werden. »Ich *nehme* mir, was ich will, Willa, begreift das hier und jetzt. Ihr seid eine Bedrohung – für meine Schiffe und für meine Männer, auch wenn ich Euch glaube, dass Ihr Euren Sohn sucht. Aber wenn er auf den Gewürzinseln ist, dann ist er tot.« Willa schüttelte heftig den Kopf, bis Raiden ihn zwischen seine schwieligen Hände nahm und festhielt. Er spürte diese Berührung bis in die Tiefen seiner erbärmlichen Seele. »Sagt mir, warum der Offizier Euch töten wollte.«

»Ich weiß es nicht!« Sie schlug auf seine Hände ein und entzog sich ihm. Sie rieb sich das Gesicht, der Abdruck seiner Hände ließ ihr Herz schneller schlagen.

»Ihr lügt!« Raiden schlug so heftig mit der Faust auf den Tisch, dass die darauf liegenden Waffen klirrten. Willa zuckte erschreckt zusammen. »Euer Diener, der Offizier – beide sind Euretwegen getötet worden!« Ihr Schuldgefühl spiegelte sich auf ihrem Gesicht wider und Raiden nutzte dies für sich aus. »Mit wem habt Ihr es Euch verdorben?«

»Außer mit Euch, meint Ihr?« Er wird mir nicht helfen, Mason zu finden, überlegte sie, und deshalb braucht er auch nichts über meine Probleme zu wissen.

Raiden wollte sie packen und schütteln. »Wie kann ich Euer Leben beschützen, wenn ich nicht weiß, wovor?«

Sie konnte es ihm nicht sagen, nichts über Alistar und nichts darüber, was sie vermutete. Mit seinem übermäßigen Interesse an der *East India Company* und an Barkmon wäre das für ihn nur ein noch stärkerer Grund, sie festzuhalten. Und wenn sie enthüllte, welche Rolle Alistar bei alldem spielte, würde sie nie wieder Land sehen. »Erinnert Euch, Pirat, ich habe Euch nicht darum gebeten, mein Leben zu beschützen. Ich habe Euch gebeten, meinen Sohn zu retten, aber Ihr habt zu viel Angst vor den Moskitos, um das zu tun.«

Seine Augen verengten sich. »Ich fürchte den Dschungel nicht. Ich habe nur keine Lust, für eine Frau zu sterben.«

»Für was dann würdet Ihr sterben? Für Gold und Juwelen? Oder für die schmutzigen Silberlinge, die der Teufel Euch auf Eurem Weg in die Hölle zusteckt?«

»Ja.«

»Seid verflucht. Ihr sagt ja dazu, mein Leben zu retten, aber nein zu dem meines Sohnes, weil er niemandem außer mir etwas bedeutet und er Euch nichts nützt.« Sie biss sich auf die zitternden Lippen und musste sich zwingen, ihm keine Flüche an den Kopf zu werfen. Als sie Raiden wieder ansah, war der Ausdruck in ihren Augen so eisig wie das Nordmeer. »Ich weiß nichts, sonst wäre ich wohl kaum in diese Spelunke gegangen. Und was meinen Verbleib angeht –«, sie zuckte gleichmütig mit den Schultern, »– die Soldaten werden Barkmon sagen, dass ich von Marodeuren verschleppt worden bin, und sie werden ihre Suche einstellen und mich tot wähnen.«

Raiden schüttelte den Kopf. »Die *East India* wird nicht so einfach die Suche nach Euch einstellen. Sie wird jetzt auch uns jagen.«

»*Euch* jagt sie ohnehin, Schwarzer Engel. Admiral Dunfee hat es zu seiner persönlichen Aufgabe gemacht, Euch zur Strecke zu bringen!« Bei ihren Worten flackerte ein seltsamer Ausdruck in Raidens dunklen Augen auf. »Wenn Ihr nicht wollt, dass noch mehr Schiffe diese Gewässer durchkämmen, dann bringt mich an Land.«

»Um zu sterben?«

»Um mein Kind zu suchen.«

»Oder um in Barkmons Bett zurückzukehren?«

Allein schon bei dem Gedanken, Barkmon würde sie berühren, drehte sich Willa der Magen um. »Ihr denkt ans Bett, während ich an nichts anderes als an meinen Sohn denke. Habt

Ihr denn nie so sehr geliebt, dass Ihr alles dafür getan hättet?«

Raiden starrte sie an. Er dachte an die kurze, unschuldige Liebe, die er vor so langer Zeit erlebt hatte. Die Erinnerung daran war zu einem vagen Schmerz verblasst und an dessen Stelle war ein Verlangen nach Rache getreten, das noch nicht befriedigt war. Aber sein Leben für die Liebe aufs Spiel setzen? Das war etwas für Dummköpfe und naive Jünglinge, aber gewiss nichts für einen Mann wie ihn.

»Habt Ihr?«

Raiden schaute auf. Willa stand nahe bei ihm, und ein Hoffnungsfunke spiegelte sich in ihren Augen wider, als sie ihn ansah. »Liebe ist zu vergänglich, um dafür Opfer zu bringen.«

Ihre Miene erschlaffte. »Dann tut Ihr mir Leid, Pirat. Denn Ihr bringt Euch damit um ein kostbares Geschenk. Und aus diesem Grund schlagt Ihr es mir ab, den einzigen Menschen zu retten, der mir auf dieser Welt noch etwas bedeutet.« Sie wandte ihm den Rücken zu und schlang die Arme um sich.

Raiden stand hinter ihr und ballte die Hände zu Fäusten. Wut und Mitleid stritten ihn ihm. Er wollte kein Mitgefühl empfinden, wollte nicht diese Zärtlichkeit für sie spüren, die ihn wünschen ließ, ihr Freund sein zu können. Kein Freund für ein, zwei Tage, sondern ein Freund für die Ewigkeit. Sie war eine Heimsuchung für sein Herz, das er für tot gehalten hatte, war eine Folter für seinen Körper, den er immer unter Kontrolle gehabt hatte. Doch in ihrer Nähe fühlte er sich unentschuldbar schwach. Für eine Frau von so kleiner Statur verbarg sie zu viele Geheimnisse. Er wusste, dass es klüger wäre zu gehen, irgendwohin, wo ihre verführerische Nähe sich nicht unter seinen unsichtbaren Panzer schmeicheln konnte.

Doch allein ihr Anblick ließ ihn wie angewurzelt verharren. Der grüne Sari schmiegte sich eng um ihre Hüften und ließ unterhalb des engen Mieders einen schmalen Streifen nackter Haut sehen. Ihr Haar wurde von der schimmernden Seide bedeckt und hüllte sie bis zur Taille ein. Sie war mehr als nur eine Mutter – sie war eine Verführerin – und eine tödliche Gefahr, wenn sie eine Waffe trug. Er dachte an das Messer, das sie zwischen ihren Brüsten verborgen getragen hatte, und wie er danach gesucht hatte. Raiden runzelte die Stirn und klopfte seine Lederweste ab. Als er das Messer gefunden hatte, zog er es hervor. Der beinerne Griff der Waffe war vom häufigen Gebrauch abgenutzt. Er ging zum Schreibtisch, sammelte bis auf die Pistolen seine Waffen zusammen und legte sie in eine der Truhen. Die Pistolen steckte er in seinen Gürtel.

Willa wandte sich um, und er erwiderte ihren Blick, als er das Messer ebenfalls in der Truhe verstaute und deren Deckel schloss.

»Was wollt Ihr von mir, Raiden?«, fragte Willa. Der Blick aus seinen dunklen Augen war so machtvoll und eindringlich, dass Willa der Atem stockte.

»Die Wahrheit.«

Sie sah ihn an. »Ihr habt Euch geweigert, mir zu helfen. Was spielt die Wahrheit da noch für eine Rolle?«

Raiden kam auf sie zu und je näher er kam, desto heftiger schlug ihr Herz. Er ging langsam, und seine Art sich zu bewegen, faszinierte Willa. Die Ausstrahlung dieses Mannes ließ sie sich klein und hilflos fühlen – und begehrt von dem Ausdruck in seinen unergründlichen Augen. Ihr Blick glitt über ihn, von den hohen Schaftstiefeln bis zum langen schwarzen Haar. Als Raiden wenige Zentimeter vor ihr stehen blieb, glaubte sie die Wärme seines Körpers durch ihr dünnes Gewand hindurch zu spüren. Das Mieder fühlte sich plötzlich viel zu eng an, ihre Haut begann in Erwartung seiner Berührung zu prickeln. Und selbst als ihr das sündige Bild durch den Kopf schoss, legte sie den Kopf leicht in den Nacken, um Raiden in die Augen zu sehen, ermutigte ihn nahezu.

»Ich werde Eure Geheimnisse lüften, Willa. Es ist nur ein Frage des Wie und Wann.«

»Drohungen, Mylord Pirat, nützen gar nichts.«

Verdammt, ihr Trotz wirkte nicht wie ein Aphrodisiakum auf ihn, lockte und reizte ihn, und Raiden ergab sich der Versuchung, die er verleugnet hatte, seit er Willa in den Gassen Kalkuttas zum ersten Mal in den Armen gehalten hatte. Sein Stolz schrie Protest, doch sein Verlangen ließ ihn verstummen, als er sich über sie beugte, bis sein Mund fast ihre Lippen berührte. Er fühlte, dass Willa zitterte. Die wenigen Millimeter, die sie noch voneinander trennten, brachten die Luft zum Knistern. Allein schon der Gedanke sie zu küssen, ließ in Raiden die Furcht aufkommen, seine Beine würden unter ihm nachgeben.

»Drohungen werde ich gar nicht brauchen«, flüsterte er und spürte, wie sich ihr Atem beschleunigte. Dass sie so regungslos verharrte, reizte Raiden nur noch mehr.

»Ihr versucht, mich zu quälen? Natürlich, Ihr seid …«

»Es gibt viele Arten der Folter, Mädchen«, unterbrach Raiden sie sanft und beugte den Kopf noch tiefer über sie. »Und ich bin in jeder einzelnen davon geübt.«

Als seine Zungenspitze ihren Mund berührte, keuchte Willa auf. Sie streckte die Hände aus, berührte Raiden aber nicht. Sie sehnte sich nach dem heißen Druck seines Mundes, kam ihm aber nicht entgegen. Wieder berührte seine Zunge ihre Lippen, ließ er sie darüber gleiten, und ein winziger Laut entfloh Willa. Es war ein Atmen, ein Wimmern, sie vermochte es nicht zu sagen, wusste es nicht, so stark brannte die Hitze dieser Berührung in ihr, so überwältigend war das so lang versteckte Flehen in ihrem Innern, das jetzt nach mehr verlangte als nach einer einzigen, quälenden Berührung. Sie spürte alle ihre Sinne, die wie eine reißende Flutwelle über sie hinwegspülten. Willa kämpfte gegen den reißenden Sog und wusste doch, dass sie niemals die Kraft hätte, eine solche Schlacht zu schlagen. Nicht mit ihm, niemals mit ihm.

Und Raiden spürte es, er spürte Willas pulsierendes Verlangen, die ungezähmte Sehnsucht zwischen ihnen, die nur darauf wartete, geweckt zu werden. Und die Mauer, die er um die dunkle Leidenschaft errichtet hatte, die in ihm tobte, zerbrach. Seine Muskeln spannten sich an. Sein Herz schlug hart und schwer, und er ballte die Hände. In diesem Augenblick begriff Raiden, dass die Bedrohung, die diese Frau für ihn bedeutete, nicht in der Vereinigung ihrer Körper liegen würde, sondern in der Offenbarung seiner Seele.

Augenblicklich zog er sich von ihr zurück, erwiderte ausweichend ihren Blick, als sie ihn verwirrt ansah. Dann wandte er sich ab und verließ die Kabine.

Willa taumelte zurück und ließ sich wie betäubt auf die Bank sinken. Folter? O nein, dachte sie. Das war nicht das richtige Wort. Sekunden später hörte Sie einen lauten Schlag, und die Wand, an der aufgereiht die Säbel hingen, wackelte.

Jenseits der geschlossenen Tür hob Raiden ein weiteres Mal die Faust und schlug sie krachend gegen die Wand. Dann presste er die Stirn gegen das Holz und widerstand dem kindischen Drang, so lange mit dem Kopf gegen die Wand zu laufen, bis er wieder zu Verstand gekommen wäre. Was hatte er sich nur dabei gedacht, auf diese Weise mit ihr zu spielen? Sein Verlangen nach ihr derart in Versuchung zu führen? Diese Frau brauchte ihn mit keiner Waffe zu bedrohen. Und der wahre Grund seines Aufruhrs war, dass sie es zugelassen hatte, dass er sie küsste. Sollte sie bislang noch irgendeinen Zweifel an seinem Verlangen nach ihr gehabt haben, so hatte er ihr dieses gerade unmissverständlich klar gemacht.

Er hatte das beunruhigte Flackern in ihren Augen gesehen, ihre Verwirrung und Ungewissheit darüber, was er mit ihr tun würde. Piraten waren dafür berüchtigt, sich die Frauen zu nehmen, wie sie es wollten, aber nur die jämmerlichsten Schurken unter ihnen töteten eine Frau und warfen sie über Bord, wenn sie von ihnen benutzt worden und für sie nicht mehr von Wert war. Oder sie hielten sie gefangen, um ein Lösegeld zu erpressen. Raiden hob den Kopf und starrte auf die Astlöcher im Holz. Er runzelte die Stirn. Glaubte Willa, er hielte sie deswegen an Bord fest? Weil es ihm um ein Lösegeld ging? Hatte sie sich deshalb geweigert, ihm irgendetwas über ihr Leben zu verraten, über ihre Beziehung zu Barkmon und warum sie in der Schänke gewesen war? War ihr Mann getötet worden, als er seinen Besitz hatte beschützen wollen? Lag die Wahrheit so nah? Aber warum sie dann verbergen?

Grundgütiger Gott, sein Kopf schmerzte ihm schon vom langen Grübeln darüber. Er stieß sich von der Wand ab und rief seinem Schiffsjungen einige Anweisungen zu, ehe er sich auf den Weg hinauf an Deck machte. Das grelle Sonnenlicht zwang ihn, die Augen zusammenzukneifen, als er zur Leiter ging und zum Achterdeck hinaufkletterte. Dabei legte er sich einen Plan nach dem anderen zurecht, wie er die Frau in seiner Kabine unter Kontrolle halten könnte. Und einen nach dem anderen verwarf er wieder, bis er den Gedanken daran erst einmal völlig beiseite schob. Er blieb stehen, legte den Kopf in den Nacken und atmete tief durch.

»Die Lady macht dir wohl Ärger?«

Raiden streifte Tristan mit einem Blick. Der Freund lehnte an der Reling, hatte die Beine lässig übereinandergeschlagen und genoss die Sonne. »Hast du nichts Besseres zu tun, als faul herumzustehen, Quartermeister?«

Dysart richtete sich bei Raidens scharfem Ton auf. »Wir haben einen neuen Mann an Bord.« Tristan wies auf einen Mann, der auf dem Vorderdeck damit beschäftigt war, Taue aufzuschießen. Er war groß und hatte breite Schultern. Unter der Mütze, die er tief in die Stirn gezogen hatte, schaute das zu einem Zopf geflochtene dunkle Haar hervor.

»Wie ist er zu uns gestoßen?«

»Er hat Cheston und Curry gestern Abend das Leben gerettet – und mir auch.«

Raiden sah ihn fragend an.

Dysart zuckte die Schultern. »Englische Soldaten verstehen keinen Spaß, wenn wir uns an ihren Vorräten bedienen.«

Raiden fluchte. »Zur Hölle mit dir, Mann, wir können für diese Waren bezahlen. In diesen Häfen zu stehlen, erregt nur Aufmerksamkeit.«

»Du musst mich weder an meine Fehler noch an die Gefahren erinnern. Denn unglücklicherweise habe ich diese am eigenen Leib erfahren.« Er schlug seinen Mantel zurück und enthüllte einen angetrockneten Blutfleck auf seinem ursprünglich einmal weißem Hemd.

»Wie schlimm ist es?« Raiden war aufrichtig besorgt.

»Ich werde es überleben.«

»Gut, denn ich hätte auch keine Zeit, das Kindermädchen für dich zu spielen.«

Dysart schnaubte. Dieser Mann kennt wirklich kein Mitleid, dachte er. Zumal er es mehr als einmal erlebt hatte, dass Raiden im Kampf gegen die *East India Company* seine eigenen Verletzungen ignoriert hatte, nur um einen weiteren der Soldaten zur Strecke zur bringen. »Ich könnte die Lady bitten, sich darum zu kümmern.«

Raiden ließ sich sein Fernrohr bringen und richtete es auf den Horizont. »Das Risiko würde ich nicht eingehen.«

Bei dieser ruhig ausgesprochenen Warnung richtete sich Tristan auf, zuckte aber sofort zusammen und hielt sich die verletzte Seite, als er sich neben Raiden stellte.

»Von meinem ersten Offizier erwarte ich mehr Einsicht«, sagte Raiden leise. Er ließ das Fernrohr sinken und sah den Freund an. »Oder bereitet dir die Seeräuberei irgendein Unbehagen?«

Tristan lächelte. Er bekam diese spöttische Frage häufiger von Raiden zu hören, denn er, Tristan, war als Sohn eines Peers geboren und erzogen worden. Als *zweiter* Sohn eines Peers, unglücklicherweise, und wenn Tristan auch kein Erbe zu erwarten hatte, so hatte seine Herkunft doch Spuren hinterlassen, die er nicht leugnen konnte. Ebenso wenig wie er seinen Leichtsinn abstreiten konnte, der ihn auch an Bord eines Gefangenenschiffes gebracht hatte und auf dem er Raidens Kojennachbar geworden war. »Ich gewöhne mich langsam daran.«

»Du betreibst dieses Geschäft ja auch erst seit zehn Jahren«, spottete Raiden gutmütig und schob das Fernrohr zusammen. Freundschaftlich legte er Tristan die Hand auf die Schulter. Dysart, der immer ganz Gentleman war und sich gezwungen gesehen hatte, sein Glück auf eigene Faust zu machen, hatte Raiden lesen und rechnen gelehrt und ihm noch weitere, einen Gentleman auszeichnende Fertigkeiten beigebracht wie zum Beispiel Umgangsformen und Auftreten. Als Gegenleistung hatte Raiden ihm alles vermittelt, was er über die Seefahrt und Schiffe wusste. Diese Zeit hatte sie zu engen Freunden gemacht, wie Raiden kaum einen zweiten hatte. Darüber hinaus genoss sein Quartermeister nicht nur das volle Vertrauen der Mannschaft, wenn es darum ging, die Beute zu teilen und bei ernsthaften Verletzungen die entsprechenden Geldzahlungen vorzunehmen, sondern er war auch der erste Offizier der *Renegade*. »Ruf die Männer zusammen.«

Tristan rief dem Bootsmann den Befehl zu, woraufhin dieser einen schrillen Ton aus seiner Pfeife abgab. Die Männer der Besatzung versammelten sich auf dem Achterdeck. Raiden setzte sich auf die Reling und schaute zu seinen Leuten herunter. »Wer hat sich uns angeschlossen?«

Ein Mann hob die Hand, und Raiden winkte ihn zu sich. Der Seemann kam mit gesenktem Kopf näher. »Allem Anschein nach ein Mann, der mir nicht in die Augen sehen kann.« Der so Angesprochene hob den Kopf, und Raiden runzelte die Stirn. Der Mann war groß und stämmig und viel älter als Raiden gedacht hatte. Er hatte einen Jüngeren erwartet, zumal er die jungen englischen Soldaten im Kampf besiegt hatte. »Euer Name?«

»Nealy Perth, Captain.«

»Schwört jetzt Euren Eid, Mr Perth, und haltet Euch an die Gesetze dieses Schiffes und dieser Mannschaft, oder Ihr werdet im nächsten Hafen an Land gesetzt werden. Wir wollen niemanden an Bord haben, der nicht hier sein möchte.«

Der Mann leistete den Schwur, und nach einem Beifallsruf der Mannschaft und einem Extrahurra von Cheston und Curry breitete sich erwartungsvolle Stille unter der Besatzung aus, als Raiden die beiden Seeleute eindringlich ansah. Sein Blick machte ihnen klar, dass sie die Verantwortung für Nealy Perth trugen, bis dieser bewiesen hatte, dass er seinen Eid halten würde. Cheston und Curry nickten. Sie wussten, dass sie ausgesetzt werden würden, sollten sie bei dieser Aufgabe versagen.

»Was hatte Kalkutta außer Frauen und *kallu* noch zu bieten?«, fragte er die Mannschaft. »Was gibt es Neues?«

Die Männer berichteten ihm, was ihnen an Neuigkeiten und Gerüchten zu Ohren gekommen war, welche Schiffe mit Ziel auf die Gewürzinseln demnächst in See stechen würden. Mit Hilfe dieser Informationen und allem, was er selbst gehört hatte, legte Raiden das Vorgehen für den nächsten Beutezug fest.

»Sobald wir die Flussmündung erreicht haben, nehmen wir südlichen Kurs zum Indischen Ozean auf«, erklärte er den Männern. »Wir werden uns mit den anderen treffen. Wenn der Wind günstig ist und der Monsun uns nicht im Stich lässt, werden wir der *Weston* folgen und sie von achtern angreifen. Und alles sonst, was uns unterwegs vor den Bug kommen wird.«

Die Männer grinsten, und Raiden wertete das als Zustimmung. Bis auf Dysart und Kahlid, seinen Steuermann, schickte er die Männer an die Arbeit zurück. Die beiden folgten ihm zum Ende des Achterdecks, wo sie sich ungestört und unbelauscht unterhalten konnten.

»Die Soldaten hatten mich vor dem Kontor erwartet.«

Kahlid und Dysart tauschten einen Blick. »Die *East India* hat in jüngster Zeit drei Schiffe verloren, aber nur eines davon durch uns«, stellte Tristan fest.

Raiden stützte die Unterarme auf die Reling und beobachtete das Land, das am Horizont verschwand.

»Sie könnten auch hinter jemand anderem her gewesen sein und Euch mit ihm verwechselt haben, Captain«, meinte Kahlid.

»Es wird schwierig werden, den Verräter unter uns zu erkennen, vor allem mit einem neuen Mann an Bord, aber denkt nach, Männer – wer könnte gewusst haben, dass ich dorthin unterwegs war?«

»Ich würde mir eher die Finger abhacken als Eure Pläne zu verraten, Ibn Montegomery«, sagte Kahlid.

Raiden sah den hoch gewachsenen, schlanken Araber einen Augenblick lang an, ehe er sich aufrichtete. »Ich glaube dir, Freund, und ich bitte dich, deine Ohren offen zu halten. Ich will wissen, was unter den Männern geredet wird. Und wie sie ihre Arbeit tun. Außerdem darf niemand ohne Wissen des Quartermeisters den Laderaum betreten.«

Wenn unter seinen Männern ein Verräter war, was wollte dieser erreichen? Und für wen? Suchend schaute Raiden das Deck entlang. Sein Blick blieb an Nealy Perth hängen, der mit den schweren Tauen hantierte und sich dabei mit einigen Männern unterhielt.

Auf See würde er den meisten dieser Männer vertrauen, an Land nur einer Hand voll von ihnen und dann auch keinem, der nicht an seiner Seite gekämpft hatte.

Kapitel 6

Der Mond stand hoch an Indiens Nachthimmel, als Raiden auf seine Kabine zuging. Bis jetzt hatte er an Deck gearbeitet und sich sein weiteres Vorgehen überlegt. Und nun fühlte er sich gut gewappnet gegen das unerklärliche Verlangen, das er für die Frau empfand, die er gefangen hielt. Noch ehe er die Tür erreicht hatte, hörte er wütende Stimmen aus der Kabine. Ohne zu zögern stieß er die Tür auf – und blieb überrascht stehen. Mit nichts als einem großen, blauen Badetuch, in das sie sich gewickelt hatte, und tropfnassen Haaren stand Willa mitten im Zimmer und hielt ein Schwert auf Balthasar, den Koch der *Renegade,* gerichtet. In der Kabine herrschte leichte Unordnung: Auf dem Boden waren nasse Fußspuren zu sehen und ein Stuhl war umgekippt. Willa sah aus, als sei sie mit ihren Nerven am Ende, und Balthasars Turban saß seinem Träger auffallend schief auf dem Kopf.

Willa hatte sich schützend vor Jabari, den Schiffsjungen, gestellt und verteidigte diesen wie eine Löwin ihr Junges. »Schafft ihn sofort hier raus!«

Die Hände in die Hüften gestemmt, warf der hoch gewachsene, in ein wallendes Gewand gehüllte Beduine seinem Kapitän einen aufgebrachten Blick zu. »Sie ist ein sehr widerspenstiges Frauenzimmer, mein Kapitän.«

»Ich dachte, das käme nur mir so vor«, bemerkte Raiden müde und ging auf die Kontrahenten zu.

»Ihr solltet sie züchtigen.«

Willa schrie vor Empörung laut auf und schwang mit beiden Händen das Schwert vor Balthasars Gesicht hin und her. Ihr Badetuch drohte zu rutschen. »Ihr und jeder andere lasst gefälligst Eure Finger von mir und diesem Kind oder ich – oder ich werde es Euch in den Leib stoßen!«

Raidens Blick schoss zu Balthasar. »Was hast du getan?«, fragte er gefährlich ruhig.

»Sie ist doch nur eine Frau. Was soll's?«

Raiden schlug das Schwert zur Seite und stellte sich zwischen das streitende Paar. »Wir sind auf meinem Schiff, in meiner Kabine, Beduine, und nicht in deinem Harem.« Er ballte die Hand zur Faust und versuchte, seine Wut zu zügeln. »Sie gehört mir.«

Willas Augen weiteten sich bei dieser unverhüllten Erklärung, doch Balthasar zuckte nur mit den Schultern. »Wie Ihr wollt.« Er trat zurück und wandte sich an Willa. »Iss jetzt, Frau.« Er wies auf das Tablett auf dem Tisch. »Du bist viel zu mager, um das Bett meines Kapitäns zu füllen und ihm Vergnügen zu bereiten.«

Willa konnte ihren Zorn nicht mehr beherrschen und fuhr zu Raiden herum, doch der packte sie und schob sie kurz entschlossen hinter sich. »Fass sie nie wieder an oder ich hacke dir die Finger ab«, warnte er den Koch.

Balthasars Grinsen wurde dünner. »Wie soll ich dann noch für Euch kochen und kämpfen?«

»Das wirst du dann nicht mehr können.« Die Überheblichkeit des Persers veranlasste Raiden, ihn mit auf die Liste der Verdächtigen zu setzen. Er kannte Balthasar erst seit einem Jahr, und mochte sein Verhalten auch Teil seiner Kultur und Erziehung sein, so würde Raiden es dennoch nicht tolerieren.

Balthasars schwarze Augen flackerten bei dieser deutlichen Warnung, und er nickte Raiden respektvoll zu, ehe er auf dem Absatz kehrtmachte und die Kabine verließ.

Das Schwert fiel klirrend zu Boden, und Willa wich zurück, als Raiden herumfuhr und sie ansah. »Hat er Euch etwas getan?« Sein Blick glitt über ihren Körper, über das Tuch, in das

Wasser aus ihren nassen Haaren tropfte, was es fast durchscheinend gemacht hatte.

Abweisend verschränkte Willa die Arme vor den Brüsten und starrte zurück. »Außer dass er mich behandelt hat, als bestünde ich nur aus Po und Busen und wäre ausschließlich zu seinem Vergnügen da, und dass er dieses Kind geschlagen hat, als es versuchte, mir beizustehen – nein. Ihr sagt, Ihr wollt mich beschützen, und doch gelingt Euch das nicht einmal auf Eurem eigenen Schiff!«

Die Wahrheit ihrer Worte traf Raiden wie ein Schlag. Er hatte noch nie eine Frau an Bord gebracht und die Reaktion seiner Männer unterschätzt. »Balthasar war unter Deck, als ich ... denkt nicht mehr daran. Seid versichert, dass meine Männer Euch von diesem Augenblick an nicht anrühren werden.«

Ihre Miene drückte Zweifel aus, und als er auf sie zuging, zog sie sich hastig zurück und sah ihn wie ein in die Enge getriebenes Tier an. Neben ihr stand noch immer der kleine dunkelhäutige Junge, dem sie schützend den Arm um die Schultern gelegt hatte. Willa beugte sich zu Jabari herunter und flüsterte ihm etwas zu, dabei strich sie ihm das schwarze Haar aus der Stirn. Vor Raidens Augen verschwand die Verführerin, und an ihre Stelle trat die liebevolle Mutter. Wie zärtlich sie den Jungen ansah und wie vorbehaltlos dieser ihre Aufmerksamkeit genoss. Und ihr seine Ergebenheit schenkt, dachte Raiden, als Jabari nickte, und den Blick auf Raiden richtete, während er Willa antwortete. Dann begann er die Kabine aufzuräumen, um seinen Pflichten nachzukommen.

Willa richtete sich auf und sah Raiden offen an, das Tuch hielt sie dabei vor den Brüsten fest umklammert. Sein Blick fiel auf ihre Schulter. Sofort war er bei ihr und strich ihr Haar zurück. Auf ihrer zarten Haut waren hellrote Fingerabdrücke zu erkennen.

»Ich werde ihn töten«, stieß Raiden hervor. »Das schwöre ich.«

Willa wusste, dass er seine Ankündigung wahr machen wollte, als er sich zum Gehen wandte. Sie ergriff Raiden am Arm und hielt ihn zurück. »Ist das Töten der einzige Weg, den Ihr kennt, Pirat? Ich habe keine blutenden Wunden davongetragen, und außer meiner Ehre ist nichts verletzt worden.« Was für ein seltsamer Widerstreit spiegelt sich in seinen Augen, dachte Willa. Doch dann verschwand der finstere Ausdruck aus Raidens Augen und machte etwas anderem Platz, etwas, das weicher und wärmer war. Willa glaubte eine Spur von Zärtlichkeit darin zu erkennen und fühlte sich davon bis in ihr Innerstes berührt.

Wie zart und zerbrechlich Willa war, zeigte sich an den Abdrücken auf ihrer Schulter, und Raiden spürte den Wunsch, sich zu entschuldigen und ihr etwas von ihrer Angst nehmen zu können. Als er die Hand nach ihr ausstreckte, spannte Willa sich sofort und packte das Tuch noch fester. Obwohl sie sich keine weitere Regung anmerken ließ, war Raiden hinreichend davor gewarnt, ihr zu nahe zu kommen. Es ist gut, dass sie mich daran erinnert, dachte er und stieß einen langen Atemzug aus. Dann bückte er sich und hob das Schwert vom Boden auf, um es an die Wand zurückzuhängen. Allmächtiger, aber sie war wirklich unglaublich verwegen. Die Waffe auf einen Mann zu richten, der zweimal so groß und mindestens zehnmal bösartiger war. »Versucht, niemanden zu erstechen, solange Ihr an Bord seid, Lady.«

»Würdet Ihr mich freilassen, hätten wir diese Komplikationen nicht mehr.« Sein Blick nahm ihr alle Hoffnung, und entschlossen ging Willa zu dem Badestuhl und suchte ihre heruntergefallenen Kleidungstücke zusammen. »Ich werde keine Ruhe geben und Euch immer wieder bitten, das verspreche ich Euch.«

»Ich freue mich darauf, von Euch nicht in Ruhe gelassen zu werden, Mädchen«, erwiderte er. »Jabari, wie ich sehe, hast du Mistress Delaney bereits kennen gelernt.« Der Junge verbeugte sich, und Willa erwiderte sein Lächeln, als sie einen tiefen Knicks vor ihm machte, was in dem Badetuch höchst entzückend aussah. »Du wirst ihr alles bringen, was sie braucht. Und das wird als Erstes gleich morgen früh etwas Passendes zum Anziehen sein«, sagte Raiden. Er war nicht in der Lage, den Blick von Willa abzuwenden. »Frag deswegen bei Mr Dysart nach.«

»Aber – Captain?« Jabari zögerte und reichte Willa ein Tuch für ihr Haar.

Raiden runzelte die Stirn. »Was ist, Junge?«

»Ihr solltet nicht hier bleiben. Ganz allein mit ihr.«

Willa lächelte in sich hinein. Sie und Jabari hatten sich gerade miteinander angefreundet, als dieser Flegel Balthasar in die Kabine stolziert gekommen war und sich erdreistet hatte, sie zu betatschen. Jabari war dazwischengegangen und hatte versucht sie zu beschützen. Willa fragte sich, was dem Jungen widerfahren sein mochte, dass er hier an Bord lebte. Ein Kind in seinem Alter sollte am Strand herumtollen, nach Muscheln suchen und Fische fangen.

»So könnte man es sehen, Bürschchen.« Raidens Blick heftete sich auf Willa. »Aber ich werde hier bleiben. Und jetzt hinaus mit dir.« Er gab Jabari einen Wink.

Der Blick des Jungen wanderte zwischen Raiden und Willa hin und her. Willa dachte, dass seine großen schönen Augen für sein unschuldiges Gesicht viel zu wissend wirkten, und sie las die Besorgnis darin. »Mir wird nichts geschehen, Jabari«, versicherte sie ihm.

Raiden presste die Lippen zusammen, als der Junge nach den Eimern griff und zögernd die Kabine verließ. »Ihr habt ihn verhext«, warf Raiden ihr vor und erkannte selbst, wie lächerlich seine Worte klangen.

Willa wickelte sich ein Handtuch um das nasse Haar. »Nicht mehr, als ich Euch behext habe, scheint mir.«

Irgendetwas *hat* sie mit mir gemacht, dachte er, denn noch

nie hatte er für eine Frau, die so anstrengend war wie Willa, so viel empfunden. Schon gar nicht für eine, die sein Leben, sein Schicksal in ihren Händen hielt.

»Ich brauche nichts anderes anzuziehen.« Sie hob den Sari vom Boden auf und ging auf den Wandschirm zu. »Er reicht völlig.«

»Nein, er ist schmutzig und riecht nach der Stiefelwichse, mit der Ihr Euch das Haar geschwärzt habt.«

Sie war überrascht, dass Raiden das wusste, und als er zu der Truhe am Fußende des Bettes ging und deren Deckel zurückklappte, trat Willa neugierig ein Stück näher. Er zog ein weißes Hemd heraus und hielt es ihr hin.

»Das ist viel zu kurz und bei weitem zu dünn, um noch anständig zu sein.« Es würde ihr kaum bis über die Knie reichen.

»Ich hatte meine Hand unter Eurem Rock, kleiner Rotfuchs«, neckte er sie. Seine Stimme klang heiser, und Willa sah ihn aus großen Augen an. »Jetzt noch irgendetwas vor mir verstecken zu wollen, ist ja wohl unnötig.«

Tiefe Röte überzog ihre Wangen. »Ihr seid ein unerträglicher Schuft.« Sie schnappte sich das Hemd und legte es fein säuberlich in die Truhe zurück, ehe sie selbst nach einem geeigneten Kleidungsstück suchte.

Die Arme vor der Brust verschränkt, lehnte sich Raiden gegen den Bettpfosten. Ein Lächeln lag auf seinem Gesicht. »Bedient Euch nur nach Herzenslust, Mylady.«

Sie ignorierte ihn und zog ein langes blaues Gewand aus der Truhe. »Das dürfte passen.« Sie verschwand hinter dem Wandschirm, den Jabari um den Badezuber aufgestellt hatte, und ließ das Tuch fallen.

In Raiden spannte sich jeder Muskel an. Hinter dem Wandschirm aus kunstvoll geschnitztem Holz war Willas Körper nicht mehr als eine vage Vision. Er ahnte ihre Bewegungen mehr als dass er sie sah. Doch Schuft, der er war, genoss er dieses Bild, sah sich daran satt, bis Willa sich den Gürtel umlegte.

Sie wich zurück, als Raiden zu ihr hinter den Wandschirm kam. Er reichte ihr einen kleinen hölzernen Kasten. Sie runzelte die Stirn, als sie ihn entgegennahm und öffnete. Darin lagen ein in Gold gefasster Kamm, eine Bürste aus Wildschweinhaaren und ein kostbarer Handspiegel. »Eine Errungenschaft einer Eurer Beutezüge, Pirat?«, fragte sie mokant.

»Nein.« Er klappte den Paravent zusammen und lehnte ihn gegen die Wand. »Es gehörte meiner Mutter, zumindest hat man mir das gesagt.«

»*Gesagt?* Habt Ihr sie denn nicht gekannt?«

Er öffnete eines der Fenster und ließ die kühle Nachtluft und den Dunst der See in die Kabine hinein. »Nein – bis auf die Stunde, in der sie mich zur Welt gebracht hat.«

Willa runzelte die Stirn und beobachtete jede seiner Bewegungen. Er ging zum Waschzuber, hob ihn hoch und trug ihn zum offenen Fenster. Die Wanne war fast bis an den Rand gefüllt, und Willa sah, wie sich Raidens Muskeln unter seinem schwarzen Hemd anspannten, als er seine Last hochstemmte und das Wasser ins Meer schüttete. Es machte ihr einmal mehr bewusst, wie stark er war und dass er ihr mit einer Hand den Hals brechen könnte. Doch in diesem Moment, als sie die Bürste und den Kamm betrachtete, fragte Willa sich eher, was für ein Leben dieser Mann bis jetzt geführt hatte. Dass er seine Mutter nicht gekannt hatte, löste jede Menge Spekulationen und Überlegungen in ihr aus.

Würde Mason sich eines Tages nicht mehr an sie erinnern können? Der Gedanke war Willa unerträglich. Den kleinen Holzkasten noch immer in den Händen haltend, ging sie zur Sitzbank und setzte sich. »Was ist mit ihr geschehen? Und wann hat man Euch dieses Kästchen gegeben?«

»Soweit ich weiß, starb sie bald nach meiner Geburt.« Er

schwieg einen Moment lang. Dann sagte er: »Die Garnitur kam anonym, mit einem kurzen Schreiben dabei.«

»Und was ist mit Eurem Vater?«

Er zögerte kurz, ehe er weiterging und den leeren Zuber zu seinem Platz in der Ecke zurücktrug. »Er hat mich nur einmal gesehen.« Raiden hatte Willa den Rücken zugewandt, er sprach leise. »Er gab mir meinen Namen.« Raiden wollte das Mitleid in ihren Augen nicht sehen und fragte sich, warum er ihr davon erzählte, warum er alte Wunden wieder aufriss.

»Wer hat Euch davon erzählt? Ihre Familie? Seine?«

Raiden wandte sich halb zu Willa um und warf ihr einen Blick zu, der besagte, dass diese Unterhaltung für ihn beendet war.

»Ihr besteht also darauf, alles über mich zu erfahren, weigert Euch aber, mir meine Fragen zu beantworten?«, sagte Willa. Raiden schwieg beharrlich. »Also gut, dann eben nicht.« Willa seufzte resigniert und betrachtete das Kästchen auf ihrem Schoß. Sie strich mit den Fingerspitzen über die kostbare Garnitur, die schöner war als alles, was sie selbst besaß. Willa fragte sich, wer diese Frau gewesen war, die Raiden geboren hatte, wer der Mann, den er seinen Vater nannte.

»Es sei denn, Ihr macht mir die Freude, mir zu verraten, was Ihr in der Schänke gewollt habt.«

»Könnt Ihr Euch das denn nicht denken?« Willa zupfte an ihren Haaren, um sie zu entwirren. »Ich war auf der Suche nach Informationen über meinen Sohn.« Und das ist die Wahrheit, dachte sie – auch wenn ich diese Informationen nur bekommen kann, wenn ich mich auf Alistars Spur setze. Der ganze Kummer, den sie bis jetzt unterdrückt hatte, kam ihr jäh zu Bewusstsein. Ihre Augen brannten. Wie sollte sie je nach Kalkutta zurückkommen, um aufzudecken, was Alistar getan hatte, mit wem er gesprochen hatte, und wo er, Gott helfe ihr, Mason versteckt hielt? So wie sich seine Spur verlieren würde, würde sie sterben.

»Warum gerade dort?«

»An Bord eines der Schiffe ist ein kleiner Junge gesehen worden. Man hat mir gesagt, dass Sklavenhändler in dieser Schänke verkehren, und dass diese Hexe von Wirtin mit allem handelt, was ihr etwas einbringt, auch mit Seelen und Fleisch ... in jeder Form.« Sie warf ihm einen harten Blick zu. »Und werft mir nicht wieder meine Torheit vor, Pirat. Ich habe heute mehr Erfahrungen damit gemacht als mir lieb ist.«

Willa legte den Kamm in den Kasten zurück, nahm die Bürste heraus und begann, sich heftig das Haar zu bürsten. Es war *ihr* Fehler gewesen. Sie hätte jemanden dafür engagieren sollen, die nötigen Nachforschungen für sie anzustellen. Aber Manav hatte sie gewarnt, niemandem zu trauen, und Willa hatte befürchtet, dass sie noch so viel hätte zahlen können und doch niemals etwas Neues erfahren hätte. Und jetzt bestand nicht einmal mehr diese Chance. Es gab überhaupt keine Chance mehr. Nein, dachte sie, ich werde nicht aufgeben. Sie war die einzige Hoffnung, die Mason hatte, und er war ihre.

Willa zog die Beine an und schlang ihre Arme darum. In dem viel zu großen Gewand kauerte sie auf der Bank und presste die Stirn gegen die Knie. Sie wünschte, Raiden würde sie in Ruhe lassen. Seine Schritte zu hören, seine Nähe zu spüren beunruhigte sie. Sie wollte allein sein und weinen, auch wenn die Erfahrung sie gelehrt hatte, dass Tränen die Leere nicht vertreiben konnten, die sie in ihrer Seele empfand. Sie wünschte sich Trost, um diesen schrecklichen Schmerz in ihrem Herzen ertragen zu können, und unerklärlicherweise sehnte sie sich danach, diesen Beistand in Raidens Armen zu finden, ausgerechnet bei diesem Mann, der ihr ihre Freiheit genommen hatte. Dass sie ihn im selben Atemzug hasste und nach ihm verlangte, verwirrte Willa. Und tief in sich spürte sie die Sehnsucht nach mehr als dem, was das Schicksal ihr mit diesem Mann bestimmt hatte. Sie wandte das Gesicht zum Fenster, zur tiefschwarzen Nacht und dem glitzernden Ozean.

Doch Raiden war da, sie spürte seine Nähe, sein Bild stand so klar vor ihr, als würde sie ihn ansehen. Groß und breitschultrig und bestürzend anziehend. Ihr Entführer. Ein Pirat, der behauptete, sie sei eine Gefahr für sein Leben und das seiner Männer, und der sie seltsamerweise dennoch beschützen wollte. Ein tieferer Grund musste sich dahinter verbergen, ein finsterer, wie sie vermutete. Raiden machte gnadenlos Jagd auf die Schiffe der *Royal East India,* und er war überzeugt, dass sie über interne Informationen verfügte. Er hatte Recht damit, aber sie würde ihm ihr Wissen nicht preisgeben. Weil das bedeutete, dass sie ihm auch ihre Lügen enthüllen müsste. Und sein Zorn war von einer Urgewalt, der sie keinen Widerstand entgegensetzen *könnte.*

Willa kam es vor, als drohte ihr Kartenhaus jeden Augenblick in sich zusammenzufallen, und alles was sie dagegen tun konnte, war, eine weitere Karte hinzuzufügen und zu beten, dass das ihre Welt vor dem Einsturz bewahren würde. Wenn er ihr doch nur helfen würde! Sie würde ihn nicht noch einmal darum bitten. Nicht, weil sie zu stolz dazu war, ihn anzuflehen, das Leben ihres Sohnes zu retten, sondern weil sie wusste, dass er es nicht tun würde.

Ich bin verloren, dachte sie und unterdrückte ein Schluchzen. *Ohne mein Kind bin ich nichts.*

Raiden kam zu ihr und setzte sich neben sie auf die Bank. »Willa?«

»Lasst mich in Ruhe, Raiden. Geht und segelt Euer verdammtes Schiff sonst wohin und versenkt andere brennend in die See.« Langsam wandte sie den Kopf und erwiderte seinen Blick. Der Ausdruck in seinen Augen rief Erinnerungen in ihr wach und brachte die Gefühle zurück. Doch Willa wollte nichts davon. Sie wollte weder daran denken, wie es sich angefühlt hatte, seinen Mund auf ihren Lippen zu spüren, noch wollte sie sich an das Feuer erinnern, das jedes Mal in ihr aufflackerte, wenn sie sich vorstellte, sich in seine starken Arme zu flüchten, um dort Schutz und Geborgenheit zu finden. Sie verdrängte dieses Wollen mit aller Macht und klammerte sich an ihre Wut. *Er* hielt sie von ihrem Sohn fern. »Ihr seid ein Mann ohne Herz, Schwarzer Engel. Ohne Mitleid in Eurer Seele. Geht.«

Doch er rührte sich nicht, zuckte mit keiner Wimper. »Ich weiß von jedem Schiff, das Kalkutta in den letzten zwei Wochen verlassen hat. Wie heißt das Schiff, auf dem Ihr Euren Sohn vermutet?«

Ihre Worte klangen verächtlich. »Ich war kurz davor, das herauszufinden, als Ihr Euch so heldenhaft eingemischt habt, weil Ihr unbedingt den Kavalier spielen musstest.«

Verdammt, dachte Raiden. Verdammt und verflucht. »Ihr müsst Euch jetzt ausruhen.« Er wies auf sein großes Bett, dessen Decke für sie zurückgeschlagen worden war.

»Ich würde eher sterben als mich in Euer Bett zu legen.«

Raiden zog die Augenbrauen hoch und verzog den Mund zu einem sarkastischen Lächeln. »Das werden wir ja sehen«, sagte er. Der drohende Unterton in diesen Worten entging Willa nicht. Sie zuckte zusammen, als er aufstand. Doch er ging zur Tür, stieg über deren hohe Schwelle und ließ Willa allein. Und erst als er fort war, ließ sie ihren Tränen freien Lauf.

Raiden schreckte aus dem Schlaf auf. Abrupt richtete er sich auf und griff nach seiner Pistole. Ein unbekanntes Geräusch durchdrang die Stille. Als ihm die Erkenntnis dämmerte, was es war, legte er die Waffe beiseite und verließ das Bett. Nackt wie er war ging er zu dem Lager aus Kissen und Decken, das Willa sich auf dem Boden neben dem Schreibtisch bereitet hatte. Sie schluchzte im Schlaf.

Seit zwei Tagen verhielt Willa sich gleichgültig und teilnahmslos. Selbst einen Spaziergang an Deck hatte sie abgelehnt. Sie nahm so gut wie nichts mehr zu sich und weigerte sich, Raiden anzusehen oder mit ihm zu sprechen. Das Angebot, in seinem Bett zu schlafen, war von ihr ausgeschlagen worden. Vermutlich weil sie befürchtet hatte, er würde zu ihr kommen. Doch er hätte es nicht getan. Raiden wusste, was es bei ihm anrichten würde, neben dieser Frau zu liegen. Er sehnte sich danach, ihre Leidenschaft zu erfahren, all ihre Geheimnisse zu ergründen. Sie schwebte in tödlicher Gefahr, und er war dem Grund für diese Bedrohung keinen Schritt näher als an dem Tag, an dem er sie an Bord getragen hatte.

Verdammt, aber er wollte diese Verantwortung für sie nicht, er wollte sich nicht um sie sorgen, sich fragen, was für ein Leben sie geführt hatte und was die Zukunft bringen würde. Denn eines wusste Raiden ganz sicher: Gab er seinen Wünschen und seinem Verlangen erst einmal nach, dann würde sein Herz bald folgen. Und das war das Letzte, was er brauchte: eine Frau zu begehren, wenn seine Tage gezählt waren.

Raiden berührte ihre tränennasse Wange. Willa flüsterte seinen Namen und schmiegte das Gesicht in seine Hand. Raiden war zumute, als hörte sein Herz genau in diesem Augenblick auf zu schlagen. Ihre zarte Haut, ihr leiser Atem – er fühlte sich auf unerklärliche Weise machtlos, und für den Bruchteil eines Augenblicks genoss er dieses Gefühl. Doch dann zog er die Hand zurück und strich sich durchs Haar. Das ist Wahnsinn, dachte er. Er deckte Willa zu, ehe er in sein Bett zurückkehrte. Gleich morgen früh würde er einen Weg finden, dieser Sache ein Ende zu machen.

Er tat es nicht. Und der dumpfe, glanzlose Ausdruck in Willas Augen ließ Raiden zwischen Ärger und Mitleid hin und her schwanken. Eine solche Stimmung hatte er bislang nicht gekannt. Willa hatte weder das Kleid angezogen, das er für sie auf die Truhe gelegt hatte, noch hatte sie das Essen angerührt. »Verdammt, Willa. Esst endlich etwas.«

Iss dies, trag das, schlaf hier, dachte Willa und richtete den Kragen des Morgenmantels, den sie trug. Den ganzen Tag lang kommandierte Raiden sie herum, doch es kümmerte sie nicht weiter. Ohne die Hoffnung darauf, ihren Sohn zu finden, sah Willa keine Veranlassung, anderen Befehlen zu folgen als denen, die ihr Herz ihr gab. Sie saß in der Falle, war eine hilflose Gefangene, aber sie hielt an ihrem Schwur fest, Raiden das Leben schwer zu machen, damit er sich ebenso elend fühlte wie sie.

»Ich kann Euch zwingen.«

»Das scheint Eure Art zu sein, Raiden. Aber wenn Ihr mich anrührt, werdet Ihr meine Zähne zu spüren bekommen.«

»Das wäre immer noch besser als dieses kindische Benehmen!«

Sie schoss ihm einen giftigen Blick zu. »Was wisst denn Ihr von Kindern!« Ihre Stimme brach, und in seinen Augen flackerte ein harter Ausdruck auf. »Ihr seid auf der Jagd nach Beute und nach immer mehr Reichtum, den Ihr hortet.« Sie wies auf die luxuriöse Kabine. »Doch wenn ich Euch bitte, mir auf der Suche nach etwas zu helfen, das mehr wert ist als all Eure verdammten Reichtümer, dann weigert Ihr Euch. Die Prise ist alles, was Euch interessiert.«

»Meine Beute besteht durchaus nicht nur aus Geld und Gold.« Leicht vorgebeugt, die Hände auf den Schreibtisch gestützt, starrte Raiden Willa an, bis sie die Botschaft in seinen Augen las.

»Niemals.« Sie war keines seiner verdammten Beutestücke. Wie konnte er ihr seine Hilfe verweigern und erwarten, dass sie trotzdem das Bett mit ihm teilte?!

An der Tür klopfte es laut, und Willa trat ans Fenster. Abweisend kehrte sie Raiden den Rücken zu, über den die Kaskade ihrer flammendroten Haare fiel. Raiden biss die Zähne zusammen und wandte seine Aufmerksamkeit den vor ihm liegenden See- und Landkarten zu. »Herein«, rief er barsch. Die Tür schwang auf, und Tristan trat über die hohe Schwelle in die Kabine. Er runzelte die Stirn, während er erst Raiden und dann Willa ansah.

»Raiden, sei ein lieber Junge und stell mich der Dame vor.«

Willa wandte sich um. Ein wirklich gut aussehender Mann, stellte sie fest. Er war groß und von schlanker Gestalt und sah sie unter einem Schopf kastanienbrauner Haare mit Augen an, die blauer waren als das Kleid, das sie trug.

»Mistress Delaney, darf ich Euch Mr Tristan Dysart aus West Suffolk vorstellen.« Die Geste, die Raiden dabei machte, wirkte zerstreut, offensichtlich konzentrierte er sich ganz auf das Studium der Karten. »Mein erster Offizier und Quartermeister.«

Tristan verbeugte sich, und Willa fielen sofort die Eleganz seiner Bewegungen und die Sorgfalt auf, die er seiner Kleidung angedeihen ließ. »Es ist mir ein Vergnügen, Sir.« Sie sah ihn fragend an. »Seid Ihr zufällig mit dem Earl of Bridgeton verwandt?«

Raiden schaute abrupt auf, sein Blick wanderte zwischen den beiden hin und her.

Tristan lächelte knapp, während er die zusammengerollten Karten, die er in den Händen gehalten hatte, auf den Schreibtisch legte. »Er ist mein Onkel, fürchte ich. Verratet ihm bitte nicht, wie schlecht ich mich hier aufführe.«

»Wieso kennt Ihr ihn?«, verlangte Raiden zu wissen. Wie konnte Willa einen Earl kennen, der bekanntermaßen in völliger Zurückgezogenheit lebte?

Willa sah Raiden an. Sie bemühte sich um einen nichts sagenden Gesichtsausdruck, um ihren Fehler nicht noch offensichtlicher zu machen. Mit ihrer Bemerkung hatte sie Raiden genau den Knochen hingeworfen, nach dem er seit ihrer Gefangennahme gesucht hatte. Sie war keine Engländerin, und ihr amerikanischer Akzent hatte ihn verwirrt. Ohne zu antworten, wandte sie sich wieder zum Fenster um.

Raiden warf Tristan einen resignierten Blick zu. Siehst du es nun, schien er zu fragen, was ich bei ihr auszustehen habe?

Tristan lächelte unmerklich und wandte seine Aufmerksamkeit den Karten zu. »Der Südostwind frischt merklich auf. Ich fürchte, der Sturm wird uns vom Kurs abbringen und wir werden vermutlich einen Tag verlieren.«

Raiden ließ sich mit einem Fluch in seinen Sessel fallen. Er musste in vierzehn Tagen in Malakka sein, um Dunfee zur Schlacht zu zwingen. »Ist von der *Regard* noch nichts zu sehen?«

Willa fuhr herum und starrte die beiden Männer an. Die *Queen's Regard*. Eines der Flaggschiffe der *East India Company*.

Tristan schüttelte verneinend den Kopf. »Ich nehme an, Winston hat gelogen.«

Raiden stimmte ihm zu. Dieser durchtriebene Mann würde selbst seine Mutter verkaufen, wenn er sich einen Vorteil davon verspräche. »Halte die Augen offen. Ohne ausreichende Feuerstärke und die anderen Schiffe zur Deckung wollen wir es nicht mit mehr als einem Schiff der *East India* aufnehmen.«

Willa wurde blass. Sie planten einen Angriff. Und was würde aus ihr werden, sollten sie verlieren? Es würde ratsam für sie sein, ihre Möglichkeiten zu kennen.

»Haben wir genügend Vorräte an Bord?«, wollte Raiden wissen und unterbrach das Einzeichnen des neuen Kurses, als Tristan nicht antwortete. Er folgte dem Blick des Freundes bis zu Willa, die sich wieder auf die Bank gesetzt hatte. Sie hatte die Arme um ihre Taille geschlungen, und der weite Morgenmantel war ihr von der Schulter geglitten und enthüllte ihre makellose Haut und den Ansatz ihres Busens.

Und Tristan sah sich an diesem Bild satt.

Besitzanspruch wollte in Raiden aufwallen, doch er zwang ihn nieder. »Hör mir zu, Quartermeister.«

»Das tue ich doch.« Tristan beugte sich zu Raiden herunter

ohne den Blick von Willa abzuwenden und flüsterte: »Bei allen Göttern, Rai, wie schaffst du es nur, ihr so nah zu sein und dir nichts zu nehmen von dieser … Beute?«

»Sie ist eine schöne Rose mit zu vielen Dornen«, stieß er unmutig hervor und warf das Astrolabium auf den Tisch. »Wir werden später weiterreden. Du kannst jetzt gehen.«

Tristan zog die Augenbrauen zusammen, und Raiden wusste, wie die stumme Frage lautete, die er nicht beantworten wollte. »Verdammt, aber ihr Anblick ist bei weitem wohltuender als der dieser Schweine da oben an Deck«, sagte Dysart. Mit diesen Worten verließ er die Kabine.

Raiden wartete, bis Tristan die Tür hinter sich geschlossen hatte, ehe er sagte: »Zieht Euch an, Willa. Meine Männer gehen in dieser Kabine ständig ein und aus.«

Sie neigte den Kopf zur Seite, und der Anblick der dunklen Schatten unter ihren Augen traf ihn wie ein Messerstich. Ihre Verzweiflung und ihre Teilnahmslosigkeit erzürnten ihn, und er fragte sich im Stillen, ob sie ihren Sohn wirklich finden wollte. Sie verlor an Gewicht, ihre Augen sahen trübe aus und Raiden konnte sich kaum noch konzentrieren, wenn sie in seiner Nähe war und er sah, wie sie um ihr Kind trauerte. Er warf den Graphitstift auf den Tisch, ging mit großen Schritten zur Truhe, griff nach dem Kleid und warf es Willa in den Schoß.

»Ihr zieht Euch sofort an. Ich werde nicht dulden, dass Ihr Euch vor meinen Männern in so aufreizenden Gewändern zeigt und versucht, sie zu verführen.«

Kühl und abweisend sah sie ihn an.

Raidens Zorn kochte über. »Verdammt, Willa, wollt Ihr wirklich weiter so dahinsiechen, bis nichts mehr von Euch da ist?«

»Mir ist nur noch das geblieben, Pirat. Ihr habt mir meine letzte Chance genommen, Mason zu finden.«

Großer Gott, musste sie gerade jetzt seinen Namen aussprechen? Raiden empfand sein Schuldbewusstsein wie eine tobende Welle, die ihn fortzureißen drohte. Und so sehr er sich auch anstrengte, es zu ignorieren, so konnte nichts die erdrückende Erinnerung aufhalten, die in ihm aufstieg. Die Erinnerung an Angst und Einsamkeit, an ein Leben ohne Hoffnung und ohne die Liebe einer Mutter und die Geborgenheit, die nur sie geben konnte. Wenn Willas Sohn noch lebte, litt er entsetzliche Angst. Wenn er tot war, war er ganz allein gestorben. Raiden verfluchte diesen Tag, diesen Augenblick, und was immer den Jungen aus Willas Armen gerissen hatte. Aber es waren derer zu viele, denen er Rede und Antwort stehen musste, es waren zu viele Männer, die ihn überstimmen könnten. »Ich werde Euch sonst höchstpersönlich anziehen«, drohte er Willa an und versuchte, ihre flehende Verzweiflung an sich abprallen zu lassen.

Ihr Blick warnte ihn, Hand an sie zu legen.

Gott im Himmel, am liebsten würde er sie packen und durchschütteln. »Ich kann mich nicht auf die Suche nach einem Kind machen, das höchstwahrscheinlich tot ist«, stieß er mühsam hervor. »Ich habe eigene Pläne, die ich verfolgen muss.«

Die Unentschlossenheit, die sie aus diesen Worten herauszuhören glaubte, ließ Willa aufspringen. »Er ist nicht tot, und *Ihr* könnt ihn finden. Ich *weiß*, dass Ihr es könnt. Ihr seid der Einzige, der es kann.« Sekundenlang erwiderte sie seinen Blick. Als sie die Weigerung darin erkannte, wandte sie Raiden abrupt den Rücken zu.

Raiden focht einen schweren Kampf mit sich. Er verabscheute es, Willa in dieser Verfassung zu sehen, fast bereit sich aufzugeben und zu sterben, doch ihr Glaube, er könnte den Jungen finden, entbehrte jeder Grundlage. Er konnte das Kind ebenso wenig finden wie er den Mond vom Himmel holen konnte, damit sie ihn sich um den Hals hängte. Und ebenso wenig durfte er sich von einem hübschen Gesicht und einem schönen Körper verleiten lassen. Oder von einer anrührenden Geschichte. Er hatte schon zu viele gehört, um sich davon noch beeindrucken zu lassen.

Doch es waren ihre Unerschrockenheit und ihr Glaube an ihn, die ihr die Kraft gaben, ihn selbst dann noch herauszufordern, wenn er die Pistole auf sie gerichtet hielt. Wenn er ehrlich war, hatte er bereits darüber nachgedacht, die Durchführung seiner Pläne mit ihrer Bitte zu verbinden, aber er wollte vermeiden, dass Willa ihn für edel und hochherzig hielt. Denn seine Beweggründe waren rein selbstsüchtiger Natur. Wenn er ihr half, dann nur um der Informationen willen, an die er auf diese Weise herankommen würde. Sie kannte Barkmons Absichten, und Barkmon war das Herz der *Royal East India*. Nichtsdestotrotz weckte Willa Gefühle in Raiden, die er seit vielen Jahren unterdrückt hatte, und er wusste, dass es nur einen Weg gab, eine Grenze zwischen ihnen zu ziehen. Eine Grenze, die *er* brauchte. Er würde ihr einen Handel anbieten. Einen Handel, der sie aus ihrer Lethargie reißen würde. Denn ihren Zorn fürchtete er nicht; womit er nicht umgehen konnte, das waren ihr Mitgefühl und ihre Wünsche. Ja, ein Handel, einen, auf den sie sich niemals einlassen würde und der so niederträchtig war, dass sie ihn hassen *musste*.

»Ich werde Euch helfen, den Jungen zu finden.«

Willa fuhr herum. Neue Hoffnung spiegelte sich in ihren Augen wider. Ihr strahlendes Lächeln griff nach seinem Herzen.

»Für eine Gegenleistung.«

Sie zog die Augenbrauen zusammen und schaute auf die goldgefüllte Truhe, die auf dem Boden stand. »Aber Ihr wolltet meine Juwelen nicht. Und etwas anderes habe ich nicht anzubieten.«

»Doch, das habt Ihr.« Langsam ging Raiden auf Willa zu, sein dunkler Blick glitt über ihren Körper und verweilte sekundenlang auf ihren Brüsten, ehe er aufschaute und ihr in die Augen sah.

Willa holte tief Luft, und das Blut schoss ihr ins Gesicht. »Ihr könnt nicht wirklich meinen, dass ich – dass Ihr und ich –«

»Liebende werden«, beendete er den Satz für Willa, der es die Sprache verschlagen hatte. Wenige Zentimeter vor ihr blieb er stehen. »Um es deutlicher zu sagen, kleiner Rotfuchs – Ihr werdet meine Geliebte werden.«

Kapitel 7

Geliebte.

Als Raiden dieses Wort aussprach, stürmte eine Flut sündiger Bilder auf Willa ein, Bilder von zerwühlten Laken, auf denen sich nackte Körper in wilder Lust vereinten. Er wusste nicht, was er von ihr verlangte, er konnte es nicht wissen. Sein Angebot war ein Schock für sie, war ein Angriff auf ihre Moralvorstellungen – und doch spürte sie dieses geheime Begehren in sich, mit ihm etwas zu erleben, das sie mit noch keinem Mann erlebt hatte. Mochte es sie kosten, was es wolle. Doch sie war eine verheiratete Frau, und hatte ihr Mann durch seine zahllosen Affären mit Londons Huren auch bewiesen, dass das Ehegelübde für ihn ohne jeden Wert war, so bedeutete es Willa noch immer etwas.

Denn das Ehegelübde war heilig. Sie war an jemanden gebunden – für immer. Und jetzt bekam sie die Chance, ihren Sohn zu finden, eine Chance, auf die sie kaum noch zu hoffen gewagt hatte. Der Preis dafür war hoch, und Willa hasste Raiden dafür, dass er diese Möglichkeit anbot wie man einem hungernden Menschen einen Leckerbissen unter die Nase hielt.

Sie starrte zu ihm auf. »Ihr könnt mich nicht dazu zwingen.«

»Das werde ich auch nicht müssen.« Sein Blick war verheißungsvoll, und Willa glaubte, ihn bis auf die Haut zu spüren.

Sie wich einen Schritt zurück, um der Verlockung zu widerstehen, die er für sie bedeutete. »Ihr seid zu sehr von Euch selbst überzeugt, Raiden. Ihr seid ein Dieb, ein Gesetzloser und zudem genauso schlecht erzogen wie jeder andere Mann, der mir bislang begegnet ist, dass Ihr mir ein solch unverschämtes Angebot macht.« Seine Augen verengten sich gefährlich, doch Willa ignorierte es und ging das Wagnis ein, ihn herauszufordern. »Ihr denkt, Ihr werdet bei diesem Handel etwas gewinnen, aber seid versichert, dass Ihr eine Enttäuschung erleben werdet. Mit Euch zu schlafen wird nicht halb so sehr ein Opfer sein, wie es eine unangenehme Pflicht war, meinem Mann zu Willen sein zu müssen.« Der Abscheu in ihren grünen Augen war unübersehbar und traf Raiden bis ins Mark.

Er machte einen Schritt auf sie zu. »Hütet Eure Zunge, Frau.«

Sie breitete die Arme aus. »Ihr zwingt mich dazu, mit meinem Körper zu handeln, Pirat. Was bleibt mir da noch an Anstand und Schicklichkeit?«

»Vielleicht sollte ich Euch daran erinnern, dass Ihr eine Dame seid.«

Sie lachte. »Daran erinnert *Ihr mich*? Ihr, der sich anmaßt, mich zu einem Beutestück herabzuwürdigen? Eine Dame erfüllt ihre eheliche Pflicht für ein Kind, und ich kann an der Erfüllung dieser Pflicht wahrhaftig nichts Verlockendes entdecken.«

Ihr Mann hat sie im Bett also vernachlässigt, dachte Raiden, verbannte jedoch gleich wieder den Gedanken, davon auszugehen, der Fehler läge beim Mann. Dieser Handel war ein Bluff gewesen. Und er hatte sein Ziel erreicht; ihr Hass und ihre Abscheu standen wie eine Wand zwischen ihnen. Aber warum lockte ihn dann noch immer die unwiderstehliche Herausforderung wie ein Schiffsrumpf voller köstlicher Gewürze?

»Ich finde es höchst verlockend«, sagte er heiser. »Und ich versichere Euch, dass ich dafür sorgen werde, dass sich Euer *Opfer* für Euch lohnen wird.«

Sie lächelte spöttisch. Alistar hatte sich nie um ihre Gefühle geschert, um ihre Bedürfnisse; im Gegenteil, meistens hatte er sie noch gescholten, wenn sie ihm ihre Wünsche offenbart hatte.

»Soll ich Euch sagen, wie?«

Willa starrte ihn an, ihr Gesicht zeigte keine Regung, und doch glaubte Raiden, eine Herausforderung darin zu sehen, der er nicht widerstehen konnte. Er kam näher und stellte beeindruckt fest, dass sie weder zusammenzuckte noch vor ihm zurückwich. Nur Zentimeter von ihr entfernt blieb er stehen und beugte sich über sie, hielt ihren Blick gefangen. »Ich werde von Euch kosten, Willa, ich werde Euren sinnlichen Körper enthüllen und mein Mund wird Euch an Stellen berühren, von denen Ihr noch nie geträumt habt.« Ihr Atem ging rascher, und Raiden genoss diese Reaktion, er genoss es, das Verlangen zu schüren, das er niemals erfüllen würde. »Und ich schwöre Euch, dass Ihr vor Lust schreien werdet.«

Willa wandte sich von ihm. Fantasien schwirrten durch ihren Kopf, von seinen Händen auf ihrer Haut, davon, geliebt zu werden und der Verzückung zum Greifen nah zu sein, wenn sie doch kein Recht, *überhaupt kein Recht* hatte, diese Dinge von ihm zu wollen. Sie spürte ihn hinter sich und zuckte zusammen, als er die Hände auf ihre Schultern legte. Es kostete Willa alle Kraft, diesem sanftem Druck seiner Hände zu widerstehen, diesem unglaublichen Verlangen, sich gegen ihn sinken zu lassen zu trotzen.

»Ihr werdet Euren Stolz nicht herunterschlucken müssen«, murmelte er an ihrem Ohr, und sie spürte seinen Atem an ihrer Wange. »Ich würde Euch nicht zwingen, zu mir zu kommen. Ihr sollt es freiwillig tun.« Ein kleines Stöhnen entfloh ihr, und sie schloss die Augen. Sie begehrte ihn, und sie hasste ihn. »Und Ihr werdet zu mir kommen, Willa, ohne Vorbehalte, ohne Widerwillen.«

Sein triumphierender Ton zerstörte den Zauber, und sie drehte sich zu ihm um. Ihre Augen funkelten vor Wut. »Ich höre nichts als seichte Prahlereien, Raiden.«

Er zuckte gleichmütig mit den Schultern. »Es ist ein Handel. Eine Übereinkunft. Ich werde Euch –«, er neigte nachdenklich den Kopf, »– vierzehn Tage Zeit geben, Euch mit diesem Gedanken vertraut zu machen.«

Dieser selbstherrliche, anmaßende Schuft! »Und ich gebe Euch vierzehn Tage Zeit, mich dazu zu bringen, Euch zu wollen!«

Auf seinem Gesicht breitete sich langsam ein Lächeln aus, das fast sardonisch wirkte. »Ich nehme die Herausforderung an.«

Willas Augen weiteten sich erschreckt, und sie wünschte, ihre vorschnellen Worte zurücknehmen zu können. Was hatte sie getan? Sie hatte diesem Mann den Fehdehandschuh vor die Füße geworfen und ihn zu einem unerbittlichen Krieg herausgefordert, den sie niemals gewinnen konnte. Sie hasste ihn dafür, ihr ein solches Angebot gemacht zu haben, sie so gedemütigt zu haben. Und sie hatte bis dahin geglaubt, zwischen ihnen hätte wenigstens ein Quentchen Respekt bestanden.

Doch das Einzige, was für Willa zählte, war das Leben ihres Kindes, und sie war überzeugt, dass dieser Mann ihr helfen konnte. Würde sie nicht auch eine Pistolenkugel, die ihrem Kind galt, mit ihrem Körper abfangen? Würde sie nicht ihren letzten Penny hergeben, damit Mason zu ihr zurückkehren würde? Und blieben ihr nicht wenigstens noch vierzehn Tage, ehe sie mit Raiden das Bett teilen musste? Doch Willa fühlte auch, wie verzweifelt sie nach einem Ausweg aus dieser Situation suchte, wie sehr sie darum betete, dass ein Wunder geschehen möge, das ihr Mason zurückbrächte, und sie ihren Teil dieses Arrangements nicht zu erfüllte bräuchte.

»Eure Antwort, Lady?«

Ihre Stimme klang resigniert, als sie sagte: »Ich habe keine Wahl.«

Raidens wurde das Herz schwer, als er begriff. Er war überzeugt gewesen, dass sie diesen Vorschlag niemals akzeptieren würde.

Willa schwieg einen Augenblick lang, während sie auf den

persischen Teppich unter ihren Füßen starrte. »Ihr habt mir einen Weg angeboten, meinen Sohn zu finden, und es ist die einzige Chance, die ich noch habe. Was immer Ihr dafür von mir verlangt, ich werde es tun.« Sie sah ihn offen an. »Ihr habt Eure Geliebte.«

Raiden nickte beherrscht und dachte dabei, dass er sich in seiner eigenen Falle gefangen hatte.

»Aber wie dem auch sei, zuerst müsst Ihr mir beweisen, dass Ihr mir wirklich helfen könnt.«

Seine Miene verfinsterte sich. »Auch ich habe eine Ehre, Willa.«

Sie stieß einen abfällig klingenden Ton aus. »Ihr habt mich aufgefordert, Eure Hure zu sein, Raiden. Und wenn die Geschichtsbücher einst vom Schwarzen Engel und von seinen wagemutigen Taten auf den Weltmeeren berichten werden, so wird meine Name nichts weiter als ein Schandfleck sein, mit dem mein Sohn wird leben müssen!«

»Dann haben wir ja zumindest etwas gemein, denn *ich* bin der Schandfleck im Leben meines Vaters.« Er wandte sich zur Tür.

Er war die Folge eines Fehltritts, wollte er das damit sagen? »Nun, dann bestätigt diese Erpressung, dass Ihr Euch seitdem nicht aus der Gosse erhoben habt«, bemerkte sie. Sie fühlte sich verletzt und gedemütigt, weil er sie zu einem solchen Handel gezwungen hatte.

Raiden blieb stehen. Als er sich umwandte, wirkte sein Gesicht angespannt. Unvermutet ging er auf Willa zu, wie ein Drache, den man aus seiner Höhle gelockt hatte, war er mit wenigen Schritten bei ihr, schlang die Arme um ihre Taille und zog sie hart an sich. »Hatte ich Euch nicht davor gewarnt, Euch in Gewässer vorzuwagen, die zu gefährlich für Euch sind?«

Willa sah ihn trotzig an, und stemmte sich mit den Händen gegen seine Brust, doch Raiden hielt sie nur noch fester und drängte sie rücklings gegen den Bettpfosten, hielt sie dort gefangen. Ihre grünen Augen verengten sich, ihr Atem ging rascher. »Ihr werdet das bereuen, Raiden.«

»Montegomery«, fügte er hinzu. »Raiden Montegomery. Bastard. Räuber. Gesetzloser.«

»Und Entführer und Menschenhändler«, schoss sie zurück. »Ist die Liste Eurer Ausschweifungen damit eigentlich zu Ende?«

»Offensichtlich nicht.« Er drängte das Knie zwischen ihre Beine und brachte Willa damit fast aus dem Gleichgewicht. Dennoch verstärkte er den Druck weiter, bis sie ihm nachgab, bis seine harten Muskeln ihre Schenkel spreizten, über denen sich der Morgenmantel öffnete.

Ihre Finger gruben sich in seine Brust, als sie darum kämpfte, sich ihren Zorn zu bewahren, als sie gegen das sinnliche Gefühl kämpfte, das der raue Stoff seiner Hose auf ihrer nackten Haut verursachte. »Auf diese Weise werdet Ihr mich nicht gewinnen.«

»Das muss ich auch nicht.« Er ließ die Hand über ihre Hüfte gleiten, berührte ihre Brust, bis Willa sich unter seiner Berührung wand. »Denn Ihr, werte Lady, seid einverstanden damit, dass …«

Verflucht sollte er sein! »Vierzehn Tage, habt Ihr gesagt!«

Unvermutet beugte Raiden sich über Willa und küsste sie. Starr und reglos stand sie da und drehte den Kopf weg, um ihn daran zu hindern. Raiden fasste in die Flut ihrer roten Haare und tat sich an ihrem Mund gütlich. Und dann, im Bruchteil eines Herzschlages, gab Willa ihm nach, und wie ein glühend heißes Messer schoss ihm ihre Reaktion durchs Blut. Überrascht über die Macht dieses Kusses, hob Raiden den Kopf und sah Willa an. Er war darauf gefasst, dass sie ihm das Gesicht zerkratzte, ihn biss und beschimpfte, doch statt Wut sah er Verwirrung und Unglauben in ihren Augen. Als Willa die Hände ausstreckte und um sein Gesicht schloss, wusste Raiden, dass er in eine Höhle gefallen war, aus der es keinen Weg zurück gab. Mit einer heftigen Bewegung zog Willa ihn zu sich herunter und küsste ihn, überwältigte ihn mit der Flut ihrer erregenden Leidenschaft, die ihn berauschte wie süßer Wein. Er hätte wissen müssen, dass sie keine Nachsicht üben würde, dass sie ihn wie eine Sirene in seinen Untergang locken würde, dass ihre ungeduldige Wildheit ihm alle Beherrschung rauben würde. Und Dieb, der er war, nahm er sich alles, wollte er alles. Er hielt nichts zurück. Seine Zunge spielte mit ihren Lippen, drang tief in ihren Mund und als Willa sich ihm öffnete, erfüllte heißes Verlangen seine Lenden. Raiden stöhnte vor Lust auf, und er akzeptierte diesen Wahnsinn, auch wenn er wusste, dass es ihr Zorn war, der sie trieb, dass sie ihn noch mehr hassen würde, wenn dieser Kuss vorüber war. Er legte die Arme um Willa und hielt sie fest umschlungen.

Sie stöhnte leise und rieb sich an seinem Oberschenkel. Und Raiden spürte ihre verlockende Sinnlichkeit bis auf die Haut. Er wollte Willa dort berühren und er wollte sie um sich spüren, wenn sie ihn in sich aufnahm und er sie ganz und gar besaß. Aber Willa war eine Frau, die er nicht besitzen konnte. Weder durch Lust noch durch Drohungen noch dadurch, dass er sie zu seiner Gefangenen machte. Denn sie würde den Spieß umdrehen, so wie sie es jetzt auch tat. Sie würde ihn mit ihrem sinnlichen Mund und ihrem verführerischen Körper schwach machen, und würde ihn den Wahnsinn der Leidenschaft lehren, bis er nichts mehr tun konnte als diesem zu verfallen.

Seine männliche Kraft umgab sie, beherrschte sie, verschlang sie wie ein dichter Nebel, und die Macht ihres eigenen Begehrens riss sie in einen Taumel der Sinne, von dem Willa nicht gewusst hatte, dass er existierte, nicht für sie. Sie sollte diesen Mann verfluchen und ihm ins Gesicht schlagen, sie sollte ihn dafür verdammen, dass er diese verschlossene Tür geöffnet hatte, aber es war sinnlos. Seine erste Berührung zerstörte ihre Entschlossenheit und entfesselte einen Sturm der Gefühle in ihr. Willa fühlte sich außer Kontrolle. Ihr Atem ging zu schnell, ihr Verlangen war sündhaft, denn sie glaubte sterben zu müssen, könnte sie ihn nicht in sich spüren. Ihr Herz schlug heftig, als er die Hände um ihren Po legte und sie an sich zog, bis sie sein hartes Verlangen auf ihrer Haut spürte. Es war ein herrliches Gefühl, das Bilder voller Sinnlichkeit vor ihr entstehen ließen, Bilder davon, dass er sie berührte und streichelte. Sein Mund eroberte sie, und Lippen und Zungen duellierten sich in einem wilden, erotischen Krieg. Und Willa ließ Raiden gewähren, denn sie wollte von ihm erobert werden, wollte ihn spüren, und der Dämon ihrer Leidenschaft gebot allem Denken und aller Vernunft Einhalt. Ja, sie hatte gewusst, dass es so sein würde, so wild und so unaufhaltsam, dass das Verbotene sie unwiderstehlich anzog.

Und es zeigte ihr, welchen Preis sie für seine Hilfe zu zahlen hatte – was ihr Widerstand sie kosten würde. Das Ehegelübde band sie an einen anderen. Ihre Lust würde sie dazu treiben können, einen anrüchigen Vertrag zu erfüllen.

In Willa stritten die Pflicht zur Einhaltung ihres Ehegelübdes und ihr quälendes Verlangen miteinander um Vorherrschaft. Das Gelübde war stärker, und sie löste sich aus Raidens Umarmung.

Ihre Blicke waren noch ineinander verfangen, beide atmeten sie heftig.

Raiden versuchte, seiner Erregung Herr zu werden, und er musste sich zwingen, die Worte auszusprechen, die die Barriere zwischen ihnen wieder aufrichten würde, die sie eben eingerissen hatten. »Euch zur Kapitulation zu bewegen, wird leichter sein als ich erwartet habe.«

»Schuft!«, rief sie wütend und stieß ihn zurück. Sie hasste die Wahrheit, sie hasste die Gewissheit, dass er sie damit verletzen konnte. Raiden gab sie abrupt frei und ging mit großen Schritten zur Tür. Sein triumphierendes Lachen klang Willa noch in den Ohren, als er die Tür schon hinter sich zugeschlagen hatte.

Die Beine gaben unter ihr nach, und sie glitt zu Boden. Schwach und kraftlos rang Willa nach Atem, während sie gegen die Qual des Verlangens in sich ankämpfte. Sie zog den Morgenmantel fest um sich und brach in Tränen aus. Was hatte sie nur angerichtet! Sie hatte ihm eine Waffe in die Hand gegeben, ohne die Rüstung zu haben, diese abzuwehren. Doch, eine habe ich, dachte Willa. Sie war verheiratet, vor Gott und dem König verheiratet. Dabei zählte es nicht, dass sie Alistar vermutlich erschießen würde, wenn sie ihn wiedersah. Doch es würde ihr eine Hilfe sein, sich an ihr Ehegelübde zu erinnern. Nur zu genau wusste Willa, wie hilflos sie war, sobald Raiden sie berührte. Eine Sklavin ihres Verlangens nach einem Mann, den sie nicht haben konnte, den sie nicht begehren sollte. Was ihre Lügen und ihre Einwilligung in diesen schändlichen Handel anging, so war sie keinen Deut besser als Raiden. Sie hatte einen Pakt mit dem Teufel geschlossen und wusste, dass sie durch ein emotionales Fegefeuer ging, das Raiden und sie geradenwegs in die Hölle führen würde.

Ein Wettstreit zwischen Vernunft und Leidenschaft. Und sie würde verlieren. Wenn er sie wieder berührte, sie wieder so küsste, dann würde sie verlieren.

Der Duft nach Zimt, Curry und Muskatblüte erfüllte die Luft und machte sie schwer und stickig. Im Bauch des Schiffes fand sich bis auf eine kleine Kammer kein freier Platz mehr. Raiden war in den Laderaum hinuntergestiegen, um allein zu sein. Noch immer empfand er ein so quälendes Verlangen, dass er den damit verbundenen Schmerz fast willkommen hieß. Über seine Dummheit fluchend, ging er auf und ab und rieb sich den Nacken. Er hatte mit seiner Einschätzung völlig falsch gelegen, und diese Einsicht traf ihn so hart wie die Peitsche eines Sklavenhändlers. Dieser Kuss, das wusste Raiden jetzt, war der schwerwiegendste seiner Fehler. Gott im Himmel, wie konnte er jetzt noch eine Kabine mit ihr teilen? Jetzt, da er wusste, dass sie sich nur zu berühren brauchten, um von ihren Gefühlen wie durch eine gewaltige Explosion fortgerissen zu werden?

O ja, und was für eine Explosion, dachte Raiden. Seine Muskeln spannten sich an, als er daran dachte. Ihr Kuss war so leidenschaftlich gewesen, so berauschend und süchtig machend, dass er mehr davon wollte. Er wollte sie zähmen, und er wollte es genießen, aber er wollte nichts erzwingen. Raiden wusste, dass die Erinnerung an diesen Kuss ihn für den Rest seines Lebens begleiten würde. Er war ein Narr gewesen, dass er sich auf diesen Zweikampf eingelassen hatte. Und nach der Art, wie er mit ihr gesprochen hatte, war ihm klar, dass sie ihn meiden würde so gut sie konnte. Und das kann mir nur recht sein, dachte Raiden, denn es gab andere Dinge, um die er sich kümmern musste. Es galt, einen Verräter zu entlarven – und ein Kind zu finden. Er dachte daran, was Willa ihm erzählt hatte, bevor er ihr diesen unglückseligen Vorschlag gemacht hatte.

Wenn sie in die Schänke gegangen war, um Informationen über ihren Sohn zu bekommen, warum dann hatte der Offizier versucht, sie zu töten? Wie hatte der Mann wissen können, dass sie dort sein würde? War er ihr dorthin gefolgt? Wollte der Offizier nicht, dass sie ihren Sohn fand? Und sollte es so gewesen sein, *warum* wollte er es nicht? Wie kam es, dass dieses Kind solche Bedeutung hatte? Wenn es geraubt und in die Sklaverei verkauft worden war, konnte es überall sein. Raiden hatte unendlich viel Zeit damit verbracht, nach verschollenen Crewmitgliedern zu suchen, ohne jeden Erfolg. Außerdem konnte er nicht ausschließen, dass Willa log, was den Jungen anbetraf. Doch das hielt er für unwahrscheinlich. Sie war nicht sehr geübt darin, ihre Gefühle zu verbergen. Der Ausdruck ihres Gesichts, als sie ihn um Hilfe für ihren Sohn angefleht hatte, stand Raiden wieder vor Augen, und müde ließ er sich auf ein Fässchen mit geraubter Muskatnuss nieder. Noch immer spürte er den stechenden Schmerz des Verlangens in seinen Lenden, und er wünschte sich, das Schiff läge vor Anker und er könnte in die kalte See springen, um dieser Folter ein Ende zu machen. Und er wünschte sich, er wäre Willa nie begegnet.

»Gefällt es dir in deiner Kabine nicht mehr?«

Raiden schaute zu Tristan, der die Leiter heruntergestiegen kam.

»Nein, ich verstehe schon.« Tristan übersprang die letzten Sprossen und wirbelte eine goldschimmernde Wolke von Gewürzstaub auf, als er auf dem Boden landete. Er hielt sich die verletzte Seite.

»Würde ich Gesellschaft haben wollen, wäre ich an Deck. Wie geht's damit?« Raiden wies auf die Wunde, die inzwischen mehrere Tage alt war.

»Es heilt langsam«, erwiderte Tristan, der andere Themen viel interessanter fand. »Deine Kabinengenossin macht dir Schwierigkeiten?«

Raiden stieß einen schnaubenden Laut aus. Dass die Frau an Bord war, allein das war schon ein Problem. Dass er ihr einen Handel angeboten hatte, von dem er sicher gewesen war, sie würde niemals akzeptieren, war ein fataler Fehler gewesen. Und dass er ihr schließlich noch versprochen hatte, ihr Kind zu ihr zurückzubringen, war eine Unverzeihlichkeit. Raiden war zutiefst darüber beschämt, ihr dieses Versprechen wie eine reife Frucht unter die Nase gehalten zu haben. Was hatte er eigentlich erwartet? Dass sie für ihn auf ihr Kind verzichtete? Das war undenkbar. Und er allein trug die Schuld an diesem Durcheinander.

Es war schlichtweg verwerflich, sie mit falschen Versprechungen zu ködern, und sein Rest von Ehre riet ihm, dass es jetzt am klügsten wäre, Informationen zu sammeln – und das so schnell wie möglich.

»Wir haben ein Schiff ausgemacht.«

Raidens Stirn furchte sich, und er schaute auf. »Welche Flagge?«

»Keine, soweit wir es bis jetzt erkennen können.«

»Haltet euch bereit – es könnte die *Sea Warrior* sein.«

Das Schiff krängte plötzlich, und Raiden war gewarnt, dass sich ein Sturm zusammenbraute. Er schaute prüfend auf die Fässer, Kisten und Truhen, die alle an den Wänden fest vertäut waren, und stellte beruhigt fest, dass die Ladung nicht verrutschen und den Schiffsrumpf beschädigen konnte. Er stand auf und ging zur Leiter.

Eine Stunde später war Raiden hoch oben in der Takelage, als er Willa an Deck kommen sah. Er sollte zornig sein, dass sie ohne seine Erlaubnis heraufgekommen war, doch sie trug das blaue Kleid und die Schuhe, die er für sie herausgelegt hatte, und wirkte in der Morgensonne und unter dem leicht dunstigen Himmel wie ein Frühlingshauch. Allein ihr Anblick ließ das Blut in seine Lenden strömen, und ein rascher Blick sagte ihm, dass seine Männer wohl ähnlich reagierten wie er. Willa hatte ihre wilde Haarmähne in aufgesteckte Zöpfe gebändigt und vermittelte das Bild unantastbarer Sittsamkeit. Doch Raiden wusste, dass dieser Eindruck trog.

Jabari begleitete sie, und Willa beschirmte sich die Augen, als Tristan zu ihr trat. Sie sprachen kurz miteinander, ehe sie den Kopf hob und Raidens Blick auffing. Raiden spürte das Verlangen nach ihr wie ein Prickeln auf seiner Haut. Er konnte sie nicht mehr ansehen, ohne daran zu denken, wie überwältigend es gewesen war, sie in den Armen zu halten.

Willa wandte den Blick ab. Ihr war zumute, als habe ihr ganzer Körper bei Raidens Anblick vor Erregung zu glühen begonnen. Unsinn. Sie hatte auch schon vorher halbnackte Männer gesehen, wie zum Beispiel die, die für ihren Vater gearbeitet hatten. Aber diesen Männern hatte sie niemals auch nur einen Bruchteil der Aufmerksamkeit geschenkt wie jetzt Raiden Montegomery. Absolut unvorbereitet traf sie der Anblick seines bronzefarbenen Körpers, der breiten Schultern und des Spiels seiner Muskeln und Sehnen, als er herunterkletterte. Ihr Herz schlug schneller und das Blut rauschte ihr in den Adern, wenn sie daran dachte, dass diese starken Arme sie gehalten hatten, dass ihre Leidenschaft sie fast alles hätte vergessen lassen. Willa konnte noch immer nicht glauben, wie heftig sie reagiert hatte. Dass eine Leidenschaft von solcher Urgewalt in ihr schlummerte, machte ihr Angst – und dass der falsche Mann diese in ihr erwecken könnte. Sie wandte sich ihm zu, als er das letzte Stück zum Deck heruntersprang und auf sie zukam. Willa fragte sich, wie es sein konnte, dass von ihm eine solche Faszination ausging. Verflucht sollte er sein. Er war der falsche Mann. Er war nicht ihr Ehemann, und sie fürchtete den Moment, in dem Raiden die Wahrheit erfahren würde.

Dicht vor ihr blieb er stehen und starrte auf sie herunter. Der Ausdruck in seinen Augen war unergründlich. Willas Blick fiel auf die Tätowierung auf seinem Oberarm. Ein schwarzer Dornenkranz. Sie krampfte die Hände in den Stoff ihres Kleides, um der Versuchung zu widerstehen, Raidens Arm zu berühren. Unterhalb der Tätowierung sah sie die Narbe, die Raiden beim Kampf auf dem Marktplatz davongetragen hatte und die gut verheilte. Unwillkürlich fragte Willa sich, was es mit der Tätowierung auf sich haben mochte. Als ihre Blicke sich trafen, hätte Willa zu gern gewusst, was Raiden dachte, wenn er sie so anzüglich grinsend wie jetzt ansah. Dachte er vielleicht an den Kuss und betrachtete seinen Übergriff auf sie als Meisterstück seines überragenden Könnens? Denn seinem bezaubernden Charme war er sicherlich nicht zuzuschreiben. Oder freute er sich voller Häme darüber, dass sie ihm so rasch nachgegeben hatte? All diese Fragen machten Willa nur noch entschlossener, ihn an die Einhaltung seines Teils bei ihrem Handel zu erinnern.

»Ist es Euch in der Kabine zu heiß geworden, Mylady?« Er grinste spöttisch.

Seine versteckte Anspielung traf Willa wie ein Hammerschlag vor die Brust und sie brauste auf: »Nennt mich nicht so.«

Raiden zog eine Augenbraue hoch und schlüpfte in sein Hemd, das ihm einer der Männer reichte. Es war bereits das zweite Mal, dass sie gegen diese Anrede protestierte.

»Wann laufen wir in einen Hafen ein?«, fragte sie.

»Nicht in den nächsten ein, zwei Tagen.«

Willa verschränkte die Arme vor den Brüsten und sah Raiden ungeduldig an. »Wie könnt Ihr irgendetwas herausfinden, solange Ihr auf See seid?«

»Habt Geduld, Willa. Ich werde meinen Teil der Absprache erfüllen.« Sein Blick glitt über ihren Mund, wanderte über die sanfte Schwellung ihrer Brüste, ehe er ihr wieder in die grünen Augen sah. »Wenn ich weiß, dass Ihr den Euren erfüllen werdet.«

»Zuerst ist die Reihe an Euch«, entgegnete sie, schob Raiden einfach zur Seite und setzte ihren Spaziergang über das Deck fort. Jabari wich nicht von ihrer Seite.

Raiden lachte in sich hinein und sah ihr einen Moment lang nach, ehe er Tristan sein Krummmesser gab und auf das Durcheinander von Tauen und Stricken wies, das er entwirren sollte. Während Tristan sich an die Arbeit machte, stopfte sich Raiden das Hemd in die Hose und ging auf das Achterdeck zu. Durch das Fernrohr suchte er den Horizont ab und betrachtete das näher kommende Schiff. Es würde noch Stunden dauern, ehe es in Schussweite sein und ihnen Schaden zufügen konnte. Ihm wäre es zwar lieber, die Auseinandersetzung mit der *Sea Warrior* hinauszögern zu können, bis es dunkel war, aber falls nötig, würde er auch bei Tageslicht kämpfen.

»Kahlid«, rief er dem Steuermann über die Schulter zu. »Ändert immer wieder den Kurs, bis die Sonne untergeht und wir wissen, mit wem wir es zu tun haben.« Eine Ahnung sagte Raiden, dass es eines seiner eigenen Schiffe war, da sie sich an der Mündung des Hoogley Rivers und auf diesen Koordinaten treffen wollten. Und wenn es ein fremdes Schiff war? Jeder Mann an Bord wusste um die Risiken, und seine Sorge galt Willa und dem, was mit ihr geschehen würde, wenn er sich irrte. Raiden ließ das Fernrohr sinken, schob es zusammen und tippte nachdenklich damit gegen sein Kinn. Er musste davon ausgehen, dass man nach Willa suchen würde, und das konnte bedeuten, dass ihm doppelt so viele englische Schiffe wie ohnehin schon auf den Fersen waren.

Raiden hörte Willas Lachen. Hell und melodiös trug der Wind es ihm zu. Er wandte sich abrupt um. Wie eine anmutige Blume saß sie mittschiffs auf einem Stapel von Tauen, um sich herum ein Publikum ihr hingerissen Aufmerksamkeit zollender Piraten. Der Anblick der rauen Männer, die jedem ihrer Worte lauschten, entlockte Raiden ein kleines Lächeln. Einer der Männer brachte Willa einen Becher mit Wein, und einen Schritt hinter ihr stand Nealy Perth wie ein Zerberus und wandte keinen Blick von ihr. Augenblicklich war Raiden auf der Hut. Mochte der große, kräftige Mann auch schon älter sein, so behauptete er doch seinen Platz unter den durchweg jüngeren Kameraden. Eine Windbö fuhr in die Segel, und Raiden schaute hinauf zu Tristan, der in die Takelung geklettert war und die Seile richtete, während er sich mit der Frau unterhielt, die unter ihm auf dem Deck saß.

Den Kopf leicht geneigt, schaute Willa zu Tristan hinauf und lachte über etwas, das er sagte. Ein messerscharfer Stich noch nie gekannter Eifersucht durchfuhr Raiden. »Mr Dysart!«

Tristan fuhr herum.

»Tu entweder deine Arbeit oder komm verdammt noch mal runter.« Schwarze Wolken zogen heran und breiteten sich wie eine dunkle Decke über den Himmel aus. »Mistress, in die Kabine!«

Willa drehte sich nach Raiden um und sah ihn aus schmalen Augen an, doch sein Gesichtsausdruck warnte sie davor, ihm zu widersprechen. Sie nickte unmerklich und erhob sich und verabschiedete sich mit einem Knicks von den Männern. Raiden gab Befehl, die Fässer und Tonnen zu sichern. Als er auf Willa zuging, krachte ein Blitz aus den Wolken und schnitt eine gezackte Spur in den Himmel.

Die *Renegade* bekam Schlagseite. Willa verlor den Halt und rutschte gegen die Reling. Der harte Aufprall presste ihr die Luft aus den Lungen. Sie versuchte sich festzuhalten, als das Schiff sich erneut zur Seite neigte.

Ein ungesichertes Fass rollte über das Deck auf Willa zu, traf sie in die Kniekehlen und prallte gegen ihren Rücken. Das Gewicht des Fasses schleuderte Willa nach vorn. Raiden sah, wie sie vom Deck rutschte. Er stieß die Männer aus dem Weg, sprang über Seile und Fässer, um Willa noch rechtzeitig packen zu können. In diesem Augenblick fiel sie kopfüber in die schwarze See.

Kapitel 8

Ein unerwarteter heftiger Ruck riss Willa zurück und bewahrte sie vor dem Sturz in die schwarze Tiefe.

Sie holte tief Luft und blinzelte in das Gesicht Nealy Perths, der den Arm um ihre Taille geschlungen hatte und sie an ihrem Kleid festhielt. »Meinen tiefsten Dank, Sir.«

»Dafür nicht, Mylady«, wehrte er ab und stellte sie auf die Füße.

Raiden war sofort bei ihr, packte sie am Arm und zog sie von Perth fort. »Seid Ihr verrückt?« Noch immer saß ihm der Schreck in den Gliedern, sah er Willa kopfüber in das von Haien wimmelnde Wasser stürzen.

»Aber ja, Raiden, ich gebe Euch ein Versprechen, und dann, in einem Anfall von Verzweiflung, vergesse ich meinen Sohn und stürze mich ins Meer.« Sie zerrte sich von Raiden los und bemerkte nicht, das Perth ihrem Wortwechsel interessiert lauschte. »Ihr könnt mir durchaus ein bisschen Rückgrat zutrauen, Pirat.« Hocherhobenen Hauptes stolzierte sie davon. Raiden stieß einen langen Atemzug aus, während er sich den Nacken rieb. *Sie wird nie wieder ohne meine Erlaubnis das Deck betreten*, entschied er. Sein Herz klopfte noch immer hart und schnell.

»Temperamentvolles Mädchen«, bemerkte Perth.

Raiden streifte ihn mit einem kurzen Blick. »Meinen Dank, Mr Perth.«

Der Seemann nickte, eine Geste, die, wie Raiden unwillkürlich feststellte, irgendwie königlich und huldvoll wirkte. »War mein Glück, dass ich so nah dran war, Cap'n.«

»Das war ihr Glück«, sagte Raiden. »Sichert das Fass, Mr Perth.«

»Raiden!« Er wandte sich um und schaute nach oben in die Takelage, zu der Willa wies.

Tristan Dysart hing kopfüber in einem der Seile fest, das sich ihm um den Knöchel gewickelt hatte. Der starke Wind zerrte an ihm und ließ ihn immer wieder gegen den Mast prallen. Laut Tristans Namen rufend, lief Willa los. Während Raiden ihr auf den Fersen folgte, befahl er, ihm einen Enterhaken und ein Seil zu bringen.

»Hallo, Mädchen«, sagte Tristan, sein Gesicht war hochrot angelaufen.

Willa reckte den Hals. »Du lieber Gott, Mr Dysart. Ihr blutet ja!« Sein Mantel hatte sich über der Hemdbrust geöffnet, die sich dunkel von Blut gefärbt hatte.

»Es sieht ganz so aus. Eine alte Wunde. Beunruhigt Euch nicht.« Er winkte ab und versuchte, sich hochzuschwingen und das Seil zu packen, an dem er hing. Als es misslang, seufzte er schwer. »Eine höchst peinliche Lage, muss ich sagen. Zieh mich hoch, Rai, tu mir den Gefallen.«

»Bewegt Euch nicht, Mr Dysart«, rief Willa. »Ihr reißt die Wunde nur noch weiter auf.«

»Eure Sorge rührt mich zutiefst, M'lady.«

»Verzeiht mir meine Offenheit, aber Ihr müsst nicht ganz bei Verstand gewesen sein, verletzt dort hinaufzuklettern.«

»Ich gehorche Befehlen immer«, erwiderte er. Willa sah Raiden vorwurfsvoll an, doch ehe sie etwas sagen konnte, drängte dieser sich an ihr vorbei und schwang das Seil, an dessen Ende der Enterhaken befestigt war, der sich jetzt über dem Besansegel in der Takelung festhakte. Mit einer Geschwindigkeit, die Willa staunen machte, kletterte Raiden in die Taue, packte Tristan am Mantel und zog ihn so weit zu sich heran, dass er nach dem Seil greifen konnte.

»Halt dich fest.« Der Regen war stärker geworden, und der Wind trieb die beiden Männer gegen die Segel.

»Ja, natürlich. Darauf wäre ich jetzt nicht gekommen.«

Während Tristan sich festhielt, kletterte Raiden weiter zum Besansegel. Wenn er den Freund einfach aus dem Gewirr der Seile losschnitt, würde dieser unweigerlich fallen, und der starke Ruck würde dessen Wunde noch weiter aufreißen. Raiden schlang sich das Seil, an dem sich der noch immer kopfüber Hängende festhielt, einige Male um den Arm, schnitt es über dem Kopf durch und wickelte es langsam von seinem Arm ab, bis Tristan nicht mehr kopfüber über dem Deck schwebte. Tristan schlang sich das Seil ums Bein und ließ sich daran heruntergleiten. Als er auf dem Deck aufkam, brach er zusammen. Einige Augenblicke später war Raiden aus der Takelage heruntergeklettert und stand neben Willa, die den fast Bewusstlosen untersuchte.

Mit trüben, verhangenen Augen spähte Tristan auf die blutende Wunde. »Verdammt, das wird keine schöne Narbe hinterlassen, mit der ich die Damen beeindrucken kann.«

Willa sah ihn an. »Die Wunde muss gesäubert und neu verbunden werden.« Sie befühlte Tristans Stirn; trotz des kalten Regens war seine Haut glühend heiß. Willa erhob sich und half Tristan aufzustehen, bis dieser sich auf Raiden stützen konnte, der ihn in die Kapitänskabine trug. Die Männer der Mannschaft folgten ihm und bildeten einen Halbkreis um sie, nachdem Raiden den Freund auf einen Stuhl gesetzt und Willa sich hingekniet hatte, um ihm den Mantel zu öffnen.

»Madam, wenn Ihr es wünscht, dass ich meine Kleider für Euch ablege, müsst Ihr mich nur darum bitten«, bemerkte Tristan frech.

»Schweigt, Ihr Strolch«, ermahnte sie ihn und schob sein Hemd hoch. »Du lieber Himmel!« Tristan blutete stark, und Willa bedeckte die Wunde rasch wieder. »Ich brauche ein Messer, Tuchstreifen zum Verbinden, außerdem eine Schere und alle chirurgischen Instrumente und Kräuter, die ihr an Bord haben könntet.« Sie sah erst die Männer und dann Raiden an.

»Tut, was die Lady sagt«, befahl Raiden, und seine Männer verließen die Kabine.

»Nehmt ihm seine Waffen ab und legt ihn auf den Tisch«, wies sie Raiden an, während sie rasch Handtücher und Seife bereitlegte und einen Krug und eine Schüssel hinstellte.

»Balthasar kann sich jetzt um mich kümmern«, sagte Tristan, der seinen Stolz überwand und sich von Raiden auf den Tisch helfen ließ.

Die Hand in die Hüfte gestemmt, warf Willa ihm einen abwägenden Blick zu. »Nun denn, Squire Dysart, Ihr solltet Euch jetzt entscheiden, wenn er Euch versorgen soll.«

»Ihr meint seine derben Pranken oder Eure sanften Hände?«, fragte er, indem er nach Willas Hand griff und sie an sein Herz drückte.

Er ist wirklich unmöglich, dachte sie kopfschüttelnd. »Die Wunde hat sich bös entzündet.« Sie fing Raidens Blick auf. »Gebt mir Euer Messer und zieht ihm die Stiefel aus.« Nachdem Raiden ihr das Messer gegeben hatte, zerrte er Dysart die Stiefel herunter. Unterdessen schnitt Willa einen Schlitz in Tristans Hemdensaum.

Tristan packte sie am Handgelenk. »Madam, was schlagt Ihr vor?«

Mit einem Ruck zerriss sie das Hemd sauber entzwei.

»Das ist mein bestes Hemd!«

»Ich glaube nicht, dass es ein Problem für Euch sein wird, Euch ein neues zu stehlen.«

Tristan ließ sich auf den Tisch zurücksinken und drehte sich auf die Seite. Er wackelte mit den Augenbrauen, als er Willa ansah »Gebt es ruhig zu – Ihr wollt mich unbedingt nackt sehen.«

»Haltet Euren Mund oder ich werde ihn Euch ebenfalls zunähen«, erwiderte sie scharf und versetzte ihm unsanft einen Stoß. Er sackte zurück, und sein Kopf schlug auf dem Tisch auf. Willa zuckte zusammen und griff hastig nach einem Kissen, um es ihm unter den Kopf zu schieben. Im Vorbeigehen tätschelte sie Tristan die Wange. Sie blieb vor Raiden stehen. »Ich brauche Rum.«

»Gewürzt oder natur?«

Sie verzog den Mund. »Weder noch, Captain.« Sie beugte sich näher, und Raiden nahm den feinen Duft nach Limonen und kühlem Regen wahr, der sie umfing. »Macht ihn betrunken, die Sache wird ihm wehtun.«

Über ihren Kopf hinweg schaute Raiden zu Tristan hinüber, der sein Bestes tat, gleichmütig zu wirken, doch dessen geballten Fäuste seine Anspannung verrieten.

»Er hat Fieber, und ich vermute ...«, Willa zögerte.

»Sagt mir alles, Frau.«

Sie hörte die Sorge in seiner Stimme. »Irgendetwas stimmt nicht. Für einen so flachen Schnitt blutet es viel zu stark.«

Raiden nickte und ging an seinen Schrank, nahm eine Flasche Rum heraus und brachte sie seinem Freund.

»O Gott«, stöhnte Tristan. »Dein bester Tropfen. Mit mir geht es zu Ende.« Er setzte die Flasche an die Lippen und trank hastig.

Einige Männer tauchten zusammen mit Balthasar in der Tür auf. Der Beduine runzelte die Stirn, als er Willa anstarrte und wie ein dunkles Unwetter auf sie zukam. Raiden streckte den Arm aus und veranlasste Balthasar stehen zu bleiben. »Hüte deine Zunge und denk an meine Worte«, warnte er ihn, und Willa seufzte erleichtert.

Der Beduine gab Raiden eine Rolle aus Leder und trat zurück. Die Arme vor der nackten, tätowierten Brust verschränkt, stand er stumm da. Raiden entrollte das Leder, und es zeigte sich, dass eine Reihe chirurgischer Instrumente darin verwahrt war. Willa begutachtete sie, ehe sie sich die Hände wusch und um eine brennende Kerze bat, über deren Flamme sie die Messerklinge hin und her bewegte. Sie warf einen prüfenden Blick auf Tristans Pupillen und begann, seine Wunde auszuwaschen.

»Ich werde sie aufschneiden müssen«, sagte sie zu ihm.

»Ich werde mich zusammennehmen, ich schwöre es.« Tristan trank noch einen großen Schluck von dem Rum, während er Willa zusah.

Mit einem Schnitt öffnete sie die Wunde, und Tristan bäumte sich auf und setzte sich aufrecht hin. »Heilige Mutter Gottes, ich – verdammt noch mal, Frau!« Aus seiner Wunde floss Blut, und Tristan schaute auf den Tisch, nachdem er noch einmal von dem Rum getrunken hatte. »Ich werde nie wieder an diesem Tisch essen können«, nuschelte er.

»Haltet ihn bitte fest. Ich werde sie noch weiter öffnen müssen«, wandte sich Willa an Raiden.

»Ich habe eine bessere Idee«, erwiderte dieser und trat zu Tristan, nahm ihm die Flasche aus der Hand und versetzte ihm mit der Faust einen Kinnhaken. Der Freund verlor augenblicklich das Bewusstsein und sackte in sich zusammen.

»Das war wirklich sehr schonend, Captain«, sagte Willa entsetzt, machte sich aber dennoch an die Arbeit.

Raiden beobachtete sie dabei, wie sie die Wunde mit einem Schnitt weiter öffnete und dann mit den Fingern abtastete. Dabei tupfte sie von Zeit zu Zeit das hervorquellende Blut ab. Schließlich nahm sie eine Pinzette, führte sie in die Wunde ein und zog mit deren Hilfe einen dünnen Splitter heraus. Ob er aus Metall oder Holz war, konnte man bei all dem Blut nicht erkennen.

Das Schiff krängte, die bereitgelegten Utensilien verrutschten und Willa drohte, das Gleichgewicht zu verlieren. Raiden winkte Balthasar zu, dass er den Patienten festhalten sollte, während er sich hinter Willa stellte, und die Hände um ihre Taille schloss, damit sie festen Stand hatte.

Sie zuckte zusammen und warf einen Blick über die Schulter. »Was tut Ihr denn da?«

Raiden stand mit gespreizten Beinen hinter ihr. »Ich halte Euch fest, damit Ihr Mr Dysart nicht mit Euren Fingern erstecht – oder auf Euer hübsches Hinterteil fallt.« Den letzten Teil seiner Antwort sagte er so leise in ihr Ohr, dass nur sie es hören konnte.

Seine Augen waren unergründlich, aber seine Nähe beunruhigte Willa. Aber wenn sie seine Hilfe auch nicht brauchte, so gab es im Augenblick wichtigere Dinge, um die sie sich kümmern musste, als mit ihm zu streiten. »Haltet ihn gut fest, für den Fall, dass er zu sich kommt«, sagte sie zu Balthasar und beugte sich über Tristan, um den Eiter aus der Wunde zu drücken. Ein widerlicher Gestank erfüllte die Luft, doch Willa zuckte mit keiner Wimper. Ihre Miene blieb gleichmütig, als sie das Sekret abtupfte und die Wunde wieder ausdrückte. Sie wiederholte diesen Vorgang einige Male, wobei sie jedes Mal ein frisches Tuch benutzte. Schließlich säuberte sie die verletzte Stelle mit Rum. Sie wies Raiden an, ein sauberes Tuch darüber zu legen, während sie Tristan eines seiner langen Haupthaare auszupfte und in eine dünne Nadel einfädelte.

»Ihr nehmt sein Haar zum Nähen, Willa?« Bei seinen leisen Worte spürte sie seinen Atem an ihrer Schläfe.

»Die Indianer machen es so.« Sie warf einen letzten prüfenden Blick auf die Wunde. »In Amerika. Ich habe es von einem Medizinmann gelernt, als ich einen Freund besuchte.«

»In Amerika?«

Sie musste ihre Hemmung überwinden, in Tristans Haut zu stechen, doch in Anbetracht dessen, was sie ihm bis jetzt an Schmerzen zugefügt hatte, war jetzt nicht die Zeit zu zaudern. »Ja. Ich bin dort geboren. In Charles Towne in Carolina.«

Also deshalb hatte er ihren Akzent nicht einordnen können.

»Ich habe gehört, dass das ein ziemlich wildes Land ist«, sagte einer der Männer und sah Willa abwartend an.

»Oh, Sir, es ist wunderschön dort und mit keinem Ort zu vergleichen, den ich gesehen habe, seit ich von zu Hause fortging.«

»Und wann war das?«, fragte Raiden.

Eine Welle des Heimwehs drohte Willa zu verschlingen und sie beugte den Kopf ein wenig tiefer. »Vor fünf Jahren.«

Das Schiff neigte sich wieder auf die Seite, und Willa wurde gegen Raiden gedrückt, ihr Po presste sich gegen seine Lenden. Raiden widerstand dem Drang, mit einer stoßenden Bewegung darauf zu reagieren und bellte stattdessen einen seiner Männer an: »Sag Kahlid, dass er in den Wind drehen soll!« Er bemühte sich, Willa nicht noch einmal so nah zu kommen. Aber es ließ sich nicht verhindern, und Raidens Widerstand versagte, als seine Hände sich wieder fester um ihre Taille schlossen und er fühlte, dass sie das Korsett nicht trug, das er für sie aufgetrieben hatte. Allmächtiger, war sie denn völlig nackt unter dem Kleid? Der Reiz dieser Fantasie löste eine Welle heißen Verlangens in ihm aus, und er beugte sich über sie. Er sah, wie sie mit kleinen, raschen Stichen Tristans Wunde schloss. Dann bemerkte er die Träne, die über ihre Wange rollte. »Willa?«

Sie antwortete nicht und beendete schweigend ihre Arbeit, aber für einen Augenblick verlor sie sich in der Erinnerung an die Vergangenheit, an eine Zeit, in der sie noch die Tochter ihres Vaters gewesen war und niemals Angst um ihre Sicherheit hatte haben müssen. Ihr Vater hatte sie abgöttisch geliebt, und sie hatte ihr Leben ganz und gar unter Kontrolle gehabt. Das alles ist schon so lange her, dachte Willa. Es war die Zeit der Unschuld gewesen, die niemals zurückkehren würde. Sie verknotete den letzten Stich und wandte sich an Balthasar. »Habt Ihr ein Heilkraut für die Wunde? Etwas, das eine Entzündung verhindert?«

Seine dunklen Augenbrauen zogen sich bei ihrer Frage zusammen. »Das habe ich.«

»Könnt Ihr es vorbereiten, während ich den Verband zurechtschneide?«

»Warum fragt Ihr ihn danach?«, bemerkte einer der Männer säuerlich. »Er hat den Splitter drinnen gelassen.«

Balthasar warf dem Mann einen bitterbösen Blick zu, aber

ehe er etwas erwidern konnte, mischte sich Willa ein. »Balthasars Finger sind zu groß, um eine solche Wunde innen abtasten zu können. Und wer konnte schon vermuten, dass in einer so kleinen Wunde ein Stück von der Klinge stecken geblieben ist?«

»Ihr habt es vermutet«, stellte Balthasar fest und sah Willa an.

Sie zuckte mit den Schultern, die feindseligen Blicke des Mannes zermürbten sie allmählich. »Mr Dysart braucht jetzt Ruhe.« Ihr Blick glitt zu Raiden, und der Ausdruck ihrer Augen strafte ihn dafür, den Mann bewusstlos geschlagen zu haben. »Richtigen Schlaf. Und er muss beobachtet werden.«

Mit geschickten Bewegungen zerstieß Balthasar einige Kräuter, vermischte sie mit Wasser und strich den Brei auf die genähte Wunde. Er stützte den Bewusstlosen hoch, während Willa ihn verband. »Es war nicht meine Absicht, Eure Autorität zu untergraben, Sir«, flüsterte sie dem Beduinen zu. »Und ich entschuldige mich, sollte ich Euch gekränkt haben.«

Der Koch der *Renegade* starrte sie einen Augenblick lang an, ehe er nickte. In diesem Augenblick stürzte einer von Raidens Männern atemlos und bis auf die Haut durchnässt in die Kabine. »Captain, die *Sea Warrior* kommt näher.«

Raiden nickte. »Sehr gut. Behaltet sie im Auge. Und ihr anderen geht wieder auf eure Posten.« Die Männer verließen die Kapitänskajüte, nur Balthasar blieb, um das Durcheinander aufzuräumen.

»Eine weitere Prise?«, fragte Willa, während sie ihre Hände abtrocknete.

Raiden erwiderte ihren Blick. »Nein. Ein weiteres meiner Schiffe.«

»*Eurer* Schiffe? Eurer ganz allein?«

Er sah sie unverwandt an. »Ja.«

»Und wie viele genau habt Ihr?« Sie sah ihn aus schmalen Augen an.

Raiden zuckte die Achseln. »Vielleicht ein halbes Dutzend.«

»Neun«, sagte Tristan benommen. Dann stöhnte er laut und hielt sich das Kinn.

»Großer Gott. Der Preis auf Euren Kopf muss sehr hoch sein.«

Raiden verzog den Mund. »Höre ich da Hoffnung oder Sorge in Eurer Stimme, Mädchen?«

»Nichts davon.« Willa wandte sich ab. »Könnt Ihr Mr Dysart in seine Kabine tragen?«, fragte sie Balthasar.

»Ich kann gehen«, behauptete Tristan und bedachte Raiden mit einem erbosten Blick, als er sich aufsetzte und seinen Kiefer betastete. »Ich glaube, du hast einen Zahn locker geschlagen.«

»Du hast gebockt wie ein Maulesel.«

Tristan errötete, aber seine Verlegenheit verschwand sofort wieder, als Willa an seine Seite eilte, um ihm beim Aufstehen zu helfen. Balthasar stützte Tristan hoch, während sie die Überreste seines Hemdes unter ihm herauszog und zusammenknüllte. »Nein. Vorsichtig. Ihr habt genug getrunken«, sagte sie, als er versuchte, die Flasche Rum zu greifen.

»Meinen Dank, Mistress«, sagte Tristan, beugte sich vor und hauchte einen Kuss auf ihre Wange.

Willa errötete und legte die Hand um sein maltrātiertes Kinn. »So ein braver Junge«, spottete sie gutmütig und lächelte ihn an.

Raiden, der hinter ihr stand, machte ein finsteres Gesicht. »Sieh zu, dass du ins Bett kommst, Dysart. Ich habe keine Lust, dich an die Ankerwinde binden zu mussen, damit du nicht über Bord gehst.«

»Wenn er jemanden gerettet hat, ist er immer so miesepetrig«, flüsterte Tristan Willa laut und vernehmlich zu. Dabei zwinkerte er mit den Augen. Dann erlaubte er es Balthasar, ihn über die hohe Türschwelle zu tragen.

»Habt Ihr vielleicht eine Suppe für ihn, wenn er ein paar

Stunden geschlafen hat?«, fragte sie Balthasar und gab ihm noch Dysarts Stiefel mit. »Und ein Mittel, um das Fieber zu senken?«

»Wie Ihr wünscht«, entgegnete Balthasar mit einer respektvollen Verbeugung, die Willa vor Staunen erstarren ließ.

Ihr Blick glitt über sein keine Regung verratendes Gesicht, über die Tätowierungen an seinen Schläfen und auf seinen Wangen und Unterarmen. Ein ausgesprochen exotisch aussehender Mann, dachte sie, und stellte fest, dass er wie Raiden einen Ohrring trug. Der Schmuck bestand aus einer einzelnen, tränenförmigen Perle. Um den Hals hingen Ketten aus Gold und Silber, seine Finger waren von Ringen gleichsam übersät, und er ging barfuß. Die weiten Pumphosen seiner heimatlichen Tracht hüllten ihn von der Taille abwärts in endlose Meter schwarzen Stoffes, die breite rote Schärpe betonte seinen muskulösen Bauch. Balthasar war so groß wie Raiden, und Willa wurde schlagartig bewusst, wie leicht er sie hätte töten können, als er damals in die Kabine gekommen war. Und ihr wurde klar, wie sehr sie die kleine Allianz zwischen ihnen schätzte.

Sie legte die Hand auf seinen Arm und flüsterte: »Meinen Dank für Eure Hilfe, Sir.«

Er richtete die dunklen Augen auf Tristan, dann wieder auf sie. »Dafür müsst Ihr mir nicht danken.«

Er trug Tristan vorsichtig hinaus. Als er fort war, wandte sich Willa zu Raiden um, der sie auf eine Art anstarrte, die sie nervös machte.

»Wo habt Ihr das alles gelernt?«

»Ich habe es Euch doch schon gesagt – in den Kolonien.« Sie ging an ihm vorbei, in der Hand die Flasche Rum, die sie Tristan weggenommen hatte.

»Gut erzogene Damen versorgen normalerweise nicht die Wunden eines Mannes.«

Sie setzte sich auf die Polsterbank unter dem Bullauge und sah Raiden abschätzend an. »Und Ihr wisst natürlich eine ganze

Menge über wohl erzogene Damen?« Sie trank einen Schluck von dem gewürzten Rum, der ihr wie flüssiger Sonnenschein die Kehle herunterrann.

»Allerdings.«

Sie wandte keinen Blick von ihm, während sie noch einmal an dem starken Jamaika-Rum nippte. »Nichts als Prahlerei. Und so typisch Mann.«

Wie es scheint, ist sie nur zu Verwundeten sanft, dachte Raiden. Und natürlich war sie noch immer wütend wegen der getroffenen Absprache. Er rechnete nicht damit, dass diese Wut verschwinden würde, ehe er nicht ihren Sohn herbeigeschafft hatte.

Auch wenn er den Handel vorgeschlagen hatte, weil er überzeugt gewesen war, sie würde ihn rundweg abschlagen, und er auf diese Weise keine Schuldgefühle haben müsste, die Suche nach einem toten Kind abgelehnt zu haben, verband ihre Übereinkunft sie auf höchst seltsame Weise. Willa suchte nach einem verloren gegangenen Kind, das sie liebte. Und er war solch ein verlorenes Kind gewesen. Es hatte niemanden gegeben, der nach ihm gesucht hatte, der ihn geliebt hatte. Raiden seufzte insgeheim. Es macht keinen Sinn, die Vergangenheit heraufzubeschwören, weil ich sie ohnehin nicht ändern kann, dachte er, als unerwartet das Gesicht eines Kindes vor seinem geistigen Auge auftauchte – ein Kind mit roten Haaren und mit Grübchen, so wie Willa. Ob der Junge vielleicht durch irgendeine Schicksalsfügung doch überlebt hatte? Wusste er, dass seine Mutter nach ihm suchte? Wusste er, wie viel ihre Liebe zu ihm sie kostete? Und wer hatte den Jungen in seine Gewalt gebracht? Denn für Raiden war es klar, dass Willa ihr Kind niemals vernachlässigt oder es gar verloren hätte, wie man ein Halstuch oder einen Ring verliert.

Nicht zum ersten Mal, seit Willa ihm von ihrem Sohn erzählt hatte, fragte sich Raiden, wie *seine* Mutter wohl gewesen war, und er stellte sich immer wieder die gleichen Fragen, die er sich in den vergangenen dreiunddreißig Jahren gestellt hatte und die ihn quälten. Hatte sie ihn gewollt und war es ihr wegen ihrer Familie unmöglich gewesen, ihn bei sich zu behalten? Oder war es wegen ihrer gesellschaftlichen Stellung gewesen und wegen des Skandals, den seine Geburt unweigerlich verursacht hätte? Hatte sein Vater, nachdem er Raiden seinen Namen gegeben hatte, jemals wieder versucht, seinen Sohn zu finden? Und warum hatte er Raiden nicht zu sich genommen? Und was war mit den anderen Montegomerys? Was stimmte an den Gerüchten über Ransom, der als Granvilles leiblicher Sohn in einer Welt voller Privilegien groß geworden war, nur um herauszufinden, dass auch er eines von den vielen illegitimen Kindern seines Vaters war? Und das, nachdem Ransom einen Mann getötet hatte, der ihm genau das vorgehalten hatte. Raiden wusste nicht, was schlimmer war: zu entdecken, dass man nicht der war, der man zu sein geglaubt hatte, oder niemals zu erfahren, wer man war und woher man kam.

Gestohlene Leben und verlorene Seelen, dachte er bitter und schaute zu Willa, die gerade noch einen Schluck Rum trank. Er fragte sich, wie viel sie wohl davon getrunken haben mochte, während er sich der Hässlichkeit seiner Vergangenheit erinnert hatte.

»Der Bruder meines Vaters ist Arzt«, sagte sie schließlich.

»In den Carolinas?«

»Ja, und meine Mutter und meine Schwester sind tot, und mein Mann ist auch tot.« Diese letzte Lüge blieb Willa fast im Halse stecken, und sie spülte das schlechte Gewissen mit einem weiteren Schluck Rum fort. »Alles, was mir geblieben ist, ist mein Baby.«

Schuldgefühle packten Raiden, und er ging zu ihr, um ihr die Flasche wegzunehmen.

Sie schob seine Hände beiseite.

»Ihr werdet es morgen früh bereuen.«

»Das ist mir egal. Warum verschwindet Ihr jetzt nicht einfach?« Sie winkte ihn fort und tat sich wieder an dem Rum gütlich. Raiden runzelte die Stirn, als er den irischen Akzent in ihrer Stimme hörte. Er entwand ihr die Flasche, setzte sie an seine Lippen und nahm selbst auch einen Schluck. Als Willa danach greifen wollte, hielt er die Flasche außerhalb ihrer Reichweite und verkorkte sie.

»Warum gönnt Ihr mir nicht noch ein winziges Schlückchen?«

»Wenn Ihr Euch dahinter versteckt« – er schüttelte die Flasche – »dann haben sie gewonnen«, sagte er und wusste nicht, woher er diese Erkenntnis hatte.

»Sie werden immer gewinnen.« Willa sah ihn von Kopf bis Fuß an. »Denn so wie Ihr, Raiden, kennen sie keine Skrupel, wenn es um ihre Verbrechen geht.«

»Und warum begehen sie diese Verbrechen?«

»Es geht um Macht.« Sie wankte unmerklich, als sie sich erhob. Raiden griff nach ihrem Arm, um sie zu stützen. Sie erwiderte seinen Blick. »Um Macht und um mehr als nur ein bisschen Geld.«

»Aber Ihr seid eine wohlhabende Frau ...«

»Ach Quatsch.«

Raiden grinste. »Wie ich sehe, habe ich es mit einer kultivierten und schönen Frau zu tun.«

»Das ist nichts als die Verpackung für das Tauschobjekt, Pirat«, entgegnete sie und knickste unsicher. »Es ist immer das hübscheste Spielzeug, das an den Meistbietenden verkauft wird, müsst Ihr wissen.«

Seine Miene verfinsterte sich. Aus jedem ihrer Worte klangen Schmerz und Einsamkeit. »Euer Vater hat Euch doch bestimmt nicht zur Ehe gezwungen?« Obwohl so etwas durchaus nicht unüblich war.

Ihr Blick heftete sich auf ihn, und Raiden stellte fest, dass sie nicht so betrunken war, wie er glaubte. Sie schnappte sich die

Flasche und hatte sie entkorkt und daraus getrunken, noch ehe er sie davon abhalten konnte.

»Genug jetzt, Willa«, mahnte er leise und nahm ihr die Flasche weg.

Willa ließ es geschehen, sie spürte schon eine taube Schwäche in ihren Gliedern. »Jawohl, Sir.« Sie wandte sich ab und schlenderte in der Kabine umher, berührte dies und jenes, strich mit den Fingerspitzen über den Griff eines der Schwerter, die an der Wand hingen, und leise klirrend aneinander schlugen, als Willa an ihnen vorüber ging. Sie ging näher heran, und als das Schiff erneut krängte, stolperte Willa und klammerte sich an den Bettpfosten, ehe sie sich zu Raiden umdrehte. Sie blinzelte ihn an und fragte sich, ob er sie wohl rechtzeitig auffangen könnte, ehe sie der Länge nach hinschlug.

»Wann laufen wir einen Hafen an?«

Er schaute auf die Fenster, gegen deren Scheiben der Regen prasselte. »Wenn der Sturm vorüber ist.«

»Ausgezeichnet«, stieß sie hervor und taumelte auf die Bank zu, auf die sie sich schwer niederfallen ließ. »Der Monsun wird dieses Schiff einen ganzen Monat lang hin und her werfen.«

»Nicht in dieser Jahreszeit.«

Ein Lächeln trat auf ihre Lippen.

»Wenn wir einen Hafen anlaufen, dann wird das östlich der Mündung des Hoogley Rivers sein.«

Sie blinzelte ihn überrascht an. »Treibt keine Scherze mit mir.« Unweit des Ganges. Das Wenige, was sie von Barkmon an Informationen bekommen hatte, besagte, dass Alistar vermutlich nach Osten reisen würde. Und dort gab es Sklavenhändler. »Das wäre grausam.«

»Ich werde nach ihm suchen, Willa.« Raiden fragte sich, ob alle Mütter so aufopfernd waren wie sie und wie er auch nur hatte erwägen können, diesem Kind die Chance – wenn auch nur die höchst vage – zu verweigern, wieder von Willas Armen gehalten zu werden. So geliebt zu werden, wie er nie geliebt worden war.

»Aber er ist schon so lange verschwunden.«

»Er ist ein Kind, und er ist allein, welchen Grund brauchen wir noch?«

Wir. Eine seltsame Partnerschaft, dachte Willa und wandte den Blick ab. Der Zeitpunkt, Raiden die Wahrheit zu sagen, rückte näher. Aber zuerst musste er Mason finden. Würde er sein Versprechen zurücknehmen und sie fortschicken, wenn er erfuhr, dass es nichts gab, was sie ihm anbieten konnte, weil sie verheiratet war? Oder würde es ihn überhaupt kümmern, dass sie sich noch an ihr Ehegelübde gebunden fühlte? Würde er auch darauf bestehen, dass sie ihren Teil der Übereinkunft erfüllte, wenn sie Mason nicht fanden?

Raiden stellte die Rumflasche auf den Schreibtisch. »Ich erwarte von Euch, dass Ihr mir in den nächsten beiden Tagen alles sagt, was ich wissen muss, um Euer Kind zu finden.«

Würde Raiden wissen, dass sie verheiratet war und mit wem, würde er schlussfolgern, dass sie über Informationen über die *East India Company* verfügte und über den groß angelegten Betrug, der vorging. Willa vermutete, dass diese Vorgänge auch der Grund waren, aus dem der Offizier sie hatte töten wollen. Sie war zu einer Bedrohung geworden, denn Alistar war abwesend und hatte keinerlei Kontrolle über sie.

Alistar war ein Dieb.

Ein Pirat der Geschäftsbücher, dachte sie und lächelte unmerklich. Wenn sie ehrlich war, dann zog sie die Piraten vor, die ihr Unwesen auf See trieben.

»Und Ihr, Mylord Pirat –« Willa lachte kurz auf, als sie ihn so ansprach. »Ihr habt also vor, ein Schiff aufzubringen.«

»Ihr befindet Euch an Bord eines Piratenschiffes, Willa«, erinnerte Raiden sie unnötigerweise. »Es wird Kämpfe auf Leben und Tod geben, aber auch reiche Beute.«

»Beute«, wiederholte sie bitter. War das denn alles, was er sich wünschte? »Und falls Ihr verliert?«

»Dann seid Ihr frei.«

Sie stieß einen verächtlichen Ton aus und winkte ab. »Dann bin ich tot oder werde gefangen genommen. Oder vergewaltigt.«

Raiden zuckte bei den letzten Worten zusammen. »Falls die Engländer uns besiegen, Willa, werden sie Euch nach Kalkutta zurückbringen.«

Ja, dachte sie, das würden sie ganz gewiss, wenn sie ihnen erst gesagt hatte, wen sie – verhängnisvollerweise – geheiratet hatte. Aber da gab es auch noch eine sehr reale Gefahr, in der sie schwebte. Willa hatte keinen Augenblick lang den Offizier vergessen, der geschickt worden war, sie zu töten. War Barkmon fähig, Alistars Anweisungen bis zu diesem Extrem auszuführen? Mord war Mord und die Strafe dafür hoch. Waren Gewürze das wert? Sie sah Raiden an. Ihr war bewusst, dass er viel riskiert hatte, um sie zu retten. Ich sollte ihm dankbar sein, dachte sie. Und mochte ihr Körper auch die Bezahlung sein, die er verlangte, so wusste sie doch, dass sie bei ihm ungleich sicherer war als allein auf sich gestellt zu sein.

Sie weiß nicht, was ihre Augen alles verraten, dachte Raiden und hielt ihr die Hand hin. Willa schaute erst auf Raidens Hand, dann in sein Gesicht und akzeptierte schließlich, dass er sie von der Bank hochzog. Sie war unsicher auf den Beinen und fiel gegen ihn, ihr Körper schmiegte sich gegen seinen wie ein weiches Kissen gegen eine steinharte Wand. Und Raiden empfand diese Berührung als ebenso fesselnd und machtvoll wie Willas Kuss.

»Versucht Ihr etwa, meinem betrunkenen Zustand auszunutzen?«

»Wenn ich Euch mit in mein Bett nehme«, erwiderte er rau, »dann sollen alle Eure Sinne wach und bereit sein.«

Sein Ton klang anzüglich, und Willa wurden die Knie weich.

Seine Hände glitten über ihren Rücken, hielten sie fest an ihn gedrückt, während Raiden es genoss, ihren warmen Körper zu spüren.

»Aber wenn Ihr Euren Teil des Handels vielleicht jetzt schon erfüllen wollt …«, schlug er vor und begann, ihr das Kleid zu öffnen. Willa versuchte über die Schulter zu schauen, was er tat. Es bereitete ihr einige Mühe, und Raiden musste ein Grinsen unterdrücken, als ihm der Vergleich mit einem Hund einfiel, der versuchte, nach seinem Schwanz zu schnappen.

Willa sah ihn misstrauisch an. Als sie begriff, dass ihr Kleid jeden Augenblick herunterrutschen würde, holte sie hörbar Luft und hielt es über den Brüsten fest. »Wie könnt Ihr Euch erdreisten!« Sie taumelte einen Schritt zurück.

Er hielt sie fest. »Ich bin der Kapitän. Und ich erdreiste mich, solange es mir gefällt.« Er hob Willa hoch und trug sie zum Bett, auf dem er sie behutsam absetzte. »Das Kleid ist zu eng, um darin zu schlafen. Ruht Euch jetzt aus.«

»Ich bin aber nicht müde«, nuschelte Willa, die Mühe hatte, die Augen offen zu halten.

Selbst betrunken wird sie sich niemals geschlagen geben, dachte Raiden und drückte Willa in die Kissen zurück, als sie versuchte, sich aufzusetzen. »Ich will Euch nicht festbinden müssen, Willa. Aber wenn es sein muss, werde ich es tun.« Er war jetzt froh, dass sie so viel getrunken hatte, denn er wollte nicht, dass es mit ihr irgendwelche Probleme gab, wenn sie die *Weston* in einigen Stunden entern würden.

Willa sank auf das weiche Lager. »Aber ich habe geschworen, niemals in Eurem Bett zu liegen.«

»Mit *mir* darin zu liegen, waren Eure genauen Worte.«

Sie wies auf das Bett, auf dem er neben ihr saß. Raiden musste nicht gesagt werden, wie nahe er Willa war. Sein Blick umfing sie, er sah ihre schimmernde Haut, ihr rotes Haar, das sich in wilder Ungezähmtheit über die Kissen ausbreitete. Sie war ein Aphrodisiakum. Und wenn sie ihm eines ihrer kleinen Lächeln schenkte, wenn sie ihm den flüchtigen Einblick auf ihren Schmerz gewährte, ihn die Leidenschaft ahnen ließ, die sie so angestrengt zu verbergen suchte, dann empfand er sie wie eine immer währende Versuchung. Auch wenn er versprochen hatte, nicht vor der vereinbarten Zeit das Bett mit ihr zu teilen, so wünschte er sich doch, sie zu berühren, die Sinnlichkeit zu spüren, die in ihr schlummerte. Jedes Mal, wenn er Willa ansah, erinnerte er sich an ihren Kuss, an die explodierende Leidenschaft, die ihn wie eine Flutwelle mitgerissen hatte ... Ihren Körper zu lieben wird sein, als gäbe ich meine Seele auf, dachte Raiden. Und er dachte daran, dass sie ihn noch immer belog.

Willa kuschelte sich tiefer in die Kissen. Sie spürte die Wirkung des Alkohols in ihrem Blut, der die Mauer einzureißen drohte, die sie aufgerichtet hatte – um ihr Verlangen nach diesem Mann, um ihr unverzeihliches Begehren nach mehr als einem Handel zwischen ihnen, um die Sehnsucht nach Linderung ihrer nicht enden wollenden Einsamkeit. Diese Einsamkeit war das Schlimmste. Ohne ihr Kind, ohne ihren Vater und ihr Zuhause, und mit dem Gefühl, in England wie ein Aussätzige behandelt zu werden, war sie allein. Sie, die Tochter eines verarmten Reeders, die sich einen Titel und gesellschaftliches Ansehen erheiratet hatte. Ansehen. Nichts als dummes Zeug, dachte Willa. Was für eine Närrin war sie doch gewesen! Sie hatte nur gewollt, dass ihre Familie überlebte, und sie hatte sich dafür nichts als Elend mit Alistar Peachwood als ihrem Ehemann eingebrockt. Einem Mann, der grausam genug war, seinem eigenen Kind Schaden zuzufügen.

Willa wandte den Kopf ab und schaute auf Raidens Arm herunter, den er noch immer um ihre Taille geschlungen hielt. Sie war wütend auf sich selbst, weil sie die Wahrheit nicht gesehen hatte. Sie war wütend auf Alistar, der mit ihrer Angst um die Existenz ihres Vaters sein Spiel getrieben hatte. Alistar trug die Schuld, nur er hatte sie in diese Situation getrieben, in der man sie hatte zwingen können, mit ihrem Körper für die Rückkehr ihres Sohnes zu zahlen. Tiefe Verzweiflung überkam sie, und sie sehnte sich danach, Mason zu halten, sein Haar zu riechen, seine kleinen Arme zu spüren, die sich um ihren Hals legten. Ihn *Mama* sagen zu hören.

In ihren Augen glitzerten Tränen, und willkürlich schlossen sich ihre Finger um Raidens Arm. Die Wärme seiner Haut bot ihr Trost und Stärke, und sie fühlte seine harten Muskeln, als sie die Hand höher gleiten ließ. Sie spürte, dass er sich unter ihrer Berührung anspannte, und hob langsam den Kopf, um ihn anzusehen.

In seinen dunklen Augen lag ein Ausdruck, den Willa wiedererkannte, und für den Bruchteil eines Herzschlags wünschte sie sich, von ihm in den Arm genommen und geküsst zu werden. Sie wünschte sich, von ihm zu hören, dass heute Nacht niemand sterben und ihr Kind bald wieder bei ihr sein würde.

»Seid vorsichtig, Raiden.«

»Ihr habt Angst um mich, Mädchen?«

Ihre Finger krampften sich um seinen Arm. »Ihr habt einen Handel mit mir abgeschlossen, den Ihr einhalten müsst.«

Raiden senkte den Blick. Er sehnte sich nach ihr, und ein Gefühl, für das er keinen Namen hatte, durchfuhr ihn tiefer und schmerzhafter als ein englischer Dolch es je könnte. Dass diese Frau ihm mehr sein sollte als nur eine Geliebte, war ein Gedanke, über den nachzudenken Raiden sich nicht gestattete. Und als das Rumpeln der Kanonen, die in Gefechtstellung gebracht wurden, das Schiff erbeben ließ, und die Stückpforten geöffnet wurden, machten ihm dieses Geräusche mit erschreckender Gewissheit deutlich, wer er war. Ein Bastard. Ein Pirat, auf dessen Kopf ein Preis ausgesetzt war und der einen grausamen Tod erleiden würde, wenn er den Engländern in die Hände fiel. Er hatte Willa nichts zu bieten außer der Beute, die er machte – und jetzt seine Hilfe. Bis Willa in sein Leben getreten war, hatte Raiden geglaubt, dass alles, was in seinem Herzen an Gefühlen übrig geblieben war, vor Jahren gestorben wäre.

Als er Willa wieder ansah, war sie eingeschlafen. Er nahm ihre Hand und hauchte einen Kuss, ehe er sie ihr auf Bauch legte. Er war fast dankbar, dass sie den Rum getrunken hatte und so seine Verbrechen nicht mit ansehen würde.

Raiden verließ die Kabine. Als er zum Achterdeck hinaufstieg, sah er drei Schiffe sich der *Renegade* nähern. Kahlid reichte ihm das Fernrohr. Unter dem Dunst des Mondes und durch den abflauenden Regen schaute Raiden zur Backbordseite der *Weston* hinüber, einem Schiff *Royal East India*.

»An die Geschütze«, sagte er, und sein Befehl wurde durch die Reihen der gespannt wartenden Männer weitergegeben. »Gebt der *Sea Warrior* das Signal.«

Er war bereit, die Prise aufzubringen.

Kapitel 9

Nur den Bruchteil einer Sekunde nachdem Willa aus dem Schlaf hochgeschreckt war, fiel sie aus dem Bett und landete unsanft auf dem harten Boden. Sie stöhnte und hielt sich mit einer Hand den Kopf, mit der anderen rieb sie sich die schmerzende Hüfte. Das Hämmern in ihrem Schädel war betäubend laut, fast schien es den Boden unter ihr zum Vibrieren zu bringen.

Und dann wurde ihr bewusst, dass es von Kanonen an Deck herrührte.

Sie drehte sich um und schaute aus dem Fenster. Feuer! O Gott. Ein schwacher Widerschein erhellte die Dunkelheit. Willa erhob sich mühsam und griff haltsuchend nach dem Bettpfosten. Sie verfluchte ihre Dummheit, so viel getrunken zu haben, als eine Welle der Übelkeit sie packte. Schreckensvisionen darüber, wie sie über Bord ging, von Raiden, der vielleicht im Sterben lag, trieben sie auf wackligen Beinen zum Fenster. Sie öffnete es und spähte hinaus.

Ein Schiff mit brennendem Hauptmast trieb gefährlich nah neben der *Renegade* im Wasser. Die Flammen hatten auf die Segel übergegriffen und sie vollständig vernichtet. Die Flagge der *Royal East India Company* war nur noch ein verkohlter Fetzen Stoff. Auf dem Deck verstreut lagen tote Seeleute, hingen wie zerrissene Lumpenpuppen über den heißen Geschützrohren. Der durchdringende Geruch von brennendem Fleisch erfüllte die Luft. Willa drohte sich der Magen umzudrehen, und sie schloss hastig das Fenster, starrte durch die Scheibe auf das, was dort draußen geschah.

Raiden stand mit gezogenem, blutbeflecktem Schwert inmitten des Gemetzels, während seine Männer die Ladung der *Weston* auf die *Renegade* schafften und in deren Rumpf verstauten. Willa beobachtete die Männer dabei, wie sie grobmaschige Netze schleppten, in denen sie Truhen transportierten, oder Fässer mit verblüffender Mühelosigkeit über die Laufplanken trugen, die man von einem Schiff zum anderen ausgelegt hatte. Wie Willa feststellte, wirkte der Kapitän des gekaperten Schiffes keineswegs erfreut über diese Plünderung. Wider Willen musste Willa beim Anblick des Mannes lächeln. Die gepuderte Perücke saß ihm schief auf dem Kopf, sein dunkelblauer Mantel war blutbefleckt und zerrissen, seine gegerbten lohfarbenen Hosen waren über und über von Ruß geschwärzt. Trotz seiner Verwundung wütete und wetterte er gegen Raiden, und Willa meinte zu hören, wie ihm ein arrogantes »Das wird Euch den Kopf kosten«, aus seinem Munde kam. Der englische Kapitän war klein und stämmig und ganz und gar das Gegenteil von Raiden. Willa konnte nicht umhin zu bemerken, welch faszinierendes Bild der Schwarze Engel bot. Unerschütterlich stand er da und sah aus, als gehörte ihm die ganze Welt. Er trug eine Weste aus glänzendem Leder, die ihm bis über die Hüften reichte, und in dem breiten Gürtel, der seine Taille umschloss und seine imposante Statur noch unterstrich, steckten Pistolen und Messer. Der Wind peitschte sein langes dunkles Haar und zerrte an den weiten Ärmeln seines ebenholzschwarzen Hemdes, die dunkle Hosen saß so eng wie eine zweite Haut. Willas Puls schlug bei seinem Anblick schneller, und sie verglich ihn mit dem unbezwingbaren, unbesiegbaren Engel des Todes, der gekommen war, um seinen Anteil an den Seelen der Menschen zu fordern. Und zu wissen, dass er sie in den Armen gehalten und leidenschaftlich geküsst hatte, machte sie auf ein nahezu sündige Weise schwach. Er beherrschte jeden ihrer Sinne, auch wenn sie es nicht wollte.

Er erteilte Befehle, während er dem Kapitän das Schwert auf die Brust gesetzt hielt, und durch die Rauchschwaden konnte

Willa erkennen, dass die Männer der *Weston* sich bemühten, das Feuer auf ihrem Schiff zu löschen. Willa runzelte die Stirn. Die Gerüchte hatten zu berichten gewusst, dass der Schwarze Engel stets die Masten und Aufbauten der gekaperten Schiffe zerstören ließ, um keine Zeugen für seine Taten zurückzulassen. Aber wie es schien, hatte sich die Mannschaft der *Weston* fast vollzählig an Deck versammelt. Würde Raiden sie gefangen nehmen, um ein Lösegeld für sie zu erpressen? Oder würde er so grausam sein und alle hinrichten lassen?

Ungewissheit und Empörung erfüllten Willa. *Nein, Raiden, bitte nicht*, dachte sie. *Das wäre Mord.* Sie sah, dass er ganz allein vor die Männer trat und sogar das Schwert sinken ließ, das er bis jetzt auf den Kapitän gerichtet hatte, während er zu den Männern der *Weston* sprach.

Willa fühlte eine übermächtige Neugier in sich aufsteigen. Entschlossen zog sie den Morgenmantel fester und schlich sich aus der Kabine hinauf aufs Deck. Um nicht gesehen zu werden, drückte sie sich eng gegen die Wand. Sie ließ den Blick über das Deck der *Renegade* gleiten. Ein paar der Männer waren damit beschäftigt, die Beute in den Schiffsrumpf hinunterzulassen, und Balthasar kümmerte sich um einige Verwundete. Für eine solche Schlacht überraschend wenige Opfer, dachte Willa und wandte ihre Aufmerksamkeit wieder Raiden zu.

»Trefft eure Wahl jetzt«, hörte sie ihn sagen. Welche Wahl? Den Tod? Ausgesetzt zu werden? Einige der gefangen genommenen Männer liefen daraufhin zu Raiden. Sie alle waren schlecht genährt und gingen in Lumpen. Zwei der Männer stützten sich gegenseitig beim Gehen. Raidens Gesicht wirkte wie erstarrt vor Zorn, als er den Männern zunickte und diese an ihm vorbei und an Bord der *Renegade* gingen. Er sah jeden Einzelnen von ihnen aufmerksam an, und einmal schien sein Blick abzuschweifen und sich auf Willa zu richten. Sie zuckte zurück. Er kann mich nicht gesehen haben, dachte sie, trotz des Feuerscheins ist es viel zu dunkel. Sie wartete einige Sekunden, ehe sie wieder zu ihm hinüberspähte. Raiden sprach jetzt den Kapitän an, und seine Stimme hatte einen harten Klang.

»Bittet Ihr um Gnade?«

»Niemals«, entgegnete der englische Kapitän.

»Ich habe nichts anderes erwartet«, bemerkte Raiden resigniert und wandte sich von ihm ab. »Er wird ausgesetzt. Überlasst das Schiff den Männern.«

Der Kapitän griff Raiden hinterrücks an, doch als habe er damit gerechnet, fuhr er herum. Die Klinge seines Schwertes drang dem Engländer in die Brust. Raiden fluchte. Willa wurde schlecht, als er die Klinge herauszog und der Mann zu Boden fiel. Ehe man sie entdecken und sie in Ungnade fallen würde, schlüpfte Willa in die Kabine zurück. Dort ließ sie sich auf die Polsterbank fallen und fuhr sich mit der Zunge über die trockenen Lippen, während sie darum betete, das Schiff möge endlich aufhören zu schaukeln. Nach einer Weile hob Willa den Kopf, und ihr Blick fiel auf die Szenerie jenseits der Fenstergalerie.

Drei Schiffe dümpelten im Wasser, und jedes von ihnen war so schwarz wie der Grund des Ozeans. Flackernder Laternenschein war das Einzige, was ihre Anwesenheit verriet. Willa kniete sich auf die Bank und legte die Hände trichterförmig gegen die Scheibe, um besser erkennen zu können, was dort draußen vorging. Die Galionsfigur des am nächsten liegenden Schiffes stellte einen Wassermann dar, der den rechten Arm ausgestreckt hatte und ein Schwert hielt. Die *Sea Warrior*. Nun, es war kein Wunder, dass die Männer der *East India Company* so gut wie keinen Schaden genommen und es nur wenige Tote in ihren Reihen gegeben hatte, ehe sie sich ergeben hatten. Willa richtete sich auf und bewunderte im Stillen Raidens Vorgehen. Selbst wenn er mit nur einem Schiff angriff – bei Nacht waren die Schiffe so gut wie nicht zu erkennen.

Nachdenklich zog Willa die Augenbrauen zusammen. Warum, so fragte sie sich, gewährte Raiden diesen Seeleuten

Zuflucht? Wenn eine Schiffsbesatzung gefangen genommen wurde, war das Aussetzen durch die Piraten ein bekannte Sache. Die Geschichten, die über den Schwarzen Engel in Umlauf waren, sagten, dass er noch nie jemanden am Leben gelassen hätte. Doch das Geschehen, dessen Zeuge sie geworden war, deutete auf das genaue Gegenteil hin. Das Pressen von Männern zum Dienst in der Marine war eine übliche Methode und nach Willas Meinung ein schreckliches Vergehen. Die Behandlung, die diesen Männern widerfuhr, war verabscheuungswürdig. Sie mussten oft viele Jahre Schreckliches erdulden, während ihre Familien, denen man den Ernährer gestohlen hatte, wirtschaftliche Not litten. Augenscheinlich hatte sich der Kapitän der *East India Company* wenig um das Wohlergehen seiner Schutzbefohlenen gekümmert. Konnte es sein, dass Raiden die *East India Company* einerseits bestahl und andererseits diese geschundenen Männer dabei rettete? Hatte sie ihn falsch beurteilt?

Diese Überlegungen waren kein großer Trost für Willa, denn sie war entschlossen, Raiden nicht zu mögen – vielmehr *brauchte* sie die Gewissheit über seine scheußlichen Verbrechen, um sie als Schutzwall gegen das Verlangen zu benutzen, dass sie empfand, sobald sie diesen Mann auch nur ansah. Er war ein Dieb – ungeachtet der mitfühlenden Gesten. Er führte Krieg gegen die Krone. Nun, sie räumte ein, dass diese Tatsache sie nicht sonderlich störte. Sie störte sie nicht, weil sie mit Alistar verheiratet war, und weil die *East India* den Handel beherrschte und damit ihren Vater so gut wie an den Bettelstab gebracht hatte.

»Kommt nie wieder ohne meine Erlaubnis an Deck.«

Willa fuhr herum, und die rasche Bewegung verursachte ihr einen heftigen Kopfschmerz. Sie stöhnte und massierte sich die Stelle zwischen den Augen. Sie glaubte jedes einzelne Haar zu spüren. Und jetzt war Raiden auch noch wütend auf sie. Großartig.

»Ist es nötig, so zu schreien?«, flüsterte sie.

»Habt Ihr mich verstanden?« Er betrat die Kabine und warf die Tür so heftig zu, dass die Wand wackelte. »Euer Haar kann man meilenweit sehen, und es wäre ein ausreichender Grund, einen Angriff zu provozieren. Wir sind noch nicht außer Gefahr. Englische Schiffe segeln immer im Zweierverband.«

Sie hatte nicht daran gedacht und nickte, während sie sich langsam von der Bank erhob. Ihr Blick blieb an seiner blutbespritzten Weste hängen. Auch sein Schwert war blutbefleckt. »Ihr seid unverletzt.«

Raiden folgte ihrem Blick und wünschte, sie hätte es nicht gesehen, wünschte, sein Leben wäre nicht so wie es war. Doch im selben Augenblick wurde ihm bewusst, dass er nichts an alldem ändern konnte. Und er würde seine Zeit nicht damit zubringen, sich zu rechtfertigen. »Ja.« Er trat an den großen Tisch und legte seine Waffen darauf ab. Dann ging er zum Waschtisch, beugte sich über die Schüssel mit dem Wasser und wusch sich. Nachdem er sich abgetrocknet hatte, warf er das Handtuch achtlos zur Seite und strich sich das Haar zurück, ehe er sich mit beiden Händen auf die Kommode stützte und diese umklammerte, bis seine Knöchel weiß hervortraten. Er atmete schwer.

Willa dachte, er würde die Kommode jeden Augenblick packen, um sie durch die Kabine zu schleudern, so angespannt wirkte er.

Abrupt richtete er sich auf und ging zu dem Schränkchen, das neben dem Bett stand, und öffnete es. Er nahm eine Karaffe mit einer goldbraunen Flüssigkeit und ein Glas heraus, schenkte das Glas voll und stürzte den Inhalt in einem Zug herunter.

»Raiden.«

»Gönnt mir ein wenig Ruhe, Willa … bitte.«

Das Flehen in seiner Stimme war unüberhörbar. Er füllte das Glas ein weiteres Mal und trank einen großen Schluck daraus, ehe er reglos verharrte. Seine Hand hielt das Glas fest umschlossen. Minuten verstrichen, und Willa konnte sehen, dass der Alkohol wenig Wirkung zeigte. Wenn sie überhaupt eine Reaktion bemerkte, dann die, dass seine Schultern sich noch stärker anspannten. Raiden wollte Ruhe. Für wie lange? Die Worte lagen Willa auf der Zunge, und sie konnte sie nicht länger zurückhalten. »Was habt Ihr mit den Männern der *Weston* vor?«

Statt ihr zu antworten, trank Raiden noch mehr von der braunen Flüssigkeit.

»Sagt mir, dass Ihr diese armen Seelen nicht aussetzen werdet.«

Sein Kopf fuhr hoch. »Haltet Ihr so wenig von mir?«

»Ich weiß nicht, was ich von Euch halten soll. Dann sind die Geschichten über den Schwarzen Engel also unwahr?«

»Nein, das sind sie nicht.«

Jetzt ist es an ihm, den Namen Lügner zu tragen, dachte sie. »Sie sahen aus wie lebende Gerippe, so dünn und schwach«, sagte sie.

»Ja, schlecht ernährt und geprügelt beim kleinsten Verstoß oder auch für nichts.«

»Ihr wisst das aus eigener Erfahrung.« Es war eine Feststellung.

Auch jetzt antwortete Raiden nicht. Alles in ihm sträubte sich dagegen, diesen Teil seines Lebens aufleben zu lassen. Jedes Mal, wenn sie auf ein englisches Schiff stießen, fand er dessen Mannschaft in einer ähnlichen Verfassung vor – ausgezehrt, ohne Hoffnung und um den Tod flehend. Kein Mensch sollte eine solche Erniedrigung erdulden müssen.

»Raiden. Sagt es mir.«

»Ja, verdammt, ja. *Ja.*« Beim letzten Wort drückte er zu, und das Glas zersplitterte klirrend. Willa erschrak, als sie das Blut aus seiner Handfläche hervorquellen sah wie eine sich entfaltende rote Blüte. Raiden starrte blicklos darauf, und Willa nahm rasch das Handtuch von der Kommode und lief zu ihm. Doch sein Gesichtsausdruck ließ sie jäh innehalten. Das dunkle Haar fiel Raiden ins Gesicht und verdeckte es halb. Er sah aus wie ein verwundetes Tier, und seine Augen glühten von einer Wut, wie sie es noch nie gesehen hatte.

»Kommt nicht näher, denn ich bin in der Stimmung zu töten.«

Willa stockte der Atem, mit solch tödlicher Ruhe kamen seine Worte. »Ihr würdet mir nichts antun, Raiden«, sagte sie schließlich. Es klang wenig überzeugt.

»Ihr kennt mich nicht, Frau. Ihr solltet besser keine Vermutungen anstellen«, höhnte er.

Willa ging näher. »Dann helft mir, diese Wut in Euch zu verstehen.«

»Das ist keine Geschichte für die Ohren einer Lady.«

»Aber Ihr müsst darüber sprechen. Ihr verzehrt Euch vor Qual. Mein Gott, ich kann es *spüren*.«

Raiden starrte Willa an und glaubte, das Herz würde sich ihm abschnüren. »Ich verzehre mich vor Hass, Willa, einem so brennenden Hass, das nichts ihn abkühlen kann. Versteht Ihr das?«

»Ja. Denn Männer sind nicht die Einzigen, denen Unrecht widerfährt.« Raiden runzelte die Stirn, und Willa traute sich einen weiteren Schritt vor. »Es ist nicht Eure Schuld – das Schicksal dieser Männer.« Sie ergriff sein Handgelenk und öffnete die zur Faust geballten Finger. Das Glas war in zwei Teile zerbrochen, und Willa nahm die Scherben und legte sie beiseite. Dann untersuchte sie den Schnitt in seiner Hand. »Es ist ein glatter Schnitt und muss nicht genäht werden, aber Ihr müsst die Wunde auswaschen.«

»Lasst mich.« Mit einem Ruck riss er die Hand zurück.

Sie sah Raiden an. »Aber es könnte noch Glas darin sein.«

»Das kümmert mich nicht.«

»Doch, das kümmert Euch.« Sie wandte sich ab, um eine Schüssel, einen Krug mit Wasser und Tücher zu holen. »Spätestens dann, wenn die Wunde sich entzündet hat und Ihr Eure Hand verlieren werdet.« Sie stellte alles auf dem Tisch bereit und wies auf den Stuhl. Mit spürbarem Zorn ließ Raiden sich darauf sinken. »So seid Ihr ein braver Junge.«

»Behandelt mich nicht so herablassend, Frau!«

»Und Ihr schreit mich gefälligst nicht an!«

Sie starrten sich an. Willa hatte die Hände in die Hüften gestemmt, während Raiden sie anfunkelte, als wollte er sie in einem Stück verschlingen. Sie lenkte als Erste ein, indem sie ihm mit einem Seufzen das Haar aus dem Gesicht strich und die Hand über seine Schläfe und seine Wange gleiten ließ. Der Ausdruck in seinen Augen wurde sofort sanfter, und Willa spürte, wie tief in ihr etwas geschah.

Raiden wollte sie fortstoßen, doch der Aufruhr in ihm bettelte um ihre Berührung, nach etwas Weichem und Sanftem in seiner hässlichen Welt. Er griff eine Hand voll ihres Rockes und zog sie zwischen seine gespreizten Schenkel.

Diese intime Haltung löste einen ungeahnten Sinnestaumel in Willa aus. »Ihr blutet auf mein Kleid.«

Auch meine Seele blutet, dachte Raiden und fragte sich, wann dieser Schmerz aufhören würde. Wann würde der Tag gekommen sein, an dem er Gerechtigkeit finden würde? Wie viele Jahre würden noch vergehen, bis er schlafen konnte, ohne dass die Träume ihn heimsuchten und er ohne Zorn aufwachen konnte? Wie lange könnte er dem widerstehen, was sich in ihm regte, wenn diese Frau in seiner Nähe war? Seine Hände umschlossen ihre Taille, und er zog Willa näher. Er sehnte sich danach, ihre Wärme zu spüren. Und sie erfüllte diese Sehnsucht, als sie sich zu ihm herunterbeugte und ihn auf die Stirn küsste.

Raiden schloss die Augen, und der Griff um ihre Taille wurde fester. Er empfand keine Verwunderung über Willas Geste, er wusste nur, dass er den sanften Trost gebraucht hatte, der darin gelegen hatte. Er wollte sie auf seinen Schoß ziehen und sie küssen, doch die Besessenheit, die seine Seele noch immer gefangen hielt, warnte ihn davor, es zu tun, um Willa nicht wehzutun. Und als ob sie darum wüsste, richtete sie sich auf und wandte sich von ihm ab.

Sie beugte sich über den Tisch und ergriff Raidens Hand, die sie in die Waschschüssel legte und mit Wasser übergoss. Dann hielt sie sie ins Licht und entfernte die Splitter aus der Wunde. Als hätte er sie nicht so eng gehalten, als spürte sie den Abdruck seiner heißen Hände nicht auf ihren Hüften. Als ob er in jenem Augenblick mehr von ihr gewollt hätte als Informationen und ihren Körper.

»Erzählt mir davon, Raiden«, unterbrach Willa das seltsame Schweigen zwischen ihnen. »Ich bin hier und höre zu.«

Er zögerte. Seit Jahren hatte er nicht mehr darüber gesprochen. »Ich war ein englischer Seemann. Man hat mich schanghait, als ich gerade zehn Jahre alt war.«

»Ein Kind noch«, sagte Willa mit zittriger Stimme.

»Aber nicht mehr lange«, stieß Raiden hervor. »Kinder, alte Männer, Familienväter – für die Engländer zählten nur die Körper, um die Schiffsbesatzungen zusammenzukriegen. Wenn einer von uns starb, warfen sie ihn einfach über Bord und beschafften Ersatz – wie man eine Schüssel oder einen Kessel ersetzt.« Er fluchte und strich sich das Haar zurück.

»Das ist schrecklich grausam.«

»Ich flüchtete, als ich fast siebzehn war.«

Sieben Jahre war er in den Marinedienst gepresst gewesen. Sieben Jahre der Qual. Kein Wunder, dass er so voller Hass war. Kein Wunder, dass er die Seeleute befreit hatte.

»Wohin seid Ihr dann gegangen?« Willa saß auf dem Stuhl neben ihm, ihre Aufmerksamkeit auf seine Hand gerichtet.

»Zuerst nach Siam, später nach Java.«

»Und seid Pirat geworden?« Sie goss einen Schwall Wasser über sein Hand und trocknete sie dann behutsam ab.

»Nicht gleich. Ich lebte einige Jahre friedlich und zufrieden.«

Wie blind starrte Raiden auf seine Hand. Er zuckte zusammen, als die leiderfüllten Erinnerungen wieder lebendig wurden. »Dann wurde ich wieder schanghait und...« Er schluckte. Noch einmal durchlebte er, was geschehen war. Das Gewehrfeuer in nächster Nähe, das Blut, die Schreie, die ihn bis an sein Lebensende quälen würden. Bis er sich wünschen würde zu sterben.

»Raiden, öffnet Eure Hand.«

Er blinzelte und sah Willa an. Sie hatte die Stirn gerunzelt, und Raiden stieß einen tiefen Seufzer aus. Er öffnete die verletzte Hand und rieb sich mit der anderen das Gesicht. »Ich hatte keine Wahl, denn man steigt nicht in den Rang eines Kapitäns auf, ohne einen hohen Preis dafür zu zahlen. Besonders nicht unter Piraten.«

Meuterei, Gemetzel. Verbrannte Schiffe und immer wieder auf der Flucht um sein Leben, dachte sie, als sie einen weichen Stoffstreifen um seine Hand wickelte. Ein solches Leben hatte er geführt, ein Leben voller Grausamkeiten, und doch hatte er sich einen Rest von Liebenswürdigkeit bewahrt. Über welche Stärke musste er verfügen, all dieses nicht nur erduldet und überlebt, sondern darüber triumphiert zu haben! »Wie ist es Euch gelungen, so viele Schiffe zu bekommen?«

»Ich bin gut im Stehlen.«

»Etwas genauer möchte ich es schon wissen.«

»Wollt Ihr es wissen, um mich zu verraten?«

So viel zu ihrer freundlichen Einschätzung Raidens. Es würde sie lehren, in seiner Gegenwart auf der Hut zu sein, und darauf zu achten, dass die Anziehung, die sie spürte, sie für seine Fehler nicht blind machte. Denn augenscheinlich waren diese zahlreich. »Wer würde der Geliebten eines Piraten schon glauben? Wenn ich von hier fortgehe, ist mein Ruf ruiniert.«

Fortgehen. Das Wort traf ihn tief und löste ein Gefühl der Verlassenheit in ihm aus. »Nicht, wenn niemand weiß, wo Ihr gewesen seid.«

Willa verknotete den Verband und seufzte leise. »Das würde nichts ändern. Ich werde vermisst, und Barkmon weiß inzwischen, wie ich verschwunden bin. Man wird mich entweder als das bedauernswerte Opfer des Handstreichs eines Piraten ansehen oder als entehrte Frau. Barkmon war noch nie sonderlich diskret.«

»Euer Liebhaber würde Euch verunglimpfen?«

Ihr Lächeln wirkte verkniffen. »Sollte dieser Mann mich jemals anfassen, würde er genau von diesem Augenblick an wie eine Frau singen.«

Raiden war zumute, als sei ihm eine Last von den Schultern genommen worden. »Warum habt Ihr mich dann in dem Glauben gelassen?«

»Ihr *wolltet* es glauben. Außerdem ging es Euch nichts an. Ebenso wenig wie es Euch jetzt etwas angeht.« Als Willa aufstand, spürte sie, wie sich ihr Magen hob. Rasch trug sie die Schüssel zum Waschtisch zurück. Sie tauchte ein Tuch in das Wasser und betupfte sich damit die Stirn und die Lippen, während der Rum, den sie am Abend getrunken hatte, in ihrem Magen rumorte. Dann versuchte sie, die Blutflecken von Raidens Handabdrücken aus ihrem Kleid zu waschen. Doch zusammen mit denen von Tristans Verletzung waren es zu viele.

»Ihr geht mich sehr wohl etwas an, *Geliebte*.«

Ihre Blicke begegneten sich, als Raiden aufstand. Der schwache Moment ist also vorüber, dachte Willa, und die Schlachtlinien sind wieder gezogen.

»Sowohl jetzt wie später, wenn Ihr von hier fort seid«, sagte Raiden. »Selbst was Ihr vor Eurer Anwesenheit auf diesem Schiff getan habt, kann eine Bedrohung für mich sein.«

»Barkmon ist keine Bedrohung für Euch.« Mit einer heftigen Geste warf sie das Handtuch in die Waschschüssel. »Der Admiral ist es.«

Raidens Rücken spannte sich an, klar und hart lag sein Blick auf Willa.

»Er will seinen Rachedurst am legendären Schwarzen Engel stillen.«

»Er ist nur einer von vielen, die den Preis ergattern wollen, der auf meinem Kopf ausgesetzt ist.«

»Und der steigt mit jedem Monat, der verstreicht, weil Eure Kaperungen die Preise für die Gewürze hochtreiben.«

Raiden zuckte gleichmütig die Achseln. »Dann wird man eben mehr davon ernten. Und ich werde mir noch mehr nehmen.«

»Und schadet damit nicht nur der *Royal East India*, sondern auch anderen.« Sein Blick schien sich zu verhärten. »Denkt Ihr denn überhaupt nicht an die Händler, die die Gewürze nur noch zu überteuerten Preisen kaufen können?« Wie mein Vater, dachte sie, damit er überleben kann, habe ich Alistar geheiratet. »Und an die Menschen, die sie brauchen und sie sich nicht leisten können?«

Sie reagiert ziemlich heftig, dachte Raiden und runzelte die Stirn. »Welche Auswirkungen das auf ein paar Köche hat, darüber kann ich mir nicht den Kopf zerbrechen. Es ist die *Royal East India*, die dem Gewürzhandel einen Riegel vorschiebt.«

Und mich in einer Ehe eingesperrt hält, ging es Willa durch den Sinn, und sie war versucht, ihm zu sagen, welche Tragweite sein Handeln und das der *East India* hatten. Doch sie würde sich nicht selbst erniedrigen, nur um sein Mitgefühl zu gewinnen. »Ihr seid reich – warum macht Ihr weiter mit der Piraterie?«

»Es ist das Einzige, was ich kann.«

»Ihr führt Eure Männer, Raiden. Sicherlich könntet Ihr …«

Er warf ihr einen abweisenden Blick zu. »Könnte ich *was*, Willa? Für die Krone kämpfen? Länder ihres Reichtums berauben, die sich ohne Englands Hilfe über Jahre einen blühenden Wohlstand aufgebaut haben? Und das alles unter dem Deckmantel, diese Länder mit einer Kultur beglücken zu müssen, von der das gottverdammte *England* annimmt, dass die Menschen dort sie brauchen?«

»Nein, aber ...«

»Ich bin ein Dieb.« Raiden trat an den Schreibtisch und kramte in den darauf ausgebreitet liegenden Karten herum. »Ich bin immer ein Dieb gewesen.«

Immer? Sie ließ das nicht gelten. »Ja, und außerdem ein Gesetzloser und ein Bastard von Lord Granville Montegomery. Davon habe ich bereits gehört, und es spielt keine Rolle.«

Raidens Blick hob sich. »Ihr kennt ihn also?« In Anbetracht ihrer offensichtlich ausgezeichneten Erziehung überraschte es ihn eigentlich nicht.

»Nur wenige Leute in London kennen ihn nicht. Eure Brüder sind ziemlich berüchtigt.«

Seine Augenbrauen zogen sich zusammen. »Ich weiß nur von Ransom und einem weiteren Bruder.«

Der Eifer, der – wie sehr er ihn auch zu verbergen suchte – bei seinen Worten durchklang, löste in Willa tiefes Mitgefühl für ihn aus. »Seid Ihr denn nie Royce Tremayne begegnet?«

Er schüttelte den Kopf.

»Er lebt in Virginia, kommt aber oft zu Besuch nach Beaufort, das südlich von meinem Elternhaus liegt. Ich bin ihm recht oft begegnet.« Willa neigte den Kopf zur Seite und lächelte. »Er segelt auch ein Schiff«, sagte sie. Es amüsierte sie, dass beide Brüder Schiffe befehligten. »Aber das ist auch schon alles, was ich weiß.«

Raiden wusste nicht, ob er wütend oder erfreut sein sollte. Sein Vater verkehrte in ihren Kreisen, nicht in seinen. »Seid Ihr auch meinem Vater begegnet?« Er sprach leise und hielt den Kopf gesenkt, die Hände auf den Karten.

»Nein. Aber man hat mir erzählt, dass er sehr gut aussieht, selbst für sein Alter.«

Raiden schnaubte verächtlich. »Wahrscheinlich zieht er noch immer quer über den Kontinent und zeugt Bastarde.«

»Ihr hasst ihn.«

»Ich kenne ihn nicht einmal.« Durch den Vorhang seiner schwarzen Haare sah er Willa an. Er wusste nicht, was er auf ihre Frage noch antworten sollte. Mit einer heftigen Bewegung warf er das Haar aus dem Gesicht. »Wir werden morgen einen Hafen erreichen und vor Anker gehen.«

Willa seufzte bei dieser ausweichenden Antwort, ehe sie fragend die Stirn runzelte.

»Der Sturm hat sich schnell wieder gelegt, und wir sind nicht weit entfernt von der Küste«, erklärte Raiden.

Sie hätte geschworen, dass sie sich weit in der Bucht von Bengalen befänden, und bei seiner Ankündigung regten sich ihre Lebensgeister. Würde er jetzt sein Versprechen einlösen, Mason zu suchen? »Wie in Gottes Namen habt Ihr diese Schiffe so leicht gefunden?«

»Leicht? Es hat mich fast das Leben gekostet, die Zeit ihres Eintreffens herauszufinden.« Weil sich ein Verräter unter den Männern befindet, dachte er bei sich.

»Das ist nicht die Antwort, die ich hören wollte.«

»Es gibt nur wenige Männer, die sich in diesen Gewässern auskennen, und die Engländer gehören nicht dazu. Ich segle hier, seit ich ein Kind war. Ich kenne die Strömungen und das Wetter, und ich kenne die Route, die sie fahren. Es ist nur eine Frage der Geduld.«

»Und die anderen?« Willa wies auf die zurückbleibenden Schiffe, die beide neben dem brennenden englischen Schiff lagen.

»Sie tun, was sie wollen.« Er behielt für sich, dass er die anderen oft als Köder benutzte.

Dann haben vielleicht die anderen Kapitäne die Decks schleifen und alle Männer töten lassen, überlegte sie. »Und der Kapitän der *Sea Warrior*? Wer ist er?«

»Mein Halbbruder.«

»Ah, dann habt Ihr also doch Familie.«

»Das Jahr meiner Geburt war ein ausgesprochen fruchtbares, denn Montegomery hat seinen Samen im ganzen Land verstreut.« Sarkasmus klang aus Raidens Worten. »Außerdem weiß er nicht, dass wir verwandt sind.«

Willa war verblüfft. »Wie konntet Ihr es ihm verschweigen?«

»Er ist noch nicht so weit, es zu erfahren. Und außerdem will ich nicht, dass er es weiß.«

Raiden wandte den Blick ab. Als das Schiff krängte, spreizte er die Beine, um die Bewegung abzufangen. Er wollte sich um niemanden sorgen müssen, noch wollte er, dass irgendjemand um ihn trauerte, wenn er starb. Er hatte in seinem Leben genug getrauert und wollte diesen Schmerz keinem anderen zumuten. Gram zu leiden war eine langsame Art zu sterben. Nichtsdestotrotz empfand er eine tiefe Betrübnis über das Leben, das er führte. Und dieses Gefühl hatte Willa in ihm ausgelöst. Willa mit ihren strahlenden grünen Augen und ihren geistreichen Bemerkungen. Mit ihrer flammendroten Haarmähne und ihrem sinnlichen Körper. Und mit ihrem Herzen, das sie auf der Zunge trug und ihm ins Gesicht sagte, was sie dachte. Willa machte ihn sehen, wie tief er gesunken war.

»Was ist?« Er schaute auf. »Fällt Euch keine passende Bemerkung dazu ein?« Er runzelte die Stirn. Willa sah ein wenig blass aus.

»Das kommt, weil es schon so spät ist.« Willa wollte den Wasserkrug holen. Nach einigen Schritten blieb sie stehen und presste die Hand auf den Mund. Sie schluckte heftig und hoffte, sich nicht übergeben zu müssen. »Das dämpft meinen sprühenden Witz.«

»Es war wohl ein bisschen zu viel Rum?«

Muss er das gerade jetzt zur Sprache bringen, fragte sie sich. Als sie das neckende Funkeln in seinen Augen sah, dachte sie, wie äußerst anziehend Raiden war. Doch sie wollte ihren Zorn auf ihn nicht aufgeben. »Es ist sehr unhöflich von Euch, das zu erwähnen.« Willa ließ sich auf die Polsterbank sinken und betete, dass ihr Magen sich beruhigen würde.

»Ich habe nie Manieren gehabt. Fragt Tristan.« Raiden ging zu einem der kleinen Schränke, die neben dem Bett standen, und nahm einen Becher und drei kleine, mit Korken verschlossene Flaschen heraus. Er füllte den Becher mit Wasser und rührte aus den Fläschchen einige Prisen Kräuter hinein, während er zu Willa ging. Er reichte ihr den Becher.

Sie beäugte den zusammengebrauten Trank misstrauisch. Er sah scheußlich aus. »Ich glaube nicht, dass das helfen wird.«

»Es wird, vertraut mir.«

»Ich denke, Ihr habt sehr viel mehr getrunken als ich«, bemerkte Willa und ergriff widerstrebend den Becher.

»Das schon, aber ich spreche nicht mit einem breiten irischen Akzent, wenn ich betrunken bin.«

Willa errötete heftig. »Das habe ich nicht getan.«

»Doch, mein Mädchen, das habt Ihr.«

Sie verbarg ihre Verlegenheit, indem sie einen Schluck von dem Gebräu kostete. Es schmeckte so garstig wie es aussah und sie trank es rasch hinunter, schüttelte sich und gab Raiden den Becher zurück.

»Ja, so seid Ihr ein braves Mädchen«, sagte er, und Willa blitzte ihn aufgebracht an.

Als Raiden sie anlächelte, lächelten auch seine Augen. Und die Wirkung traf Willa mitten ins Herz. In ihr keimte ein Gefühl auf, das sie wärmte wie die Glut der Sonne. Wenn er lächelte, sah er so umwerfend attraktiv aus, dass ihr Herz schneller schlug. Und sie fragte sich, was mit dem zornigen, verbitterten Mann geschehen war, der er noch vor wenigen Augenblicken gewesen war. Mit jener Seite an ihm konnte sie umgehen, ohne dass ihre Vernunft sie im Stich ließ. Aber wenn er sie neckte, dann war sie so ... verletzlich. Willa dankte ihm und erhob sich, sank aber gleich wieder auf die Bank zurück, als ihr schwindelig wurde. Sie stöhnte. »O je, wie lange braucht dieser Trank, um zu wirken?«

»Ein Weilchen.«

Sie hob nur den Blick. »Es soll aufhören.«

Er versuchte, nicht zu lächeln und verzog den Mund.

»Schön, lacht nur. Tut Euch keinen Zwang an.« Sie drohte ihm mit dem Finger. »Aber denkt daran, dass ich auch kein Mitleid haben werden, sollte es Euch einmal schlecht gehen.«

Raiden grinste.

»Macht, dass dieses Schiff still steht!«, brauste Willa auf.

»Denkt an etwas anderes.«

An etwas anderes? War er verrückt? Alles um sie herum wankte und schwankte. Allmächtiger Gott. Willa holte tief Luft und befolgte Raidens Rat. »Habt Ihr gute Beute gemacht?«

Er verschränkte die Arme vor der Brust und starrte auf ihren gesenkten Kopf. »Es reicht.«

»Dann seid Ihr jetzt ... stinkreich.«

Raiden verriet nicht, dass er auf seinen Anteil an der Prise verzichtet hatte, um seinen Anspruch auf sie gegenüber seinen Männern abzugelten. »Vermutlich.«

Sie schaute auf. »Dann solltet Ihr Euch vielleicht in Eurem Reichtum baden.« Sie zeigte auf das Blut auf seiner Weste.

Raiden schaute an sich herunter. Dann legte er Gürtel und Weste ab, warf beides zur Seite und zog Willa von der Bank hoch. »Geht zu Bett«, sagte er.

»Ich bin nicht müde«, nuschelte sie, »und ich werde hier schlafen.« Sie zeigte schläfrig auf die Kissen, die hinter seinem Schreibtisch auf dem Boden aufgetürmt lagen.

»Nein, ins Bett.« Er griff Willa an den Schultern und schob sie dorthin.

Willa konnte sich nicht dagegen wehren, ihre Glieder fühlten sich seltsam schwer an, und sie kletterte in das Bett und ließ sich auf den Bauch fallen. Raiden schnürte ihr das Kleid auf, und sie drehte sich langsam auf den Rücken. Sie kniff die Augen zusammen, als sie sich darauf zu konzentrieren versuchte, ihn anzusehen.

»Ihr habt mich unter Drogen gesetzt.«

»Ja«, bestätigte er und half ihr, sich bequem hinzulegen.

»Schuft.« Spielerisch stieß Willa ihn vor die Brust. »Ihr habt bei unserer Unterhaltung den Kürzeren gezogen und seid zu stolz, um Eure Niederlage einzugestehen.«

Raiden lächelte nachsichtig, während Willa sich in die Laken kuschelte. Er wollte sich abwenden, denn die Versuchung, sie in die Arme zu nehmen und zu küssen, war nahezu überwältigend groß. Aber Willa ergriff seine Hand und zog Raiden zu sich herunter auf das Bett. Wie erstarrt saß er neben ihr, und als sie die Hand an sein Kinn legte und ihn zärtlich streichelte, sagte er sich, dass sie es unter dem Einfluss des Kräutertranks tat. Dennoch genoss er ihr Streicheln, genoss er es, als sie mit der Hand durch sein Haar strich. Er konnte sich weder bewegen noch konnte er den Blick von ihr wenden.

»Ihr seid nicht der, der Ihr zu sein scheint, Pirat.«

»Ich bin genau der, den Ihr seht, Willa. Ein toter Mann, der noch atmet.«

Sie stieß einen Laut aus, der Mitgefühl und Unglauben ausdrückte. »Spielt nicht so übereifrig mit Eurem Leben, Raiden. Und Euer Atem ist gerade jetzt sehr deutlich zu spüren.«

Aber er würde sterben. Schon bald. Wenn er auf dem Schlachtfeld aus schwarzem Wasser seinem Feind begegnete und seine Rache übte – oder bei diesem Kampf zugrunde ging. Und doch weckte Willa in ihm die Sehnsucht nach Frieden. Wenn sie ihn so ansah wie jetzt, so voller Verlangen, das sich wie ein weicher schimmernder Glanz in ihren Augen widerspiegelte, dann traf ihn das mit tödlicher Genauigkeit mitten in sein Herz. Und Raiden spürte, wie schwer es ihm in der Brust schlug. Auch Willas Atem ging jetzt rascher. Als sie nach seiner Hand fasste, hielt er sie fest und verflocht seine Finger mit ihren.

»Willa.«

Sie hob seine Hand und legte sie an ihre Wange. »Sie ist gar nicht so rau, diese Hand, die das Schwert führt.« Mit den Fingerspitzen berührte sie seine Lippen. »Er ist gar nicht so schroff, dieser Mund, der von nichts anderem als vom Tod spricht.«

Verdammt und verflixt, ich hätte ihr diese Kräuter nicht geben dürfen, damit sie über die Nachwirkungen des Rums hinwegschlafen kann, dachte Raiden. Wenn sie so benommen und so bereitwillig war, war sie eine Gefahr. Raiden rief sich ins Gedächtnis, dass ihr Handel besagte, sich noch von ihr fern zu halten, dass er eine Beleidigung für ihre Ehre war. Aber ihre Berührung verlockte ihn – und machte ihn im selben Augenblick misstrauisch. Welche wohlerzogene Dame würde sich bereitwillig mit einem Piraten einlassen, mit einem Bastard? Was verbarg sie noch vor ihm? Wenn ihre Hand ihn berührte, dann war ihm, als hörte er ihren Sirenengesang erklingen, als hörte er das Flehen nach der Nähe eines anderen Menschen, nach dem er sich sehnte. Doch er war ihrer nicht wert, der jungen Mutter, der Witwe, denn seine Vergangenheit war angefüllt mit Verbrechen, für die er sich immer schämen würde. Aber als Willa die Augen aufschlug und ihre Blicke sich trafen und einander festhielten, da wusste Raiden, dass er für die Zeit, in der sie bei ihm war, alles nehmen würde, was sie besaß.

»Habt Ihr mir Drogen eingeflößt, um meine Gunst so zu stehlen wie Ihr die Gewürze stehlt?«

Sein Mund verzog sich. Sie ist so irisch wie Leinen und Whiskey, dachte er. »Nein.«

»Schade«, sagte Willa. Unvermittelt schlief sie ein, so tief und fest, dass es einer Bewusstlosigkeit nahe kam.

Raiden schüttelte den Kopf und lachte leise in sich hinein. Großer Gott, aber er war bereit, in dieses Bett zu steigen, jetzt auf der Stelle und ungeachtet dessen, worüber sie sich gestritten hatten. Er stand rasch auf und ging zur Tür. Entweder beschaffte er ein paar Informationen über ihren Sohn oder er würde sie an Land bringen lassen. Denn sie war eine Herausforderung an sein Gewissen. Auch wenn sie ihn noch immer belog. Und sie reizte ihn weit mehr als seine Rachegelüste ihn antrieben. Und darin lag die eigentliche Gefahr. Er würde nicht schwankend werden, aber er konnte diese Enthaltsamkeit auch nicht ertragen, wenn sie wie die Versuchung in Person in seinem Bett lag. Willa war vor dieser Leidenschaft nicht gefeit, und er war es auch nicht, das erkannte Raiden ganz deutlich.

Seine Seele, das fühlte er, war plötzlich in Gefahr.

Kapitel 10

Westindien
Unweit der Ganges-Mündung

Die Szene, auf die Willa schaute, nachdem seine Hoheit Lord Raiden, der Meister der Kräutertränke, es ihr gestattet hatte, an Deck zu kommen, glich einem Chaos. Die *Renegade* lag in einer Lagune vor Anker, und einige der Männer waren damit beschäftigt, Segel auszubessern oder Kisten und Fässer aus dem vorderen Schiffsrumpf heraufzuschleppen. Was aber Willas Aufmerksamkeit besonders gefangen nahm, war das Geschehen an Land. Aus zwei gewaltig großen Kesseln verteilte Balthasar ein dampfend heißes Mahl, dessen Geruch Willa als göttlich bezeichnet hätte, wenn sie einen Gedanken an Essen verschwendet hätte. Dennoch war der Duft verlockend, und die Mannschaft, einschließlich jener Männer, die von der *Weston* stammten, hockten im Sand oder auf umgestürzten Baumstämmen und ließen es sich schmecken. Die Seeleute von der *Weston* hatten sich inzwischen gewaschen und waren anständig gekleidet, und sie sahen jetzt beträchtlich gesünder aus als noch in der vergangenen Nacht. Die Freiheit, dachte Willa, hat ihren ganz eigenen Glanz.

Ein Stück von den Männern entfernt wartete eine schwarze Kutsche mit einem Gespann grauer Pferde davor. Willa betrachtete sie verwirrt. Der Anlegeplatz, der hinter den Bäumen verborgen lag, die die Küste säumten, und die schmale Straße, die wer weiß wohin führte, machten Willa bewusst, dass Raiden ein gefährliches Leben im Verborgenen führte, immer auf der Flucht vor der Gefangennahme und vor dem Gehängtwerden. Und diese Erkenntnis löste Schuldgefühle in ihr aus. Sie hatte ihn angelogen, hatte sich, während die Tage vergangen waren, immer tiefer in ihre Schwindelei verstrickt. Und Willa befürchtete, dass ihre Lügen auf irgendeine Weise sein Leben bedrohen könnten. Sie versuchte sich einzureden, dass ihr das egal sein könne, weil er ein Dieb war, der sie ohne Skrupel dazu gezwungen hatte, sich ihm als Gegenleistung für seine Hilfe hinzugeben. Doch sie konnte nicht vergessen, was sie in der vergangenen Nacht mit angesehen hatte, als er die Männer an Bord genommen hatte. Und das, was sie jetzt sah. Raiden war ganz offensichtlich nicht das, was er zu sein schien. Nun gut, dachte Willa, zumindest nicht in einer Hinsicht.

»Ein wunderschöner Morgen, ja, Mylady?«

Sie wandte sich um, als Jabari näher kam. »Ja, wirklich wunderschön. Du siehst heute sehr zufrieden mit der Welt aus.« Der Junge trug eine schwarze Livree, gegen die sich der blendend weiße Turban abhob.

»Ich habe zu essen, einen Platz zum Schlafen und ich bin hier sicher. Was brauche ich mehr?«

»Ja, was sonst noch?«, hörte sie eine Stimme hinter sich und fuhr herum. Raiden stand auf dem Achterdeck und schaute zu ihr herunter.

»Du meine Güte, wenn Ihr nicht der elegante Gentleman schlechthin seid«, spöttelte Willa, auch wenn ihr Herz plötzlich schneller schlug. Dunkel gekleidet sah Raiden eleganter aus als jeder Lord, dem sie begegnet war. Und das, obwohl seine Kleidung schlicht war, ohne den Satin und die Rüschen, die die Peers zu tragen pflegten. Seinen schwarzen Mantel, der ihm wie angegossen saß, schmückte ein schmaler Silbersaum, zu den rauchgrauen Hosen trug er makellose, auf Hochglanz polierte schwarze Stulpenstiefel. Die schwarzsilberne Brokatweste und das perfekt gebundene hellgraue Krawattentuch vervollständigten das Bild perfekter Eleganz, das von seiner großen Statur noch unterstrichen wurde.

Willa hatte das Gefühl, die Luft bliebe ihr weg, und sie kam zu dem Schluss, dass es an dem engen Kleid liegen musste, dass sie trug.

»Mylady.« Raiden deutete eine Verbeugung an und schob sich den Dreispitz unter den Arm. »Seid Ihr bereit, an Land zu gehen?«

Willa blinzelte überrascht, dann sah sie mit großen Augen zur Kutsche hinüber. »Ihr erlaubt mir, mitzukommen?«

»Wenn Ihr Euch benehmt.« Er setzte sich den Hut auf, kletterte die Leiter herunter und übersprang die letzten Sprossen bis zum Deck.

»Ich verspreche, niemanden zu erschießen, wenn Ihr es auch nicht tut«, sagte sie, und eine Welle der Erwartung durchströmte sie, als Raiden näher kam. Seine Lippen verzogen sich, als er wenige Schritte vor Willa stehen blieb und sie in einer Weise von oben bis unten ansah, dass ihre Haut zu prickeln begann. »Es ist zu eng«, beeilte sie sich zu sagen. Es machte sie verlegen, dass ihr Kleid so viel von ihrer Haut sehen ließ, doch sie widerstand dem Bedürfnis, an ihrem Mieder herumzuzupfen.

»Es wird gehen.«

»Diese Farbe, Raiden, sie ist ... abscheulich.«

Er runzelte die Stirn, als er das blutrote Kleid betrachtete. »Aber es steht Euch gut.« Gott im Himmel, *viel* zu gut, dachte er bei sich.

»Es ist das passende Kleid für eine Hure.«

Raidens Miene verfinsterte sich, als ihn plötzlich ein Gefühl des Selbsthasses packte, weil er Willa in diese Lage gebracht hatte und sie sich offensichtlich wie seine Leibeigene vorkam. »Das könnt Ihr sehen, wie Ihr wollt. Ich sehe es nicht so. Und wir werden darüber jetzt nicht streiten.«

»Das heißt also, dass Ihr darüber entscheidet? Oder wollt Ihr mich einfach wieder unter Drogen setzen?«

»Ich wollte nur meine Ruhe vor Eurer giftsprühenden Zunge haben.«

Willa wusste, dass dies eine absolute Lüge war, und lächelte Raiden unvermutet an. »Ich kann mich an kaum etwas erinnern.« Die vergangene Nacht, die Minuten, ehe sie eingeschlafen war, waren für sie wie ein nebelhafter Traum.

Er zog eine Augenbraue hoch, und sein Blick war viel sagend, doch Willa vermochte ihn nicht zu deuten. »Wie schade. Ihr habt über zwei Tage in meinem Bett verbracht.«

Willas Gesicht hatte sich tiefrot gefärbt, als Raiden sie zur Reling führte. Du lieber Gott, hatte sie etwas Ungehöriges getan? Als er nicht weiter darauf einging, entschied Willa, dass er sie neckte. Das Bett mit ihm zu teilen, wäre ganz sicher etwas, woran sie sich erinnern würde. Sie ging die Gangway hinunter und winkte Balthasar zu, der noch immer das Essen austeilte.

Als sie an den Männern vorbeigingen, erhoben sich diese. »Danke für unsere Rettung, Captain«, rief einer von ihnen.

»Ja, unseren Dank«, schlossen sich ihm andere an, einige von ihnen stützten ihre geschwächten Kameraden.

Raiden blieb stehen und sah einen nach dem anderen an. »Jene von euch, die in ihre Heimat zurückkehren möchten, können das tun. Diejenigen, die bei uns bleiben wollen, sind uns willkommen. Aber bedenkt die Konsequenzen.«

Die Männer sahen sich an, flüsterten miteinander.

Raiden hob die Hand. »Ihr müsst euch nicht heute entscheiden. Kommt erst einmal wieder zu Kräften.« Die Seeleute waren offensichtlich erleichtert, denn sie nickten ihm lächelnd zu. Raiden wandte sich an Balthasar. »Sie stehen unter Eurer Obhut, Sir.«

Der Beduine nickte. Als sein Blick an Raiden vorbeiglitt, wandte dieser sich um. Willa starrte ihn an, in ihren Augen lag ein seltsamer Ausdruck. »Stimmt etwas nicht, Madam?«

Sie stieß einen Seufzer aus, als hätte er gefragt, ob der Himmel blau sei. Dann wandte sie sich ab, fasste nach der Griffschlaufe und stieg in die Kutsche. Raiden folgte und nahm ihr gegenüber Platz.

Er klopfte gegen das Dach der Kutsche und als diese langsam anfuhr, ließ er seinen Blick über Willa gleiten. In den vergangenen Tage hatte sie wie eine Tote geschlafen, und sie hatte in seinem Bett verdammt verlockend ausgesehen. Doch jetzt war sie wieder ganz und gar die kultivierte Dame, und die Farbe des Kleides unterstrich ihre Schönheit, ungeachtet dessen, was sie darüber auch gesagt hatte. Jede Einzelheit an ihr entzückte Raiden, angefangen bei den Zöpfen, die sie hochgesteckt hatte, und der Haltung des Kopfes, wenn sie aus dem Fenster schaute, bis hin zu ihrer Schlagfertigkeit. Und ihrer Verwirrung, die sie nicht verbergen konnte.

»Es ist unhöflich, so zu starren, Sir.«

»Ich habe das Recht dazu, denn Ihr gehört mir.«

Dieser kühl ausgesprochene Hinweis nagte an Willa. »Warum die Kutsche?« Sie wandte den Kopf, um Raiden anzusehen. »Warum all dies?« Sie deutete auf das Kleid und das Retikül.

»Ihr seid eine Lady und verdient den passenden Rahmen.«

Bei dieser Bemerkung blühte etwas Warmes, Sanftes in ihrem Herzen auf. Alistar hatte einmal gesagt, sie verdiente nichts, ehe sie ihm nicht einen Erben geboren hätte. Und nachdem das geschehen war, hatte er sie weiterhin so behandelt, wie er auch mit seinen Dienstboten umzugehen pflegte, nämlich jämmerlich schlecht.

»Und ich ziehe es vor, die Leute sehen uns als irgendetwas anderes denn als Pirat und seine Lady.«

Er beweist Diskretion, dachte Willa angetan. »Ich bin geschmeichelt, dass Ihr Euch so viele Umstände gemacht habt.«

Raiden runzelte die Stirn. »Also meint Ihr, als meiner Geliebten stünde euch weniger zu?«

Sie reckte das Kinn hoch. »Ich bin nie eine Geliebte gewesen, woher sollte ich also deren Pflichten kennen? Aber ich bin überzeugt, dass Ihr mich darüber aufklären werdet.«

Ah ja, ihre scharfe Zunge war wieder in Hochform. »Ihr werdet mir auf meinen leisesten Wink gehorchen.«

Sie stieß einen verächtlichen Laut aus und schaute ostentativ aus dem Fenster.

»Mich füttern, wenn ich es will, Euch für mich ausziehen, wenn ich es befehle.«

»Ihr habt große Träume, Pirat.«

»Und Ihr werdet Euch meine Berührungen gefallen lassen.«

»Aber nicht, bevor Ihr etwas über meinen Sohn herausgefunden habt.« Sie mied noch immer seinen Blick.

»Aber wenn Ihr doch dessen ungeachtet Verlangen fühlt?«

»Das tue ich nicht.«

»Lügnerin.«

Willa warf ihm einen empörten Blick zu. Sie hatte heute nicht die Absicht, Schlagfertigkeiten mit ihm auszutauschen. »Wo beginnen wir mit der Suche?«

Diese Frau ändert sich so rasch wie der Wind, dachte Raiden und sagte sich, dass es das Beste sei, nicht allzu sehr in die Einzelheiten zu gehen. Denn der Gedanke, ihr zu beweisen, dass sie sich irrte, oder sich gar vorzustellen, dass er sie in den Armen hielt und sie sich an ihn schmiegen würde, erregte ihn. »Drei Schiffe haben hier festgemacht, seit wir Kalkutta verlassen haben.«

»Woher wisst Ihr das?«

»Meine Männer haben seit der Dämmerung nach Eurem Sohn herumgefragt.«

Ihre Brauen schossen hoch, und ein strahlendes Lächeln erschien auf ihrem Gesicht. Raiden empfand dies wie das Aufgehen der Sonne. Schade nur, dass er nicht damit rechnete, hier irgendetwas zu erfahren.

Ungeduldige Erwartung erfüllte sie. Auch wenn es nur ein Brosamen an Information wäre, die ihr bestätigte, dass ihr Sohn lebte. Sie empfand eine freudige Aufregung, die sie vor dieser Fahrt niemals erwartet hatte.

»Ihr freut Euch.«

»Wie könnte ich das nicht?«

Ihr Lächeln wärmte ihn, und er hätte an ihrer Freude gern teilgehabt, doch er wusste, dass die Chance, irgendeinen Hinweis auf Mason zu bekommen, verschwindend gering war. Wenn sie überhaupt etwas herausfanden.

Die Kutsche hielt im Zentrum der kleinen Stadt, und Willa bemerkte hier nur wenige Soldaten. Hier gab es keine Niederlassung der *East India Company*, denn in diesem Hafen nahmen die Schiffe lediglich Proviant für ihre Weiterfahrt an Bord. Dennoch wurde hier schwunghaft Handel getrieben, und es herrschte reges Treiben auf den Straßen. Ein *sehr* reges Treiben. Die Stadt lag eingebettet in eine üppig grüne Vegetation aus Palmen und Blumen, und der Wind trug die frische, wohlriechende Seeluft heran, während Menschen auf dem Markt ihre Morgeneinkäufe erledigten. Männer standen in Gruppen zusammen und unterhielten sich, und Händler boten so lautstark ihre Waren an, dass man meinen konnte, der Wettbewerb zwischen ihnen fand eher im Schreien als im Verkaufen statt.

Jabari öffnete den Kutschenschlag und wartete. Willa machte Anstalten auszusteigen, aber Raiden hielt sie zurück. Sie runzelte die Stirn, während er in seine Manteltasche fasste. Als er gefunden hatte, was er suchte, hielt er Willa seine geschlossene Hand hin. Erst nach einem kurzen Abwarten öffnete er sie. Ein Rubin von der Größe eine Rotkehlcheneies schwang sacht am Ende einer goldenen Kette hin und her.

»Heilige Jungfrau«, stieß Willa hervor. Raiden legte ihr die Kette um, und Willa spürte seine warmen Hände in ihrem Nacken. Ihre Haut begann zu prickeln.

Er beugte sich zurück, um den Stein zu bewundern, der über dem Tal zwischen ihren Brüsten funkelte. »Das Kleid brauchte etwas.«

»Ja, mehr Stoff.«

Raiden lachte leise.

Willa betastete den großen Rubin. So wunderschön, und doch nur ein weiterer Riegel an dem Käfig, in dem sie gefangen saß.

»Er gehörte einer spanischen Prinzessin.«

»Ich bin sicher, sie vermisst ihn.«

»Kaum. Sie gab ihn mir höchst bereitwillig.«

Willa schürzte die Lippen. »Du meine Güte, es scheint eine Reihe reicher Häuser zu geben, die Ihr mit Eurer Anwesenheit beehrt habt, Sir.«

»Nur deren Betten, Willa. Niemals den Vordereingang.« Er stieg als Erster aus der Kutsche und wandte sich um, um Willa behilflich zu sein.

Sie bemühte sich, nicht die Stirn zu runzeln, doch die Bitterkeit, die in seinen Worten mitgeklungen hatte, überraschte sie. Er schloss kühl kalkulierte Verträge und Absprachen, und hatte dennoch mit einem Mitglied der königlichen Familie wie mit einer Konkubine geschlafen? »Muss ich glauben, dass Ihr jemandem versprochen seid?« Raiden legte ihre Hand auf seinen Arm und führte Willa zu einer Reihe kleiner Läden. Als er nicht antwortete, blieb sie abrupt stehen. »Antwortet mir.«

»Nur so lange, wie man sich einen Schoßhund hält«, erwiderte er so leise, dass nur sie es hören konnte.

Willa ging auf ihn zu. Als sie vor ihm stehen blieb, berührten ihre Brüste seinen Arm. »Sprecht nicht so abfällig.«

»Es ist die Wahrheit.«

»Nein, es ist eine Erniedrigung, die Ihr nicht verdient.«

Er zog die schwarzen Augenbrauen hoch.

»Um zu überleben, tut man, was man tun muss, Raiden. Dafür kann Gott uns nicht schuldig sprechen.«

Ihr Mitgefühl bringt mich um, dachte er. »Und was würdet Ihr alles tun, um zu überleben?«

»Ich denke, ich habe das recht deutlich gemacht. Und erspart mir Einzelheiten über Euer unerfreuliches Erbe. Ich will nichts darüber hören. Es ist Vergangenheit.«

Raiden führte Willa zu einen der kleinen Läden, deren Besitzerin sogleich herbeieilte, um nach ihren Wünschen zu fragen. »Die Vergangenheit verfolgt uns alle.«

»Mich nicht.« *Nun, jedenfalls nicht übermäßig*, dachte sie.

Er blieb an der Türschwelle stehen und gab der Ladeninhaberin ein Zeichen, die sich daraufhin zurückzog und sie allein ließ. »Dann sagt mir, wie Ihr Euren Sohn verloren habt.«

»Er ist entführt worden. Aus meinem Haus in ... London.« Zu enthüllen, dass Mason aus dem Haus in Westbengalen entführt worden war, in dem sie vorübergehend gewohnt hatte und das der *East India Company* gehörte, würde Raiden mehr verraten, als sie es zu diesem Zeitpunkt wollte.

Sie lügt schon wieder, dachte er und fragte sich, was Willa so verzweifelt davon abhielt, ihm zu vertrauen. »Warum glaubt Ihr dann, dass er hier ist?«

Sie war überrascht. »Aber das tue ich nicht. Warum wohl, glaubt Ihr, wollte ich zurück an Land? Ich hatte erfahren, dass man gesehen hat, dass ein Kind an Bord eines Schiffes gebracht worden ist, in einen Teppich oder einen Sack eingewickelt. In der Schänke habe ich versucht herauszufinden, welches Schiff das gewesen sein könnte.«

»Wer hat ihn entführt?«

»Wenn ich das wüsste, wüsste ich, wo ich suchen müsste.« Diese Halbwahrheit blieb ihr wie ein klebriger Bonbon fast in der Kehle stecken, um sie an ihren gezuckerten Lügen fast ersticken zu lassen.

Raiden sah sie prüfend an. »Was kann Euch dazu bringen, mir zu vertrauen?«

Sie zuckte mit den Schultern. »Haltet Euer Versprechen und helft mir, ohne mich zu zwingen, Eure Geliebte zu werden.«

»Aber Ihr seid eine zu bezaubernde Frau, um diese Chance ungenutzt zu lassen.«

»Die Tatsache, dass Ihr mich damit zu einer Hure macht, kümmert Euch nicht?«

Seine Augen verengten sich. »Gott, ich hasse dieses Wort, und ich will es nicht aus Eurem Mund hören.«

»Aber die anderen werden es aussprechen, Raiden, und der Makel wird mir binnen kürzester Zeit wie ein Schild auf den Rücken geheftet sein.«

Willa wusste nicht, was stärker wog – die Bedrohung ihres Ehegelübdes allein dadurch, dass sie bei diesem Mann war, oder die Tatsache, dass er glaubte, sie würde nur zu ihm kommen, weil es als »Bezahlung« sein musste. Schätzte er sich so gering, dass er sich für unwert hielt, geliebt zu werden?

Raiden fühlte die Falle seines eigenen Tuns zuschnappen. Seit er Willa in der vergangenen Nacht seine Vergangenheit enthüllt hatte, fühlte er sich ihr gegenüber – besonders jetzt, im hellen Tageslicht – außerordentlich verletzbar. Und ein Teil von ihm, jener, der alles andere so rasch überschattete, sehnte sich nach so viel mehr als einem verpflichtenden Handel. Er musste sich vor Augen führen, dass er Willa jenseits dieses Augenblicks, vielleicht nicht einmal jenseits dieses einen Tages, etwas bieten konnte.

»Ich werde versuchen, es wie ein Geheimnis zu hüten, Willa. Aber ich kann keine Versprechungen machen.«

»Ich weiß«, sagte sie traurig.

Er seufzte, ehe er sich an die Ladenbesitzerin wandte und sie bat, für Willa einige Kleider zur Anprobe bringen zu lassen.

»Nein«, wisperte Willa und zupfte ihn am Ärmel. Erst jetzt hatte sie darauf geachtet, wo sie sich befanden.

»Doch.« Raiden nahm den Dreispitz ab und warf ihn auf einen Stuhl, dann wählte er sich seinen Platz im hinteren Ankleideraum und saß dort wie ein König in Erwartung seiner Untertanen. Oder wie ein Ehemann, ging es ihr durch den Sinn. »Oder zieht Ihr es vor, nackt zu gehen oder stets nur meine Hemden zu tragen?«

Willa errötete heftig und hieß ihn schweigen, während sie zu der Frau schaute, die sich diskret abwartend zurückgezogen hatte. »Das ist unanständig.«

Er verzog den Mund. »Unanständiger als die Absprache, die wir getroffen haben?«

»Ihr hört nie auf, mich zu erstaunen. Was für ein unerträgliches Scheusal Ihr sein könnt!« Sie schlug mit dem Retikül nach ihm, ehe sie der Näherin in die hinteren Räume folgte. Sie ignorierte Raidens leises Lachen.

Einige Minuten später fühlte Raiden, wie ihm die Brust eng wurde, als Willa in einem nachtschwarzen, mit Silberstickereien gesäumten Kleid vor ihn hintrat. Ihm stockte der Atem, als sie sich vor den Spiegeln hin und her drehte und er die Aufregung in ihren grünen Augen schimmern sah. Ihr Anblick belebte seine müde Seele, und als sie hinausging und kurz darauf in einem anderen Kleid zurückkehrte, und dann in einem weiteren, fragte Raiden sich, warum manche Männer darauf verzichteten, Augenzeuge einer so hinreißenden Vorstellung zu sein.

»Sahib?« Die Ladenbesitzerin sprach Raiden an, und er riss den Blick von Willa los, die jetzt ein tiefdunkelblaues Kleid anprobierte.

»Der Sitz?«, brachte er mühsam heraus.

»Es sitzt perfekt, Sahib. Es sei denn, Madam gefällt es nicht.« Sie sah Willa fragend an.

»Es gefällt mir außerordentlich.« Willas Blick wanderte zwischen den beiden hin und her. »Welches soll ich nehmen?«

»Alle.«

Die Ladenbesitzerin strahlte.

Willa blieb vor Überraschung der Mund offen stehen. »Alle? Nein, ich kann unmöglich –«

Raiden erhob sich und ging zu ihr. »Aber ich bestehe darauf.«

Er nimmt diese Verführung wahrhaftig ernst, dachte Willa. »Ich brauche keine Geschenke, Raiden. Ich habe zugestimmt.«

»Ich möchte sie Euch aber schenken«, entgegnete er, und sein Gesichtsausdruck spannte sich kaum merklich an. Ein Teil von ihm schwor, dass er es nur tat, um ihren verführerischen Körper vor neugierigen Blicken – meistens seinen – zu schützen, doch es war die Freude auf ihrem Gesicht und dass sie glaubte, dieses Geschenk nicht verdient zu haben, was diesen Wunsch in ihm weckte.

Willa sah die Schneiderin an. »Dann also die einfacheren Kleider.« Sie schaute zu Raiden. »Bei dieser Hitze habe ich für Samt und Satin wenig Verwendung.«

Er nickte zustimmend. Während eine Angestellte Willa beim Ankleiden behilflich war, beglich Raiden bei der Ladenbesitzerin die Rechnung, nachdem er sie gebeten hatte, die Kleider noch durch die erforderlichen Accessoires zu ergänzen. Er selbst wählte noch einen Sonnenschirm und Handschuhe für Willa aus.

Nachdem sie den Laden verlassen hatte, schickte Raiden einen seiner Männer mit einem Teil der Pakete zur *Renegade* zurück und verstaute die restlichen gerade in der Kutsche, als Willa zu seiner Rechten auftauchte.

Sie stand im Schatten der Markise des Ladens und schaute zu Raiden auf, während sie die Hand auf seinen Arm legte. »Meinen Dank, Raiden. Ihr seid sehr großzügig.« Spontan stellte sie sich auf die Zehenspitzen und hauchte einen Kuss auf seine Wange.

Die Geste überraschte ihn für einen Moment, dann legte er den Arm um ihre Taille und streichelte über ihr zartes Kinn. »Dafür nicht, Mädchen.«

Ihr Atem ging schneller und ihr Herz schien jedes Mal einen Sprung zu machen, wenn Raiden sie so ansah wie jetzt, als wollte er sie mit Haut und Haar verschlingen.

»Meine Schuld Euch gegenüber wird immer größer.«

»Die ist leicht zurückzuzahlen.« Er beugte sich über sie, sein Mund streifte ein-, zweimal ihre Lippen, ehe er die Kontrolle über sich verlor. Mit der urgewaltigen Macht eines Sturms zwang seine Zunge ihre Lippen dazu, sich zu öffnen, ergriff er von ihrem Mund Besitz. Und Willa antwortete ihm, bereitwillig und leidenschaftlich ergab sie sich seinem Angriff. Ihre Hände krallten sich in die Revers seines Mantels, als sie sich ihm öffnete, sich ihm entgegenbog. Sie glaubte zu vergehen, als plötzlich laute Rufe ertönten und ihr sinnliches Spiel unter der Markise unterbrachen. Raiden löste sich von ihr. Er atmete heftig, als sein Blick ihr Gesicht umschloss.

Verwirrt und zittrig rang Willa nach Atem.

»Betrachtet die letzte Schuld als abbezahlt.«

Sie keuchte empört auf und schlug ihm spielerisch gegen die Brust. »Ihr seid wirklich ein Schuft«, stellte sie fest, lächelte aber dabei.

»Ein Pirat«, erwiderte er mit verführerisch leiser Stimme. Er drückte ihr den Sonnenschirm in die Hand. Noch immer hielt er Willa mit einem Arm umschlungen und weigerte sich, sie freizugeben. »Wir stehlen, wann immer uns eine kostbare Beute lockt.«

Sie errötete leicht und schaute sich um, ob auch niemand sie beobachtete. Willa öffnete den Schirm, als Raiden sie zum Marktplatz führte und die Kutsche ihnen im Schritttempo folgte. Raiden erstand zwei Becher Wein bei einem Händler, bei einem anderen kaufte er Bonbons und Pasteten. *Mason würde es hier gefallen*, dachte sie, während sie herumschlenderten. Plötzlich überwältigte sie die Traurigkeit. Ich sollte mich nicht an diesen Dingen erfreuen, bis mein Kind wieder zu Hause ist, dachte sie und gab Raiden den Becher zurück. Sie ignorierte seinen fragenden Blick und zwang sich zu einem Lächeln. Raiden machte sie mit einigen Leuten bekannt, erklärte ihr, wie die Menschen hier lebten, und bewies ihr, wie gebildet er war. Er sprach mehrere Sprachen, beeindruckte die Händler durch sein selbstbewusstes Auftreten, und redete mit Willa über alles – nur nicht über ihre Situation. Es schien sein Wunsch zu sein, dass sie ihre Lage für eine Weile vergaß. Und es gelang ihm, denn ihre Aufmerksamkeit wurde von dem attraktiven Mann an ihrer Seite gefesselt. Sie genoss es, wenn er die Hand auf ihren Rücken legte, während sie sich ihren Weg durch das Wirrwarr des Markttreibens bahnten.

Er bot ihr einen Bonbon an und schob ihn ihr in den Mund. Als sie ihm spielerisch in den Finger biss, grinste er. Sie kaute die süße Köstlichkeit, während Raiden selbst auch probierte und der alten Frau, die die Bonbons verkaufte, sein Lob aussprach. Willa dachte, dass sie nie einen Augenblick wie diesen mit ihrem Ehemann erlebt hatte. Alistar würde sich weder jemals mit Dienstboten und Händlern unterhalten noch würde er einen Spaziergang über einen Markt in Betracht ziehen. Sie hatten nur wenig Zeit miteinander verbracht, und wenn, dann hatten sie sich eher wie Gastgeber und Gast benommen denn als Ehemann und Ehefrau. Alistar hatte niemals *sie* gesehen, nur das, was sie repräsentierte. Raiden hingegen sah nur die Frau. Willa wollte nicht darüber nachdenken, wie sehr ihr das gefiel. Denn irgendwann würden ihre Lügen sie einholen und dieses kleine Stück Frieden zerstören.

Plötzlich rannte ein kleiner Junge an ihnen vorbei und stieß Willa an. Sie fuhr herum. Unverwandt folgte ihr Blick dem Kind.

Raiden sah, wie sie dem Jungen nachschaute, und er las den Schmerz und die Sehnsucht in ihren Augen. »Genießt den Tag und versucht, Geduld zu haben.«

Als sie sich zu ihm umwandte, spiegelte sich Angst in ihrem Blick wider. »Es ist nicht Euer Sohn, der verschwunden ist.«

Raidens Gesicht spannte sich an, doch er fasste sich so rasch wieder, dass Willa sich fragte, ob sie sich jenes kurze Aufflackern von Schmerz darin nur eingebildet hatte. Alles an ihm, angefangen bei ihrer Rettung aus der Schänke über die Befreiung der Seeleute bis hin zu diesem Augenblick, ließ sie verwirrt und nahezu erschöpft vom Sichfragen zurück, wer dieser berühmte Pirat wirklich war.

»Ihr glaubt nicht, hier irgendetwas zu erfahren, nicht wahr?«, fragte sie unglücklich.

»Ich kann es nur versuchen, denn ich weiß, dass Ihr mir nicht alles gesagt habt, was ich wissen muss.«

»Ich kann nicht.« Seine Hilfe war alles, was ihr geblieben war, und ungeachtet des Handels, deren Einhaltung ihr drohend bevorstand, brauchte sie seinen Schutz und seine Erfahrung. Es war selbstsüchtig und unfair, aber Willa sah keinen anderen Weg. Masons Leben hing von ihr ab.

»Wie kann ich Euch dann helfen?«

Ein Hauch von Schmerz lag in seiner Stimme, doch Willa wollte beschwören, dass sie sich irrte. Und sie dachte daran, wie zornig er reagieren würde, wenn er ihre Lügen entdeckte und in welche Gefahr sie ihn vermutlich gebracht hatte. Sie konnte ihm nicht die Wahrheit sagen. Raiden winkte Jabari zu sich, und der Junge kletterte von der Kutsche herunter und lief zu ihm. Raiden drückte ihm einige Münzen in die Hand und flüsterte ihm etwas zu. Jabari nickte und lief davon.

»Ist es klug, ihn allein gehen zu lassen?«

»Er ist bewaffnet.«

Sie brauchte gar nicht zu fragen, ob Raiden es auch war. Seine Waffen berührten sie hin und wieder, wenn sie neben ihm ging.

»Und Ihr solltet es auch sein.« Mit einem Griff in seinen Mantel zog er ihr Klappmesser hervor. Willa lächelte, als sie es an sich nahm und die Klinge mit einer so geübten Bewegung aufspringen ließ, dass Raidens Augenbrauen überrascht in die Höhe schossen. Sie prüfte die Schärfe der Klinge, ehe sie es zusammenschob, um es in ihrem Retikül zu verstauen. Doch dann änderte sie ihre Meinung und ließ die Waffe unauffällig in ihr Mieder zwischen ihre Brüste gleiten.

Als sie aufschaute, starrte Raiden sie mit einem seltsamen Ausdruck in den Augen an.

»Was ist?«

»Es gibt noch viel über Euch zu wissen, Willa Delaney.«

»Ja, ich bin ja auch ein so faszinierendes Wesen«, entgegnete sie trocken.

Er schüttelte den Kopf und bot ihr seinen Arm, doch sie waren kaum ein paar Schritte gegangen, als Jabari bei ihnen auftauchte. Er sprach mit Raiden in einer Sprache, die Willa nicht verstand, und sie musste sich zwingen, den Jungen nicht anzuherrschen, Englisch zu sprechen. Aber Raiden zog den Jungen zur Seite und unterhielt sich mit ihm in dessen Muttersprache. Und das beunruhigte Willa.

»Was ist? Was hat er herausgefunden?«

Raiden hieß sie mit einer Geste schweigen und sprach wieder mit Jabari. Als er den Jungen fortschickte, folgte Willas Blick dem Jungen für einige Sekunden. Als sie Raiden fragend ansah, nahm er sie bei der Hand und führte sie rasch zur Kutsche.

»Raiden!«

»Erst einsteigen.«

In der Abgeschiedenheit der Kutsche rang Willa nervös die Hände, obwohl sie am liebsten mit den Fäusten gegen die Rückenlehnen geschlagen und verlangt hätte, dass Raiden ihr sagte, was er herausgefunden hatte. Die Kutsche rollte an und fuhr die Straße hinunter. Raiden schwieg noch immer.

»Raiden«, keuchte sie. »Bitte, ich werde sonst verrückt.«

Er schaute auf. In ihren angstgeweiteten Augen standen Tränen. »Wie alt ist Mason?«

»Erst vier.«

Allmächtiger Gott, fast noch ein Baby! Raiden dachte daran, wie ängstlich und allein das Kind sich fühlen musste.

»Beschreibt ihn.«

Sie tat es mit liebevollen Einzelheiten.

»Trägt er ein besonderes Mal, hat er Sommersprossen, irgendetwas, woran man ihn identifizieren könnte?«

Die Farbe wich aus ihrem Gesicht. »Identifizieren? O Gott,

hat man eine Leiche gefunden?« Willa zitterte und presste die Hand vor den Mund. Augenblicklich setzte Raiden sich neben sie und nahm ihre Hände.

»Pst«, beruhigte er sie. »Darüber wissen wir bis jetzt noch gar nichts.«

»Dann sagt mir endlich, was Ihr wisst.«

»Man hat ein Kind zum Arzt gebracht. Ein weißes Kind. Es gibt hier zu wenige, um das nicht mitzubekommen.«

Sie nickte und schaute ihn an. Raiden zog sich das Herz zusammen, als er sah, wie sie gegen die Tränen ankämpfte. »Nicht, Mädchen, nicht weinen.« Er strich ihr das Haar aus dem Gesicht und sah ihr in die Augen. »Jetzt sagt mir ... trägt er ein Mal, an dem man ihn erkennen kann?«

»Ja.« Sie schniefte leise. »Eine sichelförmige Narbe.« Sanft berührte sie Raidens Kinn. »Ähnlich wie Eure, aber nicht so tief. Sie ist auf seinem rechten Bein, über dem Knöchel. Er hat sich verletzt, als er beim Versteckspielen mit mir in ein Brombeergebüsch geraten ist.«

Raiden versuchte, sich dieses Bild vorzustellen: Eine über das ganze Gesicht strahlende Willa, die mit geschürzten Röcken und fröhlich lachend einem Kind hinterlief und mit ihm Fangen spielte. Liebten alle Mütter so bedingungslos? »Das wird uns helfen«, sagte er schließlich und zog Willa in seine Arme, als die Kutsche unsanft schwankte. Ihr Kopf ruhte an seiner Brust, ihre Hände umklammerten seine Arme, als sie versuchte, ihrer Angst Herr zu werden. Raiden betete darum, dass der Junge noch lebte, denn er wusste nicht, wie Willa es verkraften würde, sollten die bisherigen Informationen Masons Tod bestätigten. Er könnte es nicht ertragen, das Leid mit anzusehen, von dem er wusste, dass es Willa zerstören würde.

Das Donnern von Hufschlag ließ sie auffahren. Neben der Kutsche tauchten mehrere Reiter auf. Vazeen, Sanjeev und Nealy Perth. »Glaubt Ihr, wir sind in Gefahr?«

»Das Risiko besteht immer«, erwiderte Raiden und beugte

sich aus dem Fenster, um mit den Männern zu sprechen. Kurz darauf ritten diese weiter. Die Kutschfahrt dauerte fast noch eine halbe Stunde, ehe sie vor einem kleinen, bescheidenen Haus hielten, das seinem Aussehen nach auch in England hätte stehen können.

Willa wollte den Schlag öffnen, doch Raiden hielt ihre Hand fest und hinderte sie daran. »Ich will aussteigen!«

»Nein, Ihr bleibt hier. Vergesst nicht, dass man versucht hat, Euch zu töten. Und dass man damit vielleicht erreichen wollte, Euch von Eurem Sohn fern zu halten.«

Sie blinzelte. Seine Bemerkung verriet ihr, dass er gründlich und oft über das nachgedacht hatte, was sie enthüllt hatte. Und sie konnte nicht anders als sich zu fragen, wie Raiden wohl dieses ganze Durcheinander ordnen würde, wäre es ihr nur möglich, ihm alles zu erzählen.

Raiden verließ die Kutsche. Seine Männer bezogen an der Tür Posten, und deren Anwesenheit beruhigte Willa, machte ihr zugleich aber auch Angst. Gespannte Erwartung kroch ihr den Rücken hinauf, als sie aus der sicheren Geborgenheit der Kutsche heraus beobachtete, wie Raiden das Haus betrat und sich die Tür hinter ihm schloss. Sie rief nach Jabari, aber offensichtlich war der Junge angewiesen worden, nicht zu antworten. Willa zürnte einige Minuten lang, dann wieder erfüllte sie banges Warten. Willa umklammerte den schmalen Fenstersims, als Raiden das Haus verließ. Er blieb auf der Türschwelle stehen und sprach mit einem dünnen Mann. Dieser schaute zwar in Willas Richtung, doch es kam ihr vor, als wollte er sie nicht sehen, als sähe er durch sie hindurch. Raiden drückte ihm einige Münzen in die faltige Hand, ging zur Kutsche und stieg ein. Seine Männer bildeten die Vorhut, als die Kutsche ihren Weg fortsetzte.

»Ich schwöre euch, dass ich von meinem Messer Gebrauch machen werde, wenn Ihr jetzt nicht redet.«

Langsam hob Raiden den Kopf. »Man hat ein Kind zu ihm

gebracht, zu diesem Arzt. Der Junge war ernstlich krank, Willa.«

»Aber er lebt?«

»Als das Paar mit ihm ging, da lebte er, ja.«

»Was war mit ihm?«

»Malaria, vermutet der Arzt.«

Sie wurde blass.

»Er hat Chinin bekommen. Das ist das einzige Mittel.«

»Nannten sie ihn beim Namen?«

»Nein. Und der Arzt hatte das Gefühl, das niemand wissen durfte, dass ...«

Sie nickte angespannt, zappelte vor Nervosität. »Wer hat ihn gebracht? Wer war dieses Paar?«

»Ein junger Schwarzer und eine alte Frau.«

»War die Frau Irin?«

Raiden nickte.

»Das muss Maura gewesen sein, seine Amme. Sie ist mit ihm verschwunden.«

»Willa –« Raiden schaute zu Boden, dann hob er entschlossen den Kopf und sah Willa an. »Der Arzt hat gesagt, dass das Kind im Sterben lag.«

»Nein! Er irrt sich! Ich würde das spüren!«

»Wir werden weiter nach ihm suchen. Ich schwöre es Euch«, sagte er, noch immer erstaunt darüber, so viel herausgefunden zu haben. »Gibt es etwas, was Ihr mir über den Jungen noch nicht gesagt habt?«

Sie setzte sich zurück, runzelte die Stirn.

»Der Arzt sagte, dieses Kind hatte auch noch ... andere Probleme.«

»Mason spricht nicht. Daran ist nichts Ungewöhnliches.« Es klang, als verteidigte sie sich

»Ich sage ja gar nicht, dass es das ist.« Er sprach beruhigend, denn er spürte, dass eine fast fieberhafte Erregung Willa ergriffen hatte. »Aber sein Verstand –«

»Mason ist ... er ist in seiner eigenen Welt gefangen, Raiden. Aber er ist ein guter Junge.« Sie zerdrückte ihr Retikül. »Er reagiert auf Liebe und Zärtlichkeit.« Sie ließ den Kopf sinken und murmelte verloren: »Ich fürchte, je länger wir getrennt sind, umso weiter wird er sich von mir entfernen.«

Raiden schluckte, als säße ihm plötzlich ein Knoten in der Kehle. »Willa, seht mich an.«

Sie hob den Blick.

»Begreift Ihr denn nicht? Es *war* Mason, den sie zum Arzt gebracht haben. Es *gibt* Hoffnung.«

Ihr Gesicht verzerrte sich, ehe sie es mit den Händen bedeckte, um es vor ihm zu verbergen. Raiden ergriff ihre Hände, zog Willa in die Arme und wiegte sie auf seinem Schoß. Und jetzt konnte sie die Tränen nicht länger zurückhalten. Sie hielt sich an ihm fest und schluchzte hilflos.

»Danke«, flüsterte sie. »O Raiden, danke.«

Er streichelte ihren Rücken. »Der Doktor hat gehört, dass sie irgendetwas über Kedah gesagt haben.«

Willa neigte den Kopf zu Seite, um Raiden anzusehen.

»Und ganz zufällig ist das genau der Ort, zu dem wir auch wollten.«

Sie lächelte ihn unsicher an, ehe sie in seine Arme zurücksank. Verzweifelt klammerte sie sich an den Funken Hoffnung, den er ihr bot. Und sie war unendlich dankbar dafür, dass Raiden Montegomery sie entführt hatte.

Gegen Raiden gelehnt, schlummerte Willa. Er ließ den Kopf gegen das Lederpolster sinken, während die Kutsche ihre holprige, schwankende Fahrt fortsetzte.

Unruhe trieb ihn um. Sie mussten fort aus dieser Stadt, und das schnell. Ihm waren Gerüchte zu Ohren gekommen, dass in Kalkutta Truppen gegen den drohenden Aufstand zusammengezogen worden waren. Die Rebellen der Siraj-ud-dulah würden angreifen, vielleicht schon in einer Woche, vielleicht erst in einem Monat, aber der Aufstand würde losbrechen. Und wenn sie die Stadt einnahmen, würde es Hunderte von Toten geben. Innerhalb weniger Tage würden Clive und die *East India Company* einen Vergeltungsschlag quer durch Indien bis hin zur mongolischen Grenze führen. Die Stammesfürsten waren ein wankelmütiger Haufen, und sie führten untereinander Krieg, während die Engländer die Reichtümer des Landes plündern würden. So wie sie es in Bombay und den Orten entlang der Gewürzstraße getan hatten.

Und die *Company* würde sich behaupten. Sie war zahlenmäßig zu stark überlegen, zu gut ausgerüstet und vorbereitet für einen Angriff, als dass man etwas anderes erwarten konnte. Und zur See würde Dunfee den Oberbefehl haben. Aber Raiden wollte, dass dieser Kampf nach *seinen* Bedingungen ablief, zu einer Zeit, die *er* bestimmte. Und das war ein weiterer Grund, so schnell wie möglich zur *Renegade* zurückzukehren, denn wenn sie dem Feind in die Hände fiel, würde sein Leben vorbei sein.

Und gerade jetzt, da er dachte, dies kümmere ihn nicht, fühlte Raiden, dass er leben *wollte*.

Er hatte alles in seiner Macht Stehende getan, um Mason zu finden, sagte er sich und zog Willa ein wenig fester an seine Seite. Er hatte sich auf mehr festgelegt als nur auf ihren Handel, und er hoffte, dass sie es wusste. Er hatte eine beachtliche Zahl von Chinin-Phiolen erstanden, um den Vorrat an Bord der *Renegade* damit aufzustocken, und obwohl sie noch mehr Medikamente brauchen konnten, durfte er jetzt keine Verzögerung mehr riskieren. Das Chinin würde Willa helfen, die Krankheiten zu überstehen, die im Dschungel lauerten. Falls Mason wirklich an Malaria litt, gab es allerdings nur wenig Hoffnung, aber er wollte alles dabei haben, was notwendig sein konnte, ihm zu helfen. Raiden empfand fast so etwas wie Eifersucht auf das Kind, das Willa so sehr liebte, und das Bild eines kleinen, schwachen Jungen, der nach seiner Mutter weinte und nicht sagen konnte, was ihn quälte, peinigte ihn von Stunde zu Stunde mehr. Das Einzige, was sein Gewissen beruhigte, war die Tatsache, dass zwanzig Männer die Stadt durchkämmten und nach jedem forschten, auf den die Beschreibung passen könnte, die der Arzt ihm gegeben hatte. Und die herausfinden sollten, auf welchem Weg Mason, diese irische Kinderfrau und der junge Schwarze die Stadt verlassen hatten.

Der Name eines Schiffes würde vollauf genügen, und er war jetzt froh, dass er den Männern befohlen hatte, ihm erst auf der *Renegade* Bericht zu erstatten und nicht erst an Land nach ihm zu suchen.

»Ihr seht schrecklich nachdenklich aus.«

Er schaute auf Willa herunter, die ihn verschlafen anblinzelte.

Gott, war sie schön. »Ich muss immer vorausdenken, meine Füchsin.«

Willa war unbeschreiblich dankbar für die Neuigkeiten und ihr Herz machte einen kleinen Sprung, als sie begriff, dass Mason lebte. Hoffnung war alles, was ihr geblieben war, und Raiden hatte sie ihr gegeben. »Habe ich Euch eigentlich angemessen für das gedankt, was Ihr über meinen Sohn in Erfahrung gebracht habt?«

Sein ganzer Körper spannte sich an vor süßer Erwartung. »Das hängt davon ab, was man unter *angemessen* versteht.«

Er zog neckend die Augenbrauen hoch. Willa lachte, und es war ein weiches, sehr weibliches Lachen. Sie legte die Hand in seinen Nacken. »Glaubt mir, Raiden, ich weiß sehr gut darüber Bescheid, was *angemessen* ist.« Sie zog ihn zu sich herunter, und er gehorchte höchst bereitwillig.

Sein Kuss traf sie mit heißer Sinnlichkeit, und Raiden ließ sich auf die Polster sinken, um ihren Kuss auszukosten und zu spüren, wie ihr Körper nachgab und sich an ihn schmiegte. Als er Willa in seine Arme schloss, fragte er sich für einen kurzen

Augenblick, ob sie ihm diesen Kuss schenkte, weil sie ihm dankbar war, oder weil sie ihn als Mann begehrte. Doch schon beim nächsten Atemzug schwor er sich, dass es ihm egal war.

Ein lauter Ruf riss sie aus ihrer Selbstvergessenheit, und Raiden ließ Willa los. Er beugte sich vor und schaute aus dem Fenster. Ein derber Fluch kam von seinen Lippen.

Willa spähte an ihm vorbei. »O du lieber Gott. Jetzt ist alles aus.«

Kapitel 11

Die *Renegade* war davongesegelt. Ohne ihren Kapitän.

Raiden rief dem Kutscher laut etwas zu, woraufhin dieser die Kutsche anhielt. »Spannt die Pferde aus«, befahl er Perth und warf seinen Dreispitz zur Seite. »Vazeen, Kahlid, durchkämmt das Gelände. Jabari, du bleibst dort sitzen.«

Willa begriff nicht, was vorging, doch Raiden hatte gewusst, dass sie in Gefahr waren, kaum dass die Kutsche in den zum Strand führenden Weg eingebogen war. Auf dem Lagerplatz brannten noch die Feuer. Kessel waren in der Hast des Aufbruchs umgestoßen und zurückgelassen worden, der Boden war übersät von verschüttetem Essen und Abfällen. Dies war bereits das zweite Mal in vier Monaten, dass sein Schiff gezwungen gewesen war, überstürzt die Anker zu lichten. Und es war das zweite Mal, dass jemand versuchte, ihn der Obrigkeit ans Messer zu liefern. Die *Renegade* hatte bereits Fahrt aufgenommen. Wenigstens war sie nicht aufgebracht worden. Das war ein weiterer Teil des Rätsels, das Raiden nicht begreifen konnte. Jahrelang hatte es solche ernsten Zwischenfälle nicht gegeben, und er hatte überlebt, weil er allem gegenüber argwöhnisch war und nur wenigen Menschen vertraute. Verrate den Kapitän, und es ist dein sofortiger Tod. Verrate die Mannschaft, und die Männer neunmal so vieler Schiffe würden sich aufmachen, dem Verräter Stück um Stück das Fleisch von den Knochen zu reißen, wie es sonst nur der Aussatz bei einem Menschen tat, den er befallen hatte. Was konnten die Behörden einem Mann bieten, das es wert war, seinen Kapitän und seine Kameraden zu verraten? Denn jeder Mann hatte das Recht, seine Reichtümer zu nehmen und unbehelligt von Bord zu gehen.

»Ich kann nicht glauben, dass sie ohne Euch gesegelt sind«, sagte Willa, die noch immer aus dem Fenster schaute. Raiden zog sie zurück.

»Die erste Pflicht ist, das Schiff in Sicherheit zu bringen. Was uns betrifft, so dürfte die Gefahr noch nicht vorüber sein.« Obwohl er weder Blutspuren noch Verwundete oder gar Tote am Strand entdecken konnte, würde Raiden es nicht riskieren, seine Deckung zu verlassen.

Er prüfte, ob seine Pistole geladen war, und deutete auf die Sitzpolster der Bank ihm gegenüber. »Nehmt die Kissen hoch und holt alles heraus, was Ihr findet«, forderte er Willa auf.

Sie kniete sich auf den Boden und tat, was Raiden ihr aufgetragen hatte. In dem Hohlraum unter der Bank fand sie mehrere Pulverhörner und Beutel verschiedenen Inhalts. »Ihr wusstet, dass sie lossegeln würden.«

»Ja.« Raiden hatte seine Waffen überprüft und kniete sich neben Willa. »Für den Fall, dass es Ärger gibt, gilt eine Übereinkunft. Es wird gesegelt, ganz egal, wer zurückgelassen wird.« Er schaute kurz auf, und sein Blick verweilte auf Willas schlanken Fesseln unter den hochgerafften Röcken. »Wir werden ständig gejagt. Und das bedeutet ...«

»Wir sind verraten worden?«

»Höchstwahrscheinlich.« Raiden machte eine Bestandskontrolle und legte die Gegenstände vor sich auf die Sitze. »Und ich weiß nicht, wer der Verräter auf dem Schiff ist«, seine Stimme senkte sich, »oder unter den Männern, die hier bei uns sind.« Doch die Tatsache, dass irgendjemand sie an die Behörden hatte ausliefern wollen, blieb bestehen, denn die *Renegade* hatte an einem abgeschiedenen, verborgenen Platz geankert, an den sich selbst die Einheimischen so gut wie nie verirrten.

»Es tut mir Leid.«

Er runzelte die Stirn.

»Ich habe Euch in diese Lage gebracht.«

Er schüttelte den Kopf, während er einen englischen Armeetornister packte. »Die Soldaten auf dem Marktplatz in Kalkutta wussten, dass ich dort sein würde. Das hatte nichts mit Euch zu tun. Es ist auch nicht das erste Mal, dass ich nur um Haaresbreite entwischen konnte.«

»Aber Ihr könntet ohne mich fliehen.«

»Ich lasse Euch nicht zurück, Willa.«

»Ihr habt Euer Versprechen erfüllt.«

»Nein, ich habe versprochen, den Jungen zu *finden*.« Er stopfte Munition, Trockenfleisch und die Phiolen mit dem Chinin, die er sich beschafft hatte, in den Tornister.

»Euer Leben ist in Gefahr, und ich behindere Euch nur.«

»Ihr kommt mit mir«, sagte er mit einer Entschiedenheit, die keinen Widerspruch duldete. Es war undenkbar, sie zurückzulassen, aus *keinem* Grund. »Wir müssen an Land weiter, um die *Renegade* einzuholen.«

»So etwas ist Euch auch schon zuvor passiert.« Die Vorräte, die unter den Sitzpolstern versteckt gelegen hatten, ließen vermuten, dass er sich auf diese Situation vorbereitet hatte.

»Ich … der Schwarze Engel wird nicht nur von der *Royal East India* gejagt, Mylady. Da gibt es noch ganz andere, die ihn gern fangen würden. Und jetzt ist meine Anwesenheit in dieser Stadt bekannt. Unsere einzige Hoffnung ist, dass der, der mich so beharrlich sucht, glaubt, dass ich an Bord bin.« Raiden vermutete, dass es Dunfees oder Wastons Spione waren, aber andererseits würde die ganze Bucht von Bengalen von Kriegsschiffen wimmeln, sollte auch nur einer der beiden Männer in der Nähe sein. Und falls sie unter den Männern waren, die diese Kutsche begleitet hatten?

»Sie werden die *Renegade* angreifen?«

»Möglicherweise versuchen sie es, aber Tristan ist ein hervorragender Seemann. In dieser Lagune ist das Navigieren recht schwierig.«

»Aber er ist noch immer sehr schwach.«

»Körperlich vielleicht, aber nicht im Kopf.« Er reichte ihr einen Beutel. »Nehmt Euch passende Kleidung aus den Kisten und packt sie ein, rasch.«

Willa befolgte seine Anweisung, während Raiden den ledernen Tornister verschloss. Als er ihr eine geladene Pistole hinhielt, starrte sie die Waffe an. Erst jetzt begriff sie das ganze Ausmaß der Gefahr, in der sie schwebten. Sie nahm die Pistole und verbarg sie in der Innentasche ihres Rockes.

Raiden erhob sich und befestigte noch eine zusammengerollte Decke an Willas Kleiderbeutel, dann stieg er aus der Kutsche und reichte Willa die Hand, um ihr zu helfen. Perth führte die Kutschpferde zu ihnen. »Ihr und Jabari reitet auf einem Pferd«, wies Raiden den hoch gewachsenen Seemann an. »Er ist kein erfahrener Reiter, und wir werden rasch reiten müssen.«

»Aye, Sir«, erwiderte Perth und streckte die Arme nach Jabari aus, der sich noch immer unter dem Kutschersitz verbarg. »Komm, mein Junge, wir gehen jetzt auf Abenteuersuche.«

Raiden stutzte kurz und sah Nealy Perth stirnrunzelnd an. Jabari sprang in die Arme des Mannes, und dieser schwang ihn auf den Rücken des Pferdes. Ein vages Gefühl der Vertrautheit erfasste Raiden, dennoch war er sicher, diesem Mann noch nie zuvor begegnet zu sein. Er schob den Gedanken zur Seite, denn es gab etwas, um das er sich jetzt sehr viel dringender kümmern musste – das Entkommen.

Willas Blick glitt über die anderen. Sanjeev, Kahlid und Perth waren bereits bewaffnet, und nichts wies mehr darauf hin, wie vornehm sie noch vor wenigen Augenblicken ausgesehen hatten. Kahlid, räumte Willa ein, sah am grimmigsten aus, in seinem Brustharnisch und mit dem riesigen Krummsäbel, den er quer über dem Rücken trug. Um den Kopf hatte er eine *kayffia* geschlungen.

»Könnt Ihr reiten?«, fragte Raiden.

Sie sah ihn an und lächelte. »Ja.« Sie ging zu dem Pferd, das ihr zugedacht war, und tätschelte dessen Nüstern, ehe sie es zu einem umgestürzten Baum führte.

»Auch ohne Sattel?« Raiden beobachtete sie, während er den Mantel ablegte und sein Krawattentuch lockerte. Willa schwang sich – Gott helfe ihm – mit gespreizten Beinen wie ein Mann aufs Pferd. »Ich hatte Recht, Ihr müsst der Fluch im Leben Eures Vaters gewesen.« Er hievte den Tornister auf seinen Rücken.

»So wie ich jetzt der Eure bin«, erwiderte sie lächelnd und richtete ihre Röcke.

Bei Gott, dachte Raiden, aber die Frau sah der Gefahr freudigen Auges entgegen! Nachdem er das restliche Gepäck auf dem Rücken des Packtieres mit einem Seil festgebunden und gesichert hatte, stieg Raiden in den Sattel und winkte Willa an seine Seite. »Es wird ein anstrengender Ritt werden«, warnte er ernst.

Sie hob das Kinn. »Ich werde mich bemühen, Euch nicht zu enttäuschen.«

Er lächelte kurz, dann schaute er zu seinem Steuermann. »Kahlid, Ihr übernehmt die Spitze. Perth, Ihr sichert die linke Flanke.« Er wies Sanjeev und Vazeen an, zur Rechten die Flanke zu bilden. Raiden hasste es, dass er auch diesen Männern misstrauen musste, doch Vertrauen setzte er nur in Kahlid. Sie hatten fast ein Jahrzehnt lang Seite an Seite verbracht, wie es auch bei Tristan war. Doch dessen ungeachtet gab es nur einen einzigen Menschen, dem er voll und ganz vertrauen konnte – Willa.

Stunde um Stunde trieben sie die Pferde zu einem unerbittlichen Tempo an. Sie benutzten verlassene Straßen und mieden die Dörfer und folgten dabei immer der Küste. Es schien, als könnte Raiden es nicht überleben, zu weit von der See entfernt zu sein. Kahlid ritt voran und schlug ihnen den Weg frei, sein mächtiger Krummsäbel schnitt durch das Dschungeldickicht einen Pfad, der mitten in die Hölle zu führen schien. Obwohl die Sonne hoch am Himmel stand, herrschte hier unten Dämmerlicht, und die drückende Hitze wurde durch den feuchtwarmen Dunst der Vegetation noch unerträglicher. Willas Kleid hing schlaff herunter und klebte an ihrem Körper. Sie sehnte sich nach ihrem Sari. Raiden ritt fast immer an ihrer Seite. Aufmerksam glitt sein Blick über das undurchdringliche Dickicht und über die dicht gewebten Wände aus Kletterpflanzen und Schlinggewächsen, die sie umgaben. Er ritt auf einer grauen Stute, deren Zügel er lässig in der Hand hielt, und wenn seine Haltung auch nichts von seiner Anspannung verriet, so war diese doch spürbar. War es Zorn oder Enttäuschung – Willa war sich nicht sicher, doch was Verrat bedeutete, verstand sie nur allzu gut. Raiden hatte sich das Haar mit einem schwarzen Band zurückgebunden, und das Hemd klebte ihm am Körper. Den Tornister hatte er am Sattel befestigt und wie eine Satteltasche quer über den Rücken seines Pferdes gelegt. Schon vor Stunden hatte er das Packpferd freigelassen, damit sie schneller vorankamen.

Wohin sie ritten – Willa hatte keine Ahnung, aber sie wollte ihn auch nicht vor seinen Männern danach fragen, da er auch ihnen nicht voll vertraute. Es entging ihr nicht, wie sehr es ihn beschäftigte, denn immer wieder streifte sein Blick die Männer, wenn diese es nicht bemerkten. Und Willa schaute Raiden an. Zu hilflos, um ihrem Sohn helfen zu können, und sich bewusst, dass sie sich nur noch weiter verrückt machte, sagte sich Willa, dass es auch noch andere Dinge gab, über die sie während des Ritts nachdenken konnte. Sie brauchte eine Ablenkung, und Raiden war, bei Gott, eine Augenweide. Der Gedanke, die Nacht mit ihm im Dschungel zu verbringen, regte ihre Fantasie an und ließ sie in eine schamlose, sündige Richtung wandern.

Unvermutet ritt Raiden langsamer und sah Willa mit einem wissenden Lächeln an. Sie ahnte sofort, dass er ihr diese Gedanken angesehen haben musste.

»Wollt Ihr mir etwas sagen?«

Sie schaute unverwandt geradeaus und vermied es, in seine dunklen, eindringlichen Augen zu sehen. »Nein.«

Er beugte sich zu ihr hinüber. »Dann hört auf mich anzusehen, als ob Ihr wünscht, gleich hier und auf der Stelle von mir genommen zu werden.«

Willa errötete und schlug nach einem Käfer, der um sie herum schwirrte. »Das habe ich nicht getan.«

»Doch, Willa, das habt Ihr ... und noch viel mehr.«

Langsam wandte sie ihm den Blick zu. »Bin ich für Euch so leicht zu durchschauen?«

»In dieser Beziehung ... ja.« Der sinnliche Ausdruck in ihren Augen machte ihn hart vor Verlangen. Er wollte sie auf seinen Schoß ziehen und jede Kurve ihres Körpers spüren, die sich unter der roten Seide verbarg.

»Und was seht Ihr jetzt? Sagt es mir.«

»Eine Frau, die noch viele Geheimnisse hütet. Sogar vor sich selbst.« Er legte den Kopf schräg. »Habt Ihr noch immer nicht gelernt, mir zu vertrauen?«

Es war nicht Raiden, dem sie misstraute. Sie wollte Alistars Bild nicht ständig vor sich sehen, sie wollte jenes bedauernswerte Leben mit ihm vergessen und hier bleiben, wo sie sich lebendig und begehrt fühlte. Doch nur ein einziges Wort über ihr früheres Leben zu erwähnen, zuzugeben, dass sie gelogen hatte, würde diese zarte Freundschaft zerstören, die sie mit Raiden verband. Und sie könnte es nicht ertragen, sie zu verlieren. Denn diese Freundschaft war das Wichtigste, was sie zurzeit besaß.

Willa schaute rasch fort. Sie musste plötzlich an den Juwelenbeutel denken und an die Papiere, die darin versteckt waren. Sie hatte nicht erwartet, um ihr Leben fliehen zu müssen, und den Beutel zwischen den Polstern der Bank versteckt. Wenn jemand ihn dort fand, war sie erledigt.

»Ich sehe Panik in Euren Augen.«

»Diese Situation ist bedrohlich. Und ich habe Angst.«

Raidens Augen verengten sich sekundenlang, ehe er seufzte und den Kopf schüttelte. Sie hatte nicht mehr Angst als das Pferd, das sie ritt. Wie sehr er sich wünschte, sie würde sich ihm öffnen und ihn an ihren Gedanken teilhaben lassen, sich von ihm helfen lassen, welche wohl gehüteten Geheimnisse auch immer sie ängstigen mochten. Dass sie sich vor ihm verschloss und zurückzog, sodass sie unerreichbar für ihn schien, ließ ihn wünschen, diese Bastion ihrer Weiblichkeit durchbrechen zu können, um all das zu sehen, was sich dahinter verbarg. Raiden ergriff ihre Hand, und für einen kurzen Augenblick schlang sie ihre Finger um seine. »Wir werden Mason finden und dann ...«

Sie zog die fein geschwungenen Augenbrauen hoch. »Und dann?«

» – dann werde ich mein Versprechen einlösen.«

Sie zu lieben, bis sie vor Lust schrie, erinnerte sich Willa seiner Worte. Sie spürte, wie ihre Haut vor Erwartung zu prickeln begann. Eine Erwartung, für die sie allen Grund hatte, sie zu wollen, aber kein Recht, sie zu hegen.

Es vergingen weitere drei Stunden, bis Raiden entschied, das Lager aufzuschlagen. Es war inzwischen so dunkel geworden, dass sie kaum noch etwas sehen konnten. Er wollte Willa beim Absitzen helfen, doch sie glitt ohne seine Hilfe mit einer Geschicklichkeit von ihrem Pferd, die ihn überraschte, besonders in Anbetracht ihrer Röcke und Unterröcke. Raiden zog den Tornister und die Satteltasche vom Pferd und ließ sie Willa vor die Füße fallen. Dann kniete er sich hin und kramte in ihnen herum. Er nahm einige Säckchen heraus und befestigte diese zusammen mit seinen Waffen an seinem Hosenbund.

»Wohin wollt Ihr?«

Der Anflug von Panik in ihrer Stimme machte ihn betroffen, und er stand auf. »Schauen, wo wir sind und vielleicht etwas jagen.« Über Willas Kopf hinweg streifte er mit einem kurzen Blick die Männer, die das Lager aufschlugen. »Ist Eure Pistole geladen?«, wandte er sich an Willa. Sie nickte. »Feuert einen Schuss ab, falls Ihr mich braucht.«

»Hoffentlich wird er in die Luft gehen und nicht auf einen der Männer.«

Obwohl er es war, den sie wollten, durfte Raiden nicht außer Acht lassen, dass man Willa als Druckmittel gegen ihn benutzen könnte, falls das einem seiner Feinde einfiel. Und damit würden sie wahrscheinlich Erfolg haben. Diese Tatsache ließ ihn erkennen, wie verwundbar Willa ihn gemacht hatte. Aber im Augenblick ließ sich nur wenig dagegen ausrichten. Die Tage des Leugnens, sie bedeutete ihm etwas, waren Vergangenheit. »Auf der anderen Seite der Bäume dort drüben gibt es eine Quelle.« Mit einem Kopfnicken wies er die Richtung. »Wenn ich zurückkomme, werde ich Euch dorthin begleiten.«

»Ihr müsst mich nicht bemuttern, Raiden.«

Sein Lächeln wirkte traurig. »Ich versuche nur, Euch zu beruhigen.«

Ihr Kinn reckte sich ein wenig höher. »Ich bin durchaus selbst in der Lage, auf mich aufzupassen, Pirat. Macht Euch lieber auf den Weg und kommt schnell zurück.« Sie lächelte und schob ihn wie ein Kind, das auf den rechten Weg gebracht werden musste. »Oder seid etwa Ihr es, der beruhigt werden muss?«

Trotz dieser unbeschwert klingenden Worte wusste Raiden, dass die Situation Willa beunruhigte. Er wollte sie nicht allein lassen, auch nicht für kurze Zeit, doch es gab niemanden, dem er trauen und sagen konnte, was er brauchte. »Eure spitze Zunge wird Euch eines Tages viel Ärger einbringen.«

»Das hat sie schon«, erwiderte Willa. »Außerdem habe ich eine Pistole, Raiden. Und ich kann schreien.«

»Eine wahrhaft tödliche Kombination.« Er wandte sich zum Gehen, aber sie packte ihn am Arm und hielt ihn zurück.

»Bitte seid vorsichtig.« Willa wollte seine Arme um sich spüren, wollte mehr als ein paar Worte, die von seiner Rückkehr sprachen. Sie bekam keines von beidem.

Er beugte sich zu ihr und küsste sie auf die Stirn. Würde er sie jetzt auf den Mund küssen, wie er es gern wollte, würde er nicht gehen, das wusste Raiden. Er musste sich auch jetzt zwingen, sich von ihr zu trennen. Er rief seinen Männern noch einige knappe Befehle zu, dann winkte er Jabari zu sich. Leise sagte er: »Du bleibst bei Mylady, hörst du? Sie hat Angst und braucht deinen Beistand.«

Jabari nickte und wirkte dabei sehr ernst und sehr erwachsen. »Ich werde sie beschützen, Captain«, versprach er, während er sein Messer zog. Dann ging er zu Willa, die unter dem dichten Blätterdach der Bäume stand. Ehe Raiden im Dschungeldickicht verschwand, schaute er sich noch einmal um. Willa streckte die Hand nach dem Jungen aus und zog ihn an sich. Jabaris ernste Miene schmolz unter dieser fürsorglichen Geste dahin, und er genoss eine Zuneigung, die er bis jetzt nie erfahren hatte.

Dass Raiden fort war, wusste Willa in dem Augenblick, in dem seine hohe Gestalt mit der Dunkelheit verschmolz. Nur sein weißes Hemd schimmerte noch etwas länger, dann war auch dieses nicht mehr zu erkennen war. Trotz der bewaffneten Männer um sich herum fühlte Willa sich schutzlos, und ihr Blick glitt über die Lichtung bis hin zu Kahlid. Er war mit seinem Krummsäbel dabei, eine Bresche in das Dickicht zu schlagen, um mehr Platz für das Lager zu schaffen. Nealy Perth suchte nach trockenem Holz, das er zu einem Stapel auftürmte. Sanjeev und Vazeen standen an je einer Seite der Lichtung Wache. Die Waffen im Anschlag, starrten sie in die Dunkelheit.

Willa mochte sich nicht vorstellen, welche wilden Kreaturen jenseits der grünen Wand des Dickichts auf der Lauer liegen könnten.

»Lass uns Steine sammeln, die wir um das Feuer legen können«, schlug sie Jabari vor. Gemeinsam gingen sie auf die Suche. Jabari nahm seine Aufgabe überaus ernst, denn er weigerte sich, Willa unter dem Farnkraut oder dem Laub nachzuschauen zu lassen, ohne dass er zuvor nachgesehen hatte, dass ihr von dort keine Gefahr drohte. Willa spürte plötzlich, dass jemand hinter ihr stand, und fuhr herum.

»Kahlid.« Sie presste die Hand auf die Brust, in der das Herz heftig pochte.

»Vergebt mir, Mylady«, sagte er, während er sich verbeugte. »Ich wollte Euch nicht erschrecken.«

Willa neigte den Kopf zurück und erwiderte seinen Blick. »Ich glaube nicht, dass Ihr unter diesen Umständen eine Wahl hattet.«

Ein Lächeln überzog sein würdevolles Gesicht, und seine weißen Zähne hoben sich hell gegen seine dunkle Haut ab. »Ein Platz zum Schlafen«, sagte er und wies auf die Farnblätter, die neben dem Feuer zu einem Lager aufgeschichtet worden waren.

»Das ist sehr aufmerksam von Euch, Kahlid.« Die freundliche Geste überraschte sie.

Kahlid steckte seinen Krummsäbel in die Scheide zurück. »Ihr seid Montegomerys Frau.«

Montegomerys Frau, so kann man es ausdrücken, dachte Willa. Ein Teil von ihr wünschte sich, seine Frau zu sein, nicht das Verderben, das sein Leben bedrohte. Doch sie würde Kahlid nicht widersprechen. Denn wie Balthasar könnte er ihr mit einer Hand das Genick brechen. Allerdings hatte Kahlid freundliche Augen und wirkte sanft, trotz seiner gewaltigen Schultern und Arme.

»Ist der groß genug?«, hörte Willa Jabaris Stimme und wandte sich zu dem Jungen um, der einen Stein heranschleppte.

»Den hast du sehr gut ausgesucht.«

Jabari schaute zu Kahlid hoch. »Wir brauchen Wasser. Kommst du mit mir zum Fluss?«

Der Maure lächelte und zersauste dem Jungen das Haar. »Ja, ich werde deine Eskorte sein, kleiner Krieger.«

Jabari zog die Stirn kraus. »Ich brauche keine Eskorte«, widersprach er entrüstet. »Ich brauche jemanden, der stark genug ist, die Wasserschläuche zu tragen.«

Die Hand am Schwertgriff, stieß Kahlid ein tiefes, freundliches Lachen aus. »Beende aber erst deine Aufgabe.«

Willa musste ein Lächeln verbergen. Als sie sich umschaute, fiel ihr auf, dass Nealy sie beobachtete, während er mit Feuersteinen Funken schlug, um die trockenen Zweige in Brand zu setzen. Er hockte am Boden und blies Luft in die aufzüngelnde Flamme. Nealy hielt das Feuer niedrig und fast rauchlos, als Willa und Kahlid näher kamen.

Jabari bückte sich, um die Steine um die Feuerstelle zu legen. Dann betrachtete er sein Werk. »Noch drei mehr, denke ich, Madam.«

»Ich stimme zu, Sir.«

Der Junge lief davon.

Nealy schob sich den Dreispitz aus der Stirn und senkte den Kopf, um seine Erheiterung zu verbergen. »Der Junge hat eine Schwäche für Euch, Mädchen.«

Sie sah ihn scharf an. »Er nimmt nur seine Aufgabe sehr ernst. Er schuldet Raiden zu viel, um seinen Anweisungen nicht zu folgen.«

Nealy zog die Augenbrauen zusammen.

»Ibn Montegomery hat ihn vor einem Sklavenhändler gerettet«, sagte Kahlid. Hoch aufgerichtet stand er neben Willa, seine Haltung warnte jeden, näher zu kommen. So grimmig entschlossen wie er jetzt als Beschützer war, so gefährlich wäre auch, ihn zum Feind zu haben.

»Das wusste ich nicht«, sagte Nealy.

Willa ließ sich auf das Lager aus Farnkraut sinken. »Der Captain neigt nicht dazu, sich mit seinen guten Taten zu brüsten.« Sie schaute zu Jabari hinüber, dessen ganze Aufmerksamkeit davon in Anspruch genommen war, zwei Steine gegeneinander abzuwägen und zu entscheiden, welcher am geeignetsten sei. »Er ist ein liebes Kind.«

»Es ist die Fürsorge einer Mutter, nach der er sich sehnt.«

»Welches Kind, das so vernachlässigt und missachtet wurde, tut das nicht?«

Nealy zog die grauen Augenbrauen zusammen und rieb sich übers Kinn. Ehe er etwas entgegnen konnte, kam Jabari herbeigelaufen und legte einen Stein auf den Boden. Dann schaute er Kahlid fragend an. Der hoch gewachsene Maure berührte Willa leicht an der Schulter, und sie nickte zustimmend. Kahlid und Jabari sammelten die Schläuche zusammen und verschwanden im Dschungel.

»Glaubt Ihr das denn nicht?«, fragte sie Nealy, als sie allein waren. »Über die Kinder, meine ich.«

»Ich wurde in dem Glauben erzogen, dass Mütter dafür da sind, die Erben zu gebären. Und dass die Väter und die Härte des Lebens den Mann formen.«

Willa dachte an ihre Eltern, an die Liebe, die sie füreinander empfunden und offen gezeigt hatten, und wie verzweifelt ihr Vater nach Mutters Tod gewesen war. Er hatte seine Geschäfte schleifen lassen, und Willa hatte das Heft in die Hand nehmen müssen, bis ihr Vater seinen Kummer in den Griff bekommen hatte. »Vielleicht dachte Euer Vater, dass würde Euch stärker machen?« Obwohl sie nicht genau wusste, wie.

Nealy schnaubte abfällig. »Mein Vater hat mir beim kleinsten Vergehen die Seele aus dem Leib geprügelt, und als ich alt genug war, Ma'am, bin ich gegangen.«

»Vergebt mir, dass ich meine Nase in Eure Angelegenheiten gesteckt habe, Sir.« Es gibt so viel Schmerz in dieser Welt, dachte Willa und fragte sich, wie es Mason ohne sie ergehen mochte.

Nealy wischte ihr Mitgefühl mit einer Handbewegung beiseite. »Ich habe geschworen, dass ich meine Jungen niemals so behandeln würde.«

»Ist das der Grund, warum Ihr zur See fahrt statt ein Heim zu gründen?«

»Keine Frau würde mich zum Ehemann haben wollen.«

»Da wäre ich nicht so sicher, Mr Perth.« Er ist ein gut aussehender Mann, dachte sie, und durch seine Größe gefährlicher, als man auf den ersten Blick meint.

»Oh, die Ladys würden mich schon nehmen, Mädchen, nur nicht für sehr lange.«

»Seid Ihr sicher, dass nicht Ihr es seid, der nicht bleiben will?«

Im Dickicht war das Knacken und Rascheln von Zweigen zu hören, und Willa fuhr erschreckt herum. Instinktiv ließ sie die Hand in ihre Rocktasche gleiten, als das Rascheln näher kam. Kahlid und Jabari tauchten aus der Dunkelheit auf. Der Maure trug den Jungen auf seiner breiten Schulter. Ohne es zu merken, verschüttete Jabari Wasser aus den gefüllten Schläuchen, so dass Kahlid bei jedem Schritt nasser wurde, doch er nahm es geduldig hin.

»Durstig, Mylady?« Er spuckte das Wasser aus, das ihm in den Mund geflossen war, und lächelte, während er das Kind auf den Boden setzte.

Als Willa aufstand, verfing sich ihr Fuß im Rocksaum, und sie verlor das Gleichgewicht. Hätte Nealy Perth nicht geistesgegenwärtig zugepackt, wäre sie rücklings in die Flammen gefallen. Er riss Willa vom Feuer zurück und stellte sie behutsam auf die Füße. »Meinen Dank, Sir«, stieß sie keuchend hervor. »Das ist schon das zweite Mal, dass Ihr mich rettet.«

»Das ist meine Pflicht, M'lady, und bei dem Gewicht –«, er deutete auf ihr Kleid, »überrascht es mich eigentlich, dass Ihr nicht im Erdboden versinkt.«

Willa zupfte an dem schlaff herunterhängenden, schmutzigen Stoff. »Es ist ein wenig unpraktisch, nicht wahr?«

»Vielleicht solltet Ihr es wechseln.«

Willa wandte sich um, als sie diese Worte hörte. Ihre Schultern sackten vor Erleichterung zusammen, und sie atmete tief durch, als Raiden aus dem Blättergewirr auftauchte. Noch nie war sie so froh gewesen, ihn zu sehen. Fast schien es ihr, als habe sie mit angehaltenem Atem auf ihn gewartet. Er blieb am Rand des Feuerscheins stehen und sah Willa und die Männer der Reihe nach mit einem durchdringenden Blick an. Dann ging er zu Jabari und griff sich einen der Wasserschläuche. Er hielt ihn hoch und ließ sich einen dünnen Wasserstrahl in den Mund rinnen, ehe er ihn Willa anbot. Sie trat zu ihm und nahm den Schlauch. Erst jetzt bemerkte sie das Bündel, das er über der Schulter trug.

»Ihr habt ein Dorf gefunden?« Sie nahm einen großen Schluck von dem Wasser und sah Raiden abwartend an. Irgendetwas an seinem Gesichtsausdruck verriet ihr, dass er sehr genau wusste, wo er sich befand und wohin er wollte. Und das Bündel sagte ihr, dass er gefunden hatte, wonach er gesucht hatte.

»Ja.« Er warf das Bündel auf den Boden und es landete vor Willas Füßen. Es waren zwei tote Affen.

Sie sprang angewidert zurück und raffte ihre Röcke, während sie Raiden anstarrte. »Diese Kreaturen werde ich nicht essen.«

»Entweder Ihr werdet sie essen oder Ihr werdet hungern. Und denkt daran, dass Ihr Eure ganze Kraft für diesen Ritt brauchen werdet. So wie wir alle«, fügte er hinzu. Willa runzelte die Stirn, als sie ihn so barsch sprechen hörte. Raiden ging mit großen Schritten zu Willas Satteltasche, hob sie auf und schlug den Weg zurück in den Dschungel ein. »Kommt mit«, war alles was er sagte, als er ihr die Hand hinstreckte.

»Wenn Ihr mich entschuldigen würdet, Gentlemen«, sagte Willa mit einem Blick zu den anderen. »Der Captain fühlt offensichtlich das Bedürfnis, übermäßig grob sein zu wollen.«

Dann reckte sie das Kinn und legte ihre Hand in seine. Raiden zog sie mit sich in das Dickicht.

Kaum waren sie außer Sichtweite der anderen, wurde sein Griff sanfter. Sie hielten sich an der Hand, als sie tiefer in den Dschungel hineingingen. Und Willa spürte die heiße Woge der Erwartung in sich aufbranden.

Kapitel 12

In der Dunkelheit des Dschungels ließ Raiden die Satteltasche fallen und riss Willa in seine Arme. Wie ein wilder Sturmwind griff er nach ihr, hüllte er sie ein. Sein Mund nahm von ihr Besitz, und er schloss die Hand um ihr Kinn, als seine Zunge zwischen ihre Lippen drängte. Ungehemmtes Verlangen und glühende Leidenschaft rissen beide mit sich, als Willa seinen Kuss erwiderte, gegen ihn kämpfte und sich wieder ergab. Ihre Hände umfingen seinen Kopf, strichen durch sein Haar, als sie sich all das nahm, was er ihr von dieser Macht, diesem sündigen Verlangen gab.

Dann, ebenso rasch wie die Leidenschaft sie gepackt hatte, zerrte sie an seinem Haar und wandte den Kopf ab. »Glaubt nicht, mich noch einmal so herumkommandieren zu können, Pirat. Ich bin Eure Geliebte, nicht einer Eurer Männer.« Sie stemmte sich gegen seine Brust, aber er riss sie wieder in seine Arme.

»Dann lasst mich Euch nicht noch einmal in Perths Armen finden.« Sein Kuss war so leidenschaftlich und wild wie der zuvor, und Willa glaubte, die Welt um sie herum würde sich immer schneller drehen. Sie spürte Raidens Eifersucht in diesem Kuss, auch wenn Raiden es nicht zugeben würde, sie fühlte sie – in dem besitzergreifenden Zupacken seiner Hände, die sie hielten, in dem begierigen Druck seiner Lippen auf ihrem Mund.

Er hob den Kopf. »Und Ihr seid nicht meine Geliebte … noch nicht.«

Noch nicht. Ahnende Verheißung durchströmte Willa, quälte sie mit dem, was sie geteilt hatten, weckte ihr Verlangen, wenn sie es nicht empfinden durfte. »Das ist, als würdet Ihr über den Unterschied zwischen Äpfeln und Apfelmus sprechen.«

»Ist das eine Einladung?« Seine Hand glitt auf ihren Po, und Raiden presste Willa so fest an sich, dass sie sein hartes Verlangen spürte.

Wie eine Flamme entzündete sich heißes Begehren in ihr. Als Raiden sich wieder über sie beugte, nahm sie all ihre Selbstbeherrschung zusammen. »Nein, das ist es nicht«, wehrte sie ihn ab und befreite sich aus seinen Armen. Sie konnte ihn nicht ansehen, denn sie würde das Feuer der Leidenschaft in seinen Augen sehen, und sie würde dem Wunsch nicht widerstehen können, dieses Feuer zu fühlen, auch wenn es ihr verboten war. O ja, Raiden hatte ihr schon jetzt etwas gezeigt, was Alistar nie gelungen war ... ihr ungezügeltes Verlangen. Und es machte sie wütend, es verleugnen zu müssen. Sie zog die Pistole aus der Rocktasche und ging dem Klang des Wassers nach. Sie musste Zweige und Schlingpflanzen beiseite schieben, und ihre Beine fühlten sich an wie aus Gummi, trotzdem ging Willa unbeirrt weiter.

Raiden stieß einen tiefen Atemzug aus, ehe er die Tasche aufhob und Willa folgte. »Ihr würdet mich sehr entgegenkommend finden – und dunkel ist es auch. Dieser Baum hier wäre hervorragend geeignet«, zog er Willa auf, indem er gegen den Baumstamm klopfte, an dem er gerade vorbeiging.

Sie schaute über die Schulter zurück und brachte ihn mit einem empörten Blick zum Schweigen. »Seid nicht so vulgär.«

Verglichen mit ihr bin ich das wohl, dachte Raiden und ließ die Satteltasche zu Boden fallen. »Habt Ihr auf dem Gebiet Erfahrung, über das Ihr urteilt?« Ihr schmales Kinn reckte sich vor und Raiden wusste, dass es nicht an dem war.

»Romantik ist nicht Eure starke Seite, wie ich sehe.« Willa trat ans Ufer der Quelle und streifte ihre schlammverkrusteten Schuhe ab. »Was schlagt Ihr vor, Raiden, dass ich mir die Röcke vom Leibe reiße und dabei stöhne wie ein ... ein *Mann*?«

Ah, sie ist wütend, dachte Raiden und unterdrückte ein Lächeln, das sie vermutlich nicht geschätzt hätte. Er hatte so etwas erwartet, und er hatte ihr Temperament herausfordern wollen, es spüren wollen, um sie die Gefahr und die Suche nach ihrem Kind vergessen zu lassen, und sei es auch nur für kurze Zeit. Willa hatte den anstrengenden Ritt durchgestanden und die Hitze ertragen, ohne sich darüber zu beklagen, und Raiden bewunderte ihre Ausdauer. Was ihn anbetraf, so hatte er das Gefühl, auf der Stelle niederfallen und hundert Jahre lang schlafen zu können.

»Soll ich Euch den Hof machen? Mit Blumen?« Willa schaute zu, wie er eine orangefarbene Blüte von einem Busch pflückte und sie ihr reichte. »Oder soll ich einfach das tun, was ich versprochen habe?«

»Männer versprechen leicht etwas, wenn es ihnen Nutzen bringt.«

Ich habe keine Versprechen anzubieten, dachte Raiden resigniert, während er trockene Pflanzen sammelte und sie bündelförmig um einen Zweig legte. »Ihr fordert mich schon wieder heraus, wie ich sehe. Ich werde etwas dagegen unternehmen müssen.«

Diese Ankündigung erfüllte Willa mit köstlicher Ahnung, die aber ebenso rasch wieder gedämpft wurde, als sie an ihr Ehegelübde dachte. »Warum hört Ihr nicht auf, mich zu quälen?«

»Weil Ihr so leicht zu ärgern seid.«

Seine Stimme klang seltsam angespannt, und Willa wünschte, sie könnte ihn im Mondlicht besser erkennen.

Raiden umwand das Pflanzenbündel mit biegsamen, weidenartigen Ranken, bis es die Form einer Fackel annahm. Dann schlug er Funken aus einem Feuerstein, entzündete die Fackel und steckte sie in den Boden. Als er sich aufrichtete, tanzten flackernde Schatten durch die Nacht. Tiefe Stille breitete sich aus.

Mit einem frustrierten Seufzen legte Willa die Pistole aus der

Hand und begann, sich ihr Mieder aufzuschnüren. Sie hielt dabei inne, als sie seinen Blick auf sich spürte. »Lasst mich allein.«

»Damit Euch jemand niedersticht, während ich Euch hier zurücklasse? Nein.« Er schüttelte den Kopf.

Willa nagte an ihrer Unterlippe. Nach ein paar Sekunden des Nachdenkens drehte sie Raiden den Rücken zu. »Dann helft mir beim Aufschnüren.«

Dieses Ansinnen ließ Raiden leise aufstöhnen, doch dann löste er rasch und geschickt die Schnürung.

Willa hielt sich das Mieder vor die Brüste und warf ihm über die Schulter einen Blick zu. Sie schürzte die Lippen »Du meine Güte, wie geübt Ihr darin seid.«

Er lächelte nur.

»Abscheulicher Mann«, murmelte sie. Es störte sie, dass er so viele Frauen gehabt hatte, um diese Fertigkeit zu erlangen, während sie die Aufmerksamkeiten nur eines Mannes ins Feld führen konnte. Da ihr ohnehin keine andere Wahl blieb, öffnete sie ihre Röcke und Unterröcke, zog sie sich über den Kopf und ließ sie zu Boden fallen.

Raiden bekam große Augen bei dem Anblick, der sich ihm bot. Willa hatte alles, was sie an Proviantvorräten und Pulverhörnern hatte, an ihren Reifrock gebunden, der aussah wie ein geschmückter Weihnachtsbaum. Schlau. »Guter Gott, das muss ziemlich schwer sein.«

Willa nestelte an den Bändern. »Dann findet eine Möglichkeit, dass ich ihn loswerde. Die Bänder sind ein einziger Wirrwarr.«

Raiden zog ein Messer aus seinem Stiefel und durchschnitt die Bänder. Mit einem vernehmlichen Plumpsen fiel der Reifrock auf die Erde.

Die Hände in die Hüften gestemmt, sah sie ihn vorwurfsvoll an. »Das hätte ich auch noch gekonnt«, rügte sie in säuerlichem Ton.

»Ihr könnt in diesem Ding auf keinen Fall bequem reiten.«

Was bedeutete, dass sie jetzt wieder mit überlangen Röcken zu kämpfen haben würde. »Offenbar gefällt es Euch, meine Kleider zu zerschneiden.« Sie stieg aus dem Gestell, unschlüssig, was sie mit ihren Händen tun sollte.

Er sah, dass sie errötete. »Ich habe Euch schon in weniger gesehen und außerdem …« Als sie wieder das Kinn vorstreckte, verspürte Raiden den verrückten Wunsch, daran zu knabbern.

»Ja, ich weiß, Ihr hattet Eure Hände bereits unter meinen Röcken. Ihr seid wirklich gemein, dass Ihr mich bei jeder Gelegenheit an unseren Handel erinnert.« Während Willa zur Quelle ging, dachte sie, dass ihr jetzt kaum noch eine andere Wahl blieb. Sie hatte eingewilligt, seine Geliebte zu werden. Raiden hatte seinen Teil der Abmachung erfüllt, jetzt würde die Reihe an sie kommen. Willa hatte dem ehelichen Verkehr niemals etwas Angenehmes abgewinnen können und fragte sich jetzt, warum Männer so viel Wert auf diesen Akt legten. Auch wenn sie ihren Sohn nicht fand, würde sie bei Raiden liegen. Allein der Gedanke, dass dieser Mann sie besitzen würde, ließ Bilder voller Sinnlichkeit und Lust in ihr wach werden, die himmelweit von dem entfernt waren, was Alistars hastige Aufmerksamkeiten in ihr ausgelöst hatten.

Und dennoch – sie konnte ihr Ehegelübde nicht brechen.

Auch wenn sie wusste, dass ihr kaum ein Ausweg blieb – und nur noch wenig Zeit.

Raiden den Rücken zugewandt, nahm sie das Klappmesser aus dem Mieder, bevor sie es öffnete und ablegte. Bei der Hitze, die herrschte, empfand sie das als wohltuende Erleichterung. Willa zupfte an ihrem Hemd, das wie eine Haut an ihr klebte.

Raiden schluckte hart, als sie sich vorbeugte, um ihren Strumpf herunterzurollen, und ihm einen provozierenden Blick auf ihr Hinterteil unter dem dünnen Batist bot. Allmächtiger Gott, versuchte diese Frau vielleicht, ihn vollends um den Verstand zu bringen? Als die Strumpfbänder und die lange Unterhose auf einem Haufen lagen, wanderte Raidens Blick über ihren nackten Beine hinauf zu dem Spitzenkorsett, das ihren Leib umschloss. Sie hatte ihm noch immer den Rücken zugewandt, als er mit großen Schritten zu ihr ging und die Schnürung der Korsage durchschnitt.

Willa fuhr herum und hielt sich das Korsett schützend vor die Brüste. »Raiden!«

»Ich weiß, dass Ihr sonst auch nicht in diesem merkwürdigen Apparat badet, warum also jetzt?«

»Weil Ihr hier seid.«

Er trat näher. Das spärliche Kleidungsstück bot so gut wie keinen Schutz, und er spürte die Wärme ihres Körpers. »Ich werde nicht gehen.« Er packte sie am Handgelenk, drückte ihr ein Stück Seife in die Hand und zerrte ihr das Korsett herunter. Willa kreuzte die Arme vor den Brüsten und in ihren grünen Augen blitzte es wütend auf. Es schien Raiden nicht zu kümmern, denn er führte sie zur Quelle, als würde sie den Weg dorthin nicht allein finden.

Willa starrte ihn an, als er sich lässig gegen einen Felsen lehnte und sie beobachtete. Sie ging einige Schritte weit zum Wasser und war schon entschlossen, hineinzugehen, als sie zögernd stehen blieb. »Ist es hier sicher?«

»Es ist ein fließendes Gewässer. Es gibt keine Schlangen.«

Sie zuckte zurück. »Schlangen!«

»Nur Fische.« Er würde niemals zulassen, dass ihr etwas geschah.

Nun, wenn ich mich nicht um die Fische kümmere, dann kümmern sich die Fische vielleicht auch nicht um mich, dachte Willa und da sie kein Feigling sein wollte, tauchte sie die Zehen ins Wasser. Es war angenehm kühl und die Erfrischung, die es bot, war so verlockend, dass Willa bis in die Mitte des schmalen Wasserlaufs ging. Dort kniete sie sich hin und genoss das kühle

Nass. Das Wasser war gut hüfthoch und der Grund war von glatten Steinen bedeckt. Dennoch war die Strömung überraschend stark.

Raiden stand noch immer gegen den Fels gelehnt, als Willa ihr Haar löste und es mit der Seife einschäumte. Sie tauchte unter, um es zu spülen. Raiden ging ans Ufer und kniete sich hin, um sich die Hände zu kühlen, als Willa wieder auftauchte. Er hielt den Kopf unter Wasser und schüttelte sich wie ein Tier, als er sich wieder aufrichtete. Sein Blick glitt über das Dickicht, um sich zu überzeugen, dass keine wilden Tiere sich darin herumtrieben. Dann streifte er die Stiefel ab und hielt die Füße ins Wasser. Dabei ließ er die Umgebung nicht aus den Augen, seine Waffen lagen in Reichweite neben ihm. Es gab hier Tiger und Leoparden und giftige Schlangen, allesamt Kreaturen, die schnell waren und ohne Vorwarnung zuschlugen.

Als er wieder zu Willa schaute, spürte er, wie jeder Gedanke an Krieg und Rache ihn floh und eine innere Ruhe sich in ihm ausbreitete. Willa ließ sich vom Wasser treiben und kam auf ihn zu. Ihr Hemd verbarg nur wenig von ihrem Körper. Ihr langes Haar umfloss sie, und in der Dunkelheit sah es aus wie Tinte, die auslief. Raiden ballte die Hände zu Fäusten, und seine Knöchel traten weiß hervor, so sehr musste er sich beherrschen, Willa nicht in die Arme zu nehmen. Sie bewegte sich kaum, dann ließ sie sich sinken und tauchte wieder auf, ihre üppigen Brüste zeichneten sich klar unter dem dünnen Stoff ab, und Raiden zwang sich wegzuschauen. Er rieb sich das Kinn, als er das Prickeln in den Händen spürte, die sich danach sehnten, Willa zu berühren. Er sehnte sich nach dem Feuer ihres Kusses, nach der Zartheit ihrer Haut. Sie war für ihn wie die Luft, die er zum Atmen brauchte. Wie eine Droge, ohne die er nicht überleben konnte. Eine Droge, von der er erst wusste, dass er sie brauchte, wenn es sie für ihn nicht gab. Gott im Himmel, er war in Schwierigkeiten. Sogar ihr Duft haftete an ihm, quälte ihn mit einer Süße, die er sich nie getraut hatte, zu wollen, denn er hatte von Anbeginn an gewusst, dass Willa eine Frau war, die er niemals haben konnte. Er schaute ihr zu, und unter dem Griff unerbittlicher Sehnsucht schmolz seine Beherrschung dahin.

Er stand auf, warf sein Hemd ab und ging zu ihr.

Willa richtete sich augenblicklich auf und kämpfte um ihr Gleichgewicht, als sie ihm mit großen grünen Augen entgegensah. »Was um alles in der Welt tut Ihr?« Sie ließ sich bis zum Hals ins Wasser sinken.

Um Raidens Mund lag ein Lächeln, als er ihr die Seife aus der Hand nahm und sich damit den Oberkörper einschäumte.

Willa sah ihm fasziniert zu, ihr Blick folgte seinen großen Händen, als er sich wusch. Lieber Gott, er war ein hinreißend gut aussehender Mann. Das nasse dunkle Haar fiel ihm bis auf die Schultern, und das abperlende Wasser modellierte die festen, sehnigen Muskeln seiner Arme. Die Tätowierung, der Ring aus schwarzen Dornen, hob sich deutlich von seiner bronzefarbenen Haut ab.

»Warum habt Ihr das getan?« Willa zeigte auf die Tätowierung.

Raiden hielt im Einseifen inne. »Es soll mich an etwas erinnern.«

»An was?« Sie schlang die Arme um sich und wünschte sich, er würde sie berühren.

»An den Grund, aus dem ich Pirat geworden bin.«

Willa nickte, auch wenn sie es nicht wirklich verstand. Er hatte ihr erzählt, dass er als Junge in den Dienst der Marine gepresst worden war, und obwohl sie fühlte, dass die Ursache seines Schmerzes tiefer als das ging, machte er durch sein Schweigen deutlich, dass er nicht bereit war, darüber zu reden.

»Ist alles, was Ihr tut, ein Akt der Rache?«

»Ja.«

Sie sah ihn bedauernd an. Dieses Eingeständnis kam so leicht, so entschieden. »Ihr seht keine Zukunft außer dem Galgen, der Euch droht. Es ist traurig, keine Hoffnung zu haben.«

»Ich habe Verbrechen gegen eine Regierung begangen. Ich erwarte nichts anderes als Strafe.«

Würde es für irgendjemanden zählen, dass Raiden Seeleute befreit hatte, die gegen ihren Willen in den Dienst gepresst und nicht besser als Tiere behandelt worden waren? Ihre Kehle schnürte sich zu. Was immer sie miteinander verband – es waren nur Augenblicke im Laufe der Zeit und es würden immer nur Augenblicke bleiben, und das bittere Begreifen, dass sie ihn unter unvorstellbaren Qualen würde sterben sehen. In ihren Augen brannten Tränen, und sie hätte Raiden am liebsten angeschrien, aber es würde keinen Sinn haben. Was er getan hatte, hatte er getan. Seine Skrupellosigkeit und seine Gerissenheit hatten ihn bis jetzt überleben lassen, und nun half er ihr, Mason zu finden. Raidens einzige Hoffnung, dem Tod zu entgehen, war, die Piraterie aufzugeben und unterzutauchen, bis er nicht mehr sein würde als eine Legende der Geschichte. Aber ihn zu überzeugen, alles aufzugeben, dafür zu sorgen, dass er weiterlebte, weil es ihr wichtig war, dass er lebte, würde bei Raiden auf Ablehnung stoßen. Ihn kümmerte es wenig, was ihm das Morgen brachte. Als Einziges lag ihm am Herzen, jede Chance zu ergreifen, um die Engländer aus der Bucht von Bengalen zu vertreiben.

»Vermutlich wird man mich mit dem Tod dafür bestrafen, Euch geraubt zu haben«, sagte er leise, und Willa hob den Blick.

»Das würde ich nicht zulassen.«

Sein Lachen klang wie ein Schnauben, und er begann, seine Schultern einzuseifen. »Ihr hättet nicht genügend Einfluss.«

Sie nahm Raiden die Seife aus der Hand und stellte sich hinter ihn. »Bezweifelt Ihr meinen Charme?« Sie schäumte seinen

Rücken ein, und Raiden stöhnte, als Willa ihm seine verkrampften Muskeln massierte.

»Ihr könnt so charmant sein wie eine Schlange«, sagte er leichthin. »Aber die Engländer sind Vipern.«

»Ich weiß«, bemerkte sie traurig. »Macht Euch ein Stück kleiner.« Er gehorchte und hockte sich ins Wasser. Willa seifte sein Haar ein und wusch es mit sanftem Druck. Sie massierte seine Kopfhaut, seine Schläfen. Raiden ließ den Kopf in den Nacken sinken, seine Augen waren geschlossen.

Willa schaute ihn an und lächelte. Gleich fängt er an zu schnurren, dachte sie und hielt inne.

Träge schlug er die Augen auf und sah Willa an, ehe er den Blick zu ihren Brüsten gleiten ließ, die sich unter dem nassen Batist abzeichneten. Willa fühlte eine heiße Flamme in sich aufzucken und verharrte reglos. Einige Sekunden lang stand sie so da, bis sie sich fasste und begann, sein Haar auszuwaschen. Raiden tauchte unter, um die Seife von seinem Körper zu spülen. Als er wieder zum Vorschein kam und sich zu seiner vollen Größe aufrichtete, war er nur wenige Zentimeter von Willa entfernt und sah sie an. Sie wich zurück.

Er hielt sie fest und zog sie zu sich, bis ihre Körper sich berührten.

»Raiden.« Sie legte die Hände auf seine Brust und wollte ihn wegstoßen.

»Ja?«

»Ich weiß, ich schulde Euch –«

Ein angespannter, fast schmerzlicher Ausdruck huschte über sein Gesicht. »Ich will nicht, dass Ihr meine Berührung nur erduldet, weil Ihr mir etwas *schuldet*, kleine Füchsin.« Sein Blick war auf seine Hand gerichtet, als er Willa das Haar über die Schulter zurückstrich. Es schimmerte so hell, dass es wie roter Rauch aussah. Er spürte, dass sie zitterte, spürte ihr Herz so heftig und laut schlagen, dass er meinte, es auf seiner Haut zu fühlen. »Ich habe gelogen. Ich möchte den Preis nicht stehlen« – er hob den Kopf und sah Willa an – »ich möchte ihn als Geschenk.«

Es muss ihn seinen ganzen Stolz gekostet haben, das einzugestehen, dachte sie, wenn er sich doch alles, was er begehrte, so leicht nehmen konnte. »O Raiden.«

Er legte den Kopf in den Nacken und schaute hinauf zum sternenübersäten Himmel, als er gegen sein Verlangen kämpfte – und gegen die Einsamkeit seiner dreiunddreißig Lebensjahre. Er hatte sich mit diesem Eingeständnis eine Blöße gegeben. Doch er wünschte sich verzweifelt, diesen Augenblick festhalten, ihn sich bewahren zu können für die Zeit, in der er in einem Kerker sitzen und auf seine Hinrichtung warten würde. Er wusste, dass die britischen Truppen zurzeit nicht weiter als drei Meilen entfernt waren.

Langsam ließ er den Kopf sinken und drückte die Stirn an Willas. »Du hast mich verzaubert.«

»Da sind sie wieder, die herrlichen Träume«, wisperte Willa, und ihr Herz klopfte zum Zerspringen, als sie die Zärtlichkeit in seinen Augen sah. Sie spreizte die Hände auf seiner Brust und spürte es wie einen Ruck bis tief in ihre Seele, als Raiden ihre Hand ergriff und festhielt.

Sie neigte den Kopf zurück und küsste Raiden, ohne zu zögern.

Für Raiden kam es einer Erlösung gleich. Er schlang die Arme um Willa und riss sie an sich, als er seine Sehnsucht an ihren Lippen stillte. Er stöhnte unter der Macht dieses Kusses, dieser Frau, und er stahl alles, was er nur stehlen konnte. Seine Hand suchte die warme Rundung ihrer Brust, und als er sie berührte, drängte sie sich seiner Hand entgegen, bot sie sich ihm an. Er umschloss sie, streichelte sie, und als er spürte, wie die herrliche Spitze sich hart aufrichtete, konnte er an nichts anderes mehr denken, als davon zu kosten, die Lippen um diese rosige Knospe zu schließen und zu hören, wie Willa vor Erregung stöhnte. Vor unwiderstehlicher Lust. Machtvoll und wild und ungebärdig.

Er bog Willa zurück, und sein Mund glitt über ihren Hals und streichelte ihre Brüste, als er ihr das Hemd herunterstreifte. Das Mondlicht schimmerte auf ihrer seidigen Haut, und Willa legte die Hände um sein Gesicht, strich durch sein Haar, ehe er die harte, rosige Brustwarze mit den Lippen berührte und in die heiße Höhle seines Mundes sog. Willa schrie auf, und er wurde es nicht müde, mit ihr zu spielen, bis sie nach Atem rang. Raiden richtete sich auf, nahm wieder und wieder Besitz von ihrem Mund, kostete, genoss, wollte mehr und mehr. Er wusste, dass sie wieder uneins wären, wenn sie erst ihre Beherrschung zurückgewonnen hätten. Und deshalb hörte er nicht auf sie zu küssen, als er Willa aus dem Wasser trug, sie auf das am Ufer ausgebreitet daliegende blutrote Kleid bettete und sich neben sie legte.

Er ließ den Blick über ihren Körper gleiten, der so fraulich und weich war, und ein Schauder durchzuckte ihn bis in die Fersen. Er war ihrer nicht wert, nahm sich ein Recht heraus, das ihm nicht zustand. Als ihre Blicke sich trafen, ließ er die Hand über ihren Rücken gleiten und legte sie um ihren Po.

Raiden zog Willa an sich, und er spürte den köstlichen Druck ihres Körpers an seinem harten Geschlecht. Willas Kuss wurde wilder, als sie sich aufbäumte und an ihn drängte, um mehr von ihm zu fühlen. Sie wusste, dass sie es nicht tun sollte, doch Raiden schien sie in seine Arme zu zwingen, unter die Macht seiner Berührung. Sie klammerte sich an seine breiten Schultern, als ein Strom aus heißer Glut sie zu durchströmen schien, ihre Hüften umhüllte, ihren Schoß erfüllte.

»Berühr mich, Raiden«, wisperte sie gegen seine Lippen. »Bitte ... ich kann es nicht mehr länger ertragen ... ohne dass du mich berührst.«

»Ich auch nicht.« Er beugte sich über sie und küsste sie fordernd, als er die Hand unter ihr Hemd schob und zwischen ihre Beine legte. Er berührte Willa, streichelte sie, liebkoste sie. Willa stöhnte auf und legte ihre Hand auf seine, forderte ihn auf, ihr mehr zu geben. Ihre Kühnheit sollte sie beschämen, doch sie wusste, dass sie sich vor Raiden nicht schämen musste. Er verstand ihren Wunsch und verstärkte das Spiel seines Fingers, bis er in sie eindrang und tief hineinstieß. Willa schrie auf, ihren Mund an seinen gepresst, als Raiden sie hielt und sie erregte. Niemals könnte sie dieser Macht trotzen. Er zog den Finger zurück, tauchte wieder ein, reizte sie und Willa winkelte das Bein an, öffnete sich für ihn.

Raiden war steinhart und alles in ihm verlangte danach, in ihr zu sein, sie mit seinem Körper zu streicheln, aber wenn er Willa nahm, sollte es nicht im indischen Dschungel sein, nicht hier, wo seine Männer sie überraschen könnten. Es würde dort geschehen, wo sie ungestört waren, in einem Bett mit seidenen Laken und mit aller Zeit der Welt, um sie zu entdecken. Er schaute auf Willa herunter. Fasziniert beobachtete er jede ihrer Bewegungen, ließ er den Blick über ihren nackten Körper gleiten. Sie war so überwältigt von ihren Gefühlen, dass sie es nicht bemerkte.

Sie war eine wilde Schönheit, deren Leidenschaft ihre kultivierte Vornehmheit bei weitem in den Schatten stellte. Sie wand sich unter seiner Berührung und sah ihm in die Augen, als sie das Bein über seinen Arm legte und sich enger an ihn schmiegte. Raiden stieß seine Finger noch tiefer in sie und wünschte, er könnte sie ganz und gar besitzen.

Die Lust machte Willa süchtig, machte sie gierig nach den Gefühlen, die ihr in der Vergangenheit, in ihrem Ehebett, nie zuteil geworden waren. Bedeutungslos gewordene Schwüre schrien ihr zu, sie solle Raiden von sich stoßen, doch neu erwachte Leidenschaft trieb sie immer weiter auf ihn zu. Und als sie sein Glied berührte, riss Raiden sie ungestüm an sich, flüsterte wieder und wieder ihren Namen, als er sich mit rhythmischen Stößen gegen sie drängte, die Willas Verlangen noch steigerten. Sie war so nahe, ihr Körper sehnte sich so verzweifelt nach dem, was sie nie gekannt, nie erlebt hatte. Und sie wollte ihn erreichen, diesen Gipfel, der sichtbar geworden war.

»Ich will dich schmecken«, flüsterte ihr Raiden ins Ohr. Er hörte ihr Stöhnen, fühlte, wie ihre Verzückung dem Höhepunkt entgegenstrebte.

Willa stieß einen kleinen, hilflos klingenden Ton aus, und Raiden stieß härter gegen sie.

»Ich will dich. Ich will dich haben, Willa. Meine Zunge wird dich streicheln und von dir trinken, wie kein anderer Mann es je tun wird.«

Seine Worte trieben sie taumelnd auf den Abgrund zu. »Raiden, bitte. Du quälst mich.«

»Dann lass dich fallen und stirb diesen kleinen Tod für mich, Willa«, sagte er und Willa hielt sich an ihm fest, als die Lust in ihr barst und sie in heißen Wellen mit sich riss. Sie bäumte sich auf, rang nach Luft, und Raiden kämpfte gegen das überwältigende Verlangen an, seine Hose zu öffnen und Willa wild und hemmungslos zu nehmen. Er hörte nicht auf, sie zu streicheln, als er das faszinierende Spiel ihrer Muskeln spürte. Er hielt sie fest, bis der Sturm der Sinne sich legte, ihr Beben nachließ und Willa in seine Arme sank.

Sie barg das Gesicht an seiner Schulter. Raiden atmete heftig und kämpfte um seine Beherrschung. Er schloss die Augen und küsste Willa auf die Schläfe. Erst jetzt bemerkte er, dass sie weinte. Still. Lautlos.

Gott im Himmel.

Die *Renegade* hatte das offene Meer erreicht, und ihre Besatzung befand sich auf Gefechtsstation. Tristan richtete das Fernrohr auf das britische Schiff, das sie verfolgte. Der Bauch der *Renegade* war randvoll von gestohlenen Gewürzen, und das Schiff lag tief im Wasser. Er hatte seine Zweifel, ob sie ihren Verfolgern entkommen würden. Er hatte kein Recht, ohne

Abstimmung einen Teil der Ladung über Bord zu kippen, aber gerade jetzt blieb kaum noch Zeit, die Sache zu diskutieren.

»Befehle, Sir?«

Mr Cheston stand am Steuer, Balthasar neben ihm.

»Ich bin offen für alle Vorschläge, Mr Cheston. Denn man wird uns entern, wenn wir nicht mehr Fahrt machen.«

»Die Ladung erleichtern?«

Drei Augenpaare sahen den Quartermeister an. »Dafür ist keine Zeit.«

»Wie wär's mit Umdrehen und Kämpfen?«, schlug Balthasar vor, die Hand am Schwertgriff.

»Das sind die beiden Möglichkeiten, die ich auch erwogen habe«, stellte Tristan fest und ließ das Fernrohr sinken.

Am Nachmittag hatte der Spähposten im Dschungel die englischen Soldaten entdeckt, die auf dem Vormarsch gewesen waren. Tristan hatte daraufhin entschieden, in See zu stechen. Sie hatten bei auflaufender Flut kaum die Fahrt aufgenommen, als die Briten die *Renegade* unter Beschuss genommen hatten. Sie hatten das Feuer erwidert und waren der Gefangennahme entgangen. Um jetzt, vier Stunden später, auf dieses Schiff zu treffen.

»Setzt den Union Jack.«

Balthasar runzelte die Stirn.

»Und holt die Segel ein. Lasst es herankommen, aber es darf uns nicht überholen. Und lasst die Mastspitze nicht aus den Augen.« Tristan reichte ihm das Fernrohr und ging zur Leiter, die zum Achterdeck führte.

Balthasar beugte sich über die Reling, während Tristan auf das Deck hinunterstieg. »Was habt Ihr vor, Sir?«

Tristan zuckte mit den Schultern. »Bluffen, mein Freund. Was bleibt uns anderes übrig?«

Kapitel 13

Raiden sah Willa. Als sie seinen Blick erwiderte, durchströmte ihn eine Woge der Erleichterung. Sie lächelte.

»Danke.« Sie legte die Hand um sein Kinn und küsste ihn sanft.

Sie hat dies noch nie zuvor erlebt, das begriff Raiden plötzlich, und er erwiderte ihren Kuss mit einer Zartheit, die ihn selbst überraschte, eine Zartheit, von der er nicht gewusst hatte, dass er sie besaß.

»Ich bin froh, dass es dir gefallen hat, kleine Füchsin. Dir dabei zuzusehen, ist mir schon fast Befriedigung genug.«

Sie spürte, wie ihre Wangen zu glühen begannen. »*Fast* genug?«, fragte sie und ließ die Hand über seine Brust gleiten bis zu der Wölbung seiner Hose, unter der sich seine Erregung deutlich abzeichnete. Raiden stöhnte und presste ihre Hand dagegen, ehe er sie an seine Lippen führte und einen Kuss darauf hauchte.

»Habe ich etwa einen Dämon losgebunden?«

»Ja, das hast du«, sagte sie und stützte sich hoch auf den Ellbogen.

Ihre nackten Brüste waren eine Versuchung an sich und Raiden zog ihr das Hemd hoch und streifte ihr den Träger über die Schulter. »Jetzt nicht, und nicht hier.« Er küsste sie und als Willa rasch und verlangend darauf reagierte, spürte Raiden erneut das Verlangen wie einen Blitz durch seine Lenden zucken. Widerstrebend stand er auf und lief zur Quelle. Ohne stehen zu bleiben ging er bis in die Mitte des Wasserlaufs und tauchte unter. Als er wieder auftauchte, stand er hochaufgerichtet in der Strömung, die Hände auf die Hüften gestützt.

Willa starrte nachdenklich auf seinen breiten Rücken. Sie war unsicher, was sie fühlte, und ganz die praktische Frau, die sie war, versuchte sie, dem Aufruhr der Gefühle, die in ihr tobten, mit kühler Sachlichkeit zu begegnen.

Es gelang ihr nicht, und sie konzentrierte sich deshalb auf das Vorherrschendste.

Das also ist es, was immer gefehlt hat, dachte sie lächelnd und streckte sich. Sie spürte noch ein leichtes, herrliches Vibrieren in sich. Und sie wollte mehr, denn sie wusste, dass dies nicht alles gewesen war. Sie erhob sich und zupfte ihr Hemd zurecht, während sie zum Ufer hinunterging. Nur das leise Plätschern des Wassers war zu hören, als sie sich erfrischte. Heute Nacht ist eine Barriere eingerissen worden, dachte Willa. Die Intimität hatte die Fremdheit vertrieben und ihr etwas gegeben, das sie niemals besessen hatte – das Bewusstsein für ihren Körper, ihr Frausein.

Willa schämte sich nicht, dass sie diese Entdeckung zusammen mit Raiden gemacht hatte. Ihr schien es, als sei sie seit ihrer Heirat in Tücher eingehüllt gewesen, die sie daran gehindert hatten, ganz und gar Frau zu sein, sie war eingeschränkt gewesen von der Gesellschaft und deren Maßstäben. Bis zu dem Augenblick, da Raiden sie zum ersten Mal geküsst, sie zum ersten Mal berührt hatte.

Und dennoch – mit der Lust, die er in ihr weckte, kamen auch die Schuldgefühle, weil sie mehr wollte. Sie hatte zugelassen, dass ein Mann sie berührte, der nicht ihr Ehemann war. Es änderte nichts, dass Alistar ihren Körper so oft genommen hatte, wie es ihm gefallen hatte, und dass es stets mit einer kalten Gleichgültigkeit geschehen war, die immer das Gefühl der Demütigung bei Willa hinterlassen hatte. Wie eine Hure war sie sich jedes Mal vorgekommen. Doch das Ehegelübde gab Alistar dieses Recht. Aber heute Nacht hatte ihr Herz Raiden dieses Recht zugestanden. Diese Erkenntnis überwältigte Willa, und sie wusste, dass ein tieferes Gefühl als das der Lust allein die Wurzel dafür war, dass sie sich zu Raiden hingezogen fühlte.

Sie schaute zu Raiden und ließ den Blick auf seinem nackten Rücken verweilen. Wie konnte es ihr solche Lust bereiten, diesen Mann einfach nur anzusehen? Wie konnte es sie mit solcher Freude erfüllen, wenn er ihr eines seiner seltenen Lächeln schenkte?

»Raiden.«

Er hob nur die Hand und hieß sie schweigen.

Willa runzelte die Stirn, und sie fühlte Besorgnis in sich aufsteigen, als sie, wie es ihr vorkam, eine Ewigkeit darauf wartete, dass er sich zu ihr umdrehte. Als er es tat, glitt sein Blick vom Kopf bis zu den Füßen über sie, während er sich das nasse Haar zurückstrich.

»Du hast Gras im Haar.«

Sie zuckte mit den Schultern.

»Und du bist fast nackt.«

»Meine Güte, wie scharfsichtig du bist.«

Er lachte leise in sich hinein, als er aus dem Wasser kam. Als er an ihr vorbeiging, blieb er kurz stehen, um sie zu küssen.

Willa zog die Augenbrauen zusammen, als er weiterging und sich über die Satteltaschen beugte. »Raiden Montegomery!«

»Ja.« Er kam mit den Taschen zu ihr.

»Sieh mich an.«

Er tat es.

»Warum bist du plötzlich so – kalt? Was habe ich getan?«

Er seufzte schwer und zog Willa in seine Arme. »Es ist nichts, was du getan hast – sondern ich.«

»Was du getan hast, war herrlich«, sagte sie.

Er lächelte und sie schmiegte sich an ihn, sein Kinn ruhte auf ihrem Kopf. »Was für ein großes Lob.« Raiden stieß einen langen Atemzug aus. »Ich hatte keine Ahnung, wie unschuldig du bist.«

Sie schnaubte. »Unschuldig? Ich bin keine Jungfrau mehr.«

»Was die Leidenschaft angeht, bist du es.«

»Ist das so schlimm?«

»Nein, aber ich mache mir Vorwürfe, dass ich dich so gnadenlos aufgezogen habe.«

Sie neigte den Kopf zurück und sah Raiden in die Augen. »Es gibt nichts zu verzeihen.« Die Falten in seinem Gesicht glätteten sich. »Und was das Necken angeht, so muss ich zugeben, dass es mir fast ebenso viel Vergnügen gemacht hat wie deine Berührung.«

Raiden lächelte und schüttelte den Kopf. Er wusste, dass er die Frauen niemals verstehen würde, und ganz besonders nicht diese eine. Er fühlte sich von ihren Worten auf unerklärliche Weise geehrt. Er küsste Willa, doch ehe das Verlangen nach ihr ihn wieder übermannen und er sie auf die Erde legen und lieben würde, tätschelte er ihren Po und schob sie in Richtung der Satteltaschen. »Zieh dich an. Die anderen werden vermutlich bald nach uns suchen.«

Die Aussicht, fast nackt und nur im Hemd gefunden zu werden, war wenig verlockend und trieb Willa zur Eile an. Vorwurfsvoll hielt sie das ruinierte Korsett hoch.

Als Raiden leise lachte, schnitt sie ihm eine Grimasse. »Zieh das hier an«, sagte er und warf ihr ein Bündel zu.

Willa fing es auf und knüpfte die Ärmel des Hemdes auf, in das Raiden die Sachen eingewickelt und zusammengebunden hatte. Sie fand darin ein Jungenhemd, Hosen, ein Paar kurzschaftiger Lederstiefel und dicke Strümpfe. Alles war getragen, aber sauber. »Hosen?«

»Ja, das Kleid ist viel zu auffällig. Und dein Haar auch.« Er warf ihr eine Kappe zu. »Und wir könnten nicht schnell genug fliehen, wenn deine Kleider dich dabei hindern.«

Willa streifte sich das Hemd über den Kopf und zog ihr Haar aus dessen Kragen. »Du schließt nicht aus, dass wir fliehen müssen?«

»In dieser Gegend hält sich Militär auf.«

Mit einem Bein steckte Willa schon in den Hosen, als sie

innehielt und Raiden mit großen Augen ansah. Sie spürte ein Frösteln über den Rücken laufen. »Hier? Aber hier wohnt doch kaum jemand.«

»Ungefähr vier Meilen entfernt gibt es eine Stadt. Uns bleiben weniger als drei Tage, um den vereinbarten Treffpunkt zu erreichen, und unser Weg führt uns durch Gebiete, die von den Engländern und den Franzosen kontrolliert werden. Englands Krieg mit Frankreich und deren Feindseligkeiten gegen die Holländer wird nicht gerade dazu beitragen, dass sie uns mit besonderer Höflichkeit begegnen werden.«

Willa setzte sich nieder, um sich Strümpfe und Schuhe anzuziehen. »Dann scheint es aber nicht sehr klug zu sein, einen Treffpunkt genau zwischen den Fronten zu vereinbaren.«

»Als wir ihn festgelegt haben, hatte ich keine Frau bei mir.« Bei Gott, ich genieße es, ihr beim Anziehen zuzusehen, dachte er. »Und es ist schon richtig, man geht ein größeres Risiko ein, aber es erregt auch weniger Argwohn.«

»Sie würden nicht im Traum damit rechnen, dass du genau vor ihrer Nase auftauchen könntest, und deshalb suchen sie dort nicht nach dir, stimmt's?«

Dieser Frau entgeht nichts, dachte Raiden, während er die Waffen zusammensammelte, Willas Kleid in die Tasche stopfte und dann ihre Spuren im Sand verwischte.

»Wie konnten sie wissen, wo wir waren? Jemand muss es ihnen hinterbracht haben, während wir in der Stadt gewesen sind.« Willa schlüpfte in die Stiefel, stand auf und stampfte mit den Füßen auf.

»Vielleicht ist es einer meiner Männer, der weiß, was ich vorhabe.«

»Hast du auf der *Renegade* über deine Pläne gesprochen?«

»Ja. Alle Männer an Bord werden in die Entscheidungen einbezogen«, erklärte er.

»Dann könnte jeder der Verräter sein.« Sie stopfte sich das Hemd in die Hose und schloss den Gürtel.

»Ja. Und deshalb möchte ich nicht, dass du zu viel mit meinen Männern redest.«

»Würde es nicht noch verdächtiger wirken, wenn ich sie ignoriere? Würden sie dann nicht vermuten, dass wir sie verdächtigen?«

Sie hatte Recht. »Wahrscheinlich ja.«

»Würde es uns nicht eher nützen, sie gewissermaßen einzulullen, damit sie sich sicher fühlen? Vielleicht verraten sie sich dann durch ihre Sorglosigkeit.«

»Nein«, erwiderte er heftig, und seine Miene verfinsterte sich, als er auf Willa zuging. »Bring dich nicht in Gefahr.« Er packte sie am Arm. »Hast du das verstanden?«

Sie schaute ihn groß an. »Beruhige dich, Raiden.«

Er ließ sie los und rieb sich das Gesicht. Willa zog seine Hand fort und stellte sich so nah zu ihm, dass ihre Körper sich fast berührten. »Ich werde versuchen nichts zu tun, was dazu beitragen könnte, dich an den Galgen zu bringen.« Ihr Lächeln war bittersüß.

Raiden sorgte sich nicht um sich. »Dann wirst du dich also benehmen?«

Ihr Lächeln strahlte auf. »Natürlich *nicht*.« Sie stellte sich auf die Zehenspitzen und küsste ihn leicht. Dann bückte sie sich, hob ihre Satteltasche auf und steckte sich eine der Pistolen in den Hosenbund. Ihr Messer verbarg sie im Stiefelschaft.

Raiden nahm die Fackel und die schwere Tasche, dann schaute er sich noch einmal auf der kleinen Lichtung um, ehe er Willa zum Lagerplatz zurückführte. Sein Blick glitt über sie, als sie vor ihm herging. Die Männerkleidung betonte ihre Figur höchst aufreizend.

»Diese Sachen sind unanständig«, murrte er. Die Hosen saßen viel zu eng und betonten jede ihre Kurven und Rundungen.

Willa schaute über die Schulter zurück und musste lächeln, als sie seinen Blick auf ihrem Po verweilen sah. »Mir gefallen sie. Ich denke, ich werde von jetzt an immer Hosen tragen, denn sie sind bedeutend bequemer und praktischer als ein Kleid.«

Raiden stöhnte gequält. Sie sah womöglich noch entzückender aus als in ihren Kleidern, ohne die meterlangen, pfundschweren Stoffe, und er fragte sich, wie er es schaffen sollte, die Hände von ihr zu lassen. Und wie er seine Männer davon abhalten sollte, sie anzuglotzen. Als sie den Lagerplatz erreichten, sahen ihnen alle entgegen. Die Männer waren um das Feuer versammelt, Jabari lag schlafend auf dem Lager aus Farnblättern.

Nealys Augen verengten sich, als er Willa und ihre Aufmachung eingehend betrachtete. Sie hob das Kinn, um ihn davor zu warnen, irgendeinen Kommentar abzugeben. Doch dann begann er plötzlich, in seinen buschigen grauen Bart hineinzulächeln. Willa konnte nicht sagen, warum seine Meinung über sie ihr wichtig war. Doch dass es so war, ließ sie auf der Hut sein, denn auch er konnte der Verräter sein. Kahlid schaute sie verstohlen an, als sie auf dem Polster aus Farnblättern Platz nahm, und Willa argwöhnte, dass er im Stillen kicherte.

Unwillkürlich fragte sie sich, ob ihr ins Gesicht geschrieben stand, was vor wenigen Augenblicken in Raidens Armen mit ihr geschehen war. Immer, wenn sie ihn ansah, lächelte er sie mit diesem faszinierend intimen Lächeln an und schien sie daran zu erinnern. Er reichte ihr ein großes Blatt, das mit warmem, gekochtem Fleisch gefüllt war. Willa nahm es und schaute zweifelnd darauf herunter, ehe sie sich umblickte und nach den Affenkadavern Ausschau hielt. Sie konnte sie nicht entdecken. Entschlossen biss sie von dem Fleisch ab, ignorierte den seltsamen Geschmack und spülte es mit Wasser hinunter. Raiden setzte sich neben sie, und unterhielt sich mit den Männern, während er das Mahl mit ihr teilte.

Sanjeev saß ihnen gegenüber und kaute an dem Affenfleisch – oder was auch immer es sein mochte. Das Weiße in seinen

Augen hob sich hell gegen seine dunkle Haut ab. Die Goldketten an seinem Hals funkelten im Feuerschein, der sich in den kostbaren Steinen der vielen Ringe brach, die seine Hände schmückten. Er trug einen schwarzen Turban, und Willa vermochte nicht zu erkennen, wo der Stoff endete und sein Haar begann. Neben ihm hockte Vazeen, der Willa so unverwandt ansah, als sei sie ein köstlicheres Mahl als das, bei dem sie zusammensaßen. Ständig starrte er auf ihre Brüste, die sich vage unter dem dünnen rauen Hemd abzeichneten. Sie wartete, bis er den Blick einmal hob, und zog sich ihr Haar über den Busen, um seine Blicke abzuwehren. Um ihm deutlich zu machen, dass ihr seine Aufdringlichkeit nicht entgangen war, sah sie ihn eindringlich an. Äußerlich war zwischen Sanjeev und Vazeen – beide waren Inder – kaum ein Unterschied festzustellen. Am auffallendsten war, dass Vazeen, der jüngere von ihnen, Willa weiterhin anstarrte, als sei sie eine seiner Eroberungen, die darauf wartete, genommen zu werden, während Sanjeev sie gleichmütig, aber durchaus respektvoll ansah.

Willa beugte sich zu Raiden und gab ihm mit den Augen ein Zeichen. Er folgte ihrem Blick bis zu Vazeen. »Er schaut dich so an, weil er dich im Bett haben will«, flüsterte er ihr zu.

Willa wurde rot und starrte auf ihren Schoß. »Soll ich mich dadurch geschmeichelt fühlen?«

»Nicht wirklich. Er ist gerade dabei, die Freuden der Liebe zu entdecken, und ehrlich gesagt würde ihm jede Frau dazu recht sein.«

Sie sah ihn an durch den Vorhang ihrer Haare. »Jetzt weiß ich, dass ich nicht geschmeichelt bin.«

»Gut«, entgegnete Raiden und erwiderte ihren Blick.

Sein Blick war besitzergreifend, und sie fand darin die herrliche Sinnlichkeit wieder, die seine Hände in ihr auslösten, wenn er sie streichelte, sein Mund sie berührte. Ihre Haut begann vor Sehnsucht nach seiner Berührung fast schmerzhaft zu prickeln, und Raidens Augen verdunkelten sich, als er das Begehren in

Willa erwachen sah. Sein unerfülltes Verlangen nach ihr spiegelte sich in seinem Gesicht wider, ließ es angespannt und kantig wirken.

»Er sollte Angst vor dir haben«, sagte er mit dunkler Stimme und strich Willa mit dem Handrücken über die Wange, »denn du bist eine gefährliche Schönheit, kleine Füchsin.«

Sie schmiegte den Kopf gegen seine Hand, seine raue, dunkle Stimme machte sie wunderbar atemlos.

Nur widerstrebend wandte Raiden den Blick von ihr und schnippte laut mit den Fingern, um Vazeens Aufmerksamkeit von Willa abzulenken. Der junge Mann sah Raiden daraufhin an und erkannte die deutliche Warnung in dessen Blick. Sekundenlang starrten sie sich an, dann wies Raiden auf die Flasche, die Vazeen in der Hand hielt. Vazeen reichte sie ihm, und Raiden trank von dem schweren Madeira, ehe er auch Willa davon anbot.

»Du scheinst eine Vorliebe für dieses Zeug zu haben.«

Sie schüttelte den Kopf. »Eigentlich trinke ich nur selten.«

»Aber ich möchte deinen irischen Akzent hören.« Sein Lächeln neckte sie.

»Mein Vater hat viel Schulgeld dafür gezahlt, dass ich ihn verliere.«

Raiden runzelte die Stirn. »Warum?«

Sie verdrehte die Augen und streckte sich auf der Bettstatt aus. »Die Creme der Gesellschaft von Charles Towne möchte ihren Tee« – sie sprach die nächsten Worte mit einem noch breiteren Akzent – »nicht mit einem Mädchen einnehmen, das wie eine Hausangestellte spricht. Auch nicht den winzigsten Schluck.«

Sie schloss die Augen. Als Raiden sie anschaute, erkannte er, wie falsch er sie in den vergangenen Tagen eingeschätzt hatte, und dass er nicht wirklich darüber nachgedacht hatte, wie ihr Leben ausgesehen hatte, ehe sie sich begegnet waren. Auch wenn er sich natürlich oft gefragt hatte, mit was für einem

Mann sie wohl verheiratet gewesen war. Ihre Worte an dem Abend, an dem sie zu viel getrunken hatte, hatten ihm mehr über sie verraten als sie selbst es getan hatte. Sie sei das hübscheste Spielzeug für den meistbietenden Interessenten gewesen, so hatte sie es ausgedrückt.

Hatte Willa ihren Ehemann je lieben gelernt? Sie hatte deutlich gemacht, dass sie dem Geschehen im Ehebett nichts hatte abgewinnen können, doch ihr Zusammensein an der Quelle hatte Raiden gezeigt, welche Leidenschaft in ihr schlummerte. Offensichtlich hatte ihr Mann sie vernachlässigt. Dieser Mann muss ein Narr gewesen sein, sie nicht gewollt zu haben, dachte Raiden. Fast schmerzhaft spürte er den Druck seines ungestillten Verlangens in seinen Lenden, und er dachte an ihre Verzückung, als er sie bis zum Höhepunkt gestreichelt hatte. Mit einem Stöhnen legte er sich neben sie, doch auch wenn sein Körper nach Ruhe schrie, wollte der Schlaf nicht kommen. Zu stark war das noch immer ungestillte Verlangen nach ihr. Raiden wandte den Kopf und sah Willa an. Ihre Gestalt hob sich gegen den Feuerschein ab, der durch ihr Haar hindurchschien und es aufschimmern ließ.

Sie hätte heute unzählige Male fliehen können. Sie hätte ihn in jedem Augenblick an die Behörden ausliefern können. Aber sie hatte es nicht getan. Er fragte sich, ob es die drohenden Gefahren waren, die sie bei ihm hielten, oder ob es die Aussicht war, ihren Sohn zu finden – oder ihn. Vielleicht ist es ein wenig von allem, dachte Raiden. Was ihn hingegen unablässig quälte, war die Frage, wer er war, dass er es wagte, das Leben noch einer Frau in Gefahr zu bringen. Schmerzvolle Erinnerungen drohten in ihm aufzusteigen, und er rieb sich die Stirn, um sie zu verbannen. Er wollte niemanden mögen – doch er tat es zutiefst. Er wollte kein gejagter Mann sein, aber er war es. Er wollte, dass sie fortging, damit sie in Sicherheit war, denn eine Frau wie sie sollte sich nicht im Dschungel verstecken und

Hosen tragen, ihr Abendessen auf einem Lager aus Farnblättern einnehmen müssen.

Raiden ließ die Hand sinken, um Willa anzusehen. Sie schlief, und ihr Gesicht war ruhig und entspannt. Sie weckte in ihm den Wunsch, blind sein zu können für die Dinge, die er getan hatte, für die hässliche Vergangenheit, der er nicht entrinnen konnte und die seine Seele zerstörte. Ihre Seele war rein und gut, doch es war noch etwas anderes, das ihn anzog. Es war auch ihre Entschlossenheit, ihr Ziel zu erreichen und zu gewinnen. Sie kämpfte um das, was ihr gehörte. Und Raiden wünschte sich, dass auch er ihr einen solchen Kampf wert wäre.

»Er ist hier. Ich kann ihn fast riechen«, knurrte Admiral Dunfee, der mit weit gespreizten Beinen dastand, um auf dem schwankenden Deck das Gleichgewicht zu halten.

»Sir, wir suchen diese Gegend nun schon seit Tagen ab.«

Dunfee warf dem Offizier einen vernichtenden Blick zu. »Dann durchsuchen wir sie eben noch einmal, Lieutnant.«

»Aye, aye, Sir.«

Der junge Offizier wandte sich seinen Pflichten zu, während Dunfee mit den Fingern schnippte und nach dem Fernrohr verlangte. Binnen Sekunden brachte jemand es herbei, und der Admiral richtete es auf das offene Wasser. Zurzeit segelten einige Schiffe in diesen Gewässern – eine französische Brigg, die er angreifen könnte, und zwei holländische Schoner – doch es war ein schwarzes Schiff, das er suchte. Und er würde nicht ruhen, bis er das Piratenschiff versenkt hatte. Der Schwarze Engel führte seine Beutezüge gegen die *Company* schon viel zu lange. Die See ist von Schmutz übersät, der beseitigt werden musste, dachte er. In diesem Monat hatte er bereits zwei Piratenschiffe versenkt.

Dunfees Gedanken wanderten weiter zu einer anderen Jagdbeute, zu einem anderen Mann, den er aufspüren musste.

Doch erst musste der berüchtigte Schwarze Engel in Ketten liegen, ehe er seine Jagd auf Raiden Montegomery fortsetzen und zu Ende bringen konnte.

Granvilles Bastard würde sterben, und Percival Dunfee würde endlich alles haben, was er begehrte. Einen Adelstitel und Ländereien, mit denen man ihm seine heldenmutigen Taten auf See zum Wohle Englands und der *East India Company* lohnen würde. Verdammt noch mal, er verdiente diese Anerkennung, und allein Raiden Montegomery war der Grund dafür, dass Dunfee die Belohnung des Königs bis jetzt noch nicht hatte annehmen können.

Denn Montegomery war der einzige Zeuge der Verbrechen Dunfees, der noch am Leben war.

Willa saß neben dem Lagerfeuer und beobachtete Raiden. Er hockte auf dem Boden und hatte die Ellbogen auf die Oberschenkel gestützt. Mit den langen offenen Haaren und dem nackten, von Schweiß schimmernden Oberkörper sah er eher wie ein Eingeborener denn wie ein Kapitän zur See aus. Die Tätowierung auf seinem Arm bewegte sich bei jeder Muskelanspannung, als er die Skizze in den Sand zeichnete und den Männern seinen Plan erläuterte, wie sie an den britischen Truppen vorbei zur *Renegade* gelangen wollten. Am Morgen würden sie zur letzten Etappe ihres Weges aufbrechen, und Willa wusste, dass sie sein Schiff nicht betreten konnte, ohne ihm vorher die Wahrheit gestanden zu haben.

Ihre Lügen quälten sie. Sie wünschte, sie wäre nicht verheiratet; wünschte, Mason wäre bei ihr und könnte Raiden kennen lernen, dessen Stärke, dessen Warmherzigkeit.

O Gott, was habe ich nur getan?, dachte sie und schlang die Arme um sich. Immer, wenn sie in den beiden vergangenen Nächten erwacht war, hatte sie eng an Raiden geschmiegt dagelegen, hatte sich sicher und beschützt gefühlt. Und in diesen beiden Nächten hatte sie versucht, die Worte auszusprechen, von denen sie wusste, dass sie die Nähe zerstören würden, die sie zueinander hatten. Es brach ihr das Herz, Raiden anzusehen und zu wissen, dass sie ihn so mühelos belogen hatte und dass er ihr vertraute.

Das wird am wehesten tun, dachte sie.

Sie schluckte mühsam, als sie wieder diesen Kloß im Hals zu haben glaubte, und wandte den Blick ab, schaute auf die schwarze Wand des Dschungels. Irgendwo in der Nähe schrie ein Vogel. Willa hatte sich an die vielen Geräusche des Dschungels gewöhnt, an das Gefühl, von goldglühenden Augen beobachtet zu werden. Als sie Raidens Blick auf sich spürte, wandte sie ihm den Kopf zu.

Sie bezwang ihre Bangigkeit, lächelte ihm zu und biss in ein Stück Obst, ehe es sich die Ameisen holten. Er stand langsam auf und Willa bog den Kopf zurück, um ihn anzusehen. Die schmutzige, fleckenübersäte Hose saß ihm tief auf den Hüften, als er an den Männern vorbeiging, die damit beschäftigt waren, Fleisch zu rösten und sich auf ihre Wache vorzubereiten. Willa ließ den Blick über Raidens Körper gleiten. Er hatte einen lässigen, fast schleichenden Gang, der sie vor Verlangen verrückt machte, und der sie für einen Moment an den schwarzen Leoparden erinnerte, den sie gestern gesehen hatten. Dunkel und ebenso geheimnisvoll – ein Räuber, der seine Beute fixierte. Als er auf sie zukam, streckte sie die Hand nach ihm aus und er setzte sich neben sie.

»Hallo«, sagte sie, als er zögernd lächelte und sie bedauernd ansah.

»Ich weiß, dass du dies alles langsam leid sein musst …«

Rasch legte sie ihm den Finger auf den Mund. »Mach dir meinetwegen keine Gedanken, Raiden. Ich halte alle Unbequemlichkeiten aus, solange sie mich meinem Sohn näher bringen.« Sie lächelte, als sie die Hand sinken ließ. »Offen gestanden betrachte ich dies als großes Abenteuer. Was denkst du –

werden die Damen in Charles Towne nicht vor Neid platzen, wenn sie hören, dass ich mit einem berühmten Piraten über die dunklen Pfade des Dschungels gezogen bin?«

Seine Lippen verzogen sich zu einem Lächeln, in dem jedoch wenig Freude lag.

Diese Reise hatte nahezu alle Regeln des Anstands hinfällig werden lassen, weil er Willa auch nicht für eine Sekunde von seiner Seite gelassen hatte, selbst dann nicht, wenn die Natur ihr Recht forderte und Willa einem dringenden Bedürfnis nachgeben musste. Nachdem Raiden sie zum ersten Mal dabei begleitet hatte, hatte sie ihre Verlegenheit aufgegeben. Sie erduldete lieber dies als getötet zu werden.

»Ich habe die Wache morgen früh«, sagte Raiden.

»Dann solltest du dich jetzt ausruhen«, schlug sie vor und lief, um die Satteltasche zu holen und sie ihm als Kopfkissen anzubieten.

Raiden lächelte über diese liebevolle Fürsorge und lehnte sich, die Schultern gegen die Tasche gelehnt und die Hände hinter dem Kopf verschränkt, entspannt zurück.

Nealy Perth stand auf, warf die Überreste seines Mahls in die Glut und säuberte sich mit einem Taschentuch Hände und Mund. Willa legte den Kopf schräg, als sie ihm dabei zusah. Diese Geste zeugt von Kultiviertheit, dachte sie. Dabei ist es weniger der Vorgang an sich als vielmehr die Art, wie er es tut. Vermutlich fiel es ihr so besonders auf, weil Vazeen, der neben Nealy stand, sich in diesem Augenblick mit dem Handrücken den Mund abwischte.

»Cap'n. Ma'am.« Er nickte ihnen zu.

»Seid vorsichtig, Nealy.«

»Das werde ich, aber Ihr müsst Euch keine Sorgen machen, Mädchen. Ich habe im Sattel geschlafen.«

Raiden lachte über diese Bemerkung. Als Perth in der Dunkelheit des Dickichts verschwunden war, um Wache zu halten, schaute Raiden Willa dabei zu, wie sie eine Frucht mit ihrem

Klappmesser schälte. Sie tat es geschickt und mit einer Geschwindigkeit, die nahezu unglaublich schien. Binnen Sekunden hatte sie die Frucht geschält, zerteilt und von ihrem Kern befreit.

»Wo hast du es gelernt, so geschickt mit einem Messer umzugehen?«, wollte er wissen.

»Mein Vater hat es mir beigebracht.« Sie reinigte die Klinge, klappte das Messer zusammen und steckte es in ihren Stiefel zurück, ehe sie Raiden ansah. »Er wollte einen Sohn, wie wohl jeder Mann, und er –«

»Nicht unbedingt.«

»Gib es schon zu, Raiden – einen Erben für das Vermögen, eine Möglichkeit, das eigene Ansehen zu steigern?«

»Einigen von uns ist das gleichgültig.«

»Dir zum Beispiel?«

Er zuckte die Achseln, und als er weiterhin schwieg, sagte Willa: »Papa wusste, dass er nicht immer da sein würde, um mich zu beschützen, deshalb lehrte er mich, wie man ein Messer benutzt. Es ist klein und nicht so gefährlich wie das da.« Sie zeigte auf den Krummdolch, der in Raidens Gürtel steckte »Ich trage es bei mir, seit ich dreizehn war. Es ist wie ein ständiger Begleiter, wie ein Teil meiner Hand, kann ich sagen.«

»Wohl erzogene Damen, die ihre Messer schwingen«, murrte er. »Gott beschütze uns.«

Sie versetzte ihm einen neckenden Stoß. »Ich habe es einige Male getan und damit manche Matrone erschreckt.«

»Auch Verehrer?«

»Ich hatte keine.«

Er zog eine Augenbraue hoch. »Es fällt mir schwer, das zu glauben.«

Willa errötete bei dem Kompliment. »Ich wurde als Tauschobjekt hergegeben. Oder genauer gesagt, ich habe mich selbst eingetauscht.« Sie setzte sich wieder neben ihn und stützte sich auf die Ellbogen.

»Und warum das?«

»Das Geschäft meines Vaters ging schlecht, und wir brauchten Geld. Mein Ehemann hatte genug davon und wollte es investieren.« Alles, was Alistar gewollt hat, war eine Zuchtstute mehr in seinem Stall, dachte sie. »Es war ein Handel. Wie du daran also siehst, Pirat, bin ich nicht mehr als ein paar hundert Pfund Sterling wert.«

»Was für ein Geschäft ist es, Willa?« Seine Frage klang vorsichtig abwartend.

Willa sah ihn an. »Mein Vater hat ein Handelsgeschäft.«

»Kein Wunder, dass du dich so gut mit Schiffen auskennst.«

»Nicht so gut, wie du vielleicht vermutest, aber wenigstens werde ich nicht seekrank.« Sie hielt inne und betrachtete angestrengt ihre Hand, als sie Linien in den Sand zeichnete. »Wenn du die Gewürze raubst, machst du sie dadurch knapper und viel teurer. Und mein Vater wird, so fürchte ich, trotz des Geldes meines Mannes bankrott gehen.«

»Ich bedauere das, aber es gibt Hunderte, die sie stehlen. Wenn ich deinetwegen damit aufhöre, würde das eine Meuterei unter meinen Leuten heraufbeschwören.«

»Ich weiß.«

Er drehte sich auf die Seite und ließ die Hand über Willas Arm gleiten.

»Warum hat man dir deinen Sohn gestohlen?«

Ein schmerzerfüllter Ausdruck verdunkelte ihr Gesicht. »Ich bin nicht sicher. Vielleicht wegen eines Lösegeldes. Aber ich vermute eher, dass die Familie meines Mannes ihn loswerden wollte.«

»Das kann ich verstehen.«

Sie schaute entsetzt auf. »Wie bitte?«

»Nun, wenn er der einzige männliche Erbe ist, dann ist er ein Hindernis auf dem Weg an die Spitze der Familienmacht.«

Ihre Miene drückte Missfallen aus. »Für mich macht es keinen Sinn, warum ein Kind wichtiger sein soll als das andere, nur weil es zuerst geboren wurde. Jedes Kind ist ein Geschenk, das man ehren sollte.«

»Das wäre zu schön, um wahr zu sein,« entgegnete Raiden.

»Glaubst du nicht, dass dein Vater Gründe gehabt haben könnte, dich …«

»Mich zu vergessen?«

Oh, dort lag die Ursache seiner Bitterkeit! »Vielleicht hielt er dich für tot, Raiden. Hast du das einmal bedacht?«

»Als Kind, ja, da habe ich das vielleicht gedacht. Ich konnte mir beim besten Willen nicht erklären, warum ein Mann sein eigen Fleisch und Blut ignoriert, aber als ich älter wurde und von Ransom und all den anderen erfuhr, ist es mir klar geworden. Granville Montegomery war ein zügelloser Mann, dem es egal war, wo sein Same auf fruchtbaren Boden fiel … und in wem.«

Willa verstand seine Gefühle, denn auch Alistar ignorierte seinen eigenen Sohn. »Hast du jemals geliebt, Raiden?«

Ihre Frage traf ihn unvorbereitet. »Wie jemand in der Unreife der Jugend lieben kann.«

»Hast du mehr als einmal geliebt?«

»Ja.«

»Warum schließt du dann aus, dass vielleicht auch Granville mehr als einmal geliebt hat? Dass er deine Mutter liebte und litt, als sie starb?«

Seine dunklen Brauen zogen sich zusammen. »Ich gebe zu, dass das möglich ist.«

Sie schnitt eine Grimasse. »Das ist wenigstens etwas.«

»Warum verteidigst du ihn? Einen Mann, dem du, wie du sagst, noch nie begegnet bist?«

»Es ist nicht Granville, der mir wichtig ist.« Sie sah Raiden eindringlich an. »Ich sehe nur ungern, dass dich ein solcher Hass erfüllt, besonders wenn derjenige, dem er gilt, nichts davon weiß.« Sie ließ ihre Hand in seine gleiten. »Es führt zu nichts, außer dass du dich schlecht fühlst.«

Raiden seufzte und strich durch ihr Haar, dann legte er die Hand um ihren Nacken und zog sie näher. Sein Herz machte einen Sprung, als sie bereitwillig in seine Arme kam, sich in die Geborgenheit seines Körpers schmiegte. »Wodurch bist du so weise geworden, kleine Füchsin?«, flüsterte er und küsste ihren Scheitel.

»Ich habe die Liebe und den Hass kennen gelernt. Das Letztere zerstört das Erstere. Und ich wähle die Liebe und die Hoffnung darauf, wiedergeliebt zu werden, selbst wenn dies nur für eine kurze Zeit ist. Ich ziehe dies einem Hass vor, der ein Leben lang dauern könnte.«

Im Stillen räumte Raiden ein, dass Willa Recht hatte. Die Chance zu lieben war weitaus kostbarer als das Bedürfnis zu hassen.

»Und davon abgesehen«, ihre Stimme klang gedämpft gegen seine Brust, »würde der Hass mich verändern und zu einem zänkischen Weib machen.«

»Wieso verändern?«

Willa kniff ihn, und als Raiden sich in gespieltem Schmerz krümmte, beeilte sie sich, ihn zu trösten. Ihr Blick suchte ihn. Als er den Ausdruck in ihren Augen las, spürte er, wie sich ein Gefühl nie gekannter Wärme in ihm ausbreitete.

»Küss mich, Pirat, küss mich in meine Träume.«

»Nur, wenn du mich mit dir nimmst«, sagte er und neigte sich über sie. Der zärtliche Druck seines Mundes machte sie zittern. Ja, er wollte in ihren Träumen sein, wollte teilhaben an einem Glück voller Unschuld. Denn seine Träume waren Alpträume, in denen ihn schwarze Gedanken quälten, in denen ihn ein Rachedurst peinigte, der ihn unaufhaltsam zerstörte. Könnte er das Verlangen nach Rache aufgeben, diesen maßlosen Hass, der ihn trieb? Und was, wenn Willa seine letzte Chance war, die Liebe zu erfahren, bevor er starb?

Kapitel 14

Die reine Dummheit.

Wir könnten ebenso gut auf Elefanten reiten, so unübersehbar wie wir daherkommen, dachte Willa, als sie für alle Welt sichtbar die Hauptstraße hinunterritt. Es wimmelte von britischen Truppen und Soldaten der *East India Company*, doch wider Erwarten nahm niemand von der Schar der Piraten Notiz. Die Figur verborgen durch eine weite Jacke und das Haar unter einer Mütze versteckt, hielt Willa sich direkt hinter Raiden, während sie sich aufmerksam umschaute. Er hatte gesagt, sie müssten verlorene Zeit aufholen. Verlorene Zeit – Willa war sicher, dass es ihre Schuld war. Und durch die Stadt zu reiten, brachte sie nun einmal schneller voran als sie meilenweit zu umgehen. Und sie hatten inzwischen einen Teil der Strecke gutgemacht.

Sie befanden sich nordwestlich von Syriam, ob in Burma oder Siam, Willa wusste es nicht, und sie war zu erschöpft, um sich den Kopf darüber zu zerbrechen. Es war eine von den Holländern beherrschte Hafenstadt, die sich entlang der zerklüfteten Küste ausdehnte. Die Landschaft unterschied sich nicht von der der anderen Dutzenden von Dörfern, die an ihrem Weg gelegen hatten. Die Menschen hier waren von dunkler Hautfarbe und wirkten durch ihr gewinnendes Lächeln wohlgesonnen und freundlich. Obwohl sie halbnackt sind, dachte Willa mit einem Blick auf die Gewänder, die noch spärlicher als ein Sari waren. Die Frauen trugen knöchellange Sarongs, die Männer hatten sich, zum überwiegenden Teil, nur Stoffbahnen um die Taille geschlungen. Niemals zuvor hatte Willa so viele nackte Oberkörper und Beine gesehen.

»Versuche, sie nicht so anzustarren.«

Sie schaute zu Raiden, der jetzt neben ihr ritt. »Sie sehen aus, als hätten sie es angenehmer als wir bei dieser Hitze«, stellte Willa neidvoll fest.

Er hörte den sehnsüchtigen Klang in ihrer Stimme. »Das haben sie auch.«

Sie blinzelte ihn an. »Du bist auch schon so herumgelaufen? Halb nackt?«

»Ja, schon ziemlich oft.«

»Barbar«, stieß sie hervor, lächelte aber insgeheim, als sie dachte, dass sie das gern mit eigenen Augen gesehen hätte. Sie passierten eine Reihe von Schänken und Geschäften und erreichten schließlich den Platz, an dem der Fisch angelandet wurde. Hier stank es so entsetzlich, dass Willa vor Widerwillen die Nase rümpfte. Die Küste entlang waren Männer damit beschäftigt, ihre schmalen flachen Boote auf den Strand zu ziehen, die mit Fischen und blutigen Haien gefüllten Netze herauszuhieven und auf den Strand zu entleeren. Frauen kamen herbeigelaufen, um einzusammeln, was das Meer ihnen beschert hatte, und Willa sehnte sich plötzlich nach einem Leben, in dem alles so einfach schien.

Mason würde es lieben, am Strand zu sein. Sie konnte ihn fast vor sich sehen, wie er Krebse und Fische fing. Ihre Kehle schnürte sich vor Elend zusammen, ihre Augen brannten. *Es ist schon viel zu lange*, dachte sie. *Seit mehr als einen Monat sind wir getrennt.* O Gott, welchen Schaden hatte Alistar in dieser Zeit durch sein widerliches Verhalten bei Mason anrichten können.

Mit einem Seufzer wandte sie den Blick wieder nach vorn. Sie betete darum, dass man sie nicht gefangen nahm. Schiffe aus aller Herren Länder lagen vor der Küste vor Anker oder liefen gerade in den Hafen ein, doch die Schiffe der *East India Company* flatterte an deren Masten arrogant über dem Englands. Ob Alistar wohl auf einem dieser Schiffe war? Obgleich Willa wusste, dass keine Hoffnung bestand herauszufinden, ob er sich hier aufhielt oder eine südlichere Route gewählt hatte, stellte sie sich diese Frage. Sie hatten den Hafen durchquert, als Willa am Stadtrand das Wappen der *Royal East India* entdeckte, das die breite Flügeltür eines schmalen Gebäudes schmückte. Augenblicklich war sie auf der Hut. Sie war nicht darauf gefasst gewesen, hier auf eine Niederlassung der Company zu stoßen, da dieser Hafen keinen Nutzen für sie hatte. Er diente den Schiffen nur zum Auffüllen ihres Proviants. Sie warf Raiden einen Seitenblick zu und fragte sich, ob er einfach nur sein Glück herausfordern wollte und es dabei auf eine Gefangennahme ankommen ließ, oder ob dies wirklich der einzige Weg war, auf dem sie die Stadt verlassen konnten. Mit unbeschrifteten Fässern beladene Karren standen vor dem Gebäude, und auf der Straße herrschte dichtes Gedränge, durch das Raiden und seine Schar sich ihren Weg bahnen mussten. Raiden trug wieder die eleganten Kleider, die er vor ihrem Ritt durch den Dschungel getragen hatte, und die Leute machten ihm bereitwillig Platz, wenn sie ihn kommen sahen.

»Du hast wahrhaftig den Verstand verloren«, flüsterte Willa ihm zu.

»Schon seit einer ganzen Weile«, pflichtete Raiden ihr bei und bezwang den Wunsch, die Hand auszustrecken und Willa zu berühren. Er warf einen kurzen Blick zurück auf Perth. Der Mann ritt hinter Willa und bedachte jeden, der sich ihnen näherte, mit einem grimmigen Blick. Seine Waffen trug er, für jedermann gut sichtbar, griffbereit im Gürtel. Längere Zeit an Land verbringen zu müssen, war eine Geduldsprobe für jeden Seemann, der sich danach sehnte, Schiffsplanken unter seinen Füßen zu spüren. Jeder seiner Männer hatte sich in den vergangenen Tagen bewundernswert verhalten, und jeder hatte dazu beigetragen, für ihrer aller Sicherheit zu sorgen und sich fernab neugieriger Blicke zu bewegen. Raiden hätte es vorgezogen, in der Deckung des Dschungels zu bleiben, doch dadurch hätten sie noch mehr Zeit verloren. Und die war ohnehin schon knapp genug. Die *Renegade* würde bei Einbruch der Nacht östlich von Syriam ankern, in einem der Nebenflüsse, der ausreichend Tiefgang hatte. Und wenn Tristan so klug war, wie Raiden annahm, würde er nicht auf sie warten, sollten sie nicht am verabredeten Treffpunkt sein. Sollten sie es nicht rechtzeitig schaffen, wären sie gezwungen, ein Schiff zu stehlen. Und der Hafen hielt eine Menge davon für sie bereit, er brauchte nur zuzugreifen. Auch wenn die Zahl der Besatzungsmitglieder mehr als dürftig wäre.

Er runzelte die Stirn, als er zu Willa schaute und den schmerzlichen Ausdruck auf ihrem Gesicht wahrnahm. Als spürte sie seinen Blick, wandte sie sich ihm zu, und Raiden war betroffen über den Kummer in ihren wunderschönen Augen. Sie schien ihm etwas sagen zu wollen und ihren ganzen Mut dafür zu brauchen. Eine düstere Vorahnung beschlich Raiden.

In dieser Sekunde wurden die Türen des Gebäudes aufgestoßen, und eine Gruppe von Soldaten und Offizieren kam heraus. Die lauten Rufe der Männer und das Durcheinander, das ihr plötzliches Auftauchen verursachte, ließ Willas Pferd scheuen. Es stieg hoch, und Willa kämpfte, es wieder unter Kontrolle zu bringen und zu verhindern, dass es jemanden tot trampelte. Sie drohte das Gleichgewicht zu verlieren.

»Komm, Bursche, du schaffst das«, rief Raiden ihr zu, um den Schein ihrer Verkleidung zu wahren.

»Ich versuche es ja.« Aber da war kein Sattel, nichts, woran sie sich festhalten konnte, und das Kutschpferd, das die Freiheit nicht gewöhnt war, würde sich nicht länger im Zaume halten lassen. Hoch auf die Hinterbeine aufgerichtet, trat es in die Luft.

In dem Augenblick, als Raiden nach den Zügeln fasste,

rutschte Willa vom Pferd und landete mit einem markerschütternden Aufprall auf der Erde. Ein stechender Schmerz schoss durch ihre Schulter. Die Pferdehufe wirbelten in einem gefährlichen Tanz um ihren Kopf herum. Sie rollte sich zu einer Kugel zusammen und betete, nicht von ihnen getroffen zu werden. Sie schmeckte Blut im Mund. Sie spürte, dass eine Hand sie packte und auf die Füße zog.

»Ist alles in Ordnung?«, fragte Raiden. »Bist du verletzt?«

Willa schüttelte den Kopf und wischte sich das Blut von den Lippen, als sie zu ihm aufsah. »Verzeih mir, ich habe versucht –« Sie sah, wie seine Augen sich weiteten, im selben Augenblick spürte sie, dass ihr die Mütze vom Kopf glitt.

Sie griff rasch danach, aber es war zu spät. Die Flut hellroter Haare floss ihr über den Rücken.

»Schaut mal, Jungs, es scheint, wir haben sie gefunden«, sagte einer der Soldaten und kam näher, doch ein Blick und Raidens Messer, das sich ihm gegen den Bauch drückte, ließen ihn zurückweichen. Raidens Männer umringten Willa, sie hatten ihre Pistolen gezogen, um jeden, bis auf die ganz Dummen, davor zu warnen, etwas Unüberlegtes zu tun.

Raiden hob Willa blitzschnell aufs Pferd, ehe auch er wieder aufsaß. Sie stopfte sich die Haare in den Jackenkragen und ergriff die Zügel. Sie lächelte Raiden entschuldigend an, ehe sie sich noch einmal umschaute. Die Soldaten stießen weiterhin laute Spott- und Hohnrufe aus, doch Willa hörte sie nicht. Sie sah nur noch den Mann, der in der Tür stand. Ein Mann, den sie kannte, und der sie unverwandt anstarrte.

Barkmon.

»Mylady.« Er verbeugte sich höflich, ehe er auf Willa zuging. »Wie zuvorkommend von Euch, hier so unvermutet zu erscheinen. Das erspart es mir, Euch ein weiteres Kontingent meiner Soldaten hinterherschicken zu müssen, um Euch zu suchen.«

Willa schluckte und zwang sich, Raiden anzusehen.

Sein Gesichtsausdruck war so ahnungslos, dass sie trotz der Hitze ein Frösteln spürte.

»*Lady?*«, stieß er hervor, während er Barkmon anstarrte.

»Ja. Und wer seid Ihr?«

Raiden schaute auf den kleinen dicken Mann herunter, der so dumm war, bei dieser gottlosen Wärme eine gepuderte Perücke zu tragen. »Ihr Entführer«, entgegnete er und versetzte Barkmon einen Tritt vor die Brust. Barkmon taumelte zurück und fiel rücklings in die Menschenmenge. Raiden riss Willa von der grauen Stute herunter und riss sie vor sich auf sein Pferd, dann gab er dem Tier die Fersen.

Das Pferd galoppierte los, und die Menschen sprangen vor Schreck zur Seite und flohen zwischen die Bäume.

Raiden hörte Gewehrfeuer und das Donnern von Hufschlag hinter sich.

Er konnte nur hoffen, dass es seine eigenen Männer waren, die hinter ihm schossen und galoppierten.

»Raiden.«

Seine Stimme brach vor Wut, als er hervorstieß: »Kein Wort jetzt, *Mylady.*«

Der Ritt war gnadenlos. Raiden trieb das Pferd zu einem halsbrecherischen Galopp an, es ging über Bäche und umgestürzte Bäume, und während der ganzen Zeit hieb er mit dem Schwert immer wieder wütend auf das Dschungeldickicht ein. Willa konnte spüren, wie sich sein Zorn mit jedem Meter weiter aufbaute, den sie zurücklegten.

Sie ritten ein Stück über offenes Gelände, dann wieder durch den Dschungel, der sich die Küste entlangzog.

»Cap'n«, rief Perth, der nicht weit hinter ihnen war. »Eine Schwadron verfolgt uns.«

»Nur eine Schwadron? Wie großzügig von Barkmon«, knurrte Raiden und zerrte am Zügel. Das Pferd wirbelte herum in die Richtung, aus der sie gekommen waren. Die Männer sprangen von ihren Pferden, Pistolenschüsse knallten.

»Absteigen«, befahl er Willa. »Und versteck dich.«

Sie glitt vom Pferd. Raiden schenkte ihr keinen Blick mehr und ritt seinen Verfolgern entgegen. Willa verbarg sich hinter einem Baum und hielt ihre Pistole bereit.

»Versucht, sie nicht zu töten«, befahl Raiden seinen Männern und feuerte auf einen der Soldaten. Der Getroffene umklammerte seine Schulter und lief zwischen die Bäume. Am Dschungelrand tauchten weitere Soldaten auf, doch wohl gesetzte Pistolenkugeln schlug die Hälfte von ihnen in die Flucht, die anderen gingen in Deckung. Die Engländer versuchten noch einen Angriff, das Feuer der Piraten schickte zwei von ihnen zu Boden, ehe der Rest den Rückzug antrat.

Raiden schaute zu den beiden toten Soldaten, ehe er Vazeen ansah. »Verdammt, Mann, ich sagte, verwundet sie! Jetzt werden wir noch mehr von ihnen auf den Fersen haben!« Er stieß einen Laut des Abscheus aus und ging zu Kahlid. »Überzeugt Euch, dass sie in die Stadt zurückkehren«, trug er ihm auf. Nachdem der Maure Jabari in Perths Obhut gegeben hatte, ritt er in den Dschungel. Stille breitete sich aus, während sie auf seine Rückkehr warteten.

»Sie sind sofort aufgestiegen und weggeritten, *Sajin*«, berichtete Kahlid, als er kurz darauf zurückkehrte. »Wie die Kinder.« Er spuckte in Richtung der Engländer aus.

»Wenn ich Barkmon richtig einschätze, wird er noch eine Schwadron losschicken.« Die Lippen zu einer schmalen Linie aufeinander gepresst, warf Raiden Willa einen Blick über die Schulter zu, bevor er sich wieder an seine Männer wandte. »Kahlid, Ihr bleibt mit Jabari hier und verwischt unsere Fährte. Sanjeev und Vazeen, nehmt den Toten alles ab, was sie bei sich haben, und versteckt die Leichen. Wenn ihr das getan habt, folgt ihr uns. Perth, Ihr postiert Euch einige Yards entfernt in den Hügeln und beobachtet die See.«

Er zog um die Hand und ritt zu Willa, die hinter dem Baum

hervorkam, hinter dem sie sich versteckt hatte. Raiden stieg ab und zog sie mit sich in Richtung Küste.

Willa zerrte sich los. »Ich bin durchaus fähig, allein zu gehen.«

Raiden schaute sich um. Er kniff die Augen zusammen, um in der untergehenden Sonne etwas erkennen zu können. Er hoffte, dass die *Renegade* sich bald zeigen würde. »Und außerordentlich fähig zu lügen.« Er sah sie an.

»Mir blieb keine andere Wahl als zu lügen.«

»Zu Anfang, vielleicht.«

»Nein, immer.«

»Du denkst zu gering von mir, Mylady«, erwiderte er. Seine Stimme klang angespannt.

»Du hast kein Geheimnis daraus gemacht, dass du mir nicht helfen würdest, meinen Sohn zu finden.«

»Und doch suchen wir jetzt nach ihm.«

»Und ich würde nichts tun, was das gefährden könnte.«

Seine Gesichtszüge schärften sich vor Ungeduld. »Sag mir die Wahrheit, Willa. Ich will keine weiteren Geheimnisse zwischen uns haben.«

Willa schluckte mühsam und schlang die Arme um sich. »Du willst meine Geheimnisse wissen«, erwiderte sie resigniert, »und schaffst damit Distanz zwischen uns.«

Plötzlich schimmerten Tränen in ihren Augen. Raidens angespannte Schultern sackten herab. »Es wird sich nichts ändern.«

»Das sagst du jetzt.«

Er fasste sie an den Armen, löste sie von Willas Taille und ergriff ihre Hände. »Was könnte so schlimm sein? Du warst mit einem adligen Mann verheiratet und …«

»Nein. Ich *bin* verheiratet.«

Raiden starrte in ihre wunderschönen grünen Augen, als suchte er darin nach einem Hinweis, einem Wink, dass er sie missverstanden hatte. Als er nur den unnachgiebigen Ausdruck der Wahrheit darin sah, ließ er Willa los und trat einen Schritt zurück. Sein Herz schmerzte von der Qual, die er empfand.

Seit Tagen hatte er es zugelassen, ihr zu vertrauen, hatte er sich an jeden Funken Hoffnung geklammert, dass es mit dieser Frau auf irgendeine Weise eine Zukunft geben könnte, wenn auch nur für eine kurze Zeit. Und jetzt hatten sie gar nichts mehr, jetzt hatte Willa durch das Netz ihrer Lügen alles zerstört.

Raiden wollte schreien. Er wollte sie schütteln, weil sie ihm diese süße Ahnung von Zärtlichkeit und Leidenschaft gegeben hatte, ihn hatte erkennen lassen, dass sein Herz nicht tot war, und das nur, um es mit drei Worten zu zerstören. *Ich bin verheiratet*.

»Zum Teufel mit dir!« Wie blind starrte er auf Willa herunter. »Du hast zugelassen, dass ich dich küsse, dich halte, dich berühre, wie es nur einem Ehemann zusteht, und nicht einmal hast du mir gesagt, dass du durch das Ehegelübde an einen anderen gebunden bist!«

Ihr Herz blutete für ihn, für die Wut und den Schmerz, den er nicht verbergen konnte. »Zuerst hatte ich Angst, du würdest mich als Druckmittel gegen andere benutzen oder ein Lösegeld für mich erpressen wollen. Oder noch schlimmer, mich gegen ein Lösegeld an einen Mann ausliefern wollen, der nicht zahlen würde. Und dann, nach einer Weile, hatte ich Angst, du würdest so reagieren, wie du es jetzt tust!«

Unter dem Eindruck ihres Vergehens war das alles für Raiden bedeutungslos. »Du hattest nie vor, unsere Absprache einzuhalten.«

»Wenn ich dazu gezwungen worden wäre, wer kann das sagen? Aber ein Gelübde ist heilig, Raiden, und auch wenn mein Mann es nicht beachtet – ich muss es tun.«

Er grinste sarkastisch. »An der Quelle hast du es aber nicht besonders genau beachtet, Frau, als du in meinen Armen vor Lust gestöhnt und nach mehr gebettelt hast.«

Eine heiße Welle der Scham färbte ihre Wangen tiefrot, ehe sie das Kinn vorreckte und ihm antwortete: »Weil ich in deinen Armen sein wollte. Weil ich wollte, dass du mich berührst.«

Es besänftigte weder den Zorn noch milderte es den Schmerz, der in Raiden tobte. »Mein Gott, hast du denn gar kein Gewissen, keine Moral?«

Willa zuckte zusammen, als hätte er sie geschlagen. »Moral?«, stieß sie hervor. »Du bist gerade der Richtige, davon zu sprechen, Pirat. Oder plagt dich vielleicht dein Gewissen, wenn du auf Raubzug gehst? Du wagst es, mir von Moral zu predigen? Du, der du mir diesen abscheulichen Handel aufgezwungen hast? Ich habe weder darum noch um deine Hilfe gebeten, bis du dich geweigert hast, mich freizulassen!«

»Du hättest es mir eher sagen können! Ich habe dich gefragt, unzählige Male!«

»Angesichts deiner ständigen Drohungen? Mein ganzes Wohlergehen, meine einzige Hoffnung, mein Kind jemals wiederzufinden, lagen in deiner Hand!« Aufregung verzerrte ihr schönes Gesicht. »Und nachdem du mir dieses Angebot gemacht hattest, glaubte ich, dass du mir nicht helfen würdest, wenn du wüsstest, dass ich verheiratet bin. Ich hatte nichts, um mit dir zu verhandeln. *Du* hast mir keine Wahl gelassen!«

»Gib mir nicht die Schuld für deine Lügerei! Und Tatsache ist, dass ich dir den Handel nur angeboten habe, weil ich sicher war, dass eine Lady sich weigern würde, ihre weichen Schenkel für einen Gesetzlosen breit zu machen. Dass sie ihn empört zurückweisen würde!« Sein eiskalter Ton traf Willa wie ein Messerstich, als er hinzufügte: »Aber ich habe mich geirrt. Du würdest dich jedem Mann hingeben.«

Sein Blick glitt über sie. Die verachtende Anzüglichkeit, die darin lag, verletzte Willa zutiefst. Sie wollte ihn schlagen, ihm wehtun. »Für das Leben meines Sohnes würde ich selbst mit dem Teufel schlafen!«

»Du hattest deine Chance, Willa. Und jetzt sag mir deinen richtigen Namen.«

»Willa Delaney ... Peachwood.«

Sein Gesicht verhärtete sich.

»Mein Mann ist ...«

»Ich weiß, wer er ist.« Sein Blick glitt über sie, als sähe er sie auf ganz neue Weise. »Ich muss sagen, Lady Eastwick, du hast einen sehr mächtigen und einflussreichen Ehemann. Ich sollte dich ihm sofort zurückschicken.«

Er wandte sich ab und ging. Jeder Schritt von ihr fort brannte wie eine Wunde auf Willas Seele. Ihre Worte kamen schnell, stürzten ihr in einer Flut von Schmerz von den Lippen. »Ich war eine Närrin, an dich zu glauben, dir zu vertrauen. Unter Dieben gibt es keine Ehre, nicht wahr, Raiden? Ich hätte diese Lüge aufrecht erhalten sollen, denn dann hätte ich jetzt wenigstens den Anschein deiner Anteilnahme! Du bist es, der gelogen hat, mit deinen Küssen, mit deinen Berührungen!«

Er fuhr herum, ging auf sie zu, seine Gesichtszüge traten scharf hervor.

Furcht schoss ihr das Rückgrat hinauf, und sie wich vor ihm zurück.

Raiden blieb stehen, sein Stirnrunzeln verfinsterte sich. »Warum weichst du vor mir zurück? Habe ich dir je wehgetan? Habe ich auch nur einmal meine Hand gegen dich erhoben? Ich bin nicht dein gottverdammter Ehemann! Und ich misshandle Frauen nicht.«

»Nun, er tut es.« Ihre Lippen zitterten. »Und er misshandelt meinen Sohn. In Alistars Augen ist Mason nicht perfekt und nicht passend, der Eastwick-Erbe zu sein.« Willa packte Raiden am Ärmel. »Er hat mir meinen Sohn genommen, um ihn im Dschungel auszusetzen. Die Fährnisse der Natur und die wilden Tiere sollen ihn töten, damit seine Hände sauber bleiben.«

Raiden starrte auf sie herunter. Mitleid für das Kind und ein dunkler Hass auf dessen Vater schwelten in ihm. Und seine Wut wollte ihn fast entzwei reißen. Der eine Teil wollte diesen Hundesohn dafür töten, dass er die Hand gegen Willa oder ihren Sohn erhoben hatte, der andere wollte sie zu seiner Lordschaft zurückschicken, damit er sie nicht mehr sehen und dabei jedes Mal den Schmerz über seinen Verlust spüren würde.

»Mason ist schon krank, Raiden. Und du weißt, dass Alistar sich nicht selbst um ihn kümmert.«

Noch immer starrte er Willa an und schwieg.

»Du weißt, dass ich die Wahrheit sage.«

Seine Lippen verzogen sich geringschätzig. »Die Wahrheit? Du wüsstest nicht einmal, was die Wahrheit ist, selbst wenn sie dir auf den Hintern tätowiert wäre, Lady Eastwick.« Er zerrte ihre Hand von seinem Arm und kehrte ihr den Rücken zu.

Diese Geste empfand Willa, als ob man eine Tür vor ihrem Gesicht zuschlug. Sie verletzte sie mehr als seine Worte. Willa kämpfte mit den Tränen, statt ihres Herzschlags spürte sie einen dumpfen Schmerz in ihrer Brust. Sie hatte alles verloren – sein Vertrauen, seine Hilfe und das, was immer er an Zärtlichkeit für sie empfunden haben mochte. Jetzt empfand sie nur noch die Wut darüber, verraten worden zu sein.

Plötzlich hallten Feuersalven von den Bäumen wider.

Raiden rannte auf die Pferde zu, während Kahlid und die anderen aus dem Dschungel hervorstürmten und zum Strand rannten. »Kahlid, seht nach, ob die *Renegade* in der Nähe ist.« Während der Maure weiterlief, schwang sich Raiden aufs Pferd. Er führte Willas Pferd am Zügel, als er auf sie zuritt. »Steig auf.«

Sie schüttelte den Kopf, die Tränen drohten sie zu überwältigen. Sie konnte nicht bleiben und die Wucht seines Zorns ertragen. »Ich denke, diese Verbindung ist jetzt zu Ende.« Sie wandte sich ab, um zu gehen. Wohin, wusste sie nicht.

Augenblicklich sprang Raiden vom Pferd. Mit drei langen Schritten holte er Willa ein und schlang den Arm um ihre Taille.

»O nein, Mylady.« Er zerrte sie zu den Pferden. »Sie endet erst, wenn ich das sage. Du wirst *nicht* gehen.«

Sie trat um sich – vergebens. »Wir haben uns nichts mehr zu sagen.«

»Doch, das haben wir. Wir sind noch nicht fertig miteinander, Willa, noch lange nicht.« Er warf sie über den Rücken des Pferdes. »Und du bist noch immer eine Bedrohung.« Er schwang sich hinter sie.

»Ich würde dich nicht verraten.«

»Und du erwartest von mir, dass ich dir das glaube? Nun, du wirst auch keine Gelegenheit dazu haben. Du bist jetzt sehr viel mehr wert für mich … als Geisel.«

Seine Worte schmerzten. Er machte sich in Wahrheit gar nichts aus ihr. Und er würde sie benutzen – ebenso wie es der Mann getan hatte, den sie geheiratet hatte.

»Verflucht sei dein schwarzes Herz, Raiden«, schluchzte sie. Sie würde ihm nicht die Genugtuung geben, zu sehen, wie tief er sie verletzt hatte. »Du bist nicht besser als Alistar.«

Ihre Worte brannten eine Wunde in seine Seele, die tiefer als der Ozean war. Denn Raiden wusste, wie abgrundtief der Hass war, den Willa für ihren Ehemann empfand.

Und jetzt, so schien es, war er einem Peer des Königreiches schließlich doch gleichwertig.

Direktor Barkmon trat zu dem Karren und betrachtete angeekelt die darauf liegenden Leichen. Durch die Ritzen des Holzkarrens tropfte Blut auf den Boden, und Barkmon trat rasch zurück. Sein Blick blieb auf dem Gesicht eines der toten Soldaten hängen, dem bartlosen Gesicht eines jungen Burschen, und so etwas wie Mitleid keimte in ihm auf. Ein Mitleid, das zu empfinden er sich nicht leisten konnte. Barkmon presste ein parfümiertes Spitzentuch an seine Nase. Dieses gottverfluchte Land, dachte er, und wünschte sich, man würde ihn endlich an einen zivilisierteren Ort schicken, zum Beispiel nach Bombay, oder – was wäre das für ein Glück! – zurück nach England. Die Krone zahlte ihm nicht genug für diese Art der Zumutung.

»Befehle, Sir?«

Barkmon eilte in das Büro zurück. »Informiert das Schiff. Es wird ihn interessieren zu erfahren, was sich ereignet hat.«

Der junge Offizier wurde blass. »Jawohl, Sir.«

»Befragt die Männer und die Leute in der Stadt. Vielleicht hat irgendjemand diesen Kerl erkannt.«

»Das habe ich bereits getan, Sir, und alle behaupten, ihn nicht zu kennen.«

Barkmon sah den Lieutenant an. »Behaupten?«

»Ich glaube nicht, dass sie es zugeben würden, wenn sie ihn kennen, Sir.«

»Hm.« Barkmon grunzte missmutig und ging auf die kürzlich errichteten Unterkünfte zu. Wütend klopfte er sich den Stiefelabdruck dieses Barbaren von seiner Weste. Lady Eastwick entführt. Schon wieder. Direkt vor seiner Nase! Bei Gott, dafür werde ich meinen Kopf nicht hinhalten, dachte er, und versuchte das Gefühl der Furcht zu ignorieren, das ihn beschlich. Das hemmungslose Benehmen dieser Frau würde noch sein Tod sein, und er hatte es satt, diese dahergelaufene Kolonistin durch das Land zu jagen. Wenn seine Lordschaft seine Ehefrau nicht fest genug an der Kandare hatte, dann war es nicht seine, Barkmons, Aufgabe, dies für ihn nachzuholen. Und so arrogant und großspurig, wie dieser Hedonist auf seinem Pferd gesessen hatte, würde Lady Eastwick sich nicht gerade in der allerbesten Gesellschaft befinden. Vielleicht sollte er sie einfach diesem Schurken überlassen. Barkmon schaute auf die Schiffe, die im Hafen lagen. Am besten wäre es, Eastwick vom Stand der Dinge in Kenntnis zu setzen und darum zu beten, dass dieser davon angetan war. Barkmon würde nicht das Risiko eingehen, die Gedankengänge seiner Lordschaft zu erraten. Was das betraf, so hatte er sich bisher jedes Mal geirrt. Gefährlich geirrt.

Das Schiff glitt schnell durch das Wasser, und Raiden war froh, dass Tristan einen Teil der Ladung auf ein anderes seiner Schiffe hatte verbringen lassen. Sie mussten Zeit aufholen, um Malakka zu erreichen, bevor Dunfee dort eintraf. Raiden dachte noch immer darüber nach, was Barkmon in Syriam wollte. Mit den Soldaten. Und was war in diesen nicht gekennzeichneten Fässern gewesen? Gewürze und Sämereien wurden normalerweise in Fässern transportiert, die eine Kennzeichnung tragen mussten, um so zu verhindern, dass sie unter Umgehung des Handelsmonopols der *East India Company* aus Indien ausgeführt wurden. Raiden lächelte selbstironisch. Er hatte auch eine Kiste mit Nüssen im Schiffsrumpf gelagert, aber sie zum Keimen zu bringen, war unmöglich. Dennoch waren Barkmons Anwesenheit in Syriam und die ungewöhnlich große Zahl von Schiffen im Hafen ein Grund zur Besorgnis.

»Lasst das Handlog zu Wasser«, befahl Raiden, und die Männer ließen die mit den Knotenmarkierungen versehene Leine ins Wasser abspulen. Raiden wollte die Position bestimmen, denn er musste wissen, wo genau sie waren. Den Fuß gegen die Reling des Achterdecks gestützt, starrte er in das schwarze Wasser, das hinter der *Renegade* aufschäumte. Seine Gedanken wanderten wieder zu Willa. Er musste mit jemandem über die Situation – oder besser über die Wendung, die die Dinge genommen hatten – sprechen, denn sein Gefühl sagte ihm, dass Willa noch andere Überraschungen für ihn bereithielt.

»Verdammt«, fluchte er und rieb sich das Kinn. Er hatte sie sofort nachdem sie an Bord gegangen waren in die Kabine gebracht und seither nicht mehr gesehen. Raiden wollte es auch gar nicht. Ein Blick in ihre enttäuschten Augen, und er würde erneut daran erinnert werden, was er verloren hatte.

»Ich weiß, dass du keine Plaudertasche bist, aber du hast kaum ein Wort gesagt, seid du wieder an Bord bist«, sprach Tristan ihn an. »Und jeder, der Augen im Kopf hat, kann sehen, dass mit Mistress Delaney etwas nicht stimmt.«

»Peachwood«, korrigierte Raiden ihn ohne aufzuschauen.

Tristan machte große Augen. »Du meinst … wie Eastwick?«

Raiden nickte.

»Ich kann sie mir nicht vorstellen mit diesem – diesem Schweinehund von einem …«

Raiden richtete sich auf und zog die Augenbrauen hoch, als er den Freund ansah. »Du bist ihm begegnet?«

Tristan schüttelte den Kopf. »Mein Cousin zweiten Grades ist von diesem Kerl verleumdet worden. Und ich bin überzeugt, dass Eastwick es aus kalter Berechnung heraus getan hat. Es ging um irgendeine Abstimmung im Parlament, und mein Onkel hat dabei mit seiner Entscheidung einige der anderen Mitglieder beeinflusst, die dann gegen Peachwood gestimmt haben.«

»Hm«, war alles, was Raiden dazu äußerte.

»Kahlid sagte, in Syriam hätte es Ärger gegeben?«

»Ja, Barkmon war dort und hat ihre Ladyschaft erkannt. Und die *Persephone* lag im Hafen.«

Tristans Augenbrauen schossen hoch. »Dann hat Pendergast also gelogen.«

Raiden schaute in die Nacht hinaus. »Oder wir sind einfach zu früh dran – oder zu spät. Man hat es beim Segeln eines Schiffes schließlich nicht mit einer exakten Wissenschaft zu tun.« Aber was war mit dem Schwesterschiff der *Persephone*, und wohin war es gesegelt? Und warum war die *Persephone* in Syriam?

»Und dann wäre da auch noch die *Queen's Regard* auf ihrem Weg nach Malakka.«

Raidens Kopf fuhr herum. »Hast du sie gesehen?«

»Ich weiß, dass sie in der Nähe der Meerenge ist. Killgaren hat es ausspioniert.«

Bei der Erwähnung seines Halbbruders Roarke spürte Raiden eine seltsame Anspannung. Es gab so viele Männer, an die er zu denken hatte – als Verdächtige oder als Freunde. Könnte Roarke ein Spitzel sein? Wusste Roarke überhaupt, dass sie verwandt waren? Und wenn Raiden ihm die Wahrheit über seine Abstammung sagte, würde sein Bruder seine Verbindung zu ihm dann neu überdenken?

Raiden wusste nicht mehr, was er denken sollte. Er wusste nur, dass seine aufgewühlten Gedanken immer wieder um eine Gewissheit kreisten – um Willa und die Mauer, die ihre Ehe zwischen ihm und seiner angeschlagenen Ehre errichtet hatte.

Aber nicht zwischen ihr und seinem Herzen.

Kapitel 15

Raiden sprach kein Wort mit ihr. Er hatte keinen Blick für sie.

Es war, als existierte Willa für ihn nicht mehr. Sie fühlte sich wie ein Paria und wünschte sich fast einen Streit mit ihm. Es würde den Schmerz mildern, den ihr langsam brechendes Herz ihr bereitete. Er schlief irgendwo anders und gab sich nicht einmal mehr den Anschein von Mitgefühl. Willa gestand sich ein, dass sie seine Gegenwart vermisste, selbst dann, wenn sie seine Wut zu spüren bekäme. Sie blinzelte die Tränen fort und seufzte niedergeschlagen, als sie den nächsten feinen Stich in den Stoff machte, der über ihren Schoß ausgebreitet lag.

Jabari kümmerte sich um sie, und es mangelte ihr an nichts. Doch sie spürte, dass diese Situation den Jungen verwirrte. Und sie bemerkte die verstohlenen Blicke der Männer, die in der Kapitänskabine ein und aus gingen. Sie waren wie Stiche, die ihr nach und nach die Fassung raubten. Sie fühlte sich allein und verlassen.

Gestern hatte Raiden sie – ohne ein Wort der Erklärung – in eine andere Kabine gebracht und sie für fast zwei Stunden darin eingesperrt. Wohin, um alles in der Welt, sollte sie gehen? Wem sollte sie etwas erzählen? Es war ein brennender Schlag, dass er ihr nicht mehr vertraute, und Willa wusste, dass die Suche nach ihrem Sohn zu einem schmerzlichen Ende gekommen war. In seinem Zorn auf sie würde Raiden ihren Sohn in Alistars grausamen Händen lassen. Und sie waren sich so nah gewesen.

Mason war ihr nah, das fühlte Willa. Aber ebenso unerwartet, wie ihr die Hoffnung gegeben worden war, hatte die Realität diese jetzt wieder fortgespült. Denn Raiden würde ihr jetzt nicht mehr helfen. Tagelang währte dieses unerträgliche Schweigen nun schon, und Willa spürte, wie auch in ihr die Wut zu kochen begann und schließlich überschäumte. Wer war er, dass er so kalt und vernichtend über sie urteilte? Sie hatte niemanden getötet. Sie hatte nicht gestohlen. Und eine Lüge war kein dunkles Verbrechen.

Zugegeben, es war eine *große* Lüge gewesen. Sie war durch das Ehegelübde gebunden und das ließ Raiden keine Chance, schloss ihn völlig aus. Willa stach die Nadel in den Stoff und traf ihren Finger. Sie saugte an der Fingerspitze, atmete tief durch und versuchte, alle nutzlosen Emotionen zu verbannen. Raiden hatte sie in dieser Kabine gewissermaßen ausgesetzt, aber sie würde das Beste daraus machen, bis ihr eine Lösung einfiel. Falls sie jemals wieder in einem Hafen anlegen würden.

In die Ecke der Bank gekauert, fühlte Willa kaum das stete Auf und Ab des Schiffes, so rasch ging die Fahrt. Durch die schrägen Fenster über sich sah sie, dass eine pechschwarze Nacht den Himmel verdeckte. Willa drehte sich in das Licht der Laterne und nähte weiter am Hemd für Jabari. Der Junge brauchte etwas anzuziehen, das ihm besser passte als das, was er jetzt immer trug. Ihre Gedanken wanderten wieder zu Mason, und Willa erinnerte sich daran, wann sie das letzte Mal bei ihm für ein Hemd Maß genommen hatte. Es ist für ein Nachthemd gewesen, dachte Willa und lächelte, als sie wieder vor sich sah, wie ungeduldig Mason dabei herumgezappelt hatte. Das Lächeln verschwand von ihrem Gesicht, als sie sich Alistars Reaktion ins Gedächtnis rief. Er hatte erklärt, dass er reich genug wäre, eine Schneiderin zu beschäftigen, und er hatte darauf bestanden, dass Willa nicht mehr selbst nähte. Alistars Gesicht tauchte vor ihr auf, und es schien ihr das Sinnbild der kalten, emotional unnahbaren englischen Aristokratie zu sein. Und derart war auch ihr Leben mit ihm. Und Mason hat am meisten gelitten, dachte Willa. Wie oft hatte der Junge die

Hand nach seinem Vater ausgestreckt, nur um zu erleben, wie dieser vor ihm zurückwich und so tat, als existierte Mason nicht. Oh, dieser Schmerz in den Augen des Jungen, dachte sie und spürte, wie sie vor Zorn zu zittern begann. Selbst Mason mit seiner eingeschränkten Wahrnehmungsfähigkeit hatte begriffen, dass sein Vater ihn nicht wollte. Und er konnte nicht verstehen, warum er abgelehnt wurde.

Willas Augen begannen zu brennen. Das Nähen war vergessen, als sie den Kopf in den Nacken fallen ließ und einen Schrei der Verzweiflung unterdrückte. Sie wollte Alistar Schaden dafür zufügen, dass er die Gefühle ihres Kindes verletzt hatte, und tief in die Ecke der Bank gedrückt, steckte sie die Hand zwischen die Kissen und tastete nach dem Samtbeutel mit den Juwelen. Die unter dem Futter versteckten Papiere knisterten leise, und mit einem Seufzer der Erleichterung, dass bislang niemand den Beutel entdeckt hatte, schob sie ihn noch tiefer unter die Kissen, ehe sie die Näharbeit wieder zur Hand nahm.

Mein Tag wird kommen, Alistar Peachwood. Er wird kommen.

Willa zuckte zusammen und blickte auf, als die Tür aufgestoßen wurde.

Raiden stand auf der Schwelle und zögerte einen Augenblick lang einzutreten, während er den Blick durch die Kabine schweifen ließ und ihn dann auf Willa richtete. Kalte Verachtung lag auf seinem Gesicht. Dennoch sah Willa sich an ihm satt, labte sich an seinem Anblick und ihr fiel sofort auf, dass er unrasiert und seine Kleidung zerknittert war. Und das ließ ihn noch drohender wirken als die dunkle Kleidung und die Sammlung von Waffen, die er trug.

Als er die Kabine schließlich betrat, folgten ihm fünf seiner Männer auf dem Fuße. Sie alle ignorierten Willa, als sie sich um den großen Tisch versammelten. Von den Männern, die den Ritt durch den Dschungel mitgemacht hatten, fehlte nur Nealy

Perth, und Willa fragte sich, ob Raiden dem Mann noch misstraute.

Kahlid fing ihren Blick auf und nickte höflich. »Mylady«, sagte er.

Sie brachte ein Lächeln zustande. »Es ist Euch gut ergangen seit dem Ritt durch den Dschungel?«

Er grinste. »Bis auf meine Beine, die sich noch nicht wieder an die Schiffsplanken gewöhnt haben, ja.«

Ohne aufzusehen sagte Raiden: »Wenn Ihr damit fertig seid, mit meiner Geisel zu plaudern, Kahlid, dann kommt her.«

Willas Zorn flackerte auf. »Du verweigerst mir sogar ein kleines bisschen Unterhaltung?«

Raiden schaute auf. Seine Miene machte Willa deutlich, dass sie weniger als willkommen war und still sein sollte. Auf der Bank sitzend, wandte sich Willa ab. Das Schiff krängte plötzlich. Der Wind hatte aufgefrischt, und heftiger Regen schlug gegen die Fenster. Es klang, als prasselten Nägel auf einen Holzboden. Der Monsun kündigte sich an, und wenn er einsetzte, würde die Kraft des Windes die *Renegade* schneller vorantreiben, als irgendjemand sich vorstellen konnte. Und ihr Kurs würde sie direkt zu den Gewürzinseln bringen.

Willa hörte zu, als die Männer miteinander redeten. Sie wusste, dass alles, was sie hier erfuhr, ihr weiteres Schicksal bei diesen Männern betraf. Unruhig erhob sie sich, ging einige Schritte hin und her und betrachtete Raidens Auswahl an Büchern, ehe sie sich auf das Bett setzte und eines der Kissen an ihre Brust drückte.

Raiden zog einen Stuhl heran, drehte ihn mit der Lehne zum Tisch und setzte sich rittlings darauf. Sein Kinn ruhte auf der Lehne, als er die Karten studierte.

»Wir werden hier anlegen, um die Vorräte aufzufüllen«, erklärte Tristan und wies auf einen Punkt auf der Karte. »Anschließend segeln wir weiter nach Malakka, zur *Regard*.«

»Ein Mann, der unersättlich ist, wird an seiner Gier sterben«, warf Kahlid ein.

»Dann sterben wir alle glücklich und reich«, fügte Vazeen grinsend hinzu.

Willa räusperte sich. Als Raiden aufschaute, sah er sie auf seinem Bett sitzen und die Kehle wollte sich ihm zuschnüren. Allmächtiger, kannte diese Frau denn kein Erbarmen?

»Ihr werdet die *Queen's Regard* nicht in Malakka finden.«

Sechs Männer fuhren herum und starrten sie an.

»Eure Informationen sind falsch«, erklärte Willa.

Raiden richtete sich auf. »Und woher willst du das wissen?«

Sie warf das Kissen beiseite, erhob sich und ging zu ihm. »Ich habe mit Barkmon zu Abend gegessen – drei Tage, bevor mein Leibwächter ermordet wurde.« Manavs Bild tauchte vor ihr auf, und ihr Herz zog sich zusammen. »Ich hatte die Gelegenheit, etwas zu sehen ... etwas Gegenteiliges.«

»Und was könnte das wohl gewesen sein?«

Sein herablassender Tonfall machte Willa wütend. Es gab keinen Grund, so grob zu ihr zu sein, besonders nicht vor seinen Männern. »Hast du je darüber nachgedacht, warum Manav umgebracht wurde, warum dieser Offizier in der Schänke versucht hat, mich zu erschießen? Warum Barkmon von allen Orten dieser Welt ausgerechnet in Syriam ist? Und wie er so schnell dorthin gekommen ist?«

Raiden musterte sie mit schmalen Augen.

»Ich sehe, du hast darüber nachgedacht. Und?«

»Barkmon tut, was Alistar befiehlt, und das bedeutet, dass er in der Nähe ist, was wiederum bedeutet, dass Mason hier ist.«

»Du greifst nach einem Strohhalm.« Raiden wandte sich wieder der Karte zu.

Willa weigerte sich zu glauben, dass Mason verloren war, und sie hasste Raiden dafür, dass er versuchte, ihre Hoffnungen zu zerschlagen. »Alistar versucht, mich zum Schweigen zu bringen.«

Er sah sie an. »Aus welchem Grund sollte er das tun?«

»Mir gehört die Hälfte von *Delaney Shipping*.« Raiden zog die Augenbrauen hoch und richtete sich auf dem Stuhl auf. »Es war meine Mitgift«, fügte Willa hinzu.

»Dann gehört dieser Anteil jetzt ihm.«

Sie schüttelte den Kopf. »Nein, erst wenn ich sterbe.« Sie schlang die Arme um sich. »Lord Eastwick hat so gut wie keine Ahnung von Schiffen und Importen, aber er erkannte den Vorteil, den ihm diese, wie er zu sagen pflegt, habgierigen Kolonisten verschaffen konnten.« Willa sah die Männer an, ehe sie den Blick wieder auf Raiden heftete. »Er wurde nach Indien geschickt, um Clives Arbeit zu kontrollieren, denn man konnte sich in London den großen Erfolg der *East India Company* nicht erklären. Man war der Meinung, dass der Profit, den Clive herausschlug, ungewöhnlich hoch sei, besonders auch was die Geldzahlungen anging, die die Stammesfürsten an ihn leisteten. Kurz und gut, man wollte Clive etwas genauer auf die Finger schauen. Alistar fand eine blühende und profitable Gesellschaft vor – eine, die große Möglichkeiten bot, ihm Vorteile einzubringen.« Sie stieß einen verächtlichen Ton aus. »Vorausgesetzt, man findet einen Handlanger, der die Soldaten befehligt und bereit ist, jeden umzubringen, der sich ihm in den Weg stellt.«

»Es gibt genügend Männer, die einem solchen Befehl gehorchen würden«, sagte Kahlid.

Raiden winkte ungeduldig. »Was haben die Berichte an die Krone mit dir zu tun?«

»Alistars Berichte sind falsch.«

»Er hat der Regierung gefälschte Dokumente vorgelegt?«, fragte Tristan; sein Blick ging zwischen Willa und Raiden hin und her.

Raiden starrte Willa an und stand auf. »Du lügst schon wieder. Für ein solches Verbrechen müsste er mit seinem Leben büßen.«

»Dieses Risiko nimmt Alistar in Kauf, wenn ihm nur genug Geld winkt. Er stiehlt. Ich denke, er hält Gewürzladungen zurück, um die Preise in die Höhe zu treiben, oder er umgeht das Handelsmonopol und fälscht die Bücher.«

»Du hast Beweise dafür?«

Willa nickte. Sie ging zur Bank und hob eines der Polster hoch. Hinter sich hörte sie Raiden leise fluchen. Sie nahm den Samtbeutel an sich, schüttelte den Schmuck heraus und zog die unter dem Futter verborgenen Papiere hervor. Willa glättete sie behutsam und reichte sie Raiden.

Raiden ging um den Tisch herum zu Willa und griff nach den Papieren. Nachdem er sie gelesen hatte, schaute er auf. »Großer Gott, Willa.«

»Manav ist dafür gestorben. Ebenso der Offizier in der Schänke. Ich glaubte nicht, dass Alistar solcher Handlungen fähig sei, aber für mich steht es zweifelsfrei fest, dass er Barkmon die Anweisungen dazu gibt. Vermutlich tritt er ihm dafür einen Teil des Profits ab. Er könnte eines der Schiffe meines Vaters für seine Geschäfte benutzen, da er es nicht wagen kann, einen Kapitän der *East India* mit hineinzuziehen.« Willa rieb sich die Schläfe. »Alistar könnte dies tun und meinen Vater als Verräter an der Krone hinstellen«, murmelte sie mehr für sich, dann schaute sie auf und ließ die Hand sinken. »Du siehst also, mich als Geisel gefangen zu halten, wird dir seinen Zorn einbringen. Und ich traue seinen Handlangern zu, dass sie versuchen werden, dich zur Strecke zu bringen, nur um mich zu töten.«

Raiden wusste nicht, ob er ihr glauben sollte oder nicht. Und Lord Eastwick wusste nicht, wer seine Frau gefangen hielt. Er studierte noch einmal die Papiere, drei von ihnen waren von Eastwick unterzeichnet und trugen dessen Siegel. »Hier werden keine Gewürze erwähnt.«

»Natürlich nicht. Alistar ist gierig, nicht dumm. Er könnte behaupten, es ginge um Stoffballen, falls man ihm auf die Schliche käme, und innerhalb weniger Tage würde er genügend Beweise vorlegen können, die seine Geschichte untermauern würden.«

Raiden kniff die Augen zusammen, als er Willa ansah. Wie viel hielt sie noch vor ihm zurück? »Hast du diese Dokumente gestohlen? Oder hast du sie selbst fabriziert, um es Eastwick heimzuzahlen, dass er deinen Sohn gestohlen hat?«

Ein bitteres Lächeln lag auf ihren Lippen, als sie die Papiere wieder an sich nahm und akribisch zusammenfaltete. »Ich gebe zu, dass ich den einen oder anderen Gedanken hatte, diesen Mann für alles, was er getan hat, zu demütigen, aber ich will nur meinen Sohn.« Willa verstaute die Papiere in dem kleinen Beutel. »Ich werde ihm alles zusichern, was er will, wenn er mir dafür Mason zurückgibt.«

»Und was ist, wenn du dich irrst und er den Jungen gar nicht hat – was dann?«

Tiefer Kummer spiegelte sich auf ihrem Gesicht wider und sie wandte sich ab. »Dann werde ich weitersuchen.«

»Du vergisst, dass du meine Gefangene bist, allein und ohne Mittel.« Raiden hasste die Grausamkeit seiner Worte und bereute augenblicklich, sie ausgesprochen zu haben.

Über die Schulter warf sie ihm einen Blick zu, den drohenden Blick einer Tigerin, die ihr Junges verteidigte. »Mach keinen Fehler, Raiden, denn ich werde tun, was ich muss.«

»Vielleicht sogar mich verraten?«

»Du siehst meine Lüge, die dazu diente, meinen Sohn zu beschützen, als Verrat an *dir*?« Dieser Gedanke war absurd. »Nicht ich bin gesetzlos – du bist es.«

Raiden stellte sich vor sie und zwang sie, ihn anzusehen. »Warum hast du mir nicht eher etwas davon gesagt?«

»Vielleicht ist es eine Falle?«, warf Tristan ein und sah Willa aus schmalen Augen an.

An Raiden vorbei erwiderte sie Tristans Blick. »Mit mir selbst mittendrin? Macht Euch nicht lächerlich. Ich habe vor, lange genug zu leben, um wieder Land zu sehen und meinen Sohn zu finden. Wenn ich sterbe, hat Mason niemanden mehr.« Willa entwand sich seinem festem Griff, ließ Raiden stehen und trat an den Tisch, um sich die Karten anzusehen. »Ich sage euch, dass ihr alle sterben werdet, wenn ihr diese Route wählt. Oder als Gefangene enden werdet.«

»Wir sind schon eine Weile länger in diesem Geschäft, Frau«, schnaubte Raiden wütend.

»Lange genug, dass man meinen könnte, ihr wüsstet wertvolle Informationen zu schätzen.« Sie sah ihn an. »Vielleicht bist du im Laufe der Zeit sorglos geworden.« Er schäumte vor Zorn, und Willa konzentrierte sich auf die Karten. Ihr fiel auf, dass Raidens Karten sehr viel detaillierter als die Barkmons waren. »In diesem Gewässer patrouillieren nicht weniger als vier Kriegsschiffe.« Mit der Fingerspitze beschrieb sie einen Kreis auf der Karte. »Und hier –«, Willa wies auf den Eingang der Straße von Malakka, »– haben sie wenigstens vier weitere Schiffe, um den Zugang zur malaysischen Halbinsel zu blokkieren. Es sind Schiffe der Marine, keine der *East India Company*.« Sie wandte sich an Raiden. »Watson befehligt die *Regard*, nicht Dunfee. Dieser sich in Positur werfende Flegel hat das Kommando über die *Yorkshire* und ist auf der Jagd nach dir.«

»Dessen bin ich mir bewusst.«

»Wirklich?« Sie warf ihr Haar über die Schulter zurück und betrachtete Raiden. »Dann weißt du sicher auch, dass es ihn nach Rache an einem Montegomery dürstet. Seine Jagd nach dem Schwarzen Engel ist mehr ein Zeitvertreib für ihn.« Sie machte eine anmutige Handbewegung. »Der Mann soll im Herbst dieses Jahres in den Ritterstand erhoben werden, und wenigstens bis dahin wird er am Leben bleiben wollen.«

Raiden wechselte einen Blick mit Tristan, während die anderen sich auf die Karten konzentrierten, doch Willa bemerkte es.

»Was will Dunfee von den Montegomerys? Warum jagt dieser Mann dich so verbissen?«

Raidens Gesichtsausdruck wurde finster, fast teuflisch. »Das kann man nur vermuten.« Ohne den Blick von Willa zu nehmen, sagte er: »Gentlemen.«

Die Männer sammelten die Karten ein und verließen die Kabine. Raiden blieb, schweigend schaute er auf Willa herunter. In seinen dunklen Augen lag ein seltsamer Glanz. Sie machte einen Schritt auf ihn zu, doch sofort straffte er abweisend die Schultern. Dennoch spürte Willa die Gefühle, die seine Haltung verbergen sollten. Gefühle, die er sich weigerte ihr noch einmal zu zeigen.

Raiden machte auf dem Absatz kehrt und ging mit großen Schritten zur Tür. An der Schwelle wandte er sich kurz um. »Bindet Euch irgendwo fest, Lady Eastwick.« Diese Anrede aus seinem Mund zu hören, schmerzte Willa, als sei es das übelste Schimpfwort. »Es würde mir nicht gefallen, wenn meine Beute Schaden nähme.«

»Ich bin nicht deine Beute, ich bin deine Geisel, wenn du dich erinnern würdest.« Wut schäumte in Willa auf. »Sprich noch einmal in diesem Ton mit mir, Pirat, und du wirst einen verdammt guten Grund haben, auf der Hut zu sein, wenn du mir den Rücken zuwendest!«

Das Grollen der Kanonen dauerte tagelang an, und immer wieder waren die Schreie der Verletzten und Sterbenden zu hören. Kein Schiff, das sich der Straße von Malakka näherte, war vor Raiden sicher. Der Geschützlärm war ohrenbetäubend, und als ein gewaltiger Rückstoß die *Renegade* erschütterte, sank Willa zu Boden. Sie wollte nicht aus dem Fenster sehen, denn sie wusste, was sich dort draußen abspielte. In der Schwärze der Nacht trieben die Trümmer zerstörter Schiffe im Kielwasser der *Renegade*, der *Sea Warrior*, der *Lady Rajah* und eines weiteren Schiffes, das Raiden unter Befehl hatte.

Er hatte unbarmherzig angegriffen, hatte die Decks der Briggs und Brigantinen schonungslos zerstört, bis die Schiffe wie ruderlose Boote auf dem Meer trieben. Ein Frösteln lief Willa über die Haut, wenn sie daran dachte, dass Raiden ihretwegen so schreckliche Rache an unbeteiligten Menschen nahm. Engländer, Franzosen oder Seeleute der *East India Company* – es kümmerte Raiden nicht. Der Bauch der *Renegade* musste inzwischen vor Reichtümern überquellen. Willa schaute auf die vielen neuen Truhen, die Ballen von Seide und Dosen mit kostbarem Safran. Wie viele Menschen hatten für diese verdammte Truhen ihr Leben lassen müssen?

Die Schlacht tobte auf den oberen Decks, und Willa wusste, wann sie zu Ende ging. Zuerst waren das Kanonenfeuer und die Schreie zu hören, dann setzte diese schreckliche tödliche Stille ein, bis die Männer das gegnerische Schiff plünderten. Es drehte Willa den Magen um, und obwohl sie einmal mit angesehen hatte, wie Raiden Seeleute von ihren Ketten befreit hatte, betete sie darum, dass er dieses gefährliche Leben aufgeben würde.

Sie kauerte sich zusammen und schlug die Hände vors Gesicht, um nicht von dem zersplitternden Glas getroffen zu werden. Beißender Rauchgestank erfüllte die Luft, und Willa ahnte, dass es der *Renegade* dieses Mal nicht gut ergangen war.

Und dann – endlich – kam die Stille. Das Schiff knarrte, und Willa meinte, vor Ungewissheit verrückt zu werden. Sie stand auf und stellte die heruntergefallenen Gegenstände an ihren Platz zurück, ehe sie nervös hin und her zu gehen begann. Sie weigerte sich, sich Sorgen um einen Mann zu machen, für den es kein anderes Trachten mehr gab, als über die Meere zu segeln und sie auszurauben. Es kümmerte sie nicht mehr. Es kümmert mich nicht, was mit ihm ist, dachte sie, doch als die Tür geöffnet wurde, durchströmte Willa eine so große Erleichterung, dass ihre Beine sie kaum noch trugen.

Raiden betrat die Kabine, beschmutzt mit Ruß, bespritzt mit

Blut, und Willa schlug das Herz bis zum Hals, als er zum Schreibtisch ging und sein Schwert darauf ablegte. Schweigend erwiderte er Willas Blick, sein Gesichtsausdruck war nichtssagend und leer. Und dennoch beherrscht er jede Faser ihres Seins, dieser drohend aussehende Mann, und Willa konnte ihn nicht anschauen, ohne an seine glühenden Küsse zu denken, an die Zärtlichkeit seiner Berührungen. Doch nichts von diesen zerbrechlichen Augenblicken war geblieben. Trotz der vertrauten schwarzen Stiefel und der dunklen Hose, die er trug, schien er nichts mehr mit dem Mann gemein zu haben, der Willa im Dschungel in den Armen gehalten hatte. Bis auf die schwarze Lederweste war sein Oberkörper nackt, und in seinem breiten Gürtel steckten seine Waffen – blutbefleckte Waffen, die Willa deutlich daran erinnerten, wie gefährlich der Mann war, den sie erzürnt hatte.

Raiden starrte auf Willas emporgewandtes Gesicht. Es spiegelte sich darin etwas wider, das er nicht benennen konnte. Ein Fensterladen, der geschlossen wurde. Sein Blick streifte sie kurz, das Kleid aus tiefblauer Baumwolle, die langen roten Haare, die ihr über Schultern und Rücken fielen. Sie hatte sich das Haar nicht mehr aufgesteckt, seit sie an Bord zurückgekehrt waren, und trotz seines Zorns musste Raiden sich eingestehen, dass es ihm gefiel, diese ungezähmten Locken anzusehen – und sich zu erinnern, wie seine Hände darin gespielt hatten, als er Willa zum letzten Mal geküsst hatte, als sie ihm ihre Leidenschaft geschenkt hatte, an jener Quelle im Dschungel.

Sie soll verflucht sein, verflucht, weil sie gelogen und mir Schmerz zugefügt hat, dachte er. Verflucht für dieses Ehegelübde, das Gedanken und Bilder in ihm aufwühlte, die er nicht sehen wollte. Bilder, die ihm die kostbare Erinnerung an ihre Lust zu rauben drohten, die sie in seiner Umarmung gefunden hatte. Hatte sie sich von Eastwick auf diese Weise berühren lassen? Hatte sie laut gekeucht vor … Mit einem wütenden Laut des Abscheus verbannte er diese Fragen. Sie führten nur dazu, ihn noch tiefer zu verletzen.

»Warum tust du das?« Willa wies durch die Fenster auf die See. »Musst du deinem Ruf gerecht werden und deshalb diese Schiffe zerstören?«

»Ich tue, was ich tun muss.«

»Wie viel mehr willst du denn noch?« Sie deutete auf die Truhen, die bis zum Rand mit seiner Beute angefüllt waren. Als er nicht antwortete, lächelte sie höhnisch: »Ich verabscheue dich, Pirat.«

»Du denkst, *wir* haben angegriffen?«

»Wie könnte ich das nicht denken! Ich habe dich gewarnt, dass die Schiffe hier sind! Du hättest ihnen ausweichen können!«

»Wir wurden gejagt. Mason war der Grund dafür, dass die *Renegade* letzte Woche so rasch in See gestochen ist. Fragen erwecken Interesse, und meine Männer wurden verfolgt.«

»Dann sind wir einer falschen Spur gefolgt.« Willa schaute auf die Fenster, dann zu Raiden. »Mason könnte noch auf dem Ganges sein, oder in Chittagong.«

»Das ist zu bezweifeln. Meine Männer haben keinen Hinweis darauf gefunden.«

»Warum erzählst du mir dann davon? Du wirst ohnehin nicht umkehren. Hasst du mich so sehr, dass du mir alle Hoffnung rauben würdest, um mein Herz noch mehr zu quälen?«

Ihre Worte trafen ihn tief, und Raiden presste die Lippen zusammen.

»Warum fesselst du mich nicht einfach und lässt mich hungern und dursten?«, schleuderte sie ihm bitter entgegen.

»Du solltest dich glücklich schätzen, dass ich dich nicht in die Arrestkammer sperre.«

Raiden stand an seinem Schreibtisch und fragte sich, warum er sich überhaupt die Mühe gemacht hatte, zu Willa zu gehen. Der Abscheu, der in jedem ihrer Worte mitklang, ließ ihn vor Zorn brennen.

»Vielleicht solltest du genau das tun. Dann brauchte ich wenigstens nicht mit anzusehen, wie du die Hälfte der Schiffe auf diesem Meer zerstörst!« Eine Sekunde des Schweigens und dann: »Warum all diese schrecklichen Zerstörungen?«

»Hast du es denn schon vergessen? Ich bin ein Seeräuber.«

»Ja, aber normalerweise bist du nicht so rücksichtslos! Du riskierst nicht nur dein eigenes Leben, wenn du die Meerenge durchfährst.« Willa holte tief Luft. »Du tust das alles aus Wut auf mich, nicht wahr?«

Raiden stieß ein verächtliches Schnauben aus. »Du schätzt dich zu hoch ein.«

Willa sah nur die Leere in seinen Augen, als sie ihn anstarrte. »Hattest du mir denn nicht zugehört? Dunfee ist nicht auf der *Regard*.«

»Du lügst zu gut, als dass man dir vertrauen könnte, Lady Eastwick.«

»Nein, Raiden, nur *du* zweifelst an mir. Du wirst dich noch selbst umbringen und alle diese Männer mit dir, wenn du nicht auf mich hörst.«

»Ich tue, was *ich* will.« Er inspizierte die Schneide seines Dolches, wischte das Blut eines Getöteten ab und prüfte mit dem Daumen die Schärfe der Klinge.

Willa sah dies und wusste, das er es nur tat, um sie noch weiter von sich wegzustoßen. »Nein. Du hast Angst, es könnte deinen Stolz verletzen.«

Den Blick, den Raiden ihr zuwarf, empfand sie wie einen Nadelstich. Sah Raiden denn nicht, dass sie für Alistar nichts als Abscheu empfand, dass nur ein Dokument sie davon abhielt, Raiden mehr zu geben als nur ihren Körper?

»Stolz ist dabei ohne Bedeutung«, erwiderte er.

»Wirklich? Dein Stolz hält dich davon ab zu vergeben – nicht nur mir, sondern auch deinem Vater. Dein Stolz hält dich davon ab, deinem Bruder zu sagen, dass er nicht allein auf dieser Welt ist. Dein Stolz hat dir ein Leben voller Verbrechen eingebracht und jetzt auch noch ein Blutvergießen aus sinnlosem Hass!«

»Du weißt nichts über mich!«

»Ich weiß eine ganze Menge von dir, Raiden Montegomery. Du rettest in Dienst gepresste Seeleute, weil damals niemand dich gerettet hat. Du willst unermessliche Reichtümer anhäufen, damit du niemals mehr Hunger leiden musst und immer einen warmen Platz zum Schlafen haben wirst.« Sie atmete tief durch. »Und du schlägst mit solch tödlicher Wut zu, damit alle dich fürchten und niemand es wagt, keinen ganzen Mann in dir zu sehen!«

Ihre Worte trafen mit tödlicher Genauigkeit, und Raiden spürte ein Brennen auf seinem Gesicht.

»Du tätest klüger daran, deine Zunge im Zaum zu halten«, warnte er sie mit bedrohlicher Ruhe.

Sie ließ sich nicht einschüchtern, erwies sich ihm als ebenbürtig. »Ich habe keine Angst vor dir! Du hast diesen Handel vorgeschlagen, weil du unter meinen Rock wolltest und gehofft hast, ich würde mich darauf einlassen.«

»Glaub, was du willst«, stieß er bissig hervor.

»Ich glaube, was ich weiß, und ich sehe mehr als dir lieb ist.«

»Und ich sehe eine Frau, die einen Gesetzlosen in ihrem Bett haben wollte. Wie für all die anderen bin ich für dich nicht mehr als der prickelnde Reiz, mit einem Mann zu schlafen, der nicht deinem Stand angehört und ...«

»Stand? Was weißt du von Stand, Pirat? Ich bin wahrhaftig bis in mein Herz«, sagte Willa und klopfte sich auf die Brust, »während du zwischen Pirat und Gentleman hin und her schwankst. Während dich der winzige Rest von Ehre, der dir geblieben ist, davon abhält, die Vergangenheit zuzulassen und irgendjemandem auch nur ein Bruchstück mehr von dir zu geben, als du willst. Wärst du wirklich so berüchtigt, wie dein Ruf es dir zuschreibt, dann würdest du ...«

Mit nur einem Schritt war Raiden bei ihr, drückte sie rücklings gegen die Wand. Er stieß anzüglich mit den Hüften, als er sich an sie presste. »Dann würde ich was, Mylady?«

Willa sah in seine Augen, und die Qual darin erinnerte sie an ein gefangenes Tier, das um seine Freiheit kämpfte. »Dann würdest du deine Versprechen erfüllen.«

»Zum Teufel mit dir, Willa!« Er hieb die Fäuste rechts und links ihres Kopfes gegen die Wand, und Willa zuckte zusammen. »Fordere mich nicht heraus«, knurrte er, »wenn ich es wollte, könnte ich dich jetzt nehmen, gleich hier, an dieser Wand oder auf dem Fußboden.«

Er hatte dies gesagt, um sie zu verletzen, sie wegzustoßen, das wusste Willa, und sie versuchte, ihre Gefühle unter Kontrolle zu bringen, um ihm zu antworten. »Deine schlechten Manieren jagen mir keinen Schrecken ein, Montegomery.«

»Das sollten sie aber.«

Er küsste sie. Es war ein harter, ein strafender Kuss, und Willa ließ es geschehen, bis sie mit all der in ihr steckenden Wildheit dagegen anzukämpfen begann. Und sie zeigte ihm damit, dass sie keine Angst vor ihm hatte, weder vor seinem Zorn noch vor der Hässlichkeit seiner schwarzen Seele. Raiden fasste unter ihre Röcke. Er legte die Hände um ihren nackten Po und riss sie an sich, um sie seine Härte spüren zu lassen.

Willa legte die Hände um sein Kinn, und die Zärtlichkeit, mit der sie ihn berührte, stach Raiden wie ein Pfeil mitten in die Seele. Für den Bruchteil einer Sekunde wurde sein Kuss sanfter, weicher.

»Du glaubst, dass du ein böses Herz hast«, hauchte sie an sei nen Lippen, »in dem es keinen Platz für die Liebe gibt.«

Liebe. *Oh, Gott im Himmel.* »Liebe ist etwas für betrunkene Dichter.«

Raiden nahm wieder ihren Mund in Besitz, seine Zunge drängte sich heiß und fordernd zwischen ihre Lippen. Raiden versuchte, den tiefen Schmerz in sich zu lindern, dessen Pein so unerträglich war, dass er glaubte, ihn laut herausschreien zu müssen. Selbst ohne ihr Ehegelübde war Willa ihm verwehrt. Denn er würde kalten Blutes einen Mann töten, um seine Rache zu üben und um in Frieden zu sterben. »Liebe mich nicht, Willa. Niemals.« Es würde ihr Tod sein.

»Mein Ehegelübde«, wisperte sie, »regiert nicht mein Herz.«

Er richtete sich auf. Seine Augen waren so schwarz wie der Nachthimmel. »Gebt Euch nicht solchen Fantasien hin, Lady Eastwick. Denn ich werde sie alle zerstören.«

Er stieß Willa von sich und griff nach seinem blutbefleckten Schwert, während er mit großen Schritten zur Tür ging.

Willa zuckte zusammen, als er die Tür hinter sich zuschlug.

Sie wischte die heißen Tränen fort und berührte mit den Fingerspitzen ihre geschwollenen Lippen. Dann atmete sie tief ein.

Sie konnte nicht mehr zu Raiden durchdringen, konnte ihn nicht mehr erreichen. Es war vorbei.

Kapitel 16

Banda Aceh,
an der Passage zu den Gewürzinseln

Nie hatte Willa ihre Einsamkeit stärker gespürt als in diesem Augenblick. Eine Frau allein unter gefährlichen Piraten. Hoffnungslosigkeit und das Gefühl der Verlassenheit erfüllten sie, als sie an der Reling der sich sanft im Wasser wiegenden *Renegade* stand. Das Schiff knarrte leise, und für Willa klang es in der Dunkelheit dieser Nacht wie ein jammervolles Wehklagen. Nicht einmal das entfernte Rauschen der Brandung besänftigte den Schmerz in ihrer Brust. Raiden hatte sie in der Kabine eingesperrt, nachdem sie Anker geworfen hatten. Erst bei Einbruch der Dämmerung war jemand gekommen, um sie herauszulassen. Es war Jabari gewesen – gesegnet sei sein unschuldiges Herz. Er kannte den wahren Grund nicht, aus dem die Tür verriegelt war. Er glaubte, es geschähe zu Willas Sicherheit an Bord. Doch sie wusste es besser.

»Wollt Ihr von hier fort?« Die Stimme erklang direkt hinter Willa. Verwirrt zuckte sie zusammen. »Dreht Euch nicht um«, kam es scharf, als sie sich umdrehen wollte. »Wollt Ihr fort?«

Willa versuchte die Stimme zu erkennen. Doch dann sagte sie sich, dass es ohne Belang sei und nickte schließlich. Sie musste fortgehen. Sie musste ihren Sohn finden, und Raiden war zu einem Mann geworden, den sie kaum wiedererkannte.

»Packt Eure Sachen und werft sie in jenes Langboot dort zu Eurer Rechten, dann versteckt Euch darin.«

Willa nickte. War das der Verräter? Warum half er ihr? War

ihm nicht klar, dass Raiden ihn dafür töten würde? Sie berührte das in ihrem Mieder verborgene Messer. Willa vertraute jetzt niemandem mehr. Das Einzige, dessen sie sich unverrückbar sicher war, war die Liebe zu ihrem Sohn.

»Ihr habt eine Viertelstunde, nicht länger«, flüsterte er.

Sie spürte, dass er ging, ein kalter Lufthauch strich über ihren Rücken. Willa sah sich nicht um, als sie in die Kabine lief. Bei jedem ihrer Schritte spürte sie den Riss in ihrem Herzen größer werden.

Willa spähte nach links und nach rechts, dann schlüpfte sie in das Langboot und rollte sich in dessen Bug so klein es ging zusammen, ehe sie die Persenning über sich zog. Sie versuchte, ruhig und tief zu atmen, während sie dalag und hoffte, dass niemand sie gesehen hatte.

Es war verflixt schwer gewesen, unbemerkt an Deck zu gelangen, auch wenn es dunkel war und sie die Hosen angezogen hatte, die sie im Dschungel getragen hatte. Das lange Haar hatte sie sich, zum Zopf geflochten, in den Hemdkragen gestopft, über dem Hemd trug sie einen Mantel. Willa lag vollkommen reglos, als das Boot zu Wasser gelassen wurde. In dem Augenblick, als es auf der Oberfläche aufklatschte, sprangen einige Männer hinein. Die Männer unterhielten sich leise, und als einer von ihnen einen Beutel auf sie fallen ließ, biss Willa sich auf die Lippen, um nicht laut aufzustöhnen.

Die Ruder wurden in die Dollen gelegt und bewegten sich knarrend darin, als die Männer das Boot im Schutze der schwarzen, stillen Nacht in Richtung Küste ruderten. Während der Fahrt sprachen sie darüber, dass sie jemanden aufsuchen wollten, den sie Futar nannten, und dass sie hofften, sich bei dieser Sache nicht die Finger zu verbrennen. Willa erkannte weder einen der Sprechenden an seiner Stimme noch wusste sie, wer dieser Futar war oder warum deren Finger in Gefahr sein sollten. Sie wollte einfach nur fort von diesen Leuten. Und fort von Raiden und dem Herzschmerz über das, was zwischen ihnen hätte sein können. Es schien eine Ewigkeit zu dauern, bis das Boot sein Ziel erreichte. Die Männer sprangen heraus und zogen es auf den Strand. Willa hörte das Rascheln von Zweigen und Blättern und vermutete, dass sie es darunter versteckten. Sie wagte nicht sich zu rühren, und verharrte auch dann noch reglos, als die Stimmen und die Geräusche verstummt waren. Sie musste sicher sein, dass niemand herumlungerte und sie entdeckte.

Es waren einige Minuten vergangen, als Willa wieder ein Rascheln hörte.

»Steigt aus.«

Wieder diese Stimme. Willa schob die Säcke und die Persenning von sich herunter und setzte sich mühsam auf. Eine Gestalt zeichnete sich schattenhaft in der Dunkelheit ab, und Willa richtete sich auf, um sie deutlicher zu sehen. Von ihrer Warte aus wirkte der Mann unglaublich groß. Willa stand auf, nahm ihren Beutel auf und schaute den Mann abwartend an. Es war so dunkel, dass sie kaum die Hand vor Augen erkennen konnte, ganz zu schweigen davon, den Unbekannten identifizieren zu können.

»Beeilt Euch.«

Er sprach klar und deutlich, jedoch ohne auch nur die Spur eines Akzents, der ihn hätte verraten können. Er ging voran, und Willa, die keine andere Wahl hatte, folgte ihm. Sie hatte Mühe, sich in dem nassen Sand auf den Beinen zu halten. Nach einigen Metern zog der Mann sich eine Kapuze über den Kopf. Ob es Perth ist?, fragte Willa sich. Oder jemand, dem ich noch nie begegnet bin? Schließlich lagen die *Renegade* und die *Sea Warrior* in dem abgeschiedenen Hafen dicht nebeneinander vor Anker und jedes der Schiffe verfügte über gut und gern hundert Mann Besatzung.

»Warum helft Ihr mir?«

Er antwortete nicht.

»Ihr wisst, dass er es herausfinden wird«, sagte sie.

»Nein, das wird er nicht.«

Sie schnaubte. »Er verdächtigt jeden.«

»Bis auf Euch.«

»Was das betrifft, so irrt Ihr Euch gewaltig.«

Willa bemerkte die beiden Pferde, die angebunden unter den Bäumen standen. Der Unbekannte drückte ihr die Zügel in die Hand und schwang sich in den Sattel. Willa hielt sich nicht erst damit auf, den Beutel am Sattel zu befestigen, sondern kletterte gleich, den schweren Beutel auf dem Rücken tragend, in den Sattel. Unschlüssig schaute sie sich nach der *Renegade* um. Das schwarze Schiff war in der Dunkelheit kaum zu sehen, und Willa fragte sich, was Raiden tun würde, wenn er ihre Abwesenheit entdeckte. Würde er nach ihr suchen? Oder würde er einfach jeden Gedanken an sie beiseite schieben?

Willa zog ihr Pferd um die Hand und folgte ihrem geheimnisvollen Befreier. Der Ritt dauerte schon länger als eine Stunde, als die Lichter eines Dorfes vor ihnen auftauchen. Der Unbekannte zügelte sein Pferd und reichte Willa ein Päckchen aus Wachstuch. Stirnrunzelnd nahm sie es. Als sie es auswickelte, sah sie eine Pistole, ein Pulverhorn und Munition.

»Zwei Meilen die Straße hinunter gibt es ein holländisches Hotel.« Als der Unbekannte den Arm ausstreckte und Willa die Richtung wies, glaubte sie, der leibhaftige Tod stünde vor ihr. Angst beschlich sie. Was hatte sie sich nur dabei gedacht, sich allein hierher zu trauen – mit einem Mann, den sie nicht kannte? Doch dann sagte sich Willa, dass Raiden ihr keine andere Wahl gelassen hatte, dass seine Verbitterung sie zu diesem Schritt getrieben hatte. Und jetzt gab es keine Umkehr mehr.

Der Mann ritt in die entgegengesetzte Richtung davon und ließ Willa in der Dunkelheit zurück. Sie trieb ihr Pferd an und schlug den Weg zum Dorf ein. Ihr wurde bewusst, wie unklug sie gehandelt hatte. Aber sie hatte Raidens Zorn einfach nicht länger ertragen können. Sie war vor ihm davongelaufen, damit ihr Herz überleben konnte.

Selbst zu dieser späten Stunde waren noch viele Leute auf der Straße. Einige waren auf dem Weg in die Schänke, die gegenüber an der schmutzigen Straße lag, andere, offensichtlich betrunken, verließen sie torkelnd. Soldaten der *East India Company* schlenderten umher, das Rot ihrer Westen und Revers hob sich scharf gegen das Blau ihrer Mäntel ab. Ihre Anwesenheit sollte als Abschreckung gegen Schlägereien unter den Seeleuten und den Einwohnern dienen. Bei deren Anblick war Willa besonders auf der Hut, als sie vor dem Gasthaus anhielt und aus dem Sattel glitt. Obwohl sie bezweifelte, dass irgendjemand sie erkennen würde, fragte sie sich besorgt, ob sie in der Lage wäre, sich selbst zu schützen und eine Möglichkeit zu finden, sich auf Alistars Spur zu setzen.

Gerade jetzt schien alles so hoffnungslos.

Willa blieb neben ihrem Pferd stehen und ließ den Kopf gegen den Sattel sinken, während sie tief seufzte. Tat sie wirklich das Richtige? Großer Gott, wenn irgendjemand herausfand, dass sie eine Frau war, würde es keine Rettung für sie geben. Und was könnte sie ohne Raidens Hilfe überhaupt ausrichten?

Sollte er doch dafür zur Hölle fahren, dass er so herzlos war. Begriff er nicht, dass er ihr mehr bedeutete als ihr Ehemann es je getan hatte? Und sie vermisste ihn. Allmächtiger Gott, sie vermisste ihn und sehnte sich danach, diesen Mann zu sehen, der sie so gnadenlos geneckt hatte, der ihr vor dem Kleiderladen heiße Küsse gestohlen hatte, dessen Berührung ihre Leidenschaft hatte explodieren lassen in jener Nacht im Dschungel. Nie war sie sich so bewusst, eine Frau zu sein, wie in seiner Gegenwart.

Ihr Herz zog sich zusammen, als sein Bild vor ihr auftauchte. Sie unterdrückte ein Schluchzen, und kämpfte gegen Tränen an.

Willa spannte sich an, als sie spürte, dass jemand hinter ihr stand.

»Ein ziemlich gewagtes Unternehmen, nicht wahr?«

Mit dem Messer in der Hand fuhr sie herum. »Keinen Schritt näher!« Sie ließ die Klinge aufschnappen.

»Ich will Euch nichts tun.«

Sie schnaubte verächtlich. »Kommt ins Licht.«

Ein hochgewachsener, breitschultriger Mann trat langsam aus dem Dunkel heraus, und Willa stockte der Atem. Einen Augenblick lang glaubte sie, Raiden käme auf sie zu.

Sie kniff die Augen zusammen, als sie den Fremden gründlich in Augenschein nahm, angefangen bei den glänzenden schwarzen Stiefeln und den dunklen Hosen bis hin zu seinem schneeweißen Hemd und dem dunklem Mantel. Sein Haupt war unbedeckt, das lange dunkle Haar trug er zurückgebunden. Sein Gesicht – was war an seinem Gesicht, dass sie so berührte? Sie wünschte, er würde ins Licht kommen – und wünschte es wiederum auch nicht.

»Lady Eastwick.« Seine Stimme klang sehr sanft.

Ihr Blick flackerte, als sie sich rasch umsah. Es war niemand in der Nähe, der seine Worte hätte hören oder daraus schließen können, dass sie eine Frau war. »Ich fürchte, Ihr habt Euch in der Person geirrt.«

Er schüttelte den Kopf und ignorierte ihr Messer, als er in den Lichtschein der Fackel trat, die den Eingang zur Schenke erhellte. »Wenn ein englischer Peer sich eine irische Braut nimmt, dann geht die Kunde davon bis nach Irland.«

Willa runzelte die Stirn über diese Bemerkung. Der irische Akzent des Fremden war kaum herauszuhören. »Wer seid Ihr?«

»Ich bin Roarke Killgaren, Kapitän der *Sea Warrior*.«

Willa holte tief Luft und trat einen Schritt zurück. Raidens Bruder. Die Ähnlichkeit war nicht so groß, dass er Raidens Doppelgänger hätte sein können, aber sie war durchaus erkennbar. Zwei gut aussehende Brüder, dachte sie und fragte sich unwillkürlich, ob die anderen Brüder von ähnlichem Aussehen und auch so baumgroß waren wie diese beiden.

»Was wollt Ihr?«

»Nur sehen, dass Euch nichts geschehen ist.«

»Jetzt habt Ihr es gesehen. Ihr könnt wieder gehen.« Mit dem Messer wies sie irgendwohin nach rechts.

Er rührte sich nicht, seine wie gemeißelt wirkenden Lippen verzogen sich zu einem leichten Lächeln. »Ihr wollt wirklich auf seinen Schutz verzichten?«

»Schutz? Ich war seine Gefangene!«

Killgaren verschränkte die Arme vor der Brust und schaute auf Willa herunter wie ein Vater auf sein unfolgsames Kind. »Aber erst, seit er dahinter gekommen ist, dass Ihr verheiratet seid.«

Willa seufzte gequält. Wusste denn alle Welt über ihre Angelegenheiten Bescheid? »Zählt es denn, wie viele Tage man in einem Gefängnis verbringt?«, fragte sie. »Es bleibt doch immer ein Gefängnis.«

»Ihr wollt fortgehen?«

»Ich muss«, erwiderte sie und versuchte, den Schmerz zurückzudrängen, der ihr jedes Mal die Kehle zuschnüren wollte, wenn sie daran dachte, Raiden niemals wiederzusehen. Wenn es nur eine Frage des Wollens wäre, würde sie niemals gehen.

»Warum?«

»Ich kann seinen Zorn keinen Tag länger ertragen. Ich dachte, er hätte ein Herz, aber dieser Mann ist bis in die Stiefelspitzen durch und durch niederträchtig, und er hat mir mehr als deutlich gemacht, dass er mich wegen meiner Lügen verabscheut. Er hat unsere ... Übereinkunft völlig missachtet und bahnt sich jetzt plündernd und tötend seinen Weg durch die Südsee. Ich kann nicht darauf warten, dass er irgendwann einmal das finden wird, dem er mit dieser Besessenheit nachjagt, was immer das auch sein mag. Ich muss meinen Sohn finden.«

»Also das ist der Grund, warum er Euch so lange bei sich behalten hat.«

Darüber unsicher, was er damit meinte, runzelte Willa die Stirn.

»Raiden hat ein Problem mit verlorenen Seelen.«

»Jetzt nicht mehr.«

»Schätzt meinen Bruder nicht falsch ein, Mädchen.«

Ihre schmale Augenbraue hob sich. »Raiden hat keine Ahnung, dass Ihr über Eure Verwandtschaft Bescheid wisst.«

»Das weiß ich. Aber es ist Raiden, der nicht dazu bereit ist, zu akzeptieren, dass es auch in seinem Leben eine Familie gibt.« Roarke zuckte mit den Schultern. »Wenn er irgendwann dazu bereit ist, werde ich da sein.«

Willa lächelte traurig. »Ich bin sehr froh darüber, dass jemand für ihn da sein wird, wenn er jemanden braucht.«

»Aber Mylady«, erklärte er mit einem wissenden Lächeln, »Ihr habt mir doch gerade noch versichert, dass Ihr für meinen Bruder nichts empfindet.«

Sie hob das Kinn. »Er hat sehr klar gemacht, wie seine Gefühle sind, Kapitän Killgaren. Ich bin verheiratet, und damit ist alles gesagt.«

»Nennt mich Roarke«, bat er, und Willa nickte. Beim Allmächtigen, dachte er, sie ist selbst in Männerkleidern wunderschön. Er verstand jetzt, warum Raiden sich in jüngster Zeit so verändert hatte. Als er das letzte Mal auf der *Renegade* mit Raiden gesprochen hatte, war ihm diese Veränderung aufgefallen. Er kannte seinen Halbbruder als ernsten, grübelnden Mann und war von dieser … Leichtigkeit des Herzens überrascht gewesen, die Raiden gezeigt hatte. Er zeigte solche Gefühle nur sehr selten, am wenigsten ihm. Raiden würde über ihre Flucht sehr wütend sein, und dass sie überhaupt von Bord hatte fliehen können, wies auf einen Komplizen hin, denn ohne Hilfe hätte sie die Flucht nicht bewerkstelligen können. Roarke fragte sich, wer sein Leben riskiert hatte, um Willa zur Flucht zu verhelfen – und warum. Vielleicht hatte dieser Jemand ihr geholfen, um sie nach geglückter Flucht selbst als Gefangene zu nehmen, um für sie ein Lösegeld von ihrem Mann zu erpressen. Eastwick würde vermutlich eine ansehnliche Summe für seine Frau zahlen, was jedoch im Vergleich zu dem, was ein Pirat auf seinen Beutezügen gewinnen konnte, vergleichsweise gering sein dürfte. Besonders im Vergleich zu den Prisen, die sie in jüngster Zeit aufgebracht hatten. Aber wie auch immer, diese Frau forderte ihren Tod geradezu heraus, wenn sie sich allein in diese Stadt wagte.

Brüderliche Verbundenheit und gesunder Menschenverstand geboten es Roarke zu handeln.

Mit einer raschen Bewegung entwand er Willa das Messer, aber er hatte sie unterschätzt, denn keine Sekunde später hielt sie ihm eine Pistole unter die Nase.

»Gebt das Messer zurück!«

Als er zögerte, spannte sie den Abzugshahn.

»Ihr seid sehr vorausschauend, Mylady.« Mit einem bewundernden Lächeln gab er ihr die Waffe zurück.

»Eine Lady tut das, was sie tun muss.« Sie nahm das Messer und bedeutete Roarke mit der Pistole, dass er zurücktreten sollte. Er gehorchte, und Willa fragte sich, wie sie von ihm wegkommen könnte. Sicherlich würde er sie zu Raiden zurückbringen, falls er die Chance dazu hatte.

»Er empfindet mehr für Euch, als Ihr glaubt, Mädchen.«

»Mich in eine Kabine zu sperren, ist eine sonderbare Art, das zu zeigen.«

»Das war zu Eurem eigenen Schutz. Dieser Hafen ist gefährlich, und je weiter wir uns nach Indien vorwagen, umso schlimmer wird es. Warum wohl, glaubt Ihr, segeln die englischen Schiffe zu zweit?« Er trat näher. Willa bezwang ihre Befürchtungen und hörte ihm zu. »Die Eingeborenen sind tückisch. Ein Verstoß gegen ihre Sitten kann sofortigen Tod bedeuten.«

»Aber ich muss meinen Sohn finden«, wisperte sie.

»Hättet Ihr ein wenig Geduld gezeigt, hätte Raiden sich wieder gefangen und die Suche fortgesetzt.« Als Willa mit tränenschimmernden Augen hoffnungsvoll zu ihm aufschaute, fragte sich Roarke, wie Raiden die Liebe nicht gesehen haben konnte, die diese Frau für ihn empfand.

»Dessen bin ich mir nicht sicher«, widersprach sie.

»Ich schon.«

»Wie könnte ich das glauben? Er war so voller Wut und … Hass«.

»Wäre ihm nicht so viel an Euch gelegen, wäre er nicht so außer sich gewesen, als er erfahren hat, dass Ihr verheiratet seid.«

Ein schmerzlicher Ausdruck legte sich über ihr Gesicht. »Er kennt keine Vergebung, Roarke. Gar keine.«

»Aber könnt Ihr sagen, dass Ihr nichts für ihn empfindet?«, fragte er behutsam.

Willa schaute zu ihm auf, in seine tiefblauen Augen, und die Wahrheit strömte von ihren Lippen. »Nein.« Sie ließ die Pistole sinken und steckte sie in ihren Gürtel zurück. »Nein, das kann ich nicht.« Sie wandte den Blick zum Hafen. Die Schiffslaternen leuchteten durch die Dunkelheit zu ihr herüber. Ihre Seele fühlte sich ebenso leer und kalt an wie die finstere Nacht, die sich um sie ausbreitete. Die Liebe zu ihrem Sohn war ihr einziger Trost.

Sie hätte Raiden niemals verlassen dürfen. Alle hatten ihn verlassen – seine Mutter, sein abtrünniger Vater. Sein ganzes Leben lang war er beiseite geschoben und vergessen worden. Er schien so unbesiegbar und schützte sich durch abweisende

Gleichgültigkeit davor, für einen anderen Menschen zu viele Gefühle zu entwickeln oder diesem zu nah zu kommen. Und noch dazu war er in seinem Schmerz ganz allein. Für jeden sichtbar lagen seine Wunden offen da, doch niemand hatte sich je die Mühe gemacht, hinzusehen. Willa hatte diese Wunden gesehen – in seinem Gesicht, als sie ihm die Wahrheit gesagt hatte, als seine zärtliche Fürsorge sich erst zu Schmerz und dann zu Wut gewandelt hatte. Seine Wunden zeigten sich in der Art, auf die er Willa in dieser schrecklichen Nacht verhöhnt hatte, seine vulgären und abscheulichen Worte, mit denen er ihr hatte zeigen wollen, dass ihre Ehe nicht das Einzige war, das sie trennte.

Es kümmerte sie nicht, ob er ein Bastard war, ein Seeräuber, ein gejagter Gesetzloser. Denn der Mann, den sie kannte, sorgte sich um die, die ohne Hoffnung waren. Dieser Mann kämpfte darum, eine gewaltige Übermacht zu besiegen, um zu überleben. Der legendäre Schwarze Engel war nur eine Facette des Mannes, den sie kennen gelernt hatte. Ein Leben mit ihm, wie kurz auch immer es sein mochte, wäre weit besser als eines ohne ihn. Was für eine Närrin sie doch gewesen war! Natürlich würde Raiden ihr helfen, Mason zu finden. Er würde einem hilflosen Kind nicht den Rücken zukehren, nur um seiner Wut Genüge zu tun. Und jetzt hatte sie ihn verlassen, so wie jeder andere Mensch in seinem Leben es bisher auch getan hatte.

Willa wandte sich von Roarke ab.

»He, wohin geht Ihr?«, rief er gedämpft und beeilte sich, ihr zu folgen.

»Zurück aufs Schiff.«

Er hörte die Tränen in ihrer Stimme. »Und wie wollt Ihr an Bord kommen – schwimmend?«

Willa griff nach den Zügeln. »Ich bin am Meer aufgewachsen. Ich schaffe das.«

Roarke hielt sie zurück, als sie in den Sattel steigen wollte. »Lady Eastwick«, sagte er leise, und sie wandte den Kopf, um ihn anzusehen. »Willa. Das Wasser ist verseucht von Haien. Und diese Bestien sind weit weniger gefährlich als jene, auf die man an Land treffen kann, falls jemand entdecken sollte, dass Ihr eine Frau seid.« Sein Blick wanderte zu ihrem Busen, der sich unter dem dünnen Hemd abzeichnete. Willa schloss ihre Jacke und schaute sich um.

Roarke zog lediglich eine Augenbraue hoch, und Willa fragte sich, ob allen Montegomery-Männern diese herablassende Arroganz eigen war.

»Was schlagt Ihr vor, was ich tun soll? Ich habe keine Ahnung, wann Raiden zurückkehren wird, und es wäre mir lieber, er würde überhaupt nicht entdecken, dass ich fort war.«

»Ich werde Euch mitnehmen.« Er sah über ihren Kopf auf die dunkler werdenden Straßen. Eine Gruppe von Seeleuten kam aus der Schänke auf sie zu, und sie schienen auf der Suche nach einem Zeitvertreib zu sein. »Lasst das Pferd. Hier entlang.« Willa folgte ihm, als er loslief.

Doch ihre Flucht fand ein unerwartetes Ende, als ein Karren neben ihnen anhielt, aufwirbelnder Staub und Sand verhinderten einen Rückzug. Aus dem Augenwinkel nahm Willa eine Bewegung hinter sich war und wandte sich um. Sie sah zwei Männer, die einen großen sperrigen Gegenstand aus dem Gasthaus trugen.

»O mein Gott«, wisperte sie. Sie trugen eine Leiche aus dem Haus! Augenblicklich stellte sich Roarke vor sie, verhinderte, dass Willa sah, wie die beiden Männer den leblosen Körper hinten auf den Karren warfen.

»Ihr solltet das nicht mit ansehen.«

»Unglücklicherweise bin ich an Tod und Wunden gewöhnt.« Sie spähte an Roarke vorbei. Einer der beiden Männer war auf die Ladefläche des Karrens geklettert und hatte damit begonnen, dem Toten die Habseligkeiten abzunehmen. Offensichtlich war das ihre Bezahlung für das Einsammeln von Leichen. In der Hand des Mannes funkelte plötzlich etwas auf.

Willa lief an Roarke vorbei auf den Karren zu.

»Willa, bitte nicht.«

Sie winkte ihm zu schweigen, und Roarke knurrte: »Es ist kein Wunder, dass er Euch eingesperrt hat«, als sie neben dem Gefährt stehen blieb.

»Was habt Ihr da?«

Der Mann versteckte die Faust hinter seinem Rücken und starrte Willa an.

Das Klicken eines Pistolenhahns unterbrach das Schweigen, und Willa schaute zu Roarke. Der freundliche Mann war verschwunden, stattdessen stand ein entschlossener Kämpfer vor ihr, der bereit war, sie zu verteidigen. »Zeigt uns, was Ihr da versteckt.«

Der Mann streckte den Arm aus und öffnete die Faust. Beim Anblick des Silberarmbandes, das in seiner Hand lag, begann Willa das Herz bis zum Hals zu klopfen. Ohne zu zögern trat sie an den Karren und zog das Tuch zurück, in das man den Leichnam gewickelt hatte. Sie stöhnte entsetzt auf, Tränen füllten ihre Augen.

»O nein«, wimmerte sie leise. »Maura.«

Roarke stand hinter ihr und hielt sie an den Schultern, als er sich zu ihr beugte und leise fragte: »Ihr kennt sie?«

Willa nickte, schniefte, ehe sie sagte: »Sie war das Kindermädchen meines Sohnes.«

Roarke starrte auf die Leiche herunter; das Gesicht der alten Frau war von ihrer Krankheit aufgedunsen, ihre Haut war fahl. »Hatte die Frau ein Kind bei sich?«, wollte Roarke von den Männern wissen.

»Nein, Herr, die war allein. Hat wohl schon ne Weile so gelegen, n Tag oder so.« Der Mann kratzte sich ungeniert.

»War überhaupt jemand bei ihr im Zimmer?«, fragte Willa.

Der andere Mann schüttelte den Kopf und wischte sich mit dem schmutzigen Hemdsärmel die Nase. »Da war keine Menschenseele. Da war'n nich mal Kleider, Miss. Die da haben uns gerufen.« Er zeigte mit dem Finger an ihr vorbei.

Willa wandte sich um. Sie versuchte noch, in der Dunkelheit etwas zu erkennen, als der Mann plötzlich auftauchte. Sie glaubte, das Herz würde ihr stehen bleiben. O Gott.

»Alistar.«

Kapitel 17

Raiden schwang sich über die Reling aufs Deck und ging mit großen Schritten auf den Korridor zu, der zu seiner Kabine führte. Hinter ihm kamen seine Männer an Bord, sprangen wie er über die Reling und schwärmten übers Deck, um auf ihre Positionen zu gehen. Das alles ging im Dunkeln vor sich. Raiden blieb kurz stehen und schaute sich um. Suchend glitt sein Blick über das Schiff. Man konnte kaum etwas sehen, doch Raiden kannte jeden Winkel der *Renegade* wie seine Handfläche, und er bemerkte sofort, dass das Beiboot nass war, obwohl er keinen Befehl gegeben hatte, es zu Wasser zu lassen. Sein Gesicht spannte sich an, und er rief nach Tristan.

Als der Quartermeister kam, fragte Raiden: »Wer hatte Befehl, an Bord zu bleiben?«

Tristan überlegte kurz. »Dobbs, Van Pool, Riggs, Cheston, Perth, Kahlid, Vazeen, Sanjeev und noch drei andere.« Er runzelte fragend die Stirn, und Raiden wies auf die Wasserlache, die sich auf dem Deck gebildet hatte. Die beiden Langboote, mit denen er und seine Männer unterwegs gewesen waren, waren noch nicht wieder hochgehievt worden. Von ihnen konnte das Wasser daher nicht stammen.

»Ruf die Männer zusammen und schick sie dann zu mir. Jetzt sofort!«

»Aye, aye«, sagte Tristan. Mit finsterem Blick machte er auf dem Absatz kehrt und erteilte seine Befehle.

Raiden duckte sich, als er den schmalen Korridor betrat, um zu seiner Kabine zu gehen. Vor deren Tür blieb er wie erstarrt stehen. Der Riegel war zurückgeschoben, und auch der Balken war fort, mit dem die Tür zusätzlich versperrt gewesen war.

Sofort stieß er die Tür auf, und sein Blick glitt durch die Kabine. Die leere Kabine. Raiden überstieg die hohe Schwelle und ging zur gepolsterten Bank, neben der Willa ihre Sachen aufbewahrte. Die Satteltasche war da, aber sein Tornister fehlte. Ihre Pistole fand Raiden in der Kleidertruhe. Willa hatte also bis auf ihr Messer keine Waffe bei sich. Die Kleider, die er ihr gekauft hatte, waren noch da, die Männerkleidung, die sie im Dschungel getragen hatte, fehlte jedoch.

Raiden schlug das Herz wie wild, und mit jeder Sekunde, die verstrich, wurde das Pochen stärker und stärker, bis es ihm fast die Luft nahm.

Allmächtiger. Sie hat mich verlassen.

Hatte er geglaubt, sie für immer festhalten zu können? Hatte er wirklich geglaubt, Willa würde seinen Zorn und all die Kränkungen, die er ihr zugefügt hatte, stillschweigend erdulden? Raiden schluckte mühsam und spürte in seiner Kehle ein Kratzen wie von zerbrochenem Glas. Die Hand in Willas Nachtgewand gekrallt, sackte er gegen den Schreibtisch. *O Gott. Was habe ich getan?*

Raiden war nicht darauf gefasst gewesen, dass es ihn so tief verletzen würde, sie zu verlieren. Doch der Schmerz durchfuhr ihn wie eine scharfe Klinge, bohrte sich in sein Herz, dessen Stimme er mit aller Kraft zu ignorieren versucht hatte. Er hatte Willa zu diesem Schritt getrieben, und jetzt war ihr Leben in ernster Gefahr – und daran trug niemand anderer die Schuld als er ganz allein. Raiden ließ das Nachtgewand auf den Boden fallen, als er sich plötzlich aufrichtete und sich fragte, ob Willa gegangen war, um die Behörden zu informieren. Er fuhr sich mit beiden Händen durchs Haar und presste sie gegen seinen Schädel. Dieser Gedanke und sein Herz kämpften miteinander um die Vorherrschaft. Würde sie ihn verraten? Denn er hatte ihr wahrlich keinen Grund gegeben zu glauben, zwischen ihnen wäre irgendetwas an Gefühlen übrig geblieben. Heilige Mutter Gottes, um ihren Sohn zu finden, würde Willa alles tun! Hatte sie das nicht gesagt? Warum also sollte sie ihn nicht ausliefern, wenn die Belohnung dafür ihr Junge war?

Raiden trat das Nachtgewand mit dem Fuß zur Seite, ging mit großen Schritten zur Tür und brüllte seinen Männern den Befehl zu, das ganze Schiff gründlich zu durchsuchen. Doch es war zwecklos. Willa war fort, und er wusste genau, wie sie von Bord gelangt war.

»Lasst das Langboot herunter,« wies Raiden die Männer an und griff nach Tristans Pistole.

»Raiden ...«

Er prüfte, ob die Waffe geladen war. »Sie ist fort.«

»Was? Wie kann das sein? Sie war eingesperrt.«

»Offensichtlich hat jemand sie herausgelassen.« Raiden schaute kurz über die Schulter zu Jabari, der in einer Ecke hockte. »Und irgendjemand hat sie an Land gebracht.«

Tristan runzelte die Stirn, als er auf das nasse Deck starrte. »Ich kann verstehen, warum sie fort wollte«, sagte er und sah Raiden abschätzend an. »Aber warum sollte einer der Männer ihr helfen? Und dich hintergehen? Uns?«

»Verdammt noch mal, wie soll ich das wissen?«, schnappte Raiden. »Geld? Straffreiheit? Vielleicht hat ihre hübsche Larve ihn dazu verlockt oder er hat vor, sie zu verkaufen. Oder ein Lösegeld für sie zu erpressen. Aber ich schwöre –«, bei diesen Worten ließ Raiden den Blick über die Männer der *Renegade* gleiten, »– dass ich den Mann töten werde, der ihr zur Flucht verholfen hat.« Sein Blick umfasste die Männer, registrierte, wer fehlte. Und er hasste es. »Du bleibst hier und stellst fest, wer nicht an Bord ist, und wer genau mit dem Boot unterwegs war. Falls inzwischen jemand an Bord kommt, sperr ihn in die Arrestkammer. Ich gehe an Land.«

»Raiden, sei vernünftig. Das kannst du nicht tun. In fünf bis sechs Stunden wird es hell, und bei Tageslicht kann man uns meilenweit sehen!«

»Das heißt, dass wir fünf bis sechs Stunden haben, um sie zu finden. Oder du wirst tun, was du tun musst.«

Tristan wusste, was Raiden damit sagen wollte, aber der Gedanke, wieder ohne ihn davonzusegeln, gefiel ihm ganz und gar nicht. Das Wetter schlug um, und wenn sie durch den drohenden Monsun gezwungen sein sollten, auf See auszuharren, würden sie Raiden vielleicht wochenlang nicht sehen. Und Tristan räumte auch unumwunden ein, dass er kein so guter Seemann war wie Raiden. »Du würdest unser aller Leben für diese Frau riskieren, nachdem du sie jetzt tagelang wie Luft behandelt hast?«

Tiefe Reue erfüllte Raiden. »Ja. Hast du nicht bedacht, dass sie vielleicht in diesem Augenblick mit den Behörden spricht, um unseren Aufenthaltsort verraten, unsere Pläne?«

»Wenn sie das tut, dann ist dir die Schuld dafür zu geben«, erwiderte Tristan leise und seine Stimme klang wie ein Zischen. »Du hast es ja nicht einmal geschafft, dich ihr gegenüber zivilisiert zu benehmen, und jetzt ist sie geflohen – direkt in einen der gefährlichsten Häfen von …«

Raiden riss den Kopf hoch und sah Tristan hart an. »Ich weiß sehr genau, was jenseits der Dunkelheit liegt, Mr Dysart.«

»Man wird sie töten … oder bestenfalls in die Sklaverei verkaufen!«

»Nicht, wenn ich sie vorher finde.«

»Du bist ein Narr, wenn du denkst, irgendjemand wird sie dir auf einem Tablett überreichen. Man wird für sie einen hohen Preis erzielen, Raiden, bei diesem Haar und dieser hellen Haut, diesem Temperament. Und solltest du sie wirklich finden, wird sie nur noch ein Schatten der Frau sein, die du gekannt hast.«

Raiden war dabei, ein Bein über die Reling zu schwingen, und hielt sekundenlang inne, während er zu Tristan zurücksah. »Dein Mangel an Hoffnung ist ziemlich ärgerlich, Tristan.« *Gott stehe der Seele bei, die Hand an Willa legt*, dachte Raiden.

»Seit wann hat dir die Hoffnung je etwas bedeutet?« schnaubte Tristan wütend.

Raiden glitt über die Reling. »Seit jetzt«, erwiderte er, ehe er außer Sicht verschwand. Ja, seit Willa, dachte er, als er sich von dem Wirrwarr aus Netzen und Tauen abstieß und ins Boot hinuntersprang. Dass sie in Gefahr schwebte, war sein Fehler. Sie hatte den Tod in Kauf genommen, um vor ihm zu fliehen, und war dabei, geradewegs in Gott weiß welche Gefahren zu rennen. Es bewies ihm, dass sein gnadenloser Zorn ihr eine tiefe Wunde zugefügt hatte. Und welch schrecklichen Preis sie alle würden zahlen müssen, wenn er sich in Willa irrte.

Er musste sie finden, ehe sie in irgendwelche Schwierigkeiten geriet.

Einer angreifenden Schlange gleich bäumte sich die Wut in Willa auf, als sie ihren Mann anstarrte. »Wo ist mein Sohn?«, verlangte sie zu wissen und hätte Alistar die Augen ausgekratzt, hätte Roarke ihr nicht noch rechtzeitig die Hand auf die Schulter gelegt.

Gemessenen Schrittes und unnahbar wirkend, kam Alistar näher. »Unser Sohn«, korrigierte er und hob seine Pistole.

»Du kannst keinen Anspruch auf ihn erheben, Alistar. Du hast ihn nie in den Armen gehalten, nie mit ihm gesprochen.«

»Zu was wäre das nutze gewesen, wenn er sowieso nicht antworten konnte?«

Sein Gesichtsausdruck wies Willa die Schuld daran zu, und ihr Zorn kochte über. Sie hatte einen ausgemachten, absoluten Narren geheiratet. »Ich schwöre es dir, Alistar, wenn ihm etwas geschehen ist, dann werde ich dich …«

Sein Lachen klang kultiviert und leicht. »Was könntest du mir denn schon tun?«

Ihre Augen glitzerten wie gesprungenes Glas. »*Dich töten*«, sagte Willa mit tödlicher Ruhe. Ihre Hand schloss sich um den

Griff ihrer Pistole. Es befriedigte sie zu sehen, wie Alistar erbleichte und seine Gesichtszüge erschlafften. Doch schon Sekunden später wirkte sein Gesicht wieder wie eine furchteinflößende Maske.

Die beiden Männer stiegen eilig auf die Kutschbank des Karrens, schnappten sich die Zügel und fuhren davon, hinter sich eine große Staubwolke aufwirbelnd.

Alistar sah ihnen einen Augenblick lang nach, ehe er Roarke mit einem kurzen Blick streifte und dann Willa musterte. »Ist das dein Liebhaber?«

Willa und Roarke wechselten rasch einen Blick. Als Roarke die Hand an seine Waffe legte, schüttelte Willa kaum merklich den Kopf. Alistar hatte Mason in seiner Gewalt, und sollte er bei einem Schusswechsel umkommen, würde sie ihr Kind niemals finden. »Ich achte mein Ehegelübde, Alistar.« Sie sah ihren Mann unverwandt an. »Was man von dir nicht sagen kann – in Anbetracht der vielen Huren, mit denen du dich vergnügt hast.«

Er zuckte mit den Schultern. »Ein Mann hat das Recht dazu.«

Willa erbebte vor Empörung.

»Fasst Euch, Willa«, hörte sie Roarke hinter sich sagen.

»Ich hasse ihn.«

»Ich nehme an, das weiß er.«

»Ihr müsst gehen. Ich zweifele nicht, dass er Euch töten würde, um mich zu kriegen.«

»Ich kann selbst auf mich aufpassen«, versicherte Roarke ihr.

Sie schaute zu ihm auf, Tränen der Wut füllten ihre Augen. »Ja, ich weiß.«

Eine Pistolenkugel schlug vor Willas Füßen in den Boden, und augenblicklich stellte sich Roarke zwischen sie und Alistar. Er hob seine Waffe. »Vorsichtig, Eure Lordschaft.«

»Gebt meine Frau heraus.«

»Sie wünscht nicht, mit Euch zu gehen.«

»Wer zum Teufel seid Ihr, dass Ihr Euch in eine Sache einmischt, die nur einen Mann und seine Frau etwas angeht?« Alistars glühte vor Entrüstung.

»Ich bin ihr Freund. Einen anderen Grund brauche ich nicht.«

»Tut das nicht, Roarke«, sagte Willa.

»Wollt Ihr zu ihm gehen?«

»Nein, aber –«

»Dann seid still, Frau.«

Waren alle Montegomery-Männer so diktatorisch? Flüchtig schoss ihr dieser Gedanke durch den Sinn, während sie sich an seine Mantelaufschläge klammerte. »Seid vorsichtig, Roarke. Er ist hinterhältig und gemein!«

»Komm her, Willa. *Sofort*«, befahl Alistar und streckte die Hand nach ihr aus.

Sie spähte um Roarke herum. »Bist du von Sinnen?«

Sein dünnes Lächeln zeigte seine Ungeduld. »Willst du deinen Sohn sehen?«

In Willa zerbrach der Widerstand. Alistar wusste genau, an welchen Stellen er sie treffen und am tiefsten verwunden konnte. Sie ging um Roarke herum, doch der streckte den Arm aus, um sie aufzuhalten.

»Ich kann Euch nicht mit ihm gehen lassen«, erklärte Roarke, wobei er Eastwick nicht aus den Augen ließ. »Bei allen Heiligen, Willa, Raiden würde mir niemals vergeben, sollte Euch irgendetwas geschehen.«

»Ihr könnt mich nicht aufhalten. Es ist mein Kind, mein Fleisch und Blut, von dem wir hier sprechen. Ich würde selbst dem Teufel in die Hölle folgen, könnte ich dadurch mein Kind zurückbekommen.«

Roarke hielt den Blick auf Eastwick und seine beiden hinter ihm stehenden Begleiter gerichtet. »Das ist genau der Ort, an den Ihr geht, Madam.«

»Ich bitte Euch ...« Sie schluckte mühsam. »Sagt Raiden, ich wünsche mir, dass er eines Tages in seinem Herzen die Kraft dazu findet, mir zu vergeben.«

»Erschießt ihn«, befahl Alistar seinen Männern, die sofort gehorchten.

Ein Lichtblitz zuckte durch die Dunkelheit. Willa reagierte augenblicklich, indem sie zur Seite sprang. Roarke zuckte zusammen. Reflexartig und unkontrolliert feuerte auch er einen Schuss ab. Willas Augen weiteten sich erschreckt, als sie das Blut sah, das aus seiner Brust quoll.

»Verdammt«, knurrte Roarke und sank auf die Knie. Die leer geschossene Pistole entglitt seiner Hand.

»Roarke! O Gott!« Schon während sie sich neben ihn kniete, presste Willa die Hand auf die Wunde. Sie starrte ihren Mann an. »Sei verflucht, Alistar, das war nicht nötig!«

»Natürlich war es nötig. Er hat meine Pläne gestört.« Alistar übergab die Pistole an seinen Bediensteten. »Lade sie neu«, wies er ihn an, ehe er mit großen Schritten auf Willa zuging. Er packte sie am Arm und riss sie hoch.

»Roarke!«

»Wir werden Euch finden«, versicherte er. Er hielt die Hand auf seine Wunde gepresst. Seine Augen wirkten glasig, zwischen seinen Fingern sickerte Blut hervor.

»Das werdet Ihr nicht«, erklärte Alistar. Er sah zu seinen Begleitern und wies mit einem Kopfnicken auf Roarke.

Willa begriff sofort. »Nein!« Sie kämpfte gegen ihren Mann. »Er hat nichts damit zu tun – nein!«

Alistar war größer und stärker als sein elegantes Auftreten es vermuten ließ. Er schlang den Arm um Willas Taille und zog sie mit einem Ruck von Roarke fort. »Beweist wenigstens ein wenig Anstand, Madam.«

»Bitte tu es nicht, Alistar, ich bitte dich.«

Lord Eastwick blieb stehen, schaute auf seine Frau herunter. »Du bittest mich? Nun, das ist natürlich etwas anderes. Was bietest du mir für sein Leben?«

»Nenn deinen Preis.«

»*Dein* Leben? Oder das deines Sohnes?«

Sie zögerte und Alistar schaute sich kurz zu Roarke um. »Vergebt mir. Aber hier entscheiden Prioritäten. Ihr versteht?«, sagte er zu ihm.

Willa schrie um Roarkes Leben, sie kratzte und trat um sich, um sich aus Alistars Griff zu befreien. Unverwandt war ihr Blick dabei auf Raidens Bruder gerichtet. Es gelang Roarke, auf die Beine zu kommen. Doch Alistars Männer gingen sofort auf ihn zu. Alistar beschleunigte seine Schritte, zerrte Willa die Straße entlang und verschwand in der Dunkelheit. Willa schaute zurück, bis sie im fahlen Licht der Fackel nur noch Schemen erkennen konnte. Ein Schuss peitschte durch die Stille, und ihr Herz schien dabei zu zerreißen. *Roarke*. O Gott, hilf ihm.

»Ich werde dich tot sehen, Alistar Peachwood.« Sie tastete nach ihrer Pistole, doch die Waffe war fort.

»Deine Drohungen sind so leer wie deine Taschen, außerdem hast du mir jetzt genug Ärger gemacht, Frau.« Er schleuderte Willa auf die Straße und starrte sie an. »Warum bleibst du nicht da, wo du hingehörst?« Er ging weiter.

Sie setzte sich auf. »Du bist ein Narr, das auch nur zu fragen!«

»Der Junge ist tot.«

»*Nein!*« Sie schrie auf, sprang hoch und griff Alistar an.

Alistar seufzte, dann schlug er Willa den Griff seiner Pistole gegen die Schläfe. Wie ein Sack fiel sie ihm vor die Füße. Er schaute auf sie herunter, während er ein Taschentuch aus seinem Ärmel zog, es auseinander schlug und ihr Blut vom Holzgriff wischte. Bei Gott, was für eine lästige Frauensperson sie doch war.

Das Pferd, auf dem Raiden durch die kleine Stadt ritt, hatte er gestohlen, und entlang seines Weges ließ er eine Spur von verschreckten Menschen zurück. Ein blutiger Messerhieb zog sich quer über seine Brust, und dieser Anblick warnte jeden davor, Raiden in die Quere zu kommen. Er ging methodisch vor, nahm sich Schänke um Schänke vor und kam auf seiner Suche nach Willa den Kais immer näher. Einem Ort, an dem er Gefahr lief, erkannt zu werden. Aber das kümmerte ihn jetzt nicht mehr. Alles, was er wollte, war, Willa in Sicherheit zu wissen.

Als er aus der letzten Schänke herausstürmte, sah er den mit Leichen beladenen Karren der Totengräber heranrollen. Raiden empfand den Geruch des Todes als unerträglich und beschleunigte seine Schritte. Bei einer kleinen Gruppe britischer Soldaten, die sich um einen auf der Straße liegenden Körper geschart hatte, blieb er stehen. Sein Herz klopfte heftig, als er die Männer zur Seite stieß, ohne sich darum zu sorgen, ob man ihn erkannte. Er starrte auf die leblose Gestalt herunter und wusste sofort, dass es nicht Willa war. Er bückte sich und rollte den Toten auf den Rücken.

Die leeren Augen eines dunkelhaarigen Mannes starrten ihn an.

»Ihr kennt ihn?«, fragte einer der Soldaten und machte einen großen Bogen um Raiden.

Raiden schüttelte den Kopf.

»Er hatte Goldstücke bei sich – Sovereigns.«

Raiden schaute auf und musterte den Soldaten eindringlich. Der Mann wich zurück. Englische Goldmünzen waren in dieser Gegend ein nicht gerade übliches Zahlungsmittel. »War jemand bei ihm? Ein anderer Mann?«

Die meisten der Umstehenden zuckten mit den Schultern und wandten den Blick ab, einige gingen davon. Raiden vermutete, dass sie das Gold bereits unter sich aufgeteilt hatten. Der Totenkarren hielt neben der Leiche, und als die beiden Totengräber müde herunterkletterten, zerstreuten sich auch die Letzten der Schaulustigen.

»Fünf Stück sind's heute Nacht schon. Werden bald keinen Platz mehr haben, sie zu begraben«, murrte der eine.

Raiden packte ihn am Aufschlag seiner Jacke. »Waren auch Frauen unter den Toten?«

»Ja, eine«, sagte der Ältere der beiden.

Raidens wurde das Herz eng, und er schluckte. »Zeig sie mir.« Er brachte nur ein krächzendes Flüstern heraus.

Die Totengräber gingen zur Ladefläche des Karrens und rollten eine der Leichen herum. Raidens Gesicht entspannte sich vor Erleichterung, als er auf das aufgedunsene Gesicht einer alten Frau schaute. »Habt ihr einen Jungen gesehen, der allein unterwegs ist?« Er sah die beiden hageren Männer fragend an. »Einen dünnen Burschen.« Er wollte niemanden darauf stoßen, dass sich eine Frau unter den Männerkleidern verbarg.

Die beiden wechselten einen Blick und sahen Raiden dann mit großen Augen an. Er warf jedem der Männer eine Münze zu, die sie ihm Flug auffingen. »Wir haben nen Jungen gesehen, mit nem riesigen Kerl, so wie Ihr, würd' ich sagen.«

»Ja, ich würd' sagen, das war er.« Der Mann runzelte die Stirn. »Was wollt Ihr von dem Jungen?«

»Was habt ihr noch gesehen?«

»Wir haben uns verzogen, als die anderen aufgetaucht sind.«

Raiden wiederholte seine Frage, bot ihnen mehr Geld, aber das seltsame Paar behauptete, nichts weiter zu wissen. Es waren vier tote Männer heute Nacht gewesen, und dieser da auf der Straße sei einer davon. Raiden ging zu seinem Pferd zurück, saß auf und ritt in westlicher Richtung davon. Ob Barkmon hier war? Wer war bei Willa gewesen? Wer hatte sie an die Küste gebracht? Und wer waren diese »anderen«, die einen Toten zurückgelassen hatten?

Mit jeder Stunde, die verstrich, wuchs Raidens Angst, die schreckliche Bilder in ihm heraufbeschwor, Bilder, wie sie sich kein Mensch vorstellen sollte. Sie nährten seine Furcht und seine Schuldgefühle. Jeden, den er auf der Straße sah und der annähernd Willas Größe hatte und ähnliche Kleidung trug, griff er sich, um zu sehen, ob sie es war. Die Menschen wichen vor ihm zurück, und Raiden war blind und taub für den Aufruhr, den er verursachte. Er befragte Dutzende von Männern, denen er die Spitze seines Schwertes an die Kehle hielt, damit sie redeten, und er warnte jeden davor zu lügen, ansonsten würde er sein eigenes Blut zu kosten bekommen. Raiden ritt bis zum entferntesten Ende der Stadt, befragte Eingeborene und Kaufleute, portugiesische und holländische Seeleute. Insgeheim gestand er sich ein, dass er nicht mehr Herr seines Verstandes war, dass seine Emotionen seine Beherrschung auf eine harte Probe stellten. In einer der Schänken packte er schließlich einen Soldaten der *East India Company* an den Mantelaufschlägen und riss ihn von seinem Stuhl hoch, um ihm ins Gesicht zu sehen.

»Ein Bursche, klein, grüne Augen. Hast du ihn gesehen?«

Die Augen vor Furcht weit aufgerissen, schüttelte der Mann heftig den Kopf. Raiden hob sein Schwert, er war bereit, es dem Mann durch die Kehle zu stoßen. Dass mehrere Männer ihre Pistolen auf ihn gerichtet hielten, ignorierte Raiden dabei völlig.

»Ich schwöre es, Herr! Ich habe keinen Jungen gesehen!«

»Aber ich«, ließ sich eine tiefe Stimme aus dem hinteren Teil der Schänke vernehmen.

Raiden wandte sich abrupt um, wobei einige Krüge zu Boden fielen, weil er den Soldaten weiterhin festhielt.

»Wer seid Ihr? Kommt ans Licht!«

Eine Gestalt taumelte in das schummrige, rauchverhangene Licht.

»Roarke!« Raidens Blick fiel auf die blutbefleckte Kleidung des Mannes, und er schleuderte den Soldaten zur Seite. Er drängte sich zu seinem Bruder durch. Kaum war er bei ihm, stützte er ihn und legte sich Roarkes unverletzten Arm um die Schultern.

»Beeil dich, Mann, wir müssen in See stechen.« Roarke tat sein Bestes, sich auf den Beinen zu halten, während Raiden ihnen mit dem Schwert den Weg zum Ausgang bahnte.

Draußen lehnte Raiden seinen Bruder gegen die nächstbeste Mauer und untersuchte dessen Verletzung. »Heilige Mutter Gottes«, sagte er. Es war ein glatter Durchschuss.

»Das ist nicht so schlimm.« Roarke schloss die Augen, als wollte er das Blut zwingen, aufzuhören zu fließen, damit ihm die Kraft bliebe, die er brauchte.

»Ja, wenn du dich ruhig hältst. Wie lange läufst du schon damit herum?«

Roarke schob Raidens Hände weg und machte einen unsicheren Schritt. »Wir müssen zum Kai.« Er hatte noch immer den Ausdruck von Eastwicks Gesicht vor Augen, als er seine Frau mit sich gezerrt hatte und in der Dunkelheit verschwunden war. Er würde sie töten. Und er würde es genießen.

»Doch nicht jetzt, Mann, dazu bist du nicht in der Verfassung.«

Roarke taumelte. »Ich habe es versprochen.« Trotz seiner Schmerzen packte er Raiden fest an der Schulter »Ich habe es ihr versprochen.«

Raiden musste nicht fragen, von wem Roarke sprach; dessen Blick sagte ihm mehr, als er wollte. Raiden schluckte heftig. »O Gott. Ihr Mann – hat sie gefunden, habe ich Recht?«

Ehe Roarke antworten konnte, sank sein Kopf zurück und er brach in den Armen seines Bruders zusammen.

Schweißüberströmt und reglos still lag Roarke in Raidens Bett, während das Fieber in seinem Körper wütete.

Dem Bett gegenüber saß Raiden an seinem Schreibtisch. Er hatte die Ellbogen aufgestützt, als er sich durchs Haar strich und den Kopf in den Händen vergrub. Unentwegt wanderten seine Gedanken zwischen seinem Bruder und Willa hin und her, und er war unfähig, zur Ruhe zu kommen. Und er hielt es nicht mehr aus, Roarke leiden zu sehen. Die Wunde hatte sich entzündet, das Loch in der Schulter eiterte stark. Binnen weniger Stunden hatte diese Verletzung ihn an die Schwelle des Todes geführt, eine Verletzung, die eigentlich nicht so schlimm war, um sich so heftig zu entzünden. Raiden ertrug den Gedanken nicht, Roarke ebenso zu verlieren wie Willa.

Seine Qual schüttelte ihn wie ein wildes Tier, erfüllte sein ganzes Sein und ließ ihn an seinen Schuldgefühlen fast ersticken. Willa hatte seinen Worten vertraut, dass er für ihre Sicherheit sorgen würde, und er hatte ihr Vertrauen zerstört, weil ihr Ehegelübde ihm jeden Traum auf eine Zukunft mit ihr genommen hatte. Bis sie ihm die Wahrheit gestanden hatte, war ihm nie bewusst gewesen, wie sehr er einen anderen Menschen brauchte. Für eine kurze, ungewisse – gefährliche – Zeit hätte er mit ihr zusammen sein können. Gott im Himmel, er war so wütend gewesen. Er hatte ihr wehtun wollen, er hatte gewollt, dass sie begriff, wie unermesslich sein Verlust war, wenn ihr immerhin noch die Hoffnung auf die Rückkehr ihres Sohnes geblieben war. Ich bin diese Frau nicht wert, dachte Raiden. Er hatte sein Bestes getan, ihr dies deutlich zu machen, und offensichtlich waren seine Bemühungen letzten Endes erfolgreich gewesen.

Er musste sie finden.

Es stand für Raiden außer Frage, dass er die Dinge nicht auf sich beruhen lassen würde, dass er diesen Bastard von einem Ehemann zur Strecke bringen und Willa zurückholen würde. Und sei es auch nur, um die Dinge mit ihr zu klären, für sie zu klären.

Je länger sie getrennt waren, desto geringer standen für ihn die Chancen, sie zu finden. Er hatte von Roarke keine weiteren Informationen bekommen als die, dass Lord Eastwick Willa mitgenommen hatte. Ginge es nach dem Gesetz, dürfte er sich nicht einmischen. Eastwick war ihr Mann. Doch allein schon daran zu denken, dass dieser Mann sie berührte und seine Rechte bei ihr durchsetzte, zerriss Raiden. Er ließ die Hände sinken und fiel in den hochlehnigen Stuhl zurück. Sein Blick ruhte auf der Bank unter der Fenstergalerie, und er dachte daran, wie sie dort immer gesessen hatte, mit leicht zur Seite geneigtem Kopf, um den Himmel zu sehen. Jedes Mal, wenn er ihr Bild heraufbeschwor, spürte Raiden einen stechenden Schmerz. Auch wenn er versuchte, sich dagegen zu wehren, tauchten die Bilder vor ihm auf. Willas Lächeln, ihr messerscharfer Verstand und – o Gott – ihre Tränen und ihre Zärtlichkeit, wenn er grausam und gemein gegen sie war. Niemand außer Willa hatte es bisher gewagt, so hart mit ihm aneinander zu geraten. Ein trauriges Lächeln lag auf Raidens Lippen, als er daran dachte.

Ich vermisse sie.

Sie hatte in vielen Dingen Recht gehabt, hatte ihn besser gekannt als er selbst. So wie sie gewusst hatte, dass Eastwick sie jagte und dass Dunfee sich mit jemandem zusammengetan hatte. Seine Verbindung zu Barkmon war bekannt, doch Raiden hätte diese drei Männer nicht in Verbindung zueinander gebracht, wäre ihm nicht der Beweis dafür geliefert worden. Und dieser Beweis kam in Gestalt Willas. Sie hatte Recht gehabt in Bezug auf die Kriegsschiffe, die in der Straße von Malakka patrouillierten, und was die Armada von Schiffen betraf, die im Hafen lag. Er hatte die *Queen's Regard* in Malakka erwartet, doch Willa hatte erklärt, dass Dunfee jetzt die *Yorkshire* befehligte. Doch Raiden hatte bedenken müssen, dass Willas Informationen, da Barkmon sie verfolgte, auch hätten falsch sein können.

Raiden schaute zu seinem Bruder hinüber. Er konnte es nicht ertragen, so untätig herumzusitzen. Er stand auf und ging zur Tür. Sie aufzureißen und nach Balthasar zu rufen war eins. Jabari, der dafür bestraft worden war, einen Befehl nicht befolgt zu haben, kam als Erster herbei. Er ließ den Kopf hängen.

»Bleib bei ihm, bis Balthasar kommt.« Jabari schaute auf, und Raiden sank das Herz, als er die – seltenen – Tränen in den dunklen Kinderaugen sah. Er hockte sich vor ihn hin und sah den Jungen an. »Hatte sie dich gebeten, sie freizulassen?«

Jabari schüttelte den Kopf.

»Rede, Sohn, ich kann nicht deine Gedanken lesen.«

»Nein, Sir. Ich habe nur … habe nur gerade gedacht, es war ungerecht und es war so heiß und Ihr hättet sie nicht zum Weinen bringen dürfen!« Ohne dass Jabari dabei Luft holte, sprudelten die Worte aus ihm heraus.

Raidens Mundwickel zuckte. »Das weiß ich jetzt auch, Junge.«

Jabari hielt dem Blick seines Kapitäns stand. »Ihr werdet sie finden, ja?«

»Ich werde es versuchen.« Raiden richtete sich auf.

»Ihr müsst mehr tun als das, Captain«, sagte der Junge streng, noch immer färbte Zorn seine Stimme. »Sie ist Eure Lady.«

Meine Lady. Raiden schloss die Augen, als eine unsichtbare Faust sich um sein Herz zu schließen und es zusammenzudrücken schien. Er würde sich nichts wünschen, was niemals sein konnte. Er konnte es nicht. Mehr zu erwarten würde nur bedeuten, später wieder verletzt zu werden. Als würden die Qual und die Scham über sein Handeln ihn nicht schon jetzt zerstören. Und dennoch – im geheimsten Winkel seines geschundenen und von Narben gezeichneten Herzens wagte es Raiden, die Sehnsucht nach mehr zuzulassen. Aber, so fragte er sich im selben Atemzug, würde ihn dann nicht das gleiche Schicksal ereilen wie vor mehr als einem Dutzend Jahren? Würde er wieder die Liebe finden und sie auf grässlichste Weise auch wieder verlieren? Dieses Mal, das wusste er, würde er es nicht überleben.

Balthasars laute Stimme riss Raiden aus seinen Gedanken, und er zuckte zusammen.

»Captain?« Balthasar warf einen Blick auf Roarke, runzelte die Stirn und sah zu Raiden. »Ich werde die Wunde wieder öffnen, so wie Lady Eastwick es getan hat.« Er trug ein Tablett in den Händen, auf dem alles Nötige für einen Verbandswechsel bereitlag. »Es ist dasselbe, denke ich. Irgendetwas steckt noch in der Wunde.«

Raiden nickte. »Ich bin auf Deck. Schickt nach mir, wenn eine Veränderung eintritt.« Er warf einen letzten Blick auf seinen jüngeren Bruder und ging zur Arrestkammer.

Raiden machte sich nicht die Mühe, die Männer anzusehen, die, in Ketten gelegt, in der kleinen Zelle hockten. Hier unten im Rumpf der *Renegade* war die Luft feucht und stickig.

»Wir wussten nicht, dass sie im Boot war, Cap'n.«

»Es ist der einzige Weg, auf dem sie an Land gelangen konnte«, sagte Raiden. Die Hände auf dem Rücken verschränkt, ging er auf dem engen Gang vor der Zelle hin und her.

»Es sei denn, die Haie haben sie gefressen«, sagte Cheston und kicherte leise.

Raiden blieb stehen und sah ihn verächtlich an. »Captain Killgaren bestätigt, dass Lady Eastwick an Land gegangen ist. Das bedeutet, dass irgendjemand sie zur Küste gebracht hat. Und dass dieser Jemand ohne Erlaubnis das Schiff verlassen und die *Renegade* unbewacht gelassen hat.« Er setzte seine Wanderung fort, seine Schritte waren langsam, methodisch. Er wusste, dass es die Gefangenen nervös machte. Und eben das war Raidens Absicht. Darüber hinaus wirkte es beruhigend auf den Gefühlssturm, der in ihm tobte.

»Es waren viele Männer an Bord«, wagte Vazeen zu bemerken.

Raiden blieb stehen, sein Kopf fuhr herum. Sein Blick war so kalt wie geschliffenes Eis. »Ihr habt Befehle missachtet!«

Die fünf Männer erbleichten. Dieses Vergehen bedeutete

mindestens, ausgepeitscht zu werden. Und schlimmstenfalls das Ausgesetztwerden.

»Ihr werdet bei Brot und Wasser in dieser Kammer bleiben bis ich genügend Aussagen gesammelt habe und mit dem Rest der Mannschaft über euer Schicksal entscheiden werde.« Die Gefangenen ließen die Köpfe hängen. Ihnen war bewusst, dass ihre Zeit bemessen war. »Sollte Captain Killgaren sterben, werde ich euch auch dafür zur Verantwortung ziehen.«

»Warum? Was haben wir denn damit zu tun?«, stieß Dobbs hervor.

»Hättet ihr das Beiboot nicht gestohlen und wärt nicht an Land gegangen – und dabei, nebenbei bemerkt, riskiert, dass wir entdeckt werden –, hätte Lady Eastwick keine Möglichkeit gehabt, an Land zu kommen. Captain Killgaren hätte sie nicht verteidigen und sein Leben dabei aufs Spiel setzen müssen.« Raiden ging zur Leiter und blieb kurz stehen, um noch hinzuzufügen: »Und sollte sein Leben verloren sein, wird es keine Gnade geben.«

Während Raiden die Leiter erklomm, betete er darum, dass Roarke überlebte. Und er hoffte, dass er von ihm die Information bekommen würde, die ihn zu Willa führen konnte, das letzte Stück des Puzzles, das ihm noch fehlte. Raiden wünschte, ihm würde noch eine andere Lösung einfallen als Tristan das Kommando über die *Sea Warrior* zu erteilen und den Kapitänen der übrigen Schiffe den Rückzug aus der Straße von Malakka und den südlichen Gewässern zu befehlen. Sie mussten fort von den schwer bewachten Häfen. Aber ohne die Initiative zu ergreifen, würde er Willa auf den Banda-Inseln niemals finden.

Als er über das Oberdeck ging, wurden seine Schritte zögernder. Allmächtiger, was würde mit ihr geschehen? Einmal in Peachwoods Hand, könnte dieser sie als Sklavin verkaufen, als Tauschobjekt missbrauchen, sie töten. Mit einer winzigen Dosis Gift, und niemand würde je danach fragen. Diese Gedanken trieben Raiden zur Eile an. Mit raschen Schritten ging er zu seiner Kabine. Die Männer, die ihm begegneten, drückten sich eng gegen die Wand, um ihn vorbeizulassen. Raiden war daran gewöhnt, die Dinge auf seine Art anzupacken, aber jetzt musste er sich auf Gottes Hilfe verlassen – und auf Balthasars Heilkenntnisse und Roarkes Überlebenswillen.

Sein Bruder war nicht nur Raidens einzige Familie, er war auch die einzige Hoffnung, Willa jemals zu finden.

Kapitel 18

Roarke spürte, dass ihn jemand berührte, und öffnete die Augen. Sein erster Blick fiel auf Balthasar, der damit beschäftigt war, ihm einen frischen Verband anzulegen. Sein zweiter Blick richtete sich auf seinen Bruder, der zusammengesunken auf einem Stuhl saß, die Füße gegen den Fuß des Bettes gestützt.

Selbst im Schlaf sah man Raiden seine Erschöpfung an, und das offene Haar war so zersaust, dass er wohl hundert Mal mit den Fingern hindurchgefahren sein musste. Als er ihn rief, zuckte Raiden zusammen und blinzelte wie ein schläfriges Kind an, ehe er die Füße vom Bett nahm.

»Du siehst besser aus«, stellte Raiden fest und stand auf.

»Und du siehst verdammt schlecht aus.«

Raiden strich sich das Haar zurück und stopfte sich das Hemd in die Hose.

Roarke wies mit dem Kopf auf Balthasar. »Du hast diesem tätowierten Barbaren erlaubt, an mir herumzuschneiden?«

Balthasar kicherte amüsiert. »Dieser Barbar hat dir dein nichtsnutziges irisches Fell gerettet ... Sir«, fügte er hinzu, als Roarke eine Augenbraue hochzog.

Als Balthasar mit seiner Arbeit fertig war, half er Roarke, sich aufzusetzen, doch dieser winkte unwirsch ab. »Mann, du wirst mich mit deiner Fürsorge noch umbringen.«

Balthasar richtete sich augenblicklich auf.

»Du warst schon immer ein besserer Kämpfer als eine Krankenschwester.«

Der Maure sammelte seine Gerätschaften zusammen. »Ich werde Euch etwas zu essen bringen. Vielleicht wird es Euch den Mund stopfen, bevor Ihr mich dazu bringt, Euch die Zunge herauszuschneiden, Ungläubiger.«

Roarke sah ihn von der Seite an. »Großer Gott, dann kann ich nur hoffen, dass du ein noch besserer Koch bist.«

»Er ist das Beste, was ich habe.«

Roarkes Blick flog zu seinem Bruder. »Das Beste, das du hattest, Raiden, hast du gehen lassen.«

Raiden spannte sich an, sein Gesicht wirkte so kantig wie geschliffenes Glas.

Roarke schwieg, bis Balthasar gegangen war. »Es waren drei Männer. Sie hat nur ihr Messer zum Schutz, denn nachdem ich niedergeschossen worden bin, hab ich ihre Pistole an mich genommen.«

»Zum Teufel mit dir, Killgaren. Wie konntest du sie so schutzlos lassen!«

Roarke sah ihn spöttisch an. »Sie hätten ihr die Waffe in jedem Fall abgenommen, und hätte ich sie nicht an mich genommen, wäre ich jetzt tot, und wir könnten sie nicht suchen gehen, Captain. Er hat zwei Männer zurückgelassen, aber ich konnte nicht mehr richtig zielen.«

»Einer ist tot und ...«

Das aufblitzende Grinsen verriet, dass Roarke das bereits wusste. »... und der andere ist ernstlich verletzt«, führte er den Satz zu Ende. »Und jetzt ... jetzt werden wir über einen kleinen Gefallen reden.«

Raiden runzelte die Stirn. »Deine Gefallen werden langsam berüchtigt, Killgaren. Warum tust du das?«

»Ich habe meine Gründe.«

Als sich sein Gesicht verschloss, dachte Raiden, dass er Killgaren jetzt schon seit drei Jahren kannte, er aber über diesen Mann und seine Beweggründe so gut wie gar nichts wusste.

»Und ich erwarte, dass man sich mir erkenntlich zeigt«, fügte Roarke hinzu. Ein sarkastisches Lächeln lag auf seinen Lippen. »Nach meinem Belieben.«

Die Arme vor der Brust verschränkt, sah Raiden ihn abwartend an. »Also, was ist das für ein Gefallen, den ich dir tun soll?«

»Nicht *du mir*, Raiden. *Ich* werde *dir* einen erweisen.«

Arroganter Flegel, dachte Raiden. »Ich brauche keine Gefälligkeiten von dir.«

»Wirklich nicht? Dann habe ich also deine Erlaubnis, Lady Eastwick den Hof zu machen, wenn du sie gefunden hast?«

Raidens Gesicht schien vor Wut zu schmelzen.

»Das hätte ich nicht gedacht. Aber ... ich werde darauf verzichten, um Lady Eastwick zu werben, was ich wirklich von Herzen gern tun würde, wohlgemerkt.«

Seine Worte empfand Raiden wie einen Stoß mit einem Messer zwischen die Rippen. »Hat sie deine ... Werbung angenommen?«

Roarkes eisblaue Augen verengten sich, sein Blick wurde hart und kühl. »Das würde ich mir niemals angemaßt haben, ohne zuvor mit dir gesprochen zu haben. Ich bin ein Mann von Ehre.«

Raiden schnaubte. »Unter Räubern?«

Roarke lächelte nachsichtig. »Nein, unter Brüdern.«

Verblüfft ließ sich Raiden langsam auf den nächstbesten Stuhl sinken. »Seit wann weißt du es?«

»Seit Jahren. Seit du und ich Kinder waren. Vater hat es mir gesagt.«

»Dann hast du also einige Zeit mit diesem Bastard verbracht.«

»Bastard, nein, Zeit ja. Er ist nicht schlecht, musst du wissen.«

»Ach wirklich? Hat er *deine* Mutter geheiratet?«

»Nein, und er hat sie auch nicht lange geliebt. Er liebt Sayida.«

Raiden runzelte die Stirn.

»Ransoms Mutter.«

»Na, das freut mich aber für ihn«, bemerkte Raiden mokant.

Roarke überhörte diese Bemerkung. »Eigentlich hat er immer sie am meisten geliebt, aber schließlich – hast du nicht auch schon zwei Frauen zur selben Zeit geliebt?«

»Nein, das habe ich nicht.«

»Schade.«

»Was hat das alles mit Willa zu tun?«, stieß Raiden zwischen zusammengebissenen Zähnen hervor.

»Gar nichts. Mir gefällt es nur, zu sehen, wie du dich windest.«

Raiden warf ihm einen entrüsteten Blick zu. »Ich winde mich nicht.«

»So wie du nicht siehst, was du hast, bis es weg ist.«

Raiden schien widersprechen zu wollen, doch dann stieß er einen langen Atemzug aus. »Ja.« Er starrte zu Boden und rieb sich mit beiden Händen übers Gesicht. Er gestand sich ein, dass er sich ohne Willa entsetzlich unvollständig fühlte. »Ich bitte dich, Bruder«, sagte Raiden leise, »sag mir ein einziges Wort, das diesen Schmerz lindert.«

Roarkes Gesichtszüge wurden weich vor Mitgefühl. »Sie war am Leben, als er sie mitgenommen hat«, sagte er. Er wusste, dass es nicht reichte, um seinem Bruder die Angst zu nehmen. »Und da war etwas an Lord Eastwick, das mir zu denken gegeben hat.«

Raiden ließ die Hände sinken. »Noch etwas anderes, außer dass er befohlen hat, dich niederzumetzeln?«

Killgaren warf ihm einen Blick zu, der sagte, dass Eastwick dafür noch teuer bezahlen würde. »Es waren seine Augen, die Blässe seiner Haut.«

»Vielleicht ist er krank.« Raiden hoffte, das der Mann von schwärenden Wunden übersät und davon gezeichnet würde wie ein Aussätziger.

Roarke schüttelte den Kopf. »Nein, krank schien er mir nicht zu sein. So hat er sich ganz und gar nicht verhalten; er hat nicht gewankt, und auch seiner Sprechweise war nichts anzumerken. Aber seine Haut … sie sah so … ich weiß nicht … sie sah fast durchsichtig aus.«

»Bist du dem Mann vorher schon einmal begegnet?«

»Nein.«

»Vielleicht sieht er immer so aus.«

Roarke nickte, als stimmte er zu, aber Raiden konnte sehen, dass es ihn noch weiter beschäftigte. »Wie ist sie an Land gekommen?«

Raiden stand auf, während er Roarke davon erzählte. Sein Zorn steigerte sich mit jedem Wort. »Sie ist eine Närrin, deswegen ihr Leben zu riskieren.« *Und es ist meine Schuld*, dachte Raiden, *allein meine Schuld*.

Killgaren ließ den Kopf aufs Kissen sinken und sah seinen Bruder eindringlich an. »Sie hatte sich entschlossen, zurückzugehen, ehe wir Eastwick trafen.«

Raiden fuhr herum, sein harter Blick schien Roarke festnageln zu wollen.

»Sie wollte zurück sein, ehe du ihre Flucht entdecken würdest«, fügte Roarke hinzu.

»Warum?« Er musste diese Frage stellen, auch wenn er sich vor der Antwort fürchtete. »Sie wollte ihre Freiheit. Und sie hatte doch erreicht, was sie wollte.«

Roarke sah seinen Bruder an und entschied, dass er ein Dummkopf war, wenn er die Wahrheit nicht erkannte. »Sie wollte dich mehr als ihre Freiheit.«

Raidens Beine gaben nach, und er stützte sich am Tisch ab. *Willa hatte zurückkommen wollen. Zu ihm.* Was hatte sie veranlasst, ihre Meinung zu ändern, trotz der Mühen und Gefahren, die sie auf sich genommen hatte, um an Land zu kommen? Warum hätte sie in seine Kabine und in die Gefangenschaft zurückkehren wollen? Und das auch noch, nachdem er sie so schändlich behandelt hatte! O Gott, all die Dinge, die er zu ihr gesagt hatte. Er seufzte vernehmlich und kniff sich in den Nasenrücken. Als er aufschaute, musterte Roarke ihn mit einem seltsamen Lächeln.

Raiden zog die Augenbrauen hoch und sah ihn fragend an.

»Ich genieße diesen Augenblick«, erklärte Roarke. »Ich habe dich seit Jahren beobachtet, wie du dir unbeirrbar und unbesiegbar deinen Weg über die Meere gesucht hast, um der bei weitem reichste und gefürchtetste Pirat zu werden. Und jetzt zu sehen, dass die Geste einer Frau dich bis in die Grundfesten erschüttert, ist ein Vergnügen, das ich vermutlich nicht wieder erleben werde.«

Raiden richtete sich auf. »Wiederhole das, und ich werde dich verprügeln.«

Ein herausforderndes Grinsen breitete sich auf Killgarens Gesicht aus. »Versuch es nur, alter Mann.«

»Alt? Bei Gott, du unverschämter Balg ...«

Roarke lachte, leise und für sich. »Ach, wie nett ist es doch, einen Bruder zu haben.«

Das ließ Raiden innehalten. Er sah Killgaren an und fragte sich, warum er ihm ihre Verwandtschaft eigentlich verschwiegen hatte. Und er begriff, dass er es nicht aus Sorge um seinen Bruder, sondern aus Sorge um sich selbst getan hatte. Raiden hatte so die Distanz aufrecht erhalten, die es ihm möglich gemacht hatte, keinerlei Gefühle an sich heranzulassen. Es ist wirkungslos gewesen, dachte Raiden. Denn in dem Augenblick, in dem er Roarke so schwer verwundet gesehen hatte, war er vor Sorge um ihn fast verrückt geworden.

»Ja, das ist es«, bestätigte er rau und räusperte sich. »Aber das ist ein Thema, das wir auf später verschieben müssen. Du wolltest zum Kai – warum?«

»Ich habe die Männer sagen hören, dass sie sich damit beeilen müssten, mich umzubringen, damit sie die *Persephone* rechtzeitig erreichen, ehe sie die Anker lichtet.«

Raiden fluchte, griff nach seinem Navigationsbesteck und

den Seekarten, die er auf dem großen Tisch ausbreitete. »Die *Persephone* lag im Hafen von Syriam. Kein Wunder also, dass Barkmon in der Stadt gewesen ist. Er war an Bord.«

»War Eastwick bei ihm? Was meinst du?«

»Das ist sehr gut möglich, aber ich denke, dass Barkmon sich irgendwo anders mit ihm getroffen hat. Und er hatte mehr Glück als Verstand, dass Willa ihm dort über den Weg gelaufen ist.« Er fuhr mit der Fingerspitze über die Karte aus dünnem Leder, da und dort hielt er dabei inne.

Roarke mühte sich hoch und schwang die Beine über die Bettkante.

Raiden schaute ihn besorgt an. »Hältst du das für klug?«

Roarkes Miene besagte, dass er sich nicht aufhalten lassen würde, sei es klug oder nicht. Sein Kopf fühlte sich an wie Brei und seine Beine zitterten. Gott, wie er diesen Zustand hasste.

»Wie lange bin ich schon an Bord?«, fragte Roarke.

»Fast drei Tage.«

Roarke war aufgestanden und klammerte sich am Bettpfosten fest, als ihm schwindlig wurde. »Dann müssen wir uns beeilen. Er kann sie sonst wohin gebracht haben.«

»Ich werde mich darum kümmern.«

Roarke schnaubte. »Seit wann ziehst du in die Schlacht, ohne dass ich dir den Rücken dabei freihalte, Bruder?«

Raiden lächelte leicht.

»Wer befehligt mein Schiff?«, fragte Killgaren.

»Du meinst *mein* Schiff.«

»Jetzt sprichst du vom Unterschied zwischen Äpfeln und Apfelmus.«

Raidens Blut pochte ihm in den Adern, und ein harter Knoten schnürte ihm die Kehle zu. Willa hatte das Gleiche gesagt, und mit diesen Worten kam die Erinnerung an ihren Ritt durch den Dschungel zurück. Wie sie sich dieser gefährlichen Situation gewachsen gezeigt hatte, wie herrlich weich sie sich in seinen Armen angefühlt hatte, wie sie sich an ihn geschmiegt hatte, als gehöre sie zu ihm. »Du hast Recht. Ich gebe dir die *Sea Warrior*.«

»Wie bitte?«

Raiden schaute auf und lächelte über die Fassungslosigkeit, die Roarke ins Gesicht geschrieben stand. »Sie gehört dir. Versenk sie, segle sie, verkauf sie. Es ist mir egal.«

»Vielen Dank, aber warum?«

Raiden wandte sich wieder seinen Karten zu. »Weil du, kleiner Bruder, eine Basis brauchen wirst, um dein neues Leben zu beginnen.«

Roarkes Haltung drückte Widerspruch aus. »Ich finde mein Leben genau richtig.«

»Mein Bruder ist kein Pirat, wenn er den Verstand zu mehr hat.«

Streitlust blitzte in Roarkes Augen auf. »Seit wir uns begegnet sind, versuchst du mir vorzuschreiben, was ich zu tun habe.«

»Das liegt daran, dass ich älter und klüger bin als du.« Er schaute von den Karten auf. »Und ich will, dass du lebst. Und zwar noch eine ganze Weile, nachdem ich nicht mehr sein werde.«

Nicht mehr sein werde. Gnädiger Gott, dachte Roarke und presste die Lippen zusammen, als er begriff. »Du bist hinter diesem Admiral Dunfee her, und du bist bereit zu sterben, um ihn ins Jenseits zu befördern!« Raidens Schweigen war beredter als jede Antwort. »Und was wird mit Willa?«

»Ich werde sie und ihren Sohn finden, und ich werde ...«

»Sie zu deiner Witwe machen? Oder zu deiner Frau?«

»Sie wird niemals meine Frau sein. Sie soll nicht unter meiner Schande leiden müssen.«

»Als Bastard geboren zu werden, ist keine Schande. Die Schande ist, wie einer zu leben. Und es ist wahrlich keine Heldentat, sie zu deiner verdammten Hure zu machen! Warum willst du ihr ihren Stolz rauben? Bedeutet sie dir nicht genug, um ihr deinen Namen zu geben?«

Raiden starrte seinen Bruder an, brennend vor Zorn und bereit, ihm an die Gurgel zu gehen. »Natürlich bedeutet sie mir etwas!«

»Ach was, Bockmist.« Roarke machte eine wegwerfende Geste. »Denn wenn es so wäre, würdest du der Lady nicht solch einen schlechten Dienst erweisen. Willst du, dass noch ein kleiner Montegomery ohne Vater aufwächst, ohne Namen?« Roarke fasste Hoffnung, als er sah, wie Raiden die Schultern straffte, doch als sein Schweigen anhielt, machte er seinem Zorn Luft. »Deine Sorge um sie hört da auf, wo die Rachegelüste anfangen, die du für Dunfee hegst. Und du genießt es, ein Bastard zu sein, wohingegen ich der Beweis dafür bin, dass dieser Umstand mein Leben niemals beeinflusst hat! Weil ich beschlossen habe, es nicht zuzulassen. Dass du es hingenommen hast, dass es einen Unterschied macht, das ist dein Fehler.«

Raiden starrte ihn an. »Meine Angelegenheiten mit Dunfee gehen dich nichts an. Außerdem hast du keine Ahnung, was für ein Leben ich geführt habe, bevor wir uns begegnet sind.«

»Weil du dich weigerst, es zu teilen oder dich anderen zu öffnen, und sei es auch nur ein wenig. Ich bin Willa nur einmal begegnet, Raiden, aber ich weiß, dass sie es nicht akzeptieren wird, einen Mann nur halb zu haben!«

Raidens Hände ballten sich zu Fäusten. »Du gehst zu weit, *Bruder*!«

Roarke ignorierte die Warnung. »Gefällt es dir, so einsam zu leben?«

»Ich bin ein gejagter Mann, und ich würde dir raten, von hier zu verschwinden, ehe dein Kopf aufgespießt auf einer Lanze endet.«

Roarke entging die Wendung nicht, die Raiden machte. »Ich kann allein auf meinen verdammten Kopf aufpassen, Montegomery.«

Raiden seufzte. Er wollte kein Kräftemessen mit Roarke, nicht jetzt. »Ich weiß, dass du das kannst«, erwiderte er nachgiebig. »Ich bin noch am Leben, weil du immer hinter mir gestanden und mich geschützt hast. Und jetzt komm her und sieh dir diese Karten an. Wir müssen entscheiden, wo wir zuerst suchen.«

»Du denkst, dass ihr Mann sie töten wird, nicht wahr?«

Raiden schaute nicht auf, seine Hand krampfte sich um den metallenen Winkelmesser und verbog ihn fast. »Wenn das, was Willa mir bislang erzählt hat, wahr ist, ja. Er wird sie umbringen. Sie weiß zu viel, das ihm das Genick brechen würde.« Langsam hob er den Kopf und sah seinen Bruder an. »Und er wird es genießen.«

Raiden wandte den Blick ab, als seine Augen zu brennen begannen. Aber die Bilder kamen, Bilder, die ihn sehen ließen, wie Willa misshandelt und geschlagen wurde, wie man sie hungern ließ und wie man sie, das Schlimmste von allem, einer Schiffsbesatzung zu deren Vergnügen überließ. Ein harter Schauder erschütterte seinen Körper. Der Stift in seiner Hand zerbrach. Raiden wusste, dass er Willa keine Hilfe sein würde, wenn er die Kontrolle über sich nicht wiederfand. Er konzentrierte sich auf die Karten, die ausgebreitet vor ihm lagen, und studierte die winzigen Inseln, die so zahlreich im Meer verstreut lagen wie Sterne am Himmel standen. Die Aussichten schienen hoffnungslos zu sein.

Ich werde dich finden, Liebste. Ich schwöre es bei meiner Seele, ich werde dich finden.

Raiden konnte zwei Vorteile nutzen. Er war in dieser Inselwelt groß geworden, und er besaß an der Küste Javas ein Fort, von dem niemand etwas wusste. Und die Engländer waren, gleichgültig aus welchem Grund, ein Haufen ungeduldiger Bastarde, wenn es galt, mit den Stammesfürsten und Sultanen dieser Inseln zu verhandeln. Nach all diesen Jahren hatten sie nur wenig von den überlieferten Traditionen und Gebräuchen begriffen, die es zu achten galt, wenn sie mit den Einwohnern von Ceram und Banda verhandeln mussten.

Die Engländer wollten nur eines: den Gewürzhandel kontrollieren.

Und das, Raiden wusste es, würde ihr Untergang sein.

»Balthasar ist es nicht.«

Raiden ließ das Fernrohr sinken, mit dem er den Horizont abgesucht hatte, während die *Renegade* unter vollen Segeln dahinfuhr. Er sah Roarke von der Seite an. »Du klingst sehr überzeugt.«

»Ja. Der Araber würde eher sterben als dich oder mich zu verraten.«

»Er weiß, dass wir Brüder sind.« Es war eher eine Feststellung als eine Frage.

Roarke saß, den Rücken gegen die Reling gelehnt, auf der Bank des Achterdecks. Er nickte. »Du musst nach der Quelle suchen. Wer würde einen Nutzen davon haben, uns alle hängen zu sehen? Welcher Pirat könnte schon einfach so untertauchen oder einen Handel mit den Engländern schließen? Die meisten von uns würden sich doch in einem Gefängnis wiederfinden oder man würde ihnen den Prozess machen, auch wenn sie denen einen von uns auf dem Silbertablett serviert haben.«

»Einige sind sogar Gouverneur geworden.«

Roarke warf ihm einen irritierten Blick zu. »Morgan zählt nicht. Das war vor fast hundert Jahren, und er war unermesslich reich.« Roarke machte eine wegwerfende Geste. »Es ist alles nur eine Frage des richtigen Zeitpunkts.«

»Deine Überlegung scheint mir aber richtig zu sein.« Raiden schob das Fernrohr zusammen. »Was ist mit Perth? Er ist das neueste Mitglied der Crew.«

»Und der Älteste, wie ich gesehen habe«. Roarke beobachtete den bärtigen Mann, der gerade mit einer Wendigkeit in das Takelwerk hinaufkletterte, die ihn überraschte. Aber andererseits würde Raiden auch keinen Seemann an Bord dulden, der seinen Pflichten nicht genügen würde.

»Tu dir keinen Zwang an, wenn du sechs Männer befragen willst, die in der Arrestzelle sitzen.«

Roarke beugte sich vor und stand vorsichtig auf, um seine Seite zu schonen. Als Raiden ihm helfend die Hand hinstreckte, bedachte der ihn mit einem Blick, der Raiden innehalten ließ. »Mir geht's gut«, erklärte Roarke. Im nächsten Augenblick stöhnte er, als ein heftiger Schmerz seine Schulter durchzuckte.

»Aber ich schulde dir etwas, Killgaren.«

Roarkes lässiges Grinsen ließ seine strahlend weißen Zähne aufblitzen. »Tatsächlich? Dann werde ich darüber nachdenken müssen, was ich aus dir herausschlagen kann.«

Zum ersten Mal in diesen Tagen lachte Raiden wieder. Er sah zu, wie Balthasar Roarke die Leiter herunterhalf. Dann glitt sein Blick zu Kahlid, und als ob dieser die Augen seines Kapitäns auf sich ruhen fühlte, warf der hoch gewachsene Maure einen kurzen Blick über die Schulter, ehe er die Stirn runzelte und wieder nach vorn auf die See schaute.

Raiden ging auf dem Deck hin und her und schlug bei jedem Schritt das Fernrohr gegen seinen Oberschenkel. Er versuchte, sich auf die Situation zu konzentrieren, nicht auf seine Frau. Seine Frau. *Du träumst, Mann*, dachte er. Sie war noch verheiratet, und er wusste, dass Willa nicht in eine Affäre mit ihm einwilligen würde. Ihre Zurückhaltung war der Beweis dafür. Und er wollte nicht darüber nachdenken, wie sich Lord Eastwicks Tod am besten bewerkstelligen ließe, auch wenn die quälenden Gedanken ihn so peinigten, dass sie ihn dazu treiben könnten, den Mann zu töten.

Aber nichts von alldem hätte für ihn eine Bedeutung ohne sie. Er wollte nur wieder in ihr Gesicht sehen können.

»Kahlid, ruf die Männer zusammen.«

Raiden wartete ungeduldig, bis die Mannschaft sich auf dem

unteren Deck versammelt hatte, ehe er das Wort an sie richtete: »Ich werde Lady Eastwick suchen gehen. Diejenigen von euch, die mich nicht begleiten wollen, können an Bord eines der anderen Schiffe gehen. Aber ich werde sie suchen.«

»Und wohin geht's?«, rief jemand.

»Nach Ceram und zu den Banda Inseln.«

Erst herrschte tiefes Schweigen, dann setzte aufgeregtes Stimmengewirr ein. Einige wenige der Männer standen mit gesenktem Kopf da, während sie über ihre Möglichkeiten nachdachten.

»Gibt's eine Prise?«

Raiden zögerte einen Augenblick. »Nur meine Dankbarkeit.« Die Männer murmelten mürrisch. »Ich werde wahrscheinlich alles hergeben müssen, was ich besitze, um sie zurückzubekommen.« Eine Pause, dann fügte er hinzu: »Natürlich könnten uns unterwegs Schiffe begegnen, die Gewürze geladen haben.« Er ließ die Worte verklingen und hoffte, diese Aussicht würde die Männer veranlassen, ihn zu begleiten. »Entscheidet euch.«

Perth war der Erste, der sich zu Wort meldete. »Ich werde Euch begleiten, Cap'n.«

Raiden sah ihn an und fragte sich, ob er in eine offene Falle lief.

Dutzende anderer folgten seinem Beispiel, und einer knurrte: »Was bleibt uns schon anderes übrig?«, bevor auch der Rest der Mannschaft geschlossen zustimmte.

Raiden nickte erfreut und hoffte, dass das Vertrauen, das er in diese Männer setzte, ihm nicht durch einen Dolchstoß in den Rücken vergolten werden würde.

Roarke Killgaren lehnte sich gegen die Wand und atmete den Duft von Zimt und Kardamom, Ingwer und Muskat ein. Es war ein Fest für die Sinne – wäre der Gestank nicht gewesen, der von den Gefangenen ausging. Vazeen, ohne seinen Turban und mit verfilzten Haaren, starrte Roarke stumm an; Riggs, Santosh und Cheston hielten die Köpfe gesenkt. Van Pool, der Holländer, sah geduldig und unschuldig drein, während Dobbs wie ein Kind schmollte. Die Art ihrer Behandlung war ein Beweis für Raidens Wut.

»Würde es euch gefallen, aus diesem Loch herauszukommen?«, fragte Roarke in das Schweigen.

Die Männer sahen ihn misstrauisch an.

»Ich kann euch herausholen.«

»Wenn wir was tun?«, wollte Cheston wissen und sah seine Mitgefangenen an.

»Wenn ihr mir dabei helft, eine Meuterei anzuzetteln.«

»Warum wollt Ihr das?« Vazeen wagte diese Frage, und seine Miene zeigte weder Zustimmung noch Ablehnung.

»Ich bin es leid, im Schatten des Schwarzen Engels zu stehen.«

Die *Renegade* segelte an der Südküste Sumatras entlang und durchfuhr die schmale Meerenge zwischen der Insel und Sunda, vorbei an der westlichen Spitze Javas. Britische Schiffe befuhren diese Route nie, denn die Engländer wussten kaum von ihrer Existenz, geschweige denn kannten sie sich mit deren Befahrbarkeit bei Ebbe oder dem felsigen Meeresboden aus. Raiden war diese Durchfahrt so vertraut wie seine Stimme. Er brachte das Schiff sicher durch die Passage und nahm Kurs auf die Straße von Makassar. Die See war wild, und die Fahrt entlang Borneos und der Nordküste Javas, vorbei an Bali, Lombok und Celebes dauerte Tage. Die Männer der *Renegade* hielten aufmerksam Ausschau nach den *prahas* der Eingeborenen, den schmalen, flachgehenden Booten, und nach den tonnenschweren großen Kriegskanus, die sie *kora-kora* nannten. Sie waren mit hundert Kriegern bemannt und schneller als jedes Schiff und wenn sie angriffen, geschah dies ohne Vorwarnung und mit tödlicher Genauigkeit.

Raiden war einmal zu viel Zeuge eines solchen Massakers geworden, um jetzt sorglos zu sein. Je näher sie der Banda-See und den Gewürzinseln kamen, desto größer wurde auch die Gefahr. Frankreich führte Krieg gegen England. England griff jedes Schiff an, von dem man vermutete, es versuchte, ihr Handelsmonopol zu umgehen. Und wie die Maden, die sich an den Toten gütlich tun wollten, wimmelten überall holländische Schoner herum. Deren Treiben wurde von der holländischen Regierung keineswegs gutgeheißen, zumal seit dem Gemetzel von Ambon jeder gewarnt sein musste, sich zu weit in diese Gewässer vorzuwagen. Portugiesische Briggs und Galeonen passierten unbehelligt die *Renegade*, eines der Schiffe grüßte sie mit einem Salut als Verbeugung vor ihrem Mut. Denn jeder einigermaßen erfahrene Kapitän wusste, dass ihnen die größten Gefahren noch bevorstanden.

Roarke blieb neben Raiden stehen und holte tief Luft. »Bei Gott, die Luft ist vom Duft der Gewürze geradezu geschwängert. Ich bin noch nie so nah an diesen Inseln gewesen.«

»Und du wirst es auch nie wieder sein.«

Roarke zog eine Augenbraue hoch, als er seinen Bruder indigniert ansah. »Wie bitte?«

»Glaub mir, wenn ich dir sage, das dir hier mehr Gefahren drohen als du in einem einzigen Alptraum erleben kannst.«

»Du hast Angst.«

»Zu sterben, bevor ich es will, ja.« Er warf Roarke einen Blick zu. »Und du solltest auch Angst haben.«

Roarke wippte auf den Fersen vor und zurück. »Du machst dir zu viele Sorgen«, erwiderte er.

Raiden schnaubte. »Ich habe mir das Recht darauf verdient, glaube mir. Hundert Meilen von hier liegt Ceram« – er wies auf das blaue Wasser – »das Herz der Gewürzinseln. Dort wird nichts gehandelt, was in England oder in den Kolonien nicht das Zehnfache an Gewinn einbringen würde. Und von all diesen Inseln verfügt es als Einzige über einen natürlichen Tiefwasserhafen. Er liegt im Osten und besteht aus buchtenartige Einschnitten, die tief ins Landesinnere hineinführen. Ganze Flotten können sich darin verbergen.«

Erstaunt zog Roarke die dunklen Augenbrauen hoch. »Ganze Flotten? Wie ist es möglich, dass sie nicht entdeckt werden?«

»Der Dschungel, kleiner Bruder, ist dort so undurchdringlich, dass er mir mein Schwert einmal bis zur Nutzlosigkeit stumpf gemacht hat. Im Norden, nicht weit von Ceram entfernt, liegen Ternate und Tidor, eine Insel, die von Gewürznelken geradezu überquillt.«

»Und Banda liegt südlich von uns.«

»Es ist eine perfekte Festung, fast so perfekt wie mein Haus auf Java.« Raiden runzelte die Stirn, als er den Blutfleck auf Roarkes Schulter sah.

»Ich hab mir die Stelle beim Klettern wieder aufgerissen.«

»Balthasar soll sich darum kümmern.«

»Mir geht es gut«, wehrte Roarke ab.

Raiden verzog den Mund. »Nimm Mr Dysarts Kabine. Ich werde dich rufen, wenn es etwas Neues gibt. Oder wenn wir dich auf die *Warrior* zurückschaffen können.«

Roarke nickte und schlug den Weg zur Kabine ein. Raiden sah ihm einen Moment stirnrunzelnd nach, ehe er den Blick wieder auf das blau leuchtende Meer richtete. Schon seit Jahren hatte er diese Gewässer nicht mehr befahren, er hatte es immer vorgezogen, die Beuteschiffe erst aufzubringen, wenn sie die Meerstraßen jenseits der malayischen Halbinsel passiert hatten. Sein Haus lag an der vom Dschungel bedeckten Küste Javas, und er wusste, dass es noch eine ganze Weile dauerte, bis er es wiedersehen würde. Bis er Willa, und so Gott wollte, auch Mason gefunden hatte und dorthin bringen würde. Er hoffte, dass sie einige von den Chinin-Phiolen mitgenommen hatte.

Als sie noch an Bord gewesen war, hatte er sie dazu gezwungen, das Medikament einzunehmen. Es fehlte nur eine Phiole, und Raiden hoffte, dass Willa nicht krank geworden war.

Der Monsun folgte ihnen, und der heiße Wind und der stete Regen packten praktisch jedes Schiff, das es wagte, die Meerengen zu durchfahren, um es auf den Meeresgrund zu schicken. Dies war der Hauptgrund, warum so viele von ihrer Jagd nach den Gewürzen nicht zurückgekehrt waren. Die Inseln waren überaus zahlreich, und es war schwer, sich in ihrem Gewirr zurechtzufinden. Konnte man die eine betreten, um wie ein König willkommen geheißen zu werden, stieß man auf der anderen auf Eingeborene, die so unberechenbar und tückisch waren, dass man nicht zu atmen wagte, während man auf den vergifteten Pfeil wartete, der einen ausgewachsenen Mann binnen Sekunden tötete.

Oder man wurde lebendigen Leibes verspeist – als Hauptgang bei einem Leichenschmaus.

Er war noch nicht einmal so alt gewesen wie Roarke jetzt, als er den Fehler gemacht hatte, zu einer dieser unberührten Inseln zu segeln. Was er erlitten hatte, war einer Verurteilung zum Tod gleichgekommen. Über ein Jahr hatte er in einer dreckigen Erdgrube dahinvegetiert, misshandelt und von der Sonne in seinem eigenen Saft gekocht. Wie einem wilden Tier hatte man ihm hin und wieder einen Brocken hingeworfen. Bis zu diesem Zeitpunkt hatte er nicht gewusst, welch unchristliche Furcht einen Menschen packen konnte. O ja, sein Leben war bis dahin mit Erfahrungen angefüllt gewesen, die ihn dem Tod oder dem Verhungern nur knapp hatten entgehen lassen, aber nichts hatte ihn auf die Schrecken vorbereitet, denen er bei diesen Wilden ausgesetzt gewesen war. Aber es waren ihre Sitten und ihre Traditionen, die er nach seiner Befreiung gelernt hatte, und die jetzt, so hoffte er, Willa retten könnten.

»Halt!«, gellte der Ruf des Mannes im Krähennest, und Raiden fuhr herum. Der Mann zeigte nach Osten. »Schiff leewärts, Captain!«

Raiden lief zur Mitte des Schiffes und kletterte in die Wanten. Dann griff er nach einem Seil und schwang sich damit zum Besansegel. Dort schob er das Fernrohr auseinander und nahm das Schiff ins Visier.

»Sie setzen den Union Jack! Volle Segel, Mr Perth. Wir wollen sie ein bisschen erschrecken, ehe wir ihr Hinterteil heraufklettern.«

»Aye,aye, Cap'n«, rief Nealy und gab Befehl, das Leisegel zu setzen. Das zusätzliche Segel würde sie noch schneller machen. Der Wind füllte das Segeltuch mit einer heftigen Bö. »Fiert die Boleine!«

Raiden packte die Leine und ließ sich an ihr herunter. Er kam hart auf dem Deck auf.

»Sollen die Geschützpforten geöffnet werden, Sir?«, rief Perth, und Raiden schaute zurück.

»Nein, aber alle sollen sich bereit machen! Besetzt jedes Geschütz. Aber auf keinen Fall feuern. Lady Eastwick könnte an Bord sein.«

Raiden ging zum Vorderdeck und schaute durchs Fernrohr. Ein Grinsen machte sich auf seinem Gesicht breit.

Die *Persephone*.

Verdammt, also hatte Willa auch damit Recht gehabt!

Sobald er auf der *Persephone* war, würde er alles, was er noch wissen wollte, aus Barkmon herauszuprügeln.

Und danach würde er sich vielleicht als gnädig erweisen und ihn an die Haie verfüttern.

Raiden ließ das Fernrohr sinken.

Nein.

Kein Gnade.

Keine Erbarmen.

Kapitel 19

Der Schwarze Engel. Gott steh uns bei, dachte Barkmon, als dieses unheilvolle Schreckgespenst des Bösen über die raue See auf sie zukam. Mit einer unvorstellbaren Geschwindigkeit.

Der erste Angriff war aus der Dunkelheit gekommen, hatte zugeschlagen wie die Faust Gottes und die Decks mit unglaublicher Präzision getroffen und zerstört. Der Mannschaft war dabei kein Haar gekrümmt worden, dennoch wünschte Barkmon sich, Gott würde ihn rechtzeitig zu sich holen, ehe die Piraten das Schiff enterten. Doch die Erlösung kam nicht. Stattdessen erfolgte der zweite Schlag. Die Wucht der Explosion zerriss den Kapitän, der gerade einen Befehl schrie, in zwei Teile, und wirbelte zwei seiner Offiziere in das ewige Vergessen. Ohne die führende Hand des Kapitäns würde die Crew sich ergeben. Ganz besonders jetzt, da sich die Männer des Schwesterschiffes wie die Feiglinge beim ersten Anzeichen von Schwierigkeiten davongemacht hatten – zur Hölle mit diesem jämmerlichen Haufen.

Barkmon sah sich nach einer Fluchtmöglichkeit um, nach einem Platz, an dem er sich verstecken konnte, bis alles vorüber sein würde. Er verlor dadurch kostbare Zeit, denn schon lag das Piratenschiff längsseits, wirbelten die Enterhaken durch die Luft und hakten sich in der Reling der *Persephone* ein. Planken wurden von Schiff zu Schiff gelegt. Die Männer kamen fast lautlos, schwangen sich an Seilen herüber, liefen über die Planken, fielen wie ein Bienenschwarm über die *Persephone* her. Den Rücken eng gegen die Wand gedrückt, ging Barkmon Schritt um Schritt auf den Niedergang zu.

Sollten diese Bastarde sich doch das verdammte Schiff nehmen.

Eine Hand legte sich ihm auf die Schulter. Barkmon zuckte herum und stand dem größten, seltsam aussehendsten Mann gegenüber, dem er je begegnet war. Einem Mohren.

»Mein Captain wünscht ein Wort mit Euch zu reden.«

Barkmon starrte den dunkelhäutigen Mann an, dessen Schläfen und Brust von Tätowierungen übersät waren. Er hielt einen langen Krummsäbel in der Hand, der viel zu schwer schien, um ihn mit dieser Leichtigkeit zu schwingen. Der Mann bedeutete Barkmon, voranzugehen, und dieser leistete gehorsam Folge. Sie gelangten auf das von Trümmern übersäte Hauptdeck. Der Mohr schob ihn vor sich her. Barkmon stolperte und klammerte sich haltsuchend an der Reling fest. Seine Augen wurden groß und rund, als ein Mann sich mit einem Seil über das haiverseuchte Wasser schwang und mit einem eleganten Sprung genau vor ihm landete.

Augenblicklich spürte er, dass der Mann ihm das Schwert ans Kinn setzte.

Barkmon schluckte und verfluchte Gott dafür, dass er ihn nicht schon beim ersten Angriff hatte sterben lassen. Und er verfluchte sich selbst, weil er die Gefahr unterschätzt hatte, Piraten in die Hände zu fallen. Der Mann, der vor ihm stand, war von riesiger Statur und ganz in schwarzes Leder gekleidet, das Haar dunkel und ungebärdig – und er kam ihm bekannt vor. Ja, es war derselbe Mann, den er in Syriam gesehen hatte, der Mann, der Lady Eastwick gefangen hielt.

»Wo ist sie?«

Barkmon befeuchtete sich die Lippen. »Ich bin in das Kommen und Gehen von Lady Eastwick nicht eingeweiht.«

Der Pirat neigte den Kopf, und auf dieses Zeichen hin liefen einige seiner Männer herbei. »Bringt mir das Logbuch. Und sucht jeden Zentimeter ab.« Er lächelte Barkmon spöttisch an. »Und nehmt mit, was euch in die Hände fällt.« Dann packte er

Barkmon am Revers, zerrte ihn hoch. Sie starrten sich an. »Ich frage nur noch einmal – wo ist sie?«

»Er – er wird mich umbringen, wenn ich etwas sage.«

»Und ich werde Euch töten, wenn Ihr es nicht tut.« Sein Schwert ritzte Barkmons Kehle, der erst ein Brennen auf der Haut spürte und dann das Fließen von Blut. »Ich bin mit meiner Geduld am Ende, Engländer. Ist sie an Bord?«

Barkmon schüttelte den Kopf. Beim Allmächtigen, Lord Eastwick würde ihn bis auf die Knochen tranchieren, wenn er irgendetwas verriet.

»Redet, Barkmon, oder ich überlasse Euch dem Mohren.«

Barkmons Blick glitt zu dem Tätowierten, dessen Mund sich zu einem drohenden Lächeln verzog, das Stunden der Qual versprach. Barkmon fühlte, wie seine Eingeweide sich vor Angst zusammenkrampften. Er wollte verflucht sein, wenn er für die Taten der Kreuzritter bezahlen würde, die vor fünfhundert Jahren in das Land dieses Mannes eingefallen waren. »Er hat etwas erwähnt«, begann Barkmon zögernd, denn er wusste, dass sein Leben verwirkt war, hatte er dieses Wort erst einmal ausgesprochen. »Er ist in Fort George. In dieser – alten Burg. Aber seine Frau habe ich nicht gesehen, das schwöre ich.«

»Euer Schwur ist wertlos.« Die schwarzen Augen des Piraten, kalt und starr wie tote Seen, starrten ihn an. »Warum hat er sie dorthin gebracht?«

»Er hat sie nicht hingebracht, er hat sie verkauft. An einen Sultan oder Prinzen.«

Der Schwarze Engel packte fester zu, bis seine Knöchel weiß wurden und man sie knacken hören konnte. »Der Junge ... wo ist der Junge?«

Barkmon runzelte die Stirn. »Welcher Junge?«

Das Schwert des Piraten ritzte seine Kehle ein wenig tiefer.

»Ich schwöre, dort ist kein Kind!«

Die Augenbrauen des Piraten zogen sich zusammen. »Wenn

Eastwick das Leben seiner Frau und seines Kindes einfach so auslöschen kann, was, Direktor, glaubt Ihr, wird er dann mit Euch machen?«

Barkmons Knie gaben nach, und mit einem Stoß und einem Laut des Abscheus schleuderte der Pirat ihn gegen die nächstbeste Wand. Barkmon wagte es nicht, sich zu rühren. Die Piraten öffneten jetzt den Riegel des Gitters, das die Ladeluke abdeckte, und begannen, Fässer und Kisten herauszuhieven. Barkmon war bewusst, dass Eastwick ihm auch diese Sache anlasten würde. Eastwick würde ihn fertig machen und seinen Ruf ruinieren, und er selbst würde unbeschadet aus dieser Sache herauskommen – so duftend und makellos wie die Wäsche seiner Frau. Während ein Fass nach dem anderen auf das Piratenschiff hinübergetragen wurde, sah Barkmon sein Ende drohend kommen.

Besonders, wenn sie entdeckten, was genau sich in den kleinen Tonnen befand.

Raiden blätterte das Logbuch durch und überflog die Seiten, um herauszufinden, wohin dieses Schiff unterwegs war, und um seine Folgerungen aus Barkmons Angaben zu ziehen.

»Captain!«

Raiden schaute gerade noch rechtzeitig auf, um zu sehen, wie Barkmon an der Reling entlanglief und dann über Bord sprang.

»Mann über Bord!«

»Holt ihn da raus, um Gottes willen.« Raiden warf Kahlid das Logbuch zu, eilte an die Reling und schaute ins Wasser. Es war unübersehbar, dass Barkmon nicht schwimmen konnte. »Mach schon, Mann, greif zu!«, rief Raiden und zeigte zu dem Seil, das in Barkmons Reichweite von der Reling ins Wasser herabhing.

In offensichtlicher Sinnesänderung streckte der im Wasser Zappelnde die Hand nach dem Seil aus, dann wurde er plötzlich starr, und sein rundes Gesicht verzerrte sich zu einer Maske des Entsetzens. Der Schrei erfror ihm auf den Lippen, als er abrupt unter Wasser verschwand. Er tauchte nicht wieder auf. Dafür durchstach die eindeutige Form einer Haifischflosse die Wasseroberfläche, ehe das Tier mit seiner Beute blitzschnell und mühelos davonschwamm.

»Verdammt.« Raiden hieb mit der Faust gegen die Reling, ehe er sich abwandte. Mit großen Schritten ging er in die Kabine des Kapitäns, um sie zu durchsuchen. Er nahm einige der Karten mit, ehe er auf die *Renegade* zurückkehrte.

»Sehr gut gemacht, Captain. Mit Ausnahme Barkmons, natürlich.«

Raiden sah seinen Bruder verärgert an. »Dieser Idiot muss mehr auf dem Kerbholz gehabt haben, als wir dachten. Offensichtlich hatte vor Eastwick größere Angst als vor mir.«

Roarkes Blick glitt über Raidens Weste, die seine muskulösen Arme unbedeckt ließ, und über das Waffenarsenal, das in seinem Gürtel steckte und das wohl jeden Mann dazu treiben würde, davonzulaufen und sich zu verstecken. »Es fällt mir schwer, das zu glauben.«

Raiden grinste. »Die *Sea Warrior* ist bereit für dein Kommando.« Sein Blick glitt an Roarke vorbei, auf das Schiff, das sich der *Renegade* näherte.

Roarke machte sich nicht die Mühe hinzuschauen. Er nickte lediglich und betrachte die überreiche Beute, die die Männer im Rumpf der *Renegade* verstauten. »Du bist reicher denn je.«

Raiden zog die Augenbrauen zusammen. »Ich habe keinen Anteil an dieser Prise.«

Roarkes Grinsen blitzte ihn an. »Das meinte ich nicht.« Er kam dicht an Raiden heran und sagte leise: »Ich glaube nicht, dass dein Verräter in der Arrestkammer ist.«

Raiden richtete sich auf. Der Gedanke an den Verräter unter ihnen versetzte ihm einen scharfen Stich. Sein Blick glitt zu der geöffneten Ladeluke. »Wieso bist du dir so sicher?«

»Ich habe die Männer gefragt, ob ich auf sie zählen kann, wenn ich eine Meuterei anzettele. Hätten sie gekonnt, wären mir alle sechs sofort an die Gurgel gesprungen, um mich umzubringen.«

»Das war dumm von dir.«

Ein wenig kleinlaut zuckte Roarke mit den Schultern. »Es war der einzige Weg, der mir in dem Moment eingefallen ist.«

»Sie werden dir jetzt nicht mehr vertrauen, weil du dieses Ansinnen an sie gestellt hast.«

»Möglich, aber ich musste es einfach wissen.« Roarke schaute zu Boden, ehe er seinen Bruder wieder ansah. »Und was ist mit *deinem* Vertrauen?«

»Blut ist dicker als Wasser, Killgaren.« Raiden schlug ihm auf die unverletzte Schulter. »Und Blut kann ich vertrauen.«

Roarke lächelte, er war erleichterter als er sagen konnte. »Dann nimm dein Schiff und tu, was dir beliebt. Segle mit der Mannschaft davon oder auch allein«, sagte Raiden.

»Du glaubst, ich würde das Piratenleben aufgeben, weil du es willst?«

»Ich sehe, dass dir dieses Leben keine Freude macht.«

»Macht es dir denn Freude?«, wollte Roarke wissen.

Raiden ließ seinen Blick über die *Renegade* gleiten, in deren Rumpf gerade die letzten Kisten hinabgelassen wurden, dann schaute er zur *Persephone* hinüber, deren Mannschaft mit dem Leben davongekommen war. Die Männer jubelten und winkten, und Raiden schüttelte freudlos den Kopf. Er würde nie aufhören sich zu wundern, wie in den Dienst gepresste Männer so rasch entschlossen nach England zurückgehen konnten.

»Macht es dir Freude?«, bohrte Roarke nach.

»Ja«, sagte Raiden leichthin. »Ich habe mehr Reichtümer, als ein Mensch in seinem langen Leben ausgeben kann.«

»Aber ein langes Leben erwartest du dir nicht.«

»Meine Erwartungen und die kalte Wirklichkeit – dagegen kämpfe ich an, seit ich Willa begegnet bin.«

»Dann gib sie auf, deine Rache.«

»Das kann ich nicht. Ich werde meinen Frieden erst haben, wenn Dunfee Barkmon Gesellschaft leistet.«

Roarke seufzte. »Du wirst dich entscheiden müssen, denke ich. Und irgendwann einmal wirst du mir sagen, warum der Großadmiral Dunfee dich so wütend macht.«

Raidens Gesichtszüge verhärteten sich vor Schmerz. »Vielleicht.«

Balthasar kam näher und rief nach Roarke. Die Brüder gaben sich die Hand, und Roarke wandte sich zum Gehen.

Raiden sah ihm nach, sah wie Roarke plötzlich stehen blieb und Nealy Perth anstarrte, ehe er sich mit Balthasars Hilfe an Bord der *Sea Warrior* begab. Raiden hätte geschworen, dass der Araber seinem Bruder ergebener war als ihm. Unterdessen kehrte Tristan auf die *Renegade* zurück. Raiden schaute zur zerstörten Persephone hinüber, auf der die letzten Flammen erstarben und eine weiße Rauchspur hinterließen, während die Crew die Führung des Schiffes in die Hand nahm. Neuer Nachwuchs an Piraten, dachte Raiden und wandte den Blick zur *Sea Warrior*. Er tauschte noch einen Salut mit Roarke aus, dann wandte er sich ab und ging zu seiner Kabine. Im Korridor hielt er einen seiner Leute an und trug ihm auf, die Gefangenen aus der Arrestkammer herauszulassen. Sie hatten seine Befehle missachtet und würden dafür nach einer Beratung mit der Mannschaft bestraft werden.

In der Kabine warf Raiden die erbeuteten Karten auf den Tisch, trat an den Schrank, sperrte ihn auf und nahm eine Karaffe und ein Glas heraus. Er goss sich von dem Rum ein und stürzte ihn in einem Schluck herunter. Bevor er die Karaffe zurückstellte, schenkte er sich noch einmal nach. Er setzte sich an seinen Schreibtisch und legte die Füße hoch. Nachdenklich starrte er in sein Glas, während ihm Roarkes Worte durch den Kopf gingen. Er versuchte, sich Willa nicht als Gefangene eines Sultans vorzustellen. Der Prinz würde sie zur Zielscheibe seines Spottes machen. Ihr Leben wäre wertlos – so wertlos wie das Leben eines Tieres, das man am Bratspieß röstete.

Raiden hoffte, dass Barkmon sich geirrt hatte. Ihn mit dem Tode zu drohen, wäre die einzige Möglichkeit gewesen, herauszufinden, ob er gelogen hatte oder nicht. Und diese Chance hatte der Feigling ihm genommen. Er hob den Kopf, und sein Blick fiel auf die Bank unter der Fenstergalerie, auf Willas Platz, und er glaubte, sie vor sich zu sehen, in die Ecke geschmiegt, den Kopf leicht geneigt, das Haar herabfallend bis fast auf den Boden. Sein Herz zog sich zusammen und er stürzte den Rest Rum herunter. Er dachte an ihr Lächeln, an ihren Akzent, der stärker wurde, wenn sie zu viel Alkohol trank. Er dachte daran, wie leidenschaftlich sie küsste. Wie tief sie ihm unter die Haut ging. Wie sehr er sie vermisste. Raiden stand aus dem Stuhl auf und ging zur Bank hinüber. Dort setzte er sich und strich mit der Hand über die Kissen. Er wandte den Kopf und lehnte sich zurück, als er zu den Fenstern hinaufschaute. Kein Wunder, dass sie diesen Platz mochte, dachte er. Es ist, als sei man der einzige Mensch im Universum, die See ist so endlos wie eine Fläche aus schwarzem Glas. Raiden hatte sich vorgebeugt vor, um aufzustehen, als er das leise Rascheln hörte. Sofort drehte er sich um und schob die Hand zwischen die Polster.

Sein Herz klopfte heftig, als er ein zusammengefaltetes Blatt Papier hervorzog – auf dem sein Name stand. Raiden stellte das Glas ab und faltete das Blatt auseinander. Sein Blick glitt über die mit flüssiger Hand geschriebenen Zeilen, und sein Herz raste, als er daran dachte, wann Willa diese Worte geschrieben hatte.

Raiden,

wie schwierig es doch ist, zu dir zu sprechen, auch mit Feder und Papier. Ich hatte gehofft, du könntest mir meine Lügen vergeben, aber ich kann es nicht ertragen, dich anzusehen und zu wissen, dass du mich so sehr hasst. Das Herz bricht mir, wenn ich daran denke, wie viel Zeit ich in diesem Leben vergeudet habe, wie viele Chancen ich nicht genutzt habe. Wären wir uns zu einer anderen Zeit begegnet, Raiden – glaubst du, es hätte für uns ein gemeinsames Leben geben können? Denn ich will dir aufrichtig sagen, Liebster, dass dein grimmiges Herz das meine besitzt.

O Gott. Raidens Finger krampften sich um das Blatt Papier. Er saugte jedes Wort in sich auf, jeden Buchstaben – wie ein Mensch, der nach der Sonne hungert.

Ich bitte dich um einen letzten Gefallen, mein Pirat. Anbei findest du die Dokumente, die ich dir vor einigen Tagen gezeigt habe. Verwende sie, wie es dir angemessen scheint, denn ich vermute, dass ich zu der Zeit, da du diese Zeilen findest, tot sein werde. Gewähre mir dieses kleine Stück Gerechtigkeit, Raiden. Finde mein Kind und bringe es zu seinem Großvater.

Raiden schluckte und rieb sich die Augen; das Atmen fiel ihm schwer. Sie ist nicht tot, dachte er und fügte diesem Gedanken Gebet um Gebet an einen Gott bei, der ihn vor Jahren aufgegeben hatte. Er blinzelte, um seinen Blick zu klären und las noch einmal den Brief, ehe er ihn sorgsam zusammenfaltete und in seine Westentasche steckte. Dann studierte er die erwähnten Dokumente. Er fand noch ein drittes Blatt, das von Willa stammte, er erkannte ihre Schrift sofort.

Ich habe meine Vermutungen darüber, wer in all diesen Wochen versucht hat, dich zu verraten. Hab Geduld und lass mich zunächst erklären, warum ich glaube, dass er so etwas tun würde …

Raiden las es noch einmal, dann stand er auf und hielt das Blatt Papier in die Flamme der Lampe. Er sah zu, wie es hell aufflackerte und verbrannte. Dann trug er es zu einem der Fenster, öffnete es und ließ die Überreste ins Meer rieseln. Als das geschehen war, knallte Raiden das Fenster wütend wieder zu.

Musste sie denn immer Recht haben?

»Jetzt hast du völlig den Verstand verloren!«

Die Arme auf dem Rücken verschränkt, stand Raiden auf dem Hauptdeck. »Ich sehe keinen anderen Weg.«

»Ein paar gezielte Schüsse, mit denen wir das alte Fort in die Luft jagen könnten, kommen dir nicht in den Sinn?«

»Willa könnte dort drinnen sein. Und schau dich um, Dysart. Wir befinden uns mitten in einer Schlangengrube.«

Dem musste Tristan zustimmen.

Französische, holländische und portugiesische Schiffe befanden sich in der Bucht vor der Hafeneinfahrt. Ebenso wie Schiffe der englischen *East India Company* lagen sie gut eine halbe Meile von der Küste entfernt vor Anker und warteten auf die Erlaubnis, in den Hafen einfahren zu dürfen. Doch nur die *Renegade* hatte diese Aufforderung erhalten. Sie war von fünf bewaffneten Kriegern in einem Auslegerboot überbracht worden. Und ab jetzt drohte die wirkliche Gefahr. »Genau mein Reden.« Tristan nickte. »Nun, auf jeden Fall ist dir ihre Aufmerksamkeit sicher.«

Raiden beorderte alle seine Männer zurück und wies sie an, außer Sicht zu bleiben, während er die Boote beobachtete, die sich auf die *Renegade* zubewegten. Auf dem größten der Boote befand sich der Sultan. Er ruhte auf einem Diwan, der von einem Baldachin beschattet wurde. Der Stammesfürst trug einen Turban, dessen vordere Mitte ein riesiger blauer Diamant schmückte. Raiden wollte schwören, dass der Mann jeden

Edelstein trug, den er besaß, denn aus der Entfernung blitzte und funkelte es an seinen Händen, wenn er seinen Kriegern zuwinkte. Er war nur einer der vielen Stammesfürsten, die hier herrschten, aber er war der mächtigste. Er hatte bereits eine Reihe anderer Stämme ausgelöscht, um die Vorherrschaft über die Inseln zu gewinnen. Sein Bruder herrschte auf Tidore und demzufolge über den Gewürznelkenhandel.

Binnen weniger Minuten trug einer der Krieger den Fürsten vom Boot die Strickleiter hinauf und setzte ihn mit größter Behutsamkeit auf dem Deck der *Renegade* ab. Sofort und ohne zu zögern beugte Raiden vor dem Mann das Knie. Er musste dabei zwar seinen Stolz hinunterschlucken, aber er war gewillt, alles zu tun, um Willa zurückzubekommen.

Die Krieger seiner Hoheit waren in leuchtend rot-orange gemusterte Sarongs gehüllt, die knapp die Knie bedeckten. Sie waren ihrem Herrn an Bord gefolgt und hatten im Halbkreis um ihn Aufstellung genommen, die Blasrohre in den Händen haltend.

Der Sultan befahl Raiden sich zu erheben. Dieser gehorchte, hielt den Blick jedoch weiter auf den Boden gerichtet. »Lord Raiden. Es ist viel Zeit vergangen.«

»So ist es, Eure Majestät.«

Raiden spürte, dass der Prinz ihn inspizierte. Kahlid trug eine kleine Truhe herbei, die er zu Füßen des Sultans abstellte. Dieser nahm den Inhalt aus Perlen und Sandelholz in Augenschein und winkte einem seiner Diener, sie fortzubringen.

»Du darfst mich jetzt ansehen.«

Vorsichtig hob Raiden den Blick.

Prinz Inaka trat näher und beäugte Raidens Arme. »Ich sehe viele Narben mehr. Du wirst mir davon erzählen.«

Raiden verneigte sich. »Wie Ihr wünscht, Eure Hoheit.«

Prinz Inaka betrachtete ihn eingehend, als versuchte er, sich eine Meinung über ihn zu bilden, dann sagte er: »Wir glauben, es ist gut, dass du zu einem Besuch gekommen bist.« Der Sultan mit der kaffeebraunen Haut und den glänzenden Augen schaute nach links und rechts auf die anderen Schiffe. »Dein Wagemut kennt keine Grenzen, Schwarzer Engel.«

»Wir sind bestrebt, Eurer Hoheit zu gefallen. Wenn ich eine Bitte äußern darf ...« Der Prinz nickte bejahend. »Ich wünsche eine private Audienz bei seiner Hoheit«, sagte Raiden und verneigte sich tief. Dabei hielt er die Hände vor der Brust, die Handflächen aneinander gelegt.

Prinz Inaka sah ihn an. »Du bist nicht gekommen, um zu handeln und zu feiern?«

»Ich habe mir genug von Englands Gewürzen geholt.«

»Während ich ihr Geld verwahre.«

»Eure Hoheit ist gütig zu allen.«

»Ja, das bin ich.« Auf seinem Gesicht erschien ein Grinsen, doch Raiden wusste aus Erfahrung, dass er dem nicht trauen konnte. Er wartete auf die Einladung.

»Bei Sonnenuntergang werden wir ein Fest feiern. Wir würden uns freuen, dann von deinen jüngsten Schlachten zu hören.«

Der Blick des Sultans heftete sich auf Raidens Kleider und zeigte sein Missfallen darüber ganz unverhohlen. Zwei kräftig gebaute Krieger kamen herbei, hoben den Sultan auf ihre Schultern, trugen ihn das Fallreep herunter und betteten ihn wie ein Kind auf seinen Diwan. Ein wunderschönes junges Mädchen fächelte ihm mit einem Palmenwedel kühle Luft an die königliche Haut. Raiden sah verstohlen zu, wie das Boot zur Küste zurückfuhr, denn die Augen hielt er respektvoll niedergeschlagen.

»Komm erst zu mir, wenn er an Land gegangen ist«, sagte Raiden.

Tristan blieb bei diesen Worten stehen.

Als Inaka den Strand betrat, stieß Raiden einen langen Atemzug aus und ging dann langsam auf Tristan zu. »Sorg dafür, dass alle sich ruhig verhalten und nicht mit ihren Waffen herumfuchteln. Die Krieger dürfen sich in keiner Weise bedroht fühlen. Sie werden alle ihre Boote am Strand bereithalten und genug Gift, um uns alle zu töten, ehe wir auch nur einen Mucks machen könnten.«

»Du denkst doch wohl nicht daran, allein zu gehen?«

»Es ist mir erlaubt, zwei Männer als Begleitung mitzunehmen, aber dich brauche ich hier an Bord.«

Tristan nickte. »Ist er es, der dich vor Jahren gefangen gehalten hat?«

»Ja. Er war damals natürlich jünger und noch sehr von seinen Launen abhängig.«

»Wie viele sind wegen seiner Launen gestorben?«

Raiden machte sich nicht die Mühe zu antworten. Das Leid, das er vor Jahren erfahren hatte, ließ sich nicht mit dem vergleichen, das er jetzt durchlitt. Er schaute zur Insel hinüber, als versuchte er, an dem Fort und an dem undurchdringlichen Dschungel vorbeizusehen. Willa war ihm keine Sekunde lang aus dem Sinn gegangen, ebenso wenig wie die Frage, was Inaka ihr antun würde, sollte dieser noch immer seinen seltsamen Vorlieben frönen. Und falls Inaka Willa nicht gefangen hielt, dann, so hoffte Raiden, würde er ihm vielleicht seine Hilfe anbieten oder ihn dorthin führen können, wo man sie festhielt. Und sollte sie einem der Feinde Inakas in die Hände gefallen sein, dann würde sich der Prinz ihm sofort anschließen, um gegen diese in die Schlacht zu ziehen, davon war Raiden überzeugt.

Raidens Blick wanderte zu den Schiffen, die in der Bucht lagen. Er war sich bewusst, dass jeder Kapitän in diesem Augenblick sein Fernrohr auf ihn gerichtet hielt. Obwohl die *Royal East India*-Armee auf fast jeder Insel vertreten war – um die Eingeborenen zu kontrollieren, die nicht kontrolliert werden konnten –, wagte sie es nicht, die Handelsvereinbarungen zu brechen. Es war ihre eigene Schuld, dass man ihnen die Einfahrt in den Hafen ohne vorherige Erlaubnis verweigerte. Das

Handelsmonopol der *East India Company* war brüchig geworden, dank gerissener Händler und einer Hand voll Piraten. Und ihren einzigen sicheren Stützpunkt hatte sie jetzt nur noch im Dschungel selbst. Zu viel war auf See schon verloren.

Doch die *Royal East India* war noch nie geduldig gewesen, wenn es darum gegangen war, Vereinbarungen einzuhalten. Die Portugiesen hatten sich den Eingeborenen wenigstens mit Respekt und Rücksicht genähert. Doch anders als sie oder auch die Holländer, bahnten sich die Engländer ihren Weg auf die Inseln ohne jeden Skrupel. Sie töteten jeden, der ihnen in die Quere kam, und waren überzeugt, die Eingeborenen durch Gewehre und religiösen Eifer unterwerfen zu können. Doch die Stämme herrschten noch immer, und die Eindringlinge hatten rasch begriffen, dass ein Blasrohr eine größere Distanz überwinden konnte als jede Muskete oder jede Büchse. Und falls sie einen der Stammesfürsten verärgerten oder mit dem Falschen paktierten, würden die Eingeborenen kurzerhand Feuer an die Muskatbaumwälder legen, um den Händlern eins auszuwischen.

Diese Drohung hielt sie auf Distanz, bis Raiden die Chance hätte, die Insel abzusuchen. Aber viel Zeit blieb ihm nicht. Er schaute zu dem alten Fort, dessen Rückfront sich an den Hang eines kleinen Berges schmiegte. Ungefähr eine Meile dahinter lag der Gunung Api, ein Vulkan, der die Erde fast ständig zum Beben brachte.

Raiden befahl, ein Boot bereitzumachen und es mit Reis, Stoffen und Dingen zu beladen, die annähernd europäisch aussahen. Wenn er sich richtig erinnerte, hatte der Sultan eine Vorliebe für schöne Dinge aus der westlichen Welt. Er hoffte nur, dass Inaka – ebenso wie dessen Männer – seine Hände von Willa gelassen hatte.

Raiden warf noch einen Blick auf die Mannschaft, ehe er Balthasar zu sich winkte. »Sollte einer der Männer versuchen, das Schiff zu verlassen, erschießt du ihn«, sagte er leise.

Raiden hatte sich bis auf die Haut ausgezogen und einen Sarong angelegt. Dieser stammte von Java und war aus blauschwarz gemustertem Stoff, dessen lange Bahnen Raiden sich um die Hüften gewickelt hatte. Seine Füße waren unbedeckt.

Raiden war mit dieser Kleidung vertraut, und er wünschte sich, jetzt in seinem Haus sein zu können und auch Willa dort in Sicherheit zu wissen. Als seine nackten Füße in den nassen Sand einsanken, ließ die Anspannung, die ihn seit Tagen erfüllte, ein wenig nach.

»Kein Wort«, warnte er Perth und Kahlid noch einmal, als die beiden sich hinter ihn stellten. »Bleibt immer drei Schritte hinter mir und seht dem Prinzen nicht in die Augen.«

Die Leute des Prinzen zogen das Langboot auf den Strand und luden die Geschenke auf eine Art Trage um, die sie schließlich voll beladen davontrugen.

Ein großes Freudenfeuer war im Widerschein des Sonnenuntergangs angezündet worden und flackerte hell. Über einem anderen Feuer briet ein ganzes Schwein, und vier kleine Jungen waren damit beschäftigt, den Spieß zu drehen, während ein paar Frauen, alle in Sarongs gekleidet, auf dem Boden die Festtafel vorbereiteten. Stunden vergingen, es wurde gegessen und getrunken, und Raiden wartete auf den Augenblick, in dem er sein Anliegen vorbringen konnte. Doch zunächst kamen noch die Geschichten, und der Sultan fragte immer wieder nach Einzelheiten, die er erklärt haben wollte, und Raiden betete um Geduld.

»Warum bist du zu mir gekommen? Ich bin nicht dumm, Schwarzer Engel. Ich weiß, dass du mich für die Behandlung, die dir auf meiner Insel zuteil geworden bist, am liebsten töten möchtest.«

»Das würde mir nichts bringen«, erwiderte Raiden. »Aber ich bitte Euch um einen Gefallen.«

Der Prinz nickte.

»Ich suche eine Frau, eine weiße Frau mit roten Haaren.«

Die Augen des Prinzen flackerten. »Ich habe keine solche Frau. Du bist irregeführt worden.«

»Bin ich das? Ich habe gehört, dass ihr Ehemann sie an Euch verkauft hat.«

»Wozu sollte ich noch mehr Frauen brauchen? Ich habe genug.«

»Ja wozu, Eure Hoheit?«

Raiden wagte es, den Prinzen anzusehen, hart und entschlossen, und je länger er das tat, umso nervöser wurde sein Gegenüber.

»Sie kennt ihren Platz nicht.«

Wie einen erfrischenden Regen empfand Raiden die Erleichterung, die ihn durchströmte. Gleichzeitig musste er sich beherrschen, nicht die Hand auszustrecken, um diesen königlichen Hals umzudrehen. »Das weiß ich.«

»Du wünschst diese überaus widerspenstige Frau zu kaufen?«

»Nennt mir den Preis, Hoheit«, entgegnete Raiden und verneigte sich.

Der Prinz wählte ein Stück Fleisch aus und knabberte daran herum. Er ließ Raiden dabei nicht aus den Augen. »Vor Jahren haben die Engländer mir mein Zuhause mit Gewalt genommen und haben, als sie es verließen, nichts als Schmutz im Palast meines Vaters hinterlassen.« Inaka zog ein säuerliches Gesicht. »Wusstest du, dass sie sich nicht jeden Tag waschen, nicht einmal vor ihrem Gebet?«

Raiden nickte. Dieser Themenwechsel überraschte ihn nicht sonderlich. Der Prinz spielte wieder mit ihm. »Ich würde alles geben, was ich habe, um sie zurückzubekommen, Eure Hoheit.«

Inaka explodierte vor Lachen, und Raiden runzelte, trotz der Gefahr, die Stirn. »Und ich werde alles nehmen, was du hast, Schwarzer Engel, aber ich sage dir auch, dass du sie vergessen und dir eine andere Frau suchen solltest.« Inakas Blick glitt über das Mädchen, das in der Nähe stand und ihm Feigen anbot. Inaka nahm eine und aß sie, dabei sah er das Mädchen unverwandt an. Schließlich sagte er ihr, dass sie seine Gunst gewonnen hätte und hinter ihm Platz nehmen dürfte.

»Ich möchte nur diese Frau.«

Der Prinz seufzte und warf den Rest des Fleischbrockens in den Sand. »Mir scheint, ich habe dir vor Jahren doch nicht das Herz aus dem Leib geschlagen, Sohn des Montegomery.«

Raidens Geduldsfaden riss, und er richtete sich auf. Augenblicklich richtete ein Dutzend Krieger ihre Kurzschwerter auf seine Brust. Raiden schaute auf die Waffen und erhob sich. Aller Etikette trotzend, sah er auf den Sultan herunter. Einer der Krieger versuchte vergebens, ihn niederzudrücken. »Ich habe einen Preis gezahlt, den kein Mann zahlen sollte, Prinz Inaka. Ihr schuldet mir diesen Gefallen.«

Der Prinz erhob sich, wobei seine Armbänder und Halsketten vernehmlich klirrten. Er erwiderte Raidens Blick. »Dies ist meine Insel, es sind meine Leute. Und ich schulde niemandem etwas, und einem Weißen schon gar nichts.«

»Bin ich nicht mehr Eingeborener als die Engländer, die Holländer? Respektiere ich nicht Eure Gewohnheiten, Eure Sitten?«

Der Prinz betrachtete ihn nachdenklich. Dann, mit einer flüchtigen Handbewegung, sagte er: »Sie gehört dir.«

»Mit Eurer Erlaubnis.«

Der Prinz schnaubte und stemmte die Hände in die Hüften, während ein Grinsen sich auf seinem dunkelhäutigen Gesicht ausbreitete. »Du hast meine Erlaubnis niemals gebraucht, Schwarzer Engel. Denn ich halte sie nicht gefangen.« Der Prinz drehte sich um und zeigte zum Fort. »Die haben sie.«

In diesem Augenblick begann der Gunung Api zu grollen und eine weiße Rauchwolke stieg aus seinem Krater in die Dunkelheit auf.

Kapitel 20

Raiden lief den dunklen feuchten Gang entlang und rief immer wieder Willas Namen. Perth und Kahlid folgten ihm mit fünf von Inakas Kriegern und gaben ihm Rückendeckung. Und wenn Willa gar nicht im Fort war? Wenn der Sultan mit ihm gespielt hatte und sie in Wahrheit doch irgendwo gefangen hielt? War sie überhaupt noch am Leben? Raiden bebte vor Zorn und Ungeduld, als er durch das knöchelhoch stehende, von Unrat verschmutzte Wasser von Kerker zu Kerker lief.

Plötzlich blieb er stehen.

Einen Augenblick lang konnte er sich nicht bewegen, konnte er nicht atmen, so groß war die Erleichterung, die ihn durchströmte. Mit nichts als einem mattblauen Sarong am Leib kauerte sie auf dem dreckigen Boden, dicht gedrängt in eine dunkle Ecke. An ihren Handgelenken trug sie die Abdrücke von Stricken und auf der nackten Schulter eine Wunde. Sie sah aus wie ein geschlagenes Tier. Als Raiden sich vorstellte, was ihr Ehemann ihr womöglich alles angetan hatte, erfüllte ihn maßlose Wut.

»Willa.« Sie reagierte nicht. Raiden packte die Gitterstäbe und rüttelte heftig daran. »Willa!«

Ihr Kopf fuhr hoch, und sie starrte ihn durch einen Vorhang wirr herabhängender Haare an. »Raiden?« Ihre Stimme klang rau, ausgedörrt.

»Ja, Liebste.« Er kniete sich hin, um ihr in die Augen sehen zu können.

Ihre Hand zitterte, als sie sich das Haar zurückstrich. In ihren Augen lag der Ausdruck von Verzweiflung und Qual. Sie starrte ihn an. »Du bist zu mir gekommen.« Ungläubigkeit färbte ihre Stimme.

Dass sie geglaubt hatte, er hätte sie im Stich gelassen, traf ihn bis ins Mark. Er stand auf und rüttelte wieder an den Stäben, seine Muskeln spannten sich bis zum Zerreißen an, als er darum kämpfte, die Stahlangeln aus der bröckelnden Wand zu brechen. Willa kam mühsam auf die Beine und stützte sich an der Wand ab. Taumelnd ging sie auf Raiden zu. Die Zellentür gab seiner Kraft nach, und wütend schleuderte Raiden die Tür aus Holz und Stahl auf den Boden, wo sie krachend aufschlug.

Einen Augenblick lang starrte Willa ihn einfach an. Sie sah so zerbrechlich aus, dass er Angst hatte, sie zu berühren.

»Gott im Himmel, Willa, sprich mit mir«, sagte er heiser.

Er hörte, wie sie langsam einatmete und sah ihre zitternden Lippen. »*O Raiden*«. Sie begann zu weinen und streckte die Arme nach ihm aus. Er fing sie auf, als ihr die Beine wegsackten, und hielt sie fest.

»O Gott«, stieß er hervor und vergrub das Gesicht an ihrem Hals. Seine Hände streichelten wild und ungestüm ihren Rücken.

Willa klammerte sich an ihn, fühlte seine Kraft, seine Wärme. *Oh, es war herrlich, wieder in seinen Armen zu sein.* »Ich habe nicht erwartet, dass du zu mir kommen würdest«, schluchzte sie.

Er legte die schwieligen Hände um ihr Kinn und sah ihr in die Augen. »Ich würde für dich bis ans Ende der Welt gehen.«

Ihre grünen Augen glitzerten von Tränen. »Hier *ist* das Ende der Welt, Pirat.«

Ihr zaghaftes Lächeln eroberte sein müdes Herz. Er küsste sie, und die Mauer um seine Seele zerfiel zu Staub. Sie hielten einander fest, schmiegten sich aneinander, kurz und hastig, aber voller Verlangen und Erleichterung.

»Captain? Ihr müsst Euch beeilen, Sir.«

Sie lösten sich voneinander, hielten sich aber noch immer an den Händen. Raiden hauchte einen Kuss auf Willas Stirn. »Kannst du gehen?« Er konnte nicht aufhören sie zu berühren, er streichelte ihr Haar, ihre Schultern.

»Ich will verdammt sein, wenn ich nicht auf meinen eigenen Beinen von hier weggehe.«

Er drückte sie sanft an sich, sein Mund berührte ihren Scheitel: »Ich wusste, dass du das sagen würdest.«

Sie verließen die Zelle und gingen rasch zum Ende des Ganges, wo Perth Wache stand.

»Mylady«, begrüßte er sie mit einem höflichen Nicken. Es war eine Geste, die nicht recht zu seinem versengten Bart und seinem blutbefleckten Hemd passen wollte.

»Schön, Euch zu sehen, Mr Perth.« Plötzlich sah sie Raiden voller Angst an. »Was ist mit Roarke? Was ist geschehen?«

»Er lebt.« Ihre Sorge um seinen Bruder berührte ihn. »Ohne ihn hätte ich dich niemals gefunden.«

»Dann stehe ich tief in seiner Schuld.«

»Ich bin sicher, mein Bruder wird dich irgendwann daran erinnern, dass du ihm einen Gefallen schuldest«, erwiderte Raiden mit einem geheimnisvollen Lächeln. Willa runzelte die Stirn, aber ihr blieb keine Zeit, Fragen zu stellen, denn Raiden führte sie weiter den Gang entlang. Mitleidlos schaute Willa auf die tot am Boden liegenden Soldaten der *East India Company*. Diese Männer hatten sie seit Tagen verhöhnt, und der einzige Umstand, der sie davon abgehalten hatte, sie zu vergewaltigen, war, dass nur Alistar den Schlüssel für ihre Zellentür gehabt hatte.

Kahlid tauchte aus dem Dunkel des vor ihnen liegenden Ganges auf. Er lächelte Willa an, ehe er sich an Raiden wandte. »Wir werden keine allzu großen Schwierigkeiten haben, von hier wegzukommen, denke ich«, sagte er. »Seine Hoheit hat noch mehr Krieger geschickt.«

»Seine Hoheit frönt seiner blutrünstigen Abneigung gegen die Engländer.« Raiden machte einen Schritt in die Richtung, aus der er mit seinen Männern gekommen war, aber Willa hielt ihn zurück.

»Nein, diesen Weg«, sagte sie und zog an seiner Hand.

Raiden sah Willa stirnrunzelnd an.

»Vertrau mir, Raiden. Als er mich hierher gebracht hat, war ich noch nicht von Drogen betäubt.«

»Drogen!« Die drei Männer wiederholten dieses Wort wie aus einem Mund, doch sie sah nur Raiden an.

»Ja. Ich habe einen Tag gebraucht, um herauszufinden, dass sie in meinem Essen waren, denn das Hochgefühl war so intensiv. Er hat mich zum Sterben hierher gebracht.«

Wut durchströmte Raiden. Willa bemerkte es und packte ihn am Arm. Sie sah ihn an und spürte, wie seine Anspannung unter ihrer Berührung wieder verschwand. »Es ist vorbei«, sagte sie. Willa wollte jetzt nicht darüber sprechen, auch wenn sie die Frage, was Alistar ihr eigentlich gegeben hatte, noch beschäftigte. »Lass uns diesen schrecklichen Ort verlassen.«

Raiden nickte. Als Willa voranging, folgten er und seine Männer ihr.

»Dieser Gang macht gleich eine Kurve und steigt danach sehr steil an«, sagte Willa. Es kostete sie viel Mühe, die beginnende Steigung auf ihren schwachen Beinen zu bewältigen. »Am Ende sind ein paar Stufen, die vermutlich zum Berghang hinter dem Fort führen.«

»Vermutlich?«

Sie schaute Raiden über die Schulter an. »Nun, diese Männer hatten nicht vor, eine Führung mit mir zu machen.«

»Also gut. Es ist die einzige Chance, die wir haben. Das gesamte Fort dürfte inzwischen in Alarmbereitschaft sein.« Raiden übernahm jetzt die Spitze und fasste Willa bei der Hand. Zweimal blieb er kurz stehen, um zu sehen, wie der Gang weiter verlief.

»Das geht alles zu glatt«, brummte Raiden, als die Treppenstufen vor ihnen auftauchten. Dann hörten sie Schritte hinter sich im Gang widerhallen. Die Schritte näherten sich, und die drei Männer bereiteten sich auf ihre Verteidigung vor. Dann bog ein Dutzend von Inakas Kriegern um die Ecke.

»Flieh, Pirat! Die Engländer kommen!«, rief einer von ihnen. In diesem Augenblick erfolgte auch schon der neue Angriff. Die Blasrohre der Eingeborenen waren schnelle und präzise Waffen, doch gegen die britischen Gewehre konnten sie nichts ausrichten. Raiden packte Willa an der Hand, rannte auf die Stufen zu, riss sie in seine Arme und stürmte, immer zwei Stufen auf einmal nehmend, die gewundene Treppe hinauf. Als sie oben waren, versperrte ihnen eine verschlossene Holztür den Weg.

Einen derben Fluch ausstoßend, setzte Raiden Willa ab und rammte seine Schulter gegen die Bretter. Unter dem zweiten Stoß zerbarst das mürbe Holz. Sand rieselte auf sie herunter, als Raiden die zersplitterten Bretter beiseite trat und durch die entstandene Öffnung nach draußen kletterte. Er streckte Willa die Hand hin und hob sie durch die Tür, dann half er den anderen. Ihnen folgten Inakas Männer.

Raiden schaute sich um. Von seinem Standpunkt aus konnte er das gesamte Fort und die dahinter liegende See überblicken. Der Aufruhr herrschte bis jetzt nur im Innern des Forts. Sobald eines der vor der Hafeneinfahrt liegenden britischen Schiffe von den Geschehnissen Wind bekäme, wäre der Krieg nicht mehr aufzuhalten.

»Komm, Pirat, diesen Weg!« Einer der Krieger wies ihm die Richtung, und Raiden folgte dem Hinweis. Willa war dicht hinter ihm. Er zog ein Messer aus seinem Gürtel und gab es ihr. Da sie es nicht verstecken konnte, behielt sie es mit nach unten gerichteter Klinge in der Hand. Sie flohen durch den Urwald, duckten sich unter Ranken blühender Bäume hindurch, umgingen das Fort an dessen Ostseite und erreichten schließlich den Strand. Die Brandung der See und die funkelnden Lichter der Schiffe begrüßten sie. Die *Renegade* war kaum zu erkennen.

Die Krieger führten sie zum Langboot. Am Strand waren noch die Überreste des Festes zu sehen, die Fackeln und die Freudenfeuer erhellten schwach den Strand. Inaka war nirgendwo zu sehen.

»Dieser Prinz hat gedroht, mir die Füße abzuschneiden, kannst du das glauben?«, fragte Willa.

Raiden wandte sich zu ihr um, seine Augen glühten. »War das alles, was er von dir wollte?«

Sie streckte das Kinn vor. »Das ist alles, was er bekommen hätte, bei Gott. Er ist ein verdorbenes Balg.«

»Ja, und das hier sind seine Krieger«, mahnte Raiden sie leise. »Steig jetzt in das Boot.« Er hielt ihr die Hand hin.

Willa ergriff sie nicht, schaute stattdessen zum Fort und dem sich dahinter erstreckenden Dschungel zurück. »Wir können nicht gehen.«

Raiden unterdrückte ein Stöhnen. Würde irgendetwas je einfach mit dieser Frau sein? »Willa, wir würden jetzt nicht so in der Klemme stecken, wenn du auf dem Schiff geblieben wärst.«

Die Hände in die Hüften gestemmt, starrte sie Raiden empört an. »Und ich hätte die *Renegade* nicht verlassen müssen, wenn du nicht so ... so gemein gewesen wärst.«

Sein Gesicht wurde weich. »Vergib mir, Liebes. Ich war so wütend ...«

Sie schmiegte sich an ihn und legte die Fingerspitzen auf seinen Mund. »Ich weiß genau, was du warst«, sagte sie mitfühlend. »Aber wir dürfen noch nicht gehen.« Sie packte ihn an den Armen. »Mason ist hier. Ich weiß es. Ich habe gehört, dass Alistar von irgendeiner Höhle auf der anderen Seite der Insel gesprochen hat.«

Raidens Augenbrauen zogen sich zusammen. »Ja, dort gibt es

eine Höhle. Aber dort gibt es auch Dutzend Schiffe, die eingreifen werden, wenn sie den Aufstand hier mitbekommen.«

»Raiden«, sagte sie sanft und schaute in seine besorgt blickenden Augen. »Von der Sekunde an, da wir uns auf dem Markt begegnet sind, war dies der Ort, den ich gesucht habe. Dies ist der Ort, an dem mein Sohn versteckt wird. Wie kannst du mich auffordern, von hier wegzugehen, ohne nach ihm zu suchen?«

Er strich ihr Haar aus dem Gesicht und legte die Hand um ihren Nacken, als er sie an sich zog. »Ich kann es nicht. Du weißt, dass ich dir helfen werde.« Sein Mund streifte ihre Lippen. »Ich kann dir nichts abschlagen.«

Er spürte ihr Lächeln an seinem Mund, ihre Hand auf seiner nackten Brust, die ihn streichelte. »Und du wirst großzügig belohnt werden, mein Geliebter«, wisperte Willa. Sie hörte ihn leise aufstöhnen.

Mein Geliebter. Raiden wollte schwören, sein Herz hörte auf zu schlagen, sein Blick suchte ihr Gesicht, das sie zu ihm emporgewandt hatte. »Willa ...«

»Mein Gott, ist das nicht rührend!«

Willa fuhr herum. Alistar kam auf sie zugeritten. Raiden zog seine Waffe. Perth, Kahlid und Inakas Krieger taten es ihm augenblicklich gleich. Ihre drohende Haltung warnte jeden von Alistars Männern, sich auch nur zu bewegen.

Raiden stellte sich schützend vor Willa und machte sich auf das Schlimmste gefasst. Denn die vier Eingeborenen, die Lord Eastwick begleiteten, waren Inakas Todfeinde – Kannibalen.

»Vorsichtig, Liebes«, flüsterte Raiden, als Willa sich neben ihn stellte.

»Habe ich Euch nicht schon einmal niedergeschossen?«, fragte Alistar mit Blick auf Raiden.

»Ihr habt meinen Bruder verwundet –«, Raiden spannte vorsichtig den Hahn seiner Pistole, »– und dafür bin ich Euch noch etwas schuldig.«

Alistar zuckte gleichmütig die Achseln. »Es ließ sich nicht vermeiden.« Sein Blick glitt an Raiden vorbei zu dem Schiff, das in der See dümpelte, und er begann zu begreifen. »Ah, der Schwarze Engel.« Er sah Willa an. »Welch erlauchte Gesellschaft für mein Eheweib, hm? Ist sein Bett so weich wie unseres?«

»Halt den Mund, Alistar, du zeigst nur, wie dumm du bist.« Willa starrte auf den Mann, den sie gezwungen gewesen war zu heiraten, und dessen Überheblichkeit sie zutiefst verabscheute. Er hatte damit erreicht, dass sie sich immer unzulänglich gefühlt hatte. Jetzt machte es sie nur noch wütend, erfüllte sie mit siedendem Hass. Er war aufgeblasen und eingebildet und selbst jetzt, hoch zu Ross, saß seine blaue Seidenjacke tadellos, war seine Krawatte perfekt gebunden. Und es wirkte in dieser Hitze einfach lächerlich. Das blonde Haar war wie immer sorgfältig frisiert, und er sah unbestritten gut aus. Die fein geschnittenen Gesichtszüge würden wohl jede andere Frau in schwärmerisches Entzücken ausbrechen lassen. Aber nicht sie. Niemals mehr sie. Denn in seinen eisblauen Augen zeigte sich seine Grausamkeit, in seinen schmalen Händen, die so viel Schmerz bereiten konnten. Wie oft hatte er sie geschlagen und so getan, als sei es ihre Schuld gewesen, dass er sein Temperament nicht hatte zügeln können? Wie oft hatte er ihr irgendein billiges Schmuckstück zugeschoben, um sein Gewissen damit zu beruhigen? Wie oft hatte er sie behandelt, als sei sie kein menschliches Wesen, als sei sie als Frau nichts wert?

»Komm her, teures Eheweib.« Alistar gab ihr einen Wink mit seiner Reitpeitsche, als sei sie einer seiner Schoßhunde.

Willas ganze Haltung drückte ihre Abscheu aus. »Nein. Du bist nicht mehr mein Mann. Du hast alle Gelübde gebrochen, die uns einmal verbunden haben.« Sie stellte sich eng neben Raiden und spürte, wie in seiner Nähe alle Bedenken, alle Vorbehalte von ihr abfielen.

Alistars Augen wurden schmal, als er abschätzend zwischen den beiden hin und her sah. »Wir sind gesetzmäßig verheiratet, und du bist mein Besitz.«

Raiden lachte humorlos auf. »Besitz.« Er streifte Willa mit einem kurzen Blick. »Genau darin liegt Eure Torheit, Eastwick.«

Alistars Blick heftete sich auf Willas Hand, die auf dem Arm des Mannes lag, er sah, mit welcher Ergebenheit seine Frau zu diesem primitiven Piraten aufschaute, und er kochte vor Wut. Glaubte sie, er würde sie diesem Barbaren überlassen und die Sache damit auf sich beruhen lassen? Wenn irgendjemand davon erfuhr, dass er seine eigene Frau nicht unter Kontrolle gehabt hatte, wäre er in der Gesellschaft erledigt. Aber was ist von dieser ungehobelten Kolonistin auch anderes zu erwarten gewesen, dachte Alistar. Sie ist ja nicht einmal fähig gewesen, ein Kind zur Welt bringen, das es wert wäre, mein Sohn zu sein. Alistars Magen zog sich zusammen, wenn er an dieses Kind dachte, an das leere Starren, an die Grunzlaute, die es anstelle von Worten ausstieß. Es war nur ein Glück, dass die Existenz des Jungen geheim gehalten worden war. Wenn er starb, würde niemand Fragen stellen. Und es würde auch keine Fragen geben, wenn an seiner Statt das Kind seiner Geliebten auftauchen würde. Da war Willa schon ein ganz anderes Problem. Er brauchte die Schiffe ihres Vaters, um seine Pläne zu verwirklichen, und sie wusste zu viel. Obwohl sie ihm nie gesagt hatte, was genau sie wusste, hatte sie eine ihn verhöhnende Selbstsicherheit gezeigt, die ihn selbst noch beunruhigt hatte, als sie in der dunklen Kerkerzelle gefangen gewesen war. Oder hatte sie die ganze Zeit gewusst, dass dieser Mann kommen und sie befreien würde?

Aber es war der Gedanke, dass irgendein Mann etwas hatte, dass ihm gehörte, was Alistar aus dem Sattel steigen ließ. Wenn er nicht einmal eine Unze Zuneigung von ihr bekam, dann sollte, bei Gott, auch dieser Pirat nichts kriegen. Und Willa würde dafür bezahlen, dass sie ihn auf diese Weise gedemütigt hatte.

Alistar ging mit weit ausholenden Schritten über den Strand, die geladene Pistole im Anschlag.

Augenblicklich stieß Raiden Willa hinter sich, hob seine Waffe und zielte auf Eastwicks Brust. »Keinen Schritt weiter, Eure Lordschaft.«

Alistar blieb stehen, der Ausdruck in den Augen des Mannes zeugte von tödlicher Entschlossenheit. »Willa, komm sofort zu mir.«

Willa bewegte sich nicht. Sie konnte es nicht, denn sie fühlte sich, als hinge ihr ganzes Leben, ihre ganze Zukunft von der Entscheidung zwischen diesen beiden Waffen ab.

»Sie wird mit Euch nirgendwohin gehen.«

»Ihr fordert mich heraus?« Alistar lachte spöttisch, doch ihm war bewusst, welche Geschichten man sich über diesen Mann und seine Art zu kämpfen erzählte.

»Es wird mir ein Vergnügen sein.«

Alistars Blick glitt zu Willa. »Ich hätte wissen müssen, dass du einen so vulgären Menschen mir vorziehen würdest.«

Voller Abscheu musterte sie ihren Mann von oben bis unten. »Vornehmheit macht noch lange keinen Gentleman, Alistar. Du beweist das … ständig.«

Alistars Gesicht verhärtete sich, seine Lippen waren zu einem blutleeren Weiß zusammengepresst. Er richtete das Augenmerk auf seinen Rivalen. »Schwert oder Pistole, Pirat?« Er würde sich eine Grafschaft damit verdienen, wenn er den Schwarzen Engel tötete. »Ich werde Euren Kopf auf einer Lanze auf der London Bridge sehen.«

Raiden schnippte mit den Fingern. »Kommt her und versucht es.«

»Raiden, tu es nicht.«

»Es ist Zeit, dass er bezahlt.« Den Blick auf Eastwick gerichtet, sagte er: »Schwerter, Eure Lordschaft? Das würde mich reizen.« Er nickte Perth zu. »Gebt ihm eines.«

Perth gab ihm seine eigene Waffe und schnappte sich Eastwicks Pistole, als dieser Anstalten machte, sie zu behalten. Alistar wartete nicht, bis Raiden sein Schwert gezogen hatte. Er stieß Perth zur Seite und griff seinen Gegner an. Die Schwertspitze ritzte Raidens Schulter.

Raiden sah gleichmütig auf den Schnitt und dann auf Alistar, der, wie er zufrieden bemerkte, blass geworden war. »Der erste Treffer«, sagte Raiden. »Wie zuvorkommend von seiner Lordschaft.«

»Und ich werde noch welche hinzufügen!« Alistar ließ sein Schwert durch die Luft peitschen.

Raiden reagierte blitzschnell. Klirrend schlug sein schwarzer Entersäbel gegen die Waffe von Eastwick, der trotz seiner eleganten Kampftechnik Raidens Erfahrenheit nichts Gleichwertiges entgegenzusetzen hatte.

Ebenso wenig wie er Raidens Kraft standhalten konnte. Alistar war chancenlos, doch er schien es nicht zu merken. Seine Augen glänzten vor Zorn, und Willas Herz klopfte zum Zerspringen, als die beiden miteinander kämpften. Alistars Schläge und Stöße verfehlten ihr Ziel, während Raiden ihn mit jedem Hieb rückwärts taumeln ließ und über den Strand trieb. Ein Schlag zerfetzte Alistars Mantel, verletzte Alistar aber nicht. Jeder rasche unbarmherzige Schlag brachte Eastwick stärker außer Atem. Dennoch kämpfte er so verbissen weiter, dass Willa sich zu fragen begann, was ihn wirklich dazu antrieb.

Metall prallte aufeinander. Klingen kreuzten sich und glitten aneinander ab, Heft verkantete sich in Heft. Zwei Männer starrten sich an, jeder kämpfte aus einem anderen Grund. Der eine war durch ein Ehegelübde an Willa gebunden, der andere durch sein Herz.

»Habt Ihr Euren Spaß mit meiner Frau gehabt?«

»Ihr Glaube an das Ehegelübde ist unerschütterlich, Eastwick.«

»Sie wird dir nichts als wirrköpfige Idioten gebären«, höhnte Alistar. »Falls du überlebst.«

In Raiden explodierte die Wut über die Verächtlichkeit, mit der Eastwick über den kleinen Jungen sprach. Sie trieb ihn dazu, die Existenz dieses Mannes auslöschen zu wollen. Er verdiente es nicht zu leben. Sein blaues Blut machte ihn nicht besser als den vulgärsten Gemeinen. Er zwang Eastwick mit seinen Schlägen zurück, wieder und wieder, Metall klirrte, Funken sprühten. Und dann, mit einem wütenden Aufschrei, ließ er seine Klinge auf Eastwicks Schwert heruntersausen und schlug es entzwei. Alistar starrte erst auf die zerbrochene Waffe, dann auf Raiden, ehe er sich auf seinen Widersacher stürzte.

Raiden holte mit der Faust aus und schmetterte sie Eastwick ins Gesicht. Man hörte Knochen splittern, Blut spritzte auf und Eastwick fiel rücklings zu Boden.

Im Nu stand Raiden über Alistar und hielt ihm die Schwertspitze an den Hals. »Bittet Ihr um Gnade?«

Eastwick starrte zu ihm hoch, das zerbrochene Schwert fiel auf den Boden, aus seiner gebrochenen Nase floss das Blut. »Ich werde dich bis ans Ende der Zeit jagen!«

»Nicht, wenn Ihr tot seid.« Raiden setzte ihm die Klinge an die Kehle.

»Raiden, nein!«

Sein Blick flog zu Willa, und seine Brust zog sich zusammen, als er das Flehen in ihren Augen sah.

»Wenn du ihn tötest, werde ich Mason niemals finden!«

Raiden wusste, dass sie Recht hatte.

Alistar grinste hämisch. »Wer hat jetzt wen besiegt, Pirat?«

Als Raiden auf den Mann herunterschaute, wusste er, dass er ihnen niemals sagen würde, wo er den Jungen versteckt hielt. Sein drogenvernebelter Verstand ermutigte ihn dazu. Opium, erkannte Raiden. Und er war süchtig.

»Ihr seid mir die Mühe nicht wert, Eastwick. Ein Mann, der versucht, seine Frau zu töten, um dasselbe dann auch mit einem unschuldigen Kind zu tun, ist für mich kein Mann.« Mit einem zornerfüllten Geste schob er das Schwert in die Scheide. »Ihr werdet niemals wieder Euren Platz in der Gesellschaft einnehmen, *Lord Eastwick*. In diesem Augenblick sind die Dokumente mit den Beweisen für Eure Verbrechen auf dem Weg nach England, und die Ladung der *Persephone* gehört mir.« Raiden weidete sich an dem Schrecken, der sich auf Alistars Gesicht widerspiegelte, ehe er sich abwandte und zu Willa ging. Er hatte sie kaum erreicht, kaum in den Arm genommen, als er einen Warnruf hörte. Als er sich umdrehte, sah er den Lichtblitz eines Schusses in der von den Fackeln erhellten Dunkelheit zerplatzen.

Eastwick sank in die Knie, in der Hand hielt er die Pistole, die in seinem Ärmel versteckt gewesen war.

Willa sah das Blut, dass sich auf seiner Brust ausbreitete und lief zu ihm. Sie packte ihn an den Armen. »Wo ist er?« Sie schüttelte ihn. »*Wo ist mein Sohn?*«

Alistars Mund blutete, und von seinen Lippen tropfte roter Schaum, als er den Mund zu einem grausamen Lächeln verzog. Dann verdrehte er die Augen und fiel zur Seite.

Als Inakas Krieger mit ihren Blasrohren auf die Kannibalen zielten, flohen diese. Raiden hob den Blick zu Perth, der mit dem noch rauchenden Gewehr dastand. Auch Willa sah ihn an, und in ihren Augen standen Schmerz und Verzweiflung.

»Vergebt mir, Lady Eastwick, aber er wollte meinen Captain hinterrücks erschießen.«

»Ich bin froh, dass Ihr so geistesgegenwärtig gehandelt habt, Sir. Meinen Dank«, sagte sie mühsam. Dann gaben die Beine unter ihr nach, und sie sank zu Boden. »Wie soll ich jetzt meinen Sohn finden?«, fragte sie mutlos.

Raiden kniete sich vor sie und umfasste ihre Arme. »Wir sind nicht schlechter dran als vorher. Eastwick hätte uns ohnehin nichts gesagt, meine Liebes. Wenn Mason auf dieser Insel ist, dann werden wir ihn finden.« Von Tränen blind sah sie ihn an. »Ich werde ihn finden. Ich schwöre es dir.«

Willa sah in seine Augen und wusste, dass er sie nicht im Stich lassen würde. Ein Gefühl des Friedens und der Zuversicht erwachte in ihr. Sie lächelte schwach, als sie sich gegen ihn stützte, um aufzustehen. Einen Augenblick lang hielt Raiden sie nur fest, streichelte ihren Rücken und flüsterte ihr Worte der Hoffnung zu, bis er sie schließlich losließ. Er ging zum Langboot und holte eine weitere Pistole, Pulver und Kugeln hervor.

Er streifte sich ein Hemd über, während er mit Perth und Kahlid sprach. »Perth, ihr fahrt zur *Renegade* hinüber und holt Gewehre und Proviant für uns. Wir treffen uns bei der Höhle auf der anderen Seite der Insel. Bringt nur Vazeen, Cheston und Riggs mit.« Raiden sah Kahlid an. »Die Karten sind in meiner Kabine. Seid vorsichtig beim Durchfahren des Riffs.« Raiden war zuversichtlich, dass sein Steuermann mit Hilfe der Karten den Weg finden würde. Zuletzt er sah Willa an. »Bist du in der Verfassung für eine Reise?«

»Auf diesen Tag habe ich schon viel zu lange gewartet.«

Es schwang etwas in ihrer Stimme mit, das Raiden aufhorchen ließ, und sein Inneres zog sich vor Erwartung zusammen. Willas Augen verrieten mehr als ihre Worte, und er spürte ihren Blick wie warmes, weiches Öl über seine Haut fließen, bis sie sich abwandte und den Strand hinaufging.

Er fasste nach ihrer Hand. »Nein, mit dem Boot.« Willa schaute auf das Auslegerboot, in dem drei von Inakas Kriegern saßen, und ohne zu zögern nahm sie darin Platz. Perth nickte Raiden zu, als Kahlid das Langboot vom Strand abstieß und dann auch hineinkletterte.

Die britischen Truppen würden jeden Augenblick am Strand auftauchen. Kahlid und Perth würden in dem schweren Boot einige Zeit brauchen, um die *Renegade* zu erreichen, sie hingegen würden binnen weniger Stunden auf die andere Seite der

Insel gelangen. Raiden nahm die Führungsposition im Kanu ein. Er saß Willa zugewandt, und seine Knie umschlossen ihre Beine, als er das Paddel in das Wasser tauchte und im Einklang mit den Kriegern zu rudern begann. Den Blick auf Willa gerichtet, schien er die Anstrengung des Paddelns zu vergessen. Sie hockte in dem schmalen Kanu auf den Knien und ihr Blick war so intensiv, dass Raiden das Licht des Tages nicht brauchte, um ihn zu spüren. Das Boot glitt ruhig dahin, das Rauschen des Meeres und das Schlagen der Paddel waren die einzigen Geräusche.

»Ich habe dich vermisst, Pirat.«

Raiden schluckte hart. Die Gefühle, die er bis jetzt in sich verschlossen hatte, brachen sich Bahn. »Und ich dich, kleine Füchsin.«

Willas Herz zog sich zusammen. Sie beugte sich vor und legte die Hände um sein Gesicht. Raiden hörte auf zu rudern und schaute in ihre zärtlich blickenden Augen. »Du vergibst mir, dass ich gegangen bin?«

»Wenn du mir vergibst, solch ein polternder Dummkopf gewesen zu sein.«

Sein verlegenes Geständnis berührte Willa tief, und sie streifte mit den Lippen seinen Mund. »Ich weiß, dass du gekränkt warst, Raiden, aber ich konnte deinen Zorn nicht länger ertragen.«

Er legte das Paddel neben sich in das Boot, beugte sich vor und schlang die Arme um ihre Taille. »Ich wollte dich für mich, Willa. Ich wollte dich ganz, und ich wollte alles, auch wenn es nur für eine kurze Zeit gewesen wäre. Als du mir die Wahrheit gesagt hast, hat mir das alle Hoffnung darauf genommen.«

»O Raiden.« Sie seufzte traurig. »Siehst du es denn nicht? Alistar hatte das Ehegelübde schon lange zerstört, bevor er mir mein Kind nahm. Vielleicht wollte ich alles nicht wahrhaben – bis ich an Land war.« Ihre Lippen streichelten seinen Mund, und jede dieser Berührungen wurde länger und intensiver. »Ich wollte zurückkommen. Ich wollte mit dir zusammen sein, wie viel Zeit uns auch geblieben wäre.«

»Ich weiß. Roarke hat es mir gesagt.« Er genoss ihre weichen Lippen wie einen berauschenden Wein bei einem köstlichen Festmahl. Ihre Küsse wühlten ihn auf und brachten das dunkle Herz seines Verlangens zum Schlagen. O Gott. Er wollte sie in den Armen halten und all die schlechten Erinnerungen an ihre Gefangenschaft vergessen lassen und ihr dafür süße Träume schenken. »Willa, ich kann dir nur anbieten …«

»Dein Herz«, wisperte sie an seinem Mund. »Ich will nur dein Herz.«

»O Liebste.« Er schluckte mühsam und sah ihr in Augen. »Du hast es vom ersten Augenblick an gehabt.«

»Raiden.« Sie küsste ihn, ließ mit langsamer, aufreizender Bedachtsamkeit die Zunge über seine Lippen gleiten und drängte sie auseinander. Er zog Willa an sich, seine Hände schlossen sich fest um ihre Taille, wanderten hinauf zu ihren Brüsten.

»Allmächtiger, du bist nackt darunter.« Raiden fühlte sich plötzlich schwach und verletzlich – etwas, das er sich nicht leisten konnte, so lange Inakas Krieger mit ihnen im Kanu saßen.

Willa lächelte gegen seinen Mund. »Würdest du gern genau wissen wie nackt?«

»O Gott.« Sein Kuss wurde leidenschaftlicher, hemmungsloser. Als sie das Boot zum Schwanken brachten, räusperte sich einer der Männer. Widerstrebend zog Raiden sich von Willa zurück, ergriff das Paddel und begann wieder zu rudern. Unverwandt sah er sie dabei an. Sein Blick glitt über den Sarong, der eine Schulter freiließ und ihren Körper so verlockend umhüllte wie eine kunstvolle Verpackung ein Stück Zuckerwerk. Er hatte schon viele Frauen im Sarong gesehen, besonders auf Java, aber keine hatte ihn so bezaubert wie diese, die jetzt im Licht des Mondes vor ihm saß. Sie trug ihn mit einer solchen Lässigkeit und Anmut, als hätte sie es schon ihr ganzes Leben lang getan.

Und das zeigte Raiden, dass gesellschaftliches Ansehen und Reichtum Willa nichts bedeuteten, und wie leicht sie ihre Vergangenheit abstreifen und ein neues Leben beginnen konnte. Er wandte den Blick von ihr und starrte aufs Wasser. Wann, so fragte er sich, würde ihm das auch gelingen, wann würde er die Kraft finden, seine Vergangenheit hinter sich zu lassen? Und was würde sie sagen, wenn sie erfuhr, dass er sie bald verlassen würde?

»Weiter können wir dich nicht bringen, Montegomery«, sagte einer der Krieger einige Stunden später, als das Kanu auf den Strand glitt und das knirschende Geräusch überlaut die Stille störte.

Raiden sprang aus dem Boot und half Willa beim Aussteigen. Bevor er das Boot ins Wasser zurückschob, überreichte ihm der Anführer der drei Krieger ein Blasrohr und einen schmalen Lederbeutel, in dem sich, wie Raiden vermutete, Pfeile und Giftpulver befanden. Raiden sah den Krieger fragend an.

»Für einen Mann, der bereit war, unserem König wegen einer Frau zu trotzen«, erklärte dieser mit einem Lächeln und mit einem bewundernden Blick auf Willa. Raiden nickte und dankte ihm, dann schob er das Boot in die Strömung und schaute ihm nach, bis es ein Stück weit entfernt war.

Raiden nahm Willas Hand und führte sie den Strand hinauf in den Dschungel. »Die Sonne wird in wenigen Stunden aufgehen. Wir sind hier an der Westspitze der Insel, und wir werden morgen den halben Tag brauchen, um zur Höhle zu gelangen.«

»Es gibt hier noch andere Stämme, nicht wahr?«

»Ja. Kannibalen.«

Sie schaute ihn mit großen Augen an, ehe sie auf das Messer sah, das er ihr gegeben hatte. »Allmächtiger Gott, Raiden, wie können wir überleben? Und was ist mit Mason? O sag mir, sie würden ihn doch nicht ...«

Er zog sie in seine Arme und sah ihr in die Augen, bis er spürte, dass sie ruhiger wurde. »Ich will ehrlich zu dir sein, Liebes – ich weiß es nicht. Jungen werden oft als Sklaven genommen, und vielleicht werden sie Mason auch nichts tun, weil er nicht sprechen kann.« Raiden betete, dass es irgendeinen Stammesglauben gab, nach dem es Unglück brachte, ein Kind wie Mason zu essen. Und er konnte nur hoffen, dass der Junge noch am Leben war. An diese Hoffnung musste er sich klammern, denn sie war alles, was ihnen geblieben war. Eastwick wäre bösartig genug gewesen, sein eigenes Kind zu töten, und dass sie auf der Suche nach einem Geist sein könnten, machte Raidens Sorge nicht geringer.

Willa atmete tief durch, um ihre Angst zu bezwingen. Sie wäre Raiden keine Hilfe, wenn sie jetzt in Panik verfiel. »Werden wir nachts marschieren?«

»Nein. Bis zur Morgendämmerung werden wir auf uns gestellt sein.« Er schob ein Geflecht von Schlingpflanzen für Willa beiseite, und sie duckte sich unterdurch. »Aber die Besatzung der *Renegade* hat strikte Anweisung, vor morgen Abend kein Boot an Land zu setzen.« Er wies geradeaus. »Ein Stück in diese Richtung gibt es einen Fluss mit einem Wasserfall. Es ist dort so laut, dass man nicht hören kann, ob sich jemand nähert. Aber es gibt dort eine Höhle.«

»Du bist schon einmal hier gewesen, nicht wahr? Als du Gefangener warst?«

»Als Inaka mich schließlich freiließ, trieb ich in einem *praha* übers Meer. Es kam mir vor, als wären es mehrere Tage gewesen, bis mir klar war, dass die Kabbelung mich um die Insel herum geführt hatte.« Raiden schüttelte den Kopf, der Klang des rauschenden Wassers brachte die Erinnerungen zurück. »Ich bin dann losgelaufen und dabei zufällig auf Eingeborene gestoßen. Ich wusste, dass es Kannibalen waren, denn Inaka hatte oft genug damit gedroht, mich an sie auszuliefern. Ich rannte zurück zum Strand und war entschlossen, um mein

Leben zu schwimmen, zum Teufel mit den Haien. Und dabei habe ich dann die Höhle gefunden und mich darin versteckt.«

Willa trat in das gebrochene Licht des Mondes und blieb fasziniert stehen. Der Anblick raubte ihr den Atem. Die Silberstrahlen verwoben sich mit dem Dunstschleier des Wassers und übersprühten den grünen Dschungel mit blauen und gelben Farben. Es muss unglaublich sein im Sonnenlicht, dachte sie. Von dem hoch über ihnen liegenden Plateau stürzten die Wasser des Flusses herab und sammelten sich schäumend und brodelnd in einem natürlichen Felsbecken.

Sie runzelte die Stirn, als sie keinen Weg entdecken konnte, auf dem man hinter diese Wasserwand gelangen konnte. »Müssen wir hinschwimmen?« Sie dachte an die Schlangen im Ganges.

»Ja. Aber denk daran, dass die Strömung sehr stark ist.« Raiden ging ihr ins Wasser voran und reichte ihr dann die Hand. Sie folgte ihm. Das kalte Wasser war eine Wohltat für Willas bloße müden Füße. Mit einer Hand führte Raiden sie, in der anderen hielt er seine Waffen und das Pulver und passte auf, dass sie nicht nass wurden. Als er den Wasserfall erreicht hatte, ging er durch die herunterstürzende Flut hindurch. Einen Augenblick lang blieb er verschwunden. Er hielt Willa noch immer an der Hand und zog sie jetzt durch den Wasserfall zu sich herüber. Sie blieb für einen kurzen Moment, und ließ die Wasserkaskade über ihren Körper strömen. Dann zog Raiden sie weiter, und Willa kletterte die glatten, rutschigen Felsen hinauf. Raiden legte den Arm um ihre Taille, um sie das letzte Stück hinaufzuheben. Sie standen vor dem Eingang einer Höhle, deren Boden von weichem Moos bedeckt war. Willa schaute zu Raiden auf. Sie war sich der Abgeschiedenheit, des Mannes und der Beherrschtheit, die er zeigte, bewusst. Sie spürte, wie sein Griff fester, sein Atem schneller wurde. Abrupt gab er sie frei und trug seine Waffen und die Pulverhörner in die Höhle, wo er sie in einer trockenen Ecke ablegte.

»Hier sind wir während der Nacht sicher.«

Willa sah ihm zu, wie er seine nassen Stiefel auszog und sie neben die Waffen warf. »Bezweifelst du, mich beschützen zu können?«

»Für die Suche werden wir noch mehr Männer brauchen«, sagte er. Er hatte sein Hemd ausgezogen und es über einen Felsen gebreitet. Der Schnitt, den Alistar ihm zugefügt hatte, war auf seiner muskulösen Schulter kaum zu bemerken. Der tätowierte Dornenkranz schien danach zu rufen, berührt zu werden. »Und dass ich dich nicht beschützen könnte, ist nicht meine Sorge.«

»Was ist dann deine Sorge?«

Durch das Gewirr seiner nassen schwarzen Haare, die ihm in die Stirn hingen, sah Raiden sie an. Er ließ den Blick über sie gleiten, und in seinen dunklen Augen lag ein Begehren, das Willa wie einen heißen Lavastrom auf ihrer Haut spürte. Und das in ihr schwelende Feuer loderte zu verzehrenden Flammen auf. Willa spürte das Prickeln, das an der Innenseite ihrer Schenkel begann, zwischen ihnen in sie eintauchte und ein Verlangen in ihr weckte, das ihren Körper durchströmte.

»Dich so sehr zu begehren, dass ich dir wehtun könnte.« Seine Stimme klang rau vor Erregung.

Willa hob langsam die Hände und löste den Knoten ihres Sarongs.

Raiden sah sie unverwandt an.

Ihre Hände zitterten, ihr Körper bebte und Willa war überzeugt, in dem Augenblick, in dem Raiden sie berühren würde, zu vergehen und zu Staub zu verbrennen. Sie wollte ihn so sehr, sehnte sich so sehr nach seiner Berührung, dass es eine Qual war, von ihm getrennt zu sein. Ihr Körper und ihre Seele flehten um Erlösung, flehten darum, fühlen zu können, wie er sie anfasste, sie streichelte. Ihn zu fühlen, wenn er in ihr war. Eine nie gekannte Sehnsucht durchströmte sie und schrie nach Erfüllung.

Das Sarong glitt an ihr herunter und enthüllte ihre Nacktheit Raidens Blick.

Er ging auf Willa zu und wandte dabei kein Auge von ihr, sah sich satt an ihrer schimmernden Haut, ihrem verlockenden Leib. Einen Schritt vor ihr blieb er stehen. Er atmete heftig, als er Willa in die Augen sah.

»Gib mir alles, was du hast, Raiden Montegomery«, flüsterte sie. »Löse dein Versprechen ein.«

Er streckte die Hand nach ihr aus.

Und die Leidenschaft explodierte.

Kapitel 21

Sie erlebten einen Taumel der Sinne. Haut berührte Haut, Wildheit traf auf Lust. Sehnsucht auf Verlangen.

Raiden drängte das Knie zwischen ihre Beine, und Willa öffnete sie ihm. Seine Finger fanden sie, wartend und begehrend, und bei seiner ersten Berührung drängte sich Willa an ihn, forderte mehr. Er spielte mit ihr, reizte sie und genoss es, wenn sie sich unter seiner Berührung bewegte und ihm zuflüsterte, wie sehr sie es wollte. Ihr zuzusehen, machte ihn hart, und alles in ihm trieb ihn, ihren Körper mit seinem zu vereinen.

Willa stöhnte leise, Raidens geflüsterte Liebesworte raubten ihr die Fassung. Sie küsste den goldenen Ring, der sein Ohr schmückte, sie streichelte seine breiten Schultern, seine nackte Brust, seinen Bauch.

Sie war keine Jungfrau; keine schüchterne Scham hielt sie zurück. Sie wusste, was sie wollte. Und Raiden hatte nie Zweifel daran gehabt. Willas Hand streifte sein hartes Geschlecht, als sie rasch die Knöpfe seiner Hose öffnete. Raiden glaubte zu bersten, als sie ihn anfasste. Er löste sich von ihrem Mund, strich ihr über das Haar, über das Kinn. Er sah ihr in die Augen, und für den Bruchteil eines Herzschlags las er darin mehr, als er das Recht hatte zu sehen, von ihr zu wollen.

»Willa.« Seine Stimme war heiser vor Erregung. »Diese Macht … sie reißt uns mit sich fort.« Sie ergriff seine Hand und küsste sie. Raiden schloss die Augen. Diese Geste überwältigte ihn, verzehrte ihn mit fast derselben Heftigkeit wie die Leidenschaft, die sein Blut zum Kochen brachte.

Willa hatte niemals erwartet, Raiden zögern zu sehen. Sie begriff, dass er davor Angst hatte, die Wildheit seines Verlangens nicht beherrschen zu können. »Lass es zu, Raiden, lass es geschehen.« Sie nahm seine Hand und legte sie auf ihre Brust, schloss seine Finger darum.

Und Raiden zögerte nicht länger. Er küsste Willa mit der Wildheit eines Mannes, der eine zweite Chance zu leben bekommen hatte. Eine zweite Chance zu lieben. Er hielt nichts zurück, ließ sie spüren, dass er alles nehmen würde, was sie gab, und es für immer behalten würde. Es war dieser Augenblick, in dem Raiden bewusst wurde, dass er sein ganzes Leben nur gelebt hatte, um diesen Moment zu erleben, in dem er sich mit der Frau vereinte, der seine Seele gehörte. Ihr Körper war nicht alles, was er wollte. Er wünschte sich ihr Herz, er wünschte sich, von ihr geliebt zu werden. Er wünschte es sich so sehr, dass er es wie einen tiefen, körperlichen Schmerz empfand.

Und die Gefühle, die er in seinem Herzen verborgen hatte, befreiten sich, als er Willa berührte.

Er fühlte ein so glühendes, urwüchsiges Sehnen in sich, dass er fürchtete, es könnte ihn zerstören.

Seine Hände hörten nicht auf, ihren Rücken wie in einem wilden Ritt zu streicheln. Es war, als wollte er sie eins werden lassen mit seinen Händen, als träumte er und fürchtete sich davor, sie könnte sich in Rauch auflösen und ihn zurücklassen, allein und verletzbar. Doch sie war da, in seinen Armen, rieb sich an ihm, stieß gegen ihn, und durch den dünnen Stoff des nassen Sarongs spürte er die Wärme ihrer Haut. Seine Lust ließ ihn erzittern, und Raiden löste sich von ihren Lippen, um nicht die Kontrolle über sich zu verlieren. Doch sein Mund wollte ihre Haut kosten, und er beugte sich wieder zu Willa hinunter, hauchte unzählige Küsse auf den schlanken Hals, auf ihre Schulter. Als sich seine Lippen um ihre harte Brustspitze schlossen, stöhnte Willa. Der Laut hallte von den Felswänden wider, als Raiden die feste Knospe mit der Zunge zu liebkosen begann, sie mit der Hitze seines Mundes umgab.

Willa umklammerte seinen Kopf. Verzückt genoss sie das

Spiel seiner Zunge, das Streicheln seiner großen starken Hände, das Pulsieren seiner Erektion an ihrem Leib. Raiden kostete von ihr, tat sich gütlich an ihr, und die Berührung seiner Zunge bereitete ihr eine Lust, die sie bis in die Fingerspitzen hinein spürte. Willa fühlte sich wie in einem Rausch und wünschte, Raiden würde sie ganz und gar verschlingen. Es war der einzige Weg, auf dem sie süße Befriedigung finden würde.

Und es würde niemals genug sein. Niemals.

Keinem von ihnen blieb Zeit zu fragen, zu atmen – sie wollten nur nehmen und geben, was sie voreinander so lange verleugnet hatten. Raiden presste das Gesicht zwischen die weichen, üppigen Hügel ihrer Brüste und begann, mit der Zunge eine heiße feuchte Spur auf ihrer seidigen Haut zu zeichnen. Er kniete sich vor sie, als seine Zunge ihren Bauchnabel berührte. Er berührte ihre Hüfte, flüsterte ihren Namen, streifte ihr das Sarong ab. Seine Hände glitten an ihren Oberschenkeln hinauf, umfassten ihren Po.

Er spürte, wie Willa zu zittern begann, und er wollte, dass sie atemlos vor Lust nach ihm schrie. Er schaute zu ihr auf und erwiderte ihren Blick, als seine Zunge die Schwellung zwischen ihren Schenkeln streichelte und er sein Versprechen wahr machte.

Seine Zunge drang in sie ein, erregte sie, und Willas Schrei der Lust hallte von den Felswänden wider, wurde nur vom Tosen des Wasserfalls gedämpft. »Raiden, oh, Raiden!«

»Ihr wünscht ein Anliegen an mich zu richten, Mylady?« Raiden hielt gerade lange genug inne, sie dies zu fragen, dann lachte er leise und weidete sich daran, wie wild sie sich wand.

»Biest!« Willa grub die Finger in sein Haar, bog sich seiner Zunge entgegen, und Raiden hielt inne, legte ihr Bein über seine Schulter und stieß seine Zunge noch tiefer in Willas Schoß.

Willa glaubte zu zerspringen, glaubte, ihre Glieder würden zu Wasser werden, als Raiden mit dem Finger die feuchte

Knospe ihres Verlangens streichelte und in die warme Höhle vordrang. Willa rang nach Atem, dann ließ sie sich fallen, glitt auf seinen Schoß und drängte seine Schenkel auseinander. Sie hielt sich in seinen Haaren fest und küsste ihn gierig.

»Du quälst mich«, flüsterte sie an seinen Lippen.

»Klagen, nichts als Klagen«, brummte er und verschloss ihr den Mund mit einem Kuss.

Willa trank von seinen Lippen, kostete von ihnen, bis sie es nicht mehr aushalten konnte. Sie schob die Hand in seine Hose, befreite ihn von dem hinderlichen Stoff und umfasste sein hartes Glied.

Raiden zuckte zusammen, unsagbare Lust durchströmte ihn, als Willa die feuchte Spitze streichelte.

»Gnade, Frau.«

»Nein, keine Gnade«, wisperte Willa. Sie hielt ihn gefangen, führte ihn, streichelte mit seiner Spitze ihren Schoß. »Kein Mitleid.«

»Nein, kein Mitleid.« Raiden stöhnte vor Lust. Er umfasste ihre Hüften und nahm Willa mit einem harten Stoß. »Ich ergebe mich.«

»O Raiden.« Sie schlang die Arme um seinen Nacken, als er sich in ihr zu bewegen begann. Er zog sich zurück und stieß zu, hörte nicht auf, bis sie wieder und wieder seinen Namen rief.

Und mit jedem Stoß gab er ein Stück von sich auf. Mit jedem Kuss gab er mehr als nur seinen Körper zur Erfüllung ihrer Lust.

Dennoch spürte Willa seine Zurückhaltung. »Gib mir alles«, sagte sie mit heiserer Stimme, die ihn wie rohe Seide streichelte. »Gib mir alles, Raiden.« Sie schlang die Beine um ihn, ließ sich nach hinten fallen und zog ihn mit sich auf das weiche Bett aus Moos. Ihre Bewegung ließ ihn noch tiefer in sie eindringen.

Raiden stöhnte laut auf und schloss für einen Augenblick die

Augen, ehe er sich über Willa stützte und ihr in die Augen sah. »Ich werde dir wehtun.«

Ihre Fingerspitzen strichen über die vor Leidenschaft harten Linien seines Gesichts. »Nein! Nein«, sagte sie und umfasste seine Hüften. »Du tust mir nur weh, wenn du dich zurückhältst.«

Raiden stöhnte, als er seine Beherrschung aufgab und sich aufrichtete, um gleich darauf tief in Willa einzudringen. Er zog sich zurück, tauchte wieder in sie ein, verlor sich in diesem Rhythmus, spürte, wie Willa ihn pulsierend umschloss und freigab, nur um ihn wieder zu halten. Ihr Haar lag wie ein feuriger Heiligenschein um sie ausgebreitet, als ihre Hüften sich immer wieder hoben, um ihn noch fester, noch tiefer in sich zu spüren. Ihre Hände streichelten seine Brust, glitten hinunter über seinen Bauch, dorthin, wo sie vereint waren. Er stöhnte vor unbändiger Lust und richtete sich auf, um sie tiefer zu besitzen, und dennoch war es noch nicht genug. Er wollte sich in ihr verlieren, er wollte alles von ihr wissen.

»Sieh mich an, Liebste. Lass mich in deine Augen sehen.«

Ihre Blicke vereinten sich, als ihre vom Schleier des Wasserfalls nass glänzenden Körper sich in diesem sinnverwirrenden Rhythmus bewegten, der schneller und wilder wurde und sie bis an den Rand der Ekstase trug.

Verschwenderische Weiblichkeit und männliche Kraft.

Sie schenkte sich ihm ganz und gar und schlang die Beine um seine Taille, als er sie auf den Wogen hemmungslosen Begehrens und rückhaltloser Leidenschaft bis zum Gipfel trug. Er sah es in ihren Augen, er spürte wie ihre Erfüllung sich entfaltete, heiß und heftig wie ein tropischer Sturm, und das Pulsieren ihres Schoßes trug auch ihn zum Höhepunkt. Mit einem dunklen Stöhnen stieß er ein letztes Mal in sie. Willa schrie auf als er sich in ihr verströmte, drängte sich ihm entgegen und ihre Hände krallten sich in seine Brust.

In diesem Augenblick sich erfüllender Lust rief er ihren Namen.

Einen Augenblick lang hielt Raiden sie fest, ließ sie am Rande purer Seligkeit schweben und sie all das fühlen, was sie für ihn war. Ihre Blicke ertranken ineinander, als sie, noch immer vereint, auf das weiche Moos sanken. Sie waren unfähig zu sprechen und versuchten, wieder zu Atem zu kommen. Er strich Willa das Haar zurück und badete ihr Gesicht in Küssen. Raiden wollte so verharren, bis der feine Nebel sich auflösen und die Nacht sich zum Tag wandeln würde. Willa küsste ihn sanft, zärtlich, und er presste die Stirn an ihren Hals.

»Ah, Liebes«, sagte er. »Du hast wirklich eine ganz besondere Art an dir.«

»Ich bin froh, dass du das schließlich doch noch herausgefunden hast.«

Er lächelte und hob den Kopf, um sie anzusehen. Bei Gott, sie ist wunderschön, dachte er. Er liebte dieses befriedigte Lächeln, er liebte es, wie sie seine Küsse erwiderte. Er liebte sich vorzustellen, wie leicht er sie wieder mit derselben erderschütternden Kraft wollen könnte wie wenige Augenblicke zuvor. Er fand es wunderbar zu wissen, dass diese Frau durch seine Berührung ihre Erfüllung fand. Nachdem er seine Hosen abgestreift hatte, rollte Raiden sich auf die Seite und legte Willas Bein über seines.

Sofort schmiegte sie sich in die Wärme seines Körpers und legte die Hand auf seine Brust. Noch nie hatte sie etwas Ähnliches erfahren wie dieses Zusammensein mit Raiden. Willa wusste, dass es mehr als nur fleischliche Lust war, das ihre Vereinigung so unbeschreiblich intensiv gemacht hatte. Sie fühlte sich auf ewig an diesen Mann gebunden, und sie vermochte nicht zu sagen, ob es in Kalkutta oder in Malakka geschehen war oder in den Tagen allein in ihrem Gefängnis, als sie erkannt hatte, dass sie ihn liebte. Von ganzem Herzen und wie wahnsinnig liebte. An jenem Tag in der Schänke hatte er sie gefangen genommen. Sie hatte ihm so viel bedeutet, dass er sie vor dem

Sterben bewahrt hatte, dass er auf die Suche nach ihrem Kind gegangen war und ihrem Ehemann die Stirn geboten hatte.

Sie wollte nie von ihm getrennt sein, und es ihr tat weh, auch nur daran zu denken. Doch er war ein Gesetzloser, ein Gejagter, und sie beide wussten, dass die Behörden ihn eines Tages fassen würden. Raiden hatte immer behauptet, er sei niemandem verpflichtet, besonders nicht mit seinem Herzen, und Willa dachte, dass er nichts über ihre Gefühle würde hören wollen. Ihr Blick glitt über sein Gesicht, und als ob er es spürte, wandte er den Kopf und schaute zu ihr herunter.

Raiden grub seine Hand in ihr Haar und zog eine ihrer Locken an seine Lippen. Er versuchte, nicht die Stirn zu runzeln, als er die Frage in ihren Augen las. »Woran denkst du, kleine Füchsin?«

Ihre Kehle zog sich zusammen. Wie sehr wollte sie für immer mit diesem Mann zusammen sein. Aber Raiden Montegomery lebte nur für den Tag, nur für die Stunde. Für das Schwert. Sie würde nicht um mehr bitten, als was sie jetzt hatte. Denn er konnte es nicht geben. »Ich habe mir gewünscht, wir könnten hier bleiben.«

»Das können wir, bis zum Morgen.« Er beugte sich zu ihr und küsste sie. »Schlaf, Liebes. Hier kann uns nichts geschehen. Ich werde dich die ganze Nacht in den Armen halten. Das wünsche ich mir schon seit langem.«

»Wie lange?«

Er lächelte, als sie sich wieder in seine Arme kuschelte. »Seit ich dich in deinem Hotel in Kalkutta am Fenster sitzen sah.«

Willa gähnte und schmiegte sich noch enger an Raiden. »Ich wusste, dass du dort warst«, sagte sie schläfrig. »Und dass du auf mich aufgepasst hast.«

»Ach, Liebste.« Er streichelte ihren nackten Rücken. »Für dich bin ich so durchsichtig wie Glas.«

Schon halb im Schlaf seufzte sie. »Bei mir, Raiden, hast du nichts zu befürchten.«

Aber er fürchtete sich. Weil er wusste, dass er sie liebte. Doch solange er sich mit ihr verstecken und die Mission vergessen müsste, die er noch zu erfüllen hatte, könnte er es nicht. Seufzend drückte er einen Kuss auf ihren Scheitel und genoss das Gefühl, sie nackt in seinen Armen zu halten. Er wünschte, er könnte ihr die Worte sagen, könnte ihr all das geben, was sie verdiente, doch er gab zu, dass er Angst hatte. Angst, dass sie kein Leben mit ihm wollte, dass ein Teil von ihr ihn nur als ein Abenteuer sah, auch wenn seine innere Stimme ihm sagte, dass dem nicht so war. Und er hatte tödliche Angst davor, Willa zu lieben würde sie beide zerstören. Die Verletzlichkeit, die mit der Liebe kam, hatte tief in seinem Herzen ein Loch hinterlassen, und es hatte zehn Jahre gebraucht, es zu schließen. Er neigte den Kopf und schaute auf Willa herunter. Er strich ihr das Haar aus dem Gesicht, das im Schlaf weich und gelöst aussah. Als sie die Wange gegen seine Hand schmiegte und seinen Namen flüsterte, zog sich Raidens Brust zusammen.

O Gott, du schickst mir die Liebe, wenn es noch etwas gibt, das ich zu Ende bringen muss.

Wenn er morgen früh schon sterben und sie verlassen könnte, möglicherweise mit seinem ungeborenen Kind.

Raiden schloss die Augen. Der Gedanke, sie müsste ohne ihn sein Kind zur Welt bringen, traf ihn bis ins Mark. Er durfte das nicht zulassen. Er würde nicht so wie sein Vater handeln, bei Gott nicht. Er würde einen Weg suchen und auch finden, alles zu haben. Ein Heim, einen sicheren Ort für sie und ihn, und ein ruhiges, sesshaftes Leben, in dem es niemanden mehr gab, der ihn um der Belohnung willen jagte, die auf seinen Kopf ausgesetzt war.

In der Abgeschiedenheit der Höhle, verborgen hinter dem tosenden Wasserfall und sicher vor den Geschöpfen des Dschungels, die durch die Nacht schlichen, hielt Raiden Willa in seinen Armen. Er wusste, dass er nur bei ihr den Frieden finden konnte, seine gequälte Seele auszuruhen. Aber so sehr er sich dies auch wünschte – er wusste, dass es unmöglich sein würde.

Auf die Arme gestützt, lag Willa mit dem Rücken auf den glatten Felsen und ließ sich die nackte Haut vom Dunst des Wasserfalls benetzen. Nach einer Weile rollte sie sich auf die Seite und schaute zu Raiden, der auf der anderen Seite des kleinen Felsbeckens lag und noch schlief. Selbst im Schlaf wirkten seine Muskeln angespannt. Sie erhob sich und ging näher an ihn heran. Ihr Blick glitt über sein langes Haar, die Narbe an seinem Kinn, den Ohrring, der auf seine Profession hinwies. Seine Brust und die Arme waren von Narben übersät, doch keine von ihnen beeinträchtigte die geschmeidige Anmut seines Körpers. Ein gezähmter Wilder, dachte Willa. Denn auch wenn er über die Kultiviertheit eines Gentlemans verfügte, so trat jene andere Seite an ihm sehr oft zutage – seine raue Seite, der Teil in ihm, der nicht vergessen konnte, auf der Straße groß geworden zu sein, ohne Liebe und erfüllt vom Kampf ums Überleben. So war es, wenn er ein Schiff betrat und die zum Dienst gepressten Seeleute befreite. So war es gewesen, als er so gemein und verletzend mit ihr gesprochen hatte, um sie von sich zu stoßen.

Willa wrang sich das Haar aus, während sie ihn ansah. Ihr Körper sehnte sich nach mehr von seiner Liebe. Sie strich sich das Haar zurück und ging näher. Für den Bruchteil einer Sekunde erfüllte eine Vorahnung sie; dann verdrängte sie dieses Gefühl und entschied, dass es Raiden heimgezahlt werden musste, dass er sie in all diesen Tagen auf seine sinnliche Folter gespannt hatte.

Raiden erwachte aus dem Schlaf und stöhnte, als er das vertraute Gefühl des Verlangens in seinen Lenden spürte. Er ließ sich von seinen erotischen Traumbildern treiben, bis er sich zwang, die Augen zu öffnen. Es kostete ihn Mühe, Gefühl und

Wirklichkeit miteinander in Einklang zu bringen. Ein tiefer Atemzug entrang sich seiner Brust.

»Mein Gott, Weib, was tust du da?«

»Ich glaube nicht, dass ich dir das erklären muss.«

Ihr Mund spielte mit seiner Männlichkeit, umschloss ihn tief und fest, und ein heißes unkontrollierbares Beben erschütterte Raiden bis in die Zehen.

Er bog sich, machte stoßende Bewegungen. »Du bist verrückt!« Er öffnete die Augen und schaute zu, wie ihre Zunge ihn umkreiste. Nichts in seinem Leben war je so sinnlich und leidenschaftlich gewesen. »Du weißt doch sicher, dass dich das etwas kosten wird.«

»Bis jetzt bin ich mit jedem Handel einverstanden gewesen, den du vorgeschlagen hast, Montegomery.«

Seine Lippen verzogen sich zu einem Lächeln. Doch alles Necken verschwand, als er sich aufsetzte, unfähig, noch mehr zu ertragen. Das Pulsieren steigerte sich, ihr Rhythmus verdrängte all sein Denken. Raiden spürte nur noch das Rauschen des Blutes und das Verlangen, das durch seine Adern strömte. Er zuckte unbeherrschbar zusammen. Plötzlich griff er unter Willas Arme, zog Willa auf seinen Schoß, schob ihre Beine auseinander und drang in sie ein. Er hielt sie fest, verwehrte es ihr, sein Stoßen zu erwidern. In Sekunden hatte er seinen Höhepunkt erreicht und vergoss seinen Samen.

Als die Leidenschaft verklang, bemerkte Raiden, dass Willa lachte. Wahrhaftig lachte!

»Willa«, sagte er und versuchte, beleidigt auszusehen.

Sie streckte die Arme über den Kopf und reckte sich wie eine Katze. »Es war schön, dich so zu sehen – so . . . hingegeben.« Es gab ihr ein unglaubliches Gefühl der Macht.

Raiden zog sie heftig an sich. »Ich werde dir zeigen, was es heißt, sich hinzugeben, Weib.« Er drückte Willa in das Moos und begann mit seinem Angriff. Er liebte ihr Lachen, die leisen Worte, die sie ihm zuflüsterte, er liebte den Augenblick, wenn er hörte, dass sie den Atem anhielt und sie nichts anderes mehr tun konnte als ihre Lust geschehen zu lassen.

Glitzernd fielen die Strahlen der Morgensonne durch den Vorhang aus Wasser in die Abgeschiedenheit der Höhle. Als Raiden erwachte, fiel sein Blick auf Willa, die nackt neben ihm lag und schlief. Voller Bewunderung betrachtete er sie. Die Lady war verschwunden, an ihrer Stelle war in der Nacht seine Verführerin erschienen. Sein Blick glitt über ihren biegsamen Köper, das Haar, das ihr über den Rücken floss, als sie, ein Bein angewinkelt, auf ihrem Bett aus Moos lag. Ein kleines Lächeln zeigte sich auf Raidens Gesicht. Er fühlte sich wunderbar erfüllt und auf herrliche Art erschöpft, und doch brauchte er Willa nur anzusehen, um sie wieder zu begehren.

Ich werde sie für immer und ewig wollen, dachte Raiden und wünschte, er hätte diese Zeit. Aber sein Herz hatte ihn nicht so blind gemacht, dass er nicht die düstere Zukunft sah, die vor ihm lag. Er war ein Gesetzloser, der von Dunfee und der britischen Marine gejagt wurde. Er hatte Verbrechen im Namen der Gerechtigkeit begangen – die meisten aber im Namen der Piraterie.

Was für eine Art Leben sollte das für eine Lady sein?

Raiden erhob sich und zog seine Hosen an, dann steckte er seine Waffen in die Stiefel, damit sie möglichst nicht nass wurden, und ging dann zu Willa. Er kniete sich neben sie und rüttelte sie sanft. Sie seufzte, als sie sich umwandte und reckte. Die Flut ihrer roten Haare gab ihre runden Brüste frei, und Raiden biss die Zähne zusammen, um seinem Verlangen zu trotzen, das ihm befahl, in ihre Arme zurückzuschlüpfen und ihre rosigen Brustspitzen zu kosten.

»Wach auf, Süße.«

Willa öffnete die Augen und lächelte Raiden an. Sie fasste

nach seiner Hand, als sie sich aufsetzte, und zog sie an ihre Lippen, um einen Kuss darauf zu hauchen.

»Guten Morgen«, sagte sie.

»Wie könnte er das nicht sein?«, murmelte er an ihrem Mund. »Du hast heute Nacht vor Lust nach mir geschrien.«

Sie gab ihm einen neckenden Stoß. »Soll ich dich daran erinnern, wer geschrien hat?« Sie ließ die Hand über seinen muskulösen Oberschenkel gleiten und legte sie dorthin, wo sich seine Männlichkeit unter der dunklen Hose verbarg.

Raiden umfing ihr Handgelenk und zog es an seine Lippen. »Ich gestehe meine Niederlage ein.«

»Ah, ein Sieg«, murmelte Willa, dann bemerkte sie die Stiefel in seiner Hand und die Waffen, die er hineingesteckt hatte. »Wohin gehst du?«

Ihrer Stimme war keine Panik anzuhören, nur Besorgnis.

»Ich will uns etwas zu essen besorgen und nach den Eingeborenen Ausschau halten.«

Sie nickte. »Sei vorsichtig.«

Raiden küsste sie noch einmal, heftig und schnell, dann stand er auf und ging zur linken Seite des Wasserfalls.

»Du wirst klitschnass werden, ebenso wie deine Waffen.«

»Es gibt einen schmalen Felssims auf dieser Seite der Höhle.« Als Willa die Stirn runzelte, fügte er hinzu: »Gestern Abend war es wichtiger, uns in Sicherheit zu bringen, aber jetzt, bei Tageslicht, ist dieser Weg schneller, wenn auch tückisch.«

Sie stand auf und kam in ihrer nackten Herrlichkeit auf ihn zu. Sie spähte auf den schmalen Durchgang. Raiden würde auf jeden Fall nass werden, da er so groß war.

»Versuche es nicht, Willa. Du hast keine Schuhe, um deine Füße zu schützen.«

Sie nickte und schaute zu ihm auf. Sein Blick glitt über ihre frauliche Figur, und die Erinnerung an die vergangene Nacht kehrte mit einer Intensität zurück, die seinen Körper hart machte.

»Komm schnell wieder.« Sie stellte sich auf die Zehenspitzen, um ihn zu küssen, und Raiden schlang den Arm um ihre Taille und zog sie an sich.

»Halt dich verborgen.« Er gab Willa frei und ging zu dem Felsvorsprung.

Das Tageslicht erforderte besondere Vorsicht. Abgesehen davon, dass er etwas zu essen besorgen und sich davon überzeugen wollte, dass sie in Sicherheit waren, musste er ihre Spuren verwischen und herausfinden, ob die *Renegade* schon in der Nähe war, und nicht etwa die britische Marine.

Während Raiden seitwärts gehend den schmalen Felssims überwand und festes Land erreichte, hoffte er, dass die *East India Company* Inakas Rolle bei Willas Befreiung stillschweigend hinnehmen würde, denn den Prinzen zu erzürnen würde bedeuten, die Fortsetzung der Handelsbeziehungen zu gefährden. Und eine Frau war kein hinreichender Grund, einen Krieg anzufangen. Als Raiden mit großen Schritten in Richtung der See ging, dachte er über den Mann nach, der ihn verraten hatte. Er betete darum, dass dieser Verräter inzwischen keine Meuterei angezettelt hatte. Und dass man sie nicht zum Sterben auf dieser Insel zurückgelassen hatte.

»Ich werde dich tragen.«

»Ich kann gehen.«

»Aber du hast keine Schuhe.«

»Ich hab auch keine Kleider, also wo liegt das Problem?«

Raidens Blick glitt zu Willas Po, der sich unter dem fest gewickelten Sarong rund und verlockend abzeichnete – wie jede andere Kurve ihres Körpers auch. Er war daran gewöhnt, Frauen in einem solchen Kleidungsstück zu sehen, aber sie hatten nicht diese Wirkung gehabt wie Willa. Der Gedanke, dass die Männer auf der *Renegade* sie so sehen würden, ließ den Wunsch in ihm wach werden, Willa in Unmengen von Stoff zu hüllen.

»Der Sarong steht dir«, räumte er ein.

»Ich genieße es, ihn zu tragen. Ich fühle mich, als sei ich ... von einer Last befreit, von der ich keine Ahnung hatte, dass ich sie getragen habe.« Willa ging vor ihm her, von Zeit zu Zeit blieb sie stehen, damit Raiden ihr die Richtung wies. Der Geruch der See war stärker geworden, und die Sonne stieg rasch höher.

»Willa, wegen gestern Nacht und heute Morgen ...«

»Und in dem See«, sagte sie mit einem verführerischen Blick über ihre Schulter.

»Ja.«

Sie blieb stehen und sah ihn stirnrunzelnd an. »Sag mir nicht, dass es dir nicht gefallen hat.«

»O nein.« Er küsste sie zart. »Du weißt, wie sehr es mir gefallen hat, aber es sind die Folgen, über die ich mir Gedanken mache.«

Die Folgen. Ein Kind. Sie schaute zu Boden, auf ihre nackten Füße, und ihre Augen begannen zu brennen. Sie hatte es fast vergessen. »Ich kann keine Kinder mehr bekommen.« Sie sah auf. »Ich bin bei Masons Geburt fast gestorben.«

Es tat Raiden weh, das plötzliche Leid in ihren Augen zu sehen. »Ein Arzt hat dir das gesagt?«

»Ja, und Alistar hat mich ständig daran erinnert. Und dass ich, falls ich es doch könnte, doch nur wieder ein unvollkommenes Kind gebären würde.«

Dieser verdammte Bastard, dachte Raiden. »Du bist sicher, dass es die Ärzte waren, die das gesagt haben, und dass Eastwick dich nicht angelogen hat? Es war doch offensichtlich, dass der Mann seinen eigenen Sohn nicht haben wollte.«

»Ich habe darüber nachgedacht, ja.«

»Aber du hast deine Periode.«

Ihre Wangen färbten sich rosa, und sie sah ihn an. »Ja, aber nicht regelmäßig.« Schmerz färbte ihre Stimme. »Du musst dir keine Sorgen machen, du könntest einen Bastard mit mir zeugen, Raiden.«

Sie wandte sich rasch ab, doch er hielt sie fest und sah ihr tief in die grünen Augen, die ihn so verletzt ansahen. »Glaubst du, du bist deswegen als Frau weniger wert? Weil ich das nicht glaube. Kinder bekommen zu können, macht dich nicht zu einer Frau. Es macht dich lediglich zu einer Mutter. Denkst du, das war alles, woran ich gedacht habe, als wir uns geliebt haben?«

»Nein, ich weiß, dass du nicht daran gedacht hast.«

»Denn wenn es so wäre, Willa, dann hätte ich dich bestimmt nicht angefasst.«

Die Anspannung wich aus ihrem Gesicht, und Raiden begriff, dass Willa der Fähigkeit, Kinder bekommen zu können, viel zu viel Gewicht beigemessen hatte. Eastwick hätte es verdient gehabt, dass Raiden ihn dafür zur Hölle geprügelt hätte, weil er Willa dazu gebracht hatte, sich so unzulänglich zu fühlen. Er zog sie in seine Arme und hielt sie fest.

»Mein Gott, Willa, siehst du nicht, wie sehr ich dich anbete?« Sie nickte an seiner Brust. »Ich glaube nicht, dass ich ohne dich weiterleben könnte«, sagte er sehr leise und drückte sie. Er spürte, wie ihm die Kehle eng wurde. Willa legte den Kopf zurück und zog Raiden zu sich herunter. Als sie ihn küsste, presste er sie verlangend an sich. »Ich begehre dich schon wieder, kleine Füchsin. Ich werde noch daran sterben, dich zu begehren.«

»Sag so etwas nicht!«, bat sie hastig und legte die Hände um sein Gesicht, küsste ihn rasch und voller Leidenschaft. »Gib nicht auf, ich flehe dich an.«

Ihre Zuversicht war ansteckend. Weil Raiden wollte, dass es so war. Er küsste sie wild, wollte etwas von ihrer Zuversicht, wollte mehr davon, um die Hoffnungslosigkeit zu besiegen, die er empfand, wann immer er an die Zukunft dachte, wann immer er daran dachte, dass sie eines Tages erfahren würde, welchen Preis er zu zahlen entschlossen war. Ein Teil seiner Seele würde nie zur Ruhe kommen, wenn er seinen Schwur nicht erfüllte. Raiden fürchtete sich davor, es Willa zu sagen. Er fasste sie an den Schultern, drückte sie gegen den Baum, vor dem sie stand, und hob sie hoch. Sie schlang die Beine um seine Hüften, und er streichelte ihre Schenkel und schob das Sarong hoch, als er ihren Po umfasste.

Willa öffnete die Knöpfe seiner Hose, ihre Hand fand und befreite ihn, und mit einem tiefen Stoß war Raiden in ihr, erfüllte sie. Willa keuchte, schlang die Beine fester um ihn und drängte sich ihm entgegen. Sie sahen sich unverwandt in die Augen, als Raiden sich in stetem Rhythmus aus ihr zurückzog und sie wieder nahm. Er spürte ihren zitternden Atem an seinen Lippen, als er heftiger und schneller in sie stieß.

»Vergib mir«, flüsterte er, als ihm bewusst wurde, dass er ihr wehtat.

»Es ist gut so, Raiden«, sagte sie und hielt seinen Blick gefangen. »Kannst du es nicht sehen? Nichts was du tust, wird mich je von dir fortstoßen, du meine Liebe.« Sie war sein, ganz egal was geschehen würde. Das Maß der Zeit zählte nicht.

»O Gott, Willa.« Raiden stöhnte und presste das Gesicht an ihre Schulter. Er liebte sie für ihr Erbarmen, liebte sie für ihre Großherzigkeit, die er nicht verdiente. Das Verlangen pulsierte in seinen Adern, und Willa schrie vor Lust auf, als er noch einmal, zweimal in sie eindrang und sie mit sich nahm, als er den Höhepunkt erklomm. Von ihren Schreien aufgeschreckt erhob sich eine Schar buntgefiederter Vögel in die feuchte Hitze des Dschungels und breitete sich wie eine flirrende Wolke über Willa und Raiden aus.

Augenblicke vergingen, Sekunden, die Raiden festhalten wollte und es doch nicht konnte. Er wusste, der einzige Schritt, den er machen konnte, war, Willa das zu geben, was sie sich mehr als alles andere wünschte. Das, was sie zum Weiterleben brauchte, wenn er fortgegangen war.

Ihr Kind.

Kapitel 22

Raiden drückte ihr eine geladene Pistole in die Hand. »Bitte mich nicht darum, Willa. Du weißt, dass ich dich nicht mitnehmen kann.«

»Ich werde nicht auf dem Schiff sitzen und abwarten, Raiden – bitte.«

Ihr tränenumflorter Blick traf ihn bis in sein Innerstes. »Pst«, besänftigte er sie und schaute flüchtig zu Perth, Balthasar und Kahlid hinüber, ehe er Willa zur Seite nahm. »Hör mir zu, Liebes. Wir riskieren viel, weil du noch auf der Insel bist. Die Kannibalen schätzen weiße Sklaven, besonders Frauen, und allein schon dein rotes Haar würde genügen, uns zu verraten. Unsere einzige Chance liegt in der Überraschung.« Er wartete, während Willa über seine Worte nachdachte. Als sie schließlich traurig nickte, fuhr er fort: »Kahlid und ich haben drei Dörfer ausgekundschaftet, und nur in diesem einen haben wir gehört, dass man über einen weißen Gefangenen gesprochen hat.«

Willa empfand Hoffnung und Angst, während sie in das Feuer schaute, das in der Dunkelheit glühte. Der nervenzermürbende Takt der Trommeln schien mit jeder Sekunde, die verging, lauter zu werden. Schlingpflanzen streckten ihre grünen Arme wie Spinnennetze zwischen den Bäumen aus, hüllten das Geschehen des bizarren Ritus in ein geheimnisvolles Leichentuch. Kannibalen. Menschenfresser. O Gott, wie entsetzlich. Mit der *Renegade*, die jetzt im Schutze der Nacht vor der Küste vor Anker lag, hatte Willa den längsten Teil des Tages mit Perth, Vazeen und Balthasar auf Raidens Rückkehr gewartet, der zusammen mit Kahlid und einigen anderen Männern den

Dschungel durchkämmt hatte. In weniger als zwei Stunden würde es hell werden. Es war keine Zeit mehr.

»Mason wird vielleicht nicht mit dir gehen«, sagte sie.

Raiden seufzte erleichtert. »Ich werde dem Burschen keine Wahl lassen.« Er lächelte sie an. »Schließlich will seine Mutter ihn sehen.«

Die Tränen sprangen ihr in die Augen. »O Raiden, glaubst du wirklich, dass er noch am Leben ist? Er war krank in Kedah …«

»Ja, das tue ich«, unterbrach er sie ruhig. »Du bist so voller Hoffnung für ihn, dass es gar nicht anders sein kann, Liebes.« Er küsste sie auf die Stirn und drückte sie für einen Moment an sich. Er betete, dass er sich nicht irrte. Es würde Willa zerstören, wenn Mason nicht mehr am Leben wäre. »Perth wird bei dir bleiben«, sagte er und wandte sich widerstrebend von ihr. Er nahm die Waffen in Augenschein, die sie zur Verfügung hatten, und griff dann nach dem Blasrohr, das Inakas Krieger ihm geschenkt hatte. Er hängte es sich über den Rücken, zusammen mit dem Beutel, in dem sich das Gift befand.

Willa betrachtete die Pistole in ihrer Hand, auf deren Griff das Wappen der *East India Company* im fahlen Mondlicht schimmerte. Er hat sie die ganze Zeit über behalten, dachte sie und erinnerte sich daran, wie sie die Waffe in Barkmons Kutsche gefunden hatte. Das alles schien schon hundert Jahre her zu sein. Geübt überprüfte sie die Ladung, ehe sie die Pistole in den Gürtel der Hose steckte, die Perth ihr zusammen mit einem Hemd und Stiefeln klugerweise mitgebracht hatte. Willa hatte geschworen, dass sie nach dem Sarong und den Hosen nie wieder ein Kleid tragen wollte. Der Gedanke ließ ein Lächeln über ihr Gesicht huschen. Als sie aufschaute, sah sie, dass alle sie anstarrten.

»Was?«

»Egal was du hörst, du rührst dich nicht von der Stelle.«

Ihre Augen weiteten sich. »Warum? Was meinst du?«

Er trat näher. »Du musst mir vertrauen, Willa.«

»Du weißt, dass ich das tue.«

»Gut.« Er küsste sie leicht. »Ich will nicht gezwungen sein müssen, dich an einen Baum zu binden.«

»Du glaubst, das würde mich halten?«

Abwägend zog er eine Augenbraue hoch – das Sinnbild männlicher Arroganz.

Willa griff nach ihrem Messer, ließ es aufspringen, klappte es wieder zusammen und schob es mit einer raschen Bewegung in ihren Stiefel zurück. »Versuch es nur, Pirat.«

Raiden schaute zu Perth. »Eure Aufgabe wird gefährlicher sein als meine, fürchte ich.«

Perths Antwort bestand in einem leisen Lachen. Raiden war inzwischen den anderen in das Dickicht aus Sträuchern und Schlinggewächsen gefolgt. Plötzlich blieb er stehen und schaute über die Schulter zu Willa zurück. Sie sah die Verwundbarkeit auf seinem Gesicht. Raiden wandte sich um, war mit drei großen Schritten bei Willa, hob sie hoch und trug sie fort, dorthin, wo sie vor den Blicken der anderen geschützt waren.

»Raiden!« Er würde doch jetzt bestimmt nicht vorhaben, sie zu lieben.

Er setzte sie ab und presste sie an sich. Seine rauen Hände schlossen sich um ihr fein geschwungenes Kinn, und er streichelte mit dem Daumen ihre Unterlippe. Sein Blick folgte seinem Finger. Raiden wusste, dass sein Verhalten Willa verwirrte.

Sie fasste nach seinen Handgelenken. »Raiden, sag etwas! Was ist denn?«

Er sah ihr in die Augen. »Es ist schwer, dich zu verlassen, sei es auch nur für einen Augenblick. Oder sei es auch aus einem Grund, der meine ganze Aufmerksamkeit verlangt. Aber ich konnte nicht gehen, ohne ...« Er schluckte, sein Blick glitt über ihr wunderschönes Gesicht, er spürte, wie seine Herz sich zusammenzog, als er nach den richtigen Worten suchte. »Ich liebe dich, Willa Delaney.«

Sie holte tief Luft, Tränen stürzten aus ihren Augen.

»Ich liebe dich so sehr, dass es mir den Atem raubt.«

Willa hauchte seinen Namen und schlang die Arme um seine Taille.

»Es ist mir egal, ob du meine Liebe erwiderst ...«

»Das tue ich.«

Er schwieg, sah in ihre Augen.

»Ich liebe dich«, sagte Willa und hob die Hand, um seine Wange zu streicheln. Dann strich sie ihm das Haar zurück.

Raiden zitterte, als die Last der einsamen, von Sehnsucht erfüllten Jahre von ihm abfiel. Seine Augen glänzten in der Dunkelheit. Es war ein Glanz voll von Gefühlen, der Willa das Herz eng werden ließen.

»Ich liebe dich, Raiden Montegomery.«

»Willa.« Er flüsterte ihren Namen wie ein Gebet, ehe er sie zart und fast ehrfürchtig küsste.

Sie warf die Arme um seinen Hals und hielt Raiden fest, erzählte ihm flüsternd von ihrer Liebe.

In der Nähe räusperte sich jemand. »Die Sonne geht in einer Stunde auf, Sir. Wenn wir heute noch was ausrichten wollen, dann wird es jetzt Zeit.«

Raiden trat einen Schritt zurück, ihre Blicke waren noch ineinander verfangen, als er Perth mit einem Kopfnicken zustimmte.

Willa ließ die Arme sinken und legte Raiden die Hände auf die Brust. »Geh und bring mir mein Kind«, sagte sie und musste dazu all ihre Tapferkeit zusammennehmen.

Er berührte ihr tränenbedeckte Wange und lächelte, dann ging er davon.

Perth war in der Nähe stehen geblieben und wartete auf Willa.

Sie wischte sich die Tränen ab, stieß sich von dem Baum ab und ging mit Perth zur Lichtung.

Raiden und seine Männer waren nicht mehr zu sehen.

Zwei Gründe hatten Raiden bewogen, Balthasar und Kahlid auszuwählen. Zum einen waren sie fast zweimal so groß wie die Eingeborenen und würden jedem, der ihnen das erste Mal begegnete, Angst einjagen, zum anderen konnten sie sich trotz ihrer Größe nahezu lautlos bewegen. Vazeen war besonders geschickt, und von seinem Standort aus beobachtete Raiden den schlanken Hindu, der sich wie eine Spinne durch die Bäume und das Dickicht bewegte und jede der grasgedeckten Hütten nach dem Gefangenen absuchte.

Die Dorfbewohner feierten, und Raiden wünschte, er könnte ihre Sprache besser verstehen. Sie war der Inakas nicht unähnlich, hatte aber einen entschieden arabisch anmutenden Klang. Raiden zog sich tiefer ins Unterholz zurück. Das Mahl, das die Kannibalen in der Morgendämmerung einnahmen, war das rituelle Fest, das vor einem Angriff begangen wurde. Bei Inakas Stamm gab es einen ähnlichen Brauch. Raiden betete, dass es nicht die *Renegade* war, die angegriffen werden sollte. Und dass es nicht der Junge war, den sie gerade aßen.

Sein Magen zog sich zusammen, wenn er daran dachte, wie viel Angst Mason haben musste. Unfähig zu sprechen und zu verstehen. Raiden hatte seinen Männern eingeschärft, besonders auf das Weinen eines Kindes zu achten. Jetzt hielt es ihn nicht länger auf seinem Beobachtungsposten. Er umrundete das Dorf und traf mit Vazeen und Balthasar zusammen, die nichts gefunden hatten. Hatte Raiden sich geirrt? Hatte er die Wortbrocken, die er aufgeschnappt hatte, fehlgedeutet?

Mit dem Fernrohr suchte er das Dorf ab, das offene Areal, auf dem der Rat des Stammes sich beriet, auf dem Riten zelebriert wurden und Opferungen stattfanden. Um ein großes Freudenfeuer tanzten Männer und Frauen, die fast nackt waren, denn Palmenblätter und Lendenschurze aus Bastfasern verdeckten wenig. Hohe, schmale Trommeln standen auf der gegenüberliegenden Seite des Platzes in einer langen Reihe nebeneinander, auf denen junge Männer den monotonen Rhythmus schlugen, der vom Wind davongetragen wurde und ihren Feinden Angst machen sollte.

Der beißende Geruch von brennendem Muskat erfüllte die Luft und stach Raiden in der Nase. Wenn die *East India*-Leute das sehen könnten, dachte er, als er auf die ausgedehnten Muskatbaumwälder schaute, die das Dorf umgaben.

Er richtete das Fernrohr auf die Stelle, an der er Vazeen zuletzt gesehen hatte. Balthasars Gestalt verschmolz fast mit der Vegetation, seine dunkle Haut und die Tätowierungen gaben ihm etwas Geisterhaftes. Raidens Blick verharrte auf einem jungen Eingeborenen, der ein großes, mit Früchten gefülltes Blatt trug. Nachdenklich schob Raiden das Fernrohr zusammen, dann richtete er sich auf und folgte dem Eingeborenen. Er gab seinen Männern ein Zeichen, sich ihm anzuschließen. Es war schwierig, mit dem jungen Kannibalen Schritt zu halten, denn jedes Knacken eines Zweiges konnte den ganzen Stamm alarmieren. Raiden gelangte zu dem Schluss, dass sie ein Ablenkungsmanöver brauchten. Er nahm das Pulverhorn in die Hand und ging zu Balthasar, um ihm seinen Plan zu erklären. Sein nächstes Ziel war ein schmaler Trampelpfad, der in den Dschungel führte und dem er bis ans Ende folgte. Vor Jahren hatte Inaka ihn in einer Grube gefangen gehalten, die mit einer gitterartigen Klappe verschlossen gewesen war. Diese Grube war nichts als ein Erdloch gewesen, das sich während des Monsuns mit Regenwasser gefüllt hatte und in das die Schlangen gekrochen kamen, um seine Wärme zu suchen. Jede Stunde war ein Kampf gewesen, bis zum nächsten Sonnenaufgang zu überleben. Raiden hielt es für denkbar, dass diese Kannibalen mit ihren Gefangenen ähnlich verfuhren und sie ebenfalls in ein Erdloch sperrten.

Gebe Gott, dass sie das dem Jungen nicht angetan hatten!

»Esst etwas, Mylady.« Perth bot ihr einen Streifen getrocknetes Rindfleisch und Schiffszwieback an.

»Ich kann nicht.« Mit dem Rücken gegen einen Baum gelehnt, saß Willa auf dem Boden. Sie wandte den Kopf und starrte in die Dunkelheit. Sie hörte nichts außer dem Dröhnen der Trommeln. Der monotone Rhythmus verursachte ihr bohrende Kopfschmerzen und zerrte an ihren Nerven, die so gespannt waren wie die Saiten einer Violine. In ihren Augen brannten die Tränen, die sie mit aller Macht zurückdrängte. Alles, was sie liebte, war in diesem Dschungel und hoffentlich in jenem Dorf.

»Habe ich Euch eigentlich dafür gedankt, dass Ihr Raidens Leben gerettet habt?«, fragte sie unvermutet und sah Perth an.

»Ihr meint dafür, dass ich ein Loch durch Euren Ehemann gepustet habe?«

Willa zuckte bei diesen Worten zusammen. »Nun, ja. Dafür auch.«

Perth winkte ab. »Er war ein grausamer Mann, Mylady. Nicht sehr angesehen – trotz seiner gesellschaftlichen Stellung. Ich würde mein Mitgefühl nicht an ihn verschwenden.«

»Das tue ich auch nicht.« Willa sah Perth von der Seite an. Er saß ein Stück weit von ihr entfernt, die Ellbogen auf die angewinkelten Knie gestützt.

Er bewegte sich unruhig, als er ihren Blick auf sich spürte. »Euch geht irgendetwas durch den Sinn, Mädchen. Warum starrt Ihr mich so an?«

»Ich habe darüber nachgedacht, warum Ihr manchmal mit einem Akzent sprecht und manchmal nicht.«

Sein Gesicht spannte sich an. »Nun, Ihr verfallt doch auch hin und wieder ins Irische.«

»Nur, wenn ich etwas getrunken habe«, erinnerte sie ihn. »Ihr hingegen sprecht ganz und gar wie ein Engländer. Wie ein Aristokrat, um es genau zu sagen.«

Er schnaubte und stach das Messer, mit dem er gespielt hatte, zwischen seinen Füßen in den Boden.

Die Trommeln dröhnten; Vögel kreischten über ihnen.

Willas Stimme klang sanft und mitfühlend, als sie fragte: »Wann werdet Ihr ihm sagen, wer Ihr wirklich seid?«

Sein Kopf fuhr hoch, seine Augen wurden schmal. »Und wer sollte ich sein?«

Willa stand auf und klopfte sich die Erde vom Hosenboden. »Sein Vater.«

Perth lachte, doch es war ein freudloses Lachen. »Ihr habt eine wilde Fantasie, meine Kleine. Ich bin ein Seemann und ich ...«

»Treibt kein Spiel mit mir!«, fiel sie ihm scharf ins Wort; ihre Nerven und ihre Geduld waren durch das Warten auf Raidens Rückkehr ohnehin bis zum Zerreißen angespannt. »Ich kann die Ähnlichkeit sehen, die auch dieser Bart und die langen Haare nicht verbergen können. Ganz zu schweigen von der Art, wie Ihr esst und wie Ihr geht, wie Ihr zu Pferde sitzt.« Sie holte Luft. »Und Eure Art zu reden.«

Perth fuhr fort, mit dem Messer in der Erde zu graben.

»Ihr seid wie er. Ihr seid Granville Montegomery.«

Er hob den Kopf. Als er Willa ansah, erkannte sie in seinen Augen den Schmerz über die von Reue und Bedauern erfüllten Jahre. »Ja.«

Sie nickte. »Ist ein Hofknicks im Dschungel üblich, Mylord?«

Er schnaubte wieder und stand auf. Hoch aufgerichtet stand er vor ihr. »Spart Euch die Formalitäten, Lady Eastwick.«

»Bitte nennt mich nicht so. Ich habe noch nie daran geglaubt, dass die Abstammung allein jemanden adelt.«

Er lachte leise in sich hinein. »Dafür bin ich ja wohl der beste Beweis.«

Auch Willa hatte sich erhoben und ging jetzt auf ihn zu. Sie war dankbar für diese Ablenkung, dennoch empfand sie Mitleid mit ihm. »Warum habt Ihr Euch in seine Mannschaft aufnehmen lassen?«

»Um meinen Sohn kennen zu lernen, natürlich.«

So etwas hatte sich Willa gedacht. »Ihr scheint ja einige Söhne zu haben.«

Er zog die Augenbraue hoch, so ähnlich wie Raiden es oft tat, doch Willa konnte darüber nicht lächeln. Alles, was sie sah, war der Schmerz, den Raiden wegen der Gefühllosigkeit dieses Mannes gelitten hatte. »Was treibt einen Mann dazu, sein Kind beiseite zu schieben, auf und davon zu gehen und überall auf der Welt Bastarde zu zeugen?«

»Ihr habt kein Recht, so mit mir zu sprechen, Lady Eastwick.«

Mit einem Schritt war Willa bei ihm. »O doch«, zischte sie ihn an, »ich habe jedes Recht dazu. Ich liebe Raiden, und er liebt mich. Und Ihr habt ihm nichts als Leid gebracht. Er wurde zur Seite gestoßen, er hat auf der Straße gelebt, ein Bettler, der sich von Resten ernährt hat – wenn er überhaupt zu essen hatte. Das ist der wahre Grund, warum er zum Dieb geworden ist!«

Granville seufzte schwer. Er lauschte auf den Klang der Trommeln und auf jedes ungewöhnliche Geräusch, doch in Gedanken war er bei dem, was Willa gesagt hatte.

»Ich wusste nicht, dass man ihn verstoßen hat«, sagte er, und Willa hörte den Kummer in seiner Stimme mitschwingen. »Als seine Mutter, Lady Elise, erfuhr, dass sie schwanger war, heiratete sie den erstbesten Mann, bevor ich überhaupt wusste, dass sie mein Kind erwartete. Ich habe meinen Sohn nur einmal gesehen, das war nach seiner Geburt, und ich gab ihm seinen Namen. Der Mann seiner Mutter war zu der Zeit außer Landes«, fügte er hinzu, als er die Frage in Willas Augen las. »Sie starb nicht lange nachdem sie Raiden geboren hatte, und ich glaubte, das Kind würde von ihrem Ehemann großgezogen. Raiden war fast zwei, als ich erfuhr, dass dieser Mann ihn in die

Obhut eines seiner Dienstboten abgeschoben hatte. Aber schließlich hatte ich jeden Anspruch auf ihn verloren.«

»Das ist keine Entschuldigung dafür, in all diesen Jahren seiner Kindheit nicht für ihn da gewesen zu sein, Mylord.«

Granville sah sie durchdringend an. »Ich denke, Ihr habt mich genug gequält, um mich Granville nennen zu können«, sagte er. »Und Ihr habt Recht.«

»Warum dann jetzt? Warum mischt Ihr Euch in sein Leben, nachdem Ihr Euch mehr als dreißig Jahre Zeit gelassen habt, ihn zu finden?«

Granville ließ sich müde gegen einen Baum sinken. »Ich erfuhr, dass er *meinen* Namen angenommen hatte und nicht den seines Stiefvaters. Wie er die Wahrheit herausgefunden hat, weiß ich nicht, es ist auch nicht wichtig. Aber dieser Name hat ihn in Gefahr gebracht.«

»Raiden ist immer in Gefahr. Seit er ein Junge war, ist er vor dem Gesetz auf der Flucht. Weil Ihr Euch nie um ihn gekümmert habt.«

Granville richtete sich auf. »Hütet Eure Zunge, Lady Eastwick.«

»Nennt mich doch Willa«, schnappte sie zurück.

»Ich habe mich immer gekümmert, Willa. Denn ich liebe alle meine Kinder. Welcher Mann würde nicht voller Bewunderung auf sie schauen, so groß und stark wie sie geworden sind?« Eine Spur von Stolz färbte seine Stimme. »Und Raiden ist gut in dem, was er tut, und er ist, bei Gott, ein Mann, den man nur schwer aufspüren kann. Niemand weiß bis jetzt, dass der Schwarze Engel ein Montegomery ...«

»Bastard. Sagt es laut, Granville. Dass er ein Montegomery-Bastard ist«, höhnte sie. »Wie ein halbes Dutzend anderer, die Ihr gezeugt habt. Er trägt den Makel seiner Geburt, während Ihr über die Kontinente tändelt und immer noch mehr Kinder in die Welt setzt.«

»Ich war in meiner Jugend nicht besonders achtsam, das

gebe ich zu, aber in den vergangenen dreißig Jahren habe ich mich zurückgehalten. Manchmal allzusehr.«

Doch Willas Mitgefühl galt nur Raiden. Für das schreckliche, einsame Leben, das er geführt hatte, weil es seinem Vater in dessen Lüsternheit und Gefühllosigkeit egal gewesen war, wie viele Frauen er geschwängert hatte. Aber so wie man dem Mann, den sie liebte, nicht die Schuld an dem geben konnte, was in seiner Jugend geschehen war, konnte man es auch seinem Vater nicht ankreiden. »Also – warum sollte der Name Montegomery ihn in noch größere Gefahr bringen?«

»Weil meine Feinde auch zu seinen Feinden geworden sind.«

Willa wandte den Kopf in die Richtung, aus der die Trommeln dröhnten. »Wer?«, fragte sie geistesabwesend.

»Percival Dunfee.«

Sie sah ihn ungläubig an. »Der Admiral?«

Granville nickte und nahm seine Mütze ab, um sich mit der Hand durchs Haar zu fahren. »Er war der Mann, den Elise geheiratet hat. Er hat mir niemals vergeben, dass ich mit der Frau geschlafen habe, die er geliebt hat, und er hasst Raiden, weil die Geburt des Jungen den Tod seiner Frau verursacht hat.«

»Granville«, sagte sie und starrte ihn nachdenklich an. »Raiden hat noch ein Hühnchen mit Dunfee zu rupfen. Könnte es vielleicht darum gehen?«

»Ihr wisst es nicht?«

»Ich bin nicht mit allem vertraut, was in seinem Leben geschehen ist … noch nicht.«

»Dunfee will einen Montegomery. Ich glaube nicht, dass er weiß, dass Raiden der Schwarze Engel ist.«

»Oh, ich bin sicher, dass er davon keine Ahnung hat, denn ich bin dem Admiral begegnet. Für diesen Mann ist die Jagd auf Piraten eher ein sportliches Vergnügen.«

Eine Explosion erschütterte die Erde, und Willa hatte Mühe, sich auf den Beinen zu halten.

Granville riss sie zu Boden und zog seine Pistole. Die Trommeln waren verstummt.

»Heilige Mutter Gottes, was war das?«

»Es war kein Gewehrfeuer. Auch keine Kanonen.«

Es kam wieder, die Nacht wurde plötzlich taghell, die Erde unter ihnen bebte.

»Ein Erdbeben?«

»Und was ist dann das?« Granville erhob sich, und half Willa beim Aufstehen. Sie schaute in die Richtung, in die er mit der Pistole wies.

Im Dschungel war es lebendig geworden, lautes Krachen war zu hören, Lichtblitze zuckten durch die Nacht. Es war Gewehrfeuer, wie Willa erkannte.

»Sie sind entdeckt worden! O Gott!« Sie machte einen Schritt auf das Chaos zu, doch Granville riss sie zurück.

»Nein. Ihr habt versprochen, hier zu bleiben.«

»Er braucht mich.« Willa kämpfte gegen seinen Griff.

Granville schloss seine Arme fest um sie und sagte dicht an ihrem Ohr: »Was könnt Ihr schon tun, außer Euch selbst umzubringen? Er ist erfahren, Frau, ein Meister im Entkommen. Vertraut ihm.«

Willa wusste, dass er Recht hatte. Und sie hatte es versprochen. Ihre Panik würde nichts Gutes bringen. Jetzt blieb ihr nichts übrig, als zuzusehen und zuzuhören. Die schmerzerfüllten Schreie Sterbender zerrissen die Nacht wie das schrille, nervenzerrende Krächzen der aufflatternden Vögel. Rauch stieg über dem Dschungel auf, bedeckte die magentafarbene Dämmerung mit weißer Asche.

Das Krachen von Pistolenschüssen ließ Willa erneut zusammenzucken, und sie kämpfte, um sich von Granvilles Griff zu befreien. *Bitte, Gott*, betete sie. *Bitte nimm sie mir nicht*. Ihre Kehle zog sich zusammen, brannte von Rauch und Tränen. Eine Gestalt rannte auf sie zu, ein Eingeborener, und Granville brachte ihn mit einem Schuss zu Fall, bevor er mit seiner

Kriegsaxt Willas Schädel spalten konnte. Granville zog sich zurück, zerrte Willa mit sich, doch sie sträubte sich mit aller Kraft. Egal wie groß die Gefahr war, sie konnte Raiden nicht zurücklassen.

Plötzlich begann die Erde zu grollen, und Willa sah es – den rotgoldenen Schein flüssiger Lava, den Staub von schwerer Asche, der herniederregnete.

»Gott beschütze uns.«

Der Vulkan brüllte. Faustgroße Steine wurden in den Himmel geschleudert, fielen zurück auf die Erde und durchschlugen den Laubbaldachin, während ein Strom aus geschmolzenem Fels sich über die Erde ergoss.

»Allmächtiger! Kommt!« Granville zog sie in Richtung der Küste, auf die *Renegade* zu.

»Nein.« Willa riss sich los. »Ich kann nicht – wie könnte ich ohne ihn gehen?«

»Ich habe einen Eid geschworen!«

»Er ist Euer Sohn!«

»Ja, er ist mein Sohn.« Granville stöhnte, doch er packte sie erneut und zerrte sie durch das Dickicht zum Strand.

Willa schrie nach Raiden, bis ihre Kehle rau war, doch es kam keine Antwort. Sie war unfähig, den Blick von der Stelle zu wenden, an der Raiden verschwunden war.

Zeig dich!, dachte sie. *Verdammt, Raiden, zeig dich doch!*

Ein Mann kam aus dem Dschungel gelaufen.

»Wartet!«, schrie sie Granville an und stemmte sich gegen ihn. »Dort!«

Er drehte sich um.

Es war Kahlid, ihm folgten Balthasar und der junge Vazeen. Und noch immer war von Raiden nichts zu sehen.

»*Raiden!*« Sie schrie seinen Namen heraus, und ihr Flehen hallte von den Bäumen wider.

Für den Bruchteil eines Herzschlags hielt das tobende Chaos inne, verstummten die Schreie, der Dschungel verharrte in glühend roter Dämmerung und Stille, als der Vulkan sein Blut über das Land ergoss. Willa schluchzte und schlug verzweifelt die Hand vor den Mund. Sie wollte losrennen, wollte losschreien, doch sie war unfähig, es zu tun. Ihr Puls raste.

Rauch wirbelte auf, Blätter raschelten; dann teilte sich das Gewirr der Schlingpflanzen wie von unsichtbarer Hand und ein dunkler Schatten tauchte auf. Sein Gesicht war schwarz, sein Hemd zerrissen und blutbefleckt.

»Raiden«, hauchte Willa und glaubte, die Beine würden unter ihr wegbrechen. Doch dann rannte sie auf ihn zu – und blieb stehen, als er die Arme hob und ihr den reglosen Körper ihres Sohnes entgegenhielt.

Kapitel 23

Er lebt«, sagte Raiden und legte ihr das Kind in die ausgestreckten Arme. Willa ließ sich zu Boden sinken und umklammerte ihren Sohn, tastete ihn nach Verletzungen ab.

O Gott, er war so dünn.

Sie schluchzte, hilflos und überglücklich, und als Raiden sich hinkniete, schlang sie den Arm um ihn. »Danke«, weinte sie, »danke.«

Raiden streichelte ihr Haar, ihre Schulter. »Er ist unterernährt und schwach, aber er ist unverletzt.«

Willa brach wieder in Schluchzen aus und ließ Raiden los, um ihren Sohn zu untersuchen. Sie bemerkte jede Schramme, jeden Schnitt, jedes Staubkorn. Mason rührte sich nicht, er lag mit geschlossenen Augen da, und Willa sah Raiden angsterfüllt an.

»Er ist ohnmächtig. Ich glaube, ich habe ihm Angst gemacht.« Raidens Zorn flackerte wieder auf. Er hatte das Kind in einer Erdgrube voll mit schlammigem Wasser gefunden. Der dumpfe Ausdruck auf dem Gesicht des Jungen, als er zum Himmel hochgestarrt hatte, als wartete er auf einen Engel, der Mitleid mit ihm hätte, hatte Raiden vor Mitleid fast zerrissen. Als er in die Grube hinuntergesprungen war, hatte Mason sich nicht bewegt, hatte nicht gesprochen; nur seine großen Augen hatten vor Entsetzen geschrien. Als Raiden ihn auf den Arm hatte nehmen wollen, hatte der Junge sich gegen ihn gewehrt. Wie ein gefangenes Ferkel hatte er sich gewunden und die quiekenden Laute ausgestoßen, die die Kannibalen alarmiert hatten. Dann war Mason plötzlich verstummt und ganz schlaff geworden.

»Komm jetzt, wir müssen uns beeilen.« Raiden half Willa aufzustehen und führte sie durch den Dschungel.

Perth und Kahlid liefen voraus, um die *Renegade* zu alarmieren und das Langboot aus seinem Versteck zu ziehen. Der Dschungel hallte plötzlich von lauten Rufen wider, und Trommeln begannen zu dröhnen. Kriegstrommeln. Raiden nahm Willa das Kind ab, und sie rannten zum Strand.

Sie schafften es knapp bis zum Boot und in das Wasser, als der Strand sich mit Eingeborenen füllte. Wie gierige Ameisen, die sich über ein Stück fauliges Fleisch hermachten, fielen sie ein, schleuderten Speere und Steine auf die Flüchtenden. Zweimal wurden Perth und Vazeen von dem Steinhagel getroffen. Aber sie ruderten unbeirrt weiter, während Raiden der *Renegade* Zeichen gab.

Mit einem Bündel gezielter Schüsse nahmen die Kanoniere der *Renegade* die Küste unter Feuer, zerfetzten den Strand, so dass Sand und Krieger durch die Luft gewirbelt wurden. Unter dem Sperrfeuer rührte sich Mason, der in Willas Armen lag, und sie schaute auf ihn herunter, als er die Augen öffnete.

Zunächst zeigte er kein Zeichen des Erkennens, aber als er zu begreifen begann, umschlang er mit seinen dünnen Armen Willas Nacken, und sie hörte das Wort, das einzige Wort, das er je gesprochen hatte: »Mama.«

Willa spürte, wie durch dieses Wort alles Leben in sie zurückkehrte.

»O Mason, mein Liebling. *Ich habe dich vermisst.*«

Er drückte sie als Antwort, und sie lachte unter Tränen und schluchzte vor Glück, während sie ihn in ihren Arme wiegte.

Er lebte. Er lebte und lag in ihren Armen. *O gnadenreiche Mutter Gottes, ich danke dir*, dachte Willa und benetzte sein verschmutztes Haar mit unzähligen Küssen. Über den Kopf des Kindes hinweg begegnete sie Raidens Blick. Er lächelte sie zärtlich an, in seinen Augen lag der helle Glanz ungeweinter

Tränen. »Ich liebe dich.« Stumm formte ihr Mund unter dem Donnern der Kanonenstöße diese Worte.

»Ich weiß«, erwiderte er und beugte sich vor. »Es wärmt meine Seele, dich so glücklich zu sehen, meine Liebste.«

»O Raiden, all die Freuden, die du mir geschenkt hast«, sagte Willa und küsste ihn. Sie lösten sich voneinander, als Mason sich in ihren Armen auf die Seite wandte und zur *Renegade* hinüberschaute, aus deren Kanonen der Rauch aufstieg. Die Faszination in seinen Augen, das Staunen, als sein Blick den Schüssen der *Renegade* bis zu deren Aufschlagen auf der Insel folgte, sagte ihr, dass die Gefangenschaft weder seine kindliche Neugier noch seinen unschuldigen Geist zerstört hatte.

Das Langboot lag kaum längsseits der *Renegade*, als auch schon ein Fallreep heruntergelassen wurde. Während die Männer das Boot festmachten, übergab Willa ihren Sohn an Raiden und kletterte die Strickleiter hinauf. Mason wandte sich nach seiner Mutter um, aber Raiden steckte das Kind wie ein Stück Beute unter sein Hemd und folgte ihr rasch. Als er an Deck war und ihr Mason zurückgeben wollte, sah er, dass der Kopf des Jungen aus der Hemdbrust hervorlugte. Fast Nase an Nase mit Raiden starrte Mason ihn an. Den Kopf zur Seite geneigt, so wie seine Mutter es auch oft tat, sah der Junge Raiden mit offener Neugier ins Gesicht.

Raidens Lächeln machte Mason offensichtlich Angst, denn er zog sich hastig in das Hemd zurück und versteckte sich darin wie eine Schildkröte in ihrem Panzer vor einem Raubtier. Raiden sah Willa an, als er den Jungen aus dem Hemd schälte, der sich eng zusammengerollt an seine Brust presste und offenbar vergessen hatte, dass es immer noch Raiden war, der ihn hielt. Der Junge war erschreckend dünn und federleicht, und als Willa die Arme nach ihm ausstreckte und ihn beim Namen rief, warf er sich ihr in die Arme und klammerte sich an ihr fest. Sie strich ihm über den Kopf und sah Raiden fragend an.

»Geh mit Balthasar in die Kabine«, sagte er. »Ich werde nachkommen, sobald wir Fahrt aufgenommen haben.«

Sie nickte und sah zur Insel hinüber. Noch immer ließen die Kanonen das Deck erbeben, wenn sie zurückgerollt wurden, um neu geladen zu werden. Willas Blick ging zurück zu Raiden.

Die Entschlossenheit einer Mutter, die ihr Kind beschützt, brannte in ihren grünen Augen.

»Schick sie alle zur Hölle«, sagte sie, wandte sich ab und ging. Balthasar folgte ihr auf dem Fuße.

Sie schliefen zusammen in seinem großen Bett. Mason lag eng an den warmen Körper seiner Mutter geschmiegt, und in seiner kleinen Faust hielt er eine ihrer Locken umklammert. Es war ein Bild, das Raiden mit unglaublicher Freude und Erleichterung erfüllte. Gebadet und satt gegessen schlummerte das Paar friedlich, und vom Waschzuber, in dem Raiden saß, glitt sein Blick zuerst über Mason, den man in ein Paar sauberer, hastig geänderter Hosen gesteckt hatte, und dann über Willa. Sie trug ein dünnes Batistnachthemd, das sie in eine Wolke aus cremigem Weiß einhüllte, und sie sah ganz und gar nicht wie die Frau aus, die im Dschungel zur Eingeborenen geworden war, wie die Verführerin, die ihn am Wasserfall geliebt hatte. Weich und verlockend sah sie aus, der zarte Stoff betonte ihren Körper, ließ die sanften Hügel ihrer Brüste und die gerundeten Formen ihrer Hüften ahnen. Der Geschmack ihrer Lippen, das Gefühl ihrer Haut an seinem Körper, ihre Hingabe, all das klang in ihm nach, und er wollte Willa in den Arm nehmen und festhalten, doch er wusste, dass Mason nicht bereit war, sie zu teilen.

Es war Raiden in dem Augenblick klar geworden, als er in die Kabine gekommen war. Mason hatte auf dem Bett gesessen, während Willa gebadet und mit dem Kind gesprochen hatte. Mason hatte nur mit einem Lächeln oder dem Hervorstoßen unverständlicher Laute geantwortet, in seinem Gesicht hatte sich nicht begreifende Leere widergespiegelt. Doch in dem Augenblick, als Raiden auf Willa zugegangen war, war das Kind vom Bett aufgesprungen und hatte sich beschützend vor sie gestellt. Willa hatte ihrem Sohn erklärt, wer Raiden war, dass sie ihn liebte und dass er geholfen hatte, ihn zu suchen und zu befreien, doch ihre Worte schienen Mason nicht zu erreichen.

Noch bevor Willa sich entschuldigen konnte, hatte Raiden verstanden, dass der Junge Zeit mit seiner Mutter brauchte, Zeit, die ihn nicht einschloss. Er beneidete den Jungen, denn Willa war liebevoll und geduldig und bereit, alles für ihren Sohn zu opfern. Eine solche Liebe hatte Raiden niemals gekannt. Doch er wusste um deren Macht, denn auch er liebte Mason. Selbst wenn das Kind Angst vor ihm hatte, selbst wenn es jetzt eine Barriere zwischen ihm und der Frau war, die er liebte. Er liebte diesen kleinen Jungen aus dem einfachen Grund, weil er Willas Kind war. Die Zuneigung, die er sofort zu ihm gefasst hatte, und die Bitte, Geduld mit ihm zu haben, ließen Raidens Gedanken in die Vergangenheit gleiten, zu einem vor tödlichem Entsetzen verzerrten Gesicht und der eigenen ohnmächtigen Gewissheit, es nicht daraus vertreiben zu können.

Raiden strich sich das nasse Haar zurück und presste die Hände um seinen Schädel, um diese Gedanken in die Kammer seiner Erinnerung zurückzudrängen. Er wollte deren Qual nicht spüren, wollte nicht, dass sich der Hass und die Hoffnungslosigkeit erhoben. Nicht jetzt. Er wollte diesen Frieden genießen, ehe Ehre und Pflicht ihn fortführten. Er spülte sich ab und stieg aus dem Zuber. Nachdem er sich abgetrocknet und frische Kleidung angezogen hatte, setzte er sich an seinen Schreibtisch. Von hier aus konnte er auf Willa und den Jungen und auf den hellen Nachmittag draußen vor den Fenstern schauen. Er legte die nackten Füße auf den Tisch, bediente sich an Obst und warmem, frischem Brot und trank Wein. In seiner Zigarrenkiste fand er noch einen Stumpen, den er anzündete und, den Kopf in den Nacken gelegt, genüsslich rauchte und Ringe in die Luft blies.

Es gab noch ein paar Dinge, die er zu Ende bringen musste. Eines davon war, diesen Hundesohn zur Rede zu stellen, der sie fast ihrer aller Leben gekostet hatte. Doch er entschied, dass es keine Eile hatte. Der Bastard würde ihm nicht entkommen.

Sein Blick glitt zum Bett, und er sah, dass Willa ihn beobachtete. Das Lächeln, das sich langsam auf ihrem Gesicht ausbreitete, war so strahlend, dass es ihn entflammte. Und diese Flamme loderte heller auf, als Willa sich von Mason löste und aus dem Bett schlüpfte. Sie blieb einen Moment lang stehen, um den Jungen zuzudecken, ihm die Hand auf die Stirn zu legen und ihm die Wange zu streicheln. Sie setzte sich nicht auf ihren Lieblingsplatz auf die Bank, sondern schob Raidens Füße vom Tisch und kletterte auf seinen Schoß. Raiden seufzte und schlang die Arme um sie.

»Glücklich?«, fragte er und vergrub die Nase in ihrem Haar.

»Unbeschreiblich.« Sie wiegte sich ein wenig hin und her, dann neigte sie den Kopf, um ihn anzusehen. »Ich liebe dich.«

Raiden drückte sie. »Ich liebe dich auch, meine kleine Füchsin.«

»Glaubst du, Mason könnte sich auf den Inseln irgendetwas zugezogen haben? Er scheint nicht krank zu sein, auch wenn es der Arzt in Kedah gesagt hat.«

»Vielleicht war es keine Malaria. Er zeigte keine Anzeichen.« Raiden streichelte ihren Rücken. »Gib ihm das Chinin trotzdem.«

Willa nickte. »Ich habe ihm gesagt, dass Alistar tot ist.« Er spürte, wie sich ihre Hände für einen Moment anspannten. »Er hat nur mit den Schultern gezuckt.«

»Mehr hat dieser Bastard auch nicht verdient.«

Sie neigte den Kopf, um Raiden anzusehen, dann setzte sie sich aufrecht hin. »Ich weiß.« Eine Pause, und dann: »Alistar hat irgendetwas eingenommen, nicht wahr? In der einen Minute wirkte er lethargisch und in der nächsten aufgekratzt und überdreht. So war es, als er mich in die Zelle gesperrt hat.«

Und sie geschlagen hat, dachte Raiden, sprach es jedoch nicht aus. »Es war Opium.«

Ihre Augen wurden groß.

»Er war süchtig – schwer süchtig, nach dem, was ich gesehen habe. Roarke hatte es bemerkt, als Alistar dich entführt hat.« Raiden rückte sie auf seinem Schoß zurecht, und sein Körper antwortete mit unübersehbarer Deutlichkeit auf diese Bewegung. »Als wir die *Persephone* aufgebracht haben, war ihr Rumpf voll von Fässern. Ich dachte, sie enthielten Gewürze. Da die Fässer nicht gekennzeichnet waren, habe ich eines geöffnet. Es war nicht der Handel mit Gewürzen, den Alistar vertuschen wollte. Er und Barkmon benutzten die Schiffe der *East India Company*, um das Opium zu transportieren und zu verkaufen.«

»War das denn überhaupt möglich? Ich habe gehört, dass die *East India Company* die Ladung übernehmen würde.«

»Nun, für einen entsprechend hohen Profit schon«, erwiderte er spöttisch. »Die Company ist durchaus gewillt, Fracht auf ihren Schiffen zu befördern, natürlich nur gegen den entsprechenden Preis. Einen hohen Preis. Und so würden sie nichts mit der Ernte, dem Verpacken oder der Beschaffung zu tun haben. Nur wenn sie ihnen sozusagen über den Weg läuft, nehmen sie die Ladung an Bord. Der König hat diesen Handel verboten, ebenso wie die Einfuhr nach England und auf die Inseln. England ist darauf vorbereitet, dass der Rest der Welt mit getrübtem Verstand wie auf einer Wolke daherwandelt, aber eben nicht die eigenen Leute.«

Willa stand von seinem Schoß auf und setzte sich auf den Schreibtisch. »Und welche Rolle spielte Barkmon?«

»Er hat das Opium beschafft.« Willa nahm Raiden die Zigarre aus der Hand und machte einen Zug. Nicht allzu überrascht darüber, lächelte er in sich hinein. »Eastwicks Aufgabe war es, den Preis festzusetzen und es auf die Schiffe zu bringen. Die Schiffe deines Vaters.«

Ihre Augen wurden schmal. »Woher weißt du das?«

Er griff nach links, öffnete eine Schublade und zog die Logbücher heraus, die er auf den Schreibtisch legte.

Willa blätterte das Logbuch durch, und hin und wieder verweilte sie auf einer Seite, um zu lesen. »Ich hatte Recht. Sein Plan war es, meinen Vater als Verräter hinzustellen und ihm die Schuld anzuhängen. Diese Briefe sind nicht echt. Das ist nicht die Handschrift meines Vaters.« Sie wedelte mit einem Blatt Papier, ehe sie es in das Logbuch zurücklegte.

»Ungefähr das hatte ich vermutet.«

Willa sah ihn an. »Was hast du mit meinen Briefen gemacht?«

Sie war so sicher, dass er sie gefunden hatte, und das ließ ihn lächeln. »Ich habe sie an den König geschickt.«

Willa lachte. »Hervorragend.« Sie blies einen Rauchring in die Luft und sah zu, wie er sich auflöste.

»Hast du Lust auf ein wenig Wein ... oder vielleicht auf einen Schluck gewürzten Rum?« Er streichelte ihren Fuß. »Meine Zigarre scheinst du ja schon zu genießen.«

»Ach, entschuldige bitte.« Sie hielt sie ihm hin.

Er schüttelte den Kopf und lehnte sich auf dem Stuhl zurück, seine Finger massierten ihren Fuß. Willa ließ den anderen Fuß zwischen seine Oberschenkel gleiten und fing an, Raiden mit ihm zu streicheln. »Willa.«

»Ja?«

»Hör auf damit, Frau.« Er hielt sie an den Fußgelenken fest. »Oder dein Sohn wird sehen, wie wir uns auf dem Boden wälzen.«

Sie zog die Augenbrauen hoch und schaute zu Mason, er war

nicht mehr als ein kleiner Punkt in dem breiten Bett. »Er war so hungrig«, sagte sie plötzlich, und es klang traurig. »Ich hatte Angst, er würde krank werden, so viel hat er gegessen.«

»Er ist ein starker Junge, Süße. Er hat den Verrat seines Vaters überlebt und ist bei uns.«

Sie sah Raiden an. »Er mag dich.«

Raiden seufzte. »Ich habe ihm verdammt viel Angst gemacht.«

»Würde er dich nicht mögen, würde er dich nicht so oft ansehen.«

Raiden entschied, dass sie ihn am besten kannte. »Wie kommunizierst du mit ihm?«, wollte er wissen.

»Ich rede mit ihm, ganz normal. Er versteht sehr viel mehr als er sich anmerken lässt, und oft ist er schlichtweg dickköpfig.«

»Mit dir als Mutter ist das kein Wunder.«

Willa versetzte ihm einen spielerischen Stoß, gab ihm die Zigarre zurück und nippte an seinem Wein. Ihr Fuß glitt über seinen Schoß, reizte und erregte ihn. Und wieder musste Raiden sie festhalten.

»Hexe.«

Sie hatte sich ein Stück Brot vom Tablett genommen und sah Raiden durch den Vorhang ihrer Haare an. »Du hast dir ein angemessenes Dankeschön verdient. Ich dachte, ich lasse dich schon einmal wissen, was auf dich wartet.« Sie steckte sich das Brotstück in den Mund.

Raiden stöhnte, und Willa schüttelte sich das Haar aus dem Gesicht, griff nach dem Weinbecher und trank ihn leer. Als sie sich die Lippen leckte, zog Raiden sie vom Schreibtisch herunter auf seinen Schoß und küsste sie verlangend. Seine Hände glitten unter ihr Hemd und streichelten ihre Brüste, spreizten ihre Beine.

»O Raiden.« Sie keuchte leise, als seine Finger sie berührten und tief in sie hineinstießen.

»Ich liebe es wenn du meinen Namen seufzt«, flüsterte er.

Sie sagte seinen Namen noch einmal, als sie sich an Raiden festhielt und ihn unverwandt ansah, während er sie rasch auf den Gipfel führte. Ihr Atem brach sich an seinem Mund, als die Lust Welle um Welle über ihr zusammenschlug. Sie wollte Raiden in sich spüren, wollte, dass er sie mit all seiner Kraft nahm. Er küsste sie, als er die Hand zurückzog. Dann hob er sie in seine Arme und trug sie zu seinem Bett, legte sie behutsam neben ihrem Sohn nieder. Als er zurücktrat, streckte Willa die Hand nach ihm aus und zog ihn zu sich.

Er schüttelte den Kopf. »Ich muss an Deck.«

Sie las die Botschaft in seinen Augen, hörte die Anspannung in seiner Stimme. Der Verräter würde entlarvt und bestraft werden.

»Und Mason wird sich fürchten, wenn er mich hier sieht«, fügte er hinzu.

»Nicht, wenn er sieht und begreift, dass ich dir vertraue. Und er sollte daran gewöhnt werden, uns zusammen zu sehen, Raiden, denn ich werde nie wieder gehen.«

Raidens Seele wurde bei ihren Worten leichter, dennoch sah er skeptisch von dem schlafenden Kind zu ihr. Sie zog an seiner Hand, und sein Wille zu widerstehen schwand; er legte sich neben sie, und Willa schmiegte sich mit dem Rücken an ihn.

»O Himmel«, flüsterte er, als sie sich mit dem Po gegen seine Lenden drängte.

»Ich erwarte, das zu bekommen, was mir gehört«, murmelte er an ihrem Ohr. »Sobald wir allein sind.« Er fasste sie fester. »Hör auf, hin und her zu rutschen, oder Mason wird seine Mutter sich vor Lust winden sehen, wenn er aufwacht.«

»Und sie würde es lieben«, entgegnete sie und schloss die Augen.

Die Arme um sie geschlungen, hielt er Willa, bis sie in den Schlaf zurücktrieb. Raiden schloss die Augen. Als er spürte, dass Mason sich bewegte, hob er den Kopf; über Willas Schulter sah Raiden den Jungen an.

Mason sah ihn aus großen, dunkelgrünen Augen an, die mehr Intelligenz verrieten, als er sich anmerken ließ.

Raiden hielt den Atem an und wartete auf den Schrei. Sekunden vergingen, bis der Junge von Raiden zu seiner Mutter und wieder zu Raiden schaute, dorthin, wo dessen Arm um Willas Taille lag. Dann schaute er in das Gesicht seiner Mutter. Der Schrei kam nicht, stattdessen ließ sich der Junge in die warme Geborgenheit seiner Mutter zurückgleiten, schloss die Augen und schlummerte wieder ein.

Raiden seufzte vor Erleichterung und ließ den Kopf auf das Kissen zurücksinken.

Einen Augenblick später fühlte er Masons kleine Finger, die sich um seinen Zeigefinger legten und ihn festhielten.

Und der Pirat lächelte.

Raiden stand auf dem Achterdeck, der Wind zerrte an seinen Haaren.

Tristan kam auf ihn zu und blieb vor ihm stehen. Die beiden Männer starrten sich schweigend an, bis Tristan mit heiserer Stimme sagte: »Du weißt es.«

»Ja.«

Tristan stieß einen langen, müden Atemzug aus, dann stellte er sich an Raidens Seite, an der er zehn Jahre lang seinen Platz gehabt hatte, an der er von seinem Freund alles über die Seefahrt und den Handel gelernt hatte.

»Warum hast du das getan, Dysart?«

»Es war eine Chance, bei meinem Vater wieder gut angeschrieben zu sein. Mein Onkel, der Earl, hat mir angeboten …«

»Deinen Platz in der Gesellschaft wieder einzunehmen«, fiel Raiden ihm ins Wort.

»Ja.«

»Bedeutet das denn so viel?«

»Ihn zu haben und dann zu verlieren, ist etwas ganz anderes, als ihn überhaupt nie gehabt zu haben, Raiden.«

»Aber um den Preis meines Kopfes?«

Tristan starrte unverwandt geradeaus, hocherhobenen Hauptes. »Ich hatte meine Wahl getroffen. Und ich entschuldige mich nicht.«

Raiden nickte. Er war nicht fähig, ihn anzusehen, und versuchte, jetzt nicht daran zu denken, wie sehr sie einander in diesen vielen Jahren geholfen hatten, am Leben zu bleiben. »Es kann dir den Tod einbringen, das weißt du.«

Tristan nickte ruckhaft, er wusste, dass die Mannschaft über sein Schicksal entscheiden würde.

»Wem hast du Bericht erstattet?«

»Dunfee.«

Raiden stieß einen üblen Fluch aus.

»Er weiß nicht, wer du bist. Ich sollte ihm den Schwarzen Engel in die Hand spielen, nicht Raiden Montegomery.«

Raiden befahl, die Mannschaft zusammenzurufen, doch als die Männer versammelt vor ihm standen, machte er keine Anstalten, das Wort an sie zu richten. Langsam wandte er den Kopf und sah Tristan an.

Dysart wusste, dass Raiden ihm damit die Möglichkeit gab, seine Verbrechen zu gestehen und seine Strafe mit Würde anzunehmen. Er trat vor und wandte sich an die Crew. »Ich bin der Mann, der euch verraten hat.«

Ein Raunen erhob sich, Fragen schwirrten durch die Luft und der Schock stand allen ins Gesicht geschrieben.

»Für die Rückkehr an meinen Platz in meiner Familie habe ich euer Leben der Krone angeboten. Gegen Amnestie.« Der drangsalierende Schmerz der Scham durchströmte Tristan, und er ließ die Schultern sinken. »Ich wusste, dass ich einen Fehler gemacht hatte, aber als ich zurück wollte, steckte ich schon zu tief drin.« Er sah Raiden an. »Der Schwarze Engel war eine zu wertvolle Beute für sie.«

Raiden trat vor, er sah nur seine Männer an. »Ihr habt diesem Mann alles anvertraut – eure Prisen, euer Überleben, euer Leben. Er ist gerecht und anständig gewesen.« Er sah Tristan an. »Bis jetzt. Trefft eure Entscheidung, Männer. Ich habe ihn zu lange gekannt und habe ihn ... geliebt wie einen Bruder ...« Raidens Hals schnürte sich beim Schmerz über Tristans Verrat zusammen. »... um jetzt das Urteil über ihn zu fällen.« Er riss seinen Blick von ihm los.

Die Männer beratschlagten untereinander, während Tristan reglos dastand und auf sein Urteil wartete. Sein Herz schlug hart, vor Entschlossenheit und auch vor Angst. Ein wütender Pirat war eine Macht, mit der man rechnen musste, und er sah seinen Tod in den zornigen Gesichtern der Männer.

»Der See überlassen«, unterbrach der erste Ruf das Schweigen. »Ja, dem Meer preisgeben«, wiederholte es sich, setzte sich durch die Menge fort.

Tristan fühlte sich gedemütigt und verwirrt, denn er hatte erwartet, dass man ihn für seine Verbrechen hängen würde.

»Mr Kahlid«, sagte Raiden leise, und seine Stimme klang rau vor Kummer.

»Ja, *Sanjin*.«

Tristan wandte den Kopf, um seinen Freund anzusehen, den einzigen Mann, dem er jemals vertraut hatte, und er sah die Wunde hinter dessen kalten, dunklen Augen.

»Dieser Mann hat keine Ehre und ist ein Verräter. Schafft ihn von meinem Schiff.«

Raiden ging an Tristan vorbei und stieg die Leiter hinab. Erst vor seiner Kabine blieb er stehen. Er presste die Stirn gegen die geschlossene Tür, dann ließ er den Kopf in den Nacken fallen.

Sein bester Freund hatte ihn an den Teufel verkauft.

Für den Schwarzen Engel war es an der Zeit zu fliehen und sich zu verstecken.

»Du hast *was* auf Java?«

Raiden zuckte zusammen, als er den Tadel in Willas Stimme hörte. »Ein Haus.«

»Die ganze Zeit über hast du *nicht einmal* erwähnt, dass du ein Zuhause hast, Raiden Montegomery. Ich dachte, du lebst auf diesem Schiff.«

»Das tue ich auch, meistens jedenfalls.«

»Warum hast du nichts davon gesagt?«

»Es ist mir einfach nicht in den Sinn gekommen.«

»Du hast nie vorgehabt, mich dorthin zu bringen.«

»Oh, doch, das hatte ich. Du wärst meine Geliebte gewesen, und ich hatte vor, dich dort einzusperren.«

Sie erwiderte sein Lächeln nicht.

»Und jetzt – was bin ich jetzt?«

Er ging zu ihr, seine Augen funkelten vor sinnlicher Drohung. »Du bist meine Liebe. Meine Frau. Und falls du vorhast, das, was uns verbindet, herabzusetzen, werde ich dich übers Knie legen und dir dein hübsches Hinterteil versohlen.«

Sie zog eine Augenbraue hoch.

Er zögerte. »Nun ja, vielleicht beiße ich auch lieber hinein.«

Willa warf den Kopf zurück und lachte. Sie glitt in seine Arme und küsste ihn. »Wann werden wir dort sein?«

»Morgen früh.« Er löste sich von ihr und lächelte Mason an, der an dem großen Tisch saß, und sein Essen herunterschlang. Raiden ging zur Kabinentür und öffnete sie. Als er zurückschaute, legte Mason seinen Löffel beiseite und lief ihm nach. Er schaute erst auf den Jungen, dann zu Willa.

Sie zuckte die Achseln. »Mason, Liebling, geh zurück an den Tisch und iss deinen Teller leer.«

Mason warf einen Blick über seine Schulter, seine runden Augen flehten, dann schaute er zu Raiden hoch. Er musste sich dabei so weit zurücklehnen, dass Willa befürchtete, er würde hintenüber fallen.

»Möchtest du mit nach oben an Deck gehen?«, fragte Raiden.

Mason blinzelte zu ihm auf.

»Möchtest du das, Junge? Antworte mir oder ich werde dich bei deiner Mutter lassen.«

Mason zeigte auf die Tür.

So weit, so gut, dachte Raiden. Das ist wenigstens etwas. Er trat hinaus und erlaubte Mason, voranzugehen. Als er zu Willa zurücksah, schimmerten Tränen in ihren Augen. Sie schaute von Mason zu Raiden.

»Ich habe dir doch gesagt, dass er dich mag.«

Raiden zwinkerte ihr zu; er ließ die Tür hinter sich offen, als er den Jungen die drei Stufen hinauf und dann durch den Niedergang führte.

Willa ließ sich auf den nächstbesten Stuhl sinken und weinte. Ihr Sohn hatte endlich den Vater gefunden, den er immer gebraucht hatte.

Am Strand kniend, half Willa ihrem Sohn dabei, mit einem Löffel, den er ohne Zweifel aus der Küche stibitzt hatte, einen Eimer mit Sand zu füllen. Als sie ihm helfen wollte, den Eimer zu stürzen, warf Mason ihr einen Blick zu, der sagte, er wolle es selbst tun.

»Bitte sehr, Mylord«, stimmte sie mit einer Verbeugung zu, und hob rasch die Hand, um ihren breitkrempigen Strohhut am Davonfliegen zu hindern.

Masons Lippen verzogen sich, und er machte sich wieder an seine Aufgabe, lief herum, klopfte und formte den nassen Sand, fügte hier und da noch kleine Brocken hinzu. Seit sie auf diese Insel gekommen waren, war ihr Sohn geradezu aufgeblüht. Sein zarter Körper wirkte nicht mehr so ausgezehrt, und er hatte an Gewicht zugelegt, seine blassen Wangen waren rund geworden und von der Sonne gebräunt. Java hat auch auf mich einen wohltuenden Einfluss, dachte Willa und schaute die Küste entlang, auf die sanft heranrollenden Wellen, die Schiffe und die Menschen, die ein Stück weit von ihnen entfernt waren. Die windwärts gelegene Seite der Insel gehörte Raiden, weil er sie für die hier lebenden Eingeborenen gegen mögliche Feinde verteidigte. Er hatte ein steinernes Fort errichtet, das jeder englischen Burg ihren Rang streitig machen konnte. Wahrhaftig das Versteck eines Piraten, dachte sie mit einem kurzen Blick auf das Gebäude. Dann sah sie sich nach Raiden um. Als sie ihn nirgendwo entdecken konnte, schaute sie wieder auf die See hinaus, auf die aquamarinblaue, trügerisch schöne Bucht, die von einem Labyrinth aus Felsen und Riffen durchzogen wurde, die nur der fähigste Seemann durchfahren konnte. Obwohl einige der kleine *prahas*, der flachgehenden Kanus, am Strand lagen, und draußen vor der Bucht, die halb versteckt im Dschungel lag, eine Reihe von Dreimastern ankerte, waren die Wrackteile, die Willa beim Umsegeln der Mole gesehen hatte, das Zeugnis für die Unwegsamkeit dieser auf keiner Karte verzeichneten Gewässer.

Mason klopfte auf ihren Oberschenkel, und Willa sah ihn an. »Wundervoll!«, rief sie und bewunderte seine Sandburg. »Das ist das Haus, nicht wahr?«

Sein glückliches Lächeln verriet, wie stolz er war, dass sie erkannt hatte, was die Sandklumpen darstellen sollten. »Vielleicht stellen wir noch ein paar Büsche und Bäume dazu, was meinst du?« Sie zeigte auf die Bündel von Seegras, die das Meer angespült hatte. Mason lief etwas davon holen, und Willas Blick glitt an ihm vorbei auf Raidens Zuhause.

Eingefügt in eine niedrige Hügellandschaft lag das Fort klug versteckt zwischen den Bäumen. Nur die Wehrgänge der Türme waren vom Hafen aus zu sehen. Unzählige Kanonen, zu viele um sie zu zählen, reihten sich entlang der Küste, auf den Türmen und auf dem Dach des Hauses mit seinen Zinnen. Es war sowohl eine Beruhigung wie auch eine Beunruhigung, so viel

Waffen um sie herum zu wissen. Aber das Haus, mit seinen Bogenfenstern und Durchgängen und den mit blassfarbenen Terrakottafliesen besetzten Wänden bot ein Gefühl des Friedens, wie Willa es seit langer Zeit nicht mehr empfunden hatte. Es war offensichtlich, dass Raiden lange über die Konstruktion des Hauses nachgedacht hatte, denn die Durchgänge und Fenster waren so angeordnet, dass sie die kühle Brise, die der Ozean herantrug, ungehindert zur Rückseite des Hauses durchließen, und die meisten der Haupträume hatten Wände aus Gitterwerk, um die Luft am Zirkulieren zu halten. Doch ihr Lieblingsplatz war der Hof in der Mitte des Hauses und der mit purpurfarbenen und hellblauen Fischen besetzte Brunnen. Es war auch Masons Lieblingsplatz.

Aber vielleicht ist sein liebster Ort doch der Strand, überlegte sie, als er zurückgelaufen kam, sich auf die Knie fallen ließ, und Seegras und kleine Stöcke in den Sand steckte. Sie studierte seinen Nachbau von Raidens Haus, und ihr Herz machte einen Sprung. Das Detail, das er hinzugefügt hatte, war bemerkenswert – die Zinnen, die steinerne Veranda, die er mit einem Stück Borke überdacht hatte, die breite geschwungene Eingangstreppe. Himmel, er hatte sogar die Kanonen und die Pyramiden der Kanonenkugeln am richtigen Ort platziert. Mason mochte in eine eigene stille Welt eingeschlossen sein, aber ihm entging nichts.

Er hantierte mit einer Hand voll Zweigen, drei davon steckte er in der Nähe der Sandtreppe in den Sand, die drei unterschieden sich in ihrer Länge.

Willa zog ganz leicht die Augenbraue hoch. »Was ist das dort?«

Er stieß einen unartikulierten Laut aus, fuhr jedoch fort zu spielen.

»Mason«, sagte sie bestimmt. »Sieh mich an.«

Er gehorchte.

»Es gibt keine Bäume am Strand.«

Er deutete auf den kleinsten Stock und tippte sich an die Brust.

»Oh«, sagte sie. »Das bist du.«

Er lächelte nachsichtig.

»Und ich bin das da?«, fragte sie.

Er legte den Kopf auf die Seite und nickte. Es entzückte Willa zu sehen, dass seine Antworten dieses Mal aus mehr als nur einem Ton oder einem leeren Blick bestanden.

»Und wer ist das dort?« Sie wies auf den breiten, hohen Stock.

Mason hob den Kopf und schaute an ihr vorbei, noch ehe sie sich umwandte, wusste sie, dass es Raiden war.

Raiden warf ihr ein kurzes Lächeln zu. »Ich glaube, das bin ich«, sagte er hoffnungsvoll und schaute Mason an, während er auf eine Antwort wartete. Das Junge nickte, kaum merklich und sehr scheu, und sah Raiden verstohlen an. Raiden kniete sich in den Sand und betrachtete das Sandhaus eingehend und von allen Seiten.

Mason ließ kein Auge von ihm, während seine sandigen Finger den Löffel rieben, den er festhielt. Willas Herz schlug heftig, als sie die Erwartung in den Augen ihres Sohnes sah.

»Außergewöhnlich«, lobte Raiden. Seine Stimme klang voller Anerkennung. Er sah Mason an. »Eine ausgezeichnete Arbeit, Sohn. Aber achte auf die Flut.«

Mason fuhr herum, ein gedämpfter Laut kam von seinen Lippen, als er die Wellen näher und näher heranrollen sah. Mit Windeseile grub er einen Graben, der Sand flog nach hinten weg, als wäre er ein junger Hund, der seinen ersten Knochen vergrub.

»Es tut mir Leid, dass ich das gesagt habt«, bedauerte Raiden.

Willa lachte und rief Mason zu, dass sie immer wieder ein neues Haus bauen könnten, aber wie gewöhnlich ließ der Junge nichts an sich heran, widmete sich nur der Aufgabe, mit der er gerade beschäftigt war.

Sie wandte ihren Blick zu Raiden. Als er ihr beim Aufstehen half, beugte er sich unter den Rand ihres Hutes und hauchte einen Kuss auf ihre Lippen. Willa sank in seinen Kuss, gab sich ihm hin, und Raiden stahl mehr, zog sie fest an sich und nahm ihren Mund mit all der Leidenschaft in Besitz, die er seit jener Nacht im Dschungel unterdrückt hatte. Ihr Strohhut fiel in den Sand.

»Ich habe dich vermisst«, murmelte er an ihren Lippen, »ich habe es vermisst, dich nackt in meinen Armen zu halten, deinen Körper zu berühren, deine Leidenschaft zu spüren.« Die Erinnerung an ihr Zusammensein erregte ihn ebenso wie ihr Kuss. »Dich bei den Mahlzeiten zu sehen, regt meinen Appetit nur noch mehr an, denn ich verspüre Hunger auf etwas ganz anders.«

Willa spürte, wie seine Worte die Lust in ihr anfachten, und sie stöhnte leise. »Ich auch. Aber vergib mir, Lieber, Mason schläft noch immer nicht gut.« Atemlos zog sie sich von ihm zurück. Nachdem Mason die erste Erschöpfung überwunden hatte, hatten die Alpträume begonnen. Das Einzige, das ihn zum Schlafen brachte, war, ihn in den Armen zu halten. Willa würde ihr Kind mit Freuden so lange im Arm halten, wie Mason danach verlangte, aber nichts schien ihm die Angst nehmen zu können, sie könnte ihm wieder fortgenommen werden. In der letzten Nacht hatte sie ihn zum ersten Mal überreden können, in seinem neuen Zimmer zu schlafen – allein. Er war erst weit nach Mitternacht eingeschlafen. »Ich kann ihm nicht begreiflich machen, dass er hier sicher ist. Es beruhigt ihn vielleicht ein wenig, aber es macht ihm noch sehr zu schaffen.«

Raiden hörte die Sorge in ihrer Stimme, und er fühlte sich ein wenig beschämt, weil er sie in dieser Situation bedrängt hatte. »Ich verstehe das, Liebes. Dies ist wieder ein neuer Ort mit neuen Menschen.« Jetzt war es an ihm, Willa zu trösten. »Er war monatelang ohne dich, ist ständig unterwegs gewesen, misshandelt, krank, man hat ihn hungern lassen …« Die Kehle schnürte sich ihm zu, wenn er daran dachte, was der Junge hatte durchmachen müssen, ehe er ihn in diesem dreckigen Loch gefunden hatte. Sie würden niemals die ganze Wahrheit wissen. Raiden sah Mason an und lächelte zärtlich. Die Sandburg war vergessen, und er lief patschend durch die Wellen und versuchte, mit den Händen Fische zu fangen. »Er wird es überwinden, er braucht seine Zeit.«

Raidens Geduld und sein Verständnis berührten sie tief. Niemals hätte sie dieses von einem Mann erwartet, der den Umgang mit Kindern nicht gewohnt war. »Wir wollen froh sein, dass er wieder spielt«, sagte sie.

Sein Blick flog ihr zu. *Wir.* Dieses Wort klingt wie Musik, dachte Raiden. »Ja, das wollen wir, Liebes.« Er hob ihren Hut auf und drückte ihn ihr auf die Locken.

Sie richtete ihn mit ein, zwei Handgriffen, und Raiden dachte, dass sie nicht einmal ein kostbares Kleid tragen musste, damit man ihr ansah, dass sie eine Lady war. Und was sie heute trug, war ganz entschieden keine aufwendige Robe. Sein Blick glitt über ihren Körper wie der eines Tigers über eine mögliche Beute. Der dunkelrot und weiß geblümte Sarong ließ ihre Schultern frei und umhüllte ihren Leib bis zu den bloßen Füßen. Sie war wie ein verlockend verpacktes Geschenk, das er von seiner Hülle befreien wollte. Und er wollte sie besitzen. Er atmete heftig. »Du ziehst dich nur deshalb so an, um mich verrückt zu machen, habe ich Recht?«, stieß er hervor.

Die Hitze seines Blickes brannte stärker als die Sonne auf ihrer Haut. »Die anderen Frauen tragen den Sarong doch auch. Es ist sehr bequem, genauso wie es für dich bequem ist, keine Stiefel zu tragen.«

Mit einem Arm umschlang er sie und zog sie an sich. »Die anderen Frauen sind Javanerinnen. Du hast durch mich schon fast die Lebensweise der Eingeborenen angenommen, gib es zu. Aber ich werde nachsichtig sein, wenn ich dich dafür bestrafe, dass du immer halb nackt vor mir herumläufst.«

Sie lächelte. »Ja.«

Er nickte, bedachtsam und nachdenklich.

»Und was wird meine Strafe sein?«

Ihre Blicke versanken ineinander. »Ich fürchte, zunächst werde ich derjenige sein, der die Marterung ertragen muss.« Er beugte sich herunter und küsste ihren Hals, schmeckte das Salz des Meeres auf ihrer Haut. »Denn ich sehe nicht nur jede Kurve deines Körpers, den ich besitzen möchte, ich erinnere mich auch noch sehr gut daran, wie leicht man dich aus diesem Stück Stoff auswickeln kann.«

»Das letzte Mal hast du ihn mir nicht ausgezogen«, erwiderte sie leise und keuchte, als ihr Körper auf seine Berührung reagierte. »Du hast ihn einfach hochgeschoben.«

Die sinnliche Erinnerung erhitzte sein Blut. »O Gott, ich hätte nicht damit anfangen sollen.«

»Nein, das hättest du nicht, aber ... schließlich hast du noch immer mein Dankeschön zu erwarten«, sagte sie heiser und ließ die Hand an den Gürtel seiner Hose gleiten.

Raiden hielt ihre Hand fest und presste sie an seinen Bauch. »Sieh an, sieh an«, klagte er. »Du willst mich verführen!«

Ehe er noch etwas hinzufügen konnte, rief jemand seinen Namen, und er drehte sich um. Kahlid winkte ihm vom Weg aus zu, der zum Kai führte. Mit einem bedauerndem Seufzer gab Raiden Willa frei und ging zu Kahlid.

»Hat Nealy Perth schon mit dir gesprochen?«, rief sie ihm nach.

Er wandte sich zurück. »Nein. Aber wenn er mich sprechen will, weiß er ja, wo er mich findet.«

Willa nickte und bückte sich, um Masons Eimer und den Löffel aufzuheben. Als sie sich wieder aufrichtete, sah sie ihren Sohn den Strand hinauflaufen. Sie warf den Eimer in den Sand und lief ihm nach. Doch als sie begriff, dass er Raiden folgte, blieb sie stehen.

Raiden stand, die Beine gespreizt und die Hände in die Hüften gestemmt, am Kai und beobachtete eines seiner Schiffe, das in die Bucht einfuhr. Was Willa aber lächeln und ihr Herz singen ließ, war Mason, der neben ihm stand, und die Haltung des großen Piraten nachzuahmen versuchte. Er schien an dem Schiff, das in den Hafen einlief, ebenso interessiert zu sein wie Raiden.

»Ihr habt einen Schatten, *Sajin*«, sagte Kahlid leise und wies mit einem Kopfnicken auf das Kind.

Raiden schaute zu Mason herunter, der seinen Blick erwiderte. Raiden unterdrückte ein Lächeln. Mason sah so verdammt ernst aus, mit den zusammengezogenen Augenbrauen und den in die mageren Hüften gestemmten Fäusten.

»Siehst du das Schiff dort?«, fragte Raiden und wies auf die Bucht hinaus. »Das mit dem weißen Streifen oberhalb der Wasserlinie? Das ist ein Schoner … aus Holland.«

Mason hörte aufmerksam zu, und als Raiden sich hinhockte und die Unterarme auf die Knie stützte, tat Mason es ihm gleich.

Willa lachte leise, weil Raiden sich angestrengt bemühte, ernst dreinzuschauen, und sie lobte ihn im Stillen für seine Geduld. Alistar hatte nie auch nur einen einzigen Augenblick für sein Kind gehabt, und sicherlich keinen Sinn dafür, die Vielschichtigkeit ihres schweigenden Sohnes zu ergründen. Sie legte den Kopf zur Seite und betrachtete das Paar. Raiden ging mit großen Schritten den Kai entlang, und Mason trottete hinterher, seine kurzen Beine kämpften darum, Schritt zu halten. Augenblicklich verkürzte Raiden seine Schritte für ihn, warf einen Blick über die Schulter und lächelte Willa zu.

Sie winkte und sammelte die Spielsachen zusammen, ehe sie ins Haus zurückkehrte. Sie vertraute Raiden und wusste, dass er über ihren Sohn wachen würde. Wenn sie doch jetzt auch Raidens Vater dazu bekommen könnte, sich seinem Sohn zu erkennen zu geben. Granville hatte sie gebeten, das Geheimnis zu wahren, bis er sich entschlossen hätte, es offen zu legen. Es war eine Täuschung, die ihr missfiel. Raiden musste wissen, dass er seinem Vater etwas bedeutete, immerhin genug, dass er sich von ihm hatte anheuern lassen. Und er musste wissen, dass es sein Vater gewesen war, der ihm am Strand von Ceram das Leben gerettet hatte.

Es zu wissen, würde Raiden unendlich gut tun.

Wenn er seinen Zorn erst überwunden hatte.

Kapitel 24

Es ging die Kunde, dass die *Yorkshire* sich in der Straße von Malakka befand und dass sich der Großadmiral Percival Dunfee an Bord des großen Flaggschiffes aufhielt.

Meine Vergangenheit holt mich ein, dachte Raiden, als er in seinem Arbeitszimmer stand und auf die Bucht schaute, die sich mit Schiffen füllte. Und sie wartete dort draußen darauf, dass er sich ihr entgegengestellte. Doch er würde Dunfee nach *seinen* Bedingungen treffen, auf *seinem* Territorium, und nicht einen Augenblick eher.

Jetzt würde der Gejagte zum Jäger werden.

An welchem Tag, in welchem Jahr würde er aufhören zu kämpfen, würde er aufhören, sich nach den Messern umzuschauen, die man ihm in den Rücken stoßen wollte? Tristans Verrat war die letzte Lanze gewesen, mit der man versucht hatte, ihn zur Strecke zu bringen. Raiden rieb sich die Stirn, hinter der ein dumpfer Kopfschmerz brütete. Noch vor wenigen Monaten hätte er den Mann für seine Taten getötet, aber Willa hatte ihn gelehrt zu vergeben. Ja, wieder und wieder konnte sie vergeben und ihr Leben ohne die Last der Vergangenheit führen. Wie oft hatte sie unbeschwert darüber gesprochen, wie sie zur Rettung ihres Vaters geheiratet und das Beste daraus zu machen versucht hatte? Und hatte sie ihm nicht diesen vulgären Handel vergeben, den er ihr vorgeschlagen hatte, und jene grausamen Worte in jener Nacht in seiner Kabine? Und hatte sie nicht nach ihrem Sohn gesucht, ohne auch nur einen Gedanken an die Konsequenzen zu verschwenden, die diese Suche für sie hätte haben können?

Vergebung. Raiden wünschte, er könnte sie seinem Feind

gewähren. Aber das Verlangen nach Vergeltung war immer noch da, glühte wie heiße Lava in ihm. Er hatte diesen Rachedurst so lange Zeit unterdrückt, dass er fast gehofft hatte, er wäre erloschen. Aber sobald der Name dieses Mannes fiel, kam das Entsetzen zurück, die Gewissheit über das eigene Versagen, über seine Unfähigkeit, jene zu beschützen, die er geliebt hatte.

Würde er wirklich den Frieden finden, den er suchte, wenn Dunfee seinen letzten Atemzug getan hatte?

Ein Klopfen an der Tür riss Raiden aus seinen Gedanken.

»Herein.« Er schaute über die Schulter und lächelte, als Willa das Zimmer betrat. Sie sah unbeschreiblich bezaubernd aus in dem prächtigen, rostfarbenen Kleid, dessen Farbton sich mit dem Rot ihrer Haare ergänzte. Das hereinfallende Sonnenlicht schimmerte golden auf ihrer Haut, und die Liebe in ihren Augen ließ sein Herz schneller schlagen. Raiden wandte sich um und öffnete die Arme. Ohne zu zögern glitt Willa in seine Umarmung.

Für eine kurze Zeit hielt er sie fest umschlungen, schmiegte seine Wange auf ihr sonnenwarmes Haar. Er nahm ihren Duft wahr, den Duft nach Wind und Meer und nach Gewürzen. Die Wohlgerüche des Paradieses, dachte er, meines Paradieses – meines Zuhauses.

»Ich liebe dich wahnsinnig«, flüsterte Willa und legte den Kopf in den Nacken, um Raiden zu küssen. Ihre Lippen berührten ihn in einem langsamen, innigen Streicheln, mit dem sie Zeugnis für ihre Liebe ablegte.

Demut erfüllte Raiden bei diesen Worten, die zu hören er niemals müde werden würde. »Und ich liebe dich, meine kleine Füchsin«, sagte er, als sie sich von ihm löste. »Wie geht es Mason?«

Willa lächelte über seinen väterlich-besorgten Ton. Er und Mason hatten den Tag zusammen verbracht, oder genauer gesagt, Mason war ihm wie ein junger Hund überallhin gefolgt.

Bei Sonnenuntergang hatte sie die beiden am Pier stehen und fischen sehen, Mason, der noch immer einen gewissen Abstand zu Raiden hielt, aber alles nachmachte, was Raiden tat. »Er verschlingt das Dessert, das der Koch für ihn hergerichtet hat. Ich schwöre, er wird so groß wie du werden, wenn er so weitermacht.«

»Das wäre doch großartig, meinst du nicht?« Der Junge war noch so zart.

Sie lächelte flüchtig, und Raiden bemerkte, wie angespannt sie wirkte. Masons schlaflose Nächte erschöpften Willa.

»Nealy Perth möchte dich sprechen.«

Raiden sah zur halb offen stehenden Tür und runzelte die Stirn. Willa hatte schon vor Tagen erwähnt, dass Perth ihn sprechen wollte. »Schick ihn herein.«

Willa trat zurück, und ein besorgter Ausdruck huschte über ihr Gesicht, ehe sie sich abwandte und zur Tür ging. Ihre seidenen Unterröcke raschelten leise. Raiden lachte im Stillen und schüttelte den Kopf, als er sah, dass sie weder Schuhe noch Strümpfe trug. *Meine kleine Eingeborene*, dachte er, als sie durch die Tür verschwand. Er hörte sie leise mit jemandem sprechen, dann betrat Nealy Perth das Zimmer.

Raiden runzelte die Stirn. Der dichte Bart war verschwunden, das Haar war sauber geschnitten und mit einem Band zurückgebunden. Und seine Kleider waren kostbar und hervorragend gearbeitet.

Raiden verschränkte die Arme vor der Brust, und zog eine Augenbraue hoch. »Wen habt Ihr für diese Kleider beraubt, Perth?«

Granville Montegomery versuchte zu lächeln, und ihm ging durch den Sinn, wie sehr seine Söhne einander ähnelten – gut aussehende, hoch gewachsene Männer, die aller Aufmerksamkeit auf sich zogen, einfach weil sie es so wollten. Ganz egal, wie der Anfang ihres Lebens verlaufen war oder welcher Makel ihrer Geburt anhaftete, sie hatten sich hervorragend herausgemacht und er liebte jeden von ihnen, war grenzenlos stolz auf sie und hatte immer gehofft, sie würden sich kennen lernen und Freunde werden können. Doch jetzt konnte er nur an die Freundschaft und das Vertrauen denken, das Raiden ihm entgegengebracht hatte, und das er gleich durch ein paar Worte zerstören würde.

»Niemanden. Sie gehören mir.«

Raiden zog eine Augenbraue hoch, als der Mann näher kam, und sah ihm über den Schreibtisch hinweg entgegen. »Euer Anteil hat es Euch schon ermöglicht, Euch solche Reichtümer leisten zu können?«

»Nein, meine gesellschaftliche Stellung ermöglicht es mir, so angenehm zu leben.«

Gesellschaftliche Stellung. Eine seltsame Vorahnung stieg plötzlich in Raiden auf.

»Ich habe Euch getäuscht. Ich bin nicht Nealy Perth.«

»Wer seid Ihr dann?« Der harte Klang in Raidens Stimme war unüberhörbar.

»Granville Montegomery, fünfter Earl of Sussex.«

Bei der Nennung dieses Namens erblasste Raiden, seine Gesichtszüge wurden schlaff und er ließ langsam die Arme sinken. Er sagte kein Wort, starrte den Mann nur an und wägte den Wahrheitsgehalt dieser Behauptung ab. Er studierte die Gesichtszüge des Mannes. Ohne den buschigen Bart und mit dem sorgfältig gekämmten Haar erkannte er eine Ähnlichkeit und das Gefühl der Vertrautheit, das er immer in der Nähe Nealy Perths gespürt hatte, fand dadurch eine Erklärung, so, wie es auch seine Art erklärte, sich zu geben, seine Art zu sprechen.

»Ich sehe, du glaubst mir.«

»Ich habe keinen Grund, es nicht zu tun. Ich kann die Ähnlichkeit jetzt sehen – und die aristokratische Politur.« Der letzte Teil seiner Antwort kam in ätzendem Spott, während Wut und Groll in Raiden aufstiegen. »Raus!«

»Raiden …«

»Ich sagte *raus!*«

Granville verstand Raidens Wut, doch er ging nicht. »Ich möchte nur einen Augenblick deiner Zeit. Das wenigstens schuldest du mir.«

»Ich schulde Euch *nichts*!«, erwiderte Raiden. Er umklammerte die Kante des Schreibtisches, bis seine Knöchel weiß hervortraten, als er sich vorbeugte. »Gar nichts!« Er richtete sich auf und ging zum Fenster, aus dem er hinausstarrte, als sei er allein im Zimmer.

Granville seufzte schwer. »Du hast Recht«, sagte er nach einer langen Weile. »Du schuldest mir nichts. Und du magst mir die Schuld für all deine Probleme …«

»Ich gebe niemandem die Schuld«, schnitt Raiden ihm das Wort ab und sah unverwandt auf die Bucht hinaus. »Aber ich verabscheue Euch dafür, Euren Samen in jede Frau gepflanzt zu haben, die Euch den Kopf verdreht hat, und dass ihr eine Schar von Bastarden gezeugt habt, die für Eure Liebschaften bezahlen mussten.«

»Ich liebe dich, mein Sohn, so wie ich deine Brüder liebe.«

Raiden fuhr herum und starrte ihn an. »Wie Ihr meine Mutter geliebt hast? Oder Sayidda? Roarkes Mutter? Und Gott weiß wie viele andere?«

Granvilles Miene spannte sich an. »Ja. Ich weiß, es ist schwer zu verstehen, aber ich habe sie geliebt. Und ich war jung, Raiden. Jünger als du jetzt und reich und mir war befohlen worden, mir eine Ehefrau zu nehmen, während ich nichts anderes wollte, als die Welt zu sehen. Und deshalb bin ich lieber auf Reisen gegangen, statt mich an eine Frau zu binden, die ich mir nicht gewählt hatte.«

»Ich will nichts davon hören.«

»Bei Gott, Mann, das wirst du. Du magst den Boden verabscheuen, auf dem ich stehe, aber ich bin dein Vater! Und du wirst zuhören!«

Raiden sah ihn an. »Fordert mich nicht heraus, Mylord. Ihr wisst, dass ich Euch am liebsten auf der Stelle umbringen würde.« Noch während er diese Worte aussprach, wusste er, dass er diese Drohung niemals wahrmachen könnte. »Und was Ihr zu sagen habt, interessiert mich nicht.«

»Auch nicht, wenn es Percival Dunfee betrifft?«

Raiden sah den Mann aus schmalen Augen an.

»Percival Dunfee war der Mann Eurer Mutter.«

Raidens Gesichtszüge erschlafften. Granville fuhr fort, die Umstände zu enthüllen, unter denen Raiden geboren worden war und was sich danach ereignet hatte. »Unsere Affäre war vor ihrer Ehe mit Dunfee. Sie hat ihn geheiratet, ehe ich erfuhr, dass sie dich empfangen hatte.« Er stieß einen langen, müden Atemzug aus. »Er hat nie irgendetwas unternommen, mir zu schaden. Stattdessen hat er seine Aufmerksamkeit auf dich gerichtet.«

Raiden schnaubte vernehmlich, zweifelnd.

Granville runzelte die Stirn. »Du glaubst mir nicht? Er hat dich aus *ihrem* Haus geworfen, nachdem sie gestorben war.«

Raiden antwortete nicht gleich. Er ging zum Schrank und füllte zwei Gläser mit gewürztem Rum, dann wandte er sich zu seinem Vater um. Für einen Augenblick erkannte Raiden den Ausdruck tiefer Traurigkeit in den Augen des Mannes, so tief und wahr, dass es ihn innehalten ließ. Für den Bruchteil einer Sekunde schaute Granville zu Boden, ehe er den Blick wieder hob. Raiden reichte ihm ein Glas Rum.

Mit einem matten Lächeln nahm Granville es an und leerte es zur Hälfte, ehe er seinen Sohn wieder ansah.

»Ihr wisst gar nichts von mir, nicht wahr?«, fragte Raiden und lehnte sich gegen seinen Schreibtisch.

»Du bist ein Mann, der nur schwer aufzuspüren ist.«

»Mein Leben besteht darin, mich zu entziehen. Das ist so, seit ich ein Kind war. Stehlen und davonlaufen. Sich nehmen, was sich bietet, denn ganz egal wie sehr ich es versuchte, niemand gab mir die Chance zu beweisen, dass auch ich etwas wert war. Noch kümmerte es irgendjemanden.« Mit einer Stimme, die viel ruhiger klang als er es für möglich gehalten hätte, erzählte Raiden Granville von seinem Leben, wie man ihn auf der Straße schanghait hatte und er in den Marinedienst gepresst worden war. Er erzählte ihm in allen Einzelheiten von den Schrecken, die er erlitten hatte, und ließ seinen Vater dabei nicht aus den Augen, der zusammengesunken auf seinem Stuhl saß und plötzlich sehr, sehr alt wirkte.

Einen Augenblick später bedauerte Raiden es. Es war schlimm genug, dass er selbst dies alles erlitten hatte; aber es gab keinen Grund, das Schuldgefühl seines Vaters noch größer zu machen als es schon war.

»Ich habe gedient, seit ich ein Junge von kaum mehr als zehn Jahren war, und als sich die Gelegenheit ergab, floh ich nach Madagaskar. Ich verliebte mich und heiratete.«

Granvilles Augen wurden groß. »Du kannst nicht älter als achtzehn gewesen sein.«

»Ja, knapp.«

»Weiß Willa davon?«

Raiden ignorierte die Frage. Willa ging seinen Vater nichts an. »Meine Frau und ich machten unsere Hochzeitsreise nach England«, erzählte er ohne zu stocken weiter. »Unterwegs stattete die britische Marine unserem Schiff einen Besuch ab, um nach ›Freiwilligen‹ Ausschau zu halten. Ich hatte die schlechte Behandlung und die Schläge, die einen dort erwarteten, bereits am eigenen Leib zu spüren bekommen.« Raidens Finger krampften sich so fest um das Glas, das es zu zerbrechen drohte. »Ich weigerte mich, und der englische Kapitän nahm meine Frau in seinen Gewahrsam. Ich vermutete, dass es noch um etwas anderes gehen musste, denn den Mann schien mein Name sehr viel stärker zu beschäftigen als meine Person. Er zwang mich und Shamir, in seine Kabine zu gehen. Ohne Zeugen.« Raiden starrte auf einen Punkt auf dem Teppich, als er sich an das Geschehen erinnerte, das fast fünfzehn Jahre zurücklag. »Ich war stolz und befahl dem Kapitän, uns allein zu lassen.«

»Du hast dir einen rachsüchtigen Mann zum Feind gemacht, Sohn.«

Raiden zuckte bei dieser liebevollen Anrede zusammen und schaute auf. Seine Augen verengten sich, so schmerzlich waren die Erinnerungen. »Der Kapitän hat mich nach Euch gefragt. Und, mit dem Ergebnis offensichtlich unzufrieden, stellte er mich vor eine Wahl.« Raiden stürzte den Rest Rum herunter und ging rasch zum Schrank, um das Glas neu zu füllen. Seine Hand zitterte leicht, als er es an die Lippen setzte. Doch statt zu trinken, stellte er das Glas mit einer heftigen Bewegung auf der Kommode ab und der Rum spritzte über seine Hand. Er schloss die Augen und schluckte mühsam. Granville sah, dass der Rücken seines Sohnes sich anspannte und dass er die Hände zu Fäusten ballte, um seiner Wut Herr zu werden.

»Die Wahl ...«, flüsterte Raiden, »... die Alternative, vor die er mich stellte, war überhaupt keine Alternative. Er wollte gar nicht, dass ich in der Marine diente. Jetzt weiß ich, dass er mich für das bezahlen lassen wollte, was Ihr getan hattet!« Härte lag in seinem Blick, als er seinen Vater ansah. »In der Abgeschiedenheit seiner Kabine befahl Dunfee mir zu wählen, wer sterben sollte.« Raidens Miene spiegelte größtes Leid wider. »Ich oder meine Frau.«

»Mein Gott.« Granville stürzte den Rum in einem Zug hinunter.

Raiden hörte ihn nicht, zu stark wühlte ihn die Erinnerung auf. »Ich habe ihn angefleht, mich zu töten und sie freizulassen, sie zurück nach Madagaskar zu schicken, sie war erst sechzehn Jahre alt. O Gott, sie hatte solch entsetzliche Angst. Und ich war hilflos. So erbärmlich hilflos.« Raiden legte den Kopf in den Nacken und starrte an die Decke, seine Stimme klang rau.

»Also fiel ich vor diesem Mann auf die Knie und flehte um das Leben der einzigen Familie, die ich je gehabt hatte.«

»Es tut mir Leid, Sohn.«

Raiden schaute in sein Glas und leerte es. Den nächsten Schluck trank er aus der Flasche. Nachdem er sich den Mund mit dem Handrücken abgewischt hatte, sprach er mit tödlich ruhiger Stimme weiter. »Dunfee wartete auf den Augenblick, in dem ich geschlagen war, in dem ich zu Kreuze kriechend und besiegt am Boden lag … dann hat er sie vor meinen Augen umgebracht.«

Granville stöhnte gequält auf, in seinen Augen standen Tränen, als das Bild, das Raiden gezeichnet hatte, in seinem Kopf explodierte. Er ist viel zu jung, um so viel Grausames erlebt zu haben, dachte er und schlug die Hände vors Gesicht. »Es ist kein Wunder, dass du mich so hasst.«

»Er tötete meine Frau, weil ich Euren Namen trug! Er hat sie abgeschlachtet, dann die Kabine verwüstet und sich selbst Schnittwunden beigebracht, damit alles so aussah, als hätte ich ihn angegriffen, als wäre sie durch meine Hand gestorben. Ich stürzte mich auf ihn und habe mir das hier verdient.« Er legte den Kopf in den Nacken und zeigte die sichelförmige Narbe, die am Kieferknochen entlang vom Kinn zum Ohr verlief. »Er hat mich auf ein Gefangenenschiff bringen lassen, auf dem ich jahrelang blieb, bis eine Meuterei uns alle befreite.«

Raiden ließ sich auf seinen Schreibtischstuhl sinken. Das Leder knarrte leise, als er sich vorbeugte und den Kopf in die Hände stützte. An dem Tag, an dem Raiden auf dem Gefangenenschiff zu sich gekommen war, hatte er geschworen, dass er nie wieder so verletzlich sein würde, nie wieder lieben würde, niemals wieder zulassen würde, dass ein Mensch ihm etwas bedeutete. Und dass Dunfee sterben würde und vor seinem Tod erfahren sollte, durch wessen Hand und warum. Nur so konnte er seine Schuldgefühle abtragen, die Schuldgefühle darüber, dass er seine Frau nicht hatte beschützen können. Es war für ihn der einzige Weg. Raiden hatte sich Piraten angeschlossen, hatte bei ihnen alles gelernt, was er hatte lernen können, hatte deren Anerkennung gewonnen und sich einen Ruf erworben; dann hatte er das Schiff übernommen und seine Karriere als Seeräuber begonnen, angetrieben von dieser unseligen Suche.

»So sieht es also aus, Mylord.« Raiden hob den Kopf und ließ die Hände sinken. »Dunfee will mich nicht aus der Welt schaffen, weil ich ihn an die Indiskretionen seiner Verlobten erinnere oder er ihren Tod rächen will. Nein, er sucht mich, um den Zeugen seiner Verbrechen zu beseitigen. Denn ich bin der Einzige, der die Wahrheit kennt.«

»Und seine Ernennung zum Earl ist deswegen in Gefahr.«

Raiden nickte. »Ich bin der Fleck auf seiner ach so makellosen Weste.«

»Großer Gott, Raiden.« Granville fuhr sich mit der Hand über das Gesicht. Er wirkte erschöpft. »Ich kann mit dem König sprechen …«

»Nein. Ich brauchte Eure Hilfe damals nicht, und jetzt will ich sie nicht.«

»Ich verstehe deine Gefühle für mich, aber was ist mit Willa und Mason?«

»Was mit ihnen ist? Das ist nicht Eure Angelegenheit.«

Sein Gesicht verschloss sich, und er gab Granville das Gefühl, dafür dankbar sein zu müssen, dass sein Sohn ihm so viel von seiner Zeit geopfert hatte. Aber schließlich hatte er auch nichts anderes zu verlieren.

»Willa hat ein Recht zu erfahren, dass du sie und ihren Sohn verlassen willst, um dem Admiral hinterherzujagen – aus Blutrache für deine tote Frau.«

»Sie wird es beizeiten erfahren.«

»Und wann wolltest du ihr sagen, dass du vorhast, dein Leben hinzugeben, nur um an Dunfee Rache zu nehmen?«

»Ja, Raiden, wann? Sag es mir«, ertönte es von der Türschwelle her.

Raiden fuhr herum, und sein Gesicht verzerrte sich vor Anspannung. Willa stand an der Tür, sie hielt ein Tablett in den Händen. Ihre Miene war wie versteinert. Raiden erhob sich langsam aus seinem Stuhl. »Willa.«

Granville stand ebenfalls auf, sein Blick ging zwischen den beiden hin und her.

»Verzeih mir, ich hatte nicht vor zu lauschen«, sagte sie und trug das Tablett zum Sofa. Sie klang verletzt, verraten. »Ich dachte, ihr hättet gern etwas Kaffee.« Sie schluckte mühsam und beugte sich über den kleinen Tisch, um das Tablett abzusetzen. »Er ist mit Zimt gewürzt«, brachte sie heraus, bevor sie sich aufrichtete und die beiden Männer ansah. Dabei ignorierte sie Granvilles mitfühlenden Blick und starrte Raiden an. »Aber wie ich sehe, bevorzugt ihr stärkere Getränke.«

»Willa, du musst es mich erklären lassen.«

Abwehrend hob sie die Hand. »Ich habe dich und deinen Vater gestört.«

Raidens Blick schoss zu Granville, dann wieder zu ihr. »Du wusstest es?«

»Sie hat es mir auf den Kopf zugesagt, auf Ceram«, erklärte Granville. »Offensichtlich hatte ich sie nicht täuschen können.«

»Warum hast du es mir nicht gesagt?«, fragte Raiden, ohne den Blick von ihr zu wenden. Er sah ihren Schmerz, spürte ihn.

»Vielleicht aus gleichen Grund, aus dem du mir nicht gesagt hast, dass du einmal verheiratet warst.« Ihre Stimme brach, und es zerstörte Raidens Fassung. »Weil es wehtut, zu erfahren, dass man belogen worden ist.«

Raiden ging auf Willa zu, aber sie wich vor ihm zurück und sah ihn gekränkt an, bevor sie ging. Wie betäubt starrte Raiden seinen Vater an.

»Sei nicht wieder ein Narr, Mann, geh ihr nach!« Granville wies zur Tür.

Raiden lief aus dem Arbeitszimmer, aber Willa war nirgendwo zu sehen. Er ging den Stimmen nach, die er aus der Küche hörte. Dort traf er Mason, der am Tisch saß und schon wieder aß. Er strich dem Jungen über den Kopf, als er an ihm vorbei in das Esszimmer ging. Der Tisch war für drei gedeckt, und Raiden wusste sofort, dass Willa seinen Vater hatte einladen wollen, ihnen Gesellschaft zu leisten. Sie hat gehofft, ich söhne mich mit ihm aus, dachte er resigniert und rief nach ihr. Kahlid tauchte an der Tür zur Veranda auf.

»Dort, *Sajin*«, sagte er und wies zur Bucht.

Raiden rannte aus dem Haus und zum Strand hinunter. Von weitem sah er Willa, die auf das Wasser zulief. Ihre schweren Röcke schleiften durch den nassen Sand.

»Willa, Liebes, warte. Lass es mich dir erklären.«

»Lass mich allein, Raiden.« Sie ging weiter.

Er packte sie am Ellbogen, zog sie sanft zurück, doch sie entwand sich seinem Griff und drehte sich zu ihm um.

»Ich habe dir von jeder Einzelheit aus meiner Vergangenheit erzählt, doch du verbirgst deine vor mir«, warf sie ihm zornig vor. »Du hattest eine Frau. Eine Ehefrau! Bedeute ich dir so wenig, dass du diesen Teil deines Lebens vor mir verheimlichst?« Ihre Worte klangen wie ein Anklage.

»Natürlich bedeutest du mir etwas, aber es fiel mir schwer, darüber zu sprechen, besonders zu dir.«

»Warum? Sag mir, warum, Raiden, damit dieser Schmerz weggeht.« Ihre Lippe zitterte, und sie kämpfte dagegen an, versuchte, ihre Würde zu wahren, während sie sich innerlich fühlte, als würde sie entzweigerissen.

»Wenn ich es dir gesagt hätte, hätte ich preisgegeben, wie sehr ich versagt habe.«

»Du hast mich glauben lassen, du hättest die Liebe nie erfahren.«

»Das habe ich auch nicht, Willa.« Er ging einen Schritt näher. »Nicht so eine Liebe, wie wir sie teilen.«

»Teilen?« Sie stieß einen verächtlichen Ton aus. »*Sie* hast du geheiratet, während du mich nicht einmal gefragt hast, ob ich dich heiraten möchte.« Der Schmerz in ihren Worten traf ihn in die Brust wie eine vergiftete Klinge.

»O Liebes«, sagte er heiser, »ich würde dich sofort heiraten, wenn ich glaubte, es würde die Dinge ändern.«

Willas Mund begann zu zittern, Tränen strömten ihr über die Wangen und sie stürzte sich auf ihn, hämmerte bei jedem Wort mit den Fäusten gegen seine Brust. »Zur Hölle mit dir, Raiden Montegomery! Du weißt gar nicht, wie es ist, Liebe miteinander zu teilen!«

»Hör mir zu«, sagte er und fasste sie bei den Handgelenken, packte sie fester, als sie sich losreißen wollte. Sein Blick hielt sie gefangen. »Ich weiß es. Ja, ich weiß es. Mit Shamir habe ich von der Liebe gekostet. Mit dir wird sie zu einem Festmahl.«

Willa verlor ihre Fassung, ihr Herz klopfte vor Liebe zu ihm und der Angst, die sie darum hatte.

»Ich liebe dich«, sagte Raiden leise. Er zog sie in seine Arme und schaute auf ihr Gesicht herunter, das sie zu ihm emporgewandt hatte. »Ich habe Jahre damit verbracht, zu versuchen, niemanden zu brauchen. Denn ich wollte nicht wieder das verlieren, was ich niemals wirklich hatte. Und doch habe ich dich vom ersten Augenblick an, in dem ich dich sah, gewollt, obwohl ich wusste, dass ich eine Frau wie dich niemals haben konnte. Weil ich nichts in meinem Leben getan hatte, um eine solche Chance zu verdienen. Ich hatte Angst, es könnte dein Leben in tödliche Gefahr bringen, mit mir zusammen zu sein. Trotzdem habe ich es riskiert und habe dich gestohlen.« Seine Miene wurde grimmig. »Doch meine Liebe für dich hat die Dinge nicht geändert, denn ich bin nichts als eine Gefahr für dich – und jetzt auch für Mason.«

»Das ist eine Gefahr, die ich aus freien Stücken gewählt

habe.« Sie legte zwei Finger auf seine Lippen und hieß ihn schweigen. »Ich habe zu lange darauf gewartet, von dir geliebt zu werden.«

»Und ich von dir«, erwiderte er und küsste ihre Fingerspitzen. »Aber ich werde nicht zulassen, dass dir etwas geschieht, weil ich dich liebe. Und es wird geschehen. Denn Dunfee wird nicht lockerlassen, bis er mich gefunden hat. Und wenn ihm das gelungen ist, wird er dich finden. Shamir ist gestorben, weil ich ein Montegomery bin und weil ich sie im Stich gelassen habe. Ich kann dich nicht auch im Stich lassen.«

»Das wirst du auch nicht. Aber deine Frau ist tot, weil Dunfee deinen Vater dafür hasste, Lady Elises Herz gestohlen zu haben. Es war nichts, was du getan hast, und es gab nichts, das du hättest tun können, um es abzuwenden.«

»Ich konnte sie nicht beschützen.«

Willa strich über seine Wange. Das ist der Grund für alles, dachte sie. Die zu beschützen, die er liebte. Deshalb hatte er sie mit sich genommen, auf dem Marktplatz, in der Schänke. Er versuchte noch immer wieder gutzumachen, dass er seine junge Frau vermeintlich im Stich gelassen hatte. »O Raiden, du warst damals fast noch ein Junge. Und Dunfee war mächtig, hinter ihm stand eine ganzen Mannschaft, die auf jeden Wink von ihm gehorchte.«

Raiden schwieg. Er sah sie unverwandt an, und es brachte ihn fast um, welchen Schmerz seine Entscheidung ihr verursachte. »Er muss dafür zur Rechenschaft gezogen werden.«

»Du willst deine Männer mit hineinziehen, in diesen Rachefeldzug?« Willa wies auf die Schiffe, Raidens Flotte, die den Hafen füllten. »Du willst alles, was wir haben, dafür verlassen?«

»Ich muss es tun.«

Sie schob ihn von sich fort. »Nein, du musst ihn nicht jagen. Du kannst ihn mit seiner Schuld alt werden lassen, und er wird immer in der Angst leben, du könntest ihn enttarnen.« Raidens

Gesichtsausdruck verriet, dass er diesen Weg nicht in Betracht ziehen würde. »Shamir ist tot, und du warst noch ein Kind. Vergib dir endlich selbst.«

Raiden zog sie an sich und nahm ihr Gesicht in beide Hände. »Ich muss es tun, Willa. Versuche zu verstehen, dass er für sein Verbrechen bezahlen muss.« Als er glaubte, sie wollte erneut widersprechen, streifte er mit seinem Mund über ihre zitternden Lippen. »Hör mir zu, kleine Füchsin«, bat er und Willa fühlte ihren Widerstand Stück für Stück zerfallen. »Shamir war die Liebe meiner Jugend. Du bist die Liebe meines Lebens.«

Willa schluchzte, als er sie küsste. »Dann bleib bei mir. Bleib bei mir und Mason. Geh nicht auf diesen Rachefeldzug. Bleibe und liebe mich und gründe eine Familie mit mir.«

Statt einer Antwort küsste er sie, und sein Herzschlag war wie ein dumpfes schmerzendes Pochen in seiner Brust. »Wenn ich zurückkomme, möchte ich dich heiraten.«

Sie befreite sich aus seiner Umarmung und schob ihn von sich. »Was lässt dich glauben, ich würde einen Mann heiraten, der es vorzieht, für seine Rache zu sterben, als zu leben und mich zu lieben?«

Ihre Worte trafen ihn messerscharf. »Ich muss das zu Ende bringen.«

»Und ich werde dich nicht mehr bitten zu bleiben. Geh, lösche deinen Rachedurst. Mason und ich werden nicht mehr hier sein, wenn du zurückkommst.« Sie wirbelte herum und schlug die Hand auf den Mund, als sie auf das Haus zulief, zu ihrem Sohn.

Raiden fuhr sich mit beiden Händen über das Gesicht und fluchte, als er wütend in den Sand trat. Dann ging er mit großen Schritten auf das Haus zu. Willa würde Java nicht verlassen. Er würde jedem verbieten, sie von hier fortzubringen.

Kahlid erwartete ihn auf der Veranda. »Ein feines Durcheinander habt Ihr da angerichtet, *Sajin*.«

Raiden fuhr sich mit der Hand durchs Haar und fluchte wieder. Er ignorierte den Mohren, während er die Stufen hinaufstieg.

»Wollt Ihr wirklich ihr Herz und das eines kleinen verlorenen Kindes aufs Spiel setzen, weil Ihr diesem englischen Seemann unbedingt die Kehle durchschneiden müsst?«

Für den Bruchteil eines Atemzugs zögerte Raiden, dann ging er rasch weiter.

Ein Glas mit Whisky in der Hand haltend, saß Raiden zusammengesunken in seinem Stuhl, als die Geräusche und die Bilder seiner Vergangenheit bruchstückhaft an ihm vorbeizogen. Dunfees Gesicht in dem Augenblick, in dem er den Namen Montegomery hörte, der Hass auf seinem Gesicht, den er nicht hatte verbergen können; Dunfee, als er in der Kapitänskabine vor ihm stand, arrogant und so verdammt *britisch*, seine Fragen, seine Befehle. Und die Wahl, vor die er Raiden gestellt hatte.

Shamirs mädchenhaftes Gesicht tauchte vor seinem inneren Auge auf, ihr tintenschwarzes Haar, ihre honigfarbene Haut, ihr unschuldiges Vertrauen in ihn, als sie vor Entsetzen fast wahnsinnig war. Gott, sie war noch ein solches Kind, dachte Raiden, ebenso wie ich auch noch ein Kind war. Er zuckte zusammen, als die Bilder ihres gewaltsames Sterbens in seiner Erinnerung abliefen, die Selbstherrlichkeit, mit der Dunfee auf ihn heruntergeschaut hatte, als er um ihr Leben gefleht hatte. Die Erleichterung, die ihn durchströmt hatte, als Dunfee sein Leben für das Shamirs akzeptiert hatte – ehe er ihr das Messer in die Brust gestoßen hatte. Raiden konnte sich an kaum etwas von dem erinnern, was danach geschah, außer dass er seine sterbende Frau in den Armen gehalten und gewusst hatte, dass er sie hätte retten können, wenn er mutiger, entschlossener und klüger gewesen wäre.

Raiden spürte, wie sein Körper vor Anspannung zitterte, und

er strich sich mit der Hand über das Gesicht. Seine Hand war feucht von Schweiß. Er setzte sich aufrecht hin und beugte sich vor, die Ellbogen auf die Schenkel gestützt. Während er das Glas zwischen seinen Handflächen hin und her rollte, dachte er daran, dass er diese Sache zu Ende, richtig zu Ende führen musste. Shamirs Seele würde niemals Ruhe finden, niemals aufhören durch seine Träume zu spuken, es sei denn, er übte seine Rache. Raiden trank den letzten Schluck Whisky und stellte das Glas zur Seite. Als er tief Luft holte, roch er den Sandelholzduft, der in der Luft hing. Er dachte daran, dass Willa es ihm, trotz ihrer Enttäuschung über seine Entscheidung, in sein Badewasser gegeben hatte. Sie ließ nicht zu, dass ihr Zorn ihre Liebe zu ihm beeinflusste, und Raiden hielt an der Hoffnung fest, dass er zu ihr zurückkehren würde, dass es eine Chance geben würde, dass sie sich heute Nacht mit ihm versöhnte. Denn bis jetzt hatte sie ihm diese Möglichkeit nicht gegeben. Sie hatte sich geweigert, mit ihm zusammen zu essen, sie beschäftigte sich ausschließlich mit Mason, bis dieser ins Bett gebracht wurde. Und sie schlief allein in einem der vielen Schlafzimmer.

Wieder einmal sah Raiden sich vor eine Wahl gestellt, die sein Leben für immer verändern würde.

Ein Mann, der es vorzieht, für seine Rache zu sterben, anstatt zu leben und mich zu lieben.

Traute sie ihm nicht zu, seinem Feind zu begegnen und ihn zu besiegen? Die Möglichkeit, dass er nicht überleben würde, flößte Raiden plötzlich Angst ein, denn er hatte weit mehr zu verlieren als jemals zuvor.

Ein Laut klang an sein Ohr, ein lauter Schrei, und Raiden runzelte die Stirn. Er stand auf, als ihm bewusst wurde, dass es Mason war. Er lief die Treppe zum Zimmer des Jungen hinauf und trat an dessen Bett.

»Mason, Junge«, sagte er und schüttelte ihn sanft am Arm. »Wach auf, Junge, es ist nur ein Traum.«

Mason wimmerte und begann um sich zu schlagen. Raiden setzte sich auf die Bettkante und zog den Jungen in seine Arme, hielt ihn fest und sprach beruhigend auf ihn ein. »Du bist in Sicherheit, Sohn, in Sicherheit. Niemand wird dir hier etwas tun. Ich schwöre dir, du bist hier sicher.« Er wiederholte es wieder und wieder, bis der Junge ruhiger wurde und leise weinend in seinen Armen lag. Raiden verstand Masons Ängste, denn als kleiner Junge hatte er selbst so schreckliche Träume gehabt, dass er kaum hatte schlafen können.

Mason legte den Kopf in den Nacken, und Raiden schaute in tränenumflorte grüne Augen. Er strich dem Jungen das kastanienbraune Haar aus der Stirn und lächelte ihn an. Und Mason, Gott segne ihn, versuchte mühsam, zurückzulächeln.

Es wäre schön, wenn dieses Kind mein Sohn wäre, dachte Raiden und begriff, dass die Vaterschaft ein Geschenk war, dass die Blutsverwandtschaft nicht bedeutete, auch der beste Vater für ein Kind zu sein. Auch wenn er, Raiden, seinen Vater zum Teufel wünschte, so blieb er doch noch immer sein Vater. Und mochte Granville auch nicht für Raiden da gewesen sein, als dieser ein Kind gewesen war, auf der Insel hatte er ihm das Leben gerettet. Und dafür, und damit für die Chance, Willa und ihren Jungen zu lieben, war Raiden dankbar.

Willa eilte zum Zimmer ihres Sohnes und blieb stehen, als sie Raidens leise und tröstende Stimme hörte. Sie schlich näher und spähte um die Ecke, und ihr Herz zog sich zusammen, als sie Raiden sah, der ihren Sohn im Arm hielt, ihm den Rücken rieb und ihn in seinen starken Armen wiegte. Sie wollte zu ihrem Sohn gehen, doch als dieser seine dünnen Arme um Raidens Nacken schlang und seine Tränen versiegten, wusste sie, dass er in guter Obhut war. Dennoch blieb sie noch, trat nur einen Schritt zurück, um nicht entdeckt zu werden, und lehnte sich gegen die Wand. Stundenlang hatte sie geweint und getobt, hatte Dunfee dafür gehasst, dass er ihr diesen Schmerz brachte, und hatte versucht, Raidens Durst nach Vergeltung zu verstehen. Sie hörte ihn mit Mason reden, und diese einseitige Unterhaltung enthüllte ihr, wie sehr er ihren Sohn liebte. Willa machte einen Schritt von der Wand weg und entschied, ihre Familie zu retten und sich zu weigern, den Mann, den sie liebte, an die Geister seiner Vergangenheit zu verlieren.

»Was geht in deinem Kopf vor, mein Kleiner?«, flüsterte Raiden. »Kannst du mich verstehen?«

Mason nickte.

»Eines Tages wirst du mit mir reden, ja? Denn ich sehne mich danach, deine Stimme zu hören.«

Mason sah ihn an, mit einem zweifelnden, sehr erwachsenen Blick.

»Weißt du, dass ich deine Mutter liebe?«

Mason nickte lebhaft.

»Und dich liebe ich auch, Sohn.«

Mason sah zunächst verblüfft aus, während sein Blick den Raidens mit einer Eindringlichkeit suchte, die im Widerspruch zu seinen jungen Jahren stand. Raiden begriff, dass kein Mann dem Jungen diese Worte je gesagt hatte. Er selbst hatte sich als Kind danach gesehnt, diese Worte zu hören – von seinem Vater, von irgendjemandem. Wie sehr habe ich es mir gewünscht, es würde jemanden geben, dem es etwas bedeutete, dass ich auf der Welt war, dachte Raiden und schwor sich, dass es diesem kleinen Jungen niemals so ergehen sollte wie es ihm ergangen war. Raiden würde mit Dunfee abrechnen, und er *würde* zurückkehren und seine Versprechen einlösen.

Mason klopfte Raiden tröstend auf die Schulter, als wüsste er um dessen Gedanken, dann kletterte er von seinem Schoß herunter und zurück unter seine Decken. Mit den vielen Kissen um ihn herum sah er aus wie ein Kaninchen, das sich in seinen Bau schmiegte, und Raiden lächelte, als er sich erhob.

Mason begann zu wimmern und setzte sich auf.

»Leg dich hin und schlafe, Sohn.«

Mason schaute auf die Schatten ringsumher, und Raiden zündete eine zweite Lampe für ihn an. Doch noch immer wollte der Junge sich nicht entspannen.

»Mason, sieh mich an.« Angstvoll sah der Junge Raiden an. »Du bist hier sicher. In diesem Zimmer, in diesem Haus. Ich bin in der Nähe. Und du weißt doch, dass ich dich beschützen werde.«

Mason starrte ihn einen langen Augenblick an, und seine Gesichtszüge waren denen Willas so ähnlich, dass Raidens Herz einen Sprung machte. Schließlich glitt Mason unter seine Decken und schloss gehorsam die Augen. Raiden stopfte die Decken um ihn fest und setzte sich auf einen Stuhl in der Nähe des Bettes, um zu warten, bis der Junge eingeschlafen war.

Während Mason müde tief Luft holte und allmählich einschlummerte, bedauerte Raiden plötzlich seine Entscheidung, fortzugehen. Shamirs Geist würde nicht ruhen, bis er die Dinge in Ordnung gebracht hatte, aber was würde aus Willa und ihrem Kind werden, wenn er versagte?

Kapitel 25

Er brauchte Willa jetzt.

Raiden verließ Masons Zimmer und ging den Korridor hinunter in ihr Zimmer, das Zimmer, in dem Willa die meisten Nächte allein und getrennt von ihm verbracht hatte. Sogar sie nur anzusehen, hatte sie ihm verweigert. Er fand das Zimmer dunkel und leer, doch das Bett war benutzt worden. Willas Duft hing in der Luft, und er spürte tiefes Verlangen nach ihr. Das Blut pochte Raiden in den Adern, als er das Zimmer verließ. Er musste Willa sehen, er sehnte sich nach ihr und glaubte zerbrechen zu müssen, wenn er sie nicht berühren konnte. Jetzt. Genau jetzt.

»Raiden.«

Er hob den Kopf und sah sie am Ende des Flurs stehen. Ohne stehen zu bleiben, ging er auf sie zu. Sie lief ihm entgegen und warf sich an seine Brust, ihre Arme glitten um seinen Nacken, als er sie an sich zog. Sein Mund nahm von ihren Lippen Besitz, hart und voller Verlangen, und Willa antwortete ihm, nährte die Glut in ihm, die aufflammte und außer Kontrolle geriet. Er konnte nicht genug von ihr bekommen, konnte nicht genug von ihr fühlen, und seine Hände glitten über ihre schlanke Gestalt, öffneten den Morgenmantel, suchten die Wärme ihres Körpers.

»Ich liebe dich«, flüsterte er zwischen seinen Küssen und zog sie in sein Zimmer, ließ die Tür mit einem Fußtritt hinter sich zufallen. »Ich liebe dich, Willa. Gott im Himmel, ich kann nicht mehr denken, wenn du nicht bei mir bist. Geh nicht. Geh nicht fort von mir.«

Ihre Kehle schnürte sich zusammen, als sie seine inständig

flehende Stimme hörte, den Schmerz darin, und das Sprechen fiel ihr schwer. »Das werde ich nicht. Ich könnte es nie, nie.« Sie erwiderte seinen Kuss wieder und wieder, drängte sich an ihn, zerrte an seiner Kleidung. Er ging zum Bett, zog sie mit sich. Seine Berührung war behutsam und zurückhaltend und verursachte in Willa eine Erwartung, die ihr Herz wild schlagen ließ. Wie hatte sie glauben können, sie könnte ihn je verlassen? Sie könnte nicht einmal Stunden ohne ihn überleben, ohne sein faszinierendes Lächeln, seine versengenden Berührungen. Sie verlangte nach ihm wie nach der Luft zum Atmen, brauchte ihn wie den nächsten Schlag ihres Herzens. Sie brauchte seine Liebe, eine Liebe, die nur er ihr geben konnte. Ihr Morgenmantel fiel auf den Boden, sein Hemd und ihr Nachtgewand folgten. Sie ließ sich auf das Bett sinken, forderte ihn auf, zu ihr zu kommen und mit ihr zu spielen.

Raiden zerrte seine Stiefel herunter und öffnete seine Hosen. Er hielt nur inne, um sie sich von Willa herunterstreifen zu lassen und Willa zu küssen. Mit einem Fußtritt befreite er sich von den Hosen und stöhnte auf, als ihre schlanken Finger sich um ihn schlossen, ihn streichelten.

»Schnell, mein Gelieber, komm zu mir«, flüsterte sie.

»Hab Erbarmen, Willa, du richtest mich noch zugrunde.«

»Genau das ist meine Absicht«, erwiderte sie mit einem Lächeln und verstärkte den Druck ihrer Berührungen. Er hielt ihre Hand fest und legte sich auf sie, schob mit dem Knie ihre Beine auseinander. Er küsste sie, während er ihre nackten Brüste streichelte, seine Daumen ihre Brustwarzen reizten, seine Hand über ihren Leib glitt bis hin zu dem Dreieck tiefroter Locken. Er fand sie feucht und bereit für sich und drang in sie ein.

Willa bog sich in seine Berührung und zog ihn zu sich herunter.

Doch Raiden ließ es nicht zu, dass sie ihn berührte. Er wollte sie führen, wollte sie mit jedem Streicheln seiner samtweichen

Zunge erobern. Willa spürte die Macht, die ihn trieb, und sie ließ ihn gewähren, wollte es ebenso sehr wie Raiden. Sein Streicheln war heiß und verführend, verlangend und erregend, und Willa flehte ihn an, zu ihr zu kommen, damit sie ihn in sich spürte, doch sein Mund hörte nicht auf, ihre zarte Knospe zu öffnen. In einem Sinnenrausch trug er sie von Gipfel zu Gipfel und nahm sich selbst zurück für den Augenblick, in dem er seine irische Schönheit besitzen würde.

Jetzt, ja, jetzt, dachte Willa voller Erwartung, als er sich auf sie legte. Doch Raiden lachte leise, ließ sein hartes Glied über ihre feuchte Scham streifen, ehe er sich wieder aufrichtete. Er drehte Willa auf den Bauch und begann, ihren Po damit zu streicheln, die Innenseite ihrer Schenkel. Willa drückte das Gesicht in das Kissen, um ihren Schrei unbändiger, wilder Lust zu dämpfen, als Raiden sie die Kraft spüren ließ, mit der er in sie eindringen würde, ihr aber diese Erfüllung verweigerte. Sie nannte ihn einen Schuft, warf ihm vor, erbarmungslos zu sein und sie zu quälen. Raiden antwortete mit einem leisen Lachen, das so verheißend klang, dass ihre Haut vor Erwartung zu prickeln begann, als er ihre Beine spreizte, die Hand unter ihren Bauch schob und sie aufrichtete, um sie gegen sich zu drücken.

Willa fasste zwischen ihre Körper und schloss die Hand um ihn. Sie begann, ihn so gnadenlos zu reizen, wie er sie gereizt hatte, erregte ihn, bis er aufstöhnte und das Gesicht gegen ihren Nacken presste. Er streichelte ihre Brüste und flüsterte ihr ins Ohr, wie sehr ihre Berührung ihn entflammte, wie sehr er es liebte, dass sie sich für ihn, für ihn allein, so schamlos und hemmungslos gab. Sie war seine Frau, seine Liebe, und bis zum Sonnenaufgang würde er alles dafür tun, dass sie es niemals vergaß. Er sagte ihr, dass sie durch eine Liebe verbunden seien, die zu finden sie niemals geträumt hatten, dass sie zusammen seien, auch wenn Urgewalten sie voneinander trennten. Dies war der Augenblick, in dem Willa glaubte, ihr Herz würde vor lauter

Liebe zu ihm bersten. Seine Hände streichelten sie, glitten hinauf bis unter ihre Arme, streckten sie nach oben, damit Willa sich am Kopfbrett des Bettes festhalten konnte.

Sie schleuderte ihr Haar zurück, schaute Raiden über die Schulter an und lächelte, als sein Blick über ihren schweißglänzenden Körper glitt, dessen verlockende Glut seine Sinne taumeln ließ. Der Duft der See wehte sanft durch die offenen Fenster, das Mondlicht badete ihren Leib in silbernem Licht. Raiden hob den Kopf und sah Willa in die Augen, als er langsam in sie eindrang. Er liebte das zarte Flattern ihrer Lider, das leise Stöhnen, als sie ihn tief in sich aufnahm. Sekundenlang bewegten sie sich nicht, spürten einander, bis keiner den Befehl ihrer Körper mehr ignorieren konnte, und Raiden sich zurückzog und wieder in sie stieß. Willa erwiderte sein Stoßen, nahm ihn in sich auf, umschloss ihn fester und härter mit jedem Stoß. Sie fühlte Raidens Blut in sich pulsieren, als seine Bewegungen schneller und heftiger wurden, er sie immer näher den Gipfel hinauftrug. Raiden kniete über ihr, er küsste ihren Nacken, seine Finger spielten auf ihrer Haut und ihr Rhythmus steigerte sich.

»Ich will dein Gesicht sehen«, sagte er an ihrem Ohr. »Ich will zusehen, wie du deine Lust befriedigst.« Er hatte es kaum ausgesprochen, da hatte sich Willa zu ihm herumgedreht und lag auf einem Berg aus Kissen vor ihm.

»Dann sieh zu«, sagte sie, als sie die Beine um seine Hüften schlang und sich ihm entgegenbog, als er sie nahm.

Raiden hielt das Kopfbrett des Bettes umklammert, als er tief in Willa eindrang und sich wieder zurückzog. Er sah sie an, sah in ihre unbeschreiblich schönen Augen. »Ich werde dich lieben bis in alle Ewigkeit«, sagte er, als köstliche Erwartung die verzehrende Leidenschaft zügelte. »Und auch dann wird es niemals genug sein.«

Willas Augen füllten sich mit Tränen, und sie berührte sein Gesicht, ehe sie ihn an sich zog.

Ihre Körper vereinten sich in einem ungezügelten hemmungslosen Rausch, unter dessen Ansturm sich Willa aufbäumte, als Raiden sie an den Rand der Ekstase trug. Sie rief seinen Namen, und er stützte sich über sie, grub die Finger in ihr Haar, als er tat, was er sich gewünscht hatte, und zusah, wie die Macht ihres Höhepunktes ihr Gesicht veränderte, wie ihre Augen sich verschleierten. Er spürte, wie sie sich um ihn schloss und ihm die Beherrschung raubte.

»Raiden – o Raiden«, rief sie, überwältigt von ihren Gefühlen.

»Ich werde dieses Bild von dir immer in mir tragen«, flüsterte er gegen ihre Lippen, ehe der Sturm des Verlangens ihn fortriss, bis sein zum Zerreißen harter Leib von einer Welle der Lust emporgetragen wurde, die sein ganzes Sein erfüllte und ihn bis in die Seele erschütterte.

Willa hielt ihn, als das unbeherrschbare Beben ihn erfüllte, als sie den warmen Strom seiner Liebe in sich hineinfließen fühlte und sich wünschte, das Geschenk annehmen zu können, das er ihr machte. Sie liebte diese Augenblicke, in denen sie fühlte, wie sein Körper vor Liebe zitterte, wie sein Herz mit einer Wildheit gegen ihre Brust schlug, die ihn schwach machte. Sie strömte über von einer Liebe, der zu begegnen sie nie geglaubt hatte. Von einer Liebe für den Mann, der er gewesen war, und für den Mann, der er jetzt war. Als Raiden den Kopf hob und ihre Blicke ineinander versanken, strich Willa ihm das Haar aus der feuchten Stirn und fragte sich, ob sie ihn je würde gehen lassen können.

Die Morgendämmerung entzündete ein magentarotes goldenes Licht, das seine Strahlen auf das Bett fallen ließ, als Raiden sich anzog. Er schaute dabei auf Willa, und sein Blick folgte der anmutigen Linie ihres nackten Rückens bis zu den Rundungen ihres Pos, die sich unter den Laken erahnen ließ. Bedauern erfüllte ihn, und er bezweifelte, ob er fortgehen könnte, selbst wenn er wusste, dass es sein musste. Seinen Schwertgürtel anlegend, ging er zu ihr, setzte sich behutsam auf die Bettkante und schaute Willa einen Moment lang an, ehe er sie an der Schulter berührte. Sie rollte sich sofort auf den Rücken und klammerte sich an ihn. Er fühlte die Tränen auf seiner Wange, als sie lautlos weinte.

Diese Tränen würden ihn begleiten, so wie die Gewissheit, dass jemand ihn vermissen würde – zum ersten Mal in seinem Leben. »Ich muss gehen.«

»Ich weiß.« Sie drückte ihn fester.

»Ich werde zurückkommen, Willa. Ich schwöre es dir.«

Sie streichelte seinen Rücken. Ihr Handgelenk berührte den kalten Stahl seines Schwertes, und Willa dachte an den Kampf, in den er zog. Es war ein Gedanke, den sie nicht ertragen konnte. Bis jetzt war er siegreich gewesen, und sie betete – oh, wie sehr sie darum betete –, dass ihm auch dieses Mal nichts geschehen würde.

Sie beugte sich zurück und sah Raiden an. Die Traurigkeit in seinen Augen verriet, dass er nicht gehen wollte. Aber Willa wagte es nicht, ihn noch einmal darum zu bitten, bei ihr zu bleiben. »Ich verstehe dieses Streben, das du in dir spürst.« Sie sprach leise, ihre Hand ruhte auf seiner breiten Schulter. »Es ist die Gerechtigkeit, die du suchst, weil du weißt, dass die Krone sie dir niemals zuteil werden lassen wird.«

Raiden sah sie an, angespannt und fragend.

»Tu, was du tun musst, mein Geliebter. Ich werde hier sein.«

Er küsste sie, heftig und tief, und in diesem Kuss ließ er all seine Gefühle zu ihr sprechen. »Wie weit mich mein Weg auch fortführen wird – ich komme zu dir zurück.«

Willa strich Raiden das Haar aus dem Gesicht. Ihre Finger berührten den goldenen Ring in seinem Ohr, streichelten die Narbe unter seinem Kinn, die Dunfee ihm beigebracht hatte. Diese Narbe war das einzige äußerlich sichtbare Zeichen seiner

Vergangenheit, doch in seinen Augen, besonders in den Tagen, seit sie sich zum ersten Mal begegnet waren, hatte Willa gesehen, welche Wunden die Verbrechen des Admirals Raiden zugefügt hatten. Sie konnte diesen Wunden nicht noch mehr Schmerz hinzufügen, jetzt, da Raiden gerade erst zu lernen begann, sein Leid zu überwinden; die Verbitterung über seinen Vater, sein Drang, plündernd und raubend über die Meere zu segeln, das alles schwand allmählich. Doch der Mann, in den sie sich verliebt hatte, blieb, die zärtliche Seele, die einen kleinen Jungen beschützend in den Armen hielt, der Mann, der ihr sein Herz schenkte.

»Ich liebe dich mehr, als ich es sagen kann, Raiden Montegomery.«

Sein Blick glitt über ihr Gesicht, verwahrte jede Einzelheit in seiner Erinnerung. »Ich liebe dich«, sagte er rau und stieß einen zitternden Atemzug aus. Er legte die Hände um ihren Nacken, als er die Stirn an ihre legte. Einst hatte er den Tod herbeigefleht, damit dieser ihn von seinem Schmerz erlöste, vom Alptraum seiner Vergangenheit. Und jetzt wünschte er alle bösen Erinnerungen fort, damit er leben und lieben konnte. »Du bist jetzt mein Leben, Willa. Du und Mason. Ich werde dich zu meiner Frau machen und ein Vater für deinen Sohn sein.«

»Mein Herz braucht keine Zeremonie dafür, mein Geliebter. Ich bin dein, auf ewig.«

Raiden nahm ihre Hand und steckte ihr rasch einen funkelnden Smaragdring an den Finger, ehe er sie an seine Lippen hob und sie küsste. »Bis ich dich wieder in meinen Armen halten werde.« Er küsste Willa noch einmal, und sie schluchzte unter seinem Kuss. Sie trank einen letzten Atemzug von seinen Lippen, um ihn mit einem Stück seines Herzens bei sich zu verwahren.

Jemand klopfte an die Tür, und Raiden ließ Willa nur widerstrebend los und stand langsam auf. Er schaute auf sie herunter, wollte sich immer so an sie erinnern wie er sie jetzt vor sich sah, die Haut rosig überhaucht von ihrer Liebesnacht, ihr tiefrotes Haar, das zersaust ihre Schultern umfloss, das Laken, das ihren sinnlichen Körper umhüllte, ihre Augen, die ihn aufforderten, sie wieder zu lieben.

Raiden wandte sich abrupt ab, ging zur Tür und verließ, die Tür hinter sich schließend, das Zimmer. Im Korridor blieb er reglos stehen und versuchte sich zu fassen, ehe er den Blick hob. Er runzelte die Stirn, als er seinen Vater vor sich stehen sah. In der Kleidung, die er trug, sah er eher aus wie Nealy Perth denn wie Lord Sussex. »Denkt nicht einmal daran, mich zu begleiten, alter Mann.« Raiden ging an ihm vorbei.

»Ich habe bewiesen, dass ich fähig bin, dir den Rücken freizuhalten, Sohn, und genau das werde ich auch jetzt tun. Ich habe ebenso viel Verlangen wie du zu sehen, wie Dunfee das bekommt, was ihm gebührt.«

An Masons Tür blieb Raiden stehen und sah Granville kurz an. Auch wenn er diesen Mann sein ganzes Leben lang nicht gekannt hatte, begriff er doch, dass sein Vater sich nicht würde abweisen lassen.

»Ich bin für das alles verantwortlich zu machen, Raiden. Lass mich dir helfen.«

»Also gut. Dann komm mit, *Vater*, wenn es der Tod ist, den du suchst.«

Granville richtete sich auf. »Ich habe nicht die Absicht zu sterben.«

»Absichten und Wünsche sind oftmals dasselbe.« Raiden öffnete die Tür und schaute zu Mason hinein. Der Junge schlief friedlich, und Raiden trat an sein Bett und zog die Decken hoch, ehe er sich herunterbeugte, um ihn auf die Wange zu küssen. Seine Haut war so weich und er roch so süß nach Seife und Puder, dass Raiden die Augen schloss, als ihm bewusst wurde, dass er dieses Kind, das ihm vertraute, ebenso sehr vermissen würde wie dessen Mutter.

Er verließ das Zimmer, und mit jedem Schritt, den er machte, wuchs seine Entschlossenheit. »Falls du denkst, dass dir Privilegien zugestanden werden, nur weil du mein Vater bist – vergiss es.«

Granville folgte ihm. »Das würde mir nicht im Traum einfallen, Sohn.«

»Dann verfüg dich auf die *Renegade* und geh auf deinen Posten.« Raiden stieß einen rauen Atemzug aus. »So wie ich es auch tun werde.«

Die Tat musste vollbracht werden, und es gab kein Zurück.

Seine Vergangenheit wartete auf ihn. Deren Auslöschung stand nahe bevor.

Seine Haut war verbrannt und verkrustet, als das Boot auf Grund stieß. Seit Tagen hatte er darum gebetet, auf Land zu stoßen, während die Sonne erbarmungslos auf ihn herabgestrahlt hatte. Nicht, dass ich das nicht verdient hätte, dachte Tristan benommen, als er sich zwang, sich aufzusetzen. Er beschattete die Augen und schaute sich blinzelnd um. Beim Anblick des Dutzends Speere, die auf sein Herz zielten, erstarrte er. Die Männer, die sie hielten, waren tätowiert und fast nackt, und es waren, wenn er eine Vermutung wagen sollte, Kannibalen.

Tristan war geneigt zu wetten, dass seine Stellung in der Gesellschaft hier nichts zählen würde.

Es sei denn, diese Wilden trugen dem wider Erwarten Rechnung, indem sie ihn als Hauptgang servierten.

Dunkle Regenwolken und die feuchte Wärme der Tropen hatten dichten Nebel auf die *Renegade* zugetrieben und sie in einen Dunstschleier gehüllt. Donner grollte über den Himmel als beklagte er sich, dass er noch den Moment abwarten musste, in dem er seinen ganzen Ingrimm auf die See abladen könnte.

Den Fuß auf die Reling gestützt, stand Raiden auf dem Achterdeck und starrte in die graue Leere. Er konnte die englischen Schiffe fast riechen.

»*Sajin*?«

Er sah Kahlid nicht an, denn er wusste, dass er in dessen Augen denselben fragenden Ausdruck sehen würde wie jeden Tag, seit sie Java verlassen hatten. In aller Regel ein Mann, der tat, was er sagte, hatte Raiden sich in seinem ganzen Leben noch nie so unsicher gefühlt wie jetzt. Er hatte die Segel einholen lassen, und sie dümpelten an der Stelle, an der Roarke auf die *Yorkshire* gestoßen war, an der sein Bruder deren Kommandanten eine Lektion darin erteilt hatte, in Gewässern zu patrouillieren, die selbst für die Admiralität zu gefährlich waren. Aber mit einem Grafentitel, der ihm im Kopf herumspukte, würde Dunfee den Vorteil seines Ranges und seiner Möglichkeiten genutzt und wahrscheinlich seine ganze Flotte, oder einen Konvoi von *East-India*-Schiffen unter seinen Befehl genommen haben, daran zweifelte Raiden keinen Augenblick. Raiden hingegen hatte seine Schiffe in Java gelassen, weil er darauf bestanden hatte, dass diese Auseinandersetzung seine ganz persönliche Schlacht war und er deshalb nur Freiwillige mitnehmen würde. Es tröstete ihn, dass seine gesamte Mannschaft an Bord war, wenn das auch die bösen Vorahnungen nicht milderten, die ihn jetzt, unmittelbar vor dem Aufbringen der Prise, erfüllten.

Willas Bild war ihm nicht mehr aus dem Sinn gegangen, seit er von ihr fortgegangen war, fort aus ihrer Umarmung und fort aus ihrem Bett. Er sah ihre Augen vor sich, die ihn aufforderten, sie zu lieben. Von ihrer ersten Begegnung an, auf dem Markt in Kalkutta, hatte sie ihn so angesehen. Sie war der Anker, den er in seinem Leben gebraucht hatte, sie war die Frau, die ihn die Härte seiner Vergangenheit durch ihre Zärtlichkeit vergessen ließ. Ohne sie konnte er nicht leben, weder leben noch überleben, weder überleben noch weiterleben. Er würde wieder dort sein, wo er begonnen hatte, wenn er es versuchte. Allein und voller Wut und ohne je zu erfahren, wie erfüllend es war, sich in der Liebe aufzugeben.

Der Wind zerrte an seiner Kleidung, riss an den Segeln. Raiden hob das Gesicht zum schwärzer werdenden Himmel und fühlte die Feuchtigkeit, roch den sich ankündigenden Regen. Der Monsun. Der heftige Westwind würde viele der Schiffe von ihrem Kurs abbringen und selbst den erfahrensten aller Kapitäne sich fragen lassen, welches Land er sichtete, wenn er überhaupt auf Land stieß. Aber Raiden wusste es, und es war sein einziger Vorteil. Wenn auch der Verlauf dieser Unwetter nicht vorhersehbar war, das Ergebnis war es durchaus. Er segelte auf diesen Gewässern, seit er ein Junge gewesen war, und der Gelegenheit, die dieses günstige Zusammentreffen bot, war schwer zu widerstehen.

Jetzt galten *seine* Bedingungen, in *seiner* Arena.

Dunfee war ein meisterhafter Seemann, aber was den Monsun anging, war er unerfahren wie ein Säugling.

Die Entscheidung, weiter zu segeln oder umzukehren, zurück in die Wärme von Willas Armen, seine Vergangenheit ruhen zu lassen und durch seine Liebe zu Willa neugeboren zu werden, zerrte an seinen Nerven, bis er glaubte, verrückt zu werden.

Raiden richtete sich auf, strich sich das Haar aus der Stirn und sah Kahlid an.

Kahlid musterte ihn kurz, dann lächelte er. »Ah, *Sajin*. Wie ich sehe, seid Ihr nicht so dumm, wie ich geglaubt habe.«

Raiden runzelte die Stirn. »In diesem englischen Gefängnis hat man Euch die Unverschämtheit doch nicht aus Eurem jämmerlichen Fell herausprügeln können, scheint mir.«

Kahlid verschränkte die muskulösen, tätowierten Arme vor der Brust. »Versucht haben sie es. Wünscht Ihr auch den Versuch zu wagen?«

Raiden schnaubte. »Ich wünschte, Ihr würdet mein Schiff wenden.«

Kahlid grinste, ließ die Arme sinken und machte zwei große Schritte, die ihn nahe zu Raiden brachten. Er packte ihn an den Schultern und schüttelte ihn freundschaftlich. »Ihr habt also doch ein bisschen Verstand zwischen diesen beiden großen Ohren.«

»Offensichtlich. Gebt den Bescheid, dass wir nach Hause zurückkehren werden. Soll ein anderer Dunfee auf den Meeresgrund schicken. Ich habe eine Hochzeit auszurichten.« Kahlids Grinsen wurde noch breiter. »Na los, Mann, macht Euch an Eure Arbeit!« Raiden verschränkte die Arme auf dem Rücken und ging in Richtung der Achterreling davon, wo er stehen blieb und in den Nebel starrte. Er war jetzt voller Ungeduld umzukehren, voller Ungeduld, mit Willa ein neues Leben zu beginnen und die Seeräuberei an den Nagel zu hängen. Er hoffte, die Menschen würden den Schwarzen Engel im Laufe der Zeit vergessen, und dessen verdammenswerten Beutezüge würden irgendwann nicht mehr sein als Geschichten, die man sich in der Schänke bei einem Becher Wein und bei einem guten Essen erzählte.

Das Schiff neigte sich, als Kahlid das Steuerrad herumschwang und die *Renegade* Kurs nach Südwesten nehmen ließ, zurück nach Java. Raiden wandte sich um, sein Blick glitt über die Decks, zu den Segeln, als diese Fahrt aufnahmen, dann zu seinem Vater, der gerade in der Takelage des Kreuzmastes herumkletterte. Für einen Augenblick ruhten ihre Blicke ineinander, und Raiden konnte sich eines Lächelns nicht erwehren. Der Mann sieht aus wie ein junger Seemann auf seiner ersten Fahrt, dachte er und schaute nach achtern.

Der Wind hatte aufgefrischt und wirbelte den Nebel auf, den die *Renegade* durchfahren hatte. Und in den Wirbeln aus dichtem grauem Dunst sah Raiden ein Licht aufblitzen.

Etwas Silberfarbenes. Ein Segel.

»Macht die Kanonen klar!«, rief er und gab im nächsten Augenblick Befehl an Kahlid, auf Ausweichkurs zu gehen. Er griff nach dem Fernrohr und nahm das Segel ins Visier. Die *Yorkshire* folgte ihnen hart auf den Fersen. Raiden fluchte, während er beobachtete, wie das Schiff sich auf die Seite legte, um längsseits zu kommen.

»Captain, sie sind sehr schnell!«

»Ich bin froh, dass Ihr so wachsam seid, Kahlid«, erwiderte Raiden, öffnete den Deckel der Bank unter der Reling und nahm seine Pistolen heraus. Zusammen mit seinen Messern schob er sie in seinen Gürtel, dann richtete er sein Schwert. »Aber wir segeln ohne Ladung, und der Proviant, den wir an Bord haben, ist auch kein großer Ballast. Wir sind auf diese Begegnung vorbereitet.« Ja, verdammt gut vorbereitet, dachte Raiden, seit fast vierzehn Jahren, und jetzt, da er lieber nach Hause gesegelt wäre, zwang man ihn zum Handeln.

Raiden ließ unverzüglich die Mannschaft antreten, befahl allen, keinen Laut von sich zu geben und nicht miteinander zu reden und alle Lichter zu löschen. Die *Renegade* war ein schwarzes Schiff, mit schwarzen Segeln, bei Nacht so gut wie nicht zu erkennen, und Raiden konnte sie mit geschlossenen Augen segeln. Er stützte sich auf viele Jahre der Erfahrung, Jahre, in denen er einer Gefangennahme oder der Vernichtung durch seine Feinde immer wieder entgangen war. Aber dieses Mal stand für ihn mehr auf dem Spiel. Seine Zukunft hing von dieser Konfrontation ab.

Mit Balthasar an seiner Seite schaute er mit grimmig-abschätzender Miene auf die Segel, spürte er den Wind an seiner Kleidung zerren und über sein Gesicht streichen. »Ich habe nicht die Absicht, Lady Eastwick allein zu lassen, Gentlemen.« Er sah seine Männer an. »Also, Gentlemen, lassen wir die Legende vom Schwarzen Engel noch einmal aufleben!«

Kapitel 26

Percival Dunfee fühlte die Spannung so unmittelbar wie den warmen Wind, der über das Wasser strich. Donner grollte. Ein Blitz schnitt eine gezackte Linie in den Nachthimmel und ermöglichte für den Bruchteil eines Augenblick die klare Sicht auf das schwarze Schiff.

Ihm stockte der Atem. Der Schwarze Engel. Sein Blut pochte vor Erwartung. Dies würde der krönende Sieg werden, ihn seinem König zu Füßen zu legen.

»Gebt Salvenfeuer«, befahl er.

Captain Lindsey schaute den Admiral von der Seite an. »Wohin, Sir?«

»Dorthin, Mann.« Dunfee wies ihm die Richtung. »Seid Ihr denn blind?«

Captain Lindsey kniff die Augen zusammen, konnte aber außer der Finsternis der Nacht und der Schwärze der See, die miteinander verschmolzen, nichts erkennen. Dessen ungeachtet befolgte er den Befehl, denn der Admiral sah aus, als würde er aus der Haut fahren, sollte er diese Anweisung, der Himmel mochte ihm beistehen, in Frage stellen. Captain Lindsey beobachtete den Admiral, als dieser zur Reling lief, als hätte er in der Dunkelheit von dort eine bessere Sicht.

Dunfee war besessen. Er verbrachte seine Nächte damit, über Seekarten zu brüten und unzählige Berichte von irgendwelchen Agenten zu lesen, die er vermutlich auf die Piraten angesetzt hatte. Er dachte nicht einmal darüber nach, dass es nach ihrem letzten Zusammentreffen mit einem anderen schwarzen Schiff klüger wäre, einen Hafen anzulaufen und frische Vorräte an Bord zu nehmen. Sollte dieses Schiff dasselbe sein, das ihren Besanmast zur Hölle geschickt hatte, dann würden sie auf dem Meeresgrund enden, dachte Captain Lindsey. Er wandte sich um. Im Stillen lobte er seine Männer für die rasche Reparatur, die sie in Malakka ausgeführt hatten, besonders, weil Dunfee ihnen unablässig im Nacken gesessen und ihnen sogar das Schlafen verboten hatte. Wenigstens hatten sie für dieses Zusammentreffen ausreichend Pulver und Kugeln dabei. Hingegen waren die Lebensmittelrationen um die Hälfte gekürzt worden. Dunfee hatte sich geweigert, lang genug im Hafen zu bleiben, um mehr als Schiffsbrot und Schiffszwieback an Bord zu nehmen – aus Furcht eine Chance zu verpassen, den Schwarzen Engel aufzuspüren. Es war schlimm genug, dass dieser Mann glaubte, dies hier sei sein persönlicher Spielplatz, indem er die französischen Schiffe entlang der Route angriff und sie zwang, ihnen den Rücken für Vergeltungsmaßnahmen freizuhalten. Seit Tagen waren sie im Kreis gesegelt, waren Gerüchten gefolgt und hatten dabei die halbe Flotte der *East India Company* in ihrem Schlepptau gehabt. Es würde die reine Hölle werden, den Direktoren für die verspäteten Lieferungen Rede und Antwort stehen zu müssen, und er, das wusste er, würde als Sündenbock herhalten müssen.

Lindsey schaute zum Heck, konnte die anderen Schiffe aber durch den Nebel nicht erkennen. Ungeachtet ihrer jetzigen Position würde den Piraten eine Überraschung erwarten.

Die Salve verfehlte die *Renegade* um mehr als eine Meile, ein deutlicher Hinweis darauf, dass der Gegner sie nicht sehen konnte.

»Er will den Kampf«, wisperte Balthasar.

»Dann werden wir ihm den liefern.« Raiden schaute auf die Segel und gab dann das Zeichen, zusätzlich das Leisegel zu setzen. Der Wind fuhr in das Segel und trieb die *Renegade* über das Wasser.

»Verdammt, wo sind sie?«

Dunfee und Captain Lindsey starrten in die Dunkelheit, und Percival Dunfee fühlte, wie ihm bei dem Gedanken, den Piraten in die See geschickt zu haben, vor Aufregung schwindlig wurde. Doch alles was er hören konnte war das Rauschen des Wassers, das gegen den Schiffsrumpf schlug.

»Guter Gott«, stieß Lindsey hervor, und seine Augen weiteten sich vor Schreck. »An die Waffen!«

Dunfee wandte sich um, und auf seiner Miene zeichnete sich derselbe Schrecken wie auf der des Kapitäns ab, als die Fregatte auf sie herabstieß. Nur die Galionsfigur war zu erkennen, der schreiende schwarze Engel mit dem silbernen Schwert und Schild, der wie die strafende Hand Gottes auf ihn zuschoss, um ihn für seine Verbrechen bezahlen zu lassen. Bevor er den Befehl zum Feuern geben konnte, nahmen die Geschütze der *Renegade* die *Yorkshire* unter Beschuss, in rascher Reihenfolge trafen die erste, zweite und dritte Salve den Großmast und den Fockmast und ließen diese bersten.

Die britischen Seeleute flüchteten vor den herabstürzenden Segeln und Holztrümmern. Seile und Teile der Takelage begruben die Männer unter sich, deren Schreie vom Lärm der nächsten sechs Kanonenschüsse übertönt wurden.

Er hätte sich nie vorgestellt, dass die *Renegade* so groß war.

Mit wenigstens 36 Kanonen bestückt, war sie für die *Yorkshire* ein gleichwertiger Gegner. Ihr Vorteil lag darin, dass die Geschütze über zwei Decks verteilt waren. Dunfee stürzte zum Achterdeck und verlor dabei seinen Mantel. Mit der Pistole in der Hand kletterte er über die Trümmer, um den König der Piraten zu finden und ihm eine Kugel in den Kopf zu schießen. Der Wind war zum heulenden Sturm geworden, der das zerstörte Schiff zum Beben brachte, und Percival richtete sich auf, um besser sehen zu können. Er begann zu grinsen, als vier Schiffe hinter der *Renegade* auftauchen und auf diese zuhielten.

»Mister Lindsey!«, rief er und wies auf die Schiffe.

Ein Jubelruf stieg von der *Yorkshire* zum Himmel, als der Union Jack in Sicht kam.

Entferntes Kanonenfeuer durchschlug das Brausen des Sturms, und Percival wandte sich zum Heck der *Yorkshire*. Das britische Kriegsschiff und zwei Schiffe der *East India Company*, die ihnen folgen sollten, waren kaum zu sehen. Er runzelte die Stirn und wandte den Blick wieder nach vorn, konzentrierte sich auf die *Renegade* und die Schiffe, die zu ihr aufholten. Er konnte Lindsey fluchen hören, als der Union Jack fiel und an dessen Stelle die Flagge des Piraten gesetzt wurde.

Schild und Schwert auf schwarzem Grund.

Woher zum Teufel waren sie gekommen? Sie waren hundert Meilen von Borneo und der malayischen Halbinsel entfernt. Selbst von Java oder Malakka.

»Wir sind umzingelt«, keuchte Lindsey. »Ihr habt uns in eine Falle geführt!«

Dunfee musste nicht daran erinnert werden, dass sein Plan, die Piraten zur Strecke zu bringen, fehlgeschlagen war. »Dann müssen wir den Spieß jetzt eben umdrehen!«

»Wir sind in der Minderzahl!«

»Schlagt Ihr etwa vor, dass wir uns ergeben, Mr Lindsey?«

»Natürlich nicht, aber was schlagt Ihr vor, wie wir den anderen in diesem teuflischen Nebel Signal geben sollen?« Auch die Piratenschiffe waren in den grauen Dunst zurückgeglitten – wie Geister auf einem Friedhof.

»Haltet freundlicherweise Euren Mund, Mister Lindsey«, knurrte Dunfee, »oder wollt Ihr, dass er uns hört und von unserer Lage erfährt? Dann hätten wir ihn ja gleich zu uns einladen können.« Dunfee überschaute das Geschehen der Schlacht. »Schickt eine Salve hinüber«, befahl er. »Und dann zwei weitere, kurz hintereinander.«

»Das wird ihnen unsere Position verraten.«

»Ich möchte Sie daran erinnern, dass *ich* den Befehl hier führe, Mister Lindsey«, wies er den Captain zurecht, und der Gesichtsausdruck des Mannes verfinsterte sich. »Die Mündungsfeuer werden das Signal für die anderen sein, auszuschwärmen, die Salven, die sie absetzen werden, werden den Schwarzen Engel verwirren, und wenn er versucht anzugreifen, werden wir das Leitschiff außer Gefecht setzen. Das ist alles was ich will: den Anführer.«

Wenn er nach London zurückkehrte, dann mit dem an den Großmast der *Yorkshire* gebunden Piraten.

»Verdammt, Roarke«, knurrte Raiden und hastete mit großen Schritten zum Achterdeck. Er war wütend, weil sein Bruder sein Leben in diesem Kampf riskierte, empfand aber Stolz, als seine Schiffe aus dem Dunkel auftauchten. Die *Sea Warrior*, die *Isis*, die *Eclipse*, die *Beast Rider* und die *Lady Rajah* – hoch im Wasser liegend segelten sie stolz und auf einen Kampf brennend auf die *Renegade* zu. Diese verdammten Piraten können wohl nicht anders, dachte er mit einem kleinen Lächeln, ehe er sich zur *Yorkshire* umwandte. Die Mündungsfeuer der Geschütze erhellten den Himmel, Bälle aus Feuer fielen spiralenförmig in die See herunter, und Raidens Blick heftete sich auf den Mann in der Takelage des Achterschiffs, das weiße Hemd, die weiße Weste und das schwarzes Halstuch zeigten seinen Rang an.

Dunfee.

Percival Dunfee kletterte aus der Takelage herunter und sprang das letzte Stück aufs Deck, wo er polternd landete. Er nahm die *Yorkshire* in Augenschein, um die Schäden festzustellen. Das Schiff trieb im Wasser, und die Segel waren heruntergeschossen, aber noch verfügten sie über ihre Feuerkraft. Er befahl, jedes Geschütz zu besetzen.

»Feuert, wenn ihr bereit seid!«, rief er, und die Gewalt des Rückstoßes erschütterte das Schiff.

Die *Renegade* zahlte alles zurück, noch ehe der zweite Schuss traf, die Salve der *Yorkshire* stutzte nur den Bugspriet, während die Piratenflotte nun ausschwärmte, um Jagd auf das Kriegsschiff und die Schiffe der *East India Company* zu machen. Dunfee rannte zu den Kanonieren herunter, schrie die Männer an, dass sie ihre Zielposition höher ausrichten sollten, und musste dann hilflos mit ansehen, wie die Piraten ihre Taktik wiederholten, indem sie heranstürmten, die Decks noch weiter zerstörten und damit jede Chance auf eine Flucht oder darauf, den anderen zu helfen, vernichteten. Ein gerissener Bastard, dachte Dunfee und spürte Panik in sich aufsteigen, als die *Renegade* gefährlich nah herangesegelt kam. Es war eine arrogante Demonstration ihrer Überlegenheit.

Aber Dunfee war vorbereitet. Während der letzten Wochen hatte er dieses Szenario immer wieder in Gedanken durchgespielt. Er würde sein Schiff einbüßen, aber er wollte verdammt sein, wenn er den Kampf verlieren würde.

Der Wind tobte mit der Kraft eines Taifuns über die See, peitschte den Nebel fort und gab die Sicht auf das britische Flaggschiff frei. Es hätte eine lohnende Prise abgeben, dachte Raiden, während er zu den Geschützen auf dem Hauptdeck ging und Befehl gab, sie kampfbereit zu machen und sie auf die Wasserlinie der *Yorkshire* zu richten. Dann trat er an die Reling und rief: »Ergebt Ihr Euch, Admiral?«

Dunfee runzelte die Stirn. »Niemals!«

Raiden schaute zu einem seiner Männer herunter. »Schießt ein hübsches Loch in ihre Seite, oberhalb der Wasserlinie, Mr Cheston.«

»Aye, aye, Captain«, erwiderte der Mann und steckte die Zündschnur an. Der Schuss zerschmetterte die Reling der

Yorkshire und traf zwei ihrer Kanonen, die bockend wie ein liebeskranker Bulle bei der Verfolgung seiner Herzenskuh über das Deck hüpften, ehe sie ins Meer stürzten.

Raiden gab ein Zeichen, und seine Männer schleuderten ihre Enterhaken zur *Yorkshire* hinüber, deren Metallkrallen sich in die hölzerne Reling und in die Decks gruben. Die Taue spannten sich zwischen den beiden Schiffen und hielten die *Yorkshire* fest. Kaum war dies geschehen, stellten sich Raidens Männer entlang der Reling der *Renegade* auf. Mit langen Gewehren bewaffnet, warnten sie jeden, einen falschen Schritt zu machen.

»Soll ich meine Frage wiederholen, Admiral?«

»Einem verdammten Räuber werde ich mich niemals ergeben!«

Raiden zuckte mit den Achseln und feuerte seine Pistole ab. Die Kugel zerschmetterte Dunfees Pistole, die er in der Hand gehalten hatte. Ohne die Augen vom Admiral zu nehmen, sprach Raiden mit Kahlid, und zwar so laut, dass alle es hören konnten: »Wenn auch nur einer der Männer sich rührt, versenkt sie. Und sorgt dafür, dass Perth mir nicht folgt.«

»Raiden«, sagte Granville ganz in der Nähe.

Er sah seinen Vater an, und in seinem Blick lag eine unübersehbare Warnung. »Nein, das ist nicht dein Kampf.« Dann schlang er sich das Seil um das Bein, stieß sich ab und schwang sich zur *Yorkshire* hinüber. Er landete mittschiffs, nur wenige Schritte von Dunfee entfernt, und starrte diesen an. Die Kleidung korrekt bis zur Perfektion, das Halstuch akkurat gebunden, stand Dunfee groß und schlank vor ihm. Sein Gesicht war in den Jahren faltiger geworden, doch in seinen Augen lag derselbe grausame Ausdruck, den Raiden an jenem Tag in der Kabine gesehen hatte. Der Tag, an dem Dunfee seine Frau erstochen und ihm die Schuld an deren Tod zugeschoben hatte.

»Braucht Ihr Hilfe, Cap'n?«, rief ein Mann von der *Renegade* herüber.

»Nein, Mr Riggs. Bleibt dort.«

»Du wirst dieses Schiff niemals bekommen!«, rief Dunfee und zog sein Schwert.

»Es ist nicht das Schiff, das ich will.«

Angesichts des furchtlosen Auftretens und bei dem drohenden Ausdruck in den Augen des Piraten, fühlte Percival einen Schauder von Furcht seinen Rücken hinunterlaufen. »Wir haben keine Ladung an Bord.«

»Außer Opium«, sagte Raiden und kam mit gezogenem Schwert näher. »Ich kann es riechen.« Spöttisch-tadelnd schüttelte er den Kopf. »Ihr habt mit Barkmon gemeinsame Sache gemacht. Dem jüngst verblichenen Direktor Barkmon.« Raiden legte den Kopf schräg. »Lord Eastwick ist tot, und seine Briefe sind auf dem Weg zum König. *Eurem* König.« Raiden war jetzt nur noch wenige Schritte von Dunfee entfernt.

Plötzlich sprang ein Seemann ihn von hinten an. Raiden trieb dem Angreifer den Ellbogen in den Magen, fuhr blitzschnell herum und stieß ihm das Schwert in den Leib. Raiden stand über dem reglosen Mann, sein Blick streifte die Männer der *Yorkshire* in grimmiger Warnung. »Bleibt, wo ihr seid, und ihr werdet verschont. Meine Männer werden nicht zweimal überlegen, dieses Schiff zu versenken, auch mit mir an Bord.« Dann sah er zu Dunfee. »Du hast dich gut gehalten, alter Mann«, sagte er und genoss die Verwirrung auf Dunfees Gesicht.

»Wer bist du?«

»Ich dachte, das wüsstest du. Wer ich bin – ist die Antwort darauf nicht der Grund, aus dem du angegriffen hast?«

»Es war nur eine Frage der Zeit, ehe du auf uns gefeuert hättest, Pirat. Ich hatte die Wahl zu überleben oder zu sterben.«

»Die hast du noch immer«, entgegnete Raiden, überrascht darüber, wie ruhig er sich fühlte. Seit vierzehn Jahren wollte er diesen Mann ins Jenseits befördern. Und jetzt schien er nicht mehr zu sein als eine lästige Schuld, die beglichen werden musste.

Dunfee richtete sein Schwert auf Raidens Gesicht. »Keinen

Schritt näher.« Hinter ihnen tobte auf dem Meer die Schlacht zwischen den Piraten und den Seeleuten der *East India Company*, zwischen der Herrschaft der Krone und der Wahl der Freiheit. Das Dröhnen und Feuerspeien der Kanonen schwängerte die Luft mit dichtem Rauch. Die Besatzung der *Yorkshire*, jene, die nicht unter Trümmern begraben oder tot waren, standen reglos da, als die beiden Männer sich abschätzend gegenüberstanden.

»Komm, Percival«, höhnte Raiden und kam näher und näher. »Komm und bezahl für deine Verbrechen.«

»*Du* sprichst zu *mir* von Verbrechen, Pirat?«

»Ich spreche nur von *einem*.« Je näher Raiden kam, desto tiefer und drohender klang seine Stimme. »Von dem, das mich für fast zehn Jahre auf ein Gefangenenschiff gebracht hat.«

Dunfees Gesichtszüge spannten sich scharf an. »Verdammt, Mann, wer bist du?«

»Raiden Montegomery, Ehemann von Shamir, der Frau, die du ermordet hast.«

Dunfee riss die Augen weit auf. »Montegomery«, rief er und erhob die Waffe. »Genau der Mann, den ich haben wollte.« Dunfee schlug zu, doch Raiden – nicht länger von seiner Rache getrieben –, fing den Schlag mit seinem Schwert ab. Raiden kämpfte nicht mehr mit Zorn und Schmerz, sondern mit seinem Herzen. Er hatte eine Frau, zu der er zurückkehren wollte, und er würde diese Sache hier jetzt schnell beenden und für immer damit fertig sein.

»Du hast meine Welt zerstört, und ich habe für deine Sünden bezahlt.« Raiden schlug Dunfee Schlag um Schlag.

»Du *bist* eine Sünde.« Dunfee schlug zurück, weigerte sich, nachzugeben. »Du stehst für alles, das ich verloren habe.«

Metall klirrte auf Metall, der Lärm der Seeschlacht erfüllte die Nacht, während Raiden vordrang und Percival mit einer Reihe betäubender Schläge zurückzuweichen zwang. »Ich bin nur das Ergebnis einer einzigen Liebesnacht.«

»Liebe?« Dunfee hieb wütend zu. »Dein Vater ist ein verdammter Schuft!«

»Ja, das ist er. Und glaub mir, wenn ich sage, dass er noch ein halbes Dutzend Söhne wie mich hat, die meinen Platz einnehmen werden.« Die Schwerter schlugen aufeinander, Raiden stieß zu und die Klingen kreuzten sich, glitten bis zum Heft aneinander herunter, Gesicht vor Gesicht standen sich die beiden Männer gegenüber.

»Dein Mord hat den Mann geschaffen, den du vor dir siehst, Admiral.«

»Ich werde erst dich töten, Montegomery, und dann deinen Vater.«

»Das bezweifle ich.« Raiden trieb seinen Gegner zurück, und als Dunfee strauchelte und um sein Gleichgewicht rang, sagte er: »Jetzt wirst du aufhören zu existieren, wie du schon vor langer Zeit damit hättest aufhören sollen.«

Percival verstand, was den Piraten trieb, verstand dessen Durst nach Vergeltung, und ein Teil von ihm hasste es, gegen diesen Mann zu kämpfen, hasste es, in Elises Augen zu sehen, wenn er ihn ansah. Er hasste es, dass er das Unfassbare getan hatte, als er jung und unbekümmert gewesen war. Aber jetzt hatte er keine Wahl. Montegomery war der einzige Zeuge seiner Untat, und seine Erhebung in den Grafenstand hing davon ab, wer überlebte – er oder der Pirat.

Dunfees Arm wurde schwächer, jeder Schlag des jüngeren Mannes ließ sein Ziel in weitere Ferne rücken. Der Pirat war unerbittlich, war erschreckend ruhig, und Percival kämpfte darum, einen sicheren Abstand von ihm zu halten. Aber Montegomery würde das nicht zulassen, würde ihm Stück um Stück das Fleisch von den Knochen schneiden – wie ein Bildhauer, der Splitter um Splitter von einem Felsbrocken herunterschlug.

Der Matrose, der mit gebrochenen Beinen und in seinen Schmerzen gefangen unter den Trümmern lag, beobachtete das Duell zwischen dem Piraten und dem Admiral. Mühsam befreite er seine Hand und streckte sie nach dem verrosteten Eisengitter über sich aus und zog an dem daran befestigten Metallring. Der Matrose lag unter heruntergestürzten Segeln und dem zerbrochenen Mast, und die Luft um ihn herum roch nach Schwefel und Pulver. Der Regen strömte auf die Trümmer nieder, als der Mann unter großen Mühen das verstreut liegende Schießpulver zu einem Häufchen zusammenkratzte. Er schlug den verrosteten Ring immer wieder gegen einen der Messingbeschläge und hoffte, er könnte einen Feuerfunken herausschlagen. Einen Funken, der ihn von diesem Schmerz erlösen und den Piraten mit sich in die See ziehen würde. Seine Kräfte schwanden, während das Blut aus seinem Mund floss. Der Mann schlug ein letztes Mal zu, und endlich sprang der Funke und entzündete das Pulver.

Die Explosion war zunächst nur klein, aber er setzte die zerfetzten Segel und das Holz in Brand.

Raiden duckte sich zusammen, als die Welle der Explosion durch das Mittelschiff lief, und diese Sekunden der Unaufmerksamkeit nutzte Dunfee aus. Der Admiral sprang vor und stieß Raiden das Schwert zwischen die Rippen. Raiden packte die Waffe am Heft, ehe Dunfee es noch weiter in ihn hineintreiben konnte. Er sah dem Admiral in die Augen, als dieser sich anstrengte, die Klinge noch tiefer in Raidens Körper zu stoßen. Raiden holte mit seinem Schwert zu einem gewaltigen Schlag aus und trennte Dunfee die Hand vom Arm. Dunfee heulte auf und taumelte, den blutenden Stumpf umklammernd, zurück. Raiden wankte, zerrte das Schwert aus seinem Leib und schleuderte es zu Boden, während er auf das Achterdeck zulief und begann, die Leiter hinaufzuklettern. Er hörte seine Männer seinen Namen rufen, hörte die Stimme seines Vaters, und er hoffte, vom Achterdeck ins Meer springen zu können, ehe er in die Tiefe gezogen würde. Er hatte die Leiter zur Hälfte erklommen, als das Deck explodierte und mit ihm die leicht entzündbare Ladung im Schiffsrumpf. Die *Yorkshire* zerbrach in zwei Teile, der Großmast wurde durch das in den Rumpf einströmende Wasser aus dem Deck gebrochen. Raiden schaute nach oben, als Tonnen von Holz auf ihn herunterstürzten.

Voller Entsetzen beobachtete Roarke vom Deck der *Sea Warrior* aus, wie die *Yorkshire* zu einem riesigen Scheiterhaufen aufloderte. Der Großmast barst, der Flaggenmast zerbrach wie ein dünner Ast, und als Letztes sah er von seinem Bruder, dass dieser in das berstende Deck hinuntergerissen wurde. Ein Schiff der *East India Company* versank ebenso wie die *Eclipse*, deren Mannschaft von der *Beast Rider* gerettet wurde. Und noch immer tauchte Raiden nicht auf, trieb nicht an der Oberfläche. Roarke rief nach seinem Bruder, bis seine Kehle vor Heiserkeit brannte. Regen prasselte herunter, und der Taifun wütete, als wollte der die Überreste der Schlacht vom Meer peitschen.

Granville taumelte auf Roarke zu. »*O Gott.*« Granville würgte vor Entsetzen.

Mit einem dunklen Knurren fuhr Roarke herum, brüllte seinen Männern Befehle zu, während er mit Riesenschritten auf das Achterdeck stürmte. »Eröffnet das Feuer«, rief er, und seine Augen glänzten in tödlicher Absicht. »Versenkt sie alle.« Der Kummer trieb ihn, und mit wenigen Schüssen schickte er *Yorkshire* und ihre beiden Schwesterschiffe auf den Meeresgrund.

»Nehmen wir die Überlebenden an Bord?«, fragte Riggs.

»In diesen Gewässern ist das Futter für die Haie knapp.« Ohne einen Blick zurück, wandte Roarke sich um und befahl, Segel zu setzen. Er würde sie hier heraus- und nach Java zurückbringen. Roarke schluckte wieder und wandte sich seinem Vater zu. Bis auf die Knochen durchnässt und mit vom Schmerz verzerrten Gesicht stand Granville neben ihm.

»Ich habe ihn dazu gebracht«, sagte Granville mit vor Verzweiflung dumpfer Stimme.

»Nein, Vater, Dunfee hat das getan und jetzt hat er dafür bezahlt.«

Granville sah auf die See, wo die Wasserwirbel die *Yorkshire* in den nassen, schwarzen Tod zogen. »Vergib mir, Raiden.« Er stieß einen zittrigen Atemzug aus. »Gott vergebe mir.«

Willa lief den Weg hinunter, der zum Kai und auf die Docks führte, als die Gangway der *Renegade* auf den Pier heruntergelassen wurde. Mason folgte ihr auf den Fersen. Willas Blick glitt über die Schar der Männer, als sie ihn entdeckte, lächelte sie, raffte die Röcke und rannte los. Als er den Kopf hob, blieb sie abrupt stehen, das Lächeln verschwand von ihrem Gesicht. Roarke. Sie schaute zu den Männern, auf deren grimmige Gesichter, bis sie Granville entdeckte.

»Nein«, flüsterte sie, als Roarke näher kam. Sie schüttelte den Kopf. »Nein. Nein!«

»Er starb ...«

»Nein!« Sie schrie dieses Wort heraus, als sie auf die Knie sank.

Mason stand wie versteinert hinter ihr. Willa schluchzte ungehemmt, und als Roarke versuchte, sie aufzuheben, wehrte sie ihn ab, schlug mit den Fäusten gegen seine Brust. »Nein! O Roarke, bitte sag, dass ich ihn nicht verloren habe.« Ihr brach das Herz. Mason hatte sich auf den Pier fallen lassen und schlug mit den Händen auf die Holzplanken ein. Er schrie laut und seine ungeübte Stimme klang wie das Heulen eines sterbenden Tieres.

Granville kniete sich neben den Jungen und nahm ihn fest in seine Arme. Mason hörte nicht auf zu toben, seine Schreie waren qualvoll für jeden, der sie hörte, und Willa lief zu ihrem Sohn, riss ihn Granville fort und rannte auf das Haus zu, den einzigen Menschen in den Armen haltend, den zu lieben ihr geblieben war.

Es gab keinen Trost für Willa. Sie schloss sich mit Mason in Raidens Zimmer ein, sie trug Raidens Hemd und weigerte sich, es auszuziehen, weigerte sich zu essen oder die Sonne zu sehen. Roarke kam jeden Tag an ihre Tür, bot ihr an, sie zu ihrem Vater nach Carolina zu bringen, aber sie sagte ihm, wenn sie Raiden nicht haben konnte, dann würde sie bleiben, wo sie sich ihm am nahesten fühlte – in dem Haus, das er geliebt hatte. So vergingen Wochen, und als Willa Raidens Zimmer das erste Mal wieder verließ, war sie sorgfältig gekleidet und zurechtgemacht, war sie ganz die elegante Lady. Sie trug ihren Schmerz mit großer Würde, um des Kindes willen und für Raidens Vater, doch ihre Augen blickten trüb und unendlich traurig. Sie weigerte sich, Einzelheiten über Raidens Tod anzuhören. Nichts konnte ihn ihr zurückbringen, keine Worte konnten sie trösten, am wenigsten die, wie er umgekommen war. Mason hatte sich seit jenem Tag, als man ihnen die Nachricht überbracht hatte, in sich selbst zurückgezogen, er vertraute niemandem außer seiner Mutter. Oft ließ er seine Wut, seinen Kummer an Willa aus, stieß sie von sich, klammerte sich an sie, wenn die Nacht kam, wenn er Angst hatte und nach Raiden weinte. Raiden hatte versprochen, ihn zu beschützen, und jetzt fühlte er nichts als Kummer und einen Verrat, den nur er selbst erklären konnte. Dreimal ertappte Willa ihren Sohn dabei, dass er auf das Meer hinausstarrte, wartete, und sie hasste es, ihm das Herz zu brechen und ihn daran zu erinnern, dass Raiden nie mehr zurückkommen würde. Ihr Verlust begann, sie innerlich umzubringen, und ihre Seele war randvoll von der Liebe, die sie Raiden niemals mehr schenken konnte.

Zwei Monate später.

Roarke konnte es kaum noch ertragen, Willa anzusehen, so starr und versteinert wirkte sie. Ihren Tag verbrachte sie, als hätte sich nichts verändert. Sie kochte, hielt das Haus für einen Mann in Ordnung, der nie zurückkehren würde, kümmerte sich um Mason. Nach wie vor weigerte sich Willa, über Raiden zu sprechen. Erwähnte jemand seinen Namen, verstummte sie, wurde still und in sich gekehrt. Sie teilte ihren Schmerz mit niemandem, hielt ihn wie hinter einer Mauer in ihrem Innern verborgen, wo er sie eines Tages zerstören würde. Sie fertigte Roarke stets kurz ab, gewährte ihm gerade das Notwendigste an Höflichkeit. Eines Tages schließlich sprach er sie darauf an.

»Warum hasst du mich so?«

»Du hast ihn sterben lassen.« Willas Stimme brach, doch ihre Worte trafen ihn bis ins Mark.

»Ich habe versucht, ihm zu helfen. Es war ein Unfall. Die Explosion hat den Großmast zerschmettert, und er fiel auf –«

»Nein, sprich es nicht aus.« Willa wich vor ihm zurück und starrte ihn an. Plötzlich wurde ihr bewusst, wie grausam sie sich diesem Mann gegenüber verhielt, der Raiden ebenso sehr geliebt hatte wie sie. »Vergib mir, Roarke. Es ist, weil du ihm so ähnlich siehst. Ich sehe dich und suche nach ihm. Ich höre deine Stimme und vermisse ihn noch mehr.«

Roarke seufzte schwer. »So etwas Ähnliches habe ich mir gedacht. Es tut mir Leid, Willa. Es wird das Beste sein, ich gehe fort.« Er wandte sich ab.

»Nein.« Sie packte ihn am Arm. »Ich muss mich daran gewöhnen ...«

»Woran? An mein Gesicht?« Roarke schüttelte den Kopf, tätschelte ihre Hand. »Es ist schon gut, Willa. Aber auch dieses Haus wird dich immer an ihn erinnern.«

Sie entzog ihm die Hand. »Ich will nicht vergessen. Ich kann es nicht. Niemals.« Ihre Augen füllten sich mit Tränen, als sie gegen seine Brust schlug. »Hier lebt er, Roarke. Er ist ein Teil von mir. Mein Herz ist voller Kummer, aber es ist erfüllt von der Liebe, die ich für ihn habe. Wenn ich nachts in seinem Bett liege und noch immer seinen Duft spüre, dann wünsche ich mir manches Mal, dass ich nicht lieben würde, aber ich tue es.« Er wollte sie trösten, doch Willa hob abwehrend die Hand.

Aufgewühlt wandte sie sich ab und lief auf die Veranda hinaus, suchte nach einem Ort, an dem sie sich verstecken konnte. Ein Ort, wo sie schreien konnte und nur Gott sie hörte, sie erlöste aus diesem Schmerz. Ihre Qual war so tief, dass sie es keinen Augenblick mehr aushalten konnte, still zu stehen, und sie rannte über den Strand, ihr Haar löste sich aus dem Knoten, ihre Füße gruben sich in den Sand. Sie fiel, stand auf und rannte weiter, ihr Gram war so niederdrückend, so zerschmetternd, dass sie nicht mehr atmen konnte. Sie würgte, schlug die Hand vor den Mund, als ihre Trauer sie zu ersticken drohte.

Warum hatte diese Schlacht seine letzte sein müssen? Warum hatte er versagt, wenn er doch hatte gewinnen wollen? Ja, Dunfee war tot und das gab ihr Befriedigung, aber damit war kein Schlusspunkt gesetzt worden. Denn jetzt trug sie die Last des Schmerzes, ein Schmerz, der sie niemals wieder verlassen würde.

Ja, in solchen Augenblicken vermisse ich ihn am stärksten, dachte sie. *Wenn ich die Sonne sehe, wenn ich in das traurige Gesicht meines Kindes schaue. Wenn ich atme, wenn ich schlafe. Ja! Ich vermisse ihn am meisten, wenn ich lebe!*

Willa rannte den Strand entlang, bis es nichts mehr gab, wohin sie laufen konnte, bis ihre Beine vor Erschöpfung unter ihr zusammenbrachen. Sie fiel in den Sand, krümmte sich zusammen und weinte, weinte laut, denn hier würde sie niemand hören, hier würde niemand sie bemitleiden.

Die Wellen schlugen an den Strand, das nicht endende Rauschen lullte sie ein. Die See, die ihn ihr genommen hatte, war jetzt ihr einziger Trost.

Sie hörte ein kratzendes Geräusch und hatte nicht die Kraft

den Kopf zu heben, einen Angriff abzuwehren. Sie wusste, dass Roarke in der Nähe war und sie beschützen würde.

»Willst du nicht mit ins Haus kommen und dort schlafen?«

»Geh, Roarke«, murmelte Willa, ohne den Kopf zu heben. »Ich will niemanden sehen.«

»Nicht einmal mich, kleine Füchsin?«

Willa riss den Kopf hoch, ihr Blick wanderte über die nackten Füße und Knöchel vor ihr, über die zerschlissenen Hosen und langsam weiter nach oben. Das Licht der untergehenden Sonne glitzerte auf dem Wasser und verwirrte ihre Sicht, blendete sie, und Willa hob die Hände und beschirmte die Augen.

Ihre Kehle war wie zugeschnürt, und sie war sicher, dass sie träumte, dass Roarke vor ihr stand.

»Willa.«

Ihr Blick glitt über den Mann, dessen Gesicht von der einbrechenden Dämmerung beschattet wurde. Dann fiel ihr Blick auf den Verband um seine Brust, einen zweiten um seinen Arm, dann auf das Auslegerboot hinter ihm und die drei einheimischen Männer, die es weiter den Strand hinaufzogen. Langsam stand Willa auf.

Sie befeuchtete sich die Lippen. »Raiden?«

»Bin ich so lange fort gewesen, dass du mich nicht einmal mehr wiedererk …«

Sie warf sich mit einer Kraft in seine Arme, dass es ihm den Atem raubte. Sie weinte und schluchzte, klammerte sich an ihn, und seine Arme hielten sie.

»Willa, Geliebte«, sprach er beruhigend auf sie ein, streichelte ihren Rücken.

»O Raiden.« Sie vergrub das Gesicht an seinem Hals, atmete seinen Duft ein. »Ich habe dich so sehr vermisst.«

Raiden hörte das Leid in ihrer Stimme und hasste es, daran zu denken, wie sehr sie um ihn gelitten hatte. Kuss um Kuss drückte er auf ihr Haar, ihr Gesicht, auf ihren Mund, und er fühlte ihr Schluchzen gegen seine Lippen. »Ich bin es wirklich«, versicherte er ihr. »Ich bin zu Hause, Liebste.«

Sie holte zittrig Luft, als sie in seine dunklen Augen sah. »Ja, du bist zu Hause. Du bist es!«, rief sie, umarmte ihn, schloss sein Gesicht in beide Hände und übersäte es mit Dutzenden seliger Küsse.

Später würde er ihr erzählen, wie er, an eines der Opiumfässer geklammert, über das Meer getrieben war, bis Fischer ihn gefunden und seine Wunden versorgt hatten. Später würde er ihr sagen, dass er von ihr geträumt und gewusst hatte, dass sie um ihn trauerte. Und dass er gebetet hatte, sie möge auf Java geblieben sein, und dass er sich geschworen hatte, um die ganze Welt zu segeln und sie zu suchen, wäre sie fortgegangen.

Aus der Ferne klangen Stimmen und Rufe zu ihnen herüber, und Raiden nahm sich vor, mit seinen Wachen später ein ernstes Wort über deren Nachlässigkeit zu reden. Der laute Ruf eines Kindes übertönte die der anderen, und Raiden ließ Willa los, als Mason über den Strand auf ihn zugerannt kam.

»Rai-den!«, rief Mason, und Raidens Herz schien vor Glück zu bersten. Er beugte sich herunter, breitete die Arme aus und der kleine Junge sprang in sie hinein, umarmte ihn. Raiden küsste seine Stirn, seine Wange, klopfte ihm beruhigend den Rücken, als er geduldig darauf wartet, dass der Tränenstrom versiegte. Er nahm Mason auf den Arm und schlang den anderen um Willa.

»Ich liebe dich«, sagte er.

»O Raiden«, wisperte sie und berührte sein Gesicht, jede neue Narbe darauf. »Ich kann es noch gar nicht glauben, dass du lebst.«

»Das überrascht mich aber.« Er beugte sich zu ihr. »Hatte ich dir nicht gesagt, dass ich zu dir zurückkommen würde, ganz egal wie weit fort mich mein Weg auch führt?«

»Ja.« Sie lächelte wehmütig. »Das hast du gesagt.«

»Ich halte meine Versprechen, Willa, das solltest du doch wissen.«

Mason lockerte seinen Griff um Raidens Hals und beugte sich zurück. Sein Blick ging zwischen den beiden Erwachsenen hin und her und verweilte dann auf Raiden.

»Was ist, mein Junge?«

Willa und Raiden tauschten einen besorgten Blick, als Mason mehrere vergebliche Versuche machte, bis er stockend hervorstieß: »M-m-meine Familie.«

Raiden zog die Augenbrauen hoch, und er lachte Mason an, bevor er ihn an sich drückte. »Ja, Sohn, das sind wir.« Mason hob die Hand und streichelte Raidens Haar, sein Gesicht. »Ich hatte dir doch versprochen, dich zu beschützen, ja?«

»Ja«, sagte der Junge und nickte. Willa schluchzte vor Freude, als sie Raiden und Mason an sich drückte.

Raiden presste das Gesicht in Willas zersaustes Haar und atmete tief dessen Duft ein. Mit jeder Faser seines Seins spürte er die beiden Menschen, die er in den Armen hielt. Er hatte keine Augen für seine Männer, die auf sie zugelaufen kamen, für die untergehende Sonne, für die rauschenden Wellen. Er fühlte nur den Schlag ihrer Herzen, das stete Pochen, das zu seiner Seele sprach und ihm zurief, dass er zu Hause war.

[illegible]

[illegible]

[illegible] en dauerhaft [illegible] [illegible] [illegible]
[illegible] ballig [illegible] [illegible] [illegible] aus [illegible]
[illegible] und Zwiebel [illegible] [illegible]
[illegible] Mühe [illegible]
[illegible] dann [illegible]
[illegible]
[illegible] allen
[illegible] Blick [illegible]
[illegible] hatten
[illegible] ihr
[illegible]
[illegible]
[illegible] Vogel
[illegible]
[illegible]
[illegible]
[illegible] Eine [illegible]

[illegible] Kalomenos [illegible] Barbarina
[illegible] sah [illegible] Blick [illegible]
[illegible]
[illegible]

[illegible] Kalom-
[illegible]
[illegible] der Wolke
[illegible]

[illegible]

Epilog

Raiden stand in der Nähe des Herdes und sah Mason, Jabari und Dahrein zu, die auf dem Teppich saßen und aus Stöcken und Zweigen etwas bauten, das einem Fort ähnelte. Die beiden älteren Jungen zeigten ein bemerkenswertes Maß an Geduld Mason gegenüber, und Dahrein verfügte darüber hinaus über eine große innere Stärke, die sich besonders dann zeigte, wenn er Masons Hilfe ablehnte und versuchte, allein auf seinem verstümmelten Bein zu stehen. Raidens Blick glitt zu Royce, der neben Roarke stand, dann weiter zu Ransom, der mit Willa eine Partie Schach spielte. Sein Blick blieb auf Ian Delaney, Willas Vater ruhen, der sich ebenfalls über das Spielbrett gebeugt hatte, und seiner Tochter Ratschläge gab, die sie wahrlich nicht brauchte. Raiden schaute zu Sayidda und seinem Vater, die eng aneinander geschmiegt, wie Vögel auf einem Ast, auf dem Sofa saßen. Diese marokkanische Schönheit ist die große Liebe im Leben meines Vaters, dachte er und freute sich, dass sein Vater auf seine alten Tage noch einmal die Liebe erlebte. Eine Liebe wie er sie mit Willa teilte.

»Diese Kolonisten sind doch nichts anderes als Barbaren«, sagte Ransom, und Raidens Blick schoss zwischen Willa, ihrem Vater und seinem älteren Bruder hin und her, als er auf den Ausbruch empörten Protestes wartete.

Während Royce, auch ein Bewohner der englischen Kolonien in Amerika, schmunzelte, legte Willa sanft die Hand auf den Arm ihres Vaters und hielt ihn so davon ab, sich in das Wortgefecht einzumischen.

»Und erwachsene Männer, die mit nackter Brust und nackten Beinen herumlaufen – wie nennst du das, Ransom?«, fragte Willa. »Kultiviert, geschmackvoll?«

Ransom unterdrückte ein Lächeln. »Es ist zumindest verdammt bequem. Dir scheint es ja auch zu gefallen.« Er wies auf den Sarong, den sie trug, und unter dem sich ihr runder Bauch abzeichnete.

Als Willa auf das Schachbrett schaute, tauschten Ransom und Raiden über ihren Kopf hinweg einen Blick.

»Ich trage ein Sarong, weil es mein Tod wäre, würde ich mich bei dieser Hitze anziehen als sei ich in South Carolina.« Sie machte einen Zug und schaute auf. »Schachmatt.«

Ransom beeilte sich, auf das Brett zu sehen. »Du hast gemogelt.«

»Das habe ich nicht.« Sie verschränkte die Arme über dem, was von ihrer Taille übrig geblieben war, und sah ihn mit neckend gerunzelter Stirn an. Sie zogen einander auf, seit sie sich das erste Mal begegnet waren, und Willa argwöhnte, dass es ihm Spaß machte, sie zu necken.

»Das kannst du in so wenigen Zügen unmöglich geschafft haben!« Ransom fiel es manchmal schwer, einzusehen, dass er verloren hatte.

»Wir Kolonisten sind einfach klüger als ihr Marokkaner, äh, Engländer ...« Willa sah zu Sayidda und Granville hinüber, die noch immer eng umschlungen auf dem Sofa saßen, als Royce einwarf: »Da hörst du es.«

»Wie würdest du diese Art von Barbaren nennen?« Willa deutete mit dem Daumen auf Ransom.

»Einen Mann«, erwiderte Sayidda einfach.

»Mutter!« Ransom versuchte entrüstet auszusehen, blinzelte ihr aber freundlich zu. »Das sind kämpferische Worte, Mädchen«, meinte er zu Willa.

»Beachte ihn bloß nicht, Willa«, mischte sich Aurora ein, die das Zimmer betreten hatte, und den Kindern ein mit Leckereien gefülltes Tablett brachte. Sie blieb stehen und sah ihren

Mann eindringlich an. »Manchmal ist er wirklich ein ausgesprochener Barbar. Dann reißt mir dieser Mann buchstäblich die Kleider vom Leib.«

Dunkle Röte kroch über Ransoms Gesicht. »Verräterisches Frauenzimmer«, knurrte er, und sein Blick glitt über ihre Figur, als er im Geiste zählte, wie viele Wochen seit der Geburt ihres Sohnes Colin vergangen waren.

»Du bist rot geworden, Sahib – Vater«, sagte Dahrein und korrigierte sich rasch.

»Allerdings bin ich das.« Ransoms Blick glitt über seine Frau. »Du wirst für deinen Verrat bezahlen, Weib.«

Aurora wiegte sich in den Hüften und lächelte ihn an. »Jawohl, mein Löwe, und dir wird diese Bezahlung sehr gefallen, denke ich.«

»Ich wette, er denkt an etwas ganz anderes«, sagte Roarke, der ein wenig abseits stand und französischen – gestohlenen – Brandy aus einem Kristallglas trank. »Arme Ehe-Narren alle miteinander«, frotzelte er und nippte wieder an seinem Glas. Er empfand Mitleid mit Ransom.

»Glückliche, meinst du wohl«, entgegnete Royce so leise, dass nur Roarke es hören konnte, der ihm daraufhin einen Blick zuwarf, der sagen sollte, dass sein Leben ohne die Komplikationen durch eine Frau ganz zufriedenstellend verlief. Royce wusste, das *sein* Leben nicht so erfüllt war, aber wie seine Brüder war er Kapitän, und er fand, sein Beruf war in letzter Zeit zu gefährlich geworden, um die Liebe in sein Leben einzuladen.

Aurora lächelte ihre beiden Schwager an. »Ihr werdet auch noch an die Reihe kommen, Jungs«, sagte sie. »Vertraut mir.«

Die beiden sahen sie mit großen Augen an, und es war an Royce als Erster zu fragen: »Hast du etwas in deinem Glas gesehen?«

»Nein, aber so ist der Lauf der Natur.«

Ransom stand auf, um sein Glas aufzufüllen, und er beugte

sich zu seiner Frau herunter und flüsterte ihr in Ohr: »Ich werde dir nachher noch ein Stück *Natur* zeigen, du Plagegeist.«

»Oh, ich liebe es, mich im Freien zu beschäftigen«, flüsterte sie ihm zu und beugte sich dann zu den Jungen herunter, um ihnen die Süßigkeiten anzubieten.

»Ihnen werden noch die Zähne aus dem Kopf herausfaulen«, sagten Raiden und Ransom wie aus einem Munde.

»Ein süßer Happen für …«, begann Aurora.

»Süße Träume«, beendete Willa.

Das Zimmer schien vor Gelächter zu bersten, und als es sich gelegt hatte, wandte sich Ransom an Willas Vater. »Hast du sie absichtlich dazu erzogen, so direkt zu sein, Ian?«

»Um ehrlich zu sein – nein«, erwiderte Ian. »In der Beziehung ist sie genau wie ihre Mutter.«

Ian schaute zu Willa und lächelte, als sie aufstand und zu ihrem Mann ging. Er selbst war gut versorgt und führte das behagliche Leben, um das er gekämpft hatte, um es auch Willa zu ermöglichen. Sein Handelsgeschäft war jetzt auf Java beheimatet und florierte – mit der Hilfe seines Schwiegersohnes und dank der Gewürze. Doch das größte Geschenk war, Willa glücklich zu sehen, so tief liebend und geliebt werdend, dass es schwer fiel, sie anzusehen und nicht zu wünschen, ihre Mutter könnte dies noch erleben. Sein Blick fiel auf Mason. Der Junge sprach nicht viel, doch wenn er etwas sagte, waren seine Worte klug und durchdacht.

Ian beobachtete, wie Willa sich Raiden zuneigte, und wie das Gesicht des Mannes weicher und zärtlicher zu werden schien, als seien er und seine Frau die einzigen Menschen in diesem Zimmer und ihre Gäste Eindringlinge, die ihre Zweisamkeit störten. Raiden küsste Willa mit solch zärtlicher Liebe, dass selbst ein Vater fortsehen musste.

Ian räusperte sich. »Granville, was ist der Gedanke dahinter, dass alle Namen mit R anfangen?«

»Nicht alle«, warf Sayidda ein. »Ransom heißt eigentlich Kassir.«

»Den Namen hat er aber nicht von mir.«

Sie stieß Granville mit dem Ellbogen in die Seite. »Du bist nicht da gewesen.«

»Ich habe allen meinen Söhnen ihre Namen gegeben«, erklärte Granville. »Und dieser dort« – für den Fall, dass Sayidda es vergessen haben sollte – »heißt Ransom.«

»Nein, Kassir«, widersprach sie lächelnd.

Granville gab es auf und wandte sich wieder an Ian. »Es begann mit Ransom«, er streckte einen Finger hoch und hielt Sayidda mit einem Blick davon ab, ihre Meinung dazu zu äußern. »Und dann ...« Er zuckte die Achseln. »Es ist einfach außer Kontrolle geraten.«

»Ransom, Royce, Raiden, Roarke.«

»Der Einzige, der fehlt, ist Rahman«, sagte Ransom. Als sein Vater ihn fragend ansah, fügte er hinzu: »Er durchstreift die Wüste und hin und wieder auch ein englisches Boudoir.«

Willa schüttelte lächelnd den Kopf. Sind denn alle Montegomery-Männer dazu ausersehen, zur Legende zu werden?, fragte sie sich und schaute auf Mason, Jabari und Dahrein, die am Boden hockten und spielten.

»Und wer ist der Jüngste?«, wollte Ian wissen.

Roarke räusperte sich. »Das bin ich. Bis jetzt.«

Granville sah Roarke prüfend an und war erleichtert, seinen Sohn lächeln zu sehen.

»Aber mir sind Gerüchte über ein Mädchen zu Ohren gekommen, das ihren Anspruch auf unseren Namen geltend macht.«

»Was!«, antworteten seine Brüder unisono, und alle Blicke richteten sich auf Granville.

»Ja«, stieß dieser hervor. »Raleigh.«

Ransom und Roarke stöhnten.

»Oh, denkt nur einmal daran, in welcher Lage sie sich befinden muss – den Makel ihrer Geburt, den sie mit sich herumträgt.« Willa sah zu ihrem Mann auf. »Sie wird keine Chance auf eine standesgemäße Ehe haben, Raiden. Keine. Sie ist schlimmer gebrandmarkt als jeder sonst von euch.«

»Oh, ihre Aussichten dürften gar nicht so schlecht sein«, bemerkte Aurora, die die Süßigkeiten herumreichte. »Sie ist eine Montegomery, und ihr würdet eine Schwester doch alle mit offenen Armen willkommen heißen, oder nicht?«

»Sicherlich«, sagte Ransom, klang aber nicht sehr überzeugend. »Aber … Gott, wahrscheinlich hat sie ein Pferdegesicht und ist so groß wie ein Baum.«

»So wie du, Ransom?«, spöttelte Willa.

Er warf ihr einen boshaften Blick zu. »Eher wie dein Mann.«

»Ich habe den bestaussehenden von euch geheiratet.«

»Wie kannst du das sagen?«, protestierte Royce, woraufhin ihn alle ansahen. »Du musst zugeben, dass wir uns bemerkenswert ähnlich sehen.«

»Wenn das so ist, meinst du dann nicht auch, dass Raleigh« – Ransoms Miene zeigte Abscheu über die Namenswahl seines Vaters – »auch diese Ähnlichkeit haben würde?«

Granville hob abwehrend die Hände. »Ich habe ihr diesen Namen nicht gegeben.«

»Das ist aber auch alles, was man dir nicht ankreiden kann, Granville«, schalt Aurora ihn aus, ehe sie Roarke und Royce ansah. »Und eure Bräute werden euch bestimmt nicht für so ähnlich halten.« Sie sah ihren Mann an. »Das könnt ihr mir glauben.«

»Ja«, bestätigte Willa und legte den Arm um Raiden.

Royce runzelte die Stirn, doch es war Roarke, der sich plötzlich entschuldigte und auf die Terrasse zuging.

In diesem Augenblick stand Mason auf und ging zu Raiden. Er zupfte ihn am Hosenbein, und der legendäre Pirat hockte sich hin, um mit dem Jungen auf Augenhöhe zu sein.

»Können wir Krebse fangen gehen, Papa?«

Raidens Herz machte jedes Mal einen kleinen Sprung, wenn

Mason ihn so nannte, jedes Mal wenn er ihn mit einem unerschütterlichen Vertrauen in den Augen ansah.

»Es ist schon dunkel, Sohn.«

Mason nickte und schaute auf seine nackten Zehen. »Hab kein Angst.«

»Ich habe keine Angst«, korrigierte Raiden sanft, und als Mason sich bemühte, die Worte deutlich nachzusprechen, gab Raiden seinem Wunsch nach. »Dann geh mit Dahrein und Jabari.«

»Ich werde auf sie achten«, bot Roarke an, der an der Flügeltür stand, die zur Veranda hinausführte. Raiden sah seinen Bruder fragend an, doch Roarke vertrieb die stumme Frage mit einem Winken, und als die Jungen zu ihm gelaufen kamen, fing er Mason in seinen Armen auf und kniff ihm in die Nase, während Jabari vorauslief. Roarke bot Dahrein die Hand an, doch der Junge schüttelte den Kopf und ging – trotz des Schmerzen, die man ihm anmerkte –, aus eigener Kraft hinaus.

»Ich werde mitgehen«, sagte Royce und verließ ebenfalls das Zimmer, und Raiden hörte, wie seine beiden Brüder eine Diskussion über Englands Rolle in den Kolonien begannen.

Baby Colin begann lauthals zu schreien und, einer nach dem anderen, leerte sich das Zimmer.

Raiden zog Willa in seine Arme. »Endlich allein.«

»Es wird nur eine kleine Weile vergehen, und du wirst dich ohne sie einsam fühlen.«

Raiden strich mit der Hand über Willas runden Bauch – das neue Leben, das in ihr wuchs, hatte eine weitere von Alistars Lügen entlarvt. »Nicht, wenn ich meine Familie bei mir habe.« Er zog sie an sich und spürte, wie das Kind in ihrem Leib protestierend trat. Er beugte sich über Willa und küsste sie zärtlich »Habe ich dir schon gesagt, wie sehr ich dich liebe, kleine Füchsin?«

»Du meinst wohl eher *große* Füchsin. Dicke Füchsin. Oder noch besser *rollende* Füchsin.«

»Rollende Füchsin? Das klingt wie einer von euren indianischen Namen.«

»Die Indianer würden mich *Die, die watschelt* nennen.«

Leise lachend drückte Raiden den Kopf an ihre Stirn. »O meine Geliebte, nichts auf der Welt ist so schön für mich wie du und unsere Kinder.«

Willas Augen füllten sich plötzlich mit Tränen, und sie wollte Raiden dafür danken, dass er Mason liebte, denn ihr scheuer, stiller Sohn blühte unter seiner zärtlichen Fürsorge auf. Sie wollte ihm für dieses Baby danken, weil sie geglaubt hatte, sie könnte nie wieder ein Kind empfangen. Und sie wollte ihm dafür danken, dass er sie so sehr liebte, dass sie nichts mehr wollte als ihr Leben in seinen Armen zu verbringen, in seinem Bett, in seiner Seele. Aber sie kannte ihn. Er würde sie für ihre Worte necken, würde seine Liebe mit einem Schulterzucken abtun, wenn sie doch wusste, dass er noch so viel mehr zu geben hatte.

»Ich liebe dich, Raiden.«

Er küsste sie zärtlich, gestand ihr noch einmal leise seine Liebe und Willa legte den Kopf an seine Brust. Raiden dachte nicht mehr an die Vergangenheit. Und die Zukunft war wie ein weites unbekanntes Land. Der Schwarze Engel war tot, er hatte sein Grab auf dem Grund der Malakka-See gefunden, zusammen mit dem Mann, der ihn vor Jahren dazu gemacht hatte. Raiden hatte all das, was er immer gewollt, sich aber nie zu erträumen gewagt hatte – eine von der Liebe erfüllte Seele, eine Familie, die sein Haus mit Lachen füllte, und eine Frau, für die er sein Leben hergeben würde. In diesem Augenblick wusste Raiden, dass er Willa gehörte wie sie ihm, dass sie sich in sein Leben gestohlen hatte, um sein Herz zu rauben und einem müden, einsamen Abtrünnigen die kostbarste Belohnung von allen zu schenken.

Leidenschaft auf hoher See

Als der Abenteurer Nicholas von der geschickten Dominique in einem Rennen auf hoher See geschlagen wird, ist er völlig verwirrt: Wie kann eine schöne Frau so gut ein Schiff steuern? Dominique, die Tochter eines Schiffsbauers, verspricht Nicholas, ihm bei der Suche nach einem Schatz zu helfen und begleitet ihn auf eine Reise quer durchs Mittelmeer. Mit allen Gefahren hat Dominique gerechnet, nur nicht mit den Gefühlen, die Nicholas' glühende Blicke in ihr auslösen ...

3-404-18650-8